唐宋館驛與文學資料彙編（下）

李德輝 編著

鳳凰出版社

下　册

十七、驛樹的栽種和道路的保護

驛樹

開元末，西國獻獅子。至長安西道中，繫於驛樹。樹近井，獅子哮吼，若不自安。俄頃，風雷大至，果有龍，出井而去。（《國史補》卷上）

【行經華陰】 岧嶢太華俯咸京，天外三峰削不成。武帝祠前雲欲散，仙人掌上雨初晴。河山北枕秦關險，驛樹西連漢畤平。借問路傍名利客，無如此處學長生。（《全唐詩》卷一三〇崔顥）

【送鄭判官】 東楚吴山驛樹微，軺車銜命奉恩輝。英僚攜出新豐酒，半道遥看驄馬歸。（《全唐詩》卷一四三王昌齡）

【龍門】 龍門横野斷，驛樹出城來。氣色皇居近，金銀佛寺開。往還時屢改，川水（陸）日悠哉。相閲征途上，生涯盡幾迴。（《全唐詩》卷二二四杜甫；《杜詩詳注》卷一）

【送唐别駕赴郢州】 少年從事好，此去别愁輕，滿座詩人興，隨君郢路行。蒹葭侵驛樹，雲水抱山城。遥愛下車日，江皋春草生。（《全唐詩》卷二三七錢起）

【登無錫北樓】 秋興因危堞，歸心過遠山。風霜征雁早，江海旅人還。驛樹寒仍密，漁舟晚更閑。仲宣何所賦，祇欲滯柴關。（《全唐詩》卷二四八郎士元、卷二四九皇甫冉）

【送竇十九叔向赴京】 冰結楊柳津，從吴去入秦。徒云還上國，誰爲

作中人。驛樹同霜霰，漁舟伴苦辛。相如求一謁，詞賦遠隨身。(《全唐詩》卷二四九皇甫冉)

【南歸】 老病力難任，猶多鏡雪侵。鱸魚消宦況，鷗鳥識歸心。急雨江帆重，殘更驛樹深。鄉關殊可望，漸漸入吴音。(《全唐詩》卷二六六顧況)

【和楊侍郎初至郴州紀事書情題郡齋八韻】 旌節下朝臺，分圭從北回。城頭鶴立處，驛樹鳳棲來。《蘇耽傳》云：後化爲仙鶴，止城東北隅樓上。又州北棲鳳驛，《圖經》云：常有威鳳降於庭梧也。舊路芳塵在，新恩馹騎催。里閭風偃草，鼓舞抃成雷。吏散山禽囀，庭香夏蕊開。郡齋堪四望，壁記有三台。人訝徵黄晚，文非弔屈哀。一吟梁甫曲，知是卧龍才。(《全唐詩》卷三六三劉禹錫)

【泊花石浦】 舊業叢臺廢苑東，幾年爲梗復爲蓬。杜鵑啼斷回家夢，半在邯鄲驛樹中。(《全唐詩》卷四六八劉言史)

【舟行至平羌】 貔虎直沙壖，嚴更護早眠。簇霜孤驛樹，落日下江船。暫去非吴起，終休愛魯連。平羌無一術，候吏莫加籩。(《全唐詩》卷五六〇薛能)

【鍾陵野步】 岡扉聊自啓，信步出波邊。野火風吹闊，春冰鶴啄穿。渚檣齊驛樹，山鳥入公田。未創孤雲勢，空思白閣年。(《全唐詩》卷七一六曹松)

【送人赴舉】 分有争忘得，時來須出山。白雲終許在，清世莫空還。驛樹秋聲健，行衣雨點斑。明年從月裏，滿握度春關。(《全唐詩》卷八三九齊己)

【桐谿行】 東郊驛樹連理枝，西廟叢篁十丈圍。堪將輕素命人畫，齎爲方物歸京師。公署石楠圓似蓋，畫樓北面當廳檜。桐谿怪石勝太湖，賤如泥土無人愛。天生爾材地且卑，空山老朽人不知。人不知，睦州右史作歌

詞。(《咸平集》卷二〇)

【送晉陵王宰銓調】　盤錯才無滯,弦歌政有聲。及瓜青紙詔,謁帝紫微城。節並霜松峻,心同冰玉清。十漿行色貴,三府辟書榮。驛樹紛紅葉,江蘋老紫莖。只應中宿路,雙節急歸程。(《文恭集》卷五)

【金牛道中遇寒食】　乍换春衫一倍輕,况逢寒食十分晴。鶯穿驛樹惺憁語,馬過溪橋蹀躞行。畫柱綵繩喧笑樂,豔妝麗服角鮮明。誰知此日金牛道,非復當時鐵馬聲。紹興初,虜大入,至金牛而遯。(《劍南詩藁》卷三)

【癸丑七月二十七夜夢遊華嶽廟】　驛樹秋風急,關城暮角悲。平生忠憤意,來拜華山祠。(《劍南詩藁》卷二七)

【夢行小益道中】　棧雲零亂馱鈴聲,驛樹輪囷樺燭明。清夢不知身萬里,只言今夜宿葭萌。(《劍南詩藁》卷五五)

植榆

(吴)湊寶曆(應)中與兄溆同日開府,授太子詹事……(貞元十四年,拜京兆尹)兼兵部尚書。官街樹缺,所司植榆以補之。湊曰:"榆非九衢之玩。"亟命易之以槐。及槐陰成而湊卒,人指樹而懷之。(《舊唐書》卷一八三《吴湊傳》)

(貞元)十二年,官街樹缺,所司植榆以補之。京兆尹吴湊曰:"榆非九衢之玩。"亟命易之以槐。(《唐會要》卷八六)

(宋太祖建隆)三年十月,詔:"緣汴河州縣長吏,常以春首課民夾岸植榆柳,以固堤防。"(《宋史》卷九三《河渠志三》)

都水監,舊隸三司河渠案……凡修堤岸、植榆柳,則視其勤惰多寡,以爲殿最。(《宋史》卷一六五《職官志五》)

【登櫓賦】 登兹櫓以遐眺,闢曾軒以高眄。仰天塗之綿邈,俯平原之曠衍。嘉蒼春之令節,悦和風之微扇。傍觀八隅,周覽四垂。面孤丘之峻峙,岨曲岸之脩崖。植榆楸以成列,插垂柳之差差。寓目忽以終日,情亹亹而忘疲。(《藝文類聚》卷六三引晉歐陽建)

太祖嘗令於瓦橋一帶南北分界之所,專植榆柳,中通一徑,僅能容一騎。後至真宗朝,以爲使人每歲往來之路,歲月浸久,日益繁茂,合抱之木,交絡翳塞。宣和中,童貫爲宣撫,統兵取燕、雲,悉命剪薙之。逮胡馬南騖,遂爲坦途。使如前日有所蔽障,則未必能卷甲長驅。如此,亦祖宗規撫宏遠之一也。王嗣昌云。(《揮麈録》後録卷一)

【盱眙軍翠屏堂記】 國家故都汴時,東出通津門,舟行歷宋、亳(亳)、宿、泗,兩堤列植榆柳槐楸,所在爲城邑。行千有一百里,汴流始合淮,以入於海。(《渭南文集》卷二〇)

樹榆

(蒙恬)爲秦侵胡,辟數千里,以河爲竟,師古曰:竟讀曰境。累石爲城,樹榆爲塞,如淳曰:塞上種榆也。匈奴不敢飲馬於河。(《漢書》卷五二《韓安國傳》)

(宋太祖開寶)五年正月,詔曰:"應緣黄、汴、清、御等河州縣,除準舊制種蓺桑棗外,委長吏課民,别樹榆柳及土地所宜之木。仍案户籍高下,定爲五等。第一等歲樹五十本,第二等以下遞減十本。民欲廣樹蓺者聽,其孤、寡、惸、獨者免。"(《宋史》卷九一《河渠志一》)

植槐

韋叔裕,字孝寬,京兆杜陵人也……廢帝二年,爲雍州刺史。先是,路側一里置一土候,經雨頹毁,每須修之。自孝寬臨州,乃勒部内當候處植槐樹代之。既免修復,行旅又得庇蔭。周文後見,怪問,知之,曰:"豈得一州獨爾?當令天下同之。"於是令諸州夾道一里種一樹,十里種三樹,百里種五樹

焉。(《周書》卷三一《韋叔裕傳》;《冊府元龜》卷六八八)

古御街。按《宫城記》:吴時,自宫門南出至朱雀門七八里,府寺相屬。晉成帝因吴苑城,築新宫,正中曰宣陽門,南對朱雀門,相去五里餘,名爲御道,夾道開御溝,植槐柳。(《景定建康志》卷一六)

先是,潭州多夾道植槐。廢王時,盡易以柳幹。又居人向夜,争織草屩爲業,聲聞内外。童謡云:"湖南有長街,栽柳不栽槐。百姓任奔竄,搥芒織草鞵。"(《十國春秋》卷六九《楚廢王世家》)

(唐德宗貞元)十二年八月,增修望仙樓及廣夾城及十六王宅。時京城街衢中樹缺,縣吏多栽榆樹,以其省便。會吴湊爲京兆尹,每歲唯令植槐樹成列。(《冊府元龜》卷一四)

(唐玄宗開元二年)六月,大風拔樹發屋,長安街中樹連根出者十七八。長安城初建,隋將作大匠高熲所植槐樹,殆三百(百三十)餘年,至是拔出。(《朝野僉載》卷一;《太平廣記》卷一五八引《朝野僉載》)

【職方郎中辛公(有終)墓誌銘】 (公)諱有終,字成之,少舉進士,試禮部不捷……移知益州新都縣。縣衢舊無阡陌,公爲溝遂,課民植槐柳雜果於兩旁。未幾,木陰茂密,邑居便之。(《蘇魏公文集》卷五八)

栽槐

先是,城中街道尚種槐,其柳即無十一二。至是,内外一變,皆種柳,無復槐矣。又居人夜間好織草鞋,其槌芒之聲聞於郊野。俄有童謡云:"湖南城郭好長街,竟栽柳樹不栽槐。百姓奔竄無一事,只是槌芒織草鞋。"人無少長皆誦之。(《五代史補》卷四《張少敵抗議嫡庶》)

江南有芒草,貧民採之織屨,緣地土卑濕,此草耐水,而貧民多着之。伊風子至茶陵縣門,大題云:"茶陵一道好長街,兩畔栽柳不栽槐。夜後不聞更

漏鼓,只聽鎚芒織草鞋。"(《太平廣記》卷五五引《玉堂閑話》)

種槐

符(苻)堅時,關隴百姓豐樂,民歌之曰:"長安大街,兩邊種槐。下走朱輪,上有鸞栖。"(《藝文類聚》卷一九引車頻(頻)《秦書》;《太平御覽》卷九一六引《晉書·載記》)

官柳

(陶)侃在軍四十一載,雄毅有權,明悟善決斷……性纖密好問,頗類趙廣漢。嘗課諸營種柳。都尉夏施盜官柳,植之於己門。侃後見,駐車問曰:"此是武昌西門前柳,何因盜來此種?"施惶怖謝罪。(《晉書》卷六六《陶侃傳》)

【洛陽主簿叔知和驛承恩赴選伏辭一首】 仲父王佐材,屈身仇香位。一從理京劇,萬事皆容易。則知無不可,通變有餘地。器宇溟渤寬,文鋒鏌鋣利。憧憧洛陽道,日夕皇華使。二載出江亭,一心奉王事。功成良可録,道在知無愧。天府留香名,銓闈就明試。賦詩皆舊友,攀轍多新吏。綵服辭高堂,青袍擁征騎。此行季春月,時物正鮮媚。官柳陰相連,桃花色如醉。長安想在目,前路遥髣髴。落日看華山,關門逼青翠。行襜稍已隔,結戀無能慰。誰念尊酒間,裴回竹林意。(《全唐詩》卷一五〇劉長卿)

【送張昇卿宰新淦】 官柳葉尚小,長安春未濃。送君潯陽宰,把酒青門鐘。水驛楚雲冷,山城江樹重。遥知南湖上,祇對香爐峰。(《全唐詩》卷二〇〇岑參)

【西郊】 時出碧雞坊,西郊向草堂。市橋官柳細,江路野梅香。傍架齊書帙,看題減藥囊。無人覺來往,疏懶意何長。(《全唐詩》卷二二六杜甫)

【鄭城西原送李判官兄武判官弟赴成都府】 憑高送所親,久坐惜芳辰。遠水非無浪,他山自有春。野花隨處發,官柳著行新。天際傷愁别,離

筵何太頻。(《全唐詩》卷二二七杜甫)

【送崔十三東遊】 千里有同心,十年一會面。當杯緩筝柱,倏忽催離宴。丹鳳城頭噪晚鴉,行人馬首夕陽斜。灞上春風留別袂,關東新月宿誰家。官柳依依兩鄉色,誰能此別不相憶。(《全唐詩》卷二三六錢起)

【贈鄆州馬使君】 東方千馬騎,出望使君時。暮雪行看盡,春城到莫遲。路人趨墨幘,官柳度青絲。他日鈴齋内,知君亦賦詩。(《全唐詩》卷二四四韓翃)

【送客之潞府】 官柳青青匹馬嘶,迴風暮雨入銅鞮。佳期別在春山裏,應是人參五葉齊。(《全唐詩》卷二四五韓翃)

【還京口】 黄鶴山頭雪未消,行人歸計在今朝。城高鐵甕江山壯,地接金陵草木雕。北府市樓聞舊酒,南橋官柳識歸橈。吏民莫見參軍面,水宿風餐鬢髮焦。(《全唐詩》卷四九二殷堯藩;《雁門集》卷四)

【賦江皋】 目睇蘭皋上,春波泛早暉。畫船人競渡,繡羽雉交飛。島樹殘潮落,汀花宿霧稀。短亭迷酒市,官柳緑依依。(《文恭集》卷二)

【雨夜懷唐安】 歸心日夜逆江流,官柳三千憶蜀州。小閣簾櫳頻夢蝶,平湖烟水已盟鷗。螢依濕草同爲旅,雨滴空堦别是愁。堪笑邦人不解事,區區猶借陸君留。蜀人舊語謂唐安有三千官柳、四十琵琶。"濕螢依草没",梅宛陵詩。(《鄖溪集》卷二七;《劍南詩藁》卷四)

【宋釋道潛撰邵伯道中二首】(其一) 一道河流遠接天,兩行官柳復蕭然。村春歷歷鳴何處,彷彿孤煙落日邊。(《參寥子詩集》卷二)

【發山口堤上】 烟籠官柳柳籠堤,風引澄波細細移。駿馬不知鞍上意,回頭已是獲麟陂。(《道鄉集》卷六)

【秦淮夜泊】辛未正月賦。　官柳動春條，秦淮生暮潮。樓臺見新月，燈火上雙橋。隔岸開朱箔，臨風弄紫蕭。誰憐遠遊子，心旌正摇摇。(《慶湖遺老詩集》卷五)

【晚泊楊州】　楊子橋西轉彩航(舫)，粉城如練是維楊。百年舊觀兵戈後，近歲新聞草木荒。傑閣高臺雲上出，野梅官柳雪中香。史君領客週遭看，走馬歸船欲夕陽。(《誠齋集》卷二七)

【適閩】　春殘猶看少城花，雪裏來嘗北苑茶。未恨光陰疾駒隙，但驚世界等河沙。功名塞外心空壯，詩酒樽前髮已華。官柳弄黄梅放白，不堪倦馬又天涯。(《劍南詩藁》卷一〇)

官槐

貞元中，度支欲斫取兩京道中槐樹造車，更栽小樹。先符牒渭南縣尉張造。造批其牒曰："近奉文牒，令伐官槐。若欲造車，豈無良木？恭惟此樹，其來久遠。東西列植，南北成行。輝映秦中，光臨關外。不惟用資行者，抑亦曾蔭學徒。拔本塞源，雖有一時之利；深根固蒂，須存百代之規……且召伯所憩，尚自保全。先皇舊遊，寧宜翦伐。思人愛樹，詩有薄言。運斧操斤，情所未忍。"付司具狀，牒上度支使，仍具奏聞，遂罷。造尋入臺。(《國史補》卷上)

【勉愛行二首送小季之廬山】(其二)　别柳當馬頭，官槐如兔目。欲將千里别，持我易斗粟。南雲北雲空脈斷，靈臺經絡懸春綫。青軒樹轉月滿牀，下國飢兒夢中見。維爾之昆二十餘，年來持鏡頗有鬚。辭家三載今如此，索米王門一事無。荒溝古水光如刀，庭南拱柳生蠐螬。江干幼客真可念，郊原晚吹悲號號。(《全唐詩》卷三九一李賀)

【春歸昌谷】　束髮方讀書，謀身苦不早。終軍未乘傳，顔子鬢先老。天網信崇大，矯士常慅慅。逸目駢甘華，羈心如荼蓼。旱雲二三月，岑岫相顛倒。誰揭頳玉盤，東方發紅照。春熱張鶴蓋，兔目官槐小。思焦面如病，嘗膽腸似絞。京國心爛漫,夜夢歸家少。發軔東門外,天地皆浩浩。青樹驪山頭,花風滿秦道。宫臺光錯落,裝盡偏(畫徧)峰嶠。(《全唐詩》卷三九二李賀)

【寄吴沖卿二首】(其一)　平生身事略相同,三歲連牆左厩中。更得謬恩分省舍,又將衰鬢作鄰翁。聯翩久傍官槐緑,契闊今看楚蓼紅。不欲與君爲遠别,沙臺吹帽約秋風。(《臨川先生文集》卷二二)

【次韻王荆公題西太一宫壁二首】(其二)　晚風池蓮香度,曉日官槐影西。白下長干夢到,青門紫曲塵迷。(《山谷集》卷一二)

官樹

【奉和聖製登驪山高頂寓目應制】　驪阜鎮皇都,鑾遊眺八區。原隰旌門裏,風雲扆座隅。直城如斗柄,官樹似星榆。從臣詞賦末,濫得上天衢。(《全唐詩》卷七一劉憲)

【送興平王少府遊梁】　舊識相逢情更親,攀歡甚少愴離頻。黄綬罷來多遠客,青山何處不愁人。日斜官樹聞蟬滿,雨過關城見月新。梁國遺風重詞賦,諸侯應念馬卿貧。(《全唐詩》卷二三九錢起)

【寄裴鄆州】　烏紗靈壽對秋風,悵望浮雲濟水東。官樹陰陰鈴閣暮,州人轉憶白頭翁。(《全唐詩》卷二四五韓翃)

【路旁老人】　老人獨坐倚官樹,欲語潸然淚便垂。陌上歸心無産業,城邊戰骨有親知。餘生尚在艱難日,長路多逢輕薄兒。緑水青山雖似舊,如今貧後復何爲。(《全唐詩》卷二六九耿湋)

【聽唱赤白桃李花】　赤白桃李花,先皇在時曲。欲向西宫唱,西宫官樹緑。(《全唐詩》卷二八三李益)

【送分司陳郎中祇召直史館重修三聖實録】 蟬鳴官樹引行車，言自成周赴玉除。遠取南朝貴公子，重修東觀帝王書。常時載筆窺金匱，暇日登樓到石渠。若問舊人劉子政，如今白首在南徐。(《全唐詩》卷三五九劉禹錫)

【再經南陽】 平蕪漠漠失樓臺，昔日遊人亂後來。寥落牆匡春欲暮，燒殘官樹有花開。(《全唐詩》卷六七五鄭谷)

【巡視河防置酒晚歸作二首】(其一) 古戍連沙曲，層阿屬岸隈。天長倦鳥没，山晚跋牂回。斜日低官樹，輕寒犯客杯。還城聞暮角，三疊落江梅。(《景文集》卷八)

【赴官壽安泛汴二首】(其一) 西來秋興日蕭條，昨夜新霜緝緼袍。開遍菊花殘蕊盡，落餘寒水舊痕高。蕭蕭官樹皆黄葉，處處村旗有濁醪。老補一官西入洛，幸聞山水頗風騷。(《張耒集》卷二三)

【永城道中】 東行十日何所有，衰草白茅梁宋陂。大風官樹吹半折，欲雨野雲垂不飛。十年所遇半陳迹，千里獨愁懷所思。他日江湖片帆去，白頭青鏡久相期。(《張耒集》卷二四)

緑槐

賀方回爲《青玉案》辭，山谷尤愛之，故作小詩，以紀其事。及謫宜州，山谷兄元明和以送之……山谷和云："煙中一綫來時路……"洪覺範亦嘗和云："緑槐烟柳長亭路，恨取次，分離去。日永如年愁難度，高城回首，暮雲遮盡，目斷人何處。 解鞍旅舍天將暮，暗憶丁寧千萬句。一寸危腸情幾許，薄衾孤枕，夢回人静，徹曉瀟瀟雨。"(《能改齋漫録》卷一六《山谷愛賀方回〈青玉案〉詞》)

劉貢父一日問蘇子瞻："'老身倦馬河堤永，踏盡黄榆緑槐影'，非閣下之詩乎?"子瞻曰："然。"貢父曰："是日影耶? 月影耶?"子瞻曰："'竹影金鎖碎'，又何嘗説日月也?"二公大笑。(《道山清話》)

【長安道】 秦地平如掌,層城入雲漢。樓閣九衢春,車馬千門旦。緑槐開復合,紅塵聚還散。日晚鬬鷄還,經過狹斜看。(《全唐詩》卷九五沈佺期、卷五一宋之問)

【登樓歌】 聊上君兮高樓,飛甍鱗次兮在下。俯十二兮通衢,緑槐參差兮車馬。却瞻兮龍首,前眺兮宜春。王畿鬱兮千里,山河壯兮咸秦。(《全唐詩》卷一二五王維)

【送崔侍御赴京】 緑槐蔭長路,駿馬垂青絲。柱史謁承明,翩翩將有期。千官大朝日,奏事臨赤墀。肅肅儀仗裏,風生鷹隼姿。一從登甲科,三拜皆憲司。按俗又如此,爲郎何太遲。送君暮春月,花落城南陲。惜别醉芳草,前山勞夢思。(《全唐詩》卷一三二李頎)

【别汜水縣尉】 未央宫殿金開鑰,詔引賢良卷珠箔。花間賜食近丹墀,煙裏揮毫對青閣。萬年枝影轉斜光,三道先成君激昂。谷永直言身不顧,郤詵高第名轉香。緑槐陰陰出關道,上有蟬聲下秋草。奴子平頭駿馬肥,少年白皙登王畿。五侯客舍偏留宿,一縣人家争看歸。南向千峰北臨水,佳期賞地應窮此。賦詩或送鄭行人,舉酒常陪魏公子。自憐寂寞會君稀,猶著前時博士衣。我欲低眉問知己,若將無用廢東歸。(《全唐詩》卷二四三韓翃)

【寓居武丁館】 暑雨飄已過,凉飆觸幽衿。虚館無喧塵,緑槐多晝陰。俯視古苔積,仰聆早蟬吟。放卷一長想,閉門千里心。(《全唐詩》卷三一一陳存)

【官牛】諷執政也。 官牛官牛駕官車,滻水岸邊般載沙。一石沙,幾斤重,朝載暮載將何用。載向五門官道西,緑槐陰下鋪沙堤。昨來新拜右丞相,恐怕泥塗污馬蹄。右丞相,馬蹄蹋沙雖净潔,牛領牽車欲流血。右丞相,但能濟人治國調陰陽,官牛領穿亦無妨。(《全唐詩》卷四二七白居易)

【陝府王大夫相迎偶贈】 紫微閣老自多情,白首園公豈要迎。伴我緑槐陰下歇，向君紅旆影前行。綸巾發少渾攲仄，籃輿肩齊甚穩平。但問主人留幾日，分司賓客去無程。(《全唐詩》卷四五〇白居易)

【贈皇甫賓客】 輕衣穩馬槐陰路，漸近東來漸少塵。耳鬧久憎聞俗事，眼明初喜見閒人。昔曾對作承華相，今復連爲博望賓。始信淡交宜久遠，與君轉老轉相親。(《全唐詩》卷四五〇白居易)

【西還壽安路西歇馬】 槐陰歇鞍馬，柳絮惹衣巾。日晚獨歸路，春深多思人。去家纔百里，爲客只三旬。已念紗窗下，應生寶瑟塵。(《全唐詩》卷四六二白居易)

【中元甲子以辛丑駕幸蜀四首】(其一) 子儀不起渾瑊亡，西幸誰人從武皇。四海爲家雖未遠，九州多事竟難防。已聞旰食思真將，會待畋遊致假王。應感兩朝巡狩迹，緑槐端正驛荒凉。(《全唐詩》卷六六二羅隱)

【應天長二首】(其一) 緑槐陰裏黄鶯語。深院無人春晝午。畫簾垂，金鳳舞。寂寞繡屏香一炷。 碧天雲，無定處。空有夢魂來去。夜夜緑窗風雨，斷腸君信否。

【望遠行】 欲别無言倚畫屏。含恨暗傷情。謝家庭樹錦雞鳴。殘月落邊城。 人欲别，馬頻嘶。緑槐千里長堤。出門芳草路萋萋。雲雨别來易東西。不忍别君後，却入舊香閨。(《全唐詩》卷八九二韋莊)

槐陌

【小雨出西門五里至東嶽廟】 埋没文書每自憐，偷閑出郭一欣然。稻陂雨細豐年候，槐陌風清嫩暑天。心似春鴻寧久住，身如秋扇合長捐。平生士雅今亡恙，老病何由共著鞭。(《劍南詩藁》卷一八)

【和三鄉驛詩】 浣紗遊女出關東，舊迹新詞一夢中。槐陌柳亭何限事，年年迴首向春風。(《雲溪友議》卷中《三鄉略》引王絛(滌)詩)

【關河道中】 槐陌蟬聲柳市風，驛樓高倚夕陽東。往來千里路長在，聚散十年人不同。但見時光流似箭，豈知天道曲如弓。平生志業匡堯舜，又擬滄浪學釣翁。（《全唐詩》卷六九五韋莊）

【夜夜曲】 北斗星移銀漢低，班姬愁思鳳城西。青槐陌上行人絶，明月樓前烏夜啼。（《全唐詩》卷七七三王偃）

【槐陰】 都城廣陌如綺分，緑槐左右結浮雲。火輪東升又西没，倒影參差朝復曛。輕車重馬誰家子，側肩相逢密如蟻。共看擇蔭須臾間，可憐争道尋常裏。下有溝水日夜流，年華視此俱悠悠。（《公是集》卷一八）

【溪陰堂】 白水滿時雙鷺下，緑槐高處一蟬吟。酒醒門外三竿日，卧看溪南十畝陰。（《東坡全集》卷一五）

【召還至都門先寄子由】 老身倦馬河堤永，踏盡黄榆緑槐影。荒雞號月未三更，客夢還家得俄頃。歸老江湖無歲月，未填溝壑猶朝請。黄門殿中奏事罷，詔許來迎先出省。已飛青蓋在河梁，定餉黄封兼賜茗。遠來無物可相贈，一味豐年説淮潁。（《東坡全集》卷二〇）

十八、館驛内外

驛作

鄭工部文寶將漕陝西，經畫靈武。後謫監郢州京山縣税。過信陽軍白雪驛，作絶句，久而湮没，莫有知者。先君皇祐間尉是邑，重書於牌，後亦亡，郢刊工部詩集亦無之。曰："得罪前朝出粉闈，五原功業有誰知。年餘放逐無人識，白雪關頭一望時。"(《塵史》卷中)

【重平驛作】 茫茫菰草平如地，渺渺長堤曲似城。日暮未知投宿處，逢人更問向前程。(《全唐詩》卷三八六張籍)

按，本詩标题"重平驛"，《唐詩品彙》卷五一所引作"望平驛作"，《萬首唐人絶句》卷二三作"望平驛"。唐無望平驛，有平望驛，"望平"乃"平望"之倒，本詩標題當校正作"平望驛作"。

【九日山陽驛作】 飄泊年來憩下亭，雀羅秋静掩苔扃。拂窗紅葉欺閑卧，倚檻黄花笑獨醒。盛憶林泉羞白石，欲持香火訪丹經。華陽小隱平生願，可分區區事挈瓶。(《文恭集》卷三)

【寄書】 區脱逢歸驛，作書憑寄聲。那知夢識路，先入大梁城。(《公是集》卷二七)

【登靈驛作】 晨裝獨入古河堤，杜宇無端向客啼。昨夜東風吹猛雨，緑陰遮合不成泥。

【雍丘驛作】 京塵漠漠稍侵衣，秣馬雍丘日未西。驛舍蕭然無與語，遶牆閑覓故人題。(《青山續集》卷五;《清江三孔集》卷二五)

王操，字正美，江左人。太平興國上《南郊賦》，授太子洗馬。奉使隴右，至石濠驛，作《黄葵詩》於壁云："昔年南國看黄葵，雲鬢金釵向後垂。今日林容籬落下，秋風寂寞兩三枝。"李相國昉自延安入覲，見詩愛之。後贈相國云："袖中諫草朝天去，頭上宫花侍宴歸。"……(《詩話總龜》前集卷一一引《雅言系述》)

驛假

高雅爲荆湖轉運使。嘗至公安驛，假寐於廳上。忽聞人呼其姓名，雅驚起，應之。見一人，朱衣自地出，云"禄命俱盡"，言訖不見。雅急行，至荆南，果卒。自見怪及卒，三日耳。(《分門古今類事》卷四引吴淑《秘閣閒談》)

驛晚

【留别江陵王少府】 迢迢山上路，病客獨行遲。況此分襟日，當君失意時。寒林露遠驛，晚燒獵荒陂。别後空迴首，相逢未有期。(《張司業詩集》卷二;《全唐詩》卷三八四張籍)

【詩壁】 數題留粉堵，還勝在屏風。坐讀棋慵下，眠看酒恰中。僧房秋色冷，山驛晚陽紅。更有栖遲句，家徒一畝宫。(《林和靖先生詩集》卷一)

【鳳凰驛】 晚泊鳳凰驛，得名知謂何。鳳凰不可見，篁竹空婆娑。四旁俱石崖，一徑縈雲蘿。慘慘陰欲雨，淙淙澗跳波。驛吏指英州，兩舍皆平坡。久寒無瘴癘，虚市饒雞鵝。我行既已遠，樂少憂常多。過江紅葉舞，度嶺黄鸝歌。時序逼衰老，羽翰驚網羅。一夕得佳處，休焉聊獨哦。(《青山續集》卷二)

【西河】 山驛晚，行人乍停征轡。白沙翠竹鎖柴門，亂峰相倚。一番急雨洗天回，掃雲風定還起。　斷崖樹，愁無際，念凄斷，誰與寄。雙魚尺素難委。遥知洞户隔烟窗，簟横秋水。淡花明玉不勝寒，緑樽初試冰蟻。

小歡細酌任歌(敧)醉，撲流螢、應卜心事。誰寄(記)天涯憔悴。對今宵、

皓月明河千里。夢越空城疏烟裏。(《苕溪集》卷五三)

【金山驛】 晚泊金山驛,風生玉宇秋。荒苔蝕佳句,喬木惜名流。鼠穴飛泉入,蛛絲積雨收。何須歎人物,華屋與山丘。(《方舟集》卷三)

【雨夜】 吴中地多雨,海角客常愁。羸疾須醫藥,殘年憶輩流。解裝孤驛晚,掠柁小江秋。莫起瀟湘興,無才賦遠遊。(《劍南詩藁》卷七六)

驛夜

(南唐嗣主保大十二年)秋七月,契丹使其舅來聘。昇元中,宋齊丘選宫嬪,雜以珠貝羅綺,泛海北通契丹,欲賴之以復中原。而虜使至則厚幣遣還,迨至淮北,輒使人刺之,復遣使沿海齎琛寶,以報聘。虜意晉人殺其使,數犯中原。至是,館虜使於清風驛,夜醼更衣,盗斬其首,契丹自此不至,蓋中原間之也。(《馬氏南唐書》卷三《嗣主書》)

淳化中,李繼捧爲定難軍節度使,陰與其弟繼遷謀叛。朝廷遣李繼隆率兵討之。繼隆馳至克胡,渡河入延福縣。自鐵茄驛夜入綏州,謀其所向。繼隆欲徑襲夏州。(《夢溪筆談》卷一三)

(唐僖宗中和)四年四月,帝帥蕃漢之師萬五千……大破賊於王滿渡。巢賊大至,濟汴而北。帝渡汴,遇賊將渡而南,半濟擊之,大敗。殘衆保於胙縣、冤句。大軍躡之,黄巢乃攜妻子兄弟千餘人東走,帝追賊至於曹州。還至汴,汴帥朱温館於上源驛。夜將圖之,帝縋城而出。(《册府元龜》卷七)

姚南仲滑州苦於監軍使薛盈珍,遣部將曹(文)洽奏論盈珍,盈珍亦遣小使偕行。洽自度不得盡言於上,至滋水驛,夜半,先殺小使,乃自殺,緘遺表於囊中。(《國史補》卷中)

【蒲教授荆山夢記】 宣和癸卯冬十月,咸臨還自成均,遊華山靈臺觀。晚宿荆山驛。夜分,夢一老人,衣冠甚偉,策杖來謁,自稱姓王,名安石,議論英發，衮衮可聽。且曰："人生當無書不讀。"乃探懷中數簡見貺，指云："宜先討究孟享一事。"少選遂覺，自是徧問諸友，皆莫知其所謂。幾二十年不復省記矣，紹興壬戌秋八月，來尉繁江，備員御容殿香火官，四時孟享，實預行事，始符夢中所説，私竊怪之。(《分門古今類事》卷八引《該聞録》)

元和中，有淮西道軍將，使於汴州，止驛。夜久，眠將熟，忽覺一物壓己。軍將素健，驚起，與之角力，其物遂退。因奪手中革囊，鬼暗中哀祈甚苦。將謂曰："汝語我物名，我當相還。"良久，曰："此搐氣袋耳。"軍將乃舉甓擊之，語遂絶。其囊可盛數升，無縫，色如藕絲，攜於日中，無影。(《酉陽雜俎》續集卷二)

【宿樟亭驛】 夜半樟亭驛，愁人起望鄉。月明何所見？潮水白茫茫。(《白居易集》卷一三;《全唐詩》卷四三六白居易)

【使遼】 北行未始過陳橋，仗節今朝使大遼。寒日擁雲初漠漠，急風招雪晚蕭蕭。江湖夢寐時之楚，象魏精誠日望堯。孤驛夜深誰可語，青燈黄卷慰無聊。(《鄱陽集》卷四)

【贈蘇司空(頌)墓誌銘】 公諱頌，字子容，性警敏……神宗自在藩邸，聞公名。及即位，公適送伴契丹使，次恩州驛，夜火，左右請與敵使出避。兵叩門欲入捄，公不爲動，閉門堅卧如常。徐使守衛卒撲滅之。(《曲阜集》卷三)

【通衢驛夜坐有感二首】

永夜發孤笑，起看河漢流。群山湧翠浪，纖月掛瓊鈎。豈謂艱難日，翻成汗漫遊。虚舟全不繫，暮景付滄洲。

酷暑事行役，瘴雲天一方。曉登丞相嶺，夜宿翰林堂。月落星河耿，軒開風露香。微凉生枕簟，歸夢到江鄉。(《梁谿集》卷二六)

【鳴山驛夜雨】 夜來風雨曉還晴，沙路無泥快早行。鳥語花容春自好，有生何處不安生。(《相山集》卷一五)

【長相思】恨别。　雨濛濛。日曨曨。洗出遠山三四重。分明眉黛濃。野橋西，官路東。小驛夜凉風入松。夢魂誰與同。(《相山集》卷一六)

【送李文若歸修水並弔其兄商老之亡】　子去何悽斷，鄉關歲月新。荒山寒帶雨，古驛夜無人。生死風前燭，音容夢裹身。臨分感平昔，揮淚到松筠。(《雪溪集》卷三)

【題囊山寺】　曉發漁溪驛，夜宿囊山寺。雲海近蒼茫，層嵐擁深翠。行役倦修途，投歸聊一憩。不學塔中仙，名塗定何事。(《晦庵集》卷二)

【宿新喻驛夜聞風鐸】　倦枕欹眠到五更，却嫌風鐸久悲鳴。恍疑絺綌南鄰夜，寒鐵丁東客夢驚。(《晦庵集》卷五)

驛暮

【路岐重賦】　芳郊欲别闌干淚，故國難期聚散雲。分手更逢江驛暮，馬嘶猿叫不堪聞。(《全唐詩》卷三一七武元衡)

【送徐評事赴省試】　早年通法後，已是立朝身。更道明經好，須爲擢第人。馬寒村驛暮，燈暖帝城春。花氣多時節，高門有賀賓。(《西巖集》)

驛宴

群臣朝覲出使宴餞之儀……凡宰相、樞密、執政、使相、節度、外國使見辭及來朝，皆賜宴内殿或都亭驛，或賜茶酒，並如儀。(《宋史》卷一一九《禮志二二》)

紹興元年四月十四日詔："樂章贊頌、敕葬輓祭文，夏國人使到驛宴設、教坊白語删潤文字及答高麗書文，並依舊制，長、貳分諸官撰。"(《南宋館閣録》卷五)

驛早

【曉發方騫驛】　傳置遠山蹊，龍鍾蹴澗泥。片陰常作雨，微照已生霓。鬢髮愁氛换，心情險路迷。方知向蜀者，偏識子規啼。（《全唐詩》卷七三蘇頲）

【離天威驛】　早發天威驛，深春尚薄寒。龍蛇盤道路，波浪卷峰巒。古木萌常晚，新流勢未湍。忠臣方叱馭，更險不辭難。（《安陽集》卷七）

【栅山驛早起】　栅山孤驛夜寒清，襆被爇柴坐遲明。行旆動時紅日上，肩輿經處白雲生。連峰峭怪濃鋪翠，流水盤紆數送聲。自喜區區王事外，縱觀佳境有餘情。（《錢塘集》卷七）

【和徐之才宿孔溪亭驛早行】一云《和劉漕》。　孔憂寧暖席，劉髀不禁鞍。夜永無歸夢，山深正苦寒。行鉦催早發，晨鼎薦芳酸。誰識驅馳意，憂民萬事端。（《安岳集》卷一〇）

【和資道故山驛早行】　欲識混沌初，請君觀曉山。浩蕩有而無，雲煙往復還。流水意更新，四顧復聯攀。日馭慎莫出，我要常蕭閑。（《景迂生集》卷四）

【北行日録上】　（宋孝宗乾道五年十二月）十五日，丙申，晴。四更，車行三十六里，至相州城外安陽驛早頓……十七日，戊戌，晴。車行三十五里，過沙河縣，屬邢州。縣有重城。换驢，行二十五里，至邢州，今榜曰“安國軍”。甕城三重。入門，直對州衙東，入邢臺驛早頓……二十四日，乙巳，晴。五更，車行四十五里，至安肅軍南城外上馬，由城中，又入北城驛，早食。軍本遂城縣，屬易州。（《攻媿集》卷一一一）

【乾封驛早行】　己巳被驛書，乙亥戒徂兩。扶衰犯霜露，疲憊不可狀。夜行星滿天，晨起雞初唱。槁枝燒代燭，凍菜擷供餉。三年走萬里，天

幸苟亡恙。深知賦材薄，自笑得名妄。宣温望玉座，何以待諮訪。春江色如藍，歸舟行可榜。(《劍南詩藁》卷一三)

【曉晴發黄杜驛】 望後月不落，偏於水底明。對懸雙玉鏡，并照一金鉦。忽值山都合，渾無路可行。多情小花徑，導我度千縈。(《誠齋集》卷三四)

驛中

(崔)湜，少以文辭知名，舉進士，累轉左補闕……(先天元年)坐徙嶺外……與尚書右丞盧藏用同配流，俱行。湜謂藏用曰："家弟承恩，或冀寬宥。"因遲留不速進。行至荆州，夢於講堂照鏡……其日，追使至，縊於驛中，時年四十三。(《舊唐書》卷七四《崔湜傳》)

杜兼，京兆人……拜濠州刺史。兼性浮險，豪侈矜氣。屬貞元中德宗厭兵革，姑息戎鎮，至軍郡刺史，亦難於更代。兼探上情，遂練卒修武，占召勁勇三千人以上聞，乃恣凶威。録事參軍韋賞、團練判官陸楚，皆以守職論事忤兼，兼密誣奏二人通謀，扇動軍中。忽有制使至，兼率官吏迎於驛中，前呼韋賞、陸楚出，宣制杖殺之。(《舊唐書》卷一四六《杜兼傳》)

元稹，字微之……拜監察御史，按獄東川，因劾奏(官吏不法)……凡十餘事，悉論奏。會河南尹房式坐罪，稹舉劾，按故事追攝，移書停務。詔薄式罪，召稹還。次敷水驛，中人仇士良夜至，稹不讓，中人怒，擊稹敗面。宰相以稹年少輕樹威，失憲臣體，貶江陵士曹參軍。(《新唐書》卷一七四《元稹傳》)

崔協，字思化……天成初，遷禮部尚書、太常卿……四年春，駕自夷門還京。從至須水驛，中風暴卒，詔贈尚書左僕射，謚曰恭靖。(《舊五代史》卷五八《崔協傳》)

張方平，字安道，南京人……(宋神宗朝，)契丹泛使蕭禧來議疆事，臨當辭，卧驛中不起。方平謂樞密使吴充曰："但令主者日致饋勿問，且使邊郡檄其國可也。"充啓從之，禧即行。(《宋史》卷三一八《張方平傳》)

（唐肅宗至德元載六月乙未，玄宗西幸，晨出延秋門。）夜將半，乃至金城。縣令亦逃，縣民皆脱身走，飲食器皿具在，士卒得以自給。時從者多逃，内侍監袁思藝亦亡去。驛中無燈，人相枕藉而寢，貴賤無以復辨。（《資治通鑑》卷二一八）

（宋真宗天禧四年四月，）臨涇胡順之爲（浮梁）縣令……府嘗遣教練使詣縣，順之聞之，曰："是固欲來煩擾我也。"乃微使人隨之，陰記其入驛舍及受驛吏供給之物。既至，入謁，色甚倨。順之延與坐，徐謂曰："教練何官也？"……又曰："應與命官坐乎？"教練使趨下，謝罪。順之即械繫獄，置闇室中，以糞十甕環其側……卒杖之，自是府吏無敢擾縣者。（《續資治通鑑長編》卷九五）

（宋仁宗慶曆三年秋七月，歐陽修言：）"竊知元昊所遣來人將欲到闕，風聞管勾使臣須索排比，次第甚廣，又聞纔至，欲賜御筵管領。臣知昊賊此來，意極不遜，臣料朝廷必欲要其臣服，方許通和，如此，則須有以挫之，方能抑其驕慢，乃可商量……其元昊來人欲乞更不差官管待，送置驛中，不須急問。至於監視饋犒、傳道語言，一了事班行足矣……"（《續資治通鑑長編》卷一四二）

（宋仁宗皇祐五年二月）癸巳詔："儀鸞司自今毋得以天下州府圖供張都亭驛。"初，户部副使傅永言奉使契丹，而接伴者問益州事，且云曾見驛中畫圖，故請禁之。（《續資治通鑑長編》卷一七四）

（宋高宗紹興三十二年三月）丁巳，金國人使高忠建等入辭，置酒垂拱殿。忠建等既朝，留驛中凡五日，觀濤、天竺之遊，皆罷之。至是，面受報書，用敵國禮。（《建炎以來繫年要録》卷一九八）

《神麓記》曰："亮初登極，唯有一親弟梧桐兗，以殿前都點檢爲賀正旦使，來我朝都亭驛中，病甚。亮以天使催督返界。歸國，死。"（《三朝北盟會編》卷二四三）

【上神宗論河北流民到京西乞分給田土】 自臣昨在汝州，切聞河北流民，來許、汝、唐、鄧州界逐熟者甚多……襄城縣至南薰門，共六程。臣見緣路流民，大小車乘及驢馬馱載，以至擔仗等相繼不絶……臣不見者，並臣于許州驛中住却一日，路上之人臣亦不見……”(《宋名臣奏議》卷一〇六富弼)

(宋孝宗乾道六年十月)十四日，留驛中。晚，以小舟渡江南，登山，至江瀆，南廟新修未畢，有一碑，前進士曾華旦撰。(《入蜀記》卷六)

天福中，近侍李詠因監契丹，驛中有判官謂李詠曰：“武肅王嘗夜不睡。”詠詰其所知，答曰：“嘗聞五臺王子太師言浙中不睡龍，今已歸矣。”訪其所聞，乃壬辰之後也。(《吴越備史》卷一)

毛仙山，在萍鄉縣東二十三里，古有毛仙驛。《方輿記》云：“昔有人，過此山，逢一人，遍體生毛，言辭異常。後不復見。朱子過此，嘗問驛卒，云：‘狐魅所爲。’遂題詩驛中。”(《江西通志》卷八)

北使到闕，先遣伴使賜御筵於赤岸之班荆館，中使傳宣撫問，賜龍茶一斤、銀合三十兩。次日，至北郭税亭，茶、酒上馬。入餘杭門，至都亭驛，中使傳宣，賜龍茶、銀合如前，又賜被褥、銀沙鑼等。(《武林舊事》卷八《人使到闕》)

錢丕少卿忽夜多惡夢，但就枕便成，輒通夕不止。後因赴官，經漢上，與鄧州推官胡用之相遇，驛中同宿，遂説近日多夢，慮非吉兆。胡曰：“昔嘗如此，驚怕特甚，有道士，教戴丹砂。初任辰州推官，求得靈砂雙箭鏃者戴之，不涉旬即驗，四五年不復有夢，至今秘惜。”因解髻中一絳紗袋遺之，即夕無夢，神魂安静。《真誥》及他道書多載丹砂辟惡，豈不信然。(《醫説》卷五引《類編》)

羅謙甫治入國信副使……云在路到邯鄲驛，中夜夢一婦人，著青衣，不見面目，用手去脅下打了一拳，遂一點痛，往來不止，兼之寒熱而不能食，乃鬼擊也。(《名醫類案》卷八)

曾明仲治郡，善用耳目，於迹盗尤有法。潞公過鄭，失金唾壺。明仲見

公於驛中,公言其事。明仲呼孔目官,附耳囑付之。既去,不食頃,已擒偷唾壺人來矣。潞公歸朝,大稱賞之。(《曲洧舊聞》卷五)

至元十三年丙子春正月,丞相伯顔統兵入杭,宋謝、全兩后以下皆赴北。有王婉儀者,題《滿江紅》詞於(驛中)壁云:"太液芙蓉,渾不似、舊時顔色。曾記得春風雨露,玉樓金闕……"婉儀之詞傳播中原。文天祥讀至末句,嘆曰:"惜也!夫人於此少商量矣!"爲之代作一篇云:"試問琵琶,龍沙外、怎生風色?最苦是姚黄一朵,移根仙闕。王母歡闌瓊宴罷,仙人淚滿金盤側。聽行宫夜半雨淋鈴,聲聲歇。　　彩雲散,香塵滅。銅駝恨,那堪説。想男兒慷慨,嚼穿齦血。回首昭陽離落日,傷心銅雀迎新月。算妾身不願似天家,金甌缺。"……婉儀名清蕙,字沖華。後爲女道士。五月二日,抵上都,朝見世皇。十二日夜,故宋宫人安定夫人陳氏、安康夫人朱氏,與二小姬沐浴,整衣焚香,自縊死。朱夫人遺四言一篇與衣中云:"既不辱國,幸免辱身。世食宋禄,羞爲北臣。妾輩之死,守於一貞。忠臣孝子,期以自新。丙子五月吉日泣血書。"明日奏聞,元主命斷其首,懸全后寓所。(《宋稗類鈔》卷一三)

宋宫人王昭儀,名惠清,字沖華。丙子北行,題驛中,有《滿江紅》辭云:"太液芙蓉,全不似、舊時顔色。常記春風雨露,玉階金闕。名播椒蘭妃后裏,歡承笑語君王側。聽一聲、鼙鼓揭天來,繁華歇。　　龍虎散,風雲滅。銅駝恨,何堪説。對山河百二,淚沾襟血。驛館夜驚塵土夢,宫車曉轉關山月。問姮娥、垂顧肯相容,從圓缺。"中原士人多誦之,但惜末句欠爾。(《草木子》卷四上)

崔翰風儀偉秀,有勇幹,爲天武左厢主……從平晉陽,時軍士立功未行賞賚,遽有平燕之議。諸將莫敢言……既而范陽班師,至金臺驛,中黄門閻承翰馳奏,大軍不整,南面而潰,上令翰率衛士十餘人止之。翰請單騎徑往告諭,衆稍稍乃定,不戮一人,上甚嘉之,後遷領節鎮。(《宋朝事實類苑》卷五五)

柳仲塗開赴舉時,宿驛中,夜聞婦人私哭,其聲婉而哀。曉起詢之,乃同驛臨淮令之女。令在任恣貪墨,委一僕主獻納。及代還,爲僕所恃,逼其女爲室。令度勢難免,因許之。女故哭。柳素負節義,往見令,詰其實,令不能諱,悉告柳。柳忿怒,曰:“願假此僕一見,爲子除害!”僕至柳室,則令往市酒果、鹽梅等物。俟夜闌,呼僕入,叱問曰:“脇主人女爲婦是汝邪?”即奮匕首,殺而烹之。翊日,召令及同舍飲,共食僕肉。飲散,亟行令,往追謝問僕安在,柳曰:“適共食者,乃其肉也。”(《説郛》卷三五下虞裕《談撰》)

(劉仁軌唐高宗朝自青州刺史徵拜御史大夫,)謂諸御史曰:“諸公出使,當舉冤滯,發明耳目,興行仁義,無爲煩擾州縣,而自重其權。”指行中御史曰:“只如某御史,夜到驛,驛中東廳、西廳,復有何異乎?若移乃公就東廳,豈忠恕之道也!願諸公不爲也。”(《大唐新語》卷一一)

江南有驛吏,以幹事自任。典郡者初至,吏白曰:“驛中已理,請一閱之。”刺史乃往。初見一室,署云“酒庫”,諸醖畢熟,其外畫一神。刺史問:“何也?”答曰:“杜康。”刺史曰:“公有餘也。”又一室,署云“茶庫”,諸茗畢貯,復有一神,問曰:“何?”曰:“陸鴻漸也。”刺史益善之。又一室,署云“葅庫”,諸葅畢備,亦有一神,問曰:“何?”吏曰:“蔡伯喈。”刺史大笑曰:“不必置此。”(《國史補》卷下)

建隆元年正月辛丑朔,鎮定奏:“契丹與北漢合勢入寇。”太祖時爲歸德軍節度使、殿前都點檢,受周恭帝詔,將宿衛諸軍禦之。癸卯,發師,宿陳橋。將士陰相與謀曰:“主上幼弱,未能親政,今我輩出死力爲國家破賊,誰則知之?不若先立點檢爲天子,然後北征,未晚也。”甲辰,將旦,將士皆擐甲執兵仗,集於驛門,讙噪突入驛中。太祖尚未起,太宗時爲内殿祇候供奉官都知,入白太祖。太祖驚起,出視之。諸將露刃羅立於庭,曰:“諸軍無主,願奉太尉爲天子。”太祖未及答,或以黄袍加太祖之身,衆皆拜於庭下,大呼稱萬歲,聲聞數里。太祖固拒之,衆不聽,扶太祖上馬,擁逼南行。(《涑水記聞》卷一)

許敏,明州人,張唐卿榜第一甲及第,爲大理評事。知縣,嘗因用刑棰殺人。其後冤屢見,但相去尚遠。經二十年,敏以太常博士通判蘇州。其冤漸近,稍如榻。與敏夫婦同寢。其始,敏夫婦在外,冤卧於内……是時詔索天下御容,令轉運司差官護送入京。敏與太守林大卿不協,於上司求行。自京

師歸。至汴上青陽驛，其冤逼之，敏死驛中。(《談苑》卷一)

熙寧中，士大夫猶能詩。盧秉《題汴河驛中》云："蒼顔白髮老參軍，剩糶官糧置酒樽。但得有錢供客醉，誰能騎馬傍人門。"荆公見而愛之，遂獲進用。(《侯鯖録》卷一)

王性之云：舒州下寨驛中所題詩，余以永感之人，讀之垂涕。云："北堂無老信來稀，十載秋風雁自飛。今日滿頭生白髮，千山鄉路爲誰歸。"(《侯鯖録》卷二)

唐元和初，有天水趙雲，客遊鄜畤。過中部縣，縣僚有燕。吏擒一人至，其罪不甚重，官僚欲縱之。雲醉，固勸加刑，於是杖之。累月，雲出塞，行及蘆子關，道逢一人，要之言款。日暮，延雲下道，過其居，去路數里。於是命酒偶酌，既而問曰："君省相識耶?"雲曰："未嘗，此行實昧平生。"復曰："前某月日，於中部值君，某遭罹横罪，與君素無讎隙，奈何爲君所勸，因被重刑?"雲遽起謝之。其人曰："吾望子久矣，豈虞於此獲雪小耻?"乃令左右拽入一室，室中有大坑，深三丈餘，坑中唯貯酒糟十斛，剥去其衣，推雲於中，飢食其糟，渴飲其汁。於是昏昏幾一月，乃縛出之，使人蹙頞鼻額，援捩支體，其手指肩髀，皆改舊形，提出風中，倏然凝定，至於聲韻亦改。遂以賤隸蓄之，爲烏延驛中雜役。累歲，會其弟爲御史，出按靈州獄，雲以前事密疏示之，其弟言於觀察使李銘(銛)，由是發卒討尋，盡得奸宄，乃復滅其黨。臨刑，亦無隱匿，云前後如此變改人者數世矣。(《太平廣記》卷二八六引《獨異志》)

閿鄉縣主簿沈恭禮，太和中攝湖城尉。離閿鄉日，小疾，暮至湖城，堂前卧。忽有人繞牀數匝，意謂從行廳吏雷忠順，恭禮問之，對曰："非雷忠順，李忠義也。"問曰："何得來此?"對曰："某本江淮人，因飢寒，傭於人。前月至此縣，卒于逆旅。然飢寒甚，今投君祈一食，兼丐一小帽，可乎?"恭禮許之，曰："遣我何處送與汝?"對曰："來暮遣驛中廳子張朝來取。"語畢，立於堂之西楹。(《太平廣記》卷三四八引《博異志》)

太(代)宗朝，李季卿刺湖州。至維揚，遇陸處士鴻漸。李素熟陸名，有傾蓋之歡。因赴郡，抵揚子驛中。將食，李曰："陸君善茶，蓋天下聞，揚子江南零水，又殊絶，今者二妙千載一遇，何曠之乎！"命軍士信謹者，挈缾操舟，深詣南零取水，陸潔器以俟。(《太平廣記》卷三九九引《水經》)

【爲東都韋留守謝賜食狀】 具官臣某。右臣今日發至長樂驛，中使某奉宣聖旨，賜臣食者。伏以味兼海陸，品溢圓方。降自御厨，光臨傳舍。臣初辭魏闕，倍懷犬馬之誠；猥受珍羞，更切稻粱之感。無任欣躍。(《劉賓客文集》卷一七)

【金陵寄竇尚書】 二年岐路有西東，長憶優遊楚驛中。虎帳談高無客繼，馬卿官傲少人同。世危肯使依劉表，山好猶能憶謝公。此去此恩言不得，謾將閒淚對春風。(《羅昭諫集》卷三；《全唐詩》卷六五六羅隱)

【常州驛中喜雨】 颯颯旱天雨，凉風一夕迴。遠尋南畝去，細入驛亭來。蓑唱牛初牧，漁歌棹正開。盈庭頓無事，歸思酌金罍。

【驛中七夕】 七夕雨初霽，行人正憶家。江天望河漢，水館折蓮花。獨坐凉何甚，微吟月易斜。今年不乞巧，鈍拙轉堪嗟。(《全唐詩》卷七五四徐鉉)

【泥溪驛中作】嘉陵江自大散關，與予相伴二十餘程，至泥溪，背予去，因有是作。

山驛蕭條酒倦傾，嘉陵相背去無情。臨流不忍輕相别，吟聽潺湲坐到明。

【柳池驛中作】 二十二餘程鳥道，一千一百里江聲。江聲聽盡行未盡，西去出山猶七程。至羅江出山。(《徂徠石先生文集》卷四)

【元豐己未冬至夜萬載驛嘗有詩寄廣漢今歲萬安驛用前韻呈廣漢友兄學士】 去年萬載驛逢冬，今夕萬安村驛中。長笑布袍翁鬓白，不知今我亦如翁。(《鄱陽集》卷一一)

【臨江驛中庭有大柏因寄穎叔】 林麓山頭屋數椽，中庭翠柏上參天。廟廊豈不須梁棟，偶置荒幽亦偶然。(《鄱陽集》卷一二)

【論元昊來人不可令朝臣管伴劄子】 臣風聞朝旨,欲以殿中丞任顓管領元昊遣來一行人等。臣竊知元昊此來,全無好意……其元昊來人,欲乞更不差官管領,送置驛中,不須急問。(《文忠集》卷九九)

【洛川驛中夢與一故人作詩十餘韻既覺惟記其兩句南山絡條華四顧吃所哀因識之】 西征豈不樂,夢中詩佳哉。南山絡條華,四顧吃所哀。山川今可夢,小謝恨能裁。無令辜此夕,羸馬空徘徊。(《景迂生集》卷五)

【中庸傳】 政和五年乙未七月二十二日,己丑,直羅縣驛中,自校畢,其成在此月五日鄜州官舍山堂。(《景迂生集》卷一二)

【仁義驛中】九月三十日謁告去郡。 騎驢何似賈司倉,行李唯餘古錦囊。秋後恰容鷹脱架,春來會有燕投梁。清時無用材雖拙,白日能閒策亦長。慚愧平生負三尺,一成泉石欲膏肓。(《東堂集》卷三)

【驛中燕北使戲成】 夜長更長睡復覺,欲雪不雪寒且風。人如胡越不覺異,酒味聖賢聊復中。客來不語雖禮簡,賓去獻弓而愛同。書生多口慎勿出,累聖消兵在此中。(《竹隱畸士集》卷三)

【久不飲酒春日得家問喜甚與宗之對酌調馬驛中速飲數觥徑醉醉中和東坡醉題四首】(其一) 海嶠無佳釀,經時不入唇。巨觥今一醉,遠問到初春。偶脱長鯨口,來尋仲子鄰。醉中輕萬里,始信濁醪神。(《梁谿集》卷二四)

【和張序臣合肥驛中詩】 槖皋何處合肥東,知有詩翁杖履中。魯會一時歸寂寞,吴吟千載發清雄。湖山照碧朦朧日,鞍馬欺寒料峭風。春入花梢人易感,莫教房闥歎飛蓬。(《相山集》卷一〇)

【含山驛中】 日暖風輕晝睡餘,海棠嬌褪玉肌膚。楊花也似知人意,來趁飛紅入座隅。(《相山集》卷一五)

【泛舟遊山録二】　（宋孝宗乾道三年九月）辛卯，早，再赴葉君飯，乃行。尉亦並轡二十餘里。至青陽縣，令成文林雩、丞熊從政實襄、主簿陳朝立、巡檢程同光祖來迓，館於驛中，尉廨即宋齊丘宅。其傍對九華，而丘之墓在牛心山下。（《文忠集》卷一六八）

【驛中阻雨】　淫浸秋雨阻桐川，無術那能補漏天。傳舍終宵不成寐，點燈重讀舊詩篇。（《梅溪集》後集卷一五）

【象山縣渡船記】　象山爲邑，海帀三垂……慶元四年六月，承直郎韓君元禮爲宰，訪問疾苦耆老，首以是告，謀欲遵趙公之法而興起之，鳩工度材……陳山有驛，以爲賓客行人弛擔之地，將刻石驛中，以詔後人。慨然爲直書之，以補吾里地志之闕云。（《攻媿集》卷五九）

【北行日録上】　（宋孝宗乾道五年十一月）三日乙卯，晴，習儀驛中，已不及，習於參政府……（十二月）五日丙戌，霜寒頗力，行人鬚髮皆冰。六十里，永城縣早頓，驛中猶有燈。

八日，己丑，晴。車行六十里，雍丘縣早頓……宿陳留縣。去雍丘六十里驛中，有蒼柏可愛。（《攻媿集》卷一一一）

【十一月三十日乃耘老弟生朝余是日也宿留富陽驛中念之殊不勝情因賦一詩俟到吴門有便寄去】　玉琯新陽七日來，天將風月賦詩才。别來又喜逢初度，相望何由把一杯。霜後不凋門外柳，春前已折隴頭梅。團欒今夜華堂燕，應念三州數往回。（《尊白堂集》卷三）

【自巫山遵陸以避黑石諸灘大雨不可行泊驛中一日吏士自秭歸陸行者亦會】　巫山信是陽雲臺，客行五日雲不開。陰晴何嘗有朝暮，夜雨少休明復來。今朝水長不知數，没盡山根蒼石堆。東磯西磯盡如削，大灘小灘俱若雷。不知瞿唐復何似，想見萬頃淙一杯。祇今水劑已壯矣，聞道陸程尤艱哉。摩圍隘口石生角，蹋颯坡前泥似醅。眼前安得故園路，江沙江草便青鞋。（《范石湖集》卷一六）

【得韓無咎書寄使虜時宴東都驛中所作小闋】 大梁二月杏花開,錦衣公子乘傳來。桐陰滿地掃不得,金轡玲瓏上源驛。上源驛中搥畫鼓,漢使作客胡作主。舞女不記宣和妝,廬兒盡能女真語。書來寄我宴時詞,歸鬢知添幾縷絲。有志未須深感慨,築城會據拂雲祠。唐中受降城在拂雲祠。(《劍南詩藁》卷四)

【貧甚戲作絶句·又】 行徧天涯等斷蓬,作詩博得一生窮。可憐老境蕭蕭夢,常在荒山破驛中。(《劍南詩藁》卷六三)

【念奴嬌·驛中言别友人】 水天空闊,恨東風、不借世間英物。蜀鳥吴花殘照裏,忍見荒城頽壁。銅雀春情,金人秋淚,此恨憑誰説。堂堂劍氣,斗牛空認奇傑。 那信江海餘生,南行萬里,扁舟齊發。正爲鷗盟留醉眼,細看濤生雲滅。睨柱吞嬴,回旗走懿,千古衝冠髮。伴人無寐,秦淮應是孤月。(《文山集》卷一九)

【山石榴花】 深色臙脂碎剪紅,巧能攢合是天公。莫言無物堪相比,妖豔西施春驛中。(《全唐詩》卷四九四施肩吾)

【使金録】 (宋寧宗嘉定五年正月)十五日,癸亥,晴,未曉,至邯鄲縣早頓。過藺相如墓,晚至磁州北門,城壕内兩舟網魚。驛中紙燈十餘盞,甚草草。十六日,甲子,晴,早頓相州。市中紙燈,差勝磁州。過羑里城、文王廟。晚,宿湯陰縣。十七日,乙丑,晴,早頓衛縣,晚宿衛州。將至城,過比干墓,有碑云"忠孝比干之墓",紂墓亦在衛河之東。驛中人云:去冬十二月二十八日,雪一尺五寸。夜度黄河,聞埽兵提鈴唱聲,督守浮橋人戽水甚遽。(《新安文獻志》卷三四程卓)

沈造嘗言,湖陰有遺鞭驛,蓋識晉明帝微行,視王敦營事也。温飛卿所賦《湖陰辭》,刻石在驛中,前後過客作詩甚多,唯一篇最佳,而不著姓名。其詩云:"鷁船犀甲下荆州,蜂目將軍擁碧油。虎帳覺來驚日墮,龍媒嘶去劇星流。奸萌問鼎身何在,計中遺鞭事可羞。幽草野花埋石徑,無人爲作晉陽秋。"(《風月堂詩話》卷上)

崇寧中,羅竦叔恭嘗爲予言:頃赴太學秋試,時自廣陵取道隋堤,見官驛中木槿花,過客題詩甚多。其間一絶句云:“朝炊不及黔,暮車不生角。故應庭下花,無人見開落。”人亦有題字於其側而賞嘆之者,但恨不見賦詩者姓名耳。竦與兄靖仲謀俱登第,亦有詩名。(《風月堂詩話》卷下)

五大夫,秦爵名也,封松爲五大夫,非特爲五株松也。近有題范文正所植鄱陽驛中六松云“青青六大夫”,此殊可笑。(《觀林詩話》)

宋謝太后北觀,有王夫人,題一詞於汴京夷山驛中云:“太液芙蓉,渾不似、舊時顔色。曾記得春風雨露,玉樓金闕。名播蘭馨妃后裏,暈潮蓮臉君王側。忽一聲鼙鼓揭天來,繁華歇。　龍虎散,風雲滅。千古恨,憑誰説。對山河百二,淚盈襟血。客館夜驚塵土夢,宫車曉碾關山月。問姮娥於我肯從容,同圓缺。”文宋瑞丞相和云:“燕子樓中,又捱過、幾番秋色……”(《浩然齋雅談》卷下)

驛裏

北客有詠前朝詩云:“當日陳橋驛裏時,欺他寡婦與孤兒。誰知三百餘年後,寡婦孤兒亦被欺。”又詠汴京青城云:“萬里風霜空緑樹,百年興廢又青城。”蓋大金之亡,亦聚其諸王於青城而殺之。白敬甫。(《癸辛雜識》别集卷上《北客詩》)

【邯鄲冬至夜思家】　邯鄲驛裏逢冬至,抱膝燈前影伴身。想得家中夜深坐,還應説著遠行人。(《白居易集》卷一三;《全唐詩》卷四三六白居易)

【夢蘇州水閣寄馮侍御】　楊州驛裏夢蘇州,夢到花橋水閣頭。覺後不知馮侍御,此中昨夜共誰遊?(《白居易集》卷二四;《全唐詩》卷四四七白居易)

【過游源驛】　游源驛裏壁間詩,去歲經過一覽時。客子面皮真鐵鑄,閒人公論是靈旂。有誰謔浪慵開口,只我哀憐爲斂眉。多謝縣侯新蕩滌,從今莫恨放行遲。(《灌園集》卷五)

【三十日乃耘老弟生朝余護客舟行高郵道中不勝戀戀之情因賦鄙句以寄之】 愛日初看一綫遲，二十六日冬至。門弧喜氣又相隨。遥知綺席團欒處，正是篷窗寂寞時。節愛堂中先遣信，富陽驛裏舊吟詩。生涯已是千奴辦，且泛新陽入壽卮。（《尊白堂集》卷二）

【枕上聞急雨】 枕上雨聲如許奇，殘荷叢竹共催詩。唤回二十三年夢，燈火雲安驛裏時。（《劍南詩藁》卷二七）

【秋巖自山中見約】 九江驛裏見春風，幾度懷清隔曉鐘。思白有人傷柳色，依劉無地感萍蹤。半生力學羞長劍，兩載心期信短筇。九叠屏高有標致，遠公相約則吾從。（《廬山集》卷五）

驛内

（唐憲宗元和四年），武寧王紹護送監軍孟昇喪，乘驛，内喪郵中，吏不敢止。（《新唐書》卷一七四《元稹傳》）

（宋神宗熙寧五年四月乙亥，）知雄州張利一言："北界有七八千騎，過拒馬河南兩地共輸北塹等村地分，續令歸信、容城知縣、縣尉領兵至彼，其人馬即過河北。及河北驛内復有人馬約一千餘。"詔安撫司體量因依以聞。（《續資治通鑑長編》卷二三二）

（唐昭宗景福二年）十月，詔雷州司户參軍杜讓能賜自盡於臨皋驛。初，讓能爲太尉，與李茂貞不協……帝不得已，貶雷州司户參軍，仍詔送茂貞軍前。茂貞具禮，出迎至驛，復表請行朝典。如此往來者，竟遣中使，害讓能於驛内。（《册府元龜》卷一七八；《北夢瑣言》卷一四《李茂貞脅尹殺宰相》）

咸通中，中書侍郎平章事劉瞻以清儉自守，忠正佐時。懿皇以同昌公主薨謝，怒其醫官韓宗紹等，縶於霜臺，并親屬二三百人散繫大理，内外憂懼。瞻上疏切諫，時路巖、韋保衡忮寵忌之，出瞻爲荆南節度使，中外咸不平之……俄而路巖出爲益帥，保衡又離相位，召瞻爲康州刺史，再授虢州。瞻旋至湘江,韋保衡南竄,相遇於江中。瞻家人齊登舟外詬罵之,保衡約束家人,無辭以對。至賀州驛内,伏法。乃是數年前殺楊收閣子中榻上也。(《中朝故事》)

【三泉驛】　三泉驛内逢上巳,新葉趨塵花落地。勸君滿盞君莫辭,别後無人共君醉。洛陽城中無限人,貴人自貴貧自貧。(《元稹集》卷二六)

【申四路安撫使范資政乞於乾華州聽候朝旨狀】　某自潞州昨赴渭州制勘院照對公事,至永興軍,經陜西都轉運司陳狀……洙已於六月十日蒙制勘院責保送渭州居住,見在館驛内下安置。至伺候敕命,須是一月已上。切緣洙去年方離渭州,即今本州官員,多是某在任日到任。館驛内又有衆官安下,常有官員往還,事體深屬不便,伏望四路安撫資政,特賜據狀,備録奏聞,并詳某前於陜西都轉運司所陳事理,早降指揮,伏候台旨。(《河南集》卷二五)

驛上

遽,傳也,若今時驛馬軍書、當急聞者……遽令,郵驛上下程品。(《周禮注疏》卷三一)

(北魏太武帝太平真君十年九)月,成周公萬度歸千里驛上,大破焉耆國,其王鳩尸卑那奔龜兹。(《魏書》卷四下《世祖紀下》)

後魏每攻戰尅捷,欲天下知聞,乃書帛,建於竿上,名爲露布。其後相因施行。開皇中,乃詔太常卿牛弘、太子庶子裴政撰宣露布禮。及九年平陳,元帥晉王以驛上露布,兵部奏,請依新禮宣行。(《隋書》卷八《禮儀志三》;《封氏聞見記》)卷四;《通典》卷七六)

(洪遵宋孝宗朝)徙知建康府……進資政殿學士以行……營卒醉,妄言摇衆,斬之,磔於市,三軍無敢譁。有晝入旗亭梃刃椎壚者,械付獄。驛上奏未下,統帥懼得譴,請自治之。孝宗怒,罷統帥,遵亦坐貶兩秩。(《宋史》卷三七三《洪遵傳》)

(宋神宗熙寧四年五月丙午,)降龍神衛四厢都指揮使、昭州防禦使、涇原路副都總管張玉爲總管、陵州團練使,落軍職。玉以兵追討慶州叛軍,而吴達等勢窮,降邠寧部將任懷政。懷政送玉,玉盡殺之於邠州朝天驛。上以玉妄殺,失朝廷信,故有是命。(《續資治通鑑長編》卷二二三)

吴越時,朱景環筭術神妙。貞明中,廣陵王元璙鎮吴,景環居盤門驛,上書元璙云:"到任當三十年安寧。"元璙命燭焚去,謂其説尚遠,未之敬也。至天福庚子、辛丑間,忽記其事,召景環問之,曰:"算數定矣!願公計後事。"及期,果薨。(《吴郡志》卷四三)

南軒先生張子諱栻,字敬夫,故丞相魏國忠獻公浚之嗣子也……退居三年,更歷兩鎮……天子益知公可用,嘗賜手書,褒其忠實,蓋將復大用之。而公已病矣。病亟且死,猶手疏勸上,以親君子、遠小人,信任防一己之偏,好惡公天下之理,以清四海,克固丕圖爲言,若眷眷不能忘者。寫畢,緘付府僚,使驛上之,有頃而絶。(《景定建康志》卷四七)

(章正字孝標)元和十三年下第,時輩多爲詩以刺主司,獨章君爲《歸燕詩》,留獻庾侍郎承宣。小宗伯得詩,展轉吟諷,誠恨遺才,仍候秋期,必當薦引。庾果重秉禮曹,孝標來年擢第。群議以爲二十八字而致大科,則名路可遵,遞相礱礪也。詩曰:"舊累危巢泥已落,今年故向社前歸。連雲大厦無栖處,更傍誰家門户飛。"孝標(授秘書省)正字東歸,題杭州樟亭驛云:"樟亭驛上題詩客,一半尋爲山下塵。世事日隨流水去,紅花還似白頭人。"初成落句云"紅花真笑白頭人",改爲"還似白頭人",言我將老,成名似花,芳艷詎能久乎? 及還鄉而逝。(《雲溪友議》卷下《巢燕詞》)

《南關驛上碑》云:"昔列禦寇稱'天傾西北',故河東視諸郡最爲高險,太行峙其南,羊暘處其北。"(《侯鯖録》卷六)

【至鴨欄驛上白馬磯贈裴侍御】 側叠萬古石,横爲白馬磯。亂流若電轉,舉棹揚珠輝。臨驛卷緹幕,升堂接繡衣。情親不避馬,爲我解霜威。(《李太白全集》卷二二;《全唐詩》卷一八一李白)

【中散大夫……鮮于公(向)神道碑銘】 公諱向,字仲通……(天寶中拜)蜀郡大都督府長史、兼御史中丞,持節充劍南節度副大使。公當大任,既竭丹誠,射討吐蕃摩彌城,拔之,改洪州爲保寧都護府,塹弱水爲蕃漢之界,收户數十萬,闢土千餘里。屬恩敕命召祗赴京師,至臨皋驛,上令中貴人勞問,賜甲第一區,又錫名馬,兼供御饌。(《顔魯公集》卷六)

【與李太保帖】 真卿緣驛上無馬,私乘泡轉幾死,前進不得。今日始至藍田,即便取路,不獲執別。此情如何,珍重珍重。(《顔魯公集·補遺》)

【嘉陵驛二首篇末有懷**】**

嘉陵驛上空牀客,一夜嘉陵江水聲。仍對牆南滿山樹,野花撩亂月朧明。

牆外花枝壓短牆,月明還照半張牀。無人會得此時意,一夜獨眠西畔廊。(《元稹集》卷一七;《全唐詩》卷四一二元稹)

【李永恭可内殿承制制】 敕某:天水彊藩,西遮隴道;羽林積弩,分屯勁兵。爾出監連營,且隸帥府。驛上勞最,朝案計書。戎政頗修,軍法應賞。宜自近班之峻,入處中制之承。尚加撫循,以對旌陟。(《文恭集》卷一三)

【聞西師復華州】 西師驛上破番書,鄠杜真成可卜居。細肋卧沙非望及,且炊黍飯食河魚。(《劍南詩藁》卷六九)

驛下

(晉高祖擬以天福二年三月二十七日巡幸汴州,詔)所在州縣並不得輒有科斂,布告中外,咸使聞知……庚辰,帝卯時離京,至積潤驛,下馬,留司官等班辭。辛巳,帝寅時離偃師,至孝義(驛)食。(《册府元龜》卷一一四)

【代胥舍人謝啓】 伏奉制命,以本官知制誥者。經星秘掖,素號於凝嚴;瑞鷗神池,驟陪於機近……召詣坐槐之府,趣程視草之工。慕受詔而輒成,第矜拙速;顧每篇而稱善,絶企前修。俟訖程觀,當從報罷。遽荷睿明之

眷,擢升清切之司。(《景文集》卷五五)

【旅遊·又】 本自無心落市朝,不妨隨處狎漁樵。螺青點出暮山色,石緑染成春浦潮。縣驛下時人語鬧,寺樓倚處客魂消。流年不貸君知否?素扇團團又可摇。(《劍南詩藁》卷七五)

驛外

(建中末朱泚反,德宗欲移幸山南。嚴震部將張用誠)爲賊所誘,欲謀背逆,朝廷憂之。會震又遣牙將馬勛奉表迎候,上臨軒召勛,與之語。勛對曰:"臣請計日至山南,取節度使符召用誠。即不受召,臣當斬其首以復。"……既出駱谷,用誠以勛未知其謀,乃以數百騎迎勛,勛與俱之傳舍,用誠左右森然。勛先聚草發火於驛外,軍士争附火。勛乃從容出懷中符,示之曰:"大夫召君。"用誠惶懼起走,壯士自背束手而擒之。(《舊唐書》卷一一七《嚴震傳》)

(宋徽宗宣和四年五月,)宣撫司使張憲等持書入燕,燕王得書,執二人,斬之。知遊説不行,於是募某借閤門宣贊舍人以往,臨行,以三事白童貫……五月十八日,晚,過白溝。食時至虜界新城縣,差到契丹漢兒官一員引伴,須臾,有父老數百人,填擁驛外,詢使人何處來。僕遂出榜讀之,衆皆驚愕。(《三朝北盟會編》卷六引《茆齊自叙》)

(宋孝宗乾道六年六月)十三日,早入常州,泊荆谿館。夜月如晝,與家人步月驛外。綯始小愈。(《入蜀記》卷一)

(後漢隱帝乾祐三年)十二月甲午朔,帝北征……二十日早,步兵前進,帝於庭中省其裝發。忽聞驛外鬫噪聲如雷霆。俄而士卒不繇門户,登牆越屋,雲屯山積,來迫帝曰:"天子請侍中自作,劉家社稷盡矣。縱然立得,亦無好事,却報讐於將校也。"(《册府元龜》卷八)

【纜船苦風戲題四韻奉簡鄭十三判官泛】 楚岸朔風疾,天寒鶬鴰呼。漲沙霾草樹,舞雪渡江湖。吹帽時時落,維舟日日孤。因聲置驛外,爲覓酒

家壚。(《杜詩詳注》卷二二;《全唐詩》卷二三三杜甫)

【士廷評相會梓州】 道視荀楊雖未至,分如管鮑已知深。一千二百日離别,五十六驛外相尋。重欲同君注《周易》,且來共我聽胡琴。月留屋角不下去,似與清風憐苦吟。(《徂徠石先生文集》卷四)

【永城邂逅周元通再索詩贈别周將海道之官黄縣 丙寅二月賦】 泛泛流萍衮衮蓬,偶然南北偶然逢。一樽通濟橋邊酒,兩夜臨濉驛外鐘。行矣風波宜尚慎,歸哉塵土不相容。事功早立須知退,學稼他年訪老農。(《慶湖遺老詩集》卷六)

【題南雄驛外計堂】 攜家度嶺夜乘槎,小泊淩江水北涯。二月山城無菜把,一年春事又楊花。舉頭海國星辰近,回顧梅山草樹遮。客子相逢聞好語,看山咫尺到南華。(《誠齋集》卷一五)

【崇安縣驛】 驛外清江十里秋,雁聲初到荻花洲。征車已駕晨窗白,殘燭依然伴客愁。(《劍南詩藁》卷一一)

【懷舊】 身是人間一斷蓬,半生南北任秋風。琴書昔作天涯客,蓑笠今成澤畔翁。夢破江亭山驛外,詩成燈影雨聲中。不須强覓前人比,道似香山實不同。(《劍南詩藁》卷六四)

【滿江紅·其二】夔州催王伯禮侍御尋梅之集。 疏蘂幽香,禁不過晚寒愁絶。那更是巴東江上,楚山千疊。欹帽閑尋西瀼路,亸鞭笑向南枝説。恐使君歸去上鑾坡,孤風月。 清鏡裏,悲華髮。山驛外,溪橋側。淒然回首處,鳳凰城闕。顦顇如今誰領略,飄零已是無顏色。問行厨何日唤賓僚,猶堪折。(《渭南文集》卷四九)

【鷓鴣天·其二】葭萌驛作。 看盡巴山看蜀山,子規江上過春殘。慣眠古驛常安枕,熟聽陽關不慘顏。 慵服氣,嬾燒丹,不妨青鬢戲人間。秘傳一字神仙訣,説與君知只是頑。(《渭南文集》卷四九)

【驀山溪】送伯禮。　元戎十乘，出次高唐館。歸去舊鵷行，更何人、齊飛霄漢，瞿唐水落。惟是淚波深。催疊鼓，起牙檣，難鎖長江斷。　春深鰲禁，紅日宫甎暖。何處望音塵。黯消魂、層城飛觀，人情見慣，不敢恨相忘。梅驛外，蓼灘邊，只待除書看。（《渭南文集》卷四九）

【卜算子】　驛外斷橋邊，寂寞開無主。已是黄昏獨自愁，更著風和雨。　無意苦争春，一任群芳妒。零落成泥碾作塵，只有香如故。（《渭南文集》卷四九）

【送三兄出宰常山】　官次淹時久，才華應世須。及瓜逢六月，行李過三衢。迓吏江邊少，齎裝驛外都。潮經漁浦夜，檣泊富陽晡。（《泠然齋詩集》卷四）

驛前

王旭，太原祁人也……開元二年，累遷左臺侍御史。時光禄少卿盧崇道以崔湜妻父，貶於嶺外。逃歸，匿於東都，爲讎家所發，詔旭究其獄。旭欲擅其威權，因捕崇道親黨數十人，皆極其楚毒，然後結成其罪，崇道及三子並杖死於都亭驛，門生親友皆决杖流貶。時得罪多是知名之士，四海冤之。（《舊唐書》卷一八六下《王旭傳》）

王同皎，相州安陽人……（神龍二年，遷光禄卿，）以武三思專權任勢，謀爲逆亂，乃招集壯士，期以則天靈駕發引，劫殺三思。同謀人撫州司倉冉祖雍，具以其計密告三思。三思乃遣校書郎李悛上言："同皎潛謀殺三思後，將擁兵詣闕，廢黜皇后。"帝然之，遂斬同皎於都亭驛前，籍没其家。臨刑，神色不變，天下莫不冤之。（《舊唐書》卷一八七上《王同皎傳》）

開元二年秋，吐蕃大將軍坌達焉、乞力徐等，率衆十餘萬寇臨洮軍，又進寇蘭、渭等州，掠監牧羊馬而去。楊矩悔懼，飲藥而死。玄宗令攝左羽林將軍薛納及太僕少卿王晙率兵邀擊之，仍下詔將大舉親征，召募將士，克期進發。俄而晙等與賊相遇於渭源之武階驛，前軍王海賓力戰死之。晙等率兵而進，大破吐蕃之衆，殺數萬人，盡收得所掠羊馬。賊餘黨奔北，相枕藉而死，洮水爲之不流。（《舊唐書》卷一九六上《吐蕃傳上》）

（宋欽宗靖康元年）十一月二十五日，賊兵至闕下，廟堂始倉皇分遣五路使臣徵天下兵，京師復被圍月餘，援兵竟不至，城遂陷……城陷六日，驛前所殺金使，一乃劉監軍之子。破城廢主之後，發願洗城。登門望城中，有黄旗兵滿空中，遂止。（《三朝北盟會編》卷九六引丁特起《孤臣泣血録拾遺》）

（宋孝宗乾道六年十一月）十四日，留驛中。晚，以小舟渡江南，登山。至江瀆南廟，新修未畢。有一碑，前進士曾華旦撰，言因山崩石壅，成此灘，害舟不可計，於是著令，自十月至二月，禁行舟……舟之所以敗，皆失於重載，當以大字刻石，置驛前，則過者必自懲創。二者皆不可不講，當以告當路者。（《入蜀記》卷六）

安寧鎮去柘東城西一日程，連然縣故地也。通海鎮去安寧西第三程，至龍封驛。驛前臨瘴川，去柘東城八日程，漢俞元縣故地也。（《蠻書》卷六）

南倉，在子城西北，倉在閶門側……税務舊在驛前，范文正公遷於西河之上，官私舟檝往來輸税者不必迂路，至今以爲便。（《吴郡圖經續記》卷上）

温州雁蕩山，天下奇秀……南有芙蓉峰，（峰）下芙蓉驛，前瞰大海，然未知雁蕩龍湫所在。後因伐木，始見此山。（《夢溪筆談》卷二四）

宜城驛有楚昭王廟，喬木萬林，多不知其名，歷代不敢翦伐……驛前有井，亦云起昭王時，每著靈異，人莫敢汲。（《北軒筆記》）

先是，永淳中，太后臨朝，武承嗣請立武氏七廟，中書令裴炎進諫，太后不悦而止。後崔爍（詧）上言炎有異圖，胡元範、符儼皆明其無罪，太后不納，令斬於都亭驛前。（《册府元龜》卷一三九）

（周世宗北征，次陳橋驛，部將擁立爲天子，）戎馬遂行，既入國門，兵至如賓，秋毫不犯……衆皆大喜。又聞上驛前誡約之事，滿城父老皆相賀曰："五代天子皆以兵威强制天下，未有德洽黎庶者。今上踐阼未終日，而有愛民之心，吾輩老矣，何幸見真天子之御世乎！"(《邵氏聞見録》卷七)

唐左史江融耿介正直。揚州徐敬業反，被羅織，酷吏周興等枉奏殺之，斬於東都都亭驛前。融將被誅，請奏事引見。興曰："囚何得奏事！"融怒叱之曰："吾無罪枉戮，死不捨汝！"遂斬之。尸乃激揚而起，蹭蹬十餘步。行刑者踏倒，還起坐，如此者三，乃絶。雖斷其頭，似怒不息。無何，周興死。(《太平廣記》卷一二一引《朝野僉載》)

【大宋潭州延壽院宗合傳】 釋宗合，閩越人也。遊嶽泛湘，以求知識焉……乃堅請往文殊院住持。爾日登座，聊舉禪要而散。明日，告衆曰："有故暫出，諸賢不宜留難。"其裝束若行脚狀。渡彭蠡，至黄州驛前，屹然立終，遐邇奔競觀禮。時馬鋪使臣爲營喪務，造塔於立終處，則開寶二年也。(《宋高僧傳》卷二二)

【還至端州驛前與高六别處】 舊館分江口，悽然望落暉。相逢傳旅舍，臨别换征衣。昔寄山川是，今傷人代非。往來皆此路，生死不同歸。(《張燕公集》卷八；《全唐詩》卷八七張説)

【送魏八】 更沽淇上酒，還泛驛前舟。爲惜故人去，復憐嘶馬愁。雲山行處合，風雨興中秋。此路無知己，明珠莫暗投。(《高常侍集》卷二；《全唐詩》卷二一四高適)

【記宜城驛】 此驛置在古宜城内，驛東北有井，傳是昭王井，有靈異，至今人莫汲。驛前水，傳是白起堰西山下澗，灌此城壞，楚人多死，流城東陂，臭聞遠近，因號其陂臭陂。(《東雅堂昌黎外集注》卷四)

【順陽歌】 朝辭官軍驛，前望順陽路。野水嚣荒墳，秋蟲鏤官樹。曾聞天寶末，胡馬西南騖。城守魯將軍，拔城從此去。(《劉賓客文集》卷二六；《全唐詩》卷三五四劉禹錫)

【題豫章館】 楊柳映春江，江南轉佳麗。吴門緑波裏，越國青山際。遊宦常往來，津亭暫臨憩。驛前蒼石没，浦外湖沙細。向晚宴且久，孤舟冏然逝。雲留西北客，氣歇東南帝。獨有萋萋心，誰知怨芳歲。(《全唐詩》卷一一九崔國輔)

【除夜書情】 何處風塵歲，雲陽古驛前。三冬不再稔，曉日又明年。春入江南柳，寒歸塞北天。還傷知候客，花景對韋編。(《全唐詩》卷四六六周弘亮)

【馬嵬歸】 雲愁鳥恨驛坡前，孑孑龍旗指望賢。無復一生重語事，柘黄衫袖掩濟然。(《全唐詩》卷五一一張祜)

【津陽門詩】 湯成召浴果不至，潼關已溢漁陽師。御街一夕無禁鼓，玉輅順動西南馳。其年，賜柑子使回，泣訴禄山反狀，云臣幾不得生還，上猶疑其言，復遣使喻云："我爲卿造一湯，待卿至。"使回，答言反狀，上然後憂疑，即寇軍至潼關矣。九門回望塵坌多，六龍夜馭兵衛疲。縣官無人具軍頓，行宫徹屋屠雲螭。時郊畿草擾，無御頓之備。上命徹行宫木，宰御馬，以饗士卒。馬嵬驛前駕不發，宰相射殺冤者誰。長眉鬢髮作凝血，空有君王潸涕洟。(《全唐詩》卷五六七鄭嵎)

【宿青雲驛】 蒼黄負譴走商顏，保得微躬出武關。今夜青雲驛前月，伴吟應到落西山。(《全唐詩》卷六八六吴融)

【驛前人家小池】 黄茅前驛路，暗淡小池園。春近花林好，日斜鳧鴨喧。幕雲寒冉冉，眉月夜翻翻。莫笑村居僻，誰如拙養尊。(《鄱陽集》卷九)

【西興】 舟行頗濡滯，累日驛前溪。大雨翻盆盎，狂風作鼓鼙。兩潮空早晚，一水限東西。憶昔遊湖棹，新晴傍會稽。(《青山續集》卷七；《清江三孔集》卷二四)

【夜泊建溪豐樂驛前三首】(其一) 坐看雲葉洗昭回，磴東天仙玉宇開。水染東甌清到骨，客傷南浦醲於醅。雪萌正薦澆醒筍，粉色渾藏艷眼

梅。稍覓暗芳窺熠燿，更從白石認磑磓。(《龍雲集》卷七)

【北行日録上】　(宋孝宗乾道五年十二月)六日……馬行十八里，入南京城，市井益繁，觀者多閉户以窺。夾道甲騎百餘，城外及驛前皆步兵。大樓曰睢陽，製作雄古，傾圮已甚。驛曰睢陽、穀熟，甲卒自言西人月請五百短錢，聞本朝養兵之豐，歎感不已。(《攻媿集》卷一一一)

【南雄驛前雙柳】　外計堂前柳絶奇，南中無此兩渦絲。午風不動休嫌暑，要看枝枝自在垂。(《誠齋集》卷一七)

【宿蘭溪水驛前三首】

(其二)　合眼波吹枕，開篷月入船。奇哉一江水，寫此二更天。剩欲酣清賞，翻愁敗醉眠。今宵懷昨夕，兩卧萬峰前。

(其三)　水色秋踰白，山光夜不青。一眉畫天月，萬粟種江星。小酌居然醉，當風不覺醒。誰家教兒子，清誦隔疏欞？(《誠齋集》卷二六)

【果州驛】　驛前官路堠纍纍，歎息何時送我歸。池館鶯花春漸老，窗扉燈火夜相依。孤鸞怯舞愁窺鏡，老馬貪行强受鞿。到處風塵常撲面，豈惟京洛化人衣。(《劍南詩藁》卷三)

【偶憶萬州戲作短歌】　峽中天下最窮處，萬州蕭條誰肯顧。去年正月偶過之，曾爲巴人三日住。南浦尋梅雪滿舟，西山載酒雲生屨。至今夢聽竹枝聲，燈火紛紛驛前路。殘春猶客蜀江邊，陳迹回思一愴然。漸老定知歡漸少，明年還復憶今年。(《劍南詩藁》卷三)

【月中歸驛舍】六月十四日。　歲歲常爲錦水行，驛前雙堠慣逢迎。草深閑院蟲相語，人静空廊月自明。病起酒徒嘲小户，才衰詩律愧長城。何時却泛耶溪路，卧聽菱歌四面聲。(《劍南詩藁》卷五)

【秋興】　無處逢秋不黯然，驛前斜日渡頭煙。吟肩雅與寒驢稱，歸夢頻争社燕先。百歲猶穿幾兩屐，千詩不及一囊錢。故應身世如團扇，已向人

間耐棄捐。(《劍南詩藁》卷五)

【春晚懷山南】　梨花堆雪柳吹緜,常記梁州古驛前。二十四年成昨夢,每逢春晚即悽然。(《劍南詩藁》卷三二)

【夢題驛壁】十二月二十七日夜。　半生征袖厭風埃,又向關門把酒杯。車轍自隨芳草遠,歲華無奈夕陽催。驛前歷歷堠雙隻,陌上悠悠人去來。不爲途窮身易老,百年回首總堪哀。(《劍南詩藁》卷四二)

【題旅舍壁・又】　地曠風號木,天高日脱雲。村名步頭换,縣界驛前分。蒿艾春侵路,雞豚暮識群。敲門就炊爨,一飯敢忘君。(《劍南詩藁》卷五七)

驛後

(唐德宗建中三年四月,朱)滔將步騎二萬五千,發深州。至束鹿,詰旦將行,吹角未畢,士卒忽大亂,喧譟曰:"天子令司徒歸幽州,奈何違敕南救田悦?"滔大懼,走入驛後堂避匿。蔡雄與兵馬使宗項等矯謂士卒曰:"汝輩勿喧,聽司徒傳令。"衆稍止。(《資治通鑑》卷二二七)

安仁縣雲錦驛後,山顛有絶覽亭。鄭剛中亨仲過,而刻詩柱上云:"目力所臨皆在下,亭名絶覽未爲叨。大來心地當如此,此外應知更有高。"(《蘆浦筆記》卷一〇《絶覽亭詩》)

信州杉溪驛舍中,有婦人題壁數百言,自叙世家:"本士族,父母以嫁三班奉職鹿生之子。鹿,忘其名。娩娠方三日,鹿生利月俸,逼令上道,遂死於杉溪。將死,乃書此壁,具逼迫苦楚之狀,恨父母遠,無地赴訴。"言極哀切,頗有詞藻,讀者無不感傷。既死,藁葬之驛後山下。行人過此多爲之憤激,爲詩以弔之者百餘篇,人集之,謂之《鹿奴詩》,其間甚有佳句。(《夢溪筆談》卷二四)

幽燕思先驛後，有五樹檜，忽生藥圓。試摘服之，往往療疾有驗。（《説郛》卷一一九上《雲仙雜記》）

先君子於紹定四年辛卯，出宰富春。九月到任……重建合江驛，驛後爲大閣，扁曰“清涵萬象”。（《癸辛雜識》後集《先君出宰》）

【送裴處士應制舉】 裴生久在風塵裏，氣勁言高少知己。注書曾學鄭司農，歷國多於孔夫子……憶得童年識君處，嘉禾驛後聯牆住。垂鈎鬭得王餘魚，蹋芳共登蘇小墓。此事今同夢想間，相看一笑且開顔。老大希逢舊鄰里，爲君扶病到方山。（《劉賓客文集》卷二八；《全唐詩》卷三五六劉禹錫）

【花樓望雪命宴賦詩】 連天際海白皚皚，好上高樓望一迴。何處更能分道路，此時兼不認池臺。萬重雲樹山頭翠，百尺花樓江畔開。素壁聯題分韻句，紅爐巡飲暖寒杯。冰鋪湖水銀爲面，風卷汀沙玉作堆。絆惹舞人春豔曳，勾留醉客夜徘徊。輪將虛白堂前鶴，失却樟亭驛後梅。別有故情偏憶得，曾經窮苦照書來。（《白居易集》卷二〇；《全唐詩》卷四四三白居易）

【行次潼關題驛後軒】 飛閣極層臺，終南此路回。山形朝闕去，河勢抱關來。雁過秋風急，蟬鳴宿霧開。平生無限意，驅馬任塵埃。（《全唐詩》卷五二八許渾）

【和叔宜弟】 悠悠白雲飛，戚戚感我情。白雲行四方，顧我豈憚行。投袂起番水，荷擔指宜城。所懷再踰秋，計以頃刻成。遠裝有書帙，貧囊無金籯。馬羸半徒步，僕瘦復兼程。天寒雪頻飛，山阻路少平。林端虎豹迹，驛後豺狼聲。我行有所懷，雖壯如孩嬰。入門旅愁破，侍席春風生。丁寧道懷感，惻怛一坐傾。（《鄱陽集》卷三）

【雨中登籌筆驛後懷古亭】 山寒雨急曉冥冥，更躡蒼崖上驛亭。深秀林巒都不見，白雲堆裏亂峰青。（《樂全集》卷三）

【題穀熟驛舍二首】

驛後新籬接短牆，枯荷衰柳小池塘。倦游對此忘行路，徙倚軒窗看夕陽。

一官南北鬢將華，數畝荒池净水花。埽地開窗置書几，此生隨處便爲家。(《雞肋集》卷二二)

【登安仁雲錦驛後挹仙亭三首】

古木陰中屋數椽，下臨縈折幾山川。晚來快雨仍新浴，端覺飄飄意欲仙。

未解桃源果有無，樹林樓閣世行圖。此亭縱説空無物，猶有仙山來坐隅。

對面雨來山欲移，援毫我亦賦新詩。扁舟縱是促行去，不廢小亭笻一枝。(《淳熙稿》卷一九)

【靈泉】驛後有龍惠泉。　泉螭無語笑經過，欲拊縈縲奈拙何。孤奉明恩雖出嶺，歡顔終少汗顔多。(《范石湖集》卷一五)

驛近

(宋孝宗乾道六年六月)十一日，五更，發楓橋。曉過滸墅，居人極多。至望亭，小憩……近無錫縣，始稍平曠。夜泊縣驛。近邑有錫山，出錫。(《入蜀記》卷一)

(海陽縣)鹽亭驛，近海，百姓煮海水爲鹽，遠近取給。(《元和郡縣圖志》卷三四潮州)

咸通十四年正月，御史丞韋蟾奏："應諸州刺史除授，正衙辭謝後，託故陳牒請假，實爲容易。自今後，如實有故、爲衆所知者，三日外，不在陳牒之限。應内外蔭官入京後，合更朝謝。如遇假日，且合在都亭驛。近日多請假，便歸私家，既犯條章，頗乖禮敬。自今已後，望准故事。如未朝謝，須於都亭驛俟日。如違越，臺司糾劾。"從之。(《唐會要》卷八二)

【送吴郎中赴忠州】　西臺復南省，清白上天知。家每因窮散，官多爲直移。巡邊過驛近，買藥出城遲。朝野憑人别，親情伴酒悲。故園愁去後，

白髮想迴時。何處忠州界,山頭卓望旗。(《王司馬集》卷四;《全唐詩》卷二九九)

【嘉川鋪得檄遂行中夜次小柏】 黄旗傳檄趣歸程,急服單裝破夜行。肅肅霜飛當十月,離離斗轉欲三更。酒消頓覺衣裘薄,驛近先看炬火迎。渭水函關元不遠,著鞭無日涕空横。(《劍南詩藁》卷三)

【春日登小臺西望】 九十衰翁身尚健,流年過眼如奔電。憶昔初來對行在,衫鬢青青接英彦。中間亦嘗走梁益,萬里憑高望鄉縣。散關驛近柳遮馬,駱谷雪深風裂面。東歸却尋書生事,誤長諸儒集賢院。乞身七年罪未除,君恩尚許寬嚴譴。癡頑亦復病不死,春到故園家釀美。雨餘草長四野青,日落煙生半山紫。(《劍南詩藁》卷八一)

【梅市】 小雨長堤古寺西,不容羸馬惜障泥。時平道路鈴聲少,歲樂坊場酒價低。煙樹淺深山驛近,野歌斷續客魂迷。殘軀不料重來此,一首清詩手自題。(《劍南詩藁》卷八四)

從驛

【慶舍利感應表】 《徐州表》云:"舍利二月二十八日,至州西一驛宿。其夜陰雨,舍利放光,向州四十五里,其净道寺僧向北山,看光影從驛所舍利處而來,舍利石函蓋。四月五日,磨治訖,遂變出仙人二、僧四人、居士一人、騏驎一,師子一、魚二,其餘並似山水之狀。"(《廣弘明集》卷一七)

【從驛次草堂復至東屯茅屋二首】(其一)一本無"茅屋"二字。鶴注:"當是大曆二年冬作。此從驛借馬,暫次瀼西之草堂,而復至東屯也。" 峽内歸田客,江邊借馬騎。非尋戴安道,似向習家池。山險風煙僻,天寒橘柚垂。築場看斂積,一學楚人爲。(《杜詩詳注》卷二〇)

驛邊

(江水)又入逕朐□縣西六十里,南流至於江,謂之彭溪口。按在縣東八十里巴陽驛，是俗名小江，舊小彭驛設焉。《（輿地）紀勝》云：“小彭驛邊有二石虎，高五尺，各有四翅。石刻詩云：‘巍巍二虎一塵埋，巨石鐫成尚有痕。只此也須防夜箭，灞陵恐遇李將軍。’蓋一尉題，俗稱石麒麟云。（《蜀中廣記》卷二三）

【送人入蜀】 蜀客本多愁，君今是勝遊。碧藏雲外樹，紅露驛邊樓。杜魄呼名語，巴江作字流。不知煙雨夜，何處夢刀州。（《全唐詩》卷五一九李遠）

【往丹陽尋陸處士不遇】 遠客殊未歸，我來幾惆悵。叩關一日不見人，繞屋寒花笑相向。寒花寂寂遍荒阡，柳色蕭蕭愁暮蟬。行人無數不相識，獨立雲陽古驛邊。鳳翅山中思本寺，魚竿村口望歸船。歸船不見見寒煙，離心遠水共悠然。他日相期那可定，閒僧著處即經年。（《全唐詩》卷八一七皎然）

【憶江南】 蘭燼落，屏上暗紅蕉。閒夢江南梅熟日，夜船吹笛雨瀟瀟，人語驛邊橋。（《全唐詩》卷八九一皇甫松）

【送轉運梅學士詢巡邊郡】四首

悵飲惜離群，窮邊去路分。雪深山館夜，孤雁背燈聞。

絶塞程方遠，窮陰歲欲殘。石城歸夢斷，隴月照人寒。

水遠沉來信，山長叠去愁。夜深關月白，休憑驛邊樓。

夙駕巡邊徼，歸程隔亂山。長安花木麗，春苑待君還。（《忠愍公詩集》卷中）

【晚眺】 危欄真可倚，極目盡高原。雙堠驛邊道，孤煙山下村。高風生樹響，寒水落溪痕。坐見斜陽盡，歸鴉滿翅昏。（《景文集》卷一一）

驛畔

【偶思蜀道有賦】 天回驛畔江如染，鳳集城邊柳似搓。萬事已隨流水去，一尊將奈夕陽何。是非無定言何益，窮達徐觀得孰多。幸有漁蓑歸故

里,不妨高枕且酣歌。(《劍南詩藁》卷八二)

【玉樓春·同官載酒爲叔母壽次韻爲謝時自潼過遂】 射洪官酒元曾醉。又六十八年重至。長江驛畔水如藍,也應似、向人重翠。 人生豈必高官貴。願長對、詩書習氣。陶家髫子作賓筵,有如个、嘉賓也未。外祖譙公初任射洪簿,再爲長江令,叔母生於射洪,故云。(《鶴山集》卷九五)

【水龍吟】 夜來深雪前村路,料應是早梅初綻。故人贈我,江頭春信,南枝向暖。疏影横斜,暗香浮動,月明深淺,向亭邊驛畔,行人立馬,頻回首、空腸斷。 別有玉溪仙館。壽陽人,初匀妝面。天教占了,百花頭上,和羹未晚。最是關情處,高樓上、一聲羌管。仗誰人向道,争如留取,倚朱欄看。(《閑齋琴趣外編》)

驛側

(陳武帝永定三年六月)丙午,高祖崩於璇璣殿。秋七月甲寅,大行皇帝遷殯於太極西階。丙申,葬於萬安陵,在今縣東南三十里彭城驛側,周六十步,高二丈。(《建康實録》卷一九)

廢臨汝縣,在州西南六十里。本漢梁縣地……至貞元八年,刺史陸長源以舊縣荒殘,因移於東北李城驛側,近當大路。(逮)周顯德三年,廢入梁縣,其地爲鎮。(《太平寰宇記》卷八汝州)

(寧海,)廟在縣西南二百步,舊在縣東一里。祥符五年,令蘇季成即廟建學。嘉祐四年,徙縣驛側。紹聖四年,徙縣治東南。(《嘉定赤城志》卷四)

江陵北四十里,有白石碑驛,其西有疏陂,東有鴨陂。白碑,亦當作陂,澤之陂也。蓋驛側數里,有後梁宣、明二帝墓。唐相蕭嵩爲其祠立碑於驛之北,因此人以陂爲碑,誤也。(《宋朝事實類苑》卷六二)

驛左

薌溪遞運所，在貴溪縣薌溪驛之左。(《江西通志》卷三五)

《輿地紀勝》：朐䏰城，本漢縣，在萬户城西。《固陵集》載李燾《朐䏰記》云："余泊舟雲安之西三十里萬户驛下横石灘上。土人云今驛之左右，則朐䏰故城也。"(《蜀中廣記》卷二三)

閩中鮮食最珍者，所謂子魚者也，長七八寸，闊二三寸許，剖之，子滿腹，冬月正其佳時，莆田迎仙鎮乃其出處。予按部過之，驛左有祠，謂之通應祠。下有水，曰通應溪，潮汐上下，土人以鹹淡水不相入處魚最美。比見士人詩，多曰通印。安石《送元厚之知福州詩》曰："長魚俎上通三印，新茗齋中試一旗。"閩人謂茶芽未展爲槍，展則爲旗，至二旗，則老矣。(《麈史》卷中)

(宋寧宗嘉定四年十二月)五日癸未，早頓穀熟縣。四十五里，至南京，今改爲歸德州。未入城，過雷萬春墓，環以小橋，榜曰"忠勇雷公之墓"。入陽熙門，至睢陽驛，左有隆興寺，乃高宗皇帝即位之所。(《新安文獻志》卷三四引程卓《使金録》)

驛東

(唐玄宗天寶六載十一月，楊慎矜被李林甫告發，唐玄宗)使京兆士曹吉温往東京，收慎矜兄少府少監慎餘、弟洛陽令慎名等雜訊之，又令温於汝州捕史敬忠，獲之，便赴行在所……及温以敬忠至戲水驛東十餘里，使典(證)説之："若至温湯，即求首陳不可得矣。"去温湯十餘里，敬忠乞紙筆，於桑樹下具吐之。(《舊唐書》卷一〇五《楊慎矜傳》)

李密，字玄邃……高祖詔密以本兵就黎陽，招撫故部曲，經略東都，(王)伯當以左武衛將軍爲密副。馳騔東至稠桑驛，有詔復召密。密大懼，謀叛。(《新唐書》卷八四《李密傳》)

李筠，并州太原人……世宗即位，并人入侵，其將張暉率先鋒自團柏谷入，營梁侯驛，攻劫堡栅，所至焚略盪盡，筠遣護軍穆令均率步騎二千拒之。令均營於太平驛，驛東南距潞八十里，失於偵邏，暉凌晨奄至，潞兵被甲介馬，暉見之佯退，潞兵追之，并伏遂發，令均且鬥且却，步卒降并者數百人，騎不復者百人，餘衆還保潞。(《宋史》卷四八四《李筠傳》)

(唐肅宗上元二年三月甲午，史)思明退屯永寧，以朝義爲怯，曰："終不足成吾事。"欲按軍法，斬朝義及諸將……朝義憂懼，不知所爲。思明在鹿橋驛，令腹心曹將軍將兵宿衛，朝義宿於逆旅。其部將駱悦、蔡文景説朝義……悦等送思明於柳泉驛，囚之。唐制：三十里一驛，柳泉驛又當在鹿橋驛東三十里。(《資治通鑑》卷二二二)

(唐武宗會昌五年八月，詔發昭義騎兵五百步兵千五百戍振武，路卒乘醉，回旗入城，閉門大譟，節度使盧鈞奔潞城以避之。李德裕奏請詔河東王宰以步騎一千守石會關，三千自儀州路據武安，以斷邢洺之路，又令河陽石雄引兵守澤州，河中韋恭甫發步騎千人戍晉州。都將李)文矩稍以禍福諭之，亂兵漸聽命。乃遣人謝盧鈞於潞城。鈞還入上黨，復遣之戍振武。行一驛，乃潛選兵追之。明日，及於太平驛，唐制：三十里一驛，太平驛在潞州北六十里。宋白曰：太平驛東南距潞州八十里。盡殺之。(《資治通鑑》卷二四八)

(唐昭宗天復三年二月)戊戌，(朱)全忠辭歸鎮……百官班辭於長樂驛，崔胤送至霸橋。以唐制驛程考之，霸橋驛當在長樂驛東三十里。自置餞席，夜二鼓，胤始還入城。(《資治通鑑》卷二六四)

(周太祖顯德元年二月，)北漢兵屯梁侯驛。昭義節度使李筠遣其將穆令均將步騎二千逆戰，筠自將大軍，壁於太平驛。宋白曰：梁侯驛在團柏谷南、太平驛西北。太平驛，東南距潞州八十里。(《資治通鑑》卷二九一)

(宋仁宗皇祐四年)十二月壬申朔，廣西鈐轄陳曙擊儂智高，兵敗於金城驛，東頭供奉官王承吉、白州長史徐噩死之。(《續資治通鑑長編》卷一七三)

王君㚟墓，在縣東界、滋水驛東道北。《兩京道里記》曰：“君㚟開元中任凉州都督，死王事，招魂葬此，張説爲碑文。”（《長安志》卷一一萬年縣）

周穆令均爲潞州護軍。世宗顯德元年三月，河東賊將張暉率前鋒入寇，營於梁侯驛。潞州李筠遣令均率步騎各千人以拒之。乙亥，潞州上言：“令均所部兵爲劉崇所襲，官軍不利。”時令均營于太平驛，驛東南拒潞州八十里，令均拒寇，失於偵邏……賊衆乘勝，遂薄於潞州之下。（《册府元龜》卷四四三）

【長平箭頭歌】 漆灰骨末丹水沙，凄凄古血生銅花。白翎金簳雨中盡，直餘三脊殘狼牙。我尋平原乘兩馬，驛東石田蒿塢下。風長日短星蕭蕭，黑旗雲溼懸空夜。左魂右魄啼肌瘦，酪瓶倒盡將羊炙。蟲棲雁病蘆笱紅，迴風送客吹陰火。訪古汍瀾收斷鏃，折鋒赤璺曾刲肉。南陌東城馬上兒，勸我將金换簝竹。（《全唐詩》卷三九三李賀）

東驛

（永熙三年七月，）魏帝遂輕騎入關。帝備儀衛奉迎，謁見於東陽驛，免冠流涕謝罪。乃奉魏帝都長安，披草萊，立朝廷。（《北史》卷九《周本紀上》）

（唐玄宗開元二十七年五月，）鄎國公主之子薛諗，與其党李談、崔洽、石如山，同於京城殺人，或利其財，或違其志，即白日椎殺，煮而食之。其夏，事發，皆決殺於京兆府門。諗以國親，流瀼州，賜死於城東驛。（《舊唐書》卷九《玄宗紀下》）

廢太子瑛，玄宗第二子也……（開元）二十五年四月，楊洄又構於（武）惠妃，言瑛兄弟三人，與太子妃兄駙馬薛鏽常構異謀，玄宗遽召宰相籌之……使中官宣詔於宫中，並廢爲庶人。鏽配流，俄賜死於城東驛，天下之人不見其過，咸惜之。（《舊唐書》卷一〇七《廢太子瑛傳》）

（唐玄宗開元二十五年四月，乙丑，詔）流（薛）鏽於瀼州，瑛、瑶、琚尋賜

死城東驛，鏽賜死於藍田（驛）。瑶、琚皆好學有才識，死不以罪，人皆惜之。（《資治通鑑》卷二一四）

湘東驛，舊在萍鄉縣西三十里玉山里，宋建炎中創建。紹興間移於黄花渡，久廢。（《江西通志》卷三五）

廢太子瑛，玄宗第二子。開元三年，立爲皇太子。二十五年，爲中書令李林甫所構，廢爲庶人，賜死於城東驛。寶應元年，詔贈爲皇太子。（《册府元龜》卷二六一）

【巴東驛秋日晚望】 楚驛獨閑望，山村秋暮天。數峰横夕照，一笛起江舡。遣恨須言命，冥心漸學禪。遲遲未回首，深谷暗寒烟。（《忠愍公詩集》卷中）

【題穰東驛并序**】** 元祐庚午歲，余自京師將如襄陽，取妻子。會故人有客鄧者，遂由方城，歷鄧抵襄，往來經穰東驛，蓋三十三年於今矣。蒙恩守藩，復過其地，疇昔從我之人，無一存者，因誦韓退之詩云："憶昨兒童隨伯氏，南來今只一身存。眼前百口還相逐，舊事無人可共論。"慨然久之，蓋可謂異世而同歎者也，乃次其韻。

邯鄲枕裏人何在，華表聲中鶴僅存。世上悲歡三百載，此懷當與退之論。（《竹隱畸士集》卷七）

【信州東驛晨起】 衣上征塵鬢畔霜，信州古驛憩歸裝。悲歌未肯彈長鋏，豪氣猶能卧大牀。半暗殘燈摇北壁，常飢老馬卧東厢。鄰雞唱罷衣篝暖，自笑行人日日忙。（《劍南詩藁》卷一一）

西驛

陳震，字孝起，南陽人也……建興三年，入拜尚書。遷尚書令，奉命使吴。七年，孫權稱尊號，以震爲衛尉，賀權踐阼……震入吴界，移關候曰："東之與西，驛使往來，冠蓋相望，申明初好，日新其事……"（《三國志》卷三九《陳震

傳》)

(唐肅宗至德元載六月,哥舒翰爲崔乾祐所敗,)士卒得入關者纔八千餘人。辛卯,乾祐進攻潼關,克之。翰至關西驛,揭榜收散卒,欲復守潼關。(《資治通鑑》卷二一八)

(宋仁宗慶曆三年四月)癸卯,著作佐郎、簽書保安軍判官事邵良佐假著作郎,使夏州。先是,良佐與賀從勖詣闕,館於都亭西驛。承受使臣取元昊書至中書、樞密院,諭從勖以"所齎來文字名體未正,名上一字又犯聖祖諱,不敢進,却令齎回"。(《續資治通鑑長編》卷一四〇)

(宋仁宗慶曆三年七月庚寅,)余靖言:"風聞西驛勾當使臣與如定等下行鋪,收買物色太多,此非國家之意。臣竊以朝廷含育西戎,恩過天地。元昊累世翻覆,性同禽獸,蓋緣從前豢養過厚,以致今日跋扈難制,非恩意不足也……惟朝廷每事裁損,庶存大體,則國家之幸也。"(《續資治通鑑長編》卷一四二)

(宋神宗熙寧五年四月)乙亥,秘書丞、集賢校理、檢正中書户房公事章惇删修《都亭西驛條制》。夏人久不朝,故《西驛條制》重複雜亂,承用者無所適從,至是復修貢,故有是命。(《續資治通鑑長編》卷二三二)

(宋孝宗乾道六年六月)十七日,平旦,入鎮江,泊船西驛,見知府右朝散郎、直秘閣蔡洸子平、都統慶遠軍節度使成閔……(《入蜀記》卷一)

醒心西驛水,韋丹建閣,下有石泉,並記。(《方輿勝覽》卷四二容州)

【岳州觀競渡】 畫作飛梟艇,雙雙競拂流。低裝山色變,急棹水華浮。土尚三閭俗,江傳二女遊。齊歌迎孟姥,獨舞送陽侯。鼓發南湖溠,標争西驛樓。並驅常詫速,非畏日光遒。(《全唐詩》卷八八張説)

【宣城雪後還望郡中寄孟侍御】 臘後年華變,關西驛騎遥。塞鴻連暮雪,江柳動寒條。山水還鄣郡,圖書入漢朝。高樓非别處,故使百憂銷。

（《全唐詩》卷二九六張南史）

【關西驛亭即事】 晚霞零落雨初收，關上危闌獨悵留。千里好春聊極目，五陵無事莫回頭。山猶帶雪霏霏恨，柳未禁寒冉冉愁。直是無情也腸斷，鳥啼帆没水空流。（《全唐詩》卷六八七吴融）

驛西

（玄宗楊貴妃，潼關失守時）從幸至馬嵬。禁軍大將陳玄禮密啓太子，誅國忠父子。既而四軍不散，玄宗遣力士宣問，對曰："賊本尚在。"蓋指貴妃也。力士復奏，帝不獲已，與妃訣，遂縊死於佛室，時年三十八，瘞於驛西道側。（《舊唐書》卷五一《玄宗楊貴妃傳》；《太平御覽》卷一四一）

太和縣……貞觀元年，縣人以西昌曾被寇陷，後移歸故城。貞元三年，又移歸白下驛西置，即今理是。（《太平寰宇記》卷一〇九）

政和郡，至德後陷吐蕃，東至故渭州三百里，開元中置八驛。西至洮州一百七十里，南至懷州二百十里，北至蘭州狄道縣五百二十五里。（《武經總要》前集卷一八下）

貞元中，望苑驛西有百姓王申，手植榆，於路傍成林，構茅屋數椽。夏月，常饋漿水於行人，官者即延憩具茗。有兒，年十三，每令伺客。（《酉陽雜俎》續集卷二）

【幽州賦詩見意時佐劉幕】一作《題太原落漠驛西堠》。 征戍在桑乾，年年薊水寒。殷勤驛西路，此去向長安。（《全唐詩》卷二八三李益）

【秋晚雲陽驛西亭蓮池】 心憶蓮池秉燭遊，葉殘花敗尚維舟。煙開翠扇清風曉，水泥紅衣白露秋。神女暫來雲易散，仙娥初去月難留。空懷遠道難持贈，醉倚闌干盡日愁。（《全唐詩》卷五三三許渾）

【送周判官元范赴越】 原下相逢便别離，蟬鳴關路使迴時。過淮漸有懸帆興，到越應將墜葉期。城上秋山生菊早，驛西寒渡落潮遲。已曾幾遍隨旌旆，去謁荒郊大禹祠。(《全唐詩》卷五七四賈島)

【廣陵秋日酬進士臧濆見寄】 驛西斜日滿窗前，獨凴秋欄思渺綿。數尺断蓬惭故國，一輪清鏡泣流年。已知世事真徒爾，縱有心期亦偶然。空愧荀家好兄弟，雁來魚去是因緣。(《全唐詩》卷六五六羅隱)

【興元新路記】 入關行十里，皆閣路，并澗閣，絶有人橋，蜿蜿如虹。絶澗西南，去橋盡路如九衢，夾道植樹，步步一株。凡行六七里，至白雲驛。自白雲驛西、竝澗皆閣道。行十里，巖上有石刻，横爲一行，曰"鄭淮造"凡三字，不知何等人也。(《孙可之集》卷四)

【次韻七兄青陽驛西阻水見寄】 挽船逆牽九牛尾，寸步關梁論萬里。淮山終日只對面，與舩低昂如角抵。水工爬涉未曾去，遠者盈尋近盈咫。長堤夜射千丈潭，疾雷不及先掩耳。(《山谷集》外集卷一二)

驛南

封常清，蒲州猗氏人也……(天寶十四載十二月，與叛軍交戰，失利。)玄宗聞常清敗，削其官爵，令白衣於(高)仙芝軍効力。仙芝令常清監巡左右厢諸軍，常清衣皂衣以從事。監軍邊令誠每事干之，仙芝多不從。令誠入奏事，具言仙芝、常清逗撓奔敗之狀。玄宗怒，遣令誠齎敕至軍，並誅之。令誠至潼關，引常清於驛南西街，宣敕示之……自草表待罪，是日臨刑，託令誠上之。(《舊唐書》卷一〇四《封常清傳》)

(後唐莊宗同光元年秋七月)甲寅，遊奕將李紹興敗梁遊兵於清丘驛南。《春秋》："晉、宋、曹、衛，同盟於清丘。"杜預注曰：清丘，今在濮陽縣東南，此因古地名以名驛也。(《資治通鑑》卷二七二)

甘泉水，在縣南甘泉驛之南，其水味甘，飲訖又有餘香，因以名焉。(《太

平御覽》卷六五引《九江圖經》)

廣州副使張謀孫,雖出於闒茸,有口辯,善心計,累爲王府參佐。咸通初,從交廣辟,遂爲元僚。性貪侈,聚斂不倦。南海多奇貨,若犀象珠貝之類,不可勝計。及府罷北歸,止於汝墳,於郡西三十里鬱陽驛南汝水之上,搆别業,窮極華敞。(《太平廣記》卷三六六引《三水小牘》)

【長沙驛前南樓感舊】昔與德公别於此。　海鶴一爲别,存亡三十秋。今來數行淚,獨上驛南樓。(《全唐詩》卷三五一柳宗元)

南驛

宋孝武大明三年九月,尚書右丞徐爰議:"郊祀之位,遠古蔑聞……今聖圖重造,舊章畢新,南驛開塗,陽路修遠,謂宜移郊正午,以定天位。"(《宋書》卷一四《禮志一》)

史臣曰:氐胡獷盛,乘運迭起……殘羌遺種,際運肇昌,盡隴憑河,遠通南驛。據國稱蕃,並受職命。晉氏衰敗,中朝淪覆。滅餘四夷,庶雪戎祸。(《南齊書》卷五九《芮芮虜傳》)

澤王上金,高宗第三子也……載初元年,武承嗣使酷吏周興,誣告上金、素節謀反,召至都,繫於御史臺。舒州刺史許王素節見殺於都城南驛,因害其支黨。上金恐懼,自縊死。(《舊唐書》卷八六《澤王上金傳》)

有商胡康謙者,天寶中爲安南都護,附楊國忠,官將軍。上元中,出家貲佐山南驛稟。肅宗喜其濟,許之,累試鴻臚卿。(《新唐書》卷二二五上《孫孝哲傳》)

(宋高宗建炎四年十一月壬寅,)宣撫處置使張浚遣使臣楊安間行往雲中,訪資政殿大學士宇文虛中所在,且以其家人書遺之。是日,安見虛中於南驛。(《建炎以來繫年要録》卷三九)

渭南驛,在縣郭内,東至華州佑順館三十四里,西至臨潼縣驛六十二里,南至商州洛南縣秦嶺爲界,無堠館,北至耀州富平縣驛七十里。(《長安志》卷一七渭南縣)

【宿紀南驛】 策蹇南游憶楚朝,陰風淅淅樹蕭蕭。不知無忌奸邪骨,又作何山野葛苗。(《全唐詩》卷六六一羅隱)

驛北

進士祖價,詠之孫也。落第後,嘗遊商山中,行李危困。夕至一孤驛,去驛半里已來,有一空佛寺,無僧居,價與僕夫投之而宿。秋月甚明,價獨翫月,來去而行。忽有一人,自寺殿後出,揖價共坐,語笑説經史,時時自吟。價烹茶待之,此人獨吟不已。又云:“夫人爲詩,述懷諷物,若不精不切,即不能動人。今夕偶相遇,後會難期,輒賦三兩篇,以述懷也。”遂朗吟云:“家住驛北路,百里無四鄰。往來不相問,寂寂山家春。”(《太平廣記》卷三四四引《會昌解頤録》)

北驛

初,(陽)休之在洛,將仕,夜夢見黄河北驛道上行,從東向西。道南有一家,極高大。休之步登冢頭,見一銅柱,趺爲蓮花形。休之從西北登一柱礎上,以手捉一柱,柱遂右轉。休之咒曰:“柱轉三匝,吾至三公。”柱遂三匝而止。休之尋寤,意如在鄴城東南者,其夢竟驗云。(《北史》卷四七《陽休之傳》)

烏蘭縣。州西北驛路一百八十里,直路一百四十里。三鄉。(《太平寰宇記》卷三七會州烏蘭縣)

西峽北驛。名濟川北館,宣和六年作。(《淳熙三山志》卷五)

(祁門縣)祁山驛,在城内。文溪驛,在西六十里,舊名大北驛。(《新安志》卷四)

【題大庾嶺北驛】 陽月南飛雁，傳聞至此回。我行殊未已，何日復歸來。江静潮初落，林昏瘴不開。明朝望鄉處，應見隴頭梅。（《全唐詩》卷五二宋之問）

【奏乞修叠京北驛路】 臣近經過京北韋城、長垣、祥符等縣界，多有積水衝注道路，五七步至百十步，泥淖沮洳，往來車馬，阻滯甚多。蓋由官司拘文，非時不敢輒差人夫，是致因循如此。臣竊謂三代之時，諸侯之國，道有穢茀，川無舟梁，識者猶以爲譏。方今封域萬里，皇華四達，蠻夷面内，藩方職貢，皆由此塗而出。若使行李阻礙，亦有司之失官也。《夏令》曰："九月除道，十月成梁。"皆所以便行旅而使無病涉也。近制秋夏税賦輸納之際，亦常舉行治道路修橋梁之令，此皆民事之先急，當官者宜爲之預慮也。臣欲乞特降朝旨，下開封府界提點司，指揮諸縣那官檢視道路，應有水積泥淖阻滯處，並許量事差遣人夫，如法修叠，須令高廣，使往來者兩不相妨。其係溝河通流舊有橋道處，即官中支破材植，重别創造，務要壯實，可行車馬。候了畢日，令佐常切提舉。遇有損壞，立便完葺。其外處州縣，亦乞下諸路轉運司，依此施行。如此則四方載乘負擔之人，無不均受其賜也。（《蘇魏公文集》卷一九）

東館

桂芝館，在縣東南二百步。按《祥符舊志》云：唐大中十一年，縣令陳思復置，初號東館。咸通十四年，天降桂子，及産瑞芝，改爲桂芝館。（《咸淳臨安志》卷五五）

奉化州醫學。古者有醫師掌醫之政令，凡民之疾病者，使分而治之。今州縣各有學，得非此意歟。延祐元年，達嚕花赤木八剌奉議就易洞真觀廢殿，修葺一新，設三皇像奉祠。延祐六年春，達嚕花赤忽都答兒奉訓遷於岳林寺東館驛，故址未完。（《延祐四明志》卷一四）

自東京至女真，所謂"御寨行程"：東京四十五里，至封丘縣，皆望北行。四十五里至胙城縣腰頓。四十五里至渡河沙店，四十五里至滑州館……六

十里至倉官寨，三十里至廣寧府，三十里至顯州，五里至東館。（《雲麓漫鈔》卷八）

【將歸宜春留題新安館】 東里如今號鄭鄉，西家昔日近丘牆。芸臺四部添新學，秘殿三年學老郎。天外鴛鸞愁不見，山中雲鶴喜相忘。猶張皂蓋歸蓬蓽，直謂時無許子將。（《全唐詩》卷五五一盧肇）

【羅敷東館亭下流泉云至前山擁咽經歲移時掬弄惆悵成章】 看山亭下小鳴泉，嗚咽難通亦可憐。惆悵無人爲疏鑿，擁愁含恨過年年。（《全唐詩》卷八八四李郢）

【柳州東亭記】 出州南譙門，左行二十六步，有棄地在道南，南值江，西際垂楊傳置，東曰東館，其内草木猥奥，有崖谷傾亞缺圮，豕得以爲囿，蛇得以爲藪，人莫能居。至是，始命披拂蠲疏，樹以竹箭松檉桂檜柏杉，易爲堂亭。（《文苑英華》卷八二六柳宗元）

【遊延安宿馬太博東館】字承之。 高館寂無譁，安閒勝在家。暮煙凝塞上，堠火落天涯。坐久筆生凍，夜闌燈作花。主人意未盡，歸路不爲賒。（《傳家集》卷六）

館西

秦咸陽故城在縣東二十里，漢渭城亦治於此。隋故縣城在縣東二十二里渭水北，即秦之杜郵。其城周八里。唐故縣城在渭河北杜郵館西，城崇一丈五尺。（《長安志》卷一三咸陽縣）

天鳳三年，長平館西岸摧邕，涇水不流，毁而北行，遣大司空王邑行視。（《册府元龜》卷九二一）

【館西迎駕起居】 一梢鳴蹕啓重關，廣殿傳呼趣就班。端（瑞）日初臨黄蓋外，紫雲先繞翠裘間。和鸞音裏趨翔過，錦繡圍中拜舞還。共詫書林

清近地，彤墀咫尺對天顔。（《蘇魏公文集》卷七）

西館

【安西館中思長安】 家在日出處，朝來起東風。風從帝鄉來，不異家信通。絶域地欲盡，孤城天遂窮。彌年但走馬，終日隨飄蓬。寂寞不得意，辛勤方在公。胡塵净古塞，兵氣屯邊空。鄉路眇天外，歸期如夢中。遥憑長房術，爲縮天山東。（《全唐詩》卷一九八岑參）

【銀山磧西館】 銀山磧口風似箭，鐵門關西月如練。雙雙愁淚沾馬毛，颯颯胡沙迸人面。丈夫三十未富貴，安能終日守筆硯。（《全唐詩》卷一九九岑參）

【宿鐵關西館】 馬汗踏成泥，朝馳幾萬蹄。雪中行地角，火處宿天倪。塞迥心常怯，鄉遥夢亦迷。那知故園月，也到鐵關西。（《全唐詩》卷二〇〇岑參）

【水西館泛舟送王員外】 單醪敢獻酢，曲沼荷經過。泛覽親魚鳥，夤緣涉芰荷。劇談增惠愛，美景借清和。明日汀洲草，依依奈别何。（《全唐詩》卷二四七獨孤及）

【吴安西館贈從弟楚客】 蒙籠楊柳館，中有南風生。風生今爲誰，湘客多遠情。孤枕楚水夢，獨帆楚江程。覺來殘恨深，尚與歸路并。玉匣五弦在，請君時一鳴。（《全唐詩》卷三七七孟郊）

【郡齋暇日辱常州陳郎中使君早春晚坐水西館書事詩十六韻見寄亦以十六韻酬之】 新年多暇日，晏起褰簾坐。睡足心更慵，日高頭未裹。徐傾下藥酒，稍爇煎茶火。誰伴寂寥身，無弦琴在左。遥思毗陵館，春深物婀娜。波拂黄柳稍，風摇白梅朵。衙門排曉戟，鈴閣開朝鎖。太守水西來，朱衣垂素舸。良辰不易得，佳會無由果。五馬正相望，雙魚忽前墮。魚中獲瑰寶，持玩何磊砢。一百六十言，字字靈珠顆。上申心款曲，下叙時轗軻。才

富不如君,道孤還似我。敢辭官遠慢,且貴身安妥。勿復問榮枯,冥心無不可。(《全唐詩》卷四三一白居易)

【毗陵東山】 東山在毗陵驛,南連水西館。館即獨孤及在郡所置,荒廢已久。至孟公簡重修,植以花木松竹等可玩。孟公在郡日,余以校書郎從役,同宴於此,今則荒廢仍舊。

昔人别館淹留處,卜築東山學謝家。叢桂半空摧枳棘,曲池平盡隔煙霞。重開漁浦連天月,更種春園滿地花。依舊秋風還寂寞,數行衰柳宿啼鴉。(《全唐詩》卷四八二李紳)

【題常州水西館】 隙地叢筠植,修廊列堵環。樓臺疏占水,岡岸遠成山。盡日草深映,無風舟自閒。聊當俟芳夕,一泛芰荷間。(《全唐詩》卷五一〇張祜)

【海康西館有懷】 風露凄清西館静,悄然懷舊一長嘆。海雲銷盡金波冷,半夜無人獨憑欄。(《忠愍公詩集》卷下)

【明發西館晨炊藹岡】 盤蔬盂飯趁朝饑,争指枯腸作地基。不覺南山新笋蕨,攙先占却未多時。(《誠齋集》卷三四)

南館

文宗太和三年五月,滄州平,制:"李同捷力屈計窮,方圖轉禍,在途陰懷狡計,夜縱火號,潛誘家僮,更謀網漏。自速梟獻。其母並妻男及家口等,宜並特從寬宥,今(令)於潮南館内諸有空閒處安置。"(《册府元龜》卷一五〇)

許棠初試進士,與薛能、陸肱齊名。薛擢第尉盩厔,肱下第遊太原,棠并以詩送之。棠登第,薛已自京尹出鎮徐州,陸亦出守南康,招棠爲倅。初,高侍郎湜知舉,棠納卷。覽其詩云:"退鷁已經三十載,登龍僅見一千人。"乃曰:"世復有屈於許棠者乎!"永臨劉相,以其子希同年,留爲淮南館驛官,令和韻,棠嗜詩不通。南海僕射時爲副使,知府事,笑謂人曰:"相公令許棠和

韻，可謂虐人也。”(《唐語林》卷七)

【題壽安南館】 明蒙竹間亭，天暖幽桂碧。雲生四面山，水接當階石。溼樹浴鳥痕，破苔卧鹿蹟。不緣塵駕觸，堪作商皓宅。(《全唐詩》卷二九七王建)

【立秋日與陸華原于縣界南館送鄒十八】一作《立秋華原南館别二客》。 風入昭(泥)陽池館秋，片雲孤鶴兩難留。明朝獨向青山郭，唯有蟬聲催白頭。(《全唐詩》卷三一七武元衡)

【樟亭雙櫻樹】 南館西軒兩樹櫻，春條長足夏陰成。素華朱實今雖盡，碧葉風來别有情。(《全唐詩》卷四四三白居易)

【題海鹽南館】 故人營此地，臺館尚依依。黑夜山魈語，黄昏海燕歸。舊陰楊葉在，殘雨槿花稀。無復南亭賞，高簷紅燭輝。(《全唐詩》卷五一〇張祜)

【舟中元夕雨作】(其三) 此生萬事有期程，多取抛饒竟不曾。誰遣夜來南館裏，千花預借上元燈。姑蘇館中，送伴使泊南館，北使泊北館。(《誠齋集》卷二九)

館北

濡水又東南(流)，逕樊於期館西，是其授首於荆軻處也。濡水又東南流，逕荆軻館北。昔燕丹納田生之言，尊軻上卿，館之於此。二館之城，澗曲泉清，山高林茂，風煙披薄，觸可棲情。方外之士，尚憑依舊居，取暢林木。(《水經注》卷一一)

(開元十二年四月，遣使馳傳往安南朗蔡蔚等州測候日影，迴日奏聞)：安南景：北極高二十一度六分……蔡州武津館，北極高三十三度八分。(《通典》卷二六;《唐會要》卷四二)

北亭

（宋神宗熙寧八年二月甲申，）先是敵以河東地界議久不決，復使蕭禧來。詔太常少卿向宗儒、皇城使兼閤門通事舍人王澤接伴。於是宗儒等言："蕭禧至雄州白溝驛，不肯交馬馱，欲至城北亭，非故事。"（《續資治通鑑長編》卷二六〇）

北亭，在州北五里，枕永嘉江。靈運罷郡，於北亭與吏民別。詩云："前期眇已往，後會邈無因。"（《太平寰宇記》卷九九温州永嘉縣）

李太尉之在崖州也，郡北有亭子，謂之"望闕亭"。太尉每登臨，未嘗不北睇悲咽。有詩曰："獨上江亭望帝京，鳥飛猶是半年程。青山也恐人歸去，百匝千迴繞郡城。"今傳太尉崖州之詩，皆仇家所作，只此一首親作也。昔崖州，今瓊州是也。（《南部新書》己卷）

（揚州人陳）亞與章郇公同年友善。郇公當軸，將用之，而爲言者所抑。亞作藥名《生查子》陳情獻之……亞又别成藥名《生查子·閨情》三首……其二曰："小院雨餘凉，石竹生風砌。羅扇儘從容，半下紗幮睡。起來閑坐北亭中，滴盡真珠淚。爲念婿辛懃，去折蟾宫桂。"（《青箱雜記》卷一）

【緜州北亭群公宴序】 下官人間獨傲，海内少徒。志不屈於王候，身不絶於塵俗。孤吟五嶽，長嘯三山……何少府故人攀桂，撫金石而論心；韓法曹新識班荆，臨江湖而執手。離亭北望，煙霞生故國之悲；别館南開，風雨積他鄉之思。（《王子安集》卷七）

【洛橋北亭詔餞諸刺史】 離亭拂御溝，曲岸舞船樓。詔餞朝廷牧，符分海縣憂。股肱還入郡，父母更臨州。扇逐仁風轉，車隨零雨流。恩光水上溢，榮色柳間浮。預待群方最，三公不遠求。（《張燕公集》卷五）

【相州北亭】 曉霧南亭少，風烟北院多。山花迷徑路，池水拂藤蘿。

萍散魚時舞，林幽鳥乍歌。悠然白雲意，乘興抱琴過。(《張燕公集》卷八)

【渭橋北亭作】 停車渭陽暮，望望入秦京。不見鵷鸞道，如聞歌吹聲。鄉魂涉江水，客路指蒲城。獨有故樓月，今來亭上明。(《全唐詩》卷一三六儲光羲)

【霖雨苦多江湖暴漲塊然獨望因題北亭】 自作潯陽客，無如苦雨何。陰昏晴日少，閒悶睡時多。湖闊將天合，雲低與水和。籬根舟子語，巷口釣人歌。霧島沈黄氣，風帆蹙白波。門前車馬道，一宿變江河。(《全唐詩》卷四三九白居易)

【北亭】 斜雨飛絲織曉空，疏簾半捲野亭風。荷花向盡秋光晚，零落殘紅綠沼中。(《全唐詩》卷五七〇李群玉)

【歲暮北亭懷子京宛邱二首】(其一) 歲晏坐孤壁，心馳千里餘。何言共被樂，方歎專城居。野闊江海漫，風高天地虚。願言逐歸鳥，無翼將焉如。(《元憲集》卷二)

【神宗諮訪詔】熙寧九年三月。 朝廷通好北國幾八十年，近歲以來，生事彌甚……歷觀前代中國與四裔通好，未有如今之悠久，蓋朝廷謹守信誓，至雖瑣瑣細故，亦不創生變改，是以敵人亦不敢輕有希求。自數年前累來望理白溝館地，及要拆去鋪屋。況誓書之中，明載雄州所管白溝，兩朝遵守已久。且信誓之詞，質於天地神祇，告於宗廟社稷，此而可渝，何以享國？今蕭禧重來，又決於雄州北亭交割禮物，其意欲以雄州北亭爲界，其如誓書何？(《潞公文集》卷二二)

【北亭】 北風無時休，荒山路綿綿。老馬被吹揚，却立不肯前。我僕行且仆，竟日數里間。悠然欲何適，正坐歸無田。(《客亭類稿》卷一一)

南亭

【驩州南亭夜望】 昨夜南亭望，分明夢洛中。室家誰道別，兒女案嘗同。

忽覺猶言是,沈思始悟空。肝腸餘幾寸,拭淚坐春風。(《全唐詩》卷九六沈佺期)

【邯鄲南亭觀妓】 歌鼓燕趙兒,魏姝弄鳴絲。粉色艷日彩,舞袖拂花枝。把酒顧美人,請歌邯鄲詞。清箏何繚繞,度曲緑雲垂。平原君安在,科斗生古池。座客三千人,於今知有誰。我輩不作樂,但爲後代悲。(《全唐詩》卷一七九李白)

【題杭州南亭】 舊隱即雲林,思歸日日深。如今來此地,無復有前心。古石生靈草,長松棲異禽。暮潮簷下過,濺浪溼衣襟。(《全唐詩》卷四九九姚合)

【南亭】 初夜南亭望,清吟露濕衣。雨餘群籟發,天淡數星稀。秋氣又還至,故園猶未歸。虚堂愁重入,燭白冷光微。(《忠愍公詩集》卷中)

【歲晚餞客南亭二首】(其一) 偶作津亭餞,還驚歲物非。蒼葭無際合,黄葉有聲飛。别恨隨人遠,鄉心著酒微。猶欣見山色,紆轡暫忘歸。亭上遥見江南山色。(《元憲集》卷三)

【南亭獨矚】在景陵。 宇下雄風細細凉,客眸凝絶此回腸。絡頭騎過羅敷陌,畢尾烏喧女子牆。流水清渾迷别浦,碧雲高下送殘陽。懷人撫物愁何盡,試借蘭成萬斛量。(《景文集》卷一八)

【雪晴】 溟渤蕩無垠,東嵎掛日輪。風雲始迴雨,天地不飛塵。氣動千峰翠,光浮萬瓦鱗。南亭一駐馬,十里望青春。(《華陽集》卷一)

【夏夜起坐南亭達曉不復寐】 風露青冥近九秋,脱巾扶杖冷颼飀。曲闌影外巴山月,畫角聲中楚塞愁。巢燕並棲高棟穩,潛魚時躍小池幽。悠然坐待江城曉,紅日將昇碧霧浮。(《劍南詩藁》卷二)

東亭

【都官謝員外今年春榜舟奉使予餞别於東亭孟夏之初不幸卒於中道其

孤迎喪還都予又出弔於餞所俯仰陳迹因爲詩以寄哀】 溝水新傷摻袂人，何言便作死生分。地中玉樹無相見，琴上牙絃忍再聞。幾日離觴成漬酒，平時芳札代遺文。東亭哭罷愁回首，落照銘旌隔野氛。(《元憲集》卷一二)

【宿桂州江亭呈康端公】 獨向東亭坐，三更待月開。螢光入竹去，水影過江來。露滴千家静，年流一葉催。龍鍾萬里客，正合故人哀。(《全唐詩》卷二七〇戎昱)

【九日洛東亭】 風息斜陽盡，遊人曲落間。採花因覆酒，行草轉看山。柳散新霜下，天晴早雁還。傷秋非騎省，玄鬓白成斑。(《全唐詩》卷二九三司空曙)

【送崔判官赴容州序】 服嶺之外，列巨防者五，而容其一焉。自中原多故，邑居蕩析，始則有長吏苟完之命。今年春，有詔特命元公都督十二州諸軍事，資其庶富而宣乎教化者也……博陵崔公光，膺副車之選。秋八月，傳次于壽春安豐縣之東亭。前臨芍陂，渺漫無際。雖淮海之内浸藪則多，而勝景之中，堪遊蓋少。故邀留貺别，非此而何。(《文苑英華》卷七二四于邵)

西亭

張正甫爲河南尹。裴度銜命伐淮西，置宴府西亭。裴言一舉人詞藝，好解頭。張正色曰："相公此行何爲也？争記得河南解頭？"裴有慚色。(《太平廣記》卷一八〇引《摭言》)

唐宰相韋皋鎮蜀，嘗與賓客從事十餘人，宴郡西亭。暴風雨，俄頃而霽。方就食，忽虹蜺自空而下，直入庭，垂首於筵。韋與賓偕悸而退，吸其食飲且盡……後旬餘，有詔就拜中書令。(《太平廣記》卷三九六引《祥驗集》)

【陪使君早春西亭送王贊府赴選得歸字**】** 西亭繫五馬，爲送故人歸。客舍草新出，關門花欲飛。到來逢歲酒，却去换春衣。吏部應相待，如君才調稀。(《全唐詩》卷二〇〇岑參)

【夏夜西亭即事寄錢員外】 高亭賓客散,暑夜醉相和。細汗迎衣集,微涼待扇過。風還池色定,月晚樹陰多。遥想隨行者,珊珊動曉珂。(《全唐詩》卷二六八耿湋)

【維揚郡西亭贈友人】 萍颯風池香滿船,楊花漠漠暮春天。玉人此日心中事,何似乘羊入市年。(《全唐詩》卷四七○盧殷)

【西亭】 此夜西亭月正圓,疏簾相伴宿風煙。梧桐莫更翻清露,孤鶴從來不得眠。(《全唐詩》卷五四○李商隱)

【送懷州張從事仲賓】 行色在車馬,西亭新雨過。移家從上黨,佐幕向三河。皂莢林初暗,黄粱酒未和。七賢無復有,舊迹尚應多。(《宛陵先生集》卷一三)

【鄞縣西亭】 收功無路去無田,竊食窮城度兩年。更作世間兒女態,亂栽花竹養風煙。(《臨川先生文集》卷三四)

【余將赴文登過廣陵而擇老移住石塔相送竹西亭下留詩爲别】 竹西失却上方老,石塔還逢惠照師。我亦化身東海去,姓名莫遣世人知。(《東坡全集》卷三○)

【南歸題揚州竹西亭】 往歲出蕪城,飄然一客星。又從江北路,重到竹西亭。楚岸寬圍碧,吴山遠借青。聖時還舊觀,歌吹月中聽。(《茶山集》卷四)

【竹西亭】 十年走塵土,重上竹西亭。草木新容態,江山舊典刑。狂風埽毒暑,落月伴疏星。認取揚州路,荒城一抹青。(《東萊詩集》卷六)

十九、館驛的文書傳遞與物資搬運

信驛

陳顯達，南彭城人也……沈攸之事起，顯達遣軍援臺，長史到遁、司馬諸葛導謂顯達曰："沈攸之擁衆百萬，勝負之勢未可知，不如保境蓄衆，分遣信驛，密通彼此。"顯達於座手斬之，遣表疏歸心太祖。進使持節、左將軍。（《南齊書》卷二六《陳顯達傳》）

（宋神宗熙寧六年六月）辛卯，詔引進使李端慤候二年除防禦使指揮，可再展二年，坐擅併冀州驍捷等指揮，措置乖方，致敵燔國信驛故也。（《續資治通鑑長編》卷二四五）

使驛

劉翊，字子相，潁川潁陰人也……獻帝遷都西京，翊舉上計掾。是時寇賊興起，道路隔絶，使驛稀有達者。翊夜行晝伏，乃到長安。詔書嘉其忠勤，特拜議郎。（《後漢書》卷八一《劉翊傳》）

倭自後漢通焉，在帶方東南大海中……又（東北）千餘里，至侏儒國，人長三四尺。自侏儒東南行船，行一年，至裸國、黑齒國，使驛所傳，極於此矣。（《通典》卷一八五）

【謝遣中使賜詔不允表】 使驛載馳，有光於原隰；詔函捧對，如邇於威顔。顧衰朽以無堪，尚采收而不棄。恩榮斯過，志願未從。重辱王人，遠傳天詔。誓竭涓埃之力，仰酬雨露之私。（《范太史集》卷一一）

【回宋國賀正旦國書】 春陽啓序，適當獻歲之辰；使驛馳緘，遠預履新之慶。旅陳器幣，備縟情文。具孚誠意之休，益締信盟之好。(《滏水集》卷一〇)

附遞

(元朝軍律：)諸軍官不得擅離部署，赴闕言事。有必合言者，實封附遞以聞。(《元史》卷一〇三《刑法志二》)

(宋高宗建炎二年冬十月，)監察御史寇防宣諭江淮四路回，因奏："祖宗朝，三京各置留守司，御史臺每於月旦率屬拜表如宣詔，其餘列郡附遞以進。"(《中興小紀》卷四)

(宋太宗太平興國二年十一月己亥，)詔："諸道州府監臨官，自今不得擅離所任，詣闕奏事，有所聞見，許實封附遞以聞。必須面奏者，別聽敕旨。"(《續資治通鑑長編》卷一八)

(宋真宗天禧三年六月)己酉，詔：審官院"應轉運使副、提點刑獄、内外帶職兩省臺官并京朝官等，轉官及三年已上者，如在外，仰逐處收接歷任文狀，附遞送審官院磨勘進呈。内有得替到闕及在京見勾當者，亦磨勘引見……"(《續資治通鑑長編》卷九三)

(宋仁宗天聖七年夏四月丙辰，)詔進奏院："自今諸道州府更有附遞到三班使臣、幕職州縣官等實封奏章，並令收接進納。"(《續資治通鑑長編》卷一〇七)

(宋仁宗景祐三年五月辛卯，)詔都進奏院："自今内外臣僚，聽以家書附遞。"(《續資治通鑑長編》卷一一八)

(宋仁宗慶曆三年五月丁丑，)先是，諫官歐陽修既受命，首建議："天下官吏員數極多，朝廷無由徧知其賢愚善惡……臣今欲乞特立按察之法，於内外朝官中，自三丞以上至郎中官，選强幹廉明者爲諸路按察使……”詔：“諸路轉運使副，並兼按察使副，令將轄下州、府、軍、監、縣、鎮官吏姓名，置簿親掌，録其功過，若績效明著及顯有不治者，逐旋以聞外，其稍著廉勤，及僅免敗闕者，即每至年終攢寫，附遞以聞……”（《續資治通鑑長編》卷一四一）

（宋仁宗皇祐四年九月）癸亥，詔：“外官有所陳事，並附遞聞朝廷，毋得申御史臺。”時州郡多以狀申御史臺，欲其繳奏而必行之。（《續資治通鑑長編》卷一七三）

（宋神宗熙寧十年五月壬子）詔：“河北東西路轉運判官汪輔之、黄莘，各具巡歷到州軍所支人糧斛樣，附遞入進。”（《續資治通鑑長編》卷二八二）

（宋神宗熙寧十年十一月壬戌，）廣南西路經略司言：“交趾上表犯廟諱，已退回。”詔收接附遞奏。（《續資治通鑑長編》卷二八五）

（宋神宗元豐四年冬，判河南府文彦博奏疏言：）“臣聞昨來西師出界，中輟而還，將下師徒，頗有飢凍潰散……臣年老眼昏，勉力親書此劄子，深懼不謹細，伏望聖慈矜察。兼不敢附遞，恐漏泄不達，謹遣臣長孫承事郎永世持詣通進司投進。”（《續資治通鑑長編》卷三二一）

元祐四年十一月丁卯朔，户部言：“諸州進貢之物，不許附遞，並令轉運司於順便州軍類聚，計綱起發上京，差人管押。”從之。（《續資治通鑑長編》卷四三五）

（宋哲宗元符二年六月）丙子，鄜延路經略使吕惠卿言：“準朝旨，西人再遣使臣，若未與收接表狀，無以明示開納之意。合作本司指揮順寧寨官收接告哀謝罪表章，申取經略司指揮，候到本司，附遞聞奏。”詔鄜延路經略安撫司：“如是差人取到，即收接附遞以聞。如已差告哀使副齎到，即選差大使臣一兩員，及舊例合差使臣人數，引伴赴延州奏聽朝旨。”（《續資治通鑑長編》卷五一一）

（宋徽宗宣和五年三月十八日，）趙良嗣至涿州，韶瓦郎君及高慶裔來傳乃酋言意，指摘誓草云，五字不當用及常年二字，及除去後面叠道五句，便令退换誓書，更爲所取人口未足，未許過界。良嗣等以其意附遞奏聞，復於遞中付下御前降下改定誓書并誓草，進至燕，差李靖、劉嗣卿充館伴，至寨門（進呈）。（《三朝北盟會編》卷一五引《燕雲奉使録》）

哲宗初，眷遇范忠宣公最厚，元祐末再相。屬宣仁上仙，以舊臣例請退。上再三堅留之，不可，則以觀文殿大學士知陳州。陛辭，上面諭曰："有所欲言，附遞以聞。"至陳久之，時元祐用事之臣投竄江湖，皆已踰歲，即上章懇論，請悉放還。（《却掃編》卷下）

（宋仁宗天聖七年閏二月二十三日）詔書又曰："應内外京朝官不帶臺省館閣職事，不曾犯贓及私罪情輕者，並許少卿監已上奏舉，或自進狀，乞應上件科目，仍先進所業策論五十首，詣閤門或附遞投進，委兩制看詳。如詞理優長，具名聞奏，當降朝旨召赴闕……"（《愧郯録》卷一一《制舉科目》）

（張延賞累代台鉉，每宴賓客，選子婿，莫有入意者。其妻苗氏，太宰苗晉卿之女也。夫人有鑑，甚别英鋭，特選韋皋秀才……韋郎性度高廓，不拘小節，張公稍悔之，至不齒禮，一門婢僕，漸見輕怠，）韋乃遂辭東遊，妻罄妝奩贈送。清河公喜其往也，賫（贐）以七驢馱物，每之一驛，則附遞一馱而還，行經七驛，所送之物盡歸之也。（《雲溪友議》卷中《苗夫人》）

楊叔賢，自强人也，古今未嘗許人。頃爲荆州幕時，虎傷人。楊就虎穴，磨巨崖，大刻《戒虎文》……仍有詩曰："且將先聖詩書教，暫作文翁守鬱林。"趙遣人打碑，次日，本耆申：某月日，磨崖碑下大蟲咬殺打碑匠二人，荆門止以耆狀附遞寄答。（《湘山野録》卷上）

王荆公當國，郭祥正知邵州武岡縣，實封附遞奏書，乞以天下之計專聽王安石區畫，凡議論有異於安石者，雖大吏亦當屏黜。表辭亦甚辨暢。上覽而異之，一日問荆公曰："卿識郭祥正否？其才似可用。"荆公曰："臣頃在江東，嘗識之，其爲人才近縱横，言近捭闔，而薄於行，不知何人引薦，而聖聰聞知也？”上出其章以示荆公，荆公耻爲小人所薦，因極口陳其不可用而止。是時祥正方從章惇辟，以軍功遷殿中丞。及聞荆公上前之語，遂以本官致仕。（《東軒筆録》卷六）

【與李宗諤書】 月 日，商州副使王某謹遣家僮，致書於學士足下：日者痛僕自京師來，辱惠手翰，敦勉過厚，幸甚幸甚……今已瀝懇再章，附遞入奏，惟足下極力振拔之。某再拜。（《王黄州小畜集》卷一八）

【任兵部尚書乞外郡札子】 臣向在揚州，蒙恩除臣今任，臣於本州及沿路附遞入文字辭免。准聖旨劄子指揮。爲已差充鹵簿使，大禮日迫，不許遷延。臣以此不敢堅辭，尋于南京附遞奏，乞候過南郊，依前除臣一郡。今來已過郊禮，伏乞檢會累次奏狀，除臣知越州，一次取進止。（《東坡全集》卷六五）

附驛

先是，楊州租、調以錢，嶺南以米，安南以絲，益州以羅、紬、綾、絹供春綵，因詔江南亦以布代租。中書令李林甫以租庸、丁防、和糴、春綵、税草無定法，歲爲旨符，遣使一告，費紙五十餘萬。條目既多，覆問踰年，乃與採訪朝集使議革之，爲長行旨，以授朝集使及送旨符使，歲有所支，進畫附驛以達，每州不過二紙。（《新唐書》卷五一《食貨志》）

（宋太祖開寶五年六月，）下詔曰：“近者澶、濮等數州，霖雨荐降，洪河爲患……凡搢紳多士草澤之倫，有素習河渠之書，深知疏導之策，若爲經久，可免重勞，並許詣闕上書，附驛條奏……”（《宋史》卷九一《河渠志一》；《續資治通鑑長編》卷一三）

（宋真宗咸平四年二月，秘書直學士馮拯等上言：）“請令兩省、御史臺、尚書省六品以上、諸司四品以上，授訖，具表讓一人自代，於閤門投下，方得入謝。在外者，授訖三月内，具表附驛以聞。”遂著爲令。（《宋史》卷一六〇《選舉志六》）

(宋真宗大中祥符五年二月詔:)“承前遣使取内外軍中疲老者,咸給奉糧之半,以隸剩員,今可簡閱,使歸農。其合留者,亦據逐營給役數外别爲營舍處之。内契丹、渤海、日本外國人,慮無所歸,且依舊。仍令所至州郡,並與總管鈐轄閲驗,連書其狀,具當去留之數,及引視軍校之不任職者,附驛以聞……”(《宋史》卷一八九《兵志三》)

蔣堂,字希魯,常州宜興人……(宋仁宗康定元年四月庚寅,)擢天章閣待制、淮淮制置發運使。先是,發運使上計,造大舟數十,載江湖物,入遺京師權貴。堂曰:“吾豈爲此,歲入自可附驛奏也。”前後五年,未嘗一至京師。(《宋史》卷二九八《蔣堂傳》;《續資治通鑑長編》卷一二七)

(宋寧宗開禧三年春正月辛卯,吴曦自稱蜀王,僭位凡四十一日,被誅。)三月戊寅,陳曦所以反及矯制平賊便宜賞功狀,自劾待罪,函曦首級,違制法物與曦所受金人詔印,及所匿庚牌附驛。(《宋史》卷四〇二《安丙傳》)

章穎,字茂獻,臨江軍人。以兼經中鄉薦。孝宗嗣服,下詔求言。穎爲萬言書附驛以聞,禮部奏名第一,孝宗稱其文似陸贄,調道州教授。(《宋史》卷四〇四《章穎傳》)

(宋太祖太平興國六年十一月)壬子,令諸州監臨官不得擅詣闕奏事,有所聞見,許附驛,須面奏者,俟報。(《續資治通鑑長編》卷二二)

(宋真宗大中祥符六年六月)庚辰,上作《憫農歌》,又作《讀十一經詩》,賜近臣和。上每著歌詩,間命宰輔、宗室、兩制、三館、秘閣官屬繼和,而資政殿、龍圖閣學士所和尤多。至是,遍詠經史,三司諫官、御史或預賡載。若大禮慶成及酺會,則百僚並賦。其後,梅洵等以館職居外任,表求次韻,詔寫本附驛賜之。(《續資治通鑑長編》卷八二)

(宋真宗大中祥符八年十二月)辛卯,以皇子慶國公受益爲忠正軍節度使、兼侍中,封壽春郡王。舊制:本州當遣牙校、僧道至闕稱賀,詔罷之,止令官吏附驛上賀狀。(《續資治通鑑長編》卷八五)

（宋真宗大中祥符九年九月）戊辰，詔："外任京朝官滿三年當考課者，聽附驛上狀。"先是，群官代還京師，而本官秩滿者乃預考課，其移授有累年以（不）遷者，故降是詔。（《續資治通鑑長編》卷八八）

（宋仁宗天聖八年）九月壬子，詔："長寧節天下建置道場及賜燕，並如乾元節。其貢物留本處，止奉表附驛以聞。"（《續資治通鑑長編》卷一〇九）

（宋神宗元豐七年七月）丁卯，手詔："提舉陝西買馬監牧郭茂恂乞赴闕奏事。茂恂在職數年，全無績效，此乃欲憑藉口舌，開釋罪戾，宜止令具所見，附驛以聞。"（《續資治通鑑長編》卷三四七）

（宋哲宗元祐四年正月）己丑詔："坤成節進奉物色，準天聖八年九月故事，留本處，止奉表附驛以聞。"（《續資治通鑑長編》卷四二一）

（宋高宗紹興七年秋七月）癸未，手詔中外臣民，各許實封言事，在外令附驛以聞，旱故也。（《建炎以來繫年要録》卷一一二）

【貞元元年南郊大赦天下制】 （唐德宗貞元元年，南郊，大赦天下，制）夫明目達聰，務廣聞見。或處懷才抱器，輸忠納諫之倫，處地幽遐，無由自達。永言於此，夢想不忘。應諸色人有長策濟時，忠規匡主，任具陳所見，詣所居之州，委刺史略與討論，觀其旨趣，但有裨理道，不涉私情，便與附驛遞進，朕當親覽。（《唐大詔令集》卷六九）

【長慶四年正月一日德音】 （唐穆宗長慶四年正月一日，御正殿，頒布德音：）朕以寡昧，獲守重器，兢厲畏惕，於兹五年。皇王之事，罔不修備。而大典有闕，舉而行之。粤以元正，御於正殿。百辟咸序，萬方來庭，思欲推至仁以布和，奉天時而施令……宜令諸道觀察使、刺史，各具當處利害，其有弊事可革、有益於人者，並言何術可以漸致富庶，附驛以聞，亦不用專使詣闕，以省煩費。（《唐大詔令集》卷八五）

【詔天下搜賢俊制】 朕聞惟理亂在庶官，是以先王旁求俊彦，思皇多士，以倡九牧……凡宰相王臣，宜加搜擇，其常參官及郡縣長吏上佐等，皆從歷試而踐通榮，如各知其密行異能，博學深識，才堪濟代，術可利人，名不彰聞，位不充量，湮淪屠釣，流落風波者，一善可録，便宜公舉，遠則封表附驛，近則進狀奏聞，勿避親讎，無限儕伍。(《唐大詔令集》卷一〇三貫至)

凡天下邊軍皆有支度之使，以計軍資、糧仗之用。每歲所費，皆申度支而會計之，以《長行旨》爲準。支度使及軍州每年終，各具破用、見在數，申金部、度支、倉部勘會。開元二十四年敕，以每年租耗雜支，輕重不類，令户部修《長行旨條》五卷，諸州刺史、縣令改替日，並令遞相交付者。省司每年但據應支物數，進畫頒行，附驛遞送。其支配處分，並依旨文爲定，金部皆遞覆而行之。(《唐六典》卷三;《唐會要》卷五八)

祝版。凡天地郊祀及太廟，欲至享日，所司準程，先進版取署，令人送往。若臨時卒急，並令附驛。其版仍令先支一年所用數。若署版後祭官有故，即削除，題所替行事人也。(《通典》卷一〇八)

(唐德宗貞元二年)五月十五日，太常卿董晉奏:"五岳四瀆，(伏)准《開元元年禮》，(每年)各以五郊迎氣日祭之……其祝版欲至饗祭日，所司准呈(式)，先進取御署，附驛發遣。"敕旨宜依。仍委所司，每至時先奏，附中使送往。(《唐會要》卷二二)

建中元年正月五日敕文:"常參官及節度、觀察、防禦、軍使、城使、都知兵馬使、諸州刺史、少尹、赤令、畿令，并七品已上清望官，及大理司直、評事，授訖三日内，於四方館上表，讓一人以自代。其外官與長吏勾當，附驛聞奏。其表付中書門下，每官闕，即以見舉多者量而授之。"(《唐會要》卷二六)

天寶十載十一月五日敕:"比來牧守初上，准式附表申謝。或因便使，或有差官，事頗勞煩，亦資取置。自今已後，諸郡太守等謝上表，宜並附驛遞進，務從省便。"至十三載十一月二十九日詔:"自今已後，每載賀正及賀赦表，並宜附驛遞進，不須更差專使。"(《唐會要》卷二六)

開元二十四年三月六日，户部尚書、同中書門下三品李林甫奏:"租庸、丁防、和糴雜支、春綵、(税户、)税草諸色旨符,承前每年一造,據州府及諸司,計紙當五十餘萬張,仍差百司抄寫,事甚勞煩。條目既多,計檢難遍。緣無定準,支税不常。因此涉情,兼長奸僞。臣今與採訪使、朝集使商量,有不穩便於人、非當土所出者,隨事沿革,務從允便,即望人知定準,政必有常,編成五卷,以爲常行旨符,省司每年但據應支物數進書(畫)頒行,每州不過一兩紙,仍附驛送。"敕旨依。(《唐會要》卷五九)

天寶十一載十一月五日(詔):"自今諸郡太守謝上表,並附驛遞進。"(《唐會要》卷六一)

開成元年二月,中書門下奏:"應諸州刺史、諸府少尹、次赤縣令、州府五品以上官,并常參官等,在任之例,約是三載。命代之後,遽即到京。人數既多,員缺常少。稍經時月,則訴飢寒。伏准漢法,免罷郡守,自非詔徵,不得到京師。建中初敕:'常參官及外五品以上,替後不得擅至京師。'自今已後,請據舊章,刺史及五品以上常參官,在外應受替去任,非有徵詔,不得到京。宜委所在州府,取其由歷,每兩月一度,附驛申中書門下。其初狀仍具前任政績、受代日月,申中書門下,准前置具員,量人才據缺除授。其有家在上都、因自歸止者,正衙見後,仍令京兆府依外州府例與申。"敕旨依奏。(《唐會要》卷六八)

太宗朝,王濟主漳州龍溪簿。時福建諸郡輸鸛翎爲箭羽,既非常有之物,而官司督責甚急,民間苦之。濟輒以便宜喻郡民,用鵝翎代之。因附驛以聞,詔可其請,施及旁郡,民咸德之。(《説郛》卷三七董弅《閑燕常談》)

崔瞻爲尚書吏部郎中,因患,取急十餘日。舊式,百日不止(上),解官。吏部尚書尉瑾性褊急,以瞻舉措舒緩,曹務繁劇,遂附驛奏聞,因而被代,瞻遂免歸鄉里。(《册府元龜》卷四八一)

【謝上彭州刺史表】 臣某言:伏奉聖恩授臣彭州刺史,寵光自天,喜懼交集……臣以今月七日到所部上訖,宣布德音,草木增氣,敷陳睿澤,黎庶昭蘇,無任悃款屏營之至。謹附驛奉表,陳謝以聞。臣某誠惶誠恐,死罪死

罪。謹言。(《高常侍集》卷一〇)

【論利害表】 臣某言:伏准今年正月五日德音,宜令諸道觀察使、刺史,各具當處利害,附驛以聞者。伏惟皇帝陛下叡哲自天,纘成(承)列聖,善述先志,發揚德音。率土人臣,不勝慶幸。臣虔奉詔旨,宣示蒸黎。伏以華夏不同,土宜各異。詳求利病,謹具奏聞。伏乞聖慈,俯賜昭鑒。(《劉賓客文集》卷一四)

【送淡公十二首】(其七) 伊洛氣味薄,江湖文章多。坐緣江湖岸,意識鮮明波。銅斗短蓑行,新章其奈何。兹焉激切句,非是等閑歌。制之附驛迴,勿使餘風訛。都城第一寺,昭成屹嵯峨。爲師書廣壁,仰詠時經過。徘徊相思心,老淚雙滂沱。(《孟東野詩集》卷八;《全唐詩》卷三七九孟郊)

【和太素雙頭牡丹兼呈子華】 群英日零謝,並蒂發奇芳。願以附驛使,爲兄壽且昌。(《南陽集》卷一四)

遞進

太和中,上頗好食蛤蜊,沿海官吏,先時遞進,人亦勞止。一旦,御饌中有擘不開者,即焚香禱之。俄變爲菩薩,梵相具足。(《南部新書》戊卷)

【辭免資政殿大學士第二表】 臣某言:近者伏蒙聖恩,授臣資政殿大學士,尋上表陳讓,今准中書劄子奉聖旨不許辭讓者……皇帝陛下道本無私,治先有勸,不以一臣之小愛,而傷四海之大公,特寢誤恩,以符清議,使飾僞者聞風而自沮,守道者知分而獲安。則疆埸雖勞,是甘於白首;雪霜更厲,不變於丹心。其所賜告敕,今附遞進納。(《安陽集》卷二五)

遞送

郭彦,太原陽曲人也……孝閔帝踐祚,出爲澧州刺史。蠻左生梗,未遵朝憲。至於賦税,違命者多。聚散無恒,不營農業。彦勸以耕稼,禁共遊獵,民皆務本,家有餘糧。亡命之徒,咸從賦役。先是,以澧州糧儲乏少,每令荆州遞送。自彦莅職,倉庾充實,無復轉輸之勞。(《周書》卷三七《郭彦傳》)

(隋煬帝即位,營建東都,)命黄門侍郎王弘、上儀同於士澄,往江南諸州採大木,引至東都。所經州縣,遞送往返,首尾相屬,不絶者千里。(《隋書》卷二四《食貨志》)

(唐德宗貞元元年,李懷光反叛,兵敗被誅。八月己卯詔:)"懷光尸首,任其收葬。懷光妻、諸兒女,遞送澧州,委李皋逐便安置,使得存立。"(《舊唐書》卷一二《德宗紀上》)

(唐文宗大和九年八月)丙申,内官楊承和於驩州安置,韋元素象州安置,王踐言思州安置,仰錮身遞送。(《舊唐書》卷一七下《文宗紀下》)

(唐懿宗咸通十年八月,和州防禦行官石侔等一百三十人狀訴刺史崔雍。其崔雍宜敕)内養孟公度專往宣州,賜自盡。公度至,雍死於陵陽館。其男黨兒、歸僧,配流康州,錮身遞送。(《舊唐書》卷一九上《懿宗紀》)

(韋)抗,弱冠舉明經,累轉吏部郎中……歷職以清儉自守,不務産業。及終,喪事殆不能給。玄宗聞其貧,特令給靈轝,遞送還鄉,贈太子少傅。(《舊唐書》卷九二《韋抗傳》)

(唐憲宗元和十四年二月,擒叛將李師道。)東軍諸道行營節度擒逆賊將夏侯澄等共四十七人,詔並宜特從釋放,仍令却遞送至魏博及義成行營,各委節度收管驅使。(《舊唐書》卷一二四《李師道傳》)

鄭雲逵,滎陽人……(元和)三年,雲逵奏其弟前太僕丞方逵"受性凶悖,不知君親……親戚所知,無可教語。昨聞於邠、寧、慶等州干謁節度及州縣乞丐,今見在武功縣南,西戎俯近,恐有異謀,若不冒死奏聞,必恐覆臣家族。"詔令京兆府錮身遞送黔州,付李模於僻遠州驅使,勿許東西。(《舊唐書》卷一三七《鄭雲逵傳》;《册府元龜》卷九二三)

（唐代宗廣德元年十二月詔，程元振）宜長流溱（溱）州百姓，委京兆府差綱遞送，路次州縣，差人防援，至彼捉搦，勿許東西。（《舊唐書》卷一八四《程元振傳》）

（宋神宗元豐六年二月壬子，詔京西、河東、涇原、秦鳳、熙河路團結厢軍，盡數差赴蘭州。）詔熙河蘭會經略制置司，計置蘭州人萬馬二千糧草。於次路州軍，剗刮官私橐駝二千與經制司，自熙、河摺運。事力不足，發義勇保甲。給河東、陝西邊用非機速者，並作小綱數，排日遞送。（《宋史》卷一七五《食貨志上三》）

宋太祖乾德二年二月戊申朔，翰林學士竇儀等，上《新定四時參選條件》："諸州印發春季選人文解，自千里至五千里外，分定日限爲五等，各發離本處……不依程式，本判官罰直，録事參軍、本曹官殿選。諸州員闕，並仰申闕解條樣，以木夾重封題號，逐季入遞送格式……"（《續資治通鑑長編》卷五）

（宋神宗熙寧四年十月丙子，）樞密副使吴充言："竊見在京及諸路州軍斷配軍民，其中多爲寒餒所迫，冒犯刑辟，竄伏他所。或遇冬寒上道，被創露肌膚，得活者十無一二。國家緣情立法，重輕具有常科。苟元犯止於配流，而必置之死地，殆非聖朝好生、欽卹庶獄之意。欲乞自今雜犯配軍所坐不至巨蠹者，每遇十一月後斷刺訖，且留本處工役。至二月即遞送所配州軍……"從之。（《續資治通鑑長編》卷二二七）

（陳文帝天嘉六年七月丙戌，）臨川太守駱牙斬周迪於山穴，傳首建康，梟於朱雀門。迪，臨川人……高祖秉政，加江州刺史。及即位，王琳東下至湓城，（與）新吴洞主余孝頃相合，衆二萬來趨工塘，連八城以逼周迪。迪使周敷率兵頓臨川故郡，迪自斷江口，與樊猛等戰，大破之，屠其八城，生擒李欽、樊猛、余孝頃，遞送建康市。（《建康實録》卷一九）

凡親王入朝，皆給車牛、馱馬，車牛六十乘，馱馬一百匹。若太妃同來，加車牛十乘、馬二十匹。别敕追入，給馬六十匹。内外百官家口應合遞送者，皆給人力、車牛。一品，手力三十人、車七乘、馬十匹、驢十五頭。二品，手力二十四人、車五乘、馬六匹、驢十頭。三品，手力二十人、車四乘、馬四匹、驢六頭。四品、五品，手力十二人、車二乘、馬三匹、驢四頭。六品、七品，手力八人、車一乘、馬二匹、驢三頭。八品、九品，手力五人、車一乘、馬一匹、驢二頭。若別敕給遞者，三分加一。家口少者，不要滿此數。無車牛處，以馬、驢代。(《唐六典》卷三)

(開元二十一年，裴耀卿爲轉運使，江淮錢穀)悉納河陰倉。自河陰候水調浮，漕送含嘉倉。又取曉習河水者，遞送納於太原倉，所謂北運也。(《通典》卷一〇)

(大唐衛公李靖兵法：)諸兵士死亡祭埋之禮，祭不必備以牲牢，埋不必備以棺槨，務令權宜，輕重折衷。如賊境死者，單酌祭酹，墓深四尺，主將使人臨哭。內地非賊庭死者，準前祭哭，遞送本貫。(《通典》卷一四九)

長安四年十一月，敕於登、萊州置監牧，和市牛羊。右肅政臺監察御史張廷珪諫曰："竊見國家於河北和市牛羊，及荆、益等州市奴婢，擬於登、萊等州置監牧。此必有人爲國用不足，或將見陶朱、公孫宏(弘)、卜式之事，而爲陛下陳其策耳。臣愚以爲齷齪小算，有損無益，爲(非)聖明天子行於世也。何以明之？彼三人者，實爲匹夫，藉空虛之地，罄勤苦之功，畜牧積歲，增致千金。苟以一家言之，其計得也。今聖朝疆域四海，臣妾萬方，天覆地載，莫非所有，而必取於人，從牧於國，何示人之不廣而近樹私也？況和市遞送，所在騷然，公私煩費，不可勝計。今河南牛疫處十不存二，家家保之，豈願輒賣……"(《唐會要》卷六二)

(韋乾度爲國子祭酒。穆宗長慶二年閏十月奏："生徒)中事有過悮，衆可容恕，監司自議科決。如有悖慢師長，强暴鬬打，請牒府縣，錮身遞送鄉貫。"敕旨宜依。(《册府元龜》卷六〇四)

【東都聖禪寺無畏三藏碑】 惟和尚輪王，梵嫡號善無畏釋迦如來……承詔御前效其神異，和尚恬然不動，而術者手足無施矣……累請居外，敕諸寺遞送，隨駕至洛京，詔於聖善寺安置。(《李遐叔文集》卷二)

【奉天改元大赦制】 (唐德宗興元元年正月一日赦:)諸道諸軍將士等,久勤扞禦,累著功勳。方鎮克寧,惟爾之力。其應在行營者,並超三資與官,仍賜勳五轉。不離鎮者,依資與官……諸道將士有死王事者,各委所在州縣,給遞送歸本管。(《翰苑集》卷一)

【乞罷百姓實封言役法疏】 伏睹今月四日敕節文,在京差官詳定役法。奉聖旨諸路且依二月六日敕定差,仍俟近來指揮到日,縣與州及提舉、轉運司,各遞限兩月,體訪役法的確利害……又令舊納錢者今被差者,皆具論列。緣四海百姓,向來無不納錢,則是竭天下之人,使之實封議法,則求言無乃太廣乎?實封之狀,州縣必須疲於遞送,其達於朝廷者計須山積,則考閱何時可徧?而所謂差役之法,何年可見其成也?(《忠肅集》卷五)

【奏請赦書事節·一事請減定刺配刑名】 伏以祖宗謨訓,以仁厚寬大爲治本,其於刑罰,尤所欽恤……罪有等差,故配有遠近。械錮遞送,相望道路。荆湖嶺峽,尤聚奸慝。比者蠻寇猖獗,亦聞此輩類多從惡。若無釐革,配隸不已,誠恐遠地,寖成淵藪。乘間扇動,助成厲階。(《樂全集》卷二〇)

【村居】 孤村淺浦近江城,西折坡陀一嶺横。墟落煙生含暮色,園林風勁作秋聲。年豐租税無逋負,酒熟鄉鄰遞送迎。老病愈知難報國,只將高枕送餘生。(《劍南詩藁》卷三七)

郵遞

貞觀二十年,(迴紇)南過賀蘭山,臨黄河,遣使入貢。以破薛延陀功,賜宴内殿。太宗幸靈武,受其降款,因請迴鶻已南置郵遞,通管北方。太宗爲置六府七州,府置都督,州置刺史,府州皆置長史、司馬已下官主之。(《舊唐書》卷一九五《迴紇傳》)

(唐玄宗開元)九年,又詔:"天下之有馬者,州縣皆先以郵遞軍旅之役定户,復緣以升之。百姓畏苦,乃多不畜馬,故騎射之士減曩時。自今諸州民勿限有無蔭,能家畜十馬以上,免帖驛郵遞征行,定户無以馬爲貲。"(《新唐

書》卷五〇《兵志》)

【宥淄青大將敕】 敕:"魏博及義成軍節度,送到擒獲逆賊李師道下都知兵馬使夏侯澄、兵馬使朱澄等,共四十七人……並宜特從(寬)釋放,仍令却(郵)遞送至魏博及義成軍,各委節度收管驅使。"(《唐大詔令集》卷一二二)

(唐玄宗開元)九年正月詔:"如聞天下有馬之家,州縣或因郵遞軍旅,即先差遣帖助,兼定户之次,緣被此百姓嫌疑,多不養畜……自今已後,諸州百姓不問有蔭無蔭,若能每家畜馬十匹已上,緣帖驛郵遞及征行,並不得偏差遣帖助。若要須供擬任,臨時率户出錢,市買定户及差重色役,亦不須以馬充財數。"(《册府元龜》卷六二一)

【論度支令京兆府折税市草事狀】 度支奏:"緣當年税草支用不充,諸場和市所得又少,所以每至秋夏,常有欠闕。請令京兆府折今年秋税和市草一千萬束,便令人户送入城輸納……"望委京兆尹勾當,别和市草五百萬束,以充貯備……每市滿十萬束,一度聞奏,便以府司郵遞車牛,並更雇脚,相添轉徙場所般載,送付苑中輸納。(《翰苑集》卷二〇)

【永和堤記】 運河有塘,衣帶潮水。自帝都東北,橋鎮薄吴頭楚尾,緜亘千餘里,關提封者六州,帶主筦者十縣,仁和首當其一。郵遞輦運,憧憧旁午。(《東澗集》卷一三)

驛遞

(貞觀)十八年,太宗將伐高麗,命太子留鎮定州。及駕發有期,悲啼累日。因請飛驛遞表起居,並遞敕垂報,並許之。飛表奏事,自此始也。(《舊唐書》卷四《高宗紀上》;《唐會要》卷二六)

張根,字知常,饒州德興人……改淮南轉運使……徙兩浙,辭不行,乃具疏付驛遞奏。大略謂今州郡無兼月之儲,太倉無終歲之積,軍需匱乏,邊備缺然,東南水旱,盜賊間作。西北二國,窺伺日久,安得不豫爲之計。因條列

茶鹽常平等利病之數。(《宋史》卷三五六《張根傳》)

(宋太宗端拱元年閏五月丙申,)右諫議大夫李巨源謫授都官郎中、知朗州。巨源性訐直,好言事,上屢加奬激,將有大用之意。會貶,巨源恃舊恩,日夕望召還。嘗語僚屬曰:“會當思我,寧久居此。”(此)後數歲,驛遞堂帖,令乘傳歸闕。巨源啓封見之大笑,喜極氣絶而卒。(《續資治通鑑長編》卷二九)

(宋真宗景德元年二月)甲戌,賜川峽至京驛遞卒錢。(《續資治通鑑長編》卷五六)

(宋真宗大中祥符六年十月壬戌,)詔西南蠻人朝貢回,應隨行兵仗,令有司爲驛遞,至蠻界給付。先是蠻人以槍槊自隨,在道被酒,因迫脅驛吏,故有是命。(《續資治通鑑長編》卷八一)

(宋真宗天禧四年七月)丙辰,遣使市小車,給鳳翔府至綿州驛遞軍士,仍爲增葺廬舍,憫其勞也。(《續資治通鑑長編》卷九六)

(宋神宗元豐四年十二月戊午,)高遵裕言:“大軍徑趨靈州,會合兩路兵至城下,自丁亥併力攻擊……至庚子,十一月十八日。賊决黄河水浸營,難於駐留。兩路轉運司元計置一月糧草,合大兵出界一月,以羌人於清遠軍、韋州、鳴砂川,烽火平以來多出兵邀擊糧道,驛遞不通,彭孫兵護涇原摺運糧草,爲賊抄略,諸軍闕食,士有飢色……”(《續資治通鑑長編》卷三二一)

【論許遂振進奉請驛遞送至上都狀】 元和五年,宣令許遂振詔允依來奏,乘驛遞進奉者。學士奏曰:“伏以本置館驛,衹緣使命。有司所支食料,減刻已恐不充,今若進奉貨財,悉令館驛遞送,豈唯館驛不濟,實慮州縣難堪。且財貨數多,差夫遞送,便須防援,轉益勞煩。伏恐人力凋殘,物議喧謗。况館驛所破,並是官錢,虚有省脚之名,實致擾人之弊。儻若有利無害,承前久合行之。脱若諸道悉然,即是制度紊亂,事傷聖政,不敢不言伏,望與遂振詔中處分,且依舊例,庶望公私通濟,事體合宜。其詔草未撰,伏望。聖旨宣依。”(《李相國論事集》卷四)

(唐玄宗開元)二十四年敕:"以每年租税雜支,輕重不類,令户部修《長行旨條》五卷,諸州刺史、縣令替日,並合令遞相交付,省司每年但據應支物數,進畫頒行,附驛遞送。其支配處分,並依旨文爲定。"(《唐會要》卷五八)

(唐太宗)征遼之役,梁公留守西京,敕以便宜從事不請。或詣留臺,稱有密者。梁公問密謀所在,對曰:"公則是也。"乃驛遞赴行所,及車駕於相州。太宗聞留守有表送告人,大怒,使人持長刀於前,而後見之。問:"反者爲誰?"曰:"房玄齡。"帝曰:"果然!"叱令斬腰。璽書責梁公以不能自任,更有如此者,得專斷之。(《隋唐嘉話》卷上)

陳恭公執中以衛尉寺丞知梧州,驛遞上疏,以乞立儲貳。真宗嘉其敢言,翌日臨朝,袖其疏以示執政,歎獎久之,召爲右正言。(《東軒筆録》卷三)

唐吴道玄窮丹青之妙,大約宗師張僧繇。玄宗天寶中,忽思蜀中嘉陵江水,遂假吴生驛遞,令往貌之。及迴,帝問其狀,奏云:"臣無粉本,並記在心。"遣于大同殿圖嘉陵江三百里山水,一日而畢。(《太平御覽》卷七五一引《唐畫斷》)

【聞内舍榜將至】 元豐内舍初公選,開寶中秋定試期。四海諸生趨盛集,一朝新議破群疑。人傳學榜才張後,驛遞家音未到時。莫怪虚名隨分喜,文章門户欲支持。(《安岳集》卷一二)

【簡陳擇之索詩】 遊山聞説多詩句,久已傳抄聽小胥。屢戒膺門老馬走,門前驛遞不爲疏。(《淳熙稿》卷一七)

驛狀

【爲河東公謝相國京兆公啓二首】(其一) 某啓:今月某日,得當道萬安驛狀報,伏承遣兵馬使陳朗賫幣帛、鞍馬,辟召小男者,未敢尋盟,遽兹聞喜。(《文苑英華》卷六五四李商隱)

驛書

（元鳳元年八月，左將軍上官桀父子與霍光爭權有隙，即上疏，言願歸符璽，入宿衛，察奸臣之變。）是時昭帝年十四，覺其有詐，遂親信霍光，而疏上官桀等。桀等因謀共殺光，廢帝，迎立燕王爲天子。旦置驛書，往來相報，許立桀爲王，外連郡國豪桀以千數。（《漢書》卷六三《燕剌王旦傳》）

（陳泰爲征西將軍、都督雍涼諸軍事、雍州刺史。王經與姜維戰，敗，保狄道城。維圍之，泰進軍，與維戰，維退）。泰每以一方有事，輒以虛聲擾動天下，故希簡白上事，驛書不過六百里。（《三國志》卷二二《陳泰傳》）

（晉武帝時，太廟初建，詔普增位一等。後以主者承詔失旨，改除之。尚書郎摯虞上表曰：）"臣聞昔之聖明，不愛千乘之國，而惜桐葉之信。所以重至尊之命，而達於萬國之誠也。前《乙巳赦書》，遠稱先帝遺惠餘澤，普增位一等，以酬四海欣戴之心。驛書班下，被於遠近，莫不鳥騰魚躍，喜蒙德澤。今一旦更以主者思文不審，收既往之詔，奪已澍之施，臣之愚心竊以爲不可。"詔從之。（《晉書》卷五一《摯虞傳》）

（晉孝武帝太元八年十一月，謝玄等）既破堅，有驛書至，安方對客圍棋，看書既竟，便攝放牀上，了無喜色，棋如故。客問之，徐答云："小兒輩遂已破賊。"既罷還内，過户限，心喜甚，不覺屐齒之折，其矯情鎮物如此。以總統功，進拜太保。（《晉書》卷七九《謝安傳》）

陳元達，字長宏，後部人也……（劉）元海之爲左賢王，聞而招之，元達不答。及元海僭號，人謂元達曰："往劉公相屈，君蔑而不顧。今稱號龍飛，君其懼乎？"元達笑曰："是何言邪？彼人姿度卓犖，有籠羅宇宙之志，吾固知之久矣。然往日所以不往者，以期運未至，不能無事喧喧，彼自有以亮吾矣。卿但識之，吾恐不過二三日，驛書必至。"其暮，元海果徵元達爲黄門郎。（《晉書》卷一〇二《陳元達傳》）

(劉宋末,)齊王輔政,遣衆軍西討……飛火軍攝文書,千里驛行。齊王出頓新亭,馳檄數攸之罪惡曰……廢昏立明,先代盛典。交廣先到,梁秦蚤及。而攸之密邇内畿,州塗弗遠,驛書至止,晏若不聞。未遣章表,奄積旬朔。防風後至,夏典所誅,此其大逆之罪八也。"(《宋書》卷七四《沈攸之傳》)

張敬兒,南陽冠軍人也……永明元年,敕朝臣華林八關齋,於坐收敬兒……詔曰:"敬兒蠢兹邊裔,昏迷不脩……此而可忍,孰不可容。天道禍淫,逆謀顯露。建康民湯天獲商行入蠻,備睹奸計,信驛書翰,證驗炳明。便可收掩,式正刑辟。同黨所及,特皆原宥。"(《南齊書》卷二五《張敬兒傳》)

(唐德宗貞元八年,中書侍郎陸贄知政事,上疏論邊事曰:)戎虜馳突,迅如風飆。驛書上聞,旬月方報。守土者以兵寡不敢抗敵,分鎮者以無詔不肯出師。逗留之間,寇已奔逼。託於救援未至,各且閉壘自全。(《舊唐書》卷一三九《陸贄傳》)

(李延渥咸平六年徙知瀛州。)景德初,契丹大舉擾邊,經胡盧河,踰關南,十月,抵城下……延渥分兵,拒守益堅,契丹遁去,死者三萬餘,傷者倍之。獲鎧甲、兵矢、竿牌數百萬,驛書以聞。(《宋史》卷二七三《李延渥傳》)

(田錫宋太宗太平興國)六年,爲河北轉運副使,驛書言邊事曰:"臣聞動静之機,不可妄舉……"(《宋史》卷二九三《田錫傳》)

(宋高宗紹興三年正月,金兵)取金州。二月,長驅趨洋、漢,興元守臣劉子羽急命田晟守饒風關,以驛書招玠入援。玠自河池日夜馳三百里,以黄柑遺敵。(《宋史》卷三六六《吴玠傳》)

(宋高宗紹興十一年,金兵進犯陜西,吴)璘以疊陣法更休迭戰,輕裘駐馬,亟麾之,士殊死鬬,金人大敗,降者萬人。胡盞走保臘家城,璘圍而攻之。城垂破,朝廷以驛書詔璘班師,世將浩歎而已。(《宋史》卷三六六《吴璘傳》)

(魏高貴鄉公正元二年)九月甲辰,(姜)維遁走,城中將士乃得出……

(陳)泰慰勞將士,前後遣還,更差軍守,并治城壘,還屯上邽。泰每以一方有事,輒以虚聲擾動天下,故希簡上事,驛書不過六百里。狄道東至洛陽二千二百餘里,而驛書不過六百里。蓋傳入近裏郡縣,使如常郵筒以達洛陽也。(《資治通鑑》卷七六)

(宋太祖開寶三年八月庚寅,)唐主復令知制誥潘佑作書數千言,諭南漢主以歸欵於中國,遣給事中龔慎儀往使。南漢主得書,大怒,遂囚慎儀。驛書答唐主,甚不遜。唐主以其書來上,上始決意伐之。(《續資治通鑑長編》卷一一)

(宋太祖開寶八年二月乙卯,)初,右諫議大夫段思恭知揚州,朝廷方欲經略江南,命思恭兼緣江巡檢,出則委通判以州務。而思恭常挈印及鼓角金鉦等自隨,驛書自京師至者,輒令齎詣其所,事多稽緩。通判、右贊善大夫李莒不能堪,遂相與告訐。付有司鞫之,思恭詞不直。丁巳,責思恭爲太常少卿,莒爲大理寺丞。(《續資治通鑑長編》卷一六;《宋史》卷二七〇《段思恭傳》)

(宋太祖詔江南李煜諭劉鋹,使稱臣。鋹不從。煜又遣其臣龔正儀使於鋹,遺鋹書)。鋹得書,遂囚正儀。驛書答煜,言甚不遜。煜以其書聞,命潘美伐之。(《東都事略》卷二三《劉鋹傳》)

【誅李希烈原宥淮西將吏詔】 (貞元二年四月甲申,詔曰:"李希烈棄義背恩,窮奸極暴,謂神器可以力取,謂生靈可以詐欺。志在凶殘,躬行僭竊。罪無與比,法所難容),唱義一呼,群情響附。廓清氛祲,殲戮渠魁,驛書上聞,函首入獻……應淮西管内將士官吏百姓等,頃迫凶威,遂從脅制。既誅元惡,俱是平人。除李希烈一家,其餘並准前後赦敕原免,更無所問……"(《唐大詔令集》卷一二一陸贄)

(後梁龍德)三年,莊宗克梁,遣使來告。義祖曰:"沙陀自稱中興,來者必詔命。"逆告之曰:"若敵國之書乃可,餘則不奉命。"時果齎詔來,使者盤桓,果具驛書上聞。莊宗初平大敵,意務懷柔,遂用敵國之禮。(《江南别録》)

皇祐末，古渭州熟户反，增秦州戍兵甚多。事平，文公悉分屯於永興、涇原、環慶三路，期以有警急則召之，以省芻糧，謂之“下番兵”。（張）方平既發下番兵，關西震聳。方平仍驛書言狀，乞發京畿禁軍十指揮赴本路。（《涑水記聞》卷一二）

【慶歷七年祀南郊禮畢賀赦】 雷鼓千通破大幽，天開獄鑰縱纍囚。驛書散出先飛鳥，一日恩流四百州。（《傳家集》卷一一）

【再見士卒戍桂陽】 驛書頻插羽，漢士遠征蠻。四月天將暑，三苗舊阻艱。悲笳背城邑，苦霧濕關山。後夜東南望，妖氛翼軫間。（《彭城集》卷一一）

【秋日天平驛書事】 孤館無人慰寂寥，感時情抱楚旌摇。縱横著物秋聲起，早晚遠空殺氣消。衰鬢已同潘騎省，壯心猶羨霍嫖姚。誓江義勇吾家事，不得提戈静祲妖。（《龍學文集》卷二）

【致仕後即事・又】 敕過鸞臺鳳閣來，清晨初拆驛書開。繡箱香案迎門拜，身著朝衫止此回。（《劍南詩藁》卷三九）

驛報

（貞觀十九年四月，唐軍大破高麗。）帝料酋長三千五百人，悉官之，許内徙，餘衆三萬，縱還之，誅靺鞨三千餘人……乃驛報太子，並賜諸臣書。（《新唐書》卷二二〇《東夷傳》）

（宋孝宗紹興七年七月丙午，）武節大夫、閤門宣贊舍人、河南府兵馬鈐轄李興爲右武大夫、忠州團練使、知河南府。右承奉郎、知汝州劉全咨爲右承事郎。興既得西京，言於朝，乞命帥守。遂就除之，仍給真俸，許便宜行事。全咨亦以驛報屢通，故特遷之。（《建炎以來繫年要録》卷一三七）

遞報

（宋高宗建炎元年十月）壬戌，（宗）澤上表以謝。表曰："臣今月六日承遞報，車駕將還闕者，恭聞明命，肅詔回鑾，歡騰率土之謠，和浹中天之氣……"（《建炎以來繫年要録》卷一〇）

（宋高宗紹興三十一年十月壬子，）江淮制置使劉錡得金字牌遞報，淮西敵勢甚盛，令錡退軍備江。（《建炎以來繫年要録》卷一九三）

（宋高宗紹興三十一年十一月）八日丙子，中書舍人虞允文、統制官張振等大敗金人於楊林。《遺史》曰：金人得和州，完顏亮親率大兵，臨西采石楊林渡已數日……皆知（王）傅有不能盡節之心。州學學諭汪餘慶白於教授蔣繼周……繼周、餘慶遂勸傅申發文字報朝廷，傅從之，一日發八遞。第一遞報金人已犯采石，不言東采石西采石。遞到行在，朝市大驚……第二遞報金人已到楊林，而不言楊林渡。朝廷檢視圖册，不載楊林去處，莫知楊林在江南江北，朝市無不驚憂者。（《三朝北盟會編》卷二三八）

（衛公李靖兵法）：諸軍馬擬停三五日，即須去軍一二百里以來，安置爟烽。如有動静，舉烽相報。其烽並於賊路左側逐要置，每二十里置一烽應接，令遣到軍。其遊奕馬騎，晝日遊奕候視，至暮速作食，喫訖，即移十里外止宿，慮防賊徒暮間見煙火，夜深掩襲捉將。其賊路左右草中，著人止宿，以聽賊徒。如覺來，報烽煙家，举烽遞報軍司。（《通典》卷一五七）

遞呈

【暮秋枉裴道州手札率爾遣興寄遞呈蘇渙侍御】 久客多枉友朋書，素書一月凡一束。虛名但蒙寒暄問，泛愛不救溝壑辱。齒落未是無心人，舌存耻作窮途哭。道州手札適復至，紙長要自三過讀。盈把那須滄海珠，入懷本倚崑山玉。撥棄潭州百斛酒，蕪没瀟岸千株菊。使我晝立煩兒孫，令我夜坐費燈燭。（《杜詩詳注》卷二三；《全唐詩》卷二二三杜甫）

遞還

柳亨，蒲州解人……開元初，亨孫涣爲中書舍人，表曰："臣堂伯祖奭，去明(顯)慶三年，與褚遂良等五家同被讒戮。雖蒙遺制盪雪，而子孫亡没並盡。唯有曾孫無忝，見貫巂州，蒙雪多年，猶同遠竄。陛下自臨宇縣，優政必被，鴻恩及於泉壤，大造加於亡絶。先天已後，頻降絲綸。曾任宰相之家，並許收其淪滯。况臣伯祖往叨執政，無犯受誅，藁窆尚隔故鄉，後嗣遂編蠻服。臣不申號訴，義所難安。伏乞許臣伯祖還葬鄉里，其曾孫無忝放歸本貫。"疏奏，敕令奭歸葬，官造靈轝遞還。(《舊唐書》卷七七《柳亨傳》)

來濟，濟揚州江都人……(顯慶)五年，徙庭州刺史。龍朔二年，突厥入寇。濟總兵拒之，謂其衆曰："吾嘗掛刑網，蒙赦性命，當以身塞責，特報國恩。"遂不釋甲胄赴賊，没於陣，時年五十三，贈楚州刺史，給靈轝，遞還鄉。(《舊唐書》卷八〇《來濟傳》)

郝處俊，安州安陸人也……遷太子少保。開耀元年薨，年七十五……贈絹布八百段、米粟八百石。令百官赴哭，給靈轝，并家口遞還鄉，官供葬事。(《舊唐書》卷八四《郝處俊傳》)

李朝隱，京兆三原人也……(開元)二十一年，兼判廣州事，仍攝御史大夫，充嶺南採訪處置使。明年，卒於嶺外，年七十，贈吏部尚書，官給靈轝，兼家口給遞還鄉。(《舊唐書》卷一〇〇《李朝隱傳》)

(李嗣業以肅宗乾元二年，战没於相州，)上聞之震悼，嗟惜久之，詔曰："臨難忘身，爲臣之大節；念功加贈，經國之常典。故衛尉卿、兼懷州刺史，充北庭行營節度使、虢國公李嗣業，植操沉厚，秉心忠烈，懷幹時之勇略，有戡難之遠謀。久仕邊陲，備經任使……可贈武威郡王。其賻贈及緣葬事，所司倍於常式，仍令官給靈轝，遞還所在。"(《舊唐書》卷一〇九《李嗣業傳》)

萬國俊，洛陽人，少譎異險詐。垂拱後，與來俊臣同爲《羅織經》，屠覆宗枝朝貴……長壽二年,有上封事言嶺南流人有陰謀逆者,乃遣國俊就按之……盛行殘殺,得加榮貴……(劉)光業殺九百人,(王)德壽殺七百人,其餘少者咸五百人。亦有遠年流人,非革命時犯罪,亦同殺之。則天後知其冤濫,下制,被六道使所殺之家口未歸者,並遞還本管。(《舊唐書》卷一八六上《萬國俊傳》)

(宋真宗乾興元年)二月庚子朔,上御正陽門,大赦天下……河東邊民因越北界市物刺配向南州軍者,放停,遞還本貫。(《續資治通鑑長編》卷九八)

(宋高宗紹興十三年六月庚戌,)金主亶以生子大赦,令燕、雲、汴三臺,普度童行有籍於官者爲僧,及道士奴婢欲脱隸役者纔以數千,請囑即得之,得度者亡慮三十萬。於是始許(洪)皓等南歸。中興奉使幾三十人,生還者三人而已。時右文殿修撰崔縱……皆没於敵。至是,敵以縱遺骨遞還。(《建炎以來繫年要録》卷一四九)

遞院

故事:京兆尹在私第,但奇日入府,偶日入遞院。崔郢爲京兆尹,囚徒逸獄而走,上始命造京尹廨宅,京兆尹不得離府。(《東觀奏記》卷中;《南部新書》丁卷;《唐語林》卷一)

韋澳大中十年爲京兆尹。故事:京兆尹在私第,但奇日入府,偶日入遞院。至是,賜度支錢二萬貫,令造宅。始命尹不得離府。澳公正方嚴,吏不敢欺。委長安尉李信主其事,營創府舍,極一時壯麗。復進羨緡,澳連書信兩上下者(考)。(《長安志》卷二)

(楊歸厚爲左拾遺。元和七年)十二月丙申敕:"左拾遺楊歸厚可國子主簿、分司東都。"……舊例:卿士婚嫁,多借郵遞院,於京尹府縣亦爲之設具。歸厚將娶婦,謂己官處近侍,當動以聞,率然奏請(上章,借郵遞院)。帝責其輕肆,遂黜焉。(《册府元龜》卷四八一)

【乞罷府事札子】(第一)　　臣本府今月七日準敕,斷左軍遞院官吏爲勘傳永昌公事,已施行訖。臣躬被聖選,攝行尹事,而明不能以辨訟,威不足以制吏,使中都之獄有無辜之訴,御史以聞,參質明備,聖君仁厚,悉從寬貸。(《西溪集》卷八)

馬遞

鄭俠,字介夫,福州福清人……俠知(王)安石不可諫,悉繪所見爲圖,奏疏詣閤門,不納。乃假稱密急,發馬遞,上之銀臺司……疏奏……青苗、免役權息追呼,方田、保甲並罷,凡十有八事,民間讙叫相賀……安石上章求去,外間始知所行之由。群奸切齒,遂以俠付御史,治其擅發馬遞罪。(《宋史》卷三二一《鄭俠傳》)

(宋真宗景德四年七月壬申,詔)增置自京至宜州馬遞鋪。(《續資治通鑑長編》卷六六)

(宋真宗天禧二年七月)己卯,詔:"諸州帳籍,自今簡停。軍士每歲一造,營房半歲一造,職員、馬遞鋪馬數每季一造。"(《續資治通鑑長編》卷九二)

(宋真宗天禧三年)十二月癸未朔,賜自今(京)至滑州馬遞軍士絹綿袍。(《續資治通鑑長編》卷九四)

(宋仁宗景祐二年四月)癸酉詔:"天下官司毋得擅發馬遞。若機密事當入馬遞者,許實封送所屬州軍發之。違者,付、受皆論罪。"初,定州龍泉鎮監酒、右班殿直折惟寧奏章擅付馬遞,既坐罪衝替,因條約之。(《續資治通鑑長編》卷一一六)

(宋仁宗寶元二年十二月庚申,)賜自今(京)至鄜延路馬遞及急脚鋪卒緡錢,又賜鄜延路戍兵緡錢。(《續資治通鑑長編》卷一二五)

(宋仁宗康定元年二月癸巳,)賜自京至陝西馬遞、急脚鋪卒緡錢。(《續

資治通鑑長編》卷一二六)

(宋仁宗慶曆八年十二月辛巳,)詔:“河北、京東西路安撫、轉運、提點刑獄司,籍諸州軍所申盜賊數,嚴督官吏捕逐之,每半月據所獲入,馬遞以聞。”(《續資治通鑑長編》卷一六五)

(宋仁宗皇祐四年七月壬子,)又詔:“自京至廣州增置馬遞鋪,仍令内臣一員提舉。”

(九月)戊午,賜自京至廣南西路馬遞鋪卒緡錢。(《續資治通鑑長編》卷一七三)

(宋神宗熙寧五年六月乙丑,)詔近遣董詵相度添填河東馬遞鋪兵士,趙子幾、蔡天申相度京西差役及案視水利,並令體量逐路監司、提舉司,有措置不如法及弛慢不職事以聞。(《續資治通鑑長編》卷二三四)

(宋神宗熙寧六年十月)丙戌,遣司門員外郎趙約之自京至河州提舉編排馬遞鋪,及補帖兵級,季一替,仍令河北監牧司給馬配填。(《續資治通鑑長編》卷二四七)

(宋神宗熙寧七年六月乙亥)詔:“監安上門、光州司法參軍鄭俠勒停,編管汀州。”始,俠上書,獻《流民圖》,朝廷以爲狂,笑而不問,第令開封府劾其擅發馬遞入奏之罪。(《續資治通鑑長編》卷二五四)

(宋神宗熙寧八年十一月)丙子詔:“聞通遠、秦隴、鳳翔、永興等州軍屯駐並過往及馬遞鋪兵所請糧,官坐倉糴數過多,反致日食不足,復增價買於民間,令提點刑獄司下本路究實以聞。”(《續資治通鑑長編》卷二七〇)

(宋神宗熙寧九年四月辛卯,)前提點福建路刑獄李景亮言:“福建路自泉至漳州、汀州,皆涉瘴煙,馬遞鋪卒三年一易,死亡大半,亦有全家死者,深可傷憫。乞自今瘴煙地馬遞鋪卒一年一替。”從之。(《續資治通鑑長編》卷二七四)

驛傳舊有三等：曰步遞、馬遞、急脚遞。急脚遞最遽，日行四百里，唯軍興則用之。熙寧中，又有金字牌急脚遞，如古之羽檄也，以木牌朱漆黄金字，光明眩目，過如飛電，望之者無不避路，日行五百餘里。有軍前機速處分，則自御前發下，三省樞密院莫得與也。(《夢溪筆談》卷一一)

(廣順)三年正月，宣河北諸州，凡有急切公事，即入馬遞奏報。(《册府元龜》卷六六)

【賀德音】 右臣今月三日夜，密院馬遞到敕書一道，以炎蒸時序，推恩既表於哀矜；輕重刑名，布令普行於減降。已畫時散下管内施行訖。照臨之内，歡慶畢同。(《咸平集》卷二六)

【楊州謝上表】 臣某言：十一月二十四日，樞密院馬遞敕牒一道，至滁州。伏蒙聖慈，就差臣知楊州軍州，兼管内堤堰橋道事，勳、階如故，仍放朝謝，取便路乘遞馬，發赴移任所者。臣已於十二月四日，到楊州上訖。(《王黄州小畜集》卷二二)

【辭户部尚書表】 臣某言：今月十九日馬遞到府，伏蒙聖恩，賜臣誥、敕各一道，特授臣行户部尚書，散官、勳、封、賜食邑如故者。私悃再傾，寵章誤及，俯循涯分，罔措心顔。(《文莊集》卷六)

【賀曲赦表】 臣某言：今月初一日，馬遞赦書一道至安撫司，以殺獲蠻寇，收復邕州，曲赦廣南東西路者。登時同官吏集衆宣示軍民，依例施行訖。(《武溪集》卷一六)

急遞

李絳，字深之……元和二年授翰林學士，俄知制誥……樞密使劉光琦議遣中人持赦令賜諸道，以哀饋餉，絳請付度支鹽鐵急遞以遣，息取求之弊。(《新唐書》卷一五二《李絳傳》)

（符彦超，長興元年移鎮安州。）厮養中有王希全者，小字佛留，粗知書計，委主貨財，歲久，耗失甚多，彦超止於訶譴而已。應順元年正月，佛留聞朝廷多事，因與任貨兒等謀亂。一夕，叩門言朝廷有急遞至。彦超出至廳事，佛留挾刃害之。（《舊五代史》卷五六《符彦超傳》）

（唐憲宗元和三年春正月，赦天下，）知樞密劉光琦奏分遣諸使齎赦詣諸道，意欲分其饋遺。翰林學士裴垍、李絳奏："敕使所至煩擾，不若但附急遽，急遞，古之傳遽，馳驛兼程而行。"上從之。（《資治通鑑》卷二三七）

（後唐清泰元年閏正月，）安遠節度使符彦超奴王希全、任賀兒，見朝廷多事，謀殺彦超，據安州附於吴。夜叩門，稱有急遞。軍期緊急文書入遞，不容稽違晷刻者，謂之急遞。遞，郵傳也。遞者，言郵置遞以相付，而達其所。彦超出至聽事，二奴殺之，因以彦超之命召諸將，有不從己者，輒殺之。（《資治通鑑》卷二七八）

（宋仁宗慶曆五年三月）甲子，廣西轉運使杜杞言宜州蠻賊平。杞初行至真州，先遣急遞以檄諭蠻賊，聽其自新。比至宜州，蠻無至者……乃勒兵攻破白崖、黄泥、九居山寨及五峒，焚毁積聚，斬首百餘級，復環州。（《續資治通鑑長編》卷一五五；《宋史》卷三〇〇《杜杞傳》）

（宋神宗熙寧七年六月丙申），詔開封府界、京東西、河北、河東、陝西、淮南、兩浙路轉運、提點刑獄司，具轄下闕雨處，入急遞以聞。（《續資治通鑑長編》卷二五四）

（宋神宗元豐四年九月辛丑，）詔："累據林廣瀘州管下監寨覘乞弟，多汗漫不實，朝廷别無處分，緣急遞文書須朝廷急切欲見者，不可以常事虚勞人力。仰林廣自今凡有諜報，須事干急切或取候處分，乃得上聞。"（《續資治通鑑長編》卷三一六）

（宋神宗元豐六年九月丁卯，）鄜延路經略司奏："據順寧寨言，西界把口小首領冬至，訛指説環慶路兵入西界，殺兩流人馬。"詔："環慶路經略司具析有無兵入西界討殺斬獲……慮西人以此爲詞，仰常誡約緣邊城寨兵將官等遵守前詔，仍令樞密院更不送門下省，止用金字牌發下。”金字牌長尺餘，朱漆，刻金字，書“御前文字不得入鋪”，尤速於急遞。（《續資治通鑑長編》卷三三九）

（宋神宗元豐八年九月）辛丑，詔吕大防曰：“卿鎮蜀日久，西南生民疾苦利害，或新法有於民未便者，想多聞見。卿未到闕間，宜先以所見條析，入急遞奏來，於入内内侍省投進，無有所隱。”（《續資治通鑑長編》卷三五九）

（宋哲宗元符二年閏九月癸酉，）詔：“昨差入内供奉官王逵自京至永興軍及鄜延、環慶路，寇順之自永興軍至涇原、熙河蘭會、秦鳳路往來，催促傳送急遞文字。近日奏報多有住滯，詔各罰銅二十斤。令入内内侍省添差使臣一員，自永興軍以西至鄯州以來，專一沿路提舉，點檢、根磨、催促傳送熙河蘭會路及鄯州、湟州應收復城寨等處往來急遞文字。”（《續資治通鑑長編》卷五一六）

（宋高宗紹興三十一年十一月壬申，）鎮江府中軍統制劉汜及金人戰於瓜洲鎮，敗績。時金人以重兵直擣瓜洲，權都統制李横引諸軍迎戰，葉義問督鎮江駐劄後軍渡江東。衆皆以爲不可，義問彊之。未著北岸，義問懼怯之狀見於顔色，即向西去……義問離鎮江三十里，至下蜀鎮。未刻，有流星急遞馬，傳淮東總領朱夏卿手帖云：“官軍敗退，瓜洲渡爲金人所據。”義問大驚。（《建炎以來繫年要録》卷一九四）

驛鋪，古亭郵也。州南出莆田，北抵永嘉，西達延平，車旌（之）所宿會，文檄之所往來，求其安便迅駛，而無阻絶沈滯之憂，故更易廢置，迄今始定。由南以往，凡五驛十鋪。舊由方山渡。宣和六年，乃由西峽。由北以往，經十一驛。紹興元年，以建寇故，道路梗絶，亦嘗命置鋪。由西以往，驛四，鋪十三。崇寧初，以嶺峻狹廢。西門路從北門鋪，歷雪峰，直抵富沙。又從古田谷口刺出南劍。五年，復西門路。西路舊無車道抵中國，緣江乘舟，橤蕩而泝，凡四百六十二里，始接郵道。唐元和中，歲歉，憲宗納李播言，發使賑濟。觀察使陸庶爲州二年，而江吏籍渝（淪）溺者百數，乃鏟峰煙（湮）谷，停舟續流，跨木引繩，抵延平富沙，以通京師……其古四(田)路亦自開元二十八年洞豪劉彊等納土,始漸有之。今冠蓋旁午,負載四達,三方驛館,聽所投足,獨傳置期會,取西南二十三所,設立鋪兵。國初猶役遞,未尋(曾)迭命諸卒。以(已)乃許就置營房,然猶未立額。元豐六年,鄭居簡始添定人數,仍創急遞。居簡時催刷本路軍器,奏福建遞鋪未曾興置急脚兵士,文字逢滯,乞每鋪以十五人爲額,内二名充急脚。轉運司申本路,除偏僻遞鋪四十三所不消添置外,有一百六十一所,乞添急遞一名。兵部看詳,各添急遞二名。元祐元年,减罷急脚兵士,改作馬鋪。剩數撥填厢軍。崇寧二年十二月,復依元豐法施行。崇寧三年,以行北門十四鋪,各增厢軍二人,罷横山,惟三十二鋪,北鋪率三,南鋪五,置將校一名,初給印曆,考其稽慢者。時有旨:"近來遞鋪稽留,盜匿(緩)急報應,有失事機,本路下州,遣司户竇恭祖相度跟(根)尋施行。"五年,行西門,復横山,罷土堰。大觀元年,土堰復置自横山至營頂十四鋪,復塘急遞二人,門許置曹司。政和元年,更議存减。時有旨,以大觀添置兵馬未便,再行相度,州委簽判杜思巡鋪曹琡措置存减,除横山急遞不减,餘悉損其半。軍興之後,警報益急,增額浸多,以至於今。舊有鋪馬,至和四年,章東之奏罷。(《淳熙三山志》卷五)

會昌五年八月,御史臺奏:"應諸道管内州,合進元日、冬至、端午、重陽等四節賀表,自今已後,其管内州並仰付當道專使發遣,仍及時催促同到。如闕事,知表狀判官罰本職一月俸料。發表訖,仍先於急遞中申御史臺。除四節外,非時别有慶賀,使司便牒支郡,取表狀急遞至上都,委留後官進奏……"(《唐會要》卷二六)

蜀後主王衍宦官王承休,後主以優笑狎暱見寵……請幸天水,少主甚悦,即遣仗節赴鎮。應所選龍武精鋭,並充衙隊從行。到方鎮,下車當日,毁折衙庭,發丁夫採取材石,創立公署使宅,一如宫殿之制。兼以嚴刑峻法,婦女不免土木之役。又密令彊取民間子弟(女),使教歌舞伎樂。被獲者,令畫工圖真及録名氏,急遞中送韓昭。(《太平廣記》卷二四一引《王氏聞見録》)

同光中,莊宗得天下,(高)季興懼而入覲……詔命襄州節度劉訓伺便囚之。而季興至襄州就館,心動,謂吏曰:"吾方寸擾亂,得非朝廷使人追而殺吾耶……"遂棄輜重,與部曲趫健者數百人南走。至鳳林關,已昏黑。於是

斬關而去。既而是夜三更，向之急遞果至襄州。劉訓料其去遠，不可追而止。(《五代史補》卷四《梁震裨贊》)

【乞差内使一員承受發來文字奏狀】 右臣伏蒙聖恩，除臣荆湖廣南路宣撫使，見起發前去之任。竊緣荆湖、廣南，見今軍興，招捕盜賊，朝廷劄降指揮與本司奏請文字，皆係軍期急速，荆湖南北、廣南東西四路，去行在道里最遠，雖入急遞，例多稽遲。實封奏狀赴都進奏院通進司投進，經隔官司，伺候時刻，亦有留滯。(《梁谿集》卷六七)

【李友山索詩卷汀州急遞到昭武】 清時無事更年豐，兩地風光詩詠中。可是山前無警報，旗鈴千里遞詩筒。(《石屏詩集》卷六)

步遞

(宋真宗咸平二年閏三月己丑，詔)以河北轉運使、右諫議大夫索湘爲户部使。湘在河北時，屬郡有榦醸者，歲輸課甚微，而不逞輩多聚飲其中，爲奸盜，湘奏廢之。德州舊率民馬以備驛傳，又役民爲步遞，湘罷其事，悉以官兵卒代之。(《續資治通鑑長編》卷四四)

(宋哲宗元祐六年四月)丁酉，熙河、蘭岷路鈐轄李祥陞本路都鈐轄。刑部大理寺言："赦降入馬遞，日行五百里。事干外界或軍機，及非常盜賊文書入急脚遞，日行四百里。如無急脚遞，其要速並賊盜文書入馬遞，日行三百里。違不滿時者笞五十，一時杖八十，一日杖一百，二日加一等，罪止徒三年。致有廢闕事理重者，奏裁。常程文書入步遞，日行二百里，違時日者，減馬遞五等。應雇倩及對换傳送者，各杖八十，因而盜匿、棄毁、私拆、稽留者，各減正犯人法一等。"從之。(《續資治通鑑長編》卷四五七)

唐季五代以前，猶以民給其役，謂之遞夫。皇朝建隆二年，乃悉以軍士充，謂之鋪兵，而爲之制，非法不許輒入驛役。鋪兵與法所許而過其數者，皆抵罪。有急脚遞、馬遞、步遞三等。元豐六年八月，始用金字牌，牌用朱漆，以金飾字。靖康元年，嘗改用惟(雌)黄牌、朱字。高宗皇帝中興，乃復舊制。令急脚遞傳送御前文字,尤速於急遞矣。蓋放古羽檄之意也。稽留尺一,罪至配流,甚者上其罪能,不廢其事,亦次第推賞。紹興五年,諸軍斥堠鋪專承軍書,其刑賞亦如之。三十二年十一月,又放斥堠之法,立擺鋪,遞軍書與他文書之最急者。降此則步遞也,而謂之常程。然步遞亦有京遞、省遞之别,如令甲所云:"文書當遞赴京者,因謂之京遞。"紹興五年,有旨:"諸路機速文書,許入尚書省急遞。"故又因謂之省遞焉。今州境屬縣八,凡爲鋪四十三,鋪兵三百八十一人。東南接明、台、婺,西達於行在所。(《嘉泰會稽志》卷四)

急脚

錢鏐,杭州臨安縣人。少拳勇,喜任俠……明宗即位之初……(其子錢元瓘等)復遣使自淮南間道上表云:"竊念臣父天下兵馬都元帥、吴越國王臣鏐,爰自乾符之歲,便立功勞……臣元瓘等無任感激祈恩戰懼依投之至。謹遣急脚,間道奉絹,表陳乞奏謝以聞,"明宗嘉之,乃降制,復授鏐天下兵馬都元帥、尚父、吴越國王。(《舊五代史》卷一三三《錢鏐傳》)

(宋真宗大中祥符元年十月甲辰)詔:"緣路急脚遞鋪,止當傳送文字,如聞使臣或遣負重以馳,咸不堪命。自今非宣旨,不得輒私役使。"(《續資治通鑑長編》卷七〇)

(宋仁宗皇祐元年十月)壬午詔:"馬鋪以晝夜行四百里,急脚遞五百里。"(《續資治通鑑長編》卷一六七)

(宋神宗熙寧三年四月戊寅,)詔秦鳳路都鈐轄向寶兼提舉秦州西路緣邊蕃部,王韶加同事。寶舊爲管勾,後命韶爲提舉,上以爲輕重不倫,故正之。命張守約依舊專管勾東路蕃部,尋皆罷。初文彦博、陳升之皆以爲寶宜爲提舉,既而王安石獨進曰:"向寶素壞王韶事……"上與樞密院再議,文彦博固執前説,上因令罷寶命,乃用急脚遞追還。(《續資治通鑑長編》卷二一〇)

(宋神宗熙寧四年三月)癸卯,德音降,陝西、河東死罪囚,徒以下釋之。兩路禁軍,並因軍事役使厢軍急脚、馬遞鋪兵,並與特支。(《續資治通鑑長編》

卷二二一)

(宋神宗熙寧八年十二月)丁未詔:"自京至邕桂以來置急脚遞鋪,差内侍一人點檢,係闕人處,即差人貼鋪。"(《續資治通鑑長編》卷二七一)

(宋神宗熙寧九年十月乙酉,)賜自崇明門至邕州當軍行驛路馬遞急脚鋪兵士特支錢。(《續資治通鑑長編》卷二七八)

(宋神宗元豐四年十一月己亥,)知陝州劉航言:"乞降朝旨,馬遞急脚鋪兵級等應亡匿者,限半月首身免罪。若限滿不首,及首而復走竄者,雖經赦不原。"從之。限二十日出首。(《續資治通鑑長編》卷三一九)

(宋神宗元豐五年九月己亥,)賜自京至陝西、河東邊事文字經由急脚鋪、馬遞鋪兵級,特支錢有差。(《續資治通鑑長編》卷三二九)

(宋神宗元豐八年八月癸酉,門下侍郎司馬光言:)"近見刑部奏鈔,泰寧軍勘到保正家人姜齊,見本部代名大保長張存,捽著百姓孫遇,其孫遇捽著袁貴髻子。張存道:'此人稱是東嶽急脚子,胡亂打人,不伏收領'……"(《續資治通鑑長編》卷三五九)

(宋哲宗元符元年二月丁亥,)刑部言:"急脚馬遞鋪兵級,並五人爲一保。如犯盗及殺人、强奸、略人、放火、發冢,或棄尸水中,若博賭財物,藏匿犯盗之人,或盗匿、棄毁、私折遞角,同保人及本轄節級知而不告者,各减犯人罪一等,不知情者减三等……"從之。(《續資治通鑑長編》卷四九四)

(宋哲宗元符元年三月)丙寅,尚書省言:"進奏院承受尚書省、樞密院實封及應入急脚遞文字,並即時發。又承受捕盗、賑濟、災傷、河防緊急及制書,並朝廷文字應入馬遞者,並當日發。又承受制書及朝廷文字入步遞者,限一日,餘文書不得過三日。限内有故未畢,監官隨宜量展。"從之。(《續資治通鑑長編》卷四九六)

(平陽太守崔清,建中初任藍田尉。時德宗初即位,用法嚴峻,户部侍郎楊炎貶道州司户。)妻先病,至是,炎慮秏達,妻聞驚,必至不起。其日,炎夕次藍田,清方主郵務。炎纔下馬,屈崔少府相見,便曰:"某出城時,妻病綿惙,聞某得罪,事情可知。欲奉煩爲申辭疾,請假一日,發一急脚附書,寬兩處相憂……"清許之。(《太平廣記》卷一五三引《續定命録》)

【奏狀乞止絶川路州軍送遺節酒】十月十三日。 臣伏見益、梓等路諸州軍,每遇時序,或隔路或鄰近,更互送遺節酒,多差衙前急脚子,驅送遞鋪兵士,並役使百姓人夫,往來絡繹,擔擎勞苦,州縣騷動,嗟歎之聲,不絶道路。(《清獻集》卷九)

【己巳年正月十二日自沙縣抵邵武軍將謀撫信之行到纔一夕爲閩相急脚相召却請赴沙縣郊外泊船偶成一篇】 訪戴船迴郊外泊,故鄉何處望天涯。半明半暗山村日,自落自開江廟花。數醆緑醅桑落酒,一甌香沫火前茶。缺二句。(《全唐詩》卷六八一韓偓)

遞符

(後晉天福二年)十月,詳定院奏:"前洺州雞澤縣主簿范恕進策五件,可行者有二。其一云:'伏見諸道行遣公事,皆有前後通規。定知後,所繇置遞符脚力,每遇緩急,嘗遣往來。既有嚴程,孰敢慢事。近日州使多差牽攏散從承符步探官等,下縣追督公事,始發一替專人,又致續催使者,事則一件兩件,使乃五人七人……"(《册府元龜》卷一六〇)

(浮梁張令,家業蔓延江淮間,累金積粟,不可勝計,秩滿如京師,至華陰,爲黄衫吏召入冥府。)令拜辭,舉首已失所在。復尋舊路,稍覺平易。行十餘里,黄衫吏迎前而賀。令曰:"將欲奉報,願知姓字。"吏曰:"吾姓鍾,生爲宣城縣脚力,亡於華陰,遂爲幽冥所録,遞符之役,勞苦如舊。"(《太平廣記》卷三五〇引《纂異記》)

脚力

元和末，鹽城脚力張儼遞牒入京。至宋州，遇一人，因求爲伴。其人朝宿鄭州，因謂張曰："君受我料理，可倍行數百。"乃掘二小坑，深五六寸，令張背立，垂踵坑口，鍼其兩足。張初不知痛，又自膝下至鼾（骭），再三捋之，黑血滿坑中。張大覺舉足輕捷。纔午至汴，復要於陝州宿。張辭力不能，又曰："君可暫卸膝蓋骨，且無所苦，當日行八百里。"張懼，辭之，其人亦不强，乃曰："我有事，須暮及陝。"遂去，行如飛，頃刻不見。（《酉陽雜俎》前集卷五）

（崔丞相造）左遷在洪州，州帥曹王將辟爲副。時德宗在梁，奏的合過，况曹王有功，且親也，時有趙山人，言事多中……至酉時，見一人從北岸，袒而招舟。急使人問之，乃曰："州之脚力。"將及岸，問曰："有何除改？（且有）崔員外奏副使員外過否？"曰："不過，却得虔州刺史，敕牒在此。"諸公驚笑。其暮，果先慰而後賀焉。（《劉賓客嘉話録》）

吴少誠貧賤時，爲官健，逃去。至上蔡，凍餒，求丐於儕輩。上蔡縣獵師數人，於中山得鹿。本法：獲巨獸者，先取其腑臟祭山神。祭畢，獵人方欲聚食，忽聞空中有言曰："待吴尚書。"……逡巡，又（有）一人是脚力，攜小襆過，見獵者，揖而坐。問之，姓吴，衆皆驚。食畢，獵人起賀，曰："公即當貴，幸記某等姓名。"具述本末。少誠曰："某輩軍健兒，苟免擒獲，効一卒之用。則足矣，安有富貴之事！"大笑執别而去。後數年，爲節度使兼工部尚書，使人求獵者，皆厚以錢帛齎之。（《太平廣記》卷一五四引《續定命録》）

【皇帝即位賀上皇表】　臣某言：六月二十七日，伏承賊陷潼關，駕幸蜀郡，李光弼、郭子儀等正圍博陵郡，收兵入土門。王師既還，百姓震恐，憂惶危懼，若無所歸。臣不勝悲憤之深，遂遣脚力人張雲子間道上表，猶恐不達，又差招討判官信都郡武邑縣主簿李銑相繼行。銑及雲子前後並到靈武郡，奉皇帝七月十二日敕。（《顔魯公集》卷二）

【顔魯公行狀】　後江西節度嗣曹王皋上表曰："臣見蔡州歸順脚力張

希璨、王仕顒等説，去年八月二十四日，蔡州城中見封有鄰兒，不得名字，云希烈令僞皇城使辛景臻、右軍安華，於龍興寺殺顔真卿，埋於羅城西道南里，并立碑。臣聽之未畢，涕泗交流……”(《顔魯公集》附録殷亮)

健步

(陸贄貞元中爲相，上書曰：)“車駕既幸奉天，逆泚旋肆圍逼，一壘之内，萬乘(衆)所屯，窘如涸流，庶物空匱。嘗欲發一健步出覘賊軍，其人懇以苦寒爲辭，跪奏乞一襦袴，陛下爲之求覓不致，竟閔然而遣之……”(《舊唐書》卷一三五《裴延齡傳》；《册府元龜》卷三一七)

大曆中，兩河平定，事多姑息……代宗性寬柔無怒，一切從之，凡河朔諸道健步奏計者，必獲賜賚。(《舊唐書》卷一四四《陽惠元傳》)

(後唐莊宗同光二年夏五月)乙卯，潞州叛將楊立遣使健步奉表，乞行赦宥。帝令樞密副使宋唐玉齎敕書招撫。(《舊五代史》卷三二《莊宗紀六》)

(後唐節度使李金全)有親吏胡漢筠者，勇譎嗇褊，貪詐殘忍，軍府之政，一以委之。高祖聞其事，遣吏賈仁紹(沼)往代其職，且召漢筠。漢筠内疚惶怖，金全乃列狀稱疾以聞。及仁紹至，漢筠鴆而殺之。天福五年夏，高祖命馬全節爲安州節度使，以代金全。漢筠自以昔嘗拒命，復聞仁紹二子將訴置毒之事，居不自安，乃紿謂金全曰：“邸吏劉珂使健步倍道兼行，密傳其意，云受代之後，朝廷將以仁紹之事詰公之罪。”金全大駭，命從事張緯，函表送款於淮夷。(《舊五代史》卷九七《李金全傳》)

(後漢天福十二年八月己酉，)以刑部尚書竇貞固爲吏部尚書。是日，薛懷讓奏收復邢州……契丹麻答發健步督洺州糧運，懷讓殺之以聞。(《舊五代史》卷一〇〇《高祖紀下》)

史弘肇，字化元，鄭州滎澤人也。父潘，本田家。弘肇少游俠無行，拳勇健步，日行二百里，走及奔馬。(《舊五代史》卷一〇七《史弘肇傳》)

（魏高貴鄉公正元二年閏正月，）吴丞相（孫）峻率驃騎將軍吕據、左將軍會稽留贊襲壽春，司馬師命諸軍皆深壁高壘……遣諸葛誕督豫州諸軍，自安風向壽春……毋丘儉、文欽進不得鬬，退恐壽春見襲，計窮不知所爲。淮南將士家皆在北，衆心沮散，降者相屬，惟淮南新附農民爲之用。儉之初起，遣健步齎書至兖州。健步，能疾走者，今謂之急脚子，又謂之快行子。兖州刺史鄧艾斬之，將兵萬餘人，兼道前進，先趨樂嘉城。（《資治通鑑》卷七六）

（宋真宗咸平四年八月）丙午，大風，上遣健步，於近郊取禾穗視之，皆無所傷。（《續資治通鑑長編》卷四九）

自大中八年安南都護擅罷林西原防冬戍卒，洞主李由獨等七綰首領被蠻誘引，復爲親情，日往月來，漸遭侵軼，罪在都護，失招討之職，乖經略之任。臣於咸通三年春三月四日，奉本使尚書蔡襲手示，密委臣單騎及健步二十已下人，深入賊帥朱道古營寨。三月八日，入賊重圍之中。蠻賊將楊秉忠、大羌楊阿觸、楊酋盛，悉是烏蠻賊人同迎，言辭狡詐……致令臣本使蔡襲枉傷矢石，陷失城池。徵之其由，莫非王寬之過。（《蠻書》卷四）

惠帝元康中，趙郡吏蘇宙不奔弔於郡將……聞凶則因洛健步，書弔嫡孫。健步迴説，喪已還東阿，留書付其從子綜。（《通典》卷九九）

徽宗政和七年，置提舉御前人船所。時東南監司郡二廣市舶率有應奉，又有不待旨，但送物至都計會。宦者以獻，大率靈壁、太湖、慈口溪、武康諸石，二浙奇竹異花、海錯，福建茘枝、橄欖、龍眼，南海椰實，登萊文石，湖湘文竹，四川佳菓木，皆越海渡江，毁橋梁，鑿城郭而至，植之皆生，而異味珍苞則以健步捷走，雖甚遠，數日即達，色香未變也。（《文獻通考》卷二二）

田豫罷官歸，居魏縣。會汝南遣健步詣征北，感豫宿恩，過拜之。豫爲殺雞炊黍，送詣陌頭，謂之曰："罷老，苦汝來過，無能有益，若何。"健步愍其貧羸，涕流而去。還，爲故吏民説之，汝南爲具資絹數千疋，遣人餉豫，豫一不受。（《太平御覽》卷八一七引《魏略》）

（周世宗顯德三年三月，吴人上表云：）"泗州主將遞送到書一函，尋又使人鍾謨、李德明至，齎所上表及貢奉衣服、腰帶、金銀器帛、茶藥、牛酒等。近差健步進到第二表。今月十六日，使人孫晟等至齎到第三表。"（《册府元龜》卷一六七）

鄧艾爲兖州刺史。毌丘儉作亂，遣健步齎書，欲疑惑大衆，艾斬之，兼道進軍，先趨樂（嘉）城，作浮橋。司馬景王至，遂據之。（《册府元龜》卷六九三）

裴迪爲太祖節度判官。唐天復中，太祖駐軍於岐下。忽有青州健步苗公立者，齎其帥王師範書問至府。迪召之，詢以東事，微覺色動。因去左右，密徵其説，公立乃具述師範稱兵之狀。（《册府元龜》卷七二一）

柳相初名載，後改名渾。佐江西幕中……時路嗣恭初平五嶺，元載奏言："嗣恭多取南人金寶，是欲爲亂。陛下不信，試召之，必不入朝。"三伏中，遣詔使至，嗣恭不慮，請待秋凉，以修覲禮。渾入，雨泣曰："公有大功，方暑而追，是爲執政所中，今少遷延，必族滅矣。"嗣恭懼曰："爲之奈何？"渾曰："健步追還表緘，公今日過江，宿石頭驛乃可。"嗣恭從之。代宗謂載曰："嗣恭不俟駕行矣。"載無以對。（《國史補》卷上）

（唐德宗建中末，）韓晉公滉聞奉天之難，以夾練囊緘盛茶末，遣健步以進御。至發軍食，常自負米一石登舟，大將已下皆運。一日之中，積載數萬斛。後大修石頭五城，召補迎駕子弟，亦招物議也。（《國史補》卷上）

趙參政抃閲道，初好神仙術。在成都，有僧上詩云："須向維摩頂上行。"悦（閲）道遂悟。後有道士，獻紫金盂，閲道拒不受。道士求金三兩易之，悦（閲）道曰："吾以三兩凡金換奇金，不可。"在青州，有何郎中，相傳晉時人，公招之。至則鬚髮皓白，肌膚如槁木，龍鍾幾不能步，而飲啖自若。悦（閲）道閔其羸，使兩吏扶掖而出。至門外，則行步如飛。吏還報，悦（閲）道大駭，使健步追之，已失所在。悦（閲）道後歸鄉里，一日，忽遍辭親友。其子屼怪其形色異常，問後事。悦（閲）道厲聲斥之。少頃，趺坐而化。（《孫公談圃》卷上）

安州舉子吴(擴),自漢江販米至漢陽,而郡遣縣令陳當至漢口和糴。吴袖刺謁當,規欲免糴,且言近離鄉里。時蔡丞相(確)作《車蓋亭十詩》,舟中有本,續以寫呈。既歸舟,以詩送之。當方盤量,不暇讀,始置懷袖。(吴)處厚晚置酒秋興亭,遣介亟召當。當自漢口馳往,既解帶,處厚問:"懷中何書?"當曰:"適一安州舉人遺蔡丞相近詩也。"處厚亟請取讀,篇篇稱善而已,蓋已貯於心矣。明日,於公宇冬青堂箋注,上之。後兩日,其子柔嘉登第,授太原府司户。至侍下,處厚迎謂曰:"我二十年深仇,今報之矣!"柔嘉問知其詳,泣曰:"此非人所爲。大人平生學業如此,今何爲此?將何以立於世?柔嘉爲大人子,亦無容迹於天地之間矣!"處厚悔悟,遣數健步,剩給緡錢,追之,馳至進邸云:"邸吏方往閤門投文書,適校俄頃時爾。"先子久居安陸,皆親見之。(《揮麈録》三録卷一)

李公擇之子夷曠,宣和中爲發運司屬,薄莫抵江上亭。亭吏云:"先有曰'水太保'者在焉。"夷曠遣吏謝之。屏内云:"太保當避去。"已而老少婦人數輩,傳呼"太保來"……夷曠疑之,遣數健步躡其後,各驚懼而返,云:"約十數里外,望大潭,人馬皆下投其中。"昔江子我爲予言,後與夷曠同官成都,問之信然。(《邵氏聞見後録》卷三〇)

蜀秀才楊錚行惡思(詩),或故作落韻,或醜穢語,取人笑翫。裝修卷軸,投謁王侯門,到者無不逢迎,雄藩火(大)幕,争馳車馬迎之。錚每行,僕馬甚盛。平頭騎從騾,攜書袋。偏郡小邑,尤更精意承事之,慮其謗瀆(讟)。黔南節度使王茂權,聰明有文武才。四方負藝之士,罔不集其門。召錚至,飭東閣,盡禮待之。時令貢惡詩,以爲歡笑。諸客請召,有不得次者,以爲怏怏。茂權一日忽屏從,謂之曰:"秀才客子,當州必欲諮留,相伴至罷鎮同歸,可乎?如可,則當奉爲卜娶,所居奉留。"錚欣然從之。權令媒氏與問名某氏之屬,至於成迎,筵宴爲備焉。仍邀諸從事赴會。錚親見女,容質異常端麗。及成禮,遽遭毆辱。左右婢僕,皆是扶同,共相毁詈,不勝其苦。乃是茂權詐飭無鬚少年數輩,皆穠裝豔服以給之,然後茂權自赴會大笑。此後復就茂權,屢自乞一邑。初有難色,賓從其(共)諮,方許之。遂命給簡署。及期治行李,擇良日辭謝。本邑近候人力,自衙門外至通衢。忽有二健步,手執一牒,當街趨拽下馬,奪去中(巾)帶,云有府斷,攝官送獄。荷校滅耳,茂權遂

詐作計，贈遺二夫，令脱逃而遁。潛藏旬日，方召出之，軍州大以爲笑。(《太平廣記》卷二六二引《王氏見聞》)

(陳磻叟量移鄧州司馬。)時屬廣明庚子之後，劉巨容起徐將，得襄陽，不能知磻叟，待以巡屬一州佐耳。磻叟沿漢南下，中途與巨容幕吏書云："已出無禮之鄉，漸入逍遥之境。"巨容得之大怒，遣步健(健步)十餘輩，移牒潭鄂，追捕磻叟。時天下喪亂，無人爲(之)堤防。既而爲卒伍所凌。全家泝漢，至賈塹後，門三十餘口，無噍類矣。(《太平廣記》卷二六五引《摭言》)

青城絶頂上清宫，有天池焉。距宫之下東南十步，深三尺，廣亦如之。水常深尺許，滯雨不加，積旱不減。每春遊山致齋者，多則一二百人，少或三五十人，飲用其水，亦無涸竭。經夏霖霪，無人汲水，水亦不溢。或人所汙穢，立致竭焉。頃因遊禮，有府中徤步一人，隨余登山，令以碗汲水，誤投足於其間，頃刻即涸，數月經雨，竟亦無水。(《雲笈七籤》卷一二二引《道教靈驗記》)

【顔魯公神道碑銘】　(唐肅宗)駕在靈武，往來傳置，梗扼不通。公以帛書表章，封於蠟丸内，俾健步宵行晝伏，四遠以聞，因奉詔。(《顔魯公集》附録令狐峘)

【檢校尚書左僕射……韓公(滉)行狀】　曾祖符，皇朝潭陽郡太守……公京兆府萬年縣洪固鄉冑貴里韓滉，年六十五。公繼代生賢，左右王室，鄭武之賢，韋平之美。解褐授右威衛騎曹參軍，丁文忠憂服闋，授京兆府同官縣主簿……天子幸梁川巴山道，命判官何士幹領健步七百，負綾縠練十萬匹，上獻天子六軍，從官扈蹕千里。(《華陽集》卷下)

【答容州竇中丞書】　健步劉子良至，猥奉書教，以愚爲希儒之徒，重言一發，華衮非貴。世之服儒衣冠，道古語，居學官者，爲不鮮矣。求其知所以然者，幾何人。借曰有之，未必不詬病耳。(《劉賓客文集》卷一〇)

【喜陸侍御破石埭草寇東峰亭賦詩】　絶景西溪寺，連延近郭山。高深清扃外，行止翠微間。江澈煙塵静，川源草樹閒。中丞健步到，柱史捷書

還。一戰清戎越，三吴變險艱。功名麟閣上，得詠入秦關。(《全唐詩》卷二五二崔何)

【離家第二日却寄諸兄弟】 睡起褰簾日出時，今晨初恨間容輝。千行淚激傍人感，一點心隨健步歸。却望山川空黯黯，迴看僮僕亦依依。定知兄弟高樓上，遥指征途羡鳥飛。(《全唐詩》卷六八二韓偓)

【次韻坦夫見惠長句】 温風撩人隨處去，欲如羶羊蟻旋慕。落英馬前高下飛，牽挽忽與樽酒遇。令行如水萬夫長，傾蓋不減平生故。素衣成緇面黧黑，笑説塵沙工點污。王事賢勞尚有詩，自卷溪藤染霜兔。桃李清陰坐未移，走送雄篇疲健步。張侯先不露文章，十年深深豹藏霧。(《山谷集》外集卷一二)

【庚申十二月二十一日西和州健步持子布書報已取安康襄陽路將至九江矣悲喜交懷作長句】 吴蜀相望萬里程，征鞍忽報近湓城。角巾已入三更夢，老眼先增十倍明。告至徧爲親舊問，勞還深媿里閭情。追思二紀睽離事，喜極翻成涕泗横。(《劍南詩藁》卷四五)

捷步

烈祖執政柄時，義祖忌之，將啓以知詢爲代，中外岌岌，人無固志。宋齊邱夜召知術者劉通微同宿，而徵其事。坐久，聞鼓聲，通微投袂而起曰："子嵩事必中變，政事僕射安若太山，不足多慮也。彼懷惡志者自當受禍。金鼓之聲澌澌然，殆有大喪歟?"夕未曙，捷步至，白義祖死矣。(《釣磯立談》)

元和十年六月，裴晉公之爲臺丞，自(興)化理(里)第早朝。時青鎮一帥拒命，朝廷方參議兵計，而晉公預焉。二帥俾捷步張晏等傳刃，伺便謀害。至里東門導炬之下，霜刃欻飛。時晉公繫帽是賴，刃不即及而帽折其簷。既脱禍，朝貴乃尚之，近者布素之士亦皆戴焉。(《資暇集》卷下)

告捷官

衡方厚爲邕管館驛巡官，前試左衛兵曹參軍。太和五年五月，方厚狀奏："去年冬，本使差入，谿洞招論賊帥黄承祖，部領至府，本使已薦論。伏乞準容管告捷官例處分，授邕州録事參軍。"（《册府元龜》卷七二四）

鋪卒

（唐憲宗元和九年六月三日，盜殺武元衡……）持火照之，見元衡已踣於血中，即元衡宅東北隅牆之外。時夜漏未盡，陌上多朝騎及行人，鋪卒連呼十餘里，皆云"賊殺宰相"，聲達朝堂。（《舊唐書》卷一五八《武元衡傳》）

（宋仁宗嘉祐五年，詔）選京東西、陝西、河北、河東本城、牢城、河清、裝卸、馬遞鋪卒，長五尺三寸勝帶甲者，補禁軍……役兵勞苦，季給錢。戍嶺南者，增月奉。自川廣戍還者，别與裝錢。川廣遞鋪卒，或給時服、錢、履。（《宋史》卷一九四《兵志八》）

（宋太宗至道三年九月丙子，）上御滋福殿，召輔臣，以（西邊山川形勝）圖示之。歷指州縣堡壁，謂曰："朕已令屯兵於内地，且簡其閑冗，轉餉當遂減省矣。"（左藏庫使楊）允恭因建議，自環州入積石，抵靈武，才七日程，芻粟之運，其策有三。以人以驢，其費頗煩，而所載至少。莫若用諸葛木牛之制，載以小車，令鋪卒分運，每一車四人挽之，旁設兵衛……"尋爲議者所沮而止。（《續資治通鑑長編》卷四二）

（宋真宗大中祥符元年十一月己巳）詔："緣祀官物合輦還者，俟來春於清河、廣濟河水運至京師。其鋪卒悉放歸營，仍給賜。"（《續資治通鑑長編》卷七〇）

（宋真宗大中祥符三年三月）己亥，上謂宰相曰："刑獄之官，尤須遴擇……頃歲有縣胥醉酒，與驛遞鋪卒相毆，夜歸，胥踣於路，或以告卒夜寒，

恐僵死。卒亟往視之，則已死。有司遽執此卒，遂以毆殺人論……”(《續資治通鑑長編》卷七三)

(宋真宗大中祥符四年夏四月)乙巳，賜扈從諸班直、諸軍及所經戍兵、鋪卒、諸司官健緡錢有差，道病死者悉給其家。(《續資治通鑑長編》卷七五)

(宋真宗大中祥符九年六月)辛丑，太常博士范應辰言：“諸路多闕係官材木，望令馬遞鋪卒夾官道植榆柳，或隨地土所宜，種雜木，五七年可致茂盛。供費之外，炎暑之月，亦足蔭及路人。”從之。(《續資治通鑑長編》卷八七)

(宋仁宗康定元年二月癸巳)詔：“延州戰没軍士，官爲瘞埋，祭酹之。賜自京至陝西馬遞、急脚鋪卒緡錢。”

(庚子)，揀在京諸坊監及宫觀雜役、修倉、備征、措事、河清馬遞鋪卒，升補禁軍。(《續資治通鑑長編》卷一二六)

(宋仁宗至和元年十一月壬午，)詔陝西轉運司：“自永興州至益州遞鋪卒，方冬苦寒，挽運軍器不息，其各賜緡錢有差。”(《續資治通鑑長編》卷一七七)

(宋神宗熙寧三年八月甲戌)詔：“差沿界河寨鋪卒轉送公用及私物者，以違制私罪論。”從知雄州張利一請也。(《續資治通鑑長編》卷二一四)

(宋神宗熙寧五年二月壬戌)詔：“陝西運銅錫遞鋪兵，極爲艱苦，死亡無處無之，及見應色役極多，此去轉不聊生，宜訪問利害，令有司别處置。”(《續資治通鑑長編》卷二三〇)

(宋神宗元豐六年十月癸巳，)上患禁兵有防送之勞，乃定令：“凡罪人當配流者，皆就隸當州。其一條編管遷鄉人，以遞鋪卒轉送。”(《續資治通鑑長編》卷三四〇)

滄州泥姑寨，循塘濼而至界河，與北寨相望。自乾寧軍穿濼而往，止一徑。每春初啓蟄時，塘路群蛇横道，遞送者甚苦之。寨卒有蕭愁(志)者，爲人性率，同儕多狎侮之。一日，當送檄文至郡，而有大蛇枕道，其首如甕，兩目煒然可畏也。既不敢前，即醉宿旁鋪。鋪卒夜以利刃殺蛇而脯之，至滿數缶。蕭醉醒，聞肉香甚，問安所從得，鋪卒紿云："夜漁於海，得大魚，方將共羹而食也。"蕭不待羹，取數臠，就火燎食之，美甚。(《春渚紀聞》卷三《啗蛇出虱身輕》)

李建福爲鳳州固鎮兵馬都監，爲遞馬鎮卒所殺。初，固鎮兵馬部署……朝廷因委建福爲部署。時建福在路，遇殿直元繼韜，以宣旨約，迴至撲馬谷，遇害。鋪卒建福曾笞辱之，繇是銜恨，爲所司追捕，尋亦自刎。(《册府元龜》卷九三一)

唐大順、景福已後，蜀路劍、利之間，白衛嶺、石筒溪，虎暴尤甚，號"税人場"。商旅結伴而行，軍人帶甲列隊而過，亦遭攫搏。時遞鋪卒有周雄者，膂力心膽，有異於常，日夜行役，不肯規避。(《太平廣記》卷四三二引《北夢瑣言》)

施州·名宦　皇朝丁謂爲夔路漕，以施近蠻，食常不足，而有鹽井之利，使鋪卒三十人，往者負粟以次達施州，返者負鹽以次達巫山。至是民無轉餉之勞，而諸寨粟皆可給。(《方輿勝覽》卷六〇施州)

鋪兵

(北宋)河北、河東、陝西三路租税薄，不足以供兵費，屯田、營田，歲入無幾。糴買入中之外，歲出内藏庫金帛及上京榷貨務緡錢，皆不翅數百萬，選使臣、軍大將，河北船運至乾寧軍，河東、陝西船運至河陽，措置陸運，或用鋪兵廂軍，或發義勇保甲，或差雇夫力，車載馱行，隨道路所宜。(《宋史》卷一七五《食貨志上三》)

(宋仁宗康定元年秋七月)癸亥，鄜延鈐轄張亢上疏曰："舊制：諸路部署、鈐轄、都監，各不過三兩員，餘官雖高，止爲一州部署、鈐轄，不預本路事。今每路多至十四五員，少不減十員，皆兼路分事，權均勢敵，不相統制……鄜州四路半當衝要，嘗以閑慢路分遞鋪兵卒之半，貼衝要二路。每驛得百人，每三人挽車，載物二百五十斤至三百斤，若團併般運，邊計亦未至失備，而民可以寬矣。”初，亢請乘驛入對，詔令手疏上之，其後多施用者。(《續資治通鑑長編》卷一二八)

(宋神宗熙寧三年十一月乙卯，)參知政事王安石等言：“據梓州路轉運司奏，本路多以小小官物爲名，起發綱運，枉破衙前重難分數……今來已將昌、普等七州軍所納筋、角綱，止附搭成都府下水綱船，至荆南。及梓、遂等七州軍，貯以椶籠，差遞鋪兵擔至鳳州交割，更不別差船綱……”(《續資治通鑑長編》卷二一七)

(宋神宗熙寧五年十月)丁酉詔：“自順天門抵鎮洮運遞鋪兵，人特支錢三百，衲襖或皮裘一，其闕兵處，令轉運司、府界提點司增填。”先是，李憲奏：“比自鎮洮還，見自京發銀絹綱甚多，所在鋪兵轉般不足，皆過所期，鋪五七十里或百里，極爲勞苦。及代回，又無日食，不免乞丐。”故有是詔。(《續資治通鑑長編》卷二三九)

(宋神宗熙寧七年四月乙亥)詔：“諸馬遞鋪兵闕額，如係重難鋪分，招人不足，許本城不係配軍投換改刺，仍就小給請受，及關報住營處遣家屬。”從夔州路轉運司請也。(《續資治通鑑長編》卷二五二)

(宋神宗熙寧七年六月乙酉，)陝州言：“五月乙丑，大雨水，漂溺陝、平陸二縣。”詔被水災民給口食三月，遞鋪兵級，人給般移錢千。(《續資治通鑑長編》卷二五四)

(宋神宗熙寧八年二月)甲申，上手詔：“河北東、西路近申奏文書，多發馬遞，兩路鋪兵已疲於犇走，不惟駭人觀聽，若萬一實有邊事，未知人力何以支梧？其下監司，以條約申訪之。”(《續資治通鑑長編》卷二六〇)

(宋神宗熙寧十年三月壬申，)詔廣南路緣邊軍事增置遞馬鋪兵減半，馬送群牧司。(《續資治通鑑長編》卷二八一)

（宋神宗元豐二年三月丙戌，）太原府路走馬承受全惟幾言："馬遞鋪兵轉送朝廷邊機遞角，檐擎使命行李，並諸搬綱運軍器材料、衣賜絹布之類，略無休息，雇賃脚乘，倍費錢數，窮困凍餒，乞加寬卹。"（《續資治通鑑長編》卷二九七）

（宋神宗元豐四年八月丙寅，）又詔入内省選差使臣二人，自京分詣陝西沿邊麟府等路，於遞鋪内選可充急脚遞鋪兵，對换不堪走轉文字之人，仍相度鋪分地里遥遠去處，添置腰鋪。（《續資治通鑑長編》卷三一五）

進奏官

（唐昭宗光化三年十一月，左軍中尉劉季述、右軍中尉王仲先、樞密使王彦範薛齊偓等陰謀奉立太子，尊昭宗爲太上皇，引岐華兵爲援，控制諸藩），季述、仲先與汴州進奏官程巖等十三人請對。對訖，季述上殿待罪次，左右軍將士齊唱萬歲聲，遂突入宣化門。行至思政殿，便行殺戮，徑至乞巧樓下。帝遽見兵士，驚墮牀下。（《舊唐書》卷二〇上《昭宗紀》）

（唐昭宗末，朝廷以崔胤爲河中節度使。）河東進奏官薛志勤揚言曰："崔相雖重德，如作鎮河中代王珂，不如光德劉公於我公事素也。"（《舊唐書》卷一七九《劉崇望傳》）

（唐制：）觀察使、副使、支使、判官、掌書記、推官、巡官、衙推、隨軍、要籍、進奏官，各一人。（《新唐書》卷四九下《百官志四下》）

（後唐明宗長興三年）三月甲申，契丹遣使朝貢。靈武軍將裴昭隱等二人，與進奏官阮順之隱官馬一匹，有司論罪合抵法，帝曰："不可以一馬殺三人。"命笞而釋之。（《舊五代史》卷四三《明宗紀九》）

（唐德宗貞元元年七月，李）泌見陝州進奏官及將吏在長安者，唐諸鎮皆置進奏院，在長安，以進奏官主之。語之曰："主上以陝虢饑，故不授泌節，而領運使，欲令督江淮米以賑之耳……"（《資治通鑑》卷二三一）

（唐文宗大和七年）二月癸亥，加盧龍節度使、檢校工部尚書楊志誠檢校吏部尚書。進奏官徐迪，徐迪，盧龍進奏官也。宋白曰：大曆十二年正月，敕諸道先置上都留後便宜，並改充諸道都知進奏官。詣宰相言："軍中不識朝廷之制，唯知尚書改僕射爲遷，不知工部改吏部爲美，敕使往，恐不得出。"辭氣甚慢，宰相不以爲意。（《資治通鑑》卷二四四）

（唐武宗會昌五年八月壬午，）詔東都止留僧二十人，諸道留二十人者減其半，留十人者減三人，留五人者更不留。五臺僧多亡奔幽州。李德裕召進奏官，謂曰："汝趣白本使，五臺僧爲將必不如幽州將，爲卒必不如幽州卒，何爲虛取容納之名，染於人口！獨不見近日劉從諫招聚無算閒人，竟有何益！"張仲武乃封二刀付居庸關，曰："有遊僧入境，則斬之。"（《資治通鑑》卷二四八）

（後唐明宗長興元年）九月癸亥，西川進奏官蘇愿白孟知祥云："朝廷欲大發兵討兩川。"進奏官在京師，故以其事白其主帥。知祥謀於副使趙季良，季良請以東川兵先取遂、閬，然後併兵守劍門，則大軍雖來，吾無内顧之憂矣。

（長興二年五月）丙午，帝遣西川進奏官蘇愿、東川軍將劉澄各還本鎮，諭以安重誨專命，興兵致討，今已伏辜。（《資治通鑑》卷二七七）

（宋太宗太平興國七年十月己卯，）唐藩鎮皆置邸京師，以大將領之，謂之上都留後，後改爲上都知進奏院。五代以來，支郡不隸藩鎮者，聽自置邸。隸藩鎮者，則兼領焉。國初緣舊制，皆本州鎮署人爲進奏官。其軍監場務，轉運司則差知後官，或副知掌之……是月（宋太宗太平興國七年十月），始令供奉官張文璨等簡閱進奏官、知後官、副知等，凡二百餘人，得一百五十人，並補進奏官，每人掌二州或三州軍監事，其不中選者爲私名副知，去知後之名。置都進奏院於大内側近，文璨等領之。（《續資治通鑑長編》卷二三）

（宋真宗大中祥符元年十二月甲寅，）詔進奏院不得非時供報朝廷事，宜令進奏官五人爲保，犯者科違制之罪。（《續資治通鑑長編》卷七〇）

（唐文宗大和）三年七月敕："諸道進奏官等，舊例多是本道差文武職掌官充，自後遂有奏帶正官者。近日又有請兼檢校官及憲官者，遞相援引，轉無章程。自今已後，更有奏請帶正官，不得兼檢校官及憲官……”（大和九月）五月，中書門下奏：“準太和七年七月十四日敕：‘諸道進奏官，令揀擇清慎人充，非因過犯，不得停罷。如方鎮自要腹心委寄，任於本道差見任官充。’又準太和元年九月十九日敕，不許授別官。今日以後，並請準元和敕處分。如邊上無俸料處，只得授近處官，亦不得占江淮好闕，其新進奏官，仍須守職二年後，無敗闕，方得奏官。”敕旨依奏。（《唐會要》卷七九）

國初，進奏官循五季舊例，假官至御史大夫。諸國既平，天下一統，諸州各置進奏官，專達京師，多至百數，混於皂隸，不復齒於衣冠之列。真宗大中祥符二年三月戊辰，詔諸州進奏官十年以上，補三班奉職，每遇郊祀，敘補五人，迄今爲例。（《燕翼詒謀録》卷四）

進奏院

（唐代宗大曆十二年五月）甲寅，諸道邸務在上都，名曰留後，改爲進奏院。（《舊唐書》卷一一《代宗紀》）

（唐德宗貞元六年）九月乙丑，收諸道進奏院官印，悉毀之。（《舊唐書》卷一三《德宗紀下》）

（唐憲宗元和十年八月）丁未，淄青節度使李師道陰與嵩山僧圓净謀反，勇士數百人伏於東都進奏院，乘洛城無兵，欲竊發，焚燒宫殿而肆行剽掠。小將楊進、李再興告變，留守吕元膺乃出兵圍之。（《舊唐書》卷一五《憲宗紀下》）

（唐憲宗元和四年夏四月，）有旨諭進奏院：“自今諸道進奉，無得申御史臺。有訪問者，輒以名聞。”白居易復以爲言，上不聽。（《資治通鑑》卷二三七）

（唐憲宗元和十年六月，盜殺武元衡。詔中外搜捕盜賊。獲知）成德軍進奏院，有恒州卒張晏等數人，行止無狀，衆多疑之。（《資治通鑑》卷二三九）

（周世宗顯德五年秋閏七月）甲申，唐始置進奏院於大梁。臣屬故也。

(六年六月,)唐清源節度使留從效遣使入貢,請置進奏院於京師,直隸中朝。詔報以"江南近服,方務綏懷,卿久奉金陵,未可改圖。若置邸上都,與彼抗衡,受而有之,罪在於朕……"(《資治通鑑》卷二九四)

(宋真宗咸平五年七月癸亥,)詔進奏院:"自今河西、陜西幕職州縣官進實封文字,即與收進。"(《續資治通鑑長編》卷五二)

朱雀街東第三街,即皇城東之第一街,街東從北第一,曰翊善坊……次南永興坊……鳳翔、陳許、湖南進奏院……次南崇仁坊……東都、河南、商、汝、汴、淄青、淮南、兖州、太原、幽州、鹽州、豐州、滄州、天德、荆南、宣歙、江西、福建、廣、桂、安南、邕州、黔南進奏院。(《長安志》卷八)

貞元五年正月,左司郎中嚴涚奏:"按《公式令》:'應受事,據文案大小、道路遠近,皆有程期。如或稽違,日短少差,加罪。'今請程式,常務計違一月(日)以上,要務違十五日以上,不報,按典請決二十……其急要文牒,請付當道進奏院,付送本使,委觀察使判官一人,發遣送州,取領具月日先報,常務請依常式……"(《唐會要》卷五八)

(唐武宗會昌)四年八月,中書門下奏:"比緣向外除授刺史,多經半年已上,方至本任,或稱敕牒不到,或作(假)故滯留……臣等商量,自今已後,敕到南省,限兩日内牒本道,便令進奏院遞去,到本道後,委觀察使勾當。去任一千里内,限十日進發。二千里已上,限十五日。三千里已上,限二十日。仍並勒取便進發,不得託以事故,別取他路經過……"敕旨依奏。(《唐會要》卷六九)

(唐代宗大曆)十四年二月四日敕:"准諸道上都知進奏院官,自今已後,並不須與正官。"(《唐會要》卷七八)

後唐同光二年正月,中書門下奏:"準本朝故事,如封建諸王,内命婦及宰相、翰林學士、中書舍人、諸道節度、觀察、團練、防禦留後官告,即中書帖吏部官告院,索綾紙標(褾)軸,下所司修寫,印署畢,進入内宣賜,其文武兩

班并諸道官員及奏薦將校，敕下後，並合是(呈)本道進奏院，或本人自於所司送納……”敕從之。(《五代會要》卷一四)

(唐德宗貞元六年)九月初，收諸道進奏院官印三十紐，悉碎之。(《册府元龜》卷六〇)

長興三年七月，邠州奏：“丹山縣令張浩爲新平縣令，昨進奏院遞到正授告身，欲給之，時再問行止，乃稱丹山縣令名銜，是亡兄承禋，浩即曾有三處攝牒，恐礙格條，不敢給授，其告身却進納中書引驗……”(《册府元龜》卷一八〇)

(周太祖廣順三年正月敕，蘇舒據知州閤門使張凝近奏陳八事，於人不便，積久相承，宜降指揮，竝從改正：)其六，别徵進奏院糧課錢及遞鋪錢鞋，分配縣鎮。今後並止絶，要即於州司公用錢内支遣。(《册府元龜》卷四八八)

代宗獨孤妃薨，贈貞懿皇后。將葬，尚父汾陽王在邠州，以其子尚主之故，欲致祭。遍問諸從事，皆云：“自古無人臣祭皇后之儀。”汾陽曰：“此事須得柳侍御裁之。”時予外伯祖殿中侍御史，諱芳，字伯存。掌汾陽書記，奉使在京，即以書急召之。既至，汾陽迎笑曰：“有切事，須藉侍御爲之。”遂説祭事。殿中君初亦對如諸人，既而曰：“禮緣人情，令公勳德不同常人，且又爲國姻戚，自令公始，亦謂得宜。”汾陽曰：“正合子儀本意。”殿中君草祭文，其官銜之首稱“駙馬都尉郭曖父”，其中叙特恩許致祭之意，辭簡禮備。汾陽覽之大喜。其文列於左：“維某年月日，駙馬都尉郭曖父，關内河東副元帥、司徒兼中書令、汾陽郡王臣子儀，謹遣上都進奏院官傅濤，敢昭告於貞懿皇后行宫……”(《因話録》卷一)

國初，州郡自置邸吏，散在都下。外州將吏不樂久居京師，又符移行下，率多稽遲，或漏泄機事。太平興國初，起居郎何保樞奏置鈐轄諸道都進奏院，以革其弊，人給銅朱記(印)一紐。(《澠水燕談録》卷五)

【邠寧進奏院記】 凡諸侯述職之禮，必有棟宇建於京師。朝覲爲修容之地,會計爲交政之所。其在周典,則皆邑以具湯沐,唐興因之,則皆院以備進奏,政以之成,禮於是具,由舊章也。(《柳宗元集》卷二六)

【論裴均進奉銀器狀】 右臣伏聞向外傳説云,裴均前月二十六日,於銀臺進奉前件銀器。雖未審知虚實,然而物議喧然。既有所聞,不敢不奏。伏以陛下昨因時旱,念及疲人,特降德音,停罷進奉……臣聞衆議皆云,裴均性本貪殘,動多邪巧,每假進奉,廣有誅求。料其深心,不願停罷。必恐即日修表,倍程進來,欲試朝廷,嘗其可否。何者?前月三日降德音,准諸道進奏院報事例,不過四五日,即裴均合知。至二十六日,進物方到。以此詳察,足見奸情。(《白居易集》卷五八)

步奏官

開寶六年,凉州令步奏官僧吝氈聲、逋勝拉蹶二人,求通道於涇州,以申朝貢,詔涇州令牙將至凉州慰撫之。(《宋史》卷四九二《吐蕃傳》)

(福州州縣役人,有)散從官六十六人。初,諸州有承符散從步奏官,追催公事……雍熙三年,本州步奏散從官二百人。咸平編敕,州三萬户以上,節院散從步奏官併雜職總一百人。(《淳熙三山志》卷一三)

(周世宗顯德)四年二月六日敕節文:“諸道州府所管屬縣,每年秋夏徵料(科)了畢後,多是刦追縣典……諸道州府管内縣内鎮,每有追攝公事。自前多差衙前使院職員及散從步奏官,今後如是常程追攝公事,秖令府□□□(望知後)承受遞送,不得更差專人。若要切公事及軍期,不在此限。”(《五代會要》卷二五)

散從官:初,諸州有承符直、散從直、步奏官追催公事,又有人力當直,並差税户或坊郭有行止人,二年替。咸平編敕,三萬户以上,節院散從、步奏官併雜職一百人。嘉祐八年,百人外置雜職。熙寧三年,改人力承符,並爲散從官。(《雲麓漫鈔》卷一二)

懿宗咸通十年八月，和州防禦行官石倖等一百三十人，狀訴刺史崔雍稱："賊龐勛初劫烏江縣，雍令步奏官二人探知。雍猶不信，二人並被枷杻。贖差人探見賊已去州十里，賊尋逼州城，崔雍與賊頭吴烏約，於鼓角樓上飲酒，許與賊同，又認軍事判官李譙爲親弟……"(《册府元龜》卷一五三)

唐相國鄭綮，雖有詩名，本無廊廟之望。常典廬州，吴王楊行密爲本州步奏官，因有遺闕而笞責之。然其儒懦清慎，弘農常重之。(《北夢瑣言》卷七《鄭綮相詩》)

馬舉常爲山南步奏官，間道入蜀。時兵後僻路，絶無人煙。夜至一館，聞東廊下有人語聲，因往告之。有應者云："中堂有牀，自往宿去。"舉至中堂，唯有土榻。求火，答云"無火"。求席，隔屋擲出一席，可重十餘斤。舉亦壯士，殊不介意。中夜，有一物如猴，升榻而來。舉以鐵椎急擊之，叫呼而走。及明告别，其人怒去，更云："夜來見伊獨處，令兒子往伴，打得幾死。"舉推其門，不可開，自隙窺之，積壤而已。舉後爲太原大將，官至淮南節度使。(《太平廣記》卷三六六引《稽神録》)

奏事官

(唐德宗貞元二十一年七月)丙申，皇太子於麟德殿西亭見奏事官。(《舊唐書》卷一四《順宗紀》)

(唐憲宗元和十一年十月)壬申，敕："諸道奏事官，非急切不得乘驛馬。"(《舊唐書》卷一五《憲宗紀下》)

(唐玄宗天寶十四載十月，)有奏事官自京師還，禄山詐爲敕書，悉召諸將，示之曰："有密旨，令禄山將兵入朝，討楊國忠，諸君宜即從軍。"衆愕然相顧，莫敢異言。(《資治通鑑》卷二一七)

(唐肅宗上元元年六月乙酉，玄宗)召將軍郭英乂等上樓賜宴。有劍南奏事官過樓下，拜舞，諸道遣官入京師奏事者，謂之奏事官。上皇命玉真公主、如

仙媛爲之作主人。(《資治通鑑》卷二二一)

(唐武宗會昌二年九月)癸卯,李德裕等奏:"河東奏事官孫儔適至,云回鶻移營近南四十里……唯大同兵少,得易定千人助之足矣。"上皆從之。(《資治通鑑》卷二四六)

(唐武宗會昌四年閏七月壬戌,)李德裕奏:"鎮州奏事官高迪方鎮遣牙職入奏事,因謂之奏事官。密陳意見二事。其一以爲,賊中好爲偷兵術,潛抽諸處兵聚於一處,官軍多就迫逐,以致失利,經一兩月,又偷兵詣他處,官軍須知此情……"(《資治通鑑》卷二四八)

(唐僖宗光啓二年春正月,)蕭遘因邠寧奏事判官李松年至鳳翔,唐末藩鎮遣其屬奏事,皆謂之奏事官。判官,幕府右職也。朱玫遣之奏事行在所,故曰奏事判官,以别於尋常奏事官。遣召朱玫,亟迎車駕。(《資治通鑑》卷二五六)

(唐昭宗光化元年三月己丑,)朱全忠遣副使萬年韋震入奏事,求兼鎮天平,朝廷未之許。震力争之,穆、敬以後,威令已不振,然藩鎮所遣奏事官不敢力争於朝也。朝廷不得已,以全忠爲宣武、宣義、天平三鎮節度使。(《資治通鑑》卷二六一)

(唐玄宗天寶十四載)十一月甲子,安禄山反。平致美《薊門紀亂》曰:自其年八月後,慰諭兵士,磨厲戈矛,頗異於常,識者竊怪矣。至是,禄山勒兵夜發。將出,命屬官等,謂曰:"奏事官胡逸自京回,奉密旨,遣禄山將隨身兵馬入朝來,莫令那人知……"(《資治通鑑考異》卷一四)

【順宗即位赦】 (唐順宗以貞元二十一年正月即位赦,制)應東宫官及(侍讀)、侍書、教授,在正月二十六日以前者,國哀已來,職掌行事及册命官,受顧命撰制誥官等,賜爵加階勳進改有差。蕃客等共賜物一千八百四十五匹,立仗將士等量加改轉,内侍省及内坊官、正諸道進奏院及奏事官,賜爵勳階有差。内外五品已上文官及臺省常參官,宜至四考滿與改轉,中外遞遷,量才叙用。(《唐大詔令集》卷二;《册府元龜》卷八一、卷八九)

（唐德宗貞元）四年九月二日敕，正月晦日、三月三日、九月九日，前件三節日，宜任文武百僚，擇地追賞爲樂，每節宰相已下及常參官，共賜錢五百貫。翰林學士，共賜一百貫。左右神威、神策、龍武等三軍，共賜一百貫。金吾、英武、威遠及諸衛將軍，共賜二百貫。各省諸道奏事官，共賜一百貫。委度支每節前五日，准此數支付，仍從本年九月九日起給，永爲定制。（《唐會要》卷二九；《册府元龜》卷一一〇）

文宗太和二年七月，賜魏博行營將士裹瘡帛一千疋、金瘡散一千貼，便令奏事官押送本道。（《册府元龜》卷一三五）

（唐憲宗元和十四年七月，捕獲殺武元衡凶犯。）元衡六月三日遇害前二日，（王）承宗奏事官武廷秀已印券於慈水祠，待賊聞知元衡死，乃倍道歸報。京兆尹裴武知其事，奏請追擒廷秀。（《册府元龜》卷一五三）

李載義爲幽州節度。太和元年十月奏，破滄州賊六千人，戮殺一千五百人，生擒一百五十人。即時召其奏事官，對於麟德殿，賜錦綵、銀器。（《册府元龜》卷四三四）

高從誨爲荆南節度使。高祖乾祐元年，遣人押送朝（朗）州奏事官沈從進至京師，乞加恩命。初，馬希廣、馬希萼争非，潭帥希廣用歐弘練、張仲荀謀，厚賂朝廷，請不行朝（朗）州恩命，從誨革面自新。又援引希萼，求通於朝，蓋欲離間潭、（朗），成其覆亡之禍也。（《册府元龜》卷九三三、卷九五二）

【唐北庭龍興寺戒法傳】　釋尸羅達摩，華言戒法也，本于闐人。學業該通，善知華梵。居於是國，爲大法師。唐貞元中，悟空迴至北庭，其本道節度使楊襲古與龍興寺僧請法爲譯主，翻《十地經》。法躬讀梵文，并譯語，沙門大震筆受，法超潤文，善信證義，悟空證梵文。又譯《迴向輪經》，翻傳纔畢，繕寫欲終，遇北庭宣慰中使段明秀事訖迴，與北庭奏事官牛昕、安西奏事官程鍔等相隨入朝。爲沙河不通，取迴鶻路，其梵夾留北庭龍興寺藏。齎所譯唐本至京，即貞元五載也。（《宋高僧傳》卷三）

【與李太保帖】 奏事官至,蒙問增慰馳誠。冬閏初寒,伏惟太保尊體安適。(《顔魯公集》卷一六)

【興元論解蕭復狀】 蕭復奏事官李充,朕適唤對共語,亦似不是純良。此人莫是李承昭家子弟否?卿宜審看蕭復表中意趣,斟酌奏來者。(《翰苑集》卷一五)

【爲裴中丞奏邕管黄家賊事宜狀】 右今月四日,邕管奏事官嚴訓過,稱押衙譚叔向等與黄家賊五千餘人,謀爲翻動,雖已誅斬,猶未清寧。(《柳宗元集》卷三九)

【爲裴中丞伐黄賊轉牒】 今月某日,奏事官米蘭迴,捧受詔命,神飛首勇,足蹈心馳。(《柳宗元集》卷三九)

【謝兵馬使朱鄭等官表】 臣某言:奏事官韋温,特蒙聖恩,重賜朱鄭等官告,宸象昭回,焕然下燭。榮分右職,光賁遐藩。中謝。(《劉賓客文集》卷一一)

【請密詔塞上事宜狀】 據太原奏事官孫儔稱,昨來回鶻到横水柵,殺戮軍人百姓,今抽在釋迦泊東,約西去可汗三百里,未知此回鶻是那頡特下,爲復是可汗遣來?

【論天德軍捉到回鶻生口等狀】 右臣等見今日天德軍奏事官王可度云,每有回鶻投降及城來捉得十人五人,緣不敢留在軍城,問得事情後,便皆處置。伏以回鶻窮困,情亦可憐。屢有殺傷,恐傷仁化。望付翰林,賜田牟、仲武詔,前後更有此類,便遞送太原,令配在諸州安置。(《會昌一品集》卷一三)

【驅逐回鶻事宜狀】 本道奏事官孫僚、孫儔自稱,太原兵敵回鶻不得,即須於河朔側近,别徵兵滿取萬人,方可濟事,須令一兩月内便見成功。如此,即免費資財,得早安邊境。(《會昌一品集》卷一四)

【論幽州事宜狀】 右臣伏見報狀見幽州雄武軍使張仲武,已將兵馬赴幽州雄武軍使。今日,奏事官吴仲舒到臣宅,臣扶疾與之相見細問,雄武只有兵士八百人在,此外更有土團子弟五百人。臣問兵馬至少,如何去得。仲舒答臣云:"只繫人心歸向,若人心不從,三萬人去亦無益。"據此説,即是仲武得幽州人心。

【論鎮州奏事官高迪陳意見二事狀】 右高迪稱,賊中更無他計,只是潛抽兵,並向一處排陣,引官軍索戰。官軍即須探知,若攻城寨來,即要與戰;如不來,並不要將兵逼逐。

【天井冀氏事宜狀】 右臣昨日晚見鎮州奏事官高迪云:向前已曾向臣言軍中密事,今更有切事要言於臣,請不令王助知今山東三州歸降,已平了天井冀氏,却須令堅守城寨,不得與戰,不二十日,内必自變。(《會昌一品集》卷一七)

【深州奏事官衛推試原王友韓季重可兼監察御史充職制】 敕某官韓季重,上將臨戎,陪臣將命。詳其奏報,頗盡事情。特加寵章,用獎勞效。王官憲職,以示兼榮。可依前件。(《白居易集》卷五一)

頓遞

(唐哀帝天祐元年九月)辛巳,山陵橋道使改差權河南尹張廷範,其頓遞陵下應接等使,並令廷範兼之。(《舊唐書》卷二〇下《哀帝紀》)

(後晉少帝天福八年)二月庚戌,御札取今月十一日車駕還東京,沿路州府,不用修飾行宫,食宿頓遞,並以官物供給,文武臣僚除有公事合隨駕外,並先次進發。(《舊五代史》卷八一《少帝紀一》)

周懷政,并州人……大中祥符初,真宗東封,命修行宫頓遞。及奉泰山天書馳驛赴闕,轉殿頭。(《宋史》卷四六六《周懷政傳》)

(唐昭宗中和元年五月,)李克用牒河東稱,奉詔將兵五萬討黄巢,令具頓遞。緣道設酒食,以供軍爲頓,置郵驛爲遞。鄭從讜閉城以備之。克用屯於汾

東,從讜犒勞,給其資糧,累日不發。(《資治通鑑》卷二五四)

孔緯爲御史大夫。僖宗幸山南,遣中使傳詔,令緯率百僚赴行在……即日見鳳翔節度李昌符,告曰:“主上再有詔命,令促百僚前進。觀群公之意,未有發期。僕忝憲闈,不宜居後。道途多梗,公幸假五十騎,送至陳倉。”昌符嘉之,謂緯曰:“路無頓遞聚糧辦耶?”乃送錢五十緡,令騎士援緯達散關。(《册府元龜》卷四六六)

縣遞

李嗣真,滑州匡城人也……(永昌中,爲酷吏來俊臣所構,配流嶺南。)萬歲通天年,徵還。至桂陽,自筮死日,預託桂陽官屬備凶器。依期暴卒。則天深加憫惜,敕州縣遞靈輿還鄉,贈濟州刺史。(《舊唐書》卷一九一《李嗣真傳》)

故事,州縣官充綱,送輕貨四萬,書上考。開成初,爲長定綱,州擇清彊官送兩税……判度支王彦威置縣遞群畜萬三千三百乘,使路傍民養以取傭,日役一驛,省費甚博。(《新唐書》卷五三《食貨志》)

【與朱慶叔十七首・又】 某啓:近附黄岡縣遞,拜書必達專人,過此領手教,具審起居佳勝。凄冷此歲行盡,會合何時,以增悵然。(《東坡全集》卷七八)

差綱

(唐憲宗元和十五年五月)癸卯,詔以國用不足,應天下兩税……兼諸道雜榷税等,應合送上都及留州、留使、諸道支用、諸司使職掌人課料等錢,並每貫除舊墊陌外,量抽五十文。仍委本道、本司、本使,據數逐季收計,其諸道錢便差綱部送,付度支收管。待國用稍充,即依舊制。(《舊唐書》卷一六《穆宗紀》;《册府元龜》卷四八四;《唐會要》卷八九)

(唐肅宗乾元二年十月,詔第五琦)除名,配流夷州,馳驛發遣,仍差綱領送至彼。(《舊唐書》卷一二三《第五琦傳》)

（唐代宗廣德）二年春正月壬寅，敕稱程元振變服潛行，將圖不軌，長流溱州。上念元振之功，尋復令於江陵安置。（《資治通鑑》卷二二三）

【第五琦長流夷州制】 正議大夫、行忠州長史員外置同正員外、上柱國、扶風縣男第五琦，素以幹能，早膺任使，自艱難之際，帑藏是司。久彰歲月之勞，頗申强濟之用……豈謂陰圖聚斂，擅出科條，上延謗於公家，下益疲於人業……宜寬殊死之命，俾就投荒之謫，可除名長流夷州，馳驛發遣，仍差綱領送至彼所，勿許東西。（《唐大詔令集》卷五七）

景雲二年十一月十二日敕："太常寺所須粢盛，今總計料定，每年所司差綱一人、典二人，一時部送。不得更有零叠，亦不得輒差使催。"（《唐會要》卷六五）

元和四年十二月，度支奏："諸州府應供上都兩税匹段，及留使、留州錢物等……準舊例處分，應帶節度觀察使州府合送上都兩税錢，既須差綱發遣……"（《唐會要》卷八三）

（唐文宗開成）四年十月，中書門下奏："准開成元年三月十日敕，宜令兩税州府，各於見任官中揀擇清强長定綱，往來送……伏以諸道有上供兩税錢物者，大小計百餘處。舊例差州縣官充綱，亦不聞過有敗闕。若依敕以長定綱爲名，則命官不以才能，賦禄難憑僦運。况江淮財賦，大州每年差綱十餘輩。若令長定，則官員長占於此流……不必一例依次差遣，其餘並望准前旨條處分。"敕旨宜依。（《唐會要》卷八四）

（後唐明宗天成）四年四月敕："沿邊置場買馬，不許蕃部至闕下。"自上御極已來，黨項之衆，競赴都下賣馬。常賜食於禁廷，醉則連袂歌其土風。凡將到馬無駑良，並云上進國家。雖約其價直以給之，然計其館給賜賚，每年不下五六十萬貫。大臣以爲耗蠹中原，無甚於此，因降敕止之。雖有是命，竟不能行。其年九月，首領折遇明等來貢方物。十月，首領來有行來朝，進馬四十匹。上御中興殿，閲所進馬。樞密使安重誨奏曰："吐渾、黨項，近日相次進馬，皆給價直。對見之時，别賜繒帛。計其所費，不啻倍價，請止之。"上以爲國家常苦馬不足,每差綱收市。今番言自來,何費之有?外番朝貢,中國錫賜,朝廷常事,不可以止。自此番部羊馬,不絶於路。(《五代會要》卷二九;《册府元龜》卷一七〇)

興元元年十月,中書門下奏:"李晟巡邊,欲至涇州。田希鑒潛伏兵馬,謀害統帥。李晟察其奸計,今以伏辜。原其情狀,合坐宗族。頃以朱泚窮蹙,奔竄涇原,希鑒去逆歸順,閉門不納,恐須録其前效,特全後嗣。其妻王氏,並男太子通事舍人華、左金吾倉曹參軍葦、折衝芮、折衝萓等,並請免死,差綱遞送嶺南,分付杜佑,令配諸州。"從之。(《册府元龜》卷一三四)

(唐憲宗元和)十五年五月壬寅朔,癸卯,詔曰:"比緣用兵歲久,初息干戈,百役所資,國用多闕。不可更加賦税,重擾疲人……其諸道錢使差綱部送,並付度支收等,待一二年後,國用稍充,即依舊制……"(《册府元龜》卷四八四)

憲宗元和四年十二月,監察御史裹行元稹牒同州奏均田狀:"當州自於七縣田地數内均配兩税……當州京官及州縣官職田公廨田,并州使官田驛田等……臣今便於當州近城縣納粟,官爲變碾,取本色脚錢,州司和雇,情願車牛搬載,差綱送納,計萬户所加,至少使四倍之税,永除上司,職禄及時,公私俱受其利……"(《册府元龜》卷四九五;《元稹集》卷三八)

(唐德宗貞元)五年十一月,度支轉運使奏:"來年江淮轉運米等,比年自楊子運米送上都,皆分配緣路觀察使,差長綱發遣。運路既遠,實謂勤勞。伏以京西屯軍,儲畜是切,今請當使諸院悉自差綱,節級船運,冀得省便,必應程期。"從之。(《册府元龜》卷四九八)

李彭年玄宗時爲吏部侍郎,坐贓伏罪。詔曰:"彭年幸以資序,累登清貴,委之銓綜,任以權衡。不能狥公滅私,持平守直,而乃貪財敗類,黷貨無厭。既玷清朝,有冒法度。頃令推鞫,皆自欵承。據其罪名,合當誅死。但以陽和布令,善貸好生,特舍嚴刑,俾從流竄。宜除名長流嶺南臨賀郡,仍即差綱,馳驛領送……"(《册府元龜》卷六三八)

宋廷暉爲宣州溧陽令，周仁公爲涇州良原令，裴裔爲寧州彭原令。開元二十五年正月，皆犯贓，坐死刑。玄宗以陽和在候，特恕之，悉杖六十，配流於龔州。敕曰："朕思致時和，每矜刑典。而貪饕之吏，抵犯自多。猶冀耻格，豈在哀矜……永言惻隱，能無惠恤，乃期改過，且用輕刑，宜並配流，即差綱領送……"(《册府元龜》卷七〇七)

【請發河中馬軍五百騎赴振武狀】 右臣德裕得忠順狀，請自至界上，親臨賊營，專看事機，首爲撲滅。緣當道軍馬數少，請馬軍一二千騎……仍望賜絹一千八百匹……以户部物充，度支差綱發遣，兼望令中使送。(《會昌一品集》卷一四)

綱運

(唐懿宗咸通八年)九月丁酉，延資庫使曹確奏："户部每年合送當使三月、九月兩限絹二十一萬四千一百匹、錢萬貫……臣今酌量諸道州府場監院合送户部錢絹内分配，令勒留下合送延資庫數目，令本處别爲綱運，與户部綱同送上都……"從之。(《舊唐書》卷一九上《懿宗紀》)

(唐昭宗乾寧三年九月)丙午，制以鎮國軍節度使韓建檢校太尉，兼中書令，充修復宫闕、京畿制置、催促諸道綱運等使。(《舊唐書》卷二〇上《昭宗紀》)

(後唐明宗天成四年九月)乙未，詔諸道通勘兩浙綱運進奉使，並下巡獄。(《舊五代史》卷四〇《明宗紀六》)

(後晉高祖天福四年冬十月)庚戌，閩王王昶、威武軍節度使王繼恭，遣僚佐林思、鄭元弼等朝貢，致書於宰執，無人臣之禮。帝怒，詔令不受所貢，應諸州綱運，並令林思、鄭元弼等押歸本道。既而兵部員外郎李知損上疏，請禁錮使人，籍没綱運，可之，收林思等下獄。(《舊五代史》卷七八《高祖紀四》)

(唐僖宗乾符三年三月，)賜宣武、感化節度、泗州防禦使密詔："選精兵數百人，於巡内遊奕，防衛綱船，五日一具上供錢米平安狀聞奏。"汴、徐、泗三

鎮,汴水所經,東南綱運輸上都者,皆由此道。群盗從横,恐爲所掠,故密詔選兵遊奕防衛。(《資治通鑑》卷二五二)

(唐僖宗中和二年正月)辛未,以周岌、王重榮爲都都統左右司馬,諸葛爽及宣武節度使康實爲左右先鋒使,時溥爲催遣綱運租賦防遏使。綱運自江淮來者,皆由徐州泝内,故以溥任此職。(《資治通鑑》卷二五四)

(高駢方士吕用之,)侍妾百餘人,自奉奢靡,用度不足,輒留三司綱輸其家。三司綱,謂户部、度支、鹽鐵所發綱運輸朝廷者。(《資治通鑑》卷二五四;《册府元龜》卷九二二)

(宋真宗景德四年五月)丁酉,詔:"河北緣河州軍綱運,自今以軍士充役,勿差部民。"(《續資治通鑑長編》卷六五)

(宋真宗大中祥符八年閏六月)丙戌,詔:"廣南西川京朝、幕職、州縣官,丁憂離任,願管押綱運者,亦聽,仍給驛券。"(《續資治通鑑長編》卷八五)

(宋真宗大中祥符九年二月癸未,)詔廣南綱運悉令官健送至闕,自今至虔州代之。(《續資治通鑑長編》卷八六)

司農排岸司,在前洋街,掌拘卸諸州郡宣限綱運,檢察搜空,而繫其不登(岸)數者。(《夢粱録》卷九)

新開運河,在餘杭門外北新橋,北通蘇、湖、常、秀、潤等河,凡諸路綱運及販米客舟,皆由此達於杭都。(《夢粱録》卷一二)

聖朝未克蜀之前,劍、利之間,虎暴尤甚,白衛嶺、石筒碤,虎名"披鬃子",地號"税人場",緜、漢間白楊林,虎名"裂蹄子",商旅聚徒而行,屢有遭搏噬者……行旅共苦之。又有群盗,諸州縣結聚,各有百人至二百人,官軍掩捕則與格鬬,勝則禦敵官軍,敗則奔入林藪,雖有捕盗之吏,莫能擒獲。僅四十餘年,民無安業。聖朝克復後,歲貢綱運,使命商旅,晝夜相繼,廬舍駢

接，犬豕縱横，虎豹群盗，悉皆屏迹。得非繫國朝之盛衰、時政之能否乎！(《茅亭客話》—《虎盗屏迹》)

（後漢）隱帝以乾祐元年二月辛巳即位。癸巳，制曰："古先哲王繼天御物，必有大造被於生民，故能流餘慶於子孫，保永圖於宗社……應州府縣鎮，遭契丹草寇及軍都更變驚刼，兼有搬送綱運已離本處，沿路遭劫奪諸色錢帛一物已上……一切特與除放，其主事人員亦放罪……"(《册府元龜》卷九五)

閩王昶天福四年十月庚戌，昶威武軍節度使王繼恭、使僚佐鄭元弼來朝，貢其方物……王昶自大自尊，不迎不見，寢停詔命，脅辱使臣，遣鄭弼再詣闕庭，使林恩别陳狀訴，隳君臣之事體，希書札以往來。悖禮慢言，長無畏忌……所齎文字及諸貢物不在通進，並諸州綱運等，勒林恩、鄭元弼管押速歸。(《册府元龜》卷二三三)

後唐莊宗同光二年二月庚午，租庸使孔謙奏："諸道綱運商旅，多於私路，苟免商税，不繇官路往來。宜令所在關防，嚴加捉搦，山谷私由道路，仍須彰塞，以戢行人。"(《册府元龜》卷五〇四)

【論兵十事】　一事：臣近上國論要目十二篇，以謂當今之急務，彊兵爲第一事……若減禁軍十萬，歲減緡錢五百萬。減厢軍十萬，歲減緡錢三百萬。欲減禁軍，先減屯戍。欲減厢軍，先減綱運，此其要也……今天下無名綱運，最爲枉費，兵士邊郡兵官替移迎候送還，厢軍動皆數百人，多者至千人。自來明有條制，州郡皆以人情，不敢自約，此一事也。(《端明集》卷二二)

【乞一面除放欠負】　臣竊見自來每遇南郊赦敕，除放天下欠負，朝廷雖示恩卹，而有司未嘗奉行，是致天下常有積年欠負……應陝西、河東諸般綱運，般送衣甲、器械等，緣路死損却官驢騾，并磨擦損折潰污及去失疋帛、係剥納虧官錢，元不是侵欺盗用者，並與除放。此一項臣今欲乞先行，除放訖申三司。(《文忠集》卷一一七)

遞發

崔仁師,定州安喜人……(唐高宗)征遼之役,詔太常卿韋挺知海運,仁師爲副。仁師又别知河南水運。仁師以水路險遠,恐遠州所輸不時至海,遂便宜從事,遞發近海租賦以充轉輸。及韋挺以壅滯失期,除名爲民,仁師以運夫逃走不奏,坐免官。(《舊唐書》卷七四《崔仁師傳》)

(宋高宗紹興四年,)上欲令江東宣撫使劉光世分兵巡邊,右僕射朱勝非請遣中使齎劄子付之,庶無濡滯。上慮内侍到軍中多擾,止於急遞發行。(《中興小紀》卷一六)

(宋高宗靖康元年二月十六日,)郭藥師以兵至磁州,取寄收銀三十萬兩。初,郭藥師爲同知燕山府也,乞支降贍軍錢,朝廷以銀三十萬兩畀之。至磁州時,燕山已陷,藥師已叛,乃以銀寄收於磁州軍資庫。金人自京城講和而歸也,到河北,邏得斥堠遞,發視之,乃河北都轉運使張慤發往磁州,令封樁此銀,不得支用。藥師得之,遂以兵至磁州,乃索此銀曰:"朝廷發往燕山應副我用者。"知磁州趙將之辭以爲無。藥師出遞牒示之,將之不能隱。藥師聲言,不得銀則攻城取銀。將之惧,以銀與之,師乃退。(《三朝北盟會編》卷三九)

【天下三等已上親赴上都制】 敕:堯之敦叙,以協萬邦。周之宗盟,必先同姓……其三等已上親,除州縣官及帶職掌應在外者,委本道節度、觀察,量事給遞,發遣赴上都。仍先録名聞奏。(《唐大詔令集》卷四〇常袞)

【叙用勳舊武臣德音】 (唐穆宗長慶元年七月丁酉詔:)"自今後,應緣山東行營兵馬來歸本道已來,進退事機,並宜轉(專)委節度使……除事關急切,須遣專使外,其餘書詔文牒,一切分付度支,入遞發遣。"(《唐大詔令集》卷六五;《册府元龜》卷六五)

【論請驛遞赦書狀】 (唐憲宗元和元年三月,大和天下,中使請奏准舊例，散差中使走馬往諸道送赦書，所貴疾速，意欲庇假其類，使至諸道受納財賂。俟其至也，自獲其半。）翰林學士裴垍、李絳等奏曰："陛下自臨御海內，事推至當，易去煩苛。今復以赦書散差敕使專送，是求方鎮財物，蓋非陛下意旨。請付度支鹽鐵急遞發遣，既得疾速簡便，又無求取勞擾。"上依絳等所奏。（《李相國論事集》卷一）

下，威州。蓋古冉駹國，漢武帝開之，屬文山郡……景祐三年，以京遞發濰州斷獄文書，誤至維州，因改曰威州，謂唐置此州，以威制羌戎故也。今縣二。（《輿地廣記》卷三〇）

發遞

（後唐天成元年十一月，）盧文紀初拜中丞，領事於御史府，諸道進奏官來賀。文紀曰："事例如何？"臺吏喬德威等言："朝廷在長安日，進奏官見大夫、中丞，如胥吏見長官之禮。及梁氏將革命，本朝微弱，諸藩强據，人主大臣姑息邸吏。時中丞上事，邸吏雖至，皆於客次傳語，竟不相見。自經兵亂，便以爲常。"文紀令臺吏諭以舊儀相見，據案端簡，通名贊拜。邸吏輩既出，怒不自勝，相率於閤門求見，騰口喧訴。明宗謂趙鳳曰："進奏官比外何官？"鳳對曰："府縣發遞祗候之流也。"明宗曰："乃吏役耳，安得慢吾法官！"乃下此詔。（《舊五代史》卷一四九《職官志》；《五代會要》卷一七）

（宋徽宗宣和五年二月，趙）良嗣云："虜人自用兵，未嘗敗衄，何自防之有？"僕曰："兵家當怯守猛戰，今女真兵少力分，見處危道，安得不自防？故以巡邊意迫試朝廷之應。如僕前日所論徐制女真三策，比見形勢，正當用之。乞召使副，或止令擴赴闕稟議，欲申尚書省經撫房，修寫了申狀，呈童貫，乞發遞。"（《三朝北盟會編》卷一四引馬擴《茆齋自述》）

（後唐明宗天成）二年四月奏："黎州狀，雲南使趙和，於大渡河南起舍一間，留信物十五籠，并雜箋詩一卷，遞至闕下。"初，郭崇韜平蜀之後，得王衍昔獲蠻俘數十，以天子命令，殿直李楷持國信，賜其國王，並歸其俘囚。楷入其部，爲止於界上，惟國信與蠻俘得往。月餘，乏食而還，續有轉牒稱："督爽

大長和國宰相布燮等,上大唐皇帝舅奏疏一封,自鶴枯發遞……”有綵箋一軸,轉韻詩三章。(《册府元龜》卷九八〇)

唐藩鎮皆置邸京師,以大將主之,謂之上都留後。大曆十二年五月甲寅,改爲上都知進奏院。及五代以後,支郡不隸藩鎮者,聽自置邸,隸藩鎮者則兼掌焉。國初沿舊制,皆本州鎮補人爲進奏官。其軍監場務轉運司則差知後官,就京師新城門裏各置進奏院,總天下之郵遞。每日早,集内前待漏院東廊下,承受宣敕諸司文字,各就本州院發遞。太平興國八年,命供奉官張文粲就相國寺行香院簡閱進奏知後官,得李楚等一百五十人,並充進奏官,分掌諸州,罷知後官之名。命張文粲與王禮都領之,始爲鈐轄諸道進奏院。是年十月,詔於大内側近置都進奏院。踰年,以石熙載宅充院。以鈐轄諸道扁院額,摹印章,率用名流。(《玉海》卷一六八)

【答楊濟甫二首】(其二)　遞中屢得數書,知尊體佳勝,貴眷欠安,示及發遞,引自契勘,得並到。但鄉親書皆五六十日,不獨濟甫也。府推之命,只是暫權發遣。更月餘正官到,即仍舊管官誥院也。府中冗絆,非拙者所樂,恐知都下所須示及。(《東坡全集》卷七九)

【申建寧府狀二】　右熹準使府牒,差建陽縣主簿送到尚書省劄子一道,并熹元寄納告命一道、省劄二道、印紙一軸,令熹祗受者……今來雖有上件回降指揮,緣熹所陳未奉俞允,義難苟止,須至再有陳述。今有狀一封申尚書省,欲乞使府發遞前去,所有告命一道、省劄三道、印軸一軸……謹狀。(《晦庵集》卷二二)

附綱

(宋孝宗乾道)七年,詔:“見任官以錢附綱首商旅過蕃買物者有罰,舶至除抽解和買,違法抑買者,許蕃商越訴,計贓罪之。”(《宋史》卷一八六《食貨志下八》)

(宋神宗元豐三年三月甲戌)詔:“自今歲降大小曆本,付川、廣、福建、江、浙、荆湖路轉運司印賣，不得抑配。其錢歲終市輕齎物，附綱送曆日所，餘路聽商人指定路分賣。”(《續資治通鑑長編》卷三〇三)

(宋高宗紹興二十二年十月辛巳)詔：“廣州見任官將錢物寄附綱首，客旅過蕃收買物色，依敕徒二年斷罪。”(《建炎以來繫年要録》卷一六三)

(唐文宗開成)四年十二月，邕管經略使唐弘實奏：“當管上供兩税錢一千四百七十三貫文，其見錢，請每年附廣州綱送納。”敕：“宜委嶺南西道觀察使，每年與受領迴易輕貨，附綱送省，其僦運脚錢仍令數内抽折。”(《册府元龜》卷四八八；《唐會要》卷八四)

起綱

(宋神宗元豐六年十二月癸未，)提舉茶場陸師閔乞川路買茶起綱場監官十員，並許不依常制指名奏差。從之。(《續資治通鑑長編》卷三四一)

(宋高宗紹興五年三月)戊子，詔：“兩浙諸郡市客舟，爲起綱之用，仍立綱官賞罰。”以給事中陳與義言雇舡轉輸，官民交弊故也。(《建炎以來繫年要録》卷八七)

(宋高宗紹興五年冬十月壬寅，)詔：“川陜宣撫副使邵溥，同提舉買馬官趙開措置，即永康軍威茂州置場，以茶博馬，俟就緒日，起綱赴行在。”(《建炎以來繫年要録》卷九四)

(宋欽宗靖康元年四月十八日，)徐處仁奏行馬政。徐處仁劄子奏：“臣聞唐初得突厥馬二千匹，又得隋馬三千於赤岸澤……今川陜馬綱道路芻秣不時，比至京師，僅存皮骨，給與諸監，往往不堪養飼，斃於牢櫪，所費雖多，無補軍政。欲乞令外路軍合請馬兵級，給券差官管押，親詣陜西。見今有馬監，據合用數請領。其不切養飼，致有死損外，嚴行科罪。雖有往返勞費，然自此軍人各得善馬，可備出戰，爲利甚大。所有起綱馬至京，選大小使臣管押，添差人兵，嚴立殿最，賞罰必行，庶幾稍革日前弛慢之弊……”(《三朝北盟

會編》卷四六)

騾綱

張濬,字禹川,河間人……累轉度支員外郎。黄巢將逼關輔,濬託疾請告,侍其母,挈族避亂商州。賊犯京師,僖宗出幸,途無供頓,衛軍不得食。漢陰令李康獻糗餌數百騾綱,軍士始得食。僖宗召康問曰:"卿爲縣令,安操心及此?"康對曰:"臣爲塵吏,敢有此進獻?張濬員外教臣也。"帝異之,急召至行在,拜兵部郎中。未幾,拜諫議大夫。(《舊唐書》卷一七九《張濬傳》)

張修,字誠之。少卿家有辟支佛,下畫王維仙桃,中黄服,合掌頂禮,乃是自寫真,與世所傳關中十大弟子真法相似,是真筆。世俗以蜀中畫《騾綱圖》、《劍門關圖》爲王維甚衆。(《畫史》)

王維,字摩詰……善畫,尤精山水,當時之畫家者流,以謂天機所到,而所學者皆不及……今御府所藏一百二十有六……《騾綱圖》一,《異域圖》一,《早行圖》二,《村墟圖》二。(《宣和畫譜》卷一〇)

馬綱

(宋孝宗乾道元年五月)丁卯,詔吴璘措置馬綱、水路。(《宋史》卷三三《孝宗紀一》)

紹興四年,初命四川宣撫司支茶博馬。七年,復置茶馬官。凡買馬州縣黎、文、叙、長寧、南平、珍,皆與知州、通判同措置任責。通判許茶馬司辟置,視買馬額數之盈虧而賞罰之。歲發馬綱,應副屯駐諸軍及三衙之用。(《宋史》卷一六七《職官志七》)

(宋神宗熙寧八年正月己未,)詔秦鳳等路提舉買馬監牧司,相度起發馬綱,合住月及所住月如何養飼,具利害以聞。(《續資治通鑑長編》卷二五九)

（宋欽宗靖康元年十一月十九日）夜二更，斥堠馬綱還報："賊馬已渡。"猶未全信。再遣使臣劉嗣將兵騎三百，出封邱門遠探。（《三朝北盟會編》卷六四）

行綱

故事：州縣官充綱，送輕貨四萬，書上考。開成初，爲長定綱，州擇清彊官送兩税，至十萬遷一官，往來十年者授縣令。江淮錢積河陰轉輸，歲費十七萬餘緡，行綱多以盜抵死。（《新唐書》卷五三《食貨志》）

韓滉大曆六年爲户部侍郎、判度支。初，自至德、乾元已後，所在軍興，賦税無度，帑藏給納，多務因循。滉既常司計，清勤檢轄，不容奸妄下吏。及四方行綱過犯者，必痛繩之。又屬大曆五年已後蕃戎南侵，連歲豐稔，故滉得儲積穀帛，帑藏積實。（《册府元龜》卷四八三）

玄宗開元九年十月，敕曰："如聞天下諸州送租庸行綱，發州之日，依數收領，至京都不合有欠。或自爲停滯，因此耗損，兼擅將貨易，交折遂多，妄稱舉債陪填，至州重徵百姓。或假托貴要，肆行逼迫，江淮之間，此事尤甚。所由既下文牒州縣，遞相稟承，户口艱辛，莫不由此。自今以後，所有損欠，應須陪填，一事以上，並勒行綱及元受領所由人知……"（《册府元龜》卷四八七）

（唐德宗貞元）十三年，判度支蘇弁奏："嶺南行綱，送錢物數滿二萬貫，無損折者，即依舊敕例，與改官。"（《册府元龜》卷四九八）

（唐文宗大和）四年二月，御史臺奏："内外六品以下官，有不之任諸色事故勾留等。伏以任官員數素定，奉公有常，一處闕人，庶務失本。法苟不舉，弊恐滋深。今國計所須，江淮是賴。江淮州縣官俸科稍厚處，勾留倍多……每年須部送兩税左藏庫行綱，不知處差常務例置，以官糜費，因緣所害甚廣……"（《册府元龜》卷五一六）

會昌元年正月，詔曰："朝廷典刑，理當畫一。官吏贓坐，不宜有殊……

自今以後，度支、鹽鐵、户部等司官吏及行綱脚家等，如隱使官錢，計贓至三十疋，並處極法……”（《册府元龜》卷六一三）

李建州嘗遊明州慈溪縣西湖，題詩。後黎卿爲明州牧，李時爲都官員外，託與打詩板，附行綱軍將入京。（《唐摭言》卷一三）

開元八年，穀水夜半漲。時伐契丹，兵營於彼，漂没二萬人。唯行綱夜摴蒲（蒱）不睡，接高獲免。（《南部新書》庚卷）

唐開元八年，契丹叛，關中兵救營府。至澠池缺門，營於穀水側。夜半水漲，漂二萬餘人，唯行綱夜樗蒲不睡，接高獲免，村店並没盡。上陽宫中水溢，宫人死者十七八。（《太平廣記》卷一四〇引《朝野僉載》）

唐李宏，汴州浚儀人也。凶悖無賴，狠戾不仁。每高鞍壯馬，巡坊歷店，嚇庸調租船綱典，動盈數百貫。彊貸商人巨萬，竟無一還。商旅驚波，行綱側膽。任正理爲汴州刺史，上十餘日，遣手力捉來，責情決六十，杖下而死。工商客生，酣飲相歡。遠近聞之，莫不稱快。（《太平廣記》卷二六三引《朝野僉載》）

秦蜀買馬入東方，率以五十匹爲一綱，遣兵校部押，馬多道亡。於是置監漢陽，憩泊五日，以俟三衛江山諸軍取發。先赴湖廣總領所，對驗毛色齒數，與四川馬司者無異，然後即路。乾道九年，殿前程副當此役。至漢陽。卜日將渡江，卒長云：“舊例必具牲酒，詣城隍廟謁賽乃行，則長塗無他慮。”程不答。再言之，忽怒詬曰：“我取官馬，何預於神！”叱使去。是日晚，絶江，宿城下驛。才五鼓，悉控馬往總司，須啓關而入。忽聞馬蹄聲從西來，諸卒謂他綱至，起立相戒，各謹持控，以防相遇鬭觸之害。俄頃間已至前，暗中不能測其多寡，即衝突踶齧不可制。如是兩刻許，天且明，視它馬，了無（所見），而一行綱馬，死者幾半，皆折脅流腸，若遭矛戟，衆以爲程將慢神之咎。時李元佐爲總領。（《夷堅支景》卷七《鄂州綱馬》）

【上軍國機要事】 江南、淮南諸州租船數千艘，已至鞏、洛，計有百餘

萬斛……又諸州行綱,承前多僦向至都糴納。今儻有此類向滄、瀛糴納,則山東米必二百已上,百姓必騷動。(《陳拾遺集》卷八)

【貞元九年冬至大禮大赦制】 門下:朕以寡德,屬當大統……諸州行綱、考典、兩京耆壽、諸色番役,當上在城,並量留十月番人等,各賜勳一轉。(《翰苑集》卷三)

車綱

(唐文宗大和六年)七月,度支、户部、鹽鐵三司奏:"準今年六月敕……其驅使官有正官,及在城及諸色倉場官等,請許服細葛布折造,及庶人紋綾充衫袍,依前服緑,藍鐵充腰帶,乘小馬,鞍轡銜鐙用鍮石……其騾綱、車綱等,緣常押驢騾於諸州府搬運,及送遠軍衣賜,須應程期,請許依前粗紫絁充襖,藍鐵腰帶,乘驢車。出塞即請許乘粗牡馬,餘並不得違元敕……"(《唐會要》卷三一)

度支綱

唐貞元中,揚州有丐者,自稱媚兒,懷中出琉璃瓶,可受半升,表裏通明,瓶項如葦管,人與之百錢,投之,琤然有聲,見瓶間如粟。好事者以驢馬與之,入瓶如蠅,行動如故。俄有度支綱至,凡數十車。綱主戲曰:"爾能令車入瓶乎?"曰:"可。"乃微側瓶口,令車悉入,歷歷如行蟻然。有頃,漸不見。媚兒躍身入瓶。綱主大驚,破瓶,一無所有矣。(《玉芝堂談薈》卷一四引《説海》)

縣次

(漢武帝元狩二年秋,)匈奴渾邪王率衆來降,漢發車二萬乘。縣官無錢,從民貰馬。民或匿馬,馬不具。上怒,欲斬長安令。黯曰:"長安令無罪,獨斬黯,民乃肯出馬。且匈奴畔其主而降漢,漢徐以縣次傳之,何至令天下騷動,罷弊中國而以事夷狄之人乎!"上默然。(《史記》卷一二〇《汲黯列傳》)

（漢武帝元光五年八月，）徵吏民有明當時之務、習先聖之術者，縣次續食，令與計偕。師古曰：計者，上計簿使也，郡國每歲遣詣京師上之。偕者，俱也。令所徵之人與上計者俱來，而縣次給之食。後世訛誤，因承此語，遂總謂上計爲計偕。闞駰不詳，妄爲解説，云秦漢謂諸侯朝使曰計偕。偕，次也。晉代有《計偕簿》，又改偕爲階，失之彌遠，致誤後學。（《漢書》卷六《武帝紀》）

（漢平帝元始二年四月，）起官寺市里，募徙貧民，縣次給食。至徙所，賜田宅什器，假與犁、牛、種、食。（《漢書》卷一二《平帝紀》）

兩龔，皆楚人也……自昭帝時，涿郡韓福以德行徵至京師，賜策書束帛，遣歸。詔曰："朕閔勞以官職之事，其務修孝弟，以教鄉里。行道舍傳舍，師古曰：於傳舍止宿，若今官人行，得過驛也。縣次具酒肉，食從者及馬，師古曰：道次給酒肉，並飤其從者及馬也。食讀曰飤。長吏以時存問。"（《漢書》卷七二《龔勝傳》）

（唐代宗大曆十四年六月）癸丑，詔："皇族五服等已上居四方者，家一人赴山陵，縣次給食。"（《舊唐書》卷一二《德宗紀上》）

（宋太祖乾德三年八月）戊申，詔："僞蜀將士妻子並發赴闕，官給舟乘，縣次續食，有父母者别給錢五千。"（《續資治通鑑長編》卷六）

（宋太宗太平興國六年十二月）癸酉，詔："諸州士庶，家有藏醫書者，許送官；願詣闕者，令乘傳，縣次續食。第其卷數，優賜錢帛。及二百卷已上者，與出身。已任官者，增其秩。"（《續資治通鑑長編》卷二二）

（宋太宗太平興國七年五月）己酉，定難軍留後李繼捧來朝，見於崇德殿……獻其所管四州八縣，遣使詣夏州，護繼捧緦麻以上親赴闕，縣次續食。（《續資治通鑑長編》卷二三）

（宋真宗大中祥符元年十月）丁酉，次永定驛，詔："應乘輿儀仗如城門不可入者，由城外而過。"……甲寅，車駕發奉符縣，次太平驛。（《續資治通鑑長編》卷七〇）

路次

（令狐彰拜滑亳魏博六州節度使。大曆中，西戎犯邊，徵兵防秋。彰遣屬吏部統營伍，）自滑至京之西郊，向二千餘里，甲士三千人，率自齎糧，所過州縣，路次供擬，皆讓而不受，經閭里，不犯秋毫，識者稱之。（《舊唐書》卷一二四《令狐彰傳》）

李渤，字濬之……再遷爲庫部員外郎……（唐憲宗元和十四年六月，）澤潞節度使郗士美卒，渤充弔祭使，路次陝西，渤上疏曰："臣出使經行，歷求利病。竊知渭南縣長源鄉，本有四百户，今纔一百餘户……"又言道途不修，驛馬多死，憲宗覽疏驚異。（《舊唐書》卷一七一《李渤傳》）

（後晉少帝天福十二年正月）癸卯，帝與皇太后李氏、皇太妃安氏、皇后馮氏、皇弟重睿、皇子延煦、延寶俱北行……隨帝入蕃，契丹主遣三百騎援送而去。所經州郡，長吏迎奉，皆爲契丹主阻絶，有所供饋亦不通……自范陽行數十程，過薊州、平州，至榆關沙塞之地，略無供給。每至宿頓，無非路次，一行乏食，宫女、從官但採木實野蔬，以救飢弊。（《舊五代史》卷八五《少帝紀五》）

【楊收長流驩州制】 敕：端州司馬楊收，起自孤寒，猥承委任，罔思報效，唯恣奸欺……宜除名配驩州，充長流百姓，縱逢恩赦，不在量移之限。仍錮身，所在防押，遞送至彼。具到日申聞，仍路次縣給遞驢一頭，並熟食。咸通十年二月。（《唐大詔令集》卷五八）

【郭子儀都統諸道兵馬收范陽制】 （唐肅宗上元元年九月，詔朔方、鄜坊、邠寧等節度使郭子儀，取邠、慶、朔方路，過往收大同、横野、清夷，便收范陽及河北。）兵馬既衆，恐路次難爲供應，仍備六十日程糧（十）馱，遣發馬畜草料，所在量事支供，不得妄有煩擾百姓……（《唐大詔令集》卷五九）

【以春令減降囚徒德音】 （唐高宗上元二年正月甲寅，詔曰：）"諸軍

兵健應在行營,有羸老疾病、不任戰陣者,各委節度使速揀擇放還,路次州縣,量加濟卹……”(《唐大詔令集》卷八四)

【大赦京畿三輔制】 (唐代宗大曆五年三月丙戌,以昭陵皇堂有光,赦京兆關輔,詔)以王畿艱弊,矜恤疲人,蠲稅罷徭,與之休息,尚恐流庸罕復,貧弱未安,益用憂勤,諒資約損。京兆府……諸縣郵遞路次館驛,諸色徵科一物以上,並委中書門下與京兆尹,即計會取責色目,一一商量,條件處置,務令減省,以息勞人……(《唐大詔令集》卷八四常袞)

天寶二年十月敕:“如聞關已西諸國,興販往來不絶,雖託以求利,終交通外蕃,因循頗久,殊非穩便。自今已後,一切禁斷,仍委四鎮節度使及路次所由郡縣,嚴加捉搦,不得更有往來。”(《唐會要》卷八六)

麋竺常從洛歸。未至家數十里,見路次有好新婦,從竺求寄載。行二十餘里,新婦謝去,謂竺曰:“我天使,去當往燒東海麋家,感君見載,故以相語。”竺因請之,曰:“不可,不得不燒。君快去,我緩來。日中必火發。”竺乃急行達家,便出財物。日中而火大發。(《藝文類聚》卷八〇引《搜神記》)

安樂公主,韋后所生。初,中宗遷於房州,欲及州境,生於路次。性惠敏,容質秀絶。中宗、韋后,愛寵日深,恣其所欲,奏請無不允許,恃寵驕縱,權傾天下。(《太平御覽》卷一五四引《唐書》)

王泠然與御史高昌宇書曰:“僕之怪君甚久矣!不憶往日任宋城縣尉乎?僕稍善文章,每蒙提獎,勤勤見過。又以齊甿,叨承恩顧,銘心在骨。復聞升進不出臺省,當爲風波可望,故舊不遺。近者伏承皇皇者華,出使江外,路次於宋,依然舊遊。門生故人,動有十輩。蒙問及者衆矣,未嘗言泠然。明公縱欲高心,不垂半面,豈不畏天下窺公侯之淺深與?著緑袍,乘驄馬,蹌蹌正色,誰敢直言?僕所以數日伺君,望塵而拜,有不平事,欲圖於君,莫厭多言而彰公短也……”(《唐摭言》卷二)

唐邢州刺史權懷恩無賴,除洛州長史。州差參軍劉犬子迎。至懷州,路

次拜，懷恩突過，不與語，步趁二百餘步，亦不遣乘馬。犬子覺不似，乃自上馬馳之。(《太平廣記》卷二六三引《朝野僉載》)

【長慶二年七月自中書舍人出守杭州路次藍溪作】 太原一男子，自顧庸且鄙。老逢不次恩，洗拔出泥滓。……鳳詔停舍人，魚書除刺史。……昔予貞元初，羈旅曾遊此。甚覺太守尊，亦諳魚酒美。因生江海興，每羨滄浪水。尚擬拂衣行，况今兼禄仕。青山峰巒接，白日煙塵起。東道既不通，改轅遂南指。自秦窮楚越，浩蕩五千里。聞有賢主人，而多好山水。是行頗爲愜，所歷良可紀。策馬渡藍溪，勝遊從此始。(《白居易集》卷八)

【申尚書省狀】 具位臣朱熹，今有狀奏知台州唐仲友促限催税違法擾民乞賜罷黜事。緣在道路，次舍淺迫，慮有漏泄，不敢備録全文申尚書省。其狀如蒙聖慈降出，欲乞早賜敷奏施行，以快千里疲民之憤。須至供申。右謹具申尚書省伏乞照會。謹狀。(《晦庵集》卷一八)

途次

高霞寓，范陽人……長慶元年，授邠寧節度使。三年，就加檢校右僕射。四年，加檢校司空，又加司徒。寶曆二年，疽發首，不能理事，求歸闕下。其夏，授右金吾衛大將軍、檢校司徒，途次奉天而卒，年五十五，贈太保。(《舊唐書》卷一六二《高霞寓傳》)

朱守殷，小字會兒……天成初，授河南尹，判六軍諸衛事。加侍中，移汴州節度使。車駕將巡幸，外議諠然。初以爲平吴，又云制置東諸候。守殷乃生雲夢之疑，遂殺都校馬彦超、副使宋敬，守殷驅市人閉壁以叛。明宗途次京水，聞之，親統禁軍，倍程直抵其壘，長圍夾攻，縋城甚衆。守殷力屈，盡殺其族，引頸令左右盡其命。王師入城，索其黨，盡誅之。(《舊五代史》卷七四《朱守殷傳》)

李昉建隆四年以王師平湖外，除給事中，往南嶽伸祭拜之禮。途次長沙，時通判賈郎中言，自京師與岳州通判武補闕同途。至襄陽，遇一妓，本良家子,失身於風塵,才色俱妙。二公迫行,醉别於鳳林關。妓以詩送武云:“弄珠灘上欲銷魂,獨把離懷寄酒樽。無限烟花不留意,忍教芳草怨王孫。”武得詩,屬意甚切,有復回之意。(《能改齋漫録》卷一一《妓賦詩送武補闕》)

徽宗天才甚高,於詩文外,尤工長短句……宣和乙巳冬,幸亳州途次,御製《臨江仙》云:“過水穿山前去也,吟詩約句千餘。淮波寒重雨疏疏。煙籠灘上鷺,人買就船魚。　古寺幽房權且住,夜深宿在僧居。夢魂驚起轉嗟吁。愁牽心上慮,和淚寫回書。”(《能改齋漫録》卷一六《御詞》)

宿州營妓張玉姐,字温卿,本蕲澤人,色技冠一時,見者皆屬意。沈子山爲獄掾,最所鍾愛。既罷,途次南京,念之不忘,爲《剔銀燈》二闋。其一云:“一夜隋河風勁。霜混水天如鏡。古柳堤長,寒煙不起,波上月無流影……”(《能改齋漫録》卷一七《弔二姬温卿宜哥詩》)

有人途次,寄宿道傍草舍,惟女子居之。夜半,門外有小兒呼曰:“阿香,官呼爾推雷車。”女子乃去,追視其舍,乃一古冢耳。(《紺珠集》卷七《搜神記》)

周興、來俊臣羅織衣冠,朝野懼慴。御史大夫李嗣真上疏……遂爲俊臣所搆,放於嶺表。俊臣死,徵還,途次桂陽而終,贈濟川刺史。中宗朝,追復本官。(《大唐新語》卷二)

蔣凝,江東人,工於八韻。然其形不稱名,隨計,途次襄陽,謁徐商相公,疑其假手,因試《峴山懷古》一篇。凝於客次賦成,尤得意。時温飛卿居幕下,大加稱譽。(《唐摭言》卷七)

邵安石,連州人也。高湘侍郎南遷歸闕,途次連江,安石以所業投獻,遇知,遂挈至輦下。湘主文,安石擢第。詩人章碣賦《東都望幸詩》刺之曰:“懶修珠翠上高臺,眉月連娟恨不開。縱使東巡也無益,君王自領美人來。”(《唐摭言》卷九)

趙渭南嘏嘗有詩曰:“蚤晚粗酧身事了,水邊歸去一閑人。”果渭南一尉耳。嘏嘗家於浙西。有美姬，嘏甚溺惑。洎計偕，以其母所阻，遂不擕去。會中元爲鶴林之遊，浙帥不知姓名。窺之，遂爲其人奄有。明年，嘏及第，因以一絶箴之曰："寂寞堂前日又曛，陽臺去作不歸雲。當時聞説沙吒利，今日青娥屬使君。"浙帥不自安，遣一介歸之於嘏。嘏時方出關，途次横水驛，見兜舁人馬甚盛，偶訊其左右，對曰："浙西尚書差送新及第趙先輩娘子入京。"姬在舁中，亦認嘏。嘏下馬揭簾視之，姬抱嘏，慟哭而卒，遂葬於横水之陽。(《唐摭言》卷一五)

冀公王欽若淳化二年自懷州赴舉，與西州武覃偕行。途次圃田，忽失公所在。覃遂止於民家，散僕尋之。俄見僕闊步而至，驚悸言曰："自此數里，有一神祠，見公所乘馬弛韁宇下，某徑至蕭屏，有門吏約云'令公適與王相歡飲，不可入也。'某竊窺，見其中果有笙歌杯盤之具。"覃亟與僕同往，見公已來，將半酣矣。詢之，笑而不答。(《湘山野録》卷上)

玄宗天寶十五載正月，安禄山反，陷没洛陽。王師敗績，關門不守，車駕幸蜀。途次馬嵬驛，六軍不發，賜貴妃自盡，然後駕發。行次駱谷，上登高下馬，謂力士曰："吾蒼惶出狩，長安不辭宗廟，此山絶高，望見秦川，吾今遥辭陵廟。"因下馬，望東再拜，嗚咽流涕，左右皆泣。謂力士曰："吾取(聽)九齡之言，不到於此。"乃命中使往韶州，以太牢祭之。中書令張九齡每因奏對，未嘗不諫誅禄山。上怒曰："卿豈以王夷甫識石勒，便殺禄山！"於是不敢諫矣。(《劇談録》卷下《廣謫仙怨詞》台州刺史竇弘餘撰。)

李生者，貞元中舉進士，下第歸潯陽，途次商洛。會漢南節度使入覲，爲導騎所迫，四顧惟蒼山萬重，不知所適。時日暮，馬劣無僕從。見荆棘之深，有殯宫在焉，生遂投匿其中。導從既遠，方將前去，又不知道途之幾何，乃嘆曰："吾之寄於是，豈非命哉！"於是止於殯宫中。(《宣室志》卷一〇)

廣陵有士人，嘗張燈獨寢。一夕，中夜而坐，忽有雙髻青衣女子，姿質甚麗，熟寐於其足。某知其妖物也，懼不敢近，復寢如故。向曉乃失，門户猶扃鐍。後自是夜夜恒至。有術士爲書符，施其髻中。夜半，寢以閲之。果見自門而入，徑詣髻中，解取符，燈下視之，微笑訖，復爲置髻中，升牀而寢，無懼。

後聞玉笥山有道士,符禁神妙,乃往訪之。至暮登舟,遂長往。途次豫章,暑夜乘月行舟,時甚熱,盡開船窗而寢,中夜忽復見寐於牀後。某即潛起,急提(捉)其手足,投之江中,紞然有聲,因爾遂絶。(《稽神録》卷四)

韋莊幼時,常在華州下邽縣僑居,多與鄰巷諸兒會戲。及廣明亂後,再經舊里,追思往事,但有遺蹤,因賦詩以記之。又途次,逢李氏諸昆季,亦嘗賦感舊詩。(《太平廣記》卷一七五)

鄭齊嬰開元中爲吏部侍郎、河南黜陟使。將歸,途次華州,忽見五人,衣五方色衣,詣廳再拜。齊嬰問其由,答曰:"是大使五藏神。"齊嬰問曰:"神當居身中,何故相見?"答云:"神以守氣,氣竭當散。"嬰曰:"審如是,吾其死乎?"曰:"然。"嬰倉卒求延晷刻,欲爲表章及身後事。神言:"還至後衙則可。"嬰爲設酒饌,皆拜而受。既修表,沐浴,服新衣,卧西壁下,至時而卒。(《太平廣記》卷三五八引《廣異記》)

咸陽岳寺後,有周武帝冠。其上綴冠珠,大如瑞梅,歷代不以爲寶。天后時,有士人過寺,見珠,戲而取之。天大熱,至寺門易衣,以底裹珠,放金剛脚下,因忘收之。翼日,便往揚州收債。途次陳留,宿於旅邸,夜聞胡鬬寶,攝衣從而視之。(《太平廣記》卷四〇二引《廣異記》)

【唐工部員外郎杜甫墓誌銘并序】 敘曰:余讀詩至杜子美,而知古人之才,有所總萃焉……余嘗欲條析其文,體別相附,與來者爲之準,病懶,未就爾。適子美之孫嗣業啓子美之柩,襄祔事於偃師,途次於荊楚,雅知余愛言其大父之爲文,祈余爲誌。辭不可絶,余因係其官閥而銘其卒葬云。(《唐文粹》卷六九元稹)

【途次望鄉】 客行愁落日,鄉思重相催。況在他山外,天寒夕鳥來。雪深迷郢路,雲暗失陽臺。可歎悽惶子,高歌誰爲媒。(《全唐詩》卷一六〇孟浩然)

【途次維揚望京口寄白下諸公】 北望情何限,南行路轉深。晚帆低

荻葉，寒日下楓林。雲白蘭陵渚，煙青建業岑。江天秋向盡，無處不傷心。（《全唐詩》卷二五八蔣渙）

【途次敷水驛伏睹華州舅氏昔日行縣題詩處潸然有感】 昔日股肱守，朱輪兹地遊。繁華日已謝，章句此空留。蔓草佳城閉，故林棠樹秋。今來重垂淚，不忍過西州。（《全唐詩》卷三五八劉禹錫）

【赴連山途次德宗山陵寄張員外】 常時並冕奉天顔，委佩低簪彩仗間。今日獨來張樂地，萬重雲水望橋山。（《全唐詩》卷三六五劉禹錫）

【春暮途次華山下】 他皆宴牡丹，獨又出長安。遠道行非易，無圖住自難。離城風已暖，近岳雨翻寒。此去知誰顧，閒吟祇自寬。（《全唐詩》卷六〇三許棠）

【途次淮口】 寒流萬派碧，南渡見烟光。人向隋宫近，山盤楚塞長。有村皆綠暗，無徑不紅芳。已帶傷春病，如何更異鄉。（《全唐詩》卷六八五吴融）

【送韓援赴闕】 逢君南浦落花時，送君南浦草離離。……我昔南宫與西掖，後來謫宦爲遷客。慶澤量移往單州，長淮途次泊孤舟。昌黎工部未相識，一見怡然如舊游。詩酒論交各相許，何如李白杜工部。海上往來將月餘，煙波寄詩兼寄書。書裏情深若江漢，詩巾意重若瓊琚。（《咸平集》卷二〇）

【途次鄧州】 南陽西去見遺基，駐馬平郊遠樹微。自笑平生無所着，不如山鳥解思歸。（《忠愍公詩集》卷下）

【途次馬上晨起寄章運判】 去年候客燕趙魏，今歲述職青兖徐。無窮道路不相捨，將老光陰仍暗除。官燭鄰雞常曉色，林花巢燕總春餘。未知前古才士意，爲底願乘萬乘車。（《彭城集》卷一三）

【途次葉縣觀千葉桃花】 三月宫桃滿上林，花開千萼費春心。葉公

城外襄河北，一樹無人色更深。(《崑州小集》)

【元祐五年十二月十二日同景文義伯聖途次元伯固仲蒙遊七寶寺題竹上】 結根豈殊衆，脩柯獨出林。孤高不可恃，歲晚霜風侵。(《東坡全集》卷二八)

【建平途次】 野橋田徑滑，官路柳條新。流水伴麗日，野花留晚春。點空知去翼，衝緑有歸人。自笑諳岐路，無勞更問津。(《張耒集》卷一八)

道次

皇甫嵩，字義真……(董卓怨嵩，及秉政，)復拜嵩議郎，遷御史中丞。及卓還長安，公卿百官迎謁道次。卓風令御史中丞以下皆拜，以屈嵩。(《後漢書》卷七一《皇甫嵩傳》)

衛次公，字從周，河東人……出爲淮南節度使……元和十三年十月，受代歸朝。道次病卒，贈太子少保，年六十六。(《舊唐書》卷一五九《衛次公傳》)

王弘義，冀州衡水人也。告變，授游擊將軍。天授中，拜右臺殿中侍御史。長壽中，拜左臺侍御史，與來俊臣羅告衣冠。延載元年，俊臣貶，弘義亦流放瓊州，妄稱敕追。時胡元禮爲侍御史，使嶺南道，次於襄鄧，會而按之，弘義詞窮。(《舊唐書》卷一八六上《王弘義傳》)

(唐高宗顯慶四年四月，長孫無忌爲許敬宗所誣。)戊辰，下詔削無忌太尉及封邑，以爲揚州都督，於黔州安置，準一品供給……遣使發道次兵援，送無忌詣黔州。無忌子秘書監、駙馬都尉沖等，皆除名，流嶺表。(《資治通鑑》卷二〇〇)

(唐僖宗廣明元年十二月，黄巢入華州，田令孜帥神策兵五百，奉帝自金光門出。)上趣駱谷，鳳翔節度使鄭畋謁上於道次，《考異》曰：《續寶運録》：戊子，帝至駱谷婿水驛，乃下詔與牛頵、楊師立、陳敬瑄云：今月七日，已次駱谷婿水驛。請車

駕留鳳翔。(《資治通鑑》卷二五四;《資治通鑑考異》卷二四)

貞觀初,太宗謂侍臣曰:"隋煬帝廣造宫室,以肆行幸,自西京至東都,離宫别館,相望道次,乃至并州、涿郡,無不悉然。馳道皆廣數百步,種樹以飾其傍。人力不堪,相聚爲賊。逮至末年,尺土一人,非復己有。以此觀之,廣宫室,好行幸,竟有何益!此皆朕耳所聞,目所見,深以自誡。故不敢輕用人力,惟令百姓安静,無有怨叛而已。"(《貞觀政要》卷一〇)

(唐玄宗天寶八載)九月,命宗正卿、褒郡信王璆祭西嶽……詔曰:"朕肅恭明祀……用展虔誠,宜令宗正卿、褒信郡王璆等,即分往五嶽四瀆及四海致祭,所經道次者,名山大川亦便致祭,務令精意,以稱朕懷。"(《册府元龜》卷三三)

崔少玄者,唐汾州刺史崔恭之小女也。其母夢神人,衣綃衣,駕紅龍,持紫函,受於碧雲之際。乃孕,十四月而生少玄。既生而異香襲人,端麗殊絶,紺髮覆目,耳璫及頤,右手有文曰"盧自列妻"。後十八年,歸於盧陲……九疑道士王方古,其先琅琊人也,遊華嶽迴,道次於陝郊。時陲亦客於其郡,因詩酒夜話,論及神仙之事,時會中皆貴道尚德,各徵其異。殿中侍御史郭固、左拾遺齊推、右司馬韋宗卿、王建,皆與崔恭有舊,因審少玄之事於陲,陲出涕泣,恨其妻所留之詩,絶無會者。(《太平廣記》卷六七引《少玄本傳》)

(天寶末,)安禄山引兵向闕,以討楊氏爲辭,潼關不守,翠華南幸。出咸陽,道次馬嵬,六軍徘徊,持戟不進,從官郎吏伏上馬前,請誅錯以謝天下。國忠奉氂纓盤水,死於道周。(《太平廣記》卷四八六引《長恨傳》)

【道次春陵懷古二首】

鬱鬱春陵舊帝家,黍離千古此興嗟。蕭王何事爲天子,本爱金吾與麗華。

麗康遺壤亘荒途,白水烟消拱木枯。陌上停驂聊借問,帝鄉今有舊親無。(《元憲集》卷一四)

【袁州慶豐堂記】 予去年春正月，自廣南東路徙荆湖北路，皆爲提點刑獄。秋七月，按部，道次鼎州，奉詔改廣南東路轉運使。時廣源州蠻入寇，陷嶺外數州，朝廷趨行，乘遽日馳二百里，浹辰而達所治。(《龍學文集》卷七)

取道

(荆軻决意刺秦，)太子及賓客知其事者，皆白衣冠以送之。至易水之上，既祖，取道，高漸離擊筑，荆軻和而歌，爲變徵之聲，士皆垂淚涕泣。(《史記》卷八六《刺客列傳》)

【賜大遼皇太后賀正旦副使茶藥詔】 敕：卿將幣造朝，方申舊好，建旟取道，適會祁寒。永惟跋涉之勞，當有匪頒之寵。(《臨川先生文集》卷四八)

瓜州渡揚子橋，介於江淮之衝，南之瀟湘，北走秦隴，咸此取道。古詩云："揚子江頭楊柳春，楊花愁殺渡江人。數聲羌笛離亭晚，君向瀟湘我向秦。"(《詩話總龜》前集卷一六引《古今詩話》)

路由

初，竇后之譖梁氏，憲等豫有謀焉。永元十年，梁棠兄弟徙九真還，路由長沙，逼(竇)瓌，令自殺。後和熹鄧后臨朝，永初三年，詔諸竇前歸本郡者，與安豐侯萬全俱還京師。(《後漢書》卷二三《竇憲傳》)

邛都夷者，武帝所開……(後漢光武帝建武)十九年，武威將軍劉尚擊益州夷，路由越巂。(巂)長貴聞之，疑尚既定南邊，威法必行，已不得自放縱，即聚兵起營臺，招呼諸君長，多釀毒酒，欲先以勞軍，因襲擊尚。尚知其謀，即分兵，先據邛都，遂掩長貴，誅之，徙其家屬於成都。(《後漢書》卷八六《南蠻傳》)

(李朝隱開元四年春)出爲滑州刺史，轉同州刺史。駕幸東都，路由同州，朝隱蒙旨召見，賞慰，賜衣一副、絹百匹。尋遷河南尹，政甚清嚴，豪右屏

迹。(《舊唐書》卷一〇〇《李朝隱傳》)

韓滉,字太沖……貞元元年七月,拜檢校左僕射、同平章事,使並如故。二年春,特封晉國公。其年十一月,來朝京師……滉之入朝也,路由汴州,厚結劉玄佐,將薦其可任邊事,玄佐納其賂,因許之。(《舊唐書》卷一二九《韓滉傳》)

(唐玄宗開元)十一年正月二日,發東都,北巡。二十五日,至并州,兵部尚書張説進言曰:"太原是國家大業所起,陛下宜因行幸,振威耀武,并建碑紀德,以申永思之意。若便入京,路由河東,有漢武脽上后土之祀,此禮久闕,歷代莫能行之,願陛下紹斯墜典,以爲三農祈穀,此誠萬姓之福也。"上從其言。(《舊唐書》卷九七;《唐會要》卷二七)

開元中,朝廷選用群官,必推精當,文物既盛,英賢出入,皆薄居外任。雖雄藩大府,由中朝冗員而授,時以爲左遷。班景倩自揚州採訪使入爲大理少卿,路由大梁,倪若水爲郡守,西郊盛設祖席。宴罷,景倩登舟,若水望其行塵,謂掾吏曰:"班公是行,何異登仙乎!爲之騶殿,良所甘心。"默然良久,方整回駕。既而爲詩投相府,以道其誠,其詞爲當時所稱賞。(《明皇雜録》卷下)

寇準鎮大名府。北使路由之,謂準曰:"相公望重,何以不在中書?"準曰:"主上以朝廷無事,北門鎖鑰,非準不可。"(《國老談苑》卷二)

丁謂既竄朱崖,路由湘潭,佛寺飯僧,爲文以自叙。其略曰:"補仲山之衮,雖盡巧心;和傅説之羹,難調衆口。"既至貶所,教民陶瓦先爲公宇,次營所居之第爲小樓,日遊其上,閲書焚香,怡然以自得。(《國老談苑》卷二)

唐文宗末,建州刺史嚴士則,本穆宗朝爲尚衣奉御,頗好真道……居□守盧僕射躭味玄默,思覩異人,有道流具述其由,遂致之門下。及聞方伯之説,因以處士奏官,自梓州别駕作牧建溪,時年已九十。到郡纔周歲,即解印歸羅浮。及韋宙相公出鎮江南,使人訪之,猶在山谷。大中十四年,之任建安,路由江表,時蕭相公觀風浙右,於桂樓開宴召之,唯飲酒數杯,他無所食

矣。(《太平廣記》卷三七引《劇談録》)

鄭愚尚書,廣州人。擢進士第,揚歷清顯,聲甚高而性好華,以錦爲半臂。崔魏公鉉鎮荆南,鄭授廣南節制,路由渚宫,鉉以常禮待之。鄭爲進士時,未嘗以文章及魏公門,至是乃贄所業,魏公覽之,深加歎賞,曰:"真銷得(錦)半臂也。"(《太平廣記》卷二〇二引《北夢瑣言》)

【與浙西盧郎中書】 牧頓首再拜:牧年二十六,由校書郎入沈公幕府,自應舉得官,凡半載。既非生知,復未涉人事,齒少意鋭,舉止動作,一無所據……此時郎中六官間一顧(而)憐之,手攜指畫,一一誘教,叮寧纖悉,兩府六年,不嫌不怠,使牧無大過,而粗知所以爲守者,實由郎中之力也。去歲乞假,路由漢上,員外七官以牧嘗獲知於郎中,惠然不疑,推置於肺腑間。牧恃郎中之知,亦敢自道其志,公私謀議,各悉所懷。(《文苑英華》卷六七二杜牧)

【與馮伉書】 某讀唐史,見陸忠州之在相位也,擯斥李吉甫,不容於朝。及贄有南賓之貶,而吉甫方爲刺史,贄之門人故吏亦皆危之。洎到貶所,而吉甫待之頗厚,有庶寮見宰相禮。又贊皇公之秉鈞也,排逐牛僧孺,有循州之責。及德裕南遷,奇章公量移在汝,贊皇路由此郡,而僧孺接之,情禮甚至,爲道南方風土之宜,殊不以向之嫌隙爲意。賢哉,二君子之操心也!如是,豈古之所謂以德報怨者邪!(《王黄州小畜集》卷一八)

騾脚

(唐武宗會昌中,有四丈夫憩馬,夜會於兩京官道甘棠館亭,行酒賦詩。)頃之,騾脚自東而來,金鐸之聲,振於坐中。各命僕馬,頗甚草草,慘無言語,掩泣攀鞍,若煙霧狀,自庭而散。(《太平廣記》卷三五〇引《纂異録》)

運脚

(唐玄宗開元)二十五年三月敕:"關輔庸調,所税非少……江淮等苦變造之勞,河路增轉輸之弊,每計其運脚,數倍加錢。今歲屬和平,庶物穰賤。

南畝有十千之獲，京師同水火之饒，均其餘以減遠費，順其便使農無傷。”（《舊唐書》卷四八《食貨志上》）

貞元八年十月敕：“諸軍鎮和糴貯備，共三十三萬石，價之外，更量與優饒。其粟及麻，據米數準折虛價，直委度支，以停江淮運脚錢充，並支綾絹絁綿，勿令折估……”（《舊唐書》卷四九《食貨志下》）

熙寧九年夏四月丙戌朔，上批付郭逵等：“近據廣西轉運使李平一奏：‘將來大軍進討，合用般糧人夫四十餘萬，乞自湖已南，一例差科前去。’顯是張皇，驚動人情，傳聞遠近，上達朝廷，深爲不便。卿等可多方計度，的確合運致兵食人力數目，疾速以聞。”逵言：“契勘平一所奏，約兵十萬人，馬一萬匹，月日口食、馬草料，計度般運脚夫四十餘萬，況入界討蕩交賊巢穴，難以指準一月爲期……”（《續資治通鑑長編》卷二七四）

（宋哲宗元符元年五月乙丑，）工部言：“河埽退慢，見在物料委都大司約度，除合存留外，據應那撥之數，比般運脚乘之費。有聞官者，仍審量所要向著之處，可以收買得足，不悮支用。即本司關州縣估定價直，出賣到錢，津般却行收買。”從之。（《續資治通鑑長編》卷四九八）

（宋高宗紹興五年十一月）丙戌，詔荆襄川陝見宿大兵措置事宜……已而（吴）玠復欲陸運，召諸路轉運使，持户籍至軍中，（宣撫副使邵）溥曰：“今春驅梁洋遺民負糧至秦州，餓死十八九，豈可再也！且宣司已取蜀民運脚錢百五十萬，其忍復使陸運乎？”既上疏，立以便宜止之。卒行水運。（《建炎以來繫年要録》卷九五）

【乾符二年南郊赦】　江淮運米，本實關中。只緣徐州用軍，發遣全無次第，運脚價妄被占射，本色米空存簿書，遂使倉廩漸虛，支備有闕，緣循弛慢，全自職司。宜令轉運使速具條流，分析聞奏。（《唐大詔令集》卷七二）

（唐玄宗開元二十一年，裴耀卿爲京兆尹，）奏曰：“伏以陛下仁聖至深，憂勤庶務……今昇平日久，國用漸廣，每年陝洛漕運，數倍於前，支猶不給……今日天下輸丁，約有四百萬人。每丁支出錢百文，充陝洛運脚，五十文充營窖等用，貯納司農及河南府、陝州，以充其費。租米則各隨遠近，任自出脚送納。東都至陝，河路艱險，既用陸脚，無由廣致，若能開通河漕，變陸爲水，則所支有餘，動盈萬計……”（《通典》卷一〇）

（唐憲宗元和六年）十月戊寅，制曰：“朕聞王者之牧黎元也，愛之如子……京兆府從元和五年已前，諸縣租税有逋懸錢在百姓腹内者，放免。其百姓職田，數額甚廣，近緣水潦，道路不通，計搬運脚價，所費猶倍，務令寬濟，使其安存……”（《册府元龜》卷四九一）

【請減京東水運收脚價於緣邊州鎮儲蓄軍糧事宜狀】 其江淮所停運米八十萬石，請委轉運使於遭水州縣，每斗八十價出糶，計以糙米與細米分數相接之外，每斗猶減時價五十文，以救貧乏，計得錢六十四萬貫文，節級所減運脚，計得六十九萬貫，都合得錢一百三十三萬貫。（《翰苑集》卷一八）

脚錢

（唐玄宗開元）十八年，宣州刺史裴耀卿上便宜事條曰：“江南户口稍廣，倉庫所資，惟出租庸，更無征防。緣水陸遥遠，轉運艱辛。功力雖勞，倉儲不益……今若且置武牢、洛口等倉，江南船至河口，即却還本州，更得其船充運，並取所減脚錢，更運江淮，變造義倉，每年剩得一二百萬石，即望數年之外，倉廩轉加……”（《舊唐書》卷四九《食貨志下》）

裴耀卿，贈户部尚書守真子也……尋拜黄門侍郎、同中書門下平章事，充轉運使，語在《食貨志》。凡三年，運七百萬石，省脚錢三十萬貫。（《舊唐書》卷九八《裴耀卿傳》）

（唐玄宗天寶五載，）右相李林甫怙權用事，志謀不利於東儲，以除不附己者。而鉷有吏幹，倚之轉深，以爲己用。既爲户口色役使，時有敕給百姓一年復，鉷即奏徵其脚錢，廣張其數。又市輕貨，乃甚於不放。（《舊唐書》卷一〇五《王鉷傳》）

齊澣，定州義豐人……（開元）二十五年，遷潤州刺史，充江南東道採訪處置使……又開伊婁河二十五里，即達揚子縣。自是免漂損之災，歲減脚錢數十萬。（《舊唐書》卷一九〇中《齊澣傳》）

二十、驛名館名

驛名

（宋高宗紹興二十五年三月辛酉，）詔直徽猷閣知静江府吕愿中，令赴行在奏事。先是，静江府有驛，名秦城，愿中約賓僚，共賦《秦城王氣詩》，以侈其事，衆人皆賦。其不賦者，惟右迪功郎、監潭州南嶽廟劉芮、常平司幹官李夔、本府觀察支使羅博文三人而已。（《建炎以來繫年要録》卷一六八；《宋史》卷四七三《秦檜傳》）

子美《題忠州龍興寺所居院壁詩》云："忠州三峽内，井邑聚雲根。"今其驛名曰雲根驛，有筆，亦名雲根筆。（《蜀中廣記》卷一〇一）

謝惠連《西陵遇風獻康樂臣良》曰："西陵，蓋所居之西陵也。"明曰："西陵，浙江東之西陵，驛名也。何以知之？以其詩云'昨發浦陽汭，今宿湘江湄'知也。"（《兼明書》卷四《西陵》）

（周世宗顯德五年五月，）以京城東新修驛爲懷信驛，以待江南貢使焉。（《册府元龜》卷一四）

善謔驛。襄州南有驛，名善却，唐之善謔驛也，乃淳于髡放鵠處。柳子厚《和劉夢得善謔驛奠淳于先生》，即此地也。（《類説》卷一六《倦游雜録》）

李遐周者，頗有道術……天寶末，禄山豪横跋扈，遠近憂之，而上意未寤。一旦遐周既去，不知所之。但於其所居壁上題詩數章，言禄山僭竊及幸蜀之事，時人莫曉，後方驗之。其末篇曰："燕市人皆去，函關馬不歸。若逢山下鬼，環上繫羅衣。""燕市人皆去"，禄山悉幽薊之衆而起也……"若逢山

下鬼”者，馬嵬，蜀中驛名也。(《明皇雜録》卷下)

郵亭客舍，當午炊暮宿，弛擔小留次，觀壁間題字，或得親舊姓字，寫塗路艱辛之狀，篇什有可采者。其筆畫(劃)柔弱，語言哀怨，皆好事者戲爲婦人女子之作。頃於常山道上得一詩：“迢遞投前店，颼飂守破窗。一燈明復暗，顧影不成雙。”後書：“女郎張惠卿。”迨回程，和已滿壁。衢、信間驛，名彡谿，謂其水作三道來，作“彡”字形。鮑娘有詩云：“谿驛舊名彡，煙光滿翠嵐。須知今夜好，宿處是江南。”後蔣潁叔和之云：“盡日行荒逕，全家出瘴嵐。鮑娘詩句好，今夜宿江南。”潁叔豈固欲和婦人女子之詩，特北歸讀此句，有當於心，戲次其韻以志喜耳。煇頃隨侍赴官上饒，舟行至釣臺，敬謁祠下，詩板留題，莫知其數。劉武僖自柯山赴召，亦記歲月於仰高亭上。末云：“侍兒意真代書。”後有人題云：“一入侯門海樣深，謾留名字惱行人。夜來髣髴高唐夢，猶恐行雲意未真。”(《清波雜誌》卷一〇)

【青雲驛】　岧嶢青雲嶺，下有千仞谿。裴回不可上，人倦馬亦嘶。願登青雲路，若望丹霞梯。……昔游蜀門下，有驛名青泥。聞名意慘愴，若墜牢與狴。(《全唐詩》卷三九七)

【和陽城驛】　商山陽城驛，中有歎者誰。云是元監察，江陵謫去時。忽見此驛名，良久涕欲垂。何故陽道州，名姓同於斯。憐君一寸心，寵辱誓不移。疾惡若巷伯，好賢如緇衣。沈吟不能去，意者欲改爲。改爲避賢驛，大署於門楣。(《全唐詩》卷四二五白居易)

【商山富水驛】驛本名與陽諫議同姓名，因此改爲富水驛。　益戇由來未覺賢，終須南去弔湘川。當時物議朱雲小，後代聲華白日懸。邪佞每思當面唾，清貧長欠一杯錢。驛名不合輕移改，留警朝天者惕然。(《全唐詩》卷五二三杜牧)

鄭州去京師兩程，當川陝驛路，有紀事詩十餘韻……寧州亦云：“雞足斜分三道水，蛇腰慢轉一條街。”蓋州倚山而立，通衢宛轉其上也。三水會於城下，故驛名三河。(《鷄肋編》卷上)

【朝議大夫上柱國致仕張徽聞龍學平昔曾遊潁川西湖有詩以寄之】

河勢橫斜帶地形，碧油具旆昔常經。驛名未改風塵黑，碑字猶存雨蘚青。薦福寺名園林僧杳渺，擷芳州亭名渚妓娉婷。汝南一值賢人降，分野於今占德星。(《龍學文集》卷一一)

【寇萊公《題永興驛》詩跋】　“昔擁雙旌在斗城，今朝孤館語同名。天連秦樹無因見，極眼空遥悵望情。”右二十八字，寇忠愍萊國公所賦也。謹按：國公以天禧己未召自永豐軍，拜中書侍郎，兼吏部尚書、同平章事。明年七月，罷。尋降授太常少卿、知相州。八月，徙安州，再貶道州時也。問之故老，此驛名永興，後以公故，名萊公館。而或者又以“皇華”易之，噫！孰謂永興驛不如公安之竹乎？竊惟君子所遇，山川草木皆得蒙被芳潤，以托不朽，况嘗有蘧廬之托、翰墨之留乎？後二百一十九年，當嘉熙戊戌，邑令南昌徐某因葺是館，刻詩壁間，仍今名，而堂以萊公扁，於以存先賢之蹟，回此地之光景云。(《矩山存稿》卷三)

【行舟戒】　景祐丁丑歲六月，浮汴而東，將至驛名青陽者，風甚不可行，舟橫竹箭之中，屢矣柂者不能制。(《宋文鑑》卷一八江休復)

陽城德行、道義，爲士林之所敬服，德宗以銀印赤紱，起於隱所，驟拜諫官，可謂賢且遇矣。故學生聞道州之貶，投業而叫閽；賢士愴驛名之同，摛辭而頌德，可以知其賢不誣也。(《詩話總龜》後集卷六引《丹陽集》)

館名

(宋神宗元豐二年五月壬辰，)賜明州及定海縣高麗貢使館名曰樂賓，亭名曰航濟。(《續資治通鑑長編》卷二九八)

東坡見人讀《晉書》，問其間得幾亭名。范石湖亦嘗與立之伯父言：“凡亭館名，須於前代文籍中取。本朝文籍，要未爲古，似不宜取。”僕謂借如本朝歐公、荆公，蘇、黄諸公，以其名重，就其詩句取之，猶未爲過。近時稍有詩聲，遂採以爲扁榜，甚無謂也。大抵名不可過實。與其浮誇，不若少貶。(《野

客叢書》卷一四《取亭館名》)

【廬江四辯·改同食館名】 同食館,不知名於何時,咸謂自廬以往,振廪同食,因以爲名……又按楚莊王時,都郢,即今之江陵。由郢而伐西北密邇之庸,安有發東北數千里之廪,上下同食哉!此非廬江之廬明矣。噫夫!命名者不詳國地之本末,俾後世地因名而生惑。余今以廬江所治故六地也,六與蓼皆滅於楚,已滅而臧孫辰嘆曰:"皋陶庭堅,不祀忽諸。"今房州上庸即其地。德之不建,民之無援。哀哉!足以爲後代鑑,因更是館名曰建德。(《唐文粹》卷四六盧播)

亭驛

【古跡】 上亭驛,在梓潼、武連二縣之界。唐明皇帝(幸)蜀,聞鈴聲之地,又名琅璫驛。羅隱詩:"山雨霏微宿上亭,雨中應想雨淋鈴。貴爲天子猶魂斷,窮着荷衣好涕零。"楊子方詩:"時平總忽忠臣語,世亂仍遭弄臣侮。至今説到忒琅璫,行路猶能痛千古。"(《方輿勝覽》卷六七隆慶府)

剡縣有訪戴驛,在縣東南五十五步,戴溪亭在縣南二百十步。

蕭山縣有夢筆驛,在縣東北百三十步。臨川亭,在縣西北九十步。蕭山館,在縣西北百二十步。駐旌亭,在縣西一十二里。日邊驛,在縣西一十二里。候春亭,在縣之東門。

上虞縣有金罍驛,在縣東二百步。池湖驛,在縣西南五十里。之明亭,在縣東一里。適越亭,在縣西一里。

新昌縣有南明驛,在縣西一百步。天姥驛,在縣東南五十里。

諸縣亭驛興廢,大略在是,其間歲月非有故實,不復具書。若戴溪亭、夢筆驛,一時風流,皆可想見也。(《嘉泰會稽志》卷四)

范寥言:魯直至宜州,州無亭驛,又無民居可僦,止一僧舍可寓,而適爲崇寧萬壽寺,法所不許,乃居一城樓上,亦極湫隘,秋暑方熾,幾不可過。一日忽小雨,魯直飲薄醉,坐胡牀,自欄楯間伸足出外以受雨,顧謂寥曰:"信中,吾平生無此快也。"未幾而卒。(《老學庵筆記》卷三)

【自蘇臺至望亭驛人家盡空春物增思悵然有作因寄從弟紓】　南浦菰蔣覆白蘋，東吴黎庶逐黄巾。野棠自發空臨水，江燕初歸不見人。遠岫依依如送客，平田渺渺獨傷春。那堪回首長洲苑，烽火年年報虜塵。(《全唐詩》卷二〇七李嘉祐)

【都亭驛送郭判官之幽州幕府】　幕府參戎事，承明伏奏歸。都亭使者出，杯酒故人違。細雨霑官騎，輕風拂客衣。還從大夫後，吾黨亦光輝。(《全唐詩》卷二八五李端)

【(五言)自義亭驛送李長史縱夜泊臨平東湖】　長亭賓馭散，岐路起悲風。千里勤王事，驅車明月中。寒生洞庭水，夜度塞門鴻。處處堪傷别，歸來山又空。(《全唐詩》卷八一七皎然)

【《河南志》序】元豐六年作。　《周官》有職方土訓、誦訓之職，掌道四方九州之事物，以詔王知其利害。後世學者爲書以述地里，亦其遺法也。唐麗正殿直學士韋述爲《兩京記》，近故龍圖閣直學士宋君敏求，字次道，演之爲《河南》、《長安志》，凡其廢興遷徙，及宫室城郭、坊市第舍、縣鎮鄉里、山川津梁、亭驛廟寺陵墓之名數，與古先之遺迹、人物之俊秀、守令之良能、花卉之殊尤，無不備載，考諸韋記，其詳不啻十餘倍。開編粲然，如指諸掌，真博物之書也。(《傳家集》卷六八)

【宿上亭驛】　按部嶔崎向梓潼，上亭孤驛倚寒空。淋鈴盡想當時雨，吼地愁聞竟夕風。衝冒狂飆憂病體，驅除宿翳懶神功。吉朝攬轡逢清霽，致敬宜將樵意同。謂唐孫樵也。(《錢塘集》卷六)

【上亭驛】在劍州武連縣西四十里。傳云：唐明皇西幸到此，雨中聞鈴聲，感懷，命伶人寫之樂府，名《雨淋鈴》。　雨中駐蹕此聞鈴，當日梨園寫此聲。忽忽悲心自多感，鈴聲何事愴人情。(《樂全集》卷三)

【與王觀復書三首】(其三)　庭堅頓首：公决行在幾時，此别不足恨。中原亭驛如流，雖南北可數書，不比劍外及牂牁、夜郎之洪荒無詔也。(《山谷

集》卷一九）

【題黄亭驛】 雲山一帶碧崔嵬，迎我南遷又北迴。歲籥纔周兩經歷，此行端爲武夷來。（《梁谿集》卷一三）

【都亭驛詩】 都驛荒凉尚邃深，息肩藉庇有餘陰。故宫今已生禾黍，翻作行人倍痛心。（《鄱陽集》卷一）

【休寧縣與汪致道諸公别後晚宿黟縣界魚亭驛二首】

竹密如雲不見天，好山無數簇溪田。祇應黟縣溪山勝，盡在魚亭驛舍前。

故人相繼别休寧，山路籃輿睡復醒。所恨溪山正佳處，不能同我到魚亭。（《東萊詩集》卷一一）

【題上亭驛】 紅錦綳盛河北賊，紫金盞酌壽王姬。弄成晚歲琅當曲，正是三郎快活時。（《鶴山集》卷七）

晉天福三年，與戎和。晉祖曰："當遣輔相爲使。"趙瑩、桑維翰同堂，皆未言，以戎雖通好，而反覆難測，咸懼於將命。馮道與諸公中書食訖，分聽堂吏前白道，言北使事，吏人色變手顫。道索紙一幅，書云："道去。"即遣寫敕，屬吏泣下。道遣人語妻子，不復歸家，舍都亭驛。不數日即行。晉祖餞，語以家國之故，煩耆德使遠，自酌卮酒飲之。虜以道有重名，欲留之，命與其國相同列，所賜皆等。戎賜臣下以牙笏，及臈月賜牛頭，皆爲殊禮，道皆得之。以詩謝云："牛頭偏得賜，象笏更容持。"戎甚喜，潛諭留之。道曰："兩朝皆臣，豈有分别。"賜悉市薪炭，云："北地寒，老年不堪。"及還京師，作詩五章，以述北使之意。其首章云："去年今日奉皇華，祇爲朝廷不爲家。殿上一杯天子泣，門前雙節國人嗟。龍荒冬往時時雪，兔苑春歸處處花。上下一行如骨肉，幾人身死掩風沙。"虜中大寒，賜錦褉、貂褉、羊狐貂衾各一，每入謁，悉服四褉衣，宿館中，併覆三衾。詩曰："朝披四褉專藏手，夜蓋三衾怕露頭。"（《詩話總龜》前集卷一引《叢苑》）

《雨淋鈴》,《明皇雜録》及《楊妃外傳》云:"帝幸蜀,初入斜谷,霖雨彌旬。棧道中聞鈴聲,帝方悼念貴妃,採其聲,爲《雨淋鈴》曲以寄恨。時梨園弟子,惟張野狐一人善篳篥,因吹之,遂傳於世。"予考史及諸家説,明皇自陳倉入散關,出河池,初不由斜谷路。今劍州梓潼縣地名上亭,有古今詩刻,記明皇聞鈴之地,庶幾是也。羅隱詩云:"細雨霏微宿上亭,雨中因感雨淋鈴。貴爲天子猶魂斷,窮著荷衣好涕零。劍水多端何處去,巴猿無賴不堪聽。少年辛苦今飄蕩,空媿先生教聚螢。"世傳明皇宿上亭,雨中聞牛鐸聲,悵然而起,問黄幡綽作何語,曰:"謂陛下特郎當。"特郎當,俗稱不整治也。明皇一笑,遂作此曲。(《碧雞漫志》卷五)

市驛

(臨安縣,)尉廳,《祥符舊志》云:"在縣城西北五里。"咸平二年,以西市驛置。今徙於縣東門外。(《咸淳臨安志》卷五四)

【新市驛别郭同年】 驛亭門外叙分攜,酒盡揚鞭淚濕衣。莫訝臨岐再迴首,江山重叠故人稀。(《張乖崖集》卷五)

紅亭

前蜀徐公耕二女,美而奇艷……頃者姊妹以巡遊勝境爲名,恣風月烟花之性,駕輜軿於緑野,擁金翠於青山,倍役生靈,頗銷經費,凡經過之所、宴寢之宫,悉有篇章……翊聖繼曰:"翠驛紅亭近玉京,夢魂猶自在青城。比來出看江山境,盡被江山看出行。"議者以翰墨文章之能,非婦人女子之事。所以謝女無長城之志,空振才名;班姬有團扇之詞,亦彰婬思。今徐氏逞乎妖志,飾自倖臣,假以風騷,庇其遊佚。取女史一時之美,爲遊人曠代之嗤。(《鑒誡録》卷五《徐后事》)

洛陽韋氏,有女殊色,少孤,與兄居。鄰有崔氏子,窺見悦之。厚賂其婢,遂令通意,並有贈遺。女亦素知崔有風調,乃許之,期於竹間紅亭之中。忽有曳履聲,疑崔將至,遂前赴之。乃見一人,身長七尺,張口哆唇,目如電光，直來擒女。女奔走驚叫，家人持火視之，但見白骨委積，血流滿地。兄乃詰婢，得實，殺其婢而剪其竹也。（《太平廣記》卷三三〇引《驚聽録》）

【宴越府陳法曹西亭】　公府西巖下，紅亭間白雲。雪梅初度臘，煙竹稍迎曛。水木涵澄景，簾櫳引霽氛。江南歸思逼，春雁不堪聞。（《全唐詩》卷一一八孫逖）

【早春陪崔中丞浣花溪宴得暄字】　旌節臨溪口，寒郊斗覺暄。紅亭移酒席，畫鷁逗江村。雲帶歌聲颺，風飄舞袖翻。花間催秉燭，川上欲黄昏。（《全唐詩》卷一九七張謂、卷二〇〇岑參）

【水亭送劉顒使還歸節度得低字**】**　無計留君住，應須絆馬蹄。紅亭莫惜醉，白日眼看低。解帶憐高柳，移牀愛小谿。此來相見少，正事各東西。（《全唐詩》卷二〇〇岑參）

【暮春虢州東亭送李司馬歸扶風别廬】　柳嚲鶯嬌花復殷，紅亭緑酒送君還。到來函谷愁中月，歸去磻谿夢裏山。簾前春色應須惜，世上浮名好是閒。西望鄉關腸欲斷，對君衫袖淚痕斑。

【虢州後亭送李判官使赴晋絳得秋字**】**　西原驛路掛城頭，客散紅亭雨未收。君去試看汾水上，白雲猶似漢時秋。

【虢州西山亭子送范端公得濃字**】**　百尺紅亭對萬峰，平明相送到齋鐘。驄馬勸君皆卸却，使君家醖舊來濃。（《全唐詩》卷二〇一岑參）

【合江亭】諸本作《題合江亭寄刺史鄒君》。亭在衡州負郭。今之石鼓頭，即其地也。地形特異，巋然崛起於二水之間。旁有朱陵洞，唐人題刻，散滿巖上。愈自陽山量移江陵，道衡山作。　紅亭枕湘江，蒸水會其左。瞰臨眇空闊，緑净不可唾。維昔經營初，邦君實王佐。此亭故相齊公映所作。翦林遷神祠，買地費家貨。梁棟宏可愛，結構麗匪過。伊人去軒騰，兹宇遂頹挫。老郎來何暮，高唱久乃和。宇文郎中炫又增其制。樹蘭盈九畹，栽竹逾萬個。（《全唐詩》卷三三七韓愈）

【送吴顯道南歸】 君不見蔡澤栖遲世看醜，豪氣英風亦何有。忽然變軒昂，盛事傳不朽。君今幸未成老翁，二十八宿羅心胸。何不上書自薦達，封侯起第一日中。秋月春風等閑度，山中舊宅無人住。宅中青桑葉宛宛，澗水流過田中路。遥知楊柳是門處，萬里蒼蒼煙水暮。我欲尋之不憚遠，君又暫來還徑去。紅亭驛路掛城頭，憶君祇欲苦死留。天際張帷列罇俎，君歌聲酸辭且苦。人生憔悴生理難，使人聽此凋朱顔。勸君更盡一杯酒，明日路長山復山。(《臨川先生文集》卷三六)

公館

庚午歲，予銜命宋都，舍於懷信驛。左補闕賈黄中，丞相魏公之裔也，好古博雅，善於談論。每款接，常益所聞。公館多暇，偶成編綴，凡(二十)六條，號曰《賈氏談論録》，貽諸好事者云爾。(《賈氏談録·原序》)

【浙南公館記】 江浙天下首藩，而錢塘爲東南都會之地，鎮巡藩臬，諸司之治所皆在焉。凡朝廷之達官貴臣，與四方之賓旅夷酋，飛鷁奔軺，旁午而至，將迎之不暇。由錢塘而南以達富陽，舊惟置驛江滸，泛舟下上，固不甚勞。然以風濤不時之變，而顛覆是虞，故行者往往捨舟登陸，而浙會二驛，相距七十餘里，沿水涯，越山阜，路多崎嶮，卒遇風雨暴至，潮汐漲壅，憩茇無所，雖部使者行屬亦不免假爨僧舍，而湫隘弗堪，人以爲病。乃弘治丙辰，浙藩参議衡山吴公，始欲作室中道以息勞瘁，以避風雨，而急於民瘼，未暇也。今年春，復偕巡按，侍御鄧公行部過之，遂申前議。侍御深以爲然，關白諸司，悉叶厥謀。乃卜宅錢塘、富陽二邑之交，得定山之南，面勢清曠，風景爽塏，二驛至是道路均焉。爰命錢、富、暨、仁和，各出公帑之羸，市材購工，以營候館。中爲之堂，旁列廊序，後爲退室，從以庖湢，前設門屏，繚以周垣，扁曰浙南公館。規制周正，不陋不華，奕奕乎停驂駐節之所，式稱大藩之體矣。經始於四月而訖工於九月，凡爲屋大小若干楹，縻白金若干兩，董其事者，錢塘令吴君道也。(《楓山集》卷四)

二十一、館驛總録

諸驛

趙孟頫，字子昂，宋太祖子秦王德芳之後也……（至元）二十四年六月，授兵部郎中。兵部總天下諸驛，時使客飲食之費，幾十倍於前，吏無以供給，强取於民，不勝其擾，遂請於中書，增鈔給之。至元鈔法滯澀不能行，詔遣尚書劉宣與孟頫馳驛至江南，問行省丞相慢令之罪，凡左右司官及諸路官則徑笞之。孟頫受命而行，比還，不笞一人。（《元史》卷一七二《趙孟頫傳》）

諸州及都護府、親王府官人職分田：二品一十二頃……其外軍校尉，一頃二十畝，旅帥一頃，隊正、副，各八十畝，皆於領側州縣界内給。其校尉以下，在本縣及去家百里内領者，不給。諸驛封田皆隨近給，每馬一匹，給地四十畝。若驛側有牧田之處，匹各減五畝。其傳送（遞）馬，每匹給田二十畝。（《通典》卷二；《册府元龜》卷四九五）

（唐憲宗元和）十三年，庫部員外郎李渤爲潞州弔祭使，上言畿内諸驛馬多死。上命以飛龍數百疋付之。（《唐會要》卷六一；《舊唐書》卷一七一《李渤傳》；《册府元龜》卷五四六）

真宗景德後，契丹請盟。每使至，遣官爲接伴、館伴使、副使，舍於都亭驛……餘蕃使分館諸驛。（《宋朝事實》卷一二）

開成元年二月，以飛龍馬二百匹賜京兆府，充給諸驛。（《册府元龜》卷六二一）

都亭

（唐懿宗咸通）十四年春正月丙寅朔，御史中丞韋蟾奏："應諸州刺史除授，正衙辭謝後，託故陳牒請假，實爲容易。自今後如實有故，爲衆所知者，三日外不在陳牒之限。應内外除官入京，合便朝謝。如遇假日，且合在都亭驛。近日多因請假，便歸私家。既犯條章，頗乖禮敬。自今已後，望準故事。如未朝謝，須於都亭驛。如違越，臺司勘當申奏。"從之。（《舊唐書》卷一九上《懿宗紀》；《唐會要》卷八二）

賜酺，自秦始……真宗景德三年九月，詔許群臣、士庶，選勝宴樂，御史臺、皇城司毋得糾察。四年二月甲申，上御五鳳樓觀酺，宗室、近臣侍坐，樓前露臺奏教坊樂，召父老五百人列坐，賜飲於樓下。後二日，上復御樓，賜宗室、文武百官宴於都亭驛，賜諸班、諸軍將校羊酒。大中祥符元年正月，詔應致仕官，並令赴都亭驛酺宴，御樓日合預坐者，亦聽。又詔朝臣已辭、未見，並聽赴會。凡賜酺，命内諸司使三人主其事，於乾元樓前露臺上設教坊樂……第二日，宴群臣百官於都亭驛，宗室於親王宫。第三日，宴宗室内職於都亭驛，近臣於宰相第。第四日，宴百官於都亭驛，宗室於外苑。第五日，復宴宗室内職於都亭驛，近臣於外苑。上多作詩，賜令屬和，及别爲勸酒詩。（《宋史》卷一一三《禮志十六》；《續資治通鑑長編》卷六八）

漢都亭、魏都亭。《張綱傳》："漢安元年，選遣八使，徇行風俗。綱獨埋其車輪於洛陽都亭，曰：'豺狼當路，安問狐狸。'"《何進傳》："中平元年，爲大將軍，率左右羽林五營士，屯都亭。"《司馬相如傳》："往舍都亭。"注："臨邛所治都之亭。"《嚴延年傳》："母到雒陽，止都亭，不肯入府。"《魏都賦》："營客館以周坊，飭賓侣之所集。偉豐樓之閈閎，起建安而首立。葺牆羃，空房廡雜襲，廣成之傳無以儔，《史記》：秦舍藺相如廣成傳（舍）。槀街之邸不能及。"注：鄴城都亭北有大邸，起樓，門臨道，建安中所立。

宋朝都亭驛、班荆館。晉天福五年九月戊子，改東京上源驛爲都亭驛。在光化坊，舊制待河西蕃部，開寶六年七月辛酉，幸都亭驛。八年三月二十六日，契丹使來聘，館都亭驛。景德四年二月十八日，宴宗室百官於都亭驛。其後專館契丹

使。崇寧元年重修，九月五日畢。(《玉海》卷一七二)

都亭驛，在潮門裏。國信所附之。

懷遠驛，舊在法慧寺，今廢。

班荆館，在赤岸港。(《乾道臨安志》卷一)

城驛

(唐僖宗乾符六年)十一月，制以銀青光禄大夫、檢校右散騎常侍、河東行軍司馬、雁門代北制置等使、石嶺鎮北兵馬、代北軍等使、上柱國康傳圭檢校工部尚書，兼太原尹、北都留守、河東節度使。時傳圭已率兵在代州，是月，自行營赴任。兩都虞候張鍇、郭朏迎於烏城驛，並殺之，軍中震悚。(《舊唐書》卷一九下《僖宗紀》)

(唐僖宗廣明元年)二月，沙陀逼太原，陷大(太)谷。康傳圭遣大將伊釗、張彦球、蘇弘軫，分兵拒之於秦城驛，爲沙陀所敗。(《舊唐書》卷一九下《僖宗紀》)

顔杲卿，琅邪臨沂人……(唐玄宗天寶十四載十一月)二十二日夜，(賊將蔣)欽湊至，舍之於傳舍。會飲既醉，令袁履謙與參軍馮虔、縣尉李栖默、手力翟萬德等殺欽湊。中夜，履謙以欽湊首見杲卿，相與垂泣，喜事交濟也。是夜，稾城尉崔安石報："高邈還至蒲城。"即令馮虔、翟萬德與安石往圖之。詰朝，高邈之騎從數人至稾城驛。安石皆殺之。俄而邈至，安石紿之曰："太守備酒樂於傳舍。"邈方據廳下馬，馮虔等擒而縶之。是日，賊將何千年自東都來趙郡，馮虔、萬德伏兵於醴泉驛。千年至，又擒之。即日縛二賊將還郡。(《舊唐書》卷一八七下《顔杲卿傳》)

吴通玄，海州人……(唐德宗貞元)七年，自起居郎拜諫議大夫、知制誥。通玄自以久次，當拜中書舍人，而反除諫議，殊失望。陸贄與宰相竇參相惡。參從子給事中申，參尤寵之，每預中書擬議，所至人呼申爲"喜鵲"。申，嗣號王則之從父甥也，申與則之親善。則之爲金吾將軍，好學有文，申與則之潛結吴通玄兄弟，爲參共傾陸贄。則之令人造謗書，言贄考試舉人不實，招納賄賂。時通玄取宗室女爲外婦，德宗知之，既聞申、則之譖陸贄，綱紀伺之，果與通玄結構其謀。帝大怒，罷竇參知政事，尋貶郴州司馬。竇申錦州司户，李則之昭州司馬，通玄泉州司馬。帝召見之，親自臨問，責以污辱近屬。行至華州長城驛，賜死。(《舊唐書》卷一九〇下《吴通玄傳》)

(宋仁宗皇祐四年九月)庚申，廣西兵馬鈐轄王正倫討(儂)智高於昭州館門驛，戰歿，智高入昭州……十二月壬申朔，廣西兵馬鈐轄陳曙討智高兵，戰於金城驛。(《宋史》卷一二《仁宗紀四》)

(宋仁宗皇祐四年)九月庚申，(儂智高)破昭州，害王正倫等於館門驛……十月丁丑，破賓州。甲申，復據邕州。日夜伐木治舟檝，楊言復趨廣州。十二月壬申，又敗陳曙于金城驛。(《宋史》卷四九五《廣源州蠻傳》)

(唐懿宗咸通十年春，康承訓大破龐勛，夏四月，龐勛)收散卒，纔及三千人，歸彭城，使其將張實分諸寨兵，屯第(茅)城驛。第(茅)城驛，在宿州西。(《資治通鑑》卷二五一)

(唐僖宗乾符六年十一月，黄巢軍)攻鄂州，陷其外郭。轉掠饒、信、池、宣、歙、杭十五州，衆至二十萬。康傳圭自代州赴晉陽。庚辰，至烏城驛。張鍇、郭咄出迎，亂刀斫殺之。至府，又族其家。(《資治通鑑》卷二五三)

(唐汝州)廢臨汝縣，在州西六十里。本漢梁縣地，唐先天元年十二月，割置縣，於今縣西南二十里紫邏川置，以邑城臨汝水，兼郡名，爲邑之稱。至貞元八年，刺史陸長源以舊縣荒殘，因移於東北李城驛側，近當大路。(《太平寰宇記》卷八汝州龍興縣)

定城，郭緣生《述征記》云："或云段煨所造，未詳。夾道各一城，城下有泥泉水出焉。"按，煨在漢爲鎮遠將軍，後魏孝武帝永熙三年，於城中置定城驛。(《太平寰宇記》卷二九華州華陰縣)

楚城驛，在縣南，即舊柴桑縣也。(《太平寰宇記》卷一一一江州德化縣)

天台，赤城驛，在縣西南二百步。飛泉驛，在縣西二十五里，今廢。(《嘉定赤城志》卷三)

昌寧驛，在縣城内。通智驛，在縣西北景陵下，去縣二十里。堯山驛，在縣北光陵下，去縣一十里。孝城驛，在縣東北泰陵下，去縣三十里。豐山驛，在縣北橋陵下，去縣三十里。(《長安志》卷一八蒲城縣)

韋齊休使雲南，屯城驛。西牆外有大池、斗門，垂柳夾陰，池中鵝鴨甚衆。(《太平御覽》卷九一九引《雲南記》)

康傳圭僖宗乾符中，自河東行軍司馬除河東節度等使。時傳圭已率兵在代州，自行營赴任。兩都虞候張錯(鍇)、郭朏迎於烏城驛，並殺之，軍中震悚。(《册府元龜》卷四四九)

(宋仁宗皇祐四年)十一月，狄青至湖南，諸道兵皆會。諸將聞宣撫使將至，争先立功。余靖遣廣南西路鈐轄陳曙將萬人擊智高。爲七寨，逗遛不進。十二月壬申朔，智高與曙戰於金城驛。曙敗，遁歸，死者二千餘人，棄捐器械輜重甚衆。(《涑水記聞》卷一三)

(王欽若)登第後，不數年，爲翰林學士。使兩川，回軺至褒城驛，方憩於正寢，將吏忽見導從自外而至，中有一人云："唐宰相裴令公入謁。"公忻然接之。因密謂公大用之期，乃懷中出書一卷，示公以富貴爵命默定之事，言終而隱。及公登庸，圃田神祠出俸修飾，爲文紀之。(《湘山野録》卷上)

【貶降至汝州廣城驛】 近郊憑汝海，遐服指江干。尚憶趨朝貴，方知失路難。曙宫平樂遠，秋澤廣城寒。岸葦新花白，山梨晚葉丹。鄉關千里暮，歲序四時闌。函塞雲間别，旋門霧裏看。(《全唐詩》卷一〇六鄭愔)

【褒城驛二首】

容州詩句在褒城，幾度經過眼暫明。今日重看滿衫淚，可憐名字已前生。

憶昔萬株梨映竹,遇逢黄令醉殘春。梨枯竹盡黄令死,今日再來衰病身。(《全唐詩》卷四〇三元稹)

【遣行十首】(其七)　七過褒城驛,回回各爲情。八年身世夢,一種水風聲。尋覓詩章在,思量歲月驚。更悲西塞别,終夜繞池行。(《全唐詩》卷四一〇元稹)

【早發楚城驛】　雨過塵埃滅,沿江道徑平。月乘殘夜出,人趁早凉行。寂歷閒吟動,冥濛暗思生。荷塘翻露氣,稻壟瀉泉聲。宿犬聞鈴起,棲禽見火驚。曨曨烟樹色,十里始天明。(《全唐詩》卷四三九白居易)

【宿陽城驛對月】自此後詩赴杭州路中作。　親故尋回駕,妻孥未出關。鳳皇池上月,送我過商山。(《全唐詩》卷四四三白居易)

【茅城驛】　汴河無景思,秋日又凄凄。地薄桑麻瘦,村貧屋舍低。早苗多間草,濁水半和泥。最是蕭條處,茅城驛向西。(《全唐詩》卷四四六白居易)

【下第後夷門乘舟至永城驛題】　秋賦春還計盡違,自知身是拙求知。唯思曠海爲(無)休處(日),忽喜孤舟似去時。連浦一城(程)兼汴宋,夾堤千柳雜唐隋。從來此恨皆前達,敢負吾君作楚辭。(《全唐詩》卷五五九薛能、卷四九九姚合)

【褒城驛有故元相公舊題詩因仰歎而作】　鄂相頃題應好池,題云萬竹與千梨。我來已變當初地,前過應無繼此詩。敢歎臨行殊舊境,惟愁後事劣今時。閒吟四壁堪搔首,頻見青蘋白鷺鷥。(《全唐詩》卷五六〇薛能)

【宿欒城驛却寄常山張書記】　一更更盡到三更,吟破離心句不成。數樹秋風滿庭月,憶君時復下階行。(《全唐詩》卷六九三杜荀鶴)

【給事中贈尚書工部侍郎孔公(道輔)墓誌銘】　公諱道輔,字原魯,初以進士釋褐，補寧州軍事推官……公以寶元二年如鄆，道得疾。以十二月壬申卒於滑州之韋城驛，享年五十四。(《臨川先生文集》卷九一)

【宿桐城驛二首】 大農遺愛在桐川，血食於今幾百年。應想歲豐秋賽日，送迎歌舞獨喧闐。

桐溪古驛聞來久，我到梅黄雨細時。砌下流泉無復有，空餘松柏覆簷垂。(《給事集》卷一)

【題觀城驛壁】 半篙寒碧秋垂釣，一笛疏風夜倚樓。多少巫山舊家事，老來分付與東流。(《忠愍集》卷三)

【方城驛】 古驛藏幽谷，回環亂峰稠。驛前山特秀，翠氣光浮浮。晴日經短簷，奇温驚敝裘。門前萬山道，過客空悠悠。憶昔盧戢黎，伐庸此淹留。山中老鸛鶴，應識旌旆愁。事去一轉首，巖花幾經秋。石磴與澗道，猶是曩者否。祇應軍旅聲，長咽寒溪流。(《紫微集》卷三)

【離合州驛晚宿茆城驛】 稍喜川原豁，遥看草樹明。惡灘猶夢怖，平地始身輕。場圃收遺秉，溝塍勸早耕。得歸萬事好，漂泊豈人情。(《澹齋集》卷五)

【宿魏城驛用羅江東韻懷李仲明】 昔年漂泊記曾游，碧樹蟬聲又帶秋。滑滑泥行青嶂路，翩翩風倚夕陽樓。人誇馴雉碑猶在，書託文鱗水漫流。天遣此來相近傍，伴君牢落向邊州。(《澹齋集》卷六)

郊驛

凡外夷使將至，遣中使郊驛迎勞。既至，恩禮甚厚。將歸，亦送之，以懷遠人。今悉不書，省文也。(《唐會要》卷九九)

【過三郊驛却寄楊評事時此子郭令公欲有表薦】 冉冉青衫客，悠悠白髮人。亂山孤驛暮，長路百花新。終歲行他縣，全家望此身。更思君去

就，早晚問平津。（《全唐詩》卷二六八耿湋）

【金郊驛】　　山館蕭然爾許清，二更枕簟覺秋生。西窗大好吟詩處，聽了松聲又雨聲。（《中州集》卷八張翰）

州驛

周利貞，神龍初爲侍御史，附託權要……無何，玄宗正位，利貞與薛季昶、宋之問同賜死於桂州驛。（《舊唐書》卷一八六下《周利貞傳》）

周顯德二年四月三日敕："起今後，應有自外新除御史，未經朝謝者，經過州府，不得受館驛供給及所在公禮。"時有庾元晟，居秦雍間，拜殿中侍御史，遽入秦州驛，受軍州禮。上知之，故有是敕。（《五代會要》卷一七）

（後漢隱帝乾祐三年十一月）二十九日，鎮、定言契丹入寇，三道而來，太后令帝赴北面軍前爲都統帥，相度進取……十二月甲午朔，帝北征。十九日，六軍履冰渡河，次澶州驛舍。（《册府元龜》卷八）

【至端州驛見杜五審言沈三佺期閻五朝隱王二無競題壁慨然成詠】
逐臣北地承嚴譴，謂到南中每相見。豈意南中岐路多，千山萬水分鄉縣。雲摇雨散各翻飛，海闊天長音信稀。處處山川同瘴癘，自憐能得幾人歸。（《全唐詩》卷五一宋之問）

【韶州驛樓宴罷】　　簷外千帆背夕陽，歸心杳杳鬢蒼蒼。嶺猿群宿夜山静，沙鳥獨飛秋水凉。露墮桂花棋局溼，風吹荷葉酒瓶香。主人不醉下樓去，月在南軒更漏長。（《全唐詩》卷五三五許渾）

【坐舊州驛亭上作】亭下是梁山泊，水數百里。　　廢壘孤亭四面風，座疑身世五湖東。長天野浪相依碧，落日殘雲共作紅。漁缶回環千艇合，泊中漁舟數百艘，各擊瓦缶以驚魚，然後衆舟若合圍狀。巷蒲明滅百帆通。泊水無岸，行舟多穿菰蒲爲道，舟人謂之蒲巷。恍然歸興無人會，閒向青冥數塞鴻。（《元憲集》一

○）

【真州驛】二十七日。　山川如識我，故舊更無人。俯仰干戈迹，往來車馬塵。英雄遺算晚，天地暗愁新。北首燕山路，凄凉夜向晨。（《文山集》卷一九）

郡驛

《同昌郡驛碑》，毯毬驛，在州西四十里，唐天寶四年置，同昌縣主簿趙齊記，有碑。（《輿地碑記目》卷四《文州碑記》）

【次韻榮學士按簡州見寄】　我昔坤維濫使權，簡池行部屬豐年。盤桓郡驛留單騎，徙倚江亭按七絃。今愧高賢傳麗藻，遠聞清思湧寒泉。置藏巾衍光華甚，不使珠璣只媚川。（《清獻集》卷四）

【郡驛阻雨】　狂瀾公獨障東川，忠力能回尺五天。千騎出遊應雨止，尚須燈下理殘編。（《尊白堂集》卷四）

【永州四十里頭偶賦題郡驛】　病軀羸馬陟崔巍，撲面征塵抖擻開。萬古春愁借山隔，幾番風信把花催。染成湘淚笑鄰竹，飄作壽妝嗟辱梅。撚盡吟髭無奈困，亟呼茗椀勝村醅。（《可齋續稾》後卷一○）

縣驛

劉昌言，字禹謨，泉州南安人……（宋太宗朝）以給事中罷，出知襄州，上言："水旱民輸税愆期。舊制六月開倉，臣令先一月許所在縣驛輸納，以便民。獲盗當部送闕下……"（《宋史》卷二六七《劉昌言傳》）

何繼筠，字化龍，河南人……（宋太祖開寶）二年春，太祖親征晉陽，契丹來援。繼筠時屯兵陽曲縣，驛召至行在所，授以方略，命將精騎數千，赴石嶺關拒契丹。（《宋史》卷二七三《何繼筠傳》）

（宋仁宗天聖七年九月）辛未，改永定軍爲永寧軍，避真宗陵名也。縣驛有同名者，皆改之。（《續資治通鑑長編》卷一〇八）

（宋仁宗嘉祐三年四月）戊辰，詔居州縣驛舍亭館者，毋得過一月，違者，所屬吏以違制論。仍令轉運、提點刑獄司每半年一舉行。（《續資治通鑑長編》卷一八七）

寧海。廟在縣西南二百步，舊在縣東一里，祥符五年，令蘇季成即廟建學。嘉祐四年，徙縣驛側。（《嘉定赤城志》卷四）

昌驛亭（驛亭），在縣西南五十步，東至華州渭南縣驛八十里。（《長安志》卷一五臨潼縣）

驛在縣北門内，東北去本府秦川驛七十里，西至盩厔縣驛七十里。（《長安志》卷一五鄠縣）

鄭縣，開元二十六年三月二十四日，復（移）汴州南垣縣驛置。（《唐會要》卷七〇）

今監司巡歷郡邑，巡檢、尉必迎於本界首，公裳危立，使者從車内遣謁吏謝之。即揖而退，未嘗以客禮延之也。至有倨横之人，責橋道不整，驅之車前，使徒步與卒伍齒者。予記張文定公所著《縉紳舊聞》中一事云："余爲江西轉運使，往虔州，巡檢殿直今保義忠義郎。康懷琪乘舟，於三十里相接，又欲送至大庾縣，遂與偕行。及至縣驛，驛正廳東西各有一房，予居其左，康處於右。日晚，命之同食……須臾，數人扶翼而下，余策杖隨之。"觀此，則是使者與巡檢同驛而處，同席而食，至於步行送之登舟，今代未之見也。（《容齋隨筆》三筆卷三《監司待巡檢》）

登州海中時有雲氣，如宫室、臺觀、城堞、人物、車馬、冠蓋，歷歷可見，謂之"海市"。或曰蛟蜃之氣所爲，疑不然也。歐陽文忠曾出使河朔，過高唐縣驛舍。中夜，有鬼神自空中過，車馬人畜之聲，一一可辨，其説甚詳。此不具

紀。問本處父老，云："二十年前嘗晝過縣，亦歷歷見人物，土人亦謂之海市，與登州所見大略相類也。"(《夢溪筆談》卷二一)

提點刑獄程棠行縣……先是，渭州都巡檢侯思(恩)老矣，其爲人剛方不撓，好面折人，一州號爲木强……以職事從在縣衙。獨踞胡牀，坐廳事傍。俄有物，自東隅來階下，兩手扳階基，首與階平。徐過恩坐，恩徒手搏得之，號掣不放。觸其體若冰石，有力，能反曳人。恩素有力，一手捽其領，捩左手著胡牀，從之，卒不放。至所謂怪室者，兩足入户内，引恩手，戛户頰，久乃放之。一縣大驚，令尤恐失舉止，往來語曰："都巡！都巡！敗我事矣！"棠亦愈惶恐，徘徊夜中，不聞有聲。棠乃罷歸，宿於縣驛。明旦，棠盛服至，上謁，令灑掃，設香案以俟，恩，亦戎服將事謁入。(《墨莊漫録》卷二)

臨潼縣驛前，有俚婦三子，皆售諸過客。二爲正使，一爲郎官。正使者，一田一劉。郎官者，縣人田升卿也。(《畫墁録》)

"金虜焉知鼎重輕，指蹤原是漢公卿。襄陽只有龐居士，受禪碑中無姓名。"人云吕本中居仁詩也。而其父好問，在圍城中預請立張邦昌之人，遂爲僞楚門下侍郎。有無名子大書此絶於常山縣驛，云吕本中罵厥頑之作云。(《鷄肋編》卷上)

【遣行十首】(其八)　　褒縣驛前境，曲江池上情。南堤衰柳意，西寺晚鐘聲。雲水興方遠，風波心已驚。可憐皆老大，不得自由行。(《元稹集》卷一五；《全唐詩》卷四一〇元稹)

【漢江上笛】二月十五日夜，於西縣白馬驛南樓聞笛悵然，憶得小年曾與從兄長楚寫《漢江聞笛賦》，因而有愴耳。　　小年爲寫游梁賦，最説漢江聞笛愁。今夜聽時在何處？月明西縣驛南樓。

【西縣驛】　　去時樓上清明夜，月照樓前撩亂花。今日成陰復成子，可憐春盡未還家。(《元稹集》卷一七；《全唐詩》卷四一二元稹)

【廢寺】 廢寺亂來爲縣驛，荒松老柏不生煙。空廊屋漏畫僧盡，梁上猶書天寶年。(《全唐詩》卷三〇一王建)

【迴宿故縣驛】 回首邊城暮靄輕，亂山深處宿歸程。流泉繞榻鳴寒夜，别是勞生一段清。

【宿泰寧縣驛】 紞如五鼓響寒廳，夜艾東窗未肯明。一片灘聲聒幽枕，幾番歸夢不能成。(《錢塘集》卷六)

【休寧縣驛舍初見楊花】 山館風光隨分好，方塘碧長萋萋草。楊花摇蕩入疏簾，又是一年春色老。(《梁谿集》卷一七)

【宿興寧縣驛二首】

清夜風露冷，月華牕半侵。懷家千里夢，許國一生心。倦鳥投林急，潛魚泳澤深。無人知此意，抱膝自長吟。

六月欲徂暑，又催流火輝。竹間螢已亂，簷側燕將歸。豈念棄紈扇，永懷勞鐵衣。兵戈猶未息，老盡故山薇。(《梁谿集》卷二七)

【題鄢陵縣驛】 區區望京國，京國何爲哉。林泉佳處不肯住，塵埃窟裏甘重來。此生何日遂所樂，擾擾隨俗真堪哀。(《高峰文集》卷一〇)

【遇雨兩宿縣驛】 絶巘笙簫斷，鄰州鼓角聞。江淮兩岸雨，吴楚一天雲。有驛聊堪憩，無尊亦自欣。西山逢老宿，往事説三分。(《梅溪集》後集卷一〇)

【北行日録上】 (宋孝宗乾道五年十二月)二十三日，甲辰，晴，天氣清寒，方思近火。四更，車行五十里，望都縣早飯。縣有城樓。又七十里，宿保州。城壕、甕城皆三里，城約厚十餘丈，門曰雞川，負郭爲保塞，縣驛曰金臺，燕昭王遺迹也。(《攻媿集》卷一一一)

【伏蒙提舉秘書郎中以留題縣驛新篇封示惻隱惠愛之意自然著見可謂

發情止義無愧古作道中不得即具申謝之儀夜還舍秉燭亟次崇韻庸見不敢虛辱大賜之誠非敢爲文某惶恐敬上】 我學如畎澮，纖流未距川。何如作難邑，衮衮膏火煎……使者臨舊治，盛禮修同年。所道惟政事，握手意留連。車行眼偏矚，粟畦暨麥阡。父老亟來迎，喜色津津然。我非當世才，亦復見謂賢。臨違語益稠，不覺膝自前。更願所以諳，教我理婚田。（《慈湖遺書》卷六）

【晨炊江山縣驛】 聞道常山水壯哉，問途何惜小紆回。平生不到江山縣，臨老須教作一來。（《誠齋集》卷一三）

【發通衢驛見梅有感】 忙中掠眼雪枝斜，落片紛紛點玉沙。虛過一冬妨底事？不曾款曲是梅花。

【宿長樂縣驛驛皆用葵葉蓋屋狀如椶葉云】 都將葵葉蓋亭中，樹似桄榔葉似椶。欲問天公覓微雪，裝成急響打船篷。（《誠齋集》卷一七）

【宿武連縣驛】 平日功名浪自期，頭顱到此不難知。宦情薄似秋蟬翼，鄉思多於春繭絲。野店風霜俶裝早，縣橋燈火下程遲。鞭寒熨手戎衣窄，忽憶南山射虎時。

【綿州魏成縣驛有羅江東詩云芳草有情皆礙馬好雲無處不遮樓戲用其韻】 老夫乘興忽西遊，遠跨秦吴萬里秋。尊酒登臨遍山寺，歌辭散落滿江樓。孤城木葉蕭蕭下，古驛灘聲虢虢流。未許詩人誇此地，茂林脩竹憶吾州。（《劍南詩藁》卷三）

【紫谿驛】信州鉛山縣。

它鄉異縣老何堪，短髮蕭蕭不滿篸。旋買一尊持自賀，病身安穩到江南。

雲外丹青萬仞梯，木陰合處子規啼。嘉陵棧道吾能説，略似黄亭到紫谿。（《劍南詩藁》卷一一）

【弋陽縣驛】 大雨山中采藥回，丫頭巖畔覓詩來。喚船野渡逢迎雪，攜酒溪頭領略梅。久客愁心端欲折，何時笑口得頻開。慇勤記著今朝事，破驛空廊葉作堆。(《劍南詩藁》卷一一)

【雨中泊舟蕭山縣驛】 端居無策散閑愁，聊作人間汗漫遊。晚笛隨風來倦枕，春潮帶雨送孤舟。店家菰飯香初熟，市擔蓴絲滑欲流。自笑勞生成底事，黄塵陌上雪蒙頭。(《劍南詩藁》卷一六)

【秋冬之交雜賦·又】 碓舍臨寒水，漁舟弄夕霏。烏將九子過，雉挾兩雌飛。浮世萍無蔕，流年弩發機。常思南鄭日，縣驛跨騾歸。漢中西縣村落，下臨讓水，景物頗似吾鄉。(《劍南詩藁》卷七三)

【武經郎主管台州崇道觀趙府君(轔之)墓誌銘】 魏悼王五世諸孫，諱轔之，字積中……以父任補三班奉職，歷監磁州滏陽縣驛者三年，三門白波輦司催促綱運者四年，皆盡力無乏事。國信使李彌大、輦運使吕愽問才而薦之，監興仁府南華縣市易務。(《南澗甲乙稿》卷二〇)

【漢陰縣驛有連理山茶舊嘗遠送上官擾及百姓根條槎牙鄰於戕賊乾道初有使者沮其事今婆娑蓊蔚爲一邑壯觀因見何令壁間所書賦二十八字】
逞艷呈祥祇自殲，何人攫取更趨炎。只將勿剪看君子，愛物安民處己廉。(《昌谷集》卷三)

【宿祁陽題縣驛】 垂垂白髪老相催，末路崎嶇轂又推。萬里備更霜雪苦，十年重入瘴鄉來。休思往事驂鸞去，恍類前身化鶴回。行盡瀟湘春脈脈，故人惟有道邊梅。(《可齋續藁》後卷一〇)

鎮驛

(唐文宗開成四年八月)丙辰，邢州廢青山縣，磁州移昭義縣於固鎮驛。(《舊唐書》卷一七下《文宗紀下》)

泥陽驛，在子城内，西至富平縣驛五十里，西北至寧谷鎮驛八十里。（《長安志》卷一九華原縣）

【赴闕日過申州經石子鎮驛】 得罪先朝出粉闈，五原功業有誰知。年深放逐無人識，白雪關頭一坐時。（《南唐近事》附録）

【飯客鎮驛見壁間書火池事異甚】 荒亭舊刻書火池，火從水出如燎脂。五行生克謬常理，異事儻恍令人疑。居人只言數里近，驅車欲前僕夫愠。誰能博學辨癡龍，寄我此詩聊一問。（《澹齋集》卷四）

【彌牟鎮驛舍小酌】 郵亭草草置盤盂，買果煎蔬便有餘。自許白雲終醉死，不論黄紙有除書。角巾墊雨蟬聲外，細葛含風日落初。行遍天涯身尚健，却嫌陶令爱吾廬。（《劍南詩藁》卷六）

【崔鎮驛】 萬里中原役，北風天正凉。黄沙漫道路，蒼耳滿衣裳。野闊人聲小，日斜駒影長。解鞍身似夢，遊子意茫茫。（《文山集》卷一九）

關驛

（元）樹，字秀和……（東魏孝敬帝時被賜死。舍人李昭）奉使向秦州。至潼關驛，夜夢樹云："我已訴天帝，待卿至隴，終不相放。"昭覺，惡之。及至隴口，爲賀拔岳所殺。（《北史》卷一九《咸陽王禧傳》）

三交驛至林關驛四十五里，林關驛至洋州真符縣大望驛七十五里。（《長安志》卷一八盩厔縣）

《唐修武關驛記》，無書撰人名。《諸道石刻録》。（《寶刻叢編》卷一〇）

國初，凡驛皆有倉。洪熙元年六月丙辰，河南新安知縣陶鎔奏："縣在山谷，土瘠民貧，遇歲不登，公私無措。惟南關驛有儲糧，臣不及待報，借給貧民一千七百二十八石。"上嘉其稱職。即此一事，而當時儲畜之裕、法令之寬、賢尹益下之權、明主居高之聽，皆非季世之所能及矣。然則驛之有倉，不但以供賓客使臣，而亦所以待凶荒艱阨，實《周禮·遺人》之掌也。帖括後生，何足以知先王之政哉！(《日知録》卷一〇《驛傳》)

逆曦(吴曦)將叛前事之數月，神思昏擾，夜數躍起，寢中叱咤四顧，或終夕不得寢，意頗悔，欲但已。其弟晛力慫慂之，曰："是謂騎虎，顧可中道下耶?"曦家素事梓潼，自(吴)玠、璘以來，事必禱，有驗。乃齋而請。是夕，夢神坐堂上，已被赭玉謁焉。因告以逆，且祈卜年之脩永。神不答，第曰："蜀土已悉付安丙矣。"既寤，大喜，謂事必遂。時安以隨軍漕在魚關驛，召以歸，命以爰立。安顧逆謀堅決，觸之且俱靡，惟徐圖可以得志，不得已諾之，猶辭相印。(《桯史》卷三《梓潼神應》)

交驛

(宋仁宗慶曆三年春正月丙子，)涇原安撫使王堯臣言："至陝西，見鄜延、環慶路，其地皆險固而易以守，惟涇原則不然，自漢唐以來，爲戎馬之衝……原州東南由羅交驛至涇州九十里，又西北由開邊、平安、彭陽城、東山等寨，至鎮戎軍一百八十里……"(《續資治通鑑長編》卷一三九)

三交城。在陽曲縣北十五里。李燾《長編》："河東有地，名三交。"《宋史·太宗紀》："太平興國四年，命潘美屯河東三交口。"《寰宇記》："皇朝平晉，移并州於三交寨陽曲縣界。"《縣志》："舊有三交驛，今裁。"(《大清一統志》卷九六太原府)

土陰孽味鹹，無毒，主婦人陰蝕大熱乾痂，生高山崖上之陰，色白如脂，採無時。陶隱居云：此猶似鍾乳、孔公孽之類，故亦有孽名，但在崖上爾，今時有之，但不復採用。唐本注云："此即土乳是也。出渭州鄣縣三交驛西北坡平地上，窟中見有六十餘坎，昔人採處。土人云：服之亦同鍾乳，而不發熱。"(《重修政和經史證類備用本草》卷五)

村驛

(周静帝大象二年七月，)豫州、荆州、襄州三總管内諸蠻，各率種落反，

焚燒村驛，攻亂郡縣。(《周書》卷八《静帝紀》)

"蹙破眉峰碧，纖手還重執。鎮日相看未足時，便忍使、鴛鴦隻。　薄暮投村驛，風雨愁通夕。窗外芭蕉窗裏人，分明葉上、心頭滴。"祐陵親書其後云："此詞甚佳，不知何人作，奏來。"蓋以詔曹組者，今宸翰尚藏其家。(《玉照新志》卷一)

【過查林】　路向山腰轉，雲從隴首飛。曉天初衣裌，村驛罕乘肥。覽物驚秋老，論心悟境非。歸期且寬計，雨雪或霏霏。(《錢塘集》卷五)

【東平周村驛觀臨川吴公題　乙丑八月賦】　頓轡揮毫墨尚新，碧紗從此壁生塵。可憐庭下長楊樹，猶有清陰待路人。(《慶湖遺老詩集》卷九)

【連州陽山歸路三絶】(其一)　蒼黄避地出連州，邃谷深巖懶轉頭。歸路始知山水好，少留村驛當閒游。(《東萊詩集》卷一二)

場驛

【題興寧縣東文嶺瀑泉在夜明場驛之東】　笋輿路轉崖欹傾，只聞滿山泉水鳴。卷書忽看已半失，眼不停注耳細聽。石如鐵色黑，壁立(似)鏡面平。(《誠齋集》卷一七)

小驛

【九日奉寄嚴大夫】趙曰：嚴武歸朝，以御史中丞進爲大夫。　九日應愁思，經時冒險艱。不眠持漢節，何路出巴山。小驛香醪嫩，重巖細菊斑。遥知簇鞍馬，回首白雲間。(《杜詩詳注》卷一一)

【題合肥驛】　予癸亥春三月，嘗至此。時兵火初過，頹垣斷塹，遠望若荒阡破嶺，所餘人亦無幾，徬徨不忍舉目。後八年，復來，遶城秋草離離，其青四合，而市井舊通闤帶闠處亦漸可觀，爲之感歎，因用壁間季延仲韻以識歲月。紹興二年秋七月丁酉。

重來歲月恍如飛，但怪蕪城壁四圍。千里漫推新政善，幾人能遂故園歸。雲蒸殘暑催登穀，風作新涼戒授衣。小驛滯留朋舊絶，何妨白晝掩朱扉。（《相山集》卷九）

【題許公塞驛】 遐想清游意欲飛，巢湖西畔碧山圍。高城别後騷人到，小驛春迴燕子歸。壁上新詩留醉墨，庭前飛絮點征衣。窮愁勿用頻惆悵，來歲而今在北扉。（《相山集》卷九）

【宣城驛中送建康倅趙純中】 芍藥飄零雨洗春，江城柳色静無塵。扁舟未果尋歸路，小驛那堪送故人。萬里雲天心共遠，一龕燈火話相親。因風無惜霑餘馥，我亦貧兒望富隣。（《相山集》卷一二）

【題宿松薤山寺】 小驛隳頹不見容，著鞭東走梵王宫。怪禽落日休相恐，五里松篁一徑通。（《相山集》卷一五）

【宿新豐驛】 小驛數椽屋，夜深風雨中。鄰家有鷄犬，不是漢新豐。（《梅溪集》後集卷一五）

【三泉驛舍】 殘鐘斷角度黄昏，小驛孤燈早閉門。霜氣峭深摧草木，風聲浩蕩捲郊原。故山有約頻回首，末路無歸易斷魂。短鬢蕭蕭不禁白，强排幽恨近清罇。（《劍南詩稾》卷三）

【過茱萸鋪青松朱户前臨大道絶似西陲亭驛悵然有作】 茱萸小驛夕陽愁，搔首臨風感舊遊。渾似軍行散關路，但無鼓吹動《凉州》。（《劍南詩稾》卷一三）

【入城】 宿凍迷車轍，晨霜縞瓦溝。路長休小驛，風勁透重裘。貿貿殘軀健，芒芒去日遒。親交喜握手，隨處小遲留。（《劍南詩稾》卷五五）

新驛

（餘姚縣）使華驛。《餘姚縣志》："唐初名待賓館，大曆中，令邱岳改諸暨

驛。宋興國間,號新驛。改皇華,仍復使華。元改暨陽站。罷革,又爲驛館。"裁併。(《浙江通志》卷八九)

【唐滑州新驛記】大曆九年。　　右《新驛記》,李陽冰篆,碑在今滑州驛中。其陰有銘曰:"斯去千載,冰生唐時。冰今義去,後來者誰。後千年有人,吾不知之;後千年無人,當盡於斯。嗚呼!郡人爲吾寶之。"不知作者爲誰。(《集古録》卷七)

第一千五百一《唐滑臺新驛記》。李勉撰,李陽冰篆,大曆九年八月。

第一千五百二《唐滑臺新驛記》。裴某撰,八分書,名缺。(《金石録》卷八)

【寇中送張司馬歸洛】　　戎狄寇周日,衣冠適洛年。客亭新驛騎,歸路舊人煙。吾道將東矣,秋風更颯然。雲愁百戰地,樹隔兩鄉天。旅思蓬飄陌,驚魂雁怯弦。今朝一尊酒,莫惜醉離筵。(《全唐詩》卷二三八錢起)

【送姚合員外赴金州】　　受詔從華省,開旗發帝州。野煙新驛曙,殘照古山秋。樹勢連巴没,江聲入楚流。唯應化行後,吟句上閒樓。(《全唐詩》卷六四九方干)

【隰州新驛】　　盛德已圖形,胡爲忽搆兵。燎原雖自及,誅亂不無名。擲鼠須防誤,連雞莫憚驚。本期將繫虜,末策但嬰城。肘腋人情變,朝廷物論生。果聞荒谷縊,旋睹藁街烹。帝怒今方息,時危喜暫清。始終俱以此,天意甚分明。(《全唐詩》卷六八一韓偓)

【隰州新驛贈刺史】　　賢侯新换古長亭,先定心機指顧成。高義盡招秦逐客,曠懷偏接魯諸生。萍蓬到此銷離恨,燕雀飛來帶喜聲。却笑昔賢交易極,一開東閤便垂名。(《全唐詩》卷六八二韓偓)

【阮師旦希聖徹垣開軒而東湖仙亭射的諸山如在掌上予爲之名曰新軒蓋取景物變態新新無窮之義賦十絶句】(其一)　　群山高下漫湖潯,暝靄朝霞物物新。驛道更穿東北去,青銅影裏看行人。(《青山集》卷二九)

【浙江亭和徐雪江】　朱甍突兀倚雲寒，潮打孤城寂寞還。荒草斷烟新驛路，夕陽古木舊江山。英雄聚散闌干外，今古興亡欸乃間。一曲尊前空擊劍，西風白髮淚斑斑。（《湖山類稿》卷四）

【樵川新驛記】　至元二十有三年春正月，邵武路新作樵川驛成。先是，郡驛在通闤之南道，東西行者非便也，今達嚕噶齊大夫明公安莅政之明年，始議改創。暨諸府公相攸厥址，得水北涯之地，前踞長川，後枕平阜，面勢清曠，風氣爽塏，驛置實宜。揆日庀徒，是營是築……凡爲若干楹，視舊館有加，卓爲他邦之甲矣。既成，相馬使軺，蹄轍載路，於我乎館，所至如歸，君子於此觀政焉。昔者周官候館、野廬之事，由郊而都，由十里至於五十里，宿頓有所，飫餼有具，其法之纖細如此。至春秋之世，鄭子産論晉文之霸，乃在於崇大諸侯之館，館如公寢，司空以時平易道路，圬人以時塓館宫室，《春秋》、《周官》之法度也，於乎仁矣。（《在軒集》）

古驛

（宋哲宗元符二年八月戊寅，）詔熙河依界道圖樣，以十里爲一方，取見今城寨地名，考尋古驛程相去里數，畫《西蕃圖》聞奏。（《續資治通鑑長編》卷五一四）

汀、漳間有古驛，多怪。嘗有士人獨宿西廂，乙夜，見群鼠自梁栱間緣壁下地，莫知其數，固已異之。俄又見數鼠共挈一物，若小箱篋然。置地，發之，皆袍幘之屬。競取服之，儼如唐裝，冠屨皆備。既而遞爲進趨揖遜之狀。士人素有膽氣，拊牀叱之曰："鼠輩敢爾擾人！"殊不驚避。遽起，取席下白梃亂擊之，倉猝間誤觸燈滅。益盡力擣擊，俄而寂然。明旦視牀前，死鼠滿地。揚州教官陳德明光宗説。（《睽車志》卷二）

【宫人斜絶句】　一路斜分古驛前，陰風切切晦秋煙。鉛華新舊共冥寞，日暮愁鵶飛野田。（《權文公集》卷六；《全唐詩》卷三二五權德輿）

【答微之泊西陵驛見寄】　煙波盡處一點白，應是西陵古驛臺。知在

臺邊望不見,暮潮空送渡船迴。(《白居易集》卷二三;《全唐詩》卷四四六白居易)

【送商州杜中丞赴任】 安康地理接商於,帝命專城總賦輿。夕拜忽辭青瑣闥,晨裝獨捧紫泥書。深山古驛分騶騎,芳草閒雲逐隼旟。綺皓清風千古在,因君一爲謝巖居。(《全唐詩》卷二一〇皇甫曾、卷三二三權德輿)

【送田倉曹汴州覲省】 拜慶承天寵,朝來辭漢宫。玉杯分湛露,金勒借追風。古驛秋山下,平蕪暮雨中。翩翩魏公子,人看渡關東。(《全唐詩》卷二四四韓翃)

【送韋八少府判官歸東京】 玄成世業紫真官,文似相如貌勝潘。鴻雁南飛人獨去,雲山一别歲將闌。清淮水急桑林晚,古驛霜多柿葉寒。瓊樹相思何日見,銀鈎數字莫爲難。(《全唐詩》卷二九四崔峒)

【桃源行送友】 武陵川徑入幽遐,中有雞犬秦人家,家傍流水多桃花。桃花兩邊種來久,流水一通何時有。垂條落蘂暗春風,夹岸芳菲至山口。歲歲年年能寂寥,林下青苔日爲厚。時有仙鳥來銜花,曾無世人此攜手。可憐不知若爲名,君往從之多所更。古驛荒橋平路盡,崩湍怪石小溪行。相見維舟登覽處,紅堤緑岸宛然成。多君此去從仙隱,令人晚節悔營營。(《全唐詩》卷三一六武元衡)

【盤豆驛】 盤豆緑雲上古驛(郵),望思臺下使人愁。江充得計太子死,日暮戾園風雨秋。(《全唐詩》卷三二五權德輿)

【春晚旅次有懷】 晚出關河緑野平,依依雲樹動鄉情。殘春花盡黄鶯語,遠客愁多白髮生。野水亂流臨古驛,斷煙凝處近孤城。東西未遂歸田計,海上青山久廢耕。(《全唐詩》卷五八六劉滄)

【宿疏陂驛】 秋染棠梨葉半紅,荆州東望草平空。誰知孤宦天涯意,微雨蕭蕭古驛中。(《全唐詩》卷七六五王周)

【避地毗陵上王慥使君】時黄賊陷東陽,公避地於浙右。　古驛江雲入,荒宫海雨飄。仙松添瘦碧,天驥減豐膘。(《全唐詩》卷八三二貫休)

【題山驛新桐花】　雨餘煙膩暖香浮,影暗斜陽古驛樓。丹鳳總巢阿閣去,紫花空映楚雲愁。堪憐翠蓋奇於畫,更惜芳庭冷似秋。長日老春看落盡,野禽閑哢碧悠悠。(《全唐詩》卷八八四崔櫓)

【不見陽城驛】有序。　予爲兒童時,覽元白集,見唱和《陽城驛詩》。時稹貶江陵,過南山,感陽道州而作是詩也。且改驛爲避賢郵,不忍呼其諱也。樂天在翰林,得而和之。又見杜紫微《富水驛詩》題下解云:"富水驛,舊名與陽諫議同。"卒章曰:"驛名不合輕移改,留警朝天者惕然。"淳化二年秋九月,予自西掖左宦商於,訪其驛,即無有也。驗之圖經,求諸郡境,則富水地存而驛廢,陽城之號,遂莫知矣。因作古風詩,申明三賢之作,且以"不見陽城驛"爲首句。至於道州之行事,元詩盡之矣,此不復云。　不見陽城驛,空吟昔人詩。誰改避賢郵,唱首元微之。微之謫江陵,顦顇爲判司。路宿商山驛,一夕見嗟咨。所嗟陽道州,抗直貞元時。時亦被斥逐,南荒終一麾。題詩改驛名,格力何高奇。樂天在翰林,亦和遷客詞。遂使道州名,光與日月馳。是後數十年,借問經者誰。留題富水驛,始見杜紫微。紫微言驛名,不合輕改移。欲遣朝天者,惕然知在兹。一以諱事神,名呼不忍爲。一以名警衆,名存教可施。爲善雖不同,同歸化之基。邇來又百稔,編集空鱗差。我遷上雒郡,罪譴身縶維。舊詩猶可誦,古驛殊無遺。富水地雖在,陽城名豈知。空想數君子,貫若珠纍纍。三章詩未泯,千古名亦隨。德音苟不嗣,吾道當已而。前賢尚如此,今我復何悲。題此商於驛,吟之聊自怡。(《王黄州小畜集》卷三)

【寄呈温江安寺丞】　高崖古驛荒凉甚,過客何嘗住久之。獨有門邊君寫處,每來無不讀多時。(《丹淵集》卷一二)

【過穎(潁)橋懷永叔】　昔送之官東郡時,夜闌對酒風揭屋。君今淮海予再過,古驛依依老槐緑。(《宛陵先生集》卷二七)

【蟬】　紅樹依依古驛西,一聲長是報秋期。新晴忽見横飛過,落晚最

傷孤嘯時。陰激英雄增感憤,潛催節物至蕭衰。草根蟋蟀霜前雁,共與愁人染鬢絲。(《樂全集》卷三)

【大雪獨留尉氏】 古驛無人雪滿庭,有客冒雪來自北。紛紛笠上已盈寸,下馬登堂面蒼黑。苦寒有酒不能飲,見之何必問相識。我酌徐徐不滿觥,看客倒盡不留濕。千門晝閉行路絶,相與笑語不知夕。醉中不復問姓名,上馬忽去橫短策。(《東坡全集》卷二七)

【宿虹縣驛】 長堤隘舟車,上下無暫歇。煎熬古驛門,聒聒争瑣屑。東南淮浙富,輸餽日填咽。楚風習喧卑,吴舌動嘲哳。平生耽静意,投閙劇含噦。况兹道路勤,强食慰飢渴。年來嵩洛興,久與泉石結。終當卜吾廬,雲山對華髮。(《張耒集》卷七)

【題長岡亭呈德升大光】 久客不忘歸,如頭垢思沐。身行江海濱,夢繞嵩山麓。馬何預得失,鵬何了淹速。匣中三尺冰(水),瘴雨生新緑。胡爲古驛中,坐聽風吟木。既非還吴張,亦異赴洛陸。兩公茂名實,自是宜鼎軸。發發不可遲,帝言頻郁穆。(《簡齋集》卷六)

【别長沙驛渡】 别去六年久,重來四日留。筍輿離古驛,荻岸即方舟。雲淡楚天闊,風高湘水秋。洞庭知不遠,乘興欲盟鷗。(《大隱居士詩集》卷上)

【驛舍海棠已過有感】 凄凉古驛官道傍,朱門沈沈春日長。喧妍光景老海棠,顛風吹花滿空廊。物生榮顇固其常,惜哉無與持一觴。遊蜂戲蝶空自忙,豈知美人在西廂。我雖已老猶能狂,竚立爲爾悲容光。盛時不遇誠可傷,零落逢知更斷腸。(《劍南詩藁》卷三)

【寓驛舍】予三至成都,皆館於是。 閑坊古驛掩朱扉,又憩空堂綻客衣。九萬里中鯤自化,一千年外鶴仍歸。遶庭數竹饒新筍,解帶量松長舊圍。惟有壁間詩句在,暗塵殘墨兩依依。(《劍南詩藁》卷五)

舊驛

方田舊驛。在耒陽縣北，唐以前，梅嶺路未開，赴嶺者道必出此，故置驛以通往來，蓋在新城市地，今廢。(《大清一統志》卷二八一衡州府)

萬安驛。在羅江縣西。《舊經》云："唐明皇幸蜀至此，聞驛名，歎曰：'一安尚不可，况萬安乎！'移宿真明寺。"舊驛碑所載如此。(《方輿勝覽》卷五四綿州)

【重送劉十弟判官】 分源豕韋派，别浦雁賓秋。年事推兄忝，人才覺弟優。經過辯豐劍，意氣逐吴鈎。垂翅徒衰老，先鞭不滯留。本枝凌歲晚，高義豁窮愁。他日臨江待，長沙舊驛樓。(《杜詩詳注》卷二二)

【經春久雨未嘗尋芳舟次黎驛始見桃李紅白成陣愛而有題】 春風不散三冬雪，暖日猶明五月霞。病眼漫開常見雨，客顔新破始逢花。故園何在情還劇，舊驛空存使轉賒。白白朱朱今頗驗，退之詩句亦天葩。(《祠部集》卷六)

【題唐洲東寺訪友人不值詩】 三年漂泊老荆州，重過淮安舊驛樓。地上謫仙天上去，故來蕭寺想風流。(《濟南集》卷四)

【少師……太保張公(浚)行狀上】 公諱浚，字德遠，本唐宰相張九齡弟節度使九皋之後……始，公在陝，嘗以秦州舊驛秦川館爲學舍，以待河東、陝西失職來歸之士。(《晦庵集》卷九五上)

【送崔過(遇)歸淄青幕府】 平陵車馬客，海上見旌旗。舊驛千山下，殘花一路時。春衣過水冷，暮雨出關遲。莫道青州客，迢迢在夢思。(《全唐詩》卷二四四韓翃)

裴度平淮西，絶世之功也。韓愈《平淮西碑》，絶世之文也。非度之功不足以當愈之文，非愈之文不足以發度之功。碑成，李愬之子乃謂没父之功，訟之於朝。憲宗使段文昌别作，此與捨周鼎而寶康瓠何異哉！……東坡先生謫官，過舊驛壁間，見有人題一詩云："淮西功業冠吾唐，吏部文章日月光。千古斷碑人膾炙，世間誰數段文昌。"坡喜而誦之。(《韻語陽秋》卷三)

故驛

王鉷，太原祁人也……(得罪賜死，)男準除名，長流嶺南承化郡，偁，長流珠崖郡，至故驛，殺之，妻薛氏及在室女，並流。(《舊唐書》卷一〇五《王鉷傳》)

(開元二十五年二月，)玄宗終用林甫之言，廢太子瑛、鄂王瑶、光王琚爲庶人，太子妃兄駙馬都尉薛鏽長流瀼州，死於故驛，人謂之"三庶"，聞者冤之。(《舊唐書》卷一〇六《李林甫傳》)

來瑱，邠州永壽人也……擒(裴)茙於申口，送至京師，長流費州，賜死於藍田故驛。(《舊唐書》卷一一四《來瑱傳》)

壽陽故驛，在壽陽城城内，唐韓愈奉使鎮州夕次壽陽驛，即此。(《大清一統志》卷一一二平定州)

【晚次苦竹館却憶干越舊遊】　匹馬風塵色，千峰旦暮時。遥看落日盡，獨向遠山遲。故驛花臨道，荒村竹映籬。誰憐却迴首，步步戀南枝。(《劉隨州文集》卷二)

【送岐州源長史歸】同在崔常侍幕中，時常侍已歿。　握手一相送，心悲安可論。秋風正蕭索，客散孟嘗門。故驛通槐里，長亭下槿原。征西舊旌節，從此向河源。(《全唐詩》卷一二六王維)

破驛

【過淮】　朝離新息縣，初亂一水碧。莫宿淮南村，已渡千山赤。磨鼯號古戍，霧雨暗破驛。回頭梁楚郊，永與中原隔。黄州在何許，想象雲夢澤。

吾生如寄耳，初不擇所適。但有魚與稻，生理已自畢。獨喜小兒子，少小事安佚。相從艱難中，肝肺如鐵石。便應與晤語，何止寄衰疾。時家在子由處，獨與兒子邁南來。（《東坡全集》卷一一）

【初發桂林有出嶺之喜但病餘更覺登頓至靈川疲甚自歎羸軀乃無一可偶陸融州有使來書此寄之】 桂林獨宜人，無瘴古所傳。北客守炎官，恃此以泰然。堂高愜宴坐，訟簡容佳眠。不計身落南，璿柄三回天。今朝遂出嶺，歡呼繫行纏。罝兔脱豐草，池魚躍清淵。那知多病身，久静翻懷安。長風蕩籃輿，簾箔飄以翾。靈泉路喫蹶，僕夫告赬肩。我亦頭岑岑，中若磨蟻旋。走投破驛宿，强飯不下咽。兹事未渠央，萬里蜀道難。十年故倦遊，況乃成華顛。蠶老當作繭，不繭夫何言。（《范石湖集》卷一五）

【宿皂口驛】 倦投破驛歇征驂，喜見山光正蔚藍。不奈東風無撿束，亂吹花片點春衫。（《誠齋集》卷一五）

【人日宿味田驛】 破驛荒凉晚解鞍，急呼重碧敵輕寒。南中氣候從頭錯，人日青梅已醲酸。（《誠齋集》卷一八）

【宿三里店溪聲聒睡終夕】 破驛荒村山路邊，斜風細雨客燈前。子規一夜啼到曉，更待溪聲始不眠。（《誠齋集》卷三四）

【書驛壁】 猿叫鋪前雪欲作，鬼門關頭路正惡。泥深三尺馬蹄弱，霜厚一寸客衣薄。朝行過棧暮渡笮，夜投破驛火煜爚。人生但要無媿怍，萬里竄身元不錯。（《劍南詩藁》卷二）

【太息】宿青山鋪作。 太息重太息，吾行無終極。冰霜迫殘歲，鳥獸號落日。秋砧滿孤村，枯葉擁破驛。白頭鄉萬里，墮此虎豹宅。道邊新食人，膏血染草棘。平生鐵石心，忘家思報國。即今冒九死，家國兩無益。中原久喪亂，志士淚橫臆。切勿輕書生，上馬能擊賊。（《劍南詩藁》卷三）

【三月十七夜醉中作】 前年膾鯨東海上，白浪如山寄豪壯。去年射虎南山秋,夜歸急雪滿貂裘。今年摧頹最堪笑,華髮蒼顔羞自照。誰知得酒尚能狂,脱帽向人時大叫。逆胡未滅心未平,孤劍牀頭鏗有聲。破驛夢回燈欲死,打窗風雨正三更。(《劍南詩藁》卷三)

【莆陽昭武延平送兵漸集戲書】 鼓聲晨紞紞,角聲暮嗚嗚。作官了何事,空歎歲月徂。送兵稍稍集,秣馬脂吾車。風霜迫摇落,殘暑亦已無。野渡明丹楓,破驛吹黄榆。聊收作詩料,未用厭征途。(《劍南詩藁》卷一一)

孤驛

戎狄天性妄誕,故逆亮不羞大言。當爲岐王時,作《竹詩》曰:"孤驛瀟瀟竹一叢,不同凡卉媚春風。我心正與君相似,只待雲梢拂碧空。"(《三朝北盟會編》卷二三一引《敗盟記》)

金酋亮未簒僞,封岐王。爲平章政事,頗知書,好爲詩詞,語出輒崛彊,愬愬有不爲人下之意,境内多傳之。且驟施於國,東(海)昏疑焉。未及誅,而有胥儀之禍。宗族大臣以亮有素譽,因共推戴。既立,遂肆暴無忌。佳兵苛役,以迄於亡。然其居位時,好文辭猶不輟,余嘗得其數篇。初王岐,以事出使,道驛有竹,輒詠之曰:"孤驛瀟瀟竹一叢,不同凡卉媚春風。我心正與君相似,只待雲梢拂碧空。"……蓋其蓄已不小矣。(《桯史》卷八《逆亮辭怪》)

【夕次盱眙縣】 落帆逗淮鎮,停舫臨孤驛。浩浩風起波,冥冥日沉夕。人歸山郭暗,雁下蘆洲白。獨夜憶秦關,聽鐘未眠客。(《韋刺史詩集》卷六)

【宜城歌】 野水遶空城,行塵起孤驛。荒臺側生樹,石碣陽鐫額。靡靡度行人,温風吹宿麥。(《劉賓客文集》卷二六)

【早上五盤嶺】 平旦驅駟馬,曠然出五盤。江迴兩崖鬬,日隱群峰攢。蒼翠煙景曙,森沈雲樹寒。松疏露孤驛,花密藏迴灘。棧道谿雨滑,畬田原草乾。此行爲知己,不覺蜀道難。(《全唐詩》卷一九八岑參)

【別謫者】 此地聞猶惡，人言是所之。一家書絶久，孤驛夢成遲。八月三湘道，聞猿冒雨時。不須祠楚相，臣節轉堪疑。（《全唐詩》卷二九〇楊凝、卷六〇一李昌符）

【送遷客二首】（其二） 流人何處去，萬里向江州。孤驛瘴煙重，行人巴草秋。上帆南去遠，送雁北看愁。遍問炎方客，無人得白頭。（《全唐詩》卷三一〇于鵠）

【江西道中作三首】（其一） 日落江村遠，煙雲度幾重。問人孤驛路，驅馬亂山峰。夜入霜林火，寒生水寺鐘。凄凉哭途意，行處又饑凶。（《全唐詩》卷五一〇張祜）

【馬嵬】 長川幾處樹青青，孤驛危樓對翠屏。一自上皇惆悵後，至今來往馬蹄腥。（《全唐詩》卷五七四賈島）

【夔州病中】 隱几經旬疾未痊，孤燈孤驛若爲眠。郡樓昨夜西風急，一一更籌到枕前。（《全唐詩》卷七六五王周）

【望都雨夜】 孤驛蕭條風雨夜，夜深窗竹動秋聲。離魂無睡難成夢，却遶長廊獨自行。（《忠愍公詩集》卷中）

【苗子居運判歸宿州同赴武康西縣道中奉寄二首】（其一） 霜風舞征袂，有客去符離。斜谷雪晴後，曲灘水滿時。亂山誰對酒，孤驛獨吟詩。不得陪清絶，悵然空所思。（《丹淵集》卷四）

【送浦倅之闕】 翹翹别乘出吴關，吏俗隨轅不敢攀。此日謾淹飛蓋住，明時那許壯才閒。秋花幾處逢孤驛，凉月相迎過暮山。請劇書成雙闕近，佇聞忠論解天顔。（《錢塘集》卷二）

【汴上遇孫楚材】 春陰蔽日多飄風，二月凛冽猶窮冬。馭夫凌兢踏泥凍，旅況索莫填心胸。淑人邂逅獲交馬，語言浹洽欣相從。夜投孤驛共清飲，安得復訴瑠璃鍾。（《錢塘集》卷三）

【夜聽雨聲】 溟溟雨意若絲棼,銀竹森森瀉夜雲。憶昔曾行兩京道,還如孤驛枕邊聞。(《紫微集》卷一〇)

【寓館晚興】 隨牒人間不自憐,衢州孤驛更蕭然。百年細數半行路,萬事不如長醉眠。髮短經秋真種種,腹寬耐事只便便。晚窗商略唯當飲,安得黄花到眼邊。今年九月將盡,竟未見菊。(《劍南詩藁》卷一一)

望驛

平望驛,在吴江縣東門外,唐置驛,在平望鎮。後因之。本朝順治六年,移置垂虹亭下。乾隆十六年。(《大清一統志》卷五五蘇州)

劉三復能記三生事,云:"曾爲馬,馬常患渴,望驛而嘶,傷其蹄則連心痛。"後三復乘馬,過磽確之地,必爲緩轡,有轍石,必去之。(《南部新書》丁卷)

【過平望驛有懷湖州李使君二首】

柳色陰陰平望橋,春流西受霅溪潮。玉樓有月清光遠,蘋渚生風麗思飄。寧使簿書堆几案,已聞歌詠滿漁樵。酒船欲訪烏程去,愁費金龜返畫橈。

憑熊飛隼兩溪頭,人似冰壺住玉樓。事逐歡謡入漁釣,詩隨秋思滿汀洲。茶收顧渚旗猶卷,酒貰烏家蟻半浮。去路無多平望驛,客魂秋雨宿扁舟。(《都官集》卷一三)

【四望驛松】 當初北澗别,直至此庭中。何意聞鞞耳,聽君枝上風。(《全唐詩》卷三〇一王建)

【登開元寺樓送崔少府還平望驛】 登望思慮積,長亭樹連連。悠揚下樓日,杳映傍帆煙。入夜四郊静,南湖月待船。(《全唐詩》卷八一八皎然)

荒驛

【經荒驛】 古驛成幽境,雲蘿隔四鄰。夜燈移宿鳥,秋雨禁行人。廢

巷荆叢合,荒庭虎迹新。昔年經此地,終日是紅塵。(《全唐詩》卷七〇二張蠙)

【寄子駿運使】時按西鄉。　　西鄉巴嶺下,嶮道入孱顔。使騎到荒驛,野禽啼亂山。問民青靄裏,訪古白雲間。幾日南城路,新詩滿軸還。(《丹淵集》卷一六)

【宿木宗驛】涪州武龍界。　　暮投荒驛傍巖隈,更柝聲頻夢易回。半夜忽驚飛霰急,凌晨還喜凍雲開。雪凝山表平如截,梅發林坳回若堆。問俗觀風何所補,勤勞唯有馬虺隤。(《錢塘集》卷七)

【辛亥九日被檄視澇遂爽同官飲菊之約夜宿荒驛風雨達曙】　　孤負重陽菊,愁懷不肯寬。郵亭一夜雨,客枕五更寒。脚健從渠老,心低到處安。獨行誰可語,時把古詩看。(《東野農歌集》卷三)

【酌别張子元二首并序】子元已注今年班籍去臈,余以言職免歸。子元不待引見,毅然相隨南還。兹再入京,送之至鑒空閣下,用東坡韻酌别。

(其一)　去冬初去國,逆旅等順境。禍機衆危之,沙蜮伺人影。拂衣肯同歸,荒驛燈夜永。幸脱妖蟆口,黑月重磨鏡。(《文溪集》卷一三)

【宿台州城外】　　荒驛丹丘路,秋高酒易醒。霜增孤月白,江截亂峰青。旅雁如曾識,哀猨不可聽。到家追此夕,三十五郵亭。(《霽山先生集》卷一)

荒郵

【感夢】夢故兵部裴尚書相公。　　十月初二日,我行蓬州西。三十里有館,有館名芳溪。荒郵屋舍壞,新雨田地泥。我病百日餘,肌體顧若刲。氣填暮不食,早早掩竇圭。陰寒筋骨病,夜久燈火低。忽然寢成夢,宛見顔如珪。似歎久離别,嗟嗟復悽悽。(《全唐詩》卷四〇二元稹)

【白社迓客一首】　　貧食官倉不自由,强扶衰病坐荒郵。送迎不是祠官事,偶見青山急下頭。(《後村集》卷四)

【邳州】 身如傳舍任西東，夜卧荒郵四壁空。鄉夢漸生燈影外，客愁多在雨聲中。淮南火後居民少，河北兵前戰鼓雄。萬里别離心正苦，帛書何日寄歸鴻。(《湖山類稿》卷二)

【興元府】 秋風吹我入興元，下馬荒郵倚竹門。詩句未成雲渡水，酒杯方舉月臨軒。山川寂寞非常態，市井蕭條似破村。官吏不仁多酷虐，逃民餓死棄兒孫。(《水雲集》卷一)

廢驛

大寧廢驛。在咸寧縣東。《長安志》：在萬年縣城東草市。又滋水驛，在縣東北三十里，隋開皇十六年置。長樂驛，在縣東北十五里長樂坡下，唐聖曆元年置。

新豐驛。在臨潼縣治西南，明洪武初置。按《長安志》，有昌亭驛，在縣西南五十步。久廢。

神皋廢驛。在高陵縣。《長安志》：在高陵縣北百五十步。今廢。

藍橋廢驛。在藍田縣。《長安志》：藍橋驛，在藍田縣東南四十里。又清泥驛，在縣郭下。韓公堆驛，在縣南二十五里。藿平驛，在縣南五十五里。藍田驛，在縣南二十五里，並廢。

豐原驛。在渭南縣東。開明初置，在南厢街北。嘉靖中移於此。按《長安志》，有渭南驛，在縣郭内。東陽驛，在縣東十三里。《兩京道里記》曰："西魏大統十四年置，在東陽谷側，因以爲名。"杜化驛，在縣西十三里，亦大統十四年置，在杜化川。皆久廢。

醴泉廢驛。在醴泉縣東北舊城内。《長安志》，在西門内。今廢。(《大清一統志》卷一七九西安府)

【彭州貢院記】 國家三歲一貢士，天子先期爲下詔書，與郊祀天地埒……郡國貢士，顧可不重邪？彭州舊無貢院，每科舉，輒寓佛祠。祠乃在城外，士不以爲便。淳熙三年，知州事王公敦詩、通判州事鄧公樞始采進士穆滂、陳仲山、楊倫、蘇松等議，取廢驛故地爲貢院。凡郡之士奔走後先，肩袂相屬，甓堅材良，山積雲委，自正月壬子至七月癸亥訖事……四年五月丁未，朝散郎、主管台州崇道觀陸某記。(《渭南文集》卷一八)

【烟竹鋪】 野迥村疏起暮寒，偶逢廢驛卸征鞍。主人家比漁舟小，客

子房如鶴栅寬。燈與鄰通眠未易，風從隙入避尤難。似聞南去加蕭索，一夜披衣坐不安。（《後村集》卷五）

廢館

會稽縣有東城驛，在縣東六十里。今廢館二，以待朝陵官屬，在縣東三十五里，有上馬亭。（《嘉泰會稽志》卷四）

（元和）九年四月，自夏州至天德，復廢館一十一所，以通緩急。時去年迴鶻自部落南過磧，取西城柳谷路討吐蕃。西城防禦使周懷義表至，朝廷大恐，以迴鶻入言討吐蕃，意是入寇。宰臣李吉甫以爲迴鶻入寇，且當漸絶和事，不應便來犯邊。但須設備，不足爲慮，因請置之云。（《唐會要》卷六一）

韋璠者，咸通初遊涇上。至一廢館，遇書生，自稱曰知白，留璠宿，曰："五十刻之綺譚，可釋千餘年之疑史。"夜深，取琴而鼓曰："秦穆公修德武（武德），諸侯畢賀，故作此譜，號《羈西戎》，世罕聞，惟某受之於烏稠伯。"俄頃，人琴俱不見，室中惟一冢。（《類説》卷一三《樹萱録》）

【泥陽館】　客愁何併起，暮送故人回。廢館秋螢出，空城寒雨來。夕陽飄白露，樹影掃青苔。獨坐離容慘，孤燈照不開。（《唐賈浪仙長江集》卷五；《全唐詩》卷五七二賈島）

【夢錫同遊賀園題詩云誰知清淡者冬月亦登臨】　寒景峥嶸歲已深，誰知清淡亦登臨。雨吹廢館苔添暈，霜落空城樹減陰。向曉旋留題葉句，隔年先有探花心。相期紅藥濃開日，一醉東風費萬金。（《青山續集》卷七；《清江三孔集》卷二四）

空驛

【早行】　村雞已報晨，曉月漸無色。行人馬上去，殘燈照空驛。（《屏山集》卷一〇）

【道中病瘍久不飲酒至魚梁小酌因賦長句】 我行浦城道,小疾屏杯酌。癬疥何足言,亦復妨作樂。此身會當壞,百歲均電雹。胡爲過自惜,僵卧困鍼烙。未嘗膾噞喁,況敢烹郭索。今朝寓空驛,窗户寒寂寞。悠然忽自笑,頓解貪愛縛。紅燭映緑樽,奇哉萬金藥。(《劍南詩藁》卷一〇)

空館

林仁肇,世爲建陽人,仕爲郡裨將……開寶中,以仁肇爲南都留守,尹南昌。宋太祖欲平江南,患仁肇勇略,私於仁肇左右竊取其存神。俟江南朝貢至,以示其使曰:"汝以斯圖何似?"對曰:"此神似本國林仁肇。"因曰:"仁肇且將至矣。"又使微指其空館曰:"斯仁肇之第也。"後主聞之,不察其權詐,遽使鴆殺之。不二年,王師乃渡。仁肇少有風疾,其息氣頗穢。時謂之肺掩不正。及遇鴆,而家人怪其不臭,俄卒。(《江南野史》卷九《林仁肇傳》;《續資治通鑑長編》卷一三)

先公舊有小吏,曰柴援,自言周室之裔,頗能詩……又有《客舍詩》曰:"隻影寄空館,蕭然飢鶴姿。秋風北窗來,問我歸何時。"其佳句可喜,多此類。先公屢欲官之,未及而卒。世謂詩能窮人,此尤其甚者也。(《却掃編》卷下)

惜别詩要須道路臨岐繾綣,畫態亦然。"相看臨野水,獨自上孤舟。長因送人處,憶得别家時。"外此曾未多見。徐道暉"不來相送處,恐有獨歸時",脱胎語爾。余往歲嘗從貴遊,觀畫卷首題云:"長江風送客,空館雨留人。"因慨古今詩意無窮,語出唐人必矣。(《説郛》卷二〇下方嶽《深雪偶談》)

【懷舊賦】 予十二而獲見於父友東武戴侯楊君,遂申之以婚姻……今而經焉,慨然懷舊,乃作賦曰:仰睎歸雲,俯鏡泉流。前瞻太室,旁眺嵩丘。東武託焉,建塋啓疇。巖巖雙表,列列行楸。予總角而獲見,承戴侯之清塵。名予以國士,眷予以嘉姻。自祖考而隆好,逮二子而世親。歡攜手以偕老,庶報德之有鄰。今九載而一來,空館闃其無人。陳荄被於堂除,舊圃化而爲薪。步庭廡以徘徊,流涕泣而霑巾。(《藝文類聚》卷三四潘岳)

上巡狩，過河閒(間)，見青紫氣自地屬天，望氣者以爲其下有奇女，必天子之祥。求之，見一女子在空館中，姿貌殊絶，兩手皆拳。上令開其手，數百人擘，莫能開。上自披，手即申(伸)，由是得幸，爲拳夫人，進爲婕妤。(《藝文類聚》卷七八引《漢武故事》)

【螢火賦】 潛空館之寂寂兮，意遥遥而靡寧。夜耿耿而不寐兮，憂悄悄而多傷(傷情)。(《初學記》卷三〇引傅咸)

文明年，竟陵掾劉諷夜投夷陵空館，月明不寢。忽有一女郎西軒至，儀質温麗，緩歌閒步，徐徐至中軒，回命青衣曰："紫綏取西堂花茵來，兼屈劉家六姨姨、十四舅母、南鄰翹翹小娘子，并將溢奴來，傳語道此間好風月，足得遊樂，彈琴詠詩，大是好事。雖有竟陵判司，此人已睡，明月下不足迴避也。"未幾而三女郎至，一孩兒，色皆絶國。(《太平廣記》卷三二九引《玄怪録》)

【次汝中寄河南陳贊府】 汝山方聯延，伊水纔明滅。遥見入楚雲，又此空館月。紛然馳夢想，不謂遠離别。京邑多歡娱，衡湘暫沿越。明湖春草遍，秋桂白花發。豈惟長思君，日夕在魏闕。(《全唐詩》卷一四〇王昌齡)

【送錢拾遺歸兼寄劉校書】 墟落歲陰暮，桑榆煙景昏。蟬聲静空館，雨色隔秋原。歸客不可望，悠然林外村。終當報芸閣，攜手醉柴門。(《全唐詩》卷二四八郎士元)

【秋館雨後得弟兄書即事呈李明府】 弟兄書忽到，一夜喜兼愁。空館復聞雨，貧家怯到秋。坐中孤燭暗，窗外數螢流。試以他鄉事，明朝問子游。(《全唐詩》卷二七〇戎昱)

【宿邯鄲館寄馬磁州】一作《宿邯鄲寄磁州友人》。 孤客到空館，夜寒愁卧遲。雖沾主人酒，不似在家時。幾宿得歡笑，如今成别離。明朝行更遠，迴望隔山陂。(《全唐詩》卷三八四張籍)

【桐花】 朧月上山館，紫桐垂好陰。可惜暗澹色，無人知此心。舜没蒼梧野，鳳歸丹穴岑。遺落在人世，光華那復深。年年怨春意，不競桃杏林。唯占清明後，牡丹還復侵。况此空館閉，云誰恣幽尋。(《全唐詩》卷三九六元稹)

【夜坐】 雨滯更愁南瘴毒，月明兼喜北風凉。古城樓影横空館，溼地蟲聲遶暗廊。螢火亂飛秋已近，星辰早没夜初長。孩提萬里何時見，狼藉家書滿卧牀。(《全唐詩》卷四一五元稹)

【秋館雨夜】 夜雨空館静，幽人起裴回。長安醉眠客，豈知新雁來。(《全唐詩》卷五一八雍陶)

【邊館逢賀秀才】 貧病無疏我與君，不知何事久離群。鹿裘共弊同爲客，龍闕將移擬獻文。空館夕陽鴉繞樹，荒城寒色雁和雲。不堪吟斷邊笳曉，葉落東西客又分。(《全唐詩》卷五五六馬戴)

【暮相思】 朝出自不還，暮歸花盡發。豈無終日會，惜此花間月。空館忽相思，微鐘坐來歇。(《韋刺史詩集》卷六；《全唐詩》卷一九一韋應物)

【寄韋秀才】 荆臺蘭渚客，寥落共含情。空館相思夜，孤燈照雨聲。(《全唐詩》卷五七〇李群玉)

【春行】 去去行人遠，塵隨馬不窮。旅情斜日後，春色早煙中。流水穿空館，閒花發故宫。舊鄉千里思，池上緑楊風。(《全唐詩》卷五七四賈島)

【秋夜懷歸】 渭水苔磯阻舊遊，夢回空館却凝愁。一聲江笛巴雲暝，半夜山風楚樹秋。星落古池孤影動，燈摇疏壁冷光幽。遲明不寐空搔首，蹤迹何由得狎鷗。(《忠愍公詩集》卷中)

【信州迴車館中作二首】(其一) 太白山根秋夜静，亂泉深水遶牀鳴。病來空館聞風雨，恰似當年枕上聲。(《臨川先生文集》卷三四)

【初至桂州二首】(其一)　連年走遐方,所至若郵傳。未論道艱阻,先問米貴賤。賊勢來未已,行役我已倦。解鞍憩空館,敢歎此異縣。清泉上短綆,一洗塵垢面。瘴癘非不深,美醞良可戀。(《東萊詩集》卷一三)

古館

烏鵲橋,在郡前。舊傳有古館八:曰全吴、通波、龍門、臨頓、昇羽、烏鵲、江風、夷亭。此橋因館得名,白樂天詩嘗及之。右二。(《吴郡圖經續記》卷中)

山人劉方玄自漢南抵巴陵,夜宿江岸古館,廳西有巴籬隔之。又有一廳,常扃鐍,云多怪物,使客不安,已十年不開矣。中間爲廳廊,崩摧,郡守完葺,至新净,而無人敢入,方玄都不知之。二更後,月色滿庭,江山清寂,唯聞籬西有婦人言語笑咏之聲,不甚辨。惟一老青衣語稍重而秦音者,言曰:"往年阿郎貶官時,常令老身騎偏面騾,抱阿荆郎。阿荆郎嬌,不肯穩坐,或偏於左,或偏於右,墜損老身左膊,至今天欲陰,則酸疼焉。今又發矣,明日必天雨。如今阿荆郎官高也,不知有老身無。"復聞相應答者。俄而有歌者,歌音清細,若曳縷之不絶,復吟詩,吟聲切切,如含酸和淚之詞,不可辨其文。久而老青衣又云:"昔日阿荆郎愛念'青青河畔草',今日亦可謂'綿綿思遠道'也。"僅四更,方不聞。明旦,果大雨,呼館吏詢之,吏云:"此西廳空無人。"方叙賓客不敢入之由。方玄因令開院視之,則秋草蒼苔没階,西則連山林,無人迹也。啓其廳,廳則新净,了無所有,唯前間東柱上有詩一首,墨色甚新。(《太平廣記》卷三四五引《博異記》)

津驛

(海陽縣)西津驛,在縣西六里。(《元和郡縣圖志》卷三四潮州)

元豐樂賓館、通津驛。元豐二年,明州及定海縣作高麗貢使館。五月二十五日,賜名樂賓。亭曰航濟。四年十月二十一日,名滑州新作遼使驛曰通津。初題曰武成,詔改是名。(《玉海》卷一七二)

大義臨津驛。河口渡次。(《淳熙三山志》卷五)

梁母者,盱眙人也,寡居無子,舍逆旅於平原亭。客來投憩,咸若還家,客還錢多少,未嘗有言,客住經月,亦無所厭。自家衣食之外,所得施諸貧寒。常有少年,住經日,舉動異常。臨去曰:"我東海小童也。"母亦不知小童何人也。宋元徽四年丙辰,馬耳山道士徐道盛暫至蒙陰,於蜂城西,遇一青牛車……車中人遣一童子傳語曰:"我平原客舍梁母也,今被太上召還,應過蓬萊尋子喬,經太山考召,意欲相見,果得子來,靈轡飄飄,崗嶮巇也,津驛有限,日程三千……"(《太平廣記》卷五九引《集仙録》;《雲笈七籤》卷一一五)

【送陸贄擢第還蘇州】 鄉路歸何早,雲間喜擅名。思親盧橘熟,帶雨客帆輕。夜火臨津驛,晨鐘隔浦城。華亭養仙羽,計日再飛鳴。(《錢仲文集》卷五;《全唐詩》卷二三七錢起)

【發綿津驛】 孤舟北去暮心傷,細雨東風春草長。杳杳短亭分水陸,隆隆遠鼓集漁商。千叢野竹連湘浦,一派寒江下吉陽。欲問長安今遠近,初年塞雁有歸行。(《全唐詩》卷二六九耿湋)

【豫章先生遺稿序】(其二) 豫章羅先生潛思力行,任重詣極,上接伊川、龜山之傳,下授延平、晦菴之學,東南學者,未能或之先也。余後七十歲而生……咸淳庚午十月既望,先生之從孫泰孫出此編,示余於龍津驛舍,且求鄙言序其首。(《豫章文集》卷一六馮夢得)

【常山縣主簿題名記】 衢所隸五縣,西曰常山,溪谷迴阻,曩時號爲巖險僻左。比年聖上駐蹕臨安,冠蓋旁午,甲兵往來,乃江湖、閩廣水陸之衝,坌爲孔道,津驛廩庫之吏,與其輿臺,迓勞無虚日,事倍蓰於旁近他邑。(《雙溪集》卷一一)

【宿彭山縣通津驛大風鄰園多喬木終夜有聲】 木欲静風不止,子欲養親不留,夜誦此語涕莫收。吾亲之没今幾秋,尚疑捨我而遠遊。心冀乘雲反故丘,再拜奉觴陳膳羞。陶盎治米聲叟叟,木甑炊餅香浮浮。芼薑屑桂調甘柔，稚鼈煮臛長魚膅。夜敷枕席視衾裯，晨起熏籠進衣裘。哀樂此志終莫酬，有言不聞九泉幽。北風歲晚號松楸，哀哉萬里爲食謀。(《劍南詩藁》卷六)

渡驛

白渡驛，在墊江縣東，舊爲馬驛，今裁。驛設馬站。(《大清一統志》卷三一六忠州)

【深渡驛】 旅泊青山夜，荒庭白露秋。洞房懸月影，高枕聽江流。猿響寒巖樹，螢飛古驛樓。他鄉對摇落，併覺起離憂。(《全唐詩》卷八七張説)

田驛

(唐玄宗開元二十五年四月)乙丑，皇太子瑛、鄂王瑶、光王琚並廢爲庶人。太子妃兄駙馬都尉薛鏽長流瀼州，至藍田驛，賜死。(《舊唐書》卷九《玄宗紀下》)

(唐代宗寶應元年七月)乙酉，襄州刺史裴義長流費州，賜死於藍田驛。(《舊唐書》卷一一《代宗紀》)

(唐昭宗光化三年六月)戊辰，特進、司空、門下侍郎平章事、監修國史王摶貶崖州司户，尋賜死於藍田驛。樞密使宋道弼、景務修並死，爲崔胤所誣，言三人中外相結也。(《舊唐書》卷二〇上《昭宗紀》)

裴茙，以門蔭入仕……(爲襄州刺史，與來瑱兵交戰，)大敗，士卒死傷殆盡。茙走還穀城舊營，瑱追擒之。朝旨務安漢南，乃歸咎於茙。寶應元年七月，敕曰："前襄州刺史裴茙，性本頑疏，行惟狂悖……宜寬殊死之刑，俾就投荒之謫，宜除名，長流費州。"茙器局輕褊，初興師徒，給用無節。及敗撓，遲迴赴召，將至京師，會有是命。既行，至藍田驛，賜自盡。(《舊唐書》卷一一四《裴茙傳》)

黎幹者，戎州人……德宗初即位，幹猶以詭道求進，密居輿中，詣(宦者劉)忠翼第。事發,詔曰:“兵部侍郎黎幹,害若豺狼,特進劉忠翼,掩義隱賊,並除名長流。”既行,市里兒僮數千人譟聚,懷瓦礫投擊之,捕賊尉不能止,遂皆賜死於藍田驛。(《舊唐書》卷一一八《黎幹傳》)

(崔)胤,字昌遐,乾寧二年登進士第……頗弄威權,恨徐彦若、王摶發(崔)昭緯前事,深排抑之。俄出彦若爲南海節度,又摭王摶交結敕使,同危宗社,令(朱)全忠上疏論之。光化中,貶摶溪州司馬,賜死於藍田驛。(《舊唐書》卷一七七《崔胤傳》)

(王守一封晉國公。開元)十一年,坐與庶人潛通左道,左遷柳州司馬,行至藍田驛,賜死。守一性貪鄙,積財巨萬。及籍没其家,財帛不可勝計。(《舊唐書》卷一八三《王守一傳》)

(宋孝宗乾道九年閏正月)二十九日,發萍鄉,宿裹田驛。(《驂鸞録》)

河北道,幽州,開元十三年正月初一日,改爲大都督府。無終縣,萬歲通天元年,移就玉田驛,因改爲玉田縣。(《唐會要》卷七一)

【聶耒陽以僕阻水書致酒肉療饑荒江詩得代懷興盡本韻至縣呈聶令陸路去方田驛四十里舟行一日時屬江漲泊於方田】 耒陽馳尺素,見訪荒江渺。義士烈女家,風流吾賢紹。昨見狄相孫,許公人倫表。前朝翰林後,屈迹縣邑小。(《杜詩詳注》卷二三;《全唐詩》卷二三三杜甫)

【興元新路記】 又一十三里,至芝田驛。皆閣道,卒高下,多碎石。(《孫可之集》卷四)

【自興國往筠宿石田驛南二十五里野人舍】 溪上青山三百迭,快馬輕衫來一抹。倚山修竹有人家,横道清泉知我渴。芒鞋竹杖自輕軟,蒲薦松牀亦香滑。夜深風露滿中庭,惟見孤螢自開闔。(《東坡全集》卷一三)

【昨日飯金城觀今日飯石田驛】 城縱是金非願得,田雖有石尚堪耕。

欲隨秋雁蕩中去,却向杜鵑啼處行。(《梅溪集》後集卷一〇)

【宿鹽田驛用黄大聲韻】 使節經行地,南訛夏日長。盾威知畏仰,暑雨助清凉。叱馭登閩嶠,鳴珂入帝鄉。拂塵來者敬,妙墨尚淋浪。(《芸庵類藁》卷二)

【至日宿藍田驛感舊】 至日天涯感慨同,曾陪鴛鷺大明宫。催班别殿春雷繞,駐輦蓬萊曉日紅。聳聽鳴鞘馳魏闕,歡傳放仗醉新豐。誰知獨木荒村裏,扇影爐煙入夢中。(《芸庵類藁》卷四)

田鋪

豐田鋪。西取大瀨二十里。已上三鋪,元豐六年,(並)定馬遞三人、步遞四人、急遞二人。大觀元年,並添急遞二人、遞馬一匹。惟葛崎崇寧三年行北門路,添厢軍二人。政和元年,並減急遞一名,罷添馬。今並額管十四(人),供申一、節級一、鋪兵十二。(《淳熙三山志》卷五)

(諸縣鋪兵·天台:)小田鋪,在縣西二十五里。舊額七人,今五人。(《嘉定赤城志》卷一八)

【長田鋪二首】

野驛人稀到,空庭草自生。霜清殊未覺,雨細更含晴。

晚入東西路,秋風長短亭。悲歌渾欲絶,衰淚不勝零。(《淳熙稿》卷一六)

【自彭田鋪至湯田道旁梅花十餘里】 一行去聲誰栽十里梅,下臨溪水恰齊開。此行便是無官事,只爲梅花也合來。

【觀湯田鋪溪邊湯泉】 下泓堪浴上堪煎,陰火熬成未必然。海底日升波自沸,偶分一脈作湯泉。(《誠齋集》卷一七)

【牛田鋪大寒】萍鄉境内。 瞑色蟠空起,獰飈激地吹。漸看雲布濩,稍有霰紛披。蔌蔌初飄瓦,輕輕已點池。居人朝未覺,客子夜先知……馬難

分牝牡，烏不辨雄雌。倏忽斜還整，冥濛合又離。半埋官路堠，亂打寺廊碑。(《後村集》卷五)

園驛

天聖、明道中，錢文僖公自樞密留守西都，謝希深爲通判，歐陽永叔爲推官，尹師魯爲掌書記，梅聖俞爲主簿，皆天下之士，錢相遇之甚厚。一日，會於普明院，白樂天故宅也，有唐九老畫像。錢相與希深而下，亦畫其旁。因府第起雙桂樓西城，建閣臨圜(園)驛，命永叔、師魯作記。永叔文先成，凡千餘言。師魯曰："某止用五百字可記。"及成，永叔服其簡古，永叔自此始爲古文。(《邵氏聞見録》卷八)

【耕園驛佛桑花】　溪館初寒似早春，寒花相倚醉於人。可憐萬木凋零盡，獨見繁枝爛熳新。清艷夜濡雲表露，幽香時過轍中塵。名園不肯爭顏色，的的夭紅野水濱。(《端明集》卷四)

橋驛

顯德七年春正月辛丑朔，文武百僚進名奉賀。鎮、定二州馳奏，契丹入寇，河東賊軍自土門東下，與蕃寇合勢，詔今上率兵北征。癸卯，發京師。是夕，宿於陳橋驛。未曙，軍變，將士大譟，呼萬歲，擐甲將刃，推戴今上升大位，扶策升馬，擁迫南行。(《舊五代史》卷一二〇《恭帝紀》)

(唐昭宗光化三年六月)戊辰，貶(王)摶溪州刺史。己巳，又貶崖州司户。(宋)道弼長流驩州，(景)務修長流愛州。是日，皆賜自盡。摶死於藍田驛，道弼、務脩死於霸橋驛。藍田驛在藍田縣。霸橋驛在長安城南，近霸橋。於是(崔)胤專制朝政，勢震中外。(《資治通鑑》卷二六二)

(宋真宗大中祥符元年十月)壬辰，次陳橋驛，命宮苑使趙承煦等檢視山上下諸壇牢饌。(《續資治通鑑長編》卷七〇)

陳橋驛，在府城北四十里，即宋太祖爲衆所立處。（《明一統志》卷二六河南布政司）

柯橋驛，在（山陰）縣西二十五里。錢清驛，在縣西北五十里。剡縣有訪戴驛，在縣東南五十五步。

楓橋驛，在（諸暨）縣東北五十里。（《嘉泰會稽志》卷四）

七橋驛，在溧水縣南七十五里，歲多（久）圮壞，僅存故址。淳熙中重建，榜曰“迎華堂”。（《景定建康志》卷一六）

藍橋驛，在縣東南四十里。（《長安志》卷一六藍田縣）

《唐新修橋驛記》，唐韋行儉撰，柳汶正書，元和八年立。《復齋碑録》。（《寶刻叢編》卷一〇）

虬須客姓張氏，赤髮而虬鬚。時楊素家紅拂妓張氏奔李靖，將歸太原。行次靈橋驛，既設牀，爐中煮肉。張氏以髮長垂地，立梳牀前。靖方刷馬，忽虬鬚客乘驢而來，投革囊於爐前，取枕攲卧，看張氏梳頭。靖怒，未決。張氏熟視其面，一手映身摇示靖，令勿怒。急急梳頭畢，斂衽前，問其姓氏。（《唐語林》卷五）

陳橋驛，在京師陳橋、封丘二門之間，唐爲上元驛，朱全忠縱火欲害李克用之所，藝祖啓運立極之地也。始，藝祖推戴之初，陳橋守門者拒而不納，遂如封丘門，抱關吏望風啓鑰。逮即帝位，斬封丘而官陳橋者，以旌其忠於所事焉。後來，以驛爲班荆館，爲北使迎餞之所。至宣和五年，因曾讜一建言，遂命羽流居之，錫號曰“鴻烈觀”。俶擾之後，又不知如何耳。（《玉照新志》卷六）

唐長慶中，有裴航秀才，因下第，遊於鄂渚，謁故舊友人崔相國。值相國贈錢二十萬，遠挈歸於京，因傭巨舟，載於湘漢。同載有樊夫人，乃國色也，言詞問接，幃帳昵洽。航雖親切，無計道達而會面焉，因賂侍妾裊烟而求達詩一章……遂抵襄漢,與使婢挈妝奩,不告辭而去,人不能知其所造。航遍求訪之,滅迹匿形,竟無蹤兆。遂飾妝,歸輦下。經藍橋驛側近,因渴甚,遂下道求漿而飲。見茅屋三四間,低而復隘,有老嫗緝麻苧……至太和中,友人盧顥遇之於藍橋驛之西,因説得道之事,遂贈藍田美玉十斤、紫府雲丹一粒。(《太平廣記》卷五〇引《傳奇》)

陳道光,字不矜,南城人。自桂林罷官歸,過洞庭,夢綵衣童子,自言:"是洞中龍子,奉命告君,勿食蒜韭及犬,後三年,當有所遇。"及期六月,在河中幕府,沿檄如商州,道經藍田,宿於藍橋驛,夢向所見童執節而來,曰:"仙子候君至。"遂導以行,到一處,峻崖峭壁。童以節扣石壁,聞鎗然掣鎖聲,俄入洞户,棟宇華焕,金璧絢赫,佳花美木,世所未睹。稍進,抵中堂,望一麗女,方笄歲,姿態縹緲,宛若神仙中人,正隱几寫佛書,顧客至,甚喜,延相對席,談詞如雲。(《夷堅支甲》卷七《蔡箏娘》)

【留呈夢得子厚致用題藍橋驛**】** 泉溜才通疑夜磬,燒煙餘暖有春泥。千層玉帳鋪松蓋,五出銀區印虎蹄。暗落金烏山漸黑,深埋粉堠路渾迷。心知魏闕無多地,十二瓊樓百里西。(《元稹集》卷一九)

【唐故岐陽公主墓誌銘】 憲宗皇帝即位八年,出嫡女,册封岐陽公主,下嫁於今工部尚書、判度支杜公悰……尚書自許奉急追詔。主有疾,小愈,强不肯留,曰:"去朝興慶宫,縱死於道,吾無恨。"以開成二年十一月某日,薨於汝州長橋驛亭,年若干。(《樊川文集》卷八)

【次韻答崔公孺比部至陳橋驛來别相會】 永日勞君倍驛馳,相期無失見相思。義均吕駕來千里,情過陽關盡一卮。喜接禪醫開道眼,愧逢詩將立降旗。此行且縱漳濱卧,免弄幽并俠少兒。(《安陽集》卷一二)

【又次韻答夜宴陳橋驛】 客郵聊得接交親,夜席開談彼此真。薄酒不辭知易别,征車從解喜難申。請看隨分樽罍事,可是留心富貴人。早晚共成林下約,釣潭風月有竿綸。(《安陽集》卷一二)

【重九與諸親會别陳橋驛】 郵館侵晨舉别觴，一時佳節遇重陽。莫悲白首分行袂，且伴黄花入醉鄉。旅雁帶霜横塞陣，香萸和露貯宫囊。諸君送我無多念，病質將休晝錦堂。(《安陽集》卷一二)

【陳橋驛】 天命豈人力，神功非智窺。藝祖昔臣周，周德久已衰。上將分六師，北征在郊圻。士卒中夜起，神器倉猝移。誰言一朝變，乃定萬世基。國門一舍地，傳舍猶當時。故老無復存，遺話嗟何知。維留威神在，凜然萬方歸。(《西溪集》卷三)

【宿田橋驛枕上口占】 屋敝漏疏星，魂清夢轉驚。蛙鳴千百輩，鳥語兩三聲。意氣渾干斗，塵勞未解纓。平生四方志，安肯效蠅營。(《省齋集》卷二)

【宿深橋驛】 湘浦纔春已著鞭，依稀漸近勸耕天。山櫻花落紅飄雨，野草燒殘青入煙。雲接嶺頭陰漠漠，泉流澗底響涓涓。嚴關兩入知非偶，重扣寶坊占宿緣。(《可齋續藁》後卷一〇)

橋鋪

鋪驛：驛路五十一鋪，每鋪相去十里。東門鋪、東十里鋪、蛇盤鋪、麒麟鋪、東流鋪、崑崙堽鋪、張橋鋪。以上十(七)鋪屬上元縣。土門鋪、夾堽鋪、遲店鋪、清水亭鋪、園墓橋鋪、秣陵鋪、李村鋪、路口鋪、烏坼橋鋪。以上九鋪屬江寧縣。(《景定建康志》卷一六)

【次韻吴中復龍圖題長橋鋪】 山東去蜀右，不憚客程遥。酒酌杯中醁，琴攜爨下焦。故人題大筆，佳句刻長橋。快讀離懷解，如冰暖日消。(《清獻集》卷二)

【飯楓橋鋪】 隻堠復雙堠，晨鷄仍午雞。春風空浩浩，客意只凄凄。驅我因微禄，言歸欠薄畦。有懷無與共，聊以命詩題。(《淳熙稿》卷八)

陵驛

（利州古迹：）望鄉臺、望喜驛、嘉陵驛、籌筆驛。（《方輿勝覽》卷六六利州）

秣陵驛，在江寧縣南五十里。

金陵驛，亦名蛇盤驛，在上元縣長樂鄉蛇盤市，俗呼佘婆，音之訛也。淳熙十二年，留守錢公良臣建。考證：曾極有《蛇盤驛詩》："枳籬華屋半彫殘，列肆屠羊客卸鞍。霸氣銷沉形勝歇，龍盤何事作蛇盤。"王半山題："憶昔東遊未有鬚，扶衰重此駐肩輿。市中年少今誰在，魯老當街六十餘。"又："重岡古道春風裏，草色花光似故人。却喜此身今漫浪，田家隨處得相親。"

東陽驛，西至金陵驛四十五里，淳熙十二年，留守錢公良臣建。（《景定建康志》卷一六）

（宋孝宗淳熙四年二月）七日，至寧陵縣。縣本甯城，古葛伯國，六國時屬魏，爲信陵君無忌之封。宿拱州襄陵驛，今改曰濉州。濉河在十里外，本襄邑縣。（《説郛》卷五六周煇《北轅録》）

【宋州東登望題武陵驛】 梁宋人稀鳥自啼，登艫一望倍含悽。白骨半隨河水去，黄雲猶傍郡城低。平陂戰地花空落，舊苑春田草未齊。明主頻移虎符守，幾時行縣向黔黎。（《全唐詩》卷二〇七李嘉祐）

【題嘉陵驛】 悠悠風旆繞山川，山驛空濛雨似煙。路半嘉陵頭已白，蜀門西上更青天。（《全唐詩》卷三一七武元衡）

【宿嘉陵驛】一作《嘉陵館樓》。 離思茫茫正值秋，每因風景却生愁。今宵難作刀州夢，月色江聲共一樓。（《全唐詩》卷五一八雍陶）

【嘉陵驛見賈島舊題】 賈子命堪悲，唐人獨解詩。左遷今已矣，清絶更無之。畢竟吾猶許，商量衆莫疑。嘉陵四十字，一一是天資。（《全唐詩》卷五六〇薛能）

【嘉陵驛】一作《題嘉陵江驛》。　　江濤千叠閣千層,銜尾相隨盡室登。稠樹蔽山聞杜宇,午煙薰日食嘉陵。頻題石上程多破,暫歇泉邊起不能。如此幸非名利切,益州來日合攜僧。(《全唐詩》卷五六〇薛能)

【嘉陵驛】　　盡室可招魂,鑾餘出蜀門。雹凉隨雨氣,江熱傍山根。蠶月繅絲路,農時碌碡村。干將磨欲盡,無位可酬恩。(《全唐詩》卷五六〇薛能)

【宿荆州江陵驛】一作"館"。　　西遊象闕愧知音,東下荆溪稱越吟。風動芰荷香四散,月明樓閣影相侵。閒敲别枕千般夢,醉送征帆萬里心。薜荔衣裳木蘭檝,異時煙雨好追尋。(《全唐詩》卷六五八羅隱)

【題嘉陵驛】　　嘉陵路惡石和泥,行到長亭日已西。獨倚闌干正惆悵,海棠花裏鷓鴣啼。(《全唐詩》卷七〇二張蠙)

【續嘉陵驛詩獻武相國】　　蜀門西更上青天,强爲公歌蜀國弦。卓氏長卿稱士女,錦江玉壘獻山川。(《全唐詩》卷八〇三薛濤)

【送吴守明先輩遊蜀】　　憑君遊蜀去,細爲話幽奇。喪亂嘉陵驛,塵埃賈島詩。未應過錦府,且合上峨嵋。既逐高科後,東西任所之。(《全唐詩》卷八三九齊己)

【《南行前集》敘】　　夫昔之爲文者,非能爲之爲工,乃不能不爲之爲工也。山川之有雲,草木之有華實,充滿勃鬱而見於外,夫雖欲無有,其可得耶……凡耳目之所接者,雜然有觸於中而發於咏歎。蓋家君之作,與弟轍之文皆在,凡一百篇,謂之《南行集》,將以識一時之事,爲他日之所尋繹,且以爲得於談笑之間,而非勉强所爲之文也。時十二月八日,江陵驛書。(《東坡全集》卷三四)

【次韻過醴陵驛】　　解鞍成小寢,部曲營夜炊。此生一寄耳,夢幻相拘縻。風殞雜舍者,水宿依江湄。何時步八磚,壓犀簾幕垂。三湘在圖畫,開

屏供卧披。公宜宿玉堂，明甚無可疑。今復聊爾耳，閑作虎頭癡。（《石門文字禪》卷七）

【北行日録下】　（宋孝宗乾道六年正月二十日，）車行六十里，至雍丘縣，早飯臨川驛。又六十里，漸行汴河中，宿拱州襄陵驛。城外客旅往來，人家頗多。（《攻媿集》卷一一二）

【金陵驛】　草合離宫轉夕暉，孤雲飄泊復何依。山河風景元無異，城郭人民半已非。滿地蘆花和我老，舊家燕子傍誰飛。從今别却江南日，化作啼鵑帶血歸。（《文山集》卷一九）

【《東海集》序】　《東海集》者，友人客海南以來詩也。海南詩而曰東海集者何？魯仲連天下士友人之志也……余與友人年相若又同里閈，以斯文相好，然平生落落不相及。及居楚囚中，而友人在行，同患難者數月，其自五羊至金陵所賦，皆予目擊，或相唱和詩。余坐金陵驛，無所作爲，乃取友人諸詩，筆之於書，與相關者并附焉。後之覽者，因詩以見吾二人之志，其必有感慨於斯。已卯七月壬申，文某叙。（《文山集》卷一九）

川驛

（後唐明宗天成元年三月，伶人）景進等言於帝曰："魏王未至，康延孝初平，西南猶未安，王衍族黨不少，聞車駕東征，恐其爲變，不若除之。"帝乃遣中使向延嗣齎敕往誅之。敕曰："王衍一行，並從殺戮。"已印畫，樞密使張居翰覆視，就殿柱揩去"行"字，改爲"家"字，由是蜀百官及衍僕役獲免者千餘人。延嗣至長安，盡殺衍宗族於秦川驛。衍母徐氏且死，呼曰："吾兒以一國迎降，不免族誅，信義俱棄，吾知汝行亦受禍矣！"（《資治通鑑》卷二七四）

張居翰同光中爲樞密使。時内職干政，拜官之務皆出於郭崇韜。居翰自以羈旅，乘時擢居重地，每於宣授，不敢有所是非，承顔免過而已。僞蜀王衍既降，詔遷其族於雒陽。行及秦川，時關東已亂，莊宗慮衍爲變，遣中官向延嗣馳騎齎詔殺之。詔云："王衍一行，並宜殺戮。"其詔已經印畫。時居翰在密地，覆視其詔，即就殿柱，揩去“行”字，改書“家”字。及衍就戮於秦川驛，止族其近屬而已，其僞官及從行者尚千餘人，皆免其枉濫，居翰之力也。（《册府元龜》卷六六六）

乾道四年春，文惠公自會稽帥請祠歸。將至婺州之義烏，知縣事張宏，先期汛掃繡川驛，邑吏掌供辦者宿其中。夜未艾，月色朦朧，聞外人往來，行步甚武，疑爲盗也。謹伺之，乃神人十餘輩，長者丈許。衆懼，不敢出户，復就寢，竟夕不遑寧。明日而文惠至，蓋故相所臨，必有神物爲之導衛耳。（《夷堅支戊》卷五《繡川驛》）

【興元新路記】　又五里，至平川驛。自平川西，並澗高下。行十里，復度嶺。嶺東度澗，可詣爲閣，路平。行五十里，出嶺西，亦古道……自雙溪南平行四里，至天苞嶺，羊腸而上，凡十五里極峻折，往往閣路。至嶺上，南望興元，烟靄中也，下嶺尤峻折。凡三十里，至文川驛。自文川南行三十五里，至靈泉驛。自靈泉平行十五里，至長柳店，夾道居民。又行十五里，至興元西。平行三十里，至褒城縣，與斜谷舊路合矣。（《孫可之集》卷四）

【北還登漢陽北原題臨川驛】漢陽，在唐屬郢州。　驅車方向闕，迴首一臨川。多壘非余耻，無謀終自憐。亂松知野寺，餘雪記山田。惆悵樵漁事，今還又落然。（《柳宗元集》卷四二）

【從軍行】　兒生三日掌上珠，燕頷猿肱穠李膚，十五學劍北擊胡，羌歌燕筑送城隅。城隅路接伊川驛，河陽渡頭邯鄲陌。可憐年少把手時，黄鳥雙飛梨花白。秦王築城三千里，西自臨洮東遼水。山邊叠叠黑雲飛，海畔莓莓青草死。從來戰鬬不求勳，殺身爲君君不聞。鳳皇樓上吹急管，落日裴回腸先斷。（《全唐詩》卷三八王宏）

【自鳳州還至秦川驛寄守倅薛姚二君】　歡聚九十日，迴首都如夢。明月與清江，東軒又難共。（《擊壤集》卷二）

【過嘉川驛】　嘉陵江上嘉川峽，古木雲蘿千萬峰。閣道緣山已經月，

縈迴未出畫屏中。(《樂全集》卷三)

【次韻吕元鈞給事嘉川驛來詩】 相逢莫厭重留連,邂逅浮雲只偶然。前日一樽窮樂事,今朝千里感流年。塵侵遺迹留漳水,風入高吟動蜀鞭。錦鯉往來出江浦,應傳秀句滿嘉川。(《潏水集》卷一五)

【題洪川驛】 倦游征人鬢欲絲,膏車秣馬東南馳。出門四顧迷路岐,閉户却坐愁支頤。魚生釜竈鼠巢枝,稻畦千里成陂池。吾皇致治方無爲,淫雨破塊天何如。勸君飲酒君勿疑,行使止尼良由時。未逃形數皆有涯,此獨未信無窮期。(《眉山詩集》卷三)

【題馮川驛壁】 細草一方團野色,游絲百尺上晴空。預愁柳絮鵝毛白,即見桃花人面紅。(《洪龜父集》卷下)

【臨川驛偶成】 冉冉朝仍暮,蕭條官舍幽。閉門三尺雪,觸物一虚舟。蟲蠹生涯盡,萍漂世事浮。尚思方技學,多病未能休。(《龜山集》卷四〇)

【除夜感懷】臨川驛。 歲律已云盡,思家日日深。二年爲客恨,千里倚門心。節物羅樽俎,兒童學語音。眩然如在目,恍惚夢難尋。(《龜山集》卷四〇)

【書寧川驛壁】 過眼空花一晌休,坐狂猶得佐名州。雖遭瀧吏嗤韓子,却喜溪神識柳侯。盡日野田行穲稏,有時雲嶠聽鈎輈。會將新濯滄浪足,踏遍千巖萬壑秋。(《浮溪集》卷三一)

【余去年寄前詩今再過其地而彦征已卒用前韻書驛壁】 年少豈知身世浮,心期同老故山秋。誰教玉樹埋黄壤,不許鴒原到白頭。鼎鼎百年皆夢幻,悠悠萬事判窮愁。當時鴻雁書來處,今日飄然成獨游。(《浮溪集》卷三一)

【題繡川驛揖秀亭次張明府韻】 一色蒼波百頃煙,直楣横檻覆華椽。從來好景無今日,何限清詩似昔賢。把醆有山來酒面,憑欄無路到愁邊。我

來政值雨新足,芳草芊芊緑滿川。(《香山集》卷八)

【題義烏縣繡川驛】 湖漾晴波萬叠秋,山攢遠翠兩眉愁。一川暝色烟欹柳,千里寒光月滿洲。直恐斷堤横北固,定知絶景冠東州。塵纓欲濯滄浪水,愧見沙頭雙白鷗。

【再過繡川驛】

霜林病葉日凋殘,更覺平蕪眼界寬。天外碧雲山共遠,堦前明月水争寒。

愔愔夜氣侵肌骨,戢戢詩愁入肺肝。欲去自憐心未愜,爲君滿意更重看。(《蒙隱集》卷二)

【以介庵集遺成父】 弟曾一識金川驛,兄蓋屢維干越舟。群書博極詩無敵,乞爾此編無暗投。(《淳熙稿》卷一七)

【題繡川驛】 繡川池閣記曾遊,落日欄邊特地愁。白首即今行萬里,淡煙依舊送孤舟。歸心久負鱸魚鱠,春色初回杜若洲。會買一蓑來釣雨,憑誰先爲謝沙鷗。(《劍南詩藁》卷一〇)

林驛

(唐僖宗廣明元年)三月,賊悉衆欲寇襄陽,江西招討使曹全晸與與襄陽節度使劉巨容謀拒之。時營於荆門,賊軍一萬,屯於團林驛。(《舊唐書》卷一九下《僖宗紀》)

汴帥朱公再圍鳳翔,與(李)茂貞軍戰於虢縣西槐林驛,大敗岐軍,横尸不絶,鮑氣聞於十里。昭宗遂殺宦官韓全誨已下二十二人首宣示,茂貞亦斬其義子繼筠首以送。(《北夢瑣言》卷一五《朱令公爲昭宗攏馬》)

【宿紅林驛遇交代王給事】 路入紅林林未紅,相逢俱是白頭翁。郵亭燈火一尊酒,明日君西我向東。(《梅溪集》後集卷一五)

【新林驛女吟示歐陽訓】生飛蟲。　　月明階悄悄，影隻腰身小。誰是騫翔人？願爲比翼鳥。(《全唐詩》卷八六七)

谷驛

寧谷驛，在縣西北八十里寧谷鎮，西北至邠州二百里。(《長安志》卷一九華原縣)

【題鄭谷驛】　　誰處江東鄭老家，自鋤谷口種烟霞。遠山三月多歸思，晴日東窗見杏花。(《雁門集》卷四)

口驛

吉陽軍在黎母山之西南，郡治(振)州，吉陽縣基也。瓊管雖有陸路可通，然隔越生黎必峒(峒，必)再涉海而後至，胡澹庵謂"再涉鯨波險"是也。郡治之南有海口驛，商人艤舟其下。前有小亭，爲迎送之所。地狹民稀，氣候不正，春常苦旱，涉夏方雨。(《諸蕃志》卷下)

古今輿地圖志所記某州至某州若干里，多有差誤。偶閱《元祐九域志》，姑以吾鄉饒州證之，饒西至洪州三百八十里，而《志》云："西至州界一百七十里，自界首至洪五百六十八里。"於洪州書至饒，又衍二十里，是爲七百六十里也……唐賈耽《皇華四達記》所紀中都至外國，尤爲詳備，其書"虔州西南一百十里，至潭口驛。又百里，至南康縣"。然今虔至潭口，纔四十里。又五十里，即至南康，比之所載，不及半也。以所經行處驗之，知其他不然者多矣。(《容齋隨筆》續筆卷一〇《輿地道里誤》)

安禄山以討君側爲名，歸罪楊氏，表陳其惡，乃牒東京送表。議者以其辭不利楊氏，難於傳送，又恐他日禄山見殛，乃使大理主簿召皎送表至京。玄宗覽之不悦，但傳詔言皎還。皎出中書，見國忠，問："送胡之表，無乃勞耶？賴其不相罪狀，忽有惡言，亦當送之乎？"呵使速去。皎還，至戲口驛，意甚忙忙。坐廳上繩牀，恍然如夢。忽覺繩牀去地數丈，仰視，見一人，介胄中立，呵叱左右二十餘人，令撲已。雖被拖拽，廳上復有一人，短帽紫衣，來云："此非蔣清，無宜殺也。"遂見釋放。(《太平廣記》卷二七九引《廣異記》)

【駱口驛二首】 東壁上有李二十員外逢吉、崔二十二侍御韶使雲南題名處。北壁有翰林白二十二居易題《擁石》、《關雲》、《開雪》、《紅樹》等篇，有王質夫和焉。王不知是何人也。 郵亭壁上數行字，崔李題名王白詩。盡日無人共言語，不離牆下至行時。

二星徼外通蠻服，五夜燈前草御文。我到東川恰相半，向南看月北看雲。(《元稹集》卷一七)

【祗役駱口因與王質夫同遊秋山偶題三韻】 石擁百泉合，雲破千峰開。平生煙霞侶，此地重徘徊。今日勤王意，一半爲山來。(《白居易集》卷五)

【祗役駱口驛喜蕭侍御書至兼睹新詩吟諷通宵因寄八韻】時爲盩厔尉。 日暮心無憀，吏役正營營。忽驚芳信至，復與新詩并。是時天無雲，山館有月明。月下讀數遍，風前吟一聲。一吟三四歎，聲盡有餘清。雅哉君子文，詠性不詠情。使我靈府中，鄙恡不得生。始知聽韶濩，可使心和平。(《白居易集》卷九)

【再因公事到駱口驛】 今年到時夏雲白，去年來時秋樹紅。兩度見山心有愧，皆因王事到山中。(《白居易集》卷一三)

【駱口驛舊題詩】 拙詩在壁無人愛，鳥污苔侵文字殘。唯有多情元侍御，繡衣不惜拂塵看。(《白居易集》卷一四)

【題湖口驛】 蘆花洲渚江人邦，我來把酒臨西窗。五祖六祖山照眼，清流濁流水同江。孤山大小各嶄絶，鍾石上下相舂撞。千帆出没煙雨裏，何如鷗鷺飛雙雙。(《梅溪集》後集卷一〇)

【宿洞口驛】集作"館"。 野竹通溪冷，泉聲入户鳴。往來人不到，寒草上階生。(《文苑英華》卷二九八錢起)

山驛

《梁山驛唐碑》。題云"令長新誡之記",乃明皇御製,梁山令尹茂元得此,誡於萬州守河東裴公而刻之,乃大中十年也。嘉定丁卯,郡守李錫移其碑於軍治……《舊梁山驛碑》,驛在軍之東四十里,耆舊相傳,李唐時,有白虎、蛟龍,爲民害,民至遷居以避之。韓昌黎嘗按部經行,二害乃去,作碑識之。今名其地爲"碑坳"。碑猶存於溪側,其文漫滅,不可復識矣。(《輿地碑記目》卷四《梁山軍碑記》)

泉司幹官陳子永泳,每夜用釋氏法誦咒施食,仍爇尊勝咒幡數紙。嘗宿鉛山驛舍,中夜,有婦人立牀前,叱之,云:"無恐,我來從官人覓經幡耳!"許之,忽不見。明日,祝而燒之。夜復來,拜謝而去。陳宏甫承務説。(《睽車志》卷二)

【答山驛夢】 入君旅夢來千里,閉我幽魂欲二年。莫忘平生行坐處,後堂階下竹叢前。(《白居易集》卷一四)

【夢令狐學士】 山驛荒涼白竹扉,殘燈向曉夢清暉。右銀臺路雪三尺,鳳詔裁成當直歸。(《全唐詩》卷五三九李商隱)

【山驛梅花】 生在幽崖獨無主,溪蘿澗鳥爲儔侶。行人陌上不留情,愁香空謝深山雨。(《全唐詩》卷五七〇李群玉)

【寄令狐相公】一作《赴長江道中》。 策杖馳山驛,逢人問梓州。長江那可到,行客替生愁。(《全唐詩》卷五七一賈島)

【宿山驛】 驛在千峰裏,寒宵獨此身。古墳時見火,荒壁悄無鄰。月白翻驚鳥,雲閒欲就人。祗應明日鬢,更與老相親。(《全唐詩》卷七〇二張蠙)

【赴職荆湖途中作】 闕下過從禮數頻,到官憂事更勞神。每逢山驛連宵住,似待孤雲憫此身。(《張乖崖集》卷五)

【挺山道中早行有感】(其二)　山驛孤燈盡,霜天片月低。還家人自喜,戀櫪馬頻嘶。野水分微白,巢禽驚穩棲。前村應曙色,依約數聲雞。(《祠部集》卷四)

【柳池贈丁絪】　場屋聲名四十年,五車書誤一囊錢。老來山驛爲監吏,相對春風但惘然。(《丹淵集》卷一七)

【再過方山驛】　春過方山驛,依然柳色新。昔遊嘗弭節,舊記已埋塵。往歲讎書客,新恩守土臣。南來心不競,時羡北歸人。(《濡水集》卷一三)

水驛

(唐憲宗元和中,李師道謀作亂東都,)死者凡數十人,留守禦將二人、都亭驛卒五人、甘水驛卒三人,皆潛受其職署,而爲之耳目。自始謀及將敗,無知者。(《舊唐書》卷一二四《李師道傳》、卷一五四《吕元膺傳》)

元稹,字微之……拜監察御史。(元和)四年,奉使東蜀……召稹還京,宿敷水驛。内官劉士元後至,争廳。士元怒,排其户,稹襪而走廳後。士元追之,後以箠擊稹傷面。執政以稹少年後輩,務作威福,貶爲江陵府士曹參軍。(《舊唐書》卷一六六《元稹傳》)

河南尹房式有不法事,東臺監察御史元稹奏攝之,擅令停務,朝廷以爲不可,罰一季俸,召還西京。至敷水驛,華州華陰縣西二十四里,有敷水渠。《九域志》:華陰縣有敷水鎮。有内侍後至,破驛門,呼罵而入,以馬鞭擊稹傷面。上復引稹前過,貶江陵士曹。(《資治通鑑》卷二三八;《資治通鑑考異》卷一九)

(唐代)舉天下四方之所達,爲驛千六百三十九……水驛有舟。凡傳驛馬驢,每歲上其死損、肥瘠之數。(《新唐書》卷四六《百官志一》)

(廣明元年十二月,)上趣駱谷,鳳翔節度使鄭畋謁上於道次。《續寶運録》:戊子,帝至駱谷婿水驛,乃下詔與牛勗、楊師立、陳敬瑄云:"今月七日,已次駱谷婿

水驛。”(《資治通鑑考異》卷二四)

(崔協)天成初,遷禮部尚書、太常卿。因樞密使孔循保薦,拜平章事……四年春,駕自夷門還京。從至須水驛,中風,暴卒,詔贈尚書左僕射,謚曰恭靖。(《舊五代史》卷五八《崔協傳》)

李光,字泰發,越州上虞人……除太常博士,遷司封。首論士大夫諛佞成風,至妄引荀卿“有聽從,無諫諍”之説,以杜塞言路,又言怨嗟之氣,結爲妖沴。王黼惡之,令部注桂州陽朔縣。(劉)安世聞光以論事貶,貽書偉之,李綱亦以論水災去國,居義興,伺光於水驛,自出呼曰:“非越州李司封船乎?”留數日,定交而别。(《宋史》卷三六三《李光傳》)

(宋太宗太平興國二年閏七月己亥,)殿直吴舜卿受詔募兵沂、兖間。至泗水驛,被酒,手殺平民八人。兖州以聞,上命械繫送闕下。辛丑,先折其兩足,然後斬之。(《續資治通鑑長編》卷一八)

(秦州清水縣)小隴山,一名隴坻,又名分水嶺。隗囂時,來歙襲得略陽,囂使王元拒之。隴阪九迴,不知高幾里。每山東人西役,升此瞻望,莫不悲思。隴上有水,東西分流,因號驛爲分水驛。行人歌曰:“隴頭流水,鳴聲幽咽。遥見秦川,肝腸斷絶。”(《元和郡縣圖志》卷三九秦州)

運河東南自長洲縣界望亭入本州界,行四十五里,越州城。迤逦西行四十五里,至五牧口,出晉陵縣界,勝七百石舟。《大業雜記》云:“隋大業六年十二月,敕開江南河,自京口至餘杭郡,八百餘里,水面闊十餘丈。又擬通龍舟,并置驛館、草頓並足,欲東巡。”會稽自唐武德以後至今,累浚爲東南之水驛。城中河凡十有八,皆運河之支流别派。(《無錫縣志》卷二)

(長樂驛)東去滋水驛一十三里,西去都亭驛一十三里。(《長安志》卷一一萬年縣)

戲水驛,《兩京道里記》曰:大業六年置,在戲水店。(《長安志》卷一五臨潼

縣）

戲在新豐東，今有戲水驛，其本出田藍（藍田）北界横嶺，至此而北流入渭。（《長安志》卷一五臨潼縣）

（唐玄宗開元）二十八年六月一日，敕曰："先置陸驛，以通使命，苟無闕事，雅適其宜。如聞江淮、河南，兼有水驛，損人費馬，甚覺勞煩。且使臣受命，貴赴程期，豈有求安，故爲勞擾？其應置水驛，宜並停。"（《唐會要》卷六一；《册府元龜》卷一五九）

（李）德裕好惠山泉，置驛取水。有僧言："長安昊天觀井水，與惠山泉通。"雜他水十餘缶試之，僧獨指其一曰："此惠山泉水也。"文饒爲罷水驛。（《緯略》卷一）

（龐）元英昨充元豐五年賀北朝正旦國信使。行至神水驛，苦風眩，昏亂不記省。隨行小史輩皆環坐以泣，通一昔方稍安。（《文昌雜録》卷四）

耿南仲作廣東憲。過梅嶺，宿次水驛，讀書聽蛙鳴，厭之，使虞侯傳語，其聲愈鬧。用紙作釘緘其口，蛙覆死不受。（《貴耳集》卷中）

開元十五年四月敕："兩京都亭驛出使人，毋淹留。"二十八年六月，一云二十九年六月丙辰。停水驛。正（貞）元二年十二月敕："自上都至汴州爲大路驛，至荆南爲次路驛。"（《玉海》卷一七二）

滋水驛，在長樂驛之東。睿皇在藩日，經此廳。廳西壁畫一胡頭，因題曰："唤出眼，何用苦深藏；縮却鼻，何畏不聞香。"（《南部新書》戊卷）

西山真先生點先君集中警句，如"闢户夜通月，掬泉朝飲星"……《苦吟》云："水驛荒寒天正霜，夜深吟苦未成章。閉門不管庭前月，分付梅花自主張。"（《隨隱漫録》卷一）

【流夜郎至西塞驛寄裴隱】 揚帆借天風，水驛苦不緩。平明及西塞，已先投沙伴。迴巒引群峰，横蹙楚山斷。（《李太白全集》卷一四）

【送郝判官】 楚城木葉落，夏口青山遍。鴻雁向南時，君乘使者傳。楓林帶水驛，夜火明山縣。千里送行人，蔡州如眼見。江連清漢東逶迤，遥望荆雲相蔽虧。應問襄陽舊風俗，爲余騎馬習家池。（《全唐詩》卷一三三李頎）

【送許員外江外置常平倉】 詔置海陵倉，朝推畫省郎。還家錦服貴，出使繡衣香。水驛風催舫，江樓月透牀。仍懷陸氏橘，歸獻老親嘗。（《全唐詩》卷二〇〇岑參）

【送裴員外往江南】 公務江南遠，留驩幕下榮。楓林緣楚塞，水驛到湓城。岸草知春晚，沙禽好夜驚。風帆幾度泊，處處暮潮聲。（《全唐詩》卷二〇六李嘉祐、卷二五〇皇甫冉）

【過南岳入洞庭湖】 洪波忽争道，岸轉異江湖。鄂渚分雲樹，衡山引舳艫。翠牙穿裛槳，碧節上寒蒲。病渴身何去，春生力更無。壤童犂雨雪，漁屋架泥塗。攲側風帆滿，微冥水驛孤。悠悠迴赤壁，浩浩略蒼梧。帝子留遺恨，曹公屈壯圖。聖朝光御極，殘孽駐艱虞。才淑隨廝養，名賢隱鍛鑪。邵平元入漢，張翰後歸吴。莫怪啼痕數，危檣逐夜烏。（《全唐詩》卷二三三杜甫）

【送丁著作佐台郡】 多年金馬客，名遂動歸輪。佐郡紫書下，過門朱綬新。揚舲望海岳，入境背風塵。水驛偏乘月，梅園别受春。帶經臨府吏，鱠鯉待鄉人。始見美高士，逍遥在搢紳。（《全唐詩》卷二三八錢起）

【送趙評事赴洪州使幕】 孤舟行遠近，一路過湘東。官屬張廷尉，身隨杜幼公。山河映湘竹，水驛帶青楓。萬里思君處，秋江夜雨中。（《全唐詩》卷二四四韓翃）

【晚過敷水驛却寄華州使院張鄭二侍御】 春雨如煙又若絲，曉來昏處晚晴時。仙人掌上芙蓉沼，柱史關西松柏祠。幾許歲華銷道路，無窮王事繫戎師。迴瞻二妙非吾侣，日對三峰自有期。（《全唐詩》卷二七一竇牟）

【和河南羅主簿送校書兄歸江南】 兄弟泣殊方，天涯指故鄉。斷雲無定處，歸雁不成行。草莽人煙少，風波水驛長。上虞親渤澥，東楚隔瀟湘。古戍陰傳火，寒蕪曉帶霜。海門潮灩灩，沙岸荻蒼蒼。京輦辭芸閣，蘅芳憶草堂。知君始寧隱，還緝舊荷裳。（《全唐詩》卷二七三戴叔倫、卷三二九權德輿）

【汴路水驛】 晚泊水邊驛，柳塘初起風。蛙鳴蒲葉下，魚入稻花中。去舍已云遠，問程猶向東。近來多怨别，不與少年同。

【送嚴大夫赴桂州】 嶺頭分界候（堠），一半屬湘潭。水驛門旗出，山巒洞主參。辟邪犀角重，解酒荔枝甘。莫歎京華遠，安南更有南。（《全唐詩》卷二九九王建）

【敷水驛】 空見水名敷，秦樓昔事無。臨風駐征騎，聊復捋髭鬚。（《全唐詩》卷三二五權德輿）

【清水驛叢竹天水趙云余手種一十二莖】 簷下疏篁十二莖，襄陽從事寄幽情。祇應更使伶倫見，寫盡雌雄雙鳳鳴。（《全唐詩》卷三五一柳宗元）

【和浙西李大夫霜夜對月聽小童吹觱篥歌依本韻】 吴門水驛接山陰，文字殷勤寄意深。欲識陽陶能絶處，少年榮貴道傷心。（《全唐詩》卷三五六劉禹錫）

【送劉郎中赴任蘇州】 仁風膏雨去隨輪，勝境歡遊到逐身。水驛路穿兒店月，花船棹入女湖春。語兒店、女墳湖，皆勝地也。宣城獨詠窗中岫，柳惲單題汀上蘋。何似姑蘇詩太守，吟詩相繼有三人。領吴郡日，劉嘗贈予詩云："蘇州刺史例能詩，西掖今來替左司。"故有三人之戲耳。（《全唐詩》卷四六二白居易）

【旅次江亭】 扣舷不能寐，皓露清衣襟。彌傷孤舟夜，遠結萬里心。

幽興惜瑶草,素懷寄鳴琴。三奏月初上,寂寥寒江深。(《全唐詩》卷四六五楊衡)

【送人流雷州】 逐客指天涯,人間此路賒。地圖經大庾,水驛過長沙。臘月雷州雨,秋風桂嶺花。不知荒徼外,何處有人家。(《全唐詩》卷四六五楊衡)

【無題】 喬木掛斗邑,水驛壞門開。向月片帆去,背雲行雁來。晚年名利迹,寧免路岐哀。前計不能息,若爲玄鬢迴。(《全唐詩》卷四七〇李溟)

【早發】 沙洲月落宿禽驚,潮起風微曉霧生。黄鶴浪明知上信,黑龍山暗避前程。火旗似辨吴門戍,水驛遥迷楚塞城。蕭索更看江葉下,兩鄉俱是宦遊情。(《全唐詩》卷四八〇李紳)

【送徐州韋僅行軍】 餞幕儼征軒,行軍歸大藩。山程度函谷,水驛到夷門。晓日詩情遠,春風酒色渾。逡巡何足貴,所貴盡殘罇。(《全唐詩》卷四九六姚合)

【題橫水驛雙峰院松】一作《横水館雙松》。 故園溪上雪中别,野館門前雲外逢。白髮漸多何事苦,清陰長在好相容。迎風幾拂朝天騎,帶月猶含度嶺鐘。更憶葛洪丹井畔,數株臨水欲成龍。(《全唐詩》卷五四九趙嘏)

【秋日寓懷】 海上生涯一釣舟,偶因名利事淹留。旅塗誰見客青眼,故國幾多人白頭。霽色滿川明水驛,蟬聲落日隱城樓。如何未盡此行役,西入潼關雲木秋。(《全唐詩》卷五八六劉滄)

【秋日旅途即事】 驅羸多自感,煙草遠郊平。鄉路幾時盡,旅人終日行。渡邊寒水驛,山下夕陽城。蕭索更何有,秋風兩鬢生。(《全唐詩》卷五八六劉滄)

【晚泊松江驛】 片帆孤客晚夷猶,紅蓼花前水驛秋。歲月方驚離别盡,煙波仍駐古今愁。雲陰故國山川暮,潮落空江網罟收。還有吴娃舊歌

曲，櫂聲遥散採菱舟。(《全唐詩》卷五九〇李郢)

【早發潛水驛謁郎中員外】 半牀秋月一聲雞，萬里行人費馬蹄。青野霧銷凝晉洞，碧山煙散避秦溪。樓臺稍辨烏城外，更漏微聞鶴柱西。已是大仙憐後進，不應來向武陵迷。(《全唐詩》卷六四七胡曾)

【春夜赤水驛旅懷】 一星殘燭照離堂，失計遊心歸渺茫。不自尋思無道路，爲誰辛苦競時光。九衢春色休回首，半夜溪聲正夢鄉。却羡去年買山侶，月斜漁艇倚瀟湘。(《全唐詩》卷六五四羅鄴)

【楊柳枝詞四首】(其一) 閶門風暖落花乾，飛遍江城雪不寒。獨有晚來臨水驛，閒人多憑赤欄干。(《全唐詩》卷七六二孫光憲)

【彩雲歸】 蘅皋向晚艤輕航，卸雲帆、水驛魚鄉。當暮天、霽色如晴晝，江練静、皎月飛光。那堪聽、遠村羌管，引離人斷腸。此際浪萍風梗，度歲茫茫。 堪傷。朝歡暮散，被多情、賦與淒凉。别來最苦，襟袖依約，尚有餘香。算得伊、鴛衾鳳枕，夜永争不思量。牽情處、惟有臨岐，一句難忘。(《樂章集》卷中)

【出泉水驛】 曉城寒水共蕭蕭，濕碧吹青路一條。煙靄濃間出山驛，林蘿深裏過溪橋。閑情謾會吟兼畫，隱事猶輸釣與樵。多謝孤村人落外，酒旗風急更相招。(《林和靖先生詩集》卷二)

【汴上簡陳成伯學士】 除書何日到宣城，水驛迢迢引旆旌。千里謳謡猶在耳，雙溪風月豈忘情。行庖薦玉淮魚美，坐席浮香楚醴清。何幸舊遊衰晚者，得隨舟尾共修程。(《錢塘集》卷五)

【至白水驛輟趨文還益昌】 輟程趨疾且歸來，莫訝回船在不期。恐失東園桃李色，一年深恨欲何追。(《錢塘集》卷六)

【酬王微之汴中見贈】 黄流渾渾來沙際，佳氣葱葱近日邊。河漢槎

雖通遠客，蓬萊風未縱歸船。山城劇飲銷紅燭，水驛高吟襞彩箋。老去相逢情自密，不關清賞合留連。(《曾鞏集》卷六)

【和何長官六言次韻】(其二)　石渠何須反顧，水驛幸足相容。長江大欲見庇，探支八月涼風。(《東坡全集》卷一二)

【放船和子蓬韻】　冬温寒日好，歲晚早梅開。帆脚隨風轉，江流與岸迴。坐憐青嶂遠，静見白鷗來。水驛三千里，斯游亦壯哉。(《相山集》卷八)

【鳴水驛】　一道溪流百轉深，挼藍如色珮如音。青蔬幾葉來何處，知有幽人底事尋。(《茶山集》卷八)

【水亭有懷】　漁村把酒對丹楓，水驛憑軒送去鴻。道路半年行不到，江山萬里看無窮。故人草詔九天上，老子題詩三峽中。笑謂毛錐可無恨，書生處處與卿同。(《劍南詩稾》卷二)

【題廬陵蕭彦毓秀才詩卷後・又】　法不孤生自古同，癡人乃欲鏤虚空。君詩妙處吾能識，正在山程水驛中。(《劍南詩稾》卷五〇)

【舟中作】　林麓重重霧雨昏，扁舟晚過郡南門。鑄金越相遺祠古，執玉塗山王氣存。官道蒼茫多水驛，客遊飄泊厭風飱。剡中此去無多地，會約支公聽斷猿。(《劍南詩稾》卷六五)

【《徐大用樂府》序】　古樂府有《東武吟》，鮑明遠輩所作，皆名千載，蓋其山川氣俗有以感發人意，故騷人墨客得以馳騁上下，與《荆州》、《邯鄲》、《巴東三峽》之類森然並傳，至於今不泯也。吾友徐大用，家本東武，呼吸食飲於郲淇之津，蓋有以相其軼思者，故自少時文辭雄於東州。比南歸，以政事、議論顯聞薦紳，顧不肯輕出其文，以沽世取富貴，三十年猶屈治中、别駕，澹然莫測涯涘。獨於悲驩離合、郊亭水驛，鞍馬舟檝間，時出樂府辭，贍蔚頓挫，識者貴焉。(《渭南文集》卷一四)

【南鄉子】 歸夢寄吴檣，水驛江程去路長。想見芳洲初繫纜，斜陽，煙樹參差認武昌。　愁鬢點新霜，曾是朝衣染御香。重到故鄉交舊少，淒涼，却恐它鄉勝故鄉。（《渭南文集》卷四九）

【淮安水驛】 薄暮舟維楊柳堤，手攀楊柳立多時。漢兒快意歌荷葉，越女含愁舞柘枝。月濕江花和露泫，潮摇淮樹帶風悲。長亭一夜渾無寐，與客傳杯更和詩。（《湖山類稿》卷二）

【臨川水驛】 羊角山高鎖戰塵，春風吹草緑孤城。鵲巢遜與鳩夫婦，燕幕能容雁弟兄。今古廢興棋一著，萍蓬聚散酒三行。悲歌曲盡故人去，笛響長江月正明。（《湖山類稿》卷四）

【水調歌頭·子由徐州中秋作】 離别一何久，七度過中秋。去年東武今夕，明月不勝愁。豈意彭城山下，同泛清河古汴，船上載涼州。鼓吹助清賞，鴻雁起汀洲。　坐中客，翠羽帔，紫綺裘。素娥無賴，西去曾不爲人留。今夜清尊對客，明夜孤帆水驛，依舊照離憂。但恐同王粲，相對永登樓。（《東坡詞》卷上附蘇轍）

【安公子】送進道四弟赴官無爲。　柳老荷花盡，夜來霜落平湖净。征雁横天鷗舞亂，魚遊清鏡。又還是、當年我向江南興。移畫船，深渚蒹葭映。對半篙碧水，滿眼青山魂凝。　一番傷華鬢。放歌狂飲猶堪逞。水驛孤帆明夜事、此歡重省。夢回處、詩塘春草愁難整。官情與、歸期終朝競。記它年相訪，認取斜川三逕。（《晁無咎詞》）

【渡江雲】 晴嵐低楚甸，暖回雁翼，陣勢起平沙。驟驚春在眼，借問何時，委曲到山家。塗香暈色，盛粉飾、争作妍華。千萬絲、陌頭楊柳，漸漸可藏鴉。

堪嗟。清江東注，畫舸西流，指長安日下。愁宴闌、風翻旗尾，潮濺烏紗。今宵正對初弦月，傍水驛、深艤蒹葭。沉恨處，時時頻剔燈花。（《清真集》卷上）

【點絳唇】 水驛凝霜，夜帆風駛潮生曉。酒醒寒悄，枕底波聲小。

好去歸舟，有箇人風調。君行了，此歡應少，索共梅花笑。（《蘆川詞》）

【解連環】　玉鞭重倚,却沈吟未上,又縈離思。爲大喬、能撥春風,小喬妙移箏,雁啼秋水。柳怯雲鬆,更何必、十分梳洗。道郎攜羽扇,那日隔簾,半面曾記。　西窗夜涼雨霽。歎幽歡未足,何事輕棄。問後約、空指薔薇,算如此溪山,甚時重至。水驛燈昏,又見在、曲屏近底。念唯有、夜來皓月,照伊自睡。(《白石道人歌曲》)

【秋夜雨·秋夜】　黄雲水驛秋笳噎。吹人雙鬢如雪。愁多無奈處,謾碎把、寒花輕撚。　紅雲轉入香心裏,夜漸深,人語初歇。此際愁更别。雁落影、西窗殘月。(《竹山詞》)

水亭

(魯桓公十二年)夏六月壬寅,公會杞侯莒子,盟于曲池。曲池,魯地,魯國汶陽縣北,有曲水亭。(《春秋左傳注疏》卷六)

(漢高祖爲人)仁而愛人,喜施,意豁如也。常有大度,不事家人生産作業。及壯,試爲吏,《集解》:應劭曰:"試補吏。"爲泗水亭長,《正義》:秦法:十里一亭,十亭一鄉。亭長,主亭之吏。高祖爲泗水亭長也。《國語》有寓室,即今之亭也。亭長,蓋今里長也。民有訟諍,吏留平辨,得成其政。《括地志》云:"泗水亭,在徐州沛縣東一百步,有高祖廟也。"廷中吏無所不狎侮。(《史記》卷八《高祖本紀》)

(甄)琛長子侃,字道正,郡功曹,釋褐秘書郎。性險薄,多與盗劫交通。隨琛在京,以酒色夜宿洛水亭舍,毆擊主人,爲司州所劾,淹在州獄,琛大以慚慨。(《魏書》卷六八《甄琛傳》)

申徽,字世儀,魏郡人也……(廢帝時)出爲襄州刺史。時南方初附,舊俗,官人皆通餉遺。徽性廉慎,乃畫楊震像於寢室以自戒。及代還,人吏送者數十里不絶。徽自以無德於人,慨然懷愧,因賦詩,題於清水亭。長幼聞之,競來就讀,遞相謂曰:"此是申使君手迹。"並寫誦之。(《周書》卷三二《申徽傳》)

（梁太祖開平四年）二月乙丑，幸甘水亭。帝出師子門，幸榆林東北坡（陂）……（三月）壬寅，幸甘水亭，宴宰臣、勳戚、翰林學士。（《舊五代史》卷五《太祖紀五》）

（後唐明宗天成二年三月）壬戌，幸甘水亭。（《舊五代史》卷三八《明宗紀四》）

（後梁均王貞明四年七月，徐）知誥欲進用（宋）齊丘，而徐温惡之，以爲殿直、軍判官。知誥每夜引齊丘於水亭屏語，常至夜分。屏語，屏左右而與齊丘密語也。水亭則四旁空闊，無耳屬於垣之虞。（《資治通鑑》卷二七〇）

（宋真宗咸平三年二月）丙子，曲宴近臣於後苑，上作《中春賞花釣魚》七言詩，儒臣皆賦。遂射於水亭，盡歡而罷。自是著爲定制。（《續資治通鑑長編》卷四六）

（宋孝宗淳熙四年九月）乙巳，泊池州，入城，登九華樓，作重九……夜移舟出江，却入南湖口，泊非（弄）水亭。（《吴船録》卷下）

（宋孝宗乾道六年七月二十五日，游池州，）今池州城西有神甚靈者，曰九郎，或云九郎即昭明。晚，登弄水亭，杜牧之所賦詩也。亭殊不葺，然正對清溪，齊山景物絶佳。州雖瀕江，然據岡阜上，頗難得水。（《入蜀記》卷二）

徐侍郎安貞久居中書省，常參李右丞議。恐其罪累，乃逃隱衡山岳寺，爲東林掇蔬行者，而（詐）暗啞不言者數年……李北海邕遊岳過寺，觀其題處……因同載北歸，止潭州，察使水亭相迓。徐侍郎指李北海，呼曰："行者瀟湘逢故人，得隨歸客，止乎汀洲之娱，若幽谷之睹太陽者矣，不然，委頓巖谷，卒於寺隸也。"（《雲溪友議》卷中《衡陽遁》）

【臨水亭】 高館基曾山，微冪生花草。傍對野村樹，下臨車馬道。清朗悟心術，幽遐備瞻討。迴合峰隱雲，聯綿渚縈島。氣似滄洲勝，風爲青春好。相及盛年時，無令歎衰老。（《全唐詩》卷九四閻丘均）

【陸渾水亭】 　晝眺伊川曲，巖間霽色明。淺沙平有路，流水漫無聲。浴鳥沿波聚，潛魚觸釣驚。更憐春岸緑，幽意滿前楹。(《全唐詩》卷一三一祖詠)

【題韓少府水亭】 　梅福幽棲處，佳期不忘還。鳥吟當户竹，花繞傍池山。水氣侵階冷，松陰覆座閒。寧知武陵趣，宛在市朝間。(《全唐詩》卷一三一祖詠)

【晚泊金陵水亭】 　江亭當廢國，秋景倍蕭騷。夕照明殘壘，寒潮漲古濠。就田看鶴大，隔水見僧高。無限前朝事，醒吟易覺勞。(《全唐詩》卷一三一祖詠、卷六九一杜荀鶴)

【三月三日自京到華陰於水亭獨酌寄裴六薛八】 　祇役匪遑息，經時客三秦。還家問節候，知到上巳辰。山縣何所有，高城閉青春。和風不吾欺，桃杏滿四鄰。舊友適遠别，誰當接歡欣。呼兒命長瓢，獨酌湘吴醇。一酌一朗詠，既酣意亦申。言筌暫兩忘，霞月祇相新。裴子塵表物，薛侯席上珍。寄書二傲吏，何日同車茵。詎肯使空名，終然羈此身。他年解桎梏，長作海上人。(《全唐詩》卷二四六獨孤及)

【旅次洛城東水亭】 　水竹色相洗，碧花動軒楹。自然逍遥風，蕩滌浮競情。霜落葉聲燥，景寒人語清。我來招隱亭，衣上塵暫輕。(《全唐詩》卷三七六孟郊)

【宿水亭】 　雕楹綵檻壓通波，魚鱗碧幕銜曲玉。夜深星月伴芙蓉，如在廣寒宫裏宿。(《全唐詩》卷四八六鮑溶)

【信州水亭】 　南簷架短廊，沙路白茫茫。盡日不歸處，一庭梔子香。(《全唐詩》卷五一一張祜)

【題池州弄水亭】 　弄水亭前溪，颭灔翠綃舞。綺席草芊芊，紫嵐峰伍伍。螭蟠得形勢，翬飛如軒户。一鏡奩曲堤，萬丸跳猛雨。檻前燕雁棲，枕上巴帆去。叢�侍修廊,密蕙媚幽圃。杉樹碧爲幢,花駢紅作堵。停樽遲晚月,咽咽上幽渚。客舟耿孤燈,萬里人夜語。(《全唐詩》卷五二〇杜牧)

【冬日五湖館水亭懷别】 蘆荻花多觸處飛,獨憑虚檻雨微微。寒林葉落鳥巢出,古渡風高魚艇稀。雲抱四山終日在,草荒三徑幾時歸。江城向晚西流急,無限鄉心聞擣衣。(《全唐詩》卷五二六杜牧;五三六許渾)

【卭州水亭夜讌送顧非熊之官】 寂寞卭城夜,寒塘對庾樓。蜀關蟬已噪,秦樹葉應秋。道路連天遠,笙歌到曉愁。不堪分袂後,殘月正如鈎。(《全唐詩》卷七二四唐求)

【曉登水亭】 露氣仍荷氣,秋風更曉風。身兼水亭子,雙墮玉壺中。(《誠齋集》卷一〇)

【水亭偶題】 凉樹閑拈玉笛吹,十年疏放負明時。溝中木斷誰曾問,空裹蓬征自不知。金井梧桐生晝寂,緑池蘋藻弄風漪。人生行樂從來事,此理何須更細推。(《劍南詩藁》卷七)

水遞

(宋太宗太平興國二年春正月,張)齊賢通判衡州……自江陵至桂州,有水遞鋪夫凡數千户,皆漁樵細民,衣食不給。湘江多巨潭險石,而程限與陸鋪等。或阻風濤陰雨,率被笞捶。齊賢言其事,詔每鋪夫各減半。(《續資治通鑑長編》卷一八)

(宋真宗咸平二年八月)庚申,以太常博士盧琰爲開封判官,秘書丞李防爲推官……尋出爲峽路轉運副使。先是,沿江水遞八十九鋪,歲役民丁甚衆,頗廢農作。防悉用本城卒代之,民以爲便。(《續資治通鑑長編》卷四五)

至和元年九月辛酉朔,權三司使、翰林學士兼端明殿學士、翰林侍讀學士、禮部侍郎、知制誥楊察爲户部侍郎,提舉集禧觀事。内侍楊永德建請蔡、

汴河置水遞鋪，察條其不便，罷之，永德毁察於帝。（《續資治通鑑長編》卷一七七）

李太尉性簡儉，在中書，不飲京城水，悉用惠山泉，時有水遞之號。有僧曰："水遞有損盛德。"公曰："末俗安有不嗜不欲者。某不求貨殖，不邇聲色，若止以水，誅其聚斂，廣蓄聲樂，如何？"僧曰："京師昊天觀後一眼泉，惠山水脉相通。"因取水秤量，與惠山等，遂罷水遞。（《類説》卷一一《芝田録》）

李衛公性簡儉，不好聲妓，往往經旬不飲酒。但好奇功名。在中書，不飲京城水，茶湯悉用常州惠山泉，時謂之"水遞"。（《唐語林》卷七）

李德裕在中書，常飲常州惠山井泉。自毗陵至京，致遞鋪……當時停其水遞，人不告勞，浮議弭焉。（《太平廣記》卷三九九引《芝田録》）

【奏狀論置水遞鋪不便】 臣竊聞近差馬仲甫計會淮南發運使，相度創置沿河水遞鋪兵士牽傳綱運舟船等事。臣昨通判泗州，備諳沿汴至京轉輸軍糧斛㪷體例，久來頗甚允當。國朝仰給東南六路，歲計發運司每年管定上供糧米六百五十萬碩，未嘗闕絶，蓋能謹守祖宗條貫法度，只委本司差撥兵，稍支破水脚工錢口食，不至失所。今若輕議創新改法，沿汴起蓋營房，招集兵士數萬，泗、宿、亳、宋間，累年灾傷，大成騷動，一則尚恐招集兵級，猝難滿數，二則慮兵役朝夕往返，牽挽舟船，既無休息，疲苦勞頓之後，不惟多致逃亡生事，亦便壅遏住，滯綱運。自春夏水通，未敷本司元額斛㪷間，即已霜降水落，又須隔歲不前。萬一遂使軍儲乏絶，臨時噬臍，如何更作處置？壞大計者，無甚此舉。欲乞朝廷速降指揮，下淮南發運司，且依舊例施行，免向去敗事。下發運司。（《清獻集》卷六）

水館

自安東府東南至平壤城八百里，西南至都里海口約六百里……又八百八十里，至中京西，六十里至鶴柱館，又九十里，至遼水館……（《武經總要》前集卷一六下引《皇華四達記》）

廖融詩云:"遠山秋帶雨,水館夜多風。"潘若沖《陽朔縣》詩云:"門連百越水,地管數千峰。郭影雲連樹,林聲月帶春。"二人更唱迭和,詩家之勁敵。太宗懲五代塲屋之弊,以詞賦策論取士,融、沖之徒,稍稍引去。融曰:"豈知今日之詩道,一似大市裏賣平天冠,並無人問耶?"又素性重僧,前後贈詩甚多。或問其故,融曰:"僧是詩家奴,一人贈一篇,且圖帶往東西南北去耳。"(《類説》卷二二《荆湖近事》)

【揚州春夜李端公益張侍御登段侍御平路(仲)密縣李少府暘秘書張正字復元同會於水館對酒聯句追刻燭擊銅鉢故事遲輒舉觥以飲之逮夜艾群公沾醉紛然就枕余偶獨醒因題詩於段君枕上以志其事】一作《揚州春夜同會水館夜艾獨醒》。　寂寂獨看金燼落,紛紛只見玉山頹。自羞不是高陽侶,一夜星星騎馬回。(《全唐詩》卷三六五劉禹錫)

【八月十五日夜湓亭望月】　昔年八月十五夜,曲江池畔杏園邊。今年八月十五夜,湓浦沙頭水館前。西北望鄉何處是,東南見月幾迴圓。臨風一歎無人會,今夜清光似往年。(《全唐詩》卷四四〇白居易)

【秋夜題夷陵水館】　凝碧初高海氣秋,桂輪斜落到江樓。三更浦上巴歌歇,山影沉沉水不流。(《全唐詩》卷四七七李涉)

【宿揚州水館】　舟依淺岸參差合,橋映晴虹上下連。輕檝過時搖水月,遠燈繁處隔秋煙。却思海嶠還悽歎,近涉江濤更凛然。閑憑欄干指星漢,尚疑軒蓋在樓船。(《全唐詩》卷四八二李紳)

【濠州水館】　高閣去煩燠,客心遂安舒。清流中浴鳥,白石下遊魚。秋樹色凋翠,夜橋聲裹虚。南軒更何待,坐見玉蟾蜍。(《全唐詩》卷五一〇張祜)

【宿淮陰水館】　積水自成陰,昏昏月映林。五更離浦櫂,一夜隔淮砧。漂母鄉非遠,王孫道豈沉。不當無健嫗,誰肯效前心。(《全唐詩》卷五一〇張祜)

【雨中長樂水館送趙十五滂不及】 碧雲東去雨雲西，苑路高高驛路低。秋水緑蕪終盡分，夫君太騁錦障泥。(《全唐詩》卷五四〇李商隱)

【壽安水館】 地接山林兼有石，天懸星月更無雲。驚鷗上樹滿池水，瀺灂一聲中夜聞。(《全唐詩》卷五六一薛能)

【贈歐陽秀才】 桐上知音日下身，道光誰不仰清塵。偶來水館逢爲客，舊熟詩名似故人。永日空驚滄海闊，何年重見白頭新。權門要路應行遍，閒伴山夫一夜貧。(《全唐詩》卷五六二劉威)

【題盤豆驛水館後軒】 極目晴川展畫屏，地從桃塞接蒲城。灘頭鷺占清波立，原上人侵落照耕。去雁數行天際没，孤雲一點浄中生。凴軒盡日不迴首，楚水吴山無限情。(《全唐詩》卷六九五韋莊)

【婺州水館重陽日作】 異國逢佳節，凴高獨苦吟。一杯今日醉，萬里故園心。水館紅蘭合，山城紫菊深。白衣雖不至，鷗鳥自相尋。(《全唐詩》卷六九八韋莊)

【送客】 明月孤舟遠，吟髭鑷更華。天形圍澤國，秋色露人家。水館螢交影，霜洲橘委花。何當尋舊隱，泉石好生涯。(《全唐詩》卷七四一江爲)

【秋日江館喜彈琴羽人至】 水館凄清天一涯，喜逢仙蓋駐靈芝。煙霞初散海中會，風雨忽來江上期。琴軫玉寒彈宿露，酒巵金暖對朝曦。圯橋書在如相授，不獨留侯是帝師。(《文莊集》卷三四)

【答勸農李淵宗嘉州江行】 嘉月嘉州路，軻峩按部船。山圍杜宇國，江入夜郎天。嘉州，古夜郎國。霽引溪樓望，凉供水館眠。愧君舟檝意，遂欲濟長川。來時有"寧舍濟川航"之句。(《景文集》卷一〇)

【韶州真水館記】 真水館者，郡守田曹副郎清河張公所建也。按地誌：真水出大庾嶺，字本從水從貞，今朝以音犯廟諱，故改爲真。南與武水合，二水

回曲而流,故名曲江。虞舜南巡,奏簫韶於群石之右,故名其山曰韶。由是州以山名,縣以水名。(《武溪集》卷五)

【和神水館逢齊葉二國信】 幾旬馳傳困風埃,忽聽南軺病眼開。千里故疆難際遇,一封京信况同來。論情不異聲投谷,適遇過於渴望梅。談笑未經催命駕,歸心雖切且徘徊。(《蘇魏公文集》卷一三)

【神水館寄子瞻兄四絶】(其一) 十一月二十六日,是日大風。 少年病肺不禁寒,命出中朝敢避難。莫倚皂貂欺朔雪,更催靈火煮鉛丹。馬上作李若芝守一法,似有功。(《欒城集》卷一六)

水鋪

(驛鋪:)桃花鋪。東渡門外,江之東屬鄞縣老界鄉,地名桃花渡,北至清水三十五里。

清水鋪。定海縣清水坊前,至西門二十五里。

右北路。(《寶慶四明志》卷三)

《漫録》載:南康有賢女鋪,蓋祥符間女子,姓劉氏,夫死,誓不再嫁。父兄强之,因自沈於水,鋪因得名。然予嘗過之,壁間有碑記,其大略似謂初嘗議昏,已定而夫家貧,父兄悔之,别以許人。女曰:"一身而二適,雖未嫁,奈節何!"父兄强之,乃溺死。亦云舊名貞女,全與此不同,豈信傳聞之誤邪?(《蘆浦筆記》卷四《賢女鋪》)

北岳常岑,謂之大茂山者是也……今飛狐路在茂之西。自銀冶寨北出倒馬關,度遼界,却自石門子、冷水鋪,入缾形、梅回兩寨之間,至代州。今此路已不通,唯北寨西出承天閣,可至河東。(《夢溪笔谈》卷二四)

【發冷水鋪】 冷水東南去路賒,水邊山掩見人家。無端下馬尋幽處,鷗鷺飛飛出荻花。(《永樂大典》卷一四五七六引《武昌志》引宋張詠詩)

【分水鋪步月】 人隨烏鵲正南飛,月到中天列宿稀。遠近江巒明霽色,横斜烟霧助清輝。危亭搔首風傳笛,迥野微行露濕衣。兒女未須頻悵望,春來應與雁同歸。(《莊簡集》卷五)

【清水鋪瀑布】 飛泉濺石落寒巖,更喜朝來一雨添。疑是玉姝離洞户,故垂千尺水晶簾。(《雲溪集》卷一二)

【分水鋪壁間讀趙仲縝留題二十字戲續其後】 水流無彼此,地勢有西東。若識分時異,方知合處同。觀者請下一轉語。(《晦庵集》卷四)

【没冰(水)鋪晚晴月出曉復大雨上漏下濕不堪其憂】 晚色熹微暖似薰,兒童歡喜走相聞。無端星月照濕土,依舊山川生雨雲。吴諺曰:"星月照濕土,明朝依舊雨。"蓋雨後微晴,星月粲然,必復雨。占之,每驗。旅枕夢寒涔屋漏,征衫潮潤冷鑪熏。快晴信是行人願,又恐田家曝背耘。(《范石湖集》卷一六)

江驛

(唐懿宗咸通十一年二月乙未,右武衛上將軍宋威)進軍沱江驛。沱江驛,在成都府新繁縣。《禹貢》:岷山導江,别爲沱。(《資治通鑑》卷二五二)

(宋哲宗元符二年四月)丙子,朝散大夫、直秘閣、權知桂州、廣南西路都鈐轄程節降授朝奉大夫。户部員外郎譚掞降授承議郎。朝散郎、提點荆湖南路刑獄梁子美降授朝奉郎。先是,昌化軍使張中役兵修倫江驛,以就房店爲名,與别駕蘇軾居。察訪董必體究得實,而節等坐不覺察,故有是命。(《續資治通鑑長編》卷五〇八)

【途中寒食題黄梅臨江驛寄崔融】一作《初到黄梅臨江驛》。 馬上逢寒食,愁中屬暮春。可憐江浦望,不見洛陽人。北極懷明主,南溟作逐臣。故園腸斷處,日夜柳條新。(《全唐詩》卷五二宋之問)

【和宋之問寒食題黄梅臨江驛】 春分自淮北,寒食渡江南。忽見潯

陽水,疑是宋家潭。明主閽難叫,孤臣逐未堪。遥思故園陌,桃李正酣酣。(《全唐詩》卷六八崔融)

【和宋之問寒食題臨江驛】　聞道山陰會,仍爲火忌辰。途中甘棄日,江上苦傷春。流水翻催淚,寒灰更伴人。丹心終不改,白髮爲誰新。(《全唐詩》卷一〇八胡皓)

【小江驛送陸侍御歸湖上山】　鶴唳天邊秋水空,荻花蘆葉起西風。今夜渡江何處宿,會稽山在月明中。(《全唐詩》卷三四八陳羽)

【宿臨江驛】一作《宿江上》,一作《宿溪中驛》。　楚驛南渡口,夜深來客稀。月明見潮上,江静覺鷗飛。旅宿今已遠,此行殊未歸。離家久無信,又聽擣寒衣。(《全唐詩》卷三八四張籍)

【夏夜宿江驛】　竹屋臨江岸,清宵興自長。夜深傾北斗,葉落映横塘。渚鬧漁歌響,風和角粽香。却愁南去棹,早晚到瀟湘。(《全唐詩》卷五〇〇姚合)

【宿松江驛却寄蘇州一二同志】一作《宿望亭驛寄蘇州同遊》。　候館人稀夜自長,姑蘇臺遠樹蒼蒼。江湖潮落高樓迥,河漢秋歸廣簟凉。月轉碧梧移鵲影,露低紅葉溼螢光。西園詩侶應多思,莫醉笙歌掩畫堂。(《全唐詩》卷五三五許渾)

【廣江驛餞筵留别】　别筵欲盡秋,一醉海西樓。夜雨寒潮水,孤燈萬里舟。酒飛鸚鵡重,歌送鷓鴣愁。惆悵三年客,難期此處遊。(《全唐詩》卷五六九李群玉)

【中秋廣江驛示韋益】　莫惜三更坐,難消萬里情。同看一片月,俱在廣州城。淚逐金波滿,魂隨夜鵲驚。支頤鄉思斷,無語到雞鳴。(《全唐詩》卷五六九李群玉)

【友人適越路過桐廬寄題江驛】　桐廬縣前洲渚平,桐廬江上晚潮生。

莫言獨有山川秀,過日仍聞官長清。麥隴虚涼當水店,鱸魚鮮美稱蓴羹。王孫客棹殘春去,相送河橋羡此行。(《全唐詩》卷五九〇李郢)

【題松江驛】 便向中流出太陽,兼疑大岸逼浮桑。門前白道通丹闕,浪裏青山占幾鄉。帆勢落斜依浦溆,鐘聲斷續在滄茫。古今悉不知天意,偏把雲霞媚一方。(《全唐詩》卷六五二方干)

【羅江驛】 數枝高柳帶鳴鴉,一樹山榴自落花。已是向來多淚眼,短亭回首在天涯。

【奏捷西蜀題沱江驛】 野客乘軺非所宜,況將儒懦報戎機。錦江不識臨邛酒,且免相如渴病歸。(《全唐詩》卷六七二唐彦謙)

【宿臨江驛】 候館寥寥輟櫂過,酒醒無奈旅愁何。雨昏郊郭行人少,葦暗汀洲宿雁多。干禄已悲凋鬓鬢,結茅終愧負煙蘿。篇章早晚逢知己,苦志忘形自有魔。(《全唐詩》卷七四九李中)

【題仁義驛歲寒堂范文正公所植六松】 江驛森森六本松,蜿蜒枝幹走虬龍。煙滋鱗甲蒼顔老,雲惹須髯美蔭濃。獨立雪霜君子操,曾因風雨大夫封。不栽桃李追時好,歎息前賢意可宗。(《梁谿集》卷一四)

【羅江驛】 湘南湘北三十里,六月七月再經過。紫荆花開白酒賤,奈此湘中風月何。(《于湖居士文集》卷一一)

【癸亥日泊舟吴會亭】 去年春盤浙江驛,湛湛清波動浮石。今年春盤吴會亭,冥冥細雨濕高城。天邊作客風沙裏,今年去年成老矣。客心古井冷無波,過眼人情亦如水。憶昔三生住翠微,偶來平地著征衣。山中故人應大笑,扁舟坐穩何當歸。(《范石湖集》卷三)

【大安病酒留半日王守復來招不往送酒解酲因小飲江月館】 江驛春酲半日留,更煩送酒爲扶頭。柳花漠漠嘉陵岸,別是天涯一段愁。(《劍南詩稾》卷三)

【羅江驛翠望亭讀宋景文公詩】 撲馬征塵拂不開，高亭欹帽一徘徊。蜀山地暖稀逢雪，閏歲春遲未見梅。陂水近人無鷺下，煙林藏寺有鐘來。宋公出牧曾題壁，錦段雖殘試剪裁。（《劍南詩藁》卷三）

【夜宿二江驛】 雞鳴原前風折樹，夜到雙流雨如注。樺皮溼透點不明，旋設篝爐燎衣袴。重城回首一夢散，錦障氈車渺無處。新聲猶傍耳邊來，殘酒半隨風力去。飛觴縱飲亦何樂，憒憒不堪長閉户。丈夫要爲國平胡，俗子豈識吾所寓。（《劍南詩藁》卷六）

【己酉赴桂初宿會江驛用徐意一韻】 江海三吴會，萍途一昔棲。路迎來阜北，船趁長潮西。魚鳥隨情適，鵬蜩付物齊。羊裘人底處，烟雨故蹤迷。（《可齋雜藁》卷二六）

【次吴江驛】 蘭舟東下泊吴江，暫寄郵亭看渺茫。魯望舊蹤追感歎，季鷹前事入思量。當軒雨過峰巒秀，隔岸風來橘柚香。散髮未能歸未遂，鱸魚時節負秋光。（《宋詩紀事》卷三一馬彝）

【盱江驛舍中有婦人書一憶字筆勢頗姿媚游子明王相之皆題詩其後率予同賦】 陽臺雨歇行雲杳，天闊鴻稀春悄悄。鸂鶒孤眠怨芳草，夜夜相思何日了。妾非無聲不敢啼，妾非無淚不敢垂。柔情欺損青黛眉，夢魂暗逐胡蝶飛。春風著人鎖窗緑，緑窗書字寄心曲。細看香翰婉且柔，中有閑愁三萬斛。向隅棄筆惆悵時，此情默默誰得知。無緣相見空相憶，不如當日休相識。（《宋詩紀事》卷六三劉仙倫）

江館

（元和中，白居易貶江州，時元稹在通州，篇詠贈答往來，不以數千里爲遠。嘗與稹書，論作文之大旨云：）初應進士時，中朝無緦麻之親，達官無半面之舊，策蹇步於利足之途，張空拳於戰文之場。十年之間，三登科第……又足下書云："到通州日，見江館柱間有題僕詩者，何人哉？"（《舊唐書》卷一六六《白居易傳》）

(宋孝宗乾道九年正月)四日、五日，皆泊嚴州。六日，發嚴州，宿大羊。七日，至婺州蘭溪縣，泊澄江館。(《驂鸞録》)

澄江館。在黄巖縣東北，宋紹定初建。(《明一統志》卷四七台州府)

通江館，在賞心亭東，即月亭舊基，後爲回易庫。馬公光祖改立通江館，以待四方之賓客。馬公光祖自書壁記。

横江館，在水西門内賞心亭側，馬公光祖鼎創，以待四方之賓客。名取山谷詩“出門一笑大江横”之意。(《景定建康志》卷二一)

元和中，故都尉韋宥出牧温州，忽忽不怡，江波脩永……行次江館，其家室皆已維舟入亭矣。宥故駙馬也，家有妓樂，即付箏妓曰：“我於蘆心得之，頗甚新緊，然沙洲江徼，是物何自而來？吾甚異之。”(《集異記》)

【送禰郎中】 東郊春草色，驅馬去悠悠。况復鄉山外，猿啼湘水流。島夷傳露版，江館候鳴騶。卉服爲諸吏，珠官拜本州。孤鶯吟遠墅，野杏發山郵。早晚方歸奏，南中纔(絶)忌秋。(《全唐詩》卷一二七王維)

【送譚八之桂林】 客心仍在楚，江館復臨湘。别意猿鳥外，天寒桂水長。(《全唐詩》卷一四三王昌齡)

【横江詞六首】(其五) 横江館前津吏迎，向余東指海雲生。郎今欲渡緣何事，如此風波不可行。(《全唐詩》卷一六六李白)

【江館會别】 離亭一會宿，能有幾人同。莫以回車泣，前途不盡窮。(《全唐詩》卷二七四戴叔倫)

【江館】 水面細風生，菱歌慢慢聲。客亭臨小市，燈火夜妝明。(《全唐詩》卷三〇一王建)

【江館對雨】 鳥聲愁雨似秋天，病客思家一向眠。草館門臨廣州路，

夜聞蠻語小江邊。(《全唐詩》卷三〇一王建)

【題松江館】 津柳江風白浪平,棹移高館古今情。扁舟一去鴟夷子,應笑分符計日程。(《全唐詩》卷三三二羊士諤)

【和樂天送客遊嶺南二十韻】次用本韻。 我自離鄉久,君那度嶺頻。一杯魂慘澹,萬里路艱辛。江館連沙市,瀧船泊水濱。騎田迴北顧,銅柱指南鄰。大壑浮三島,周天過五均。波心湧樓閣,規外布星辰。……(《全唐詩》卷四〇七元稹)

【見樂天詩】 通州到日日平西,江館無人虎印泥。忽向破簷殘漏處,見君詩在柱心題。(《全唐詩》卷四一五元稹)

【微之到通州日授館未安見塵壁間有數行字讀之即僕舊詩其落句云淥水紅蓮一朵開千花百草無顔色然不知題者何人也微之吟歎不足因綴一章兼録僕詩本同寄省其詩乃十五年前初及第時贈長安妓人阿軟絶句緬思往事杳若夢中懷舊感今因酬長句】 十五年前似夢游,曾將詩句結風流。偶助笑歌嘲阿軟,可知傳誦到通州。昔教紅袖佳人唱,今遣青衫司馬愁。惆悵又聞題處所,雨淋江館破牆頭。(《全唐詩》卷四三八白居易)

【晚題江館】一作《晚秋江館書事寄姚郎中》。 病寄曲江居帶城,傍門孤柳一蟬鳴。澄波月上見魚擲,晚徑葉多聞犬行。越島夜無侵閣色,寺鐘涼有隔原聲。故園盡賣休官去,潮水秋來空自平。(《全唐詩》卷五〇三周賀)

【宿江館】 江館迢遥處,知音信漸賒。夜深鄉夢覺,窗下月明斜。起雁看荒草,驚波尚白沙。那堪動鄉思,故國在天涯。(《全唐詩》卷五一五朱慶餘)

【題橫江館】 孫家子弟晉龍驤,馳騁功名業帝王。至竟江山誰是主,苔磯空屬釣魚郎。(《全唐詩》卷五二三杜牧)

【酬杜補闕初春雨中舟次横江喜裴郎中相迎見寄】 江館維舟爲庾公,暖波微渌雨濛濛。紅橋迤邐春巖下,朱旆聯翩曉樹中。柳滴圓波生細浪,梅含香豔吐輕風。郢歌莫問青山吏,魚在深池鳥在籠。(《全唐詩》卷五三五許渾)

【泊鳧磯江館】 風雪晴來歲欲除,孤舟晚下意何如。月當軒色湖平後,雁斷雲聲夜起初。傍曉管絃何處静,犯寒楊柳邊津疏。三間茅屋東溪上,歸去生涯竹與書。(《全唐詩》卷五四九趙嘏)

【興州江館】 向蜀還秦計未成,寒蛩一夜繞牀鳴。愁眠不穩孤燈盡,坐聽嘉陵江水聲。(《全唐詩》卷六七五鄭谷)

【江南送别】 江南行止忽相逢,江館棠梨葉正紅。一笑共嗟成往事,半酣相顧似衰翁。關山月皎清風起,送别人歸野渡空。大抵多情應易老,不堪岐路數西東。(《全唐詩》卷六八二韓偓)

【江下初秋寓泊】 濛濛煙雨蔽江村,江館愁人好斷魂。自别家來生白髮,爲侵星起謁朱門。也知柳欲開春眼,争奈萍無入土根。兄弟無書雁歸北,一聲聲覺苦於猿。(《全唐詩》卷六九二杜荀鶴)

【逢友人】 彼此若飄蓬,二年何所從。帝都秋未入,江館夜相逢。瘴嶺行衝夏,邊沙住隔冬。旅愁論未盡,古寺扣晨鐘。(《全唐詩》卷七〇四黄滔)

【江館秋夕】 耿耿銀河雁半横,夢魰金碧(井)轆轤輕。滿窗謝練江風白,一枕齊紈海月明。楊柳敗梢飛葉響,芰荷香柄折秋鳴。誰人更唱陽關曲,牢落煙霞夢不成。(《全唐詩》卷七六四譚用之)

【城南江館】 漢江之北涯,軒宇頗高爽。西南正空闊,時此託遐想。誰家有竹石,更可悦新賞。待學袁愍孫,乘興欲直往。(《丹淵集》卷一五)

【妾薄命并序】 妾有過江館題其壁作隱語詩者,其文甚哀。且自言吴女也,士大夫相告而感之。余嘗病吴風俗多不嫁其女，樂以與人而婢妾之，至不幸。有良家子失身於人者，甚可憫也。故因所感，作《妾薄命》，以告吴之父老，其亦庶乎憫而悔之，悔而改之也。　　妾家本住吴山側，曾與吴姬鬭顔色。燕脂兩臉緑雙鬟，有貌有才爲第一。十歲能吟謝女詩，十五爲文學班姬。十六七後漸多難，一身困瘁成流離。爾後孤貧事更多，教妾一身無奈何。其時癡騃被人誤，遂入朱門披綺羅。朱門美人多嫉妬，教妾一身無所措。眉不敢畫眼不擡，飲氣吞聲過朝暮。受盡苦辛人不知，却待歸時不得歸。羅衣滿身空抴涙，何時却著舊時衣。(《節孝集》卷一一)

【江館寫事】　曉市人煙合，歸帆帶夕陽。青山到江盡，白鳥去天長。越女能淮語，吴姬學楚妝。栖遲未歸客，猶著錦衣裳。(《雁門集》卷四)

溪驛

葛溪驛，在弋陽縣南門，唐時爲弋陽館。張祜有《題弋陽館驛》詩。宋王安石過宿，有詩。國朝雍正四年裁。(《江西通志》卷三五)

薌溪驛，在貴溪縣治東南。明萬曆間知縣曾光魯重修，匾曰“皇華亭”。(《江西通志》卷三五)

靈溪驛，在(天台)縣東二十里，舊路由此入京，今亭頭是也。後改自東門，遂廢。唐鄭巢夜泊，有詩云：“孤吟疏雨夜，荒館亂峰前。曉鷺棲危石，秋萍滿敗船。溜從華頂落，樹與赤城連。已有求閒意，來期在暮年。”(《嘉定赤城志》卷三)

(唐玄宗開元二十一年二月)六月庚子，眉州獻寶鼎，重七百斤，無耳足，有篆文數字。時渝州刺史段懷本奏：“此鼎到陳州界之對溪驛，雲霧暗合，有白虹逼鼎。臣恐淪失，不勝驚懼，請至合州取陸路至京。”許之。(《册府元龜》卷二四)

【宿青溪驛奉懷張員外十五兄之緒】　漾舟千山内，日入泊枉渚。我生本飄飄，今復在何許。石根青楓林，猿鳥聚儔侣。月明游子静，畏虎不得

語。中夜懷友朋,乾坤此深阻。浩蕩前後間,佳期付荆楚。(《全唐詩》卷二二三杜甫)

【使至藍谿驛寄太常王丞】　獨上七盤去,峰巒轉轉稠。雲中迷象鼻,雨裏下筝頭。水没荒橋路,鴉啼古驛樓。君今在城闕,肯見此中愁。(《全唐詩》卷三八四張籍)

【興元新路記】　自鄌南平行二十五里,至臨溪驛。驛扼谷口,夾道居民,皆籍東西軍。出臨溪驛百步,南登黄蜂嶺。(《孫可之集》卷四)

【丙申秋八月過漁溪驛驛舊有梅數株嘗題詩記今無有也二首】　曾把早梅枝,思君在别離。别離雖云遠,萬里有還期。樹枯根已撥,人去復何之。故館動秋色,雲物藏寒曦。清香不可聞,衰草空繁滋。一夜平堦雨,輾轉良自知。

梅花不復見,况乃扳花人。花飛别故樹,粉黛化爲塵。秋風捲落葉,蟲豸鳴悲辛。昏鴉投舊巢,匹侣自相親。缺月行復滿,歸雲本無根。因題憶花篇,此意難重陳。(《端明集》卷三)

【題杉溪驛二首】(其一)　宵行避酷暑,山路乍縈迴。明月正相向,凉風時一來。幽林潛物怪,秘洞蓄雲雷。豈敢憚勞苦,畏途誠可猜。

【題漁溪驛】　昔年同向臘中迴,曾向欄干折早梅。今日獨來攀舊樹,風翻黄葉下蒼苔。(《端明集》卷五)

【泥溪驛】　嘉陵江到水爪園,水勢東回入浪川。前過劍門山路穩,免尋閣道上雲巔。(《樂全集》卷三)

【題霞溪驛】嶺今屬全州。　歌聲野色中,人樂歲時豐。暑雨陰陽雜,秋田早晚同。嶺雲無烈日,江樹足凉風。自指香山語,前村有路通。(《邕州小集》)

【雙溪驛】　按程頗自覺淹留,朝夕經行處處幽。忻逢古驛雙溪水,追

憶東陽八詠樓。(《錢塘集》卷六)

【葛溪驛】 缺月昏昏漏未央,一燈明滅照秋牀。病身最覺風露早,歸夢不知山水長。坐感歲時歌慷慨,起看天地色凄涼。鳴蟬更亂行人耳,正抱疏桐葉半黄。(《臨川先生文集》卷二四)

【過紫溪驛讀黄安中中丞留題】其卒章云:"如今只見經游處,不見慈顔淚滿衣。" 金鑾天仙才,滲漉膚寸管。由來風騷將,要出江謝遠。一生忠孝心,倫匹世所罕。曩聞奉安輿,駕言得兹館。喜先行輈動,榮入綵衣暖。佗年逝波痛,故國松楸眼。春暉草心盡,日力烏哺短。銀鈎壁間字,刺落歸粉板。捉襟來熟復,如渴釂斝琖。顧我么麽姿,辱公披沙揀。波瀾泝沿闊,藻火止覘瞥。公今青雲上,功業壯圖滿。此詩落人間,鼎味纔一臠。(《龍雲集》卷四)

【杉溪驛】傳兩女郎驛,有鮑、朱二婦題識。 竹巘杉溪道路長,道邊古驛開蒼茫。分流溪水薄枉渚,挨石人家環上方。王程星火懼將恐,霜冬草樹芸其黄。去來今昔幾男子,姓字喧傳兩女郎。(《龍雲集》卷四)

【蘭溪驛】 驛亭何處近蘭溪,行盡蓮華日暮時。春雨發香無分見,斷腸頻誦杜郎詩。(《灌園集》卷六)

【宿深溪驛去廣右界只一程】 北户書頻到,南雲雁不飛。試評騎馬路,何似釣魚磯。擊柝黄茅店,篝燈白竹扉。故園桑柘煖,亦有稻粱肥。(《范石湖集》卷一三)

【横溪驛感懷】 行徧天涯與地隅,筋骸那比十年初。朱顔有酒且留住,白髮無方能掃除。未得歸田先作賦,專攻種樹已成書。祇今飛到南山下,猶解清晨出荷鋤。(《范石湖集》卷一六)

【嵩溪驛】 舟子初辭去,風吹薄酒醒。一莖新鬢白,數點晚山青。潦倒彈長鋏,荒涼宿短亭。鄰雞空喔喔,不似昔年聽。(《後村集》卷五)

【深溪驛】去廣右界一程。　　苔滿朱扉半闔開，更無人迹獨徘徊。湘江臨别如相語，早買扁舟出嶺來。(《後村集》卷五)

溪館

(宋高宗紹興三十一年二月)乙卯，上次常州荆溪館。守臣左朝散大夫葉顒，右通直郎、知武進縣馮百藥、右通直郎、知晉陵縣馬階相繼引對。(《建炎以來繫年要録》卷一九五)

(宋高宗紹興三十二年二月)戊申，上次常州荆溪館，敷文閣待制致仕孫覿入見。(《建炎以來繫年要録》卷一九七)

(宋孝宗乾道八年十二月)二十三日，宿餘杭縣苕溪館。二十四日至二十七日，皆泊於餘杭。(《驂鸞録》)

霅溪館。霅溪，在縣東南一里，凡四水合爲一溪。自浮玉山曰苕溪，自銅峴山曰前溪，自天目山曰餘不溪，自德清縣前北流至州南興國寺前，曰霅溪。(《太平寰宇記》卷九四湖州烏程縣)

揚之水，北從績溪縣東南流六十里，至臨溪館，入歙縣界，至郡城西，與四水合流，東南入新安江，即今睦州界。(《太平寰宇記》卷一〇四歙州歙縣)

餘杭。苕溪館，在縣南少西，與鑑亭相近。淳祐間，徙縣東南半里外。《舊志》即鑑亭非。

於潛。潛溪館，在縣西二十步，舊名潛川驛。紹興四年，令邵文炳遷于縣南門外一里。

芙蓉館，去潛溪館七十步。鶴山館，在縣北二里。(《咸淳臨安志》卷五五)

玉谿館，在縣東南四十五里入商州路，俗曰“磓子平”。(《長安志》卷一六藍田縣)

田游巖，京兆三原人也。高祖（宗）永徽初，補太學生。後罷歸，遊於太白山。每有林泉會意，輒留連不能去。其母、其妻有方外之志，與遊巖周遊山水二十餘年。後自巴蜀將遊荆楚，行至夷陵之青溪館，有終焉之志，遂結廬溪側。（《册府元龜》卷八一〇）

【剡谿館聞笛】 夜久聞羌笛，寥寥虚客堂。山空響不散，溪静曲宜長。草木生邊氣，城池泛夕凉。虚然異風出，髣髴宿平陽。（《全唐詩》卷一一四丁仙芝）

【清谿館作】 指途清谿裹，左右唯深林。雲蔽望鄉處，雨愁爲客心。遇人多物役，聽鳥時幽音。何必滄浪水，庶兹浣塵襟。（《全唐詩》卷一一四談戭、卷三一一陳存、卷七七〇錢戭）

【恩敕重推使牒追赴蘇州次前溪館作】 漸入雲峰裹，愁看驛路閒。亂鴉投落日，疲馬向空山。且喜憐非罪，何心戀末班。天南一萬里，誰料得生還。

【北歸次秋浦界清溪館】 萬里猿啼斷，孤村客暫依。雁過彭蠡暮，人向宛陵稀。舊路青山在，餘生白首歸。漸知行近北，不見鷓鴣飛。（《全唐詩》卷一四七劉長卿）

【題宛溪館】 吾憐宛溪好，百尺照心明。何謝新安水，千尋見底清。白沙留月色，緑竹助秋聲。却笑嚴湍上，於今獨擅名。（《全唐詩》卷一八四李白）

【題前溪館】 兩年謫宦在江西，舉目雲山要自迷。今日始知風土異，潯陽南去鷓鴣啼。（《全唐詩》卷二〇七李嘉祐）

【荆溪館呈丘義興】 失路荆溪上，依人忽暝投。長橋今夜月，陽羨古時州。野燒明山郭，寒更出縣樓。先生能館我，無事五湖遊。（《全唐詩》卷二六三嚴維）

【通州丁溪館夜别李景信三首】(其一)　月濛濛兮山掩掩,束束别魂眉斂斂。蠡盞覆時天欲明,碧幌青燈風灩灩。淚消語盡還暫眠,唯夢千山萬山險。(《全唐詩》卷四二一元稹)

【泊靈溪館】　孤吟疏雨絶,荒館亂峰前。曉鷺棲危石,秋萍滿敗船。溜從華頂落,樹與赤城連。已有求閒意,相期在暮年。(《全唐詩》卷五〇四鄭巢)

【晚次荆溪館呈崔明府】　艤舟陽羨館,飛步繚疏楹。山暝水雲碧,月凉煙樹清。長橋深漾影,遠櫓下摇聲。况是無三害,弦歌初政成。(《全唐詩》卷五一〇張祜)

【洞庭南館】　一徑逗霜林,朱欄遶碧岑。地盤雲夢角,山鎮洞庭心。樹白看煙起,沙紅見日沉。還因此悲屈,惆悵又行吟。(《全唐詩》卷五一〇張祜)

【夏日梅溪館寄龐舍人】　東陽賓禮重,高館望行期。掃簟因松葉,篸瓜使竹枝。捲簾聞鳥近,翻枕夢人遲。坐聽津橋説,今營太守碑。(《全唐詩》卷五一〇張祜)

【八月十二日得替後移居霅溪館因題長句四韻】　萬家相慶喜秋成,處處樓臺歌板聲。千歲鶴歸猶有恨,一年人住豈無情。夜凉溪館留僧話,風定蘇潭看月生。景物登臨閑始見,願爲閒客此閑行。(《全唐詩》卷五二二杜牧)

【發靈溪館】　山多水不窮,一葉似漁翁。鳥浴寒潭雨,猿吟暮嶺風。雜英垂錦繡,衆籟合絲桐。應有曹溪路,千巖萬壑中。(《全唐詩》卷五二八許渾)

【宿蒼谿館】　孤館門開對碧岑,竹窗燈下聽猿吟。巴山夜雨别離夢,秦塞舊山迢遞心。滿地莓苔生近水,幾株楊柳自成陰。空思知己隔雲嶺,鄉路獨歸春草深。(《全唐詩》卷五八六劉滄)

【酬姚補闕南仲雲溪館中戲題隨書見寄】 寺溪臨使府，風景借仁祠。補衮周官貴，能名漢主慈。卧雲知獨處，望月憶同時。忽枉緘中贈，瓊瑶滿手持。（《全唐詩》卷八一二清江、卷八一六皎然）

【霅溪館送韓明府章辭滿歸】 洛令從告還，故人東門餞。惠愛三年積，軒車一夜遠。曉月離館空，秋風故山晚。榮君有嘉薦，顧我阻遊衍。宿昔峰頂心，依依不可卷。（《全唐詩》卷八一八皎然）

【橘林居士題載溪館壁】 雲凍月籠影，風生水澀寒。故人真似雪，何必到門闌。（《灌園集》卷六）

【正月十五日荆谿館然燈燕北客用前韻】 虎鼠同遊十二宫，何妨蛇蚓雜蛟龍。熒煌寶樹繁星合，泛艷金莖湛露濃。海鳥定知驚矍鑠，濠魚且樂共從容。賈生欲繫單于頸，應費朝家五餌供。（《鴻慶居士集》卷六）

【北行日録上】 （宋孝宗乾道五年十一月）十五日，丁卯，晴……蘇彭年亦來，皆延入船相見。王江陰正己惠茶，并公醖，蘇、李别于荆溪館。（《攻媿集》卷一一一）

【夜過五牧】 船頭更鼓打兩聲，如何未到常州城。道傍火炬如晝明，道上牽夫如蟻行。今宵到得荆溪館，我欲眠時夜還短。明朝擁被看船窗，百尺柳條垂兩岸。（《誠齋集》卷二九）

【明發荆溪館下】 常州太守曾獨弄，回首向來真一夢。五月炎天十月寒，東亭迎客西亭送。自從别却翟家園，豈謂三經金斗門。莫教物色有欠處，剩與新詩三五句。猶有歸塗更一來，是時百花開未開？（《誠齋集》卷二九）

【荆谿館夜坐】 河漢無聲天正青，三三五五滿天星，草根冷露黏溼螢，幽人岸巾坐津亭。憶下瞿唐浮洞庭，陽臺繫船夢娉婷。朱門重重夜不扃，四山猿鳥啼青冥。人生無蒂風中萍，幸我夢斷狂已醒。繡韉金絡帶萬釘，何如故山鋤茯苓。（《劍南詩藳》卷一〇）

澗驛

奢延驛，在清澗縣南五十步，舊曰清澗驛，明洪武中改名，北至石嘴驛七十里。（《大清一統志》卷二九四綏德州）

【碧澗驛曉思】　香燈伴殘夢，楚國在天涯。月落子規歇，滿庭山杏花。（《全唐詩》卷五八一温庭筠）

河驛

曲洛，《穆天子傳》云："天子東遊於黄澤，宿于曲洛。"今縣東洛北有曲河驛，以洛水之曲爲名，洛經其南。（《太平寰宇記》卷五河南道偃師縣）

（劉宋時，）房法壽清河驛募人，招集壯士，嘗有百數。宋景和末，遇沈文秀、崔道固起兵，應劉子勛，明僧暠、劉乘民起兵應。（《册府元龜》卷七六一）

【宿襄河驛浦】　沿流辭北渚，結纜宿南洲。合岸昏初夕，迴塘暗不流。卧聞塞鴻斷，坐聽峽猿愁。沙浦明如月，汀葭晦若秋。不及能鳴雁，徒思海上鷗。天河殊未曉，滄海信悠悠。（《全唐詩》卷八四陳子昂）

【食曲河驛】驛在商、鄧間。　晨及曲河驛，悽然自傷情。群烏巢庭樹，乳燕飛簷楹。而我抱重罪，孑孑萬里程。親戚頓乖角，圖史棄縱横。下負明義重，上孤朝命榮。殺身諒無補，何用答生成。（《全唐詩》卷三四一韓愈）

【曲河驛初见嵩少】　我行日益深，所遇日益好。森然過絶壁，慘澹石色老。層峰乍崩奔，峻峽忽開導。清溪瀉兩間，淺瀨浮水鳥。縈紆石路窄，構架野橋小。娟娟翠篠寒，時見木合抱。危亭偶平曠，是日見嵩少。峨峨重雲外，傲睨插蒼昊。坐令群山勢，凌轢困籍蹈。平生忽俗事，丘壑情所好。無謀苟自給，薄官廢幽討。豈無幽棲士，顧我林下笑。會當採芝去，富貴曷足道。（《張耒集》卷一〇）

河館

（嵐州）樓煩，龍紀元年，於監西一里置。玄池，州東六十里置。天池，州西南五十里置。本置於孔河館，乾元後，移於安明谷口道人堡下。（《舊唐書》卷三九《地理志二》）

出燕京北門，至望京館，五十里至順州……八十里至新館。過雕窠嶺、偏槍嶺，四十里至臥如來館。過烏灤河，東有灤州。又過摸斗嶺，一名渡雲嶺，芹菜嶺，七十里至柳河館。（《遼史》卷三九《地理志三》引王曾《上契丹事》）

（宋真宗大中祥符五年十月，主客郎中、知制誥王曾使契丹，）自雄州白溝驛度河，四十里至新城縣，古督亢亭之地……又過芹菜嶺，七十里至柳河館。河在館旁，西北有鐵冶，多渤海人所居，就河漉沙石，鍊得鐵。（《續資治通鑑長編》卷七九引王曾《上契丹事》）

（宋真宗天禧五年，宋綬等使遼還，上契丹風俗云：）綬等始至木葉山，山在中京東微北……凡六十里至羖攊河館，過惠州，城二重。（《續資治通鑑長編》卷九七引宋綬《上契丹風俗》）

【渊河館】一作《暮春山行田家歇馬》。　雨溼菰蒲斜日明，茅厨煮繭掉車聲。青蛇上竹一種色，黄蝶隔溪無限情。何處樵漁將遠餉，故園田土憶春耕。千峰萬瀨水溙溙，羸馬此中愁獨行。（《全唐詩》卷五九〇李郢）

【和土河館遇小雪】　薄雪悠揚朔氣清，衝風吹拂毳裘輕。人看滿路瓊瑶迹，盡道光華使者行。（《蘇魏公文集》卷一三）

【墨河館連日大風】　空桐倚不周，近戴北斗魁。上天限中外，自古常風霾。我行迫隆冬，周覽窮荒回。魑魅醜正直，共工負其材。初如百萬兵，鳴鼓天上來。日月慘不光，星辰爲之頹。又如海水翻，洪洞奔天臺。四顧無復人，但聽萬壑雷。摇山墮危石，略野荒纖荄。鳥雀失食悲，虎豹忘群哀。

大叫不自聞，却行尚欲摧。而我仗漢節，何由脱氛埃。先王外荒服，赤子棄草萊。陰奸竊號令，天網殊恢恢。我車傷崔嵬，我馬勞虺隤。感彼雞鳴詩，聊以慰永懷。(《公是集》卷九)

【山暖】柳河館。　通谷近中原，初陽生舊年。欣欣林動色，漠漠野浮烟。鳴雉飛朝日，新芽發暖泉。東風彊人意，車馬亦翩翩。(《公是集》卷二一)

湖驛

【經望湖驛】　大漠無屯雲，孤峰出亂柳。前驅白登道，顧失飛狐口。遥憶代王城，俯臨恒山後。纍纍多古墓，寂寞爲墟久。豈不固金湯，終聞擊銅斗。交懽初仗信，接讌翻貽咎。埋寶賊夫人，磨笄傷彼婦。功成行且薄，義立名不朽。莫慎纖微端，其何社稷守。身歿國遂亡，此立人君醜。(《全唐詩》卷七七二韋鎰)

【大湖驛寄建州同年竇職方】　别驛臨溪曲，清寒結曉陰。灘聲生亂石，雨意在閒林。登第年華久，相逢禮愛深。茶山春物近，那得共追尋。(《端明集》卷八)

【題太湖驛竹軒】　粉節儲霜競出籬，我來猶及筍生時。清風一榻君休問，明月半窗予自知。(《相山集》卷一五)

【隆興度夏借東湖驛安下】　面對一池荷，四旁楊柳坡。樹陰遮日少，屋敞受風多。疑是清凉國，暫爲安樂窩。人人争避暑，老子自婆娑。(《石屏詩集》卷四)

溝驛

(宋真宗景德二年五月乙亥，知雄州何承矩言：)“使命始通，待遇之禮，宜得折中，庶可久行。”乃悉條上，手詔嘉納，仍聽事有未盡者，便宜裁處。凡契丹使及境，遣常參官、内職各一人，假少卿監、諸司使以上接伴。内諸司供

帳,分爲三番,内臣主之。至白溝驛,賜設。至貝州,賜茶、藥各一銀合。(《續資治通鑑長編》卷六〇)

(宋哲宗元符二年正月庚戌,)雄州言:"涿州牒稱:爲夏國差人使告奏,稱南宋興兵侵討,合有計會公事,已差定國信使副。緣自慶曆二年至嘉祐二年,北界泛使一行,並只於白溝驛交割。至熙寧七年,蕭禧將牽馬擔擎人等於雄州交割,當日接伴爲不依久例,差人説諭,其蕭禧不肯依從,遂直到本州城下永安亭前交换。慮今人使入界,亦要依上件體例,於北亭子交换駝馱,乞指揮接伴使副於白溝交换。"詔:"接伴使副計會雄州密切商量,從長施行。"(《續資治通鑑長編》卷五〇五)

余奉使至雄州。五月二十二日,次白溝驛。是日晚,雨雹,其大如拳,屋瓦多碎。彼人云,歲常如此,尤有甚於此者,目所未睹也。(《文昌雜録》卷六)

祥符迎鑾驛。(大中祥符)元年五月九日庚午,改鄆州臨鄘驛曰迎鑾,砂溝驛曰翔鑾。六月十四日癸卯,改兗州葛石驛曰回鑾,知溝驛曰太平。(《玉海》卷一七二)

【白溝驛撫問遺留人使兼賜御筵口宣】 卿等式將遺意,爰奉訊函。次境舍以方初,駕軺車而良苦。宜伸宴勞,庸示眷懷。(《文恭集》卷二七)

【白溝驛撫問大遼賀同天節人使及賜御筵口宣】 有敕:卿等恭修禮聘,來慶誕辰。適臨封館之初,載錫賓筵之盛。兼申慰諭,并示眷慈。(《鄖溪集》卷一〇)

沙驛

【宿白沙驛】初過湖南五里。 水宿仍餘照,人煙復此亭。驛邊沙舊白,湖外草新青。萬象皆春氣,孤槎自客星。隨波無限月,的的近南溟。(《杜詩詳注》卷二二;《全唐詩》卷二三三杜甫)

【惜别行送劉僕射判官】僕射乃其主將，劉乃僕射之判官也。　　聞道南行市駿馬，不限匹數軍中須。襄陽幕府天下異，主將儉省憂艱虞……杜陵老翁秋繫船，扶病相識長沙驛。强梳白髪提胡盧，手把菊花路旁摘。(《全唐詩》卷二三四杜甫)

【避寇白沙驛作】　　避亂無深淺，蒼黄古驛東。草枯牛尚齕，霞濕燒微紅。寇亂時時作，人愁處處同。猶逢好時否，孤坐雪濛濛。(《禪月集》卷一二；《全唐詩》卷八三一吴融)

【潭州留别杜員外院長】　　江畔長沙驛，相逢纜客船。大名詩獨步，小郡海西偏。地溼愁飛鵩，天炎畏跕鳶。去留俱失意，把臂共潸然。(《全唐詩》卷二六一韋迢)

【題江陵臨沙驛樓】　　江天清更愁，風柳入江樓。雁惜楚山晚，蟬知秦樹秋。凄凉多獨醉，零落半同遊。豈復平生意，蒼然蘭杜洲。(《全唐詩》卷二九三司空曙)

【白沙驛】在歸州東江南岸。　　轉側下層巔，江流出斷壖。寒雲生古戍，野店引山泉。雨暗疏茅濕，堂危倒石懸。去程無限險，心落渭城邊。(《潏水集》卷一三)

【題白沙驛壁】　　未忍歌歸去，行當獻子虚。自嗟渥洼種，垂耳服鹽車。(《摛文堂集》卷二)

【紹興丙寅侍伯父赴辰州宿長沙驛今四十七年驛敝重修感舊成詩録呈子中兄并示子開弟】壬子。　　朝宗元以汴爲京，閩廣江湖此問津。南渡苦無三宿客，北征時有五溪賓。壯遊我亦深懷舊，傳舍人皆勸作新。契闊誰憐今四紀，欲論前事只三人。(《文忠集》卷八)

白沙驛，在永州一百二十里祁陽縣，下臨湘水西岸，門外有亭，以形勝盡在此也。開寶初，左補闕劉能奉詔之九嶷，維舟於此，留詩云：“窗外秋聲湘

瑟怨，檻前竹色楚帆飛。”又云：“懶向九嶷岐路望，渡頭雲雨正霏霏。”(《詩話總龜》前集卷一六引《零陵總記》)

砂驛

進馬臺。在秦州東三十里。宋《太平廣記》：漢武帝元鼎初，西巡至赤砂驛。羌氏有千里馬，築臺拜表以進，因名。(《明一統志》卷三五鞏昌府)

【白砂驛作】 浮雲紛紛鎖太清，驟雨肅肅飛中庭。冰虀脱粟冷徹骨，欲語寂然誰和賡。辭家十日心甚壯，今日始覺愁腸并。僕夫聚首亦不樂，泥深灘密尤難行。長途何意此艱險，彼蒼其誰司晦明。閉門篝燈夜未久，試遶前楹望星斗。頑陰稍散避青冥，白月飛光臨户牖。推移變態俄頃間，坐使慘寂成歡顔。群奴喧喧亦相語，明日快馬臨關山。陰亦不可知，晴亦不可必，爾曹穩眠莫匆匆，清明更待東方白。(《清江三孔集》卷四孔武仲)

沙館

【長沙館中與郭夏對雨】 長沙積雨晦，深巷絶人幽。潤上春衣冷，聲連暮角愁。雲横全楚地，樹暗古湘洲。杳藹江天外，空堂生百憂。(《全唐詩》卷一四八劉長卿)

【行次白沙館先寄上河南王侍郎】 夜程何處宿，山叠樹層層。孤館閒秋雨，空堂停曙燈。歌慚漁浦客，詩學雁門僧。此意無人識，明朝見李膺。(《全唐詩》卷五二六杜牧；五三二許渾)

【將過江題白沙館】 少長在維揚，依然認故鄉。金陵佳麗地，不道少風光。稍望吴臺遠，行登楚塞長。殷勤語江嶺，歸夢莫相妨。(《全唐詩》卷七五一徐鉉)

【希道使君弭節合沙館奉太夫人遊鼓山乃蒙封示所和夢錫贈行佳句輒次嚴韻少叙别懷】 淮海元龍公輩流，何勞老手鎮方州。雍容行色自登

覽，邂逅故人仍倡酬。眼界蚤驚雲子熟，官期能爲荔枝留。臨分莫話中原事，想見家山只夢遊。（《蘆川歸來集》卷三）

【除夜宿黄沙館書懷】　窮年撫劍獨無眠，世路危疑倦往還。夜半無人殘月白，狐鳴梟嘯滿空山。（《古今歲時雜詠》卷四二張少愚）

汀驛

臨汀驛。在長汀縣治東，宋置，明崇禎二年革。今復。（《大清一統志》卷三三三汀州府）

長汀縣。留給驛夫銀二百三十四兩三錢六分。

館前驛。上至石牛驛六十里，下至臨汀驛七十里。留設贍夫八名，走遞公文等夫三名。

臨汀驛。上至館前驛七十里，下至三洲驛六十里。留設贍夫八名、走遞公文等夫三名。（《福建通志》卷一六）

【題松汀驛】一本無"題"字。　山色遠含空，蒼茫澤國東。海明先見日，江白迥聞風。鳥道高原去，人煙小徑通。那知舊遺逸，不在五湖中。（《全唐詩》卷五一〇張祜）

【别建安·又】　楚澤吴山已慣行，武夷從昔但聞名。北巖小寺長汀驛，且喜遊山第一程。

【長汀道中】　晚過長汀驛，溪山乃爾奇。老夫惟坐嘯，造物爲陳詩。鳥送穿林語，松垂拂澗枝。憑鞍久忘發，不是馬行遲。（《劍南詩藁》卷一一）

洲驛

（仙居縣）安洲驛，在縣西三百步，舊名栝（括）蒼。紹興二十六年，令梅克明建，後廢。嘉泰二年，令林岳重建，以近安洲山，更今名。樓參政鑰爲之

記。(《嘉定赤城志》卷三)

三洲驛,上至臨汀驛六十里,下至藍屋驛六十里。留設贍夫八名、走遞公文等夫三名。(《福建通志》卷一六)

【瓜洲驛奉餞張侍御公拜膳部郎中却復憲臺充賀蘭大夫留後使之嶺南時侍御先在淮南幕府】 太華高標峻,青陽淑氣盤。屬辭傾渤澥,稱價掩琅玕。楊葉頻推中,芸香早拜官……星象銜新寵,風霜帶舊寒。是非生倚伏,榮辱繫悲歡。疇昔偏殊眄,屯蒙獨永歎。不才成擁腫,失計似邯鄲。江國傷移律,家山憶考槃。(《全唐詩》卷一五〇劉長卿)

【瓜洲驛重送梁郎中赴吉州】 渺渺雲山去幾重,依依獨聽廣陵鐘。明朝借問南來客,五馬雙旌何處逢。(《全唐詩》卷一五〇劉長卿)

源驛

淮源驛。在盱眙縣西南三十里,爲往來濠、廬之通道。今裁。(《大清一統志》卷九四泗州)

驛鋪:剡源驛。縣東北五里,驛前即航船埠也。温、台步來者,即此而登舟;明、越舟來者,至此而出陸。(《寶慶四明志》卷一四)

淮源驛,在溧水縣東北三十五里。(《景定建康志》卷一六)

(唐德宗朝,楊)炎居相位十日,追洛源驛王新爲中書主事,仍奏授鄂州唐年縣尉李全方監察御史,仍知商州洛源監。(《太平廣記》卷一五三引《續定命録》)

後唐太祖至州上源驛之變,太祖憤恨,欲迴軍攻之。劉皇后時隨軍行,謂太祖曰:“公爲國討賊,而以杯酒私忿。若攻城,即曲在於我,不如迴師,自有朝廷可以論列。”於是班師。(《太平廣記》卷二七一引《北夢瑣言》)

【過游源驛】 游源驛裏壁間詩，去歲經過一覽時。客子面皮真鐵鑄，閒人公論是靈旂。有誰謔浪慵開口，只我哀憐爲斂眉。多謝縣侯新蕩滌，從今莫恨放行遲。(《灌園集》卷五)

【晚泊桃源驛奉懷幕府諸公】 鞍馬泊孤亭，人烟接古城。半村留晚照，萬壑送秋聲。風月思玄度，文章愧長卿。桃源何處在，山驛至今名。(《知稼翁集》卷上)

【寓清源驛】 兩年繆作清源守，不到清源洞裏游。天恐孤予遠來意，驛中聊許少遲留。(《梅溪集》後集卷二〇)

【題羅源驛用馬駒甫韻】

今年小稔徧山村，白叟黄童笑倚門。老瓦爲樽賽田祖，石田多稼慶曾孫。

日斜投宿古禪扉，老宿過同東院西。到處葛藤無用處，試尋梅萼亞疏籬。(《芸菴類藁》卷五)

梁驛

(唐懿宗咸通十年，朝廷使)十八將分董諸道之兵，七萬三千一十五人，正月一日進軍，攻徐州。魏博何弘敬奏，當道點檢兵馬一萬三千赴行營。時賊將劉行及、丁景琮、吴迴攻圍泗州，(戴)可師乘勝救之，屯於石梁驛，賊自退去。(《舊唐書》卷一九上《懿宗紀》)

(隋煬帝大業九年十一月，)李密亡命，爲人所獲，亦送東都。樊子蓋鎖送(韋)福嗣、密及楊積善、王仲伯等十餘人詣高陽。密與王仲伯等竊謀亡去，悉使出其所齎金以示使者……使者利其金，許諾，防禁漸弛。密請通市酒食，每宴飲，諠譁竟夕，使者不以爲意。行至魏郡石梁驛，飲防守者，皆醉，穿牆而逸。《考異》曰：《河洛記》曰左梁驛，今從《蒲山公傳》。(《資治通鑑》卷一八二)

都梁驛宫，在(盱眙)縣東南十五里。隋開皇六年，煬帝在都梁山避暑，回

向揚州，因此路置。向陽東一百一里，入揚州高郵界。（《太平寰宇記》卷一六泗州）

都梁驛，在盱眙縣東南十五里。《寰宇記》：向東一百一十里，入揚州高郵界。煬帝在都梁山避暑迴，向揚州，因此路置。（《大清一統志》卷九四泗州）

【同使君宿大梁驛】與清江《喜皇甫大夫同宿大梁驛》詩小異。　旌旗江上出，花外捲簾空。夜色臨城月，春寒度水風。雖然行李別，且喜語音同。若問匡廬事，終身愧遠公。（《全唐詩》卷八〇九靈一）

【自漁梁驛至衢州大雪有懷】　大雪迷空野，征人尚遠行。乾坤初一色，晝夜忽通明。有物皆遷白，無塵頓覺清。只看流水在，却喜亂山平。逐絮飄飄起，投花點點輕。玉樓天上出，銀闕海中生。舞極摇溶態，聞餘淅瀝聲。客爐何暇暖，官酤未能醒。薄吹消春涷，新暘破曉晴。更登分界嶺，南望不勝情。（《端明集》卷六）

【宿漁梁驛】　庭樹疏疏河漢低，瓦溝霜白月平西。寒鴉不奈單棲苦，落泊驚飛到曉啼。（《端明集》卷六）

【題解梁驛舍】　三年去國苦飄零，滿面風沙漫度春。白日驅車無住客，青山當路亦爲塵。東經鹵澤初迎雪，西出蒲關欲問津。何日投鞭尋舊隱，雲間深訪牧牛人。（《滹水集》卷一四）

【宿魚梁驛五鼓起行有感】　憶從南鄭客成都，身健官閑一事無。分騎霜天伐狐兔，張燈雪夜擲梟盧。百憂忽墮新衰境，一笑難尋舊酒徒。投宿魚梁溪遶屋，五更聽雨擁篝爐。（《劍南詩藁》卷一〇）

池驛

王繼恩，陜州陜人……（淳化五年）李順亂成都，命爲劍南兩川招安使，率兵討之……四月，繼恩由小劍門路入研石砦，破賊，斬首五百級，逐北過青彊嶺，平劍州，進破賊五千於柳池驛，斬千六百級，賊衆望風奔走。（《宋史》卷

四六六《王繼恩傳》)

【虛池驛題屏風】 出嫁辭鄉國,由來此別難。聖恩愁遠道,行路泣相看。沙塞容顔盡,邊隅粉黛殘。妾心何所斷,他日望長安。(《全唐詩》卷七宜芬公主)

【豐城劍池驛感題】 龍劍昔未發,泥沙相晦藏。向非張茂先,孰辨斗牛光。神物不自達,聖賢亦彷徨。我行豐城野,慷慨心内傷。(《全唐詩》卷三二五權德輿)

【過沔池驛】 峭陵皋墓幾摧輪,秋暮重過白髮新。小雨廉纖能滑徑,亂山迴互欲迷人。客心苦厭孤程晚,驛舍頻來舊吏親。明日問途知更遠,又須呼僕待初晨。(《滴水集》卷一四)

【題朱池驛】云是買臣別業,在睦州境内。 道行妻子爾胡顔,閭巷封侯亦不難。直使榮華傾後世,朱池終愧近嚴灘。留題甚多,皆景慕過當,故云。(《高峰文集》卷一〇)

【泊貴池驛】 琴書溢浦擔,風雪貴池船。問酒臨津醉,添衣入驛眠。漁翁寒補網,鄰女夜調絃。何日齊山去,尋僧學説禪。(《盧山集》卷四)

溜驛

【宿合溜驛】 空庭野雀噪,客至休我駒。盡日銜塵沙,解裘振裳裾。熒熒青燈光,夜永寒堂虚。破窗見星斗,明月照廣除。構火旋烹煎,妻兒具盤盂。强飯一爲飽,困眠體微舒。嗟我山野姿,懶拙與世疏。如何强所難,妄躡仕進途。已習未易舍,欲行倦馳驅。悲哉不早計,既晚空嗟吁。(《張耒集》卷九)

流驛

清流縣,本長汀、寧化二縣地,舊有清流驛,宋元符元年,提刑王祖道請

置縣,紹定中廢,元復置。明仍舊。(《福建通志》卷二)

【感舊·又】 雕鞍送客雙流驛,銀燭看花萬里橋。三十三年真一夢,茆簷寒雨夜蕭蕭。(《劍南詩藁》卷六九)

海驛

劉渭,象山保德村人……除監廣東倉。適四明大饑,奏移粟五萬斛,浮海賑之,鄉邦賴以濟。南海驛道至真陽,逹湊江,多窮荒複嶺。乃改闢大道八百里,置六鋪,築七庵,募人居之,無復蛇虎暴客之患。(《寶慶四明志》卷八)

【臨海驛夏日】 嶺外突(炎)蒸當盛暑,雨餘新館覺微凉。最憐夏木清陰合,時有鶯聲似故鄉。(《忠愍公詩集》卷下)

【正仲思歸作篆畦今夜月十詩非篆畦月乃雁蒼月蓋杜子美鄜州月之意也予作十章乃篆畦月也】(其九) 篆畦今夜月,特地向人明。海驛催傳箭,荒雞誤報更。平生大敵勇,末暮小詩行。老矣今安用,深杯送此生。(《閬風集》卷三)

浦驛

漳浦驛。蔡君謨、王陶有詩。(《方輿勝覽》卷一三漳州)

南盡封郵見好山。楊發《漳浦驛詩》:"云云,蒼蒼桂嶺類商顔。誰憐後夜思鄉處,白草黄茅舊漢關。"風候已應同嶺北。常袞《漳浦驛詩》:"云云,雲山仍喜似終南。"(《方輿勝覽》卷一三漳州)

(諸縣館驛:)候春亭,在(蕭山)縣之東門。漁浦驛,在縣南三十六里。(《嘉泰會稽志》卷四)

衛公漳浦詩。李德裕嘗至閩中,過漳浦驛,詩云:"嵩少心期杳莫攀,好

山聊復一開顔。明朝便是南荒路,更上層樓望故關。”此詩鮮有知者。(《徐氏筆精》卷五)

【宿象浦驛記夢】 曩歲阻風京口日,今離象浦復徘徊。姓江名静人何許,昨日依然入夢來。(《清獻集》卷五)

按唐李衛公德裕貶嶺南,《次漳浦驛詩》:“嵩少心期杳莫攀,好山聊復一開顔。明朝便是南荒路,更上層樓望故關。”(楊)發移鎮南海,道出漳浦,寓止驛樓,聞衛公舊題,尋訪不得。翌日,得本於士人,爰飭驛吏,更屬其詩。發詩蓋次李韵也。《閩書》。(《全閩詩話》卷一)

浦館

上浦館,在府城東七十里。唐孟浩然于此逢張子容,賦詩:“逆旅相逢處,江村日暮時。衆山遥對酒,孤嶼獨題詩。”(《明一統志》卷四八温州府)

【挽張彦文提舉】 七十童顔在,翛然物外幽。組衣藏蠹篋,散服上漁舟。此日移松葬,前時爲菊留。山連象浦館,誰記孟家遊。(《江湖小集》卷七三薛師石)

【永嘉上浦館逢張八子容】一題作《永嘉浦逢張子容客卿》。 逆旅相逢處,江村日暮時。衆山遥對酒,孤嶼共題詩。廨宇鄰鮫室,人煙接島夷。鄉園萬餘里,失路一相悲。(《全唐詩》卷一六〇孟浩然)

波驛

餘姚縣有寧波驛,在縣西五十步,今廢。津亭二,在縣北一里。(《嘉泰會稽志》卷四)

真溪源出於甸山,舊有姓真者居之,今爲真溪驛。又云北百七十泥溪,有阿泥者居其傍,故名,今之月波驛是。余以壬子暮秋宿此驛,書懷作云:

“月波來夜宿，月色似波明。遇景一相湊，觀空聊復情。寒蟬吟似懶，水鳥去何輕。借問渝州路，還家近幾程。”蓋亦情見乎詞矣。（《蜀中廣記》卷一五）

澤驛

清口水驛。在清河縣西，舊在縣東五里，明洪武四年建……《輿程考》：“自桃源縣桃園驛至縣界清口驛，自清口至府界淮陰驛，皆六十里。又舊有洪澤驛，在縣東南洪澤鎮。金城驛，在縣北六十里，皆久廢。”（《大清一統志》卷六四淮安府）

【使金録】 （宋寧宗嘉定四年十二月）十二日，庚寅，晴。早頓延津縣……四十里，至衛州淇澤驛，遥望見譙樓，題“河平軍”。驛前被甲而立者，内見一人，即荷擔之夫，乃知官兵北征，擔夫通用也。（《新安文獻志》卷三四程卓）

灘驛

【廣灘驛寄知縣盧大年職方】 轉步異南北，一程千萬盤。將身試豺虎，無路出林巒。數屋近相接，孤城猶認看。回惶中夜發，況守二年官。（《安岳集》卷八）

【長灘驛次韻陸惇禮留題二絶句】

文彩飄颻青瑣郎，朝班同望赭袍光。嶺雲深處觀題句，使我幡然念帝鄉。

當年狂直叩龍墀，謫墮閩山省舊非。須信寬恩若天地，纔周歲律已容歸。（《梁谿集》卷一三）

潭驛

【平潭驛中秋】 晉國關河在，秋風禾黍成。叢祠誰命爵，野鳥自呼名。又是中秋節，其如倦客情。太行今夜月，還似去年明。（《伊濱集》卷六）

【至龍潭驛】 野草山花知姓字，人生蹤迹似浮萍。帆衝細雨空江白，鳥没長淮遠樹青。今夜故人離水驛，明朝別酒盡沙瓶。匆匆又入丹陽去，莫鼓晨鷄已候聽。（《雁門集》卷四）

潭鋪

【過青潭鋪用杜少陵韻】 世路羊腸險，崎嶇不計層。附炎蛾並火，待暗鼠窺燈。國削臣心折，秋高虜勢增。魚蝦何足慮，回首顧鯨鵬。（《永樂大典》卷一四五七六引胡銓《澹庵集》）

汴驛

【題大梁臨汴驛】 近日侯門不重才，莫將文藝擬爲媒。相逢若要如膠漆，不是紅妝即撥灰。（《全唐詩》卷八七〇姚嶸）

濟驛

【奉濟驛重送嚴公四韻】驛在綿州三十里。 遠送從此別，青山空復情。幾時杯重把，昨夜月同行。列郡謳歌惜，三朝出入榮。江村獨歸處，寂寞養殘生。（《杜詩詳注》卷一一）

【奉濟驛次杜老送嚴公韻】 奉濟傳芳久，當年折柳情。來賡工部句，去作錦官行。詩妙將安做，吾衰及此榮。草堂修舊否，得見慰平生。（《昌谷集》卷一）

【登永濟驛樓】 遠煙芳草媚斜陽，蕭索郵亭一望長。盡日倚欄還獨下，緑楊風軟杏花香。（《安陽集》卷四）

峽驛

平羌縣……寶曆二年，又移於開峽驛，去舊縣一十五里。（《太平寰宇記》

卷七四嘉州）

玉峽驛，在峽江縣萬壽寺側，久廢，丞僦居，雍正四年裁。（《江西通志》卷三五）

堤驛

徐懷玉，本名琮……唐中和末，從至大梁。光啓初，蔡寇屯金堤驛，懷玉將輕騎，連破之，由是累遷親從副將。（《舊五代史》卷二一《徐懷玉傳》）

【早發金堤驛】 蟲聲四野合，月色滿城白。家家閉户眠，行人發孤驛。離家尚苦熱，衣服惟輕綌。時節忽復還，秋風徹經脉。人睡落塹轍，馬驚入蘆荻。慰遠時問程，驚昏忽摇策。從軍豈云樂，憂患長縈積。唯願在家貧，團圓過朝夕。（《王司馬集》卷一）

壩驛

江津縣，南一百二十里，依舊十鄉。本漢江州縣……《地志》云："江州縣理有茅壩驛。"（《太平寰宇記》卷一三六渝州）

茅壩驛，在江津縣北，唐置，久廢。（《大清一統志》卷二九六重慶府）

陂驛

【使還至菱陂驛渡淛水作】 清川已再涉，疲馬共西還。何事行人倦，終年流水閑。孤煙飛廣澤，一鳥向空山。愁入雲峰裏，蒼蒼閉古關。（《劉隨州文集》卷二）

喜驛

方鴻漸之作樂於利州望喜驛，見猨鳥之感，乃大歎曰："若其于此稍致其

功，猶能及此，況聖人御天而賢者考樂乎！”（《路史》卷三六引李後主《演樂記》）

望喜鎮，在昭化縣南。《九域志》：“昭化縣有昭化、望喜、白水三鎮。”《縣志》：“望喜鎮在縣南，江水折而東流處，蓋即唐望喜驛也。”元稹有《望喜驛詩》。（《大清一統志》卷二九八保寧府）

廣元縣……九隴者，去邑西二十里，山環九十九峰，如劍戟之排列。昔漢祖駐蹕於此，有漢王寨。其時司馬君實、范景仁、文與可、蘇子由皆和有詩……南去有望喜驛，今廢。（《蜀中廣記》卷二四）

永泰中，杜鴻漸爲三川副元帥，兼西川節度使，亦能之（擊羯鼓）。成都有削杖者，以二枚獻於鴻漸，鴻漸得之，示於衆曰：“此尤物也，常衣襟下收貯積時矣。”匠曰：“某於脊溝中養之二十年。”及鴻漸出蜀，至利州西界望喜驛，入漢川矣。自西南來始至嘉陵江，頗有山（川）景致。至夜，月色又佳，乃與從事楊崖州、杜亞輩登驛樓望月，行觴讌話。（《太平御覽》卷五八三引《羯鼓録》）

【望喜驛】　滿眼文書堆案邊，眼昏偷得暫時眠。子規驚覺燈又滅，一道月光橫枕前。（《元稹集》卷一七）

【望喜驛別嘉陵江水二絶】

嘉陵江水此東流，望喜樓中憶閬州。若到閬中還赴海，閬州應更有高樓。

千里嘉陵江水色，含煙帶月碧于藍。今朝相送東流後，猶自驅車更向南。（《李義山詩集》卷上；《全唐詩》卷五三九李商隱）

【雨霽宿望喜驛】　風雷一罷思何清，江水依然浩浩聲。飛鳥旋生啼鳥在，後人常似古人情。將來道路終須達，過去山川實不平。閒想更逢知舊否，館前楊柳種初成。（《全唐詩》卷五六〇薛能）

【次望喜驛始見嘉陵江得予友天章張文裕西使日詠嘉陵江詩刻於館壁

有感别之歎予因戲答二章他日見文裕以爲一笑】

江流東去各西行,江水無情客有情。此地懷歸心自苦,不應空枉夜灘聲。

東流江水鴨頭春,南隔高原背驛塵。便使灘聲能怨别,此愁不獨北歸人。(《景文集》卷二四)

【題望喜驛黄夷仲詩後】 杜宇啼愁連谷暗,嘉陵流恨接天長。路人要見行人喜,看取眉間一點黄。黄詩云:"眉間見喜氣,行人有歸期。"(《跨鰲集》卷一〇)

樂驛

(唐肅宗至德二載十月)癸酉,回紇葉護自東京還,上命百官迎之於長樂驛。長樂驛,在滻東長樂陂。(《資治通鑑》卷二二〇)

長樂驛,在縣東十五里長樂坡下。《兩京道里記》曰:"聖歷元年敕:'滋水驛去都亭驛路遠,馬多死損,中間置長樂驛。'"(《長安志》卷一一萬年縣)

大中十年,鄭顥都尉放榜,請假往東洛覲省,生徒餞於長樂驛。俄有紀於屋壁曰:"三十驊騮一烘(哄)塵,來時不鎖杏園春。楊花滿地如飛雪,應有偷遊曲水人。"(《唐摭言》卷三)

【爲楊湖南謝設表】 臣某言:中使某乙至,奉宣聖旨,賜臣長樂驛設者。恩榮特殊,宴飲斯及。顧兹厚禮,猥集微躬。臣某誠懽誠慶,頓首頓首。(《柳宗元集》卷三八)

【爲中丞滎陽公赴桂州長樂驛謝敕設狀】 右今月日,中使某奉宣進止,就長樂驛賜臣及將吏等設饌者。將承閫寄,尚忝朝恩。絡驛八珍,芬芳九醞……爰於近驛,式降貴臣。酒自堯罇,饌分禹膳。下需將校,旁耀路岐。(《文苑英華》卷六三二李商隱)

【夜泊永樂(驛)有懷】　蓮渚愁紅蕩碧波，吴娃齊唱採蓮歌。横塘一別千餘里，蘆葦蕭蕭風雨多。(《丁卯詩集》卷上)

樂館

【宿北樂館】　欲眠不眠夜深淺，越鳥一聲空山遠。庭木蕭蕭落葉時，溪聲雨聲聽不辨。溪流潺潺雨習習，燈影山光滿窗入。楝裹不知渾是雲，曉來但覺衣裳溼。(《全唐詩》卷二七二陳潤)

【蝶戀花】昌樂館寄姊妹。　淚揾征衣脂粉暖，四叠陽關，唱了千千遍。人道山長水又斷，蕭蕭微雨聞孤館。　惜別傷離方寸亂，忘了臨行，酒琖深和淺。若有音書憑過雁，東萊不似蓬萊遠。(《樂府雅詞》卷下引李清照詞)

安驛

(宋哲宗元符二年九月戊辰，)廢延安府招安寨爲招安驛。(《續資治通鑑長編》卷五一五)

(宋孝宗乾道九年閏正月十五日)，宿萬安驛。十六日，宿新喻縣。十七日，宿袁州分宜縣。(《驂鸞録》)

(宋孝宗乾道六年十月)十二日，早過東濡灘，入馬肝峽……溪上又有一峰，孤起秀麗，略如小孤山。晚抵新灘，登岸，宿新安驛。夜雪。(《入蜀記》卷六)

(休寧縣)良安驛，在城内，舊名萬歲驛。五畲驛，在縣南二十五里。(《新安志》卷四)

(婺源縣館驛：)新安驛，在縣東七里，舊曰來安。

(績溪縣)驛亭：良安驛，在城東南隅。(《新安志》卷五)

（澠池縣治所，）隋大業元年，又移於今縣東二十五里新安驛置，屬熊州。（《太平寰宇記》卷五河南道澠池縣）

豐安驛，在建昌縣南二十里豐安鄉，隋開皇二十五年建。

龍安驛，在安義縣北三十里，唐龍安縣舊基，宋慶曆中置。（《江西通志》卷三五）

童貫竄嶺南，言者謂貫奸凶，不宜置之遠地，且其誤國之罪，當正典刑。淵聖以爲然，乃命監察御史張澂乘驛斬之。既出國門，復得御札三字“速密全”，即晝夜兼行，追至南安驛舍，斬之，函首京師，梟於東市。（《獨醒雜志》卷九）

【發新安驛】 偃蹇隨雞起，衰羸索酒扶。風鉦嚴道從，霧燭轉崎嶇。迎馬開熊幟，環舁簇虎殳。山中耳根静，清曉厭騶呼。（《安岳集》卷一〇）

【題齊安驛】 日净山如染，風暄草欲薰。梅殘數點雪，麥漲一川雲。（《王荆公詩注》卷四〇）

【西蜀楊耆二十年前見之甚貧今見之亦貧所異於昔者蒼顔華髮耳女無美惡富者妍士無賢不肖貧者鄙使其逢時遇合豈減當世之士哉頃宿長安驛舍聞泣者甚怨問之乃昔富而今貧者乃作一詩今以贈楊君】 孤村漸雨逐秋凉，逆旅愁人怨夜長。不寐相看唯櫪馬，愁吟互答有寒螿。天寒滯穗猶横畝，歲晚空機尚倚牆。勸爾一杯聊復睡，人間貧富海茫茫。（《東坡全集》卷二八）

【題柱并序**】** 永安驛廊東柱，有女子題五字云：“無人解妾心，日夜長如醉。妾不是瓊奴，意與瓊奴類。”讀而哀之，作二絶句。

桃李催殘風雨春，天孫河鼓隔天津。主恩不與妍華盡，何限人間失意人。

從昔嬋娟多命薄，如今歌舞更能詩。孰如文雅河陽令，不削瓊奴柱下題。（《後山集》卷八）

【次大安驛雪霽】 雪霽烟村風滿林，暮天垂影碧沉沉。一輪明月光相射，千里白雲寒更深。寂寞樽盈陶令酒，飄零淚滿仲宣襟。燈殘夜永不成寐，莊舄悽然自越吟。（《梁谿集》卷六）

【與綦叔厚書】 昨吴玠制辭入作數聯，造語警拔。竊原雅意以謂既失秦川之利，則銅梁、劍閣不敢恃險，以爲難取，而擊退賊兵也。長安驛舍榜曰秦川驛，咸陽縣北門額曰咸秦驛，衰老素不善爲文，但髣見如此爾。（《忠穆集》卷六）

【新安驛】 孤驛荒山與虎鄰，更堪風雪暗南津。羈遊如此真無策，獨立悽然默愴神。木盎汲江人起早，銀釵簇髻女妝新。蠻風弊惡蛟龍横，未敢全誇見在身。（《劍南詩藁》卷二）

【枕上聞急雨】 枕上雨聲如許奇，殘荷叢竹共催詩。唤回二十三年夢，燈火雲安驛裏時。（《劍南詩藁》卷二七）

安鋪

府前鋪、西門鋪、石碑衝鋪、靖安鋪，以上屬上元縣。右四鋪係北路，直抵滁州界宣化鋪。

縣路十一鋪，每鋪相去二十里。此係諸縣不通驛路處遞傳之路。（《景定建康志》卷一六）

【宿萬安鋪】 來朝送入鱷魚鄉，未到潮陽到揭陽。休説春風歸路遠，只今去路不勝長。（《誠齋集》卷一七）

【新安鋪三首】

罩罩澗中草，泠泠山崦泉。泉甘而草芳，旁有屋數椽。夕陽漸近西風起，行客山頭望千里。

薄雲斜日亂山川，投得荒亭晚息肩。地僻誰知藏好景，庭前花數折金錢。

簟如秋水憩回廊，素月分輝百倍涼。山木交加無意緒，故教疏影到人牀。(《清江三孔集》卷四孔武仲)

【題大安鋪】 行役何時歇，崇安復大安。已驚橋壹綫，更畏嶺千盤。過雨吹煙碧，近風落葉丹。僧閑吾每羨，今日共蹣跚。(《永樂大典》卷一四五七六引《中興江湖集》趙文鼎題詩)

寧驛

安南經交趾、太平，百餘里至峰州……又八十里，至晉寧驛，戎州地也。(《新唐書》卷四三下《地理志七下》)

太寧驛，在縣城東草市，東至昭應驛四十六里，西至秦川驛四(十)里。(《長安志》卷一一萬年縣)

昌寧驛，在縣城内。通智驛，在縣西北景陵下，去縣二十里。堯山驛，在縣北光陵下，去縣一十里。(《長安志》卷一八蒲城縣)

【重陽日次荆南路經武寧驛】 茱萸冷吹溪口香，菊花倒遶山脚黄。家山去此强百里，弟妹待我醉重陽。風健早鴻高曉景，露清圓碧照秋光。莫看時節年年好，暗送搔頭逐手霜。(《全唐詩》卷五六七崔櫓)

【題江寧驛舍】 茅屋滄洲一酒旗，午烟孤起隔林炊。江晴日暖蘆花起，恰似春風柳絮時。《詩話》云："王介素與荆公不相能。荆公曾題江寧道中店驛驛舍一聯云：'茅屋滄洲一酒旗，午烟孤起隔林炊。'介鄙之，書其末云：'金陵村裏王夫子，可是能吟富貴詩。'荆公見之，亦不屑意，乃續之云：'江晴日暖蘆花起，恰似春風柳絮時。'末語又譏介之輕狂也。(《詩林廣記》後集卷二)

祥驛

鄭還古東都閑居，與柳當將軍者甚熟。柳宅在履信東街，有樓臺水木之盛。家甚富，妓樂極多。鄭往來宴飲，與諸妓笑語既熟，因調謔之。妓以告柳，憐鄭文學，又貧，亦不之怪。鄭將入京求官，柳開筵餞之。酒酣，與妓一章……及鄭入京，不半年，除國子博士。柳見除目，乃津置入京。妓行及嘉祥驛，鄭已亡歿，旅櫬尋到府界。柳聞之，悲歎不已，遂放妓他適。(《太平廣記》卷一六八引《盧氏雜説》)

【題嘉祥驛】 樹頂煙微緑，山根菊暗香。何人獨鞭馬，落日上嘉祥。(《全唐詩》卷五五七孟遲)

和驛

(宋神宗熙寧九年春正月)辛酉，廣南西路都監張守節爲交賊所敗於崑崙關。先是，蘇緘遣使詣桂州請救，劉彝遣守節往援。守節聞賊衆十倍，逗留不即行，復迂取貴州路，駐兵康和驛以觀勝負……一軍皆覆，守節死之。(《續資治通鑑長編》卷二七二)

廉江廢縣，在石城縣北……《縣志》："宋縣治在縣北江頭舖，西磚石尚存，元皇慶八年，遷於東黄村。大歷元年，又移於新和驛，即今治。"(《大清一統志》卷三四八高州府)

豐驛

姚崇，本名元崇，陜州硤石人也……先天二年，玄宗講武在新豐驛，召元之代郭元振爲兵部尚書、同中書門下三品。(《舊唐書》卷九六《姚崇傳》)

【和豐驛】 晚境惟於閉户宜，出門惟有病相隨。四方雖是男兒志，莫忘柯山在莒時。(《范石湖集》卷二九)

【永豐驛逢故人趙伯庭過叔】 同官贛水總青春，消息中間兩不聞。道我未衰君莫戲，不須看我只看君。(《誠齋集》卷一三)

昌驛

楊慎矜，隋煬帝玄孫也……天寶六載十一月，玄宗在華清宫，（李）林甫令人發之……又令（吉）温於汝州捕史敬忠，獲之，便赴行在所。先令盧鉉收太府少卿張瑄於會昌驛，繫而推之。（《舊唐書》卷一〇五《楊慎矜傳》）

宕昌驛，在衛城南一百一十五里，宋綱馬憩息之所。（《明一統志》卷三七岷州衛）

【右侍禁周君墓誌銘】　君周氏，諱彦先，字師古……知循州之興寧縣，至則相縣南三十里寧昌驛，以爲治所，而吏自此得不以瘴死。（《臨川先生文集》卷九六）

【書壽昌驛】丁亥。　歲暮白日速，風高黄葉稀。歸心與寒雁，一夜向南飛。（《北山集》卷一一）

碑驛

白碑驛，在（江陵）縣西北四十八里。梁宣明二帝陵，唐開元二十一年建。（《太平寰宇記》卷一四六荆州）

白碑驛碑，歐陽公《集古録》云："江陵北四十里白石碑驛，蓋驛側數里，有後梁宣、明二帝墓，唐相蕭嵩爲其祖立碑於驛之北，因名。"（《輿地碑記目》卷二《江陵府碑記》）

"健兒"之語，見於《晉史·段灼》、《梁史·陳伯之傳》，至唐尤多。余少時過荆南白碑驛，見豐碑刻唐官銜，有"招募健兒使"。其碑石瑩白，驛因得名。或云後製大晟樂，取石爲磬，未知信否。（《鷄肋編》卷上）

子驛

（宋太宗淳化五年正月甲寅，）吏部尚書宋琪上書言邊事曰："臣頃任延州節度夷判官……從延州入平夏，有三路，一東北自豐林縣葦子驛至延川縣，接綏州，入夏州界。一正北從金明縣入蕃界，至蘆關四五百里，方入平夏，是夏州南界。一西北歷萬安鎮，經永安城，出洪門，至宥州四五百里，是夏州西界……”(《續資治通鑑長編》卷三五)

團山驛，舊在都昌縣西，明洪武初置。路出鄱陽湖，上通饒州芝山驛，下通星子匡廬驛，西南通新建吴城驛。萬曆四年，改置縣東八十里井田南。南通鄱陽，北通湖口，今裁。又縣東二十五里有磯子驛，縣西十五里有白石驛，四十里有赤石驛，七十里有遊賢驛，西北八十里有土目驛，俱宋元時置，明初廢。(《大清一統志》卷二四三南康府)

(南康府)城子驛，在建昌縣北二十五里，唐置。宋黄庭堅書“如歸”二字，揭諸楣。

磯子驛在都昌縣東二十五里新城鄉。(《江西通志》卷三五)

【渡揚子江】　桂檝中流望，空波兩畔明。林開揚子驛，山出潤州城。海盡邊陰静，江寒朔吹生。更聞風葉下，淅瀝度秋聲。(《全唐詩》卷一一四包融、卷一六〇孟浩然)

【童子驛見梅花】　天滑雲腴凝不流，歲寒迂騎過南洲。黄昏孤館沈吟處，賴有江梅慰客愁。

江南爲客見江梅，似爲行人特特開。數點枝頭凝玉雪，隔牕和月送香來。(《梁谿集》卷一四)

【星子驛别客】　星江彼此繫行舟，我向南州君北州。彭澤初歸元亮醉，沙場遠使子卿愁。人生離合花間蝶，世事浮沉柳外鷗。明日沾襟各分手，相思何處倚高樓。(《湖山類稿》卷四)

社驛

定平縣，自漢至晉並泥陽縣地，後魏至周並爲安定縣地。隋大業十年，於此築城，置棗社驛。武德二年，於驛分安定縣置定平縣，其驛移出城北。

(《元和郡縣圖志》卷三寧州)

青社驛。在益都縣北,有驛官,舊有青社遞運所,今省。(《大清一統志》卷一三五青州府)

【發棗社】 夜發棗社驛,褰帷見明月。月照斷崖冰,風吹陰磴雪。山重復峻嶺,十步九盤折。兩崖夾深澗,綫路僅容轍。縋車下百尺,轣轆聲未絕。坡陀到平地,稍喜見雉堞。隔城聞鐘鼓,星斗何歷歷。故人相勞苦,杯酒慰行役。夜闌秉明燭,相對恍如失。(《滏水集》卷五)

鞏筆驛

(唐玄宗開元十五年閏九月庚申),迴紇部落殺王君至于甘州之鞏筆驛,制檢校兵部尚書蕭嵩兼判凉州事,總兵以禦吐蕃。(《舊唐書》卷八《玄宗紀上》)

(唐玄宗開元)十五年,凉州刺史、河西節度王君㚟恃衆每歲攻擊吐蕃……無何,君㚟又爲迴紇諸部殺之於鞏筆驛,河隴震駭。(《舊唐書》卷九九《蕭嵩傳》)

(唐玄宗開元十五年閏九月),吐蕃遣使間道詣突厥,王君㚟帥精騎,邀之於肅州。宋白曰:隋仁壽元年,分甘州福禄縣,置肅州,東南至甘州赤柳間二百里,西南至瓜州界安樂烽三百四十里。還,至甘州南鞏筆驛,甘州張掖縣西南,有鞏筆驛。護輸伏兵突起,奪君㚟旌節,先殺其判官宋貞,剖其心,曰:"始謀者汝也。"君㚟帥左右數十人力戰,自朝至晡,左右盡死。護輸殺君㚟,載其尸奔吐蕃。(《資治通鑑》卷二一三)

(宋孝宗乾道六年閏五月)十九日,黎明,至柯橋館,見送客。巳時,至錢清食,亭中凉爽如秋。與諸子及送客步過浮橋,橋堅好,非昔比,亭亦華潔,皆史丞相所建也。申後至蕭山縣,憩夢筆驛。驛在覺苑寺旁,世傳寺乃江文通舊居也。(《入蜀記》卷一)

夢筆驛。曾極(詩):"晉尚清談筆力衰,文章高下亦隨時。景純不作文通死,五色毛錐付與誰。"(《方輿勝覽》卷一四建康府)

夢筆驛,《考證》:《(江)淹本集》云:'嘗宿於冶亭,夢見一夫,自稱郭璞,謂淹曰:'吾有筆,在公處多年,可以見還。'淹乃探懷中,得五色筆一(管)以授之。"爾後爲詩,絶無美句,時人謂之才盡。按建康有冶亭,在冶城。又有東冶亭,在秦淮上,皆六朝士大夫餞送之所。淹本集所載始末,皆建康事也。夢筆驛,不知在何處。《庚溪詩話》云:"夢筆驛,江淹舊居。"姚宏詩:"一宵短夢驚流俗,千里高名掛里閭。遂使晚生矜此意,廢(癡)眠不讀一行書。"(《景定建康志》卷一六)

漢室虧皇象,坤乾未即寧。奸臣與逆子,摇嶽復翻溟。權表分江域,曹袁鬭夏坰。虎奔咸逐逐,龍卧獨冥冥。從衆非無術,欺孤乃不經。惟思恢正道,直起復炎靈。管樂韜方略,關徐駭觀聽。一言俄逆主,三顧已忘形。南既清蠻土,東期赤魏庭。出師功自著,治國志誰銘。歷劍兵如水,臨秦策若瓴。舉聲將潰虜,横勢欲逾涇。仲達耻巾幗,辛毗嚴壁扃。可煩親細務,遽見墮長星。戰地悲陵谷,來賢賞德刑。意中流水遠,愁外舊山青。想象音徽在,侵尋毛骨醒。遲留慕英氣,沈歎撫青萍。

右驛在蜀中綿州,石曼卿爲諸葛武侯賦也。寶元二年大書,以遺朱復之。後二年,朱爲四明節度推官,遂刻石於廳事。中更兵火,碑仆於榛莽間,凡百餘年。劉偉至,出而函置南堂壁間,且以名其堂,闕一角,失十五字。紹熙元年,守林采得《曼卿集》而補之,且舉范文正公《誄石學士書》於後,云:"曼卿之詩,氣雄而奇。大愛杜甫,酷能似之。曼卿之筆,顔筋柳骨,散落人間,實爲神物。"今觀此詩此字,則所謂實爲神物,非虚器也。青萍,劍名。杜詩《秦州見敕目除薛畢》,有"誰定握青萍"之句。(《蘆浦筆記》卷一〇《籌筆驛詩》)

唐王君㚟攝御史中丞,判凉州都督事。玄宗於廣達樓,引君㚟及妻夏氏宴設,賜金帛,夏氏亦勇决。每君㚟臨陣,夏氏亦有戰功。凉州有迴紇、契苾、思結、陣(渾)四部落爲酋長。君㚟微時往來凉府,爲回紇所輕。及君㚟爲河西節度使,回紇等怏怏,耻在麾下。君㚟奏:"回紇等部落難制,潛有謀叛。”遂留四部都督。後四部落黨與謀叛君奐以復怨,會吐蕃間道往突厥,君奐率精騎往肅州掩之。還至甘州南鞏筆驛,四部落伏兵突起,君奐與賊力戰,自朝至晡,左右盡死,遂殺君奐。(《太平廣記》卷一九一引《譚賓録》)

【籌筆驛】 魚鳥猶疑畏簡書,風雲長爲護儲胥。徒令上將揮神筆,終見降王走傳車。管樂有才真不忝,關張無命欲何如。他年錦里經祠廟,梁父吟成恨有餘。(《李義山詩集》卷上)

【和野人殷潛之題籌筆驛十四韻】 三吴裂婺女,九錫獄孤兒。霸主業未半,本朝心是誰。永安宫受詔,籌筆驛沈思。畫地乾坤在,濡毫勝負知。艱難同草創,得失計毫釐。寂默經千慮,分明渾一期。川流縈智思,山聳助扶持。慷慨匡時略,從容問罪師。褒中秋鼓角,渭曲晚旌旗。仗義懸無敵,鳴攻故有辭。若非天奪去,豈復慮能支。子夜星纔落,鴻毛鼎便移。郵亭世自换,白日事長垂。何處躬耕者,猶題殄瘁詩。(《全唐詩》卷五二三杜牧)

【題籌筆驛】 江東矜割據,鄴下奪孤嫠。霸略非匡漢,宏圖欲佐誰。奏書辭後主,仗劍出全師。重襲褒斜路,懸開反正旗。欲將苞有截,必使舉無遺。沈慮經謀際,揮毫决勝時。圜觚當分畫,前箸此操持。山秀扶英氣,川流入妙思。算成功在彀,運去事終虧。命屈天方厭,人亡國自隨。艱難推舊姓,開創極初基。總歎曾過地,寧探作教資。若歸新曆數,誰復顧衰危。報德兼明道,長留識者知。(《全唐詩》卷五四六殷潛之)

【題籌筆驛】 天地三分魏蜀吴,武侯倔起贊訏謨。身依豪傑傾心術,目對雲山演陣圖。赤伏運衰功莫就,皇綱力振命先徂。出師表上留遺懇,猶自千年激壯夫。(《全唐詩》卷五四八薛逢)

【籌筆驛】余爲蜀從事,病武侯非王佐才,因有是題。 葛相終宜馬革還,未開天意便開山。生欺仲達徒增氣,死見王陽合厚顔。流運有功終是擾,陰符多術得非奸。當初若欲酬三顧,何不無爲似有鰥。(《全唐詩》卷五六〇薛能)

【籌筆驛】 抛擲南陽爲主憂,北征東討盡良籌。時來天地雖同力,運

去英雄不自由。千里山河輕孺子，兩朝冠劍恨譙周。惟餘巖下多情水，猶解年年傍驛流。(《羅昭諫集》卷三)

【籌筆諸峰】 君看籌筆驛江邊，翠壁蒼崖起晝煙。正是峽中佳絶處，土人休用作畬田。(《丹淵集》卷一七)

【題籌筆驛】 卧龍才起扶衰世，料敵謀攻後出師。幃幄既持先聖術，肯來山驛旋沉思。(《潞公文集》卷三)

石曼卿自少以詩酒豪放自得，其氣貌偉然，詩格奇峭，又工於書，筆畫遒勁，體兼顔柳，爲世所珍。余家嘗得南唐後主澄心堂紙，曼卿爲余以此紙書其《籌筆驛詩》，詩，曼卿平生所自愛者，至今藏之，號爲"三絶"，真余家寶也。(《文忠集》卷一二八《詩話》)

【籌筆驛】 本規一舉定乾坤，遽見長星墜壘門。公在必無生仲達，師昭何業得中原。(《樂全集》卷三)

【籌筆驛】 惡潮翻海真龍泣，未央庭露秋蓬濕。崧雲無意招不來，旌旗日月隨山入。茅屋主人長卧揖，盛氣虬髯横槊立。漢陵白骨生春光，半夜平懷聽呼吸。筆端隱語飛英略，潛拉秦原老鯢角。天心不肯續金刀，渭橋水急妖星落。(《跨鼇集》卷四)

【題籌筆驛】 流馬飛糧下蜀都，卧龍曾此寫雄圖。金刀有義輕三顧，銅爵雖强視一夫。鼎足山河終有漢，雁行兄弟亦忠吴。當年若盡毫端計，魏狗還羞不令無。(《跨鼇集》卷六)

【跋石曼卿《古松詩》】 曼卿上世家幽州。燕俗勁武，少以氣自豪。書體兼顔、柳，前輩謂愈大愈奇。余三見真蹟。禮部尤尚書家《西師》詩，有"旗光秋曉起，甲色夜江横"之句，歐陽氏《籌筆驛》詩，有"意中流水遠，愁外舊山青"之句，今又見此詩，影摇千尺，聲撼半天，尤爲人膾炙，皆警策也。歐陽公稱文章勁健，稱其意氣，余以爲字畫尤有劍拔弩張之勢。吾鄉郡從事官

舍中，先有《籌筆驛》石刻久矣。今趙君致遠又欲刻此，是爲二妙也。（《攻媿集》卷七二）

【籌筆驛】有武侯祠堂。　運籌陳迹故依然，想見旌旗駐道邊。一等人間管城子，不堪譙叟作降牋。（《劍南詩藁》卷三）

【夢筆驛】　朱扉水際亭，白塔道邊寺。扁舟幾往返，每過輒歔欷。經秋病不死，歲暮復一至。少年自喧譁，此老獨顦顇。可憐釣鰲客，終返屠羊肆。吾身行亦無，榮辱安所寄。短燈照孤愁，寒衾推殘醉。明當臨大江，一灑壯士淚。（《劍南詩藁》卷一七）

【排悶】　丈夫結髮志功名，大事真當以死争。我昔駐車籌筆驛，孔明千載尚如生。（《劍南詩藁》卷二八）

【題籌筆驛武侯祠詩】　北出當年此運籌，悠然欹卧與神謀。三軍節制馴貔虎，千里餱糧捷馬牛。漢業興亡惟我在，蜀山重複遣人愁。驛前風景應如舊，江水無情日夜流。（《燭湖集》卷一九）

石曼卿獨行京師，一豪士揖之而語曰："公幸過我家。"石許之，同入委巷，抵大第，藻飾宏麗，錦繡珠翠，殆非人間所擬。歌舞歡醉，丐書。爲揮《籌筆驛》詩數篇，以金帛數百千贈之，復使騶從送還，恍然不知其誰。翌日，殆無復省所居矣。他日，遇諸塗，又遺以白金數兩，謂曰："詩中'意中流水遠，愁外舊山青'，最爲佳句。"（《中山詩話》）

石延年長韻律詩善叙事，其他無大好處。《籌筆驛》、《銅雀臺》、《留侯廟》詩，爲一集之冠。五言小詩如"海雲含雨重，江樹帶蟬疏"、"平蕪遠更緑，斜日寒無輝"者，幾矣。（《臨漢隱居詩話》）

夢筆驛乃江淹舊居，姚宏令聲一絶，可警後學者。詩云："一宵短夢驚流俗，千里高名掛里閭。遂使晚生矜此意，癡眠不讀半行書。"（《庚溪詩話》卷下）

《詩眼》云："文章貴衆中傑出。如同賦一事，工拙尤易見。余行蜀道，過籌筆驛，如石曼卿詩云：'意中流水遠，愁外舊山青。'膾炙天下久矣。然有山水處便可用，不必籌筆驛也。殷潛之與小杜詩甚健麗，亦無高意。惟義山詩云：'魚鳥猶疑畏簡書，風雲長爲護儲胥。'……誦此兩句，使人凛然復見孔明風烈。至於'管樂有才真不忝，關張無命欲何如。'屬對親切，又自有議論，他人亦不及也。馬嵬驛唐詩尤多，如劉夢得'緑野扶風道'一篇，人頗誦之，其淺近乃兒童所能。義山云：'海外徒聞更九州，他生未卜此生休。'語既親切高雅，故不用愁怨墮淚等字，而聞者爲之深悲。(《苕溪漁隱叢話》前集卷二二)

【祭龔參政文】 某官劍南，公在廊廟。書從驛來，如奉色笑。哀窮悼屈，忘其不肖。歲戊戌春，某辱號召。歸未及都，公殁荒徼。山川阻脩，萬里孤旐。官事有守，不遑往吊。寓哀一觴，公乎來釂。(《渭南文集》卷四一)

陽驛

(魏永熙三年)七月丁未，帝遂從洛陽率輕騎入關，太祖備儀衛奉迎，謁見東陽驛，太祖免冠泣涕。(《周書》卷一《文帝紀上》)

鄭，漢縣，隋屬沛郡。武德四年，改屬亳州。開元二十六年，移於汴城垣陽驛置。(《舊唐書》卷三八《地理志一》)

(宋仁宗天聖七年)閏二月辛卯，詔近臣除居第外，毋得於京師廣置物業。宦者多惡曹利用，必欲置之死。楊懷敏護送利用，行至襄陽驛，懷敏不肯前，且以語逼之。利用素剛，遂自經死，懷敏乃奏利用暴卒。(《續資治通鑑長編》卷一〇七)

青陽驛。在青陽縣境。唐武元衡、宋梅堯臣、孔平仲俱有青陽驛詩，後廢。(《大清一統志》卷八二池州府)

韓退之有二妾，一曰絳桃，一曰柳枝，皆能歌舞。初使王庭湊，至壽陽驛絶句云："風光欲動别長安，春半邊城特地寒。不見園花兼巷柳，馬頭惟有月

團團。”蓋有所屬也。(《唐語林》卷六)

柴溝驛,西至東陽驛十五里,淳熙十二年留守錢公良臣建。(《景定建康志》卷一六)

(曹利用)初貶隨州,再貶房州。行至襄陽渡北津,監造内臣楊懷敏指江水,謂曹曰:“侍中,好一江水!”蓋欲其自投也,再三言之,曹不諭。至襄陽驛,遂逼其自縊。(《歸田録》卷上)

韓退之使鎮州,題壽陽驛云:“風光欲動别長安,春半邊城特地寒。不見園花并巷柳,馬頭唯有月團團。”《鎮州歸》再賦云:“别來楊柳街頭樹,擺撼春風衹欲飛。還喜小園桃李在,留花不發待郎歸。”孫子陽爲予言:“近時壽陽驛發地,得二詩石,唐人跋云:‘退之有倩桃、風柳二妓,歸途聞風柳已去,故云。’後張籍《祭退之詩》云:‘乃出二侍女,合彈琵琶箏’者,非此二人邪。”(《邵氏聞見後録》卷一七)

【奉使益州至長安發鍾陽驛】 躋險方未夷,乘春聊騁望。落花赴丹谷,奔流下青嶂。葳蕤曉樹滋,滉瀁春江漲。平川看釣侣,狹逕聞樵唱。蝶戲緑苔前,鶯歌白雲上。耳目多異賞,風烟有奇狀。峻阻將長城,高標吞巨舫(防)。聯翩事羈靮,辛苦勞疲恙。夕濟幾潺湲,晨登每惆悵。誰念復芻狗,山河獨偏喪。(《盧昇之集》卷一)

【雲陽驛陪崔使君邵道士夜宴】 一尉東南遠,誰知此夜歡。諸侯傾皂蓋,仙客整黄冠。染翰燈花滿,飛觴雲氣寒。欣承國士遇,更借美人看。(《全唐詩》卷一一六張子容)

【宿青陽驛】 空山摇落三秋暮,螢過疏簾月露團。寂寞銀燈愁不寐,蕭蕭風竹夜窗寒。(《全唐詩》卷三一七武元衡)

【夕次壽陽驛題吴郎中詩後】 風光欲動别長安,春半城邊特地寒。不見園花兼巷柳,馬頭惟有月團團。(《全唐詩》卷三四四韓愈)

【闤陽驛觀中秋月】 却掃陰雲藉晚風，十分圓月掛天東。中秋此夜光華盛，萬國鈞情喜翫同。何處樓臺恨偏照，幾家樽俎對寒空。自憐獨宿荒山驛，浩興長歌未易窮。（《錢塘集》卷五）

【過青陽驛使風】 天應憐逆旅，乞與順風初。不假卒添力，任從帆自踈。燕攙舟尾健，鷁漱水花餘。會與王都近，何須問疾徐。（《宛陵先生集》卷四八）

【青陽驛會劉伯聲夜話】 奔走倦塵埃，相逢顔暫開。語闌燈燼改，飲散月華來。行役風霜苦，流年歲月催。我愚甘自分，惆悵子多才。（《張耒集》卷一七）

【寓淮陽驛二首】

一庭秋色高堂夜，半壁燈光短幌凉。都是去年秋氣味，誰知飄泊古淮陽。

悠颺短日下西牆，庭葉吟風作夕凉。客枕甚安無一事，鄰雞不用唤朝陽。（《張耒集》卷二九）

【宿青陽驛】 燈火客帆盡，人烟村市幽。晚風號古木，高岸束黄流。物色淮山近，春光霧雨愁。棲遲舊游地，來豁十年憂。（《東萊詩集》卷一）

【范陽驛】涿州驛牆外有尼寺，二鐵塔夾塗如雪，俯瞰驛中。 郵亭偪仄但宜冬，恰似披裘坐土空。枕上驚回丹闕夢，屋頭白塔滿鈴風。（《范石湖集》卷一二）

【平陽驛舍梅花】 江路輕陰未成雨，梅花欲過半沾泥。遠來不負東皇意，一絶清詩手自題。（《劍南詩藁》卷一）

【沔陽夜行】 夜發沔陽驛，坡陀岡阜重。月斜欹帽影，霜重溼裘茸。野岸鳴枯葉，煙林度曉鐘。梁州明日到，一笑解衰容。（《劍南詩藁》卷三）

【過清湘洮陽驛和方孚若韻】 問驛尋梅路漸深,壁間誰帖邁來禽。困詩感嘆人才舊,投筆慚書歲月今。訪古暫陪湘水滸,憂時遠到雪山陰。牧羝持節疇能似,空倩賓鴻爲寄音。(《可齋雜稿》卷二九)

陽館

【蔡陽館】 日暮馬行疾,城荒人住稀。聽歌知近楚,投館忽如歸。魯堰田疇廣,章陵氣色微。明朝拜嘉慶,須著老萊衣。(《孟浩然集》卷三;《全唐詩》卷一六〇孟浩然)

【雲陽館懷谷口】 清泚階下流,云自谷口源。念昔白衣士,結廬在石門。道高杳無累,景静得忘言。山夕緑陰滿,世移清賞存。吏役豈遑暇,幽懷復朝昏。雲泉非所濯,蘿月不可援。長往遂真性,暫遊恨卑喧。出身既事世,高躅難等論。(《全唐詩》卷一九一韋應物)

【句容縣東青陽館作】 句曲千峰暮,歸人向遠煙。風摇近水葉,雲護欲晴天。夕照留山館,秋光落草田。征途傍斜日,一騎獨翩翩。(《全唐詩》卷二〇六李嘉祐)

【自平陽館赴郡】 晨興平陽館,見月沈江水。溶溶山霧披,肅肅沙鷺起。奉恩謬符竹,伏軾省頑鄙。何當施教化,愧迎小郡吏。寥落火耕俗,征途青冥裏。德綏及吾民,不德將鹿矣。擒奸非性能,多愍會衰齒。恭承共理詔,恒懼墜諸地。(《全唐詩》卷二八七暢當)

【雲陽館與韓紳(升卿)宿别】 故人江海别,幾度隔山川。乍見翻疑夢,相悲各問年。孤燈寒照雨,溼竹暗浮煙。更有明朝恨,離杯惜共傳。(《全唐詩》卷二九二司空曙)

【病中宿宜陽館聞雨】 難眠夏夜抵秋賒,簾幔深垂窗燭斜。風吹桐竹更無雨,白髮病人心到家。(《全唐詩》卷三〇九李約)

【單于罷戰却歸題善陽館】 單于南去善陽關，身逐歸雲到處閒。曾是五年蓮府客，每聞胡虜哭陰山。（《全唐詩》卷三一七武元衡）

【題弋陽館】 一葉飄然下弋陽，殘霞昏日樹蒼蒼。吴溪漫淬干將劍，却是猿聲斷客腸。（《全唐詩》卷五一一張祜）

【青陽館望九子山】 蒼翠岧嶤上碧天，九峰遥落縣門前。毫芒映日千重樹，涓滴垂空萬丈泉。武帝南遊曾駐蹕，始皇東幸亦祈年。雲祠絶迹終難訪，唯有猿聲到客邊。（《全唐詩》卷八八三竇叔向）

【乾道庚寅奏事録】 （宋孝宗乾道六年）閏五月庚辰朔，早至丹陽館，使客之館也。（《文忠集》卷一七〇）

【曉泊丹陽館】 夕凍朝還積，寒曦暖未多。霜輕猶著草，冰重亦浮河。山盡酣餘勢，潮歸殿去波。六朝遺迹在，故老尚傳麽。（《誠齋集》卷二七）

【汶陽館】 去歲營舡隩，今朝館汶陽。海空沙漠漠，河廣草茫茫。家國哀千古，男兒慨四方。老槐秋雨暗，孤影照淋浪。（《文山集》卷一九）

【丹陽館】 渡江南來第一驛，幾度華堂延雁客。百年運逐曉雲空，愁殺騠官老無職。南徐今日古陽關，不斷歌聲祖離席。國讐已復事尤多，折損年年春柳碧。（《宋詩紀事》卷七二毛珝）

陽鋪

渭南縣總鋪，在縣治西。東十里西陽鋪，十里赤水鋪，至華州白園鋪十里。西十里張村鋪，十里杜化鋪，十里靈陽鋪。至臨潼縣零口鋪十里。（《陝西通志》卷三六）

【南劍州芋陽鋪見臘月桃花】 可笑夭桃耐雪風，山家牆外見疏紅。爲君持酒一相向，生意雖殊寂寞同。（《端明集》卷六）

【過南劍州芋陽鋪見桃花】　七年相別復相逢，牆外千枝依舊紅。只有蒼顔日憔悴，奈緣多感泣春風。(《端明集》卷六)

【鞏州首陽鋪鳥鼠同穴】　本是巢居物，那容鼠穴中。既言無牝牡，何用有雌雄。山節曾居蔡，長江網得鴻。誰能窮物理，目送渭波東。(《畫墁集》卷二)

陰驛

盧商，字爲臣，范陽人……宣宗即位……出爲鄂岳觀察使，就加檢校兵部尚書。大中十三年，以疾求代，徵拜户部尚書。其年八月，卒於漢陰驛，時年七十一。(《舊唐書》卷一七六《盧商傳》)

唐裴均之鎮襄州，裴弘泰爲鄭滑館驛巡官，充聘于漢南。遇大宴，爲賓司所漏……索馬歸驛。均以弘泰納飲器稍多，色不懌。午後宴散，均又思弘泰之飲，必爲酒過度所傷，憂之。迨暮，令人視飲後所爲，使者見弘泰戴紗帽，於漢陰驛廳，箕踞而坐，召匠秤得器物，計二百餘兩，均不覺大笑。明日再飲，回車日，贈遺甚厚。(《太平廣記》卷二三三引《乾膙子》)

【徐襄州(申)碑】　漢陰驛西舊有江亭一所，迎候皆於此。前後窄隘，不便筵宴，所要鋪陳，須至漢陰驛上廳内。遂使前後虚豁，難置門牕，重客居停，全無牀幅，結束非便，寢止難安。遂别搆設廳，以備迎送。長廊虚檻，連接大廳，怪石脩篁，羅列其所。江波入户，畫舸臨軒，信可謂勝遊之地也。又重修瑣闥，改制上廳，夏清冬温，憩息宜便。别開過路，繚繞江亭，主客邀迎，咸遂得禮。因命新亭曰漢廣亭，桂江所謂不朽之制。(《文苑英華》卷八七〇李騭)

【襄陽舟夜】　下馬襄陽郭，移舟漢陰驛。秋風截江起，寒浪連天白。本是多愁人，復此風波夕。(《白居易集》卷一五)

【漢陰驛與宇文十相遇旋歸西川因以贈别】　吴蜀何年别，相逢漢水

頭。望鄉心共醉,握手淚先流。宿霧千山曉,春霖一夜愁。離情方浩蕩,莫説去刀州。(《全唐詩》卷二七一竇鞏)

【書湘陰驛壁】 舍舟湖頭煙水昏,假榻郵傳猶柴門。可能濁酒澆客吻,莫厭明月撩詩魂。(《省齋集》卷一)

陰館

【宿壽安山陰館聞泉】 一支清急萬山來,穿竹喧飛破石苔。夢在故鄉臨欲到,聲聞孤枕却驚迴。多愁鬢髮余甘老,有限年光爾莫催。緣憶舊遊相似處,月明山響子陵臺。(《全唐詩》卷八八四崔櫓)

【黄子默】 某離長沙且十日,尚在黄陵廟下,波臣風伯亦善戲矣。前日爲子默作江西後社字,茫然莫知所謂。至湘陰館中,有題壁間二詩,"急雪黄花度,初晴白日村"者,驚歎世間久無此作。客謂:"此子默詩也。"歛然心服,真可作社頭矣。(《于湖居士文集》卷四〇)

荆館

白奉進,字德昇,雲州清塞軍人也……(晉高祖天福二年)六月,范延光據鄴爲亂,詔遣率騎軍三千北屯滑臺。時符彦饒爲滑州節度使,一夕,有軍士夜掠居人,奉進捕之……其帳下介士大譟,擒奉進,殺之。是日,步軍都校馬萬、次校盧順密聞奉進遇害,率其步衆攻滑之子城,執彦饒,送於京師,戮於班荆館北。(《舊五代史》卷九五《白奉進傳》)

金國聘使見辭儀……大率北使至闕,先遣伴使,賜御筵於班荆館,在赤岸,去府五十里。酒七行,翌日登舟,至北郭税亭。(《宋史》卷一一九《禮志二十二》)

(後晉高祖天福二年七月)甲寅,敕斬(符)彦饒於班荆館,《左傳》:"楚伍舉與聲子相善,伍舉出奔,聲子遇於鄭郊,班荆相與食而言。"杜預注曰:"班,布也。布荆坐

地共議。”以“班荆”名館，取諸此也。此館必在汴州郊外。其兄弟皆不問。(《資治通鑑》卷二八一)

(宋孝宗乾道六年六月)二日，禺中，解舟……過赤岸班荆館，小休前亭。班荆者，北使宿頓及賜燕之地，距臨安三十六里。(《入蜀記》卷一)

班荆館。在封丘門外之東，宋待蕃使之所。(《汴京遺蹟志》卷八)

周太祖廣順元年三月壬午，宴群臣於廣政殿。四月戊申，幸城南園，賜從官酒食，未時還宫。五月壬午，幸城南園，賜從官酒食。八月乙未，幸班荆館，賜官酒食。

二年正月甲子，宴宰相勳臣於廣政殿。三月庚申，幸城南園，召宰臣、近臣、諸統軍射。己卯，宴群臣於永福殿。五月，帝親征兖州。庚申，至班荆館，賜從官酒食。(《册府元龜》卷一一一)

宋朝都亭驛、班荆館

景陽門外有班荆館，爲近(迎)餞之所。隸北驛。紹興十四年五月甲子，初建于臨安，十二月成，以館北使。一云十二年三月十六日畢功。(《玉海》卷一七二)

【賜契丹賀乾元節人使至班荆館御筵口宣】 有敕：卿等肅將聘禮，來慶誕辰。言涉修涂，式臻候館。特頒宴賜，用示眷懷。今差某官某賜卿等御筵，想宜知悉。(《文莊集》卷三)

石驛

(高)少逸長慶末爲侍御史……出爲陜虢觀察使。中人責峽石驛吏供餅惡，鞭之，少逸封餅以聞。宣宗怒，召使者，責曰：“山谷間是餅豈易具邪！”謫隸恭陵，中人皆斂手。(《新唐書》卷一七七《高元裕傳》)

臨汝鎮，唐先天元年置縣，屬汝州。貞元八年以梁縣西界二鄉益之，兼

移縣於石驛。後入梁。(《輿地廣記》卷九潁州)

黄巖山,在(黄巖)縣西一百二十里,一名仙石山,有路,可通郡,今廢。按《臨海記》,山上有石驛,三面壁立,俗傳仙人王方平居焉,號"王公客堂",南有石步廊,又云山頂有黄石,故名。(《嘉定赤城志》卷二〇)

西,陝西:華陰縣六十里,入陝州閿鄉縣境。閿鄉縣鼎湖驛至靈寶縣桃林驛六十里,桃林驛至陝州甘棠驛六十里,甘棠驛至硤石驛七十里,硤石驛至河南府澠池縣蠡城驛七十里。(《河南通志》卷二七)

【唐故横海軍節度……傅公(良弼)神道碑】 公諱良弼,字安道,清河人也。以善弓矢顯,仕於成德軍……大和二年九月,以公爲横海軍節度使、检校兵部尚書,俾治齊州,以圖滄景之寇。知兵者咸以爲命將之當,必且有成矣。旌旗及於陝而得疾,疾愈即路,以十月晦薨於硤石驛,春秋五十有六,天子悼痛,爲之廢朝。(《李文公集》卷一三)

【過側石驛】 三月春光薄,川寒驛路長。虎蹲難動石,龍矯已刳桑。嶺狹居多險,耕勤地少荒。山農駭車騎,兒女滿莊牆。(《安陽集》卷七)

【板石驛】 童山皆戴石,淺水屢縈村。路接猿猱險,雲兼瘴霧昏。披榛投舍館,藉草展行樽。吏役身無定,天涯一斷魂。(《錢塘集》卷三)

【過黄石驛十許里嚴石間懸瀑淙射聲隱然真小三峽也命僕夫剪剔翳薈爲行者清心駭目之觀戲成兩絶】

玉濺珠跳雷雹聲,巖端飛瀑蔽林莇。呼童取斧開蒙密,一使行人心目清。

終日崎嶇山谷間,雨餘林下水潺潺。炎方六月不知暑,端爲先生從此還。(《梁谿集》卷二六)

【入桂林歇滑石驛題碧玉泉】 百折崎嶇嶺路頭,一環清駛石間流。須君净洗南來眼,此去山川勝北州。

【明年重過次韻六言】 世事風經雨過，此身遇坎乘流。折腰不爲五斗，轍環或徧九州。（《于湖居士文集》卷一〇）

【夜至横石驛以火照壁見李元鎮詩次其韻】 行役日皇皇，獨飲不成樂。斜日䑋斷磯，横江見孤鶴。我舟月亦無，風浪從噴薄。人生自不歸，青山豈難約。（《至正集》卷四）

頭驛

新建縣沙井等舖凡十五，内烏山舖在縣西七十里，宋置。大通驛，元置。烏石驛、石鎮舖在縣西北十里，即舊石頭驛。唐韓愈、張九齡、戴叔倫皆有石頭驛詩，宋汪藻有《石頭驛記》。（《江西通志》卷三五）

【石頭驛記】 自豫章絶江而西，有山屹然，並江而出，曰石頭渚者，世以爲殷洪喬投書之地，《晉史記》及《世説》稱："洪喬爲豫章太守。去都日，得書百餘函，次石頭，悉投之江中。"逮今且千載，而洪喬之名，與此山俱傳。石頭，於他書無所見，以圖志考之，惟唐武德中，嘗以豫章之西境爲西昌，俾縣令治其地，蓋今石頭是也。及觀韓退之《次石頭驛寄江西王中丞詩》，則自晉以來知其爲石頭，至退之時，又知其嘗爲驛也。豫章據吴楚會衝，扼甌閩交廣之吭，故古今爲刺史治所。凡南方之人往來吾州，與夫屬州之吏受約束大府者，肩相摩而袂相屬也。而石頭阻江負城，十里而近，至此者非風濤之不時，則薰沐以俟見，或使客之迎勞、冠蓋之留連，其栖息徘徊，不可無所。而驛之故基僅存草萊，生之芻牧所廛，爲屋數楹，以更傳遞而已。大觀二年，轉運使彭城劉公行府事之明年，當縣官置帥，東南百廢具興，公既以方略授其人，使之繕城陴，聯走集，加兵戍守，爲江湖形勝，而又間以其材，圖驛之舊，撤而新之，且刻退之詩壁間，使躊躇興廢者有考焉，蓋役不更時，調不及民，而所以爲行李居處飲食之安者，皆具稱其爲江山俯仰之盛也。公名敦，字厚之云。（《江西通志》卷一二四引汪藻文）

韓退之有《次石頭驛寄江西王十中丞閣老詩》，故今洪州石頭驛，皆以爲證。大觀三年，汪藻彦章爲江西提學，作《石頭驛記》……予嘗考之，蓋江南有兩石頭:鍾山龍蟠石頭虎踞,與夫王敦、蘇峻之所據者,此隸乎金陵者也。佘孝頃與蕭勃即石頭作兩城,二子各據其一,此豫章之石頭也。(《能改齋漫録》卷九《石頭之名有二》)

【答裴侍御先行至石頭驛以書見招期月滿泛洞庭】 君至石頭驛,寄書黄鶴樓。開緘識遠意,速此南行舟。風水無定準,湍波或滯留。憶昨新月生,西簷若瓊鈎。今來何所似,破鏡懸清秋。恨不三五明,平湖泛澄流。此歡竟莫遂,狂殺王子猷。巴陵定遥遠,持贈解人憂。(《全唐詩》卷一七八李白)

【除夜宿石頭驛】一作"石橋館"。 旅館誰相問,寒燈獨可親。一年將盡夜,萬里未歸人。寥落悲前事,支離笑此身。愁顔與衰鬢,明日又逢春。(《全唐詩》卷二七三戴叔倫)

【次石頭驛寄江西王十中丞閣老】仲舒也,時爲江南西道觀察使,愈自袁還朝,作寄。 憑高試迴首,一望豫章城。人由戀德泣,馬亦别群鳴。寒日夕始照,風江遠漸平。默然都不語,應識此時情。(《全唐詩》卷三四四韓愈)

【秋晚泊石頭驛有寄】 蕭索漳(章)江北,何人慰寂寥。北風人獨立,南國信空遥。燒塢新雲白,漁家衆木凋。所思不可見,行雁在青霄。(《禪月集》卷九)

【追路送誠齋到灘頭驛】 樹樹春花阜,田田秀麥滋。雖持玉節貴,不廢筍輿詩。追送寧辭遠,乖離故在兹。無嗔白頭舊,一見有深知。(《淳熙稿》卷九)

【書灘頭驛】 閉户只書癡,郊行粗有詩。翠深千頃嶠,煙迴幾茅茨。雨作衣添袷,炊遲晝不飢。舊題看好在,重是一春期。(《淳熙稿》卷九)

首驛

界首驛,在高郵州北六十里,接寶應縣界。(《大清一統志》卷六七揚州府)

【大通界首驛】 愚悃無華敢自欺，寸誠珍重吏民知。東風重倚庭前樹，送别人情似到時。(《范石湖集》卷一五)

【再過界首驛】 二月好風吹渡淮，滿湖春水緑如苔。官船到岸人多識，楚館題詩客又來。近水人家楊柳暗，禁烟時節杏花開。一官迢遞三山遠，海上星槎幾日回。(《雁門集》卷二)

【題界首驛】 清氣撲人湖面水，幽聲到耳樹頭風。人家蠶老櫻桃過，恰似淮南四月中。(《雁門集》卷三)

尾驛

牛尾驛，鄭國華留題云："龍尾道中退朝客，雕鞍寶馬黄金勒。誰憐遠使足馳驅，夜半孤村牛尾驛。"何熙志續三韻云："十年去國真悠悠，衹今便可行歸休。平生意氣羞牛後，去踏金鰲頂上遊。"(《方輿勝覽》卷六四昌州)

龍尾坡，在岐山縣東二十里。《一統志》："晉義熙十一年，夏將赫連建入新平，後秦將姚弼與戰於龍尾堡，禽之。唐武德七年，移岐山縣治於龍尾驛城，蓋昔時嘗置堡及驛。中和元年，鳳翔節度使鄭畋敗黄巢兵於此。"(《關中勝蹟圖志》卷一六)

【龍尾驛婦人圖】 慢笑開元有倖臣，直教天子到蒙塵。今來看畫猶如此，何况親逢絶世人。(《全唐詩》卷五八三温庭筠)

遠驛

(鴻臚寺，)其官屬十有二：往來國信所，掌大遼使介交聘之事。都亭西驛及管幹所，掌河西蕃部貢奉之事。禮賓院，掌回鶻、吐蕃、黨項、女真等國朝貢館設，及互市譯語之事。懷遠驛，掌南蕃交州、西蕃龜兹、大食、于闐、甘、沙、宗哥等國貢奉之事。(《宋史》卷一六五《職官志五》)

（宋真宗咸平二年十月癸酉，）契丹寇定州，次懷遠驛。詔遣南作坊使李繼宣領兵三千往襲之，至則敵已壞橋，繼宣梁木而度，追奔五十餘里。（《續資治通鑑長編》卷四五）

（宋真宗景德三年十二月）辛巳，置懷遠驛於汴河北，以待諸蕃客使。（《續資治通鑑長編》卷六四）

（宋神宗熙寧三年五月）戊午，新作來遠驛，增葺舊馬軍都虞候公廨爲之，以待蕃客。（《續資治通鑑長編》卷二一一）

（宋高宗紹興六年十月）戊午，改廣州奉真觀爲來遠驛，以備招來諸國貢使。（《建炎以來繫年要録》卷一〇六）

（宋高宗紹興二十五年六月）乙酉，作懷遠驛，以待安南貢使。（《建炎以來繫年要録》卷一六八）

五通廟通津門之外河南岸，《舊記》亦名龍官廟。相傳王氏入閩，州邑閭井，許民咸得立祠，斯廟之址，昔懷遠驛之地也，景德中葉扆、陳熙等所建。康定元年，陳紹濟、僧懷軫與其徒（復）創屋十間，有進士方翯爲記。（《淳熙三山志》卷八）

館驛：都亭驛，在候潮門裏。國信所附之。懷遠驛，舊在法慧寺，今廢。班荆館，在赤岸港。（《乾道臨安志》卷一）

（周世宗顯德元年三月，親征河東。）五月甲戌朔，帝宿於團柏谷。乙亥，次落漠驛。丙午，至太原城下，駐蹕於行宫……六月癸卯朔，帝巡賊城，親御軍士。己巳遲明，帝發自太原。夕，次於來遠驛。（《册府元龜》卷一一八）

（宋之）京師置都亭驛，待遼人。都亭西驛待夏人，同文館待高麗，懷遠驛待南蠻。元豐待高麗最厚，沿路亭傳，皆名高麗亭。高麗人泛海而至明州，則由二浙遡汴至都下，谓之南路。或至密州，則由京東陸行至京師，謂之

東路。二路亭傳一新，常由南路，未有由東路者，高麗人便於舟檝，多齎輜重故爾。(《萍洲可談》卷二)

景德懷遠驛。景德三年十二月辛巳，作懷遠驛於汴河北，以待南蕃交州、西蕃大食、龜兹、于闐、甘州等貢奉客使。規度侍衛都虞候舊廨爲之，在興道坊。初館契丹，後館交趾。祥符六年五月甲寅，以驛增修爲皇侄惟正等南宅。紹興二十五年，安南入貢。六月九日，詔行驛以懷遠爲名。十一月十六日，賜占城使宴享于懷遠驛。先是，十四年新秘書省成，以舊省爲懷遠驛。二十六年十二月二十七日，賜三佛齊使宴於懷遠驛。乾道二年八月十一日，廢爲臺諫廨舍。九年十一月一日，詔權以貢院爲懷遠驛，事已依舊。(《玉海》卷一七二)

【送蕭監丞漘宰臨邑】 羡君先拜邑，殘臘見登車。遠驛寒雲重，長郊積雪餘。行當勸民稼，始信帶經鉏。還到濟南日，應傳古尚書。(《宛陵先生集》卷六)

【初秋寄子由】 百川日夜逝，物我相隨去。惟有宿昔心，依然守故處。憶在懷遠驛，閉門秋暑中。藜羹對書史，揮汗與子同。西風忽凄厲，萬葉穿户牖。子起尋裌衣，感歎執我手。朱顔不可恃，此語君勿疑。別離恐不免，功名定難期。當時已凄斷，况此兩衰老。失塗既難追，學道恨不早。買田秋已議，築室春堂成。雪堂風雨夜，已作對牀聲。(《東坡全集》卷一三)

【感舊詩并引**】** 嘉祐中，予與子由同舉制策，寓居懷遠驛，時年二十六，而子由二十三耳。一日秋風起，雨作，中夜翛然，始有感慨離合之意。自爾宦遊四方，不相見者十常七八，每夏秋之交風雨作，木落草衰，輒悽然有此感，蓋三十年矣。元豐中，謫居黄岡，而子由亦貶筠州，嘗作詩以記其事。元祐六年，予自杭州召還，寓居子由東府，數月，復出領汝陰。時予年五十六矣，乃作詩，留别子由而去。 牀頭枕馳道，雙闕夜未央。車轂鳴枕中，客夢安得長。新秋入梧葉，風雨驚洞房。獨行慚月影，悵焉感初凉。筮仕記懷遠，謫居念黄岡。一往三十年，此懷未始忘。扣門呼阿同，子由一字同叔。安寢已太康。青山映華髮，歸計三月糧。我欲自汝陰，徑上潼江章。想見冰槃中，石蜜與柿霜。予欲請東川而歸，二物皆東川所出。憐子遇明主，憂患已再嘗。報國何時畢，我心久已降。(《東坡全集》卷一九)

吴驛

顯德四年四月，改赤倉驛爲通吴驛。初，世宗始議圖南，命於赤倉置驛。至是，以其名識之。

五年五月，以城東新驛爲懷信驛。待江南二使也。(《五代會要》卷二六)

宋觀風館，在崑山縣西南三百步，李稠建。嘉泰間，改名全吴驛，後廢。(《姑蘇志》卷二六)

湘驛

【清湘驛送祝賀州南歸】 海内交情兩斷金，離歌倡和俱吴音。桃花如雨暮春酒，竹箭有筠他日心。萬里書來蜀道易，四愁詩成湘水深。田園將蕪各早計，一棹五湖能見尋。(《范石湖集》卷一五)

【清湘驛送王柳州南歸二絶】

南歸北去路茫茫，不是行人也斷腸。可惜湘江春夜月，落花時節照離觴。

我已兼程無脚力，君猶追路有襟期。從今月下共花下，誰復醉吟先和詩。(《范石湖集》卷一五)

【題衡陽臨湘驛】 暑塗挈挈問持裝，過眼蘋風倏轉商。豈爲南魚來丙穴，且先北雁過衡陽。童烏已矣腸空斷，老馬疲哉汗欲僵。身大塊中猶大瘧，鐵心禁得幾炎涼。(《可齋雜稿》卷二九)

【至清湘驛和己酉壁間韻】 冰霜染得鬢毛深，又復鈎輈聽嶺禽。老馬已非筋力舊，好山重見面顔今。地饒風物皆春意，天念塵煩爲午陰。轉首十年成一夢，龍蛇滿壁富新音。(《可齋續藁》後集卷一〇)

巴驛

【盧巴驛聞張御史張判官欲到不得待留贈之】 旅竄南方遠，傳聞北使來。舊庭知玉樹，合浦識珠胎。白髮因愁改，丹心託夢迴。皇恩若再造，爲憶不然灰。(《全唐詩》卷八七張説)

蜀驛

下蜀驛，西至柴溝驛十五里，東至鎮江府界十五里。紹興八年三月己巳，車駕未入建康，次下蜀驛，有御座在焉。淳熙十二年，留守錢公良臣重建驛。(《景定建康志》卷一六)

【下蜀驛】 幄殿荒凉屋欠扶，紹興遺老故應無。舊來曾識高皇帝，尚有庭前柳一株。(《後村集》卷一)

【途次近蜀驛蒙恩賜寶刀及飛龍厩馬使還奉寄中書李鄭二公】一作"李鄭二中書"。 草草事行役，遲遲違故關。碧幃遥隱霧，紅旆漸依山。感激酬恩淚，星霜去國顔。捧刀金錫字，歸馬玉連環。威鳳翔雙闕，征夫縱百蠻。應憐宣室召，温樹不同攀。(《全唐詩》卷三一七武元衡)

襄驛

【又和留題定襄驛】 按節羊腸阪，褰帷並塞州。仁風煕愛日，清德凛高秋。甘澤隨征蓋，華星近戍樓。他年叱馭事，直筆寄歆彪。(《傳家集》卷九)

秦驛

東江驛。在臨桂縣東北，舊置望秦驛，宋改爲桂城驛。明初移今所，曰東江驛。(《大清一統志》卷三五六桂林府)

【桂州北望秦驛手開竹逕至釣磯留待徐容州】《舊史》:元和十年,以長安令徐俊爲容管經略使,徐容州即俊也。公是年三月出爲柳州,而徐之除在公後,故公先至桂州,留詩以待之。　　幽逕爲誰開,美人城北來。王程儻餘暇,一上子陵臺。(《柳宗元集》卷四二)

齊驛

(唐憲宗元和十四年二月)庚午,以(劉)悟爲義成節度使。悟聞制下,手足失墜,明日遂行。(田)弘正已將數道,比至城西二里,與悟相見於客亭。客亭,即驛亭,送迎使客之所。即受旌節,馳詣滑州……乃詐爲悟帖,遣使即(李)文會所至,取其首以來。使者遇文會於豐齊驛,斬之。據梁敬翔《編遺録》,豐齊驛當在齊州東南三十里。宋白曰:齊州禹城縣有漢祝阿故城,在豐齊驛東北二里。(《資治通鑑》卷二四一)

(唐昭宗天復三年)五月辛亥,却離歷下,宿豐齊驛。甲寅,上到汶陽。乙卯,奏王師範逆狀。己未,上又往歷下。(《資治通鑑考異》卷二七引《編遺録》)

燕驛

【金國弔祭使人赴闕口宣】紹熙五年十月。

【平江府賜御筵】　　有敕:卿等遠從燕驛,近及吴門。深嘉唁問之勤,宜備賓筵之渥。其承異眷,益進來程。(《攻媿集》卷四七)

【過均州界山宿道院】　　楚郵燕驛飽經過,塵土風濤敗興多。澗水繞階雲繞屋,可人今夜好行窩。(《燕石集》卷九)

荆驛

嶺店驛,《樂清縣志》:在大荆,元名大荆驛。今爲大荆營,武職居住。(《浙江通志》卷八九)

大荆驛，在（平江）縣西。（《湖廣通志》卷一六）

楚驛

【郴江遷客】　不是逢清世，何由見皂囊。事雖危虎尾，名勝汨鴛行。毒霧郴江闊，愁雲楚驛長。歸時有詞賦，一爲弔沅湘。（《羅昭諫集》卷二）

【送陸員外赴潮州】　含香臺上客，剖竹海邊州。楚驛多歸信，閩溪足亂流。今朝永嘉後，重見謝公遊。（《中興間氣集》卷下郎士元）

揚驛

【維揚驛】　三年別淮水，一夕宿揚州。南極山川古，北風江海秋。昭君愁出塞，王粲怕登樓。千載英雄淚，如今況楚囚。（《文山集》卷一九）

【寄宿維揚驛寄懷王儀伯】　水墅見明月，適隨歸棹圓。故人在郡國，今夜隔風煙。何日徵河内，常時誦潁川。經過因念此，書信賴流傳。（《范德機詩集》卷三）

萊驛

蓬萊驛，《紹興府志》：在迎恩門外，唐曰西亭，宋曰仁風，傾廢已久。康熙二十九年，知府李鐸重建。

蓬萊館，《嘉泰會稽志》：在卧龍山之左，東問津亭，北通川亭，皆臨府東大河，舟車既届，必次舍焉。今廢。府東北有安軺驛，是爲軺亭，今亦廢。（《浙江通志》卷八九）

【東平蓬萊驛夜宴平盧楊判官醉後贈别姚太守置酒留宴】題上一無“東平”二字，題下一作“贈别觀海”。　驛樓漲海壖，秋月寒城邊。相見自不足，況逢主人賢。夜清酒濃人如玉，一斗何啻直十千。木蘭爲樽金爲杯，江南急管盧女弦。齊童如花解郢曲，起舞激楚歌採蓮。固知别多相逢少，樂極哀至心婣

娟。少留莫辭醉，前路方悠然。明日分飛儻相憶，祇應遥望西南天。(《全唐詩》卷二四七獨孤及)

梅驛

楊梅驛。在貴池縣西九十里石嶺鎮，唐置楊梅館，宋改爲驛，今裁。《名勝志》："城西九十里石嶺，有楊梅坦，其地多産楊梅，唐時名楊梅館。"(《大清一統志》卷八二池州府)

【宿楊梅驛】 兩壁萬千嶂，一郵三四家。度橋逢古驛，下馬踏秋花。夜永蛩尤苦，雲空月自華。冷官無好趣，安用五書車。(《錢塘集》卷五)

【曉離楊梅驛】 長坡峻阪足崎嶇，曉出楊梅古驛孤。山腹帶雲如曳練，稻梢垂露欲流珠。穿籬鴨脚深深碧，近水雞冠小小株。行役雖勞遇佳境，且將幽句慰瘏痡。(《錢塘集》卷五)

【題黄梅驛舍壁間】 石潤占梅雨，山寒應麥秋。清風鳴翠篠，疏雨濕紅榴。古驛苔封砌，荒城柳映樓。高吟一甌茗，聊爲故人留。(《相山集》卷七)

梅館

楊梅館，在府西九十里，石嶺多楊梅。唐白居易有《楊梅館詩》。宋改爲驛。今呼爲"楊梅坦"。(《江南通志》卷三四池州府)

【冬至宿楊梅館】 十一月中長至夜，三千里外遠行人。若爲獨宿楊梅館，冷枕單牀一病身。(《白居易集》卷一三)

柳驛

【細柳驛】 細柳肅軍令，條侯信殊倫。棘門乃兒戲，從古多其人。神武今不殺，介夫如搢紳。息駕幸兹地，懷哉竦精神。(《權文公集》卷六;《全唐

詩》卷三二五權德輿)

【題驛壁】 輪囷古柳驛門前，糴米歸遲突未煙。隨計入都今四紀，驢寒僕瘦只依然。(《劍南詩藁》卷六八)

槐驛

【送友人遊河東】 停車曉燭前，一語幾潸然。路去干戈日，鄉遥饑饉年。湖波晴見雁，槐驛晚無蟬。莫縱經時住，東南書信偏。(《全唐詩》卷五五四項斯)

【宿洛川嘉槐驛其槐真可愛因思李承之待制嘗爲此縣令有所建退省堂存焉】 昔爲扁舟客，益覺此生浮。逮今郵亭役，重腿仍百憂。嗟予何所可，歸去無田疇。慚愧庭下槐，百年霜霰秋。上苑誰移根，兔目自山丘。曾見李長官，矯矯增風流。欲登退省堂，秀句吟白頭。天上問風月，還似當年不。李白有詩云："天上不知風月好，人間今夕是中秋。"予每諷誦之。(《景迂生集》卷四)

松驛

《史記》載：秦始皇遂上泰山，立石封祀。祠下風雨暴至。休於樹下，遂封其樹爲五大夫。墠梁父，刻所立石。蓋五大夫者，秦官名，第九爵也。唐陸贄作《禁中春松》詩云："不羨五株封。"案：《史記》但云封其樹爲五大夫，不聞有五株松之説，而贄云爾者何耶？然贄博極群書，不當有悞，恐有所據，而云然也。或曰："循襲之誤耳，所未詳也。"又李商隱有《五松驛》詩云："獨下長亭念過秦，五松不見見輿薪。只應既斬斯高後，尋被樵人用斧斤。"而商隱亦謂五松，如何？又李白《送人遊桃源序》云："登封太山，風雨暴作。雖五松受職，草木有知，而萬象乖度，禮刑將弛。"然太白亦以謂五松也，唯舒王《詠柏》詩云："老松先得大夫官"，乃爲切當。(《靖康緗素雜記》卷三《五松》)

【自秦望赴五松驛馬上偶睡睡覺成吟】 長途發已久，前館行未至。

體倦目已昏,瞌然遂成睡。右袂尚垂鞭,左手暫委轡。忽覺問僕夫,纔行百步地。形神分處所,遲速相乖異。馬上幾多時,夢中無限事。誠哉達人語,百齡同一寐。(《白居易集》卷八;《全唐詩》卷四三一白居易)

【題五松驛】 雲木蒼蒼數萬株,此中言命的應無。人生不得如松樹,却遇秦封作大夫。(《全唐詩》卷四七七李涉)

【興元新路記】 又行十五里,至青松驛。驛自仙岑而南,路旁人煙相望,澗旁地益平曠,往往墾田至一二百畝,桑柘愈多。(《孫可之集》卷四)

鈎驛

秤鈎驛。在安定縣西北六十里秤鈎灣鎮,有驛丞,今裁。有秤鈎灣遞運所,西至蘭州府金縣靖水驛六十里。(《大清一統志》卷二〇〇鞏昌府)

【送崔員外使回入京金鈎驛逢因贈】一本無下六字。 六星宫裹一星歸,行到金鈎近紫微。侍史别來經歲月,今宵應夢護香衣。(《全唐詩》卷四七八陸暢)

藤驛

【宿黄藤驛】時聞浙東方寇大作。 古驛號黄藤,休鞍夜已燈。溪寒水清淺,山瘦石稜層。豪客路方阻,歲寒陰始凝。開懷惟仗酒,獨酌醉瞢騰。(《梁谿集》卷一四)

【夢藤驛】 倦馬投孤驛,一峰青壓門。蕭條秋浦路,荒陋夜郎村。地瘴霜常薄,林深日易昏。百年常作客,排悶近清樽。(《劍南詩稿》卷一〇)

葛驛

(韓)崇訓,字知禮,以父任爲供奉官……周太祖將兵征淮南,過宋州,宋州使人勞之於葛驛。葛驛先有一男子、一女子，不知其所從來，轉客於市，傭力以食，父老憐之，醵酒肉衣服，相配爲夫婦。及太祖至，市人聚觀，女子於衆中呼曰："此吾父也！"市人驅之去。太祖聞之，使前問之，信其女也，相持而泣。將攜之以行，女曰："我已嫁人矣。"復呼其夫，視之曰："此亦貴人也。"乃俱挈之軍中，奏補供奉官，即永德也。(《東都事略》卷二一《韓崇訓傳》)

【解秩西還夕次葛驛二通判與簽判學士留府諸君遠出餞别情至禮勤輒成拙詩奉謝厚意】 遠勞車馬出西城，風義相高一府傾。留幕經年叨主諾，郵亭終夕困飛觥。人烟數舍將歸路，霜月三冬愴别情。政拙自慚無惠愛，尚憑河潤慰群氓。(《蘇魏公文集》卷九)

【題葛驛李校書壁】 八十不扶杖，看書夜每深。自言非服藥，無事可關心。景爲詩曾愛，花因醉尚簪。去城無一舍，路若隔飛沈。(《樂全集》卷三)

羅驛

(隴右道鄯州)鄯城。中，儀鳳三年置……自振武經尉遲川、苦拔海、王孝傑米栅，九十里至莫離驛。又經公主佛堂、大非川，二百八十里至那録驛，吐渾界也。又經暖泉、烈謨海，四百四十里渡黄河，又四百七十里，至衆龍驛。又渡西月河，二百一十里至多彌國西界。又經犛牛河，度藤橋，百里至列驛。又經食堂、吐蕃村、截支橋，兩石南北相當。又經截支川，四百四十里至婆驛。乃度大月河羅橋、經潭池、魚池，五百三十里至悉諾羅驛。又經乞量寧水橋，又經大速水橋，三百二十里至鶻莽驛。唐使入蕃，公主每使人迎勞於此。(《新唐書》卷四〇《地理志四》)

小歌罷山。在黔江縣東北五十二里。又有大歌罷山，在縣東北一百九十里，接施南府界，舊置歌羅驛於此。(《大清一統志》卷三一七酉陽州)

歌羅驛。黄魯直嘗作《竹枝歌題歌羅驛》云："撑崖拄谷蝮蛇愁，入箐攀天猿掉頭。鬼門關外莫言遠，五十三驛是皇州。"〇"浮雲一百八盤縈，落日四十九渡明。鬼門關外莫言遠，四海一家皆弟兄。"(《方輿勝覽》卷六〇紹慶府)

【予既作竹枝詞夜宿歌羅驛夢李白相見於山間曰予往謫夜郎於此聞杜鵑作竹枝詞三疊世傳之不予細憶集中無有請三誦乃得之】 一聲望帝花片飛，萬里明妃雪打圍。馬上胡兒那解聽，琵琶應道不如歸。

竹竿坡面蛇倒退，摩圍山腰胡孫愁。杜鵑無血可續淚，何日金雞赦九州。

命輕人鮓甕頭船，日瘦鬼門關外天。北人墮淚南人笑，青壁無梯聞杜鵑。(《山谷集》卷五)

桃驛

大桃戍。在略陽縣東，宋元嘉十一年蕭承之討楊難當，其黨趙温等自南城奔走，退據大桃……《元一統志》："大桃驛在略陽縣東四十五里，蓋即大桃戍也。"(《大清一統志》卷一八六漢中府)

(盩厔)驛在縣城内。(東)至鄠縣驛七十里，南至終南山櫻桃驛四十五里。櫻桃驛至三交驛五十五里。(《長安志》卷一八盩厔縣)

棠驛

(後晉少帝天福八年秋七月)癸巳，改陜州甘棠驛爲通津驛，避廟諱也。(《舊五代史》卷八二《少帝紀二》)

(宋高宗建炎元年四月乙亥，)金人陷陜州……敦武郎、兵馬都監朱弁，成忠郎、監甘棠驛孫旦悉遇害。(《建炎以來繫年要録》卷四)

甘水，在靈川縣北三十里……江闊十丈，深一丈，東流經甘棠驛南，而東注灕水，今邑人呼爲甘巖，即此水也。(《太平寰宇記》卷一六二桂州)

【甘棠驛懷李德升席大光】 破驛難並休，差池便薪水。山川會心地，還思對君子。道邊千尺榕，午蔭清且美。極知非世用，我愛不能已。東風吹

南服，莽莽緑萬里。此地亦可耕，胡爲繭予趾。(《簡齋集》卷六)

【甘棠驛】 萬里三年醉嶺梅，東風刮地馬頭迴。心勞政拙無遺愛，慚向甘棠驛裏來。(《范石湖集》卷一五)

棗驛

【題酸棗驛前碑】 蒼苔古澀自(字)雕疏，誰道中郎筆力餘。長愛當時遇王粲，每來碑下不關書。(《全唐詩》卷五一一張祜)

華驛

(宋孝宗乾道九年正月)九日，大雨。連日小舟跧灣，病倦，又聞衢之龍游小路，泥深溪漲，渡江不如陸，乃改陸行，取婺州路。晚至婺州，泊金華驛。(《驂鸞録》)

昭華驛，在句容縣，開寶中焚圮。太平興國二年，移縣街東，或云望仙驛是也。中山驛，在溧水縣南三十步惠政橋西南。(《景定建康志》卷一六)

唐州押衙崔慶成，轄香藥綱詣内庫。抵皇華驛舍，夜見美婦人，曰："今日見君，君必有疑。今日捨君，我寧不悔。俟君回轅，别圖後會。"擲字云："川中狗，百姓眼，媽撲兒，御厨飯。"洎還，不敢宿皇華驛，寓旅邸。前婦人來曰："今日之事可諧否？十二字能辨否？"慶成不對，因命青衣進酒，終不舉盞。乃作詩云："妖魄芳魂自古靈，多情心膽似平生。知君不是風流物，却上幽原怨月明。"青衣曰："小娘子嘗養鸚鵡十餘年，竟不言，乃其驗乎？"婦人歎曰："是矣！"乃作《啞鸚鵡詩》云："雕籠馴養許多時，終歲曾無一句詞。深恨化工情大誤，因何偏與好毛衣。"擲紙於地，燈火俱滅。丁晉公嘗見十二字，曰："川中狗，蜀犬也。獨字。百姓眼，民目也。眠字。媽撲兒，爪子也。孤字。御厨飯，官食也。館字。乃'獨眠孤館'四字。"(《類説》卷三四《摭遺》)

【棣華驛見楊八題夢兄弟詩】 遥聞旅宿夢兄弟，應爲郵亭名棣華。

名作棣華來早晚，自題詩後屬楊家。(《全唐詩》卷四四一白居易)

【赴杭州重宿棣華驛見楊八舊詩感題一絶】 往恨今愁應不殊，題詩梁下又踟躕。羡君猶夢見兄弟，我到天明睡亦無。(《全唐詩》卷四四三白居易)

【宿九華驛阻雨】 喜無簷溜滴空堦，秣馬輕裝入夜催。一陣松風驚曉枕，又疑天外雨聲來。(《錢塘集》卷五)

【次韻陸敦禮留題皇華驛二首】

貂裘端恐敝緇塵，勇向明時乞得身。却擁紫荷來握節，遥知白鹿已隨輪。棣華輝映蕃宣地，篇什流傳放逐人。只恐晉江難久駐，爲將直道福生民。

宫漏初殘唱曉鷄，周廬同守禁城扉。龍墀密箇鵷鷺羽，玉殿先瞻日月衣。青瑣笑談情已厚，皂囊章奏意何稀。擁旄晝繡方如意，也念飄零未得歸。(《梁谿集》卷八)

【題二水光華驛】 歷歷湖南道，駸駸嶺右州。感時僧解夏，觸事客驚秋。雨洗流金虐，風生落木愁。一萍如寄耳，往夢付悠悠。(《可齋雜稿》卷二六)

花驛

黄花驛。唐薛逢詩："孤戍迢迢蜀路長，鳥鳴山館客思鄉。更看絶頂煙霞外，數樹巖花照夕陽。"○李端《送人》詩："黄花西上路何如，青壁連天雁亦疏。"(《方輿勝覽》卷六九鳳州)

黄花驛。在東流縣治之北，本名黄花館，後置驛。今裁。宋楊發有《宿黄花館詩》。(《大清一統志》卷八二池州府)

【次韻六弟抗黄花驛樓作】 税鞅憑欄眼更醒，須求國手上丹青。樓前雲水無窮好，樓下塵喧不復聽。(《清獻集》卷五)

【新菊】 已過重陽十日期，菊叢初破兩三枝。自憐短鬢蕭蕭白，不似黄花驛裏時。黄花驛在岐、鳳間，予嘗過之。（《劍南詩藁》卷三五）

花館

荆南舊有五花館，待賓之上地也。故蔣肱《上成汭詩》云："不是上臺名姓字，五花賓館敢從容。"（《南部新書》癸卷）

辛酉五月四日，有使過南康，縣令胡侃置酒於縣南蓮花館水軒。忽有暴風吹沙，從南來，因手掩目，聞盤中器物蔌蔌有聲，若有物過。良久開目，見食器微仄，其銀酒杯與杯之舟，皆挾長如東西形，壁傍大桐樹亦拔出牆外。時一里外皆此風雨，常遥聞館中迅雷，而館中初不聞也，胡亦無恙。（《太平廣記》卷三九五引《稽神録》）

【宿棣華館聞雁】 不堪旅宿棣花館，況有離群鴻雁聲。一點秋燈殘影下，不知寒夢幾回驚。（《全唐詩》卷四七一雍裕之）

【宿黄花館】 孤館蕭條槐葉稀，暮蟬聲隔水聲微。年年爲客路無盡，日日送人身未歸。何處迷鴻離浦月，誰家愁婦擣霜衣。夜深不卧簾猶捲，數點殘螢入户飛。（《全唐詩》卷五一七楊發）

草驛

【唐故相權公(德輿)墓碑】 上之元和六年，其相曰權公，諱德輿，字載之……其在山南河南，勤于選付，治以和簡，人以寧便。以疾求還，十三年某月甲子，道薨於洋之白草(驛)。奏至，天子痛傷，爲之不御朝。（《五百家注昌黎文集》卷三〇）

【送趙中丞自司金郎轉官參山南令狐僕射幕府】趙氏兄弟皆僕射門客。

緑樹滿褒斜，西南蜀路賒。驛門臨白草，縣道入黄花。相府開油幕，門生逐絳紗。行看布政後，還從入京華。（《全唐詩》卷三五七劉禹錫）

茅驛

【燈】 皎潔終無倦,煎熬亦自求。花時隨酒遠,雨夜背窗休。冷暗黄茅驛,暄明紫桂樓。錦囊名畫掩,玉扃敗棋收。何處無佳夢,誰人不隱憂。影隨簾押轉,光信簟文流。客自勝潘岳,儂今定莫愁。固應留半焰,迴照下幃羞。(《才調集》卷六李商隱)

【自益昌爲武興之行】 獨客行愈遠,此兒真自癡。江流浩呼洶,棧路凛欹危。好鳥迎人處,凉風拂面時。山頭破茅驛,索筆又題詩。(《燭湖集》卷一七)

春驛

太常博士李戡,素有文稱。祥符末,守壽春驛,奏時務,深稱上旨,宣諭執政曰:"若斯人尚未進用,不爲不遺賢也。"驛召歸闕。比至,上屢歎以爲見晚,執政將以言動之,職俾近清光。及引對之際,上虚懷前席,以俟其啓沃,而戡語不及他,首以闕牙爲先,帝默然。翌日,諭之執政曰:"以斯材而負斯職,知人固未易也。"(《王文正筆録》)

【奉使封王次宜春驛】 微宦淹留鬢已斑,此心長憶舊林泉。不因列土封千乘,争得銜恩拜二天。雲斷自宜鄉樹出,月高猶伴客心懸。夜來夢到南臺上,徧看江山勝往年。(《全唐詩》卷七〇三翁承贊)

【和秦壽之題蘄春驛浸月軒】 千山初過雨,萬籟不鳴風。寶鑑沉寒水,冰輪上太空。竹梢低蘸碧,楓葉冷浮紅。終欲金沙去,經營一畝宫。(《相山集》卷七)

化驛

陶化驛,在縣郭下,東去府四十里,西去興平縣四十五里。(《長安志》卷一

三咸陽縣）

上委信宰輔，言發即從，就中於元輔恩禮稍異。白敏中赴邠寧行營，上幸興福樓送之，自樓上投下朱書御札一副與敏中，言君臣注倚之分。崔鉉赴鎮淮南，幸通化樓送之，并賜詩四韻，以寵行邁。鉉刻其詩於宣化驛。（《東觀奏記》卷下）

【題利州昭化驛】 嘉陵源出本朝宗，地險無因直赴東。從此逆流歸順去，恬波遥與峽江通。（《安陽集》卷四）

【至安化驛先寄淮陽故人】 蕭條安化驛，倦客思悠哉。積水連天闊，青山送客來。疏籬風捲葉，敗屋雨生苔。寄語淮陽舊，人今放逐回。（《張耒集》卷一七）

都驛

新都驛。南接成都錦官驛，北至漢州五十里。又北至德陽四十里，爲自蜀赴京之驛道。（《大清一統志》卷二九三成都府）

《輿地紀勝》云："都梁，又名高都，在（達州梁山）縣治北十五里，舊有高都驛，乃天寶進荔枝之路也。"（《蜀中廣記》卷二三）

【答樂天臨都驛見贈】 北固山邊波浪，東都城裏風塵。世事不同心事，新人何似故人。（《劉賓客文集》外集卷一）

【臨都驛答夢得六言二首】

楊子津頭月下，臨都驛裏燈前。昨日老於前日，去年春似今年。

謝守歸爲秘監，馮公老作郎官。前事不須問著，新詩且更吟看。（《白居易集》卷二五）

【臨都驛送崔十八】 勿言臨都五六里，扶病出城相送來。莫道長安

一步地，馬頭西去幾時迴。與君後會知何處，爲我今朝盡一杯。(《白居易集》卷二七)

【豐都驛呈任子厚詩二首】

三家笑荒陋，十日寄蕭條。破户無人掩，寒爐折竹燒。青燈不廢卷，白酒未空瓢。伴我能於此，他年定久要。

書壞無全牘，衣濡有裂繒。倦梳晨起髮，袛曲晝眠肱。客路行將了，家山唤得膺。焚香謝仟佛，宵夢已先憑。失舟前一日夢，或云有佛光涌出，罩惡蛇難，不爾，其殆不免歟。(《澹齋集》卷五)

【暑行憩新都驛】　細細黄花落古槐，江皋不雨轉輕雷。長空鳥破蒼烟去，落日人從緑野來。散策意行尋水石，脱巾高卧避氛埃。羈遊未羡端居樂，看月房湖又一回。

【早發新都驛】　喔喔江村雞，迢迢縣門漏。河漢縱復横，繁星明如晝。爱凉趣上馬，未曉閲兩堠。高林起宿鳥，絶澗落驚狖。寺樓插蒼烟，沙泉瀉幽竇。我行忽萬里，坐歎關河溜。官如廣文冷，面作拾遺瘦。今年盍歸哉，勿落春雁後。(《劍南詩稾》卷六)

通驛

大通驛。在銅陵縣西關。《縣志》："初在大通鎮，後遷縣治西關，明末廢。"(《大清一統志》卷八二池州府)

(宋孝宗乾道九年二月)二十六日，入桂林界……平野豁開，兩傍各數里，石峰森峭，羅列左右，如排衙引而南……夾道高楓古柳，道塗大逵，如安肅故疆及燕山外城，都會所有，自不凡也。泊大通驛。道上時見鮮血之點，凝漬可惡，意謂刲羊豕者舁過所滴。(《驂鸞録》)

【夏日(奉)陪司馬武公與群賢宴姑熟亭序】　通驛公館，南有水亭焉，四甍翬飛，巉絶浦嶼。蓋有前攝令河東薛公棟而宇之，今宰隴西李公明化開物成務，又横其梁而閣之。晝鳴閑琴，夕酌清月，蓋爲接輶軒、祖遠客之佳境也。製置既久，莫知何名，司馬武公長材博古，獨映方外，因據胡牀，岸幘嘯詠，而謂前長史李公及諸公曰："此亭跨姑熟之水，可稱爲姑熟亭焉。嘉名勝概，自我作也。"且夫曹官紱冕者，大賢處之，若遊青山，卧白雲，逍遥偃傲，何適不可。小才居之，窘而自拘，悄若桎梏，則清風朗月，河英嶽秀，皆爲棄物，安得稱焉。所以司馬南鄰，當文章之旗鼓；翰林客卿，揮辭鋒以戰勝。名教樂地，無非得俊之場也。千載一時，言詩紀志。(《李太白全集》卷二七)

興驛

提轄左帑張朝奉遜，四明人，始改秩知常州晉陵縣。任滿，挈家東還，夜泊宜興驛前……約四鼓時，忽見彼船背長大人十數，若有所求索。俄有長臂大手十數，出水中，共捽一人入水矣。乃使人没水求之，得其屍焉。同年陳子榮宗丞説。(《睽車志》卷二)

【經郴州永興驛】 昔擁雙旌在蚪城，今朝孤館語同名。天遥秦樹無因見，極目空饒悵望情。(《忠愍公詩集》卷下)

當驛

兩當驛。兩當縣東抵京都，西抵益州皆三十六程，故曰"兩當"。趙閲道《兩當驛》詩云："里數三千七百餘，兩當冬夜宿中途。"(《方輿勝覽》卷六九鳳州)

【斜谷道】 亂峰連叠嶂，千里緑峨峨。蜀國路如此，遊人車亦過。遠煙當驛斂，驟雨逐風多。獨憶紫芝叟，臨風歌舊歌。(《全唐詩》卷七二五于鄴)

【贈華州鄭大夫】 此官出入鳳池頭，通化門前第一州。少華山雲當驛起，小敷溪水入城流。空閑地内人初滿，詞訟牌前草漸稠。報狀拆開知足雨，赦書宣過喜無囚。自來不説雙旌貴，恐替長教百姓愁。公退晚凉無一事，步行攜客上南樓。(《王司馬集》卷六)

【熙寧壬子至節夕宿兩當驛】 里數二(三)千七百餘,兩當冬夜宿中途。舉朝五往東西蜀,還有區區似我無。(《清獻集》卷五)

倉驛

(宋真宗大中祥符元年十二月丁亥,)詔泰山路以廨舍倉驛爲行宫,並依舊,其奉安天書位謹護之。(《續資治通鑑長編》卷七〇)

【陳倉驛】 錦翼花冠安在哉,雄飛雌伏盡塵埃。一雙童子應惆悵,不見真人更獵來。(《全唐詩》卷六九四褚載)

【過二里山】 夜宿陳倉驛,朝行三(二)里山。千峰排鬱鬱,萬石激潺潺。征馭來何亟,幽禽語自閒。塵勞亦知幸,勝景得躋攀。(《錢塘集》卷六)

賢驛

(唐玄宗天寶十五載六月)庚寅,哥舒翰將兵八萬,與賊將崔乾祐戰於靈寶西原,官軍大敗,死者十六七……關門不守,京師大駭……甲午,將謀幸蜀……乙未,凌晨,自延秋門出……辰時,至咸陽望賢驛置頓,官吏駭散,無復儲供……明年九月,郭子儀收復兩京。十月,肅宗遣中使啖廷瑶入蜀奉迎。丁卯,上皇發蜀郡。十一月丙申,次鳳翔郡。肅宗遣精騎三千至扶風迎衛。十二月丙午,肅宗具法駕,至咸陽望賢驛迎奉。上皇御宫之南樓,肅宗拜慶樓下,嗚咽流涕不自勝。(《舊唐書》卷九《玄宗紀下》)

(宋高宗紹興)十一年,兀术耻順昌之敗,復謀再入,詔大合兵於淮西以待。既而金敗於柘皋,復圍濠州。世忠受詔救濠,以舟師至招信縣,夜,以騎兵擊金人於聞賢驛,敗之。(《宋史》卷三六四《韓世忠傳》)

皇華驛,在(休寧)縣南九十五里,舊名憩賢驛。(《新安志》卷四)

招賢驛,在溧水縣南一百一十里。(《景定建康志》卷一六)

【洪谷值大風宿避賢驛詩】 客行到處可獨宿，秋夜已長聊晏眠。北風吹燈最無味，明月照户真可憐。兒女漸有婚嫁逼，富貴久無名利牽。欲歸不決坐此耳，展轉悲歌一悵然。(《竹隱畸士集》卷三)

【進賢驛感懷】明日當歸至臨川。 環走幾千里，馳歸亦再旬。征途饒感慨，訟牒費精神。風雪常欺客，文章本誤身。小詩無傑思，猶得當吟呻。(《劍南詩藁》卷一三)

賓驛

諸暨縣有待賓驛，在縣西南六十步，今廢。興樂驛，在縣南五十里，今廢。亭闊驛，在縣南二十里，今廢。使華館，在縣東百六十步。(《嘉泰會稽志》卷四)

儀賓驛，在溧水縣南一百一十里……延賓驛，在溧水縣西四十七里。青陽驛，在句容縣東二十里。竹里驛，在句容縣北六十里倉頭市。雲亭驛，在句容縣。右自漆橋以下十二驛，今並廢。(《景定建康志》卷一六)

【過故崔兖海宅與崔明秀才話舊因寄舊僚杜趙李三掾】 絳帳恩如昨，烏衣事莫尋。諸生空會葬，舊掾已華簪。共入留賓驛，俱分市駿金。莫憑無鬼論，終負托孤心。(《李義山詩集》卷下)

山館

亭山館，在(黄巖)縣南三里，瀕河，慶元五年，令常瀹孫建。(《嘉定赤城志》卷三)

【山館】一作《移居公安山館》，編入江陵詩後。 南國晝多霧，北風天正寒。路危行木杪，身遠宿雲端。山鬼吹燈滅，厨人語夜闌。雞鳴問前館，世亂敢求安。(《全唐詩》卷二二八杜甫)

【登鍾山館】　匹馬宜春路，蕭條背館心。澗花寒夕雨，潭水黑朝林。野市魚鹽隘，江村竹葦深。子規何處發，青樹滿高岑。（《全唐詩》卷二六八耿湋）

【感夢】　行吟坐歎知何極，影絶魂銷動隔年。今夜商山館中夢，分明同在後堂前。（《全唐詩》卷四〇四元稹）

【宿山館】　寂寞對衰草，地凉凝露華。蟬鳴月中樹，風落客前花。山館無宿伴，秋琴初别家。自憐千萬里，筆硯寄生涯。（《全唐詩》卷五九四儲嗣宗）

【題青山館】即謝公舊居。　境概殊諸處，依然是謝家。遺文齊日月，舊井照煙霞。水隔平蕪遠，山横度鳥斜。無人能此隱，來往謾興嗟。

【宿青山館】　下馬青山下，無言有所思。雲藏李白墓，苔暗謝公詩。烈燒飛荒野，棲梟宿廣陂。東來與西去，皆是不閒時。（《全唐詩》卷六〇三許棠）

【寒食山館書情】　獨把一杯山館中，每經時節恨飄蓬。侵階草色連朝雨，滿地梨花昨夜風。蜀魄啼來春寂寞，楚魂吟後月朦朧。分明記得還家夢，徐孺宅前湖水東。（《全唐詩》卷六四二來鵠）

【春山(夜)山館旅懷】　山館吟餘山月斜，東風摇曳拂窗花。豈知驅馬無閒日，長在他人後到家。孤劍向誰開壯節，流年催我自堪嗟。燈前結束又前去，曉出石林啼亂鴉。（《全唐詩》卷六五四羅鄴）

【秋宿山館】　山館坐待曉，夜長吟役神。斜風吹敗葉，寒燭照愁人。藴蓄天然性，澆訛世惡真。男兒出門志，不獨爲謀身。（《全唐詩》卷六九一杜荀鶴）

【旅館秋夕】　寥寥山館裏，獨坐酒初醒。舊業多年别，秋霖一夜聽。砌蛬聲漸息，窗燭影猶停。早晚無他事，休如泛水萍。（《全唐詩》卷七四九李

中）

【書山館壁】時年十九。　　秋作西南使，千林覆去程。四時無日影，終夜有猿聲。路入溪雲過，人穿鳥道行。不堪孤驛望，風雨動鄉情。（《忠愍公詩集》卷中）

【書黄山館壁】　　殘日住孤館，遲遲行古臺。大河連野去，白鳥背城來。離恨渾如結，鄉心漸欲灰。山花半寥落，猶在社前開。（《忠愍公詩集》卷中）

【山館】　　野館蕭條晚，憑軒對竹扉。樹藏秋色老，禽帶夕陽歸。遠岫穿雲翠，畬田得雨肥。淵明誰送酒，殘菊遶牆飛。（《武溪集》卷一）

【富谷館】　　萬雀噪山館，重來一叩扉。去年寒夢在，今日遠書違。是日，遣使走馬奏平安，初寄家書。殘雪留春稾，疏星掛曉衣。帝鄉不可望，心與白雲飛。（《華陽集》卷一）

【金山館】　　出塞二千里，荒亭無四鄰。貪烏飢攫肉，狡兔急投人。短短西隅日，冥冥北路塵。腰間丈二組，空愧漢廷臣。（《公是集》卷二二）

【和蔣頴(穎)叔重山館留題】　　清詩題柱幾朝曛，二十餘年伴嶺雲。今夜泥輪猶宿此，隔溪依舊磬聲聞。（《錢塘集》卷六）

【陰山館】　　圜峰聳於前，鳴泉繞其後。若使畫成圖，誰云非傅會。（《錢塘集》卷六）

山郵

【奉使自藍田玉山南行】　　征驂入雲壑，始憶步金門。通籍微軀幸，歸途明主恩。匪唯徇行役，兼得慰晨昏。是節暑云熾，紛吾心所尊。海縣且悠緬，山郵日駿奔。徒知惡囂事，未暇息陰論。嶢武經陳迹，衡湘指故園。水聞南澗險,煙望北林繁。遠靄千巖合,幽聲百籟喧。陰泉夏猶凍,陽景晝方曒。懿此高深極,徒令夢想存。盛明期有報,長往復奚言。(《全唐詩》卷四九張九齡)

【亞枝花】 山郵花木似平陽,愁殺多情驄馬郎。還似升平池畔坐,低頭向水自看妝。(《全唐詩》卷四三七白居易)

【西縣途中二十韻】 野客誤桑麻,從軍帶鏌鋣。豈論之白帝,未合過黄花。落日投江縣,征塵漱齒牙。蜀音連井絡,秦分隔褒斜。硖路商逢使,山郵雀啅蛇。憶歸臨角黍,良遇得新瓜。食久庭陰轉,行多屐齒窪。……(《全唐詩》卷五六〇薛能)

【和邱提刑寄湖南賈度支】 何處多離感,山郵霽野光。清吟貫騷雅,遠意屬荆湘。霜樹呈秋色,風蘭生晚香。使軺偏倚望,擿藻寄回腸。(《端明集》卷四)

【寒食日過荆山】 山郵雖禁火,嶺樹自生煙。嗚咽同歸櫓,悲哀欲問天。泣親非泣玉,流淚劇流泉。春鯗横刀膾,何心更食鮮。(《宛陵先生集》卷一二)

【路傍曲】 冷飯雜沙礫,短褐蒙霜露。黄葉滿山郵,行人跨驢去。(《劍南詩藁》卷三二)

【初春雜興・又】 問途來野店,秣蹇憩山郵。何處無詩思,平生慣旅愁。翩翩下鷗鷺,點點散羊牛。傳入王孫畫,千金未易酬。(《劍南詩藁》卷五〇)

山鋪

(宋神宗元豐三年十一月)丙申,知代州劉昌祚言:“瓶形寨地有北人,欲取直路趨團山鋪往來。臣已諭本寨使臣回答,不可更令希覬侵越。”(《續資治通鑑長編》卷三一〇)

横山鋪。州南九里,取江南鋪十五里。舊有馬遞兵士三人。元豐六年,獨不置急脚。大觀元年,增步遞三人、急遞二人。政和元年,罷步遞三人。後額管二十四人。今除供申節級外,鋪兵三(二)十五人。(《淳熙三山志》卷五)

方墟鋪、石頭堽鋪、烏山鋪、齊家店鋪、南亭堽鋪、南十里鋪、蒲塘鋪、三角子鋪、孔家堽鋪、土山鋪、羅家林鋪、戴公堽鋪、漆橋鋪、朱家店鋪、湯師娘鋪、松兒堽鋪。以上十六鋪,屬溧水縣。(《景定建康志》卷一六)

【過鐵山鋪寄交代吴龍圖】 暫留山驛又晨興,西望旌麾想舊朋。三院華簪曾對直,兩川兵印復交承。年光頭鬢華如雪,世態心情冷似冰。境上憑詩馳遠意,青泥寒曉入雲登。(《清獻集》卷四)

【鄭山鋪用實之韻】 一溪清淺抱山根,山霧溪烟白晝昏。負郭可能無五斗,肩輿何事走空村。(《知稼翁集》卷上)

原驛

姚燧,字端甫……至元七年……自太原驛致館下,燧年三十八,始爲秦王府文學。(《元史》卷一七四《姚燧傳》)

松門嶺,《冀州圖》云:"松門嶺在襄垣北一百三十里,道通太原驛路。"(《太平寰宇記》卷四五潞州襄垣縣)

【過鱗原驛】 晨餐纔了又遄征,驛榜鱗原以地名。山頂寒多雪花重,溪灣流淺玉沙明。田疇有穫良農喜,社鼓無聲暴客平。奉詔非材幸無事,行中時得肆吟情。(《錢塘集》卷六)

磵館

【奉使西還早發小磵館寄盧滁州邁】 野棠花覆地,山館夜來陰。馬蹟穿雲去,雞聲出澗深。清風時偃草,久旱或爲霖。試與惸嫠話,猶堅借寇

心。(《全唐詩》卷二七一竇常)

前館

興元元年,朱泚亂長安,有閻敬立,爲段秀實告密使,潛途出鳳翔山,夜欲抵太平館。其館移十里,舊館無人已久。敬立誤入之,但訝萊蕪鯁澀……(知館官劉)俶處分知遠,取西槽馬,送大使至前館,兼令道奴被東槽馬……可二里,俶即却迴執別,異於常館官。別後數里,敬立覺所借馬有人糞之穢,俄而漸盛。乃换己馬,被馱而行。四五里,東方似明,前館方有吏迎拜。敬立驚曰:"吾纔發館耳。"曰:"前館無人,大使何以宿?"大訝。及問所送僕馬,俱已不見,其所馱輜重,已却迴百餘步,置路側。至前館,館吏曰:"昔有前官鳳州河池縣尉劉少府殯宫,在彼館後園,久已頹毁。"敬立却迴驗之,廢館更無物,唯牆後有古殯宫,東廠前有搭鞍木馬,西側中有高脚木馬,門前廢堠子二。(《太平廣記》卷三三九引《博異記》)

【金鄉張氏重修園亭記】 濟爲州治,鉅野下土,草木不殖。其西北無山,東南五十里乃有山,而金鄉其東南邑故緡城地,云嘗鑿山得金,因爲金山縣……元符中余南歸,始自鉅野遷此邑,並嶺行溝上,秋稼離離,起雉驚馬前館無遺址,桃李不復在,獨兩老檜離立穀壠間,風雨摧剥,蒼皮白枝。(《雞肋集》卷三〇)

【送安都秀才北還】 年少工文客,言離却解顔。不嗟荆寶退,能喜綵衣還。新月來前館,高陽出故關。相思東北望,燕趙隔青山。(《全唐詩》卷二三七錢起)

前驛

唐相國劉公瞻,其先人諱景,本連州人。少爲漢南鄭司徒掌箋劄,因題商山驛側泉石。滎陽奇之,勉以進修,俾前驛换麻衣,執贄之(禮)。後致解薦,擢進士第,歷臺省。(《北夢瑣言》卷三《河中錢劉相瞻》)

僖宗幸蜀年,有進士李茵,襄州人。奔竄南山民家,見一宫娥,自云宫中侍書家雲芳子,有才思。與李同行詣蜀,具述宫中之事,兼曾有詩書紅葉上,流出御溝中,即此姬也。行及綿州,逢内官田大夫識之,乃曰:"書家何得在此?"逼令上馬,與之前去。李甚怏悵,無可奈何。宫娥與李情愛至深,至前驛,自縊而死,其魂追及李生,具道憶戀之意。追數年,李茵病瘠,有道士言其面有邪氣,雲芳子自陳人鬼殊途,告辭而去。聞於劉山甫。(《北夢瑣言》卷九《雲芳子魂事李茵》)

大曆初,韋行式爲西川採訪使,有姪曰子威,年及弱冠,聰敏温克。常耽翫道書,或神仙修煉之術。有步卒丁約者,執役於部下,周旋勤恪,未嘗少惰,子威頗私之。一日,辭氣慘慄,云欲他適……又謂曰:"郎君道情深厚,不欺闇室,終當棄俗,尚隔兩塵。"子威曰:"何謂兩塵?"對曰:"儒謂之世,釋謂之劫,道謂之塵。善堅此,亦復遐壽。後五十年近京相遇,此際無相訝也。"言訖而出。子威驚愕,亟命追之,已不及矣……時元和十三年也。將還京師,夕於驪山旅舍,聞通衢甚譁,詢其由,曰:"劉悟執逆帥李師道下將至闕下。"步出視之,則兵仗叢衛,桎梏纍纍,其中一人,乃丁約也。反接雙臂,長驅而西,齒髮强壯,無異昔日。子威大奇之,百千人中驚認之際,丁則已見矣,微笑,遥謂子威曰:"尚記臨卭别否?一瞬五十載矣!幸且相送至前驛。"須臾,到滋水,則散縶於郵舍,壁間開一竅以給食物。(《唐闕史》卷上《丁約劍解》)

今嘉議大夫、吏部尚書致仕許昌馮公,名夢弼,字士啓。其始仕,由八番雲南宣慰司吏繼辟掾湖廣省。士啓嘗言其在八番時,乘驛出向某所。最後至一驛,驛吏語以"今夕晚矣,且馬絆出在江上,不若勿行"。士啓漫不省,即選馬亟行。行未三四十里,忽烏剌赤者急下馬拜跪伏,其言侏離,莫能曉,而其意則甚哀窘。士啓問之,摇手,意謂且死矣。於是士啓亦下馬,禱之曰:"某萬里遠客,從吏遠方,使有禄命,固不死。無之,敢逃死。"時月微明,睹一物如小屋大,竟滚入江水,腥風臭浪襲人。行數里許,乃問烏剌赤。烏剌赤曰:"是之謂馬絆。"問馬絆何物,摇手不敢對。三更後至前驛,驛吏出迎,錯愕曰:"是何大膽,敢越馬絆來乎?"士啓問馬絆,驛吏乃言:"此馬黄精也,遇之者輒爲其所啖。"(《遂昌雜録》)

張某唐天寶中爲御史判官，奉使淮南推覆。將渡淮，有黄衫人，自後奔走來渡，謂有急事，特駐舟。洎至，乃云："附載渡淮耳。"御船者欲毆擊之，兼責讓："何以欲濟而輒停留判官？"某云："無擊。"反責所由云："載一百姓渡淮，亦何苦也！"親以餘食哺之。其人甚愧恧。既濟，與某分路，須臾至前驛，已在門所。(《太平廣記》卷一一二引《廣異記》)

平陰北把關，南禦並山濱濟，空闊百里無人居，地勢險阨，用兵者先據此爲勝。迄今天陰日暮，鬼怪往往而出。長慶三年春，平盧節度使薛苹遣衙門將劉惟清使於東平，途出於此。時日已落，忽於野次遥見幕幄營伍，旌旗人馬甚衆，煙火極遠。惟清少在戎旅，計其部分可五六萬人也。惟清不知，甚駭之。俄有輜重鼓角，部隊紛紜，或歌或語，諠然競進。惟清乃緩轡出於其中。忽有衣縗者徒行，叩惟清，將奪馬。惟清與之力争，因躍馬絶道，而縗者執之愈急。惟清有膂力，以所執鐵鞭連箠其背，縗者不甚拒，良久捨去。惟清復路，則向之軍旅已過矣。夜闌，方及前驛。會同列將渾釗自滑使還，亦館於此。聞惟清至，迎之，則惟清冥然無所知，衆扶持環視，久之乃寤，遂話此事。(《太平廣記》卷三四六引《異聞録》)

【隨計】 徒步隨計吏，辛勤鬢易凋。歸期無定日，鄉思羨迴潮。冒雨投前驛，侵星過斷橋。何堪穆陵路，霜葉更瀟瀟。(《全唐詩》卷七〇一王貞白)

【淝山東歸】 巨區苦行役，今日又東歸。攬轡月盈把，出林霜滿衣。眼看風葉亂，心逐野雲飛。税馬山前驛，長天又落暉。(《金氏文集》卷上)

【馬上睡】 前驛得駕馬，據鞍可天隱。青山隨我行，夢寐亦清省。此樂世所無，蝶化猶未甚。須信忘機者，在在得安穩。(《景迂生集》卷四)

下驛

【白下驛餞唐少府】 下驛窮交日，昌亭旅食年。相知何用早，懷抱即依然。浦樓低晚照，鄉路隔風煙。去去如何道，長安在日邊。(《王子安集》卷三；《全唐詩》卷五六王勃)

【開府儀同三司……李公(光弼)神道碑銘】　公諱光弼,京兆萬年人……(天寶)十四年冬十一月,安禄山反范陽,天下驛騷,朝廷旰食。(《顔魯公集》卷四)

【題四皓廟】　桂香松暖廟門開,獨瀉椒漿奠一杯。秦法欲興鴻已去,漢儲將廢鳳還來。紫芝翳翳多青草,白石蒼蒼半緑苔。山下驛塵南竄路,不知冠蓋幾人回。(《全唐詩》卷五三四許渾)

雲驛

望雲驛。元稹《望雲驛》詩云:"駱駝山下斧刃堆,望秦嶺下堆頭石。五六百里真符縣,四十八盤青山驛。"(《方輿勝覽》卷六八洋州)

【興元新路記】　又高低行五里,行連雲驛。自連雲西平行二十里,上五里嶺路,極盤折,凡行六七里。及嶺上,泥深滅踝……自白雲驛西,並澗皆閣道……又高下行十里,至黄崖,崖南極峻,折上下黄崖六七里,至盤雲驛。西行復並澗行二十里,即背絶小嶺。(《孫可之集》卷四)

【送楊法曹按括州】　東海天台山,南方縉雲驛。溪澄問人隱,巖險煩登陟。潭壑隨星使,軒車繞春色。儻尋琪樹人,爲報長相憶。(《全唐詩》卷一一八孫逖;《方輿勝覽》卷九處州)

【青雲驛】　岧嶤青雲嶺,下有千仞谿。裴回不可上,人倦馬亦嘶。願登青雲路,若望丹霞梯。謂言青雲驛,繡户芙蓉閨。謂言青雲騎,玉勒黄金蹄。謂言青雲具,瑚璉雜象犀。謂言青雲吏,的的顔如珪。懷此青雲望,安能復久稽。攀援信不易,風雨正凄凄。已怪杜鵑鳥,先來山下啼。纔及青雲驛,忽遇蓬蒿妻。延我開蓽户,鑿竇宛如圭。逡巡吏來謁,頭白顔色黧。(《全唐詩》卷三九七元稹)

【酬翰林白學士代書一百韻并序】此後江陵時作。　昔歲俱充賦,同年遇有司。八人稱迥拔,兩郡濫相知。同年八人,樂天拔萃登科,予平判入等……再令陪憲禁,依舊履阽危。使蜀常綿遠,分臺更嶮巇。匿奸勞發掘,破黨惡持疑。斧刃迎皆碎,盤牙老未萎。乍能還帝笏,詎忍折吾支。虎尾元來險,圭文却類疵。浮榮齊壤芥,閒氣詠江蘺。闕下殷勤拜,樽前嘯傲辭。飄沈委蓬梗,忠信敵蠻夷。戲誚青雲驛,譏題皓髮祠。予途中作《青雲驛》詩,病其雲泥一致。作《四皓廟》詩,譏其出處不常。(《全唐詩》卷四〇五元稹)

【路中問程知欲達青雲驛】 行愁驛路問來人,西去經過願一聞。落日回鞭相指點,前程從此是青雲。(《全唐詩》卷五一八雍陶)

【次青雲驛】 馬轉櫟林山鳥飛,商溪流水背殘暉。行人幾在青雲路,底事風塵猶滿衣。(《全唐詩》卷七七一蔣吉)

雲館

靖康二年正月一日辛卯朔,上朝賀太上皇於延福宫……舊制:正旦日朝會,車駕坐大慶殿,諸國使人入賀……朝賀大遼使人在都亭驛,高麗在梁門外安州巷同文館,回紇、于闐在禮賓院,諸番國在瞻雲館、懷遠驛。唯大遼、高麗就館賜晏。(《三朝北盟會編》卷七四)

披雲館。在蘭溪縣治西,宋紹興中建。(《明一統志》卷四二金華府)

【題青雲館】 虯蟠千仞劇羊腸,天府由來百二强。四皓有芝輕漢祖,張儀無地與懷王。雲連帳影蘿陰合,枕遶泉聲客夢凉。深處會容高尚者,水苗三頃百株桑。(《全唐詩》卷五二三杜牧)

【雪中懷水雲館】 六出花頭萬叠波,水雲館前不肯過。玉鸞素面如相語,人間清興今如何。(《景迂生集》卷五)

【和戴禹功水雲館留題】 兵火間關我爾同,相逢聊喜話匆匆。山長不礙飛雲去,江漲應從遠水通。白鷺晚潮初浸脚,雨花遺址正横空。臨風遐想成惆悵,千古興亡一局終。(《相山集》卷一二)

霧驛

白霧驛。在溆浦縣。宋陶弼詩:"一曲青溪一曲山,鳥飛魚躍白雲間。溪山豈要行人到,自是行人到此間。"又云:"草市人朝醉,畬田火夜明。隴江入地瀉,棧道出雲行。"(《明一統志》卷六五辰州府)

嶺驛

朱珍,徐州豐縣雍鳳里人也……(唐僖宗光啓元年,署諸軍都指揮使。始爲上將,太祖令珍募兵至乾封,)與淄人戰於白草口,敗之。青人以步騎二萬,列三寨於金嶺驛,珍與戰,連破之,殲其師,盡獲軍器戎馬。(《舊五代史》卷一九《朱珍傳》;《册府元龜》卷三四六)

(大中三年,於)斜谷路創置驛五所:平州驛一所、連雲驛一所、松嶺驛一所……(《唐會要》卷八六)

【盤陀嶺驛樓】 嵩少心期杳莫攀,好山聊復一開顔。明朝便是南荒路,更上層樓望故關。(《全唐詩》卷四七五李德裕)

【大石嶺驛梅花】已卯十一月十三日。 仙中姑射接瑶姬,成陣清香擁路岐。半出驛牆誰畫得,雪英相倚兩三枝。(《全唐詩》卷七六五王周)

【興元新路記】 又十里,至松嶺驛,逆旅三户,馬始食茅。自松嶺平行三里,逾二橋,登八里坂,甚峻。下坂行十里,平如九衢。(《孫可之集》卷四)

【宿温嶺】 昨朝初泛臨海舟,今暮已登温嶺驛。秋風閣雨波不揚,風伯江神俱有力。(《清獻集》卷五)

【宿南嶺驛】

蕨手猶拳已箸長,菊苗初甲可羹嘗。山村富貴無人享,一路春風野菜香。

茅花似雪復如茸，一望平原淺草中。盡日向人揮玉麈，知將何事語春風？（《誠齋集》卷一八）

盤驛

（酈）道元，字善長……雍州刺史蕭寶夤反狀稍露，侍中、城陽王徽素忌道元，因諷朝廷，遣爲關右大使。寶夤慮道元圖己，遣其行臺郎中郭子帙，圍道元於陰盤驛亭。亭在岡上，常食岡下之井。既被圍，穿井十餘丈，不得水。水盡力屈，賊遂踰牆而入。道元與其弟道闞、二子俱被害，道元瞋目叱賊，厲聲而死。（《北史》卷二七《酈道元傳》）

蛇盤驛。曾極詩："枳籬茅屋半雕殘，列肆屠羊客卸鞍。霸氣銷沉形勝歇，龍盤何事作蛇盤。"（《方輿勝覽》卷一四建康府）

七盤嶺，在褒城縣治北。唐沈雲卿詩："獨遊千里外，高卧七盤西……"（《明一統志》卷三四漢中府）

車盤驛。在鉛山縣旌孝鄉，去縣治南六十里。（《江西通志》卷三五）

【陰盤驛送賀監歸越】 鏡湖流水春始波，狂客歸舟逸興多。山陰道士如相見，應寫黄庭取白鵝。（《敦煌詩集殘卷輯考》卷上李白）

【夜宿七盤嶺】 獨遊千里外，高卧七盤西。山月臨窗近，河天（天河）入户低。芳春平仲緑，清夜子規啼。浮客空留聽，褒城聞曙鷄。（《文苑英華》卷二八九沈佺期）

回驛

（前蜀咸康元年，王衍一行出游。）至青城，住旬日，設醮祈福。太妃、太后謁建，鑄像，及丈人觀、玄都觀、金華宫、（丹）景山、至德寺，各有唱和詩刻

於石。次至彭州陽平化，漢州三學山夜看聖燈，亦各賦詩。回至天回驛，又各賦詩。(《蜀檮杌》卷上)

張延賞相公累代台鉉，每宴賓客，選子聟，莫有入意者。其妻苗氏……特選韋臯秀才……張公稍悔之，至不齒禮……後權隴右軍事。會德宗行幸奉天，在西面之功，韋獨居其上也，聖駕旋復之日，自金吾持節西川，替妻父清河公。乃改易姓名，以韋作韓，以臯作翱，(人)莫敢言之也。至天回驛，去府城三十里，上皇發駕日以爲名。有人特報相公，曰："替相公者，金吾韋臯將軍，非韓翱也。"(《雲溪友議》卷中《苗夫人》)

前蜀徐公耕二女，美而奇艷……長曰翊聖太妃，生彭王。次曰順聖太后，生後主……姊妹以巡遊勝境爲名，恣風月煙花之性……順聖又題天迴驛云："周遊靈境散幽情，千里江山暫得行。所恨煙光看未足，却驅金翠入龜城。"翊聖繼曰："翠驛紅亭近玉京，夢魂猶自在青城。比來出看江山境，盡被江山看出行。"(《鑒誡録》卷五《徐后事》)

曲驛

雲南城，天寶中閣羅鳳所規置也……東第二程，有欠舍川、大都部落。第三程，至石鼓驛，舊化川也。第四程，至曲驛，有大覽賧、小覽賧，漢舊覽州也。(《蠻書》卷六)

盆驛

【路次覆盆驛】 曾上青泥蜀道難，架空成路入雲寒。如何却向巴東去，三十六盤天外盤。(《全唐詩》卷七六五王周)

泥驛

(唐文宗大和九年九月)癸亥，令内養齊抱真將杖於清泥驛，決殺前襄州監軍陳弘志，以有弒逆之罪也。(《舊唐書》卷一七下《文宗紀下》)

中官陳弘慶者,自元和末負弑逆之名,忠義之士無不扼腕。時爲襄陽監軍,乃召自漢南,至青泥驛,遣人封杖决殺。(《舊唐書》卷一六九《李訓傳》)

大理卿馬曙任代北水(陸)運使。代北出犀甲,曙罷職,以一二十領自隨。故事,人臣家不得蓄兵器。曙既在朝,乃瘞而藏之。一日,奴有犯罪者,曙笞之,即告於御史臺,稱曙蓄兵器,有異謀。命吏發曙私第,得甲不虚,坐貶邵州刺史。諫官上論,以奴訴郎主,在法不治,上命杖殺曙奴於青泥驛,曙再貶嶺外。(上奏,)人臣無不感悦。(《東觀奏記》卷中)

青泥驛,在縣郭下。藍田驛,在縣西北二十五里。韓公堆驛,在縣南二十五里。作桓公驛者非。(《長安志》卷一六藍田縣)

【同洛陽諸公餞盧起居】 蕭條寒日晏,悽慘别魂驚。寶瑟無聲怨,金囊故贈輕。赤墀方載筆,油幕尚言兵。暮宿青泥驛,煩君淚滿纓。(《全唐詩》卷三一六武元衡)

塘驛

辛讜,故太原尹雲京之孫……咸通十年,龐勛亂徐泗。時杜慆守泗州,賊以郡當江淮要害,極力攻之。時兩淮郡縣皆陷,慆守臨淮久之,援軍雖集,賊未解圍。時讜寓居廣陵,乃仗劍挐小艇趨泗口……穿賊壘至洪源驛,見監軍郭厚本,論泗州危急,且宜速救。厚本然之……選勇士三百,隨讜入泗州。夜半斬賊柵,大呼,由水門而入,賊軍大駭。既知援兵入,賊乃退舍,人心遂固。浙西觀察使杜審權遣大將翟行約率軍三千赴援,屯蓮塘驛。(《舊唐書》卷一八七下《辛讜傳》;《册府元龜》卷四三〇)

官塘驛,在溧水縣東南二十五里。坊墟驛,在溧水縣北三十五里……莆塘驛,在溧水縣南二十五里。白馬驛,在溧水縣東南四十里。延賓驛,在溧水縣西四十七里。青陽驛,在句容縣東二十里。竹里驛,在句容縣北六十里。雲亭驛,在句容縣。(《景定建康志》卷一六)

（溧陽州館驛：）官塘驛。在溧水州東南二十五里。

蒲塘驛。在溧水州南二十五里。（《至大金陵新志》卷四下）

德安縣署，漢爲歷陵縣。唐貞觀八年，改爲蒲塘驛。楊吴順義七年，始爲德安縣治。（《江西通志》卷二〇）

古潯陽驛，在郡治。右宋淳祐間置，今改爲税課司署。蒲塘驛，唐武德八年置。貞元中，改爲蒲塘埸。咸通五年，刺史李彰復置。楊吴時，改爲德安縣，移埸於縣之東北里許。宋仍爲驛。淳祐間縣令趙緦有《蒲塘驛碑文》，即今所稱驛頭是也。（《江西通志》卷三五）

【寒食江州滿（蒲）塘驛】　去年上巳洛橋邊，今年寒食廬山曲。遥憐鞏樹花應滿，復見吴洲草新緑。吴洲春草蘭杜芳，感物思歸懷故鄉。驛騎明朝宿何處，猿聲今夜斷君腸。（《全唐詩》卷五一宋之問）

【發蒲塘驛沿路見泉谷邨墅忽想京師舊居追懷昔年】　青山導騎遶，春風行旆舒。均徭視屬城，問疾躬里閭。煙水依泉谷，川陸散樵漁。忽念故園日，復憶驪山居。荏苒斑鬢及，夢寢婚宦初。不覺平生事，咄嗟二紀餘。存歿闊已永，悲多歡自疏。高秩非爲美，闌干淚盈裾。（《韋刺史詩集》卷六；《全唐詩》卷一九一韋應物）

【自蒲塘驛迴駕經歷山水】　館宿風雨滯，始晴行蓋轉。潯陽山水多，草木俱紛衍。崎嶇緣碧澗，蒼翠踐苔蘚。高樹夾潺湲，崩石横陰巘。野杏依寒拆，餘雲冒嵐淺。性愜形豈勞，境殊路遺緬。憶昔終南下，佳遊亦屢展。時禽下流暮，紛思何由遣。（《韋刺史詩集》卷六；《全唐詩》卷一九一韋應物）

【蓮塘驛】在盱眙界。　五月渡淮水，南行遶山陂。江村遠雞應，竹裏聞繰絲。楚女肌髮美，蓮塘煙露滋。菱花覆碧渚，黄鳥雙飛時。渺渺泝洄遠，憑風託微詞。斜光動流睇，此意難自持。女歌本輕豔，客行多怨思。女蘿蒙幽蔓，擬上青桐枝。（《全唐詩》卷二八二李益）

【蓮塘驛】 蓮塘館東初日明,蓮塘館西行人行。隔林啼鳥似相應,當路好花疑有情。一夢不須追往事,數杯猶可慰勞生。莫言來去只如此,君看鬢邊霜幾莖。(《全唐詩》卷六六二羅隱)

【次浮塘驛見張施州小詩】知命。 歎息施州成老醜,當年玉雪瑩相照。舊時去天一尺五,今日萬里聽猿叫。(《山谷集》卷五)

【憩榏塘驛】

夾路黄茅與樹齊,人行苑裏似山鷄。長松不與遮西日,却送清陰過隔溪。

松鳴竹嘯響千崖,爲底炎蒸吹不開。自是笋輿趨北去,薰風不是不南來。(《誠齋集》卷一六)

塘館

謝塘,在縣西四里,晉太守謝安開。唐大曆間,刺史裴清於州西起謝塘館。(《太平寰宇記》卷九四湖州烏程縣)

濠州西有高塘館,附近淮水。御史閻敬愛(受)宿此館,題詩曰:"借問襄王安在哉,山川此地勝陽臺。今朝寓宿高塘館,神女何曾入夢來。"軺軒來往,莫不吟諷,以爲警絶。有李和風者至此,又題詩曰:"高唐不是這高塘,淮畔江南各一方。若向此中求薦枕,参差笑殺楚襄王。"讀者莫不解顔。後因失印,求新鑄,始添"濠"字。(《南部新書》庚卷)

泉驛

(後梁太祖開平三年)十二月乙丑,臘,較獵於甘泉驛。以蒲州肇迹之地,且因經略鄜延,於是巡幸數月。(《舊五代史》卷五《太祖紀五》)

飛泉驛。有渡。熙寧七年置。過官井洋百八十里,達長溪、鹽田。元祐八年移置焦門頬。紹興三十年,以風海險惡,禁渡。驛今佃爲民居,陸行出寧德縣。(《淳熙三山

志》卷五)

由祥雲八里,至月輪庵。月輪之旁,有靈泉庵。由靈泉七里,至報國庵。由報國一里,東南由官道,過甘泉驛,又五里,至崇聖禪院。(《廬山記》卷二)

甘泉水,《九江圖經》曰:"甘泉水,在縣南甘泉驛之南。其水味甘,飲訖猶有餘香,因以名焉。"(《太平御覽》卷六五)

(唐肅宗上元二年三月,史)思明至陜州,爲官軍所拒,於姜子反(坂),戰不利,退歸永寧。(使朝義)築三角城,約一日内畢……是夕,思明居驛,朝義在店中。思明令心腹曹將軍總中軍兵嚴衛。朝義將駱悦并許驥男季常等言:"主上欲害王,悦與王死無日矣!"因言:"廢興之事,古來有之,欲唤取曹將軍,舉大事,可乎?"朝義迴面不應……悦遂令心腹手擒思明赴柳泉驛,曰:"事已成矣。"朝義曰:"莫驚聖人否? 莫損聖人否?"悦曰:"無。"時周贄、許冀統後軍在福昌,朝義令許季常往告之。贄聞,驚欲仰倒。朝義領兵迴,贄等來迎,因殺贄。思明至柳泉驛,縊殺之。朝義便僭僞位。寶應二年,爲李懷(光)所擒,梟首,送闕下。(《太平御覽》卷一一二引《唐書》)

(隴西李全質,大和初)爲天平軍裨將,兼監察……開成初,銜命入關,迴宿壽安縣。夜未央而情迫,時復昏晦,不得已而出逆旅。三數里而大雨,回亦不可。須臾,馬旁見一人,全質詰之:"誰歟?"對曰"郵牒者。"更於馬前行,寸步不可睹。其人每以其前路物導之。或曰樹,或曰樁,或曰險,或曰培塿,或曰窮(溝),全質皆得免咎。久而至三泉驛,憩焉。纔下馬,訪郵牒者,欲酬之,已不見矣。問從者形狀衣服,固紫衣而首戴笠,復非横門之人歟。會昌壬戌歲,濟陰大水,谷神子與全質同舟,訝全質何懼水之甚,詢其由,全質乃語此。(《太平廣記》卷三四八引《傳異記》)

【題醴泉驛二首**】**

遠役三纔二,憂端萬有斯。君恩知欲報,子難痛何追。我馬方瘏矣,秋陽更暴之。願言行役者,當暑戒驅馳。

路遥須到日,官滿有歸時。一點終身痛,中途孺子悲。老難堪此境,咎

必有其基。扶憊隨緣去,空餘淚雨垂。(《可齋雜稿》卷二六)

【古泉驛】於陵仲子宅也。　昔聞陳仲子,守義辭三公。身賃妻織屨,樂亦在其中。豈無窮賤苦,羞與傾巧同。長白臨河上,於陵入濟東。我行弔遺迹,感歎古泉空。(《全唐詩》卷八六張說)

【通泉驛南去通泉縣十五里山水作】　溪行衣自溼,亭午氣始散。冬温蚊蚋在,人遠鳬鴨亂。登頓生曾陰,欹傾出高岸。驛樓衰柳側,縣郭輕煙畔。一川何綺麗,盡目窮壯觀。山色遠寂寞,江光夕滋漫。傷時愧孔父,去國同王粲。我生苦飄零,所歷有嗟歎。(《全唐詩》卷二二〇杜甫)

【赴渭北宿石泉驛南望黄堆烽】　邊城已在虜城中,烽火南飛入漢宫。漢庭議事先黄老,麟閣何人定戰功。(《全唐詩》卷二八三李益)

【寒食行次冷泉驛】　驛途仍近節,旅宿倍思家。獨夜三更月,空庭一樹花。介山當驛秀,汾水遶關斜。自怯春寒苦,那堪禁火賒。(《全唐詩》卷五四〇李商隱)

【宿懸泉驛】　曉行瀝水樓,暮到懸泉驛。林月值雲遮,山燈照愁寂。(《唐賈浪仙長江集》卷一;《全唐詩》卷五七一賈島)

【宿湯泉驛】　炎方到處水如湯,地脉深疑有臭黄。猶勝驪山污艷質,漁陽簇馬鑒興亡。(《芸庵類藁》卷五)

【上巳小飲追憶乾道中嘗以是日病酒留三泉江月亭悽然有感】　零落殘花一兩枝,緑陰庭院燕差池。隔牆笑語鞦韆散,惆悵三泉驛裹時。元微之詩:"三泉驛内逢上巳"。(《劍南詩藁》卷二九)

岡驛

(英州)西至連州陽山縣界一百七十里,南至,缺。北至韶州銀岡驛八十

五里。(《太平寰宇記》卷一六〇英州)

錦岡驛。在星子縣東一里錦岡嶺,宋置。明初改置匡廬驛,在縣南。後廢。(《大清一統志》卷二四三南康府)

錦岡嶺,在府城東一里,宋設錦岡驛於上,今建山川壇。(《江西通志》卷一二南康府)

【武岡驛】 行路蕭條傷客心,黄雲不動衹陰陰。天寒獨鶴飛平澤,日暮慈鴉歸故林。鱗翼不將一字至,雪霜莫怪二毛侵。擁爐更飲鍾陵酒,抱膝漫爲梁甫吟。天陰不雨者二十日矣。(《鄱陽集》卷五)

【武岡驛】 破屋山間驛,窮閻溪上村。雲山能近郭,池水故當門。氣象生詩筆,波瀾動酒尊。夜長歸夢遠,憑爾與招魂。(《鄱陽集》卷九)

崗驛

福州府閩縣三山驛七十里閩縣大田驛,五十五里福清縣宏路驛……七十里漳浦縣雲霄驛,八十里詔安縣南詔驛,四十里廣東饒平縣南崗驛。(《大清會典則例》卷一二一)

【題潮州黄崗驛】 旱作顛風日日吹,冬來渾似麥秋時。土人尚畏生炎瘴,北客聞時淚可知。(《松隱集》卷一九)

坡驛

明皇至馬嵬坡驛,令高力士瘞貴妃於梨樹下。店媪拾得錦靿一隻,過客借一觀玩,必須百錢。媪由此遂致富。(《紺珠集》卷三引《國史補》)

【津陽門詩】 津陽門北臨通逵,雪風獵獵飄酒旗。……宫中親呼高驃騎,潛令改葬楊真妃。花膚雪艷不復見,空有香囊和淚滋。時肅宗詔令改葬太真。高力士知其所瘞，在嵬坡驛西北十餘步。當時乘輿匆遽，無復備周身之具，且以紫縟而窆之。及改葬之時，皆已朽壞，惟有胸前紫繡香囊中，尚得冰麝香。時（持）以進上皇，上皇泣而佩之。（《唐詩紀事》卷六二鄭嵎）

坡館

有中官行，宿於官坡館。脱絳裳，覆錦衣，燈下寢。忽見一童子，捧一樽酒，衝扉而入。續有三人至焉，皆古衣冠，相謂云："崔常侍來何遲?"俄復有一人續至，悽悽然有離别之意，蓋崔常侍也。及至擧酒，賦詩聯句，末即崔常侍之詞也。中官將起，四人相顧，哀嘯而去，如風雨之聲。及視其户，扃閉如舊，但見酒樽及詩在。中官異之。旦，館吏云："里人有會者，失其酒樽。"中官出示之，乃里人所失者。聯句歌曰："牀頭錦衾斑復斑，架上朱衣殷復殷，空庭朗月閑復閑，夜長路遠山復山。"（《太平廣記》卷三三〇引《靈怪集》）

峰驛

銀峰驛。在德興縣西南四十里。又建節驛，在縣西南永泰村，俱宋置，元廢。（《大清一統志》卷二四一饒州府）

（黄巖縣館驛：）白峰驛，在縣南四十五里，今廢。（《嘉定赤城志》卷三）

【將出關宿層峰驛却寄李諫議】　孤驛在重阻，雲根掩柴扉。數聲暮禽切，萬壑秋意歸。心馳碧泉澗，目斷青瑣闈。明日武關外，夢魂勞遠飛。（《全唐詩》卷五二四杜牧）

【宿古峰驛詩四首】（其一）　崎嶇戴月上層峰，擬借空山一夜風。爽氣襲人衾簟冷，炎天此地即仙宮。（《雲溪集》卷一二）

【樂温道中】　路經新峰驛，薄暮聊解裝。頹垣生秋草，庭廡亦已荒。北風吹空林，岑岑葉隕廊。夜寒不能寐，起坐心彷徨。出看天欲明，疏星淡無光。征夫稍速駕，起拂車上霜。墟中始辨道，迢遞征途長。樹色共空闊，晨光尚蒼茫。雞鳴始知村，漸覺暾朝陽。青煙出林際，滯穗或在場。感兹田舍樂，慨然懷故鄉。黄金百鎰盡，失路徒悲傷。（《嵩山集》卷六）

【古峰驛小飲】　老去最惜别，同僚情更鍾。三杯古峰驛，添我别情濃。（《梅溪集》後集卷一五）

峰館

【三月二十四日宿曾(層)峰館夜對桐花寄樂天】　微月照桐花，月微花漠漠。怨澹不勝情，低回拂簾幕。葉新陰影細，露重枝條弱。夜久春恨多，風清暗香薄。是夕遠思君，思君瘦如削。但感事睽違，非言官好惡。奏書金鑾殿，步屧青龍閣。我在山館中，滿地桐花落。（《全唐詩》卷四〇一元稹）

【桐孫詩并序】此後元和十年詔召入京，及通州司馬以後詩。　元和五年，予貶掾江陵。三月二十四日，宿曾峰館。山月曉時，見桐花滿地，因有八韻寄白翰林詩。當時草蹙，未暇紀題。及今六年，詔許西歸。去時桐樹上孫枝已拱矣。予亦白鬚兩莖，而蒼然斑鬢。感念前事，因題舊詩，仍賦《桐孫詩》一絶，又不知幾何年復來商山道中。元和十年正月題。　去日桐花半桐葉，别來桐樹老桐孫。城中過盡無窮事，白髮滿頭歸故園。（《全唐詩》卷四一四元稹）

霄驛

（漳浦縣）雲霄驛，上至臨漳驛八十里，下至南詔驛九十里。留設贍夫五十名、走遞公文等夫四名、兜夫十五名。（《福建通志》卷一六）

《唐明皇丹霄驛詩刻》。“驛前南面架危橋，久欲登臨畏路遥。今日偶然尋得到，直從平地上丹霄。”此明皇《丹霄驛》詩也。（《輿地碑記目》卷三《昭州碑記》）

丘驛

文同，字與可，梓州梓潼人，漢文翁之後……元豐初，知湖州。明年，至

陳州宛丘驛,忽留不行,沐浴衣冠,正坐而卒。(《宋史》卷四四三《文同傳》)

(宋孝宗乾道九年正月)十二日,早飯舍利寺,宿龍游縣龍丘驛。未至,有長橋,工料嚴飭,他處所未見,前令陶定所作。自登陸來,所至山有殘雪,村落無處無梅。客行匆匆,自無緣領略,可嘆也。(《驂鸞録》)

丹邱驛,在州東南一里。舊傳葛元鍊丹於此,故名。乾道九年火。今爲民居。按孫綽賦:"仍羽人於丹邱。"丹邱,今寧海有之。(《嘉定赤城志》卷三)

文與可《丹淵集》四十卷。右皇朝文同,字與可,蜀人,進士高第。以文學名,操韻高潔,畫筆尤妙。仕至太常博士、集賢校理。元豐初,出守吴興。至宛丘驛,忽留不行。(一旦)沐浴衣冠,正坐而逝。(《郡齋讀書志》卷一九)

【巴丘驛晚題二首】

水驛聊容借,官曹少逭勞。關門對風雨,策杖看波濤。浩浩心疑壯,悠悠首遽搔。忽來雙白鷺,佇立久江皋。

戰伐求三國,覊縻自五溪。歸飛慕鴻雁。沿戲狎鳧鷖。酒以忘憂酌,詩因訪古題。是身真老矣,南北更東西。(《淳熙稿》卷八)

臺驛

(後梁太祖乾化二年)秋七月丁未,大赦。天雄節度使羅周翰幼弱,軍府事皆决於牙内都指揮使潘晏。北面都招討使、宣義節度使楊師厚軍於魏州,久欲圖之,憚太祖威嚴,不敢發。至是,師厚館於銅臺驛,因銅雀臺以名驛,然銅雀臺在鄴,不在魏州。潘晏入謁,執而殺之,引兵入牙城,據位視事。(《資治通鑑》卷二六八)

(宋太宗太平興國四年七月)丙戌,次金臺驛。内供奉官閻承翰馳奏大軍不整,南嚮而潰。上令殿前都虞候崔翰將衛兵千餘人止之。翰請單騎徑往,至則諭以方略,衆遂定。反命,不戮一人,上甚嘉之。承翰,真定人也。(《續資治通鑑長編》卷二〇)

古迹：鈞臺，今有鈞臺驛，夏啓有鈞臺之享，此其地也。(《元豐九域志》卷一)

蒲州蚩尤城鳴條野，禹娶塗山女，思戀本國，築臺以望之，謂之青臺。上有禹祠，下有青臺驛。(《太平御覽》卷一七八引《郡國志》)

李璋嘗令費孝先作卦影，畫雙鳳立於雙劍上，又畫一鳳據廳所，又畫一鳳於城門，又畫一鳳立重屋上，其末畫一人，紫綬，偃卧，四孝服卧於傍。及璋死，其事皆驗。劍上雙鳳者，璋爲鳳寧軍節度使也。廳所者，嘗知鳳翔府。末年謫官郢州，召還，卒於襄州鳳臺驛。襄州有鳳林闕(關)也。初，兩子侍行，璋既病久，復有二子解官省疾，至襄之次日，璋薨，四子縗服之應也。(《東軒筆録》卷一一)

【題江臺驛】一作《江臺驛有題》。　水北金臺路，年年行客稀。近聞天子使，多取雁門歸。(《全唐詩》卷三〇一王建)

【題范陽金臺驛】　六國唯求客，千金遂築臺。若令逢聖代，憔悴郭生回。(《全唐詩》卷三三三楊巨源)

【玉臺驛見晚李花有感】　玉京仙子愛春芳，弄遍瓊枝嗅盡香。祇有此花知舊意，又隨風色過東牆。(《端明集》卷五)

【邢臺驛】信德府驛也，去太行最近。城外有荷塘柳堤，頗清麗，不類河朔。
太行東麓照邢州，萬叠煙螺紫翠浮。誰解登臨管風物，枯荷老柳替人愁。(《范石湖集》卷一二)

台館

天台館，在州南一百三十步，俗名行衙。乾道九年火。淳熙三年，尤守袤重建。嘉定十六年，齊守碩重修。(《嘉定赤城志》卷三)

屯驛

依禮:"五家爲鄰,五鄰爲里。"既同邑落,鄰居接續,而被强盗及殺人者,皆須遞告,即救助之。若告而不救助者,杖一百……有盗賊及傷殺者,即告隨近官司、村坊、屯驛。聞告之處,率隨近軍人及夫,從發處追捕。(《唐律疏議》卷二八)

【吴屯驛曉起】 殘月依山明朧腮,長煙浮水白糢胡。竹林繞舍啼鵶臼,石井當窗下轆轤。迎吏遠傳空狀小,僕奴潛報一錢無。騶兵不管晨炊絶,呵叫蓰籠意氣麤。(《端明集》卷五)

壕驛

(汝州)臨汝(縣),先天元年置。貞元八年,以梁縣西界二鄉益之,兼移縣于石壕驛。(《舊唐書》卷三八《地理志一》)

雪驛

白雪驛。在信陽州東。宋鄭文寶自工部謫監郢州京山縣税,過此題詩曰:"得罪前朝出粉閣(闈),五原功業有誰知。年餘放逐無人識,白雪關頭一望時。"(《明一統志》卷三一汝寧府)

【興元新路記】 又高下行十里,至迴雪驛。自迴雪驛南行三里,上下欒坂,極盤折,上下凡十五里,至福溪。(《孫可之集》卷四)

【宿白雪驛】 春酒味濃殊不解,繞廊倚柱獨徘徊。蒼山碧樹共沉寂,明月斷雲相往來。細雨忽飄溪外去,好風却傍竹間回。朝來已有西歸燕,爲問庭花幾日開。(《鄖溪集》卷二七)

目驛

(開州)東至夔州雲安縣龍目驛一百九十里,從驛路至夔州二百二十里。(《太平寰宇記》卷一三七開州)

游賢驛,在都昌縣西七十里桃源鄉。土目驛,在都昌縣北九十里。(《江西通志》卷三五)

馬驛

(唐哀帝天祐二年六月,裴)樞等七人已至滑州,皆併命於白馬驛,(朱)全忠令投尸於河。(《舊唐書》卷二〇下《哀帝紀》)

(裴)樞,字紀聖,咸通十二年登進士第……(天祐二年)五月,責授朝散大夫、登州刺史,尋再貶瀧州司户。六月十一日,行及滑州,(朱)全忠遣人殺之於白馬驛,投尸於河,時年六十五。(《舊唐書》卷一一三《裴樞傳》)

(崔)遠,龍紀元年登進士第。大順初,以員外郎知制誥……(天祐)二年,爲柳璨希朱全忠旨,累貶白州長史。行至滑州,被害於白馬驛。遠文才清麗,風神峻整,人皆慕其爲人,當時目爲"釘座梨",言席上之珍也。(《舊唐書》卷一七七《崔遠傳》)

陸扆,字祥文,本名允廸,吴郡人……責授濮州司户,與裴樞、崔遠、獨孤損等,被害於滑州白馬驛,時年五十九。(《舊唐書》卷一七九《陸扆傳》)

(馬政)至和元年詔:"蜀馬送京師,道遠多病瘠。自今以春、秋、冬部送陝西四路總管司。"二年,修陝西蕃馬驛,群牧司每季檄沿路郡縣察視之。(《宋史》卷一九八《兵志一二》)

(唐哀帝天祐二年)六月戊子朔,敕裴樞、獨孤損、崔遠、陸扆、王溥、趙崇、王贊等，並所在賜自盡。時全忠聚樞等，及朝士貶官者三十餘人於白馬驛，白馬驛，在滑州白馬縣。一夕盡殺之，投尸於河。初，李振屢舉進士，竟不中第，故深疾搢紳之士，言於全忠曰："此輩常自謂清流，宜投之黄河，使爲濁流。"全忠笑而從之。(《資治通鑑》卷二六五)

(宋真宗咸平六年六月丁卯，)先是，儋州流人洪湛卒於此州調馬驛，(年四十一)。湛一子偕行，甚幼，州以聞。湛之被罪也，參知政事王欽若亦内自愧，於是白於上。詔給錢二萬，官爲護喪還本貫。因詔命官流竄没於嶺南者，給緡錢，聽歸葬，其親屬州遣吏部送之。(《續資治通鑑長編》卷五五)

唐相國孫公偓，寬裕通簡，不事矯異……後謫居衡山，情抱坦然，不以放逐而懷戚戚。每對客座，而廝僕輩紛詬毆曳，仆於面前。相國凝然，似無所睹……相國曾乘軺至蜀，詣杜光庭先生受籙，乃曰："嘗遇至人，話及時事，每有高棲之約。"爾後雖登台輔，竟出官於南嶽。有詩寄杜先生，其要句云："蜀國信難遇，楚鄉心更愁。我行同范蠡，師舉效浮丘。他日相逢處，多應在十洲。"唐末，朝達罹穀水白馬驛之禍，唯相國獲免焉。(《北夢瑣言》卷四《孫偓相通簡》)

輝王即位，天祐中，朱全忠以舊朝達官尚在班列，將謀篡奪，先俾翦除，凡在周行，次第貶降。舊相裴樞、獨孤損、崔遠、陸扆、王溥，大夫趙崇、王贊等，於滑州白馬驛賜自盡。時宰相臣柳璨性陰狡貪權，惡樞等在己之上，與全忠腹心樞密使蔣玄暉、太常卿張廷范密友交結，而害樞等。俄而廷範轘裂，玄暉與柳璨及弟瑶、瑊，相繼伏誅。(《北夢瑣言》卷一五《謀害衣冠》)

【題白馬驛】　晚麥芒乾風似秋，旅人方作蜀門遊。家林漸隔梁山遠，客路長依漢水流。滿壁存亡俱是夢，百年榮辱盡堪愁。胸中憤氣文難遣，强指豐碑哭武侯。(《全唐詩》卷五四八薛逢)

【訪建陽馬驛僧亞齊】　蕭蕭風雨建陽溪，溪畔維舟訪亞齊。一軸新詩劍潭北，十年舊識華山西。吟魂惜向江村老，空性元知世路迷。應笑乘軺青瑣客，此時無暇聽猿啼。(《全唐詩》卷七〇三翁承贊)

【馮翊行記】 馮翊,漢之左輔郡,後魏置同州。自州之南渡洛河,有白馬驛,水九泉,異出而同歸,州因此得名。(《滏水集》卷六)

【讀韓偓詩並記有感】 韓子司翰苑,實被昭宗知。忠言雖屢貢,顛廈誠難支。謫官旅南土,召復不敢歸。當時白馬驛,從横卿相尸。投之濁流中,至今耆舊悲。(《梁谿集》卷一一)

【久不飲酒春日得家問喜甚與宗之對酌調馬驛中速飲數觥徑醉醉中和東坡醉題四首】(其一) 海嶠無佳釀,經時不入唇。巨觥今一醉,遠問到初春。偶脱長鯨口,來尋仲子鄰。醉中輕萬里,始信濁醪神。(《梁谿集》卷二四)

【入閩録】 (宋孝宗淳熙二年三月)二十五日,早發衢州……二里,入江山縣界,土俗穫稻留稈餘,束爲把藏之。飯甚有味,有以養之故也。自此至建皆然。二里,石龜山。五里,吉溪,溪橋頗長,有馬驛。(《東萊集》卷一五)

【暫節馬驛讀龍溪詩】 博山一穗爇沉熏,寄傲胡牀笑此身。馬隊也知非講肆,聊從開府乞清新。(《香山集》卷一六)

【寶謨閣待制獻簡孫公(逢吉)神道碑】 公諱逢吉,從之其字也……授袁州萍鄉縣……又以餘力代貧民之賦,爲錢四百餘萬。馬驛三在境内,歲有繕修芻藁之擾,事又不集。公既葺其陋,又糴粟以給之,遂有經久之計。(《攻媿集》卷九六)

【點視馬驛因成兩絶】

別駕今晨檢驛亭,道迎羸卒破銅鉦。當年錯做書窗夢,蔽日旌旗出塞兵。

萬里關山過險巇,風廊聊此憩權奇。天開徑上從兹始,想見長鳴振鬣時。(《南湖集》卷七)

唐人尤重進士。其末也，如李振勸朱温，一日，殺司空裴贄（樞）等百餘人於白馬驛，蘇楷進昭宗謚，李山甫教樂從訓害王鐸一家三百口，皆不得志於場屋者爲之。乃至巢寇，亦進士也，科目之弊如此。當時惟羅隱有時聲，屢擯於名場，然逢世亂離，依錢氏以庇身，未嘗失節。五言云："四海霍光第，六龍張奉營。"此必是諸鎮皆封王賜功臣號，及岐、汴劫質天子之時。又云："陪臣無以報，西望不勝情。"又《聞幸蜀》七言云："静憐貴族謀身易，危惜文皇創業難。"猶有惓惓本朝之意，可嘉也。（《後村詩話》卷三）

牛驛

（元世祖中統二年七月）乙酉，以牛驛雨雪，道途泥濘，改立水驛。（《元史》卷四《世祖紀一》）

（元世祖中統三年五月甲子，）自燕至開平，立牛驛，給鈔，市車牛。（《元史》卷五《世祖紀二》）

（唐昭宗天復二年八月辛丑，西川將王宗播）破金牛、黑水、西縣、褒城四寨。武德三年，分利州之綿谷，置金牛縣。寶曆元年，省入興元府西縣。今三泉縣東六十里，有金牛驛。《輿地廣記》：大劍山有小石門，穿山通道，六丈有餘。昔秦欲伐蜀而不知道，乃作五石牛，以金置尾下，言能糞金，欲以遺蜀。蜀王負力而貪，乃令五丁開道引之。秦因使張儀、司馬錯引兵伐蜀，滅之，謂之石牛道。置牛之地，謂之金牛驛。（《資治通鑑》卷二六三）

古迹：金牛驛、百牢關、嶓冢山。（《元豐九域志》卷八政州江油郡）

金牛驛，在大安縣東六十里，見《通典》。（《方輿勝覽》卷六八大安軍）

《禹貢》："華陽黑水惟梁州。岷嶓既藝，沱潛既道，蔡蒙旅平，和夷厎績。"則蜀道與中國通久矣。《蜀主（王）本紀》載：秦惠王謀伐蜀，刻五石牛，置金其後。紿蜀人云能糞金。蜀主信之，發卒千人，使五丁力士開道，致牛于成都。秦因遣張儀等隨石牛以入，遂奪蜀焉。此事尤近誣。蜀人吴師孟醇翁《題金牛驛》辨之以詩云："唱奇騰怪可删修，争奈常情信繆悠。禹貢已書開蜀道，秦人安得糞金牛。萬重山勢隨坤順，一勺天波到海流。自哂據經違世俗，庶幾同志未相尤。"醇翁以通議大夫致仕，享年九十。（《能改齋漫録》卷九《蜀石牛》）

金牛，事載《蜀記》，胡曾詠之，前人多有辨其非者。今沔縣西百里，金牛驛在焉。西十里餘，入所謂五丁峽。峽本天成，斷非人力所能與，實漢水之源。（《儼山外集》卷六）

余居之西背驛道，有地曰金牛驛，意古之郵亭也。驛旁有長沙王墓，遠望如邱阜，故老相傳曰：此漢長沙王墓也。（《獨醒雜志》卷九）

【行至金牛驛寄興元渤海尚書】　樓上春雲水底天，五雲章色破巴箋。諸生個個王恭柳，從事人人庾杲蓮。六曲屏風江雨急，九枝燈檠夜珠圓。深慚走馬金牛路，驟和陳王白玉篇。（《李義山詩集》卷中；《全唐詩》卷五四〇李商隱）

【嶓冢】漢江之源所出，蜀道金牛驛西七里，有嶓冢神祠……經祠前西南，緣山曲折，至興元之西縣。諸山澗相合漸大，而爲漢江。因思頃年泝漢，嘗值風波之險，遂留題一絶。　江漢朝宗入海長，嘗蒙起浪卷輕航。金牛西路經嶓冢，却見微源此濫觴。（《欒全集》卷三）

【金牛驛】　山嶺千重擁蜀門，成都别是一乾坤。五丁不鑿金牛路，秦惠何由得併吞。《蜀記》："昔蜀中無路入秦，秦惠王聞蜀有五丁力士壯勇，乃以鐵作牛五頭，詐稱其牛每日糞金三斗。蜀侯聞之，乃使五丁開山作路，入秦取牛。五丁既入秦，得視之，果知糞金之事爲詐，然其路亦通矣。後五丁死，秦惠王乃遣張儀將兵伐蜀，蜀遂滅。"（《詠史詩》卷上；《全唐詩》卷六四七胡曾）

【金牛驛二首】

秦人虚餌方投釣，蜀國癡魚已上鈎。天與中原通笮馬，人間何處有金牛。

由來仁義行終穩，到了權謀術易窮。才見詐牛收劍外，已聞真鹿走關中。（《眉山詩集》卷一〇）

【夜行】　路長憂炬盡，馬弱畏泥深。腸斷猿啼樹，魂驚鬼嘯林。艱危窮自慣，寒苦老難禁。回首金牛道，加鞭負壯心。頃自小益還南鄭，夜宿金牛驛。時方大寒，人馬俱欲僵仆，今十二年矣。（《劍南詩藁》卷一五）

【雨夜感舊】　雨來猛打窗，燈暗猶照壁。老人耿不寐，撫事悲夙昔。風生桔柏渡，馬病金牛驛。裊枝猿下飲，登樹熊自擲。危巢窺鶻栖，深雪見虎迹。至今清夜夢，猶想嶓山碧。廢棄謝功名，老疾輟行役。賦詩雖不工，聊用慰今夕。（《劍南詩藁》卷三八）

豬驛

岐山，隋縣。武德元年，移治張堡。七年，移治龍尾城。貞觀八年，移治豬驛南，即今治所是，仍省虢縣併入。（《舊唐書》卷三八《地理志一》）

岐山縣。在府城東五十里，古岐周地，漢爲雍縣地。後周割涇州鶉觚縣地，置三龍縣，屬岐州。隋移三龍治岐山南，改爲岐山縣。唐時移治不一，後治豬驛南。五代、宋、金、元，屬鳳翔府。本朝因之，編户二十九里。（《明一統志》卷三四鳳翔府）

羊驛

江津縣，南齊時爲江州縣理……縣西十里有古石羊驛，其地亦名石門。（《蜀中廣記》卷一七）

水，珠江，在城南五羊驛前，石排湧出海中，其平如掌，彷彿海上浮珠。（《廣東通志》卷一〇）

龍驛

【盤龍驛】　聞雞一唱罷，占斗三星没。天高月徘徊，野曠山突兀。暗蛩泣草露，怨亂語還咽。凉螢不復舉，點綴稻花末。惟餘絡緯豪，悲壯殷林樾。小蟲亦何情，孤客心斷絶。魂驚板橋穿，足側石子滑。行路如許難，誰

能不華髮。高城謾回首,叠嶂屹天闕。遥知秋衾夢,千里一飄忽。(《范石湖集》卷七)

(嶲州有清溪關。)自清溪關南經大定城,百一十里至達仕城……又五百四十里,至姚州。又南九十里,至外沴蕩館。又百里,至佉龍驛,與戎州往羊苴咩城路合。貞元十四年,内侍劉希昂使南詔,由此。(《新唐書》卷四二《地理志六》)

鶴驛

白鶴驛。在州東一里,舊白鶴館,明洪武中改爲驛。今裁。(《大清一統志》卷三一〇邛州)

【黄鶴驛寓題】 野雲芳草繞離鞭,敢對青樓倚少年。秋色未催榆塞雁,人心先下洞庭船。高歌酒市非狂者,大嚼屠門亦偶然。車馬同歸莫同恨,古人頭白盡林泉。(《全唐詩》卷六六〇羅隱)

月驛

從(瓊州)海水路至安南諸蕃國。從州西北陸行,至成月驛,兩程至化州吴川縣界。舊從廉渌場陸行至廉州六程,有海涌,共六處水口。(《武經總要》前集卷二〇)

【山月驛聞子規次韻】 春枕夢回孤館悄,世故縈心愁不了。山深夜聞子規啼,殘月滿窗天未曉。(《梁谿集》卷二三)

【琮師送至城月驛戲成兩絶句以答其意】

衲子來叅去不辭,何勞飛錫遠相追。贈師銀布牢收取,便是金襴付囑時。

好住湖巖攝此心,有緣終會有知音。梁谿老去孤峰頂,月白風清難更尋。(《梁谿集》卷二四)

星驛

（北齊文宣帝天保十年，）陽平郡界面（回）星驛傍，有大水，土人常見群羊數百，立卧其中，就視不見。（《北史》卷七《齊本紀》）

【折楊柳】 邊地迷無極，征人去不還。秋容凋翠羽，别淚損紅顔。望斷流星驛，心馳明月關。藁砧何處在，楊柳自堪攀。（《楊盈川集》卷二）

【和張監觀赦】 日御臨雙闕，天街儼百神。雷兹作解氣，歲復建寅春。喜候開星驛，歡聲發市人。金環能作賦，來入管弦聲。（《全唐詩》卷八七張説）

風驛

（雍熙元年四月，王延德等自高昌使還，叙其行程云：）初自夏州歷玉亭鎮，次歷黄羊平……次歷納職城，城在大患鬼魅磧之東南，望玉門關甚近。地無水草，載糧以行。凡三日，至鬼谷口避風驛，用本國法設祭，出詔神禦風，風乃息。（《宋史》卷四九〇《高昌傳》）

（保大十二年）秋七月，契丹使其舅來聘。夜宴清風驛，盗斬契丹使，亡去，捕之不得。或以爲周人也，自是契丹遂不至。（《陸氏南唐書》卷二《元宗本紀》）

山陰縣有仁風驛，在縣北三里。（《嘉泰會稽志》卷四）

仁風驛，在（黄巖）縣北三里，舊名永寧，乾道三年，令周蒙更今名。（《嘉定赤城志》卷三）

宜風驛，舊在萍鄉縣東七十里宣風鎮，宋紹興間，徙於名教里兩村站。今改爲宜風公館。宋阮閲、明王守仁皆有詩。（《江西通志》卷三五）

（衢州府西安縣）和風驛，《西安縣志》："宋紹興中郡守襄陽張公建，廢久。"（《浙江通志》卷八九）

【送賈島及鍾渾】 日日攻詩亦自彊，年年供應在名場。春風驛路歸何處，紫閣山邊是草堂。（《全唐詩》卷四九六姚合）

【蘭皋詩集跋】 余嘗愛竹洲先生之爲偉丈夫也，遊戲翰墨，如戛玉鏗金……嗚呼！其珍毖之竹洲之澤未艾也。咸淳甲戌仲春，華陽宇文十朋龜從父書於觀風驛。（《蘭皋集跋》）

仁驛

張玉，字寶臣，保定人……（仁宗朝）以爲本路同巡檢，從征儂智高。抵歸仁驛，賊列三鋭陣以逆官軍，軍小却。玉率右厢突騎横貫賊壘，賊大潰。（《宋史》卷二九〇《張玉傳》）

安仁驛，舊在分宜縣湖東道署西，明嘉靖間，知縣許從龍遷於東門外，後又移於邑西。崇禎間驛丞裁，遂毁。（《江西通志》卷三五）

【安仁驛】 偶向溪邊洗客塵，數株如玉照青蘋。凄風冷雨分宜縣，賴有梅花管領人。（《後村集》卷五）

義驛

（永元二年冬，）虜又遣將桓道福攻隨郡太守崔士招，破之。後僞咸陽王憘（禧）以恪年少，與氐楊集始、楊靈祐、乞佛馬居及虜大將支虎、李伯尚等十餘人，請會鴻池陂，因恪出北芒獵，襲殺之。憘（禧）猶豫不能發……靈祐疑憘（禧）反己，即馳告恪。憘（禧）聞事敗，欲走渡河，而天雨暗迷道。至孝義驛，恪已得洛城。（《南齊書》卷五七《魏虜傳》）

（宋太祖建隆元年十一月）甲辰，次泗州，捨舟登陸，命諸將鼓行而前。

丁未，至大義(儀)驛。石守信遣使馳奏揚州即破，請上亟臨視。是夕，次其城下，登時攻拔之。(《續資治通鑑長編》卷一)

唐殿中侍醫孫迴璞，濟陰人也。貞觀十三年，從車駕幸九成宫三善谷……後至十七年，璞奉敕驛馳往齊州，療齊王佑(祐)疾。還至洛州東孝義驛，忽見一人來問……既奏事畢，訪(魏)徵已薨。校其薨日，則孝義驛之前日也。(《太平廣記》卷三七七引《冥祥(報)記》)

【揚州建隆寺碑】 我太祖皇帝授禪於周，啓封在宋，朱旗所指，黔首乂安。惟李重進作帥江都，嬰城構逆。時建隆元年九月也。乃命故中書令石公統王師以討之。十有二月，傅於城下。於是建行宫，迎法駕。是月十一日，太祖至大儀驛，距廣陵六十里，夜半而城陷。(《王黄州小畜集》卷一七)

【題舊新明縣孝義驛】 平生職事馬蹄塵，三月鶯花世路新。廢邑尚餘當日市，旌門已忘昔年陳。長江浪拍西山脚，喬木陰回太古春。惟有柳綿情不惡，解將柔遠逐行人。(《跨鰲集》卷六)

【宿仁義驛】 公館蕭條野水邊，山深地僻少人煙。窗風吹夢不成寐，獨擁青綾思悄然。(《忠肅集》卷一一)

義館

(王)鼎，字鼎臣，以進士第，累遷太常博士……性猜忌，其行部，至於藥餌，皆手自扃鐍。至潞州八義館，疾作，不知人事。左右遑遽，發藥奩，悉無題識，莫敢進，以迄於卒。(《宋史》卷三〇〇《王鼎傳》)

唐信義館。王昌齡有詩。(《至大金陵新志》卷四下)

太和處士蕭曠自洛東遊，至孝義館，夜憩於雙美亭。時月朗風清，曠善琴，遂取琴彈之。夜半，調甚苦。俄聞洛水之上有長嘆者，漸相逼，乃一美人。曠因捨琴而揖之曰："彼何人斯？"女曰："洛浦神女也。"(《太平廣記》卷三

一一引《傳記(奇)》)

崔韜,蒲州人也。旅遊滁州,南抵歷陽,曉發滁州……明經擢第,任宣城。時韜妻及男將赴任,與俱行。月餘,復宿仁義館。韜笑曰:"此館乃與子始會之地也。"韜往視井中,獸皮衣宛然如故。韜又笑謂其妻子曰:"往日卿所著之衣猶在。"(《太平廣記》卷四三三引《集異記》)

直驛

愛直驛,在萍鄉縣東三十里,有古樹,亭亭直上,故名。宋置,明裁。(《大清一統志》卷二五二袁州府)

愛直驛,在萍鄉縣東三十里站前,久廢。宋張子孝有題壁詩。(《江西通志》卷三五)

【過愛直驛次張安國韻】 亭然一何奇,枯者亦靡側。雖經歲祀多,未覺霜霰迫。余行再此驛,爾故無變色。慨念題詩人,深爲九泉客。泥深兀羸馬,苔老迷舊刻。愛爾故蒼蒼,余今變爲白。(《淳熙稿》卷四)

【分界鋪愛直驛張安國因杉製名而驛之前有老梅一株不知安國何爲舍彼而取此也】 杉自誰人種,梅從何代栽。腹空雷有擊,根古土無培。要是百年物,曾經幾客來。直哉雖見録,清矣可遺材。(《章泉稿》卷二)

信驛

王晏,字士彦,琅邪臨沂人也……謀因四年南郊,與世祖故舊主帥,於道中竊發,會虎犯郊壇,帝愈懼。未郊一日,敕停行。元會畢,乃召晏於華林省,誅之。下詔曰:"晏閭閻凡伍,少無持操……廣求卜相,取信巫覡,論薦黨附,遍滿臺府。令大息德元淵藪亡命,同惡相濟,劍客成群。弟詡凶愚,遠相脣齒,信驛往來,密通要契……"(《南齊書》卷四二《王晏傳》)

潘慎修,字成德……少以父任爲秘書省正字,累遷至水部郎中,兼起居舍人。開寶末,王師征江南,李煜遣隨其弟從鎰入貢買宴錢,求緩兵。留館懷信驛,旦夕捷書至,邸吏督從鎰入賀。(《宋史》卷二九六《潘慎修傳》)

南唐李景,本名景通,後改爲璟……世宗答書,用唐報回鶻可汗之制,云"皇帝恭問江南國主",臨汴水置懷信驛,以待其使。(《宋史》卷四七八《南唐李氏世家》)

(周世宗顯德)五年五月,賜東京新城諸門名額……又以京城東新修驛爲懷信驛,以待江南貢使焉。(《册府元龜》卷一四)

(周世宗顯德)五年五月辛丑,幸懷信驛。癸卯,幸造船務。(《册府元龜》卷一一四)

鼻驛

(唐僖宗光啓二年正月,僖宗出幸寶雞,)登大散嶺,李昌符焚閣道丈餘,將摧折,王建扶掖上自煙焰中躍過,夜宿板下……車駕纔入散關,朱玫已圍寶雞。石鼻軍潰,玫長驅攻散關,不克。嗣襄王煴,肅宗之玄孫也,有疾,從上不及,留遵塗驛,據《煴傳》,遵塗驛在石鼻,亦謂之石鼻驛。爲玫所得,與俱還鳳翔。

(光啓二年)夏四月壬子,(朱)玫逼鳳翔百官奉襄王煴權監軍國事,承制封拜指揮,仍遣大臣入蜀迎駕,盟百官於石鼻驛。(《資治通鑑》卷二五六)

壁驛

張薦,字孝舉,深州陸澤人……(貞元)二十年,吐蕃贊普死,以薦爲工部侍郎、兼御史大夫,充入吐蕃弔祭使。涉蕃界二千餘里,至赤嶺東,被病,殁於紇壁驛,吐蕃傳其柩以歸。順宗即位,凶問至,詔贈禮部尚書。(《舊唐書》卷一四九《張薦傳》)

【宿零壁驛】 凄寒動春夕，覆被益重袍。鄉夢驚還遠，征途久覺勞。破窗留月影，古木任風號。聞戒無兵餽，剛腸獨佩刀。(《錢塘集》卷三)

【靈壁驛有方公美少卿留題戲和於壁】 君把使旌臨洛水，我參樞幕過潼關。秋風想見吹歸渡，先看淮南第一山。(《北山集》卷二三)

家驛

孔家驛，在臨川縣東，宋建。本朝康熙十六年裁。又有遞軍所，亦置孔家渡，今裁。(《大清一統志》卷二四六撫州府)

孔家驛，舊名朝京驛，宋時建於文昌橋東。元初，以千金陂决，遷於孔家渡西岸。明萬曆間，仍移於文昌橋東。(《江西通志》卷三五)

家鋪

(遞鋪：)慈溪縣：西渡鋪、夾田鋪、桐橋鋪、倪橋鋪、夾山鋪、羅家鋪、蔣家鋪、太平鋪。(《延祐四明志》卷八)

【題鮑家鋪】 郵亭秣馬朝寒天，雪雲壓山山湧泉。隴頭客飢欲噤口，屋底人閒猶鼾眠。敲門得薪感相濟，征衫如洗賴火然。江南亦有安栖處，却羨郵亭人穩佳。(《清江三孔集》卷四孔武仲)

庭驛

【洞庭驛逢郴州使還寄李湯司馬】 洞庭秋水闊，南望過衡峰。遠客瀟湘裏，歸人何處逢。孤雲飛不定，落葉去無蹤。莫使滄浪叟，長歌笑爾容。(《劉隨州文集》卷二)

【越境送別者七人蔣元蕭黄少度鹿伯可趙元序陳德溥葉飛卿林致約少酌驛舍】 同僚送我楓庭驛，共酌臨分酒一杯。我念泉人仍惜別，此身雖

去首頻回。(《梅溪集》後集卷二〇)

【岳陽别李十七越賓】 相逢楚水寒,舟在洞庭驛。具陳江波事,不異淪棄迹。杉上秋雨聲,悲切蒹葭夕。彈琴收餘響,來送千里客。平明孤帆心,歲晚濟代策。時在身未充,瀟湘不盈畫。湖小洲渚聯,澹淡煙景碧。魚鱉自有性,龜龍無能易。譴黜同所安,風土任所適。閉門觀玄化,攜手遺損益。(《全唐詩》卷一四〇王昌齡)

瓜鋪

【木瓜鋪短歌】 鼓樓坡前木瓜鋪,歲晚悲辛利州路。當車礧礧石如屋,百里夷途無十步。溪橋缺斷水齧沙,崖腹崩頽風拔樹。虎狼妥尾擇肉食,狐狸竪毛啼日暮。冢丘短草聲窸窣,往往精靈與人遇。我生胡爲忽在此,正坐一飢忘百慮。五更出門寒裂面,半夜燎衣泥滿袴。妻孥八月離夔州,寄書未到今何處。餘年有幾百憂集,日夜朱顔不如故。即今臺省盛諸賢,細思寧是儒冠誤。(《劍南詩稿》卷三)

魚鋪

【仙魚鋪得仲高兄書】 病酒今朝載卧輿,秋雲漠漠雨疏疏。閬州城北仙魚鋪,忽得山陰萬里書。(《劍南詩稿》卷三)

【雙魚鋪】 岧岧山上亭,上有雙魚字。回顧望新城,欲將雙魚寄。泛泛東水流,蘋藻相蒙翳。釣竿何嫋嫋,魚尾何曾麗。緘意付歸風,日暮江之汜。(《升菴集》卷一七)

思鋪

鄜州東百里有水,名相思河,岸有郵置,亦曰相思鋪。令狐挺題壁以詩曰:"誰把相思號此河,塞垣車馬往來多。只應自古征人淚,灑向空川作浪波。"(《墨客揮犀》卷六)

鄜州東百里，有相思河，河岸有相思鋪，令狐挺有詩。《宋朝類苑》。按，相思鋪在州東三十里，一名廂西鋪，接洛川界。而洛川有廂西河，蓋亦以語轉而訛也。其所云百里者，疑亦以水源目之耳。（《陜西通志》卷一三）

二十二、館驛之外的其他交通設施

逆旅

（魯僖公二年，諸侯城于楚丘。）虢爲不道，保於逆旅。（杜預）注：逆旅，客舍也。虢稍遣人分依客舍以聚衆，抄晉邊邑。（孔穎達）正義曰：《晉語》云：陽處父過寧，舍于逆旅寧嬴氏。"知逆旅是客舍也。逆，迎也；旅，客也，迎止賓客之處也。（《春秋左傳注疏》卷一二）

武王已平商而王天下，封師尚父于齊營丘。東就國，道宿行遲。逆旅之人曰："吾聞時難得而易失，客寢甚安，殆非就國者也。"太公聞之，夜衣而行，犂明至國。《正義》：《括地志》云："營丘，在青州臨淄北百步外城中。"（《史記》卷三二《齊太公世家》）

黄憲，字叔度，汝南慎陽人也。在慎水之南，因以名縣。南陽有慎陽國，而流俗書此或作順陽者誤。世貧賤，父爲牛醫。潁川荀淑至慎陽，遇憲於逆旅。逆旅，客舍。時年十四，淑竦然異之，揖與語，移日不能去。（《後漢書》卷五三《黄憲傳》）

周防，字偉公，汝南汝陽人也。父揚，少孤微，常脩逆旅，以供過客，而不受其報。（《後漢書》卷七九上《周防傳》）

（晉明帝太寧二年）六月，（王）敦將舉兵内向，帝密知之，乃乘巴滇駿馬微行，至于湖，陰察敦營壘而出，有軍士疑帝非常人。又敦正晝寢，夢日環其城，驚起曰："此必黄鬚鮮卑奴來也。"帝母荀氏，燕代人，帝狀類外氏，鬚黄，敦故謂帝云。於是使五騎物色追帝，帝亦馳去。馬有遺糞，輒以水灌之。見逆旅賣食嫗，以七寶鞭與之，曰："後有騎來，可以此示也。"俄而追者至，問嫗,嫗曰:"去已遠矣。"因以鞭示之,五騎傳玩,稽留遂久。又見馬糞冷,以爲信遠,而止不追,帝僅而獲免。(《晉書》卷六《明帝紀》)

【碣石篇】 孟冬十月,北風徘徊。天氣肅清,繁霜霏霏。鵾鷄晨鳴,雁過南飛。鷙鳥潛藏,熊羆窟棲。鎒鎛停置,農收積場。逆旅整設,以通賈商。幸甚至哉,歌以詠志。《冬十月》(《晉書》卷二三《樂志下》)

(阮)瞻,字千里,性清虚寡欲……太尉王衍亦雅重之。瞻常群行,冒熱渴甚,逆旅有井,衆人競趨之,瞻獨逡巡在後,須飲者畢乃進,其夷退無競如此。(《晉書》卷四九《阮瞻傳》)

潘岳,字安仁,滎陽中牟人也……時尚書僕射山濤、領吏部王濟、裴楷等並爲帝所親遇,岳内非之,乃題閣道爲謡……轉懷令。時以逆旅逐末廢農,奸淫亡命,多所依凑,敗亂法度,敕當除之。十里一官欀,使老小貧户守之,又差吏掌主,依客舍收錢。岳議曰:"謹案:逆旅,久矣其所由來也。行者賴以頓止,居者薄收其直。交易貿遷,各得其所。官無役賦,因人成利,惠加百姓而公無末費。語曰:'許由辭帝堯之命,而舍於逆旅。'《外傳》曰:'晉陽處父過甯,舍於逆旅。'魏武皇帝亦以爲宜。其詩曰:'逆旅整設,以通商賈。'然則自堯到今,未有不得客舍之法。唯商鞅尤之,固非聖世所言也。"(《晉書》卷五五《潘岳傳》)

桑虞,字子深,魏郡黎陽人也……嘗行,寄宿逆旅。同宿客失脯,疑虞爲盗,虞默然無言,便解衣償之。主人曰:"此舍數失魚肉雞鴨,多是狐狸偷去,君何以疑人?"乃將脯主至山冢間尋求,果得之,客求還衣,虞投之不顧。(《晉書》卷八八《桑虞傳》)

有韓娥者,東之齊。至雍門,匱糧,乃鬻歌假食。既而去,餘響繞梁,三日不絶,左右謂其人不去也。過逆旅,逆旅人辱之,韓娥因曼聲哀哭,一里老幼,悲愁垂涕相對,三日不食。(《宋書》卷一九《樂志一》)

宋武帝居在丹徒……少時誕節嗜酒。自京都還,息於逆旅。逆旅嫗曰:

“室内有酒，自入取之。”帝入室，飲於盎側，醉卧地。時司徒王謐有門生，居在丹徒，還家，亦至此逆旅。逆旅嫗曰：“劉郎在室内，可入共飲酒。”此門生入室，驚出，謂嫗曰：“室内那得此異物？”嫗遽入之，見帝已覺矣。嫗密問向何所見，門生曰：“見有一物，五采如蛟龍，非劉郎。”(《宋書》卷二七《符瑞志上》)

周興嗣，字思纂，陳郡項人……善屬文。嘗步自姑孰，投宿逆旅，夜有人謂之曰：“子才學邁世，初當見識貴臣，卒被知英主。”言終，不測所之。(《梁書》卷四九《周興嗣傳》)

周文育，字景德，義興陽羨人也……後監州王勱以文育爲長流(參軍)，深被委任。勱被代，文育欲與勱俱下，至大庾嶺，詣卜者。卜者曰：“君北下不過作令長，南入則爲公侯。”文育曰：“足錢便可，誰望公侯。”卜人又曰：“君須臾當暴得銀至二千兩，若不見信，以此爲驗。”其夕，宿逆旅，有賈人求與文育博，文育勝之，得銀二千兩。(《陳書》卷八《周文育傳》)

(唐玄宗開元)八年夏，契丹寇營州，發關中卒援之。軍次澠池縣之闕門，野營穀水上。夜半，山水暴至，二萬餘人皆溺死，唯行網役夫樗蒲，覺水至，獲免。逆旅之家溺死，死人漂入苑中如積。(《舊唐書》卷三七《五行志》)

(州郡)户曹、司户，掌户籍、計帳、道路、逆旅、婚田之事。兵曹、司兵掌武官選舉、兵甲器仗、門户管鑰、烽候傳驛之事。(《舊唐書》卷四四《職官志三》)

馬周，字賓王，清河茌平人也……武德中，補博州助教，日飲醇酎，不以講授爲事。刺史達奚恕屢加咎責，周乃拂衣遊於曹、汴，又爲浚儀令崔賢首所辱。遂感激，西遊長安。宿於新豐逆旅，主人唯供諸商販而不顧待周，遂命酒一斗八升，悠然獨酌，主人深異之。(《舊唐書》卷七四《馬周傳》)

高崇文，其先渤海人……永貞元年冬，劉闢阻兵，朝議討伐。宰臣杜黄裳以爲獨任高崇文，可以成功。元和元年春，拜檢校工部尚書、兼御史大夫，充左神策行營節度使，兼統左右神策、奉天、麟游諸鎮兵，以討闢。時宿將專征者甚衆，人人自謂當選。及詔出，大驚。崇文在長武城，練卒五千，常若寇至。及是，中使至長武，卯時宣命，而辰時出師五千，器用無闕者。軍至興元，軍中有折逆旅之匕箸，斬之以徇。（《舊唐書》卷一五一《高崇文傳》）

（白居易自云）十年之間，三登科第。名落衆耳，迹升清貫。出交賢俊，入侍冕旒。始得名於文章，終得罪於文章，亦其宜也……昨過漢南日，適遇主人集衆樂娛他賓。諸妓見僕來，指而相顧曰："此是《秦中吟》、《長恨歌》主耳。"自長安抵江西三四千里，凡鄉校、佛寺、逆旅、行舟之中，往往有題僕詩者。（《舊唐書》卷一六六《白居易傳》）

（馮）宿弟定，字介夫，儀貌壯偉，與宿俱有文學，而定過之。貞元中皆舉進士，時人比之漢朝二馮君。于頔牧姑蘇也，定寓焉，頔友於布衣間。後頔帥襄陽，定乘驢詣軍門，吏不時白，定不留而去。頔慚，笞軍吏，馳載錢五十萬，及境謝之。定飯逆旅，復書責以貴傲而返其遺，頔深以爲恨。（《舊唐書》卷一六八《馮宿傳》）

（唐德宗興元元年五月，朱）泚衆緣路潰散，乃奔涇州，纔百餘騎。田希鑒閉門登陴。泚令謂鑒曰："我與爾節度，何故背恩？"希鑒乃使人自城上擲泚所送旌節於外，續又投火焚之。泚遂過數里，息於逆旅。（《舊唐書》卷二〇〇下《朱泚傳》）

明宗聖德和武欽孝皇帝，諱亶，初名嗣源……帝嘗宿於雁門逆旅。媼方娠，不時具饌。媼聞腹中兒語云："大家至矣，達宜進食。"媼異之，遽起，親奉庖爨，甚恭，帝詰之，媼告其故。（《舊五代史》卷三五《明宗紀一》）

趙在禮，字幹臣，涿州人也……行至鄭州，泊於逆旅，聞同州劉繼勳爲契丹所鎖，大驚。丁未歲正月二十五日夜，以衣帶就馬櫪，自絞而卒，年六十六。（《舊五代史》卷九〇《趙在禮傳》）

李周，字通理，邢州内丘人也……時河朔群盗充斥，南北交兵，行旅無援者不敢出郡邑。有士人盧岳，家於太原，攜妻子囊橐，寓於逆旅，進退無所保，唯與所親相對流涕，周憫之，請援送以歸。（《舊五代史》卷九一《李周傳》）

唐肅，字叔元，杭州錢塘人……舉進士，調鄖縣主簿，徙泰州司理參軍。有商人寓逆旅，而同宿者殺人亡去。商人夜聞人聲，往視之，血沾商人衣，爲捕吏所執，州趣獄具。肅探知其冤，持之。後數日，得殺人者。（《宋史》卷三〇三《唐肅傳》）

（唐肅宗上元二年三月甲午，史思明軍敗，退屯永寧，）在鹿橋驛，鹿橋驛，永寧傳舍也。貞觀十七年，嘗徙永寧縣於此。令腹心曹將軍將兵宿衛，朝義宿於逆旅。《水經注》：陝城東有漫澗，澗北有逆旅亭，謂之漫口客舍。此酈道元以一時經由所見者言之耳。自元魏至唐乾元、上元間，三百許年矣，漫口客舍必不復存。此逆旅，特泛言旅舍耳。其部將駱悅、蔡文景説朝義曰："悅等與王死無日矣。自古有廢立，請召曹將軍謀之。"朝義俛首不應。（《資治通鑑》卷二二二）

（後唐莊宗同光二年三月，）自唐末喪亂，搢紳之家，或以告赤鬻於族姻，遂亂昭穆，至有舅叔拜甥姪者，選人僞濫者衆。郭崇韜欲革其弊，請令銓司，精加考覈。時南郊行事官千二百人，注官者纔數十人，塗毀告身者十之九。選人或號哭道路，或餒死逆旅。（《資治通鑑》卷二七三）

（宋太祖建隆三年正月庚辰，）詔州縣不得役逆旅僑居民充遞夫。（《續資治通鑑長編》卷三）

（宋太祖太平興國七年四月）丁丑，詔削奪（盧）多遜官爵，並家屬流崖州……多遜累世墳墓在河内。未敗前一夕，震雷焚其林木皆盡，聞者異之。及赴貶所，食於道旁逆旅。有嫗，頗能言京邑舊事，多遜因與語，嫗固不知與語者多遜也。多遜曰："嫗何自來，乃居此？"嫗頻蹙曰："我本中原士大夫家，有子任某官，盧某作相，令枉道爲某事。吾子不能從其意，盧銜之，中以危法，盡室竄南荒。未周歲，骨肉相繼淪没，惟老身流落山谷。今僑寄道旁，非無意也。彼盧相者，蠹賢怙勢，恣行不法，無所避忌，終當南竄。幸未死間，或可見之耳。"多遜默然，趣駕去。（《續資治通鑑長編》卷二三）

（宋真宗咸平四年四月，）上以朝臣外任代還，寓於逆旅，癸亥，置朝集院於朱雀門，凡百餘區。尋復罷之。（《續資治通鑑長編》卷四八）

(宋真宗大中祥符二年二月庚寅),先是,有汀州人王捷者,咸平初賈販至南康軍,於逆旅遇道人,自言姓趙氏。是冬,再見於茅山,命捷市鉛錬之,少頃成金。捷即隨至和州諸山,得其術。(《續資治通鑑長編》卷七一)

(宋仁宗慶曆二年五月丙寅),時朝廷發兵屯定州,幾六萬人,皆寓居逆旅及民間,闐塞城市,未嘗有一人敢喧呼暴横者。(《續資治通鑑長編》卷一三六)

(宋高宗紹興二十九年六月)丙午,左司諫何溥、右正言都民望同班入對,共奏左僕射沈該性資庸回,志趣猥陋……陛下近念士人留滯逆旅,特降睿旨,令速差注。旬日以來,未聞有不因介紹而得之者,道路怨嗟,惟恐其不疾顛也。(《建炎以來繫年要録》卷一八二)

張永德,字抱一,并州曲陽人也。初,周太祖柴后,本唐莊宗之嬪御也。莊宗没,明宗遣歸其家。行至河上,父母迓之,會大風雨,止於逆旅。數日,有一丈夫走過其門,衣弊不能自庇。后見之,驚曰:“此何人耶?”逆旅主人曰:“此馬步軍史(吏)郭雀兒者也。”后異其人,欲嫁之,請於父母。父母恚曰:“汝帝左右人,歸當嫁節度使,奈何欲嫁此人!”后曰:“此貴人,不可失也。囊中裝分半與父母,我取其半。”父母知不可奪,遂成婚於逆旅中。所謂郭雀兒,即周太祖也。(《東都事略》卷二一《張永德傳》)

陽處父如衛,反,過甯,舍於逆旅甯嬴氏。韋昭注:旅,客也,逆客而舍之也。嬴謂其妻曰:“吾求君子久矣,乃今得之。”舉而從之,陽子道與之語,及山而還。(《國語》卷一一《晉語五》)

高季興,本陵州陝右人,爲太祖裨將……初,季興嘗從梁太祖出征,引軍早發。至逆旅,未曉,有嫗秉燭迎門,具禮甚厚。季興疑而問之,對曰:“妾適夢有人叩關,呼曰‘速起速起!有裂土王來!’及起,盥漱畢,秉燭開門,而君子奄至,得非所謂王者耶?所以不敢褻慢爾。”季興喜。及來荆南,竟至封王。(《五代史補》卷二《高季興據荆州》)

宋齊丘,豫章人,父嘗在鍾傅(傳)幕下。齊丘素落魄,父卒,家計蕩盡,已在窮悴，朝夕不能度。時姚洞天爲淮南騎將，素好士，齊丘欲謁之，且囊空，無備紙筆之費，計無所出，但於逆旅杜門而坐。如此殆數日，鄰房有散樂女，尚幼，問齊丘曰："秀才何以數日不出?"齊丘以實告。女歎曰："此甚小事，秀才何吝一言相示耶?"乃惠以數緡。齊丘用市紙墨爲詩詠，以投洞天……徐溫聞其名，召至門下。及昪之有江南也，齊丘以佐命功，遂至將相，乃上表，以散樂女爲妻，以報宿惠。許之。(《五代史補》卷二《宋齊丘投姚洞天》)

世宗在民間，嘗與鄴中大商頡跌往江陵，販賣茶貨。至江陵，見有卜者王處士，其術如神，世宗因頡跌氏同往問焉。方布卦，忽有一蓍躍出，卓然而立。卜者大驚曰："吾家筮法十餘世矣，常記曾祖以來遺言：'凡卜筮自躍而出者，其人貴不可言。'况又卓立不倒，得非爲天下之主乎?"遽起再拜。世宗雖佯爲詰責，而私心甚喜，於逆旅中夜置酒，與頡跌飲。(《五代史補》卷五《世宗問卜》)

真宗以朝官注擬於堂，貧者留滯逆旅，無以爲資，乃置朝集院於朱雀門外。此咸平四年四月癸丑詔也。院既成，詔陞朝官以上到闕，並館於院中，官給公券，出入則乘馬……同院中士大夫日夕遊從，情如兄弟，或商榷文字，或彼此詢問風土，或因而結交，互相推薦，其況味與栖栖逆旅者大不侔矣。(《燕翼詒謀録》卷五)

(李)商隱，字義山……初得大名，薄遊長安，尚希識面，因投宿逆旅。有衆客方酣飲，賦《木蘭花詩》，就呼與坐，不知爲商隱也。後成一篇云："洞庭波冷曉侵雲，日日征帆送遠人。幾度木蘭船上望，不知原是此花身。"客問姓名，大驚稱罪。(《唐才子傳》卷七《李商隱傳》)

(來)鵬，豫章人，家徐孺子亭邊，林園自樂。師韓柳爲文，大中、咸通間，才名藉甚。鵬工詩，蓄鋭既久，自傷年長，家貧不達，頗亦忿忿，故多寓意譏訕。當路雖賞清麗，不免忤情，每爲所忌……韋岫尚書獨賞其才，延待幕中，攜以遊蜀，又欲納爲婿，不果。是年力薦，夏課卷中獻詩有云："一夜緑荷風剪破，嫌它秋雨不成珠。"岫以爲不祥，果失志。時遭廣明庚子之亂，鵬避地遊荆襄，艱難險阻，南返。中和，客死於維揚逆旅，主人賢，收葬之。(《唐才子

傳》卷八《來鵬傳》)

(宋孝宗乾道九年二月)十六日、十七日,行衡、永間。路中皆小丘阜,道徑粗惡,非堅撥即亂石,坳處又泥淖。雖好晴旬餘,猶未乾,跬步防躓,吏卒呻吟相聞。大抵湘中率不治道,又逆旅漿家皆不設圊溷,行客苦之。(《驂鸞録》)

宋齊丘,字子嵩,世爲廬陵淦陽閤皂山人……少孤,好學爲文,其體頗質樸而無師授,授業貧窶,遂遊學於諸郡。自以世亂,乃篤志於商君長短機變權霸之術,與之談者皆屈,莫能究其涯涘。時先主刺昇州,其親友饒洞天出守廬陵,齊丘因刺謁之,與語終日,延於門下,旦夕相爲燕飲,因訪時務。未幾,洞天解郡,遂命載歸廣陵。未至而洞天疾病且死,因遺書薦之於先主。既至,棲遲逆旅,裹餱罄乏,因吁嘆數四。其鄰娼優女魏氏聞之,乃竊賂遺數鍰,由是獲備簡幅,遂克投贄一見,先主賓之,以爲國士,大獲賂遺。尋而娶魏氏,館而給之。(《江南野史》卷四《宋齊丘傳》)

殷文圭爲舉子時,嘗經大澤中。遇大雨震雹,僕乘皆踣,文圭安詳如不聞。及至逆旅,從者怪之,試視文圭,兩耳皆有泥封塞云。後爲翰林學士。(《江南餘載》卷下)

初,(高)季興嘗從梁祖出征,引軍旦發。至逆旅,未曉,有一嫗,秉燭開門而迎,其禮甚謹。季興頗疑而問之,嫗對曰:"妾適夢金甲神人推門,呼曰:'宜速起!有王者來!'及起開門,果有君子至,豈非所謂王者耶?所以不敢□慢耳。"季興大悦,後果然。(《三楚新録》卷三)

徐鍇,字楚金,會稽人。父延休,字德文,風度淹雅,故唐乾符中進士。昭宗狩石門,無學士草詔,延休來調官,適在旁近逆旅,左右言其工文詞,即召見,命視草,昭宗善之。(《陸氏南唐書》卷五《徐鍇傳》)

(唐僖宗乾符)六年秋七月,黄巢擁衆二十萬,大掠州縣,淮南節度使高駢羽檄徵兵討之。時巢三百餘衆,將及石鏡鎮,王(錢鏐)謂董氏曰:"黄巢以數萬之衆，踰越山谷，旗鼓相遠，首尾不應，宜以伏兵襲之。賊或少却，則可逐矣。"……伏兵遂起，巢兵大潰……乃進屯八百里，古地名也。途次逆旅，遇一老嫗，而誡之曰："後有兵至，當言臨安兵屯八百里。"未幾，巢兵果至，具如所對。(《吴越備史》卷一)

橐水出橐山，西北流……潘岳所謂"我徂安陽"也。東合漫澗水，水北有逆旅亭，謂之漫口客舍也。(《水經注》卷四)

《袁氏王陸詩叙》：(陸)機初入洛，次河南之偃師，時忽結陰，望道左若民居者，因往逗宿。見一少年，姿神端遠，與機言玄。機服其能，而無以酬折，前致一辯，機題緯古今，綜檢名實，此少年不甚欣解。將曉去，稅駕逆旅，嫗曰："君何宿而來？自東數十里無村落，止有山陽王家墓。"機乃怪悵，還睇昨路，空野霾雲，攢木蔽日，知所遇者，審王弼也。(《水經注》卷一六)

潁川荀淑，遇縣人黄叔度於逆旅，與語移日，曰："子，吾師表也。"(《水經注》卷二一)

(州縣)户曹、司户參軍掌户籍、計帳、道路、逆旅、田疇、六畜、過所、蠲符之事，而剖斷人之訴競。(《唐六典》卷三〇)

《蕭潁士集》十卷。右唐蕭潁士茂挺也，梁宗室之後。舉進士，開元二十三年中第，爲史館待制。安禄山反，竄山南，節度崔圓授揚州工(功)曹。至官，信宿而去，客死汝南逆旅，門人謚曰"文元先生"。(《郡齋讀書志》卷一七)

鄭桓公東會封於鄭，暮舍於宋東之逆旅。逆旅之叟從外來，曰："客將焉之？"曰："會封於鄭。"逆旅之叟曰："吾聞之，時難得而易失也，今客之寢安，殆非會封者也？"鄭桓公聞之，援轡自駕，其僕接淅而載之，行十日夜而至，釐何與之争封。(故)以鄭桓公之賢，微逆旅之叟，幾不會封也。(《説苑》卷一三)

鴟夷子皮事田成子，田成子去齊，走而之燕，鴟夷子皮負傳而從。至望邑……田成子因負傳而隨之。至逆旅，逆旅之君待之甚敬，因獻酒肉。

楊子過於宋東之逆旅,有妾二人,其惡者貴,美者賤。楊子問其故,逆旅之父答曰:“美者自美,吾不知其美也;惡者自惡,吾不知其惡也。”楊子謂弟子曰:“行賢而去自賢之心,焉往而不美。”(《韓非子》卷七《喻老第二十一》)

秦青謂友人曰:“韓娥東之齊,至雍門,鬻歌。既而餘響繞梁,三日不絶。遇逆旅人辱之,娥因舉聲哀哭。一哭老少悲愁,三日不食。娥復舉聲長歌,一里抃舞,不能自禁,忘向之悲也。乃厚賂之。雍門人至今善歌。”(《金樓子》卷五)

《史記·伍子胥傳》:“子胥曰:日暮途遠,吾故倒行而逆施之。”《西漢·主父偃傳》亦曰:“吾日暮,故倒行而逆施之。”余按:《吴越春秋》乃云:“日夕途遠,吾故倒行逆旅之於道也。”乃知施字即旅字,施字於道無義。《國語》曰:“晉陽處父過甯,舍於逆旅。”潘岳《上客舍議》亦引《語》曰:“許由辭帝堯之命,而舍於逆旅。”魏武帝詩曰:“逆旅整設,以通商賈。”乃知逆施可於事言之,至於道路,無義也,當有識者訂之。《左氏傳》:“荀息曰:‘今虢爲不道,保於逆旅。’”《正義》曰:“逆,迎也;旅,客也,迎止賓客之處也。”馬融《長笛賦序》曰:“有雒客,舍逆旅。”(《能改齋漫録》卷三《倒行逆旅》)

趙閱道爲成都轉運使,出行部内,唯攜一琴一鶴,坐則看鶴鼓琴。嘗過青城山,遇雪,舍於逆旅。逆旅之人不知其使者也,或慢狎之,公頹然鼓琴不問。(《夢溪筆談》卷九)

棋待詔劉仲甫初自江西入都,行次錢塘,舍於逆旅。逆旅主人陳餘慶言,仲甫舍館既定,即出市遊,每至夜分,方扣户而歸,初不知爲何等人也。一日晨起,忽於邸前懸一幟云:“江南棋客劉仲甫,奉饒天下棋先。”并出銀盆酒器等三百星,云:“以此償博負也。”須臾,觀者如堵,即傳諸好事。(《春渚紀聞》卷二《劉仲甫國手棋》)

謹按,客舍、逆旅之設,其所由來遠也。行者賴以頓止,居者薄收其直。交易貿遷,各得其所,因民成利,惠加百姓。《語》曰:“許由辭帝堯之命,而舍於逆旅。”《(春秋)外傳》曰:“晉陽處父遇甯戚於逆旅。”魏武帝亦以爲宜,其詩曰:“逆旅整設,以通商賈。”然則自唐到於今,未有不得客舍之法,唯商鞅有之,此固非聖世之所言也。方今四海會同,九服納貢,八方翼翼,公私滿路,近畿入轃,客舍亦稠,芻秣成行,器用取給。又諸劫盗,皆起於迥絶,而止乎人衆。十里蕭條則奸宄生心,連陌接館則寇情震懾。且聞聲有救,已發有追,不救有罪,不追有戮,禁暴捕亡,恒有司存。凡此皆客舍之益、道路之要。奸吏所植也。率歷代之舊俗,獲行留之歡心,使客舍灑掃以待,征旅擇家而息,豈非衆庶顒顒之望。(《藝文類聚》卷六四引潘岳《上客舍議》)

(漢武帝)即位,常晨往夜還,與霍去病等十餘人皆輕服爲微行,且以觀戲市里,察民風俗……嘗至柏谷,夜投亭宿,亭長不内,乃宿於逆旅。逆旅翁謂上曰:“汝長大多力,當勤稼穡,何忽帶劍衆夜行?此不欲爲盜則淫耳。”上嘿然不應,因乞漿飲。翁答曰:“吾止有溺,無漿也。”有頃還内,上使覘之。見翁方與少年十餘人皆持弓矢刀劍,令主人嫗出安(探)過客。嫗歸,謂其翁曰:“吾觀此丈夫非常人也,且亦有備,不可圖也。”天寒,嫗酌酒多與,夫及諸少年皆醉。嫗自縛其夫,諸少年皆走。嫗出謝客,殺雞作食。平旦,上去,是日還宫,乃召逆旅夫妻見之,賜嫗千金,擢其夫爲羽林郎,自是懲戒,希復微行。(《太平御覽》卷八八引《漢武故事》)

王積薪棋術功成,自謂天下無敵。將游京師,宿於逆旅。既滅燭,聞主人媪隔壁呼其婦曰:“良宵難遣,可棋一局乎?”婦曰:“諾。”媪曰:“第幾道下子矣。”婦曰:“第幾道下子矣。”各言數十。媪曰:“爾敗矣。”婦曰:“伏局。”積薪暗記。明日,覆其勢,意思皆所不及也。(《國史補》卷上)

熊執易應舉,道中秋雨泥潦。逆旅有人同宿,而屢歎息者。問之,乃堯山令樊澤,將赴制舉,驢劣不能進。執易乃輟所乘馬,並囊中縑帛,悉與澤,以遂其往。詰朝,執易乃東歸。(《國史補》卷上。事又載《唐摭言》卷四,文略異)

相國令狐公楚自河陽徵入。至閿鄉,暴風,有裨將飼官馬在逆旅,屋毁馬斃。到京,公旋大拜。時魏義通以檢校常侍代鎮三城,裨將當還,緣馬死,懼帥之責,以狀請一字爲押。公援筆判曰:“厩焚魯國,先師惟恐傷人;屋倒閿鄉,常侍豈宜問馬。”(《因話録》卷三)

蕭穎士開元二十三年及第，恃才傲物，曼無與比。常自攜一壺，逐勝郊野。偶憩於逆旅，獨酌獨吟。會有風雨暴至，有紫衣老人，領一小童避雨於此。穎士見其散冗，頗肆陵侮。逡巡，風定雨霽，車馬卒至，老人上馬，呼殿而去。穎士倉忙覘之，左右曰："吏部王尚書，名丘。"初，蕭穎士常造門，未之面，極驚愕。明日，具長牋，造門謝。丘命引至廡下，坐責之，且曰："所恨與子非親屬，當庭訓之耳。"頃曰："子負文學之名，踞忽如此，止于一第乎？"穎士終揚州功曹。(《明皇雜録》卷上；《唐摭言》卷三)

杜羔，字中立，少年時贍于財産，他無所求。其所與遊者，徒利於酒肉，其實蔑視之也。一日，同送迎於城外逆旅，客有善相者，歷觀諸賓侶，獨指中立曰："此子異日當爲將矣。"一座大笑。中立後尚真源公主，竟爲滄州節度使。(《玉泉子》)

武德五年，李義琛與弟義琰、從弟上德三人，同舉進士……隨計至潼關，遇大雪，逆旅不容。有咸陽商人，見而憐之，延與同寢處。居數日，雪霽而去。琛等議鬻驢，以一醉酬之。商人竊知，不辭而去。義琛後宰咸陽，召商人，與之抗禮。(《唐摭言》卷七)

鄭損舍人，光啓中隨駕在興元，丞相陸公扆爲狀元。先是，扆與損同止逆旅，扆于時出丞相文忠公之門，切於了却身事。時已六月，懇叩公，希奏置舉場。公曰："奈時深夏，復使何人主司？"扆曰："鄭舍人其人也。"公然之，因請扆致謝于損。扆乃躬詣損拜請，其榜帖皆扆自定。(《唐摭言》卷八)

盧汪門族，甲於天下。因官，家於荆南之塔橋。舉進士，二十餘上不第，滿朝稱屈。嘗賦一絶，頗爲前輩所推，曰："惆悵興亡繫綺羅，世人猶自選青娥。越王解破夫差國，一箇西施已太多。"晚年失意，因賦《酒胡子長歌》一篇甚著。序曰："二三子逆旅相遇，貰酒於旁舍，且無絲竹，以用娱賓友。蘭陵掾淮南生探囊中，得酒胡子，置於座上，拱而立令，曰：巡觴之胡人，心俛仰旋轉，所向者舉杯。"(《唐摭言》卷一〇)

姚巖傑，梁國公元崇之裔孫……嘗以詩酒遨遊江左……中和末，豫章大

亂,巖傑苦河魚之疾,寓於逆旅,竟不知其所終。(《唐摭言》卷一〇)

來鵠,豫章人也,師韓柳爲文。大中末、咸通中,聲價益籍甚。廣明庚子之亂,鵠避地遊荆湘,南返。中和,客死於維揚(逆旅)。(《唐摭言》卷一〇)

(段)文昌孫安節,爲人厚重,言未嘗虚發。每云:天復中避亂出京,至商山中逆旅,見一老婦人,無一半頭,坐牀心緝麻,運手甚熟。其兒婦在側言:"廣明庚子歲,巢寇入京,爲賊所傷,自鼻一半已上,並隨刃去。有人以藥封裹之,時不死兩日,亦如往者。後微動手足,眷屬以米飲灌口中,久而無恙,今已二十餘年矣。"人間有此異事。(《中朝故事》卷下)

夏侯孜相國未偶,伶俜風塵,蹇驢無故墜井。每及朝士之門,舍逆旅之館,多有齟齬,時人號曰"不利市秀才"。後登將相,何先塞而後通也!(《北夢瑣言》卷三《段相踏金蓮》)

薛保遜,名家子,恃才與地,凡所評品,士子以之升降,時號爲浮薄……魏相謩登庸,方有徵拜,而殞於郡。愚曾睹薛文數幅,其一云:"餞交親於灞上,止逆旅氏,見數物象人。詰之,口輒動。皆云:江淮、嶺表州縣官也。嗚呼!天之生民,爲此輩笞撻!"(《北夢瑣言》卷三《薛保遜輕薄》)

温庭雲,字飛卿。或云作"筠"字,舊名岐,與李商隱齊名,時號曰"温李"。才思艷麗,工於小賦……宣宗愛唱《菩薩蠻》詞,令狐相國假其新撰,密進之,戒令勿他泄,而遽言於人,由是疏之。温亦有言云:"中書堂内坐將軍。"譏相國無學也。宣皇好微行,遇於逆旅。温不識龍顔,傲然而詰之曰:"公非司馬、長史之流?"帝曰:"非也。"又謂曰:"得非大參、簿尉之類?"帝曰:"非也。"謫爲方城縣尉。(《北夢瑣言》卷四《温李齊名》)

唐通義相國崔魏公鉉之鎮淮揚也,盧丞相耽罷浙西,張郎中鐸罷常州,俱過維揚,謁魏公,公以暇日與二客私款。方弈,有持狀報,女巫與田布尚書偕至,洎(泊)逆旅某亭者。公以神之至也,甚異之,俄而復曰:"顯驗與他巫異,請改舍於都候之廨署。"公乃趣召巫者至,至乃與神遇,拜曰:"謝相公。"

公曰:“何謝?”神曰:“布有不肖子,黷貨無厭,郡事不治,當犯大辟,賴相公陰德免焉,使布之家廟血食不絶者,公之恩也。”公矍然曰:“異哉!某之爲相也,未嘗以機密損益於家人。”(《北夢瑣言》卷六《田布尚書事》)

唐陝州廉使盧沆,在舉場,甚有時稱。曾於滻水逆旅遇宣宗皇帝微行,意其貴人,斂身迴避。帝揖與相見,沆乃自稱“進士盧沆”。帝請詩卷袖之,乘驢而去。他日,對大臣語及盧沆,令主司擢第。(《北夢瑣言》卷八《盧沆遇宣宗私行》)

後唐明宗皇帝微時,隨蕃將李存信巡邊,宿於雁門逆旅。逆旅媪方娠,帝至,媪慢,不時具食。腹中兒語謂母曰:“天子至,宜速具食。”聲聞于外,媪異之。遽起,親奉庖爨,敬事尤謹。帝以媪前倨後恭,詰之,曰:“公貴不可言也。”問其故,具道娠子腹語事。帝曰:“老媪遜言,懼吾辱耳。”後果如其言。(《北夢瑣言》卷一八《娠子能語》)

梁祖之初兼四鎮也,英威剛很,視之若乳虎。左右小忤其旨,立殺之。梁之職吏每日先與家人辭訣而入,歸必相賀,賓客對之,不寒而慄。進士杜荀鶴以所業投之,且乞一見。掌客以事聞於梁祖,梁祖默無所報。荀鶴住大梁數月。先是,凡有求謁梁祖,如已通姓名而未得見者,雖踰年困躓於逆旅中,寒餓殊甚,主者留之,不令私去。不爾,即公人輩及禍矣。荀鶴逐日詣客次,一旦。梁祖在便聽(廳),謂左右曰:“杜荀鶴何在?”左右以見在客次爲對。未見間,忽有馳騎至者,梁祖見之,至巳午間方退,梁祖遽起歸宅。(《洛陽搢紳舊聞記》卷一《梁太祖優待文士》)

蘇揆,濮州人也,業進士。太宗皇帝御試第二等及第,由廷尉平知吉州泰和縣。揆父歿十數年矣,有吉州衙將押綱上京迴,行次黄梅縣,宿於逆旅中。昏晚後,忽有一老人,皂衣,裹短脚襆頭,策一驢,引一僮,(年)可十六七,來逆旅中。逡巡,於房中出揖吉州衙將,與之坐,因語及泰和看親識。(《洛陽搢紳舊聞記》卷一《泰和蘇揆父鬼靈》)

萬州白太保,名廷誨……忽有客謂廷讓曰:“劍客,嘗聞之乎?”廷讓曰:

"聞。""曾見之乎?"曰:"未嘗見。"客曰:"見在通利坊逆旅中,呼爲處士,即劍客也,可同往見之。"廷讓如其言,明日,同詣逆旅中,見五六人席地環坐。中有一人,深目豐眉,紫黑色,黄鬚。廷讓至,黄鬚獨不起。客曰:"可拜。"廷讓拜,黄鬚據(踞)受,徐曰:"誰氏子至?"客曰:"白令公侄,與某同來,專起居處士。"黄鬚笑曰:"爾同來,可坐共飲。"(《洛陽搢紳舊聞記》卷三《白萬州遇劍客》)

張齊賢爲布衣時,倜儻有大度,孤貧落魄。常舍道上逆旅。有群盜十餘人,飲食於逆旅之間,居人皆惶恐竄匿,齊賢徑前揖之曰:"賤子貧困,欲就諸大夫求一醉飽,可乎?"盜喜曰:"秀才乃肯自屈,何不可者! 顧吾輩粗疏,恐爲秀才笑耳。"即延之坐,齊賢曰:"盜者,非齷齪兒所能爲也,皆世之英雄耳,僕亦慷慨士,諸君又何間焉!"乃取大盌,滿酌飲之,一舉而盡,如是者三。又取豘肩,以指分爲數段而啗之,勢若狼虎。群盜視之愕眙,皆咨嗟曰:"真宰相器也! 不然,何能不拘小節如此也! 他日宰制天下,當念吾曹皆不得已而爲盜耳,願早自結納。"競以金帛遺之。齊賢皆受不讓,重負而返。(《涑水記聞》卷七)

西京留臺李建中,博雅多藝,其子宗魯善相人。一年春榜,之京師,命擇婿。行次任村逆旅,方就食,有丈夫荷布囊,從驅驢,亦就食於逆旅。宗魯一見,前揖寒温,延之共案。詢其所自,曰:"今春不第,將還洛也。"宗魯不復之京師,與之同歸洛中。其父詰之,曰:"今既得貴婿,可復回矣。此人生不出選調,死封真王。"於是婿之。乃張堯封也,實生温成皇后。天聖中登進士第,終亳州軍事推官,後封清河郡王。(《畫墁録》)

艾侍郎穎少年赴舉。逆旅中遇一村儒,狀極茸闒,顧謂艾曰:"君此行,登第必矣。"艾曰:"賤子家於鄆,無師友,加之汶上少典籍,今學疏寡,聊觀場屋爾,安敢俯拾耶?"儒者曰:"吾有書一卷以授君,(君)宜少俟於此,詰旦奉納。"翌日,果持至,乃《左傳》第十卷也。謂艾曰:"此卷書不獨(君)取富貴,後四十年,亦有人因此書登甲科,然齡禄俱不及君,記之。"艾頗爲異,時亦諷誦,果會李愚知(貢)舉,試《鑄鼎象物賦》,事在卷中,一揮而就。愚愛之,擢甲科。後四十年,當祥符五年,御前放進士,亦試此題,徐奭爲狀元。後艾果以户部侍郎致仕,七十八歲薨於汶。徐年四十四,爲翰林學士,卒。(《玉壺清

話》卷二）

咸通中，有左軍張季弘，勇而多力……後供奉襄州，暮泊商山逆旅。逆旅有老嫗，謂其子曰："惡人將歸矣。速令備辦茶飯，勿令喧噪。"既而愁憤吁嘆，咸有所懼。季弘問之，媪曰："有新婦悖惡，制之不可。"（《劇談録》卷下《張季弘逢惡新婦》）

浮屠氏契虚者，本姑臧李氏子。其父爲御史於玄宗時。契虚自孩提，好佛氏法律。年二十七，髡髮衣褐，居長安佛寺中。及禄山破潼關，玄宗西幸蜀門，契虚遁入太白山，採柏葉而食之，自是絶粒。嘗一日，有道士喬君，顔貌清瘦，鬚髮盡白，來詣契虚。謂契虚曰："師神骨甚孤秀，後當遨遊仙都中矣。"契虚曰："吾塵俗之人，安能詣仙都乎？"喬君曰："仙都甚近，吾師可立去也。"契虚因請喬君導其徑。喬君曰："師當備食于商山逆旅中。遇棒子，即犒而于商山而饋焉。"……及禄山敗，上自蜀門還長安，天下無事，契虚即往商山，舍逆旅中，備甘美以俟棒子而饋焉。僅數月，遇棒子百餘，俱食畢而去。（《宣室志》卷一；《太平廣記》卷二八）

陳少游鎮淮南時，嘗遣軍卒趙某使京師，遺公卿書。將行，誡之曰："吾有急事，俟汝還報。以汝驍健，故使西往，不可少留。計日不還，當死。"日馳數百里，不敢怠。至華陰縣，舍逆旅中。寢未熟，倏見一人，緑衣，謂趙曰："我吏於金天王，王命召君，宜疾去。"趙不測，即與使者偕行至嶽廟前。使者入白："趙某至。"既而呼趙，趨拜階下。（《宣室志》卷二；《太平廣記》卷三〇四）

貞元初，陳郡袁生者，嘗任參軍於唐安。罷秩，遊巴川，舍於逆旅氏。忽有一丈夫，白衣謁覲。既坐，謂生曰："某高氏子也，家于此郡新明縣。往者嘗職軍伍間，今已免矣，故旅遊至此。"生與語，其聰辯敏博出於人，袁生甚奇之。（《宣室志》卷二；《太平廣記》卷三〇四）

唐貞元中，有李生者，家河朔間，少有膂力……往還太行道日百餘里，一日遇一年少，鞭駿騾，負二巨囊。吾利其資，顧左右皆崖巖萬仞，而日漸曛黑，遂力排之，墮於崖下。即疾驅其騾逆旅氏，解其囊，得繒綺百餘段，自此

家稍贍。(《宣室志》卷三;《太平廣記》卷一二五)

汝南周氏子,吴郡人也,忘其名,家於崑山縣。元和中,以明經上第,調選,得尉昆山。既之官,未抵邑數十里,舍於逆旅中。夜夢一丈夫,衣白衣,儀狀甚秀,而血濡其襟,若傷其臆者。既拜而泣,謂周生曰:"吾家於林泉者也,以不尚塵俗,故得安其所有年矣。今以偶行田野間,不幸值君之家童,有縶吾者。吾本逸人也,既爲所縶,心甚不樂。又縱狂犬噬吾臆,不勝其憤。願君子憫而宥之,不然,則死在朝夕矣。"(《宣室志》卷四;《太平廣記》卷四六二)

靈石縣南,嘗夜中有妖怪,由是里中人無敢夜經其地者。元和初,董叔經爲河西守。時有彭城劉皂,假孝義尉。皂頃嘗以書忤董,怒甚,遂棄職入汾水關。夜至靈石南,逢一人,立于路旁,其狀絶異。皂馬驚而墮,久之乃起……既而西走。去近十餘里,至逆旅,因而述其事。逆旅中人曰:"邑南夜中有妖怪,固非賊爾。"(《宣室志》卷五;《太平廣記》卷四一七)

滎陽鄭又玄,名家子也。居長安中,自少常與隣舍閭丘氏子,偕讀書於師氏……宴遊蒙陽郡。久之,其後東入長安,次褒城,舍逆旅氏。遇一童子,十餘歲,貌甚秀。又玄與之語,其辯慧千轉萬化,又玄自謂不能及。(《宣室志》卷九;《太平廣記》卷五二)

祭酒楊尚書敬之,子江西觀察使載(戴),江西應科時,成均長年,天性尤切。時以秋暮,忽夢新榜四十進士,歷歷可數。寓目及半,鍾陵在焉,其鄰則姓濮陽而名不可辨。既寤大喜,訪於詞場,則云有濮陽愿者,爲文甚高,且有聲譽。時搜訪草澤方急,色目雅在選中,遂尋其居,則曰閩人,未至京國。楊公誡其子,令聽之,俟其到京,與之往來,以符斯夢。一日,楊公祖客灞上,客未至間,休於逆旅舍。有秣馬伺僕,如自遠來者。試命詢之,乃貢士。偵所自,曰閩。問其姓,曰濮陽。審其名,曰愿。楊公曰:"吁!斯天啓也!安有既夢於彼,復遇於此哉!"亟命相見。濮陽逡巡,不得讓,執所業以進。始閲其人,眉宇清秀。次與之語,詞氣安詳。終閲其文,體理精奥。問其所抵,則曰:"今將僦居。"楊公曰:"不然。"盡驅所行,置於庠序,命江西寅夕與之同處。楊公朝廷舊德,爲文有凌轢韓柳意,尤自得者《華山賦》,五千字唱在人口，是後大稱濮陽藝學於公卿間，人情翕然，謂升第必矣。試期有日，因食麵之寒者，一夕腹鼓而卒，楊公惋痛嗟駭。（《唐闕史》卷上《楊江西及第》）

江南僞中書舍人徐善，幼孤，家於豫章。楊吴之寇（尅）豫章，善之妹爲一軍校所虜。既定，軍校求得善，請以禮聘之。善自以舊族，不當與戎士爲婚，固不許。乃强納幣焉。悉擲棄之，臨以白刃，亦不懼，然竟虜之而去。善即詣揚都，求見吴楊渥而訴之。時渥初嗣藩服，府庭甚嚴，僭擬王者，布衣遊士，旬歲不得一見。而善始至白沙，渥夜夢人來言曰："江西有秀才徐善，將來見公，今在白沙逆旅矣。其人良士也，且有情事未申，公其厚遇之。"渥旦即遣騎迎之。既至，禮遇甚厚。問所欲言，善具白其妹事。渥即命購贖，歸於徐氏。時歙州刺史陶雅聞而異之，因辟爲從事。（《稽神録》卷一；《太平廣記》卷二七七）

霍邱令周潔甲辰歲罷任，客游淮上。時民大饑，逆旅殆絶，投宿無所。升高而望，遥見村落烟火。趨而詣之，得一村舍。扣門久之，一女子出應門。告以求宿，女子曰："家中饑餓，老幼皆病，愧無以延客，止中堂一榻可矣。"遂入之，女子侍立於前。少頃，其妹復出，映婦而立，不見其面。潔自具食，取餅二枚以與二女。持之入室，閉關而聽，悄無人聲。潔方悚然而懼。向曉將去，使呼二女告别，了無聲應者。因壞户而入，乃見積屍滿屋，皆將枯朽，惟女子死未旬日，其妹面目已枯矣。二餅猶置胸上，潔後皆爲瘗之（云）。（《稽神録》卷三；《太平廣記》卷三五四）

豫章逆旅梅氏，頗濟惠行旅。僧道投止，皆不求直。恒有一道士，衣服藍縷，來止其家，梅厚待之。一日，謂梅曰："吾明日當設齊，從君求新瓷碗二十事，及匕筯，君亦宜來會，可於天寳洞前訪陳師也。"梅許之，道士持碗，渡江而去。梅翌日詣洞前，問其村人，莫知其處……此而後不可復繼見矣。（《稽神録》卷五；《太平廣記》卷五一）

元和中，江淮有唐山人者，涉獵史傳，好道。常遊名山，自言善縮錫，頗有師之者。後於楚州逆旅遇一盧生，（意）氣相合。盧亦語及爐火，稱唐族乃外氏，遂呼唐爲舅。唐不能相捨，因邀同之南嶽。（《酉陽雜俎》前集卷九）

李廓在潁州，獲光火賊七人，前後殺人，必食其肉。獄具，廓問食人之故。其首言："某授教於巨盜，食人肉者夜入人家，必昏沉，或有魘不悟者，故不得不食。"兩京逆旅中，多畫鸜鵒及茶椀，賊謂之"鸜鵒辣"者，記嘴所向；"椀子辣"者，亦示其緩急也。(《酉陽雜俎》前集卷九)

唐隴西李大安，工部尚書大亮之兄也。武德中，大亮任越州總管，大安自京往省之。大亮遣奴婢數人從兄歸，至穀州鹿橋，宿於逆旅。其奴有謀殺大安者，候其眠熟，夜已過半，奴以小劍刺大安項，洞之。刃著於牀，奴因不拔而逃。大安驚覺呼奴，其不叛者奴婢欲拔刃，大安曰："拔刃便死，可先取紙筆作書畢。"縣官亦至，因爲拔刃，洗瘡加藥，大安遂絶。(《法苑珠林》卷一四引《冥報記》)

【送張舍人佐江州同薛璩十韻走笔成】　　東帶趨承明，守官唯謁者。清晨聽銀蚪，薄暮辭金馬。受辭未嘗易，當是方知寡。清範何風流，高文有風雅。忽佐江上州，當自潯陽下。逆旅到三湘，長途應百舍。香爐遠峰出，石鏡澄湖瀉。董奉杏成林，陶潛菊盈把。范(彭)蠡常好之，廬山我心也。送君思遠道，欲以數行灑。(《全唐詩》卷一二五王維)

【千塔主人】　　逆旅逢佳節，征帆未可前。窗臨汴河水，門渡楚人船。雞犬散墟落，桑榆蔭遠田。所居人不見，枕席生雲烟。(《全唐詩》卷一二六王維)

【行次田家澳梁作】　　田家俯長道，邀我避炎氛。當暑日方晝，高天無片雲。桑間禾黍氣，柳下牛羊群。野雀棲空屋，晨昏不復聞。前登澳梁坂，極望温泉分。逆旅方三舍，西山猶未曛。(《全唐詩》卷一三七儲光羲)

【酬中都小吏攜斗酒雙魚於逆旅見贈】　　魯酒若琥珀，汶魚紫錦鱗。山東豪吏有俊氣，手攜此物贈遠人。意氣相傾兩相顧，斗酒雙魚表情素。雙鰓呀呷鰭鬣張，蹳刺銀盤欲飛去。呼兒拂几霜刃揮，紅肌花落白雪霏。爲君下筯一餐飽，醉著金鞍上馬歸。(《全唐詩》卷一七八李白)

【秋砧送邑(包)大夫】 斷續長門下,清泠逆旅秋。征夫應待信,寒女不勝愁。帶月飛城上,因風散陌頭。離居偏入聽,況復送歸舟。(《全唐詩》卷二七一竇叔向)

【自渭南晚次華州】 前樓仙鼎原,西經赤水渡。火雲入村巷,餘雨依驛樹。我行傷去國,疲馬屢回顧。有如無窠鳥,觸熱不得住。峨峨華峰近,城郭生夕霧。逆旅何人尋,行客暗中住。却思林丘卧,自愜平生素。勞役今若茲,羞吟招隱句。(《全唐詩》卷五九六司馬扎)

【旅舍除夜】 永夜誰能守,羈心不放眠。挑燈猶故歲,聽角已新年。出谷空嗟晚,銜杯尚愧先。晚來辭逆旅,雪涕野槐天。(《全唐詩》卷六一二皮日休)

【延福里居和林寬何紹餘酬寄】 長説愁吟逆旅中,一庭深雪一窗風。眼前道路無心覓,象外煙霞有句通。幾度相留侵鼓散,頻聞會宿著僧同。高情未以干時廢,屬和因知興不窮。(《全唐詩》卷七〇五黄滔)

李太白初自蜀至京師,舍於逆旅。賀監知章聞其名,首訪之。既奇其姿,復請所爲文。出《蜀道難》以示之,讀未竟,稱歎者數四,號爲"謫仙",解金龜换酒,與傾盡醉。期不間日,由是稱譽光赫。(《本事詩·高逸第三》)

【還楊州許書記家集】許渾孫進家集,得官。 君不見近代詩家流,胡爲蹇滯多窮愁。孟郊顛頓死逆旅,浪仙斥逐長江頭。……可憐詩道日已替,風騷委地何人收。(《王黄州小畜集》卷一二)

【重陽日憶遠】 逆旅重陽節,窮秋萬里身。金英浮酒盞,珠泪濕衣巾。爲客飄蓬遠,思家落葉頻。只應蝴蝶夢,夜夜得相親。(《武夷新集》卷一)

【奚山道中】村店炊黍賣餳,有如南土。 擁傳經過白霫東,依稀村落見南風。食飴宛類吹簫市,逆旅時逢煬竈翁。漸使邊氓歸畎(吠)畝,方知厚澤徧華戎。朝廷涵養恩多少,歲歲軺車萬里通。(《蘇魏公文集》卷一三)

【宿盧村逆旅】 夜宿村南貧主人，入門桃李已殘春。無人折贈門前柳，佇立東風獨愴神。（《張耒集》卷三二）

旅舍

侯覽者，山陽防東人……兄參爲益州刺史，民有豐富者，輒誣以大逆，皆誅滅之，没入財物，前後累億計。太尉楊秉奏參，檻車徵，於道自殺。京兆尹袁豐於旅舍閲參車三百餘兩，皆金銀錦帛珍玩，不可勝數。覽坐免。旋復官。（《後漢書》卷七八《侯覽傳》）

（柳）憕，字文深，少有大意，好玄言，通《老》、《易》。梁武帝舉兵至姑孰，憕與兄惲及諸友朋於小郊候接。時道路猶梗，憕與諸人同憩逆旅食，俱去。行里餘，憕曰："寧我負人，不人負我。若復有追，堪憩此客。"命左右燒逆旅舍，以絶後追。當時服其善斷。（《南史》卷三八《柳憕傳》）

（長慶初，）穆宗且欲速得范陽，宰臣崔植、杜元穎又不爲遠大經略，但欲重弘靖所授而省其事局，唯瀛、莫兩州許置觀察使，其他郡縣悉命弘靖統之，時（劉）總所薦將校俱在京師旅舍中，久而不問，朱克融輩僅至假衣丐食，日詣中書求官，不勝其困。（《舊唐書》卷一二九《張弘靖傳》）

（唐德宗貞元中，）江陵東北有廢田，傍漢古堤二處，每夏則溢。皋始命塞之，廣田五千頃，畝得一鍾。規江南廢洲爲廬舍，架江爲二橋，流人自占二千餘户。自荆至樂鄉凡二百里，旅舍、鄉聚凡十數，大者皆數百家。（《舊唐書》卷一三一《李皋傳》；《唐會要》卷八九）

（劉）希暹，出自戎伍……累遷至太僕卿，與兵馬使王駕鶴同掌禁兵，所爲不法。諷（魚）朝恩於北軍置獄，召坊市凶惡少年，羅織城内富人，誣以違法，捕置獄中，忍酷考訊，録其家産，並没於軍。或有舉選之士，財貨稍殷，客於旅舍，遇横死者非一，坊市苦之，謂之"入地牢"。（《舊唐書》卷一八四《劉希暹傳》）

予嘗得五代時小説一篇,載王凝妻李氏事……凝家青、齊之間,爲虢州司户參軍,以疾卒於官。凝家素貧,一子尚幼。李氏攜其子,負其遺骸以歸。東過開封,止旅舍。旅舍主人見其婦人獨攜一子而疑之,不許其宿。李氏顧天已暮,不肯去,主人牽其臂而出之。李氏仰天長慟曰:“我爲婦人,不能守節,而此手爲人執邪,不可以一手并污吾身!”即引斧自斷其臂,路人見者環聚而嗟之,或爲(之)彈指,或爲之泣下。開封尹聞之,白其事於朝,官爲賜藥封瘡,厚恤李氏,而笞其主人者。(《新五代史》卷五四《雜傳序》)

德興邑廨有石刻二詩云:“仕宦之身,天涯海畔。行商之身,南州北縣。不如田舍,長相見面……”沙隨先生跋云:“右二詩,不知何人作。上饒公端殿汪先生,過豫章之進賢,手書於旅舍。後三十年,門人程迥授邑於玆。既受代,始於郡中得之,而真蹟不復存矣……”(《游宦紀聞》卷八)

黄覺旅舍見一道士,共飲舉杯,摭水,寫吕字,覺,始悟其爲洞賓也。出懷中七大錢、三小錢,曰:“數不可益也。”與藥,可數寸許,歲旦以酒磨服,可一歲無疾。覺如其言,至七十餘,藥亦垂盡。作詩曰:“牀頭歷日無多子,屈指明年七十三。”果以是年終。(《類説》卷五六《劉貢父詩話》)

唐人賡和詩,有次韻、用韻、依韻。其次韻,同在一韻中耳。用韻,用彼之韻,不必次之,韓吏部《和皇甫陸渾山火》是也,今人多不曉。劉長卿《餘干旅舍》:“摇落暮天迴,丹楓霜葉稀。孤城向水閉,獨鳥背人飛。渡口月初上,鄰(鄰)家漁來(未)歸。鄉心正欲絶,何處擣征衣。”張籍《宿江上》:“楚驛南渡口,夜深來客稀。月明見潮上,江静覺鷗飛。旅舍今已遠,此行殊未歸。離家久無信,又聽擣征衣。”兩詩似次韻,皆奇作也。(《類説》卷五六《劉貢父詩話》)

(後唐明宗天成元年)十一月丁巳,雒陽縣令駱明舉奏請止絶坊市息利典質。其軍家子弟都外興販,侵擾緣路旅舍。敕旨從之。(《册府元龜》卷六五)

有崔巡官者,昔居鄭圃也。與丞相(李紳)同年之舊,特遠來謁。纔到客舍,不意家僕與市人有競,詰其所以,僕人曰:“宣州館驛崔巡官下。”其僕

(與)市人皆抵極法。令捕崔至,曰:"昔嘗識君,到此何不相見也?"崔生叩頭謝曰:"適憩旅舍,日已遲晚,相公尊重,非時不敢具陳卑禮。伏希哀憐,獲歸鄉里。"(《雲溪友議》卷上《江都事》)

唐乾寧中,補闕楊貽德,華族科名,德孤道直,不容於時,請告華陰。方屬京國擾攘,乃謀南來,藏迹於江陵,閭巷僦居,不露行止。旅舍無煙,藜藿不給,未嘗隕穫。於時成中令延接朝客,士有依劉之言。弘農韜藏,不及門宇。一旦堂帖追回,成令驚訝,以爲聞聽不至,闕申情禮。(《北夢瑣言》卷一二《鐵補闕貞澹》)

王彦祖,初名亢宗。慶曆二年,方勝冠,廷試《應天以實不以文賦》罷,寢旅舍,夢一人告之曰:"君今年未當中第。"彦祖尤不平,且責之曰:"子未嘗見予程文,又未始知予生月,何從而知未中第?"其人笑曰:"君若中選,賦題'天'字在下,君當三中選,皆然,今題'天'字在上第二字,是以知其未也。"及唱名,果不預選。(《澠水燕談録》卷六)

予頃時於陜府道間,舍於逆旅,因步行田間,有村學究教授二三小兒,閒與之語,言皆無倫次。忽見案間有小兒書卷,其背乃蔡襄寫《洛神賦》,已截爲兩段……會日已暮,乃歸旅舍,明日,天未明即登塗,不及再往,至今爲恨也。(《道山清話》)

故淮海節度使李紳,少時與二友同止華陰西山舍。一夕,林叟有賽神者來邀,適有頭痃之疾,不往。二友赴焉。夜分,雷雨甚,紳入止深室,忽聞堂前有人祈懇之聲。徐起窺簾,乃見一老叟,眉鬢皓然,坐東牀上。青童一人,執香爐,拱立於後。紳訝之,心知其異人也。……仰視星漢,近五更矣,似在華山北。除(徐)行數里,逢旅舍,乃羅浮店也,去所止二十餘里,緩步而歸。(《太平廣記》卷四八引《續玄怪録》)

貞元末,有布衣,於長安中遊酒肆,吟詠以求酒飲。至夜,多酣醉而歸,旅舍人或以爲狂。寄寓半載,時當素秋,風肅氣爽,萬木凋落,長空寥廓,塞雁連聲。布衣忽慨然而四望,淚下沾襟。一老叟怪而問之,布衣曰:"我來天地間一百三十之春秋也，每見春日煦，春風和，花卉芳菲，鸝歌蝶舞，則不覺喜且樂。及至此秋也，未嘗不傷而悲之也，非悲秋也，悲人之生也……”（《太平廣記》卷八三引《瀟湘録》）

韋泛者，不知其所來。大曆初，罷潤州金壇縣尉，客遊吴興……後六年，以調授太原楊（陽）曲縣主簿。秩滿至京師，適遇所親與鹽鐵使有舊，遂薦爲楊子縣巡官。在職五年。建中元年六月二十八日，將赴選，以暴疾，終於廣陵旅舍，其日乃立秋日也。（《太平廣記》卷一四九引《前定録》）

李敏求應進士舉，凡十有餘上，不得第。海内無家，終鮮兄弟姻屬，栖栖丐食，殆無生意。大和初，長安旅舍中，因暮夜，愁惋而坐，忽覺形魂相離，其身飄飄，如雲氣而遊，漸涉丘墟，荒野之外，山川草木，無異人間，但不知是何處。（《太平廣記》卷一五七引《河東記》）

元和中，有新授湖州録事參軍，未赴任，遇盗，歘（勦）剽殆盡，告敕歷任文薄（簿），悉無孑遺。遂於近邑求丐故衣，迤逦假貸，却返逆旅，旅舍俯逼裴晉公第。時晉公在假，因微服，出遊側近邸，遂至湖糾之店。相揖而坐，與語周旋，問及行止，糾曰："某之苦事，人不忍聞。"言發涕零，晉公憫之，細詰其事，對曰："某主京數載，授官江湖，遇寇盪盡，唯殘微命，此亦細事爾，其如某將娶而未親迎，遭郡牧强以致之，獻於上相裴公，位亞國號矣。"……中令曰："昨見所話，誠心惻然，今聊以慰其憔悴矣。"即命箱中官誥授之，已再除湖糾矣。喜躍未已，公又曰："黄娥可于飛之任也。"特令送就其逆旅，行裝千貫，與偕赴所任。（《太平廣記》卷一六七引《玉堂閒話》）

唐進士趙中行，家於温州，以豪俠爲事。至蘇州，旅舍支山禪院。僧房有一女商荆十三娘，爲亡夫設大祥齋，因慕趙，遂同載歸揚州。趙以氣義耗荆之財，殊不介意。（《太平廣記》卷一九六引《北夢瑣言》）

王蜀時，有朱少卿者，不記其名，貧賤，客於成都。因寢於旅舍，夢中有人扣扉覓朱少卿，其聲甚厲。驚覺訪之，寂無影響。復睡，夢中又連呼之。俄見一人，手中執一卷云："少卿果在此？"朱曰："吾姓即同，少卿即不是。"其人遂卷文書兩頭，只留一行，以手遮上下，果有“朱少卿”三字……痛苦經旬，五月五日殂，乃馬夢之徵也。（《太平廣記》卷二七九引《王氏見聞》）

近代有士人，應舉之京，途次關西，宿於逆旅舍小房中。俄有貴人奴僕數人，云公主來宿。以幕圍店及他店四五所。人初惶遽，未得移徙。須臾，公主車聲大至，悉下。店中人便拒户寢，不敢出。公主於户前澡浴，令索房内，婢云：“不宜有人。”既而見某，群婢大罵。公主令呼出，熟視之，曰：“此書生頗開人意，不宜挫辱。”第令入房。浴畢召之，言甚會意。（《太平廣記》卷三〇二引《廣異記》）

鄭仁鈞，欽説之子也，博學多聞，有父風，洛陽上東門外有别墅，與弟某及姑子表弟某同居……明年，禄山叛，駕至馬嵬，軍士盡滅楊氏，無少長皆死。其姊聞亂，竄於旅舍後，潛匿草中得脱。（《太平廣記》卷三〇三引《戎幕閒談》）

河西有女郎神，季廣琛少時，曾遊河西，憩於旅舍。晝寢，夢見雲車，從者數十人，從空而下，稱是女郎姊妹二人來詣。廣琛初甚忻悦，及覺開目，竊見髣髴猶在。琛疑是妖，於腰下取劍刃之，神乃罵曰：“久好相就，能忍惡心。”遂去。廣琛説向主人，主人曰：“此是女郎神也。”琛乃自往市酒脯作祭，將謝前日之過，神終不悦也。於是琛乃題詩於其壁上，墨不成字。後夕，又夢女郎神來，尤怒曰：“終身遣君不得封邑也。”（《太平廣記》卷三〇三引《廣異記》）

安鳳，壽春人，少與鄉里徐侃友善，俱有才學，本約同遊宦長安。侃性純孝，别其母時，見母泣涕不止，乃不忍離。鳳至長安，十年不達，耻不歸。後忽逢侃，攜手叙闊别，話鄉里之事，悲喜俱不自勝。同寓旅舍，數日，忽侃謂鳳曰：“我離鄉一載，我母必念我，我當歸。君離鄉亦久，能同歸乎？”鳳曰：“我本不勤耕鑿，而志切於名宦，今日遠離鄉國，索米於長安，無一公卿知。十年之漂蕩，大丈夫之氣概，焉能以面目回見故鄉之人也！”因泣謂侃曰：“君自當寧親，我誓不達不歸矣。”（《太平廣記》卷三四四引《瀟湘録》）

陜州東三十里,本無旅舍。行客或薄暮至此,即有人遠迎安泊,及曉前進,往往有死者。楊州客歐陽敏,侵夜至,其鬼即爲一老叟,迎歸舍。夜半後,叟詣客問鄉地,便以酒炙延待。客從容言及陰隲之事,叟甚有驚怍之色。客因怪之,乃問曰:“鬼神能侵害人乎? 人能害鬼乎?”叟曰:“鬼神之事,人不知,何能害之! 鬼神必不肯無故侵害人也……”(《太平廣記》卷三五〇引《瀟湘録》)

宗室(趙)善稃,居建昌城南之麻洲,與其子汝泰皆常取應薦名。該遇己酉覃霈,當補右列。父子俱詣闕料理,留滯旅舍,行囊將竭,捨而西歸,倩鄉人傅庸俟告命。既還舍,父夢子告至而己未也,寤而疑惑,謂塗中或有失墜之患。(《夷堅支甲》卷七《趙善稃》)

紹熙四年六月,吕德卿以石城宰詣府,道經雩都縣曲陽鋪東,暫泊於居民廖少大旅舍。盛暑偃息,少大者,頗可與語,因言:有親弟少四,好使酒尚氣,向時每每相淩,置不與校。所居有兩塘,各廣袤二十畝,田疇素薄,只仰魚利以資生。(而)弟忽起分析之議,勉從之。至取魚之時,弟倩村巫書符於瓦上,沉於吾(所)得東塘。洎舉網,不獲一鱗。徐知其然,亦召此巫,如前法,於是西塘亦然。(《夷堅支丁》卷三《廖氏魚塘》)

劉過,字改之,襄陽人。雖爲書生,而貲産贍足。得一妾,愛之甚。淳熙甲午預秋薦,將赴省試,臨岐眷戀,不忍行。在道賦《水仙子》一詞,每夜飲旅舍,輒使隨直小僕歌之……其詞鄙淺不工,姑以寫意而已。到建昌,游麻姑山,薄暮獨酌,屢歌此詞,思想之極,至於墮淚。(《夷堅支丁》卷六《劉改之教授》)

樂平杭橋人程覺迪功,字樂道,平生勤苦讀書,屢舉進士,四試禮部不利……慶元乙卯,銓試中選,調監鄂州酒。既受命還家,未半道,宿旅舍。中夜正睡間,聞異響從右目(耳)内起,其聲如雷。驚而悟,黑睛已爆裂,清汁流注滿席,而不甚痛,到曉,目遂枯。邸衆謂其夢寐中必有所見,程不爲人言,其異如此。(《夷堅支戊》卷八《程廸功失目》)

【餘干旅舍】 摇落暮天迥,青楓霜葉稀。孤城向水閉,獨鳥背人飛。

渡口月初上，鄰家漁未歸。鄉心正欲絶，何處擣寒衣。(《全唐詩》卷一四七劉長卿)

【西蜀旅舍春歎寄朝中故人呈狄評事】 春與人相乖，柳青頭轉白。生平未得意，覽鏡私自惜。四海猶未安，一身無所適。自從兵戈動，遂覺天地窄。功業悲後時，光陰歎虚擲。却爲文章累，幸有開濟策。何負當途人，無心矜窘厄。回瞻後來者，皆欲肆轥轢。起草思南宫，寄言憶西掖。時危任舒卷，身退知損益。窮巷草轉深，閒門日將夕。橋西暮雨黑，籬外春江碧。昨者初識君，相看俱是客。聲華同道術，世業通往昔。早須歸天階，不得安孔席。吾先税歸鞅，舊國如咫尺。(《全唐詩》卷一九八岑參)

【送費子歸武昌】 漢陽歸客悲秋草，旅舍葉飛愁不掃。秋來倍憶武昌魚，夢著只在巴陵道。曾隨上將過祈連，離家十年恒在邊。劍鋒可惜虚用盡，馬蹄無事今已穿。知君開館常愛客，樗蒱百金每一擲。平生有錢將與人，江上故園空四壁。吾觀費子毛骨奇，廣眉大口仍赤髭。看君失路尚如此，人生貴賤那得知。高秋八月歸南楚，東門一壺聊出祖。路指鳳皇山北雲，衣沾鸚鵡洲邊雨。勿歎蹉跎白髮新，應須守道勿羞貧。男兒何必戀妻子，莫向江村老却人。(《全唐詩》卷一九九岑參)

【硤州旅舍奉懷蘇州韋郎中】公頻有尺書，頗積離鄉之思。 儒服學從政，遂爲塵事嬰。銜命東復西，孰堪異鄉情。懷禄且懷恩，策名敢逃名。羡彼農畝人，白首親友并。江山入秋氣，草木彫晚榮。方塘寒露凝，旅館凉飈生。懿交守東吴，夢想聞頌聲。雲水方浩浩，離憂何時平。(《全唐詩》卷二五三令狐峘)

【過章秀才洛陽客舍】 達人心自適，旅舍當閒居。不出來時徑，重看讀了書。晚山嵐色近，斜日樹陰疏。盡是忘言客，聽君誦子虚。(《全唐詩》卷二七二姚倫)

【同耿湋宿陸澧旅舍】 當軒雲月開，清夜故人杯。擁褐覺霜下，抱琴聞雁來。迎風君顧步，臨路我遲迴。雙鬢共如此，此懽非易陪。(《全唐詩》卷

二七九盧綸)

【秋日旅舍别司空文明】 凉風颯窮巷,秋思滿高雲。吏隱俱不就,此心仍别君。素懷宗淡泊,羈旅念功勳。轉憶西林寺,江聲月下聞。(《全唐詩》卷二八五李端)

【旅舍對雪贈考功王員外】 楊花驚滿路,麵市忽狂風。驟下摇蘭葉,輕飛集竹叢。欲將瓊樹比,不共玉人同。獨望徽之棹,青山在雪中。(《全唐詩》卷二八五李端)

【送盧堪】 羈貧不易去,此日始西東。旅舍秋霖葉,行人寒草風。酒醒餘恨在,野餞暫遊同。莫使禰生刺,空留懷袖中。(《全唐詩》卷二九三司空曙)

【秋蟬聲】 蕭條旅舍客心驚,斷續僧房静又清。借問蟬聲何所爲,人家古寺兩般聲。(《全唐詩》卷三〇四劉商)

【南塘二首】(其一) 南塘旅舍秋淺清,夜深緑蘋風不生。蓮花受露重如睡,斜月起動鴛鴦聲。(《全唐詩》卷四八七鮑溶)

【暮冬長安旅舍】 湖外誰相識,思歸日日頻。遍尋新住客,少見故鄉人。失計空知命,勞生耻爲身。惟看洞庭樹,即是舊山春。(《全唐詩》卷五〇三周賀)

【春日旅舍書懷】 出去歸來旅食人,麻衣長帶幾坊塵。開門草色朝無客,落案燈花夜一身。貧舍卧多消永日,故園鶯老憶殘春。蹉跎冠蓋誰相念,二十年中盡苦辛。(《全唐詩》卷五五九薛能)

【秋夜旅舍寓懷】 庭鎖荒蕪獨夜吟,西風吹動故山心。三秋木落半年客,滿地月明何處砧。漁唱亂沿汀鷺合,雁聲寒咽隴雲深。平生只有松堪對,露浥霜欺不受侵。(《全唐詩》卷五五九薛能)

【秋日旅舍寄義山李侍御】　一水悠悠隔渭城，渭城風物近柴荆。寒蛩乍響催機杼，旅雁初來憶弟兄。自爲林泉牽曉夢，不關砧杵報秋聲。子虚何處堪消渴，試向文園問長卿。(《全唐詩》卷五八三温庭筠)

【春日旅舍】　未識東西南北路，青春白日坐銷難。如何一别故園後，五度花開五處看。(《全唐詩》卷五八七李頻)

【旅懷】　終年唯旅舍，只似已無家。白髮除還出，丹霄去轉賒。夏遊窮塞路，春醉負秦花。應是穹蒼意，空教老若耶。(《全唐詩》卷六〇三許棠)

【巴南旅舍言懷】　萬浪千巖首未回，無憀相倚上高臺。家山如畫不歸去，客舍似讎誰遣來。紅淚罷窺連曉燭，碧波休引向春杯。後時若有青雲望，何事偏教羽翼摧。(《全唐詩》卷六五四羅鄴)

【送顧雲下第】　行行杯酒莫辭頻，怨歎勞歌兩未伸。漢帝後宫猶識字，楚王前殿更無人。年深旅舍衣裳敝，潮打村田活計貧。百歲都來多幾日，不堪相别又傷春。(《全唐詩》卷六六三羅隱)

【旅舍書懷寄所知二首】(其一)　思量前事不堪尋，牢落餘情滿素琴。四海豈無騰躍路，一家長有别離心。道從汩没甘雌伏，迹恐因循更陸沈。寂寞誰應弔空館，異鄉時節獨霑襟。(《全唐詩》卷六六四羅隱)

【旅舍早起】　迹暗心多感，神疲夢不遊。鷩舟(烏)同厭夜，獨樹對悲秋。晚(曉)角和人戰，殘星入漢流。門前早行子，敲鐙唱離憂。(《全唐詩》卷六六九章碣)

【秋日旅舍卧病呈所知】　秋色上庭枝，愁懷切向誰。青雲無勢日，華髮有狂時。枕上聞風雨，江南繫别離。如何吟到此，此道不聞知。(《全唐詩》卷六九一杜荀鶴)

【旅舍卧病】　家隔西秦無遠信，身隨東洛度流年。病來旅館誰相問，

牢落閒庭一樹蟬。(《全唐詩》卷七三〇李九齡)

【送友人遊湘中】 懷才難自住,此去亦如僧。何處西風夜,孤吟旅舍燈。路沿湘樹叠,山入楚雲層。若有東來札,歸鴻亦可憑。(《全唐詩》卷八三九齊己)

【初冬旅舍早懷】 枕上角聲微,離情未息機。夢回三楚寺,寒入五更衣。月没棲禽動,霜晴凍葉飛。自慚行役早,深與道相違。(《全唐詩》卷八五〇懷浦)

【中牟縣旅舍喜同年高紳著作見訪】是時紳將命集津命櫂,不期而會陝郊。

古縣日初沉,軺車忽見尋。不將遷客累,方認故人心。無酒銷寒漏,挑燈聽遠砧。陝郊千里路,並轡未妨吟。(《王黄州小畜集》卷八)

【硤石縣旅舍】 霜乾紅葉飛,遷客思凄凄。處險人垂瘦,登山馬阻蹄。籬荒蛬韻苦,雲凍雁行低。此夕應無寐,何煩報曉雞。(《王黄州小畜集》卷八)

【聞鵯鶋】 紙窗未白燭微明,鵯鶋枝頭一兩聲。却憶去年桃李後,淮陽旅舍聽殘更。(《張耒集》卷三二)

【會稽旅舍言懷】 北山之北寄柴扉,茅屋参差倚翠微。老罷那知還作客,春來無奈苦思歸。淹留恐復荒三徑,潦倒寧堪鳧六飛。乘雁雙鳧成底事,不應容易裂荷衣。(《北山集》卷一〇)

【雙流旅舍】(其二) 西風黄葉滿江村,瘦馬來穿渡口雲。動地傳呼逢醉尉,誰何禁殺故將軍。(《劍南詩藁》卷八)

【豐橋旅舍作】 我本山林人,心期在塵表。出門消底物,兩屩萬事了。群兒何足愠,爲爾常悄悄。今朝山中路,更喜相識少。三叉市人醉争席,豐橋逆旅留饋食。小婦梳髻高一尺,梭聲札札當户織。(《劍南詩藁》卷八)

旅館

韓熙載,字叔言,北海人也……奉使中原,爲《感懷詩》三章,署於館壁云:"未到故鄉時,將爲故鄉好。及至親得歸,争如身不到。日(目)前相識無一人,出入空傷我懷抱。風雨蕭蕭旅館秋,歸來窗下和衣倒。夢中忽到江南路,尋得花中舊居處。桃臉蛾眉笑出門,争向前頭擁將去。"又:"僕本江北人,今作江南客。再去江北遊,舉目無相識。金風吹我寒,秋月爲誰白。不如歸去來,江南有人憶。"(《馬氏南唐書》卷一三《韓熙載傳》;《詩話總龜》前集卷二四)

長沙義妓者,不知其姓氏,善謳,尤喜秦少游樂府,得一篇,輒手筆口哦不置。久之,少游坐鈎黨南遷,道經長沙,訪潭土風俗,妓籍中可與言者,或舉妓,遂往訪。少游初以潭去京師數千里,其俗山獠陋劣,雖聞妓名,意甚易之。及覩其姿容既美,而所居復瀟灑可人,即京洛間亦未易得,咄咄稱異……少游竟死於藤(州)。妓自與少游别……一日晝寢,寤驚曰:"吾與秦學士别,未嘗見夢,今夢來别,非吉兆也。"亟遣僕沿途覘之,數日得報,乃謂媪曰:"吾昔以此身許秦學士,今不可以死故背之。"遂衰服以赴。行數百里,遇於旅館,將入,門者禦焉。告之故而後入,臨其喪,拊棺,繞之三週,舉聲一號而絶,左右驚救,之已死矣。(《宋稗類鈔》卷一七)

【晚憩南陽旅館】 旅館何年廢,征夫此日過。途窮人自哭,春至鳥還歌。行路新知少,荒田古徑多。池篁覆丹谷,墳樹遶清波。日照蓬陰轉,風微野氣和。傷心不可去,回首怨如何。(《全唐詩》卷八二劉希夷)

【唐城館中早發寄楊使君】 犯霜驅曉駕,數里見唐城。旅館歸心逼,荒村客思盈。訪人留後信,策蹇赴前程。欲識離魂斷,長空聽雁聲。(《全唐詩》卷一六〇孟浩然)

【除夜作】 旅館寒燈獨不眠,客心何事轉悽然。故鄉今夜思千里,愁鬢明朝又一年。(《全唐詩》卷二一四高適)

【冬夜題旅館】 退飛憶林藪,樂業羡黎庶。四海盡窮途,一枝無宿處。嚴冬北風急,中夜哀鴻去。孤燭思何深,寒窗坐難曙。勞歌待明發,惆悵盈百慮。(《全唐詩》卷二三六錢起)

【下邽客舍喜叔孫主薄鄭少府見過】 良宵復杪秋,把酒説羈遊。落木東西别,寒萍遠近流。蕭條旅館月,寂歷曙更籌。不是仇梅至,何人問百憂。(《全唐詩》卷二六八耿湋)

【維揚冬末寄幕中二從事】 江上數株桑棗樹,自從離亂更荒凉。那堪旅館經殘臘,衹把空書寄故鄉。典盡客衣三尺雪,鍊精詩句一頭霜。故人多在芙蓉幕,應笑孜孜道未光。(《全唐詩》卷三〇〇王建)

【逼寒節寄崔七】崔七,湖州崔使君之子。 閒庭只是長莓苔,三徑曾無車馬來。旅館尚愁寒食火,羈心懶向不然灰。門前下客雖彈鋏,溪畔窮魚且曝腮。他日趨庭應問禮,須言陋巷有顔回。(《全唐詩》卷三〇六朱灣)

【次滕老莊】 征途無旅館,當晝喜逢君。羸病仍留客,朝朝掃白雲。(《全唐詩》卷三二九權德輿)

【旅懷】 舊里已悲無産業,故山猶戀有煙霞。自從爲客歸時少,旅館僧房却是家。(《全唐詩》卷五一八雍陶)

【秋夕旅館言事】 一點孤燈萬里身,離腸曾攪九回頻。梧桐自管秋來雨,蟋蟀誰妨夜後人。枕上夢將衣共短,卷中詩與髮同新。江邊但厭攜琴去,明月西風滿路塵。(《南陽集》卷三)

【旅館寫懷】 垂成歸不得,危坐對滄浪。病葉驚秋色,殘蟬怕夕陽。可堪疏舊計,寧復更剛腸。的的孤峰意,深宵一夢狂。(《林和靖先生詩集》卷一)

【旅館】 滿月還成破鏡飛,流螢清露夜依依。弄兒看織無窮樂,咫尺

嵩雲不得歸。鮑昭詩云:"弄兒戲床頭,看婦機中織。"(《彭城集》卷一八)

【秋夕旅館談禪用元韻呈林夫】 義以酬和不顧形,孤標直氣蔚亭亭。天涯調宦頭將白,江上論交眼倍青。自性本空觀水月,外塵相染喻風鈴。昨宵共説無生話,勝讀西來一藏經。(《青山續集》卷六;《清江三孔集》卷二三)

客舍

郭解,河内軹人也……爲人短小恭儉,出未嘗有騎,不敢乘車入其縣庭。之旁郡國,爲人請求事,事可出,出之,不可者,各令厭其意,然後乃敢嘗酒食。諸公以此嚴重之,争爲用。邑中少年及旁近縣豪夜半過門,常十餘車,請得解客舍養之。師古曰:"舍,止也,言解多藏亡命,喜事少年與解同志者,知亡命者多歸解,故夜將車來,迎取其人居止而養之。"(《漢書》卷九二《郭解傳》)

靈帝數遊戲於西園中,令後宫采女爲客舍主人,身爲商賈服。行至舍,采女下酒食,因共飲食,以爲戲樂,此服妖也。其後天下大亂。(《後漢書·五行志一》)

(唐玄宗開元二十九年春正月丁丑,)禁九品已下清資官置客舍、邸店、車坊、士庶厚葬。(《舊唐書》卷九《玄宗紀下》)

楊再思,鄭州原武人也。少舉明經,授玄武尉。充使詣京師,止於客舍。會盜竊其囊裝,再思邂逅遇之,盜者伏罪。(《舊唐書》卷九〇《楊再思傳》)

(渭水北出,西头)第三門,本名杜門,亦曰利城門,王莽更名進和門。臨水亭。其外有客舍,故民曰客舍門,又曰洛門也。凡此諸門,皆通逵九達,三途洞開,隱以金椎,周以林木,左出右入,爲往來之徑,行者升降,有上下之别。(《水經注》卷一九)

《錢起詩》二卷。右唐錢起,徽之父也,吴郡人。天寶中舉進士。初從鄉薦,客舍月夜,聞人哦於庭曰:"曲終人不見,江上數峰青。"起攝衣從之,無所見矣。及就試，詩題乃《湘靈鼓瑟》也。起即以鬼謠十字爲落句，主文李暐深嘉之，擢置高第。釋褐授校書郎，終考功。與郎士元齊名，時曰：“前有沈宋，後有錢郎。”(《郡齋讀書志》卷一七)

桓公問於管子曰：“衡有數乎？”管子對曰：“衡無數也……”桓公曰：“行事奈何？”管子對曰：“請以令，爲諸侯之商賈立客舍。一乘者有食，三乘者有芻菽，五乘者有伍養，天下之商賈歸齊若流水。”(《管子》卷二四)

唐人詩行役異鄉，懷歸感歎而意相同者，如賈島云：“客舍并州已十霜，歸心日夜憶咸陽。無端更渡桑乾水，却望并州是故鄉。”竇鞏云：“風雨荆州二月天，問人初雇峽中船。西南一望雲和水，猶道黔南有四千。”柳宗元云：“林邑山聯瘴海秋，牂柯(牁)水向郡前流。勞君更問龍池地，正北三千到錦州。”李商隱云：“君問歸期未有期，巴山夜雨漲秋池。何時共翦西窗燭，却話巴山夜雨時。”皆佳作也。(《墨莊漫録》卷五)

馬氏兄弟五人，共居澗、穀二水之交，作五門客舍，因舍以爲名，今在河南西四十里，以《山海經》推校，里數不殊。(《太平御覽》卷六二引《三輔决録注》)

衛農與妻宿客舍。遇雷(風)雨，妻夢虎齧其足，驚起相謂曰：“我此行未宜，天欲戮我。”夫妻出中夜(庭)，叩頭，屋壞，壓殺數十人。(《太平御覽》卷一八一引皇甫謐《列女傳》)

沔城内有赤湖客舍，襄陽大道經城中過。元嘉十一年，連雨，城南門沮壞，得土中故楠柱，長一丈七尺，臨川康王取以爲大齋西北柱。(《太平御覽》卷一八七引《江陵記》)

薛昭文爲右諫議大夫。同光二年五月，上疏陳十事……其九曰：臣伏見諸司行事官，或歷任分明，選限尚遠；或出身欠少，入任無門。聞陛下應千年之運，建一統之功，謂聖日照臨，幽顯不陋，皆辭親裹足，迢遞而來，冀郊禋之時，希求恩澤。今所司磨勘駮放，十分去其九分。訪問駐京日，多客舍窮悴。其見在未出京者，伏乞降宣旨，稍賜慰安。或有粗堪任使者，即乞委銓司，量

才注擬。不堪收擢者，亦聊錫資財，以濟歸路，所以閔職勞而示君德也。(《册府元龜》卷五四七)

初，董昌未敗前，狂人於越中旗亭客舍，多題詩四句曰："日日草重生，悠悠傍素城。諸侯逐白兔，夏滿鏡湖平。"初人不曉其詞，及昌敗方悟。(《太平廣記》卷一六三引《會稽録》)

周杭州臨安尉薛震，好食人肉。有債主及奴詣臨安，於客舍遂飲之醉，殺而臠之，以水銀和煎，並骨消盡。(《太平廣記》卷二六七引《朝野僉載》)

【温泉馮劉二監客舍觀妓】 温谷寒林薄，群遊樂事多。佳人蹀駿馬，乘月夜相過。秀色然紅黛，嬌香發綺羅。鏡前鸞對舞，琴裏鳳傳歌。妒寵傾新意，銜恩奈老何。爲君留上客，歡笑斂雙蛾。(《全唐詩》卷八八張説)

【洛陽客舍逢祖詠留宴】 綿綿鐘漏洛陽城，客舍貧居絶送迎。逢君貰酒因成醉，醉後焉知世上情。(《全唐詩》卷一一四蔡希寂)

【洪州客舍寄柳博士芳】 去年燕巢主人屋，今年花發路傍枝。年年爲客不到舍，舊國存亡那得知。胡塵一起亂天下，何處春風無别離。(《全唐詩》卷一一七薛業)

【宿華陰東郭客舍憶閻防】 次舍山郭近，解鞍鳴鐘時。主人炊新粒，行子充夜飢。關月生首陽，照見華陰祠。蒼茫秋山晦，蕭瑟寒松悲。久從園廬别，遂與朋知辭。舊壑蘭杜晚，歸軒今已遲。(《全唐詩》卷一九八岑參)

【下第題長安客舍】 不遂青雲望，愁看黄鳥飛。梨花度寒食，客子未春衣。世事隨時變，交情與我違。空餘主人柳，相見却依依。(《全唐詩》卷二三七錢起)

【羅江客舍】 山縣秋雲闇，茅亭暮雨寒。自傷庭葉下，誰問客衣單。有興時添酒，無聊懶整冠。近來鄉國夢，夜夜到長安。(《全唐詩》卷二七〇戎

昱）

【客舍書情寄趙中丞】　東楚復西秦，浮雲類此身。關山勞策蹇，僮僕慣投人。孤客來千里，全家託四鄰。生涯難自料，中夜問情親。（《全唐詩》卷二九四崔峒）

【除夜長安客舍】　十上書仍寢，如流歲又還。望家思獻壽，算甲恨長年。虛牖傳寒柝，孤燈照絶編。誰應問窮轍，泣盡更潸然。（《全唐詩》卷三四九歐陽詹）

【商州客舍】　商山風雪壯，遊子衣裳單。四望失道路，百憂攢肺肝。日短覺易老，夜長知至寒。淚流瀟湘弦。調苦屈宋彈。識聲今所易，識意古所難。聲意今詎辨，高明鑒其端。（《全唐詩》卷三七四孟郊）

【旅次朔方】　客舍并州數十霜，歸心日夜憶咸陽。無端又渡桑乾水，却望并州似故鄉。（《全唐詩》卷四七二劉皂、卷五七四賈島）

【邊州客舍】　開門不成出，麥色徧前坡。自小詩名在，如今白髮多。經年無越信，終日厭蕃歌。近寺居僧少，春來亦懶過。（《全唐詩》卷五五四項斯）

【自詠】　客舍張羅静，流年激箭過。愁餘驚斛滿，淚盡覺珠多。鶗鴂悲秋極，芎藭奈疾何。振纓清濁水，持酒短長歌。潘岳傷憀慄，蘇生困揣摩。經綸誰一問，邁軸老中阿。（《景文集》卷二一）

【和就日館】　戎疆迢遞戴星行，朔騎奔馳束火迎。人向萬山峰外過，月從雙石嶺間生。館之東南有雙峰山，行李將至，見月初上。馬蹄看即三千里，客舍今踰四十程。十月五日出都，迨今四十一日矣。每念皇華承命重，愧無才譽副群情。（《蘇魏公文集》卷一三）

【馬病】　羸病何其久，仁心到棧頻。須憐苜蓿歉，當認主人貧。客舍

同蕭索，山程共苦辛。未能逢伯樂，且可自相親。(《傳家集》卷一一)

【客舍早春】 早春晴靄乍悠悠，客舍深沈物趣幽。日薄草頭初破甲，風旋鳥毳偶成毬。庭柯憔悴紅猶遠，池水澄明淥漸浮。隱吏近來多鞅掌，紓懷何處一登樓。(《錢塘集》卷五)

【次韻王稚川客舍二首】舊詩。 五湖歸夢常苦短，一寸客愁無奈多。慈母每占烏鵲喜，閨人應賦扊扅歌。

身如病鶴翅翎短，心似亂絲頭緒多。此曲朱門歌不得，湖南湖北竹枝歌。百里奚仕秦，其妻歌曰："百里奚，五羊皮。憶别時，烹伏雌，炊扊扅。今日富貴忘我爲。"(《山谷集》卷九)

【絶句】 竟陵秋色清如水，客舍飄梧墜晚階。已掩重門風葉定，玉鈎還向玉人來。(《張耒集》卷二九)

【白鷺亭】 倦遊客舍不勝閒，日日清江見倚闌。少待西風吹雨過，更從二水看淮山。(《范石湖集》卷二)

【夕雨·又】 獨夜初傳漏，空齋半掩扉。候蟲燈下語，水鳥雨中歸。客舍愁彈劍，京塵怯化衣。故人招隱意，字字莫相違。(《劍南詩藁》卷一一)

【萍鄉客舍】 草罷惜春賦，持盃亦解歡。簷楹雙燕語，風雨百花殘。小閣無聊坐，征衣不耐寒。地爐燒石炭，强把故書看。(《石屏詩集》卷二)

旅店

女道士李玄真，越王貞之玄孫。曾祖珍子，越王第六男也。先天中得罪，配流嶺南。玄真祖、父皆亡殁於嶺外，雖曾經恩赦，而未昭雪。玄真進狀曰："去開成三年十二月内，得嶺南節度使盧鈞出俸錢接措，哀妾三代旅櫬暴露，各在一方，特與發遣，歸就大塋合祔。今護四喪，已到長樂旅店權下，未委故越王墳所在,伏乞天恩,允妾所奏,許歸大塋。妾年已六十三,孤露(孀)家貧,更無依倚。”(《舊唐書》卷一九三《李玄真傳》;《册府元龜》卷三九)

(後)唐同光四年三月,中書門下奏議:“左拾遺王松、吏部員外郎李慎儀上疏,以諸道州縣,皆是攝官,誅剥生靈,漸不存濟……其年選人及行事官一千二百五十餘員,得官者才及數十,皆以渝濫爲名,盡被焚毁棄逐,或斃踣於旅店,或號哭於道途。以至二年已來,選人不敢赴集,銓曹無人可注,中書無人可除。去年闕近二千,授官不及六十。伏請特降敕文,宣布遐邇,明往年制置,不自於宸衷;此日焦勞,特頒於睿澤。望以中書條件及王松等所論事節,委銓司點檢,務在酌中,以爲定制。”從之。(《舊五代史》卷一四八《選舉志》;《册府元龜》卷六三二)

(女真國)其道路則無旅店,行者悉主於民家。主人初則拒之,拒之不去,方具飲食而納之。苟拒而去之,則餘家無復納者。(《三朝北盟會編》卷三)

江爲,建州人,工於詩。乾祐中,福州王氏國亂。有故人,任福州官屬,恐禍及,一旦亡去。將奔江南,乃間道謁爲,經數日,爲且與草《投江南表》。其人未出境,遭邊吏所擒,仍於囊中得所撰表章,於是收爲,與奔者俱械而送。爲臨刑,詞色不撓,且曰:“稽康之將死也,顧日影而彈琴。吾今琴則不暇,彈賦一篇可矣。”乃索筆賦詩曰:“衙(街)鼓侵人急,西傾日欲斜。黄泉無旅店,今夜宿誰家。”聞者莫不傷之。(《五代史補》卷五《江爲臨刑賦詩》)

光州檢田官蔣舜卿行山中,見一人,方採林檎一二枚,與之食,因爾不飢。家人以爲得鬼食,不治將病,求醫甚切,而不能愈。後聞壽春有叟善醫,乃往訪之。始行一日,宿一所旅店。有老父問以所患,具告之。父曰:“吾能救之,無煩遠行也。”出藥方寸匕服之,此二林檎如新,父收之去。舜卿之飲食如常。既歸,他日復訪之,店與老父俱不見矣。(《太平廣記》卷八五引《稽神録》)

王汀應舉時,至滑州旅店,夢射王慎徵,一箭而中。及將放榜,或告曰:“君名第甚卑。”汀答曰:“苟成名,當爲第六人。”及見榜,果如所言。(《太平廣

記》卷一八四引《玉堂閑話》)

田招者,廣陵人也。貞元初,招以他事至於宛陵。時招有表弟薛襲在彼。襲見招至,主禮極厚。因一日,招謂襲曰:"我思犬肉食之。"襲乃諸處覓之,了不可得。招曰:"汝家内犬何用?可殺而食之。"襲曰:"此犬養來多時,誰忍下手。"招曰:"吾與汝殺之。"言訖,招欲取犬,忽乃失之,莫可求覓。後經旬日……招夜至旅店,將宿,其犬亦隨而宿之。伺招睡,乃咋其首,銜歸焉。(《太平廣記》卷四三七引《集異記》)

馬湘,字自然,杭州鹽官縣人也……又南遊霍桐山。入長溪縣界,夜投旅店。宿舍少而行旅已多,主人戲言:"無宿處,道士能壁上睡,即相容。"已逼日暮,知微延叟曰:"祇能舍宿,争會壁睡?"湘曰:"爾但俗旅中睡,我坐可到明。"衆皆睡而湘躍身梁上,一脚掛梁倒睡。適主人夜起,燭火照見,大驚異。(《雲笈七籤》卷一一三下;《續仙傳》卷上)

【奏事宜表】 臣某言……臣於太平興國四年任宋州録事參軍,太宗聖駕在鎮州,抽臣赴行闕。是歲三月二十四日,臣至洺州南旅店中,遇晉人程再榮自鎮州迴。臣問收太原事,程再榮言太祖水浸河東年,再榮在河東,爲僞命殿直……(《河東柳先生集》卷一〇)

【曉發昭應】 行人見雪愁,初作帝鄉游。旅店開偏早,鄉帆去未收。燈殘催卷席,手冷怕梳頭。是物寒無色,湯泉正自流。(《全唐詩》卷五五四項斯)

【禁旅店不許遞傳單獨】 訪聞管下旅店,遇有單獨困病或流移之人到店,多是慮其死亡,更不容留,遂行遞傳,驅逐出界,因此喪命。合行下諸縣多印榜文,於旅店約束,遇有過往單獨飢餓困病之人,即仰所到店户,不得遞傳扛擡送出外界,許就便米場驗實,量給口食。(《晦庵集》别集卷六)

【小溪道中】 晚出城西門,循牆過南境。夏橋日沈輝,旅店月成影。納納出路遥,聒聒水聲冷。攲枕擁衾裯,樂此寒夜永。(《攻媿集》卷三)

【青山買舟】 落日千烏外，青山一望中。買舟群僕喜，兀坐與誰同。旅店孤煙起，田家曲港通。鷗盟暫時乞，又踏軟塵紅。（《尊白堂集》卷一）

【旅店蚤起】 半醒夢猶在，擁衾無限情。曉窗燈影澹，山路雪吟清。歲暮羨歸客，囊空嫌去程。故書多廢理，驚愧動心旌。（《宋百家詩存》卷三四薛嵎）

李義山遊長安，投宿旅店。適會客，因召與坐，不知爲義山也。酒酣，客賦《木蘭花詩》，衆皆誇示。義山後成，詩曰："洞庭波冷曉侵雲，日日征帆送遠人。幾度木蘭舟上望，不知花是此船身。"坐客大驚，詢之，方知是義山。《古今詩話》。《零陵總記》載《木蘭花詩》是陸龜蒙所作。（《詩話總龜》前集卷二〇）

邸店

（梁徐勉以疾自陳，求解内任。雖居顯位，不營産業，家無蓄積，俸禄分贍親族之窮乏者。門人故舊）或使創闢田園，或勸興立邸店。又欲舳艫運致，亦令貨殖聚斂。若此衆事，皆距而不納。（《梁書》卷二五《徐勉傳》）

（北齊武平中，）給事黄門侍郎顔之推奏請立關市邸店之税，開府鄧長顒贊成之，後主大悦。（《隋書》卷二四《食貨志》）

（楊）雖有建立之策及平楊諒功，然特爲帝所猜忌……負（貪）冒財貨，營求産業。東西二京，居宅侈麗，朝毁夕復，營繕無已。爰及諸方都會處，邸店水磑并利田宅以千百數，時議以此鄙之。（《隋書》卷四八《楊素傳》）

大曆四年正月十八日，敕有司定天下百姓及王公已下每年税錢……其百姓有邸店行鋪及鑪冶，應準式合加本户二等税者，依此税數勘責徵納。（《舊唐書》卷四八《食貨志上》；《唐會要》卷八三）

趙在禮，字幹臣，涿州人也……歷十餘鎮，善治生殖貨，積財鉅萬。兩京及所莅藩鎮，皆邸店羅列。（《舊五代史》卷九〇《趙在禮傳》）

（前蜀王衍時教令賣官，）自刺史以下，每一官闕，必數人並争。而入錢多者得之。通都大邑起邸店，以奪民利。（《新五代史》卷六三《王衍傳》）

趙普，字則平，幽州薊人……又以隙地私易尚食蔬圃，以廣其居。又營邸店規利。盧多遜爲翰林學士，因召對，屢攻其短。（《宋史》卷二五六《趙普傳》）

（宋太祖開寶三年三月，）忠武節度使宋偓市邸店於所部，上聞之，不悦，戊申，徙偓爲静難節度使。（《續資治通鑑長編》卷一一）

（宋真宗咸平五年二月）乙酉，詔戍邊軍士疾病并戰没者，春冬衣聽給其家。除果州官邸店本課外地鋪錢。（《續資治通鑑長編》卷五一）

（唐律：）諸監臨之官，私役所監臨及借奴婢、牛馬駝騾驢、車船、碾磑、邸店之類，各計庸賃，以受所監臨財物論。（《通典》卷一六五）

（唐肅宗）上元二年正月敕："《名例律》：'評贓者皆據犯處當時物價，及上絹估評功庸者。計一人一日，爲絹三尺，牛馬驢騾車亦同。其船及碾磑邸店之類，各依當時賃直，庸雖多，不得過其本價。'自今已後，應定贓數，宜約當時絹估，並准實錢。"（《唐會要》卷四〇）

（唐代宗大曆）十四年六月一日敕："諸坊市邸店樓屋，皆不得起樓閣。臨市人家，勒百日内毁拆。"至九月二十日，京兆尹嚴郢奏："坊市邸店舊樓，請不毁。"（從之。）（《唐會要》卷五九）

顯德二年四月，詔曰："惟王建國，實曰京師。度地居民，固有前則。東京華夷輻輳，水陸會通。時向隆平，日增繁盛……加以坊市之中，邸店有限，工商外至，絡繹無窮，僦賃之資，增添不定。貧乏之户，供辦實多（難）。而又屋宇交連，街衢湫隘。入夏有暑濕之苦，居常多煙火之憂。將便公私，須廣都邑。宜令所司於京城四面，别築羅城，先立表識……"（《五代會要》卷二六）

大業六年，諸夷來朝，請入市交易。煬帝許之。於是修飾諸行，葺理邸店，皆使甍宇齊正，卑高如一，瓌貨充積，人物華盛。時諸行鋪競崇侈麗，至賣菜者亦以龍鬚席藉之，夷人有就店飲噉，皆令不取直。胡夷驚視，寖以爲常。(《太平御覽》卷一九一引《西京記》)

店家

瓦子前日新樓鄭厨開沽，俱有妓女以待風流才子，買笑追歡耳，如酒肆門首排設杈子及梔子燈等，蓋因五代時郭高祖游幸汴京，茶樓酒肆俱如此裝飾，故至今店家倣傚成俗也。(《夢粱録》卷一六)

産鯉魚。余爲海州太守，或云郡門外有魚户飯店家，一婦産鯉魚十四頭，相續而出，極爲痛楚，生畢而斃，魚獨無恙。予初未之信，臨行，飲於天寧，正見其夫爲作齋，呼來問之，信然。(《説郛》卷二八下錢功《澹山雜識》)

選人李主簿者，新婚，東過華岳，將妻入廟，謁金天王。妻拜次，氣絶而倒，唯心上微暖。過(速)歸店，走馬詣華陰縣，求醫卜之人。縣宰曰："葉仙師善符術，奉詔投龍迴，去此半驛，公可疾往迎之。"李公單馬奔馳五十餘里，遇之。李生下馬，拜伏流涕，具言其事。仙師曰："是何魅怪，敢如此！"遂與先行，謂從者曰："鞍馱速馳來。"待(持)朱鉢及筆，至店家，已聞哭聲。仙師入見，(曰)："事急矣！且先將筆墨及紙來。"遂畫符焚香，以水噀之。符化北飛去，聲如旋風。(《太平廣記》卷三七八引《逸史》)

【荆門行】　江邊行人暮悠悠，山頭殊未見荆州。峴亭西南路多曲，櫟林深深石鏃鏃。看炊紅米煮白魚，夜向雞鳴店家宿。南中三月蚊蚋生，黄昏不聞人語聲。生紗帷疏薄如霧，隔衣噆膚耳邊鳴。欲明不待燈火起，唤得官船過蠻水。女兒停客茆屋新，開門掃地桐花裏。犬聲撲撲寒溪煙，人家燒竹種山田。巴雲欲雨薫石熱，麋鹿度江蟲出穴。大蛇過處一山腥，野牛驚跳雙角折。斜分漢水横千山，山青水緑荆門關。向前問箇長沙路，舊是屈原沈溺處。誰家丹旐已南來，逢著流人從此(北)去。月明山鳥多不棲，下枝飛上高枝啼。主人念遠心不懌，羅衫卧對章臺夕。紅燭交横各自歸，酒醒還是他鄉

客。壯年留滯尚思家,況復白頭在天涯。(《全唐詩》卷二九八王建)

【過招賢渡】 歸船舊掠招賢渡,惡灘横將船閣住。風吹日炙衣滿沙,嫗牽兒啼投店家。一生憎殺招賢柳,一生愛殺招賢酒。柳曾爲我礙歸舟,酒曾爲我消詩愁。(《誠齋集》卷一九)

【雙流旅舍】 孤市人稀冷欲冰,昏昏一盞店家燈。開門拂榻便酣寢,我是江南行脚僧。(《劍南詩藁》卷八)

【城東逆旅】 店家乞火燎征衣,溼竹生薪不受吹。更甚從戎戍邊日,正如隨計入關時。百年擾擾夢相似,萬事悠悠心自知。賴有牀頭周易在,不妨清坐忍朝飢。(《劍南詩藁》卷二二)

【村店】 水泛輕摇檝,山行穩跨驢。朝晡半晴雨,閭里雜樵漁。野鶩浮寒浦,飢鴉集老樗。店家看壞壁,忽見昔年書。(《劍南詩藁》卷六五)

【醴陵客店】 縣郭依稀隔渡頭,解鞍來倚店家樓。已攀桂樹吟招隱,因看梅花賦遠遊。市上俚音多楚語,橋邊碧色是湘流。直南鄉國三千里,目送羈鴻起暮愁。(《後村集》卷五)

【湘南江西道中十首】(其四) 去年冬至投僧寺,今歲陽生宿店家。獨夜無人堪晤語,青燈相對結寒花。(《後村集》卷六)

店户

(東京民俗:)凡百所賣飲食之人,裝鮮净盤合器皿,車檐動使,奇巧可愛……更有提茶瓶之人,每日鄰里互相支茶,相問動静。凡百吉凶之家,人皆盈門。其正酒店户,見脚店三兩次打酒,便敢借與三五百兩銀器。(《東京夢華録》卷五)

周廣順二年九月十八日,敕條流禁私鹽麴法如後:一諸色犯鹽麴,所犯

一斤以下至一兩，杖八十，配役……若鹽鋪、酒店户及諸色人與場院衷私貨賣者，並同罪科斷。(《五代會要》卷二七)

(唐文宗大和八年二月詔：)"京邑之内，本無榷酤。屬貞元用兵之後，費用稍廣，始定店户等第，令其納榷……"(《册府元龜》卷九一)

寧王常獵於鄠縣界。搜林，忽見草中一櫃，扃鎖甚固。王命發視之，乃一少女也……王驚悦之，乃載以後乘。時慕犖者方生獲一熊，置櫃中，如舊鎖之。時上方求極色，王以莫氏衣冠子女，即日表上之，具其所由，上令充才人。經三日，京兆奏：鄠縣食店有僧二人，以錢一萬獨賃店，一日一夜言作法事，唯舁一櫃入店中。夜久，腷膊有聲，店户人怪日出不啓門，撤户視之，有熊銜人走出，二僧已死，骸骨悉露。(《酉陽雜俎》前集卷一二)

山店

諫議宋文淵齊愈《宫詞》云："禁城春水碧溶溶，洗出桃花萬片紅。葉上細看無一字，始知無女怨春風。"《睢陽道中》云："竹溪噎絶雨才通，無數深紅間淺紅。山店落英春寂寂，青旗吹盡柳花風。向來松檜喜無恙，坐久復聞南澗鐘。隱隱修廊人語絶，四山滴瀝雪鳴風。"(《能改齋漫録》卷一一《宋文淵詩》)

盧多遜南遷朱崖，逾嶺，憩一山店。店嫗舉止和淑，頗能談京華事。盧訪之，嫗不知爲盧也，曰："家故汴都，累代仕族，一子事州縣。盧相公違法治一事，子不能奉，誣竄南方。到方周歲，盡室淪喪，獨殘老軀，流落居此，意有所待。盧相欺上罔下，倚勢害物，天道昭昭，行當南竄。未亡間庶見於此，以快宿憾爾。"因號呼泣下。盧不待食，促駕而去。(《澠水燕談録》卷九)

(蜀後主王衍幸秦州，在途賦詩唱和，令)成都尹韓昭、翰林學士李浩弼、徐光浦，並繼和……過白衛嶺，大尹韓昭進詩曰："吾王巡狩爲安邊，此去秦亭尚數千。夜照路岐山店火，曉通消息戍瓶煙。爲雲巫峽雖神女，跨鳳秦樓是謫仙。八駿似龍人似虎，何愁飛過大漫天。"(《太平廣記》卷二四一引《王氏聞見録》)

【宿東谿王屋李隱者】　山店不鑿井，百家同一泉。晚來南村黑，雨色和人煙。霜畦吐寒菜，沙雁噪河田。隱者不可見，天壇飛鳥邊。（《全唐詩》卷一九八岑參）

【漢川山行呈成少尹】　西蜀方攜手，南宫憶比肩。平生猶不淺，覊旅轉相憐。山店雲迎客，江村犬吠船。秋來取一醉，須待月光眠。

【送周子落第遊荆南】　足下復不第，家貧尋故人。且傾湘南酒，羞對關西塵。山店橘花發，江城楓葉新。若從巫峽過，應見楚王神。（《全唐詩》卷二〇〇岑參）

【山店】　登登山路行時盡，决决溪泉到處聞。風動葉聲山犬吠，一家松火隔秋雲。（《全唐詩》卷二八〇盧綸、卷三〇一王建）

【宿石澗店聞婦人哭】　山店門前一婦人，哀哀夜哭向秋雲。自説夫因征戰死，朝來逢著舊將軍。（《全唐詩》卷二八六李端）

【重過壽泉憶與楊九别時因題店壁】　商州南十里，有水名壽泉。湧出石崖下，流經山店前。憶昔相送日，我去君言還。寒波與老淚，此地共潺湲。一去歷萬里，再來經六年。形容已變改，處所猶依然。他日君過此，慇懃吟此篇。（《全唐詩》卷四三四白居易）

【留辭杭州姚合郎中】　波濤千里隔，抱疾亦相尋。會宿逢高士，辭歸值積霖。叢桑山店迥，孤燭海船深。尚有重來約，知無省閣心。（《全唐詩》卷五〇三周賀）

【宿山居】　山店燈前客，羇身未有媒。鄉關貧後别，風雨夜深來。上國求丹桂，衡門長緑苔。堪驚雙鬢雪，不待歲寒催。（《全唐詩》卷五一五朱慶餘）

【題商山店】　商山驛路幾經過，未到仙娥見謝娥。紅錦機頭抛皓腕，緑雲鬟下送横波。佯嗔阿母留賓客，暗爲王孫换綺羅。碧澗門前一條水，豈

知平地有天河。(《全唐詩》卷五六五韓琮)

【途中作】 瘦馬倦行役,斜陽勸著鞭。野橋寒樹亞,山店暮雲連。退鷁風雖急,攀龍志已堅。路人休莫笑,百里有時賢。(《全唐詩》卷六四五李咸用)

【江邊有寄】 江邊舊業半彫殘,每軫歸心即萬端。狂折野梅山店暖,醉吹村笛酒樓寒。只言聖代謀身易,争奈貧儒得路難。同病同憂更何事,爲君提筆畫漁竿。(《全唐詩》卷六五八羅隱)

【舍山店夢覺作】 曾爲流離慣別家,等閒揮袂客天涯。燈前一覺江南夢,惆悵起來山月斜。(《全唐詩》卷六九七韋莊)

【鄜州留别張員外】 江南相送君山下,塞北相逢朔漠中。三楚故人皆是夢,十年陳事只如風。莫言身世他時異,且喜琴尊數日同。惆悵却愁明日别,馬嘶山店雨濛濛。(《全唐詩》卷六九九韋莊)

【宿山店書懷寄東林令圖上人】 一宿山前店,旅情安可窮。猿聲鄉夢後,月影竹窗中。南楚征途闊,東吴舊業空。虎溪蓮社客,應笑此飄蓬。(《全唐詩》卷七四七李中)

【池陽山店】 數家村店簇山旁,下馬危橋已夕陽。驚鳥忽銜谿靄破,暗花閑墮塹風香。時間盤泊心猶戀,日後尋思興必狂。可惜迴頭一聲笛,酒旗摇曳出疏篁。(《林和靖先生詩集》卷二)

【寒食許昌道中寄幕府諸君】 原上煙蕪淡復濃,寂寥佳節思無窮。竹林近水半邊緑,桃樹連村一片紅。盡日解鞍山店雨,晚天回首酒旗風。遥知幕府清明飲,應笑驅馳羈旅中。(《傳家集》卷八)

【巖石邨店有石泉梅橘幽雅可愛】 巖下鳴泉淅瀝飛,誰知山店亦幽奇。已過野橘分金日,未見寒梅噴雪時。旋洗雲秔炊白玉,自挑霜菔縷青

絲。慇懃賦詠留巖石,他日重來覓舊詩。(《梁谿集》卷五)

【送客山行】 嶺雲爲作小涼天,山店重來憶去年。獨樹丹楓誰不是?何須更立萬松前。(《誠齋集》卷七)

【山店松聲】 修塗殘暑僕夫勞,午憩茅檐尺許高。忽有涼風颯然起,小松呼舞大松號。(《誠齋集》卷二六)

【山店賣石榴取以薦酒】 山色蒼寒雲釀雪,旗亭據榻興悠哉。麴生正欲相料理,催喚風流措措來。(《劍南詩藁》卷一五)

【西路口山店】 日薄霜清十月天,馬蹄聲裹送流年。店當古路三叉處,山似孤雲兩角邊。孤雲兩角,在漢中。淹泊自悲窮不醒,衰殘更著病相纏。榆關瀚海知何在,目送飛鴻入暮煙。(《劍南詩藁》卷一七)

唐僧詩除皎然、靈徹三兩輩外,餘者卒皆衰敗不可救,蓋氣宇不宏,而見聞不廣也。今擇其稍勝者數聯於後。《清塞》云:"叢桑山店迥,孤燭海船深。寒扉關雨氣,風葉隱鐘音。"……亦足以見其清苦之致。(《對牀夜語》卷五)

水店

永昌中,華州敷水店西南坡,白晝飛四五里,直抵赤水,其坡上樹木禾黍,宛然無損。(《舊唐書》卷三七《五行志》;《朝野僉載》卷五;《太平廣記》卷三九八引《朝野僉載》)

孤竹,舊治營州界。州陷契丹後,寄治於昌平縣之清水店,爲州治。(《舊唐書》卷三九《地理志二》)

後唐明宗天成二年十月乙酉,帝幸汴州。戊子,至京水店。汴州分巡院官王榮走馬報,朱守殷已叛,帝親統禁軍,倍程先進。(《册府元龜》卷一一八)

廣明年中，鳳翔副使鄭侍郎昌圖未及第前，嘗自任以廣度弘襟，不拘小節，出入遊處，悉恣情焉。洎至輿論喧然，且欲罷舉。其時，同里有親表家僕，自宋亳莊上至，告其主人云：昨過洛京，於穀水店邊，逢見二黄衣使人西來，某遂與同行。至華岳廟前，二黄衣使與某告别，相揖於店後面……遂去。鄭公親表頗異其事，遂訪岐副（鄭昌圖），具話之，具（且）勉以就試。昌圖其年狀頭及第，榜尾鄒希回也，姓名、畫點皆同。（《太平廣記》卷一八三引《玉堂閒話》）

房玄齡、杜如晦微時，嘗自周偕之秦，宿敷水店。適有酒肉，夜深對食，忽見兩黑毛手出於燈下，若有所請，乃各以一炙置手中。有頃復出，若掬，又各斟酒與之，遂不復見。食訖，背燈就寢。（《太平廣記》卷三二七引《續玄怪録》）

前進士王洙，字學源，其先琅琊人，元和十三年春擢第。嘗居鄒魯間名山習業。洙自云，前四年時，因隨籍入貢，暮次滎陽逆旅。值彭城客秀才成自虚者，以家事不得就舉，言旋故里。遇洙，因話辛勤往復之意。自虚字致本，語及人間目睹之異。是歲，自虚十有一月八日東還，乃元和八年也。翼日，到渭南縣。方屬陰曀，不知時之早晚。縣宰黎謂留飲數巡。自虚恃所乘壯，乃命僮僕輜重，悉令先於赤水店俟宿，聊踟躕焉。東出縣郭門，則陰風刮地，飛雪霧天。行未數里，迨將昏黑，自虚僮僕，既悉令前去，道上又行人已絶，無可問程，至是不知所届矣。路出東陽驛南，尋赤水谷口道。去驛不三四里，有下塢，林月依微，略辨佛廟。自虚啓扉，投身突入，雪勢愈甚……遂策馬奔去。至赤水店，見僮僕，方訝其主之相失，始忙於求訪。自虚慨然，如喪魂者數日。（《太平廣記》卷四九〇引《東陽夜怪録》）

【送李餘及第後歸蜀】　十年人詠好詩章，今日成名出舉場。歸去唯將新誥牒，後來争取舊衣裳。山橋曉上芭蕉暗，水店晴看芋草黄。鄉里親情相見日，一時攜酒賀高堂。（《全唐詩》卷三八五張籍）

【十年三月三十日别微之於澧上十四年三月十一日夜遇微之於峽中停舟夷陵三宿而别言不盡者以詩終之因賦七言十七韻以贈且欲記所遇之地與相見之時爲他年會話張本也】　澧水店頭春盡日，送君上馬謫通川。夷陵

峽口明月夜，此處逢君是偶然。（《全唐詩》卷四四〇白居易）

【遊溪待月】　溪色思泛月，沿洄欲未歸。殘燈逢水店，疏磬憶山扉。夜浦漁驚少，空林鵲遶稀。可中纔望見，撩亂擣寒衣。（《全唐詩》卷八一七皎然）

村店

（宋真宗景德四年六月，以向）敏中知河南府，兼西京留守司事。嘗有僧，暮過村民家求寄止，主人不許。僧求寢於門外車箱中，許之。夜有盗入其家，自牆上扶一婦人并一囊衣而出。僧適不寐，見之，自念不爲主人所納，而强求宿，宿而主人亡其婦人及財，明日必執我詣縣矣。遂亡去，不敢循故道，走茅草間。忽墜眢井，則婦人已爲人所殺，先在其中矣。明日，主人搜訪亡僧并子婦尸，得之井中，執以詣縣，掠治，僧自誣云："與子婦奸，誘與俱亡，恐爲人所得，因殺之，投井中……"敏中固問之，僧乃以實對。敏中因密使吏訪其賊。吏食於村店，店嫗聞其自府來，不知其吏也，問之曰："僧某者其獄如何？"吏紿之曰："昨日已笞死於市矣。"嫗難曰，"今若獲賊，則何如？"吏曰："府已誤决此獄矣。雖獲賊，亦不敢問也。"嫗曰："然則言之無傷矣。彼婦人者，乃此村少年某甲所殺也。"吏曰："其人安在？"嫗指示其舍，吏就舍中掩捕獲之，案問具服，并得其贓，一府咸以爲神。（《續資治通鑑長編》卷六五）

（宋孝宗淳熙四年六月）癸巳，發峨眉縣。出西門，登山，過慈福、普安二院、白水莊、蜀村店。十二里，龍神堂，自是磵谷舂淙，林樾雄深。（《吴船録》卷上）

賈譚自言應舉時，從禽於鄠杜，忽於村店遇大僚避雨者。竊訪之，乃主司楊侍郎涉。當時匆遽，不暇脱韋袴衣襴，袖卷投贄，楊公稱歎再三。譚自以爲必入等矣，及榜出，則無名。有私於楊公者，公曰："譚好事業，但不脱衣袴，故爲累耳。"（《江南餘載》卷上）

今都城與郡縣酒務，及凡鬻酒之肆，皆揭大簾於外，以青白布數幅爲之，

微者隨其高卑小大,村店或掛缾瓢,標箒稈。唐人多詠於詩,然其制蓋自古以然矣。(《容齋隨筆》續筆卷一六《酒肆旗望》)

(後唐明宗長興)三年正月,前攝臨沂縣令孟師敏獻時務:"切見齊州村店要津,皆有闌頭,乞賜止絶。"敕旨:"比置關防津舖,爲要禁察奸凶。如或縱捨賊徒,透漏商税,既虧職分,難逭刑章。若敢阻滯行人,僥求潤己,但有發覺,並以枉法贓論。宜令諸道嘗切指揮,無使違犯。"(《册府元龜》卷六六)

長安自昭應縣至都門,官道左右村店之民,當大路市酒,量錢數多少飲之。亦有施者,與行人解之,故路人號爲"歇馬杯"。(《開元天寶遺事》卷下)

有米都知者,伶人也,善騷雅,有道之士。故西樞王公朴嘗愛其警策云:"小旗村店酒,微雨野塘花。"(《南部新書》癸卷)

東坡還,至(大)庾嶺上,少憩村店。有一老翁出,問從者曰:"官爲誰?"曰:"蘇尚書。"翁曰:"是蘇子瞻歟?"曰:"是也。"乃前揖坡曰:"我聞人害公者百端,今日北歸,是天祐善人也。"東坡笑而謝之,因題一詩於壁間云:"鶴骨霜髯心既灰,青松夾道手親栽。問翁大庾嶺頭住,曾見南遷幾個迴。"(《獨醒雜志》卷二)

頃有仕人,爲畿尉,常任賊曹。有一賊繫械,獄未具……此客聞已,歸告奴僕,乘馬便走,衣服悉棄於廳中。至夜,已行五六十里,出縣界,止宿村店。(《太平廣記》卷一九五引《原化記》)

有竇少卿者,家於故都,素(索)於渭北諸州。至村店中,有從者抱疾,寄於主人而前去。歷鄜延、靈夏,經年未歸,其從者尋卒於店中。此人臨卒,店主問曰:"何姓名?"此僕只言得竇少卿三字,便奄然無語。店主遂坎路側以埋之,卓一牌向道,曰"竇少卿墓"。(《太平廣記》卷二四二引《王氏見聞》)

衛庭訓,河南人,累舉不第。天寶初,乃以琴酒爲事……令怒,逐庭訓而焚梓桐神廟。庭訓夜宿村店,忽見梓桐神來曰:"非兄之過,乃弟合衰。弟今

往濯錦江立廟，極盛於此，可詣彼也。"言訖不見。（《太平廣記》卷三〇二引《集異記》）

牛生自河東赴舉。行至華州，去三十里，宿一村店。其日雪甚，令主人造湯餅。昏時，有一人窮寒，衣服藍縷，亦來投店。牛生見而念之，要與同食。此人曰："某窮寒，不辦得錢，今朝已空腹行百餘里矣。"遂食四五碗，便卧於牀前地上，其聲如牛。（《太平廣記》卷三四八引《會昌解頤録》）

義興人貝禧，爲邑之鄉胥。乾寧甲寅歲十月，宿於茭瀆别業。夜分，忽聞扣門者，人馬之聲甚衆。出視之，見一人，緑衣秉簡，西面而立，從者百餘。禧攝衣出迎，自通曰："隆，姓周，弟（第）十八。"即延入坐，問以來意，曰："身爲地府南曹判官……"乃出門，與周、殷各乘一馬，其疾如風，涉水不溺。至暮，宿一村店。店中具酒食，而無居人，雖設燈燭，如隔帷幔。云已行二千餘里矣。（《太平廣記》卷三七八引《稽神録》）

魯人東野賓王適吴。至盱眙村店，使僕夫糴米拾薪。俱未來，而馬已脱鞍解絡，飽於芳秀也。賓王羡曰："緑耳公，爾爲四足仙人，我是兩脚餓鬼。"（《清異録》卷上《四足仙人》）

【早春送宇文十歸吴】　春遲不省似今年，二月無花雪滿天。村店閉門何處宿，夜深遥喚渡江船。（《全唐詩》卷二七一竇鞏）

【早行】　雞唱催人起，又生前去愁。路明殘月在，山露宿雲收。村店煙火動，漁家燈燭幽。趨名與趨利，行役幾時休。（《全唐詩》卷三一一王觀）

【晨裝行】　村店月西出，山林鵯鵊聲。旅燈徹夜席，束囊事晨征。寂寂人尚眠，悠悠天未明。豈無偃息心，所務前有程。（《全唐詩》卷三四九歐陽詹）

【秋日盧龍村舍】　置却人間事，閒從野老游。樹聲村店晚，草色古城秋。獨鳥飛天外，閒雲度隴頭。姓名君莫問，山木與虚舟。（《全唐詩》卷七五

二徐鉉）

【元道宗下第東遊】元氏昆弟子侄五人舉進士。　舉宗文雅孰能陪，須信菰蘆出美才。失意不勞悲玉璞，投知應得上金臺。曉離村店侵殘月，晝歇津亭避疾雷。東道諸侯多重士，融樽處處爲君開。（《武夷新集》卷三）

【江口道中】　道路春晴柳葉長，川原水涸草芃黄。陰晴天氣猶寒食，村郭人家自故鄉。地曠馬牛群放牧，時平兒女自耕桑。馬蹄即踏江南路，村店相看酒一觴。（《鄱陽集》卷七）

【過平泉鋪】　去家十日九有雨，林間怒鳩猶逐婦。村店泥深晝閉門，繫馬臨河自炊黍。生桑煙重不過爨，粗糲如沙聊把筯。推盤急起却問程，黄昏更望山巔戍。（《潏水集》卷一一）

【朝離華容暮宿孟橋小店甚陋得莫漕子蒙書以八百料船見借遂可鼓檝而西矣】　曉發華容寺，雲開鄂渚天。秋深餘晚稻，地曠闢閒田。草市魚多骨，荒村店有烟。計臺書報我，已具濟川船。（《梅溪集》後集卷一〇）

【村店竹床】　村店事事無，秋熱夜夜至。一隻好竹床，無人將去睡。（《誠齋集》卷三二）

【晨炊泉水塘村店無肉只賣筍蕨嘲亭父】　屠門深閉底須愁，土銼無烟也莫羞。筍便落林猶勝肉，蕨纔出土更饒油。萬錢下箸今安在，一飯流匙飽即休。吾道藜羹元不糝，至今諱殺古陳州。陳州人諱餓殺孔夫子。（《誠齋集》卷三四）

【題江陵村店壁】　青旆三家市，黄茆十里岡。蓬飛風浩浩，塵起日茫茫。馳騁多從獸，鉏耰少破荒。行人相指似，此路走襄陽。（《劍南詩藁》卷二）

【夜從父老飲酒村店作】　旗亭濁酒典衣沽，蟹舍老翁折簡呼。夜中醉歸騎草驢，嵬昂不須宗武扶。丹徒布衣有籌略，漁陽突騎莫枝梧。牀頭金

盡何足道，肝膽輪囷橫九區。(《劍南詩藁》卷一四)

【過村店有感】　細篾絡丹柿，枯籬懸碧花。炊煙生旅竈，野水漱寒沙。棲鳥争投樹，歸牛自識家。恍然遊蜀路，搔首憶天涯。(《劍南詩藁》卷一九)

【村店】　林深路轉午雞啼，知有人家住隔溪。一鳥鬧紅春欲動，酒帘正在杏花西。(《龍洲集》卷九)

【湘江】六言。　屈賈死將千載，劉君來泛湘江。沽酒偶留村店，看山不掩船窗。(《後村集》卷五)

行店

周廣順二年十二月，開封府奏："商賈及諸色人，訴稱被牙人店主，引領百姓，賒買財貨，違限不還……如是客旅人，自與人商量交易。其店主人牙行人，並不得邀難遮占，稱須依行店事例引致。如有此色人，亦加深罪……"(《五代會要》卷二六;《册府元龜》卷六一三)

【喜侯喜至贈張籍張徹】愈初謫陽山令，元和改元，自江陵掾召國子博士。其從遊如喜、如籍、如徹，皆會都下，詩以是作。　昔我在南時，數君常在念。摇摇不可止，諷詠日喁噞……依依夢歸路，歷歷想行店。今者誠自幸，所懷無一欠。(《全唐詩》卷三三七韓愈)

【下春風嶺】　東歸已過春風嶺，度盡千山路漸平。人事水泡能幾日，流光駒隙却堪驚。居人落落多新屋，行店依依認舊程。世事飽諳身已老，區區來往笑浮生。(《張耒集》卷二三)

【午飯資福寺】　病骨怯秋凛，羸驂疲路長。人烟少行店，樓閣見僧房。憩息今成暫，從游舊不忘。却塵看姓字，淮楚路茫茫。文叔舊寓此刹，僕嘗過之，有畏知題名存焉。(《淳熙稿》卷一〇)

【塗中書懷】 載馳十驛倦驂騑，已訝緇塵染素衣。歷歷征人數行店，翩翩越鳥戀南飛。貪看樹向城頭緑，不覺春從海際歸。客鬢漸凋孤壯志，豈緣微禄戀輕肥。（《芸庵類藁》卷三）

【同次公觀細陂小坐行店】 溪店疑爲旅，溪行當出郊。莓苔依斷蓼，翡翠上寒梢。（《誠齋集》卷三九）

【漳州鶴鳴庵記】 問塗四方者，必有嘉禾清泉可憩濯，傳舍行店可依止。南轅則不然，路益荒，人益稀，極目數千里，無寸木滴水，無傳舍行店。昔人酌地里之中，各創庵焉。歲深屋老，頽圮相望。漳牧合沙黄公樸，始新諸菴……然距城餘二十里，穹林危磴，不類人境。暮投破驛，凛乎折棟墜瓦之虞，鷙獸暴客之恐。公闢古基，改面勢，作堂七間，聽事三間，門廡閎壯如之，於是境内之庵十有七所，以次經晝。（《後村集》卷二一）

宿店

高郵縣醫工王攀，鄉里推其長者。恒往來廣陵城東，每數月，輒一直縣。自念明日當赴縣，今夕即欲出東水門，夜泛小舟，及明可至。既而與親友飲於酒家，不覺大醉。誤出參佐門，投一村舍宿。向曉稍醒，東壁有燈而不甚明，仰視屋室，知非常宿處。因獨嘆曰："吾明日須至縣，今在何所也?"久之，乃聞其内躡履聲，有婦人隔壁問曰："客將何之?"因起辭謝曰："欲之高郵，醉中誤至於是。"婦曰："此非高郵道也，將使人奉送至城東，無憂也。"乃有一村豎至，隨之而行，每歷艱險，豎輒以手捧其足而過。既隨至城東嘗所宿店，告辭而去。攀解其襦以贈之，豎不受，固與之，乃持去。既而入店易衣，乃見其襦故在腰下。即復詣宿處尋之，但古冢耳，並無人家。（《太平廣記》卷三五五引《稽神録》）

【寄題運使方公祠堂】 投村宿店破鞍韉，乞鹽放酒心拳拳。南荒走遍得痟渴，玉井無藕何繇痊。（《水心集》卷六）

店婦

帝性簡儉……明而難犯，事多親決。有店婦與軍士訟，云："曝粟於門，爲馬所食。"而軍士懇訴，無以自明。帝謂鞫吏曰："兩訟未分，何以爲斷？可殺馬刳腸而視其粟，有則軍士誅，無則婦人死。"遂殺馬，馬腸無粟，因戮其婦人。境内肅然，莫敢以欺事言者。(《舊五代史》卷七五《高祖紀一》)

唐顯慶中，長安城西路側有店家新婦，誕一小男。月滿日，親族慶會，欲殺羊。羊數向屠人跪拜，屠人報家内，家内大小不以爲徵。遂即殺之。將肉就釜煮，餘人貪料理葱蒜餅食，令産婦抱兒看煮肉。抱兒火前，釜忽然自破，湯衝灰火，直射母子，母子俱亡，店人見聞之者，多斷殺生焉。(《太平廣記》卷一三二引《法苑珠林》)

(王)智興又曾自郡齎事赴上都，宿鄖城逆旅。遇店婦將産，見二人，入智興所寢之舍，驚曰："徐州王侍中在此。"又曰："所生子，後五歲當以金瘡死。"智興志之。及期，復過店，問婦所生子，云："近因斧傷，已卒矣。"(《太平廣記》卷一三八引《唐年補録紀傳》)

唐郎中白行簡，太和初因大醉，夢二人引出春明門，至一新冢間，天將曉而回。至城門店，有鬻餅飫飥者，行簡餒甚，方告二使者次，忽見店婦抱嬰兒，使者便持一小土塊與行簡，令擊小兒。行簡如其言擲之，小兒便驚啼悶絶。店婦曰："孩兒中惡。"令人召得一女巫至，焚香彈琵琶，召請曰："無他故，小魍魎爲患耳。"(《太平廣記》卷二八三引《靈異記》)

店嫗

楊彦伯，廬陵新淦人也，童子及第。天復辛酉歲赴選，至華陰，舍於逆旅。時京國多難，朝無親識，選事不能如期，意甚憂悶。會豫章邸吏姓楊，鄉里舊知，同宿於是。因教已云："凡行旅至此，未嘗不禱金天，必獲夢寐之報。縱無夢，則此店之嫗亦能知方來事，苟獲一言，亦可矣。"彦伯因留一日，精意以祠之,爾夕,竟無夢。既曙,店嫗方迎送他客,又無所言,彦伯愈怏怏。將行,復失其所着鞋,詰責童僕甚喧。既即路,嫗乃從而呼之曰:“少年何其喧耶?”彦伯因具道其事,嫗曰:“嘻!此即神告也。夫將行而失其鞋,是事皆不諧矣。非徒如此而已也,京國將有亂,當不可復振,君當百艱備歷,然無憂也。子之爵禄皆在江淮,官當至門下侍郎。”(《太平廣記》卷八五引《稽神録》)

浮梁張令,家業蔓延江淮間,累金積粟,不可勝計。秩滿,如京師,常先一程致頓,海陸珍美畢具。至華陰,僕夫施幄幙,陳樽罍,庖人炙羊方熟,有黄衫者,據盤而坐,僕夫連叱,神色不撓。店嫗曰:“今五坊弋羅之輩,横行關内,此其流也,不可與競。”(《太平廣記》卷三五〇引《纂異記》)

【唐河店嫗傳】 唐河店南距常山郡七里,因河爲名。平時虜至店飲食遊息,不以爲怪。兵興已來,始防捍之,然亦未甚懼。端拱中,有嫗獨止店上。會一虜至,繫馬於門,持弓矢坐定,呵嫗汲水。嫗持綆缶趨井,懸而復止。因胡語,呼虜爲王,且告虜曰:“綆短,不能及也。嫗老力憊,王可自取之。”虜因系綆弓杪,俯而汲焉。嫗自後推虜墮井,跨馬詣郡,馬之介甲具焉。(《王黄州小畜集》卷一四)

【早行】 店嫗明燈送,前村認未真。山頭雲似雪,陌上樹如人。漸覺高星少,才分遠燒新。何煩看堠子,來往暗知津。(《後村集》卷一)

店媪

玄宗幸蜀,至馬嵬驛,命高力士縊貴妃於佛堂前梨樹下。馬嵬店媪收得錦靿一隻。相傳過客每一借翫,必須百錢,前後獲利極多,媪因至富。(《國史補》卷上)

會昌元年春,孝廉許生下第東歸,次壽安,將宿於甘泉店……生於是出叢棘,尋舊路,匹馬齕草於澗側,蹇童美寢於路隅。未明,達甘泉店。店媪詰冒夜,生具以對媪。媪曰:“昨夜三更,走馬挈壺,就我買酒,得非此耶?”開櫃視,皆紙錢也。(《太平廣記》卷三五〇引《纂異録》)

黄寅，字清之，建安人。政和二年，試京師。未到六十里，抵小陳留旅舍寓宿。夜將二更，觀書且讀，聞人扣户聲，其音嬌婉。出視之，乃雙髻女子，衣服華麗，微笑而言曰："我只在西邊隔三兩家住。少好文字，頗知書。所恨墮於女流，父母只令習針縷之工，不遂志願。今夕二親皆出姻知家赴禮會，因乘間竊步至此，聞君讀書聲，歡喜無限，能許我從容乎？"寅留與坐，即捻書册翫誦，又索飲。（寅）具酒款接，微言挑謔，略不羞避，遂就寢。鷄鳴而去，復約再會，往還幾半月。店媪訝其無故而久留，其所親柳仲恭者，過而相遇，拉以同入都。女子已知之，條來告别，攜手而泣。寅發篋，出銀五兩以贈。旦而（别去），行可二十里，地名柳林子，見一廟神坐傍侍女，宛然是所遇者。詳觀之，其色赧赧然若負愧之狀，紙裹墮側，銀在手中，初未嘗啓視也。（《夷堅支丁》卷二《小陳留旅舍女》）

食店

（大業六年正月，煬帝）命整飾店肆，簷宇如一，盛設帷帳，珍貨充積，人物華盛，賣菜者亦藉以龍鬚席。胡客或過酒食店，悉令邀延就坐，醉飽而散，不取其直，紿之曰："中國豐饒，酒食例不取直。"胡客皆驚歎，其黠者頗覺之。（《資治通鑑》卷一八一）

（大相國）寺東門大街，皆是幞頭腰帶，書籍冠朵鋪席，丁家素茶。寺南即録事巷妓館，繡巷皆師姑繡作居住。北即小甜水巷，巷内南食店甚盛，妓館亦多。（《東京夢華録》卷三）

李日新《題仙娥驛》詩曰："商山食店太悠悠，陳鶡餢飳古餕頭。更有臺中牛肉炙，尚盤數臠紫光毬。"（《雲溪友議》卷下《雜嘲戲》）

牛生自河東赴舉……以求名失路，復開第二封書。題云："西市食店張家樓上坐。"牛生如言，詣張氏，獨止於一室，下簾而坐。有數人少年，上樓來。中有一人白衫，坐定，忽曰："某本只有五百千，令請添至七百千，此外即力不及也。"一人又曰："進士及第，何惜千緡。"牛生知其貨及第矣。及出揖之，白衫少年即主司之子。生曰："某以千貫奉郎君，别有二百千，奉諸公酒

食之費，不煩他議也。”少年許之，果登上第。(《太平廣記》卷三四八引《會昌解頤録》)

廣陵法雲寺僧珉楚，常與中山賈人章某者親熟。章死，珉楚爲設齋誦經。數月，忽遇章於市中。楚未食，章即延入食店，爲置胡餅。既食，楚問：“君已死，那得在此?”章曰：“然。吾以小罪而未得解免，今配爲揚州掠剩鬼。”復問：“何謂掠剩?”曰：“凡吏(市)人賈販利息，皆有常數，過數得之，即爲餘剩，吾得掠而有之。今人間如吾輩甚多。”(《太平廣記》卷三五五引《稽神録》;《稽神録》卷三)

野店

宣和元年九月戊午，蔡京等表賀赤烏，又賀白鵲。政和後，禁苑多爲村居野店，又聚珍禽野獸、麀鹿駕鵝禽鳥數百實其中。至宣和間，每秋風夜静，禽獸之音四徹，宛若深山大澤、陂野之間，識者以爲不祥。(《宋史》卷六四《五行志二下》)

詩人有沿襲而不失爲佳者。張曙《途中聞蟬》前四句云：“每歲聽蟬處，那將此際同。孤村寒色裹，野店夕陽中。”李中正《聞子規》前四句云：“何處正當聞，聲聲欲斷魂。暖風芳草岸，殘日落花村。”蔣鈞《孤雁》後四句云：“葦岸風吹雨，沙汀月照霜。還同我兄弟，零落不成行。”(《能改齋漫録》卷八《沿襲不失爲佳》)

魏舒嘗詣野店。主人妻夜産，俄而聞車馬之聲。相問曰：“男也? 女也?”曰：“男，年之十五，以兵死。”復問：“寢者爲誰?”曰：“魏公舒。”後十五載，詣主人，問所生兒何在，曰：“因條桑，爲斧傷而死。”舒自知當爲公矣，後果爲三公。(《墨客揮犀》卷八)

進士于則，謁外親於汧陽。未至十餘里，飯於野店。旁有紫荊樹，村民祠以爲神，呼曰“紫相公”。則烹茶，因以一杯置相公前，策馬徑去。是夜，夢峨冠紫衣人來見，自陳：“余則紫相公，主一方菜蔬之屬隸……蚤蒙厚飲，可謂非常之惠。”因口占贈詩曰:“降酒先生風韻高,攪銀公子更清豪。碎牙粉骨功成後,小碾當衘馬脚槽。”蓋則是日以小分鬚銀匙打茶,故目爲“攪銀公子”。則家業蔬圃中祠之,年年獲收。(《清異録》卷下《紫相公》)

【茱萸灣北答崔載華問】 荒凉野店絶,迢遞人煙遠。蒼蒼古木中,多是隋家苑。(《全唐詩》卷一四七劉長卿)

【送陜縣王主簿赴襄陽成親】 六月襄山道,三星漢水邊。求凰應不遠,去馬賸須鞭。野店愁中雨,江城夢裏蟬。襄陽多故事,爲我訪先賢。(《全唐詩》卷二〇〇岑參)

【將赴成都草堂途中有作先寄嚴鄭公五首】(其三) 竹寒沙碧浣花溪,菱刺藤梢咫尺迷。過客徑須愁出入,居人不自解東西。書籤藥裹封蛛網,野店山橋送馬蹄。豈藉荒庭春草色,先判一飲醉如泥。(《全唐詩》卷二二八杜甫)

【羅敷水】 野店東頭花落處,一條流水號羅敷。芳魂豔骨知何處,春草茫茫墓亦無。(《全唐詩》卷四五五白居易)

【寄遷客】 萬里南遷客,辛勤嶺路遥。溪行防水弩,野店避山魈。瘴海須求藥,貪泉莫舉瓢。但能堅志義,白日甚昭昭。(《全唐詩》卷五一〇張祜)

【送僧往太原謁李司空】 已共鄰房别,應無更住心。中時過野店,後夜宿寒林。寺去人煙遠,城連塞雪深。禪餘得新句,堪對上公吟。(《全唐詩》卷五一四朱慶餘)

【句溪夏日送盧霈秀才歸王屋山將欲赴舉】 野店正紛泊,繭蠶初引絲。行人碧溪渡,繫馬緑楊枝。苒苒迹始去,悠悠心所期。秋山念君别,惆悵桂花時。(《全唐詩》卷五二二杜牧)

【南樓春望】 南樓春一望,雲水共昏昏。野店歸山路,危橋帶郭村。

晴煙和草色,夜雨長溪痕。下岸誰家住,殘陽半掩門。(《全唐詩》卷五二九許渾)

【南陽道中】 月斜孤館傍村行,野店高低帶古城。籬上曉花齋後落,井邊秋葉社前生。飢烏索哺隨雛叫,乳牸慵歸望犢鳴。荒草連天風動地,不知誰學武侯耕。(《全唐詩》卷五三五許渾)

【道中早發】 野店雞一聲,蕭蕭客車動。西峰帶曉月,十里猶相送。繁弦滿長道,羸馬四蹄重。遥羡青樓人,錦衾方遠夢。功名不我與,孤劍何所用。行役難自休,家山憶秋洞。(《全唐詩》卷五九六司馬扎)

【宿武安山有懷】 野店暮來山畔逢,寒蕪漠漠露華濃。窗間燈在犬驚吠,溪上月沈人罷舂。遠別只愁添雪鬢,此生何計隱雲峰。離心却羡南飛翼,獨過吴江更數重。(《全唐詩》卷六五四羅鄴)

【發卭州寄友人】 茫茫驅一馬,自歎又何之。出郭見山處,待船逢雨時。曉雞鳴野店,寒葉墮秋枝。寂寞前程去,閒吟欲共誰。(《全唐詩》卷七二四唐求)

【晚春客次偶吟】 暫駐征輪野店間,悠悠時節又春殘。落花風急宿醒解,芳草雨昏春夢寒。慚逐利名頭易白,欲眠雲水志猶難。却憐村寺僧相引,閒上虚樓共倚欄。(《全唐詩》卷七四八李中)

【過荆門】 路出荆門遠,行行日欲西。草枯蠻冢亂,山斷漢江低。野店叢蒿短,煙村簇樹齊。翻思故林去,在處有猿啼。(《全唐詩》卷八三八齊己)

【與張覃秀才鄴中途次言别】 南北各何之,重來寧有期。相將行數里,欲别立多時。野店人煙迥,前村草木衰。祇應今夜夢,未苦遠分離。(《逍遥集》)

【過永壽縣】 驅馬上危坂,暮鞭摇客愁。峰巒驚滿目,咫尺擬回頭。

紅樹擁野店,白雲藏縣樓。須知此北下,地底見幽州。杜老有"幽郊入地底"之句。(《丹淵集》卷七;《方舟集》卷三)

【過古北口始聞雞】 雪餘天色更清明,野店忽聞雞一聲。地里山川從禹畫,人情風俗近燕京。漁陽父老尚垂涕,燕頷將軍誰請纓。容覆不分南與北,方知聖德與天平。(《鄮陽集》卷四)

【岐亭道上見梅花戲贈季常】 蕙死蘭枯菊亦摧,返魂香入嶺頭梅。數枝殘緑風吹盡,一點芳心雀啅開。野店初嘗竹葉酒,江雲欲落豆稭灰。行當更向釵頭見,病起烏雲正作堆。(《東坡全集》卷一二)

【舟行六絶】(其五) 天寒野店斷人行,晚繫孤舟浪未平。半夜西風驚客夢,卧聽寒雨到天明。(《張耒集》卷二六)

【曉至長湖戲贈德麟】 桐實離離秋帶長,玉鞭驕馬度垂楊。黄苑野店人争看,籬上紅眉粉額粧。(《濟南集》卷四)

【周少府由姑熟送余同宿於玩鞭亭】 相别古桃郡,相逢南豫州。五年勞望眼,一笑失離愁。碧水溪橋暮,西風野店秋。追隨成夜宿,不爲玩鞭留。(《香山集》卷五)

【過常山村店中見菊】 黄菊娟娟媚晚秋,等閒野店亦藏幽。國香何恨成淪落,秋月春風不解愁。(《涉齋集》卷一七)

【石田渡口待潘文叔去歲亦嘗於此待端叔】 野店當溪静,荒園得日寬。頻因候客至,併此把詩看。肯寄山中信,如今世上難。却忘相見後,勞苦雜悲酸。(《淳熙稿》卷一一)

【寒食郊行書事二首】(其一) 野店垂楊步,荒祠苦竹叢。鷺窺蘆箔水,烏啄紙錢風。媪引濃妝女,兒扶爛醉翁。深村時節好,應爲去年豐。(《范石湖集》卷一)

【水西野店皆不著宿夜抵石山虛】 不著官人宿，無如野店何。見容幸有此，雖陋更嫌他。頭蝨妨歸夢，鄰鷄伴寤歌。此生眠食爾，行路總蹉跎。(《誠齋集》卷一)

前店

張武者，始爲廬江道中一鎮副將，頗以拯濟行旅爲事。嘗有老僧過其所，武謂之曰："師年老，前店尚遠，今夕止吾廬中，可乎？"僧忻然……僧乃起而歎息，謂武曰："少年乃能如是耶！吾有藥，贈子十丸，每正旦吞一丸，可延十年之壽，善自愛。"珍重而去，出門，忽不見。武今爲常州團練副使，有識者，計其年已百歲，常自稱七十，輕健如故。(《太平廣記》卷八五引《稽神録》)

司馬正彝者，始爲小吏。行溧水道中，去前店尚遠，而饑渴甚，意頗憂之。俄而遇一新草店數間，獨一婦人迎客，爲設飲食，甚豐潔，正彝謝之。婦人云："至都，有好粉臙脂，宜以爲惠。"正彝許諾。至建業，遇其所知往溧水，因市粉脂遺之。具告其處。既至，不復見店，但一神女廟，因置所遺而去。正彝後爲溧水令，相傳云往往有遇之者，未知其審。(《太平廣記》卷三一四引《稽神録》)

南陽張逢，貞元末薄遊嶺表，行次福州福唐縣横山店，時初霽，日將暮，山色鮮媚……夜久頗饑，因傍村落徐行，犬彘駒犢之輩，悉無可取。意中恍惚，自謂當得福州鄭録事，乃旁道潛伏。未幾，有人自南行，乃候吏迎鄭者，見人問曰："福州鄭録事，名璠，計程當宿前店，見説何時發。"來人曰："吾之主人也。"(《太平廣記》卷四二九引《續玄怪録》)

杭州有王生者，建中初，辭親之上國，收拾舊業，將投於親知，求一官耳。行至圃田，下道，尋訪外家舊莊。日晚，柏林中見二野狐，倚樹如人立，手執一黄紙文書，相對言笑，旁若無人……其夕，宿於前店，因話於主人。(《太平廣記》卷四五三引《靈怪録》)

韋行規自言少時遊京西，暮止店中。更欲前進，店前老人方工作，曰：

“客勿夜行，此中多盗。”韋曰：“某留心弧矢，無所患也。”因進發。行數十里，天黑，有人起草中尾之，韋叱不應，連發矢中之，復不退。矢盡，韋懼，奔馬……仰空乞命。拜數十。電光漸高而滅，風雷亦息。韋顧大樹，枝幹童矣，鞍馱已失。遂返前店，見老人方箍（箍）箭。韋意其異人，拜之，且謝有悞也。（《酉陽雜俎》前集卷九）

【寧橋小渡】 橋壞仍泥滑，舟横隔水呼。岸頭危徑窄，轎子莫人扶。午漏相將裹，秋陽未肯無。明知近前店，暗覺展修途。（《誠齋集》卷三二）

孤店

孫定，字志元，涪州大戎之族子，長於儲，定數舉矣……景福二年下第遊京西。出開遠門，醉中走筆寄儲詩曰：“行行血淚灑塵襟，事逐東流渭水深。愁跨蹇驢風尚緊，静投孤店日初沈。一枝猶掛東堂夢，千里空馳北巷心。明日悲歌又前去，滿城煙樹噪春禽。”定詩歌千餘首，多委於兵火，竟無成而卒。（《唐摭言》卷一〇）

【過商山】 雨暗商山過客稀，路傍孤店閉柴扉。卸鞍良久茅簷下，待得巴人樵採歸。（《全唐詩》卷二七〇戎昱）

【送客往夏州】 憐君此去過居延，古塞黄雲共渺然。沙闊獨行尋馬迹，路迷遥指戍樓煙。夜投孤店愁吹笛，朝望行塵避控弦。聞有故交今從騎，何須著論更言錢。（《全唐詩》卷二九〇楊凝）

【雪後宿同軌店上法護寺鐘樓望月】 滿山殘雪滿山風，野寺無門院院空。煙火漸稀孤店静，月明深夜古樓中。（《全唐詩》卷四一二元稹）

【望巫山】 溪疊雲深轉谷遲，暝投孤店草蟲悲。愁連遠水波濤夜，夢斷空山雨雹時。邊海故園荒後賣，入關玄鬢夜來衰。東歸未必勝羈旅，況是東歸未有期。（《全唐詩》卷六三九張喬）

【草蟲】 如繰如織暮幽幽，應節催年使我愁。行客語停孤店月，高人夢斷一牀秋。風低蘚徑疑偏急，雨咽槐亭得暫休。須付畫堂蘭燭畔，歌懷醉耳兩悠悠。（《全唐詩》卷六四六李咸用）

【東陽酒家贈別二絶句】（其二） 天涯方歎異鄉身，又向天涯別故人。明日五更孤店月，醉醒何處淚霑巾。（《全唐詩》卷六九七韋莊）

【小韓店】 昔從鄴下遊梁苑，孤店曾經十數迴。歲月暗移人事改，白頭重到小寒（韓）來。（《忠愍公詩集》卷下）

【上虞逆旅見舊題歲月感懷】 舴艋爲家東復西，今朝破曉下前溪。青山缺處日初上，孤店開時鶯亂啼。倦枕不成千里夢，壞牆閑覓十年題。漆園傲吏猶非達，物我區區豈足齊。（《劍南詩藁》卷一）

【晚泊松滋渡口・又】 小灘拍拍鸕鷀飛，深竹蕭蕭杜宇悲。看鏡不堪衰病後，繫船最好夕陽時。生涯落魄惟耽酒，客路蒼茫自詠詩。莫問長安在何許，亂山孤店是松滋。（《劍南詩藁》卷二）

店舍

（北魏孝昌二年閏十一月丙午，）税京師田租畝五升，借賃公田者畝一斗（升）。又税市（人出）入者人一錢。其店舍又爲五等，收税有差。（《魏書》卷一一〇《食貨志》）

邳公蘇威以臨道店舍乃求利之徒，事業汚雜，非敦本之義，遂奏高祖，約遣歸農。有願依舊者，所在州縣録附市籍，仍撤毁舊店，並令遠道，限以時日。正值冬寒，莫敢陳訴。諤因別使，見其如此，以爲四民有業，各附所安，逆旅之與旗亭，自古非同一概，即附市籍，於理不可。且行旅之所依託，豈容一朝而廢，徒爲勞擾，於事非宜，遂專决之，並令依舊。使還詣闕，然後奏聞。高祖善之，曰："體國之臣，當如此矣。"（《隋書》卷六六《李諤傳》）

（唐文宗大和）二年十月，改諸衛及率府、王府等司，應無厨給朝官等，自今已後，每放寺觀行香，及有期集，宜令依廊下料，各與飯一餐，仍令所由與京兆府計會。行香即就寺觀，别有期集，即於側近店舍，並委京兆府據人數，使取當處幕次牀榻鐺釜供借……”（《唐會要》卷六七）

王積薪隨明皇西幸。有司奔從，翰林弈棋者獨王在焉。蜀道隘狹，每止息，道路店舍多爲尊官所占。王悽悽無所入，因沿溪深遠，寓宿山中孤姥之家，但有婦姑，止給薪米。（《桂苑叢談》）

【連昌宫詞】　初過寒食一百六，店舍無煙宫樹緑。夜半月高弦索鳴，賀老琵琶定場屋。（《全唐詩》卷四一九元稹）

【客遊旅懷】　客行無定止，終日路岐間。馬爲賒來貴，僮緣借得頑。詩書愁觸雨，店舍喜逢山。舊業嵩陽下，三年未得還。（《全唐詩》卷四九八姚合）

【南陽孝子傳并論】　貞元九年，某旅行虢州，税於村店。有一黨先止焉。老翁一人，丈夫一人，婦人一人，孩幼兩三人。丈夫出絹兩疋……視絹有字，乃故人鄭師儉手題其名焉。問所得，曰：“來自襄陽。至臨漢之北郊，有閔吾父年老而所乘驢弱者，遺此絹……”某既占鄭書，又知鄭侍君靈櫬自南，當由彼而還也，意其必鄭焉，不復問焉，各遵所往。貞元十一年，獲與鄭遇，因道所見，鄭歔欷，爲言之曰：“豫章之迴，次南陽大澤，見一貧翁，乘驢。驢甚瘠，一丈夫肩負雜物，可三十斤，妻抱半歲嬰孩，童稚驅行。兩人山路初盡，如行陂澤……平田積雨，潦淖到脛。不至店舍，竟無憩歇。（《歐陽行周文集》卷六）

【遊龍門】　江天無少異，幽鳥下晴沙。洛去山形斷，川迴渡口斜。龕巖千萬穴，店舍兩三家。清景四時好，都城况不賒。（《擊壤集》卷四）

【感懷二首】（其一）　漂泊南州又過年，恰如杜子客鄜川。酒堪度日難爲醉，詩怕傷時未可傳。店舍無煙兵火後，街坊有月試燈前。荒凉古驛聞

吹笛，老淚縱横落枕邊。(《菊磵集》)

舊店

【汴堤行】 欲上隋堤舉步遲，隔雲烽燧叫非時。纔聞破虜將休馬，又道征遼再出師。朝見西來爲過客，暮看東去作浮屍。緑楊千里無飛鳥，日落空投舊店基。(《全唐詩》卷六九七韋莊)

西店

戲水，周幽王以褒姒游於此，故以爲名。水至濁，北流入渭。東西有店，南去昭應縣二十九里。(《長安志》卷一五引《兩京道里記》)

山隍嶺，《寧波府志》：在縣南五十里，通西店驛、寧海縣。(《浙江通志》卷一四)

張冏藏善相，與袁天綱齊名。有河東裴某，年五十三，爲三衛。當夏季番，入京，至滻水西店買飯，同坐有一老人，謂裴曰："貴人。"裴因對曰："某今年五十三，尚爲三衛，豈望官爵？老父奈何謂僕爲貴人？"老父笑曰："君自不知耳。從今二十五日，得三品官。"言畢便别，乃張冏藏也。裴至京，當番已二十一日。屬太宗氣疾發動，良醫名藥，進服皆不效，坐卧寢食不安。有詔三衛已上、朝士已下，皆令進方。裴隨例進一方，乳煎蓽撥而服，其疾便愈，敕付中書，使與一五品官。(《太平廣記》卷二二一引《定命録》)

店西

華州三家店西北道邊，有槐甚大，葱鬱周回，可蔭數畝。槐有癭，形如二豬，相趁奔走。(《太平廣記》卷四〇七引《聞奇録》)

【會河道中】 會河村店西，沙水清練練。我行獨帶月，滉漾掣金綫。凝寒逼征衣，霜華重如霰。至此懷僧彌，老淚幾欲泫。會河，光州境也。建炎

初,家弟嘗尉浮光,故有是句。(《相山集》卷一)

東店

任之良應進士舉,不第。至關東店憩食,遇一道士,亦從西來,同主人歇。之良與語,問所從來。云:"今合有身名稱意,何不却入京?"任子辭以無資糧,到京且無居處。道士遂資錢物,並與一帖,令向肅明觀本院中停。之良至京,詣觀安置。偶見一道士讀經,謂良曰:"太上老君二月十五日生。"因上表,請以玄元皇帝生日燃燈。上皇覽表依行,仍令中書召試,使與一官。李林甫拒,乃與别敕出身。(《太平廣記》卷二二四引《定命録》)

唐開元時,東京士人以遷歷不給,南遊江淮,求丐知己,困而無獲,徘徊揚州,久之。同亭有謝二者,矜其失意,恒欲恤之。謂士人曰:"無爾悲爲,若欲北歸,當有三百錢相奉。"及别,以書付之……其後五年,士人選得江南一尉。之任,至揚州市中東店前,忽見謝二,怒曰:"於君不薄,何乃相負,以至於斯!老母家人皆遭非命,君之故也。"言訖辭去,士人大懼,十餘日不之官,徒侣所促,乃發。行百餘里,遇風,一家盡没,時人云,以爲謝二所損也。(《太平廣記》卷四七〇引《廣異記》)

【宿蒲關東店憶杜陵别業】 關門鎖歸客,一夜夢還家。月落河上曉,遥聞秦樹鴉。長安二月歸正好,杜陵樹邊純是花。(《全唐詩》卷一九九岑參)

【西征道里記】 (紹興乙未歲,鄭剛中奉使陝西。七月)十九日,關東店、潼關、關西店、西嶽廟,行府官謁於祠下。(《北山集》卷一三)

店東

《晉地里志》云:"蒲坂有雷首山,伯夷叔齊所居,故曰首陽山。"……杜元凱、阮嗣宗博學君子,固不應以誤名首陽耳。魏文帝陵於首陽,即此是也。《論語注》以蒲坂者爲是,恐亦誤也。今洛陽石橋店東十里已來,大道之北,當高山山巔,有一冢,乃杜預冢也。首陽北望,正與河陽城相對,北去河陽二

十餘里。(《蘇氏演義》卷上)

開元末,洛陽賈氏爲廣漢什邡令。將其家之任,欲至白土店東七里,其妻段氏,馬驚墮阬而死,即殯於山中。經兩載,弘農楊昭成爲益州倉曹,之廣漢。曉發,其妻竇氏忽於馬上而睡,向後傾倒。昭成自下馭馬,頻呼問,猶不覺。將至白土,方寤,云:向夢有一婦人,衣緑單裙白布衫,年甫三十,容色艷麗,來控我馬,悲啼久之。(《太平廣記》卷二八〇引《靈異記》)

彭城劉頗,常謂子婿進士王勝話,三原縣南董店,店東壁,貞元末,有孟嫗,年一百餘而卒,店人悉曰張大夫店。頗自渭北入城,止於嫗店。見有一嫗,年只可六十已來,衣黄紬大裘,烏幘,跨門而坐焉。(《太平廣記》卷三六七引《乾𦠆子》)

南店

野狐泉店在潼關之西,泉在道南店後坡下。舊傳云:野狐掊而泉湧,店人改爲泠(冷)淘,過者行旅止焉。今法饌中有野狐泉者,以菉粉爲之,亦象此也。(《南部新書》戊卷)

馬湘,字自然,杭州鹽官人也……僧見湘單僑箕踞而食,略無揖者,但資以飯。湘不食,促知微、延叟急食而去。僧齋未畢,乃出門。又促速行。到諸暨縣南店中,約去禪院七十餘里。(《太平廣記》卷三三引《續仙傳》)

杜陵韋固,少孤,思早娶婦,多歧,求婚不成。貞觀二年,將遊清河,旅次宋城南店,客有以前清河司馬潘昉女爲議者。來旦期於店西龍興寺門,固以求之意切,旦往焉。斜月尚明,有老人,倚巾囊,坐於階上,向月檢書。覘之,不識其字。(《太平廣記》卷一五九引《續幽怪録》)

店南

商人鄭紹者,喪妻。後方欲再娶,行經華陰,止於逆旅。因悦華山之秀峭,乃自店南行。可數里,忽見青衣,謂紹曰:"有人令傳意,欲暫邀君。"紹曰:"何人也?"青衣曰:"南宅皇尚書女也,適於宅内登臺,望見君,遂令致意。"紹曰:"女未適人耶? 何以止於此?"青衣曰:"女郎方自求佳婿,故止此。"紹詣之。(《太平廣記》卷三四五引《瀟湘録》)

永昌年,太州敷水店南西坡,白日飛四五里,直塞赤水。坡上桑畦麥壟,依然仍舊。(《太平廣記》卷三九八引《朝野僉載》;《朝野僉載》卷五)

【偶書五首】(其五)　新店南原後夜程,黄河風浪信難平。渡頭楊柳知人意,爲惹官船莫放行。(《全唐詩》卷六三三司空圖)

江店

地里驛程:泗州至臨淮縣六十里……内邱至范縣店十五里,范縣至柏鄉縣二十五里,柏鄉至江店十五里,江店至趙州三十里。(《三朝北盟會編》卷二四四)

【宿江店】　野店臨西浦,門前有橘花。停燈待賈客,賣酒與漁家。夜静江水白,路迴山月斜。閒尋泊船處,潮落見平沙。(《全唐詩》卷三八四張籍)

【同宋長江登江店唐氏山閣】　白頭記室朱顔令,山閣忙來去却遲。礙盡江天松不管,吹平沙篆雁應知。思傾竹葉疑無分,要賦梅花恰是時。王粲從軍歸信近,貯囊試看幾多詩。(《跨鼇集》卷六)

河店

(唐僖宗文德元年)三月,(李)克用遣其將李存孝率師三萬助之,來攻懷孟。城中食盡,備禦皆竭。張言遣其孥入質,且求救於太祖。太祖遣葛從周、牛存節赴之,逆戰於流河店。會晉將安休休以一軍奔於蔡,存孝引軍而退,罕之保於澤州。(《舊五代史》卷一五《李罕之傳》)

淅河店，在隨州東南十五里。長岡店，在隨州東南。均川店，在隨州西四十里。官潭店，在隨州西七十五里。（《大清一統志》卷二六七德安府）

溪店

【信州溪岸夜吟作】 夜倚臨溪店，懷鄉獨苦吟。月當山頂出，星倚水湄沈。霧氣漁燈冷，鐘聲谷寺深。一城人悄悄，琪樹宿仙禽。（《全唐詩》卷六九八韋莊）

【午炊溪店】 草店臨流傍蓼汀，午炊於此片時停。健農怗岸般卵石，幼婦汲泉攜斗瓶。薦飯滿盂山芋美，開窗匝室野花馨。隔籬菴舍極瀟灑，萬竹中間著小亭。（《野谷詩稿》卷六）

沙店

（宋高宗建炎二年五月）戊戌，河北制置使王彥部兵渡河，屯滑州之沙店。（《宋史》卷二五《高宗紀二》）

沙店城。在滑縣西南三十里。《宋史·宗澤傳》："建炎初，澤留守東京，使王彥屯于滑州之沙店。"（《大清一統志》卷一五八衛輝府）

自東京至女真，所謂"御寨行程"：東京四十五里至封丘縣，皆望北行。四十五里，至胙城縣腰頓。四十五里，至渡河沙店。四十五里，至滑州館。（《雲麓漫鈔》卷八）

嶺店

《台州府志》：東三十五里新河所，又五里抵海西，三十五里石橋，入樂清縣……四十五里新橋，入黄巖縣，西北四十里嶺店驛，入樂清縣。（《浙江通志》卷三）

【憩連嶺店】 此館初明眼，前山正接眉。熱嫌連日甚，凉惜兩朝遲。雨竹何其重，風鷗不自持。庭闈猶百里，早已豁愁思。（《誠齋集》卷一）

塘店

【宿永康縣黄塘店觀稼有感】 路入黄塘喜更疑，地名雖是里閭非。予家之東十里，地名亦曰黄塘。眼中禾稼已如許，薄有田園宜早歸。（《梅溪集》後集卷五）

【宿楊塘店】 吾生行路何時了，舊館重來身漸老。路旁松檜只十年，如今修修舊小小。昨宵宿處又雲邊，來宵還似今宵然。陳迹更待俛仰間，有酒不飲要稱賢。（《誠齋集》卷二）

高麗館舍

順天館

使、副既奉詔入城，之宣義門……稍向北行一里，即至順天館也。外門有榜，中門青繡衣龍虎軍守之。惟作上中節上下馬之處。正廳九楹，規模壯偉，工制過於王居。外廊三十間，不置他物，唯館會則列中下節飲席焉。庭中有二小亭，當其中作幕屋三間，昔爲作樂之地……廳之後有過道，中建樂賓亭，左右翼兩位，以爲使、副居室。内廊各十二位，上節分處之。

館廳

正廳五間，兩廈各二間。不設窗户，通爲九楹，榜曰"順天之館"。東西兩堦皆施欄楯，上張錦繡簾幕，其文多爲翔鸞團花。四面盡張繡花圖障，左右置八角冰壺。惟與國官相見、館中飲會則升廳焉。使、副居其中，自餘賓主國官，分東西侍坐而已。（《宣和奉使高麗圖經》卷二七）

引用書目

十三經注疏　阮元等　中華書局一九八〇年版
經典釋文彙校　黄焯　中華書局二〇〇六年版
史記　司馬遷　中華書局一九五九年版
漢書　班固　中華書局一九六二年版
後漢書　范曄　中華書局一九六五年版
三國志　陳壽　中華書局一九五九年版
晉書　房玄齡等　中華書局一九七四年版
宋書　沈約　中華書局一九七四年版
南齊書　蕭子顯　中華書局一九七二年版
梁書　姚思廉　中華書局九七三年版
陳書　姚思廉　中華書局一九七二年版
魏書　魏收　中華書局一九七四年版
北齊書　李百藥　中華書局一九七二年版
周書　令狐德棻　中華書局一九七一年版
隋書　魏徵　中華書局一九七三年版
南史　李延壽　中華書局一九七五年版
北史　李延壽　中華書局一九七四年版
舊唐書　劉昫　中華書局一九七五年版
新唐書　歐陽修　中華書局一九七五年版
舊五代史　薛居正　中華書局一九七六年版
新五代史　歐陽修　中華書局一九七四年版
宋史　脱脱等　中華書局一九八五年版
遼史　脱脱等　中華書局一九七四年版
金史　脱脱等　中華書局一九七五年版
元史　宋濂等　中華書局一九七六年版
大唐創業起居注　温大雅　藕香零拾本

資治通鑑　司馬光　中華書局一九五六年版
資治通鑑考異　司馬光　四部叢刊本
中興小紀　熊克　四庫全書文淵閣本
續資治通鑑長編　李燾　中華書局一九九二年版
九朝編年備要　陳均　四庫全書文淵閣本
三朝北盟會編　徐夢莘　上海古籍出版社二〇〇八年版
建炎以來繫年要録　李心傳　上海古籍出版社一九九二年版
東觀漢記校注　劉珍等　中華書局二〇〇八年版
建康實録　許嵩　中華書局一九八六年版
隆平集　曾鞏　四庫全書文淵閣本
東都事略　王稱　四庫全書文淵閣本
路史　羅泌　四庫全書文淵閣本
桐陰舊話　韓元吉　歷代小史本
國語　上海古籍出版社一九九八年版
貞觀政要集校　謝保成　中華書局二〇〇三年版
五代史補　陶岳　四庫全書文淵閣本
燕翼詒謀録　王栐　中華書局一九八一年版
錢塘遺事　劉一清　四庫全書文淵閣本
唐大詔令集　宋敏求　中華書局二〇〇八年版
包孝肅奏議集　包拯　四庫全書文淵閣本
宋名臣奏議　趙汝愚　四庫全書文淵閣本
魏鄭公諫録　王方慶　四庫全書文淵閣本
李相國論事集　蔣偕　四庫全書文淵閣本
唐才子傳校箋　傅璇琮等　中華書局一九八七年版
驂鸞録　范成大　中華書局范成大筆記六種本
吴船録　范成大　中華書局范成大筆記六種本
入蜀記　陸游　知不足齋叢書本
蠻書　樊绰　四庫全書文淵閣本
釣磯立談　佚名　知不足齋叢書本
江南野史　龍衮　四庫全書文淵閣本
江南別録　陳彭年　歷代小史本　四庫全書文淵閣本

江表志　鄭文寶　四庫全書文淵閣本
江南餘載　佚名　知不足齋叢書本
三楚新録　周羽翀　四庫全書文淵閣本
蜀檮杌　張唐英　歷代小史本
蜀檮杌校箋　王文才等　巴蜀書社一九九九年版
馬氏南唐書　馬令　四部叢刊本
陸氏南唐書　陸游　四部叢刊本
吴越備史　錢儼　四部叢刊本
十國春秋　吴任臣　中華書局一九八三年版
三輔黄圖校釋　何清谷　中華書局二〇〇五年版
元和郡縣圖志　李吉甫　中華書局一九八三年版
太平寰宇記　樂史　中華書局二〇〇七年版
元豐九域志　王存　中華書局一九八四年版
輿地廣記　歐陽忞　四庫全書文淵閣本
方輿勝覽　祝穆　中華書局二〇〇三年版
明一統志　李賢　四庫全書文淵閣本
大清一統志　四部叢刊本
吴郡圖經續記　朱長文　中華書局宋元方志叢刊本
乾道臨安志　周淙　中華書局宋元方志叢刊本
淳熙三山志　梁克家　中華書局宋元方志叢刊本
吴郡志　范成大　中華書局宋元方志叢刊本
新安志　羅愿　中華書局宋元方志叢刊本
嘉泰會稽志　施宿　中華書局宋元方志叢刊本
嘉定赤城志　陳耆卿　中華書局宋元方志叢刊本
寶慶四明志　方萬里　羅濬　中華書局宋元方志叢刊本
景定建康志　周應合　中華書局宋元方志叢刊本
咸淳臨安志　潛説友　中華書局宋元方志叢刊本
齊乘　于欽　中華書局宋元方志叢刊本
至正金陵新志　張鉉　中華書局宋元方志叢刊本
無錫縣志　佚名　中華書局宋元方志叢刊本
至元嘉禾志　徐碩　中華書局宋元方志叢刊本

姑蘇志　王鏊　四庫全書文淵閣本
畿輔通志　四庫全書文淵閣本
江南通志　四庫全書文淵閣本
江西通志　四庫全書文淵閣本
河南通志　四庫全書文淵閣本
陝西通志　四庫全書文淵閣本
山西通志　四庫全書文淵閣本
福建通志　四庫全書文淵閣本
廣東通志　四庫全書文淵閣本
廣西通志　四庫全書文淵閣本
水經注校證　陳橋驛　中華書局二〇〇七年版
廬山記　陳舜俞　四庫全書文淵閣本
長安志　宋敏求　中華書局宋元方志叢刊本
雍録　程大昌　中華書局二〇〇二年版
汴京遺蹟志　李濂　四庫全書文淵閣本
關中勝蹟圖志　畢沅　四庫全書文淵閣本
桂林風土記　莫休符　四庫全書文淵閣本
東京夢華録注　鄧之誠　中華書局一九八二年版
東京夢華録箋注　伊永文　中華書局二〇〇六年版
嶺外代答　周去非　知不足齋叢書本
嶺外代答校注　楊武泉　中華書局一九九九年版
夢粱録　吴自牧　知不足齋叢書本
武林舊事　周密　知不足齋叢書本
蜀中廣記　曹學佺　四庫全書文淵閣本
宣和奉使高麗圖經　徐兢　知不足齋叢書本
諸蕃志校釋　楊博文　中華書局二〇〇〇年版
唐六典　李林甫　中華書局一九九二年版
南宋館閣録　陳騤　中華書局一九九八年版
歷代職官表　四庫全書文淵閣本
通典　杜佑　中華書局一九八八年版
唐會要　王溥　中華書局一九五五年版

五代會要　王溥　中華書局一九九八年版
宋會要輯稿　徐松　中華書局一九五七年版
宋朝事實　李攸　四庫全書文淵閣本
文獻通考　馬端臨　中華書局一九八六年版
大清會典　四庫全書文淵閣本
大唐開元禮　蕭嵩　四庫全書文淵閣本
唐律疏議箋解　劉俊文　中華書局一九九六年版
大清律例　四庫全書文淵閣本
郡齋讀書志校證　孫猛　上海古籍出版社一九九〇年版
遂初堂書目　尤袤　四庫全書文淵閣本
直齋書録解題　徐小蠻　顧美華　上海古籍出版社一九八七年版
集古録　歐陽修　四庫全書文淵閣本
寶刻叢編　陳思　叢書集成本
輿地碑記目　王象之　續修四庫全書本　四庫全書文淵閣本
寶刻類編　佚名　四庫全書文淵閣本
史通　劉知幾　四部叢刊本
鹽鐵論校注　王利器　中華書局一九九二年版
説苑校證　向宗魯　中華書局一九八七年版
黄氏日抄　黄震　四庫全書文淵閣本
管子　四庫全書文淵閣本
韓非子新校注　陳奇猷　上海古籍出版社二〇〇〇年版
武經總要　曾公亮等　四庫全書文淵閣本
醫説　張杲　四庫全書文淵閣本
名醫類案　江瓘　四庫全書文淵閣本
重修政和經史證類備用本草　唐慎微等　四部叢刊本
法書要録　張彦遠　四庫全書文淵閣本
宣和畫譜　佚名　四庫全書文淵閣本
畫史　米芾　四庫全書文淵閣本
吕氏春秋新校釋　陳奇猷　上海古籍出版社二〇〇二年版
金樓子　蕭繹　知不足齋叢書本
資暇集　李匡乂　四庫全書文淵閣本

兼明書　丘光庭　四庫全書文淵閣本
東觀餘論　黄伯思　四庫全書文淵閣本
靖康緗素雜記　黄朝英　四庫全書文淵閣本
能改齋漫録　吴曾　四庫全書文淵閣本
雲谷雜記　張淏　四庫全書文淵閣本
容齋隨筆　洪邁　上海古籍出版社一九九六年版
考古編　程大昌　中華書局二〇〇八年版
演繁露　程大昌　四庫全書文淵閣本　儒學警悟本
蘆浦筆記　劉昌詩　知不足齋叢書本　中華書局排印本
野客叢書　王楙　中華書局一九八七年版
疑耀　張萱　四庫全書文淵閣本
徐氏筆精　徐𤊹　四庫全書文淵閣本
日知録集釋　黄汝成　岳麓書社一九九四年版
論衡校釋　黄暉　中華書局一九九〇年版
封氏聞見記校注　趙貞信　中華書局二〇〇五年版
尚書故實　李綽　四庫全書文淵閣本
麈史　王得臣　知不足齋叢書本
文昌雜録　龐元英　四庫全書文淵閣本
夢溪筆談　沈括　四部叢刊本
楊公筆録　楊延齡　四庫全書文淵閣本
冷齋夜話　惠洪　四庫全書文淵閣本
曲洧舊聞　朱弁　知不足齋叢書本　中華書局排印本
春渚紀聞　何薳　中華書局一九八三年版
石林燕語　葉夢得　中華書局一九八四年版
却掃編　徐度　四庫全書文淵閣本
墨莊漫録　張邦基　中華書局二〇〇二年版
雲麓漫鈔　趙彦衛　中華書局一九九六年版
游宦紀聞　張世南　知不足齋叢書本　中華書局一九八一年排印本
梁谿漫志　費衮　知不足齋叢書本
老學庵筆記　陸游　中華書局一九七九年版
愧郯録　岳珂　知不足齋叢書本

鶴林玉露　羅大經　中華書局一九八三年版
貴耳集　張端義　歷代小史本　四庫全書文淵閣本
吹劍録外集　俞文豹　知不足齋叢書本
齊東野語　周密　歷代小史本　中華書局一九八三年排印本
研北雜志　陸友仁　四庫全書文淵閣本
北軒筆記　陳世隆　四庫全書文淵閣本
草木子　葉子奇　四庫全書文淵閣本　中華書局一九五九年排印本
意林　馬總　四部叢刊本
紺珠集　朱勝非　四庫全書文淵閣本
類説　曾慥　書目文獻出版社影印明天啓六年岳鍾秀刻本
宋朝事實類苑　江少虞　上海古籍出版社一九八一年版
玉芝堂談薈　徐應秋　四庫全書文淵閣本
儼山外集　陸深　四庫全書文淵閣本
説郛　陶宗儀　上海古籍出版社説郛三種本
藝文類聚　歐陽詢　上海古籍出版社一九九九年版
北堂書鈔　虞世南　四庫全書文淵閣本
初學記　徐堅等　中華書局二〇〇四年版
太平御覽　李昉　中華書局一九六〇年版
册府元龜　王欽若　中華書局一九六〇年版
事物紀原　高承　四庫全書文淵閣本
書叙指南　任廣　四庫全書文淵閣本
海録碎事　葉廷珪　中華書局二〇〇二年版
職官分紀　孫逢吉　四庫全書文淵閣本
歷代制度詳説　吕祖谦　四庫全書文淵閣本
錦繡萬花谷　佚名　四庫全書文淵閣本
古今事文類聚　祝穆　四庫全書文淵閣本
記纂淵海　潘自牧　四庫全書文淵閣本
群書考索　章如愚　廣陵書社二〇〇八年版
古今合璧事類備要　謝維新　四庫全書文淵閣本
玉海　王應麟　廣陵書社二〇〇七年版
永樂大典　解縉　中華書局一九八六年版

山堂肆考　彭大翼　四庫全書文淵閣本
宋稗類鈔　潘永因　四庫全書文淵閣本
西京雜記　葛洪　四庫全書文淵閣本
世説新語箋疏　余嘉錫　上海古籍出版社一九九三年版
隋唐嘉話·朝野僉載　劉餗　張鷟　中華書局一九七九年排印本　歷代小史本
國史補　李肇　四庫全書文淵閣本
大唐新語　劉肅　中華書局一九八四年版
劉賓客嘉話録　韋絢　四庫全書文淵閣本
明皇雜録·東觀奏記　鄭處誨　裴庭裕　中華書局一九九四年版
因話録　趙璘　四庫全書文淵閣本
大唐傳載　佚名　四庫全書文淵閣本
雲溪友議　范攄　四部叢刊本
玉泉子　佚名　四庫全書文淵閣本
唐摭言　王定保　四部備要本
中朝故事　尉遲偓　歷代小史本　四庫全書文淵閣本
金華子雜編　劉崇遠　四庫全書文淵閣本
開元天寶遺事十種　丁如明　上海古籍出版社一九八五年版
開元天寶遺事·安禄山事迹　王仁裕　姚汝能　中華書局二〇〇六年版
鑒誡録　何光遠　知不足齋叢書本
南唐近事　鄭文寶　四庫全書文淵閣本
北夢瑣言　孫光憲　中華書局二〇〇二年版
賈氏談録　張洎　四庫全書文淵閣本
洛陽搢紳舊聞記　張齊賢　知不足齋叢書本
南部新書　錢易　中華書局二〇〇二年版
涑水記聞　司馬光　中華書局一九八九年版
澠水燕談録　王闢之　中華書局排印本　知不足齋叢書本
歸田録　歐陽修　中華書局一九八一年版
嘉祐雜誌　江休復　四庫全書文淵閣本
青箱雜記　吴處厚　中華書局一九八五年版
龍川略志　蘇轍　中華書局一九八二年版

龍川别志　蘇轍　中華書局一九八二年版
孫公談圃　劉延世　歷代小史本　四庫全書文淵閣本
談苑　孔平仲　四庫全書文淵閣本
畫墁録　張舜民　四庫全書文淵閣本
湘山野録　文瑩　中華書局一九八四年版
玉壺清話　文瑩　知不足齋叢書本　中華書局一九八四年排印本
侯鯖録　趙令畤　知不足齋叢書本　中華書局排印本
東軒筆録　魏泰　中華書局一九八三年版
國老談苑　佚名　歷代小史本　四庫全書文淵閣本
道山清話　王暐　四庫全書文淵閣本
墨客揮犀　彭乘　中華書局二〇〇二年版
唐語林校證　周勛初　中華書局一九八七年版
萍洲可談　朱彧　四庫全書文淵閣本
揮麈録　王明清　上海書店出版社二〇〇一年排印本　歷代小史本
玉照新志　王明清　四庫全書文淵閣本
投轄録　王明清　涵芬樓藏璜川吴氏鈔本
邵氏聞見録　邵伯温　中華書局一九八三年版
清波雜志　周煇　知不足齋叢書本
清波雜志校注　劉永翔　中華書局一九九四年版
鷄肋編　莊綽　中華書局一九八三年版
邵氏聞見後録　邵博　中華書局一九八三年版
北窗炙輠録　施德操　四庫全書文淵閣本
桯史　岳珂　中華書局一九八一年版
獨醒雜志　曾敏行　知不足齋叢書本
西塘集耆舊續聞　陳鵠　知不足齋叢書本　中華書局排印本
癸辛雜識　周密　中華書局一九八八年版
隨隱漫録　陳世崇　四庫全書文淵閣本
歸潛志　劉祁　知不足齋叢書本　中華書局排印本
遂昌雜録　鄭元祐　四庫全書文淵閣本
集異記　薛用弱　歷代小史本　四庫全書文淵閣本
杜陽雜編　蘇鶚　歷代小史本　四庫全書文淵閣本

桂苑叢談　馮翊子子休　四庫全書文淵閣本
劇談録　康駢　古典文學出版社排印本　四庫全書文淵閣本
宣室志　張讀　稗海本　四庫全書文淵閣本
唐闕史　高彦休　知不足齋叢書本
開天傳信記　鄭綮　歷代小史本　四庫全書文淵閣本
稽神録　徐鉉　中華書局一九九六年版
茅亭客話　黄休復　四庫全書文淵閣本
太平廣記　李昉　中華書局一九六一年版
分門古今類事　佚名　四庫全書文淵閣本
睽車志　郭彖　稗海本
夷堅志　洪邁　中華書局一九八〇年版
博物志　張華　四庫全書文淵閣本
酉陽雜俎　段成式　四部叢刊本　四庫全書文淵閣本
清異録　陶穀　四庫全書文淵閣本
弘明集　僧祐　四部叢刊本
廣弘明集　道宣　四部叢刊本
法苑珠林校注　周叔迦　蘇晉仁　中華書局二〇〇三年版
開元釋教録　智昇　四庫全書文淵閣本
宋高僧傳　贊寧　中華書局一九八七年版
雲笈七籤　張君房　中華書局二〇〇三年版
徐孝穆集箋注　吴兆宜　四庫全書文淵閣本
王子安集注　蔣清翊　上海古籍出版社一九九五年版
楊盈川集　楊炯　四部叢刊本
盧照鄰集校注　李雲逸　中華書局一九九八年版
駱丞集　駱賓王　四庫全書文淵閣本
陳拾遺集　陳子昂　四庫全書文淵閣本
曲江集　張九齡　四部叢刊本
張燕公集　張説　四庫全書文淵閣本
李北海集　李邕　四庫全書文淵閣本
曲江集　張九齡　四庫全書文淵閣本
李太白全集　王琦　中華書局一九七七年版

杜詩詳注　仇兆鰲　中華書局一九七九年版
高常侍集　高適　四庫全書文淵閣本
孟浩然集校注　徐鵬　人民文學出版社一九八九年版
顏魯公集　顏真卿　四部叢刊本
晝上人集　皎然　四部叢刊本
劉隨州文集　劉長卿　四部叢刊本
韋刺史詩集　韋應物　四部叢刊本
毗陵集　獨孤及　四部叢刊本
蕭茂挺集　蕭穎士　四庫全書文淵閣本
錢仲文集　錢起　四庫全書文淵閣本
陸贄集　陸贄　中華書局二〇〇六年版
權德輿詩文集　權德輿　上海古籍出版社二〇〇八年版
五百家注昌黎文集　魏仲舉　四庫全書文淵閣本
東雅堂昌黎集注　佚名　四庫全書文淵閣本
韓昌黎文集校注　馬其昶　上海古籍出版社一九八六年版
柳宗元集　柳宗元　中華書局一九七九年版
劉賓客文集　劉禹錫　四庫全書文淵閣本
張司業詩集　張籍　四部叢刊本
皇甫持正文集　皇甫湜　四部叢刊本
李文公集　李翱　四部叢刊本
歐陽行周文集　歐陽詹　四部叢刊本
孟東野詩集　孟郊　四部叢刊本
唐賈浪仙長江集　賈島　四部叢刊本
王司馬集　王建　四庫全書文淵閣本
會昌一品集　李德裕　四庫全書文淵閣本　《全唐文》本
元稹集　元稹　中華書局一九八二年版
白居易集　白居易　中華書局一九七九年版
樊川文集　杜牧　四庫全書文淵閣本　四部叢刊本
姚少監詩集　姚合　四庫全書文淵閣本
李義山詩集　李商隱　四庫全書文淵閣本
李義山文集箋注　李商隱　四庫全書文淵閣本

沈下賢集　沈亞之　四部叢刊本
丁卯詩集　許渾　四庫全書文淵閣本
孫可之集　孫樵　四庫全書文淵閣本
玄英集　方干　四庫全書文淵閣本
羅昭諫集　羅隱　四庫全書文淵閣本
禪月集　貫休　四庫全書文淵閣本　中
騎省集　徐鉉　四庫全書文淵閣本
河東柳先生集　柳開　四部叢刊本
咸平集　田錫　四庫全書文淵閣本
逍遥集　潘閬　知不足齋叢書本
忠愍公詩集　寇準　四部叢刊本
張乖崖集　張詠　中華書局二〇〇〇年版
王黄州小畜集　王禹偁　四部叢刊本
南陽集　趙湘　四庫全書文淵閣本
武夷新集　楊億　四庫全書文淵閣本
林和靖先生詩集　林逋　四部叢刊本
文莊集　夏竦　四庫全書文淵閣本
東觀集　魏野　四庫全書文淵閣本
元憲集　宋庠　四庫全書文淵閣本
景文集　宋祁　四庫全書文淵閣本
文恭集　胡宿　四庫全書文淵閣本
武溪集　余靖　四庫全書文淵閣本
安陽集　韓琦　四庫全書文淵閣本
范仲淹全集　范仲淹　鳳凰出版社二〇〇四年版
河南集　尹洙　四庫全書文淵閣本
徂徠石先生文集　石介　中華書局一九八四年版
端明集　蔡襄　四庫全書文淵閣本
祠部集　强至　四庫全書文淵閣本
鐔津集　契嵩　四庫全書文淵閣本
蘇學士集　蘇舜卿　四庫全書文淵閣本
蘇魏公文集　蘇頌　中華書局一九八八年版

華陽集　王珪　四庫全書文淵閣本
傳家集　司馬光　四庫全書文淵閣本
清獻集　趙抃　四庫全書文淵閣本
李覯集　李覯　中華書局一九八一年版
金氏文集　金君卿　四庫全書文淵閣本
公是集　劉敞　四庫全書文淵閣本
彭城集　劉攽　四庫全書文淵閣本
邕州小集　陶弼　四庫全書文淵閣本
都官集　陳舜俞　四庫全書文淵閣本
丹淵集　文同　四庫全書文淵閣本
西溪集　沈遘　四庫全書文淵閣本
鄖溪集　鄭獬　四庫全書文淵閣本
錢塘集　韋驤　四庫全書文淵閣本
浮德集　吕陶　四庫全書文淵閣本
安岳集　馮山　四庫全書文淵閣本
曾鞏集　曾鞏　中華書局一九八四年版
龍學文集　祖無擇　四庫全書文淵閣本
宛陵先生集　梅堯臣　四部叢刊本
忠肅集　劉摯　中華書局二〇〇二年版
無爲集　楊傑　四庫全書文淵閣本
范太史集　范祖禹　四庫全書文淵閣本
潞公文集　文彦博　四庫全書文淵閣本
擊壤集　邵雍　四庫全書文淵閣本
鄱陽集　彭汝礪　四庫全書文淵閣本
曲阜集　曾肇　四庫全書文淵閣本
南陽集　韓維　四庫全書文淵閣本
節孝集　徐積　四庫全書文淵閣本
文忠集　歐陽修　四庫全書文淵閣本
樂全集　張方平　四庫全書文淵閣本
范忠宣集　范純仁　四庫全書文淵閣本
嘉祐集箋注　曾棗莊等　上海古籍出版社一九九三年版

臨川先生文集　王安石　四部叢刊本
東坡全集　蘇軾　四庫全書文淵閣本
蘇轍集　蘇轍　中華書局一九九〇年版
山谷集　黄庭堅　四庫全書文淵閣本
後山集　陳師道　四庫全書文淵閣本
柯山集　張耒　四庫全書文淵閣本
張耒集　張耒　中華書局一九九〇年版
淮海集箋注　徐培均　上海古籍出版社一九九四年版
濟南集　李廌　四庫全書文淵閣本
參寥子詩集　道潛　四庫全書文淵閣本
石門文字禪　惠洪　四庫全書文淵閣本
青山集　郭祥正　四庫全書文淵閣本
青山續集　郭祥正　四庫全書文淵閣本
畫墁集　張舜民　四庫全書文淵閣本
陶山集　陸佃　四庫全書文淵閣本
景迂生集　晁説之　四庫全書文淵閣本
雞肋集　晁補之　四庫全書文淵閣本
龍雲集　劉弇　四庫全書文淵閣本
雲溪居士集　華鎮　四庫全書文淵閣本
潏水集　李復　四庫全書文淵閣本
道鄉集　鄒浩　四庫全書文淵閣本
灌園集　吕南公　四庫全書文淵閣本
慶湖遺老詩集　賀鑄　四庫全書文淵閣本
摛文堂集　慕容彦逢　四庫全書文淵閣本
東堂集　毛滂　四庫全書文淵閣本
給事集　劉安上　四庫全書文淵閣本
竹隱畸士集　趙鼎臣　四庫全書文淵閣本
眉山詩集　唐庚　四庫全書文淵閣本
洪龜父集　洪朋　四庫全書文淵閣本
跨鼇集　李新　四庫全書文淵閣本
忠愍集　李若水　四庫全書文淵閣本

忠肅集　傅察　四庫全書文淵閣本
龜山集　楊時　四庫全書文淵閣本
梁谿集　李綱　四庫全書文淵閣本
初寮集　王安中　四庫全書文淵閣本
丹陽集　葛勝仲　四庫全書文淵閣本
毗陵集　張守　四庫全書文淵閣本
浮溪集　汪藻　四部叢刊本
莊簡集　李光　四庫全書文淵閣本
東窗集　張擴　四庫全書文淵閣本
松隱集　曹勛　四庫全書文淵閣本
簡齋集　陳與義　四庫全書文淵閣本
大隱居士詩集　鄧深　四庫全書文淵閣本
北山集　程俱　四庫全書文淵閣本
檆溪居士集　劉才邵　四庫全書文淵閣本
華陽集　張綱　四庫全書文淵閣本
忠穆集　吕頤浩　四庫全書文淵閣本
紫微集　張嵲　四庫全書文淵閣本
苕溪集　劉一止　四庫全書文淵閣本
相山集　王之道　四庫全書文淵閣本
鄱陽集　洪皓　四庫全書文淵閣本
澹齋集　李流謙　四庫全書文淵閣本
韋齋集　朱松　四庫全書文淵閣本
雲溪集　郭印　四庫全書文淵閣本
屏山集　劉子翬　四庫全書文淵閣本
鴻慶居士集　孫覿　四庫全書文淵閣本
豫章文集　羅從彦　四庫全書文淵閣本
雙溪集　蘇籀　四庫全書文淵閣本
茶山集　曾幾　四庫全書文淵閣本
雪溪集　王銍　四庫全書文淵閣本
蘆川歸來集　張元幹　四庫全書文淵閣本
東萊詩集　吕祖謙　四庫全書文淵閣本

斐然集　胡寅　四庫全書文淵閣本
北山集　鄭剛中　四庫全書文淵閣本
嵩山集　晁公遡　四庫全書文淵閣本
知稼翁集　黄公度　四庫全書文淵閣本
于湖居士文集　張孝祥　四部叢刊本
竹洲集　吴儆　四庫全書文淵閣本
高峰文集　廖剛　四庫全書文淵閣本
晦庵集　朱熹　四庫全書文淵閣本
文忠集　周必大　四庫全書文淵閣本
方舟集　李石　四庫全書文淵閣本
東萊集　吕祖謙　四庫全書文淵閣本
梅溪集　王十朋　四庫全書文淵閣本
香山集　喻良能　四庫全書文淵閣本
蒙隱集　陳棣　四庫全書文淵閣本
樂軒集　陳藻　四庫全書文淵閣本
攻媿集　樓鑰　四部叢刊本
尊白堂集　虞儔　四庫全書文淵閣本
涉齋集　許綸　四庫全書文淵閣本
乾道稿　趙蕃　四庫全書文淵閣本
淳熙稿　趙蕃　四庫全書文淵閣本
章泉稿　趙蕃　四庫全書文淵閣本
慈湖遺書　楊簡　四庫全書文淵閣本
九華集　員興宗　四庫全書文淵閣本
芸庵類藁　李洪　四庫全書文淵閣本
范石湖集　范成大　上海古籍出版社二〇〇六年版
楊萬里集　楊萬里　中華書局二〇〇七年版
劍南詩藁校注　錢仲聯　上海古籍出版社二〇〇五年版
渭南文集　陸游　四部叢刊本
水心集　葉適　四庫全書文淵閣本
南湖集　張鎡　知不足齋叢書本
南澗甲乙稿　韓元吉　四庫全書文淵閣本

客亭類稿　楊冠卿　四庫全書文淵閣本
石屏詩集　戴复古　四庫全書文淵閣本
江湖長翁集　陳造　四庫全書文淵閣本
燭湖集　孫應時　四庫全書文淵閣本
昌谷集　曹彦約　四庫全書文淵閣本
省齋集　廖行之　四庫全書文淵閣本
菊磵集　高翥　四庫全書文淵閣本
克齋集　陳文蔚　四庫全書文淵閣本
西巖集　翁卷　四庫全書文淵閣本
洺水集　程珌　四庫全書文淵閣本
鶴山集　魏了翁　四庫全書文淵閣本
野谷詩稿　趙汝鐩　四庫全書文淵閣本
東澗集　許應龍　四庫全書文淵閣本
滄洲塵缶編　程公許　四庫全書文淵閣本
履齋遺稿　吴潛　四庫全書文淵閣本
臞軒集　王邁　四庫全書文淵閣本
東野農歌集　戴昺　四庫全書文淵閣本
滄浪集　嚴羽　四庫全書文淵閣本
泠然齋詩集　蘇泂　四庫全書文淵閣本
可齋雜藁　李曾伯　四庫全書文淵閣本
後村集　劉克莊　四庫全書文淵閣本
矩山存稿　徐經孫　四庫全書文淵閣本
文溪集　李昴英　四庫全書文淵閣本
文山集　文天祥　四庫全書文淵閣本
閬風集　舒岳祥　四庫全書文淵閣本
蘭皋集　吴錫疇　四庫全書文淵閣本
湖山類稿　汪元量　四庫全書文淵閣本
霽山先生集　林景熙　知不足齋叢書本
佩韋齋集　俞德鄰　四庫全書文淵閣本
廬山集　董嗣杲　四庫全書文淵閣本
真山民集　真桂芳　四庫全書文淵閣本

吾汶藳　王炎午　四庫全書文淵閣本
剡源文集　戴表元　四庫全書文淵閣本
在軒集　黄公紹　四庫全書文淵閣本
滏水集　趙秉文　四庫全書文淵閣本
范德機詩集　范梈　四庫全書文淵閣本
伊濱集　王沂　四庫全書文淵閣本
至正集　許有壬　四庫全書文淵閣本
燕石集　宋褧　四庫全書文淵閣本
雁門集　薩都拉　四庫全書文淵閣本
滋溪文稿　蘇天爵　四庫全書文淵閣本
野處集　邵亨貞　四庫全書文淵閣本
楓山集　章懋　四庫全書文淵閣本
升庵集　楊慎　四庫全書文淵閣本
文選　蕭統　上海古籍出版社一九八六年版
才調集　韋縠　陝西人民教育出版社一九九六年唐人選唐詩新編本
文苑英華　李昉　中華書局一九六六年版
唐文粹　姚鉉　四部叢刊本
清江三孔集　孔武仲　四庫全書文淵閣本
古今歲時雜詠　蒲積中　四庫全書文淵閣本
宋文鑑　吕祖謙　四庫全書文淵閣本
赤城集　林表民　四庫全書文淵閣本
江湖小集　陳起　四庫全書文淵閣本
中州集　元好問　四庫全書文淵閣本
新安文獻志　程敏政　四庫全書文淵閣本
粤西叢載　汪森　四庫全書文淵閣本
全唐詩　彭定求　中華書局一九六〇年版
宋百家詩存　曹庭棟　四庫全書文淵閣本
全唐文　董誥　上海古籍出版社一九九〇年版
全宋詞　唐圭璋　中華書局一九六五年版
本事詩　孟棨　中華書局歷代詩話續編本
中山詩話　劉攽　中華書局歷代詩話本

臨漢隱居詩話　魏泰　中華書局歷代詩話本
詩話總龜　阮閱　人民文學出版社一九八七年版
石林詩話　葉夢得　中華書局歷代詩話本
風月堂詩話　朱弁　四庫全書文淵閣本
庚溪詩話　陳巖肖　中華書局歷代詩話續編本
觀林詩話　吴聿　中華書局歷代詩話續編本
韻語陽秋　葛立方　中華書局歷代詩話本
唐詩紀事　計有功　上海古籍出版社二〇〇八年版
苕溪漁隱叢話　胡仔　人民文學出版社一九六二年版
對床夜語　范晞文　中華書局歷代詩話續編本
詩林廣記　蔡正孙　四庫全書文淵閣本
後村詩話　劉克莊　四庫全書文淵閣本
竹莊詩話　何汶　四庫全書文淵閣本
浩然齋雅談　周密　四庫全書文淵閣本
宋詩紀事　厲鶚　上海古籍出版社二〇〇八年版
全閩詩話　鄭方坤　四庫全書文淵閣本
樂章集校注　薛瑞生　中華書局一九九四年版
東坡詞　蘇軾　中華書局全宋詞本
淮海居士長短句箋注　徐培均　上海古籍出版社二〇〇八年版
晁無咎詞　晁補之　中華書局全宋詞本
清真集校注　孫虹等　中華書局二〇〇二年版
蘆川詞　張元幹　中華書局全宋詞本
于湖詞　張孝祥　中華書局全宋詞本
樵隱詞　毛幵　中華書局全宋詞本
白石道人歌曲　姜夔　中華書局全宋詞本
竹山詞　蔣捷　中華書局全宋詞本
花草粹編　陳耀文　四庫全書文淵閣本
碧雞漫志　王灼　知不足齋叢書本
詞苑叢談　徐釚　中華書局二〇〇八年版
吐魯番出土文書(第三册)　唐長孺　文物出版社一九八一年版
敦煌詩集殘卷輯考　徐俊　中華書局二〇〇〇年版

後 記

這本書不是立項課題，它的編纂，完全是出自我對唐宋交通與文學研究的强烈愛好。其編撰始於 2005 年 7 月。這時候，我完成了手中的所有項目：《唐代文館制度及其與政治和文學之關係》已修訂完畢，與陶敏教授合編的《全唐五代筆記》也已交稿，辛勤數年，終於空閑下來，想好好休息一下，於是每天上網度日。這麽度過一段時間以後，又覺得太無聊，也太可惜，於是轉而研究起我所喜爱的唐代交通與文學來，開始輯集館驛與文學資料。到這年 11 月，經過四個多月的努力，終於編成一本三十五萬字的東西，我把它取名爲《漢唐兩宋館驛與文學研究資料彙編》。2006 年底，我申報的教育部人文社科項目《唐宋時期館驛制度及其與文學之關係研究》獲得批准，它於是又順理成章地成了我撰寫此書的主要資料來源。2008 年 8 月，項目完成，這本資料再也派不上别的用場，我只能把它存放在電腦中，以俟他日。2012 年 8 月底，我所負責的兩個先唐文館研究項目也已告竣，我又空閑下來，於是聯繫鳳凰出版社，開始謀求此稿的出版事宜。我把材料發送過去，半個月後，我所申報的選題《唐宋館驛與文學資料彙編》即順利通過了社裏組織的出版選題論證，列爲該社 2013 年出版的古籍整理著作之一，我於是在 9 月中旬開始了書稿的重編重校，直到 2013 年 2 月底，編校工作才告完成，前後歷時半年，逐條逐頁往下編校、補正，幾乎每天都在做此事，甚爲辛勞。

這一次的重編，主要是做兩方面的工作：

一是"正"，即通過嚴格細緻的校勘比對，發現和糾正書稿中的各種錯誤和不確：書名、卷數、標題、門目、正文、注釋、標點符號、條目順序、用書版本、排版格式，都有很多的疏漏和失當之處，其中在文字校勘、核對底本、繁簡轉换方面用力最多，最有收穫。二是"補"，主要補輯那些較有價值却又被我所遺漏的舊稿所無的研究資料，特别是宋代部分的資料和文學方面的資料，是我尤爲著力的重點。我是搞唐代文學研究的，舊稿自然是以唐代爲本位，宋代在其中只是居於次要，資料空缺較多。而通過我近年的研究，發現宋代館驛與文學資料遠比唐代豐富,也更有價值,對於宋代,我是由陌生到熟悉,由隔膜到喜愛。因此在這一輪的輯補中,主要精力都放在了宋代。唐代相對比較清楚,輯録也較少遺漏,所花氣力較少。另外,我對於歷史地理、典章制度研究有著特殊的愛好,對這方面的東西比較留意,對於宋代館驛與文學的資料却用力不深,功夫不精,我必須在這次的重編中儘量彌補這些不足。

經過反復的增補和校勘,到 2013 年 2 月底,書稿正文(含用書版本)已達 62 萬多字,幾乎是舊稿的一倍,一共輯録館驛與文學資料 5400 多條,唐代約 2400 餘條,宋代 2500 餘條,唐前、宋後 500 餘條,在朝代、時段、文獻種類、門目内容、文體分布上基本做到了綜合平衡,没有顧此失彼,我所預設的學術目標亦基本實現。

我做這一項目,是諸多主觀客觀因素作用的結果。主觀條件是我的研究基礎較好。我長期研究唐代交通與文學,近十多年來一直是以此爲立足點,出版有《唐代交通與文學》、《唐宋時期館驛制度及其與文學之關係研究》、《晉唐兩宋行記輯校》等專著 3 種,發表相關論文數十篇,爲國内這方面研究成就較著者之一,積累了豐富的經驗和資料。

客觀條件首先是因爲我在復旦大學所經受的學術鍛煉,特别是導師陳尚君先生的指導。1998 年 9 月,我考入復旦大學,跟隨陳老師研習唐代文學。入學纔一個多月,他就把我叫到他家裏,和我商量起博士論文的選題來。我報給他的題目他一個都没看上,他要我研究"唐代南北交通與文學遷變",而且拿出許多我從没看過的書,要我看。大概是在這年十月份的一天下午,我到他家裏去上課,他從書房中拿出一本《唐代之交通》,陶希聖主編,列入"中國經濟史料叢編"。書雖然衹有 150 頁,可是内容的新鮮却强烈地吸引了我,裏面講的全是唐代的關津、驛令、道路、河渠、海運、驛站、客舍,末尾還附有"唐代水陸路綫圖"。資料全係輯集而成,視内容之不同分爲四十二門,各有標題。這種編排方式我也前所未見,頗覺新鮮。當時雖然没有産生編書的念頭,但是心裏對這本書却喜歡得很,馬上複印一册保存下來。誰知到了今天,這個複印本却成了我編纂此書取法的榜樣。陳老師雖然不研究交通,但他對我的要求却能够影響到書稿的質量。他擅長輯佚,强調熟知一代文獻,注意古書版本目録,全面占有研究資料,做學問不要抱殘守缺,應當隨時自我更新,加强國際交流,學習他人經驗,嚴守學術規範。我把導師對我的這些教導牢記在心,同時學習他搜羅散佚,輯爲新編的做法,也嘗試着做文獻輯佚，結出的果實就是 2009 年遼海出版社出版的《晉唐兩宋行記輯校》和這本書。

其次是湖南科技大學陶敏先生的指導。我從 1997 年下半年起，就開始接受他的指導，和他保持密切的接觸。到復旦讀書以後，由於他和陳尚君老師的特殊關係，加上我也簽訂了畢業以後到湘潭師範學院（2003 年和湘潭工學院合并爲湖南科技大學）工作的合同，和他就走得更近了。那時，他正在主持國家社科基金項目及全國高校古委會項目，研究任務繁重，但是缺乏資料，於是布置我利用在上海讀書的有利條件，多買多看新書好書，多搜集有用的資料。離畢業還有一年多，他就要我研究唐代文館。畢業以後到湘潭師範學院工作，和他是同事兼師生，他更是經常給我布置研究任務，安排我做這樣那樣的事：唐代文館，唐人筆記、野史的整理，乃至唐代正史的點校、唐人著述的總録、《元和姓纂》的正補、唐人詩集的整理，所有他想做却未來得及做的項目，他都想要我做。他開了個頭却還未結尾的項目、快竣工的書稿，也要我續完。雖然我並没有都答應下來，但是和他長期保持接觸，他的那一套學問我也學到了不少。其中和本書關係較緊的，一是文獻辨僞辨重，二是文字校勘和繁簡轉换，這些方面他最擅長，對我也講得最多，我因此特别留意。我在書中，凡是一詩二見的，都注明互見情况，只是限於體例，未寫考按，這麽做實際是告訴讀者，使用這些材料時，要小心，不要爲僞材料所欺蒙。爲了保證所輯的文字可靠，我在録文的同時也很强調校勘，書中文字凡有訛誤或疑誤的，都以括弧注明，這套做法也是從他那裏學來的。2012、2013 年之交，正值書稿編校最緊張、最關鍵的階段，陶老師却於 2013 年元月 17 日早上病逝。我懷著沉痛的心情料理完後事，又繼續校稿。我只能學習他的學術精神，努力編好此書，續完他的未竟事業，以此方式來紀念他。

第三是兩位老學者及其學術著作的啓發。一位是傅璇琮先生。最近十多年，我和他一直保持著各種聯繫，他所編著的多數著作我都已經買到或是有他的寄贈本。通過這麽多年的接觸，我發現傅先生做學問，最强調研究基礎的牢固、材料的可靠，對所得材料常要下一番沉潛考實的功夫。不僅如此，他還重視搜集資料輯爲彙編，著名的《楊萬里范成大資料彙編》、《黄庭堅和江西詩派資料彙編》即出自他之手。裏面所下的功夫之深、徵引的古籍之多，是令人驚異的，尤其是處在上世紀五六十年代那樣的特殊環境下，還能用到那麽多的生僻之書，就更可貴了。傅先生這兩種書爲他赢得了很高的學術聲譽，現在通行學界的"某某作家資料彙編"即發端於此，我也是受益者之一，經常使用，自然想到要去模仿學習，另編新書。另一位是周勛初先生，他也是我特别敬重的著名學者。他主編的《唐人軼事彙編》體例嚴明，録文準確，版本精善，編排科學，檢索方便，是一部難得的學術精品。由於此書的高品質，我對它一直是喜歡得很，編書的時候，常放在身邊反復揣摩，也學到不少。

從上面的講述也可以看出，做學問是要講機緣的，没有機緣，主觀條件再好也不能成事。我不到復旦讀書，没有陳、陶二師的指導，便不可能研究唐代交通與文學，更談不上編成此書。而没有傅先生和周先生著作的垂範，我編書也不會那麽順當。现在，書雖然已經编成，我却不敢説是盡善盡美。由於缺乏經驗借鑒，手頭的資料也不是特别齊全，書稿又是根據新的學術設想编成的，具有較强的探索性，定然有一些不足之處，誠懇希望讀者批評指正，爲我提供材料綫索。

最後，我要對鳳凰出版社給予我的大力扶持，對責任編輯李相東先生給予我的竭誠幫助，表示由衷的感謝！

李德輝

2005 年 11 月 20 日初稿

2013 年 2 月 27 日定稿，7 月 18 日校畢

湖南省十二五規劃重點學科
湖南科技大學“中國語言文學學科”資助項目

湖南省普通高校社科重點研究基地
“中國古代文學與社會文化”［湘教通（2004）284號］
資助項目

唐宋館驛與文學資料彙編（上）

李德輝　編著

鳳凰出版社

圖書在版編目（CIP）數據

唐宋館驛與文學資料彙編 / 李德輝編著. -- 南京 : 鳳凰出版社, 2014.10
ISBN 978-7-5506-2034-6

Ⅰ. ①唐… Ⅱ. ①李… Ⅲ. ①驛站－研究－中國－唐宋時期②中國文學－古典文學研究－唐宋時期 Ⅳ. ①F512.9②I206.2

中國版本圖書館CIP數據核字(2014)第216234號

書　　名　唐宋館驛與文學資料彙編
編　　著　李德輝
責任編輯　李相東
出版發行　鳳凰出版傳媒股份有限公司
　　　　　鳳凰出版社(原江蘇古籍出版社)
　　　　　發行部電話025-83223462
出版社地址　南京市中央路165號,郵編:210009
出版社網址　http://www.fhcbs.com
經　　銷　鳳凰出版傳媒股份有限公司
照　　排　南京凱建圖文製作有限公司
印　　刷　江蘇鳳凰揚州鑫華印刷有限公司
　　　　　揚州市江陽工業園蜀崗路9號,郵編:225008
開　　本　652×960毫米　1/16
印　　張　61.25
字　　數　972千字
版　　次　2014年10月第1版　2014年10月第1次印刷
標準書號　ISBN 978-7-5506-2034-6
定　　價　148.00圓(上、下)
　　　　　(本書凡印裝錯誤可向承印廠調換,電話:0514-85868858)

上　册

目　録

上　册

下　册

前　言

我國周秦間，隨著國家的建立和交通的開啓，出現了若干條驛路和待客的館舍，形成了初步的郵驛制度。漢魏六朝進一步完善爲驛傳制度，唐宋又演爲館驛、驛鋪制度。驛鋪之外還有各種公私客舍，也是人們出行棲止的重要場所。公私合計，可總稱交通制度。各朝的交通制度有別，但都是爲人們的出行而備，在典籍中多有記載，内容豐富，具有重要的歷史文獻價值和文學研究意義。若是對其加以集中、有序的編纂，則能爲人們研文治史提供一份有用的資料，這樣的工作值得一做。下面即就本人在這方面的研究所得叙之如次。

一、周秦唐宋驛制的演變

館驛制度屬於國家政治制度的一部分，自有國有家起就開始産生。西周已有初步的交通體系和交通制度，國内修建有"國野之道"，自王城達於畿甸、鄰邦。道上每隔十里就有一廬，廬有飲食。三十里有宿，宿有路室，路室有委。五十里有市，市有候館，候館有積①，並有樓阁可供觀望。此外還有環人掌修委積，迎賓客。

至於春秋戰國，又發展出馹、置、郵等交通方式，出現驛、傳、遽等記載交通制度的辭匯。驛原指尊者所乘的傳車，後來也指驛馬和驛站。馹指驛馬，即宋代的馬遞之制。傳指以馬拉的傳车或乘坐的驛馬，相當於後世的乘傳或驛騎②。郵指道上的行書之舍，相當於宋元明清的步遞鋪。置指傳遞文

① 委和積都指驛館儲備的生活物資。宋代驛道上每隔十幾里、二十里即有一馬鋪，每鋪有歇馬亭，即古路室之遺事。每隔六七十里有驛，每驛皆有餼給，即古候館之遺事。唐代官道上每隔三四十里即置一驛，其非通途大路者則曰館，通謂之館驛，其事亦起於周。

② 傳還指傳車息止之舍，所謂傳舍。不過這是後起之義。

書的馬鋪、馬站[①]。郵和置的區别在於,郵是以步卒徒行傳書,置是以快馬投遞文書。郵的設置較密,一般每隔五里或十里就有一郵;置的設置較稀,常常要三五十里才有一所。遽是对郵和置的統稱,按照古書的說法,馬遽曰置,卒遽曰郵,通謂之遽。

秦漢時期,驛制進一步分化。漢代官員、驛使出行,有以馬行的驛和以車行的傳兩種方式。傳車之制尤爲完密,西漢傳車皆以馬拉行,根據馬力的高下分爲四等:四馬高足爲置傳,四馬中足爲馳傳,四馬下足爲乘傳,一馬二馬爲軺傳,急者乘一乘傳。驛館也分化出兩種。一種專門用於接待長途行旅,叫傳舍,"傳舍者,人所止息。前人已去,後人復來,轉相傳也。一音張戀反,謂傳置之舍也,其義兩通"[②]。其制起於春秋戰國,那時,齊國的待客之舍即被分爲傳舍、幸舍、代舍三等,有傳舍長一人、傳舍子若干,以待上、中、下三等之客。部分傳舍還下傳到秦漢,今《史記》、《漢書》中就保存了若干座,如廣成傳舍、高陽傳舍、邯鄲傳舍、修武傳舍,皆先秦古傳舍。與傳舍相辅而行的,是傳送短途書信的機構——郵亭,郵指"境上行舍,道路所經過"[③]。顔師古將郵釋爲道上"行書之舍"[④],最爲恰切。今存的古地名如曲郵、杜郵、高郵、叩郵,皆漢代置郵之處。依照漢代驛制,約三十里一驛,驛有長吏夫役,以待信使,兼管過往官員吃住。十里一亭,亭有長、吏、卒。其設置一者停留行旅,以供宿食;二者捕劾盗賊,維持治安。五里一郵,郵有督、夫,主司奸盗,遞文書。這種傳舍和郵亭並行的交通管理制度相當有效,故一直保持到東晉,那時猶有郵、驛共置,承受郡縣文書,諸縣置屋二區,驛吏承受文書,每月呈上州郡。

自從驛制在兩漢定型以後,館驛制度的史料就日趨豐富,館驛與文學的結合亦漸漸緊密。文獻中陸續出現一批辭匯,對此加以記載,以驛、館、傳、遽、郵、亭、置、候等關鍵詞爲中心,組合成候館、厨傳、驛亭、客亭、館亭、郵亭、郵舍、郵堠、驛候、離亭、官驛、公驛、傳舍、傳置、驛遽、驛邸、驛置、厩置、

① 戰國时期,韓國和秦國的驛站多爲五十里一置,漢代通常是三十里一置。東漢中葉,部分地方的路段甚至發展到十里一置,以加快文書物資的傳遞速度。

② 班固《漢書》卷四三《酈食其傳》,中華書局 1959 年版,第 2107 頁。

③ 司馬遷《史記》卷七三《白起列傳》,中華書局 1959 年版,第 2337 頁。

④ 班固《漢書》卷二七中之下《五行志》,中華書局 1959 年版,第 1413 頁。

傳驛、傳遽等詞，都是驛館的近義詞。例如廄置，臣瓚解釋爲“置馬以傳驛者”①，可見其性質、功能與唐宋的驛館相當。傳舍指行道飲食之處、“郵亭傳置之舍”②，是驛館在漢魏的通稱。厨傳的厨指飲食，傳指傳舍，古代常將二者合稱。候館指迎候賓客之館，有的還建有候望的樓閣以備行客登覽觀望，甚至還有偵察敵情以備緊急等國防功能，故謂之候館。乘傳即乘坐傳車而行，與乘驛相對。唐代規定：殊俗入朝，蕃州都督、刺史朝集，“乘傳者日四驛，乘驛者六驛”③。知乘傳和乘驛不是一事。其他各詞含義亦有差别。驛指以馬遞送，傳指以車傳送。驛可以指官馬，當驛馬講；也可以指驛站，當驛館講；還可以指交通方式，指以郵驛傳書。郵既指以步行傳遞書命，也指傳書之舍。置指以快馬傳遞文書，也指驛置，即驛舍。

魏晉南北朝，前代的傳舍之制逐漸消失，驛站被建成傳遞文書、提供車乘的專用場所，待客的功能基本剥離，館驛軍事化、專門化，專爲軍國大事而備。晉代雅樂歌辭：“劉備逆帝命，禪亮承其餘。擁衆數十萬，闚隙乘我虚。驛騎進羽檄，天下不遑居。”④即反映了這一特色，國家只有行征討、發詔書、行赦令、救災難等才發使遣驛，只要發驛，必有急事。邊關有警，地方災變，必遽驛以告，不捨晝夜。較之南朝，北朝對驛傳的建設尤爲重視，郵傳的辦事效率也更高。東晉成帝時，苻秦的郵驛甚至可以“一日千里”⑤，一旦外敵入侵，救兵很快即至。北朝和南朝對壘，老打勝仗，與驛傳的高效率不無關係。

唐代的驛傳不再稱郵，統一作驛，或者與等級較低的交通機構“館”合稱“館驛”⑥，館驛統歸尚書兵部主管，以駕部郎中專掌。其置“本備軍速”，供“使命往來”，但是後來也成爲官僚和士人的寓宿之所。重要路段设置驛站，次要路段則置館舍，平均約三十餘里即有一驛，四五十里有一館。驛各有

① 班固《漢書》卷三三《田儋傳》，中華書局 1959 年版，第 1852 頁。

② 司馬遷《史記》卷四九《外戚世家》，中華書局 1959 年版，第 1974 頁。

③ 歐陽修《新唐書》卷四六《百官志一》，中華書局 1975 年版，第 1196 頁。

④ 房玄齡等《晉書》卷二三《樂志下》引傅玄《唯庸蜀》，中華書局 1974 年版，第 705—706 頁。

⑤ 房玄齡等《晉書》卷七七《蔡謨傳》，中華書局 1974 年版，第 2038 頁。

⑥ 在唐代，館和驛的區别在於地理位置，在通途大路者曰驛，等級較高；其非通途大道則曰館，等級較低。

將,以州里富强之家主之,以待行李。肅宗至德以後,天下兵興,民不堪命,遂改以官司主掌。

唐代的驛站是一個與軍國大政關係甚緊的綜合交通機構,所掌甚多,任務繁重。爲了保障驛傳的高效率,唐朝加大了驛的設置密度,數量随之增多。並將驛站和傳舍二者合一,單獨爲行客食宿而備的傳舍已不復存在。驛負責傳文書,待行客,供車馬,有水驛、陸驛和水陸兼驛(地志或稱水馬驛)三種。每驛都有驛長、驛吏和驛子,並配有驢馬車船以備行旅,重要路段實行軍管,辦事人員改稱驛將、驛卒。官員出行,分爲乘傳和乘驛兩種情況,乘傳者使事閑緩,傳車行進的速度也較慢,故規定日行四驛。乘驛者使事緊急,驛馬奔馳的速度亦較快,故日行六驛。流貶之人皆乘驛進發。因負譴罪,不許在路多作逗留,其中情狀稍重者,甚至令日馳十驛以上赴任。新授的刺史、縣令也須依符券的題署而進,計程而行,並取便道之官,不能迂回道路,停滯郡縣。奔走於驛路上的統稱驛使,驛使之行皆有程期,至期不達者必加科罪,使人沿路,無故不得於館驛淹留。各人使事的性質不同,行驛的速度也各異。赦書等緊要文書交付急遞,日行五百里。此外乘驛的日行七十里,驢五十里,車三十里。设施講究的驛站往往爲一方之雄盛。著名的如梁州褒城驛、汴州上源驛、華州普德驛、滑州白馬驛,皆號郵亭之甲,結構宏大,設施齊全。可是到了唐朝後期,國力衰微,往日的大驛紛紛淪爲荒郵廢館,徒供文人作詩憑弔,無復從前的盛況。

在唐代,驛館的功用有三:一是傳遞文書,搬運官物,起到現代郵局和快遞公司的作用;二是接待官客,爲其提供飲食起居,起到現代賓館和政府招待所的作用;三是爲行人提供車船驢馬,起到現代車站和輪船碼頭的作用。兩京及邊境的部分路段,驛館還實行軍管,有較强的軍事色彩。杜甫《東樓》:"萬里流沙道,西行過此門。……傳聲看驛使,送節向河源。"①岑参《初過隴山途中呈宇文判官》:"一驛過一驛,驛騎如流星。平明發咸陽,暮及隴山頭。"②描述的正是唐代京畿地區及西北邊境驛站傳郵、日夜奔忙的情景,可以證實唐之"郵驛本備軍速"的建設初衷。

唐代驛站建在大道要衝,位置或在道途,或在城郊。祖詠《長樂驛留别

① 仇兆鰲《杜詩詳注》卷七,中華書局1979年版,第601頁。

② 彭定求等《全唐詩》卷一九八,中華書局1960年版,第2024頁。

盧象裴總》:“朝來已握手,宿别更傷心。灞水行人渡,商山驛路深。”①所記爲長安至荆南驛路,此道自灞桥東出,折而南行,入商山即爲深林密竹,故謂“驛路深”。杜甫《秦州雜詩二十首》其三:“州圖領同谷,驛道出流沙。”②所記爲長安至河西、隴右驛道,該道自長安西出,過隴山,經秦州,達甘、凉,穿越沙磧,直抵西域,故謂“出流沙”。杜荀鹤《秋宿臨江驛》:“漁舟火影寒歸浦,驛路鈴聲夜過山。”③褚載《曉發》:“貪路貪名須早發,枕前無計暫徘徊。纔聞雞唱呼童起,已有鈴聲過驛來。”④鈴聲過驛,是因爲驛道繞山,故只聞鈴聲,不見人蹤。以上是説的陸驛,水驛則依江傍河。杜甫《宿白沙驛》:“水宿仍餘照,人煙復此亭。驛邊沙舊白,湖外草新青。萬象皆春氣,孤槎自客星。隨波無限月,的的近南溟。”即可説明唐代水驛臨江傍河而建的特點,讀後知道這是座水驛,在湖邊沙岸。詩人宿泊之際,但見湖波粼粼,餘照映天,目睹此景,竟産生了欲“近南溟”的幻覺。白居易《初到忠州贈李六》:“好在天涯李使君,江頭相見日黄昏。吏人生梗都如鹿,市井疏蕪只抵村。一隻蘭船當驛路,百層石磴上州門。……”詩中所記的忠州驛也是座水驛,有隻蘭船横在驛前,接送行客。李六與白氏在此别過,然後上船。

在唐代,驛館有門牆、庭院、樓閣、廳堂、軒楹、回廊、倉庫、馬厩、草場等,好的驛站還有池塘竹樹、亭臺樓榭供人遊翫登眺。裏面驛券、驛馬和驛廳的使用,體現了森嚴的等級秩序。驛吏總是按照來客官階的高下來給予相應的招待,配備不同數量和等級的車馬。驛廳有東廳、西廳之分,西廳生活條件較好,稱上廳,供高官和敕使居住。東廳次之,爲别廳,供一般官客居住。御史和宦官時常出按州縣,辦理事務。到館之際,往往耍弄特權,占宿上房,而把先他而至的客人趕到别廳。武將、高官也攜家帶口,索要食物。再强盛的郵驛在這重重壓力之下也會迅速衰敗。所以説唐驛的衰敗,首先是緣於特權階層的目無法紀,制度廢弛。

有鑒於此,宋朝对驛制做了根本性的改革。首先,鑒於唐驛既掌書郵,又待行客,備車馬,所管過多,壓力過大,遂將驛、遞分途,各掌一科。驛站不

① 彭定求等《全唐詩》卷一三一,中華書局1960年版,第1333頁。
② 彭定求等《全唐詩》卷二二五,中華書局1960年版,第2417頁。
③ 彭定求等《全唐詩》卷六九二,中華書局1960年版,第7951頁。
④ 彭定求等《全唐詩》卷六九四,中華書局1960年版,第7990頁。

掌傳郵，只待行客，建在交通要道，設置較稀，數量較少，常常六七十里才有一驛，南方僻遠區域甚至七八十里一驛，以爲兵帥往來宿頓之處。鋪則負責傳郵書，送官物，獨立於驛館之外。一般每隔十餘里、二十里就有一鋪，山險之處甚至每隔八九里就有一鋪，設置較密，分布較廣，可補驛館之不足。根據使事的緩急，遞鋪還被区分爲急脚遞、馬遞和步遞三等。步遞鋪傳送一般文書，以鋪兵接力步行，一般日行數十里。馬遞鋪傳送緊急文書，日行一百里到四百里，速度較快，號"流星馬鋪"。急遞鋪傳送特急文書，最快的日行五百餘里，過如閃電。但因爲要求高，不常置。驛和鋪因性質、功能接近，故常將二者合併，稱爲鋪驛或驛鋪，地志中也爲此而增立鋪驛、驛鋪一門。其次，對驛站和遞鋪全面實行軍管。晚唐五代驛館傳郵，常役民夫爲步遞。州郡上供錢帛，也是調遣民夫搬運。馬匹死損，亦役民馬給驛。建隆二年五月，詔從前役使民馬、民夫者，皆代以官馬、兵卒。三年正月，又詔從前逆旅以民夫充傳遞者，皆以驛卒代之。其後特置鋪兵，或稱遞卒，優其廩給，遂爲定制。第三，嚴格控制驛券的發放，並將歷年下發的驛鋪條章編爲驛令①，使管理規範化。第四，加大官員、驛使出行的補助力度，内外文武官，下至吏卒，在途宿驛，各有券料，這就減輕了驛傳的壓力，保障了驛鋪的正常運轉，可以經久。其法甚善，故以後各代遵行不廢。

二、唐宋館驛與文人生活及詩歌創作

古代置郵傳，本意是傳書命，待驛使，並不爲文學而備，唐宋以前，文學與郵驛並無密切關係。驛使多由軍人充當，驛站接待的多爲高官，驛館也不對社會開放。不要説是普通文士，就是中高層文官，如無王命也進不去。所以儘管唐以前驛路貫通，驛館星羅棋布，但對文學却始終起不到大的作用，二者的關係始終比較疏遠。

真正的變化始於中唐。安史之亂以後，兵戈擾攘，制度陵遲。國家有

① 此即著名的《嘉祐驛令》，编成於宋仁宗嘉祐四年正月，由三司使張方平奏上，帝賜名《嘉祐驛令》，凡七十四條，上、中、下三卷，頒行天下。今其大部被保存在《永樂大典》卷一四五七五《金玉新書》中。唐代亦有郵驛條式，其名見於貞元八年門下省奏章，但是散在諸書，未加集中編纂，遂至失傳。

事，動輒置官命使。早在天寶末，楊國忠即身兼四十餘使，權任極重。大曆、貞元以後，使職的權力更大，名號益廣，單李肇《國史補》即載有數十種。設職如此寬濫，不僅衝擊職事官系統，造成"爲使則重，爲官則輕"①的局面，還給州縣館驛帶來干擾，各種勢要紛紛向館驛伸手，提出很多的過分要求。使臣所經州縣，每於券料之外别要供侍，亂索人驢，自遞行李，挾命爲勢，凌下作威。或者妄出食牒，煩擾館驛。這麽做雖然紊亂了法度，於國不利，但也打破了館驛的嚴禁，爲很多從前不能入驛的人員打開了方便之門。高官武將的家口、親眷、僚友、部屬，或者作爲自己的隨從，或者作爲受邀的對象，或者得到了節度、觀察使批發的轉牒，紛紛入驛，舉子、進士、選人、幕僚乘虚而入。所以，中晚唐五代的館驛就不再是只對軍人和高官開放的專屬機構，而是一個社會化程度日高的公共場所，裏面有廣闊的空間可供文人盤桓。因此我們看到，從前按照規定不能入驛止宿的各色人員，在驛中竟然很活躍。例如舉子，連流外官都不是，按照規定，是不可能發給正券、入驛止宿的，更得不到道途所需的熟食、程糧、草料。但是他們照樣入驛住宿，到處遊走，有的還留下詩篇，載入筆記。例如羅隱，早在宣宗大中末即在貢籍，凡十上京城應舉，皆未中第，先後從事於湖南、揚州、潤州使府。他雖是個不第舉子，但他應舉遊幕期間，却可出入館驛，其《羅昭諫集》有館驛詩多篇，都是作於宿驛之際。其《金陵寄竇尚書》有"二年岐路有西東，長憶優游楚驛中"②之句，無異夫子自道。又《全唐詩》卷七四九李中《郵亭蚤起》："郵舍殘燈在，村林雞唱頻。"《詩話總龜》前集卷五引褚載館驛詩："西風昨夜墜紅蘭，一宿郵亭事萬般。"這些也都是唐代舉子驛中作詩的實證。褚載的住驛當是得到了他投詩干謁的襄陽節度使邢君牙的特許，李中的宿驛則不知何故，但肯定有現實的原因③。又《酉陽雜俎》續集卷一載，前秀才李鵠覲於潁川，夜至一驛，遇怪。前集卷一五載，東平未用兵時，舉人孟不疑客遊昭義，夜至一驛。所記雖有志怪意味，但其中人事必非憑空杜撰。考《酉陽雜俎》所記，事在憲

① 李昉等《太平廣記》卷一八七引《國史補》，中華書局 1961 年版，第 1402—1403 頁。

② 彭定求等《全唐詩》卷六五六，中華書局 1960 年版，第 7544 頁。

③ 李中仕於南唐，直到開寶五年才爲官，此前長期漂泊異鄉，他的館驛詩也是亂世産物。詳陶敏《全唐詩作者小傳補正》，遼海出版社 2010 年版，第 1239—1240 頁。

宗、宣宗間，這段時間正是唐代館驛制度廢弛、驛館門禁大開的階段，歷史記載爲這些現象的出現提供了合理的解釋。

德、憲宗以來，戰事頻仍，武夫跋扈，宦官驕横，朝廷使命繁併，地方官和京朝官調動頻繁，往往在任一年二年即予遷徙。有時到任才數月，還未來得及施展開手脚，新的調令即隨之而至。迫於王命，他又得挈婦將雛，趕赴新的任所。這樣的官制使得很多文人不得不長年累月道途奔波，寶貴的時光就虚耗在征途館驛之中。爲了打發旅途的無聊，他常常不得不吟詩賞月，以此度日。岑參《虢中酬陝西甄判官見贈》："前者驛使來，忽枉行軍詩。晝吟庭花落，夜諷山月移。"[①]徐鉉《驛中七夕》："獨坐凉何甚，微吟月易斜。今年不乞巧，鈍拙轉堪嗟。"[②]即反映了這一特點，所記唐代文官曉行夜宿、吟諷不絶的現象，頗可注意。的確，對於能詩多感、飽經風霜的唐人來講，只要是客次之際，暫駐征輪，必然閑庭信步，對月行吟，這是他們長期以來的創作習慣。前人説："登山臨水，不廢於謳吟；易羽移商，聊舒於羈思。"[③]乃是一種文學創作的共相，不止於一朝一代。

以上主要是自京城對地方的角度言之。按照當時制度，地方上同樣有很多事務必須通過驛傳。刺史的謝上表、節慶的各種賀表、各種奏章疏議、歲末工作彙報，無一不通過驛傳。張籍《洛陽行》"百官月月拜章表，驛使相續長安道"[④]，即反映了這一現象。道上驛使相續，既密切了中央和地方的往來，也給詩歌的創作和傳播帶來了機會，有利於文學的發展。

而唐代官制中也有一些因素拉近館驛和文學的距離。首先，唐代地方官都是從京朝官中選拔，出牧州郡。其次，國家的政治决策都得通過驛使宣播到地方，地方上難决的各種事務也總是朝廷遣使裁决。第三，左降官和流人的貶放和召還，在唐代是由京城諸司實行。唐代的流貶人，多數是些著名文學家，這一政策等於把成百上千位優秀詩人放置在道途行旅之中，讓他們來經歷生活的磨難。第四，唐代驛令也爲文人入驛居止留下了空間。唐律規定，邊遠及無村店之處，九品以上勳官、五品以上職事官及爵遇驛止宿，亦

---

① 彭定求等《全唐詩》卷一九八，中華書局 1960 年版，第 2031 頁。
② 彭定求等《全唐詩》卷七五四，中華書局 1960 年版，第 8574 頁。
③ 彭乘《墨客揮犀》卷四，中華書局 2002 年版，第 322 頁。
④ 彭定求等《全唐詩》卷三八二，中華書局 1960 年版，第 4285 頁。

聽,只是不得輒受供給。以上所說,涵蓋了唐代職事官和使職兩大系統的十多類人員、十幾種情況,都是以京城爲出發點或目的地。而唐代官員職位的遷轉一直比較頻繁,一個官員一生歷官十餘任、到過十多個大地方是常事。可是自京畿伸向天下四方的主要驛路却始終只有這十二條①,這意味著同一人有可能要多次路過同一座館驛,唐代詩人有更多的機會宿驛賦詩。例如元稹,僅元和四年以前就"七過褒城驛,回回各爲情"②。韓琮詩亦云:"商山驛路幾經過,未到仙娥見謝娥。"③驛館雖是一個,可詩人每次過驛的心境却各不相同,每次過驛都牽動人心。由此,驛館與文人生活及文學創作的關係大大加密,驛館的文學意義亦因此而生。宋人韋驤《安福驛》有"作邑多離邑,去家如去鄉。三年三過驛,一别一迴腸"之句,所説同樣適用於唐代詩人。

以上僅就唐代立論。需要指出的是,在宋代,上述制度不僅未予削減,而且各有加强。首先,宋代官員的調動更加頻繁,只要翻翻《宋史》和《續資治通鑑長編》,情況就一清二楚。另外,宋代官員不像唐人那樣艱於一第,入仕年月普遍要比唐人早,在仕途的時間也要比唐人長。得第既然没有唐人那樣艱難,中舉以後也就不會像唐人那樣,有"及第全勝十政官,金鞍鍍了出長安"④的狂喜,而只會早做準備,進入官場。這意味著他到過的地方、住過的驛館只會比唐代多,不會少。其次,宋代國運更加艱危,國家政務更加繁雜,朝廷對地方、對邊鎮的控制也更緊,中央和地方的聯繫也更密。單神宗一朝,每年頒發的詔敕和上奏的文書就各有上百,這意味着宋代驛館傳郵的頻度更高,宋人有更多的機會附驛遞送自己的私書和詩作。第三,兩宋官員貶謫流放的人數、次數也要多於唐代。據學者研究,唐五代 342 年,貶官 3641 人次。而宋代僅哲宗元符元年這一次,得罪者就有 830 家。《中國文

① 詳史念海主編《中國通史》第六册隋唐卷,上海人民出版社 1997 年版,第 761—787 頁。胡戟等《二十世紀唐研究》第八章《交通運輸》,中國社會科學出版社 2002 年版,第 500—501 頁。

② 彭定求等《全唐詩》卷四一〇元稹《遣行十首》其七,中華書局 1960 年版,第 4554 頁。

③ 彭定求等《全唐詩》卷五六五韓琮《題商山店》,中華書局 1960 年版,第 6548 頁。

④ 彭定求等《全唐詩》卷八七〇章孝標《及第後寄李紳》,中華書局 1960 年版,第 9861 頁。

學家大辭典》宋代卷所記 2500 餘人，貶官 720 人，貶官兩次以上的 440 人，謫放十年以上的數十人。部分宋人人生的三分之一時間都在謫所度過，宋代官員貶放的人數、頻度、嚴酷度顯然要比唐代高[①]。第四，宋代的驛館雖少於唐，但驛館之外還别置遞鋪，密集的甚至八九里一鋪，最遠的也才相隔二十里。驛路之外還有鋪路，遍布於驛館不及之處。北宋時，全國遞鋪總數估計在三千座以上，而唐代在國家最盛之時通計館驛才 1639 所。這表明，即使唐宋文人的數量相等，宋人夜宿驛鋪的次數也遠多於唐，何況宋代文官的數量遠高於唐，國祚也要長於唐。綜合以上四方面的因素考量，可以斷定，驛館、遞鋪在宋代和文人生活及文學創作的結合只會比唐代更緊，驛鋪對文學的作用只會比唐代更大，不會是相反。

而館驛本身也存在不少和文學接近的因素。首先，多數館驛都在江湖草野，環境清絶，風清月白，晴朝雨夕，最易觸發人心，寫出好詩。此種感發行人志意的功能，是其他場所所不具備的。“江山如有待，花柳更無私”[②]。詩人在驛，久客思家，心情苦悶，自然景物則不僅可以散憂心，解閑愁，還能幫助詩人產生靈感，覓得佳句，賦予文學語言以奇特力量，文字抑揚開闔，可以與造化争衡。其次，館驛都有待客、傳郵的功能，各色人等出入驛站，“告至告去之役，不絶於道；寓望迎勞之禮，無曠於日”[③]。這種高度社會化的場所，不僅賜予詩人以無盡的題材，而且館驛的門牆、軒楹、窗户、廳柱，也都是題詩吟詩、賞詩談藝的理想場所，説不定有多少前人在此對牀夜語，網羅異聞，切磋詩藝，這對文學創作也是有助益的。第三，館驛還是宣播作品、傳揚聲名的重要憑藉[④]。爲了展現才情，傳揚詩名，詩人也會努力寫出好詩，讓它播於人口。第四，館驛的領導層和組織管理者多出身文人。以唐代爲例，兩京御史臺各以監察御史一人知館驛，號館驛使。地方上每驛皆有專知官，

---

① 以上數據係據錢建狀、尚永亮《贬谪文化在北宋的演進及其文學影響》，第六届中國宋代文學國際學術研討會論文集，中册，第 660—661 頁。

② 仇兆鰲《杜詩詳注》卷九《後遊》，中華書局 1979 年版，第 787 頁。

③ 吴文治點校《柳宗元集》卷二六《館驛使壁記》，中華書局 1979 年版，第 704 頁。

④ 這一點學界研究得最爲透徹，近三十年來，自羅宗濤《唐人題壁詩初探》始，陸續有王兆鵬、吴淑玲、譚新紅等多位學者發表過多種極好的成果，論文、專著、課題都有，而且大有日益加深和拓寬的趨勢，可以説是新时期唐宋交通與文學研究最有成就的一個領域。爲省篇幅，此不贅言。

諸縣的縣丞、主簿也負有主驛的責任，諸道有觀察判官、館驛巡官監管館驛。畿内有京兆尹，外道有觀察使、刺史，迭相監臨。這些官職多爲文職，這就爲文士入驛創造了有利條件。唐人盧綸、陸贄、趙嘏、白居易，就因爲這些機會而得以親近館驛。例如白居易，早年曾爲盩厔縣尉，“郵傳擁兩驛，簿書堆六曹”①。他在關中創作的館驛詩就是利用這些機會寫成的。而方鎮使府的判官、掌書記還有軍府僚屬的身份背景，天然有乘驛的方便。唐代詩人李益凡“五在兵間”，李商隱六任使府，這兩人創作的館驛詩就多於一般人。類似例子還可舉出不少。

綜上可見，館驛與多數唐宋文人都有關，從未仕者到入仕者，從高官到卑官，從職事官到使職，全面覆蓋，館驛生活是他們求名生涯和官宦生活的重要部分，並且時常和館驛詩的創作綁定，對館驛詩的解讀，因此成爲唐宋文學研究者難以回避的重要問題。

三、館驛的特點及唐宋館驛詩的二重性

館驛詩都成於某館某驛，各有其創作的時間、地點。這“時”和“地”不僅是成詩的背景，而且是解詩的要素和論詩的著眼點。從文學角度看，驛站、逆旅的特點首先在於，它們是一個異於家居的空間，是詩人文學創作的轉折點。離開家園進入外地，這就給了他眺望原來生活、思索過往人生的機會，必然會誘發不同的心靈感應。來到異鄉，不僅步入了地域上的新境，也跨入了文化上、心理上的邊境，各種衝擊都考驗著他。異鄉的環境氣候、地理景觀、言語飲食、風俗民情雖然有可能給他帶來生理、心理上的不適和恐懼，但是也能改變自我，促進創作。異地的事物、光影會紛至沓來，進入筆下，内容和詩風必然隨之變化，再則環境改换了，觀察世界的方式也會不一樣。其次，館驛的特點還在於，它的位置總是介於京朝與州郡、州城與縣郭、家園與官場之間②。館驛既然是居於如此位置，作於其中的詩歌也就必然帶有二

①　顧學頡校點《白居易集》卷九《權攝昭應早秋書事寄元拾遺兼呈李司録》，中華書局 1979 年版，第 168 頁。

②　兩京都亭驛除外。但這樣的驛館終唐宋兩代也没有幾座，相對於數以千計的全國驛館而言，它的存在簡直可以忽略不計。

重性質:社會紀實性和主觀抒情性。社會紀實性主要緣於詩人身份和周圍人事。儘管作者離開京闕,身居館驛,但他本質上仍是國家行政體系的一員,所想所寫自然不可能完全脱離時代,不關人事。像白居易、元稹、張耒、楊萬里、陸游、范成大等人,本身就是朝廷命官,爲人也是心憂家國,因此其館驛詩中多有世俗化的描寫及對社會問題的揭露。事實證明,館驛詩寫得較多的,恰恰是那些關懷現實的,而不是所謂的高蹈遺世者。而館驛本身也是社會的細胞、"觀風"的窗口。很多館驛都設在郡城、縣城,居於村鎮的近處,周圍有民居街巷。没有民居的也會因爲位置較好、交通方便而引來人們遷居,漸成聚落。像這樣的地方,每天都會發生很多事,由此可以觀察到時政利弊,瞭解到下層實況。這些東西爲過驛的文人所耳聞目睹,入眼入心,不可能不影響他的創作。所以不少館驛詩都有紀實的筆墨和叙事的成分,具體的内容因時因地因人而異,整體上看却是林林總總,氣象萬千。特别是宋代的館驛詩,這一特點表現得尤其顯著,内容複雜得難以描述。在宋代,再主觀的詩人,其館驛詩中也會有紀實的成分,而且在藝術處理上也各有獨到之處,令你難以忽視它的存在。所謂館驛詩的社會性由此而來。

只是話説回來,館驛詩本質上仍是一種偏於自我表達的詩,情感的抒發仍是第一位的,社會紀實只是相伴而生。這是因爲出門遠行的人常常是天涯孤旅,儘管有時他也會有奴僕隨從,但是層次不同,難以溝通。而多數驛館也在山區野外,人煙稀少。置身於這樣的地方,他的注意力往往會集中到自己的身上,吟詩作賦主要是突出自我的形象,講述生存的困境,抒寫心中的漂泊感。這麼寫成的詩,便不是生活的鏡子,而只能是心靈的投影。"牀頭錦衾斑復斑,架上朱衣殷復殷。空庭朗月閑復閑,夜長路遠山復山"①,"藥杵聲中擣殘夢,茶鐺影裏煮孤燈"②,諸如此類的苦詩、佳句,都是這種環境給陶冶出來的,不是有意爲之,而是天機與之,"盡日覓不得,有時還自來"③。對於行人來説,進入館驛意味著辭親遠行。而文人一旦辭離家國,心態也就起了變化。在家安樂閑逸,心態平静,生活少變。在京牽於人事,

① 李昉等《太平廣記》卷三三〇引《靈怪録》,中華書局 1961 年版,第 2622 頁。

② 計有功《唐詩紀事》卷五八李洞《上崇賢曹郎中》,上海古籍出版社 2008 年版,第 887 頁。

③ 魏慶之《詩人玉屑》卷八《論用功之過》,中華書局 2007 年版,第 248 頁。

説話做事總是情非得已，心總是被包裹着，看不到真相。一旦離家辭京，心就會放逸起來，可以任情隨意，不必事事拘束，嚴肅高尚。可是在外的時間久了，他又會戀闕思家。這樣，詩人的心總是被懸置於江湖、家園和官場之間。出門以前，總覺得家人、家鄉是個障礙，仿佛不踢開它自己就飛不遠。等到作客他鄉之後，家却變成了一個令人懷想的地方。哪怕是平凡的鄉愁，也會被細微敏鋭的詩心熔鑄成片片花絮，奇變無窮。特别是當這種感情萌生於館驛徜徉之際，詩情會更美。唐宋詩人的某些詩作就具有這一特點。張蠙《經荒驛》："古驛成幽境，雲蘿隔四鄰。夜燈移宿鳥，秋雨禁行人。廢巷荆叢合，荒庭虎迹新。昔年經此地，終日是紅塵。"[①]宋庠《坐舊州驛亭上作》："廢壘孤亭四面風，座疑身世五湖東。長天野浪相依碧，落日殘雲共作紅。漁缶回環千艇合，巷蒲明滅百帆通。怳然歸興無人會，閑向青冥數塞鴻。"[②]張蠙詩中的荒驛，處在唐末京北的驛路上，地近西北邊塞，作詩之時已經廢棄，行人罕至。詩人過驛之際，但見雜草滿庭，滿目荒殘，令人歎息。宋庠詩中的舊州驛亭在水泊梁山，亭下是著名的梁山泊，水闊數百里，漁舟數百艘，典型的水鄉澤國。可見這兩驛的環境都很荒凉孤獨。唐宋數百年，很多詩人長年就生活在這樣的處所，每天都要面對孤驛、荒郵、虎迹、蒼苔，出了驛館，就是無窮征路、重叠亂山，没有選擇。環境氛圍如此，他想的就不會是官場上的那些煩心事，而是自己的前程和出路。特别是當夜幕降臨，萬籟無聲，作者往往會拿起詩筆來對抗黑暗，宣泄愁悶。這樣寫成的詩作往往悲凉感愴，動人心弦。雖然他有時也會寫到社會動蕩與時代苦難，但這不會是主要的，占主導的仍然是詩人自己和生他養他的故鄉。在詩中，他總是癡情地尋找精神深處的故鄉，塑造孤獨彷徨的自己，但在現實中他決不會回鄉，他只能在心靈中回歸。你要是問他故鄉何在，他多半會不知所云；要是問他何時歸家，他多半會説身事未成。所以，很多館驛詩建構的都是一個精神家園，所寫與現實總是隔著一層。儘管如此，却是深度抒情的優美篇章，而不是單純的叙事寫景之什。看上去更像是作者的喃喃自語，而不是應景的套話、他者的告白，更不會是直陳政事的"詩諫"篇章。館驛雖然是個公共空間，可作者在詩中却總是傾向於建立一個獨立自足的藝術空間，在這樣的

① 彭定求等《全唐詩》卷七〇二，中華書局1960年版，第8076頁。

② 宋庠《元憲集》卷一〇，《四庫全書》文淵閣本。

詩篇中,人物活動自我化,抒情自我化,每個靈魂都獨一無二。

驛館還是人與自然結合的理想場所,是詩人獲取詩材的重要場地。古驛荒橋、野水土路、崩湍怪石在現實生活中也許不好看,難接受,但在文學作品中却會與我們拉開距離,構成荒索意境,産生奇妙魅力。何況唐宋館驛詩多作於千年以前,去今遥遠,其所繪之景、所記之事就更令人神往了。唐宋詩人都喜歡吟詩覓句,可是這也需要條件。每天都呆在家鄉和京裹,再好的詩人也難出好詩。可是一旦遠行,路上哪怕是窮山惡水也會紛紛前來"獻愁供恨",萬象皆爲我之賓客,萬物皆著我之色彩。驛館有庭院、樓臺、亭榭、池塘,本身就是一個詩意棲居之地。文人到了這樣的地方,容易興奮,作詩更易達到"情與境諧"、"妙合無垠"的理想狀態。某些唐宋詩就道出了驛館在這方面的作用。彭汝礪《武岡驛》:"破屋山間驛,窮閻溪上村。雲山能近郭,池水故當門。氣象生詩筆,波瀾動酒尊。夜長歸夢遠,憑爾與招魂。"①詩中就直言,山驛破屋、窮溪荒村也能更新詩筆,一新詩篇氣象,所説現象值得注意。薛能《乞假歸題候館》:"僕帶雕弓馬似飛,老萊衣上著戎衣。郵亭不暇吟山水,塞外經年皆未歸。"②薛能并非一流詩人,可他這首詩却氣韻流走,感情真率,不失佳作。這當與他久在幕府、宦途奔走、戀闕思家的心態有關,與郵亭的生活環境也不無關係,"郵亭不暇吟山水"道出了成功的奥妙。從創作與生活的角度看,這句正當解爲"郵亭最愜吟山水"。陸游《出遊》:"八月石帆秋,聊爲汗漫遊。本因尋友去,却爲看山留。小草題僧壁,長吟上驛樓。"③詩中提到的僧壁題詩、驛樓吟詩在唐宋詩人中頗有代表性。唐人裴説《漢南郵亭》就有"閑吟雖得句,留此謝多情"④的句子,表明他這首詩是漢南郵亭"閑吟"得來的。杜荀鶴《宿欒城驛却寄常山張書記》更把自己宿驛苦吟的情形描摹出來,云:"一更更盡到三更,吟破離心句不成。數樹秋風滿庭月,憶君時復下階行。"⑤爲了構思詩句,竟然從一更想到三更,可見其用心之深。官員赴任,舉子趕考,選人參選,曉行夜宿,常以這種方式打發時光。

① 彭汝礪《鄱陽集》卷九,《四庫全書》文淵閣本。
② 彭定求等《全唐詩》卷五六一,中華書局 1960 年版,第 6510 頁。
③ 陸游《劍南詩藁》卷六三,上海古籍出版社 2005 年版,第 3585 頁。
④ 彭定求等《全唐詩》卷七二〇,中華書局 1960 年版,第 8262 頁。
⑤ 彭定求等《全唐詩》卷六九三,中華書局 1960 年版,第 7980 頁。

韋莊《信州溪岸夜吟作》就寫到了唐代舉子夜宿旅店、對月吟詩的場面，云："夜倚臨溪店，懷鄉獨苦吟。月當山頂出，星倚水湄沈。霧氣漁燈冷，鐘聲谷寺深。一城人悄悄，琪樹宿仙禽。"①開篇即告訴讀者，自己因爲懷鄉，剛到客店即臨溪苦吟，直到月出星沉。王十朋《古峰驛小飲》："老去最惜别，同僚情更鍾。三杯古峰驛，添我别情濃。"②黄公度《題須江驛詩後》："歸來已負百花期，閑拂塵埃看舊詩。極目平蕪二千里，鄉心惟有杜鵑知。"③王十朋和黄公度都不是傑出詩人，其館驛詩却情思婉轉，畫態依然。之所以如此，一定程度上就是得益於羈旅題材和驛館環境。羈旅常與窮愁相連，羈旅詩一向以濃情悲感爲内核，與雍容富貴的快詩情調迥異。像這樣的題材，本來就要求作者作相應的藝術處理，向悲切的風格靠近，加上唐宋詩人普遍擅長刻琢窮苦之言，用意精到者往往三言二語即能見流離辛苦之態，由此之故，行旅詩主於抒情的特點更加顯著。

館驛詩偏向抒情、苦調爲主的特點，還來自於詩人人生的坎坷、仕途的窮苦。唐之詩人類多窮士，宋人也是長年在外，遷謫流離，心中本來就懷有多種情緒需要宣泄，一旦遇到驛館清絶的自然環境，羈遊獨宿，默愴神凝，無可告語，必然發爲苦調。前人说"不憤不啓，不悱不發"④，亦即此意。蓋思慮積久，鬱而未暢，總有一天要形於言外。憤怒的神態通常還只能是見之於顔色，怨悱的心情則常常要見之於辭氣。驛館在這中間所起的作用是啓其端，揭其蔽。驛館旅宿，蘊積既厚，視聽亦專，感慨遂深，此亦前人成詩之道。雍陶《離京城宿商山作》："山月吟聲苦，春風引思長。無由及塵土，猶帶杏花香。"⑤首聯告訴我們，山月和春風是抒情的觸媒，没有它們就引不來"吟聲苦"、"引思長"；題目則提示讀者，商山驛館是湧起詩情的地理空間，在人與詩之間起著粘合劑的作用。楊萬里《夜宿楊溪曉起見雪》："溪聲細伴吟聲苦，客心冷趁波心去。掉頭得句恐天嗔，且唤征夫問前路。"⑥載明他的詩句

① 彭定求等《全唐詩》卷六九八，中華書局 1960 年版，第 8037 頁。

② 王十朋《梅溪集》後集卷一五，《四庫全書》文淵閣本。

③ 黄公度《知稼翁集》卷上，《四庫全書》文淵閣本。

④ 《論語・述而第七》，朱熹《四書章句集注・論語集注》卷四，中華書局 1983 年版，第 95 頁。

⑤ 彭定求等《全唐詩》卷五一八，中華書局 1960 年版，第 5918 頁。

⑥ 辛更儒《楊萬里集箋校》卷六，中華書局 2007 年版，第 331 頁。

是夜宿楊溪、掉頭苦吟得來的。胡仲參《竹莊小藁夜來聞曾性之丘君就二友隔樓吟聲不絶以詩柬之》:"月下歸來深閉門,衾寒時倩博山温。隔樓忽聽吟聲苦,引得清愁入夢魂。"[①]却是在驛樓上聽到他人吟詩,有感而賦。這樣的例子我們還可舉出多個,它們的存在深刻表明,館驛詩本質上是一種既"有待"又"無待"的詩歌。説它"有待",是因爲它雖然濃情悲感,但是抒情發感畢竟需要一定的客觀條件,館驛作爲一個抒發憤悱之情的端口,給他提供了賦詩言懷的條件;説它"無待",是因爲詩者本爲情性之物,詩人只要進入到相對自由寬鬆的創作環境,就可以直泄其中之藴,而無待乎外。無論驛樓、津渡還是旅舍、寺廟,只要是登臨閑眺,思與景遇,草木禽魚就都有可能爲詩人的情性所寄,詩篇也更容易寫得雲愁木愴,凄風苦雨。

四、館驛給唐宋行旅詩帶來的藝術提升

宋嚴羽云:"唐人好詩,多是征戍、遷謫、行旅、離别之作,往往能感動激發人意。"[②]他的這一觀點已被社會廣泛接受。就交通與文學的角度言之,他這番話也指出了館驛和唐詩的密切關係,因爲"征戍、遷謫、行旅、離别"四類"唐人好詩"都是以館驛爲創作背景或作品内容的。征戍本身就是行旅的一類,遷謫也是古人常見的行旅,離别詩多作於驛館餞行,所以嚴氏這麼説等於間接肯定了館驛詩的藝術價值,將其置於唐詩之上乘。館驛詩是從作詩地點來説的,從大的類型上講仍屬行旅詩的一個分支。行旅詩古已有之,但是唐宋以前並不以館驛爲著眼點,從館驛出發來記行旅,是唐宋才有的事。可以説正是唐宋館驛的加入,給這種古老的題材帶來了新變,提升了它的藝術品質。

而就館驛本身而言,它雖然只是文人旅途上一個的棲居之地,但是其文學含義却豐富多變。在文學作品中,它常常以多種角色、多個樣貌出現。有時,它只是一個賦詩的場所、題詩的處所,有時却能内化爲詩中的一個核心意象,對於成詩構境起著十分關鍵的作用。有時,又只是文人用熟用濫了的一個普通語匯,不過隨手拾掇,用來送别餞行、詠史懷古、寫景詠物,看不出

---

① 陳起《江湖小集》卷一四,《四庫全書》文淵閣本。

② 嚴羽《滄浪詩話·詩評》,郭紹虞《滄浪詩話校釋》,人民文學出版社 1961 年版,第 198 頁。

有何特别。詩中雖也出現了驛字,但並不見得就是寫實,更不意味著作者真的到了館驛。可見館驛雖然只有一個,其在文學上的意義却是多重的。就唐宋行旅詩而言,它所帶來的新變也表現在不同側面:

首先,作爲一個創作的平臺,館驛的加入拓展了唐宋文學表現生活、反映現實的深廣度。唐代疆域遼闊,宋代經濟繁盛。兩代都廣置驛館,文人蹤迹也因驛路的延伸和驛館的增置而遍及各地。轄境拓寬、道路開鑿的同時,文學的觸角也深入到各地。詩人入驛,首先接觸到的是當地的人事。此時的創作就不會僅僅是感懷,還會有各式各樣的紀實。就這個意義上說,即使是過境的官員、宿驛的遷客也是各地地域文學的共建者。儘管他只是個路人,但因他是異鄉客,對當地的看法和感受不同於本地,從外人的角度也能把握到地域文化的血脈,寫得好的還會有一二神似。唐宋館驛詩中,此類作品要占相當分量。唐代詩人走南闖北,因此唐詩對各地山川風土的記述頗爲寬廣,岑參、吕温等已把唐代河西、隴右、吐蕃的館驛和民情搬到了詩中,而湖南、江西、嶺南、黔中、閩中也因爲刺史、幕僚、遷客、流人的到來而加快了當地文學的發展。很多從未見過的驛館紛紛進入唐詩,十之七八屬於南方。進入宋代,對南方的表現持續深入。以江西爲例,唐代詩人寫到的驛館有洪州石頭驛、豫章館,贛州東館,袁州鐘山館、宜春驛、香館,吉州黄蘗館,信州弋陽館。宋詩中寫到的驛鋪也有十多個。單分宜縣雲錦驛就有趙蕃《登安仁雲錦驛後挹仙亭三首》、陸游《安仁道中》及鄭剛中《絶覽亭題詩》。萍鄉縣東的愛直驛,單南宋就有詩四首,首倡者爲張孝祥,他過此驛,作五古《萍鄉境上有驛傍有老杉餘百本余過而愛之驛無名余名之曰愛直……》,接下來有張子孝的題壁詩,趙蕃的《過愛直驛次張安國韻》、《分界鋪愛直驛張安國因杉製名而驛之前有老梅一株不知安國何爲捨彼而取此也》。萍鄉縣毛仙驛有朱熹的驛壁題詩,弋陽縣葛溪驛有王安石的名作《葛溪驛》。海南省唐未置驛,宋代始置,開始出現館驛詩,其中瓊州澄邁縣還有蘇軾的名篇《澄邁驛通潮閣二首》。在南方,幾乎每個省份,宋代的館驛詩都可以與唐代相抗衡,嶺南、江西地區的詩歌甚至突過了唐朝。這些地方,館驛詩的内容之新穎、詩意之多變,前所未見,總體趨勢是一代勝過一代。這些變化儘管不全是館驛帶來的,但至少也是個重要因素,没有這個,文人就無立足之地,何能賦詩。可以説正是因爲唐宋驛館盛於古制,自京師至於四極,皆開鑿驛道,列置驛亭,實以驅馬,"豐屋美食,供億是爲",才有"人迹所窮,帝命流洽"[①]。文人憑著這個,就可以無遠弗屆。相較於先唐行旅詩表現生活面的狹窄和由此帶來的種種局限,這種文學表現領域的擴展也是一種文學藝術内涵上的提升。

其次,作爲一個生活場所,館驛的加入固化了詩作的藝術空間,細化了時間。館驛的位置都是固定的,進入這裏作詩,時空也會隨之固化、細化。地點總在驛中的庭院房舍,時間常在一天的某時某刻,不會是整晝整夜。這種固定化、凝定化,給詩歌帶來的好處是多方面的。最大的好處是,詩人可以多角度、多層面地自由創作,館驛只是一個大籮筐,裏面可以無所不包,只要不越出這個大框架即可。詩人所取的角度千匯萬狀,難以描述。有的偏重於寫驛館環境。如孔平仲《毛陽》:"客路方投轡,郵亭獨掩門。無人共燈火,秋雨更黄昏。"[②]文筆簡淡,不過短短二十字,就把驛館環境活畫出來,宛如時代的剪影。有的從寫景開始,以感懷收束。如戴表元《晦亭》:"東海窮詩客,西風古驛亭。髮從殘歲白,山入故鄉青。世事徒三窟,兒曹且一經。丁寧速賒酒,煮栗試砂瓶。"[③]陸游《新安驛》:"孤驛荒山與虎鄰,更堪風雪暗南津。羈遊如此真無策,獨立悽然默愴神。木盎汲江人起早,銀釵簇髻女妝新。蠻風弊惡蛟龍横,未敢全誇見在身。"[④]都是寫住宿驛館的見聞感受,呈"叙事+寫景+發感"的結構和意脈。也可以觸景興感,把詩寫成即興感懷的短章。如王安石《次青陽》:"十載九華邊,歸期尚眇然。秋風一乘傳,更覺負林泉。"[⑤]著重表達久客倦遊的情緒,相對忽略了客觀外物的存在。還可以塑造詩人長夜枯坐的形象,表現羈旅的孤苦。如白居易《邯鄲冬至夜思家》:"邯鄲驛裏逢冬至,抱膝燈前影伴身。想得家中夜深坐,還應説著遠行人。"[⑥]還可以寫逢遇友人。如楊巨源《方城驛逢孟侍御》:"走馬温湯直隼飛,相逢矍鑠理征衣。軍中得力男兒事,入驛從容見落暉。"[⑦]寫投宿方城

① 高適《高常侍集》卷九《陳留郡上源新驛記》,《四庫全書》文淵閣本。

② 孔平仲《清江三孔集》卷二四,《四庫全書》文淵閣本。

③ 戴表元《剡源文集》卷二九,《四庫全書》文淵閣本。又見《全唐詩》卷六七一,作唐彦謙詩,改題《梅亭》,實誤。

④ 陸游《劍南詩藁》卷二,上海古籍出版社 2005 年版,第 168 頁。

⑤ 李壁《王荆公詩注》卷四〇。

⑥ 顧學頡校點《白居易集》卷一三,中華書局 1979 年版,第 260 頁。

⑦ 彭定求等《全唐詩》卷三三三,中華書局 1960 年版,第 3739 頁。

驛，巧遇孟侍御，與其匆匆話别。雖然不造新語，不用比興，純爲鋪叙，但同樣韻味雋永。可見以館驛爲著眼點，行旅詩可以變幻無窮，好處是很多的。另外，時空的固定也使得詩篇的意境更加渾融圓整。詩人採用古體或律體詩歌的常見寫法，即使平庸的詩人也可以把詩作寫得層次分明，情景如畫。到了高明作者的筆下，意境會更加優美動人。如韋應物《夕次盱眙縣》："落帆逗淮鎮，停舫臨孤驛。浩浩風起波，冥冥日沉夕。人歸山郭暗，雁下蘆洲白。獨夜憶秦關，聽鐘未眠客。"[①]寫黄昏時刻的盱眙縣驛景，落筆自然清妙，狀摹大河"夕暗"之態尤爲傳神，所繪之景前所未見，特别新鮮。如此清遠的意境而以古調出之，讀之尤覺高遠，發人遥想。

第三，館驛生活作爲一類題材，它的融入也推動了暮夜、晨朝題材詩的發展[②]。唐以前，暮夜、晨朝詩雖然也不是没有，但是总體表現不突出，特色不鮮明。進入唐代，由於旅宿館驛的詩人增多，部分作品逐漸轉變爲以驛館爲視點，張説、杜甫等率先開始了這方面的嘗試[③]。視點改變以後，詩的寫法、風格也跟著發生變化。杜甫以前，自謝靈運、鮑照到孟浩然、李白，行旅詩的習慣寫法、常見套路就是寫一段路程的見聞感受，鋪叙過程、羅列事象，無論水路、陸路都是一路寫來。這麽寫固然可以使得詩篇體氣流轉，筆力雄健，經歷完整，但是以賦法爲主，寫法和詩意都嫌普通、單調，缺乏婉曲之致，不能吸引讀者。而要是以一個驛館爲中心，意象就不會再有那麽散亂，結構和意思也不會是綫性的流水式，而將是分層次的立體式。另外，驛館幽深昏暗的生活環境也更易激起詩人的想象，詩筆會更形象、細微，景物和風格也更多變，更符合人們對行旅詩的審美期待，顯然要比泛寫旅程好。根據生活規律，詩人必須進入驛館安頓下來，才有時間和心思去構想詩篇，所以館驛詩的時間也多固定在暮色降臨、夜深人静或是晨曦初露、村林鷄唱之時。這些在傳統文學中屬於暮夜、晨朝，館驛的加入帶來了這兩類題材的拓展，方

① 韋應物《韋蘇州集》卷六，陶敏、王友勝《韋應物集校注》，上海古籍出版社 1998 年版，第 388 頁。

② 暮夜、晨朝跟逢遇一樣，都是宋人分出來的題材類型。諸如此類的提法和分法，在宋以後的文集中並不少見，但並不嚴謹，互相之間内涵上還有交叉。只是沿用已久，本著尊重傳統的精神，這裏仍加沿用。

③ 這方面近年最好的成果當首推莫礪鋒《穿透夜幕的詩思——論杜詩中的暮夜主題》，《文學遺産》2009 年第 3 期。

回《瀛奎律髓》卷十四爲此特立“晨朝類”，序云：“聞雞而起，戴星而行，以勤學，以綜務，有不同。惟閑者乃云高卧晚起，亦各有其志也。”①下收五言詩三十二首，而以唐明皇《早渡蒲關》居首。又於該書卷十五设“暮夜類”，卷首序云：“道途晚歸，齋閣夜坐，眺暝色，數長更，詩思之幽致，尤見於斯。”②内選唐宋詩五十首，而以陳子昂《晚次樂鄉縣》爲首③。方氏對這兩類題材的論斷確實抓到了問題的要害，暮夜詩確以暮歸驛館、驛中夜坐爲重點，晨朝詩所寫的披星戴月而行也確是各有所務，情况不同。詩人暮宿夜坐，常常心潮澎湃，凌晨進發也是頗多感興，因此多數暮夜晨朝詩都是寫景抒情之什。寫早發的如范成大《曉行》：“篝燈驛吏唤人行，寥落星河向五更。馬上誰驚千里夢，石頭岡下小車聲。”④寫他自官塘驛清早出門⑤，天色尚暗，前面有驛吏手提篝燈，指引道路，自己却還沉浸在剛才的夢境當中，是在“馬上續殘夢”⑥，夢中回故鄉，這樣就更好地表現了侵晨遠行的辛苦。陸游《信州東驛晨起》：“衣上征塵鬢畔霜，信州古驛憩歸裝。悲歌未肯彈長鋏，豪氣猶能卧大牀。半暗殘燈摇北壁，常飢老馬卧東廂。鄰雞唱罷衣篝暖，自笑行人日日忙。”⑦描繪驛景尤爲細膩傳神，抒情的色彩也更濃厚。這樣的篇什唐宋詩中極多，較之於其他背景的早發晚歸詩，寫驛館的作品往往給人以别樣的美感，這很值得注意⑧。相對於寺廟和民居，驛館是全然不同的生活環境，環境改换了，詩歌的取象、構境就不同，景物賦予詩人的啓示也不同。新的環境更易帶來新的刺激。道路辛苦、羈旅愁思雖然使人難堪，但往往給文學以動力，作詩更易達到意新語工，得前人所未道。前人所謂“狀難寫之景，如在目前；含

① 李慶甲《瀛奎律髓彙評》卷一四，上海古籍出版社2005年版，第500頁。

② 李慶甲《瀛奎律髓彙評》卷一五，上海古籍出版社2005年版，第529頁。

③ 陳氏此詩就是一首館驛詩，作於唐代襄州樂鄉縣驛。

④ 富壽蓀標校《范石湖集》卷二，上海古籍出版社2006年版，第13頁。

⑤ 官塘驛在溧水縣東南二十五里，爲宋溧陽州館驛，見《景定建康志》卷一六、《至大金陵新志》卷四下。

⑥ 蘇軾《東坡全集》卷一《太白山下早行至横渠鎮書崇壽院壁》，《四庫全書》文淵閣本。

⑦ 陸游《劍南詩藁》卷一一，上海古籍出版社2005年版，第918頁。

⑧ 相關研究近年漸受注意，較早的成果有李兵《唐人行旅中的“早發”、“晚發”現象及詩歌研究》，暨南大學2005年碩士學位論文。

不盡之意,見於言外”[1],多半爲此而發,離不開道路征行這一大的背景。

第四,驛館作爲文學形象加入以後,詩作就有了可以區别於一般行旅詩的意象群落和意境特徵。一般的行旅詩常用征鐸、孤舟、杜鵑、鴻雁、客子、浮萍、飛蓬等來表現旅途艱辛,館驛加入以後,又多了驛道、驛馬、驛庭、驛廊、驛燈等意象。這些因素的加入,對於表現羈旅主題很有幫助。看似紛亂的意象通過驛館這個平臺,借助恰當的結構方式,就能形成特定的審美空間,概括不同的社會現象,揭示生活的本質。唐宋館驛詩中,庭院、星月等常常作爲抒情的載體,和夜、宿、家、鄉、客、旅、遊、夢、歸、詩、酒、孤、獨、空、寂等詞連用,以抒發鄉心、客愁。如張説《深渡驛》:“旅泊青山夜,荒庭白露秋。洞房懸月影,高枕聽江流。猿響寒巖樹,螢飛古驛樓。他鄉對摇落,併覺起離憂。”[2]張氏本來長於文短於詩,可他這首詩却是初唐館驛詩中難得一見的佳作,八句却有十個意象,從驛外的江流、猿響、巖樹寫到驛中的飛螢、洞房、月影,層次清晰,形象豐富,角度多變,立體感强。如此清美的意境和詩思,即使是在盛唐行旅詩中也不多見。宋人對驛庭的描寫,又在唐人的基礎上另拓出一片新天地,給人以新的審美刺激。蘇軾《大雪獨留尉氏》:“古驛無人雪滿庭,有客冒雪來自北。紛紛笠上已盈寸,下馬登堂面蒼黑。苦寒有酒不能飲,見之何必問相識。我酌徐徐不滿觥,看客倒盡不留濕。千門晝閉行路絶,相與笑語不知夕。醉中不復問姓名,上馬忽去横短策。”[3]樓鑰《陳留柏》:“驛門深閉柏參天,月可中庭夜影圓。人静好風喧客枕,坐令歸夢到林泉。”[4]孔平仲《荆林館》:“古木森然滿驛庭,繁陰凌亂月分明。千枝萬葉誰拘管,攪作秋風一片聲。”[5]蘇詩寫他那天頂風冒雪來到尉氏縣驛,入門之際,但見大雪盈庭,千門晝閉,行路斷絶。自己面色黝黑,天氣苦寒,有酒而不能飲。篇中對驛庭雪景的描繪和自我形象的勾勒特别生動,意思也很新鮮,讀後使人不由聯想到《水滸傳》中“林教頭風雪山神廟”那段著名的描寫,具有電影特寫鏡頭般的美感。樓鑰和孔平仲的詩,首聯都將眼光放在驛門、

① 歐陽修《六一詩話》,何文焕《歷代詩話》,中華書局 1981 年版,第 267 頁。
② 彭定求等《全唐詩》卷八七,中華書局 1960 年版,第 957 頁。
③ 蘇軾《東坡全集》卷二七,《四庫全書》文淵閣本。
④ 樓鑰《攻媿集》卷七,《四部叢刊》本。
⑤ 孔平仲《清江三孔集》卷二四,《四庫全書》文淵閣本。

驛庭和驛樹上，都有參天古樹、中庭月色的景象，寫景狀物都做到了意新語工。末聯都帶議論色彩，又不無想象成分。像這樣的好詩，無疑是宋代館驛詩中的上品。同樣值得注意的還有驛中燈燭。燈和燭本來不過是驛館的普通生活設施，但是因爲常和宿驛的詩人長夜相伴，而館驛詩也是多成於燈下，因此多被攝入詩中，作爲一種有特色的意象而存在。經過詩人的情感過濾，本來温馨、光明的燈燭，在館驛詩中却常以幽冷、孤僻的形象出現。燈燭的幽暗、迷離能引起讀者的想象，將詩意落在虚處，有助於塑造人物，表達情感，拓展詩的藝術空間。在這樣的空間中，詩人常常形影單只，坐卧不寧。讀了作品，仿佛看到一個形影相弔的宿客，起坐徘徊，獨對寒燈，賦詩飲酒。此類描寫，唐宋旅館夜宿詩中常可見到。大概從唐人高適起，驛館客店感懷詩就少不了夜坐和燈燭。以後戴叔倫、司空曙、張籍、王建，莫不如此。進入宋代，館驛詩對燈的描寫更普遍，意藴更豐富，但基本的格局未變。賈島《宿懸泉驛》："曉行瀝水樓，暮到懸泉驛。林月值雲遮，山燈照愁寂。"[①]羅鄴《春夜赤水驛旅懷》："一星殘燭照離堂，失計遊心歸渺茫。不自尋思無道路，爲誰辛苦競時光。九衢春色休回首，半夜溪聲正夢鄉。却羡去年買山侶，月斜漁艇倚瀟湘。"[②]梅堯臣《七月二十一夜聞韓玉汝宿城北馬鋪》："暗樹秋風擺葉鳴，桃枝竹簟冷逾清。孤燈淡淡短亭客，半夜蕭蕭聞雨聲。"[③]前二首都語淡情深，有唐詩特有的深切、形象、含蓄，後面梅堯臣的詩造語也精煉省净，不無唐人風味。燈光和明月作爲文學形象，在這些詩中都不是掃淡暗夜，照亮征路，而是增添愁寂，渲染悲情。借取燈影、孤雲等景物入詩，可以更好地烘托惆悵心情，反襯旅人愁心，所以使用得比較普遍。

第五，館驛的加入還使得詩歌朝著生活化、世俗化的方向發展。這是因爲驛館本來就是爲待客而備，是行人一個臨時的家，在此基礎上創作的館驛詩，自然也少不了生活化的描寫。特别是驛館夜宿，尤爲寫作的重點，不少詩作都有牀帳、枕席、門窗、簾幕等日常生活意象。元稹《嘉陵驛二首篇末有懷》："嘉陵驛上空牀客，一夜嘉陵江水聲。仍對牆南滿山樹，野花撩亂月朧明。""牆外

① 彭定求等《全唐詩》卷五七一，中華書局 1960 年版，第 6620 頁。
② 彭定求等《全唐詩》卷六五四，中華書局 1960 年版，第 7516—7517 頁。
③ 梅堯臣《宛陵先生集》卷三〇，《四部叢刊》本。

花枝壓短牆,月明還照半張牀。無人會得此時意,一夜獨眠西畔廊。”[①]武元衡《宿青陽驛》:“空山摇落三秋暮,螢過疏簾月露團。寂寞銀燈愁不寐,蕭蕭風竹夜窗寒。”[②]韋驤《宿零壁驛》:“凄寒動春夕,覆被益重袍。鄉夢驚還遠,征途久覺勞。破窗留月影,古木任風號。聞戒無兵饋,剛腸獨佩刀。”[③]所引四首詩都以寫景抒情爲主,體性較虚,都有牀、牆、窗、廊、枝、樹等意象,增强了實感,可以反映驛中生活,見其清苦之致。另一些詩則不主抒情,而是對驛館活動展開實寫:舉宴、餞行、會客、訪友、作詩、吟詩、讀詩[④]、題名、聯句、蕩舟,生活氣息更濃。活動場所主要在館舍的廳堂、回廊、庭院。劉禹錫一首詩就寫到,他曾於揚州春夜與李益、張登、段平仲、張復元等諸賢“水館對酒聯句”,詩題還特别標明,這次是“追刻燭擊銅鉢故事,遲輒舉觥以飲之。逮夜艾,群公沾醉,紛然就枕。余偶獨醒,因題詩於段君枕上,以志其事”[⑤]。白居易《舟中讀元九詩》也有“把君詩卷燈前讀,詩盡燈殘天未明”[⑥]的生動描繪。白氏另一首詩又有“枕上從妨一夜睡,燈前讀盡十年詩讀前後唱和詩”的自陳[⑦],把元白二公數年來的飄零憔悴、天涯苦旅概括出來,所記對燈夜讀情形,可與黄庭堅“江湖夜雨十年燈”的名句相參。抱膝長吟,燈前讀詩,古代常見,不限處所。遥夜沉沉,獨眠無寐,因此很多人都選擇了這種方式。宋彭汝礪詩“孤驛夜深誰可語,青燈黄卷慰無聊”[⑧]可算是對這種生活的較好概括。以上主要是説文學活動。文學以外,唐人館驛詩中還有不少驛中舉宴的場面描寫和人物刻畫,風格既俗且豔,不同於驛館讀書的窮愁。在這種娱樂場合,最活躍的反而是些女性形象,都是身爲歌舞酒妓,被主人帶到驛館來侍宴佐酒。儘管她們身份卑賤,只是陪襯,但都光彩照人,多才多藝,親切可愛。獨孤及《東平蓬萊驛夜宴平盧楊判官醉後贈别姚太守置酒留宴》就有“如玉”的盧女、如花的齊童,李白《邯鄲南亭觀

① 彭定求等《全唐詩》卷四一二,中華書局 1960 年版,第 4569 頁。

② 彭定求等《全唐詩》卷三一七,中華書局 1960 年版,第 3571 頁。

③ 韋驤《錢塘集》卷三,《四庫全書》文淵閣本。

④ 唐宋文人驛中讀詩,主要是讀隨身攜帶的友人詩卷,欣賞僚友的驛壁題詩。

⑤ 彭定求等《全唐詩》卷三六五,中華書局 1960 年版,第 4115 頁。

⑥ 彭定求等《全唐詩》卷四三八,中華書局 1960 年版,第 4873 頁。

⑦ 彭定求等《全唐诗》卷四四七《歲暮寄微之三首》其三,中華書局 1960 年版,第 5026 頁。

⑧ 《鄱陽集》卷四《使遼》,《四庫全書》文淵閣本。

妓》也寫到了擊鼓的"燕趙兒"和"弄鳴絲"的"魏姝",説她們"粉色艷日彩,舞袖拂花枝"①,善歌《邯鄲詞》。詩人都把這個當做"群遊樂事"對待,所以文筆也帶豔色。宋代改革驛制,裁省驛站,驛館主要接待軍人及少數路過的士大夫,女性被排除在外,因此宋代館驛詩較少出現女性,女性主要集中到都市的歌樓酒館,而不是驛館。即使驛中有一二女性,也是過驛者所帶的侍女,一般不寫到詩中。宋代館驛詩的生活化,主要表現在以民俗民情場面入詩,表現南北各地的村落、民居、風俗,帶有世俗生活氣息。劉克莊《煙竹鋪》就有這方面的特點。詩云:"野迥村疏起暮寒,偶逢廢驛卸征鞍。主人家比漁舟小,客子房如鶴栅寬。燈與鄰通眠未易,風從隙入避尤難。似聞南去加蕭索,一夜披衣坐不安。"②鋪寫鄉村漁家生活圖景,地點是湘江邊上的煙竹鋪,説這裏村驛破敗,主家房舍低矮,漁船隘小,牆壁漏風,煙氣嗆人,生活條件過於簡陋。尾聯還留下懸念,説聽聞自此往南,境況更加蕭條,以致詩人不能安寢,整夜披衣而坐,心緒不安。讀了此詩,宋代湖南農村的落後、農民生活的艱苦,可見一斑。其他宋詩也多有類似描寫。李綱《題紫巖驛》就有池州江村魚市、暮煙殘照的描寫,鄭剛中《入信州》也有"溪旁障水横魚網,竹下開門出酒壺"③的句子。蘇頌《後使遼詩》也寫到他"擁傳經過白霫東",看到當地"依稀村落有鄉風。食飴宛類吹簫市,逆旅時逢煬竈翁"。題下自注:"村店炊黍賣餳,有如南土。"④像這樣的例子宋代倒是比唐代多,可見同樣是趨俗,唐宋的表現各不相同。

五、宋代館驛詩的新進境

館驛詩誠然是中晚唐詩的亮點⑤,正因如此,自《文苑英華》至《唐詩三

---

① 彭定求等《全唐詩》卷一七九,中華書局 1960 年版,第 1825 頁。

② 劉克莊《後村集》卷五,《四庫全書》文淵閣本。

③ 鄭剛中《北山集》卷三,《四庫全書》文淵閣本。

④ 蘇頌《蘇魏公文集》卷一四《奚山道中》,中華書局 1988 年版,第 170 頁。

⑤ 唐以前並没有很多館驛詩,勉強稱得上館驛詩的,只有幾首,如梁庾肩吾《亂後經吴郵亭》。此詩格調蒼凉,感情沉鬱,寫作上較爲成功,故《藝文類聚》卷三四將其列入"人部·哀傷",《文苑英華》卷三一五將其置於亭詩七十三首之首。只是此詩並非專爲館驛而發,館驛在詩中僅是一個成詩的背景,並未深刻影響到詩思,所以還稱不上真正的館驛詩,何况這樣的作品在唐以前還難以找到很多首。

百首》,歷代重要的唐詩總集多選入了數量不等的館驛詩。一些佳作如宋之問《題大庾嶺北驛》、戴叔倫《除夜宿石頭驛》、司空曙《雲陽館與韓紳宿别》經過選家的標舉,已經成爲久相傳誦的名作。而宋人館驛詩儘管成就很高,特色鮮明,却少爲人知。儘管宋代館驛詩的數量多於唐,思想内涵和藝術容量也要大於唐,可它再好也籠罩在唐詩的巨大光環下,難以獲得公正的對待。長期以來,對唐詩的好感已經成爲全民族的集體印象,高看唐詩、貶抑宋詩已經成爲國人的"集體無意識",難以扭轉。宋人方岳就説:"余往歲嘗從貴遊,觀畫卷首題云:'長江風送客,空館雨留人。'因慨古今詩意無窮,語出唐人必矣。"[①]其實這末尾的結論下得未免武斷,宋人未必就寫不出這樣的好詩。從創作實際看,宋代館驛詩無疑是對唐詩的一大超越,絶不是原地踏步,更不是退步,而是有新變,有進境。在初盛唐詩中,館驛不過是偶爾出現的小花絮。特别是初唐,館驛作爲文學形象,更是難得一見,只有在涉足軍旅和遷謫的作品中,才偶爾一露峥嶸,其中有些還是用典,而非寫實。由於數量過少,還不能構成一類題材。直到大曆、貞元,館驛詩才逐漸顯山露水[②],然而其内容去宋代館驛詩的豐富深永仍有不小的距離。這種豐富深永,較之初盛唐館驛詩的簡單淺易就是一種進境、一種高級形態,對此加以論述,亦足以顯示宋詩的價值和分量。

宋代館驛詩的新進境,首先體現在作品數量的增加和作者隊伍的擴大。翻開宋人文集,你會見到成百上千的館驛遞鋪詩撲面而來,簡直令你目不暇接。自徐鉉、王禹偁始就初露端倪,以後寇準、張詠、梅堯臣、韓琦、趙抃、夏竦、宋祁、王安石、張耒、郭祥正、孔平仲、米芾、蔡襄、李新、李綱、洪皓、王之道、王十朋、孫覿、曾幾、趙蕃、鄭剛中、李曾伯、劉克莊、文天祥、汪元量……越到後面,館驛詩所占的比重就越大,藝術形態也越豐富。楊萬里、陸游、范成大的館驛詩就比北宋初年的作者多出不少,單陸游一人就百餘首,寫法上也富於變化,並未嚴重地重複自己和别人。唐宋兩代館驛詩的這種不同,甚至還反映到集部文獻的内容上。舉例來説,同樣是"詩紀事"的著述體裁,

① 陶宗儀《説郛》卷二〇下方岳《深雪偶談》,《四庫全書》文淵閣本。

② 《文苑英華》卷二八九已將"館驛"獨立爲一門,收唐人館驛詩九十八篇。宋人的這種處理表明,館驛詩在晚唐五代已頗具規模和影响,在内容和藝術上已獨立自足,具有不可掩抑的藝術魅力。

《唐詩紀事》對驛的記載僅 58 條,《宋詩紀事》中却有 87 條。同樣是總集,《宋詩鈔》66 卷,對驛的記載就有 181 條,而《全唐詩》出現驛字的爲 427 卷,978 條。須知终唐一代之詩,對驛的記述才這麽多,而《宋詩鈔》遠非宋詩的全部,何况還未包括宋代館驛詩的另一大宗——數千座遞鋪,若是把這些因素也一併計入,二者的反差會更大。除文集外,宋元明清詩話、筆記中關於驛館吟詩、題詩的記載,十之七八也是事屬宋人。這還只是説驛,還未計入遞鋪,可見驛鋪對宋人及宋詩的影響之大,過於唐代。

其次,儘管宋代館驛詩的題材較之唐代未有大的拓寬,但思想性、藝術性更豐富,能够多層次、多側面地展現宋詩的魅力。有些詩作抒寫老年男人的悲哀,意思之新,前所未有。《侯鯖録》所載舒州下寨驛題詩:“北堂無老信來稀,十載秋風雁自飛。今日滿頭生白髮,千山鄉路爲誰歸。”寫一個風塵老吏客宦無成的酸辛、思鄉喪母的悲哀,感人至深,以至令編録此詩的宋人王銍“讀之垂涕”①。陸游《紫谿驛》:“它鄉異縣老何堪,短髮蕭蕭不滿簪。旋買一尊持自賀,病身安穩到江南。”②首聯對詩人的外貌描寫,精煉傳神,無異於詩人的自畫像,尾聯的放逸却又顯出放翁詩特有的散淡風神。雖僅四句,却有兩層變化,造語精到,韻律流暢,功力確非他人可及。人們常説宋人作詩喜發議論,減損形象,爲詩家一病。可宋代的館驛詩却不是這樣,篇末間或出現的一二議論,常帶情韻,措辭巧妙,不僅無損於文學形象的豐滿,反而有所助益。例如寇準南遷過襄州驛亭所題絶句:“沙堤築處迎丞相,驛吏催時送逐臣。到了輸他林下客,無榮無辱自由身。”③楊萬里《宿皂口驛》:“倦投破驛歇征驂,喜見山光正蔚藍。不奈東風無檢束,亂吹花片點春衫。”④二詩都只有四句,却有叙述,有議論,有事實,有感慨,篇體開闔,熔鑄變化。這兩首詩還有一個顯著特點,那就是借事明意。寇準詩通過自己在宰相之位和失寵出貶期間人們對待他的不同態度的對比,以見人情之翻覆、世態之無常。楊萬里詩中的破驛形象雖然令人愁悶,蔚藍的山光和亂吹的花片却是一抹亮色。有了這兩個形象,詩味就不再平直,而是暗藏曲折。這

① 趙令畤《侯鯖録》卷二,中華書局 2002 年版,第 62 頁。
② 陸游《劍南詩藁》卷一一,上海古籍出版社 2005 年版,第 915 頁。
③ 葉夢得《石林詩話》卷中,何文焕《歷代詩話》,中華書局 1981 年版,第 420 頁。
④ 辛更儒《楊萬里集箋校》卷一五,中華書局 2007 年版,第 752 頁。

兩首詩都在平凡題材上翻出了新意，造出了奇句。寇準詩所表現出的對貶苦的淡定，楊萬里那種善於發現生活、提升美感的本領，都是令人驚歎的，在唐詩中很難找到。又，對館驛外在形象的描寫，宋人也要過於唐人。張詠《晚泊長臺驛》："驛亭斜掩楚城東，滿引濃醪勸諫慵。自戀明時休未得，好山非是不相容。"①韓琦《登永濟驛樓》："遠煙芳草媚斜陽，蕭索郵亭一望長。盡日倚欄還獨下，緑楊風軟杏花香。"②寇準《臨海驛夏日》："嶺外炎蒸當盛暑，雨餘新館覺微凉。最憐夏木清陰合，時有鶯聲似故鄉。"③所引三詩，都把館驛當作文學形象，對其作整體的把握、藝術的再現，讀後感到情景逼真，如在目前。像這樣的作品，唐詩中也很難找到。在唐代，館驛或者作爲創作背景而存在，或者僅是詩中的一個意象，或者連意象都不是，僅是個普通辭彙，極少看到有詩人把驛館當作詩料、繪其外部形象的。宋人能這麽做，較之唐詩就是一大進步。另一些作品還將郵驛和道路詩意化，這也是取材和命意上的一大突破，也是可取的。如趙抃《熙寧壬子至節夕宿兩當驛》："里數三千七百餘，兩當冬夜宿中途。舉朝五往東西蜀，還有區區似我無。"④詩中的兩當驛在鳳州兩當縣，從這裏東抵京都、西抵益州皆三十六程，故曰"兩當"。"里數三千七百餘"是指自宋都汴京至成都府城，驛程三千七百餘里。這是宋代入川的要路，途中置驛數十。詩人投宿於此，倍感旅途辛苦，長夜無聊，因作此詩。身在此驛，可詩篇的立意和取向却不在於此，而在於整個征途，這樣的命意就很新鮮。相似的作品又如林景熙《宿台州城外》："荒驛丹丘路，秋高酒易醒。霜增孤月白，江截亂峰青。旅雁如曾識，哀猿不可聽。到家追此夕，三十五郵亭。"⑤也是從台州城外的丹丘驛落筆，而最終將眼光鎖定在詩中所説的三十五郵亭上⑥，因爲時值宋末，景物和情致都帶上蒼凉感。石介《入蜀至左綿路次水軒暫憩》："水軒聊得恣吟哦，拂拭衣裳塵土多。蜀道三千里巇險，宦途五十驛風波。暫休又作故山夢，閑唱還成勞者歌。幾

① 張詠《張乖崖集》卷五，中華書局 2000 年版，第 42 頁。

② 韓琦《安陽集》卷四，《四庫全書》文淵閣本。

③ 寇準《忠愍集》卷下，《四庫全書》文淵閣本。

④ 趙抃《清獻集》卷五，《四庫全書》文淵閣本。

⑤ 林景熙《霽山先生集》卷一，《知不足齋叢書》本。

⑥ 丹丘驛在宋代台州東南一里，位於臨海縣東南中子山側，宋置，明改爲赤城驛。舊傳爲吴葛玄煉丹處，晉孫綽曾於此作賦。

斗米牽歸未得,空憐滿眼是烟蘿。”[①]也是暫休驛館而想到了蜀道的“三千里巇險”、“五十驛風波”,使人讀後覺得他筆下的征途恰似宦途,充滿險阻,形象的背後還含有作者的理性思考。吕南公《過界山館》更把界山館當作了觀世變、察人情的窗口,云:“界山館下平街路,行客無窮朝接暮。十年二十四回過,每覺人煙不如故……前冬適自故園出,忽見瘡痍變其處。豈能糠粃保黄臺,乃忍溝渠迭童孺。官條既改驛亭破,儒者不存書屋蠹。蕭然巷陌但荒埃,聽説流亡不知數。”[②]一個官員巡歷境内,作詩驛館,却能從中見出北宋中葉的國政得失、世事滄桑,這就賦予作品以思想深度,没有流於一般。類似這種寓思想於形象、借物象言事理的特點,爲唐詩所無,是宋代館驛詩的亮點和特色之一。

像上面那様,在尋常題材中提煉出新觀點,在唐詩之外另生出新意思,屬於詩歌創作中的“煉意”,是文學創作的一種高層次。前人論賦詩作文,曾有煉字煉句煉意、煉字不如煉意、宜先煉意後煉字等説法[③],確爲甘苦之言,非老于文學者不能道。對於宋代館驛詩來講,是三者兼有,結合而行。早在中晚唐,苦心爲詩、精意鍛煉就已經蔚成風氣。進入宋代,此風愈甚,士人於詩歌藝術反復講求,旬鍛月煉,精益求精。不少作品既精心錘煉字句,有修辭之工,又對題材作深入的開掘,提煉出新意思、新觀點。這様,作品就没有停留在模山範水的尋常窠臼和粗淺層次,人們在享受到作品語言文字之美的同時,還能得到思想和心靈的啓迪。宋代有不少館驛詩都有這個特點。比如對孤苦心靈的展現,就是這方面的範例。在宋代,有文集傳世的詩人多是各類文官,迫於王命,很長時間都在驛鋪度過,有時甚至是孤身一人。孤獨寂寞、水驛山程是他們長期以來不得不面臨的問題,孤寂是難以擺脱的生活的暗影。候館遷延,白髮頻添,長期的對孤寂生活的反復體驗,也使得他們對孤寂的藝術表現更深刻,更獨到,更傳神。蔡襄《耕園驛》:“使軺迢遞到天涯,候館遷延感歲華。白髮却攀臨砌樹,青條猶放過牆花。悲來唯見金城柳,醉後曾乘海客槎。欲問昔遊無處所,晚煙生水日沈沙。”[④]陸游《獨夜》:

---

① 石介《徂徠石先生文集》卷四,中華書局 1984 年版,第 48 頁。
② 吕南公《灌園集》卷四,《四庫全書》文淵閣本。
③ 參魏慶之《詩人玉屑》卷八《煅煉》,中華書局 2007 年版,第 239—242 頁。
④ 蔡襄《端明集》卷五,《四庫全書》文淵閣本。

"獨夜迢迢掩素屏，病懷羈思共竛竮。房櫳十月寒初重，風雨三更酒半醒。繁杵有聲時斷續，殘釭無焰尚青熒。恍然唤起西征夢，身卧金牛古驛亭。"①趙蕃《長田鋪二首》："野驛人稀到，空庭草自生。霜清殊未覺，雨細更含晴。""晚入東西路，秋風長短亭。悲歌渾欲絶，衰淚不勝零。"②所引之詩措辭精當，把獨夜的獨、野驛的野、心靈的苦作了傳神的再現，然而又不見斧鑿之痕，話語都如自肺腑流出，這背後就有文字錘煉和詩意提煉的功夫在。這些作品表明，書寫孤寂心靈已經成爲宋人的藝術自覺。唐代館驛詩雖然也寫愁心，但是多數流於一般，總使人感到欠缺火候。宋代館驛詩能臻此境，就是一大進步。

宋人驛館詩的精於錘煉，還反映在詩體上。從本文所引衆多的詩作即可看出，宋詩中寫作比較成功的館驛詩多爲五七言近體，絶句尤多。這種詩體主要是以風神情韻取勝，講究以少總多，最需要錘煉。宋人創作的館驛詩絶句雖然體制短小，但多能做到意新語工，包蘊豐富，耐人尋繹，即使是平凡的寫景叙事也筆調鮮活，充滿情韻，有自我色彩。如《庚溪詩話》所載建州崇安分水驛壁絶句："江南三月已聞蟬，麥熟梅黄繭作綿。料得故園煙雨裏，輕寒猶作勒花天。"③尾聯就超越前人，堪稱神來之筆。又《明一統志》所載陶弼白霧驛題詩："一曲青溪一曲山，鳥飛魚躍白雲間。溪山豈要行人到，自是行人到此間。""草市人朝醉，畬田火夜明。隴江入地瀉，棧道出雲行。"④陶弼不過是個普通宋代詩人，他這兩首館驛詩却寫景如畫，有許多好詩的共同特點：凝練、含蓄、形象、精緻。在宋代驛舍旅邸壁間，像這樣的可取之作極多。比如詠物詩，最易流於俗氣，宋代館驛詩却頗有不俗之作。如《詩話總龜》所載王操《石濠驛壁黄葵詩》："昔年南國看黄葵，雲鬟金釵向後垂。今日林容籬落下，秋風寂寞兩三枝。"⑤把黄葵花想象成靚裝女子，妙語形容，出人意表。《三朝北盟會編》引完顏亮《竹詩》："孤驛瀟瀟竹一叢，不同凡卉媚

---

① 陸游《劍南詩藁》卷二三，上海古籍出版社 2005 年版，第 1712 頁。

② 趙蕃《淳熙稿》卷一六，《四庫全書》文淵閣本。

③ 陳巖肖《庚溪詩話》卷下，丁福保《歷代詩話續編》上册，中華書局 1983 年版，第 191 頁。

④ 李賢《明一統志》卷六五辰州府，《四庫全書》文淵閣本。

⑤ 阮閲《詩話總龜》前集卷一一引《雅言系述》，人民文學出版社 1987 年版，第 125 頁。

春風。我心正與君相似,只待雲梢拂碧空。"[1]完顔亮儘管不是正宗文學家,但此詩的意思之新穎、形象之感人,却給人以很深的印象。無名文士、非主流詩人的館驛詩都有這麽好,表明宋代館驛詩的藝術水準的確在不斷提高。究其因由,一是因爲宋人普遍留意人情世故,足迹踏遍南北,生活閱歷豐富,又特别熱心創作,苦練詩歌藝術,再加上還有唐人的成功經驗作鋪墊,這就爲寫出好詩打下了堅實基礎,準備了必要前提。二則也離不開驛館環境的助力。驛館畢竟不同於郡齋和官舍,更不同於家裏。到了驛館,對景揮毫,更易得江山之助。寫景狀物,可以盡天地萬物之變;抒情言志,亦可以言人之所難言。前人説:"夢破江亭山驛外,詩成燈影雨聲中。"[2]"鄉夢漸生燈影外,客愁多在雨聲中。"[3]正道出了其中奥秘。宋代文人長年在外,都把郵亭當成尋章摘句的處所,文同《雪後寄景孺提刑》就有"何處郵亭錬佳句,彩毫揮罷索清罇"[4]的句子。汪元量《興元府》亦云:"秋風吹我入興元,下馬荒郵倚竹門。詩句未成雲渡水,酒杯方舉月臨軒。"[5]説他自從入驛就開始構思,詩句還未構思出來就已天黑,所載現象相當有代表性。可以説正是由於以上諸多因素的合力,宋代館驛詩才能不限南北,物態人情,觸處成春。

總結以上,宋代館驛詩的共同特點是:律絶爲主,主於情致,意味雋永,有秀傑之氣。有時意境神遠,語帶荒凉。這一特色,可稱之爲"館驛詩的宋代風神"。此種風神,和人們所常説的"以文字爲詩,以才學爲詩,以議論爲詩"就不是一回事,没有閲讀宋詩所常有的生澀感,而以豐神情韻取勝,是一種宋詩中的唐調,既源於唐又變於唐。

六、有關本書的一些考慮及編纂説明

上文對周秦唐宋驛制的演變及館驛與唐宋詩的關係做了較爲深入的論述,意在表明,館驛史料確實是重要的社會史料和文學遺産,唐宋館驛與文

① 李心傳《三朝北盟會編》卷二三一,上海古籍出版社 2008 年版,第 1662 頁。

② 陸游《劍南詩藁》卷六四《懷舊》,上海古籍出版社 2005 年版,第 3621 頁。

③ 汪元量《湖山類稿》卷二《邳州》,《四庫全書》文淵閣本。

④ 文同《丹淵集》卷一三,《四庫全書》文淵閣本。

⑤ 汪元量《水雲集》卷一,《四庫全書》文淵閣本。

學資料彙編是一個很有學術價值的創新課題，這樣的工作值得重視，值得投入。處在高度信息化的今天，如何更好地整理古籍，利用文獻，的確是一個必須認真思考的大問題。對於古籍整理與研究者來説，更新學術編纂思想，利用現代信息手段，從不同的角度來重編古籍，爲我所用，已是勢在必行。本書的編纂，即是這一思考的產物。“唐宋館驛與文學資料彙編”屬於古籍整理中的文獻重編，現有的文學方面的文獻重編，主要不是圍繞某個研究專題，而是圍繞某個古代作家、文學流派、文學名著來輯集資料，現在中華書局出版的三十多種“某某文學家資料彙編”即是這方面的成功典範。這種方式雖好，却不能滿足當今的跨學科文學研究的需要，再説也不能無休止地複製下去，編纂方法也需要更新。時下跨學科的研究方興未艾，可是研究基礎却不牢固。已有的文學研究基礎工程，主要是從純文學的角度出發而進行的，不是從跨學科角度出發做的，爲某個跨學科研究專題而備的資料彙編，迄今闕如。誰想要開展這類研究，就得自行編纂，没有現成的憑藉。唐宋兩代館驛制度發展加快，内容趨於完密，而文學也是在此間步入了繁榮，關於館驛的記載在唐宋間大量出現，文献存量豐富，内涵豐厚，學術價值較高。可是迄今爲止，國内外尚未出版過同類之書。因此我們看準這一空缺，策劃編纂了本書，率先開始了這方面的嘗試。

編纂本書的目的和意義是，對元代以前的館驛與文學史料做一次總括式的輯集，向廣大讀者充分展示唐宋館驛與文學史料的豐富性和多樣性，爲讀者的研文治史提供一份專題史料，起到文史工具書的作用。同時也爲大家瞭解唐宋社會、文人和文學打開了一扇新的視窗，起到“窗口”的作用。爲了做好此事，我們將首先確定一個科學、明確的編撰體例，然後廣徵文獻，細心校勘。在收録対象方面，拓寬眼界，不限於傳統文獻，無論經史子集、地下紙上，有見必録，特别注意輯集正史、編年史、政典、地志、野史、筆記、總集、别集、詩話中的資料。爲了保證編纂品質，還將特别强調録文準確，内容完整，講求版本，交代出處，载明互見，限定範圍，分别歸屬。這樣，所編之書就既符合當今的學術規範，有較高的學術規格，又較爲實用、便用。

本書的編纂要求是全備，真實，科學。全備一指採集的資料全備，力求搜集到有代表性的主要文獻，避免史料上的重大遺漏。二指録文備校衆本，取長補短，注意選擇那些内容足、文字精、時代早的版本，以提高編纂的品質。三指輯録的文字意思完整，語氣連貫，不是斷章取義。真實也有二義。

一指所輯的文字不僞不濫，保證輯入真書，不爲僞書所欺，涉及真僞、誤收和重出的地方，務必載明互見，指出真僞。二指文字較少訛誤，録文均經嚴格校勘，能客觀、準確地反映文獻的原貌，不擅改原文，逐一注明出處。科學主要指文獻史料的編排科學有序，便於讀者查檢；著作體例的設計科學明確，能够照顧到不同類别的文獻的實際。爲此，將在定體、編目、録文和排序上狠下工夫，力求所定體例科學嚴明，所製目録能够概括全書的内容，體現資料的主次，便於讀者檢閲。

本書條目的編排和文字的輯録，還有如下的講究：

一、所輯資料，要能够與唐宋館驛和文學掛鈎，完全不關館驛或館驛文學的不予收録。典籍中有很多館驛史料，表面上看是歷史文獻，和文學的關聯不緊，有的還在唐宋以前，似乎不關唐宋，但它們恰恰也是唐宋館驛的歷史淵源，因此適當採入，作爲背景資料對待。

二、所定體例、所録文字要有較大的包容性，不能僅限於史書記載或詩文記録，應當將二者結合，形成前後映照、互相闡發的關係。讀者看了前面的正史、史志條文，再看後面的野史、小説、筆記、詩文資料，就能明瞭唐宋館驛制度在實際生活中的貫徹落實情况，瞭解到其中的一致性和差異性。館驛制度由唐到宋，决不會一成不變，而是有因有革。讀者看了本書各個門目的條文，就會明白，宋代的驛鋪制度和館驛詩的創作和唐代相比，究竟都有哪些起伏消長，這些史迹的變化和文學的變動背後又意味著什麽。如此往下追尋，本書的價值也隨之增大。

三、所擬門目要能反映唐宋館驛與文學的實際，不能脱離這個另搞一套。這意味著編書之前，必須對唐宋館驛制度和館驛詩文下過一番深細的功夫，熟悉這方面的歷史實况和文獻分布。我自 1998 年秋考入復旦大學，就在陳尚君老師指導下研究唐代交通與文學，迄今爲止研治館驛與文學十四年有餘。憑著這十多年的學術積累，才能編成這本書。爲了便於讀者瞭解唐宋館驛和文學的實况，更好地使用本書，我將所輯的資料區分爲二十二門，每門之下，視文獻内容和資料多寡，各立若干標目，綱舉目張，就能舉重若輕。全書上自先秦，下至南宋，全面覆蓋。自周代的野廬一直講到南宋的遞鋪，自館驛詩一直録到亭店詩，自館驛、亭店一直講到驛路、驛樹，自正史、典志中的制度條文到野史、小説中的實例個案，自歷史事件到文學作品，自文書傳遞到物資搬運，從國家政令到文人生活，從驛館類型、組織結構、人員安排到符券的管理、生活物資的安排，乃至入驛宿驛的規定、館驛的供給與經營、行客的住宿和活動、道路上的交通規則和行驛驛程、交通設施、計程方法，無不備舉。最後兩部分從研究文學、瞭解館驛的角度起見，還分設“館驛總録”、“館驛之外的其他交通設施”兩大板塊，從文獻中篩選出有代表性的館驛亭店，中間按照地理位置、山川形勢等標準，將其做分門别類的歸納，從中可以看出唐宋館驛亭店的主要類型、命名方式、地域特點、地貌特徵。這麽處理，史書上的制度條文就和具體的人事活動有了内在的關聯，二者可以互相説明，互相釋證，不是互相割裂，互相對立。而且這麽做，書的内容也要全備得多，比僅僅照録館驛詩，不顧典章制度，或只録館驛史料、不管文學創作要好得多。

最後還有下面兩點需要向讀者説明：

一是收録的時段鎖定在唐宋，其中自有考慮。我國館驛制度經歷數千年的演進，至於兩宋已臻完密，以後的元明清不過是宋代驛制之餘緒，在制度史上缺乏獨立意義。而我國的館驛文學也是以宋代的水準最高，最值得研究。基於以上原因，本書將資料輯集的範圍框定在唐宋，適當追溯到周秦，一般不收明清史料，元代史料也要嚴格控制。鑒於全書是以唐宋爲主的，因此書名也是以唐宋爲題。這樣就既能涵蓋古代館驛的基本内容，反映館驛與文學的關係，又突出了唐宋文史這個中心。

二是所收的史料，要堅持幾個平衡：歷史文獻和文學作品的平衡，唐前和唐宋的平衡，史部典籍和子書集部的平衡。單純偏向於其中的某一點都是不科學的，都將影響本書的學術品質。書既然是講唐宋的，就有個制度溯源的問題，不把唐前的資料適當列入，讀者就看不到淵源流别。既然是講古代交通的，就不能僅限於館驛，還應旁及亭店，乃至文書傳遞、物資運輸、道路緑化，都要講一講。既然是以唐宋爲名，就不能只偏向於唐代而忽略了宋代，宋代也不能忽略了南宋而只録北宋。除了朝代、門目和文獻類别上的諸多講究外，還有一個文體兼顧的問題，文學作品和非文學作品、詩和文、詩文和詞及小説，都要兼收，綜合平衡，這樣才比較科學，編成的書也比較有用。由於有上面的諸般講究和學術追求，所輯文字也五花八門，表面上看多是交通史料，實則涉及古代社會的許多方面，道路、車馬、館舍、亭店、烽燧、疆域、歲時、城鎮、邑居、衣飾、饌食、文字、教育、佛教、民族、刑法、賦税、物産、民俗等，無不涉及，主要内容則是文職官僚和一般讀書人的各種道路征行，包括應舉、赴任、回朝、出使、遷謫、征戍等，都是古人的出門遠行，都關係到親情和友情，關係到多種多樣的文學現象。所輯資料十之七八時屬唐宋，對於研究唐宋文學特别有用。

從上述考慮出發，我在標目、録文和排序方面用了較多的心思，希望此舉能够收到較好的效果。綜觀全書，唐宋館驛文學的那套話語體系已經基本被我發掘出來，唐宋驛制的主要内容也在此書中得到了集中的反映。如果要説學術成就，這兩個應當是最主要的。當然，此書究竟編得如何，最終還得交由讀者評判。

李德輝

二〇一三年二月二十七日初稿，六月九日校畢

凡例

一、本書主要輯録唐宋館驛與文人行旅資料，旨在幫助人們瞭解唐宋古人的旅途實況，解讀相關的歷史記載和文學作品。輯録的重點是各類史籍、子書和文集，但又不限於此，而將範圍擴大到經學著作、佛道二藏及金文石刻、敦煌吐魯番文獻。

二、書名雖以唐宋爲目，但資料的輯集並不爲此所限，而將範圍上溯到先秦，下延到宋金，形成一個連貫的整體，以明唐宋館驛的淵源流變。一般不收元明清史料，僅在必要的時候，於少數條目涉及元明清。

三、考慮到唐宋行旅的複雜性和廣泛性，本書於館驛史料之外，還將涉及此一時期的物資運輸、各種私行、道路緑化，將這些資料一併收入。考慮到古人賦詩作文喜用變稱，而不以正名出現，故連同館驛亭店的各種别稱、代稱、省稱一同輯入，以備讀者採集。

四、所輯文字，皆於條末括弧注明出處，不採用"同上"、"同前"等方式。内容相同的條目，若諸書互見而又文字略異，則取内容較全、時代較早、錯誤較少的一種録文，而以其他的文獻參校。若時代相近、文字略同，則並列出處，首見者爲引文出處，次見者爲參考之書。若所輯材料較多又出自同書同卷，則連引之，而於最末一條注明出處。

五、全書根據材料内容分爲二十二類，每類之下各立若干子目，每個子目均以關鍵詞立目。門目的劃分、關鍵詞的選取，都以漢唐兩宋文獻記載爲據，不另擬，這樣，所輯材料就既符合唐宋館驛及文人行旅的實際，又適合當今的學術需求。

六、二十二個部分的排列，按照先館驛後交通、先歷史後文學的原則。前面十三部分均爲漢唐兩宋館驛資料，自第十四部分起，輯録行驛驛程、人物活動、交通設施、道路驛樹資料。第二十一部分仿照《册府元龜·總録部》的舊例，將内容互異、其他門類不宜收入而又有研究價值的材料收入"館驛總録"，使之有所歸屬，爲我所用。第二十二部分"館驛之外的其他交通設施"，輯入客舍、旅館資料以備採輯。最後，仿照正史爲四夷立傳，殿於書末的做法，設"高麗館舍"作爲附録，以此反映中原文化對周邊國家的影響。此類資料雖然漢魏以下都有，但是過於零散，記載完整、内容集中的，唯有宋徐兢《宣和奉使高麗圖經》中的高麗館舍，故選作代表。

七、每個部分材料的排列，先依四部文獻類目的先後，次依朝代的先後。每個朝代則依皇帝和年號的先後。

八、文學作品標題一律照録，置於條首，以【 】表示。標題後面隔開兩格，接録正文。題下和文中如有作者自注，亦予採入，存其原式。後人注釋如果和館驛有關，亦適當採入。

九、部分唐宋野史、筆記的條文都有標目，部分唐宋小説也擬有篇目。凡野史、筆記題目及小説篇目出自作者自擬的，一律照録，置於條末的括弧，放在書名、卷數之後，以《》表示。凡後人重編重校時所加的，因非原文，一概删去，只録正文。

十、地理總志都是以州縣名稱立目，内容上有其特殊性。爲便讀者理解，凡是輯自地理總志的資料，都於卷數之後標出州縣名稱，以醒讀者。

十一、正文都以宋體五號字排出，作者自注和後人箋注則以宋體小五號字排出，以清眉目。

十二、傳記、雜史、筆記、散文、辭賦、詩詞如果篇幅過長，則只引録與館驛亭店相關的部分，其餘文字删去，而以省略號表示。

十三、所輯資料避免重複，僅少數一條材料可作多用的分别徵引，置於不同的部分，删去與本門無關的地方，作爲不同的材料對待。

十四、詞條切分，基本上按照“某＋驛”的形式，提取兩個關鍵字。某些詞條並非獨立地名，但因有兩個字相同，亦將其收入同一詞條之下。如“安驛”，下設招安驛、萬安驛、新安驛、良安驛、豐安驛、龍安驛、南安驛、齊安驛、永安驛、長安驛等驛名。這麽多驛名都統一在“安驛”條下。雖然彼此關聯不大，放在一起似不合適，但這麽做也增强了條目的包容性，避免了詞條的過分瑣碎和繁複，還可幫助讀者迅速找到相關詞條，好處還是有的。

十五、本書録文强調校勘、辨僞、辨重。若遇引文有訛脱衍倒之處，則據善本校改，並以括弧注明，但是不出校記，不録異文。引文如果有重出誤收、涉及文獻真僞，則注出重出誤收的書名、卷數，但一般不作考證，僅在極少數地方加寫考按，提示讀者。

十六、書中文字除絶句、律詩短章全文引録以外，其餘出自史乘、子書、文集的，多係摘抄，偶有文意不完之處。爲便理解，若遇文中人物姓名、朝代、帝王、年號、年月有漏略，事件因果有省略，則以括弧補出。碑志題目中省去的人名，亦循學界通例，視情況補齊。

一、館驛的沿革與類别

(一)周代野廬

野廬氏，下士六人，胥十有二人，徒百有二十人。廬，賓客行道所舍。疏：釋曰：在此者，案其職云掌達國道路，又云掌凡道禁，亦是禁戒之事，故在此也。知廬是賓客行道所舍者，見遺人云：十里有廬，三十里有宿，故知之也。(《周禮注疏》卷三四)

野廬氏掌達國道路，至于四畿。達謂巡行通之，使不陷絶也。去王城五百里曰畿。疏：釋曰：云巡行者，國之道路，使其地之人治之。野廬氏直巡行不通之處，使人治之，使無陷絶也。比國郊及野之道路宿息井樹。比，猶校也。宿息，廬之屬，賓客所宿及晝止者也。井共飲食，樹爲蕃蔽。疏：釋曰：此經所云王爲賓客，在道須得供丞(承)守衞之事。國郊，謂近郊遠郊。野，謂百里外至畿宿。謂十里有廬，三十里有宿，五十里有市。直言宿者，舉中言之，故云廬之屬，以苞之。息，賓客晝止之處，井樹者，賓客所須者也。(《周禮注疏》卷三六)

環人掌送逆邦國之通賓客，以路節達諸四方。通賓客，以常事往來者也。路節，旌節也。四方，圻上。疏：釋曰：此環人與《夏官》環字雖同，義則異。彼環人主致師，此環人主環遶賓客，使不失脱，是其異也。云通賓客以常事往來者也者，謂朝覲會同者也。云路節旌節也者，以其道路用旌節，故知路節、旌節也。云四方圻上者，至畿即入諸侯國，諸侯國自有通之者也。舍則授館，令聚木櫜。有任器則令環之。令，令野廬氏也。鄭司農云：四方人有任器者，則環人主，令殉環守之。(《周禮注疏》卷三八)

掌訝掌邦國之等籍，以待賓客。等九儀之差數。疏：釋曰：九儀之差數，即大行人命者。五爵者，四以九以七以五爲差數是也。若將有國賓客至，則戒官修委積，與士逆賓於疆，爲前驅而入。官謂牛人羊人舍人委人之屬。士，訝士也。既戒，乃出迎賓。疏：釋曰：云國賓客至者，謂五等諸侯及其臣來朝聘。至謂入畿内至廬宿市，當共待之。以委積有牛羊豕米禾芻薪之等，故知戒官者謂牛人已下也。舍人掌給米禀，委人掌芻薪之委,布於道遺人。道上十里有廬,廬有飲食。三十里有宿,宿有委。五十里有市,市有積之等是也。(《周禮注疏》卷三八)

潘岳,字安仁,滎陽中牟人也……泰始中,武帝躬耕藉田,岳作賦以美其事,曰:“伊晉之四年正月丁未,皇帝親率群后藉於千畝之甸,禮也。於是乃使甸師清畿,野廬掃路,封人壝宫,掌舍設枑……”(《晉書》卷五五《潘岳傳》,參《文選》卷七潘岳《藉田賦》李善注)

【答貢士蕭纂欲相師書】 (唐德宗貞元十八年某月)十二日,宗元白:始者負戴經籍,退迹野廬,塊守蒙陋,坐自壅塞。不意足下曲見記憶,遠辱書訊,貺以高文,開其智思。(《柳宗元集》卷三四)

【廬樹判】 四人有業,天下同歸,理在營生,方光(先)潤屋。貨賄山積,是往來於五都;珍奇海輸,乃森羅於九市。睠言商子,實職貿遷。襲弦高之風,爲絳侯之事。經途所亘,多跋涉之勞;飲宿乖宜,爽陰陽之候。野廬所掌,井樹是修。何得曠於主司,致有損於行李;遂使銀牀罷汲,無郝子之投錢;碧樹摧榮,聞茅生之危坐。盍歸司敗,以正刑書。懲其已犯之愆,永息將來之弊。(《文苑英華》卷五四五柳潤之)

(二)春秋戰國傳遽

行夫掌邦國傳遽之小事,微惡而無禮者。凡其使也,必以旌節。雖道有難,而不時必達。傳遽,若今時乘傳騎驛而使者也。美福慶也,惡喪荒也,此事之小者,無禮行夫主使之。道有難,謂遭疾病他故,不以時至也。必達王命,不可廢也。其大者有禮,大小行人使之有故,則介傳命。疏:釋曰:行夫者,以身自行於外。言微惡無禮者,無擯介而單行,謂之無禮也。云必以旌節者,道路用旌節故也。云雖道有難而不時者,無難者即依程至。衹由有難,故不時。云必達者,雖不時必達於所往之處也。云美福慶也者,謂諸侯國有生男及嫁娶等。云惡喪荒也者,謂民有死喪及年穀不孰,若諸侯薨之等大事,即使卿大夫若春秋王使榮叔宰咺之等,有禮不使行夫也。云他故者,謂賊寇及水旱之等。云必達王命不可廢也者,以其行夫下士三十二人,以人數多,縱有難必達也。云其大者有禮大小行人使之者,案大行人雖不云身使之事,其間問及王之所以撫諸侯之等,或身自行。小行人云使適四方,是身行之事也。(《周禮注疏》卷三八)

士曰傳遽之臣，於大夫曰外私。傳遽，以車馬給使者也。士臣於大夫者曰私人。傳，陟戀反。注同。遽，其庶反。大夫私事使，私人擯，則稱名。私事使，謂以君命私行，非聘也。若魯成公時，晉侯使韓穿來言汶陽之田歸之於齊之類。(《禮記注疏》卷三〇)

士曰傳遽之臣，於大夫曰外私。驛傳之車馬，所以供急遽之令。士賤而給車馬之役使，故自稱傳遽之臣也。家臣稱私此大夫，非己所臣事者，故對之言，則自稱外私也。傳，張戀切。(《禮記集説》卷六)

(魯哀公)二十一年夏五月，越人始來……齊閭丘息曰："君辱舉玉趾，以在寡君之軍，息，閭丘明之後。群臣將傳遽以告寡君。比其復也，君無乃勤爲僕人之未次？次，舍也。音義：傳，中戀反。遽，其據反。比，必利反。請除館於舟道。"舟道，齊地。辭曰："敢勤僕人。"不敢勤齊僕爲魯除館。(《春秋左傳注疏》卷六〇)

魏武《選舉令》曰："夫遣人使於四方，古人所慎擇也。"故仲尼曰："使乎使乎！"言其難也。按《周官》，小行人掌邦國賓客之禮籍，以待四方之使者。凡四方之使者，大客則擯，小客則受其幣，聽其辭。行夫掌邦國傳遽之小事。凡其使也，必以旌節。《毛詩》曰："皇皇者華。"君遣使臣也。四牡，勞使臣之來也。又《風俗通》云："周秦常以歲八月遣輶軒之使，採異代方言，還奏之，永藏秘室。"《漢舊儀》："奉璽書，使者乘馳傳。其驛騎也，三騎行，日夜千里爲程。"(《初學記》卷二〇)

(三) 戰國秦漢六朝傳舍

(漢文帝竇皇后，)弟曰竇廣國，字少君。少君年四五歲時，家貧，爲人所略賣……自卜數日當爲侯，從其家之長安。《索隱》：謂從逐其宜陽之主人家，而皆往長安也。聞竇皇后新立，家在觀津，姓竇氏。廣國去時雖小，識其縣名及姓，又常與其姊採桑墮，用爲符信，上書自陳。竇皇后言之於文帝。召見，問之，具言其故，果是。又復問他："何以爲驗？"對曰："姊去我西時，與我決於傳舍中，《索隱》：决者，别也。傳，音轉。傳舍，謂郵亭傳置之舍。蓋竇后初入宫時，别其弟於傳舍之中也。丐沐沐我，請食飯我，乃去。"於是竇后持之而泣，泣涕交橫下，侍御左右皆

伏地泣,助皇后悲哀。乃厚賜田宅金錢,封公昆弟,家於長安。(《史記》卷四九《外戚世家》)

孟嘗君置(馮驩)傳舍。十日,孟嘗君問傳舍長曰:"客何所爲?"答曰:"馮先生甚貧,猶有一劍耳。又蒯緱,彈其劍而歌曰:'長鋏歸來乎,食無魚!'"孟嘗君遷之幸舍,食有魚矣。五日,又問傳舍長。答曰:"客復彈劍而歌曰:'長鋏歸來乎,出無輿!'"孟嘗君遷之代舍,出入乘輿車矣。五日,孟嘗君復問傳舍長。舍長答曰:"先生又嘗彈劍而歌曰:'長鋏歸來乎,無以爲家。'"孟嘗君不悦。(《史記》卷七五《孟嘗君列傳》)

平原君既返趙,楚使春申君將兵赴救趙,魏信陵君亦矯奪晉鄙軍,往救趙,皆未至。秦急圍邯鄲,邯鄲急,且降,平原君甚患之。邯鄲傳舍吏子李同説平原君曰:"君不憂趙亡邪?"平原君曰:"趙亡則勝爲虜,何爲不憂乎!"(《史記》卷七六《平原君虞卿列傳》)

秦王坐章臺見(藺)相如……相如度秦王特以詐,詳(佯)爲予趙城,實不可得,乃謂秦王曰:"和氏璧,天下所共傳寶也,趙王恐,不敢不獻。趙王送璧時齋戒五日,今大王亦宜齋戒五日,設九賓於廷,臣乃敢上璧。"秦王度之終不可彊奪,遂許齋五日,舍相如廣成傳(舍)。《索隱》:廣成,是傳舍之名。傳,音張戀反。(《史記》卷八一《廉頗藺相如列傳》)

(漢王遣謁者隨何説淮南王,令發兵背楚。)淮南王曰:"請奉命。"陰許畔楚與漢,未敢泄也。楚使者在,方急責英布發兵,舍傳舍。(《史記》卷九一《黥布列傳》)

(漢高祖四年)六月,漢王出成皋,東渡河,獨與滕公俱,從張耳軍脩武。至,宿傳舍。晨,自稱漢使,馳入趙壁。張耳、韓信未起,即其卧内上奪其印符,以麾召諸將,易置之。信、耳起,乃知漢王來,大驚。(《史記》卷九二《淮陰侯列傳》)

(漢高祖三年冬十月,吴王反。下邳人周丘説王,請漢節,王與之。)周丘

得節，夜馳入下邳。下邳時聞吴反，皆城守。至傳舍，召令。令入户，使從者以罪斬令。(《史記》卷一〇六《吴王濞列傳》)

(武安侯田蚡取燕王女爲夫人，太后詔列侯宗室皆往賀，灌夫行酒至臨汝侯灌賢，賢方與程不識耳語，夫無所發怒，詈罵賢。夫出，蚡遂怒曰："此吾驕灌夫罪也！"乃令騎留夫，不得出，)麾騎縛夫置傳舍，召長史曰："今日召宗室，有詔。"劾灌夫罵坐不敬，繫居室。(《史記》卷一〇七《魏其武安侯列傳》)

(霍去病)爲票騎將軍，擊匈奴，道出河東。河東太守郊迎，負弩矢先驅。至平陽傳舍，遣吏迎霍中孺。中孺趨入拜謁，將軍迎拜。(《漢書》卷六八《霍光傳》)

(漢昭帝崩，遣使徵昌邑王。王)亡悲哀之心，廢禮誼，居道上不素食，使從官略女子，載衣車，内所居傳舍。始至謁見，立爲皇太子。(《漢書》卷六八《霍光傳》)

田廣明，字子公，鄭人也。以郎爲天水司馬。功次遷河南都尉，以殺伐爲治。郡國盗賊並起，遷廣明爲淮陽太守。故城父令公孫勇與客胡倩等謀反，倩詐稱光禄大夫，從車騎數十，言使督盗賊，止陳留傳舍。太守謁見，欲收取之。廣明覺知，發兵，皆捕斬焉。(《漢書》卷九〇《田廣明傳》)

初，侍中劉恭以赤眉立其弟盆子，自繫詔獄。聞更始敗，乃出，步從至高陵，止傳舍。(《後漢書》卷一一《劉玄傳》)

任光，字伯卿，南陽宛人也……更始二年春，世祖自薊還，狼狽不知所向，傳聞信都獨爲漢拒邯鄲，即馳赴之。光等孤城獨守，恐不能全，聞世祖至，大喜，吏民皆稱萬歲。即時開門，與李忠、萬脩率官屬迎謁。世祖入傳舍，謂光曰："伯卿，今埶力虚弱，欲俱入城頭子路、力子都兵中，何如邪？"光曰："不可。"(《後漢書》卷二一《任光傳》)

(耿純爲前將軍，建武二年)至鄗，世祖止傳舍……純從吏士百餘騎，與副、隆會元氏，俱至真定，止傳舍。揚稱病不謁，以純真定宗室之出，遣使與純書，欲相見。純報曰："奉使見王侯牧守，不得先詣。如欲面會，宜出傳舍。"(《後漢書》卷二一《耿純傳》)

(桓)曄，字文林，一名嚴，尤修志介。姑爲司空楊賜夫人。初，(父)鸞卒，姑歸寧赴哀，將至，止於傳舍，整飾從者而後入，曄心非之。及姑勞問，終無所言，號哭而已。(《後漢書》卷三七《桓榮傳》)

陳寔，字仲弓，潁川許人也……爲郡西門亭長，尋轉功曹……(太守高倫)被徵爲尚書，郡中士大夫送至輪氏傳舍。輪氏，縣名，屬潁川郡，今故高(嵩)陽縣是。(《後漢書》卷六二《陳寔傳》)

范滂，字孟博，汝南徵羌人也……建寧二年，遂大誅黨人。詔下急捕滂等。督郵吴導至縣，抱詔書，閉傳舍，伏牀而泣。滂聞之曰："必爲我也。"即自詣獄。縣令郭揖大驚，出解印綬，引與俱亡。(《後漢書》卷六七《范滂傳》)

任文公，巴郡閬中人也……哀帝時，有言越嶲太守欲反。刺史大懼，遣文公等五從事檢行郡界，潛伺虚實，共止傳舍。(《後漢書》卷八二上《任文公傳》)

(魏明帝青龍中，營治宫室，百姓失農時。陳群上疏曰:)"昔劉備自成都至白水，多作傳舍，興費人役，太祖知其疲民也……"(《三國志》卷二二《陳群傳》)

滿寵，字伯寧，山陽昌邑人也。年十八，爲郡督郵……守高平令。縣人張苞爲郡督郵，貪穢受取，干亂吏政。寵因其來在傳舍，率吏卒出收之，詰責所犯，即日考竟，遂棄官歸。(《三國志》卷二六《滿寵傳》)

永元中，童謡云:"野豬雖嗃嗃，馬子空閭渠。不知龍與虎，飲食江南墟。七九六十三，廣莫人無餘。烏集傳舍頭，今汝得寬休。但看三八後，摧折景陽樓。"……"烏集傳舍"，即所謂"瞻烏爰止，於誰之屋"。(《南齊書》卷一九《五行志》)

高祖爲丞相，尉(遲)迥陰圖不軌，朝廷微知之，遣(韋)藝季父孝寬馳往代迥。孝寬將至鄴，因詐病，止傳舍，從迥求藥，以察其變。迥遣藝迎孝寬。(《隋書》卷四七《韋世康傳》)

崔彭，字子彭，博陵安平人也……周武帝時爲侍伯上士，累轉門正上士。及高祖爲丞相，周陳王純鎮齊州，高祖恐純爲變，遣彭以兩騎徵純入朝。彭未至齊州三十里，因詐病，止傳舍，遣人謂純曰："天子有詔書至王所，彭苦疾，不能强步，願王降臨之。"純疑有變，多將從騎至彭所。彭出傳舍迎之，察純有疑色，恐不就徵，因詐純曰……(《隋書》卷五四《崔彭傳》)

(隋煬帝大業九年八月，楊玄感被誅，弟玄縱亦被殺。)玄縱弟萬碩，自帝所逃歸。至高陽，止傳舍。監事許華與郡兵執之，斬於涿郡。(《隋書》卷七〇《楊玄感傳》)

(魏永熙三年正月，宇文泰以英姿雄略，爲衆所推，繼統大軍。)帝乃率帳下輕騎，馳赴平凉。時齊神武遣長史侯景招引(賀拔)岳衆。帝至安定，遇之於傳舍，吐哺上馬，謂曰："賀拔公雖死，宇文泰尚存，卿何爲也？"景失色。(《北史》卷九《周本紀上》)

李雄，勃海蓨人也……漢王諒之反，煬帝將發幽州兵討之。時竇抗爲幽州總管，帝恐其貳，問可任者於楊素。素遂進雄，授上將軍，拜廉州刺史。馳至幽州，止傳舍，召募，得千餘人。(《北史》卷七四《李雄傳》)

(四) 唐宋傳舍郵驛

傳舍

太僕掌正王之服位，出入王之大命……建路鼓于大寢之門外，而掌其政，以待達窮者。與遽令聞鼓聲，則速逆御僕與御庶子。鄭司農云：窮謂窮冤。失職則來擊此鼓，以達於王。若今時上變事擊鼓矣。遽，傳也。若今時驛馬軍書當急聞

者，亦擊此鼓。令聞此鼓聲，則速逆僕與御庶子也。(《周禮注疏》卷三一)

(唐昭宗光化二年六月，制以李罕之)爲孟州刺史，充河陽三城節度孟懷觀察等使，以檢校司徒、孟州刺史、河陽節度使丁會爲澤潞等節度使，從(朱)全忠奏也。丁丑，李罕之至懷州，卒於傳舍。(《舊唐書》卷二〇上《昭宗紀》)

王武俊，契丹怒皆部落也……大曆十年，田承嗣因薛嵩死，兼有相、衛、磁、邢、洺五州，承嗣遣將盧子期寇磁州，詔令(李)寶臣與李正已、李勉、李承昭、田神玉、朱滔、李抱真各出兵討之。諸軍與子期戰於清水，大破之。寶臣將有節生擒子期以獻。代宗嘉其功，使中貴人馬承倩齎詔宣勞。承倩將歸，止傳舍，寶臣親遺百縑。承倩詬詈，擲出道中。寶臣顧左右，有愧色，還休府中。(《舊唐書》卷一四二《王武俊傳》)

(唐文宗初，高承簡)出爲邠、寧、慶等州節度觀察處置等使。先是，羌虜多以秋月犯西邊，承簡請軍寧州以備之。因疾上言，乞入覲，即隨表詣闕。太和元年八月，行至永壽縣傳舍，卒，贈司空。(《舊唐書》卷一五一《高崇文傳》)

(王重榮廣明初)爲河中馬步軍都虞候。(黄)巢賊據長安，蒲帥李都不能拒，稱臣於賊，賊僞授重榮節度副使。河中密邇京師，賊徵求無已，軍府疲於供億，賊使百輩，填委傳舍。

(唐昭宗天復元年)三月，朱温自洛陽至……居半月，以(部將張)存敬守河中。(行軍司馬王)珂舉家徙於汴。後温令珂入覲，遣人殺之於華州傳舍。(《舊唐書》卷一八二《王重榮傳》)

(楊復光乾寧中爲内侍。巢寇之亂，)復光監忠武軍，屯於鄧州，以遏賊衝。京師陷賊，節度使周岌受僞命，賊使往來旁午……是夜，復光遣其養子守亮，殺賊使於傳舍。(《舊唐書》卷一八四《楊復光傳》)

(唐高祖武德元年十二月，李密出逃。至桃林縣，)藏刀裙下，詐爲家婢妾者，入桃林傳舍。須臾變服，出據其城，掠畜産，趣南山而東，馳告張善相以兵應己。(《新唐書》卷八四《李密傳》)

明年,(唐高宗)召(泉男生)入朝,詔所過州縣傳舍作鼓吹。(《新唐書》卷一一〇《泉男生傳》)

楊慎矜,隋齊王暕曾孫……(唐玄宗)馳遣京兆士曹參軍吉温,繫慎餘、慎名於洛陽獄考治,捕太府少卿張瑄,致會昌傳舍,劾瑄與慎矜共解圖讖,搒掠不服。(《新唐書》卷一三四《楊慎矜傳》)

(崔戎唐憲宗朝)徙兖海沂密觀察使。民擁留於道,不得行。乃休傳舍,民至抱持取其韡。時詔使尚在,民泣詣使,請白天子丐戎還,使許諾。(《新唐書》卷一五九《崔戎傳》)

(楊發大中十二年)徙福建觀察使,又以能政聞。朝廷意有治劇才,拜嶺南節度使,承前寬弛。發操下剛嚴,軍遂怨,起爲亂,囚傳舍,貶婺州刺史。(《新唐書》卷一八四《楊收傳》)

王重榮,太原祁人……以毅武冠軍擢河中牙將……多權詭,衆所嚴憚,雖主帥莫不下之。稍遷行軍司馬。黄巢陷長安,分兵略蒲。節度使李都不能支,乃臣賊。然内憚重榮,表以自副。地邇京師,賊調取横數,使者至百輩,坐傳舍,益發兵,吏不堪命。(《新唐書》卷一八七《王重榮傳》)

(韋景駿)遷房州刺史。州窮險,有蠻夷風,無學校,好祀淫鬼。景駿爲諸生貢舉,通隘道,作傳舍,罷祠房無名者。(《新唐書》卷一九七《韋景駿傳》)

(唐肅宗上元二年二月,史)朝義攻陝,敗於姜子坂,退壁永寧。思明大怒……顧曰:"朝下陜,夕斬是賊!"朝義懼。思明居傳舍,令所愛曹將軍擊刁斗呵衛。駱悦等被讓,即共説朝義曰:"向兵敗,悦與王死無日,不如召曹將軍同計大事。"朝義面不應。(《新唐書》卷二二五上《史思明傳》)

光化元年十二月,晉之潞帥薛志勤卒,(李)罕之乘其喪,自澤州率衆徑入潞州,自稱留後,以狀聞於克用……克用怒,遣李昭嗣討之。罕之執其守將馬溉、伊鐸、何萬友、沁州刺史傅瑶等,遣其子顥拘送於太祖,以求援焉。

會罕之暴病，不能視事，明年六月，病篤，太祖令丁會代之，移罕之爲河陽節度使。行至懷州，卒於傳舍，時年五十八。（《舊五代史》卷一五《李罕之傳》）

李珽，字公度，隴西燉煌人……入爲兵部郎中、崇政院學士。未幾，以許帥馮行襲疾甚，出爲許州留後。先是，行襲有牙兵二千，皆蔡人也。太祖深以爲憂，乃遣珽馳往，以伺察之。珽至傳舍，召將吏，親加撫慰。（《舊五代史》卷二四《李珽傳》）

盧文進，字國用，范陽人也……莊宗與劉鄩對壘於莘縣，命存矩於山後召募勁兵，又令山北居民各出戰馬器仗，每鬻牛十頭，易馬一匹，人心怨咨。時存矩團結五百騎，令文進將之，與存矩俱行。至祁溝關，軍士聚謀曰："我輩邊人，棄父母妻子，爲他血戰，千里送死，固不能也。"衆曰："擁盧將軍却還新州，據城自守，奈我何！"因大呼揮戈，趣傳舍，害存矩於榻下。（《舊五代史》卷九七《盧文進傳》）

（李仁矩，後唐明宗朝爲客省使、左衛大將軍。）明宗祀天南郊，東西川當進助禮錢，使仁矩趣之。仁矩恃恩驕恣，見藩臣不以禮。東川節度使董璋置酒召仁矩，仁矩辭醉不往，於傳舍與倡妓飲。璋怒，率衙兵露刃之傳舍。仁矩惶恐，不襪而韡走庭中。璋責之曰："爾以西川能斬李嚴，謂我獨不能斬爾邪？"顧左右牽出斬之。（《新五代史》卷二六《李仁矩傳》）

王珂，河中人也……太祖以珂晉婿也，疑其貳己，使珂西入覲。行至華州，使人殺之傳舍。（《新五代史》卷四二《王珂傳》）

（王仁鎬）宋初加檢校太師。建隆二年，以疾召還。次唐州，卒於傳舍，年六十九。（《宋史》卷二六一《王仁鎬傳》）

（宋太祖開寶中），朝廷遣供備庫使李守信市木秦隴間，守信盜官錢鉅萬。既受代，爲部下所發。守信至中牟，自剄於傳舍。太祖命曉案之，逮捕甚衆。（《宋史》卷二七〇《蘇曉傳》）

(向敏中有吏干,宋太宗欲大任之,)當塗者忌之。會有言敏中在法寺時,皇甫侃監無爲軍榷務,以賄敗,發書歷詣朝貴,求爲末減,敏中亦受之。事下御史按實。嘗有書及門,敏中睹其名,不啓封,遣去。俄捕得侃私僮,詰之,云:"其書尋納筒中,瘞臨江傳舍。"馳驛掘得,封題如故。太宗大驚異,召見,慰諭賞激,遂决於登用。(《宋史》卷二八二《向敏中傳》;《續資治通鑑長編》卷三四)

(宋真宗朝,王嗣宗)拜耀州觀察使、知永興軍府。真宗作詩賜之。時种放得告歸山,嗣宗逆於傳舍,禮之甚厚。(《宋史》卷二八七《王嗣宗傳》)

(宋真宗朝,陳希亮移知鳳翔府。)是秋大熟,以新易舊官,民皆便。于闐使者入朝,過秦州,經略使以客禮享之。使者驕甚,留月餘,壞傳舍什器,縱其徒入市掠飲食,民户皆晝閉。(《宋史》卷二九八《陳希亮傳》)

(宋真宗天禧三年六月)丁酉,以引進使李允則爲客省使,依前高州團練使、知鎮州,兼鎮定鈐轄。允則在雄州十四年,河北既罷兵,允則治城壘不輟……上元舊不然燈,允則結綵山,聚優樂,使民夜縱遊。明日,偵遼帥欲間入城中觀,允則與同僚伺郊外,果有紫衣北人至。比夕,與俱入傳舍,不交一語,出妓女,羅侍左右,劇飲而罷,且置其所乘驢廡下,使遁去,即幽州統軍也。後數日,爲遼所誅。(《續資治通鑑長編》卷九三;《宋史》卷三二四《李允則傳》)

(漢宣帝五鳳元年,韓延壽遷東郡太守,)及守馮翊,行縣至高陵,邑人有兄弟訟田自言者,延壽大傷之,深自責,稱病不聽事,卧傳舍。而縣令、丞、三老亦自繫待罪。於是訟者深自悔,皆髡鉗肉袒謝罪,請以田相讓,至死不復敢争。(《漢紀》卷二〇《孝宣皇帝紀四》)

(唐肅宗至德二載二月,永王李璘兵敗,)收庫物甲兵,欲南奔嶺表。江西采訪使皇甫侁遣兵追討,擒之,潛殺之於傳舍。傳,張戀翻。(《資治通鑑》卷二一九)

(後梁末帝貞明三年二月,)晉王使(弟李從矩)募山北部落驍勇者及劉守光亡卒,以益南討之軍……行者皆憚遠役,存矩復不存恤。甲午,至祁溝關,小校宫彦璋與士卒謀曰:"聞晉王與梁人確鬭,騎兵死傷不少。吾儕捐父母妻子,爲人客戰,千里送死,而使長復不矜恤,奈何?"衆曰:"殺使長,擁盧將軍還新州,據城自守,其如我何?"因執兵大譟,趣傳舍。詰朝,存矩寢未起,就殺之。文進不能制,撫膺哭其尸。(《資治通鑑》卷二六九)

鮑永,字君長,上黨人也。少有志操,治《歐陽尚書》,事後母至孝。妻嘗於母前叱狗,而永即去之。鮑永爲郡功曹,時有稱侍中、止傳舍者,太守趙興欲出謁,永以不宜出,當車拔佩刀,興因還。後數日,詔書下捕之,果矯稱使者,由是知名。(《東觀漢記》卷一四)

元氏縣,本趙公子元之封邑……世祖光武皇帝建武四年,光武北征彭寵,陰后從行,生孝明帝於元氏傳舍。(《元和郡縣圖志》卷一七趙州)

新州接西南道九州,當海中五州之咽喉,雖驛路傍海西去,人皆憚海波,多不由傳舍。雖公行,亦自便路陸去,直達於海濱,不復通舟楫。(《太平寰宇記》卷一五九端州)

白塔,在會稽縣東,俗號"八仙冢"。《華氏考古》云:"嵇叔夜過越,宿傳舍,遇古伶官之魄,得《廣陵散》,曲終,自指其葬處。穴今猶存。"(《嘉泰會稽志》卷一八)

《羅漢因果識見頌》一卷,天竺闍那多迦譯。首有范仲淹序,言宣撫河東,得於傳舍,《藏經》所未録者。(《直齋書録解題》卷一二)

予讀東坡《悼徐德占詩》,其序云:"余初不識德占,但聞其初爲惠卿所薦,以處士用。元豐五年三月,偶以事至蘄水。德占聞余在傳舍,惠然見訪,與之語,有過人者。是歲十月,聞其遇禍,作詩弔之云。"(《能改齋漫録》卷四《〈紀聞〉非温公所爲》)

崇寧四年,徽宗以太祖啓運踐祚之初,實自陳橋,其地今有傳舍,往來踐

履，非所以稱朕顯楊祖烈之意，遂以其地建立道觀，以“顯烈”爲額。(《能改齋漫録》卷一二《以太祖陳橋傳舍爲顯烈觀》)

余長子渝嘗爲壽春令。邑有淮南王安廟，春秋朝廷祀之。邑人思劉仁贍之功德，欲立廟，不可得也，遂共爲劉令公像於淮南廟中，歲時享焉。傳舍有詩曰：“淮南據險逆西京，仁贍輸忠保一城。今日鄉人聊合祭，未應同食便同情。”(《麈史》卷下)

有一卿，列任京西憲。按行一邑。其尉蔡人張伯豪也，始迓於郊。憲令步從，又數其所爲。至邑，入傳舍，更衣。虞候白提刑：“適罵者是中丞婿。”憲矍然曰：“何不早道！”於是召尉坐，謂曰：“聞君有才，聊相沮爾。君辭色不變，豈易量耶！”爲發薦章而去。(《麈史》卷下)

舊制：諸路監司屬官，曰勾當公事。建炎初，避今上嫌名，易爲幹辦。時軍興，一切所置官司，數倍平時，而皆有屬官，所置縱横。有題於傳舍者曰：“北去將軍少，南來幹辦多。”(《却掃編》卷下)

司徒中山祝恬，字伯休，公車徵，在道得温疾。過友人謝著鄴令，著拒不受。至汲郡，止客舍。舍六七日，諸生見恬轉劇，欲告汲令。恬曰：“友人尚不相容，汲令不相識，告之何益！死生命也，不須醫藥。”諸生潛告汲令，令即汝南應融，聞之大驚，至疾所，泣曰：“伯休不世英才，當作國家幹輔，何乃默止客舍，不遣人知！”融遂躬御而歸，親自侍疾。疾漸損，融謂伯休曰：“吉凶不諱，憂怖交心，已備凶具。”對之悲喜。伯休停傳舍數十日，遂去，拜侍中、尚書令，又拜司隸。薦融自代，歷典五郡，謝著不爲公府所取。(《意林》卷四)

(王文正)公爲朝修使，自禁中乘車輅出都門，百官餞於道，乃憩於傳舍。兩禁請見，叩頭稱公榮遇之盛。公曰：“但覺愧仄，自不安矣。”(《宋朝事實類苑》卷一四)

【先君石表陰先友記】 唐次，北海人，有文章學，行義甚高。以尚書

郎出爲刺史，屏棄。永貞中，召以爲中書舍人。道病，去長安七十里，死傳舍。(《柳宗元集》卷一二)

劉季孫初以左班殿直監饒州酒。王荆公爲江東提刑，巡歷至饒，按酒務。始至廳事，見屏間有題小詩曰："呢喃燕子語梁間，底事來驚夢裏閒？説與旁人應不解，杖藜攜酒看芝山。"大稱賞之，問專知官誰所作，以季孫言。即召與之語，嘉歎升車而去，不復問務事。既至傳舍，適郡學生持狀立庭下，請差官攝州學事，公判監酒殿直，一郡大驚，遂知名云。(《石林詩話》卷下)

李壽爲青州刺史，發璽書於本縣傳舍，乘法駕，騑驂朱軒就路，奏免四郡相，百城怖懼，悉豫棄官。(《藝文類聚》卷五〇引謝承《後漢書》)

韋康代父爲涼州刺史，父出止傳舍。康入官宇，時人榮之。(《太平御覽》卷二五五引《三輔决録》)

(李克用追黄巢，班師過汴，汴帥朱温館之於上源驛。)汴帥素忌帝，乃與其將楊彦洪密謀竊發。彦洪於巷陌連車樹柵，以扼奔竄之路。時從官者皆醉，俄而伏兵竊發，來攻傳舍……有頃煙火四合，復大雨震電。帝得從者薛鐵山、賀回鶻等數人而去。雨大如(注)，不辨人物，隨電光登尉氏門，縋城而出，得還本營。(《册府元龜》卷二六)

劉知幾天授中爲獲嘉縣主簿，上疏曰："臣聞漢宣帝云：'與我共理天下，其惟良二千石乎！'二千石者，今之刺史也。移風易俗，其寄不輕。求瘼字人，僉屬斯在。然則歷觀兩漢已降，迄乎魏晉之年，方伯岳牧臨州按都(郡)，或十年不易，或一紀仍留，莫不盡其化下之方，責以理人之術……今之牧伯，有異於是。倏來忽往，蓬轉萍流。近則日月仍遷，遠則踰年必徙。待廳事爲逆旅，以下車爲傳舍。或云來歲入朝，必應改職；或道今兹會計，必是移藩。既懷苟且之謀，何假循良之績……"(《册府元龜》卷五三二)

周李損爲諫議大夫。太祖廣順三年正月，命使兩浙。損受命之後，過備行李，務極華楚……及至青州，又於知州張凝借貸。及在郵驛，行止穢雜。

張凝具事以聞……請行貶逐,尋改太府少卿,李玭爲兩浙弔祭使,以代李損。(《册府元龜》卷六六四)

何武爲楊州刺史,行部入傳舍,出記問墾田頃畝,五穀美惡,謂記教命之書。已,乃見二千石以爲嘗。(《册府元龜》卷六八四)

西都北寺應天禪院,乃太祖誕聖之地,國初爲傳舍。真宗幸洛陽,顧瞻遺迹,徘徊感愴,乃命建爲僧舍。(《澠水燕談録》卷一)

如京使柳開與處士潘閬爲莫逆之交,而尚氣自任,潘常嗤之。端拱中,典全州,途出維揚。潘先世卜居於彼,迎謁江涘。因偕往傳舍,止於廳事。見中堂局(扃)鐍甚秘,怒而問吏。吏曰:“凡宿者多不自安,向無人居,已十稔矣。”柳曰:“吾文章可以驚鬼神,膽氣可以讋夷夏,何畏哉!”即啓户埽除,處中而坐。閬潛思曰:“豈有人不畏鬼神乎?”乃託事告歸,請公獨宿。(《湘山野録·續湘山野録》)

唐武宗即位,獨奮怒曰:“窮吾天下者,佛也。”……凡除寺四千六百……其餘賤取民直,歸於有司。寺材,州縣得以恣新其公宇傳舍。(《侯鯖録》卷二)

東坡作詩,妙於使事……公在黄州,邀一隱士相見,但視傳舍,不言而去。坡曰:“豈非以身世爲傳舍乎?”因贈詩云:“士廉豈識桃椎妙,妄意稱量未必然。”(《侯鯖録》卷八)

李璋太尉罷郢州入朝,至襄陽,疾病,止驛舍兩月餘。璋嘗命蜀人費孝先作卦影,先畫一鳳止於林,下有關焉,又畫一鳳立於臺,又畫衣紫而哭者五人。蓋襄州南數里,有鳳林關,傳舍名鳳臺驛。(《墨客揮犀》卷六)

盧秉侍郎嘗爲江南小郡司户參軍,於傳舍中題詩云:“青衫白髪病參軍,旋糶黄糧换酒罇。但得有錢留客醉,也勝騎馬傍人門。”王荆公過而見之,尤極稱賞。俄薦於朝,數年間,遂超顯仕。(《墨客揮犀》卷一〇;《説郛》卷八三上《珊瑚鈎詩話》)

許宣平，新安歙人也。唐睿宗景雲中，隱於城陽山南塢……有時行長安，于驛路洛陽、同、華間傳舍，是處題之。天寶中，李白自翰林出，東遊經傳舍，覽詩吟之，嗟嘆曰："此仙詩也。"(《太平廣記》卷二四引《續仙傳》)

成真人者，不知其名，亦不知所自。唐開元末，有中使自嶺外回，謁金天廟。奠祝既畢，戲問巫曰："大王在否？"對曰："不在。"中使訝其所答，乃詰之曰："大王何往，而云不在？"巫曰："關外三十里迎成真人耳。"中使遽令人於關候之。有一道士，弊衣負布囊，自關外來。問之姓成，延於傳舍，問以所習，皆不對。以驛騎載之到京，館於私第，密以其事奏焉。(《太平廣記》卷三五引《仙傳拾遺》)

張某唐天寶中爲御史判官，奉使淮南推覆……鬼云："能一日之内，轉千卷《續命經》，當得延壽。"言訖出去。至門又回，謂云："識《續命經》否？"某初未了知，鬼云："即人間《金剛經》也。"某云："今日已晚，何由轉得千卷經？"鬼云："但是人轉則可。"某乃大呼傳舍中及他百姓等數十人同轉，至明日晚，終千遍訖。(《太平廣記》卷一一二引《廣異記》)

崔郾侍郎既拜命，於東都試舉人，三署公卿皆祖于長樂傳舍，冠蓋之盛，罕有加也。時吴武陵任太學博士，策蹇而至。郾聞其來，微訝之，乃離席與言。(《太平廣記》卷一八一引《摭言》)

(張濬昭宗朝統兵討太原。)尋謀班師，路由平陽。平陽，即蒲之屬郡也，牧守姓張，即蒲帥王珂之大校。珂變詐難測，復慮軍旅經過，落其詭計。濬乃先數程而行，泊於平陽之傳舍。六軍相次，由陰地關而進。濬深忌晉牧，復不敢除之。張於一舍郊迎。既駐郵亭，濬令張使君升廳，茶酒設食畢，復命茶酒，不令暫起，仍留晚食。食訖，已晡時，又不令起。即更茶數甌，至張燈，乃許辭去，自旦及暮，不交一言。(《太平廣記》卷一九〇引《玉堂閒話》)

唐德宗欲幸梁、洋，嚴振(震)遣兵五千至盩厔，以俟南幸。其將張用誠陰謀叛背，輸款於李懷光，朝廷憂之。會梁州將馬勛至，上臨軒與之謀……勛既得振符，乃與壯士五十人偕行，出駱谷。用誠以爲未知其叛，以數百騎迓勛。勛與俱之傳舍。用誠左右森然,勛曰:"天寒,且休。"軍士左右皆退,勛乃令人多焚其草以誘之。(《太平廣記》卷一九二引《譚賓録》)

(沈警)奉使秦隴……既暮,宿傳舍。憑軒望月,作《鳳將雛含嬌曲》。其詞曰:"命嘯無人嘯,含嬌何處嬌。徘徊花上月,空度可憐宵。"又續爲歌曰:"靡靡春風至,微微春露輕。可惜關山月,還成無用明。"吟畢,聞簾外歎賞之聲。(《太平廣記》卷三二六引《異聞録》)

馮媪者,廬江里中嗇夫之婦……元和六年夏五月,江淮從事李公佐使至京,回次漢南,與渤海高鉞、天水趙儹、河南宇文鼎會於傳舍,宵話徵異,各盡所聞。鉞具道其事,公佐爲之傳。(《太平廣記》卷三四三引《異聞録》)

唐河東柳智感,以貞觀初爲長舉縣令……州司遣智感領囚送京,至鳳州界,囚四人皆逃。智感憂懼,捕捉不獲,夜宿於傳舍。忽見其故部吏來告曰:"囚盡得矣。一人死,三人在南山西谷中,並已擒縛,願公勿憂。"言畢辭去。智感即請人兵入南山西谷,果得四囚。囚知走不免,因來拒抗。智感格之,殺一囚,三囚受縛,果如所告。(《法苑珠林》卷七引《冥報記》)

幽薊數州自石晉賂戎後,懷中華不已。有使北者,見燕京傳舍畫墨鴉甚精,旁題詩曰:"星稀月明夜,皆欲向南飛。"(《詩話總龜》前集卷二〇引《古今詩話》)

(賈島)自長江遷普州司倉……至老無子,因啖牛肉得疾,終於傳舍。(《唐詩紀事》卷四〇)

【三羞詩三首】其二。序　(皮)日休旅次,于許(州)傳舍聞叫咷之聲,動於城郭。問於道民,民曰:"蠻圍我交阯,奉詔徵許兵二千征之。其征闕(且)再,有戰皆殁,其哭者許兵之屬。"嗚呼!揚子不云夫:"朱崖之絶,捐之之力也。"否則,介鱗易我衣裳,其是之謂耶……作詩以弔之。(《皮子文藪》卷一〇)

【邵武縣興造記】 大平興國五年，詔即建州邵武縣，置邵武軍。而縣爲屬，其治在軍之東……今增（户）五萬四千二百有奇，爲户十四萬二千一百有奇，可謂盛矣，而邵武一邑，獨當户五萬六千四百有奇，爲郡境十之四，則吾邑顧不又盛哉！而反寓其治於傳舍，詔敕法令、圖志符檄，護藏不嚴……其地皆褊迫庳陋，仰漏旁穿，非所以宣布德澤，示民以上下之分也。（《渭南文集》卷二〇）

【蔣德言墓誌銘】 仕宦以作邑爲難，而又有甚難者。姚江爲越壯縣，户口繁庶，士夫駢集，令才而勤，猶不暇給。四明蔣君德言以便親爲之宰，貌不勝衣，年又尚少，平時簡易和同……又以其餘力修學校，葺傳舍講序，拜以崇義，風歌鹿鳴，以勸多士。（《攻媿集》卷一〇一）

【金陵道中】 煙樹寒林半有無，野人行李更蕭疏。堠長堠短逢官馬，山北山南聞鷓鴣。萬里關河成傳舍，五更風雨憶呼盧。寂寥一點寒燈在，酒熟鄰家許夜沽。（《雁門集》卷二）

史弼爲平原相，時詔書下舉鉤黨，郡國所奏多至數百，唯弼獨無所上。詔書前後切責州郡，髡笞掾史從事，坐傳舍，責曰："詔書疾惡黨人，旨意懇切，青州六郡其五有黨……"（《東萊集》卷六）

【陳公弼傳】 （宋仁宗時）于闐使者入朝，過秦州，經略使以客禮享之。使者驕甚，留月餘，壞傳舍什物無數。其徒入市，掠飲食人户。（《東坡全集》卷三九）

【元公度授華陰令制】 敕元公度，吾欲理化萬方，故自近始。前授大宗正翺印綬，使牧華人。翺能副吾此心，選吏責課。言公度廉明有守，乞宰華陰。當道東西往來，先是爲邑者，多飾厨傳舍，奉賓客以沽名譽，而不親吾人。爾能革之，足爲良宰。敬長畏法，無慢乃官。可華陰縣令。（《白居易集》卷五〇）

【得景爲私客擅入館驛欲科罪辭云雖入未供】 傳舍是崇，使車攸處。將供行李，必辨公私。何彼客遊，欲從公食。豈無逆旅，宜受饋於盤飧；既匪使臣，何苟求於館穀。信饕餮而是啓，寧僭濫之可容。同周官之廬，入宜銜命；非鄭氏之驛，置豈延賓。法既自干，咎將誰任。然則不應入而妄入，刑固難逃；而已供與未供，罪宜有别。請從減降，庶叶科條。(《白居易集》卷六七)

【龍圖閣直學士知成都府李公(公擇)墓誌銘】 (李公擇宋哲宗朝)出知鄧州。數月，徙成都府。行次陜郊，暴疾，卒於閿鄉縣傳舍，實元祐五年二月二日也。(《蘇魏公文集》卷五五)

郵驛

(寇榮少知名，桓帝延熹中爲人所誣，)有詔捕之，榮逃竄數年。會赦令，不得除，積窮困，乃自亡命中上書曰："臣聞天地之於萬物也好生，帝王之於萬人也慈愛……今殘酷容媚之吏，無折中處平之心，不顧無辜之害，而興虚誣之誹……不意滞怒不爲春夏息，淹恚不爲順時怠，遂馳使郵驛，布告遠近，嚴文剋剥，痛於霜雪。張羅海内，設罝萬里。逐臣者窮人迹，追臣者極車軌。雖楚購伍員，漢求季布，無以過也。"(《後漢書》卷一六《寇榮傳》)

(袁安)爲人嚴重有威，見敬於州里。初爲縣功曹，奉檄詣從事。從事因安致書於令。安曰："公事自有郵驛，私請則非功曹所持。"辭不肯受，從事懼然而止。(《後漢書》卷四五《袁安傳》)

(晉成帝咸康五年秋)，左衛將軍陳光上疏請伐胡，詔令攻壽陽。謨上疏曰："今壽陽城小而固……而賊之郵驛，一日千里，河北之騎，足以來赴，非惟鄴城相救而已……"(《晉書》卷七七《蔡謨傳》)

(大秦國)亦有白蓋小車、旌旗之屬，及郵驛制置，一如中州。(《晉書》卷九七《大秦傳》)

(唐憲宗元和)五年正月，考功奏："諸道節度使觀察等使，各選清强判官一人，專知郵驛。如一周年無違犯，與上考。如有違越，書下考者。伏以遵守條章，纔爲奉職，便與殊考，恐涉太優。今請不違敕文者，書中上考。其違

越者，依前書下考。仍請永爲常式。”敕旨依奏。（《唐會要》卷六一）

（唐太宗貞觀）二十一年正月九日，以鐵勒、回紇等十三部内附，置六都督府、七州……於是回紇等請於迴紇以南、突厥以北，置郵驛，總六十六（八）所，以通北荒，號爲“参天可汗道”，俾通貢焉，以貂皮充賦税。（《唐會要》卷七三）

（梁沈炯自長安返，作《魂歸賦》曰：）“何精殞而魄散，忽魂歸而氣旋。解龍驂而見送，走郵驛於亭傳。出向來之大道，反初入之山川。受繞朝之贈策，報李陵之别篇。泪未悲而自墮，語未咽而無宣。”（《藝文類聚》卷七九引沈炯《歸魂賦》）

唐傳信符，以給郵驛。（《群書考索》前集卷四六）

【報尹義尚書】 别離二國，雲雨十年……弟來款言至，欲附所聞，聯類非宜，更其多惑。若使良有□□，猶希贈鯉之書；郵驛方通，復行蜚鴿之信。執筆潸然，不知何向。（《徐孝穆集箋注》卷三）

【上蜀中軍事】 國家富有巴蜀，是天府之藏。自隴右及河西諸州，軍國所資，郵驛所給，商旅莫不皆取於蜀。（《陳拾遺集》卷八）

【敕處分十道朝集使】 且如浮逃客户，所在安輯。征鎮人家，每事憂恤。倉儲唯實，賦役唯均，鰥寡撫存，盗賊禁止，郵驛無弊，奸訛不生。念兹八事，朕常屢想。嗟爾庶尹，可不用心。（《曲江集》卷七）

【爲吴王謝責赴行在遲滯表】 臣某言：伏蒙聖恩，追赴行在，臣誠惶誠恐……伏惟陛下重紐乾綱，再清國步，憖（愍）臣不逮，賜臣生全……今大舉天兵，掃除戎羯。所在郵驛，徵發交馳。臣逐便水行，難於陸進。瞻望丹闕，心魂若飛。慚墜履之還收，喜遺簪之再御。不勝涕戀屏營之至。（《李太白全集》卷二六）

扶荔宫，在上林苑中。漢武帝元鼎六年，破南越，起扶荔宫……荔枝自交趾移植百株於庭……一旦萎死，守吏坐誅者數十人，遂不復蒔矣。其實則歲貢焉，郵傳者疲斃於道，極爲生民之患。至後漢安帝時，交趾郡守唐羌極陳其弊，遂罷其貢。(《三輔黄圖》卷三)

夫太陽行於宿度，如郵傳之過逆旅。宿度每歲既差，黄道隨而變易，豈得以膠柱之説而爲斡運之難乎！(《舊唐書》卷七九《傅仁均傳》)

(王式)以蔭爲太子正字……大中中，爲晉州刺史，飾郵傳，器用畢給。(《新唐書》卷一六七《王式傳》)

(宋太祖建隆二年五月丁丑，)詔諸道郵傳以軍卒遞。(《宋史》卷一《太祖紀一》)

(宋神宗熙寧八年，)中書樞密院言："河南北十二監，起熙寧二年至五年，歲出馬一千六百四十四，可給騎兵者二百六十四，餘僅足配郵傳……"(《宋史》卷一九八《兵志》)

(侯延廣宋太宗淳化二年)拜寧州團練使，知靈州兼兵馬都部署，賜白金二千兩，歲增給錢二百萬。戎人塞道，郵傳餉饘皆不通。(《宋史》卷二五四《侯延廣傳》)

(宋太祖乾德三年三月，)邛、蜀、眉、陵、簡、雅、嘉、東川、果、遂、渝、合、資、昌、普、戎、榮十七州，並隨(全)師雄爲亂，郵傳不通者月餘。(《續資治通鑑長編》卷六)

(宋太宗太平興國八年十一月壬申，)鹽鐵使王明言："沿邊歲運銅錢五千貫，於靈州市馬，七百里沙磧無郵傳。冬夏少水，負擔者甚以爲勞。"(《續資治通鑑長編》卷二四)

(宋真宗大中祥符元年四月)戊午，詔東巡取鄆州臨鄿路赴泰山，禮畢幸兖州，取中都路還京。先是，自京抵兖州，有路二：由曹、單者爲南路，太宗朝嘗置頓於此；由濮、鄆者爲北路。時命王欽若、曹利用由南路，趙安仁、李神福由北路，同赴泰山。計工用之繁簡，且言南路雖近而用功多，北路郵傳有素而功省，故從北路焉。(《續資治通鑑長編》卷六八)

(宋真宗大中祥符七年秋七月)甲午，詔交阯、占城、大食、闍婆、三佛齊、丹流眉、賓同朧、蒲端等國使入貢者，所在遣使臣伴送赴京，郵傳供億，務從豐備。(《續資治通鑑長編》卷八三)

(宋神宗熙寧七年二月壬申，)廢鄆州東平監，以其牧地聽民出租，以其馬給禁兵郵傳。(《續資治通鑑長編》卷二五〇)

(宋高宗建炎元年正月，)淵聖皇帝以王黼首禍，流之湖外。庚寅，又使盜殺之。江淮發運副使盧宗原以行宮之命，遏漕舟與郵傳，俾不得西趨京師。(《建炎以來繫年要録》卷一)

(宋高宗建炎三年三月戊戌，韓)世忠發平江，舟行不絶者三十里，甲士盡載其上，軍勢甚振。(張)浚慮(苗)傅等以僞命易置，乃令世忠偏將張世慶搜絶郵傳，凡自杭來者，悉投之水中。(《建炎以來繫年要録》卷二一)

(宋高宗紹興二十六年二月庚辰，)右正言凌哲言："國家自祖宗時置進奏院。若朝廷之號令、政事、注擬、賞罰之類，皆付之郵傳，播告天下。比年以來，用事之臣乃令本院監官，先次具本，納于時相，謂之定本，動輒旬日，俟許報行，方敢傳録，而官吏迎合意旨，多是删去緊要事目，止傳常程文書。偏州下邑，往往有經歷時月，不聞朝廷詔令，切恐民聽妄生迷惑，有害治體，望將進奏院定本亟行罷去，以復祖宗之舊，以通上下之情。"從之。(《建炎以來繫年要録》卷一七一)

【乾符二年(正月七日)南郊赦】　郵傳供須(頓)，遞馬數目，素有定制，合守前規。河南館驛錢物至多，本來别庫收貯。近日被府司奏請，滚(袞)同支用，遂使遞馬欠缺，料糧不充。憲司又但務緣循，都不提舉。宜令東臺館驛使述具條疏，分析聞奏。(《唐大詔令集》卷七二)

(陳)摶,字圖南,譙郡人……舉進士不第……還山。後因乘驢遊華陰市,見郵傳甚急,問知宋祖登基,摶抵掌長笑曰:"天下自此定矣!"(《唐才子傳》卷一〇《陳摶傳》)

(唐宣宗大中十三年,杜悰爲西川節度使,奏云:)"伏緣數年之間,當州鎮蠻革南詔入朝人數,縱有經過者,郵傳殘薄,兼緣安南大中年奏請,隔絶南詔往來通好……"(《蠻書》卷一〇)

(宋制:尚書兵部,其屬有三:)曰駕部,輦路、車乘、廐牧、驛傳之事隸焉。(《宋會要輯稿》職官一四之一)

(宋太宗太平興國八年)九月癸丑朔,初置水陸路發運于京師……凡一綱計幾舟,每舟計所給挽船之直,悉以付主綱吏,令自雇民,勿復調發。凡水陸舟車輦送官物,及財貨之出納,悉關報而催督之。自是貢輸無滯矣。(《續資治通鑑長編》卷二四)

鄜州東百里有水,名相思河,傳舍曰相思鋪。令狐楚詩曰:"誰把相思號此河,塞垣車馬往來多。只應自古征人淚,灑向空洲作碧波。"(《詩話總龜》前集卷一五引《倦遊録》)

按,本詩又被收入《萬首唐人絶句》卷五一、《全唐詩》卷七七八,被當成唐詩對待,甚或又有作令狐楚詩者,實均誤,詩係北宋文士令狐挺作,詳見《墨客揮犀》卷六、《宋朝事實類苑》卷三八、《永樂大典》卷一四五七六、《宋詩紀事》卷三一,均作令狐挺詩。令狐挺,宋人,字憲周,山陽人,令狐楚六世孫,好學,善屬文,尤喜論兵。登天聖五年進士乙科。其生平詳見畢仲遊《西臺集》卷一二《司封員外郎令狐公(挺)墓誌銘》、陶敏《全唐詩作者小傳補正》第 1378 頁。

走馬承受,諸路各一員,隸經略安撫總管司,無事歲一入奏,有邊警則不時馳驛上聞。(《宋史》卷一六七《職官志七》)

韓泰爲監察御史。貞元二十年,考功員外郎陳歸爲嶺南選補使,選人留

放，注官美惡，違背令文，唯意出入，復供求無厭，郵傳患之。泰奏劾得罪(，配流恩州)。(《册府元龜》卷五二〇下、卷六三八)

(唐德宗貞元)十二年十月，虢州刺史崔衍奏："所部多是山田，且當郵傳衝要，屬歲不稔，頗有流離。舊額賦租，特乞蠲减。"(《唐會要》卷八三；《册府元龜》卷四八八)

(環州)北至洪德砦八十里。砦北即蕃界。青岡峽、清遠軍、積石浦、洛河、耀德、鎮清、邊砦靈州共七程，沙漬(磧)無郵傳，冬夏少水。(《武經總要》前集卷一八上)

劉高尚者，濱州安定人，家世爲農……靖康之擾，棣人白其守，使迎高尚。守具安車，邀之不至。一日，棄濱而來，濱人大恐。後二日，濱州兵叛，屠其城。高尚至棣，棣人喜，守爲掃郵傳供帳以舍之。高尚見之，笑去，乃即城隅，治舍水傍。(《梁谿漫志》卷九)

樂廣爲河南尹，郡中前廳多怪病，後人皆於廊下督郵傳中治事，無敢在廳事者，唯廣處之。白日户自閉，二子凱、横等懾怖。廣使掘牆孔，得狸乃絶。(《藝文類聚》卷六引《傅子》；《異苑》卷八)

(唐玄宗開元十六年)七月，詔曰："州縣牧守等竝受朕之寄，助國爲理，實冀其共康庶績，俾乂群甿，頻經處分，合盡誠節。仍有不遵法式，自紊紀綱，貿遷營利，或縱親識，侵暴下人，或在郵傳規求貨馬，諸如此類，不可具言。豈教之不明而人之多僻，當寧遐想，深惕於懷。各宜徇公，以副所委。"(《册府元龜》卷一五八)

(唐文宗大和)八年九月詔："應進奉口味，時果進獻之外，不得廣爲般次，煩於郵傳。"(《册府元龜》卷一六八)

薛宜僚會昌中爲左庶子，充新羅册贈使，由青州泛海。船頻阻惡風雨，至登州，却漂回青州郵傳一年，節度烏漢貞加待遇。有籍中飲妓段東美者，薛頗屬情，連帥置於驛中。是春，薛發日祖筵，嗚咽流涕，東美亦然。乃於席上留詩曰："阿母桃花方似錦，王孫草色正如烟。不須更向滄溟望，惆悵歡娱恰一年。"薛到外國，未行册禮，旌節曉夕有聲。旋染疾，謂判官苗田曰："東美何故頻見夢中乎?"數日而卒。苗攝大使，行禮。薛張襯（櫬）還及青州，東美乃請告至驛，素服奠，哀號撫棺，一慟而卒。情緣相感，頗爲奇事。（《南部新書》庚卷；《太平廣記》卷二七四引《杼情集》）

唐僖宗之狩於岷蜀也，黄巾尚遊魂於三輔。中和辛丑歲，詔丞相晉國公王鐸爲諸道行營都統……秋七月，鐸至滑，都監次於臨汝。郡當兵道，郵傳皆焚，乃舍於龍興北禪院。（《太平廣記》卷一二三引《三水小牘》）

【勸王氏入貢寵予以官作辭命篇】 争霸圖王事總非，中原失統可傷悲。往來賓主如郵傳，勝負干戈似局棋。周粟縱榮寧忍食，葛廬頻顧謾勞思。江山有待早歸去，好向鷦林擇一枝。（《全唐詩》卷七六一詹敦仁）

【《商於驛記》後序】 有唐都長安三百年，商於爲近輔，地望雄劇，亞于同華。其擇用郡守皆尚書名郎，曁諸寺少列入拜中丞、諫議者，往往有之。自大曆、貞元之後，王室微弱，李希烈陷大梁，李錡繼叛，由是汴路或不通焉。吴越、江淮、荆湘、交廣郡吏上計，皇華宣風，憧憧往來，皆出是郡，蓋半天下矣。故郵傳之盛，甲於它州。會昌中，刺史吕公領是郡，新是驛，請翰林學士承旨户部侍郎韋琮文其記，太子賓客柳公權書其石，秘書郎李商隱篆其額，皆一時之名士也。觀其文，不獨記斯驛之盛，大率頌吕公之政耳。自唐風不競，鼎入于梁，長安廢爲列藩，商於化爲小郡，軺車罕至，傳舍孔卑，古驛無餘，遺文空在。（《王黄州小畜集》卷二〇）

【故翰林侍讀學士……兵部尚書楊公（徽之）行狀】 許昌地接京輔，當四通五達之郊，郵傳交馳，冠蓋相望。公勵精爲治，盡公無私，餞勞之勤，日不暇給。（《武夷新集》卷一一）

【余頃從穰下移莅河陽洎出中書復領分陝惟兹二鎮俯接洛都皆山河襟帶之地也每凴高極望思以詩句狀其物景久而方成四絶句書於河上亭壁】

堤草惹煙連野緑，岸花經雨壓枝紅。年來多病辜春醉，惆悵河橋酒旆風。

蟬鳴日正樹陰濃，避暑行吟獨杖笻。却愛野雲無定處，水邊容易聳奇峰。

岸闊檣稀波渺茫，獨憑危檻思何長。蕭蕭遠樹疏林外，一半秋山帶夕陽。

暮天寥落凍雲垂，一望危亭欲下遲。臨水數村誰畫得，淺山寒雪未銷時。(《忠愍公詩集》卷中)

(五) 漢唐館驛

館驛

《説文》云：館，客舍也。從食，官聲。

《周禮》曰：五十里有市，市有館，館有積，以待朝聘之客。(《太平御覽》卷一九四)

《廣雅·釋宫》云：館，舍也。《桂苑》云：客舍也，待賓之舍曰館。《開元文字》云：凡事之賓客，館焉舍也。館有積，以待朝聘之官是也。客舍，逆旅名，候館也。公館者，公宫與公所爲也。私館者，自卿大夫以下之家。

《禮記》曰：舊館人之喪，脱驂而賻。

《左傳》曰：敢辱大館。又《(左傳)莊公》曰：楚令尹子元欲蠱文，夫人爲館於其宫側，而振萬焉。萬儛。

又《(左傳)僖(公)上》曰：改館晉侯，饋七牢焉。《詩·國風·鄭·緇衣》曰：適子之館兮還，予授子之粲兮。又《大雅》云：篤公劉于豳斯館。《周禮·地官·司徒下》云：國野之道，十里有廬，廬有飲食。三十里有宿，宿有路室，路室有委。五十里有市，市有候館，候館有積。注云：候(館)，樓館，可以觀望也。又《秋官·司寇下》云：凡諸侯入，王則逆勞於畿，及郊勞，視館。注云：視館，致館也。

又《司儀》云：主君郊勞，交擯三辭車，送拜三揖三辭受拜。車送三辭，再拜。致館,亦如之。注云:館,舍也,使大夫授之,君又以禮親致之。《儀禮·聘禮》云:卿致館。注云:致,至也,至此館,主人以禮致之,所以安之也。

又《環人》云:掌送迎邦國之通賓客,以路節達諸四方,舍則授館。

又云:至于國賓入館,次於舍門。注云:次待事於客。

《儀禮》:公食大夫禮云:有司卷三牲之俎,歸於賓館。注云:牲之俎,正饌尤尊,盡以歸,尊賓之至也。

又《聘禮》云:厥明,訝迎於館。注云:此訝下大夫,以君命迎賓,謂之訝迎。亦皮弁也。

《禮記·曲禮上》云:問疾弗能遺,不問其所欲。見人弗能館,不問其所舍。

又《檀弓上》云:賓客至,無所館。夫子曰:生於我乎館,死於我乎殯。

又云:子貢曰:於門人之喪未有所説。驂於舊館,無乃以重乎。

又曾子問云:卿大夫之家曰私館。公館,與公所爲曰公館。注云:公館,若今縣官舍也。

《左傳·莊元年》經云:夏,單伯送王姬。秋,築王姬之館於外。注云:公在諒闇,慮齊侯當親迎,不忍便以禮接於廟,又不敢逆王命,故改築舍於外也。

又《僖三十年》傳云:晉分曹衛之田,公使臧文仲往,宿於重館。重館人告曰:晉新得諸侯,必親其恭。不速行,將無及也。

又《襄三十一年》傳云:子産相鄭,鄭伯如晉。晉侯以我喪,故未之見也。子産使壞其館之垣,而納車馬。士文伯讓之曰:敝邑以政刑之不脩,寇盜充斥,是以令吏人完客所館。今吾子壞之,其若異客何?子産曰:僑聞之,文公之爲盟主也,宫室無觀甲庫臺榭,以崇大諸侯之館。今銅鞮之宫數里,而諸侯舍於隸人,門不容車,不可踰越。士文伯不能對。晉侯見鄭伯有加禮,厚其宴好而歸之,乃築諸侯之館。

又《昭十三年》傳云:宣子謂叔向曰:子能歸季孫乎?對曰:不能,鮒也能。乃使叔魚見季孫曰:鮒聞諸吏將爲子除館於西河,其若之何且泣?

又曰:叔孫所館,雖一日必葺其牆屋,去之如始至。

《漢書》:薛宣子惠爲彭城令。宣過之,橋梁郵驛不脩,宣知其不能。

又《郊祀志》曰:孫卿曰:仙人可見。上往常遽,以故不見,今陛下可爲館如維(緱)氏城,置脯酒,神人可致。且仙人好樓居。於是上令長安作飛廉、桂館,甘泉作延壽館。

又曰:鄭莊置驛,以延賓客。

又曰:公孫弘起徒步,數年至宰相,封侯,於是起客館,開東閤,以延賢人,與参謀議。

又《元后傳》曰:王莽又知太后婦人厭居深宫中,莽欲娱樂以示其權,乃令太后四時車駕巡狩四郊,存見孤寡婦人。春幸繭館,率皇后列侯夫人桑,遵霸水而祓除。

又《外戚傳》曰:成帝許美人在上林鹿館,數召入飾室中。元延二年,懷子。

《漢書·叙傳》述《元紀》云:宫不新館,陵不崇墓。又《揚雄傳·長楊賦》云:張網置罘,捕熊、豪猪、犺、玃、狐、兔、麋、鹿,載以檻車,輪長楊射熊館。

又《羽獵賦》云:於是禽殫中衰,相與集於靖冥之館。

《魏志》曰:文昭甄宣后,明帝母也。后已早廢。父逸,上蔡令,早卒。及明帝即位,追封逸爲上蔡侯,謚敬侯。適孫蒙,襲爵,薨。子暢嗣,上爲暢起大第,車駕自臨之,故《世説》曰:魏明帝爲外祖母築館於甄氏,自行視,謂左右曰:館當以何爲名?侍中繆襲對曰:陛下聖恩齊於哲王,罔極過於曾閔。此館之興,情鍾舅氏,宜以渭陽爲名。

《魏書》曰:帝於後園爲母起觀及宫,名其里曰渭陽里。

《晉書·天文志》云:傳舍九星在華善上,近河。賓客之館,主胡人入中國。客星守之,備奸使,亦曰胡兵起。

《宋書·文帝本紀》云:帝臨玄武館,閲武。

又《隱逸·雷次宗傳》云:徵詣京邑,爲築室於鍾山西巖下,謂之招隱館。

《齊書·褚伯玉傳》云:高帝即位,手詔吴會二郡,以禮迎伯玉。伯玉辭疾。上不欲違其志,敕於剡白石山立太平館以居之。

《梁書·高祖紀》云:大統(同)七年,幸於宫城西,立士林館,延集學徒,置集雅館,以招遠學。

《冲虚真經·黄帝》云:黄帝於是放萬機,舍寢室,去直侍,徹鍾縣,減厨膳,退而閑居大庭之館,齋心服形,三月不親政事。

《漢武帝故事》云:上自封禪後,夢高祖坐明堂,群臣亦夢(想),於是祀高祖於明堂,以配天。還,作高陵館。

《郡國誌》:台州仙石山有館,土人謂之黄公客堂。堂兩邊有石步廊,觸石雲起，崇朝必有雨。有四竿笏竹，風吹自成音，拂石皆浄，即王方平遊處。

《荆州圖記》云：襄陽縣南水行四十里，陸道六十里，有桃林館。

《建康地記》云：顯仁館在江寧縣東南五里青溪中。橋東湘宫巷下，古高麗使處。

《西京雜記》云：公孫弘自以布衣爲宰相，乃開東閤，營客館，以招天下之士。其外曰欽賢館，以待大賢；翹材館，以待大材；接士館，以待國士。

又曰：梁孝王遊於忘憂之館，進諸游士，各使爲賦。隱訣易遷館含真臺，有女真二人爲主，一曰張微子，二曰傅禮和。

傳舍

《釋名》曰：傳，傳也。人所止息而去，後人復來，轉相傳，無常人也。

《史記》：藺相如爲趙王奉璧使秦，秦王舍之廣成傳舍。古縣也。或云：秦始皇因爲望海臺。

《傳載》曰：鄭審開元中爲殿中侍御史，充館驛使，令每傳舍立十二辰候，自審始也。

亭

《釋名》曰：亭，停也，人所停集也。

《風俗通》曰：謹案：《春秋》、《國語》有寓望，謂金（今）亭也，民所安定也。亭有樓，從高省，丁聲也。漢家因秦，大率十里一亭。亭，留也。今語有亭留、亭待，蓋行旅宿食之所館也。亭，亦平也。民有訟諍，吏留辯處，勿失其正也。

《漢書·項羽傳》曰：烏江亭長艤舡待羽。

又曰：武帝元封元年，幸緱氏，登太室，上聞萬歲聲者三，故立萬歲亭。

又《韓信傳》曰：信從下鄉南昌亭長食。張晏曰：下鄉，屬淮陰。亭長妻苦之，乃晨炊蓐食。

又曰：李廣嘗從一騎至霸陵亭，霸陵尉醉呵止，廣宿亭下。

高允《塞上公亭詩序》曰：延和三年，余赴京師，發石門，北行失道，夜寓宿代之快馬亭。其俗云：古塞上翁所貴之邑也。曰：公有良馬，因以命之，此其所貴也。負長城而面南山，皋潭帶其側，湧波灌其前。停騑策以流目，抱遺風以依然。仰德音於在昔，遂揮毫以寄言。代人云：塞上公姓李，代之李氏，並其後也。

潘岳《傷弱子》曰：惟元康二年春三月壬寅，弱子生夏五月，余之長安。壬寅，舍于新安之千秋亭，甲辰而弱子失。越翌旦，乙巳，瘞于亭。

按，以上二條《御覽》中華書局影印本無，據《御覽》庫本輯入。

《續漢書》曰：靈帝到夏門亭，使竇武持節，以玉青蓋迎入殿中。

又曰：蔡邕避難在吴，告人曰：吾昔至會稽高遷亭，見竹椽，從東間數第十六，可以爲籥。取用，果有異聲。

《東觀漢記》曰：王郎起，光武自薊東南馳，晨夜至饒陽蕪蔞亭。時天寒，衆皆飢。馮異上豆粥。

又曰：趙孝父爲田禾將軍。孝嘗從長安來，欲止亭。亭長難之，言有貴客過，掃灑，不欲穢污地，良久，乃聽止。吏因問曰：田將軍子從長安來，何時發？幾日至？孝曰：尋到矣。

張璠《漢記》曰：楚曄爲天水太守，之官，與故太守喪會于隴亭。堂吏移喪避曄，曄讓喪於正堂，關西稱之。

謝承《後漢書》曰：倉梧廣信女子蘇娥行，宿鵲巢亭，爲亭長龔壽所殺，及婢致富，取財物，埋置樓下。交阯刺史周敞行部。宿亭，覺壽奸罪，奏之，殺壽。《列異傳》云鵠奔亭。

《漢官典職》曰：洛陽二十四街，街一亭，十二城門，門一亭。

《魏略》曰：從長安至大秦，人民連屬，十里一亭。

《魏書》曰：元皇后以漢延嘉三年二月，生齊郡白亭，有黄氣滿室，移日不散。

王隱《晉書》曰：徐苗字叔胄，高密淳于人也。（事）曾祖寧，至行感靈。夜，有神人告亭欲崩，苗出亭崩，得免。

又曰：王羲之初渡江，會稽有佳山水，名士多居之。與孫綽、許詢、謝尚、支遁等宴集於山陰之蘭亭。

崔鴻《十六國春秋》曰：慕容垂請入鄴城拜廟，苻（登）不許。乃潛服而入，亭吏禁之，垂怒，斬吏燒亭而去。

沈約《宋書》曰：孔甯子與王華並有富貴之願，自徐羨之等秉權，日夜搆之於太祖(曰):甯子嘗東歸,至金昌亭,左右欲泊船,甯子命去之,曰:此弑君亭,不可泊也。

又曰:徐湛之爲廣陵郡守,善爲政,威惠並行。廣陵城舊有高樓,湛之更加脩整,更起風亭月觀、吹臺琴室,果竹繁茂,花藥成行。

《帝王世紀》曰:桀敗於鳴條之野。案:《孟子》,舜卒鳴條,乃在東夷之地。或言陳留平丘,今有鳴條亭,在安邑之西。

《世説》曰:過江諸人每至暇日,輒相要出新亭,藉卉飲宴。周侯(顗)在坐,而歎風景不殊,舉目有江河之異。皆相視流淚。唯丞相愀然變色曰:當共戮力王室,尅復神州,何至作楚囚相對泣耶!

《夢書》曰:亭爲積功,民所成也。夢築亭者,功積成也。夢亭壞敗,恩澤傷也。

韋耀《雲陽賦》曰:八鄉九市,亭侯三六。列樹表塗,路有廬宿。

《丹陽記》曰:京師三亭:新亭,吴舊亭也。故基淪廢,隆安中,有丹陽尹司馬恢移創今地。謝石創征虜亭,三吴揩紳創治(冶)亭,並太元中。

《尋(丹)陽記》曰:稽亭北瞰大江,南望高嶽,淹留遠客,因以爲名焉。

劉楨《京口記》曰:劫亭湖亭通阿湖陵郡,治丹徒縣,八縣來往,經過此湖。中多劫,於邊立亭,因以爲名。

裴淵明《廣州記》曰:尉佗築臺,以朔望升拜,號爲朝拜臺。傍江構起華館,以送陸賈,因稱朝亭。

《永嘉記》曰:樂城縣三京亭,此亭是祖送行人之所。

王韶之《始興記》曰:洵水源有堯山,長嶺衡亘,遠望如陣雲。山下有平陵,陵上有古大堂基十餘處,雖已夷漫,而猶可識,謂曰堯故亭。父老相傳,堯南巡登此山,故亭即其行宫。

《三齊略記》曰:曲城齊城東有萬歲水,水北有萬歲亭,漢武帝所造。

伏琛《齊地記》曰:平壽城西北有平望亭,亦古縣也。或云秦始皇因爲望海臺。

《莊子》曰:仁義者,先王之蘧廬也。注:傳舍也。

華延儁《洛陽記》曰:城内都亭、華林、奉常、廣世、昌益、廣莫、定陽、遮要、暴室、廣陽、西明、萬歲、文陽、東明、視中、東因、建奉、止奸、德宫、東陽、千秋、安衆、孝敬、清明二十四亭。河陰界東出户鄉亭、南泉亭、街郵亭。

孔曄《會稽記》云:江夏太守宋輔,於重山南白樓亭立學教授。

又《郡國志》云：沛國桓儼避地至會稽，聞陳業賢，而往候之，不見。臨去，入交州，留書，繫白樓亭柱而别。

《鄱陽記》曰：白雲亭，在縣西南，旁對干越亭而峙焉。跨古城之危，瞰長江之深。隋州刺史劉長卿題詩曰："孤城上與白雲齊。"因以白雲爲名。

《豫章記》曰：徐孺子墓在郡南十四里，曰白杜(社)亭。吴嘉禾中，太守長沙徐熙於墓遂種松，太守南陽謝景於墓側立碑。永安中，太守梁郡夏侯嵩於碑邊立思賢亭、松碑亭，今並在。松大合抱，亭世世脩治，至今謂之謝君亭。

《越絶書》曰：女陽亭者，勾踐入宦於吴，夫人從，道産女於亭，養於雋(檇)李，謂之語兒鄉。

《郡國志》：皇甫謐云：鳴條之野，立鳴條亭。

又曰：凉州候馬亭，貳師伐大宛，得天馬，感西風，頓羈而逸，至燉煌北塞下，鳴而去，貳師候於此，遂名之。

又曰：韶州湰溪里，有三楓亭。

又曰：濟州周首亭，即埋長狄喬如首於山西是也。

又曰：冀州華陽亭，即嵇叔夜學琴於此。

又曰：幽州督亢亭，即荆軻以地圖獻秦處。

又曰：郴州武丁岡有欒亭，即太守欒巴所建也。

又曰：柯亭，一名千秋亭，又名高遷亭。《會稽記》云：漢議郎蔡邕避難，宿於此亭，仰觀椽竹，知有奇響，因取爲笛，果有異聲。

又曰：潤州覆舟山，有閬風亭。

《襄江記》：峴山亭在襄陽縣東一十里，今基迹尚存。

《兩京新記》曰：西京苑内有望雲亭、鞠埸亭、柳園亭、真興亭、神皋亭、園桃亭、臨渭亭、永泰亭、南昌園。園北昌國亭、流杯亭、青門亭，(即)召平種瓜之所也。

又曰：東京上陽宫有曜掌亭、九洲(州)亭。

又曰：東都苑内有金谷亭、凝碧池。

《建康記》曰：止馬亭在飛猨嶺口，馬之登降，於此止息，故名之。(《太平御覽》卷一九四)

(唐憲宗元和元年正月)壬辰，復置斜谷路館驛。(《舊唐書》卷一四《憲宗紀

上》)

(唐憲宗元和四年冬十月,以)内官宋惟澄、曹進玉、馬朝江等爲行營館驛糧料等使。京兆尹許孟容與諫官面論,征伐大事,不可以内官爲將帥,補闕獨孤郁其言激切。(《舊唐書》卷一四《憲宗紀上》)

(唐敬宗寶曆二年正月)辛巳,興元節度使裴度奏修斜谷路及館驛,皆畢功。(《舊唐書》卷一七《敬宗紀》)

(唐懿宗咸通五年五月丁酉制):"潭、桂兩道,各賜錢三萬貫文,以助軍錢,亦以充館驛息利本錢。"(《舊唐書》卷一九上《懿宗紀》)

(唐僖宗乾符元年冬十二月),西川節度使高駢奏:"奉敕抽發長武、鄜州、河東等道兵士赴劍南行營者。伏以西川新軍舊軍差到已衆,况蠻蜑小丑,必可枝梧。今以道路崎嶇,館驛窮困,更有軍頓,立見流移,所謂望一處完全而百處俱破。"(《舊唐書》卷一九下《僖宗紀》)

(唐肅宗至德中,第五琦)遷户部侍郎,兼御史中丞,專判度支,領河南等道支度都勾當轉運租庸鹽鐵鑄錢、司農太府出納、山南東西江西淮南館驛等使。(《舊唐書》卷一二三《第五琦傳》)

(王承元)欲效忠于國……天子嘉之,授銀青光禄大夫、檢校工部尚書、兼滑州刺史、義成軍節度鄭滑觀察等使。鄰鎮以兩河近事諷之,承元不聽,諸將亦悔。及起居舍人柏耆齎詔宣諭滑州之命,兵士或拜或泣。承元與柏耆於館驛召諸將諭之,諸將號哭諠譁。(《舊唐書》卷一四二《王武俊傳》)

(唐憲宗元和)四年,王承宗叛,詔以承璀爲河中、河南、浙西、宣歙等道赴鎮州行營兵馬招討等使,内侍省常侍宋惟澄爲河南陜州、河陽已來(東)館驛使,内官曹進玉、劉國珍、馬江朝等,分爲河北行營糧料館驛等使。諫官、御史上疏相屬……憲宗不獲已,改爲充鎮州已來招撫處置等使。(《舊唐書》卷一八四《吐突承璀傳》)

楊國忠入相，素與(吉)温交通，追入爲御史中丞，仍充京畿、關内採訪處置使。温於范陽辭，禄山令累路館驛作白紬帳以候之，又令男慶緒出界送，攏馬出驛數十步。及至西京，朝廷動静，輒報禄山，信宿而達。(《舊唐書》卷一八六下《吉温傳》)

監察御史十五人，正八品下……初，開元中，兼巡傳驛。至二十五年，以監察御史檢校兩京館驛。大曆十四年，兩京以御史一人知館驛，號館驛使。監察御史分察尚書省六司，繇下第一人爲始，出使亦然。興元元年，以第一人察吏部、禮部，兼監祭使；第二人察兵部、工部，兼館驛使；第三人察户部、刑部，歲終，議殿最。元和中，以新人不出使，無以觀能否，乃命顓察尚書省，號曰六察官。(《新唐書》卷四八《百官志三》)

節度使、副大使知節度事、行軍司馬、副使、判官、支使、掌書記、推官、巡官、衙推各一人，同節度副使十人，館驛巡官四人。(《新唐書》卷四九下《百官志四下》)

(梁敬)翔好讀書，尤長刀筆……太祖比不知書，章檄喜淺近語，聞翔所作，愛之……署館驛巡官，俾專掌檄奏。(《舊五代史》卷一八《敬翔傳》)

先是帝在鳳翔日，有瞽者張濛自言知術數……及帝移鎮河東，甚懼，問濛。濛曰："王保無患。"王思同兵至，又詰之。濛曰："王有天下，不能獨力，朝廷兵來迎王也。王若疑臣，臣唯一子，請王致之麾下，以質臣心。"帝乃以濛攝館驛巡官。(《舊五代史》卷四六《末帝紀上》)

司空頲，貝州人，唐僖宗時舉進士，不中。屬天子播遷，三輔大亂，乃還鄉里。羅紹威爲節度副大使，頲以所業干之，幕客公乘億爲延譽。羅弘信署爲府參軍，辟館驛巡官。(《舊五代史》卷七一《司空頲傳》)

(後晉出帝天福十二年四月)丁卯，以河東都巡館驛、沿河巡檢使閻萬進爲嵐州刺史，領朔州節度使，充嵐、憲二州義軍都制置。(《舊五代史》卷九九《高祖紀上》)

（尹拙）梁貞明五年舉三史，調補下邑主簿，攝本鎮館驛巡官。後唐長興中，召爲著作佐郎、直史館。（《宋史》卷四三一《尹拙傳》）

館驛巡官鄧洵美，與翰林學士李昉同年進士。會昉使行逢，召至傳舍，與話終日。行逢疑其泄己陰事，黜爲易俗場官，潛遣殺之，由是士流不附。（《宋史》卷四八三《湖南周氏世家》）

（唐德宗貞元十年五月，陸贄上言：）"又當今郡府，多有軍兵，所在封疆，少無館驛。示人疑慮，體又非弘，乞更賜裁審。"（《資治通鑑》卷二三四）

（唐憲宗元和元年九月，高）崇文入成都……斬（劉）闢大將邢泚、館驛巡官沈衍，餘無所問。（《資治通鑑》卷二三七）

（唐懿宗咸通四年八月），敕以閤門使吴德應等爲館驛使。臺諫上言："故事：御史巡驛，唐中世置閤門使，以宦者爲之，掌供奉朝會，贊引親王、宰相、百官、蕃客朝見辭。唐初中書通事舍人之職也。玄宗開元中，以監察御史兼巡傳驛。至二十五年，以監察御史檢校兩京館驛。大曆十四年，兩京以御史一人知館驛，號館驛使。宋白曰：元和初征劉闢，郵傳多事，憲宗命中人爲館驛使，監察御史薛存誠及諫官相繼論奏，罷之。不應忽以内人代之。"上諭以敕命已行，不可復改。（《資治通鑑》卷二五〇）

初，宣武都指揮使朱珍與排陳斬斫使李唐賓，勇略、功名略相當，全忠每戰，使二人偕往，無不捷。然二人素不相下。珍使人迎其妻於大梁，不白全忠。全忠怒，追還其妻，殺守門者，使親吏蔣玄暉召珍，以漢賓代總其衆。館驛巡官馮翊敬翔諫曰："朱珍未易輕取，恐其猜懼生變。"全忠悔，使人追止之。珍果自疑。（《資治通鑑》卷二五七）

（後梁太祖乾化二年三月，）館驛使徐玠使於吴越。道過宣州，（徐）温使玠説（李）遇，入見新王。（《資治通鑑》卷二六八）

（後梁末帝貞明五年夏四月戊戌朔，楊隆演即吴國王位，大赦，改元武

義，建宗廟社稷，置百官宫殿，以）掌書記殷文圭爲翰林學士，館驛巡官游恭爲知制誥。（《資治通鑑》卷二七〇）

（宋太宗太平興國三年八月）癸酉，杖殺詹事府丞徐選，坐督曹濮州軍儲，受賕不法，爲館驛吏所訴，鞫之得實故也。（《續資治通鑑長編》卷一九）

（宋太宗淳化元年正月庚寅，命）左正言宋鎬、右正言王世則使交州……宋鎬等抵交州境……凡宿泊之所，皆有茅舍三間，營葺尚新，目爲館驛。（《續資治通鑑長編》卷三一）

（宋真宗景德三年八月）癸未，詔以來年春朝謁諸陵……所至州縣但增飭館驛，不得更建行宫。（《續資治通鑑長編》卷六三）

（宋仁宗慶曆二年八月）戊子，出内藏庫緡錢十萬，修北京行宫……其自京至德清軍行宫、館驛、廨署，亦量加葺治。（《續資治通鑑長編》卷一三七）

（宋仁宗熙寧五年秋七月），樞密院奏："代州牒，北界言邊吏侵暴事，又北界牒言雄州修館驛，作箭窗、女牆、敵樓生事。"王安石曰："此誠生事。"上言："非敵樓箭窗。"安石曰："縱非敵樓、箭窗，不知館驛創立四角砌臺，又作女牆及牆窗何用？若依自來修蓋，有何所闕？"上令依前降指揮拆毁。（《續資治通鑑長編》卷二三五）

（宋神宗熙寧七年三月）癸亥，遼使蕭禧辭於崇政殿，上面諭："蔚、應、朔三州地界，俟修職官與北朝職官就地頭檢視定奪……白溝館驛亦俟差人檢視，如有創蓋樓子、箭窗等，並令拆去，創屯兵級並令抽回……"（《續資治通鑑長編》卷二五一）

（宋神宗熙寧七年四月）甲午，河東路同商量地界秘書丞吕大忠言："伏見北使蕭禧至闕，争辨地界……如白溝館驛，本待兩朝信使往來，隨宜增蓋屋宇，及安牆眼，此乃常事，北朝不欲存留，已令毁拆……"（《續資治通鑑長編》卷二五二）

（宋神宗元豐七年十月）庚午，大名府路安撫司言："近以修閉水口，發德、博州夫萬二千。今水口已塞，欲因此夫修厢軍營，及築上下水關。"詔："食庫、館驛舍等，令轉運司依先降指揮……"（《續資治通鑑長編》卷三四九）

（宋哲宗元祐元年四月，殿中侍御史吕陶奏疏論差役利害云：）"未助役已前，凡官員初到，置買動使器用，或修葺倉庫、廨舍、館驛、亭堠、渡船等，並於役人體上圓融，合費錢十貫，則須科二十貫；合用木十段，則須買二十段。乘其嬴（贏）餘，别作破用……"（《續資治通鑑長編》卷三七六）

（宋高宗紹興十六年五月）甲寅，白州民家木偶土地神，自館驛前相持入商税務，州人聚觀之。兵馬都監葉某怒，投之江中，乃止。其後未踰歲，守臣趙不易與僚屬死者六人。此據《百衲叢談》。（《建炎以來繫年要録》卷一五五）

（鍾傳好學重士）。諸葛浩素有詞學，嘗爲泗州館驛巡官。仰傳之風，因擇其所行之事赫赫可稱者十條，列於啓事，以投之十啓，凡五千字……遂以五千貫贈。（《五代史補》卷一《鍾傳重士》）

【論度支令京兆府折税市草事狀】 臣等謹檢京兆府應徵地税草數，每年不過三百萬束。其中除留供諸縣館驛及鎮軍之外，應合入城輸納，唯二百三十萬而已。百姓般運已甚艱辛，常逼春農，僅能得畢。（《全唐文》卷四七五陸贄）

苴咩城，上音斜，下符差切。從安南府城至蠻王見坐苴咩城，水陸五十二日程。只計日，無里數。從安南上水至峰州兩日，至登州兩日，至忠誠州三日，至多利州兩日……至沙雌館一日，至曲館一日，至沙却館一日，至求贈館一日，至雲南驛一日，至波大驛一日，至白嚴驛一日，至龍尾城一日。

自西川成都府至雲南蠻王府州縣館驛，江嶺開塞，並里數，計二千七百二十里。從府城至雙流縣二江驛四十里，至蜀州新津縣三江驛四十里，至延貢驛四十里，至臨卭驛四十里，至順城驛五十里，至雅州百丈驛四十里，至名山縣順陽驛四十里。

雲南蠻界從嶲州俄淮嶺七十里至菁口驛，三十里至芘驛，六十里至會川鎮，差蠻三人充鎮，五十五里至目集館，七十里至會川，有蠻充刺史，稱會川都督……至清渠鋪八十里……以上一十九驛，計一千五十四里。

從石門外出魯望昆州，至雲南，謂之北路，黎州清溪關，出邛部，過會通，至雲南，謂之南路。從戎州南十日程至石門，上有隋初刊記處，云："開皇五年十月二十五日，兼法曹黄榮，領始、益二州石匠，鑿石四孔，各深一丈，造偏梁橋閣，通越析州、津州。"蓋史萬歲南征，出於此也。越析州，今西河、河東一日程，越析州，諾長故地也。津州，未詳其處。天寶中，鮮于仲通南溪下兵亦是此路，後遂閉絶。僅五十年來，貞元十年，南詔立功歸化，朝廷發使册命，而邛部舊路方有兆，吐蕃侵鈔，隔闕。其年七月，西川節度韋皋乃遣巡官監察御史馬益，閉石門路，量行館。石門東崖石壁，直上萬仞，下臨朱提江流，又下入地中數百尺，惟聞水聲，人不可到。西崖亦是石壁，傍崖亦有閣路，横闊一步，斜亘三十餘里，半壁架空，欹危虚險。其安梁石孔，即隋朝所鑿也。閣外至夔嶺七日程……凡從魯望行十二程，方始到柘東。（《蠻書》卷一）

盧絳，字晉卿，世爲南昌人。其父唐末仕南平王鍾傳，署館驛巡官，有子七人，絳乃其仲子也。（《江南野史》卷一〇《盧絳傳》）

有鄧洵美者，連郡人也。登進士第。將歸連，上箋，行逢署館驛巡官。洵美背傴，時謂之"鄧馱"。爲性迂僻，皆類其形，衆咸不悦之，故雖處幕府僚而食貧不暇給。（《三楚新録》卷二）

江文蔚，字君章，建安人，博學，工屬文。後唐明宗時擢第，爲河南府館驛巡官。坐秦王重榮事奪官，南奔烈祖，輔吴，用爲宣州觀察巡官。（《陸氏南唐書》卷一〇《江文蔚傳》）

游恭，建安人。登唐進士第。博學能文辭，有名於世。初爲鄂州杜洪掌書記。洪死來歸，署館驛巡官。武義改元，遷知制誥，無何卒。恭常奉命撰《烈祖墓誌》，詞極體要，時輩稱之，有《小東里集》三卷、《廣東里集》四卷。（《十國春秋》卷一一《游恭傳》）

新昌縣，東南二百二十里，十三鄉。唐末，錢鏐割據錢塘時，以去温州之道

路悠遠，此地人物稍繁，且無館驛，乃析剡縣一十三鄉，置新昌縣。(《太平寰宇記》卷九六越州)

姑蘇驛，舊名姑蘇館，在胥門裏河西城下，宋紹興十四年郡守王㬇建，又作臺於城上，以姑蘇名之。臺下有百花洲，洲東有射圃。

平望驛，在吴江縣南四十五里，唐屬吴興郡，爲水馬驛。西至南潯五十餘里，與烏程縣分界。開元間，蘇州耆民請於刺史吴從衆，割太湖、洞庭三鄉，與吴興易焉。又官河從平望驛北吴縣界，元和間，湖州刺史范傳正奉敕鳌開，又撥入蘇州吴縣。洪武元年，撥隸吴江縣。(《姑蘇志》卷二六)

凉館，在府治，米芾書。弋陽館。張祜題："一葉飄然下弋陽，殘霞昏日樹蒼蒼。葛溪謾淬干將劍，却是猿聲斷客腸。"(《方輿勝覽》卷一四建康府)

五柳館，在都昌縣棲隱寺，即淵明故宅。虚白館，在尋真觀之右，正當五老峰九叠屏之下。雙澗支流，别是一壺天也。歸去來館。在歸宗西五里，有陶公醉石。是館乃朱文公建。(《方輿勝覽》卷一七南康軍)

毛山驛。在萍鄉縣。朱元晦《書驛壁》："人言毛女住青冥，散髮吹簫夜夜聲。却是郵僮解端的，向儂説道野狐精。"(《方輿勝覽》卷一九袁州)

善謔驛。襄州有驛，名善却，唐之善謔驛也，乃淳于髠放鵠處。柳宗元《和劉禹錫善謔驛奠淳于先生》者，即此地。(《方輿勝覽》卷三二襄陽府)

冰清驛。姚彦遊詩："見説巴南一小州，孤城寂寞字江頭。"(《方輿勝覽》卷六八巴州)

青陽驛。在順政縣東五十里。石才孺詩："幸蜀奔波爲禄兒，聞鈴夜兩(雨)有餘悲。青陽一夕難高寢，黼幄千官減盛儀。"(《方輿勝覽》卷六九沔州)

樟亭驛，晏殊《輿地志》云："在錢塘縣舊治之南五里。"白居易有《宿樟亭驛》詩。羅隱乾符五年夏，登是驛看潮，有詩。廢。

郵亭驛，在朝天門外，中間改名天策。今爲昇陽宫。

仁和館，在清湖閘之東，紹興十九年，郡守湯鵬舉建。(《乾道臨安志》卷二)

州縣役人：衙前八十三人……明年，行募法，令人出免役錢。七年，州定長名，衙前一百一十七人，情愿投名，不請雇錢。雇募衙前三十七人，内主押綱運搬請官物三十三人，主持館驛四人。八年，減罷方山、太平、小箬三驛專知三人，存留漁溪一驛，每歲增支傭錢。(《淳熙三山志》卷一三)

隋文帝開皇四年正月，後梁主蕭巋來朝，次於郊外。詔廣平王楊雄、吏部尚書韋康持節以迎，衛尉設次於館驛，雄等降就便幕。(《通典》卷七四)

興元二(元)年十月四日敕："監察御史六人，承前所定，皆是從下次。舊例從下，又合出使。若一人出使，兼有故，則六察御史遞相移改。今請令監察從上第一人察吏部、禮部，第二人察兵部、工部，第三人察户部、刑部，每年終議其殿最。"……元和四年五月，御史臺奏："準舊例，監察御史從下第六人，各察尚書省一司。又準興元元年十月敕："令監察御史從上第一人察吏部、禮部，第二人察兵部、工部，第三人察户部、刑部。"伏以監察第一、第二人，已充監察御史及館驛等使，新人(除)出使外，並無職掌，無以觀其能否，今請守舊制，以新人分察。"從之。(《唐會要》卷六〇)

顯慶二年十一月，伊麗道行軍總管蘇定方大破賀魯於金牙山，盡收其所據之地，西域悉平。定方悉命諸部歸其所居，開通道路，别(列)置館驛，埋瘗骸骨，所在問疾苦。(《唐會要》卷七三)

貞元七年八月，商州刺史李西華請廣商山道，又别開偏道，以避水潦，從商州西至藍田，東抵内鄉，七百餘里皆山阻(險)，行人苦之。西華役工十餘萬，修橋道，起官舍。舊時每至夏秋，水盛阻山澗，行旅不得濟者，或數日糧絶，無所求糴。西華通山間道，謂之偏路，人不留滯，行者爲便。

太和二年二月，鄭州刺史楊歸厚奏："當州郭下管城(官路)，不置在州城内，使命往來，出入非便。伏請准汝州例，(置)驛路於城西。"敕旨宜依。

其年，定州奏："當管白石嶺南路，官驛險峻，請移於易州西紫荆嶺路修置。"從之。

開成元年四月，昭義節度使奏請開夷儀山路，通太原、晉州。從之。

(唐宣宗大中)四年六月，中書門下奏："山南西道新開路，訪聞頗不便人，近有山水，摧損橋閣，使命停擁，館驛蕭條。縱遣重修，必倍費力。臣等今日延英面奏，宣旨却令修斜谷舊路及館驛者……"敕旨依奏。

其年八月，山南節度使封敖奏："當道先准詔令臣檢討，却修置斜谷路者。臣當時差軍將，所由領官健人夫，併力修置道路橋閣等。去七月二十日畢功，通過商旅騾馬擔馱往來，七月二十二日，已具聞奏訖。其館驛先多摧毁破壞，併功修樹。今並已畢。臣已散牒緣路管界州縣，及牒鳳翔、劍南東西南(兩)川觀察使，並令取八月十五日以後，於斜谷路過使命。謹具如前。"敕旨宜依，仍付所司。(《唐會要》卷八六)

景德三年八月，詔以來春朝拜諸陵，凡百費用，以官物充。增修館驛，以備行宫。從臣百司，儲擬供御，並從省約。諸司需索，非有敕命，州縣不得供給……表章附厩置以聞。(《文獻通考》卷一二六)

【唐閶遷新社記】　唐攝館驛巡官前進士濮陽甯撰，書爲八分，不著名氏。(《寶刻叢編》卷一九)

【邵武軍建寧縣綏城驛記】　咸淳七年秋，知邵武建寧縣程侯作綏城驛新成，走書屬余爲記……晉以隸人之垣羸諸侯而人譏之。及高大諸侯之館，則衆附之，此其崇飾，勢不得不爲。漢以乘傳達命令于天下，唐以館驛使輸貢賦於中都，此其程督，亦勢不得不爲，而又皆以國家之力而爲之。雖未必果爲仁者之事，亦何俟士大夫克己之私，而後能爲之耶？我朝自朝廷而監司，而州而縣，脈絡相通，臂指相使，不事驛傳之督促，無待使指之旁午，惟在京置都亭驛，置班荆館，以待四夷來王之人，州縣則一切惟其自置，晏然與天下相安，此非迫於勢之不得不爲也……蓋程侯之事是已，侯稽舊驛之不存，閔至者之無歸，而新其驛九十楹，計縣帑之垂罄，核浮鹽之有羸，一毫不以自利，而用以建驛者，錢踰萬緡，此三代設候人，設野廬氏之盛心。(《黄氏日抄》卷八七)

察院諸廳，各有他名。禮察曰松廳，南有古松也。刑察曰魘廳，寢此多魇。兵察主院中茶，茶必是蜀之佳者，貯於陶器，謂之茶瓶廳。吏察主入朝人名籍，謂之朝簿。吏察之上則館驛使，又其上監察使，謂之察長。（《類説》卷一四《因話録》）

孫威敏（沔）治平中起自謫官，以觀文殿學士知慶州。至鄭州，會西使至。時威敏已授館。驛中州將白威敏徙居。曰："我大臣，可爲陪臣避耶？"已而使至，威敏大啓其門，設矮榻，偃卧堂上，鼓笛自若。西使至門，望而問之。左右曰："慶州孫經略也。"西人俛首而過。（《説郛》卷五〇王鞏《聞見近録》）

（唐文宗大和九年，宰臣李石）請於舊亭子兩邊，令京兆府量造小屋，餘停罷回，充修館驛，並昨所被誅戮數家家俱器用，並請勒度支送館驛充用。（《册府元龜》卷四六）

（唐文宗開成二年二月，帝御紫宸殿見宰臣。狄）兼謩曰："王堪比亦廉直，但耄已及之。鄧州疆土缺（闊），館驛多，須才力任持，方可集事。又數道防秋兵路出鄧州，饋餉之繁，不供是懼。"（《册府元龜》卷六九、卷一〇四）

（後唐明宗天成二年）九月戊午，北面屯戍上言："經夏戰馬多死。"是日，出内厩馬三百匹賜之。帝猶慮邊將憂慮，召來人慰諭之曰："盛夏酷熱，人尚多疾，其况馬邪？但令勉於王事，無以此爲恐。仍以槍劍賜其主將，又曰："沿路芻粟館驛相接，爾慎勿擾人。"（《册府元龜》卷一三六）

梁敬翔好讀兵書，善禮學，尤長刀筆，應用敏捷。舉進士，未第，遇黄巢陷長安，乃東出關。時太祖始鎮汴，有觀察支使王發，負才術，獨當委用。發與翔，鄉里親也，相遇甚喜，乃協力佐太祖，商榷利病，頗稱太祖意。繇是自進士奏爲光禄寺主簿，署館驛巡官……及太祖受唐禪，改樞密院爲崇政院，遂用翔知院事，實掌大政。（《册府元龜》卷三〇九）

第五琦乾元二年以户部侍郎平章事，判度支，領河南等道支度都勾當轉運租庸鹽鐵鑄錢司農太府出納山南東西江淮南館驛等使。（《册府元龜》卷三二九）

奚陟爲中書舍人……後爲刑部侍郎。時裴延齡惡京兆尹李充有能政，專意陷害之，誣奏充深結陸贄，數厚賂遺金帛。充既貶官，又奏充比者妄破用京兆府錢穀至多，請令比部勾覆，以比部郎中崔元翰陷充，怨惡贄也，詔許之。元翰曲附延齡，刻治府史。府史到者，雖無過犯，皆笞決以立威，時論喧然。陟乃躬自閲視府案，具得其實，奏言："據度支奏，京兆府貞元九年兩税，及已前諸色羡餘錢，共六十八萬餘貫，李充並妄破用。今所勾勘一千二百貫已來，是諸縣供館驛加破，及在諸色人户腹内，合收其斛斗共三十二萬石。惟三百餘石諸色輸納所由欠折，其餘並是準敕及度支符牒，應用已盡。"陟之寬平守法，多如此類。(《册府元龜》卷四五九)

裴夷(直)爲右拾遺。文宗太和元年正月，夷(直)與直史館李虞、集賢脩撰劉軻各罰一月俸，以送桂州觀察使劉栖楚至藍田縣，經宿方迴，爲監館驛御史所舉也。(《册府元龜》卷四八一)

武宗會昌元年赦曰："應州縣等每有過客衣冠，皆求應接行李，苟不供給，必致怨尤。刺史縣令，務取虚名，不惜百姓。夫蓄皆配人户酒食科率，所繇令虚通領狀，招領價錢。又陳設之物，遍擾閭里，蠹政害人，莫斯爲甚。宜委本道觀察使條流，量州縣大小及道路要僻，各置本錢，逐月收利。前觀察使、刺史、前任臺省官不乘館驛者，許量事供給……縣令已下親故以家口同行者，並須以料錢供給，不得擅配店户祗供。其所在食估，切宜禁斷。如有犯者，並以贓論，仍委御史臺及所在巡按，常加察訪。"(《册府元龜》卷四八四)

(唐穆宗長慶元年)四月己丑，河南尹韋貫之請以去年夏末至今年夏初供館驛外殘錢一萬三千五百八十貫，草九萬五百八十束，代百姓填元和十一年至十五年逋欠及今年夏税。從之。(《册府元龜》卷四九一、卷四八四)

(唐宣宗大中六年七月，考功奏：)"准《考課令》：凡官人申考狀，不得過兩紙。刺史縣令至於賦税畢集，判斷不滯，户口無逃散，田畝守常額，差科均平，廨宇修飾，館驛如法，道路開通，如此之類，皆是尋常職分，不合計課。自今已後，但云所勾當常行公事。"(《册府元龜》卷六三六)

裴度爲興元觀察使。寶曆二年，度奏修斜谷路及創造館驛畢。自京師氐(抵)漢中，列郵傳于駱谷久矣，而艱難阻險，人嘗病之。度既到鎮，因訪故老，熟其利害，遂决請移路於斜谷，橋梁館宇，克期而就，人心大愜。(《册府元龜》卷六七八)

胡裝爲魏州館驛巡官。未幾，授監察御史裏行，遷節度巡官，賜緋魚袋。尋歷推官，檢校員外郎。裝學書無師法，工詩非作者，僻於題壁，所至宫亭寺觀，必書爵里。人或譏之，不以爲愧。(《册府元龜》卷九一七)

遞鋪曰公驛。李商隱。又曰傳遽。《玉藻》。又曰行書之舍。《説文》。又曰驛傳。義山。遞角曰遞筩。《趙廣漢》。又曰音驛。義山。又曰飛郵。上。館驛曰傳舍。《續漢志》，知戀反。又曰蘧廬。《莊疏》五。又曰官秏。《晉令》。又曰候館。《周禮》。又曰郵亭。《趙孝》。看驛曰捉驛。《李嶠》。管馬遞鋪曰督郵之役。《郭太》。急遞曰疾置。《劉屈氂》。遞中白事曰傳遽以告。《左哀》。馬鋪曰厩置。《田儋》。又曰騎置。《前·西域》。召人令乘驛，曰以傳召某。《左襄》。又曰給傳。《漢崇敬》。又曰乘驛。《左襄》。鋪兵曰遽。《晉國語》。人當驛路，曰驛道所出。《王翊》。又曰郵傳劇道。《崔衍》。修驛舍曰繕理亭傳。《朱穆》。店曰廛邸。《裴炬》。又曰逆旅。《周昉》。店居曰處逆旅之宿。《史記》。驛中物壞曰碎于四方之手。杜牧。急報曰密驛輕郵。簡文《與李志書》。揀店舍曰擇家而息。晉潘岳《客舍議》。店舍事曰灑掃以待征旅。上。(《書敘指南》卷一五)

開元已前，有事於外則命使臣，否則止。自置八節度、十採訪，始有坐而爲使，其後名號益廣。大抵生於置兵，盛於興利，普於銜命。於是爲使則重，爲官則輕。故天寶末，佩印有至四十者，大曆中，請俸有至千貫者。今在朝有太清宫使、太微宫使、度支使、鹽鐵使、轉運使、知匭使、宫苑使、閑厩使、左右巡使、分察使、監察使、館驛使、監倉使……(《國史補》卷下)

裴均僕射之鎮襄州也，鄭滑館驛巡官裴弘泰先聘至驛，值彼大宴，客司漏名。及設定，令人召屈，遂奔至。均大不悦，因責之曰："君何後來？大涉不敬。"時酒已數籌，弘泰曰："都不見客司報宴，非敢怠慢。然叔父檢罪，請盡飲在坐器物，仍欲乞飲盡，賜弘泰上件器物，可否？"合坐皆壯之，均亦許弘泰。弘泰遂次第揭銀器飲之,飲訖,即置懷中。須臾盈懷,盤中餘一銀醖,受一斗已上,其酒亦滿,弘泰捧之而飲,均亦令人吏去醖覆中。飲訖,踏其醖,抱之而出,請索壯(牡)馬歸驛。(《玉泉子》)

天寶八年,館驛使宋緷(渾)奏移稠桑路,向晉王斜。(晉)王斜者,隋煬帝在藩邸,揚州往來經此路,蓋避沙路,費馬力也。(《南部新書》戊卷)

會昌葬端陵,蔡京自監察攝左拾遺行事。京自云:"御史府有大夫、中丞雜事者,總臺綱也。侍御史、殿中侍御史,有外彈、四推、太倉、左藏庫、左右巡,皆負重事也。況不常備,有兼領者。監察使有祠祭使、館驛使,與六察已八矣……"(《南部新書》己卷)

張侍郎爲河陽烏司徒從事,同幕皆是名輩。有道士殷九霞,來自青城山,有知人之鑒。烏公問以年壽官禄,九霞曰:"司徒貴極藩服,所望者秉持鈞軸,封建茅土,惟在保守勳庸,苞貯仁義,享福隆厚,殊不可涯。"既而遍問賓僚,九霞曰:"其間必有臺輔。"時烏公重一裴副使,應聲曰:"裴中丞是宰相否?"九霞曰:"若以目前人事言之,當如尊旨;以某所觀,即不在此。"時夏侯相國(孜)爲館驛巡官,形質低悴,烏因戲曰:"裴副使不作宰相,莫是夏侯巡官否?"對曰:"司徒所言是矣!"烏公撫掌而笑曰:"尊師莫錯否?"九霞曰:"某山野之人,早修直道,無意於名宦金玉,蓋以所見,任直(真)而道耳。"(《劇談録》卷上《道流相夏侯譙公》)

甲午歲,江西館驛巡官黄極子婦,生男子,一首兩身相背,四手四足……其年,節度使徐知詢卒。(《稽神録》卷四;《太平廣記》卷三六七引《稽神録》)

唐丞相鄒平公段文昌,負才傲俗……嘗佐太尉南康王韋臯,爲成都館驛巡官。忽失意,臯逐之,使攝靈池尉。羸童劣馬,奔迫就縣。(《太平廣記》卷一三八引《録異記》;《玉泉子》)

(前蜀後主王衍出幸天水,)前秦州節度判官蒲禹卿叩馬泣血,上表諫曰:"臣聞堯有敢諫之鼓……是以一人出行,百司參從。千群霧擁,萬衆星馳。當路州縣摧殘，所在館驛隘少，止宿尚猶不易，供須固是爲難。縱若就中指揮，自破屬省錢物，未免因依擾踐，觸處淩遲。”(《太平廣記》卷二四一引《王氏見聞録》;《鑒誡録》卷七《陪臣諫》)

先是，蜀郡秣陵與湘中嶺表交通往來，人使絡繹，所在館驛什物，皆鐫字云“迎送物”。及王師自峽路西入，倒戈以迎。南征廣州，望風而遁。及視公廨物，皆“迎送”字，乃迎宋之兆也，得非天命之先定乎！(《分門古今類事》卷一四引《紀異録》)

【故檢校工部員外郎任君(佶)墓誌銘】 君諱佶，字叔正，樂安人……以優授涇陽縣尉。會吐蕃犯都，代宗幸陝州，君召募吏人，保守佛寺，寇不敢逼。擢爲本縣令，充渭北十縣團練使。及駕還京，爲同列潛構，功不得論。僕射裴冕寃而奏之，得長安縣尉，轉本縣丞，歷太府寺丞。未幾，遷監察御史、京畿館驛使判官。(《李文公集》卷一四)

【進西北邊圖狀】 《京西京北州鎮烽戍道路等圖》一面……伏緣臣先畫《西極圖》，疆界闊遠，郡國繁多，若烽鎮館驛盡言，即山川榜帖太密，恐煩聖覽，不甚分明。愚臣數日之間，别畫一《京西京北州鎮烽戍道路等圖》已畢，纖毫必載，尺寸無遺。若邊上奏報煙塵，陛下便可坐觀處所。(《元稹集》卷三五)

【彈奏劍南東川節度使狀】 嚴礪又於管内諸州元和二年兩税錢外，加配百姓草，共四十一萬四千八百六十七束，每束重一十一斤。右臣伏准前後製敕及每歲旨條，兩税留州留使錢外，加率一錢一物，州府長吏並同枉法計贓。仍令出使御史訪察聞奏……嚴礪元和二年七月二十一日舉牒稱：“管内郵驛要草，於諸州和税錢上，每貫加配一束。至三年秋税，又准前加配，計當上件草。”臣伏准每年旨條，館驛自有正料，不合于兩税錢外，擅有加徵。况嚴礪元和三年舉牒，已云准二年舊例徵收，必恐自此相承，永使疲人重困。(《元稹集》卷三七)

【楊花】 暖景照悠悠，遮空勢漸稠。乍如飛雪遠，未似落花休。萬帶都門外，千株渭水頭。紛紜知近夏，銷歇恐成秋。軟著朝簪去，狂隨别騎遊。

旆衝離館驛,鶯撲繞宫樓。(《全唐詩》卷八三八齊已)

【送韓蜕秀才赴舉】 槐花館驛暮塵昏,此處分明吏部孫。才器合居科第首,風流幸是縉紳門。春和洛水清無浪,雪洗高峰碧斷根。堪想都人齊指點,列仙相次上崑崙。(《全唐詩》卷八四六齊已)

【唐故金紫光禄大夫檢校司徒行少府監河南方公(訥)墓誌銘】 公諱訥,字希仁,其先河南人……王國初建,署寧國軍節度館驛巡官,掌都統表奏。(《騎省集》卷一五)

【故唐内客省使知忠義軍檢校太傅尚公(全恭)羡道銘】 公諱全恭,字子初……祖慤,潤州館驛巡官,因家焉……先主器之,特加任使,凡所授職,皆與先達長者侔。勤以繼之,所至皆理。累遷至館驛副使。(《騎省集》卷三〇)

【府州勾招鞍馬空名敕書】 敕:"國家務推恩信,遠示招懷,聞彼邊陲,素多良駿……到日,支賜茶酒錢及厚給價直。已指揮經過州縣館驛,支給熟食草料,如法供待,務在豐盈。故兹示諭,想宜知悉。"(《元憲集》卷二八)

【申四路安撫使范資政乞於乾華州聽候朝旨狀】 某自潞州昨赴渭州……洙已於六月十日蒙制勘院責保,送渭州居住。見在館驛内下安置。(《河南集》卷二五)

【吴處士墓誌銘】 君吴氏,諱某,字某。其先建安大姓,曾大父諱某,建州長史。大父諱某,館驛巡官、檢校尚書吏部員外郎,皆江南李氏所置也。(《臨川先生文集》卷九四)

【武功驛留題】 霧卷馬蹄塵自起,東風送渡咸陽水。故園花木緑成圍,猶向關中見桃李。聞道春前雪最深,行人僵死薪如金。羲和不肯爲日馭,潛入北海分幽陰。長安今過何曾識?此度劉郎老於昔。終南入望眼長青,渭水翻波心更赤。只今身在選官圖,夢守麽麽五十餘。衣輕躍駿美年少,愛爾平時不讀書。(《跨鼇集》卷四)

【北行日録上】 （宋孝宗乾道五年十二月）二十五日，丙午，晴。五更，車行三十里，定興縣早食。縣本黄村，近以爲邑。今歲九月方築城，四旬畢工。雉堞甚整，獨門樓未起，驛舍亦創造，始待使客於此。又六十里，至涿州……州治在道西，門廡陋甚，館驛尤湫隘。（《攻媿集》卷一一一）

【紀年録】 月一日，公至燕，供帳飲饌如上賓。公義不寢食，乃坐達旦，雖示以骨肉而不顧，許以穹職而不從。南冠而囚，坐未嘗面北。留夢炎説之，被其唾罵。瀛國公往説之，一見北面拜號，乞回聖駕。平章阿哈瑪特入館驛，坐召公，公至則長揖就坐。平章云："以我爲誰?"公云："適聞人云宰相來。"平章云："知爲宰相，何以不跪?"公云："南朝宰相見北朝宰相，何跪?"（《文山集》卷二一）

【松江府修館驛疏】 本府館驛，乃前宋縣治之别室，至元年間始改今名，故堂宇卑陋，門廡湫隘。及兹歷歲既久，風雨漂摇，遂成廢壞，於延奉客使之禮不稱焉。今欲命工一新，以備壯郡之制。（《野處集》卷四）

【贈館驛劉巡官】 雲别青山馬踏塵，負才難覓作閒人。莫言館驛無公事，詩酒能消一半春。（《全唐詩》卷五五〇趙嘏）

【泊洞庭】 槐柳未知秋，依依館驛頭。客心俱念遠，時雨自相留。浪没貨魚市，帆高賣酒樓。夜來思展轉，故里在南州。（《全唐詩》卷八四八處中）

粤右亭鄣罷瘠不堪，除郵吏多不肯赴類署職者。常過永洛間一驛，卧室窗牖，風罅玲瓏。時方殘臘，因就車上，取迎送揭，令從人糊之，尚餘數十幅。次晨盡付署職者，笑語之曰："有使客過，可以此預糊之，勿令臨期。"其人叩謝去。又亭午，經一野館，小憩飯，無坐處，取舊竹椅折足者，用頹壁磚墊之，堅坐不敢動。（《粤西叢載》卷一七）

無逸嘗於黄州關山杏花村館驛，題《江城子》詞云："杏花村裏酒旗風。煙重重。水溶溶。野渡舟横。楊柳緑陰濃。望斷江南山色遠，人不見，草連空。　夕陽樓外晚燈籠。粉香融，淡眉峰。記得年年，相見畫屏中。只有

關山今夜月，千里外，素光同。”過者必索筆於館卒，卒頗以爲苦，因以泥塗之。(《苕溪漁隱叢話》後集卷三三引《復齋漫録》)

翟嗣宗尉臨淮，頗爲監司所窘，遂於臨淮館驛題《蜘蛛詩》。其序云：“偶見蜘蛛，因成四韻。”“織絲來往疾如梭，長愛騰空作網羅。害物身心雖甚小，漫天綱紀亦無多。林間宿鳥應嫌汝，簾外飛蛾亦懼他。莫學螳螂捕蟬勇，須知黄雀奈君何。”林子中時爲發運，過而見之，召而誚責，且戒以無爲浮薄，因薦之於朝云。(《苕溪漁隱叢話》後集卷三六引《復齋漫録》)

莘七娘，五代時人……明溪者，延汀接境要道，是有巡檢司驛，驛左七娘葬處。一夕，客假館驛。中夜，聞吟詩聲甚悲。客驚異，使反之，再誦琅然，其詞曰：“妾身本是良家女，幼習女工及書史。笄年父母常愛憐，遂使良人作鴛侶。五季亂離多寇盜，良人被命事征討。因隨奔逐道途間，忽染山氣命喪夭。軍令嚴肅行緊急，良人命没難收拾。獨將骸骨葬明溪，數尺孤墳空寂寂。屈指經今二百年，四時絶祀長蕭然。未能超脱紅塵路，妾心積恨生雲煙。”(《全閩詩話》卷一二)

(虢州)湖城。望，義寧元年置。乾元三年，更名天平。大曆四年，復舊。有故隋上陽宫，貞觀初置，咸亨元年廢。縣東故道濱河，不井汲，馬多渴死。天寶八載，館驛使、御史中丞宋渾開新路，自稠桑西由晉王斜。(《新唐書》卷三八《地理志二》)

鄭延禧。宋州館驛巡官。(《寶刻類編》卷六)

(唐憲宗元和元年九月，高崇文收成都府，擒劉)闢，檻送京師。在路飲食自若，以爲不當死。及至京西臨皋驛，左右神策兵士迎之，以帛繫首及手足，曳而入，乃驚曰：“何至於是？”或紿之曰：“國法當爾，無憂也。”(《舊唐書》卷一四〇《劉闢傳》)

(李)從鎰，元宗第八子。初封舒國公，改封蔣。太祖親征揚州，李重進遣從鎰朝行在，進封鄧王，出鎮宣州。後主宴餞綺霞閣，與近臣俱賦詩，而後主自爲序。及貶制度，降江國公。太祖以不朝來討，後主遣從鎰貢帛二十萬

四、白金二十萬斤。大兵悉以南渡，從鎰留京師，館懷信驛。（《陸氏南唐書》卷一六《后妃諸王列傳》）

鵝湖驛。在鉛山縣北門大義橋，雍正四年裁。

乾封驛。今廢，改爲永豐縣。

廣信遞運所。在闤闠門外通津坊。

玉山遞運所。在縣治西。（《江西通志》卷三五）

韋見素爲門下侍郎平章事。天寶十五年，玄宗幸蜀郡，見素與楊國忠脱身扈從。國忠素無學術，不知禮體，臨難惱懼，迫乘輿出城，道路略無儲備。玄宗至咸陽望賢宫，榛蕪蔽路，官吏四散，從官咸怨國忠。及次武功之馬嵬驛，右龍武軍將軍陳玄理（禮），素以忠正稱，乃奏國忠不臣，誅之。（《册府元龜》卷三一五）

【送朱進士赴舉】 漢家廉詔舉翹英，銀紵觀賓望斗城。北地高門傳玉節，西京舊學秘金籯。郵亭續食星軺急，嶺路馳烟月狖驚。幾日東歸榮晝錦，度關遥識棄繻生。（《景文集》卷一四）

【題須江驛】 寓館飄風雨，高文耀日星。驛有《賈黯碑》。閑身闗歷覽，左宦在零丁。不見雌雄行，事見子厚詩。空存長短亭。襄陽知漸近，峴首映寒坰。（《丹陽集》卷一九）

【題須江驛詩後】 歸來已負百花期，閑拂塵埃看舊詩。極目平蕪二千里，鄉心惟有杜鵑知。（《知稼翁集》卷上）

【題白沙鋪】 負郭可無三頃秫，蓋頭幸有兩間茅。還鄉且盡田家樂，舉世誰非市道交。村酒一杯澆磊塊，山程數驛更磽磝。羸驂莫怪歸鞭急，心在輕紅荔子梢。（《知稼翁集》卷上）

【獻花鋪唐相李德裕謫海南道此有山女獻花因以名之次壁間韻】 我亦乘桴向海涯，無人復獻雨中花。却愁春夢歸吴越，茗飲濃斟薄荷芽。（《梁

谿集》卷二三)

【商山路有感并序**】** 前年夏,予自忠州刺史除書歸闕。時刑部李十一侍郎、户部崔二十員外,亦自澧、果二郡守徵還,相次入關,皆同此路。今年,予自中書舍人授杭州刺史,又由此途出。二君已逝,予獨南行。追歎興懷,慨然成詠。後來有與予、杓直、虞平游者,見此短什,能無惻惻乎?儻未忘情,請爲繼和。長慶二年七月三十日,題於内鄉縣南亭云爾。

憶昨徵還日,三人歸路同。此生都是夢,前事旋成空。杓直泉埋玉,虞平燭過風。唯殘樂天在,頭白向江東。(《白居易集》卷二〇)

【送宣武從事越中按獄】 曉看呈使範,知欲敕星軺。水國難驅傳,山城便倚橈。(《全唐詩》卷六二三陸龜蒙)

【山南行】 我行山南已三日,如繩大路東西出。平川沃野望不盡,麥隴青青桑鬱鬱。地近函秦氣俗豪,鞦韆蹴鞠分朋曹。苜蓿連雲馬蹄健,楊柳夾道車聲高。古來歷歷興亡處,舉目山川尚如故。將軍壇上冷雲低,丞相祠前春日暮。國家四紀失中原,師出江淮未易吞。會看金鼓從天下,却用關中作本根。(《劍南詩稾》卷三)

【曉行】 官塘驛。篝燈驛吏唤人行,寥落星河向五更。馬上誰驚千里夢,石頭岡下小車聲。(《范石湖集》卷二)

【渡江之越宿蕭山縣】 昨夜大江舟,今宵小驛樓。隻身千里客,孤枕一燈秋。市酒難成醉,鄉書莫寄愁。胸中無史記,浪作會稽遊。(《真山民集》卷一)

(六)宋代遞鋪

遞鋪

(宋欽宗靖康元年,詔定諸録職田,)滿五千户縣丞、滿萬户縣簿、尉,巡轄馬遞鋪,縣、鎮、砦監當及監堰,三頃……不滿五千户縣簿、尉、巡轄馬遞鋪、縣、鎮、砦監當及監堰,二頃。(《宋史》卷一七二《職官志十二》)

(宋真宗大中祥符元年十月甲辰,)詔緣路急脚遞鋪,止當傳送文字。如聞使臣或遣負重以馳,咸不堪命。自今非宣旨,不得輒私役使。(《續資治通鑑長編》卷七〇)

(宋真宗大中祥符九年三月)丙寅,置梓州遞鋪。先是,命民丁傳送,今革之也。(《續資治通鑑長編》卷八六)

(宋仁宗慶曆四年正月)甲戌,以大雪,賜河北、京西、河東遞鋪軍士特支錢。(《續資治通鑑長編》卷一四六)

福、劍州巡轄馬遞鋪一員。天聖九年,運使俞獻卿移廨舍於閩安鎮西北三一黑(三十里)。白日波(渡)巡捉茶鹽,有兵士五十人。景祐二年,既廢水口鹽倉,乃移於水口安泊,仍鈐轄一帶水路,巡捉茶鹽,後移横山鋪前。(《淳熙三山志》卷二三)

周廣順元年三月敕:"其諸州府所差散從官、親事官,並放歸農。自去年四月已前州縣元管係人數,一切仍舊。其遞鋪如已前招召到者,且仰仍舊,今後更不得招召。"(《五代會要》卷二四;《册府元龜》卷一六〇)

遞鋪。凡軍行,去營鎮二百里以來,須置遞鋪,以探報警急,務擇要徑,使往來疾速。平陸别置健足之人,水路則作飛艇,或五里或十里一舖,縱非寇來之方,亦須置之。(《武經總要》前集卷五)

封丘縣南赤岡店,夜輒有怪,常稱"帶取老婆去",行人恐懼,不敢過。遞鋪張德承受急遞,不敢遷延。夜深,一姥自草中出曰:"帶取老婆去。"德素有膽,厲聲曰:"我帶你去,可上我背。"姥欣然前就,德捉其兩足,繩縛於腰間,行數里,姥却云:"放下。"德不應,姥求哀不已。既而言甚低,身亦輕。到前鋪,舉視之,但縛古爛棺板一片。焚之,臭聞數里,啾啾有聲,其怪遂絶。(《類

説》卷五二《翰府名談》)

金雞竿,長五丈五尺,四面各百戲一人,緣索而上,謂之搶金雞。先到者得利物,呼萬歲。諸州進奏院各有遞鋪腰鈴黄旗者數人,俟宣赦訖,即先發太平州、萬州、壽春府,取太平萬壽之語,以次俱發,鈴聲滿道,都人競觀。(《説郛》卷五三上《南渡宫禁典儀》)

(周太祖廣順三年正月,敕青州在城及諸縣鎮鄉村人户等六事:)其六,别徵進奏院糧課錢及遞鋪錢鞋,分配縣鎮,今後並止絶要,即于州司公用錢内支遣。(《册府元龜》卷四八八)

《宋朝會要》曰:建隆二年五月,詔諸州府以軍卒代百姓爲遞夫。先是,天下郵傳率役平民,至是,太祖始盡易之。三年正月,又詔郡國起今後,不得差道路居人充遞運脚力。蓋遞鋪之以兵卒,自宋朝太祖始也。(《事物紀原》卷一〇《遞兵》)

(唐末五代),南中驛路,二十里至(置)一遞鋪,吏持符牒以次傳授,欲近前鋪,輒連呼以警之。乃(陳)寨取驛吏之心而活蘇氏,蘇遂愈如故。(《稽神録》卷三;《太平廣記》卷二二〇引《稽神録》)

【送長安趙侍郎赴闕】 嗣君徵舊相,物論更無餘。聖日歸黄閣,臺星正碧虚。四方聞樂只,一郡泣漣如。灞水猶疑咽,秦雲亦不舒。綺羅圍祖席,朱紫擁征車。從樂時調瑟,行厨忽饌蔬。先碑雖選寺,遞鋪只擔書。古道禾殘後,長亭木落初。朝官逢下馬,野客送騎驢。從此門尤峻,何由再曳裾。(《東觀集》卷三)

【奏狀乞止絶川路州軍送遺節酒】十月十三日。 臣伏見益梓等路諸州軍,每遇時序,或隔路或鄰近,更互送遺節酒,多差衙前急脚子,驅送遞鋪兵士,並役使百姓人夫,往來絡繹,擔擎勞苦,州縣騷動,嗟歎之聲,不絶道路。(《清獻集》卷九)

【論蜀茶五害狀】二十四日。　右臣伏見朝廷近罷市易事，不與商賈争利，四民各得其業，欣戴聖德無有窮已。唯有益、利、秦、鳳、熙河等路茶場司，以買賣茶虐害四路生靈……遞鋪文字，事干軍機及非常盗賊，急脚遞日行四百里，馬遞日行三百里，違二日者，止徒一年。今茶遞往還，日行四百里，違一日，輒徒一年，立法太深，苟以自便，不顧輕重之宜。蓋造立茶法皆傾險小人，不識事體，但以遠民無由伸訴，而它司畏憚，不敢辯理，是以公行不道……其四曰蜀道行於溪山之間，最號險惡，般茶至陜西，人力最苦。元豐之初，始以成都府路厢軍數百人貼鋪般運，不一二年(間)，死亡略盡。茶官遂令州縣和雇人夫。和雇不行，即差税户。其爲搔擾，不可勝言。後遂添置遞鋪，十五里輒立一鋪，招兵五十人，起屋六十間，官破錢一百五十六貫，益以民力，僅乃得成。今已置百餘鋪矣。若二百鋪皆成，則是添兵萬人，衣糧歲費二十萬貫，見招填不足，旋貼諸州厢軍。逐州闕人，百事不集。又茶遞一人，日般四馱，計四百餘斤，回車却載解鹽，往還山行六十里，稍遇泥潦，人力不支，逃匿求死，嗟怨滿道。至去年八九月間，劍州劍陽一鋪人全然走盡，沿路號茶鋪爲“納命場”，此遞鋪之害四也。(《欒城集》卷三六)

【題鎮洮鋪壁】　元祐庚午歲五月三日，湟中還，趣臨洮，過三坌，南望康樂川。是時春氣微達，寒日將没，溪山重複，香靄蒨深。非重湖之南則九江之北，愛而不已，遂爲此書。(《永樂大典》卷一四五七六引張舜民《畫墁集》)

石彪鋪。魏泰《東軒雜録》:“鄧城縣有石勒村，襄縣有石彪鋪，彪乃虎也，避唐諱而改。”(《永樂大典》卷一四五七六)

【箅錢鋪】　里名勝母曾車止，邑號朝歌墨馭還。我領漕權來此坐，不唯自哂且赬顔。(《錢塘集》卷六)

【和聖美三岔鋪留題】　今日天涯同一笑，當年澤畔共長吟。公謫上元，予謫歷陽，封畛相接。還朝未復中臺職，報主長存國士心。(《范忠宣集》卷三)

【重經烏石鋪】　夾屋青松翠靄中，去年經此亦匆匆。重來烏石岡頭路，依舊松聲帶曉風。(《龜山集》卷四二)

【宿青綬鋪】 兩檻中間風脚横，解衣鋪蕈近南榮。曦光欲墮已睡熟，斗柄轉斜纔夢驚。方恨此時無月色，未知何處有蚊聲。塵埃惡熱明朝路，會爲今宵動旅情。(《永樂大典》卷一四五七六宋吕南公《灌園集》)

【題石槽鋪】 瘴靄潛消瑞氣和，梅峰千里闊煙蘿。人逢雜(雙)堠雖雲遠，路在好山寧厭多。啼鳥叢篁傳木杪，瀑泉碎玉激巖阿。欲留征馭遲遲去，公檄催人不奈何。(《永樂大典》卷一四五七六引《邵陽志》載宋章惇題詩)

石槽山。在新化縣南一百三十里，半山有飛瀑。宋章惇嘗經此，有詩云："瘴靄潛消瑞氣和，梅峰千里闊烟蘿。人逢雙堠雖云遠，路在好山寧厭多。"(《明一統志》卷六三寶慶府)

【題龜峰鋪詩】 洪波春天翻四岳，南極祝融亘幽朔。高山千里龜出背，大木百尋龍掛角。白魚跳舟神禹出，鞭笞百鬼走雷電。犀走象駭不敢留，顛沛馮夷囚海若。大龜爬沙獨居後，火傘下照天一握。甘心枯死配玉靈，突兀子川露蒼殼。(《永樂大典》卷一四五七六引《郴州圖經》載顏博文題詩)

【次韻郭思得之歸德鋪留題】 馬前山色入吟鞭，馬上行人思湧泉。楓落吴江何足道，好詩今擬謝臨川。 妙年題筆吐英辭，壯歲文章盡色絲。五字七言嫌淺俗，揮毫新製六言詩。(《永樂大典》卷一四五七六引《宋吕忠穆公集》)

【題新嶺鋪】 嶺高無所見，泉列不堪嘗。獨有埋雲樹，行人六月凉。(《永樂大典》卷一四五七六引宋廖剛《高峰集》)

【題耕園鋪鋪中有蔡君謨題佛桑花詩刻於亭中花適盛開因書云】 下馬看詩句，回頭見佛桑。可憐空姓字，留與木根長。(《永樂大典》卷一四五七六引宋廖剛《高峰集》)

馬鋪

(宋真宗景德元年十二月戊子，)又賜王繼忠手詔，令告契丹，悉放所掠

老幼，命澶州馬鋪小校華斌乘驛齎赴敵寨。(《續資治通鑑長編》卷五八)

(宋仁宗皇祐元年十月)壬午，詔馬鋪以晝夜行四百里，急脚遞五百里。(《續資治通鑑長編》卷一六七)

先是，文彦博言："議者多欲賦牧地與民，而斂租課，散國馬於編户，而責孳息，乞朝廷裁察。"既而蔡挺亦以收牧地賦民爲便，仍乞汰諸監不堪配軍馬，量留支填馬鋪、廂軍人員外，並發赴河北等路州軍估賣。(《續資治通鑑長編》卷二四四)

(宋神宗熙寧七年二月壬午，)遣供備庫使李希一乘驛詣河北路，選不堪披甲馬，平估斥賣；其稍堪者，分給馬鋪及廂軍不披帶軍員。(《續資治通鑑長編》卷二五〇)

(宋神宗熙寧八年四月，)中書、樞密院言："河南北十二監，自熙寧二年至五年，歲出馬千六百四十匹，可給騎兵者二百六十四，餘止堪給馬鋪。兩監牧歲費及所占牧地，約租錢總五十三萬九千六百三十八緡，計所得馬爲錢三萬六千四百九十六緡而已，得不稱失。"(《續資治通鑑長編》卷二六二)

(宋神宗元豐七年八月庚午，)權河北轉運判官張適言："已遣第十五副將王文景領兵捕殺澶州界群賊，權令選乘馬鋪馬七匹。"詔張適不當差馬鋪馬給將下，特釋罪。(《續資治通鑑長編》卷三四八)

(宋哲宗元祐元年閏二月丙申，)兵部言："提舉京西保馬司奏：'準朝旨，京西路見管保馬，令取會本路及陝西路將下見闕馬軍分數并馬鋪，據格尺依條支填合銷分數外，餘數起發上京，赴太僕寺送納。'"(《續資治通鑑長編》卷三六八)

(宋哲宗元祐元年三月乙亥)，樞密院言："河東經略司保甲有不堪馬一千六百四十二匹，請即以填馬鋪廂軍，及給禁軍步人將校，餘賣充保甲司樁錢。"從之。(《續資治通鑑長編》卷三七二)

余（靖康元年）十月初六日，早辭，晚宿狼車，即發牒遣介，往隆德府，請姚、李二漕理會錢糧。初九日晚，至澤州城外馬鋪安下。初十日，早謁直龍圖閣太守高世由。（《三朝北盟會編》卷五九引《逢虜記》）

凡軍營遇夜，又於賊來要路以探騎爲暗鋪，各持薪炬藏火，遞相應接，仍於路左草中伏人，或於高木遥望。如覺有賊，走報馬鋪舉火，前鋪應了，即馳赴大軍，大軍亦置望烽人，舉火相應。凡馬鋪，每三十里一鋪，以押官部押。（《武經總要》前集卷六）

司馬文正公以高才全德，大得中外之望……故公之退十有餘年，而天下之人日冀其復用於朝。熙寧末，余夜宿青州北淄河馬鋪。晨起行，見村民百餘人，歡呼踴躍，自北而南。余驚問之，皆曰："傳司馬爲宰相矣！"余以爲雖出於野人妄傳，亦其情之所素欲也。故子瞻爲《公獨樂園詩》曰："先生獨何事，四海望陶冶。兒童誦君實，走卒知司馬。"蓋紀實也。（《澠水燕談録》卷二）

地官遺人之職，凡國野之道，十里有廬，廬有飲食；三十里有宿，宿有路室，路室有委；五十里有市，市有候館，候館有積。今二十里馬鋪有歇馬亭，即路室之遺事也。六十里有驛，驛有餼給，即候館之遺事也。漢自鄭莊置驛以召賓客。注：故後世亭傳有驛名。《通典》曰：唐三十里置一驛，其非通途大路則曰館，由是通謂之館驛。雖事起於周，名出於漢。《左傳》有"楚子乘馹"，馹，驛馬也。則馬遞之制，已見於周矣。漢文帝乃詔太僕見馬，餘皆給傳置也。（《事物紀原》卷七《驛》）

周高祖柴后，魏成安人，父曰柴三禮，本後唐莊宗之嬪御也。莊宗没，明宗遣歸其家。行至河上，父母迓之。會大風雨，止於逆旅。數日，有一丈夫冒雨走過其門，衣弊破裂，不能自庇。后見之，驚曰："此何人耶？"逆旅主人曰："此馬鋪卒吏郭雀兒者也。"后召與語，異之，謂父母曰："此貴人，我當嫁之。"（《龍川别志》卷上）

崔公誼者，鄧州德學生也，累舉不第。後竟因舅氏賈魏公蔭，補莫州任丘簿。熙寧初，河北地震未已，而公誼秩滿，挈家已南行數程。一夕，宿孤村馬鋪中。風電陰黑，夜半，急叩門呼曰："崔主簿在否？送還。"僕曰："在。"……迨開門，寂無所睹。其妻乃陳少卿宗儒之女，陳卿時知壽州。崔度其必死，遂兼程送妻孥至壽陽，次日遂卒。(《湘山野録》卷中)

熙寧中，神宗遣内侍高偉使蜀。既還，道繇華陰，投宿縣驛中。忽一老卒若抱關者，前白曰："某住此多年，今夕氣候非常，必有大災異。官人速去，或可免，不可留也。"堅請其行甚切。偉疑其有他，遲回來往未肯發。老卒曰："若某妄語，來日官人回此窮治未晚。今已急矣，速去，猶可投於前鋪。"偉異其言，不得已，上馬。未十餘里，天色已曛，得小馬鋪止宿。俄而風雨雷電大作，震蕩轟磕，若天翻地轉，通夕惶怖。詰朝澄霽，遣人回視舊路，則曰："昨日華山崩，少西十里，則高山大石，彌望不知幾里，非復故道矣。偉皇恐歸奏。先是，華山三峰，其高際天。有阜頭谷，在華山之陽。至是谷崩，風雷簸拽，自山之背，踰華山甚遠，此石方墜地，壓覆二十七村，被其害者百餘里，平地爲山，迷失舊處，郵驛不通者累旬，方疏鑿之，而後成路。(《投轄録·華山崩》)

仁宗御馬，有名玉逍遥者，馬色白，其乘之安如輿輦也。圉人云："馬行步有尺度，徐疾皆中節，馭者行速，則以足攔之。"一日，燕王借乘，即長鳴不行。王怒還之，帝以叔父，事王甚恭，配南城馬鋪。(《邵氏聞見録》卷二)

自鄂渚至襄陽七百里，經亂離之後，長塗莽莽，杳無居民。唯屯駐諸軍，每二十里置流星馬鋪，轉達文書，七八十里間則治驛舍，以爲兵帥往來宿頓處，士大夫過之者亦寓託焉。(《夷堅支景》卷一《陽臺虎精》)

【七月二十一夜聞韓玉汝宿城北馬鋪】 暗樹秋風擺葉鳴，桃枝竹簟冷逾清。孤燈淡淡短亭客，半夜蕭蕭聞雨聲。(《宛陵先生集》卷三〇)

【乞親諭使人救濟饑民狀】 臣竊聞去年開封府界并陳、蔡、許、潁等州，歲各不熟，入春以來，民困尤甚。朝廷雖發倉廪轉米穀，以加賑贍，而死者不可勝數……凡此諸事，皆許入馬鋪馳奏，陛下與二府大臣朝夕圖議。(《南陽集》卷二三)

【奏洺州盗賊事】 右臣昨自到任，累據北京、邢、洺、磁等州節次申報，軍賊或十人十五人，至二十人，在西路數州之内，驚劫人户，掠奪遞馬……至十一日，臣離洺州，至故城馬鋪，又聞前面馬鋪有賊四人，白日騎馬，帶甲群行過往，向東雞澤縣。(《文忠集》卷一一七)

【書任村馬鋪】 兒童繫馬黄河曲，近岸河流如可掬。任村炊米朝食魚，日暮滎陽驛中宿。投老經過身獨在，當時洲渚今平陸。秫黍冥冥十數家，仰視荒蹊但喬木。冰盤果美客自知，起看白水還東馳。爾來百口皆年少，歸與何人共此悲。(《臨川先生文集》卷七)

【答陳季常三首】(其一) 候馬鋪行，奉書未達，間領來誨，具審起居佳勝，至慰至慰！(《東坡文集》卷八〇)

【題驢瘦嶺馬鋪】知命。 老馬饑嘶驢瘦嶺，病人生入鬼門關。病人甘作五溪卧，老馬猶思十二閑。(《山谷集》卷五)

【奉符縣北二十里林家莊馬鋪間壁有草書數行半毁矣問其人云熙寧中錢提刑所書予考其時蓋翰林四丈穆父也錢公謫秋浦而卒其子已免喪矣(覽之不覺失涕因留一絶)】 龍蛇半滅亭間字，泉壤長埋地下身。從此世間無玉樹，故人三歎淚沾襟。(《柯山集》卷二三)

【椹澗馬鋪壁間有黄元明詩因次其韻】 武當在何許，漠漠西南天。雷電正多事，道途如去年。參差揮麈約，妨廢把書眠。破我征鞍恨，清詩猶燦然。(《道鄉集》卷七)

【題北城馬鋪】 始欲愁生愁未涯，清風白月客辭家。北城下馬無腸斷，淚墨斜斜塗晚鴉。(《初寮集》卷二)

【過嶽麓見子雲題字偶逢來使因寄二詩・又】 故人應問我，客裹定何如。馬鋪爲行館，雞栖是使車。四郊多賊壘，五筦欠兵儲。此去無來雁，因人數寄書。(《于湖居士文集》卷八)

【北行日録上】 （宋孝宗乾道六年十二月）十五日丙申，晴。四更，車行三十六里，至相州城外安陽驛早頓。馬入城，人煙尤盛……至此從便馬行，每十里置一馬鋪，及所過豐樂鎮，居民頗多，皆築小塢以自衛，各有城樓。（《攻媿集》卷一一一）

擺鋪

（宋高宗紹興十年秋七月）己未，宰執奏擺鋪事。上曰："遞鋪兵極可憫，月糧雖按月支，鋪屋亦須如法。有虎狼處，必用兩重籬落。"秦檜既退，竊歎仁心周徧，真堯舜之用心也。（《中興小紀》卷二八）

（宋高宗建炎三年二月丁卯，）直龍圖閣知杭州康允之言："維揚無斥堠，故金人奄至而不知。"于是初置擺鋪，凡十里一鋪，置遞卒五人，限三刻承傳，五鋪以使臣一員莅之。一季無違滯，遷一官。令、尉減半推賞。（《建炎以來繫年要録》卷二〇）

（宋高宗建炎元年五月詔：）"應急脚馬遞鋪兵，因金人所至逃避，散在諸處送遞角，可專委本路提刑司疾速措置招刺，依舊擺鋪，仍依時支給請受。"（《三朝北盟會編》卷一〇一）

【申三省樞密利害劄子】 自古邊防，未嘗不戍重兵以備敵人。今國家既都江淛，必藉淮漢以爲屏蔽，自合戍重兵於沿邊控扼去處……今由都統下所遣戍兵，或在德安，或在應城。且如信陽，係沿邊隘口，止有兵一百五十人，而除擺鋪差出外，在寨者止七八十人。設若有驚求援於德安，往來計六百里。求援於應城，往來計七百餘里，不知統兵者亦嘗思及此乎？（《相山集》卷二〇）

【審問王德奏】五月六日。 臣適呼王德略諭聖意，果云元是乾道九年到北方。今彼界增置擺鋪，仍添合同，須就盱眙經營日月，乃可得之。以此往回，恐不能速。（《文忠集》卷一四八）

腰鋪

（宋神宗元豐四年八月丙寅，）又詔入内省選差使臣二人，自京分詣陝西沿邊麟府等路，於遞鋪内選可充急脚遞鋪兵，對换不堪走轉文字之人。仍相度鋪分地里遥遠去處，添置腰鋪。（《續資治通鑑長編》卷三一五）

【呈趙帥】訪帥，困於腰鋪。次日帥聞，到招飲。　雨行本自貪風便，四十里程真劈箭。長年攤錢夸半仙，一炊黍頃風頭轉。生世快意多所辱，葉舟瓠壺浪如屋。暗捲觸船船版折，船丁籲天船媪哭。淦窮儻有哀王孫，腰鋪人家緊閉門。丁翁禄邀捕魚者，向我顧肯顔色温。茅屋新成容寄宿，麻茶初熟仍見分。解衣滅燭睡欲死，鄉夢醒時鷄唤晨。平時晨餔下南浦，定向揚州聽更鼓。飛廉生憂吾敢怨，薄命若爲防市弩。今朝河面吹細痕，竹樹不聲人駿奔。掣鈴一笑話疇昔，便有樂事酬佳辰。鎮淮主人開渌樽，蕙蘭香前簫鼓喧。一杯爲我安驚魂，勝談亹亹清耳根，向來憂虞無足言。（《江湖長翁集》卷一〇）

斥堠鋪

（宋高宗紹興二十九年二月庚戌，）初，諸路郵傳，每二十五里置一遞，役卒十有二人。軍興以來，凡通蜀道者皆增斥堠遞，九里一置。其後黄敏行措置江浙、荆襄之間，舊無斥堠者，一切創增，大率一縣遞卒，多至三百人。既有月給，又增俸麥衣糧食錢，以禁軍三人之費，不能增一卒。又令諸州通判縣令，皆於銜内帶驅催遞鋪，增支月緡，歲廢縣官錢十餘萬緡。至是，秘書省校書郎兼權駕部郎官洪邁言其多廢無所益，乞將有斥堠去處，應干省遞，並行減罷内鋪兵，並撥入所闕州充厢軍。從之。（《建炎以來繫年要録》卷一八一）

郵傳。五代以來，天下郵傳皆役平民。建隆二年，始命以軍人代之。六縣省遞三十五鋪，每鋪十人。歙、休寧、祁門、黟則又有斥堠三十八鋪，每鋪八人，凡六百五十四人。（《新安志》卷一）

驛鋪：迎恩驛。望京門裏舊有迎恩亭。自建涵虚館。爲迎送賓客之地。驛亭遂廢。今爲義田莊屋。紹興四年,敕江浙州軍置斥堠鋪,專差鋪兵傳送文字。今府界内鋪凡十七,兵一百一十二人。象山、昌國率乘海潮往來府縣,故不置鋪。(《寶慶四明志》卷三)

本朝諸路郵傳,每二十五里置一遞,役卒十有二人。軍興以來,凡通蜀道者皆增斥堠遞,九里一置。其後黄敏行措置,江浙荆襄之間舊無斥堠者,一切創增。(《玉海》卷一七二)

郵置:南路。巡鋪置司建德府。錢塘縣界:候潮門斥堠,馬遞。浙江斥堠,馬遞。洋泮橋斥堠。南城斥堠,馬遞。牛坊斥堠。新砂斥堠,馬遞。淳橋斥堠。上墟斥堠,馬遞。已上鋪兵壹伯肆拾伍人。

富陽縣界:廟山斥堠。赤松斥堠,馬遞。東門斥堠。步社斥堠,馬遞。黄山斥堠。安道斥堠,馬遞。已上鋪兵捌拾陸人。新城縣界,干塢斥堠。新城斥堠,馬遞。茗塢斥堠。换塘斥堠,馬遞。已上鋪兵伍拾捌人。(《咸淳臨安志》卷五五)

(宋孝宗隆興)五年三月十六日,三省樞密院言:"諸路州軍斥堠遞鋪,并擺鋪軍兵傳送遞角,近來遲滯,所屬違戾。詔令兵部檢坐見行條法,申嚴行下,仍委本部,常切驅磨檢察,將住滯違戾處提舉主管官,并巡轄使臣職位姓名,及鋪兵申朝廷,取旨重作行遣。"(《宋會要輯稿》職官一四)

(七)元代站赤

元制:站赤者,驛傳之譯名也,蓋以通達邊情,布宣號令,古人所謂置郵而傳命,未有重於此者焉。凡站,陸則以馬以牛,或以驢,或以車,而水則以舟。其給驛傳璽書,謂之鋪馬聖旨。遇軍務之急,則又以金字圓符爲信,銀字者次之。内則掌之天府,外則國人之爲長官者主之。其官有驛令,有提領。又置脱脱禾孫於關會之地,以司辨詰。皆總之於通政院及中書兵部。而站户闕乏逃亡,則又以時簽補,且加賑卹焉。於是四方往來之使,止則有館舍,頓則有供帳,饑渴則有飲食,而梯航畢達,海宇會同,元之天下,視前代所以爲極盛也。(《元史》卷一〇一《兵志四》)

二、館驛的設置和興建

置驛

鄭莊以任俠自喜。脱張羽於厄，聲聞梁楚之間。孝景時，爲太子舍人，每五日洗沐，常置驛馬長安諸郊。索隱：置即驛，馬謂於置著馬也。四面郊。存諸故人，請謝賓客，夜以繼日，至其明旦，常恐不徧。（《史記》卷一二〇《鄭當時列傳》）

（漢昭帝元鳳元年十月，誅上官桀等，）詔曰："左將軍安陽侯桀、票騎將軍桑落侯安、御史大夫桑弘羊，皆數以邪枉干輔政，大將軍不聽，而懷怨望，與燕王通謀，置驛往來相約結……交通私書。"（《漢書》卷七《昭帝紀》）

哀帝建平四年正月，民驚走……或被髮徒踐，或夜折關，或踰牆入，或乘車騎奔馳，以置驛傳行，經歷郡國二十六，至京師。（《漢書》卷二七下之上《五行志》）

（元帝永光二年秋，隴西羌彡姐旁種反，以光禄勳馮奉世爲右將軍，擊之。）明年二月，奉世還京師，更爲左將軍、光禄勳如故。其後録功拜爵。下詔曰："羌虜桀黠，賊害吏民，攻隴西府寺，燔燒置亭，師古曰：置，謂置驛之所也。絶道橋，甚逆天道。左將軍光禄勳奉世前將兵征討，斬捕首虜八千餘級，鹵馬牛羊以萬數。賜奉世爵關内侯，食邑五百户，黄金六十斤。"裨將、校尉三十餘人，皆拜。（《漢書》卷七九《馮奉世傳》）

（唐太宗貞觀二十一年，北荒悉平。）是歲，墮婆登、乙利、鼻林送、都播、羊同、石、波斯、康國、吐火羅、阿悉吉等遠夷十九國，並遣使朝貢。又於突厥之北至於迴紇部落，置驛六十六所，以通北荒焉。（《舊唐書》卷三《太宗紀下》）

（劉晏爲户部侍郎，領度支鹽鐵轉運鑄錢租庸使，）諸道巡院，皆募駛足，置驛相望，四方貨殖低昂及它利害，雖甚遠，不數日即知。是能權萬貨重輕，使天下無甚貴賤，而物常平。（《新唐書》卷一四九《劉晏傳》）

劉敞，字原父，臨江新喻人，舉慶曆進士，廷試第一……奉使契丹，素習知山川道徑。契丹導之行，自古北口至柳河，回屈殆千里，欲夸示險遠。敞質譯人曰："自松亭趨柳河，甚徑且易，不數日可抵中京，何爲故道此？"譯相顧駭愧，曰："實然。但通好以來，置驛如是，不敢變也。"（《宋史》卷三一九《劉敞傳》）

葉夢鼎，字鎮之，台之寧海人……開慶元年，復知建寧府，作橋梁，置驛舍，建大安關，决疑獄。（《宋史》卷四一四《葉夢鼎傳》）

（金太宗天會二年正月）丁丑，始自京師至南京，每五十里置驛。（《金史》卷三《太宗紀》）

（隋煬帝大業六年冬十二月，）敕穿江南河，自京口至餘杭，八百餘里，廣十餘丈，使可通龍舟，並置驛宫、草頓，欲東巡會稽。（《資治通鑑》卷一八一）

（宋真宗景德二年九月丁未，）詔："興州青泥路依舊置驛。其新開白水路，亦任商旅往來。"（《續資治通鑑長編》卷六一）

（宋真宗大中祥符三年正月）己巳，内侍副都知閻承翰使夏州還，言趙德明於綏、夏州各建館舍，以待王人，望於浦洛峽置驛。上以其地荒夐，勞於役守，不許。（《續資治通鑑長編》卷七三）

（宋神宗元豐七年五月乙丑，）詔廣南西路總略司管勾機宜文字、承議郎程節爲朝散郎……各遷一官，餘遷官減磨勘年、賜絹有差。經略使熊本上招納融州溪峒、通道置驛功畢，故賞之。（《續資治通鑑長編》卷三四五）

宣和間經營燕地，虜將郭藥師首來歸附，既得燕山，授以節鉞，專付兵柄,繼加檢校師傅官,賜第都城,寵數無虚日。藥師喜飲酒,尚醖絶品曰“小槽真珠紅”者,日賜一罇,置驛傳送。(《三朝北盟會編》卷二九引《秀水閒居録》)

(巒州,)本漢領方縣地。貞觀末、永徽初置。後以蠻獠背叛廢,於其城置驛。(《元和郡縣圖志》卷三八巒州)

柳中縣中下。西至州三十里。貞觀十四年置。當驛路,城極險固。(《元和郡縣圖志》卷四〇西州)

湘水之南,靈渠之口,大融江、小融江之間,有遺堞存焉,名曰秦城,實始皇發謫戍五嶺之地。秦城去静江城北八十里,有驛在其旁。張安國紀之以詩曰:“南防五嶺北防胡,猶復稱兵事遠圖。桂海冰天塵不動,誰知壠上兩耕夫。”(《嶺外代答》卷一〇)

元白酬和千篇。元守浙東,白牧蘇臺,置驛遞詩筒。(《紺珠集》卷九《紀聞譚》)

唐太宗初爲秦王,徵求草莽,置驛招聘,皆自遠而至。於時海内初平,帝乃鋭意經籍,怡神於藝文,因開學館,以待四方之士。(《册府元龜》卷九七)

土蕃在唐最盛,至本朝始衰。今河湟、邈川、青唐、洮、岷,以至階、利、文、政、綿州、威、茂、黎、雅州夷人,皆其遺種也。獨唃厮囉一族最盛,雖西夏亦畏之,朝廷封西平王,用爲藩翰。陝西州縣特置驛,謂之唃家位,歲貢奉不絶。(《邵氏聞見録》卷一三)

《漢書》云:“從條支西行二百餘日,近日所入。”則與今書異矣。前世漢使皆自烏弋以還,莫有至條支者也。又云:“從安息陸道繞海北行出海,西至大秦,人庶連屬,十里一亭,三十里一置,置,驛也。終無盜賊寇警,而道多猛虎、師子,遮害行旅。不百餘人齎兵器,輒爲所食。”(《後漢書》卷八八《大秦國傳》)

夫良馬固車，五十里而一置，使中手御之，追速致遠，可以及也，而千里可日致也，何必待古之王良乎。(《韓非子》卷一七《難勢第四十》)

置傳

恩州爲恩平郡，涉海，最爲蒸濕，當海南五郡泛海路，凡自廣至勤、春、高、潘等七州，舊置傳舍。此路自廣州泛海，行數日方登陸，前所謂行人憚海波，不由傳舍，故多由新州陸去，今此路惟健步出使與遞符牒者經過耳。(《太平寰宇記》卷一五八恩州引《投荒録》)

【爲韓汝州謝諸執政啓】 比者忝被詔除，榮分郡寄，獻納無補，愧徒重於高門；綜覆非優，復叨榮於聖治。矧惟陪京近壤，遵汝舊封，三組夸鄉，兼備銀黄之寵；駟馬置傳，得陪玉輦之尊。(《彭城集》卷二八)

置郵

孔子曰："德之流行，速於置郵而傳命。"當今之時，萬乘之國行仁政，民之悦之，猶解倒懸也。故事半古之人，功必倍之，惟此時爲然。(《孟子·公孫丑上》)

大秦國，一名犂鞬……以石爲城郭，列置郵亭，皆堊塈之。塈，飾也，音火既反。郭璞曰："堊，白土也，音惡。"(《後漢書》卷八八《大秦國傳》)

趙充國在金城，上書言先零、罕(罕)羌事。六月戊申奏，七月甲寅，璽書報從其計。按：金城至長安一千四百五十里，往反倍之。中間更下公卿議臣，而自上書至得報，首尾纔七日。唐開元十年八月己卯夜，權楚璧等作亂。時明皇幸洛陽，相去八百餘里。壬午，遣河南尹王怡如京師，按問宣慰，首尾纔三日，置郵傳命，既如此其速，而廷臣共議，蓋亦未嘗淹久，後世所不及也。(《容齋隨筆》續筆卷二《漢唐置郵》)

(唐太宗貞觀二十一年正月，北荒既平，迴紇等奏)請於迴紇以南、突厥以北開一道，呼爲“參天至尊道”。乃詔司徒長孫無忌、司空房玄齡等與共籌之。宜逐水草，量置郵驛總六十八所，各有群馬酒肉，以供過使。並請解作文奏人，擬爲表疏，每歲貢貂皮以充賦。(《册府元龜》卷一七〇)

【彭城縣君錢氏墓誌銘】 (夫人)以早失所怙，盡孝於母氏，常惋温清不時，惟其起居之問。雖在千里，必浹旬一置郵書，平安信反，然後遑處。(《蘇魏公文集》卷六二)

列亭

(漢武帝太初三年，)呴犁湖單于立，漢使光禄徐自爲出五原塞數百里，遠者千餘里，築城鄣，列亭至廬朐，而使游擊將軍韓説、長平侯衛伉屯其旁，使彊弩都尉路博德築居延澤上。(《史記》卷一一〇《匈奴列傳》)

(漢武帝時)王恢數使，爲樓蘭所苦，言天子。天子發兵，令恢佐破奴擊破之，封恢爲浩侯。於是酒泉列亭鄣至玉門矣。(《史記》卷一二三《大宛列傳》)

衛颯，字子産，河内脩武人也……建武二年，辟大司徒鄧禹府，舉能案劇，除侍御史、襄城令。政有名迹，遷桂陽太守……先是，含洭、湞陽、曲江三縣，越之故地，武帝平之，内屬桂陽……吏事往來，輒發民乘船，名曰“傳役”。每一吏出，傜(徭)及數家，百姓苦之。颯乃鑿山通道五百餘里，列亭傳，置郵驛。於是役省勞息，奸吏杜絶，流民稍還，漸成聚邑，使輸租賦，同之平民。(《後漢書》卷七六《衛颯傳》)

(唐憲宗元和中，)王承宗叛，詔河東、河中、振武、義武合軍，爲恒州北道招討。茂昭治廩厩，列亭候，平易道路，以待西軍。(《新唐書》卷一四八《張茂昭傳》)

列亭。《國語》曰：周制有之，曰：“列樹以表道，立鄙舍以守道路。”謂置候人官也。(《初學記》卷二四)

衛颯爲桂陽太守，鑿山通路，列亭置驛，視事十年，徵還。(《東觀漢記》卷一八)

【宋故推誠翊戴功臣……曹(瑋)公行狀】　曹瑋，字寶臣……明年春，復與大將陳興等討扎，拜爲順州刺史。是時斥地寖遠，因增築弓門至威遠凡十寨，浚隍三百八十里，列亭障，繕橋梁，屬於州門，皆戍兵餘功，民不知役，璽詔褒寵焉。(《元憲集》卷三三)

創驛

徐申，字維降，京兆人……遷韶州刺史。韶自兵興四十年，刺史以縣爲治署，而令、丞雜處民閭。申按公田之廢者，募人假牛犂墾發，以所收半畀之，田久不治，故肥美，歲入凡三萬斛。諸工計所庸，受粟有差，乃徙治故州，未幾，邑閈如初。創驛候，作大市，器用皆具。州民詣觀察使，以其有功於人，請爲生祠，申固讓。(《新唐書》卷一四三《徐申傳》)

重和元年，燕瑛言交人服順久，毋令阻其貿易。初，廣西帥曾布請即欽、廉州各創驛，令交人就驛博買。至是，即用瑛兼廣西轉運副使，同王蕃計畫焉。(《宋史》卷一八六《食貨志下八》)

(宋神宗元豐二年六月)癸亥，廣南西路經略使曾布言："欽、廉州宜各創驛安泊交人，就驛置博易場，委州監押，沿海巡檢兼管勾。"從之。(《續資治通鑑長編》卷二九八)

寶曆二年二月，鳳翔隴州觀察使上言："當管(州界)緣興元新迴(通)斜谷路，創置驛三所，岐山縣南界，置渭陽驛，郿縣北界，置過蜀驛，寶雞縣南界，置安途驛。"其月，山南西道觀察使上言："當道新製斜谷，其中須置館驛，及創驛右界名者三。甘亭館請改爲懸泉驛，駱駝蔫館請改爲武興驛，坂下館請改爲右界驛。"並可之。(《唐會要》卷六一)

寶曆二年二月，鳳翔置驛三：曰渭陽、通蜀、安途。山南新置斜谷路，創

驛三：曰垂泉、武興、右界。(《玉海》卷一七二)

增驛

大中三年十一月，山南西道節度使鄭涯、鳳翔節度使李玭等奏："當道先准敕新開文川谷路，從靈泉驛至白雲驛，共一十(十一)所，並每驛側近置私客館一所，其應緣什物糧料遞乘，並作大(夫)專知官，及橋道等開修制置畢。其斜谷路創置驛五所：平州驛一所、連雲驛一所、松嶺驛一所、靈谿驛一所、鳳泉驛一所，並已畢功訖。"敕旨："蜀漢道古今攲危，自羊腸九曲之盤，入鳥道三巴之外。雖限戎隔夷，誠爲要害，而勞人御馬，常困險難。鄭涯首創厥功，李玭繼成巨績，校兩路之遠近，減十驛之途程，人不告勞，功已大就。偃師開路，祗爲通津；桂陽列亭，止於添驛。此則通千里之險峻，便三川之往來，實爲良能，克當寄任，宜依所奏，仍付史館。"(《唐會要》卷八六)

(宋真宗大中祥符三年八月)己酉，發陝西、河東兵五千人，赴汾陰給役，置急脚遞鋪，出厩馬，增驛傳，遞鋪卒增置八千四百五十人。(《續資治通鑑長編》卷七四)

(宋神宗熙寧八年十月辛亥，)權發遣河東轉運使范子奇言："近年非次朝旨差官時暫勾當，於俸給外增驛券，舉天下言之，費耗不少。乞自今已有本任俸給者，罷給驛券。"從之。(《續資治通鑑長編》卷二六九)

苕溪漁隱曰：小説記事，率多舛誤，豈復可信？雖事之小者，如一詩一詞，蓋亦是爾。淮陰侯廟詩"築壇拜日恩雖重"之句，《青箱雜記》謂是錢昆作，《桐江詩話》謂是黄好謙作，是一詩而有二説也。小詞《春光好》"待得鸞膠續斷絃，是何年"之句，《江南野録》謂是曹翰使江南贈娼妓詞，《本事曲》謂是陶穀使錢唐贈驛女詞，《冷齋夜話》謂是陶穀使江南贈韓熙載歌姬詞，是一詞而有三説也。其他類此者甚衆，殆不可徧舉。(《苕溪漁隱叢話》前集卷二四)

【上壽皇論天變地震書】 五月二十四日，朝奉郎、尚書吏部員外郎臣楊萬里，謹齋沐裁書昧死百拜，獻於皇帝陛下：臣聞言有事於無事之時，不害其爲忠也……今則不然，南北和好踰二十年，一旦絶使，虜情不測……道塗相傳，繕汴京之城池，開海州之漕渠。又於河南北簽民兵，增驛騎，製馬櫪，籍井泉……其意甚秘，其禁甚嚴。(《誠齋集》卷六二)

修驛

(宋神宗熙寧五年閏七月甲寅，)王安石曰："張利一生事，致北界騷動，宜懲責。"上以爲然。安石曰："种詠擅與西人文牒，尚降一官。"上曰："環州不曾以文牒與西人往來，种詠乃擅如此。"……先是，上議巡馬事曰："彼見我修驛，亦便争巡馬過河，我不當縱之，致彼狃習。"安石曰："我修驛，彼若曉達事情，自不須争；彼巡馬過河，我若曉達事情，亦不須争也。"(《續資治通鑑長編》卷二三六)

(周世宗顯德)五年五月，賜東京新城諸門名額……又以京城東新修驛爲懷信驛，以待江南貢使焉。(《册府元龜》卷一四)

【山南西道新修驛路記】　《集古録》：唐劉禹錫撰，柳公權書，李陽冰篆，號"三絶碑"。開元中，山南節度使歸融自散關南至劍門，鑿石山棧道千餘里，以通驛路。碑不著所立年月，在興元。(《輿地碑記目》卷三《興元府碑記》)

【山南西道新修驛路記】　(歸融唐文宗開成四年拜梁州牧)……既莅止，咨于群執事，求急病者先之。咸曰："華陽黑水，昔稱醜地，近者嘗爲王所，百態丕變，人風邑屋與山水，俱一都之會，目爲善部矣。唯驛遽之途，攲危隘束，其醜尚存。使如周道，在公頤指耳。"於是因年有秋，因府無事，軍逸農隙，人思賈餘，乃懸墾山刊木之傭，募其力；揆鑽鑿撞柲之用，庀其工……我之提封踞右扶風，觸劍閣千一百里。自散關抵褒城，次舍十有五，牙門將賈黯董之。自褒而南，逾利州，至于劍門，次舍十有七，同節度副使石文穎董之。兩將受命，分曹星馳……層崖峭絶，柄木亘鐵，因而廣之，限以鉤欄。狹逕深隉，銜尾相接，從而拓之。方駕從容，急宣之騎，宵夜不惑，郄曲稜層，一朝坦夷。興役得時，國人不知。繇是駛行者忘其勞，吉行者徐其驅，孥行者家以安，貨行者肩不病，徒行者足不重，乘行者蹄不刓。公談私詠，溢於人聽。伊彼金其牛而誘之以利,曷若我子其民而來之以義乎?既訖役,南梁人書事於牘,請紀之,以附於史官地理志。(《劉賓客文集》卷八)

【送河中楊少府宴崔駙馬宅】 鳳凰樓下醉醺醺,晚出東門蟬漸聞。不使鄉人治驛路,却將家累宿山雲。閒時採藥隨僧去,每月請錢共客分。縣吏若非三載滿,自知無計更尋君。(《全唐詩》卷四九六姚合)

驛記

【陳留郡上源新驛記】 《周官》:"行人掌邦國傳遽之事,施於政者。"蓋有章焉。皇唐之興,盛於古制。自京師四極,經啓十道,道列於亭,亭實以駟。而亭惟三十里,駟有上中下。豐屋美食,供億是爲。人迹所窮,帝命流洽,用之遠者,莫若於斯矣。伊陳留雄稱山東,聲殷海内,昌大囂庶,有梁魏之遺迹,風煙雄兩河之眇。襟帶控九州之半。洎皇華軺傳,夷使駿奔,出關而馳,南向北户,山川水陸之役,兆於是矣。故上源所置,舉其難哉……壬辰歲,太守元公連率河南之三載也……持獨斷之明。迨茲郵亭,俯視頹朽,何逼側蹇淺,不稱其聲。將圖鼎新,豈曰仍舊。顧謂長史李公曰:"夫開釋故實,發揮制度,不有攸居者,誰其允協。今奏計闕前,先甲而往,小大之務,公其領之。"申命録事參軍馮元掌曰:"維操繩墨者蓋用於正蘊,廉慎者俾臨於財。公以正身,用財均力,紀綱相佐,善莫大焉。"……於是北呑里室,人以利遷也。南豁路旅,事無苟免也。合土以峻墉,攻木以高户。棟宇相翼,群材如生,茲所謂動乃有經,徐而不費。於戲,久於否者,宜以改作。本於功者,終乎永貞。則亭之成焉,我方許元公澄清之功也。公時膺邁德,天與大才。屬梁宋不登,朝廷旰食。求瘼之重,不其然歟。用能官去粃政,人無菜色,百城偃於迅風,萬象納於明鏡。乃因寮吏,慨然於兹亭曰:"且夫木石之新者,而猶可觀,况人而自新孰不觀者。"又曰:"《傳》不云乎:'啓塞從時,用之善者。'而今而後,吾以無事爲事焉。君子是以知郵亭之可嘉,而我公之清净無窮也。末吏不敏,紀於貞石云。(《高常侍集》卷九)

【管城新驛記】 太和二年閏三月,滎陽守(楊)歸厚上言:"臣治所直天下大逵,肘武牢而咽東夏。誰何宜謹,啓閉宜度。"先是,驛於城中,駎遽不時，四門牡鍵，通夕弗禁，請更於外隧，永永便安……逮八月既望，新驛成，鄭人胥説，琢石而紀，曰："在兑之方，面玄負陽。門銜周道，牆蔭行栗，境勝於外也。遠購名材，旁延世工，墍塗宣晳，瓴甓剛滑，術精於内也。蘧廬有甲乙，牀帳有冬夏，庭容牙節，廡卧囊橐，示禮而不愿也。内庖外廐，高倉邃庫，積薪就陽，峙芻就燥，有素而不愆也。主吏有第，役夫有區。師行者有饗亭，孥行者有别邸。周以高墉，乃樓其門。勞迎展蠲潔之敬，餞别起登臨之思。溱洧波瀾，嵩丘雲煙，四時萬象，來貺於我。走轂奔蹄，遄徵急宣，入而忘勞，出必屢顧，其傳舍之尤乎。太守姓楊氏，字貞一，華陰弘農人。鄭爲雄州，非聞人大吏不得在其選。夫驛之宜選于外也，前此二千石嘗言之，而重改作。若貞一，可謂果於從政而决行其言，惜乎未施於大也。(《劉賓客文集》卷八)

【題青渠驛】　《青渠驛記》云："唐開元道士觀，因改渠爲池，爲青池寺，今爲青渠驛。其土平衍，夾路斷磚古瓦，出牛蹊間，有雙闕隱隱……資人李石題。"(《方舟集》卷一八)

【南驛記】　餘姚挾江爲邑，凡部使者别駕之巡歷，幕屬椽曹之問事，貴人重客之東西行者，雖憩津亭，受賓謁，實舍於舟，舟多大艦，寢處自如，不復以便安華潔之居責於邑，故邑有津亭，名驛非驛，而未嘗乏事。惟吏於是邑者，始至與迫，去無所館，率僦寓民屋，淹日閲旬，其葺故迎新，當預徙者至一再月，公私病之久矣。趙侯清臣爲縣之三年，得浮屠智崇之屋一區於縣南之圓智寺，吏白是無主，後法當入官，乃增作聽事三楹，繚以藩垣，榜曰"南驛"。驛出入稍回遠，然北近江，於艤舟亦宜，專爲邑官到罷寓家之地，而屬予記之。予惟侯於是驛，有三善焉：博惠官儕，匪謀其私，一也。不溷民居，觀聽具宜，二也。因廢爲利，不勞不費，三也……侯名善湘，官奉議郎。年月日，孫某記。(《燭湖集》卷九)

【富春驛記】　杜工部《月明泊舟對驛》云："更深不假燭，月朗自明船……"富春據錢塘上游，千車轔轔，百帆隱隱，日過其前。而征舍才數椽，客至無所館，往往躪老子之宫，踐浮屠之室，其來塵軼，其去水空，公私交病，不知幾春秋。予彈絲稍閒，築驛江渚，至者如歸，越山如畫。金刹差參，其旁絶類草堂所詩。旦夕代去，繫舟驛下，收吴煙越雨，盡入毫端，繼公之詩，於

數百年後亦一快也。癸酉冬記。(《洺水集》卷七)

【滑州新驛記】 滑臺舊驛,天寶丙申歲逆臣盜國,師競而焚……(大曆八年,以工部尚書李勉爲滑州刺史。至任,)幕客請余構驛傳以備政,縣吏請余廣驛傳以息責。遂命試光禄卿兼同州别駕裴萬,以恪以幹,俾主剞劂圬墁之工。授其意曰:"無尚雕木之異,無榮飾土之奇。揆時勿奪,詳費就簡。惟疏楹楝,將違暑也;廣庭廡,將達風也。取寧體之用,去娱目之奢。彤彩爲文,刻劃像物。有益勞費,豈利蔭庥?况玩巧蕩神,誇麗踰度乎?"及息役休工,閲成度費,則萬祗懔不墮,余誠素不違。乘軺之賓,無或嗤余不效徐湛之風亭月觀之盛也。大曆甲寅歲八月二日記。(《文苑英華》卷八〇九李勉)

【鳳鳴驛記】 始余丙申歲舉進士,過扶風,求舍於館人。既入,不可居而出,次於逆旅。其後六年,爲府從事。至數日,謁客於館。視客之所居,與其凡所資用,如官府,如廟觀,如數世富人之宅,四方之至者,如歸其家,皆樂而忘去。將去,既駕,雖馬亦顧其皂而嘶。余召館吏而問焉。吏曰:"今太守宋公之所新也。自辛丑八月而公始至,既至逾月而興功,五十有五日而成。用夫三萬六千,木以根計,竹以竿計,瓦甓坯釘各以枚計,秸以石計者,二十一萬四千七百二十有八,而民未始有知者。"余聞而心善之。其明年,縣令胡允文具石請書其事。余以爲有足書者,乃書曰:古之君子,不擇居而安,安則樂,樂則喜從事,使人而皆喜從事,則天下何足治歟?……夫修傳舍,誠無足書者,以傳舍之修,而見公之不擇居而安,安而樂,樂而喜從事者,則是真足書也。(《東坡全集》卷三五)

【富沙驛記】 紹興十年,今右朝請大夫郭侯璋來守建安,不爲苛皦之政。郡以無事,則曰:建爲州南控兩越,北走江浙,士大夫取道於我者日至,而無所於館,則問舍於逆旅……以九月甲子經始,訖役于十一年三月丁巳,土木之工以日計者凡六千二百,而民莫之知也。庭户嚴顯,堂室靚深,昏明寒燠,皆適人意。又東南列四舍于門外……附驛之南,列屋三十楹,積其僦以備木朽墍剥墉缺,而甓毁丹漆黝堊之憤闇圮落者,以時繕之……新安朱某記。(《韋齋集》卷一〇)

【滑亭新驛碑陰記】　古之君子，約己而裕人，知龢而勤禮。接賓以愿，務施於豐。鄭公孫僑論晉文襄之霸也，宮室卑庳，無觀臺榭，而崇大諸侯之館，故來者如歸。今我連帥尚書汧公，爲國垣翰，於東土軍禮肅人謡興，新其亭傳，以待賓旅。謀之有程，設之有所。力肆於悦，巧悛於淫。勿亟而成，得其時制。博敞高明，倬然其閈閎；沉深奥密，杳然其堂室。論者謂華之普德、虢之閿鄉，自昔爲之郵亭之甲，今兹白馬，可以抗衡。汧公仁以愛衆，儉以化下，陋居室而恢賓館，節豐華而廣廕庥，稱時計功，永代爲憲。方操八柄，揉此萬邦，於以庇人，其德弘大。於是舉也，見其端焉。（《文苑英華》卷八〇九崔祐甫）

【宋州重修五驛記】　戊子歲，大彭戍卒有在南方者，一旦衆譁於營，刃殺主將，不待朝廷命，卷旆而歸……而睢陽最與賊近，忽剽攘，不徇志必縱火，火爇傳置，尺椽盡爲餘燼。時隴西公以重望鎮諸方，征師悉出其地，供億大費，不煩朝廷，而又戒嚴叠門，賊馬首不敢西向。我季父貂蟬適守睢陽，大軍頓其所，資糧器械且靡闕一毫。明年九月，賊平，我公念雁池洎會亭五郵前爲賊熾焰所滌，况沿河旁午，豈可使厦屋不脩？乃剟材孱工，未數月而畢，其創匠輪奂，爲客館之中（甲），君子以爲非我隴西公大才不能當劇賊，非我季父稱事不能新郵亭，宜乎……咸通庚寅年秋七月記。（《文苑英華》卷八〇九鄭就）

【霍丘縣驛記】　天下昔初國之時，君民各久其安，而城郭道路、關梁廬館，尤嚴於賓客之事。凡國之地，大不過百里，而皆領於天子之詔，以待巡狩之所適。其歲時使人存頫若歸，脤賀慶致襘之來，則又有四鄰之交，朝覲會同聘問之集，車馬人徒之役縱横，而信宿者蓋無虚國。而受館之禮，自畿内達於海隅，設官備物，候迓時謹，故雖跋山涉水，荒陋遐僻之城，具宗廟社稷者，一不敢缺焉。有不能然者，君子譏之，謂之失政，不可以爲國也。自天下更爲郡縣，守宰以考秩代居，民始不安其常，而先王之禮，所以浹於政事而尤嚴於賓客者，亦因以廢怠陵夷且千歲。及今則驛舍之設，止於當路州縣。驛遞所過，足以供給，應有司之令而已，然猶不敢稍張其制度，一有異於其間則衆反譏之，以爲苟悦使客市恩，意非政之急。吏既不得久於其秩，而思脱譏以滿去，故天下之驛，雖當路所設，應有司之令者，往往圮而不完，至於岐旁它縣，則無敢唱興之者。霍丘，故蓼邑也，今縣屬壽丘，治霍丘，距京師八百里，境内所包若千里。比而環者七州，七州之途皆由於驛，以達於壽。霍丘居最徑，然獨無驛，每使客之過者無所歸宿，則弛蓋偃節，混於逆旅，或寓其拏於浮屠氏之館，倉卒偪仄，而無以自表於民。今知縣事大理寺丞謝侯續之至也，嘆曰："吾爲地主於此，豈可以不知士大夫之辱！吾聞古之爲政，蓋莫不篤於賓客者，非苟相悦，所以相養以禮，而戴天子之命也，今吾邑雖陋，亦古之建國，傅其城郭社稷，而地大益近，曾不及有一館爲士大夫之禮，不已儉乎！雖衆口之譏，吾從古也，莫吾疚也。"於是相其署之東偏，面通衢之會，始築館焉。用若干日，立屋若干間，而門堂室廡、庖井厩庫，至於器皿，百須無不具，而用不傷於財，役不勞於民也。既成，名之曰蓼驛，取古封國之號，益所以自見其志。(《宋文鑑》卷八〇王回)

【安洲驛記】　淳熙五年，予自敕局出倅丹丘。明年，以檄之柯山，始經由僊居，往來皆宿於栝蒼，洞天在縣境也。是時稱過使客之具甚備，雖以別駕之故，然棟宇整肅，内外如一，距今纔二十許年。里人林君岳爲縣，一日，安洲驛成，求記。問之，即栝蒼驛也。且言中間驛嘗隤廢，既不暇葺，併以故基斥賣於民。物之廢興誠有之，顧邑雖小，何至於是。其直又不過十萬錢，始至即聞之怏然，以爲不滿，特未遑爾。視事以來，檢柅奸弊，疏剔利源，量入爲出，寖以就緒。未始加賦而償預借之，逋四千五百餘緡。於是首建社壝，修邑庠，建樞密直學士古靈陳先生祠堂，復以舊直取驛基，而爲營繕之計。邑士林宓公心而有幹才，一以委之，吏不得與。以嘉泰二年二月己亥，先爲臺門，以及廳宇，兩廡正堂，以次俱辦。凡爲屋三十楹，足爲大賓客憩節之地。經理其下，必欲器用庖湢，井井一新，使來者如歸焉，不敢以一毫煩民也……縣有蒼嶺，甚峻。由此以過縉雲，客之去者，先得安意樂處於此，以陟險，來者脱險阻而息肩焉，受賜者寧有窮乎？安洲亦境之近，山有高僧觀頂尊者古迹。栝蒼既爲鄰郡之名，故更以安洲名之云。(《赤城集》卷一二樓鑰)

三、館驛的主持和管理

主驛

（李）復圭，字審言，通判澶州。北使道澶，民主驛，率困憊，豪杜氏十八家，詭言唐相如晦後，每賕吏脱免，復圭按籍役之。（《宋史》卷二九一《李復圭傳》）

唐陝州王及郎中充西路安撫司判官，乘驢入駱谷。及宿，有痔疾，因此大作……至驛僵仆。主驛吏言："此疾某曾患來，須灸即瘥，用柳枝濃煎湯。"（《醫説》卷二引《本事方》）

廖有方校書，元和十年失意後遊蜀，至寶雞西界館，窆於（一）旅逝之人，天下譽爲君子之道也……聲動華夷，皇唐之義士也。其主驛戴克勤，堂牒本道節度，甄昇至於極職。克勤名義，與廖君同述焉。（《雲溪友議》卷下《名義士》）

唐開元初，席豫以監察御史按覆河西。去河西兩驛，下食。求羊肝不得，撻主驛吏。外白肝至，見肝在盤中，摇動不息。豫顰蹙良久，令持去。乃取一絹，爲羊鑄佛。半日許，豫暴卒。（《太平廣記》卷一一五引《廣異記》）

【驛中望山戲贈渭南陸贊主簿】　官微多懼事多同，拙性偏無主驛功。山在門前登不得，鬢毛衰盡路塵中。（《全唐詩》卷二七八盧綸）

主郵

（東漢太尉府有）掾史屬二十四人……辭曹主辭訟事，法曹主郵驛科程事，尉曹主卒徒轉運事。（《後漢書·百官志一》;《宋書》卷三九《百官志上》）

馬燧,字洵美,汝州郟城人……寶應中,澤潞節度使李抱玉署奏趙城尉。是時迴紇大軍還國,恃復東都之功,倔强恣睢,所過或虜掠廩粟,供餽小不如意,恣行殺害。(李)抱玉具供辦,賓介皆憚不敢行。(馬)燧自贊請主郵驛。比迴紇至,則先賂其渠帥,與明要約。迴紇乃授燧旗幟爲識,犯令者,命燧戮之。燧取死囚,給左右厮役,小違令,輒殺之,迴紇相顧失色。虜涉其境,無敢暴掠。(《舊唐書》卷一三四《馬燧傳》;《册府元龜》卷七〇六)

(元稹元和初分莅東都御史臺。)監徐使死於軍,徐帥郵傳其柩。柩至洛,其下歐詬主郵吏,予命吏徙柩於外,不得復乘傳。(《舊唐書》卷一六六《元稹傳》)

(唐憲宗元和)十二年十二月,復以中官爲館驛使。《六典》之制,以監察第二御史主郵驛。元和初,常(嘗)以中官曹進玉爲使,恃恩暴戾,遇四方使多倨,詰之或至捽辱者,内外屢以爲言,宰臣李吉甫等論罷之,至是復置。(《唐會要》卷六一)

李栖筠爲御史大夫。時元載專政,栖筠正身守道,無所顧憚,以酬任遇之恩。華原尉侯莫陳怤以主郵傳優,改長安尉。臺參,栖筠面詰其勞考,怤恐懼,不敢隱諱,乃以詐冒成優。問其故,即吏部侍郎徐浩私戚。京兆尹杜濟、吏部侍郎薛邕因緣請託,共成罔冒。三人皆宰臣相厚,遂劾奏之。(《册府元龜》卷五一五)

(唐德宗即位之初,)户部侍郎楊炎貶道州司户參軍。自朝受責,馳驛出城,不得歸第。炎妻先病,至是,炎慮耗達,妻聞驚,必至不起。其日,炎夕次藍田,清方主郵務,炎纔下馬,屈崔少府相見。(《太平廣記》卷一五三引《續定命録》)

(唐代宗大曆八年)夏五月乙酉,貶(徐)浩明州别駕,(薛)邕歙州刺史。《考異》曰:《實録》云:"侯莫陳怤爲美原尉。"《舊·李栖筠傳》云:"華原尉侯莫陳怤,以主郵傳優,改長安尉。"(《資治通鑑》卷二二四)

硤州王及郎中槐湯灸痔法:以槐枝濃煎湯,先洗痔,便以艾灸其上七壯,以知爲度。及早充西川安撫使判官，乘騾入駱谷。及宿有痔疾，因此大作，其狀如胡瓜，貫於腸頭，熱如煻灰火，至驛僵仆。主郵吏云："此病某曾患來，須灸即差。"及(乃)命所使作槐湯，洗熱瓜上，令用艾灸。至三五壯，忽覺一道熱氣入腸中，因大轉瀉。先血後穢，一時至痛楚。瀉後遂失胡瓜所在，登騾而馳。(《重修政和經史證類備用本草》卷一二引劉禹錫《傳信方》)

【上巳日兩縣僚友會集時主郵不遂馳赴輒題以寄方寸】 踏青看竹共佳期，春水晴山祓禊詞。獨坐郵亭心欲醉，櫻桃落盡暮愁時。(《全唐詩》卷三〇四劉商)

知驛

(唐代宗大曆八年，)吏部侍郎徐浩、薛邕，皆元載、王縉之黨。浩妾弟侯莫陳怤爲美原尉。浩屬京兆尹杜濟，虚以知驛奏優。奏優者，言郵驛往來，供給車馬，薪芻、糧用，皆無闕乏，優於餘縣也。又屬邕擬長安尉。怤參臺，御史大夫李栖筠劾奏其狀，敕禮部侍郎萬年于邵等按之。(《資治通鑑》卷二二四)

(唐憲宗元和十二年十一月，)舊制：御史二人知驛。開元中，令監察御史兼巡傳驛。至二十五年，以監察御史檢校兩京館驛。大曆十四年，兩京以御史一人知館驛，號館驛使。壬辰，詔以宦者爲館驛使。左補闕裴潾諫曰："内臣外事，職分各殊，切在塞侵官之源，絶出位之漸。事有不便，必戒于初。令或有妨，不必在大。"上不聽。(《資治通鑑》卷二四〇)

【巡幸東都賜賚從官敕】 (唐玄宗開元十九年十一月，巡幸東都，賜賚從官。)賜知頓御史三十匹，知驛御史及知頓判官知營幕官，賜各加一等。(《唐大詔令集》卷七九)

乾元元年三月，度支郎中第五琦充諸道館驛使。大曆五年九月，杜濟除京兆尹，充本府館驛使。自後京兆常帶使。至建中元年停。大曆十四年九月，門下省奏，兩京請委御史臺各定知驛使御史一人，往來句當，遂稱館驛使。謹按：《六典》及《御史臺記》并雜注，即並不言臺中有館驛使。

(唐代宗大曆十四年)九月十七日,門下省奏:"准《公式令》:諸給驛馬,職事三品及爵三品已上,若王,四疋。四品已上及國公,三品(疋)。五品及爵三品已上,二疋。餘官爵各一疋。伏望今後,並約前件馬數給券。其從人每馬一疋,許將一人。"從之。其月敕節文:"兩京宜委御史臺,各定知驛御史一人,往來句當。諸道委節度、觀察使,各于本道判官中,定一人,專知差定訖,具名銜聞奏,并牒奏。"

建中四年正月十一日,館驛置五等使料,及人馬數。其月,詔商州度上津路館置舍。(《唐會要》卷六一)

李夷簡建中末爲華陰尉。德宗發豳隴戴蘭、段成諫等數將兵東討李希烈,邐迤進發,相次出關。朱泚既僭位,乃使以僞詔追令却迴。至華陰縣,夷簡見泚使非常人也,言於知驛官李翼,令捕斬之。翼初未許。夷簡再三言,乃令追及於潼關,即泚所使腹心劉忠孝齎書牒也,遂與關使駱元光立殺之,故泚所召兵不得時入關,駱元光得以整齊師旅,華州竟免陷賊。(《册府元龜》卷七〇五)

景龍末,韋庶人專制,故安州都督贈太師杜鵬舉時尉濟源縣,爲府召至洛城修籍。一夕暴卒……有碧衣官出,趨拜頗恭……有一馬,半身兩足,跳梁而前曰:"往爲鵬舉所殺,今請理冤。"鵬舉亦醒然記之,訴云:"曾知驛,敕使將馬令殺,非某所願。"碧衣命吏取案,審然之,馬遂退。(《朝野僉載》卷六)

按,本條明人誤輯作《僉載》之文,實爲處士蕭時和所作傳記,原文詳見《太平廣記》卷三〇〇。

(宋真宗咸平六年六月)庚辰,令京東西、河北、河東、陝西、淮南諸縣令知管館驛使,州勿差往它所。(《續資治通鑑長編》卷五五)

【唐泗州普光王寺僧伽傳】 釋僧伽者,葱嶺北何國人也……大曆中,州將勒寺知十驛,俾出財,供乘傳者。至十五年七月甲夜,現形於内殿,乞免郵亭之役。代宗敕中官馬奉誠宣放,仍賚捨絹三百疋、雜綵千段、金澡罐、皇太子衣一襲,令寫貌,入内供養。(《宋高僧傳》卷一八)

捉驛

初,州縣取富人督漕輓,謂之“船頭”;主郵遞,謂之“捉驛”;税外横取,謂之“白著”。人不堪命,皆去爲盜賊。上元、寶應間,如袁晁、陳莊、方清、許欽等亂江淮,十餘年乃定,晏始以官船漕,而吏主驛事,罷無名之斂,正鹽官法,以裨用度。(《新唐書》卷一四九《劉晏傳》)

巡轄馬遞鋪事,實捉驛。唐《劉晏傳》:初,州取富人主郵遞,謂之捉驛。(《翰苑新書》前集卷五七)

知館

薛存誠,字資明,河東人……累辟使府,入朝爲監察御史,知館驛。元和初,王師討劉闢,郵傳多事,上特令中官爲館驛使。存誠密表論奏,以爲有傷公體。(《舊唐書》卷一五三《薛存誠傳》)

(周太祖廣順二年十月)辛丑詔:“諸道州府所差知館驛人,不得於縣界别差人户貼助,致擾貧民。”(《册府元龜》卷一六〇)

興元元年,朱泚亂長安,有閻敬立爲段秀實告密使,潛途出鳳翔山,夜欲抵太平館。其館移十里,舊館無人已久。敬立誤入之。但訝萊蕪綆澀。即有二皂衫人,迎門而拜,控轡至廳。即問:“此館何以寂寞如是?”皂衫人對曰:“亦可住。”既坐,亦如當館驛之禮。須臾,皂衫人通曰:“知館官前鳳州河池縣尉劉俶。”敬立見之,問曰:“此館甚荒蕪,何也?”對曰:“今天下榛莽,非獨此館,宫闕尚生荆棘矣。”……令覘厨中,有三數婢供饌具,甚忙,信是無所由。良久,盤筵至,食精。敬立與俶同餐,甚飽,畜僕等皆如法,乃寢……至四更,敬立命駕欲發,俶又具饌,亦如法。俶處分知遠,取西槽馬送大使至前館。(《太平廣記》卷三三九引《博異記》)

驛務

先是，胡人康謙以賈富。楊國忠輔政，納其金，授安南都護，領山南東路驛事。吏疾之，誣其通史朝義。羽鞫之，謙鬚長三尺，明日脱盡，膝髁皆碎，人視之，以爲鬼，乃殺之。(《新唐書》卷二〇九《敬羽傳》)

從(安南)府城至雙流縣二江驛四十里……已上三十二驛，計一千八百八十里，並屬西川管，差官人將軍，專知驛務。(《蠻書》卷一)

唐王仙客者，建中中朝臣劉震之甥也……(京兆尹李齊運)以仙客前御(銜)爲富平縣尹，知長樂驛……遂申府，請解驛務，歸本官。(《太平廣記》卷四八六《無雙傳》)

郵務

劉邈之，天寶中，調授岐州陳倉尉。邈之從母弟吴郡陸康，自江南同官來。有主簿楊豫、尉張穎者，聞康至，皆來賀邈之……明年，逆胡陷兩京，玄宗幸蜀。陳倉當路。時豫主郵務，常念(山人魏)琮之言，記之於手板。及驛騎交至，或有與豫舊者，因召與食，誤啖驢腸數臠。至暮，脹腹而卒。(《太平廣記》卷一五〇引《前定録》)

給驛

張九齡，字子壽，韶州曲江人……遷工部侍郎、知制誥。數乞歸養，詔不許。以其弟九皋、九章爲嶺南刺史，歲時聽給驛省家。(《新唐書》卷一二六《張九齡傳》)

(孔述睿貞元初改秘書少監，兼右庶子。)貞元四年，帝念平涼之難，尤惻怛，以述睿精慤而誠，故遣持祠具，稱詔臨祭。又以疾乞解，久乃許。以太子賓客還鄉，賜帛五十匹、衣一襲。故事：致仕不給公馹，帝特命給焉。(《新唐書》卷一九六《孔述睿傳》)

衛孝女，絳州夏人，字無忌，父爲鄉人衛長則所殺，無忌甫六歲……逮長，志報父仇。會從父大延客，長則在坐，無忌抵以甓，殺之，詣吏稱父冤已報，請就刑。巡察使褚遂良以聞。太宗免其罪，給驛徙雍州，賜田宅，州縣以禮嫁之。(《新唐書》卷二〇五《衛孝女傳》)

史圭，常山人也……好學工詩，長於吏道……爲寧晉日，擅給驛廪以貸饑民，民甚感之。(《舊五代史》卷九二《史圭傳》)

駕部郎中、員外郎，掌輿輦、車馬、驛置、廐牧之事。大禮，戒有司具五輅。凡奉使之官赴闕，視其職治，給馬如格。官文書則量其遲速，以附步、馬、急遞。總内外監牧。(《宋史》卷一六三《職官志三》)

索湘，字巨川，滄州鹽山人，開寶六年進士……真宗即位，入爲右諫議大夫，復充河北轉運使……德州舊賦民馬以給驛，又役民爲步遞。湘代以官馬兵卒，人皆便之。(《宋史》卷二七七《索湘傳》)

种放，字明逸，河南洛陽人也……(大中祥符四年四月)徙居嵩山天封觀側，遣内侍，就興唐觀基起第賜之，假踰百日，續給其奉。然猶往來終南，按視田畝。每行必給驛乘，在道或親詬驛吏，規算糧具之直，時議浸薄之。(《宋史》卷四五七《种放傳》)

(宋神宗元豐四年四月)辛酉，入内供奉官王懷正差管押軍器往瀘州，欲不停見勾當後苑西作，別給驛券。上批："瀘州道路，半在陝西，與廣南不同，可止依條給驛券或本任添支，入内省取問懷正妄陳乞以聞。"(《續資治通鑑長編》卷三一二)

(宋哲宗元祐八年正月丙申，)户部言："元祐元年二月五日敕：'官員差出所帶人吏，如合支馹券，從本部契勘職名，依令内則例，不許陳乞别等則例。如違，許劾奏。'自降朝旨，差官出外所帶人吏，多乞優厚券俸，申請特旨。雖依上條劾奏，而朝廷特依已降指揮，不惟紊煩朝廷，而近降朝旨，遂成空文。欲今後人吏、公人差出，雖有特旨，不依常制。或特依已降指揮，别支破驛券之人，並

從本部衹依本職名則例支給。”從之。(《續資治通鑑長編》卷四八〇)

(侍中,)天寶元年改爲左相。按令文,掌侍從,負寶,獻替,贊相禮儀,審署奏抄,駁正違失,監封題,給驛券,監起居注,總判省事。

(門下侍郎,)員二人,掌侍從,署奏抄,駁正違失,通判省事。若侍中闕,則監封題,給驛券。

(給事中,)常侍從,讀署奏抄,駁正違失,分判省事。若侍中、侍郎並闕,則監封題,給驛券。(《通典》卷二一)

(唐玄宗開元)二十四年五月十三日敕:“每年春季,鎮金龍王殿功德事畢,合獻投山水龍璧。出日,宜差散官,給驛,送合投州縣,便取當處送出,准式投告。”(《唐會要》卷五〇)

(唐玄宗開元)二十三年七月十七日(詔):“新除都督、刺史,並闕(關)三官州上佐,並給驛發遣。”(《唐會要》卷六一)

(唐代宗大曆五年八月,國子司業歸崇敬上疏,請置國子博士,)所擇博士,兼通《孝經》、《論語》,依憑章疏,講解分明,注引旁通,問十得九,兼德行純潔,文辭雅正,儀刑規範,可爲師表者,令四品以上,各舉所知,在外者給驛。(《唐會要》卷六六)

貞元四年八月,吏部奏:“伏以艱難以來,年月積久,兩都士類,散在遠方……選集加衆,真僞混然。實資檢責,用甄涇渭。謹具由歷狀樣如前。伏望委諸州府縣,於界内應有出身以上,便令依樣通狀,限敕牒到一月内畢,務令盡出,不得遺漏。其敕令度支急遞送付州府。州司待納狀畢,以州印印狀尾,表縫相連,星夜送觀察使。使司定判官一人,專使(專)勾當都封印,差官給驛遞驢送省。至上都五百里内,十二月上旬到。千里外,中旬到。每遠校一千里外,即加一旬……”敕旨依奏。(《唐會要》卷七四;《冊府元龜》卷六三〇)

(唐玄宗開元中,皇家所藏王)右軍書凡一百三十卷……蕭令尋奏滑州人家藏右軍扇上真書宣示,及小王行書白騎遂等二卷。敕命滑州給驛,賫書

本赴京。(《法書要録》卷四)

(唐太宗貞觀二十年)十一月己丑,詔曰:"朕因東行憂勞,幸靈州綏撫,冒寒來往,稍覺疲弊。今欲至歲暮以來,怡攝宜暫簡静。其祭祀及諸方表疏、蕃客兵馬宿衛、應行魚契給驛、授五品以上官及五品以下官、降解斷死罪等事,依嘗(常)式奏聞。自餘並取皇太子治處分。"(《册府元龜》卷二五九)

張果老先生者,隱於恒州枝條山,往來汾晉……(開元二十三年,遣使迎至東都)。累陳老病,請歸恒州。賜絹三百疋,並扶持弟子二人,並給驛,舁至恒州。(《大唐新語》卷一〇;《明皇雜録》卷下)

(唐高宗朝,師子國僧年九十九,)請奏欲往北代清凉山文殊師利菩薩坐處。皇帝聞喜,敕給驛馬。内使及弟子官佐二十餘人,在處供給。諸官人弟子等並乘官馬,唯長年一人少小已來,精誠苦行,不乘雜畜。(《法苑珠林》卷一四;《太平廣記》卷九三)

開元二十三年,荆州女子死三日生,自言具見冥途善惡、國家休咎,鬼王令其傳語於人主。荆州以聞,朝廷駭異,思見之,敕給驛騎,令至洛。行至南陽,遂喑不能言,更無所識。至都,以其妄也,遽(遣)歸。(《太平廣記》卷三八六引《記聞》)

供驛

(唐玄宗開元)二十六年正月,制長安、萬年兩縣各與本錢一千貫,收利供驛。仍付雜驛。(《册府元龜》卷四八四)

【彈奏山南西道兩税外草狀】 右訪聞前件州府,每年兩税外,加配驛草,遂於路次州縣檢勘文案。據論後使牒,並稱准舊例於兩税外科配。又牒山南西道觀察處置等使裴玢勘得報稱:"自建中元年已後,每年隨税據貫,配率前件禾草,將供驛用者。"伏准元和元年已後三度赦文,每年旨條,兩税留州留使錢外,加率一錢一物,州府長吏並以枉法贓論。(《元稹集》卷三七)

四、館驛的組織機構和人員設置

驛家

（武后時，）同州下邽人徐元慶父爲縣尉趙師韞所殺。後師韞爲御史，元慶變姓名，於驛家傭力，候師韞，手刃殺之。（《舊唐書》卷一九〇中《陳子昂傳》）

貞觀六年，右衛將軍陳萬福自九成宫赴京，違法取驛家麸數石。太宗賜其麸，令自負出以耻之。（《貞觀政要》卷六）

（唐玄宗開元四年）閏十二月，詔曰："如聞兩京間驛家，緣使命極繁，其中多有妄索供給。宜令御史劉昇，往南北兩路簡察，隨事奏聞。"（《册府元龜》卷六三）

安禄山垂肚過膝，自稱得三百五十斤。每朝見，玄宗戲之曰："朕適見卿肚幾垂至地。"禄山每行，以肩膊左右擡挽其身，方能移步。玄宗令前作胡旋舞，疾如風。禄山所乘驛，每驛中間築换馬臺，不然，馬輒死。驛家簡禄山所乘馬，以土載五石，能馱勝致（者），即以高價市之，秣飼以待之。鞍前更連置小鞍，以乘其肚。（《册府元龜》卷八八三）

（婁師德爲兵部尚書，）使并州，接境諸縣令隨之。日高至驛，恐人煩擾驛家，令就廳同食。（《朝野僉載》卷五；《太平廣記》卷一七六引《朝野僉載》）

唐御史出使，久絶滋味。至驛，或竊脯臘置於食，僞叱侍者撤之。侍者去而後徐食，此往往而有，殊失舉措也。嘗有御史，所留不多，不覺侍者見之，對曰："乾肉驛家頗有，請吏（更）留。"御史深自愧焉。（《太平廣記》卷二五九引《御史臺記》）

（長安之南）子午關南第一驛，名三交驛。東有澗，東南坡數十頃是栗樹，素不知有僧住，屢聞鐘聲，不以爲奇。一時驛家婦女採樵入澗，忽值一僧，獨坐石上縫衣，傍無一物。此女有信心，白曰："不知師在此，日時欲至，向驛食來。"僧云："貧道山居，不得食驛家官食。"女曰："自有私食，足以供養。"（《法苑珠林》卷三九）

【請罷巡驛内官】 臣竊見自京至雄州，人使館驛專副，盡是差鄉民有家産者勾當，一年一替，仍須是三人已上方可管勾得，前及年終亦多逃避者。蓋信使往來二番，取給實爲煩費。雖有條貫約束，其諸州久例爲敝，難爲止絶。鄉民不敢伸訴，以此蕩盡産業。臣仔細詢問，緣更有逐處專切提舉館驛家事内臣，每一經過，捃摭微過，恣意誅求，其費數倍，以至親隨吏人，藉勢勒索，獻遺方可免於刑責。臣伏睹諸路館舍，各係所管本軍，逐時修葺。既提舉使臣於上秋間方始出巡，居常只憑文字行移州縣，依例施行。此職誠爲虚設，有害無利，欲乞今後，只今（令）本路轉運司逐季指揮轄下州縣，應人使經過路分館驛家事等，並須管預前，一例修飾排辦畢備。（《包孝肅奏議集》卷三）

權皋爲范陽節度掌書記。禄山男慶和承恩尚主，皋在京親禮會畢，歸本道。知禄山有異謀，出路托疾詐死，家人載喪以歸封丘，僅達而關東鼎沸。皋微服變姓名，至臨淮，於驛家傭賃。欲數知北方動静故也。尋過江。（《封氏聞見記》卷九）

驛司

（韋）藝，字世文……高祖爲丞相，尉迥陰圖不軌，朝廷微知之。遣藝季父孝寬馳往代迥。孝寬將至鄴，因詐病，止傳舍，從迥求藥，以察其變。迥遣藝迎孝寬。孝寬問迥所爲，藝黨於迥，不以實答。孝寬怒，將斬之。藝懼，乃言迥反狀。孝寬於是將藝西遁，每至亭驛，輒盡驅傳馬而去。復謂驛司曰："蜀公將至，宜速具酒食。"迥尋遣騎追孝寬。追人至驛，輒逢盛饌，又無馬，遂遲留不進。孝寬與藝由是得免。（《隋書》卷四七《韋藝傳》）

契丹使每歲至中國，索食料，多不時珍異之物，州縣撓動。公之使虜，入其境稍深，則必索豬肉及胃臟之屬，從者莫能曉。（蓋）燕北第產羊，俗不畜豬，驛司馳騎，疲於奔命，無日不加箠楚，所以困之爾。（《桐陰舊話》）

驛長

金梁鳳，不知何許人也……至德元年……梁鳳在河隴，謂吕諲曰："判官骨相，合得宰相，須得一大驚怖，即得。"諲後至驛，責讓驛長，搒之。驛吏武將，性粗猛，持弓矢突入，射諲，矢兩發，幾中諲面。諲逾牆得免，以報梁鳳，梁鳳曰："此必入相。"（《舊唐書》卷一九一《金梁鳳傳》）

開元四年，析唐、許二州之屬邑，又置仙州。至二十一年十二月，敕以仙州頻喪長吏，欲廢之，令公卿議其可否。中書侍郎崔沔議曰："仙州四面去餘州界雖近，若據州城而言，則亦懸遠。土地饒沃，户口稀疏，逃亡所歸，頗成泉（淵）藪……至於田疇澇損，則與許、蔡何殊。寧爲土卑，獨當廢省。若以州管新户，驛長難得合宜。况唐、許州界路僻户少，均出傍州……"（《太平寰宇記》卷八汝州；《唐會要》卷七〇）

（宋朝建，）於祥符置河清巡檢司，清河、大梁、陳橋三驛、陳橋遞運所。封丘縣置中灤巡檢司、中灤、新莊二驛。儀封縣置大岡驛、大岡遞運所。通許縣置雙溝驛，太康縣置義安驛、長嶺遞運所。扶溝縣置崔橋驛，陳州置宛丘驛、淮陽遞運所。項城縣置武丘驛。皆因河徙而革。（《汴京遺蹟志》卷三）

（貞觀中，太宗以德政之暇，鋭志翫書，臨寫右軍真草書帖，購募備盡，唯未得《蘭亭》，尋討此書，知在辯才之所，乃敕監察御史蕭翼往訪之。）後辯才出，赴靈汜橋南嚴遷家齋，翼遂私來房前，謂弟子曰："翼遺却帛子在牀上。"童子即爲開門。翼遂於案上，取得《蘭亭》及御府《二王書帖》，便赴永安驛，告驛長淩愬曰："我是御史，奉敕來此，（今）有墨敕，可報汝都督齊善行（知）。"（《法書要録》卷三；《太平廣記》卷二〇八引《法書要録》）

（兵部尚書婁師德出使巡邊，）使至靈州果驛，上食訖，索馬。判官諮意（驛）家漿水，亦索不得，全不祗承。（《朝野僉載》卷五；《太平廣記》卷一七六引《朝

野僉載》)

隋大業中,雍州長安縣人趙文若,死經七日,家人大殮,將欲入棺,乃縮一脚。家人懼怕,不敢入棺,文若得活。眷屬喜問所由,文若云:“初有人引至王所,王問:‘汝生存之時作何福業?’……後因使至一驛,廳上暫時偃息。於時夢見一青衣婦女,急來乞命。文若驚寤,即喚驛長,問曰:“汝爲吾欲殺生不?”驛長答云:“實爲公欲殺一小羊。”文若問云:“其羊作何色?“答云:“是青牸羊。”文若報云:“汝急放却,吾與價直,贖取放之。”良由《般若》威力,冥資感應也。(《太平廣記》卷三八一引《冥祥(報)記》)

【大唐衛州新鄉縣臨清驛造彌勒像碑】 原夫贍部神州,薩訶妙境。代應賢劫,成芥子而滿由旬;時現聖雄,喻曇花而實希有……有正議大夫、行衛州别駕李諱(闕一字)温……鎮太行東隅,使百城安肅……驛長孫璧者,周文王之苗……誓願斯果,功德是崇,敬造彌陀一區,並以菩薩兩侍……庶夫天長地久,植善之行恒流;海變田移,種德之名無朽。其詞曰:……有尉盧君,其若生知。黄陂萬頃,郄桂一枝。行仁火速,爲國星馳。當官有效,處事無(闕一字)。(其四)(《全唐文》卷九八九闕名;《全唐文補遺》第七輯)

驛吏

張光晟,京兆盩厔人,起於行間……建中元年,迴紇突董梅録領衆并雜種胡等,自京師還國,輿載金帛,相屬於道。光晟訝其裝橐頗多,潛令驛吏以長錐刺之,則皆輦歸所誘致京師婦人也。遂給突董及所領徒,悉令赴宴。酒酣,光晟伏甲,盡拘而殺之,死者千餘人,唯留二胡歸國復命。遂部其婦人,給糧還京。(《舊唐書》卷一二七《張光晟傳》)

姚南仲,華州下邽人……貞元十五(三)年,代李復爲鄭滑節度使。監軍薛盈珍恃勢奪軍政,南仲數爲盈珍讒毁,德宗頗疑之。十六年,盈珍遣小使程務盈馳驛奉表,誣奏南仲陰事。南仲裨將曹文洽亦入奏事京師,伺知盈珍表中語。文洽私懷憤怒,遂晨夜兼道,追務盈。至長樂驛,及之,與同舍宿。中夜殺務盈,沉盈珍表於厠中,乃自殺。日旰,驛吏闢門,見血流塗地,旁得

文洽二緘，一告於南仲，一表理南仲之冤，且陳首殺務盈。（《舊唐書》卷一五三《姚南仲傳》）

（唐文宗大和中，）有迴鶻將軍李暢者，曉習中國事，知不能以法制馭，益驕恣，鞭捶驛吏，貪求無已。（《舊唐書》卷一八〇《李載義傳》）

（唐太宗朝，王君廓）以功授幽州都督……居職不守法度，長史李玄道數以法繩督，猜惑不自安。會被召，至渭南，殺驛史（吏），亡奔突厥。野人斬之。（《新唐書》卷九二《王君廓傳》）

（元和中，李師道作亂，東都）留守、防禦將、都亭驛史（吏）數十人，皆陰受師道署職，使爲詗察，故無知者。（《新唐書》卷二一三《李師道傳》）

輔超，忻州秀容人，家世業農。超少勇悍有力……淳化三年，出爲德州刺史。坐誣奏使者，毆殺驛吏，責授右監門衛將軍、領誠州刺史。（《宋史》卷二七一《輔超傳》）

唐介，字子方，江陵人……（宋神宗朝）知莫州任丘縣。當遼使往來道，驛吏以誅索破家爲苦。介坐驛門，令曰："非法所應給，一切勿與，稍毀吾什器者，必執之。"皆帖伏以去。（《宋史》卷三一六《唐介傳》）

（唐宣宗大中八年）秋九月丙戌，以右散騎常侍高少逸爲陝虢觀察使。有敕使過硤石（驛），硤石，隋之崤縣，貞觀十四年移治硤石塢，改名硤石，屬陝州。怒餅黑，鞭驛吏見血。少逸封其餅以進。敕使還，上責之曰："深山中，如此食豈易得？"謫配恭陵。（《資治通鑑》卷二四九）

（宋真宗大中祥符四年十一月癸未，工部侍郎种）放自乞徙居嵩山天封觀側，詔遣内侍，就興唐觀基起第賜之。假踰百日，續給其俸。然猶往來終南，按視田畝，每行必給驛乘。在道或親詬驛吏，規算糧具之直，時議浸薄焉。（《續資治通鑑長編》卷七六）

【遣使宣慰蘄黄等州敕】 (唐僖宗乾符四年九月,詔應汝、隨、申、安、蘄、黄等州,凡經王仙芝、尚君長所攻劫處,悉加撫育)。其有道路郵館之所、傳遞警急之時,或驛吏驚奔,賊徒焚爇。仰宣慰使,量所在物力,重爲經營,冀備追風,免妨乘馹。(《唐大詔令集》卷一一七)

(五代時,)兩浙錢氏偏霸一方,急徵苛慘,科賦凡欠一斗者,多至徒罪。徐瑒常使越,云:"三更已聞獐麃,號叫達曙。"問於驛吏,乃縣司徵科急鄉民,多赤體,有弊葛褐者,多用竹篾繫腰。(《江表志》卷二)

紹興壬戌,朝廷既罷三大將,息兵議和,曾郎中惇時守黄州,獻《書事十絶句》於秦益公,秦繳進於上。上喜,與陞擢差遣。任滿,除台州。詩云:"黄泥阪下雪猶深,赤壁磯頭江欲平。驛吏西來聞好語,蕃人已出蔡州城。"(《能改齋漫録》卷一一《曾郎中獻秦益公十絶句》)

(唐憲宗元和)十一年十一月壬申,門下省奏:"諸道奏事官非急切者,不得乘驛馬。"從之。時未班師,詔命曰(日)宣,洎諸軍之奏請,所至驛騎不足以充傳,州縣發公私乘以濟之,中使力奪道中往來馬,有餘則驅之以行,拒者輒歐辱之。雖執公券,銜王命,至大鎮,賓倅或爲其陵折。於是有繇經山谷,歷崎險,冒蓁薈而行,都邑大道,乘者幾絶。中人每至之處,又遣驛吏搜發往來私馬,驛吏因執馬求賂,厚者免之,甚爲時害。(《册府元龜》卷一六〇)

(延和中,大理評事敬昭道遷監察御史。)先是,夔州征人舒萬福等十人,次於巴陽灘,溺死。昭道因使巴渝,至萬春驛,方睡,見此十人祈哀,纔寐覺,至於再三。乃召驛吏問之,驛人對如夢。昭道即募善游者出其屍,具酒肴以酹之,觀者莫不歔欷。乃移牒近縣,備棺櫝,歸之故鄉。征人聞者,無不感激。(《大唐新語》卷四)

張嘉貞落魄有大志,亦不自異,亦不下人。自平鄉尉(丞)免歸鄉里,布衣環堵之中,蕭然自得,時人莫之知也。張循憲以御史出,還次蒲州驛。循憲方復命,使務有不決者,意頗病之。問驛吏曰:"此有好客乎?"驛吏白以嘉貞。循憲召與相見,咨以其事,積時疑滯者,嘉貞隨機應之,莫不豁然。及命

(草)表,又出(其)意外。他日,則天以問,循憲具以實對,因請以己官讓(與)之。(《大唐新語》卷六)

益州每歲進柑子,皆以紙裹之。他時長吏嫌紙不敬,代以細布。既而恐柑子爲布所損,每懷憂懼。俄有御史甘子布,使於蜀。驛使(吏)馳白長吏:“有御史甘子布至。”長吏以爲推布裹柑子事,懼曰:“果爲所推!”及子布到驛,長吏但序以布裹柑子爲敬。子布初不之知,久而方悟,聞者莫不大笑。(《大唐新語》卷一三)

唐白岑遇異人,傳發背方,其驗十全,岑賣弄以求利。爲淮南小將高適脅取其方,然不甚效。後岑至九江,爲虎所食。驛吏於其囊中得真(其)本,太原王昇之寫以傳布。岑得異方,秘之求利,無濟人之心,宜爲虎食。王昇之者,必有善報乎!(《侯鯖録》卷八;《國史補》卷上;《太平廣記》卷二一九引《國史補》)

余在江南掌轉輸之明年,虔州有賊劉法定,房眷兄弟八人,皆有身手,善弓弩。法定爲盗魁,其徒且百數,州郡患之(爲巡檢殿直康懷琪所擒)……兄弟八人,活釘於市。數日,懷琪過之,法定等俱厲聲大駡曰:“官中招出我,轉運使許我以不死。康懷琪與知州密計中我,使我兄弟同遭非命,地府下必訴爾,終不捨爾罪。”懷琪怒,命左右以鐵鎚碎其手足,由是八人頃刻而死,棄尸野外。余未半歲,自京奏公事迴,泝流至虔州,懷琪乘舟三十許里,相接睹揖之際,連拜數十,但云“某罪過”。余自暫離洪州來上京,却歸江南,往復僅四五箇月,固未知法定之死。聞懷琪稱罪懇切,甚訝之。徐謂曰:“且就坐,適再三稱罪過者何?”懷琪又起,面若死灰,且戰且懼,惟言:“某罪過。”睹之愈驚疑,未測何故也。遂答以他事。無何,郡長與州從事皆至,促船夫疾牽至州部。到驛,諸官悉散去。余未及解帶,懷琪獨候謁。未及與接談,又再三言:“某罪過。”似有所依憑。及去,召驛吏及州之走使輩詰之,皆曰:“巡檢尋常不如此,得非爲劉法定兄弟冤魂所使爾?不然,何恐懼稱罪之若是?”(《洛陽搢紳舊聞記》卷二《虔州記異》)

稷山驛吏王全,作吏五十六年,人稱有道術,往來多贈篇什。故李義山

贈詩云“過客不勞詢甲子,唯書亥字與時人”也。(《南部新書》己卷)

嶺南僻遠之地,有驛名翠嵐,往來宿者,多飼馬於堂上。驛吏諫諭不聽,乃題小詩於壁以譏之。曰:“犬馬本非堂上物,莫言驛舍暫經過。大都人畜須分别,不禁鶯聲可奈何。”“鶯聲”之喻,蓋昔人曾有爲《驢喫牡丹賦》云:“展似鐵之雙蹄,驚回蝶夢;聳如船之兩耳,不聽鶯聲。”驛吏之意出於此。(《墨客揮犀》卷六)

陳寨者,泉州晉江巫也,善禁咒之術,爲人治疾,多效者。澶(漳)州逆旅蘇猛,其子病狂,人莫能療,乃往請陳。陳至……在堂中作法,所懸之心,遂爲犬食。寨求之不得,驚懼,乃持刀宛轉於地,出門而去。主人弗知,謂其作法耳。食頃,乃持心而入,内於病者之腹,被髪連叱,其腹遂合。蘇氏子既寤(悟),但連呼“遞鋪! 遞鋪!”家人莫之測。乃其日,去家十里,有驛吏,手持官文書,死於道傍。(《稽神録》卷三;《太平廣記》卷二二〇引《稽神録》)

于濤者,唐宰相琮之姪也。琮南遷,途經平望驛,維舟方食,有一叟,自門而進,直抵廳側小閤子,以詣濤焉。叟之來也,驛吏疑從相國而行,不之問。相國疑是驛中人,又不之詰。既及濤所憩,濤問叟:“何人也?”對曰:“曹老兒。”問其所來,對曰:“郎君極有好官職,此行不用憂。”濤方將遠陟,深抱憂慮,聞其言,欣然迎待,揖之即席。濤與表弟前秘書省薛校書,俱與之語,問其所能,云:“老叟無解,但見郎君此後官職高顯,不可一一叙之,請濡毫執筆,隨語記録之也。”(《太平廣記》卷四三;《吴郡志》卷四〇引《神仙感應傳》)

唐左丞相盧渥,軒冕之盛,近代無比。伯仲四人,咸居顯列。乾符初,母憂服闋,渥自前中書舍人拜陜府觀察使。又旬日,其弟紹自前長安令除給事中。又旬日,弟沆自前集賢校理除左拾遺。又旬日,弟沼自畿尉遷監察御史。詔書叠至,士族榮之。及赴任陜郊,洛城自居守、分司朝臣已下,互設祖筵,遮於行路,洛城爲之一空。都人觀者架肩擊轂,盛於清明灑掃之日。自臨都驛以至於行,凡五十里,連翩不絶。有白鬚傳卒,嗚指歎曰:“老人爲驛吏垂五十年,閱事多矣,而未曾見祖送之盛有如此者。”(《太平廣記》卷二〇〇引《唐闕史》;《唐闕史》卷下《盧左丞赴陜郊詩》)

交、廣間遊客，各求館帖，所至迎接甚厚，贐路(賂)每處十千。廣帥盧鈞深知其弊，凡求館帖者，皆云："累路館驛，供菜飯而已。"有客齎帖到驛，驛司依帖供訖，客不發。驛吏曰："恐後更有使客，前驛又遠，此非宿處。"客曰："食帖如何處分?"吏曰："供菜飯而已。"客曰："菜飯供了，還我而已來。"驛吏相顧，莫知所爲。客又追促，無計，吏問曰："不知而已。"曰："大於驢，小於騾。若無可供，但還我價直。"驛吏問："每一而已其價幾何?"客曰："三五千。"驛吏逐(遂)斂送耳。(《太平廣記》卷二五一引《盧氏雜説》)

勝州都督薛直，丞相納(訥)之子也。好殺伐，不知鬼神。直在州，行縣還歸。去州二驛，逢友人，自京來謁，直延入驛廳，命食……與友人馳赴郡。行一驛，直入廳休偃。從者皆休，忽見直去。從者百餘人，皆左右從人。驛吏入户，已死矣。於是驛報其家。直已先至家，呼妻與别曰："吾已死北驛，身在今是鬼，恐不得面訣，故此暫來。"執妻子之手，但言努力。復乘馬出門，奄然而歿。(《太平廣記》卷三三一引《記聞》)

太原王容與姨弟趙郡李咸，居相、衛間。永泰中，有故之荆襄。假公行乘傳，次鄧州，夜宿郵之廳。時夏月，二人各據一牀於東西間，僕隸息外舍。二人相與言論，將夕各罷息，而王生竊不得寐。三更後，雲月朦朧，而王卧視庭木，蔭宇蕭蕭然，忽見厨屏間有一婦人窺覘，去而復還者再三。須臾出半身，緑裙紅衫，素顔奪目，時又竊見李生起坐，招手以挑之。王生謂李昔日有契，又必謂婦人是驛吏之妻，王生乃佯寐以窺其變。(《太平廣記》卷三三七引《通幽録》)

(陳郡袁)傪，以監察御史奉詔使嶺南。乘傳至商於界，晨將發，其驛吏白曰："道有虎暴而食人，故過於此者，非晝而莫敢進，今尚早，願且駐車，決不可前。"(《太平廣記》卷四二七引《宣室志》)

唐明皇帝嘗有方士，獻一小龜，徑寸而金色可愛，云："此龜神明而不食，可置之枕笥之中，辟巨蛇之毒。"上常貯巾箱中。有小黄門，恩渥方深，而坐親累，將竄南徼。不欲屈法免之，密授此龜，曰："南荒多巨蟒，常以龜置於側，可以無苦。"閹者拜受之。及象郡之屬邑，里市館舍，悄然無一人，投宿於旅館。是夜,月明如晝,而有風雨之聲。其勢漸近,因出此龜,置於階上。良久,神龜伸頸吐氣,其火如綖直上,高三四尺,徐徐散去。已而龜遊息如常,向之風雨聲,亦已絶矣。及明,驛吏稍稍而至,羅拜庭下曰:“昨知天使將至,合備迎奉。適緣行旅,誤殺一蛇,衆知報冤蛇必此夕爲害,側近居人皆出三五十里外,避其毒氣。某等不敢遠出,止在近山巖穴之中,伏而待旦。今則天使無恙,乃神明所祐,非人力也。”(《太平廣記》卷四七二引《録異記》)

(王仙客)爲富平縣尹,知長樂驛。累月,忽報有中使押領内家三十人,往園陵以備灑掃,宿長樂驛,氈車子十乘下訖。仙客謂塞鴻曰:“我聞宫嬪選在掖庭,多是衣冠子女,我恐無雙在焉,汝爲我一窺,可乎?”鴻曰:“宫嬪數千,豈便及無雙?”仙客曰:“汝但去,人事亦未可定。”因令塞鴻假爲驛吏,烹茗於簾外,仍給錢三千,約曰:“堅守茗具,無暫捨去。忽有所睹,即疾報來。”塞鴻唯唯而去。宫人悉在簾下,不可得見之,但夜語喧譁而已。至夜深,群動皆息,塞鴻滌器搆火,不敢輒寐。忽聞簾下語曰:“塞鴻塞鴻,汝争得知我在此耶?郎健否?”言訖嗚咽。塞鴻曰:“郎君見知此驛,今日疑娘子在此,令塞鴻問候。”(《太平廣記》卷四八六《無雙傳》)

自鄂渚至襄陽七百里,經亂離之後,長塗莽莽,杳無居民。唯屯駐諸軍,每二十里置流星馬鋪,轉達文書,七八十里間則治驛舍,以爲兵帥往來宿頓處,士大夫過之者亦寓託焉。乾道六年,江同祖爲湖廣總領所幹官,自鄂如襄,由漢川抵陽臺驛。夜爲蚊所撓,不得寢。戒從卒,雞初鳴即起。驛吏白曰:“此方最荒寂,多猛虎,而虎精者素爲人害。比有武官,乘馬未曉行,并馬皆遭啖食。今須辨色上道爲佳耳。”江如其言。歸塗過郢州,復當投宿於彼。與皂隸共三騎及兩卒前行。起差早,覺人馬辟易。遥望一黄物馳草間,中心絶怖。漸近,蓋巨鹿,其大如牯牛,固已悚然。行半程,忽見一婦人在馬前,年可四五十,綰獨角髻,面色微青,不施朱粉,雙目絶赤,殊眈眈可畏。著褐衫,繫青裙,曳草履,抱小貍貓,乍後乍前,相隨逐不置。將弛擔,乃不見。江心念:“豈非所謂虎精者乎?”秘不語人,拂旦欲東,鋪卒云:“昨于道左見二乳虎雛,尚未能動步,吾官欲之否?願以獻。”江笑曰:“吾豈應養虎自遺患?”却弗取。又信宿,從漢陽濟江,同載數人,彼婦在焉,容貌衣服,一切如初。(《夷堅支景》卷一《陽臺虎精》)

李邃，字夷曠，建昌公擇尚書子也，爲發運司幹官。嘗捧檄河北，晚抵一驛，候吏先至，見已有牌，曰“水太尉”。召問驛吏：“此何處官員？”亦不能知所自。審聽其中，聞(闃)無人聲，候吏(乃)以發幹牌掛於柱，李亦至，則聞有詬罵者曰：“彼此是仕官，安得相逼！我蓋某官之孫，某官之子，舅舅係某人。”所稱皆將相大僚，而姓名乃唐時貴達者。李不答，亦不與競，姑就廡下憩泊。俄又聞有語云：“待遷出，還發幹正位。”少頃，一髽髻兒裸跣，唯著犢鼻裩，身如金色，年可十五六，攜兩空桶先出……最後一老翁，裹圈脚襆頭，衣黄衫，挑馬杓，并爬刷之屬，若圉者然，喝云：“太尉揖。”髽兒鞠躬一揖，徑趨去，俱至驛門外，入大池水心而没。予頃聞王嘉叟嘗説此事。(《夷堅支景》卷六《水太尉》)

相國杜豳公，幼履顯榮，歷居大任，名藩重鎮，皆再領之。年九十餘，薨於荆渚。是夕，中使楊魯周自五嶺使迴，止於傳舍。一更之後，風勢可懼，敲磕擊觸，若兵甲之聲，人人股慄，莫知所以。魯周馹騎所倦，尋亦成寐。夢四衢之内，師旅充斥，不通人行。問其故，皆曰：“迎閻羅王，今夜四更去。”又問：“王是何人？”曰：“此州大將，官高年長者是。”既覺，召驛吏問之，時公不愈半月矣！官高年長，首冠衆人，疑其必有薨變。是夕四更，果去世矣。(《雲笈七籤》卷一二一引《道教靈驗記》)

【五言送烏程李明府得陟狀赴京】 驛吏滿江城，深仁見此情。士林推玉振，公府薦冰清。爲政移風久，承恩就日行。仲容綸綍貴，南巷有光榮。(《晝上人集》卷五；《全唐詩》卷八一九皎然)

【歸履道宅】 驛吏引藤輿，家僮開竹扉。往時多暫住，今日是長歸。眼下有衣食，耳邊無是非。不論貧與富，飲水亦應肥。(《白居易集》卷二七；《全唐詩》卷四五〇白居易)

【唐故岐陽公主墓誌銘】 憲宗皇帝即位八年，出嫡女，册封岐陽公主，下嫁於今工部尚書、判度支杜公悰……(杜悰)旋出爲澧州刺史，主後尚書行。郡縣聞主且至，殺牛羊犬，爲數百人供具。主至，從不二十人、六七婢，乘驢闒茸，約所至不得肉食。驛吏立門外，舁飯食以返。不數日間，聞於

京師，衆嘩説以爲異事。(《樊川文集》卷八)

【酬耿拾遺題贈】　掩扉常自静，驛吏忽傳呼。水巷驚馴鳥，藜牀起病軀。顧身悲欲老，戒子力爲儒。明日公西去，煙霞復作徒。(《全唐詩》卷二六三嚴維)

【送辰(新)州鄭使君】　誰人不譴謫，君去獨堪傷。長子家無弟，慈親老在堂。驚魂隨驛吏，冒暑向炎方。未到猿啼處，参差已斷腸。(《全唐詩》卷二七〇戎昱)

【欲到西陵寄王行周】　西陵沙岸回流急，西陵渡在蕭山縣西二十里。錢王以陵非吉語，改曰西興。船底黏沙去岸遥。驛吏遞呼催下纜，棹郎閒立道齊橈。猶瞻伍相青山廟，盧文輔《伍子胥祠銘》曰："漢史胥山。"今名青山，謬也。未見雙童白鶴橋。欲責舟人無次第，自知貪酒過春潮。(《全唐詩》卷四八三李紳)

【戲題贈稷山驛吏王全】　全爲驛吏五十六年，人稱有道術，往來多贈詩章。絳臺驛吏老風塵，耽酒成仙幾十春。過客不勞詢甲子，惟書亥字與時人。(《全唐詩》卷五四〇李商隱)

【送集賢李學士員外知歙州序】　集賢學士、屯田外郎李君在興國，雍熙中，以文雄於場屋……求東平之守……建隼剖符，驛吏駕車而來迎，縣令負弩而前引。(《武夷新集》卷七)

【推忠佐理功臣……唐公(介)墓誌銘】　公諱介，字子方，其先晉昌人，唐末避亂於餘杭……(宋仁宗朝)遷著作佐郎。徙莫州任邱縣，自契丹約和，遣使往來歲不絶。凡誅索百出，驛吏比多破産而去。公嘗坐驛門上，戒曰："自今非當所饋物，一切毋得供。有輒壞什器者，執之，必以法。"繇是過公境者，無敢有所擾。(《華陽集》卷五七)

【度支郎中葛公(源)墓誌銘】　葛，公姓也。源，名也。宗聖，字也。處州之麗水，公所生也……公之爲(吉州太和縣)主簿也，中貴人擊驛吏，取所給過家。以言府，府不敢劾。公曰："中貴人何憚爲吾民而有陵之者？吾

亦耻之。”上書論其事,中貴人坐絀。(《臨川先生文集》卷九六)

【書驛舍壁】 巍巍使館開華堂,行人舊題詩滿堂。去年讀之多好語,今歲重尋在何處。驛吏却云官長來,堊以赤白漫青灰。銀鈎錯落應手没,當時嘲謔誰爲才。嗚呼萬事衹如此,古人豪强安在哉。寄語征途往還客,不如揮手落金石。金石雖堅有時滅,君不聞海波成田淮水絶。(《青山續集》卷四;《清江三孔集》卷二二)

【鄭光錫字説】 鄭僖,靖王之孫,和州防禦使,始名興宗,字光祖。今年春,將命朔庭,還未數舍,驛吏中夜馳呼曰:“御所召金牌書。”鄭侯啓緘下拜,則天子親灑宸翰,更其名曰興裔也。(《南澗甲乙稿》卷一七)

【回劉運使應龍】號實齋。 比承一介使人,陟我山麓,問外自梅外來。執事惠綏一日之好,其與人也重以周,則既感激所蒙,致其多謝之私矣。未數日,從驛吏取近報,伏審升班西閣,移節南昌,提封不隔於故家,父老相誇於盛事。(《文山集》卷六)

唐子正著作,桂州人,治平中赴舉。至全州,途中雇一僕,負重擔,健若飛羽,雖鞭馬疾遞,常去馬百步外。恐其逸去,遂遣之,其僕即日自全州二千七百里,日午已到唐州。留書驛吏曰:“候桂州唐秀才至,即投之。”唐月餘到驛,驛吏出書,題云:“呈桂州唐秀才,歸真子封。”唯一詩曰:“袁州相見又之全,不遇先生道未員。大抵有心求富貴,到頭無分學神仙。篋中靈藥宜頻施,鼎裏丹砂莫妄傳。待得角龍爲宴會,好來黄壁卧林泉。”唐甚怪之,詰其狀貌,乃全州僕也,留書之日,乃全州所遣日也,始悟其爲神仙。唐後爲邕倅,熙寧丙辰,交趾寇邕,唐遇害,乃詩所謂“角龍”也。(《詩話總龜》前集卷四七)

驛丞

驛丞,順天府一人,河南、陜西、貴州各一人,四川一人。(《皇朝通典》卷三四)

各州驛丞未入流。順天府一人,河南、陜西、貴州各一人,四川一人。(《歷

代職官表》卷五四)

【答提點綱馬驛丞劉修武翰】 公幹當年子建親,景文今代大蘇賓。絶知將種仍詩種,不教騷人與外人。

解道征鴻數字秋,清於雪碗映冰甌。老來筆底心無毒,交割風光與子休。(《誠齋集》卷一九)

【送謝子良驛丞之京】 水驛論交舊著名,春城分袂若爲情。空群奇驥長千里,惜别流鶯更一聲。白下雨收梅子熟,清江風過柳花輕。歸船暫泊應回首,五色雲中是玉京。(《伊濱集》卷九)

驛將

張敬兒,南陽冠軍人也。本名苟兒,宋明帝以其名鄙,改焉。父醜,爲郡將軍,官至節府參軍。敬兒年少便弓馬,有膽氣,好射虎,發無不中。南陽新野風俗出騎射,而敬兒尤多膂力,求入隊,爲曲阿戍驛將,州差補府將,還爲郡馬隊副,轉隊主。(《南齊書》卷二五《張敬兒傳》)

(韋孝寬爲徐州總管。尉遲迥反於相州,)孝寬審知其狀,乃馳還,所經橋道,皆令毁撤,驛馬悉擁以自隨。又勒驛將曰:"蜀公將至,可多備肴酒及芻粟以待之。"迥果遣儀同梁子康將數百騎追孝寬。驛司供設豐厚,所經之處,皆輒停留,由是不及。(《北史》卷六四《韋孝寬傳》)

馹將唐制:三十裏置馹,馹舍有將,以州裏富强之家主之,以待行李。自至德之後,民貧不堪命,遂以官司掌焉。(《海録碎事》卷四下)

(納言婁師德出使巡邊,)使至靈州果驛,上食訖,索馬,判官諮意(驛)家漿水,亦索不得,全不祗承。納言曰:"師德已上馬,與公料理。"……納言曰:"我欲打汝一頓,大使打驛將,細碎事,徒涴却名聲。若向你州縣道,你即不存生命。且放却。"驛將跪拜流汗,狼狽而走。(《朝野僉載》卷五;《太平廣記》卷一七六引《朝野僉載》)

廖有方校書,元和十年失意後遊蜀,至寶雞西界館,窆於(一)旅逝之人,天下譽爲君子之道也。書板爲其記耳。(云):"余元和乙未歲落第西征,適此公署,聞呻吟之聲,潛聽而微惙也……"廖君自西蜀取東川路還。至靈合(龕)驛,驛將迎歸私第。及見其妻,素衣再拜,嗚咽情不可任,徘徊設辭,有同親懿。淹留半月,僕馬皆飫啜熊鹿之珍,極賓主之分。有方不測何緣如此,悚惕尤甚。臨別,其妻又至,相別悲啼,又贈賫(贐)繒錦一馱,其價值數百千。驛將曰:"郎君今春所埋胡綰秀才,即某妻室之季兄也。"始知亡者姓字,復叙平生之弔(事),所遺之物,終不納焉。少婦及夫堅意拜上,有方辭曰:"僕爲男子,粗察古今,偶然葬一同流,不可當兹厚惠。"遂促轡而前。驛將奔騎而送,(復)逾一驛,尚未分離。廖君不顧其物,驛將竟不挈還,執袂各恨東西,物乃棄於林野。鄉老以義事申州,州以表奏中朝。其於文武宰寮,願識有方,共爲導引。明年,李侍郎逢吉放有方及第,改名游卿,聲動華夷。(《雲溪友議》卷下《名義士》;《太平廣記》卷一六七引《雲溪友議》)

隋益州晉源塔者,在州西南一百餘里……州北百里雒縣塔者,在縣城北郭下寶興寺中,本名石基,相亦同前。隋初,有天竺僧曇摩掘叉,遠至東夏,禮育王塔。承蜀三塔,又往禮拜。至雒縣大石寺塔所,敬事已訖,欲往成都,宿兩女驛。將旦,聞左右行動聲。叉曰:"是何人耶,妄相恐動?"空中應曰:"有十二神王,從本國來。所在之處,擁護法師。明日當見成都塔,今欲西還,與師別耳。"(《法苑珠林》卷三八)

驛卒

(李)師道,師古異母弟……(元和)五年七月,檢校尚書右僕射。十年,王師討蔡州,師道使賊燒河陰倉,斷建陵橋。初,師道置留邸於河南府,兵諜雜以往來,吏不敢辨。因吳元濟北犯汝、鄭,郊畿多警,防禦兵盡戍伊闕。師道潛以兵數十百人內其邸,謀焚宮闕而肆殺掠……(東都留守呂)元膺誡境上兵,重購以捕之。數月,有山棚鬻鹿於市,賊遇而奪之。山棚走而徵其黨,或引官軍,共圍之谷中,盡獲之。窮理,得其魁首,乃中岳寺僧圓静,年八十餘,嘗爲史思明將,偉悍過人。初執之,使巨力者奮鎚,不能折脛。圓静罵曰:"鼠子! 折人脚猶不能,敢稱健兒乎!"乃自置其足,教折之。臨刑,乃曰:

“誤我事！不得使洛城流血！”死者凡數十人，留守禦將二人、都亭驛卒五人、甘水驛卒三人，皆潛受其職署，而爲之耳目。自始謀及將敗，無知者。（《舊唐書》卷一二四《李師道傳》、卷一五四《吕元膺傳》;《册府元龜》卷六九五）

魏仁浦，字道濟，衛州汲人……（開寶二年）從征太原，中途遇疾，還。至梁侯驛，卒，年五十九，贈侍中。（《宋史》卷二四九《魏仁浦傳》）

洪湛，字惟清，昇州上元人……（宋真宗咸平五年，洪湛以）受銀，法當死，特詔削籍，流儋州……六年，會赦，移惠州，至化州調馬驛，卒，年四十一。（《宋史》卷四四一《洪湛傳》）

陸放翁宿驛中，見題壁云：“玉堦蟋蟀鬧清夜，金井梧桐辭故枝。一枕凄凉眠不得，呼燈起作感秋詩。”詢之，驛卒女也，遂納爲妾。方餘半載，夫人逐之。妾賦《卜算子》云：“只知眉上愁，不識愁來路。窗外有芭蕉，陣陣黄昏雨。　　曉起理殘妝，整頓教愁去。不合畫春山，依舊留愁住。”（《隨隱漫録》卷五）

國初，朝廷遣陶穀使江南，以假書爲名，實使覘之。丞相李穀以書抵韓熙載云：“五柳公驕甚，其善待之。”穀至，果如李所言。熙載曰：“陶秀實非端介者，其守可隳。”因令留宿，候寫六朝書畢，館留半年。熙載遣歌兒秦弱蘭，詐爲驛卒之女，敝衣竹釵，擁篲灑掃。穀見之而喜，遂犯慎獨之戒，作小闋贈之。後數日，李主宴於清心堂，命玻璃巨鍾，滿酌之。穀毅然不顧，出蘭於席，歌前闋以侑之，穀大慚倒。載吐茵尚未許罷，大爲李主所薄。詞名《風光好》……因是卒不大用。（《類説》卷五五《雜説》;《南唐近事》卷二;《玉壺清話》卷四、《清波雜誌》卷八）

趙翰林周臣爲學士，楊之美爲禮部尚書，二公相得甚歡。蓋楊雖視趙進稍後且齒少，趙以其學問政事過人，雅重之，而楊事趙亦謹。正大初，朝廷以夏國爲北兵所廢，將立新主，以趙公年德俱高，且中朝名士，遂命入使册之。既行，館閣諸公以爲趙公此行必厚獲，蓋趙素清貧也。至界上，朝議罷其事，飛驛卒遣追回，一云併驛追回。當驛卒之行也，楊公在禮部，召至，授以一卷書，封印甚謹，諭以："直至學士面前開拆。"卒既至趙所，先授以省符，次白："有禮部實封。"趙公疑訝，不知爲何事。啓之，乃楊公詩一首也。其詩云："中朝人物翰林才，金節煌煌使夏臺。馬上逢人唾珠玉，筆頭到處灑瓊瑰。三封書貸揚州命，半夜雷轟薦福碑。自古書生多薄命，滿頭風雪却迴來。"趙公撫掌大笑。後朝野喧傳，以爲笑談。（《歸潛志》卷九）

【陳擇之墓誌銘】 君諱琦，字擇之……擢乾道丙戌第，主衡州衡陽簿……及官衡陽，有殺人於野，而主名不立，提點刑獄鄭公丙責游徼甚急。吏迹一驛卒，其襘有血，掠訊誣服。吏獻之鄭，鄭下之州，詰之皆不冤。州下之邑，君攝邑，疑之。初診尸，得死者裯，署曰"羅仲美"，君即揭諸衢，有見而哭者曰："吾子也。"蓋仲美與其族弟餘偕商，而仲美貲倍，餘殺而取之，君逮餘，辭服，白之鄭，釋驛卒，由是名聞一路。（《誠齋集》卷一二九）

雍正元年十月初五日諭："兵部驛站關係重大，經朕屢加嚴諭，然其間積弊，難以盡詰。有在官之累，有在民之累。如直隸、山西等省，差徭更爲浩繁，雖驛馬足數，亦供應不敷。乃内而兵部外，而驛道於給發馬匹時，官吏通情受賄，往往所給浮於勘合之數。且行李輜重，皆令驛卒乘馬背負，多至八九人不等。所到州縣，以見馬换馬。向有舊例，不敢詰問。至督撫、提鎮經過之處，更唯命是從。"（《畿輔通志》卷三）

郵卒

凌策，字子奇，宣州涇人……會命爲廣南西路轉運使，進屯田員外郎。入爲户部判官，遷都官。先是，嶺南輸香藥，以郵置卒萬人，分鋪二百，負檐抵京師，且以煩役爲患。詔策規制之。策請陸運至南安，汎舟而北，止役卒八百，大省轉送之費。（《宋史》卷三〇七《凌策傳》）

張叔夜，字嵇仲……加直學士，徙濟南府。山東群盗猝至，叔夜度力不敵，謂僚吏曰："若束手以俟援兵，民無噍類，當以計緩之。使延三日，吾事濟矣。"乃取舊赦賊文，俾郵卒傳至郡。盗聞，果小懈。叔夜會飲譙門，示以閒暇，遣吏諭以恩旨，盗狐疑相持，至暮未決。叔夜發卒五千人，乘其惰擊之，

盜奔潰，追斬數千級。以功進龍圖閣直學士、知青州。（《宋史》卷三五三《張叔夜傳》）

至和中，余赴任邕（州）。至金城驛，郵置早膳，聞如以手搭腰鼓者。問郵卒曰："何處作樂？"曰："非也，乃鴆鳥禁蛇。"（《墨客揮犀》卷五）

孟康爲弘農太守，時出案行，皆豫敕督郵卒吏，不得令屬官遣人探候，修設曲敬，又不欲煩損吏民。嘗豫敕吏卒，行各持鐮，所在刈馬草，不止停傳，露宿樹下。又所從嘗不過十餘人，郡帶道路，其諸過賓客自非公所，無所出給……吏民稱焉。（《册府元龜》卷六七九）

浙西人劉承節，自贛州稅官回赴調，寓家於贛，但與一子一僕乘馬而東。至信之貴溪，午駐逆旅（遇盜）……適一郵卒過，亦殺之，投尸坎中，分所獲而遁。所乘馬躑躅於道，適主簿出按田，馬迎之車前，局足如拜，已退復進，凡六七返。主簿異之曰："是必有冤訴！"遣數輩隨馬行。到岡畔坡陀下，馬跑土凝立，滿地血點，腥觸人。四尸在穴，肢體尚暖。立督里正訪捕，不終朝，盡成擒，並坐殊（誅）死。（《夷堅支甲》卷三《劉承節馬》）

【宋故殿中丞知梅州陳公（坦然）墓碣】　公諱坦然，字某，其先潁川人……其罷陽春也，有張氏女者，父爲供奉官，夫吏輦下犯賄，流嶺南。夫死，家屬當還都。邵陽郵卒以刃脅爲婦，留且半歲。公經途聞之，執卒送官，抵罪。（《武溪集》卷二〇）

【太常少卿李君（規）墓誌銘】　太常少卿李君，諱規，字子震……（知永安縣），有中使自邊州還，致一山鹿，命郵卒負之而趨。道於邑中，因卒有辭，怒而擊傷之。君暴其事，乃聞於朝，中人由是坐貶。（《蘇魏公文集》卷六〇）

驛子

（尒朱）兆以神武爲誠，遂以委焉。神武以兆醉，恐醒後或致疑貳，遂出，宣言受委統州鎮兵，可集汾東受令。乃建牙陽曲川，陳部分。有款軍門者，

絳巾袍,自稱梗楊驛子,願厠左右。訪之,則以力聞,常於并州市搭殺人者,乃署爲親信。(《北齊書》卷一《神武帝紀上》)

(宋英宗治平元年十一月乙亥,)知諫院司馬光奏曰:“伏見康定、慶曆之際,趙元昊叛亂……朝廷近年分命朝臣,徧往諸路減省色役。至於弓手、壯丁、解子、驛子之類,州縣所不可闕者,亦皆減放,謂之寬恤民力……”(《續資治通鑑長編》卷二〇三)

(州縣役人:)解子二十五人。初,州公事有文移府,望解子、脚力等,齎以下縣,從鄉户差,不力(立)替期。咸平四年,州請依驛子例,一年替。(《淳熙三山志》卷一四)

驛僕

(宋徽宗宣和四年六月)二十七日,(馬擴)同王介儒來,起宿涿州……晚抵雄州,入小使,驛僕見童貫幕府官屬,環擁於後。(童)貫詢燕中事宜,僕具以所聞於劉宗吉者對,幕屬往往頓足抵掌,切齒而怒。(《三朝北盟會編》卷八引《茅齋自叙》)

【贈少保王公(綗)墓誌】 公諱綗,字振仲……平生無忿恚,未嘗笞詈人…… 仲兄役於鄉,主郡,驛僕盗用官米,累之。宫保自誣曰:“使僕者我也。”(《梅溪集》後集卷二九)

驛隸

陳郡袁傪以監察御史奉詔使嶺南。乘傳至商於界,晨將發,其驛吏白曰:“道有虎暴而食人,故過於此者,非晝而莫敢進。今尚早,願且駐車,決不可前。”傪怒曰:“我天子使,衆騎極多,山澤之獸,能爲害耶?”遂命駕去。行未盡一里,果有一虎,自草中突出,傪驚甚。俄而虎匿身草中,人聲而言曰:“異乎哉,幾傷我故人也……向者見君,有二吏驅而前,驛隸挈印囊以導,庸非爲御史而出使乎?”傪曰:“近者幸得備御史之列,今乃使嶺南。”(《太平廣

記》卷四二七引《宣室志》)

【唐故檢校尚書左僕射兼御史大夫龍武統軍贈潞州大都督彭城劉公(昌裔)墓碑】 公諱昌裔,字光後,薨……大臣其來,允余之思,其可止哉!驛隸走呼,有中使來。公迎於驛,遂行不迴。(《五百家注昌黎文集》卷二七)

亭吏

(桓帝時)清河王蒜事起,梁冀遂諷有司劾(杜)喬及李固與劉鮪等交通,請逮案罪……遂白執繫之,死獄中……喬故掾陳留楊匡聞之,號泣星行到洛陽,乃著故赤幘,託爲夏門亭吏,守衛尸喪,驅護蠅蟲。積十二日,都官從事執之以聞。(《後漢書》卷六三《杜喬傳》)

劉寵,字祖榮,東萊牟平人……建寧元年,代王暢爲司空,頻遷司徒、太尉。二年,以日食策免歸鄉里。寵前後歷宰二郡,累登卿相,而清約省素,家無貨積。嘗出京師,欲息亭舍,亭吏止之曰:"整頓洒掃,以待劉公,不可得止。"寵無言而去,時人稱其長者。(《後漢書》卷七六《劉寵傳》)

趙咩,字孫明,少好遊俠。行部,帶劍過亭長。亭長譴之,乃歎曰:"無大志,故爲豎吏所輕耳。"於是解劍掛壁,曰:"咩不乘輜車佩紱,不復帶劍。"因之京師,詣太學受業,治《春秋》,變行厲操,名德遂稱,除野王令。乃解劍帶之官,治官清約,以身率下,煙火不舉,常食乾糒。(《太平御覽》卷二六八引《益部耆舊傳》)

吴縣費升爲九里亭吏。向暮,見一女從郭中來,素衣哭入埭,向一新冢哭。日暮,不得入門,便寄亭宿,升作酒食。至夜,升彈琵琶,令歌。女曰:"有喪儀,勿笑人也。"歌音甚媚……向明,升去,顧謂曰:"且至御亭。"女便驚怖。獵人至,群狗入屋,於牀咬死,成大狸。(《太平御覽》卷五七三引《幽明録》)

國步山有廟甚靈。又一亭,吕思與少婦投宿,失婦。思逐覓,見天城廳事,一人紗帽,馮几,左右競來擊之。思以刀斫,計當殺百餘人,餘者便乃大走向人,盡成死狸。看向廳事,乃是古始大冢。冢上穿,下甚明,見一群女子在冢裹,見其婦,如失性人。因抱出冢口,又入抱取於先女子,有數十,中有通身已生毛者,亦有毛脚面成狸者。須臾天曉,將婦還亭,亭吏問之,具如此答。前後有失兒女者,零丁有數十。吏便斂此零丁至冢口,迎此群女,隨家遠近而報之,各迎取。於此後一二年,廟無復靈。(《太平御覽》卷五九八引《齊諧記》)

褚公(裒)於章安令遷太尉記室參軍,名字已顯而位微,人未多識。公東出,乘估客船,送故吏數人,投錢唐亭住。爾時吴興沈充爲縣令。當送客過浙江,客出,亭吏驅公移牛屋下。潮水至,沈令起彷徨,問:"牛屋下是何物?"吏云:"昨有一傖父,來寄亭中,有尊貴客,權移之。"令有酒色,因遥問:"傖父欲食餅不?姓何等?可共語。"褚因舉手答曰:"河南褚季野。"遠近久承公名,令於是大遽,不敢移公,便於牛屋下修刺詣公,更宰殺爲饌,具於公前,鞭撻亭吏,欲以謝慚。公與之酌宴,言色無異,狀如不覺。令送公至界。(《世説新語・雅量第六》)

李公擇之子夷曠,宣和中爲發運司屬。薄莫抵江上亭,亭吏云:"先有曰'水太保'者在焉。"夷曠遣吏謝之。屏内云:"太保當避去。"已而老少婦人數輩,傳呼:"太保來。"太保者,一十餘歲丱角童子耳。各乘馬以去,人馬皆異狀。夷曠疑之,遣數健步躡其後,各驚懼而返云:"約十數里外,望大潭,人馬皆下投其中。"昔江子我爲予言,後與夷曠同官成都,問之信然。(《邵氏聞見後録》卷三〇)

代郡界中一亭,作怪不可止。有諸生壯勇者,暮行,欲止亭宿。亭吏止之。諸生曰:"我自能消此。"乃住宿食。夜,諸生前坐,出一手,吹五孔笛。諸生笑謂鬼曰:"汝止有一手,那得遍笛。我爲汝吹來。"鬼云:"卿爲我少指耶?"乃復引手,即有數十指出,諸生知其可擊,因拔劍砍之,得老雄雞。(《太平廣記》卷四六一引《幽明録》)

【遊三游洞遊洞之日有亭吏乞詩既爲留三絶句……乃復以此授之】

一徑遶山翠,縈紆去似蛇。忽驚溪水急,争看洞門呀。滑磴攀秋蔓,飛橋踏古楂。三扉迎北吹，一穴向西斜。歎息煙雲去，追思歲月遐。唐人昔未到，古俗此爲家。洞暖無風雪，山深富鹿猳。相逢衣盡草，環坐髻應髽。竈突依巖黑，樽罍就石窪。洪荒無傳記，想象在犧媧。此事今安有，遺蹤我獨嗟。山翁勸留句，强爲寫楂牙。（《東坡全集》卷二六）

【送樂平苗明府】 累職比紫桑，清秋入楚鄉。一船燈照浪，兩岸樹凝霜。亭吏趨寒霧，山城斂曙光。無辭折腰久，仲德在鴛行。（《全唐詩》卷二八〇盧綸）

【梁州夢】 是夜，宿漢川驛，夢與杓直、樂天同遊曲江，兼入慈恩寺諸院。倏然而寤，則遞乘及階，郵吏已傳呼報曉矣。夢君同繞曲江頭，也向慈恩院院遊。亭吏呼人排去馬，忽驚身在古梁州。（《全唐詩》卷四一二元稹；《元稹集》卷一七）

【行次西郊作一百韻】 爾來又三歲，甘澤不及春。盗賊亭午起，問誰多窮民。節使殺亭吏，捕之恐無因。咫尺不相見，旱久多黄塵。（《全唐詩》卷五四一李商隱）

【沙溪館】一作《仙娥驛》。 翠溼衣襟山滿樓，竹間溪水遶牀流。行人莫羡郵亭吏，生向此中今白頭。前二句一作“溪上郵亭氣早秋，樹邊溪色繞牀流”。（《全唐詩》卷五五〇趙瑕）

蔡君謨守福唐，政尚嚴肅。陳烈先生過福唐，維舟溪亭，留詩於亭上曰：“溪山龍虎蟠，溪水鼓角喧。中宵鄉夢破，六月夜衾寒。風雨生殘木，蛟螭喜怒瀾。殷勤告舟子，放棹過前灘。”亭吏録以呈公，公遽令追之，已不及矣。公自此爲之少霽威明。（《詩話總龜》前集卷一引《翰府名談》）

郵吏

（韓思復）曾孫佽，字相之，少有文學，性尚簡澹。舉進士，累辟藩方……出爲桂州觀察使……會春衣使内官至，求賄於郵吏。二豪家因厚其資，以求邑宰，佽悉諾之。使去，坐以撓法，各笞其背。自是豪猾斂迹，皆得清廉吏以

蘇活其人。(《舊唐書》卷一〇一《韓思復傳》)

李夷簡爲鄭縣丞。遇朱泚僭逼,德宗避難於奉天。泚初揚言將迎車駕,逆順未辨。俄而遣使速出潼關。行至華州,郵吏李翼縱之不問。夷簡謂翼曰:"朱泚必有異謀,前發幽(豳)隴兵五千救援襄城,皆泚之部曲也。今所遣使,是必遣往襄城耳。上越在外,未有防虞。若五千之兵倍道兼行,不數日而至,助泚爲逆,其爲禍也非細。不如徑追其使。若果挾徵兵之符,便宜戮之。"翼馳往潼關,及之,鞠驗,果有泚符,實追襄城之兵也。翼言於關將(駱)元光,光立斬泚使,收其符,遣使間道獻於行在,遂以元光爲華州刺史。元光不舉翼之功,時罕知者。(《册府元龜》卷七五九)

(元和中,元稹)補御史,使東川……因飛奏絶百司專禁錮。河南尉叛官,予劾之,忤宰相旨。監徐使死於軍,徐帥郵傳其柩。柩至洛,其下歐詬主郵吏,徙柩於外,不得復乘傳。(《册府元龜》卷七七〇)

鄭仁表起居經過滄浪峽,憩於長亭。郵吏堅進一板,仁表走筆曰:"分陜東西路正長,行人名利火然湯。路傍著個滄浪峽,真是將閑攪撩忙。"(《唐摭言》卷一三)

光啓中,僖宗在梁州。秋九月,皇甫枚將赴調行在,與所親裴宜城者偕行。十月,自相州西抵高平縣。縣西南四十里,登山,越玉溪。其日,行旅稍稀,煙雲晝晦,日昃風勁,惑於多岐。上一長坂,下視,有茅屋數間,槿籬疏散。其中有喧語聲,乃延望之。少頃,有村婦,出自西厢之北,著黄故衣,蓬頭敗屨。連呼之,不顧,但俛首而復入。乃循坂東南下,得及其居。至則荆扉横葛,縈帶其上,茨棘羅生於其庭,略無人蹤,如涉一二年者矣。枚與裴生愕立久之。復登長阪望,見官道有人行,乃策蹇驢赴之。至則郵吏將往端氏縣者也。乃與俱焉。是夜,宿端氏。(《太平廣記》卷三五三引《三水小牘》)

【醉封詩筒寄微之】 一生休戚與窮通,處處相隨事事同。未死又鄰滄海郡,無兒俱作白頭翁。展眉只仰三杯後,代面唯憑五字中。爲向兩川(州)郵吏道,莫辭來去遞詩筒。(《白居易集》卷二三;《全唐詩》卷四四六白居易)

【漳州于使君罷郡如之任漳南去上國二十四州使君無非親戚】 漳南罷郡如之任，二十四州相次迎。泊岸旗旛郵吏拜，連山風雨僕夫行。月中倚棹過漁浦，花底垂鞭醉鳳城。聖主此時思共理，又應何處救蒼生。（《玄英集》卷五；《全唐詩》卷六五〇方干）

【大庾驛有懷】 一囊書重百餘斤，郵吏寧知去計貧。莫訝偏吟望鄉句，明朝便見嶺南人。（《全唐詩》卷七七一蔣吉）

【和邵不疑送虜使還道中聞江鄰幾梅聖俞長逝作詩哭之】 昨夕郵吏來，叩門致書函。呼奴取以入，就火開其緘。不疑賦長篇，發自燕之南。痛傷江與梅，繼踵良人殲。（《傳家集》卷三）

【太白山下早行至横渠鎮書崇壽院壁】 馬上續殘夢，不知朝日昇。亂山横翠幛，落月淡孤燈。奔走煩郵吏，安閒愧老僧。再遊應眷眷，聊亦記吾曾。（《東坡全集》卷一）

郵夫

【諠鳥録】 貢籍中有鳥諠，名著，生商山，始以諠聞。商之貢來者云能搏擊雀鷃，以爲天子後宫遨戲，貴幸宜進此以具樂。後宫亦相尚，奇飾之……沈子曰：余幼過商山，熟諠鳥事於其宿老。今余適藍田，郵夫唱傳曰"諠鳥貢"，余初喜。（《沈下賢文集》卷四）

【唐故武昌軍節度處置等使……元公（稹）墓誌銘并序】 公諱稹，字微之，河南人……先是，明州歲進海物，其淡蚶非禮之味，尤速壞，課其程，日馳數百里。公至越，未下車，趨奏罷。自越抵京師，郵夫獲息肩者萬計，道路歌舞之。（《白居易集》卷七〇；《元稹集·附録》）

【傷歌行】 元和中，楊憑貶臨賀尉。黄門詔下促收捕，京兆尹繫御史府。出門無復部曲隨，親戚相逢不容語。辭成謫尉南海州，受命不得須臾留。身着青衫騎惡馬，中（東）門之外無送者。郵夫防吏急諠驅，往往驚墮馬蹄下。

長安里中荒大宅,朱門已除十二戟。高堂舞榭鎖管絃,美人遥望西南天。(《全唐詩》卷三八二張籍)

郵童

【九江口南濟北接蘄春南與潯陽岸】 江路一悠哉,滔滔九派來。遠潭昏似霧,前浦沸成雷。鱗介多潛育,漁商幾泝洄。風摇蜀柹下,日照楚萍開。近漱湓城曲,斜吹蠡澤隈。錫龜猶入貢,浮獸罷爲災。津吏揮橈疾,郵童整傳催。歸心詎可問,爲視落潮迴。(《全唐詩》卷六五蘇味道)

【留别道州李使君圻】 瀧路下丹徼,郵童揮畫橈。山回千騎隱,雲斷兩鄉遥。漁滬擁寒溜,畬田落遠燒。維舟更相憶,惆悵坐空宵。(《全唐詩》卷二七三戴叔倫)

【赴撫州對酬崔法曹夜雨滴空階五首】(其四) 離室雨初晦,客程雲陡暗。方爲對吏人,敢望郵童探。(《全唐詩》卷二七四戴叔倫)

【重陽日寄上饒李明府】 重陽秋雁未銜蘆,始覺他鄉節候殊。旅館但知聞蟋蟀,郵童不解獻茱萸。陶潛何處登高醉,倦客停橈一事無。來歲公田多種黍,莫教黄菊笑楊朱。(《全唐詩》卷三〇三劉商)

【二十七日過毛山鋪壁間題詩者皆言有毛女洞在山絶頂問之驛吏云狐魅所爲耳因作此詩】 人言毛女住青冥,散髪吹簫夜夜聲。却是郵童解端的,向儂説是野狐精。(《晦庵集》卷五)

【伏承侍郎使君垂示所與少傅國公唱酬西湖佳句謹次高韻聊發一笑二首】(其一) 百年地闢有奇功,創見猶驚鶴髪翁。共喜安車迎國老,更傳佳句走郵童。閒來且看湖頭入,樂事寧憂酒盞空。會見台星與卿月,交光齊照廣寒宫。(《晦庵集》卷八)

【汾河】 汾河詰曲繞靈關,邑屋參差夕照間。隔岸修眉畫新緑,郵童

指是石州山。(《伊濱集》卷一二)

遞夫

建隆中,詔文武官、内諸司、臺省、寺監、諸軍、諸使,不得占州縣課役户。州縣不得役道路居民爲遞夫。(《宋史》卷一七七《食貨志上五》)

張詠,字復之,濮州鄄城人……李沆、宋湜、寇準連薦其才,以爲荆湖北路轉運使,奏罷歸、峽二州水遞夫,就轉太常博士。太宗聞其强幹,召還,超拜虞部郎中,賜金紫。(《宋史》卷二九三《張詠傳》)

(唐憲宗元和十二年)秋七月,大水或平地二丈。初,國子祭酒孔戣爲華州刺史,(事在元和九年六月丙申,詔以尚書左丞孔戣爲華州刺史。)明州歲貢蚶、蛤、淡菜,水陸遞夫勞費,戣奏疏罷之。華州,京畿輔郡,自東南來者,水陸遞夫咸經焉,故得言其勞費而罷之。甲辰,岭南節度使崔詠薨,宰相奏擬代詠者數人,上皆不用,曰:"頃有諫進蚶蛤淡菜者爲誰? 可求其人與之。"庚戌,以戣爲嶺南節度使。(《資治通鑑》卷二四〇)

(宋神宗元豐三年二月丙午,)仍詔貢物應買者,給省錢。偶無者,聽以他物代,並遞夫傳送。(《續資治通鑑長編》卷三〇二)

《漢書》載張騫窮河源,言其奉使之遠,實無天河之説……今成都嚴真觀有一石,俗呼爲"支機石",皆目云當時君平留之。寶曆中,余下第還家,於京洛途中,逢官差遞夫舁張騫槎。先在東都禁中,今准詔索有司取進,不知是何物也。(《因話録》卷五)

【唐正議大夫尚書左丞孔公(戣)墓誌銘】 (孔戣元和中授華州刺史。)明州歲貢海蟲淡菜蛤蚶可食之屬,自海抵京師,道路水陸遞夫,積功歲爲四十三萬六千人,奏疏罷之。(《五百家注昌黎文集》卷三三)

【浙東論罷進海味狀】 浙江東道都團練觀察處置等使當管明州,每年進淡菜一石五斗、海蚶一石五斗。每十里置遞夫二十四人。

右件海味等，起自元和四年，每年每色令進五斗。至元和九年，因一縣令獻表上論，準詔停進，仍令所在勒回人夫，當處放散。至元和十五年，伏奉聖旨，却令供進。至今每年每色各進一石五斗。臣昨之任，行至泗州，已見排比遞夫。及到鎮詢問，至十一月二十日，方合起進。每十里置遞夫二十四人，明州去京四千餘里，約計排夫九千六百餘人。假如州縣只先期十日追集，猶計用夫九萬六千餘功，方得前件海味到京。(《元稹集》卷三九)

五代時，使臣往來及輦運官司，皆役僑居人户，謂之遞夫。建隆三(二)年，詔禁止之。(《隆平集》卷二《行幸》)

前代郵置，皆役民爲之。自兵農既分，軍制大異於古，而郵亭役民如故。太祖即位之始，即革此弊。建隆二年五月，詔諸道州府以軍卒代百姓爲遞夫。其後特置遞卒，優其廪給，遂爲定制。(《燕翼詒謀録》卷一)

扶溝縣，偏僻，至省一百八十里，東至太康縣九十里，西至鄢陵縣四十里，南至陳州西華縣七十里，北至通許縣九十里。現設遞馬四匹，現設馬遞夫四名。歲支夫馬工料等銀二百三十二兩二錢，遇閏，加銀一十八兩四錢五分。(《河南通志》卷二七)

國朝陸運，川陝諸州軍金帛，自劍州列置遞夫，由湖南、江陵、荆門而至，福建自洪州渡江，由舒州至。而又有川陝布綱，供京西諸軍用度，由荆南、襄州列遞轉送。舊自廣南至京有香藥遞鋪，今已散去。諸州陸運惟主綱者部送，道路給券，不置使主之。諸邊戍軍衣賞給，亦多陸運送致。(《歷代制度詳説》卷四)

郵役

張齊賢，曹州冤句人……(宋太宗朝)以大理評事通判衡州……自荆渚至桂州，水遞鋪夫數千户，困於郵役，衣食多不給，論奏減其半。(《宋史》卷二六五《張齊賢傳》)

（元世祖至元十六年六月）甲辰，以襄陽屯田户四百代軍當驛役。（《元史》卷一〇《世祖紀七》）

【申本省論處置川茶未當狀】 民間採茶，凡有四色：牙茶、早茶、晚茶、秋茶是也。採茶既廣，茶利自倍……官所運茶，止於邊郡所須。比榷茶之日，所運減半，則茶遞役兵及州郡雇脚，皆得輕減，三也。（《欒城集》卷四一）

傳吏

（更始二年，）王郎移檄，購光武十萬户，而故廣陽王子劉接，起兵薊中以應郎，城内擾亂，轉相驚恐，言邯鄲使者方到，二千石以下皆出迎。於是光武趣駕南轅，晨夜不敢入城邑，舍食道傍。至饒陽，官屬皆乏食。光武乃自稱邯鄲使者，入傳舍。傳吏方進食，從者飢，争奪之。傳吏疑其僞，乃椎鼓數十通，紿言邯鄲將軍至，官屬皆失色。（《後漢書》卷一《光武帝紀》）

【答權從事德輿書】 權三從事足下：傳吏至，辱書謬蒙發揚，殊增悚恧。觀其立言典麗，文明意精，實耳目所未接也，幸甚幸甚。（《晝上人集》卷九）

【館驛使壁記】 凡萬國之會、四夷之來，天下之道塗，畢出於邦畿之内。奉貢輸賦，修職於王都者，入於近關，則皆重足錯轂，以聽有司之命。徵令賜予，布政於下國者，出於甸服，而後按行成列，以就諸侯之館。故館驛之制，於千里之内尤重。自萬年至於渭南，其驛六，其蔽曰華州，其關曰潼關。自華而北，界於櫟陽，其驛六，其蔽曰同州，其關曰蒲津。自灞而南，至於藍田，其驛六，其蔽曰商州，其關曰武關。自長安至於盩厔，其驛十有一，其蔽曰洋州，其關曰華陽。自武功而西，至於好畤，其驛三，其蔽曰鳳翔府，其關曰隴關。自渭而北，至於華原，其驛九，其蔽曰坊州。自咸陽而西，至於奉天，其驛六，其蔽曰邠州。由四海之内，總而合之，以至於關，由關之内，束而會之，以至於王都。華人夷人，往復而授館者，旁午而至。傳吏奉符而閱其數，縣吏執牘而書其物。告至告去之役，不絶於道；寓望迎勞之禮，無曠於日。（《柳宗元集》卷二六）

【原力】 劉子於邁，舟次泗濱，維舴邇之於傳，傳吏適傳呼曰："乘馹者方來。"誰何之，則曰："力人也。"（《劉賓客文集》卷六）

【拾甲子年事】 太和中，張谷納邯鄲人李嚴女，備歌舞具。及長大，妍麗豐足，殆不似下賤物，又能傳故都聲，（後事劉從諫）……會昌中，從諫死，以其子露父意族之，谷竟從逆。余前過大行，時有傳吏，能道當時事，因拾於編簡。（《羅昭諫集》卷五）

【客有新豐館題怨别之詞因詰傳吏盡得其實偶作四韻嘲之】 春風白馬紫絲韁，正值蠶眠未採桑。五夜有心隨暮雨，百年無節待秋霜。重尋繡帶朱藤合，更認羅裙碧草長。爲報西遊減離恨，阮郎纔去嫁劉郎。（《才調集》卷一〇無名氏）

【送友人宰湘陰】 從宦舟行遠，浮湘又入閩。蒹葭無朔雁，檉栝有蠻神。傳吏閑調象，山精暗訟人。唯須千樹橘，暫救李衡貧。（《全唐詩》卷二八五李端）

候吏

王郎起，光武馳至下曲陽，傳聞王郎兵在後，從者恐及。至呼（滹）沱河，候吏還白："河水流澌，無船，不可濟。"官屬大懼。光武令霸往視之，霸恐驚衆，欲且前阻水還，即詭曰："冰堅可渡。"官屬皆喜，光武笑曰："候吏果妄語也！"遂前。比至河，河冰亦合。（《太平御覽》卷二九五引《後漢書》;《資治通鑑》卷三九）

盧元公奉道，暇日與賓友話言，必及神仙之事。云："某有表弟韋卿材，大和中，選授江淮縣宰。赴任出京日，親朋相送。離灞滻時，已曛暮矣。行一二十里外，覺道路漸異，非常日經過之處。既望其中，有燈燭熒煌之狀，林木葱蒨，似非人間。頃之，有謁於馬前者，如州縣候吏，問韋曰：'自何至此？此非俗世。'俄頃，復有一人至，謂前謁者曰：'既至矣，則須速報上公。'……"（《太平廣記》卷四八引《尚書故實》）

【奉和趙給事使君留贈李婺州舍人兼謝舍人別駕之什】　便道訪情親，東方千騎塵。禁深分直夜，地遠獨行春。絳闕辭明主，滄洲識近臣。雲山隨候吏，雞犬逐歸人。庭顧婆娑老，邦傳蔽芾新。玄暉翻佐理，聞到郡齋頻。（《全唐詩》卷一四八劉長卿）

【送永陽崔明府】　古國群舒地，前當桐柏關。連綿江上雨，稠叠楚南山。沙館行帆息，楓洲候吏還。乘籃若有暇，精舍在林間。（《全唐詩》卷二九二司空曙）

【秋日送客至潛水驛】　候吏立沙際，田家連竹溪。楓林社日鼓，茅屋午時雞。鵲噪晚禾地，蝶飛秋草畦。驛樓宫（官）樹近，疲馬再三嘶。（《全唐詩》卷三五七劉禹錫）

【想東遊五十韻】　……逐日移潮信，隨風變櫂謳。遞夫交烈火，候吏次鳴騶。……（《全唐詩》卷四五〇白居易）

【使回枉唐州崔司馬書兼寄四韻因和】　清晨候吏把書來，十載離憂得暫開。癡叔去時還讀易，仲容多興索銜杯。人心計日殷勤望，馬首隨雲早晚迴。莫爲霜臺愁歲暮，潛龍須待一聲雷。（《全唐詩》卷五二四杜牧）

【陪江西裴公遊襄州延慶寺】　丹霄路上歇征輪，勝地偷閒一日身。不署前驅驚野鳥，唯將後乘載詩人。巖邊候吏雲遮却，竹下朝衣露滴新。更向碧山深處問，不妨猶有草茅臣。（《全唐詩》卷六一三皮日休）

大觀中，李邍字夷曠，公擇之子也，爲湖北提舉學事司勾當公事，嘗以職事至沔鄂之間。湖北地廣，而傳舍每遠，稍捨之，則食宿皆無所向。一日晚，將次一驛，遣健步卒先令往占，以備夕泊之所。比至，則廳事盡以青布幕之，中掛一牌曰："水太尉占。"而外無從者可詢。遂急回以告夷曠。夷曠曰："捨此將何之？不若就歇其廊廡，爲一宵之計。"既至，果然。（《投轄録·水太尉》）

【硤石乘舟晚歸】　晚棹乘餘興，平川不駛流。山來疑逼岸，林度省移洲。郭迴花仍繞,巖寒桂自留。鼓聲風處疊,飆影浪間浮。候吏緣溪彴,迎旗駭浦鷗。嚮時天際遠,還有望歸不。(《景文集》卷二〇)

【魏屯田知楚州】　淮南木葉驚,淮上使君行。天外高帆出,沙頭候吏迎。夜潮通廢埭,秋月滿孤城。正遲文翁化,從來楚俗輕。(《宛陵先生集》卷三)

【次韻子由送趙□歸覲錢塘遂赴永嘉】　歸舟轉河曲,稍見楚山蒼。候吏來迎客,吴音已帶鄉。言從謝康樂,先獻魯靈光。已擊三千里,何須四十强。風流半刺史,清絶校書郎。到郡詩成集,尋溪水濺裳。芒鞋隨採藥,蠒紙記流觴。海静蛟鼉出,山空草木長。宦游無遠近,民事要更嘗。願子傳家法,他年請尚方。(《東坡全集》卷九)

驛人

(魏文帝黄初三年六月,漢主升馬鞍山,陳兵自繞,陸遜)督促諸軍四面蹙之,土崩瓦解,死者萬數。(劉)備因夜遁,驛人自擔燒鐃鎧斷後,僅得入白帝城。(《三國志》卷五八《陸遜傳》)

(赫連勃勃)國中呼内左右爲"直真",外左右爲"烏矮真"……僞臺乘驛賤人爲"拂竹真",諸州乘驛人爲"咸真"。(《南齊書》卷五七《魏虜傳》)

胡人康謙善賈,資産億萬計。楊國忠爲相,授安南都護。至德中,爲試鴻臚卿,專知山南東路驛。人嫉之,告其陰通史朝義。謙髭鬚長三尺過帶,按之兩宿,鬢髮皆禿,膝踝亦栲碎,視之者以爲鬼物,非人類也,乞捨其生。以後送狀奏殺之,没其資産。(《舊唐書》卷一八六下《敬羽傳》)

蔡廷玉,幽州昌平人……貶廷玉柳州司户參軍……廷玉至藍田驛,人白左巡使鄭詹:"商於道險,不可往。"詹追使趨潼關。(《新唐書》卷一九三《蔡廷玉傳》)

（吐蕃）舉兵，以七寸金箭爲契。百里一驛，有急兵，驛人臆前加銀鶻，甚急，鶻益多。（《新唐書》卷二一六上《吐蕃傳》）

（宋孝宗乾道九年閏正月）二十六日，宿萍鄉縣，泊萍實驛。人以此地爲楚王得萍實之地，然去大江遠，非是。（《驂鸞録》）

江同祖過郢州京山，晚抵村驛。（驛）人言鹿在前結寨，即出觀之。彌望可數里，巨鹿無數，四環成圍，以角外向，凡數十重，而（兩）麑麀處中，勃跳嬉戲。民田相近者悉遭蹂踐，禾苗爲之一空。獵户雜沓其傍，云不可近，近輒觝觸，遭之者多死。明旦（始）引去。獵人操弓矢戈矛追隨之，伺巨者行前稍遠，乃敢捕射其稚弱，亦各有所獲而還。（《夷堅支景》卷一《京山鹿寨》）

傳卒

（宋神宗熙寧五年二月壬戌，）三司言："向者都轉運使沈起、皮公弼，請以遞鋪卒二人挽一車，日鋪運銅錫五千斤，以年計之，可運一百七十二萬。道路有雨雪泥水之艱，士卒有風霜暴露之苦，運致不前。欲計傳卒衣糧增給之費，募民車以紓其勞，及增差軍將管押，罷去衙前。"從之。（《續資治通鑑長編》卷二三〇）

館吏

李郃，字孟節，漢中南鄭人……襲父業，遜（遊）太學，通五經，善河洛風星，外質朴，人莫之識，縣召署幕門候吏。和帝即位，分遣使者，皆微服單行，各至州縣，觀採風俗。使者二人當到益部，投郃舍。時夏夕露坐，郃因仰觀，問曰："二君發京師時，寧知朝廷遣二使耶？"二人默驚，相對視曰："不聞也。"問郃："何以知之？"郃指星示云："有使星，向益州分野，故知之耳。"（《太平御覽》卷七三三引《後漢書》）

大曆中，有進士竇裕者，家寄淮海，下第，將之成都。至洋州，無疾卒。常與淮陰令吴興沈生善，别有年矣，聲塵兩絶，莫知其適。沈生自淮海調補金堂令。至洋州，舍於館亭中。是夕，風月晴朗。夜將半，生獨若有所亡，而不得其寢。俄見一白衣丈夫，自門步來，且吟且嗟，似有恨而不舒者。久之，吟曰："家依楚水岸，身寄洋州館。望月獨相思，塵襟淚痕滿。"生見之，甚覺類竇裕，特起與語，未及，遂無見矣。乃嘆曰："吾與竇君别久矣，豈爲鬼耶？"明日，(命)駕而去。行未數里，有殯其(於)路前，有識者曰："進士竇裕殯宫。"生驚，即馳至館，問館吏，曰："有進士竇裕，自京遊蜀，至此暴亡，太守命殯於館南二里外，道左殯宫是也。"(沈)即致奠，拜泣而去。(《太平廣記》卷三三八引《宣室志》;《宣室志》卷一〇)

山人劉方玄，自漢南抵巴陵，夜宿江岸古館，廳西有巴籬隔之……明旦，果大雨。呼館吏訊之，吏云："此西廳空(更)無人。"方叙(此中)賓客不敢入之由。方玄因令開院視之，則秋草(滿地)，蒼苔没階。西則連山林，無人迹也。啓其廳，廳則新净，了無所有。唯前間東(面)柱上有詩一首，墨色甚新。其詞曰："爺娘送我青楓根，不記青楓幾迴落。當時手刺衣上花，今日爲灰不堪著。"視其言，則鬼之詩也。館吏云："此廳成來，不曾有人居，亦先無此題詩處。"乃知夜來人也。復以此訪於人，終不能知之。(《太平廣記》卷三四五引《博異記》;《類説》卷二四)

太原掌書記姚康成，奉使之汧隴。會節使交代，入蕃使迴，郵館填咽，遂假邢君牙舊宅，設中室，以爲休息之所。其宅久空廢，庭木森然。康成晝爲公宴所牽，夜則醉歸……就寢。二更後，月色如練，因披衣而起，出於宅門，獨步移時。方歸入院，遥見一人……因坐於門側，且窺伺之。仍聞曰："諸公知近日時人所作，皆務一時巧麗，其於託情喻己，體物賦懷，皆失之矣。"又曰："今三人可各賦一篇，以取樂乎？"皆曰："善。"乃見一人，細長而甚黑……又一人肥短，鬢髮垂散，而吟曰："頭焦髮秃但心存，力盡塵埃不復論。莫笑今來同腐草，曾經終日掃朱門。"康成不覺失聲，大贊其美，因推門求之，則皆失矣。俟曉，召舒(館)吏詢之，曰："近並無此色人。"康心疑其必魅精也，遂尋其處，方見有鐵銚子一柄、破笛一管、一秃黍穰箒而已。康成不欲傷之，遂各埋於他處。(《太平廣記》卷三七一引《靈怪集》)

趙石長和者，趙國高(邑)人也。年十九時，病一月餘日亡。家貧，未能及時得殯斂。經四日而穌。説，初死時東南行，見二人治道……前所行道，更有傳館，吏民飲食儲跱之具。倏忽至家，惡其屍臭，不欲附之，於屍頭立。見其亡妹於後推之，踣屍面上，因得穌活。(《法苑珠林》卷七、《太平廣記》卷三八三引《冥祥記》)

有董觀者，嘗爲僧，居於太原佛寺。太和七年夏，與其表弟王生南遊荆楚。後將入長安，道至商於，一夕，舍山館中。王生既寐，觀獨未寢。忽見一物，出燭下，既而掩其燭，狀類人手而無指。細視，燭影外若有物。觀急呼王生，生起，其手遂去。觀謂王曰："慎無寢，魅當再來。"因持挺而坐伺之。良久，王生曰："魅安在？兄妄矣！"既就寢。頃之，有一物，長五尺餘，蔽燭而立，無手及面目，觀益恐。又呼王生，生怒不起。觀因以挺椹其首，其軀若草所穿，挺亦隨入其中，而力取不可得。俄而退去。觀慮(其)又來，迨曉不復寢。明日，訪館吏，吏曰："此西數里，有古杉，常爲魅，疑即所見也。"即與觀及王生徑尋，果見古杉，有挺貫其柯葉間。吏曰："人言此爲妖且久，未嘗見其真，今則信矣。"急取斧，盡伐去之。(《太平廣記》卷四一六引《宣室志》；《宣室志》卷五)

南陽張逢，貞元末薄遊嶺表。行次福州福唐縣横山店，(遇怪)……元和六年，旅次淮陽，舍於公館。館吏宴客，坐有爲令者曰："巡若到，各言己之奇事。事不奇者罰。"巡到逢，逢言横山之事。末坐有進士鄭遐者，乃鄭紑(璠)之子也，怒目而起，持刀將殺逢，言復父讎，衆共隔之。遐怒不已，遂入白郡將。於是送遐南行，敕津吏勿復渡，使逢西邁，且勸改名以避之。(《太平廣記》卷四二九引《續玄怪録》)

崔韜，蒲州人也。旅遊滁州，南抵歷陽。曉發滁州，至仁義館宿。館吏曰："此館凶惡，幸無宿也。"韜不聽，負笈昇廳。館吏備燈燭訖，而韜至二更，展衾方欲就寝，忽見館門有一大足如獸，俄然其門豁開，見一虎，自門而入，韜驚走，於暗處潛伏，視之，見獸於中庭，脱去獸皮，見一女子，奇麗嚴飾，昇廳而上。(《太平廣記》卷四三三引《集異記》)

處州小將胡志忠，奉使之越，夜夢一物，犬首人質，告忠曰："某不食歲餘，聞公有會稽之役，必當止吾館矣，能減所食見沾乎?"忠夢中不諾。明早遂行，夜止山館。館吏曰："此廳常有妖物，或能爲祟，不待(得)寢食，請止東序。"(《太平廣記》卷四三八引《集異記》)

驛丁

【廣德二年南郊赦】 (唐代宗廣德二年二月，南郊祀昊天上帝禮畢，制曰：)"自凶孽亂常，王室多故，干戈不息，今已十年。軍國務繁，關輔尤劇。念兹疲耗，久困征科。其京城諸司諸使、應配彍騎官、散官諸色丁匠募士、供膳音聲人、執祭齋郎、問事掌閑魚師，并諸司門僕、京兆府驛丁屯丁諸色納資人，每月總捌萬肆千伍十捌人，數内宜每月共支二千九百四十四人。仍令河東、關内諸州府(配)，不得偏出京兆府。餘八萬一千一百一十四人並停……"(《唐大詔令集》卷六九；《册府元龜》卷一三五)

凡郵政，每百里爲一傳，自喜峰口至扎賴特，置郵十有六……驛丁：喜峰口六百名，古北口三百名，獨石口四百五十名，張家口五百五十名，殺虎口七百五十名。均於各路窮户内選充。〇驛：每一傳馬五十匹，每年均以三分報銷。疲乏發帑買補。〇驛使計程：在千里以内者，乘官馬。千里以外及奉要差，不計程途，均乘驛馬，仍以使臣之品級爲差。(《大清會典》卷七九)

五、館驛的變稱

候館

遺人掌邦之委積，以待施惠。鄉里之委積，以恤民之囏阨。門關之委積，以養老孤。郊里之委積，以待賓客。野鄙之委積，以待羈旅。縣都之委積，以待凶荒。凡賓客會同師役，掌其道路之委積。凡國野之道，十里有廬，廬有飲食；三十里有宿，宿有路室，路室有委；五十里有市，市有候館，候館有積。廬，若今野候徙有房也。宿，可止宿，若今亭有室矣。候館，樓可以觀望者也。一市之間，有三廬一宿。房，劉音雅。疏：釋曰：上經委積，隨其所須之處而委積，此經所陳委積，據會同師役，行道所須，故分布於道路。遠處須多，故有積；近處須少，故有飲食及委也。云廬若今野候徙有房也者，此舉漢法以況義。漢時野路候迎賓客之處，皆有房舍，與廬相似，云宿可止宿若今亭有室矣者，案漢法，十里有亭，亭有三老人，皆有宫室，故引以爲況也。云一市之間有三廬一宿者，十里、二十里有廬，三十里有宿，四十里又有一廬，五十里有市，是其一市之間，三廬一宿。凡廬有四義，十里有廬，一也；中田有廬，二也；易剥之上九，云君子得輿，小人剥廬。注云小人傲狠，當剥徹廬舍而去，三也；《公劉詩》云："於時廬旅。"鄭云：廬舍，安民館舍，施教令。四也。（《周禮注疏》卷一三）

（宋太宗淳熙五年九月，）先是，有峨眉山僧茂貞者，以術得幸。嘗言於上曰："趙昌言鼻折山根，此反相也，不宜委以蜀事。"……昌言已至鳳州，詔追及之，因留候館。（《續資治通鑑長編》卷三六）

（漢）和帝分遣使者二人，各至州郡，觀採風謠。二人當到益州，投候館吏李郃舍。郃問曰："二君發京師時，知朝廷遣二使耶？"問："何以知之？"郃指星云："前有二星，向益州分野。"（《太平御覽》卷五引《後漢書》）

宣宗大中三年正月丙辰，涇原節度使康季榮奏："吐蕃宰相論恐熱，以秦、原、安樂三州及石門等七關之兵民歸國。"六月，康季榮又奏："收復原州城及石門、驛藏、木峽、制勝、六磐、石峽等六關。"邠寧張君緒奏:"今月十三日收復蕭關。"敕於蕭關置武州,改安樂州爲威州。七月,三州七關軍人百姓,皆河隴遺黎,數千人見於闕下,帝御延喜門撫慰,令其解辮,賜之冠帶。於時康衢觀者傾都,咸稱萬歲,共賜絹一十五萬疋。八月,鳳翔節度使李玭奏復秦州。八月,制曰:"昔皇王之有國也,何嘗不文以守成,武以集事……七關要害,三州膏腴,候館之殘址可尋,唐人之遺風盡在。追懷往事,良使興嗟……"(《册府元龜》卷二〇;《唐會要》卷九七;《唐大詔令集》卷一三〇《收復河湟德音》)

孔緯爲太子少傅。時沙陀逼京師,昭宗幸鳳翔,邠帥朱玫引兵來迎駕,田令孜挾帝幸山南。時中夜出幸,百官不及扈從,而隨駕者,黄門、衛士數百人而已。帝駐寶雞候館,詔授緯御史大夫。時遣中使傳詔,令緯率百僚赴行在。(《册府元龜》卷五一三)

唐張裼尚書典晉州,外貯所愛營妓,生一子。其内子蘇氏,號"塵外",妬忌,不敢取歸,乃與所善張處士爲子,居江淮間……有文,性好學修詞。應進士舉,及第,歷侍御史。因奉使江浙,於候館自經而死,莫知所爲。(《北夢瑣言》卷八《張仁龜陰責》)

【酬裴十六功曹巡府西驛途中見寄】 裴十六,度也,監察御史出爲河南府功曹。時故相鄭餘慶爲河南尹。相公罷論道,聿至活東人。御史坐言事,作吏府中塵。遂令河南治,今古無儔倫。四海日富庶,道途隘蹄輪。府西三百里,候館同魚鱗。相公謂御史,勞子去自巡。是時山水秋,光景何鮮新。哀鴻鳴清耳,宿霧褰高旻。遺我行旅詩,軒軒有風神。譬如黄金盤,照耀荆璞真。我來亦已幸,事賢友其仁。持竿洛水側,孤坐屢窮辰。多才自勞苦,無用祇因循。辭免期匪遠,行行及山春。(《全唐詩》卷三三九韓愈)

【代人寄遠六言二首】(其一) 河橋酒旆風軟,候館梅花雪嬌。宛陵樓上瞪目,我郎何處情饒。(《全唐詩》卷五二三杜牧)

【乞假歸題候館】一本題首有"河東幕"三字。 僕帶雕弓馬似飛,老萊衣

上著戎衣。郵亭不暇吟山水，塞外經年皆未歸。(《全唐詩》卷五六一薛能)

【江館秋思因成自勉】 江邊候館幽，汀鳥暝煙收。客思雖悲月，詩魔又愛秋。聲名都是幻，窮達未能憂。散逸憐漁父，波中漾小舟。(《全唐詩》卷七四八李中)

【邵伯埭下寄高郵陳郎中】 故人相別動經年，候館相逢倍慘然。顧我飲冰難輟櫂，感君扶病爲開筵。河灣水淺翹秋鷺，柳岸風微噪暮蟬。欲識酒醒魂斷處，謝公祠畔客亭前。(《全唐詩》卷七五四徐鉉)

【無題】 金甲珠襦鎖繡扃，杜城殘月葬娥英。春風候館花如雪，空有鶯傳度曲聲。(《忠愍公詩集》卷中)

【南峴候館晚春有感獻郡守】 春暉明淡上三竿，風菀愁紅邁蒂殘。夢後單衾凌晚薄，體中餘酒向心寒。山梁臭雉晨羞飫，栖鼻磨鉛藻思乾。深愧府公賓禮厚，不教持版預粗官。(《景文集》卷一五)

厨傳

(漢宣帝元康二年夏五月，)詔曰："獄者萬民之命，所以禁暴止邪，養育群生也。能使生者不怨，死者不恨，則可謂文吏矣。今則不然。用法或持巧心，析律貳端，深淺不平，增辭飾非，以成其罪……或擅興繇役，飾厨傳，稱過使客。韋昭曰：厨謂飲食，傳謂傳舍。言修飾意氣，以稱過使而已。越職踰法，以取名譽，譬猶踐薄冰以待白日，豈不殆哉！今天下頗被疾疫之災，朕甚愍之。其令郡國被災甚者，毋出今年租賦。"(《漢書》卷八《宣帝紀》)

(王莽建國元年，)幣訖不行……於是造寶貨五品，語在《食貨志》。百姓不從，但行小大錢二品而已。盜鑄錢者不可禁，乃重其法，一家鑄錢，五家坐之，没入爲奴婢。吏民出入，持布錢以副符傳。不持者，厨傳勿舍，關津苛留。師古曰：厨，行道飲食處。傳，置驛之舍也。(《漢書》卷九九中《王莽傳》)

李翛，不知何許人。起於寒賤，以莊憲皇后妹婿，元和已來，驟階仕進。以恩澤至坊州、絳州刺史。無他才，性纖巧承迎。常飾厨傳，以奉往來中使及禁軍中尉賓客，以求善譽。(《舊唐書》卷一六二《李翛傳》)

賈昌朝，字子明，真定獲鹿人……遷右諫議大夫、權御史中丞兼判國子監，議者欲以金繒啗契丹使攻元昊。昌朝曰："契丹許我有功，則責報無窮矣。"力止之。乃上言曰："太祖初有天下，監唐末五代方鎮武臣、土兵牙校之盛，盡收其威權，當時以爲萬世之利。及太宗時，將帥率多舊人，猶能仗威靈，稟成算，出師禦寇，所向有功。近歲恩倖子弟，飾厨傳，釣名譽，多非勳勞，坐取武爵。折衝攻守。彼何自而知哉……"(《宋史》卷二八五《賈昌朝傳》)

(李)緯，起家三班借職……韓琦薦知保州，以左騏驥使、滎州刺史知雄州。治兵頗嚴，不事厨傳，數與宦者争利害。(《宋史》卷二八七《李紘傳》)

朱勝非《閒居録》曰：舊制：御膳日進一百二十品，淵聖減作四十品……妃嬪有名位者纔二三人，其餘宫監并有職掌者，通不及百人，雖大禹之勤儉不是過也。大臣密侍帷幄，目睹盛事，固宜仰體德意，而三丞相則不然。李綱私藏，過於國帑。乃厚自奉養，侍妾歌僮、衣服飲食，極於美麗。每饗客，客餚饌必至百品。遇出，則厨傳數十擔。(《中興小紀》卷一八)

(宋真宗大中祥符六年七月)戊申，保安軍言："熟户敗蕃賊二百餘人，奪牛馬，焚其寨柵。"上曰："此無益於國，徒生事爾，宜令謹守疆埸，無或輕舉。"上又曰："如聞趙德明牙校所過，州軍犒設，而官吏頗輕待之。國家比念遠人，豐給厨傳。苟不接以禮，必生其慢心，可徧戒諭之。"(《續資治通鑑長編》卷八一)

(宋仁宗寶元二年六月)乙酉，博州團練使、開封劉謙爲環慶副部署，兼知邠州。謙不知書，然區處鬭訟，曲直皆當其理。前此爲守者，多强市民物，以飾厨傳，謙獨無所擾，邠人頗愛之。(《續資治通鑑長編》卷一二三)

(宋仁宗康定元年九月)辛酉，降知杭州、天章閣待制司馬池知虢州。池性質易，不飾厨傳，剸劇非所長，又不習知吴俗，以是謗譏聞朝廷。轉運使江鈞、張從革劾池决事不當十餘條，及稽留德音，坐是左遷。(《續資治通鑑長編》卷一二八)

宣帝元康二年，詔曰："吏或擅興徭役，飾厨傳以稱譽過客。"按，厨、傳，兩事也，厨，庖也，以好飲食供過客，則爲飾厨也；傳者，驛也，具車馬，資行役，則爲飾傳也。今人合厨傳爲一，概謂豐饌爲厨傳，非也。(《演繁露》卷九《厨傳》)

祖宗時，州郡雖有公庫，而皆畏清議，守廉儉，非公會不敢過享，至有"滅燭看家書"之語。元豐以來，厨傳漸豐，饋餉滋盛，而於監司特厚。故王子淵在河北州郡，供送非時數出，謂之"儽巡"。元祐元年，韓川以朝奉郎爲監察御史，言其事。(《曲洧舊聞》卷二)

太祖既廢藩鎮，命士人典州，天下忻便。於是置公使庫，使遇過客，必館置供饋，欲使人無旅寓之歎，此蓋古人傳食諸侯之義……近人或以州郡飾厨傳爲非者，不解祖宗之所以命意矣。然貪污之吏，儻有以公帑任私意，如互送卷懷者，又不可不痛懲治之也。劉季高云。(《揮塵録》後録卷一)

【謝除刑部郎中知制誥啓】 右某啓：伏蒙聖恩，特授前件職者。一麾出守，左遷方類於阮咸；三入承明，寓直忽同於應璉……自知賦命之多奇，每愧浮口(名)之過實。軍容捧硯，敢望於輝榮；力士抹靴，遽騰於謗議。而自臨民滁上，移任淮南，飾厨傳以屢空，勾簿書而弗逮。(《王黄州小畜集》卷二五)

【酬淮南提刑邵不疑學士曾詠常州送主人】 來詩及予送沈常州之詩，而卒有"素壁鑱詩尚未泥"之句。曾詠常州送主人，豈知身得兩朱輪。田疇泛濫川方壅，厨傳蕭條市亦貧。以我薄材思拊傴，賴君餘教得因循。詢求故有風謡在，不獨鑱詩尚未泯。(《臨川先生文集》卷二三)

【請減省河北徭役事】 伏以國家通好契丹，三十七年於兹矣……其弊有三：一曰厨傳，二曰徭役，三曰河防。自和好以來，邊將無所事，惟以酒食宴樂，苞苴問遺，名聲相傾，惟恐不逮。公錢不足，則取於百姓；百姓不足，則賈以求贏；賈又不足，則有傾私橐以繼之者。羊豕不得擾於闌，雉兔不得安於野，行販者不得共其利，擔負者不得寧其居。此厨傳之弊也。（《欒全集》卷二三）

驛亭

傳路一星，在閣道南，旁别道也。東壁北十星，曰天厩，主馬之官，若今驛亭也，主傳令置驛，逐漏馳騖，謂其行急疾，與晷漏競馳也。（《晉書》卷一一《天文志上》）

初，子懋鎮雍，世祖敕以邊略曰："吾比連得諸處啓，所説不異，虜必無敢送死理……可使人數往南陽、舞陰諸要處參覘。糧食最爲根本，更不憂人仗，常行視驛亭馬，不可有廢闕……"（《南齊書》卷四〇《武十七王傳》）

（元）誘弟略，字儁興……除略侍中、義陽王，食邑一千户。還，達石人驛亭，詔宗室、親黨、内外百官先相識者，聽迎之近郊。（《魏書》卷一九下《景穆十二王傳》）

高肇，字首文……（延昌）四年，世宗崩，赦罷征軍。肅宗與肇及征南將軍元遥等書，稱諱言，以告凶問。肇承變哀愕，非唯仰慕，亦私憂身禍，朝夕悲泣，至於羸悴。將至，宿瀍澗驛亭，家人夜迎省之，皆不相視。（《魏書》卷八三下《高肇傳》）

酈道元，字善長，范陽人也……除安南將軍、御史中尉。道元素有嚴猛之稱，司州牧、汝南王悦嬖近左右丘念，常與卧起。及選州官，多由於念。念匿於悦第。時還其家，道元收念付獄，悦啓靈太后請全之，敕赦之。道元遂盡其命，因以劾悦。是時，雍州刺史蕭寶夤反狀稍露，悦等諷朝廷遣爲關右大使。遂爲寶夤所害，死於陰盤驛亭。（《魏書》卷八九《酈道元傳》）

權皋，字士繇，秦州略陽人……爲臨清尉。安禄山藉其名，表爲薊尉，署幕府。皋度禄山且叛，以其猜虐不可諫，欲行，慮禍及親……陽喑，直視謩而瞑，謩爲盡哀，自含斂之。皋逸去，人無知者。吏以詔書還皋母，母謂實死，慟哭感行路，故禄山不之虞，歸其母。皋潛候於淇門，奉侍晝夜南奔，客臨淮，爲驛亭保，以詗北方。(《新唐書》卷一九四《權皋傳》)

(後唐閔帝應順元年三月)二十九日夜，帝至衛州東七八里，遇騎從自東來不避，左右叱之，乃曰："鎮州節度使石敬瑭也。"帝喜，敬瑭拜舞於路。帝下馬慟哭，諭以潞王危社稷……遂與(衛州王)弘贄同謁於驛亭，宣坐謀之。(《舊五代史》卷四五《閔帝紀》)

董璋，本梁之驍將也……(後唐明宗天成四年夏，)遣客省使李仁矩齎詔諭兩川，又遣安重誨馳書於璋，以徵貢奉，約以五十萬爲數。既而璋訴以地狹民貧，許貢十萬而已。翼日，璋與衙署設宴以召仁矩。日既中而不至，璋使人偵之，仁矩方擁倡婦，與賓友酣飲於驛亭。璋大怒，遽領數百人，執持戈戟，驟入驛中，令洞開其門。仁矩惶駭，走入閤中，良久引出。(《舊五代史》卷六二《董璋傳》)

(隋煬帝大業十一年)二月庚午，詔民悉城居，田隨近給，郡縣驛亭村塢皆築城。(《資治通鑑》卷一八二)

(唐昭宗乾寧四年夏四月)癸亥，兩浙將顧全武等破淮南十八營，虜淮南將士魏約等三千人。淮南將田頵屯驛亭埭，兩浙兵乘勝逐之。(《資治通鑑》卷二六一)

光啓四年戊申，十月十日，田軍容除西川監軍使，此月到。十一月一日，僖宗皇帝晏駕，昭宗即位，改文德元年。文德二年，己酉，太師有除，未下，聞朝廷降使，三軍百姓僧道詣驛，就使車訴論二十年鐵券。有一人驛亭截耳。時有微雨，卧蹍於泥，天使視之無言，良久曰："不必不必。"索馬揮鞭便發。(《資治通鑑考異》卷二五引張靚《耆舊傳》;《資治通鑑》卷二五七)

《河洛春秋》曰："禄山至藁城，(顔)杲卿上書，陳(楊)國忠罪惡宜誅之狀……禄山大悦，加杲卿章服，仍舊常山太守、并五軍團練使……及滄、瀛、深不從禄山，張獻誠圍深州月餘不下，前趙州司户包處遂、前原氏尉張通幽、藁城縣尉崔安晟、恒州長史袁履謙等，同上書説杲卿……杲卿覽書，大悦，於是僉議，僞以禄山命，追井陘鎮兵，就恒州宴設，酋長各賜帛三百段、馬一匹，金銀器物各一牀，美人各一，其餘通賜物一萬段，設於州南焦同驛。自曉至暮，并以歌妓數百人悦其意，密於酒中致（置）毒，與飲，令盡醉，悉無所覺。乃盡收其器械，一一縛之。明日，盡斬，棄尸於滹沱河中。”

殷亮《顔杲卿傳》曰：禄山起，杲卿計無所出，乃與長史袁履謙謁於藁城縣。禄山以杲卿嘗爲已判官，矯詔賜紫金魚袋，使自守常山郡，以其孫誕、弟子詢爲質，俾崇郡刺史蔣欽湊，以趙郡甲卒七千人守土門。約杲卿，將見欽湊，以私號召之……因遣參軍馮虔、宗室李峻、靈壽尉李栖默、郡人翟萬德等，即於驛亭偶欽湊。夜久醉熟，以斧斫殺之，悉散土門兵。先是，禄山使其腹心僞金吾將軍高邈徵兵於范陽，路出常山，杲卿候知之。其日，邈至於滿（蒲）城驛，杲卿令崔安石、馮虔殺之。邈前驅數人先至，遽殺之，遂生擒邈，送於郡。遇何千年狎至，安石於路絶行人之南者，馳至醴泉驛，候千年，亦斬其人，而擒之如邈。

《肅宗實録》：（蔣）欽湊夜至郡，杲卿命憩於驛。乃使參軍李循、馮虔、縣尉李栖默等享欽湊於驛，醉而夜殺之……有頃，藁城尉崔安石報，高邈自禄山所至，已宿上谷郡界。又使馮虔、縣吏（尉）翟萬德，並命安石共方略。詰朝，邈騎數人先至驛，虔盡坑之。（《資治通鑑考異》卷一四）

（唐僖宗中和四年五月）甲戌，并帥自曹南旋師，上出封丘門迎勞之。克用堅請入州内。上初止之，乃於門外陳設。次舍，將安泊之。克用不諾，因縱蕃騎突入。馳至上源驛，既不可遏，上乃與之並轡，送至驛亭。是日晚，備宴。宴罷，復張樂繼燭而飲。克用酒酣使氣，廣須樂妓。（《資治通鑑考異》卷二五引《梁太祖編遺録》）

（宋神宗熙寧九年十月，判大名府文彦博言：）“臣又勘會去年冬，都水外監丞更擘畫，於北京黄河新堤第四埽第五鋪開置水口，放水入御河，以通行運，此策尤爲乖疏……大名、恩、冀之人，被害尤甚。以至回移人使驛亭道路，訖今瘡痏未平……”（《續資治通鑑長編》卷二七八）

（宋神宗元豐二年三月癸未），太常博士周直儒等言："國信一路郡縣驛亭陳設什物，以致樂器等故敝，乞新之。"詔自京令國信所緣路委監司一員，先事點檢完治。（《續資治通鑑長編》卷二九七）

（宋神宗元豐四年六月）癸酉詔："提點開封府界諸縣鎮公事葉温叟，及祥符、長垣、韋城知縣、縣丞、主簿、尉、監驛使臣十四人，罰銅有差。内祥符縣主簿王容、韋城縣主簿姜子年，仍差替。入内殿頭吴從禮、張稹、史革，各展磨勘二年。"並坐失計置遼使路驛亭也。（《續資治通鑑長編》卷三一三）

（宋神宗元豐五年正月癸卯，）賜河北都轉運使、集賢殿修撰蹇周輔、轉運判官、朝奉郎李南公銀絹二十五匹、兩，仍降敕書獎諭。以提舉移建人使驛亭道路，於人使未過界前畢備故也。（《續資治通鑑長編》卷三二二）

（宋哲宗元祐元年八月丁亥，）詔河陽創修北使驛亭，温縣宿頓以至德、河陽縣中頓以清沇、汜水縣中頓以行慶館爲名。（《續資治通鑑長編》卷三八四）

（宋高宗紹興三十一年十一月庚午，）金人犯瓜洲渡，中軍統制官劉汜迎敵，用克敵弓射却之。金人焚驛亭而去。（《建炎以來繫年要録》卷一九四）

良安驛，在城東南隅。翠眉亭，在城西一里，元豐中蘇公爲縣，行平岡上，見雙嶺如眉勢，作亭對之，名翠眉，且以志故鄉峨眉之思。亭焚於宣和中，紹興六年，知縣賈詡復新之。（《新安志》卷五）

沅州道間有古驛，曰幽蘭鋪。有徐珌者，凡兩經過，書二詞於其壁。一云："秋欲暮，路入亂山深處。撲面西風吹霧雨。驛亭欣暫駐。　可惜國香風度，空谷寂寥誰顧。已作竹枝傳楚女。客愁推不去。"其二云："春欲半，重到寂寥山館。修竹連山青不斷。誰家門可款。　紅暈花梢未半，緑蘸柳芽猶短。金縷香消春不管。素蟾光又滿。"乾道中，先君曾寓是館，愛其語意悽惋，每舉似于人。珌字公飾，不知何許人也。（《雲谷雜記》卷三）

紹興歲幣，銀二十萬兩、絹二十萬疋……若盱眙等軍，在路四處應辦南北賀正生辰，常使往回程各八次，賜御筵，每處費錢一萬八千五百餘貫，而沿途應辦復不預……時聘使往來，旁午於道。凡過盱眙，例遊第一山，酌玻瓈泉，題詩石壁，以記歲月，遂成故事。鐫刻題名幾滿。紹興癸丑，國信使鄭汝諧一詩云："忍耻包羞事北庭，奚奴得意管逢迎。燕山有石無人勒，却向都梁記姓名。"可謂知言矣。噫！開邊之用固無窮，而和戎之費亦不易，余因詳書之。(《齊東野語》卷一二《淳紹歲幣》)

劉吉，江左人，有膂力，尚氣。事後主爲傳詔承旨，忠於所奉。歸，補供奉官。以習知河渠利害，委以八作之務……後遷崇儀使，其刺字謁吴中故舊，題僧壁、驛亭，但稱江南人劉吉，示不忘本也。(《宋朝事實類苑》卷五五)

中山公(劉禹錫)謂諸賓友曰："予昔與權丞相德輿度詞同舍，郎莫之會也。度詞隱語，時人罕知……余二十八年在外，五爲刺史，言遵道路，知蘇、杭五郡。而不復親臺省，以此將知清途隔絶，其自取乎……昔赴吴臺，揚州大司馬杜公鴻漸爲余開宴。沉醉歸驛亭。稍醒，見二女子在旁，驚非我有也……"(《雲溪友議》卷中《中山誨》)

韋蟾左丞至長樂驛亭，見李湯(瑒)給事題名，索筆紀之曰："渭水秦山豁眼明，希仁何事寡詩情。衹應學得虞姬婿，書字纔能記姓名。"(《唐摭言》卷一三;《太平廣記》卷二五六)

伊川丈人與李夫人因山行，於雲霧間見大黑猿，有感，夫人遂孕。臨蓐時，慈烏滿庭，人以爲瑞，是生康節公……熙寧十年，公年六十七矣。夏六月，屬微疾，一日晝睡，覺且言曰："吾夢旌旗鶴雁自空而下，下導吾行亂山中，與司馬君實、吕晦叔諸公相分别於一驛亭，回視其壁間，有大書四字曰'千秋萬歲'，吾神往矣，無以醫藥相逼也。"嗚呼！異哉！(《邵氏聞見録》卷一八)

尚書王公潛節度荆南時，有吕氏子，衣敝舉策，有飢寒之色，投刺來謁，公不爲禮。甚怏怏，因寓於逆旅。月餘，窮乏益甚，遂鬻所乘驢於荆州市……是日始館吕生驛亭，與宴遊累日。吕生告去，王公贈僕馬及縑二百，

吕生益奇之，然不敢言。(《太平廣記》卷七四引《宣室志》)

唐柳州刺史河東柳宗元，常自省郎出爲永州司馬，途至荆門，舍驛亭中。是夕，夢一婦人，衣黄衣，再拜而泣曰："某家楚水者也，今不幸，死在朝夕，非君不能活之，儻獲其生，不獨戴恩而已，兼能假君禄，益君(壽)，爲將爲相，且無難矣，幸明君子一圖焉。"公謝而許之……是夕，又夢婦人來，亡其首，宗元益異之。(《太平廣記》卷四六七引《宣室志》)

【秦州雜詩二十首】(其九)　今日明人眼，臨池好驛亭。叢篁低地碧，高柳半天青。稠叠多幽事，喧呼閲使星。老夫如有此，不異在郊坰。(《杜詩詳注》卷七)

【巴西驛亭觀江漲呈竇十五使君二首】(其一)　宿雨南江漲，波濤亂遠峰。孤亭凌噴薄，萬井逼春容。霄漢愁高鳥，泥沙困老龍。天邊同客舍，攜我豁心胸。(《杜詩詳注》卷一二)

【金陵白下亭留别】　驛亭三楊樹，正當白下門。吴煙暝長條，漢水齧古根。向來送行處，迴首阻笑言。别後若見之，爲余一攀翻。(《全唐詩》卷一七四李白)

【送盧大理趙侍御祭東嶽兼寄孟兖州】　東嶽昔有事，兩臣朝望歸。驛亭開歲酒，齋舍著新衣。上客鍾大理，主人陶武威。仍隨御史馬，山路滿光輝。(《全唐詩》卷二四四韓翃)

【謫居漢陽白沙口阻雨因題驛亭】　漢陽無遠近，見説過溢城。雲雨經春客，江山幾日程。終隨鷗鳥去，衹待海潮生。前路逢漁父，多慚問姓名。(《全唐詩》卷三一一鄭常)

【黄明府詩并序**】**　小年曾於解縣連月飲酒……元和四年三月，予奉使東川。十六日，至褒城東數里，遥望驛亭，前有大池，樓榭甚盛。逡巡，有黄明府見迎。瞻其形容，髣髴似識。問其前銜，即曩時之逃席黄丞也。説向前事,黄生惘然而痞,因饋酒一槽,艤舟請予同載。予不違其意,與之盡歡。徧問座隅山川,則曰又褒次其右。感今懷古,作《黄明府詩》云。

少年曾痛飲,黄令苦飛觥。席上當時走,馬前今日迎。依稀迷姓氏,積漸識平生。故友身皆遠,他鄉眼暫明。便邀連榻坐,兼共榜船行。酒思臨風亂,霜稜掃地平。不堪深淺酌,貪愴古今情。邐迤七盤路,坡陀數丈城。花疑褒女笑,棧想武侯征。一種埋幽石,老閑千載名。(《全唐詩》卷四〇五元稹;《本事詩·事感第二》)

【遭風二十韻】 洞庭瀰漫接天迴,一點君山似措杯。暝色已籠秋竹樹,夕陽猶帶舊樓臺……紫衣將校臨船問,白馬君侯傍柳來。喚上驛亭還酩酊,兩行紅袖拂樽罍。(《全唐詩》卷四一四元稹)

【秋霽潼關驛亭】 霽色明高巘,關河獨望遥。殘雲歸太華,疏雨過中條。鳥散緑蘿静,蟬鳴紅樹凋。何言此時節,去去任蓬飄。(《全唐詩》卷五三一許渾)

【潼關驛亭】 河上關門日日開,古今名利旋堪哀。終軍壯節埋黄土,楊震豐碑翳緑苔。寸禄應知霑有分,一官常懼處非才。猶驚往歲同袍者,尚逐江東計吏來。(《全唐詩》卷五四八薛逢)

【梅亭】 東海窮詩客,西風古驛亭。髮從殘歲白,山入故鄉青。世事徒三窟,兒曹且一經。丁寧速賒酒,煮栗試砂瓶。(《全唐詩》卷六七一唐彦謙;《剡源文集》卷二九戴表元)

【晚泊長臺驛】 驛亭斜掩楚城東,滿引濃醪勸諫慵。自戀明時休未得,好山非是不相容。(《張乖崖集》卷五)

【晨發故關寄逢吉】 晝戟衣中趨絳帳,驛亭門外拂征鞍。已嗟漂泊三年别,更負從容十日歡。暖席未窮談笑樂,陟岡相望滯留難。揚鞭策馬幾多意,原上秋風作曉寒。(《傳家集》卷七)

【和運使舍人北園餞別行憩三交僧舍冒雪宿百井關見寄】 驪駒北上雪孱顔，韉矢前驅度漢關。僧室松杉清照眼，驛亭煙火迴依山。馬銜邊草枯猶瘦，雁怯胡雲冷未還。賤子不須回首問，鬢毛蕭颯簿書間。(《傳家集》卷九)

【懷信驛亭晚望題其楹】 吴檣東風曉來入，楚客齊橈暮去急。行人西，行人東，逢迎送歸景不同，夕日春煙一望中。(《彭城集》卷七)

【馬上口號呈建始李令】 驛亭新似眼般明，箐路開如掌樣平。誰與長官歌美政，風摇松竹是歡聲。(《山谷集》一〇)

【如夢令五首】(其二) 遥夜沈沈如水。風緊驛亭深閉。夢破鼠窺燈，霜送曉寒侵被。無寐。無寐。門外馬嘶人起。(《淮海居士長短句》)

【澠池道中寄福昌令張景良通直】 十年一夢問湖湘，欲往從之道阻長。可但知君愛彭澤，不應言我薄淮陽。馬穿崤底流泉白，鳥下關頭落照黄。愁作驛亭寒不寐，懷人思古九迴腸。(《雞肋集》卷一七)

【過界山館】 界山館下平街路，行客無窮朝接暮。十年二十四回過，每覺人煙不如故。……半無賓客味群書，盈耳只聞論富庶。一來奔走繞淮汴，高士亦趨城市去。南蹄北轍不可留，雖有暫經難久住。前冬適自故園出，忽見瘡痍變其處。豈能糠粃保黄臺，乃忍溝渠迭童孺。官條既改驛亭破，儒者不存書屋蠹。蕭然巷陌但荒埃，聽説流亡不知數。昨朝又自劍池返，遭值故人車馬駐。相看問訊十年間，涕淚沾襟如水注。當時飽腹今半殍，近歲朱顔多已腐。一杯雖舉屢噫嗚，永夜不眠猶恟懼。哀哉天運不易識，安得各齊金石固。淩晨復過高士門，迴首荆榛帶霜露。(《灌園集》卷四)

【鳴山驛次韻蔡君謨續夢作】 一夢神遊紫府天，覺來身寄驛亭眠。何須悵望吹簫女，獨跨青鸞入翠煙。君謨詩云："白玉樓臺第一天，琪花風静綵鸞眠。誰人得似秦王女，吹徹瓊簫上紫煙。"(《梁谿集》卷一四)

【寒食二絶】(其一) 梨花雪白柳深青，也似中原舊驛亭。猶記往來

寒食下，客房無酒卧空瓶。(《東萊詩集》卷一九)

【驛亭小憩遣興】 淡日微雲共陸離，曲欄危棧出參差。老松臨道閱千載，杜宇號山連四時。漢水東流那有極，秦關北望不勝悲。郵亭下馬開孤劍，老大功名頗自期。(《劍南詩藁》卷三)

【獨夜】 獨夜迢迢掩素屏，病懷羈思共竛竮。房櫳十月寒初重，風雨三更酒半醒。繁柝有聲時斷續，殘缸無焰尚青熒。恍然唤起西征夢，身卧金牛古驛亭。(《劍南詩藁》卷二三)

【偶懷小益南鄭之間悵然有賦】 西戍梁州鬢未絲，嶓山漾水幾題詩。劍分蒼石高皇迹，嶓冢廟傍，有高皇試劍石，中分如截。巖擁朱門老子祠。三泉道上，有老君洞，景趣幽邃。燒兔驛亭微雪夜，騎驢棧路早梅時。登臨不用頻悽斷，未死安知無後期。(《劍南詩藁》卷二九)

【秋陰出遊】 遮日雲生忽復收，黄鴉鳴唤伴林鳩。也知雨意逢秋作，未害山翁竟日遊。陌上驛亭雙隻堠，煙中漁釣兩三舟。歸遲不是尋詩料，秫蹇民家偶小留。(《劍南詩藁》卷六二)

【江上泊舟】 天際長愁客，沙邊舊驛亭。風低江浦雁，雪暗夜舡燈。窮老嗟身拙，狂歌畏酒醒。此生何定著，江漢一浮萍。(《滄浪集》卷二)

【歸自都城】 竹樹齊平緑似城，朱櫻初熟粲繁星。今年趁得春歸伴，買飯蕭然舊驛亭。(《泠然齋詩集》卷七)

【零陵】 畫圖曾識零陵郡，今日方知畫未如。城郭恰臨湘水上，山川猶是柳侯餘。驛亭幽絶堪垂釣，巖室虚明可讀書。欲買冉溪三畝地，手苫茅棟徑移居。(《後村集》卷五)

【見方雲臺題壁】 寄書迢遞夢參差，每見留題慰所思。不論驛亭僧寺裏，有山水處有君詩。(《後村集》卷六)

寇萊公南遷，道過襄州，嘗留一絶句於驛亭曰："沙堤築處迎丞相，驛吏催時送逐臣。到了輸他林下客，無榮無辱自由身。"林下客，大概言之，初無所主名也。胡秘監旦素不爲公所喜，時適居郡下。既聞之，遂以林下客謂公爲已發，且有稱快之語，聞者無不皆笑。(《石林詩話》卷中)

客亭

李元護，遼東襄平人……(景明)三年夏卒，年五十一。病前月餘，京師無故傳其凶問。又城外送客亭柱，有人書曰："李齊州死。"綱佐餞别者見而拭之，後復如此。(《魏書》卷七一《李元護傳》)

(後漢高祖乾祐元年三月，)詔遣供奉官王益如鳳翔，徵趙匡贊牙兵詣闕。趙思綰等甚懼，景崇因以言激之……癸酉，至長安，永興節度副使安友規、巡檢喬守温出迎王益，置酒於客亭。諸州鎮皆有客亭，以爲迎送宴餞之所。(《資治通鑑》卷二八八)

梁劉孝儀《北使還與永豐侯書》曰："足踐寒地，身犯朔風。暮宿客亭，晨灼(炊)謁舍。飄飖辛苦，迄届氊鄉。雜種覃花，頗慕中國……"(《藝文類聚》卷五三)

【登河北城樓作】 井邑傅巖上，客亭雲霧間。高城眺落日，極浦映蒼山。岸火孤舟宿，漁家夕鳥還。寂寥天地暮，心與廣川閒。(《全唐詩》卷一二六王維)

【潞府客亭寄崔鳳童】 蕭條郡城閉，旅館空寒煙。秋月對愁客，山鐘摇暮天。新知偶相訪，斗酒情依然。一宿阻長會，清風徒滿川。(《全唐詩》卷一四二王昌齡)

【勞勞亭】 天下傷心處，勞勞送客亭。春風知别苦，不遣柳條青。(《全唐詩》卷一八四李白)

【客亭】 秋窗猶曙色，落木更天風。日出寒山外，江流宿霧中。聖朝

無棄物，老病已成翁。多少殘生事，飄零似轉蓬。（《全唐詩》卷二二七杜甫）

【薊北旅思】 日日望鄉國，空歌白苧詞。長因送人處，憶得别家時。失意還獨語，多愁衹自知。客亭門外柳，折盡向南枝。（《全唐詩》卷三八四張籍）

【逢張十八員外籍】 旅思正茫茫，相逢此道傍。曉嵐林葉暗，秋露草花香。白髮江城守，青衫水部郎。客亭同宿處，忽似夜歸鄉。（《全唐詩》卷四四三白居易）

【春霽】 煎茶水裏花千片，候客亭中酒一樽。獨對春光還寂寞，羅浮道士忽敲門。（《全唐詩》卷四九四施肩吾）

【春日商山道中作】 一逕春光裏，揚鞭入翠微。風來花落帽，雲過雨沾衣。谷鳥銜枝去，巴人負笈歸。殘陽更惆悵，前路客亭稀。（《全唐詩》卷六四三李山甫）

【客舍寓懷】 灑灑灘聲晚霽時，客亭風袖半披垂。野雲行止誰相待，明月襟懷衹自知。無伴偶吟溪上路，有花偷笑臘前枝。牽情景物潛惆悵，忽似傷春遠别離。（《全唐詩》卷七一二錢珝）

【客亭對月】 游子離魂隴上花，風飄浪卷繞天涯。一年十二度圓月，十一回圓不在家。（《全唐詩》卷七二三李洞）

【南平驛】 心隨流水還鄉國，身向青山上屈盤。秋夢不成秋雨細，西風一夜客亭寒。（《忠愍公詩集》卷中）

【途次方城】 方城舊路四曾過，此度偏饒悵望多。獨倚客亭思往事，南陽何異夢南柯。（《忠愍公詩集》卷下）

【胡氏遲客亭觀詩】 石磴松蹊自不塵，亭名遲客客回輪。山中桂好雖留隱，嶺上雲多肯寄人。夢草數殘康樂夜，禊杯閒記永和春。共游弭蓋争

摛藻，剩破林煙炙翠筠。(《景文集》卷一七)

【和仲巽山行】 天險限南北，回環千里山。客亭依斗絶，邊地信偏慳。伴月驅行傳，緣雲度故關。林泉雖勝賞，無柰霫奚問。(《蘇魏公文集》卷一三)

【和戴天使重陽前一夕宿長沙驛二首】

詰旦逢佳節，今宵寓遠鄉。且欣賓榻解，休歎客亭長。黄葉臨風亂，紅萸浥露香。酒徒何處所，空自憶高陽。

楚館夜衾凉，離人念故鄉。遠吟只覺苦，歸夢不成長。壁有寒蛩怨，鄰聞緑蟻香。登高在何處，明日宴山陽。(《清獻集》卷二)

【題送客亭别任迥】 北飛鴻雁南飛燕，擾擾俱非自在身。莫向孤亭南北望，野花江草最愁人。(《公是集》卷二九)

【發瓦橋十里而河梁敗還坐客亭復上馬戲詠道旁垂柳二首】(其一) 客亭門外纖纖柳，解使行人去復還。爲謝春風摇蕩意，上林桃杏正堪攀。(《西溪集》卷三)

【次韻題粹老客亭詩後】 客亭長短路南北，衮衮行人那得知。惟有相逢即相别，一杯成喜只成悲。(《山谷集》外集卷六)

【舒州西門送客亭】 拂雲亭外竹千竿，静聽清聲戛玉寒。却憶謝公岩下路，水風凉處戰檀欒。(《給事集》卷一)

【歸途】 歸途似烏鵲，得樹且依棲。一寸客亭燭，數聲村舍雞。路長風正北，野曠日沈西。夢作祠官去，江干入馬蹄。(《茶山集》卷四)

【柯橋客亭】 小市初晴已過春，朱櫻青杏一番新。灞陵老子無人識，暫借郵亭整角巾。(《劍南詩藁》卷一六)

館亭

“除授”二字,當路分明,今多不能窮審意義……漢王彭祖每二千石至其國,則迎之,除舍。注云:“初除所至之舍。”此注亦須細味之,若以初到之舍,乃州宅也。蓋初除替移出之館亭爾,以臨歧路,故迎之於此。(《資暇集》卷上)

有梁璟者,開成中,自長沙將舉孝廉。途次商山,舍於館亭中。時八月十五夕,天雨新霽,風月高朗,璟偃而不寐。至夜半,忽見三丈夫,衣冠甚古,皆被朱緑,徐步而來,至庭中,且吟且賞,從者數人。(《太平廣記》卷三四九引《宣室志》;《宣室志》卷六)

會昌元年春,孝廉許生下第東歸,次壽安,將宿於甘泉店。甘棠館西一里已來,逢白衣叟,躍青驄,自西而來,徒從極盛,醺顔怡怡……既至泉亭,乃下馬,伏於叢棘之下,屏氣以窺之。見四丈夫,有少年神貌揚揚者,有短小器宇落落者,有長大少髭髯者,有清瘦言語及瞻視疾速者,皆金紫,坐於泉之北磯。叟既至,曰:“玉川來何遲?”叟曰:“適傍石墨澗尋賞,憩馬甘棠館亭,於西楹偶見詩人題一章,駐而吟諷,不覺良久。”座首者曰:“是何篇什,得先生賞歎之若是?”叟曰:“此詩有似爲席中一二公,有其題而晦其姓名,憐其終章皆有意思。”(《太平廣記》卷三五〇引《纂異録》)

春州南門外有仙署館,館中有盧公亭。房千里貶官,尋醫於斯州,太守館之於是。東厢有内室。僕夫假寐,忽有朱衣人,甚魁偉,直來其前。僕輩驚走,告千里。既一二夕,又然。千里不信,然不復置於室内。後累月,徙居溪亭。復有假掾吏,寄與東室。晝日,見一男子,披紗裳,屣履而來,曰:“若無久駐此!”掾驚出户,俱以狀白於僚吏。有老牙門將陸建宗曰:“元和中誅李師道,其從事陸行儉流於是州,賜死於是。”掾所白之狀,果省不謬。(《太平廣記》卷三五一引《投荒雜録》)

臨淮郡有館亭,濱泗水上。亭有大木,周數十拱。突然勁拔,陰合百步。往往有甚風迅雷,夕發其中。人望見亭有二光,對而上下,赫然若電。風

(雷)既息,其光亦閉。開元中,有韋子春,以勇力聞。會子春客於臨淮,有人語其事者。子春曰:"吾能伺之。"於是挈衣橐,止於亭中,以伺焉。(《太平廣記》卷四五七引《宣室志》)

汧陽郡有張女郎廟。上元中,有韋氏子客於汧陽,途至其廟,遂解鞍以憩。忽見廟宇中,有二屐子在地上。生視之,乃結草成者,文理甚細,色白而製度極妙,韋生乃收貯於橐中,既而别去。及至郡,郡守舍韋生於館亭中。是夕,生以所得屐,致於前而寐。明日,已忘所在,莫窮其處。僅食頃,乃於館亭瓦屋上得焉。(《太平廣記》卷四六三引《宣室志》)

有御史韋君,嘗從事江夏。後以奉使至京。既還,道次商於館亭中,忽見亭柱有白蜘蛛曳而下,狀甚微。韋君曰:"是爲人之患也!吾聞(汝)雖小,螫人,良藥無及。"因以指殺焉。俄又有一白者下,如前所殺之,且觀其上,有網爲窟,韋乃命左右挈帚,盡掃去。(《太平廣記》卷四七六引《宣室志》)

郵亭

孔子有云:"其德化之流行,其速疾又過於置郵而傳書命也。"郵,《釋名》云:境上舍也。又云:"官名督郵,主諸縣罰負。"《説文》曰:"境上行書舍也。"(《孟子注疏》卷三上孫奭疏)

(漢武帝建元中謀通西南夷,死者甚衆,)秏費無功,上患之,使公孫弘往視問焉。還對,言其不便。及弘爲御史大夫,是時方築朔方,以據河逐胡。弘因數言西南夷害,可且罷,專力事匈奴,上罷西夷,獨置南夷、夜郎兩縣一都尉。《集解》:徐廣曰:元光六年,南夷始置郵亭。稍令犍爲自葆就。《正義》:令犍爲自葆守,而漸修成其郡縣也。(《史記》卷一一六《西南夷列傳》)

(漢平帝元始五年正月)詔曰:"蓋聞帝王以德撫民,其次親親以相及也……其爲宗室,自太上皇以來族親,各以世氏,郡國置宗師以糾之,致教訓焉。二千石選有德義者,以爲宗師,考察不從教令有冤失職者,宗師得因郵亭書,言宗伯,請以聞。"晉灼曰:宗伯,宗正也。師古曰:郵,行書舍也。言爲書以付

郵亭,令送至宗伯也。郵音尤。(《漢書》卷一二《平帝紀》)

(漢宣帝神爵元年十二月,趙充國)上屯田奏曰:“臣聞兵者,所以明德除害也……計度臨羌東至浩亹,羌虜故田及公田,民所未墾,可二千頃以上,其間郵亭多壞敗者……以閒暇時下所伐材,繕治郵亭,充入金城,六也……”(《漢書》卷六九《趙充國傳》)

(薛)宣子惠,亦至二千石。始,惠爲彭城令,宣從臨淮遷至陳留。過其縣,橋梁、郵亭不修,師古曰:郵,行書之舍,亦如今之驛及行道館舍也,音尤。宣心知惠不能,留彭城數日,案行舍中,處置什器,觀視園菜,終不問惠以吏事。惠自知治縣不稱宣意,遣門下掾送宣至陳留,令掾進見,自從其所問宣不教戒惠吏職之意。(《漢書》卷八三《薛宣傳》)

黄霸,字次公……(授潁川太守,)時上垂意於治,數下恩澤詔書,吏不奉宣。太守霸爲選擇良吏,分部宣布詔令,令民咸知上意,使郵亭鄉官皆畜雞豚。師古曰:郵,行書舍,謂傳送文書所止處,亦如今者之驛館矣。鄉官者,鄉所治處也。以贍鰥寡貧窮者……嘗欲有所司察,擇長年廉吏遣行,屬令周密。吏出,不敢舍郵亭,食於道旁,烏攫其肉。(《漢書》卷八九《黄霸傳》)

趙孝,字長平,沛國蘄人也。父普,王莽時爲田禾將軍,任孝爲郎。每告歸,常白衣步擔。嘗從長安還,欲止郵亭。亭長先時聞孝當過,以有長者客,掃洒待之。孝既至,不自名,長不肯内,因問曰:“聞田禾將軍子當從長安來,何時至乎?”孝曰:“尋到矣。”於是遂去。(《後漢書》卷三九《趙孝傳》)

和帝永元四年冬,漊中、澧中蠻潭戎等反,燔燒郵亭,殺略吏民,郡兵擊破,降之。(《後漢書》卷八六《南蠻傳》)

(任尚爲征西校尉。安帝永初元年,先零别種滇零與鍾羌諸種大爲寇掠,郡縣不能制。三年春,復遣其騎都尉任仁督諸郡屯兵救三輔。仁戰每不利)。明年春,滇零遣人寇褒中,燔燒郵亭,大掠百姓。於是漢中太守鄭勤移屯褒中。(《後漢書》卷八七《西羌傳》)

亭獨尸逐侯鞮單于師子，永元六年立。降胡五六百人夜襲師子，安集掾王恬將衛護士與戰，破之。於是新降胡遂相驚動，十五部二十餘萬人皆反畔，脅立前單于屯屠何子薁鞬日逐王逢侯爲單于，遂殺略吏人，燔燒郵亭廬帳，將車重向朔方，欲度漠北。(《後漢書》卷八九《南匈奴傳》;《資治通鑑》卷四八)

(北齊李元忠，宗人李愍，)出爲南荆州刺史、當州大都督。此州自孝昌以來，舊路斷絶，前後刺史，皆從間道始得達州。愍勒部曲數千人，徑向懸瓠，從比陽復舊道，且戰且前，三百餘里，所經之處，即立郵亭，蠻左大服。(《北齊書》卷二二《李元忠傳》)

烏震，冀州信都人……好爲詩，善筆札，凡郵亭佛寺，多有留題之迹。及其遇禍，燕趙之士皆歎惜之。(《舊五代史》卷五九《烏震傳》;《册府元龜》卷三八八)

華温琪，字德潤……(後唐明宗朝拜華州節度使，)至任，以己俸補葺祠廟廨舍凡千餘間，復於郵亭創待客之具，華而且固，往來稱之。(《舊五代史》卷九〇《華温琪傳》)

李知損，字化機，大梁人……廣順中，拜右諫議大夫。時王峻爲樞密使，知損以與峻有舊，遂詣峻求使於江浙，峻爲上言。太祖素聞知損所爲，甚難之。峻曰："此人如或辱命，譴之可也。"太祖重違其請，遂可之。知損既受命，大恣其荒誕之意，遂假貲於人，廣備行李。及即路，所經州郡，無不强貸。又移書於青州符彦卿，借錢百萬。及在郵亭，行止穢雜。王峻聞而復奏之，乃責授棣州司馬。(《舊五代史》卷一三一《李知損傳》)

(唐僖宗光啓二年二月，)朱玫、李昌符使山南西道節度使石君涉柵絶險要，燒郵驛，上由他道以進。山谷崎嶇，邠軍迫其後，邠軍，朱玫之軍。危殆者數四，僅得達山南。(《資治通鑑》卷二五六)

文宗朝，劉從諫朝覲，渥澤甚厚，自謂河朔近無比倫，頗矜臣節，文武百辟，盡湊其門……旬日間，果以本官加平章事。遽辭歸鎮，宰相餞於郵亭。李相公謂曰："相公少年昌盛，勉報國恩，幸望保家，勿殀後嗣。"從諫以笏叩

額，灑淚而辭。(《資治通鑑考異》卷二〇引林恩《補國史》)

【咸通七年大赦】 縣道之間，郵亭具列，行李供億，格敕著明。如聞節度、觀察、刺史等所經過，不遵品式，公券之外，私費至多。或在道途，有六七百人行李，所在地主，務求交歡，别差吏人，號爲置頓，必皆率配，弊及疲人。(《唐大詔令集》卷八六)

杜郵亭，在縣西三十八里，白起自刎之處。(《太平寰宇記》卷二六關西道咸陽縣;《長安志》卷一三咸陽縣)

(昭應縣)曲郵亭，張良送漢高祖處也。(《太平寰宇記》卷二七雍州)

高郵縣，舊二十四鄉，今十九鄉。本漢舊縣，是秦之高郵亭，因以立名。(《太平寰宇記》卷一三〇高郵軍)

渭水北有杜郵亭，去咸陽十七里。今名孝里亭，中有白起祠……又東逕惠帝安陵南。陵北有安陵縣故城。《地理志》曰惠帝置，王莽之嘉平也。渠側有杜郵亭。(《水經注》卷一九)

儒者曰：天，氣也，故其去人不遠……又以二十八宿效之。二十八宿爲日月舍，猶地有郵亭爲長吏廨矣。郵亭著地，亦如星舍著天也。(《論衡》卷一一)

汪彦章言："頃行淮西，一驛舍中壁間有王荆公題字曰：'郵亭、橋梁不修，非政之善;飾厨傳以稱過使客，又於義有不足。如此足矣。'"(《却掃編》卷下)

近時詩學盛興，然難得全美，聊隨所見，摘録一二。趙東山《郵亭詩》："風雨送迎地，别離多少人。"劉雲岫錀《喜晴詩》："雲影猶帶濕，日光初漏明。"顧秋鶴《夢日夜游詩》："路轉歌聲杳，夜長衣露濃。美人行月下，秋水泛芙蓉。"其他平淡中有理趣，有警發。(《吹劍録外集》)

【亂後經吴郵亭】 郵亭一迴望，風塵千里昏。青袍異春草，白馬即吴門。獯戎鞭(梗)伊洛,雜種亂轘轅。輦道同關塞,王城似太原。休明鼎尚重,秉禮國猶存。殷牖爻雖賾,堯城吏轉尊。泣血悲東走,横戈念北奔。方憑七廟略,誓雪五陵冤。人事今如此,天道共誰論。(《藝文類聚》卷三四庾肩吾)

王彦伯,會稽餘姚人也。善鼓琴,仕爲東宫。扶侍赴告還都,行至吴郵亭,維舟中渚,秉燭理琴。見一女子,披幃而進,二女從焉。先施錦席於東牀,乃就坐。女取琴調之,似琴而聲甚哀雅,有類今之登歌。(《太平御覽》卷五七九引吴均《續齊諧記》)

邊歸讜初仕晉爲給事中。開運三年奏:"臣近以宣達絲綸,經過州縣,切見使臣,於券料外别要供侍,以紊紀綱,亂索人驢,自遞行李,挾命爲勢,凌下作威。或副應稍遲,即便恣行打棒。既遭屈辱,寧免怨嗟。天聽未聞,無處披訴。伏乞潛令察訪,兼便明降指揮。官吏秖供,亦須精細,使臣取索,嚴示戒懲,庶息煩苛,漸期開泰者。"敕:"邊歸讜近曾銜命,經歷郵亭,見使臣踰違,以公言上疏,事爲允當,理叶規程。其諸道州府館驛宜體所奏施行,仍付所司。"(《册府元龜》卷四七六)

李德裕退朝,多與親表裴璟破體笑語,詢以新事。李問:"更有何説?"裴云:"别無新事,但昨日坡下郎官集送某官出牧湖州,飲餞郵亭,人客甚衆……"(《玉泉子》;《太平廣記》卷二六五引《芝田録》)

盧肇,袁州宜春人,與同郡黄頗齊名。頗富於産,肇幼貧乏。與頗赴舉,同日遵路。郡牧於離亭餞頗而已。時樂作酒酣,肇策蹇郵亭側而過。出郭十餘里,駐程俟頗爲侶。明年,肇狀元及第而歸,刺史以下接之,大慚恚。(《唐摭言》卷三)

鍾謨性聰敏,多記問,奏疏理論,穎脱時輩。自禮部侍郎聘周,忤旨,左授耀州典午(司馬)。盛夏之月,自周徂秦,每見道旁古碑,必駐馬歷覽,皆默識。或止郵亭,命筆繕寫,一日之行,不過數里而已。(《南唐近事》卷一)

陶穀學士奉使，恃上國勢，下視江左，辭色毅然不可犯，韓熙載命妓秦弱蘭詐爲驛卒女，每日弊衣，持帚掃地。陶悦之，與狎，因贈一詞，名《風光好》，云："好因緣，惡因緣，只得郵亭一夜眠……"明日，後主設宴，陶辭色如前，乃命弱蘭歌此詞勸酒，陶大沮，即日北歸。（《南唐近事》卷二）

薛保遜，名家子，恃才與地，凡所評品，士子以之升降，時號爲浮薄……因謫授澧州司馬，凡七年不代。夏侯孜出鎮，魏相謩登庸，方有徵拜，而殞於郡……盧虔灌罷夔州，以其爲姊妹夫，徑至澧州慰省。迴至郵亭，迴望而笑曰："豈意薛保遜一旦接軍事李判官，打《楊柳枝》乎！"澧州老軍將周藹，舊曾服事，備言之。（《北夢瑣言》卷三《薛保遜輕薄》）

咸通中，南蠻圍西川，朝廷命太尉渤海高公駢自天平軍移鎮成都。戎車未届，乃先以帛書軍號其上，仍畫一符於郵亭遞之，以壯軍聲。蠻酋懲交趾之敗，望風（驛）而遁。（《北夢瑣言》卷五《高太尉機詐》）

鄭毅夫詩格飄放，晚年爲《雨詩》曰："老火燒空未肯休，忽驚快雨破新秋。晚雲濃淡白日下，只在楚江南岸頭。"未幾，自杭移青，道病，泊舟高郵亭下，乃卒，是何自讖之明。（《澠水燕談録》卷七）

浙帥開宴，置金鍾以爲罸爵。（陶）穀後因卧病，浙帥使人問其所欲，穀以金鍾爲請。浙帥以十副贈之，乃以詩謝云："乞與金鍾病眼明。"其苟得無耻之如此。及復命，將出其境，即賦詩於郵亭云："井蛙休恃重溟險，澤馬曾嘶九曲濱。"請令人傳誦，冀掩前詩之失。穀之狡譎，多此類也。（《國老談苑》）

己未歲，虜人入我河南故地，大將張中孚、中彦兄弟，自陝右來朝行在所，道出雒陽。建昌宫故基之側，與二三將士張燭夜飲於郵亭。忽有婦人，衣服奇古，而姿色絶妙，執役來歌於尊前曰："曉星明滅，白露點，秋風落葉。故址頹垣，荒烟衰草，谿前宫闕。　長安道上行客，念依舊、名深利切。改變容顔，銷磨古今（今古），隴頭殘月。"中孚兄弟大驚異，詰其所自，不應而去。張仲益所云。（《投轄録·張中孚》）

陳義郎，父彝爽，與周茂方皆東洛福昌人，同於三鄉習業。彝爽擢第歸，娶郭愔女。茂方名竟不就，唯與彝爽交結相誓。唐天寶中，彝爽調集，受蓬州儀隴令，其母戀舊居，不從子之官。行李有日……及去儀隴五百餘里，磴石臨險，巴江浩渺，攀蘿遊覽，茂方忽生異志，命僕夫等先行，爲吾郵亭具饌。二人徐步，自牽馬行。忽於山路斗拔之所，抽金鎚擊彝爽，碎顙，擠之於浚湍之中，佯號哭云："某内逼，北（比）迴，見馬驚踐長官殂矣，今將何之。"（《太平廣記》卷一二二引《乾𦠆子》）

唐昭宗時，有黄賀者，自云鞏洛人也，因避地來，涉河遊趙，家於常山，以卜筮爲業，而言吉凶必效……又有段誨者，任藁城鎮將。曾夜宿郵亭，馬斷韁而逸，數日不知所適。使人詣肆而筮之，賀曰："據卦睽也，初九動者，應有亡失之事，無乃喪馬乎。勿逐自復，必有縶而送之者也。"（《太平廣記》卷二一七引《耳目記》）

玄宗南狩，百司奔赴行在。翰林善棋者王積薪從焉。蜀道隘狹，每行旅止息，道中之郵亭人舍，多爲尊官有力之所先。積薪棲無所入，因沿溪深遠，寓宿於山中孤姥之家。（《太平廣記》卷二二八引《集異記》）

漢宗正卿劉皡，忽夢一人，手執文簿，殆似冥吏．意其知人命禄，乃詰之，仍希閱己將來窮達。吏曰："作齊王判官。"後爲司徒、宗正卿。皡自以朝籍已高，不樂却爲王府官職。夢覺，歷歷記之，亦言於親友。後銜命使吴越，路由鄆州，忽於公館染疾。恍惚意其曾夢爲齊王判官，恐是太山神天齊王也，乃令親侍就廟，陳所夢，炷香擲茭以質之。一擲果應，宗卿以家事未了，更將明懇神祈，俟過海迴，得以從命。頻擲不允，俄卒於郵亭。（《太平廣記》卷三一四引《玉堂閒話》）

晉世王恭伯，字子升，會稽人，美姿容，善鼓琴。爲東宫舍人，求假休吴。到閶門郵亭，望月鼓琴。俄有一女子，從一女，謂恭伯曰："妾平生愛琴，願共撫之。"其姿質甚麗，恭伯留之宿，向曉而别。（《太平廣記》卷三一八引邢子才《山河别記》）

（李）生應直言極諫策科，名第一，授成都府參軍。三事以降，皆其友也。將之官……月餘，至劍門，未及發而除書至，生父由常州詔入，拜成都尹，兼劍南採訪使。浹辰父到，生因投刺，謁於郵亭，父不敢認。見其祖父官諱，方大驚，命登階，撫背慟哭移時。（《太平廣記》卷四八四引《異聞集》）

永始元年春……二月，河南郵亭樗樹生枝，狀如人頭，眉目鬚皆具，無髮、耳。（《漢紀》卷二六《孝成皇帝紀三》）

【送耿拾遺歸上都】 若爲天畔獨歸秦，對水看山欲暮春。窮海別離無限路，隔河征戰幾歸人。長安萬里傳雙淚，建德千峰寄一身。想到郵亭愁駐馬，不堪西望見風塵。（《劉隨州文集》卷八；《全唐詩》卷一五一劉長卿）

【舂陵行】 軍國多所需，切責在有司。有司臨郡縣，刑法競欲施。供給豈不憂，徵斂又可悲……郭（郵）亭傳急符，來往迹相追。更無寬大恩，但有迫促期。（《全唐詩》卷二四一元結）

【郵亭】 雲暗山橫日欲斜，郵亭下馬對殘花。自從身逐征西府，每到開時不在家。（《全唐詩》卷二四二張繼、卷五一一張祜）

【送別】 樽酒郵亭暮，雲帆驛使歸。野鷗寒不起，川雨凍難飛。吴會家移遍，軒轅夢去稀。姓楊皆足淚，非是强沾衣。（《全唐詩》卷二九〇楊凝）

【酬樂天東南行一百韻】 ……驛騎來千里，天書下九衢。因教罷飛檄，便許到皇都。十年春，自唐州詔予召入京。舟敗罌浮漢，驂疲杖過邗。郵亭一蕭索，烽候各崎嶇。……（《全唐詩》卷四〇七元稹）

【和思歸樂】 山中不棲鳥，夜半聲嚶嚶。似道思歸樂，行人掩泣聽。皆疑此山路，遷客多南征。憂憤氣不散，結化爲精靈……請看元侍御，亦宿此郵亭。因聽思歸鳥，神氣獨安寧。（《全唐詩》卷四二五白居易）

【過荆門】 荆江水闊煙波轉，荆門路遶山葱蒨。帆勢侵雲滅又明，山程背日昏還見。青青麥隴啼飛鴉，寂寞野徑棠梨花。行行驅馬萬里遠，漸入煙嵐危棧隙。林中有鳥飛出谷，月上千巖一聲哭。腸斷思歸不可聞，人言恨魄來巴蜀。我聽此鳥祝我魂，魂死莫學聲銜冤。縱爲羽族莫棲息，直上青雲呼帝閽。此時山月如銜鏡，巖樹參差互輝映。皎潔深看入澗泉，分明細見樵人徑。陰森鬼廟當郵亭，雞豚日宰聞膻腥。愚夫禍福自迷惑，魍魎憑何通百靈。月低山曉問行客，已酹椒漿拜荒陌。惆悵忠貞徒自持，誰祭山頭望夫石。(《全唐詩》卷四八〇李紳)

【斜谷郵亭玩海棠花】 忽識海棠花，令人只嘆嗟。豔繁惟共笑，香近試堪誇。駐騎忘山險，持杯任日斜。何川是多處，應遶羽人家。(《全唐詩》卷五〇九顧非熊)

【夷陵城】 世家曾覽楚英雄，國破城荒萬事空。唯有郵亭階下柳，春來猶似細腰宫。(《全唐詩》卷五一八雍陶)

【(籌筆驛)重題絶句一首】 郵亭寄人世，人世寄郵亭。何如自籌度，鴻路有冥冥。(《全唐詩》卷五二三杜牧)

【出關宿盤豆館對叢蘆有感】 蘆葉梢梢夏景深，郵亭暫欲灑塵襟。昔年曾是江南客，此日初爲關外心。思子臺邊風自急，玉孃湖上月應沈。清聲不遠行人去，一世荒城伴夜砧。(《全唐詩》卷五四〇李商隱)

【乞假歸題候館】一本題首有“河東幕”三字。 僕帶雕弓馬似飛，老萊衣上著戎衣。郵亭不暇吟山水，塞外經年皆未歸。(《全唐詩》卷五六一薛能)

【送劉谷】 村橋西路雪初晴，雲暖沙乾馬足輕。寒澗渡頭芳草色，新梅嶺外鷓鴣聲。郵亭已送輕車發，山館誰將候火迎。落日千峰轉迢遞，知君回首望高城。(《全唐詩》卷五九〇李郢)

【秋日泊平望驛寄太常裴郎中】 蘋洲重到杳難期，西倚郵亭憶往時。北海尊中常有酒，東陽樓上豈無詩。地清每負生靈望，官重方升禮樂司。聞

説江南舊歌曲，至今猶自唱吴姬。（《全唐詩》卷六五八羅隱）

【漢南郵亭】　高閣水風清，開門日送迎。帆張獨鳥起，樂奏大魚驚。驟雨拖山過，微風拂面生。閒吟雖得句，留此謝多情。（《全唐詩》卷七二〇裴説）

【郵亭蚤起】　郵舍殘燈在，村林雞唱頻。星河吟裏曉，川陸望中春。舊友青雲貴，殊鄉素髮新。悠悠念行計，難更駐征輪。（《全唐詩》卷七四九李中）

【暇日·又】　郵亭落日多飛絮，橇橇音重江春暮。坐久凝眸欲斷腸，梅雨如煙暝村樹。（《忠愍公詩集》卷上）

【坐中朱博士言今荆南張諫議典襄陽日嘗留意一妓公頗畏内終不得近及移郡荆渚泣别郵亭乃爲歌詞流布巴郢予感其事賡而成詩】　騤騤五馬江陵去，寂寂雙娥漢水頭。一曲歌終眉黛斂，十分酒盡淚珠流。陽春郢客傳新唱，暮雨高堂夢昔遊。瓊樹無人敢親近，章臺京兆不勝愁。（《武夷新集》卷二）

【通源驛别顔茂才】　躍馬東來不記時，酒醒寒色入征衣。垂楊官道連天去，落日郵亭别我歸。（《端明集》卷四）

【修驛記】　興化軍仙遊縣太平驛，在唐爲風亭館，事載《皇華四達記》。今門有新題而鄉俗猶名其舊，蓋所繇來久矣。嘉祐元年，始作廳事。六月，某自泉移福，詒書鄉人，共完堂室。二年，再臨泉州。時殿中丞、知縣事閻君仲甫來況行舍，曰："此吾所治也。"於是，上蓋旁立，不完與正者易之；閎廉隘狹，椽甓缺朽者去之。治材於公，民不知勞，旬月而大備。使者行部，王人乘傳之南者，以舍息便安之美爲言……昔人郵亭不修，見譏前史。惟事毋小，乃政之紀。五年五月二十八日，莆陽蔡某記。（《端明集》卷二八）

【和宿牛山館】　山深孤館迥，部落不成城。夜永人無寐，冬温氣自清。夷音通夏楚，漢地接平營。恩信今無外，戎庭肯背盟。（《蘇魏公文集》卷

一三)

【過土河】中京北,一山最高,土人謂之長叫山。此河過山之東,才可漸車。又北流百餘里,則奔注瀰漫。至冬,冰厚數尺,可過車馬,而冰底細流,涓涓不絶。　　長叫山旁一水源,北流迢遞勢傾奔。秋來注雨瀰郊野,冬後層冰度輜轅。白草悠悠千嶂路,青煙裊裊數家村。終朝跋涉無休歇,遥指郵亭日已昏。(《蘇魏公文集》卷一三)

【《華夷魯衛信録》總序】　元豐四年八月,奉詔編類北界國信文字。臣竊伏惟念國家奄宅四海,方制萬區,九夷百蠻,罔不率俾。瞻兹北陲,早已面内。章聖皇帝因其喪師請和,許通信好,歲時問遺……奉使之别,則有接送館伴,所經城邑、郵亭、次舍,山川有險易,道途有回遠。若非形於繢事,則方向莫得而辨也,故能(作)《驛程地圖》。(《蘇魏公文集》卷六六)

【夜發長垣】　長塗暑氣劇,永日卧郵亭。晝伏如牆鼠,宵行似野螢。歇鞍沙月白,拂面柳風醒。歷歷瞻雲漢,誰爲二使星。(《傳家集》卷九)

【和前人見寄】

此去山重水復重,登臨無復歎途窮。應將往事閑追憶,疑是邯鄲夢枕中。

下馬郵亭夕照天,獨憑離緒問蓍圓。故人此去無多地,何事銷魂重黯然。(《清獻集》卷五)

【先考益州府君行狀】　公諱某,字某,世居江南之臨江,而望彭城……通判常州,改國子博士、知高郵軍。高郵,故揚州,太祖時置軍,自社稷、孔子廟、城郭、門户、倉廩、郵亭,因循不中儀制,歷六七十年。公補舊造新,大小皆繕修,一瓦之用,不以勞民而事畢。(《公是集》卷五一)

【雪後寄景孺提刑】時按洋川。　雲陰低重雪花繁,夾道歡謡引使軒。何處郵亭鍊佳句,彩毫揮罷索清罇。(《丹淵集》卷一三)

【路疑】 曉起仍行邁，征途一夢新。雁低如有信，馬急似無塵。青訝山長雨，黃疑柳自春。此身從衮衮，奔走豈由人。

莫夜仍投宿，郵亭葺半新。風帷如漲海，煙幕似征塵。白訝窗催曉，紅疑爐變春。歸期尚淹晚，鞅絆可尤人。(《錢塘集》卷四)

【宿壇石驛六首】

秋高征袂怯西風，寂寞郵亭倍旅悰。獨有無心清夜月，更深山裏也相逢。

山館蕭條冷似冰，黃昏四壁但蛩聲。無端更惡飛螢點，强起前簷斗月明。

歸期尚遠路程賒，已覺秋林菊漸花。莫怪臨風多北望，琅邪山外寄吾家。

求官窮僻本藏頭，遠冒風霜不自由。豈是有才如碩鼠，可能無術似蝸牛。

紛紛貴賤則錙銖，義命由來共取諸。推己及人人所慕，不然何以稱襟裾。

獨賢安敢輒咨嗟，靡鹽當知載舊詩。回轡未堪期早晚，望雲終日起親思。(《錢塘集》卷五)

【宿寧化西隱院】 郵亭地遠宿禪扃，夜永時寒睡思輕。簷溜不鳴知雨止，窗櫺半白悟天明。更攢百點催兵從，雞送三號起使程。自愧區區少裨補，北山文在盍留情。(《錢塘集》卷六)

【途中寄君時弟】 郵亭車馬日紛紛，可逐塵埃老此身。燕子恰如曾宿客，雁奴猶是未歸人。晚雲明滅初收雨，朝日陰晴擬放春。花木一時渾自好，寄聲華髮莫爭新。(《鄱陽集》卷六)

【離光山驛】 郵亭結束問殘更，斜月西南雞未鳴。草草勞人常少睡，緜緜遠道苦無情。田家稔熟人情好，野路雨餘秋氣清。老得一州藏拙去，鵷鷺臺閣盡豪英。(《張耒集》卷二三)

【越州請立程給事祠堂狀】　浙水之東七州，獨越爲都會……熙寧十年，詔以給事中、集賢殿修撰廣平程公知軍州事……獄訟衰息，風雨時至，仍歲大穰。乃禮賢俊，仁老孤，簡練士卒，繕修宫寺。至於郵亭刻漏，爲之一新；頽廢偃僵，斬然俱起。然後知公之才，所遇縱横無窮。(《淮海集》後集卷六)

【至盱眙作】　郵亭繫馬日西斜，却向盱眙望白沙。春色淡中惟有柳，曉風狂過已無花。古人出處真難一，吾道窮通未可涯。白水黄粱不須具，呼奴挈榼取流霞。

【發青陽驛】　悠悠驅馬汴河灣，幾處郵亭略解鞍。春盡榆錢堆狹路，曉陰花雨作輕寒。山川相背圖中畫，日月雙移板上丸。行役漸多身漸老，詩題聊寄旅程難。(《青山續集》卷五；《清江三孔集》卷二五)

【毛陽】　客路方投轡，郵亭獨掩門。無人共燈火，秋雨更黄昏。(《青山續集》卷七；《清江三孔集》卷二四)

【穰東驛壁間有詩因次其韻】　極轡驅馳長眼花，更堪風雨作泥沙。郵亭準擬一醉倒，白酒黄雞無處賒。

【林堠驛壁間有詩因用其韻】　日轉山亭寂寂，夢迷蝴蝶雙雙。何獨淵明寄傲，吾今亦是南窗。(《道鄉集》卷七)

【題紫巖驛】　稚年曾向此途行，半世重來若泛萍。山徑車聲欣路坦，江村市合厭魚腥。連天霜草蕭蕭白，蟠嶺雲松鬱鬱青。久旅懷家歸尚遠，暮煙殘照宿郵亭。(《梁谿集》卷一四)

【離萍鄉晚宿里田鋪】　曉出萍鄉動越吟，清溪無底亂山深。頽垣破屋郵亭古，面壁聊觀去住心。(《莊簡集》卷六)

【和徐季功舒蘄道中二十首】(其十七)　下馬郵亭忽喟然，數間茅屋起孤煙。山花狼藉餘無幾，斷送歸心起杜鵑。(《相山集》卷一四)

【過含山郵亭和子厚弟壁間韻三首】

犯暑籃輿趁曉耕，東風迎面葛衣輕。過山繚繞湖邊路，楊柳陰中帶月行。

透雲斜日影朦朧，樹杪依微少女風。景物重來正無恙，爲君收拾向詩中。

開窗如見碧油幢，新竹春來過屋長。漸近柴桑舊家路，清風來報稻花香。（《相山集》卷一五）

【入信州】 郵亭方此越三衢，已是江南十里逾。幽谷日來禽對語，平沙霜重雁相呼。溪旁障水横魚網，竹下開門出酒壺。物態人情隨處好，不煩客子嘆羈孤。（《北山集》卷三）

褚載，字厚之，家至貧。客梁宋間，困甚，以詩投襄陽節度使邢君牙云："西風昨夜墜紅蘭，一宿郵亭事萬般。無地可耕歸不得，有恩堪報死何難。流年怕老看將老，百計求安未得安。一卷新書滿懷淚，頻來門館訴饑寒。"君牙贈絹十匹，薦于鄭滑，辟支使，不行。明年，裴贄知貢舉，君牙薦之，擢第。（《詩話總龜》前集卷五引《詩史》）

薛尚書釗爲河東從事，乞假歸寧，題候館曰："僕帶雕弓馬似飛，老萊衣上著戎衣。郵亭不暇吟山水，塞外經年皆未歸。"（《詩話總龜》前集卷一〇引《南部新書》）

余於一雜編中見有《書郵亭事》，既不曉其誰作，但觀其詩有足哀者，故載之於此。其末云：周仲美，不知何許人，自言："世居京師，父遊宦，家於成都。既而適李氏子，侍舅姑，宦泗上。從良人赴金陵幕，偶因事，棄官入華山，有長住之意。仲美即寄身合淝外祖家。方求歸未得，會舅遽調任長沙，不免共載而南。雲水茫茫，去國益遠，形影相弔，灑涕何言。因書所懷於壁。"詩曰："愛妾不愛子，爲問此何理。棄官更棄妻，人情寧可已。永訣泗之濱，遺言空在耳。三載無朝昏，孤幃淚如洗……"（《詩話總龜》前集卷四五引《王直方詩話》）

紹興初，余之官建康。艤舟溧陽郵亭，見壁間題云："十年棄微官，歸來事却掃。扁舟訪安期，要覓如瓜棗。不知膏粱珍，惡食詩自好。田園苦無多，生理但草草。濁酒時一樽，孤斟從醉倒。"然不著名氏，不知何人所作，觀其言淡而旨遠，决非汩没名利而不返者。

昔年過邵伯埭，登平野亭，見梁間題曰："地勢如披掌，天形似覆盤。三星羅户牖，北斗掛闌干。晚色芙蕖静，秋香桂子寒。更無山礙眼，剩覺水雲寬。"此劉濤（燾）《無言》詩，此詩寫盡平野之景物也。（《庚溪詩話》卷下）

《桐江詩話》云：楊朴，字契先。一日，秋晴，戲釣於道傍溪澗中。值漕臺陳文惠出巡按，從者訶之，契先竟不顧。文惠怒，命從者攝至前路郵亭中詰之。契先風神村野，宛然一耕夫也。文惠益怒，欲加以刑。契先丐毫楮供狀，乃作絶句云："昨夜西風爛漫秋，今朝東岸獨垂鈎。紫袍不識蓑衣客，曾對君王十二旒。"文惠謝遣之。（《苕溪漁隱叢話》前集卷四二）

苕溪漁隱曰：余頃歲過湘中，郵亭壁間，有左鄯絶句云："叠叠山腰鎖冷雲，疏疏雨脚弄黄昏。松聲更帶溪聲急，不是行人也斷魂。"又於苕溪道觀中壁間有鄭子覃絶句云："紛紛紅雨入蒼苔，密蔭新成鶯友來。擬逐幽人夢蓬島，一聲裂竹故驚回。"皆佳作也。壬午歲過三衢，於驛舍壁間見題一聯云："不知何處雨，便覺此間凉。"自在無峭急之態，不知何人詩也。（《苕溪漁隱叢話》前集卷五四）

苕溪漁隱曰：東坡《大江東去赤壁詞》，語意高妙，真古今絶唱。近時有人和此詞，題於郵亭壁間，不著其名。語雖粗豪，亦氣概可喜，今謾筆之。詞曰："炎精中否，歎人材、委靡都無英物。戎馬長驅，三犯闕、誰作連城堅壁？楚漢吞併，曹劉割據，白骨今如雪。書生鑽破，簡編説甚英傑。　天意眷我中興，吾君神武，小曾孫周發。海嶽封疆，俱效職，狂虜何勞追滅。翠羽南巡，叩閽無路，徒有衝冠髮。孤忠耿耿，劍鋒冷浸秋月。"（《苕溪漁隱叢話》前集卷五九）

郵舍

（邳）壽，字伯考，善文章……稍遷冀州刺史。時冀部屬郡多封諸王，賓客放縱，類不檢節，壽案察之，無所容貸。乃使部從事專住王國，又徙督郵舍王宫外，近王宫置督郵舍，以察王得失。動静失得，即時騎驛言上。(《後漢書》卷二九《郅惲傳》)

柳公綽，字起之……（長慶三年，出爲襄州刺史、山南東道節度使……）牛僧孺罷相鎮江夏，公綽具戎容，於郵舍候之。軍吏自以漢上地高於鄂，禮太過。公綽曰："奇章纔離台席，方鎮重宰相，是尊朝廷也。"竟以戎容見。(《舊唐書》卷一六五《柳公綽傳》;《册府元龜》卷三八八)

（楊）發，字至之……朝廷以發長於邊事，移授廣州刺史、嶺南節度使。屬前政不率，蠻夏咸怨，發以嚴爲理，軍亂，爲軍人所囚，致於郵舍。坐貶婺州刺史，卒於治所。(《舊唐書》卷一七七《楊發傳》)

賈馥，故鎮州節度使王鎔判官也。家聚書三千卷，手自刊校。張文禮殺王鎔，時莊宗未即尊位，文禮遣馥至鄴都勸進，因留鄴下，棲遲郵舍。莊宗即位，授鴻臚少卿。(《舊五代史》卷七一《賈馥傳》;《册府元龜》卷七六六)

劉遂清，字得一，青州北海人……開運二年，遷安州防禦使。未幾，上表稱疾，詔許就便。迴至上蔡，終於郵舍，時三年四月也。(《舊五代史》卷九六《劉遂清傳》)

明宗踐阼，晉高祖爲北京留守。以帝前有護援之力，奏移麾下，署爲牙門都校。應順初，晉高祖鎮常山，唐明宗召赴闕。會閔帝出奔，與晉高祖相遇於途，遂俱入衛州，泊於郵舍。(《舊五代史》卷九九《高祖紀上》)

魏人柴翁有女，在唐莊宗掖庭。明宗入洛，遣出宫。父母迎之，奩具計直千萬，分半與父母，令歸，曰："兒見郵舍隊長黝色花項雀形者，極貴人也，願事之。"父母不能奪，問之，乃郭威也。一日謂郭曰："君貴不可言。妾有貲五百萬，願奉君以發其身。"周祖因其貲，得爲軍司。柴翁知冥間事，一日，忽大笑，妻問之，但笑不止，因飲，以酒極醉，乃曰："花項漢將爲天子。"(《類説》卷五五《玉壺清話》;《玉壺清話》卷六)

後唐應順末,少帝失位,自洛涉河,與數百騎欲奔鄴。時晉高祖改鎮常山,亦自郡詣闕(闕)。夜與帝遇於獲嘉東,遂俱入衛郡郵舍中。是夜,少帝伏甲,欲與徒臣謀害晉高祖。詐屏人對語,方坐於亭廡,帝密遣御士石敢袖鎚立其後。伏甲者俄起,左右驚擾。敢素有勇力,擁高祖入一室,以巨木塞門,敢力當其鋒,尋死焉。(《太平御覽》卷四一七引《五代史》)

成仙公,名武丁,桂陽人也。後漢時爲縣小吏,少言大度,博通經學,不從師授,有自然之性。時先被使京,還過長沙郡,投郵舍不及,遂宿於野。忽聞樹上人語云:"向長沙市藥。"平旦視之,乃二白鶴。仙公異之,遂往市(視),見二人,張白蓋,相從而行,謂仙公曰:"君當得地仙耳。"令還,仙公病卒,尸解。(《太平御覽》卷六六四引《陰君自序》;《太平廣記》卷一三引《神仙傳》)

【錢易赴蘄春】 名重星垣試,官閒月寺中。竹符千里郡,花浪一帆風。塵隙駒從度,霞觴酒莫空。公堂封筆冢,郵舍遞詩筒。騷客休懷楚,詞臣合薦雄。長庚謫仙骨,須入抃鰲宫。(《武夷新集》卷四)

【禦戎論·篇之五】 (客問):"敵人得朝廷之賜,充足其欲,然常以虚計摇邊,何耶?"對曰:"契丹君臣合謀,以爲取二十萬於我爲無名,謂我且嘗膽以圖其國,刷耻取償焉。是以歲閲馬料,衆治橋路郵舍,以自張大。"(《景文集》卷四四)

【謝子莊知郡】 願言違摻,坐積悁勞。襆被以居,慚禁門之尸職;棲毫且久,缺郵舍之通書。豈謂撝冲未繩,曠慢遐記。(《文恭集》卷三三)

【午暑憩夜明館道傍清流激湍可愛所乏者茂林修竹耳二首】

火雲千丈映溪山,正是人間行路難。賴有道傍飛瀑在,噴霜翻雪作清寒。

寶氣何年夜發明,至今郵舍得佳名。我來不暇尋光景,但愛鏘金漱玉聲。(《梁谿集》卷二七)

郵堠

【榜刻儀制令四條】（之二） 孔承恭上言《儀制令》四條件，乞置木牌，立於郵堠。一日，太宗問承恭曰："令文中貴賤少長輕重，各自相避並訖，何必又云'去避來'？此義安在？"承恭曰："此必試（戒）於去來者至相回避爾。"上曰："不然，借使去來相避，止是憧憧於通衢之人，密如交蟻，烏能一一必相避哉？但恐設律者別有他意。"其精悉若是。（《宋朝事實類苑》卷二一）

【白氏長慶集序】 予始與樂天同校秘書之名，多以詩章相贈答。會予譴掾江陵，樂天猶在翰林，寄予百韻律詩及雜體，前後數十章。是後各佐江、通，復相酬寄。巴蜀江楚間，洎長安中少年，遞相倣傚，競作新詞，自謂爲"元和詩"，而樂天《秦中吟》、《賀雨》諷諭等篇，時人罕能知者。然而二十年間，禁省、觀寺、郵候（堠）牆壁之上無不書，王公妾婦、牛童馬走之口無不道。（《元稹集》卷五一）

驛候

（元和）八年，回鶻引兵自西城、柳谷侵吐蕃，塞下傳言且入寇。吉甫曰："回鶻能爲我寇，當先絶和而後犯邊，今不足虞也。"因請起夏州至天德，復驛候十一區，以通緩急，發夏州精騎五百，屯經略故城，以護党項而已。（《新唐書》卷一四六《李吉甫傳》）

《春秋》述七德之武，《周官》著九伐之法，蓋夫有天下者，未嘗不繇嚴師律，廣行威罰，以成乎善志，而式隆大業者焉。三代之後，賢王踵武，丕承基緒，以御諸夏，或乃獷俗弗率，俶擾邊鄙……繇是申命將帥，恭行討伐，式遏亂略，震耀皇靈，用能興衰撥亂，宣威昭德，推亡兼弱，闢壤地以益國，綏懷荒服，遠通驛候，而置吏邊陲，增保障之固。（《册府元龜》卷一九）

（顔杲卿等）初聞禄山起兵於范陽，杲卿召長史袁履謙、前真定令賈深、内丘丞張通幽……又使麾下騎將高邈馳報禄山，令促其行。覘者知其謀而白杲卿,杲卿召履謙,告之。履謙曰:“事將亟矣,若不早誅欽湊,謀不集也。”遂詐追欽湊,令赴郡計事,命履謙署人吏以待之。欽湊夜至郡,杲卿令憩於驛,乃使參軍李循、馮虔、縣尉李栖默等享欽湊(於驛),醉而夜殺之……有頃,藁城尉崔安石報:“高邈自祿山所至,已宿上谷郡界。”……無何,南界又報:“何千年自東京宿趙郡。”安石、萬德先於郡南醴泉驛候之。(《資治通鑑考異》卷一四引《肅宗實録》)

離亭

同光元年冬十月辛未朔,日有蝕之。是日,皇后劉氏、皇子繼岌歸鄴宫,帝送於離亭,歔欷而别。(《舊五代史》卷三〇《莊宗紀四》)

胡裝,禮部尚書曾之孫。汴將楊師厚之鎮魏州,裝與副使李嗣業有舊,因往依之,薦授貴鄉令。及張彦之亂,嗣業遇害,裝罷秩,客於魏州。莊宗初至,裝謁見,求(爲)假官。司空頲以其居官貪濁,不得調者久之。十三年,莊宗還太原。裝候於離亭,謁者不内,乃排闥而入……莊宗愕然曰:“孤未之知,何至如是!”賜酒食慰遣之,謂郭崇韜曰:“便與擬議。”是歲,署館驛巡官。(《舊五代史》卷六九《胡裝傳》)

趙思綰,魏府人也。唐同光末,趙在禮之據魏城也,思綰隸於帳下……朝廷聞之,遣供奉官王益部署思綰等赴闕。思綰既發,行至途中,謂其黨常彦卿曰:“小太尉已入他手,吾輩至,則併死矣。”小太尉,蓋謂趙贊也。彦卿曰:“臨機制變,子勿復言。”既行,至永興,副使安友規、巡檢使喬守温出迎,於郊外離亭置酒,思綰前曰:“部下軍士已在城東安下,緣家屬在城,欲各將家今夜便宿城東。”守温等然之。(《舊五代史》卷一〇九《趙思綰傳》)

王殷,瀛州人……太祖即位,授天雄軍節度使……殷之入覲也,都人餞於離亭。上馬失鐙,翻墮於地,人訝其不祥,果及於禍。(《舊五代史》卷一二四《王殷傳》)

如意中,有女子,七歲能詩。則天召見,試之,令賦《送别兄弟》云:“别路雲初起,離亭葉正飛。所嗟人異雁,不作一行歸。”(《紺珠集》卷五詹玠《唐宋遺史》)

陳陰鏗……《江津送劉光禄不及詩》曰:“依然臨送渚,長望倚河津。鼓聲隨聽絶,帆勢與雲鄰。泊處空餘鳥,離亭已散人。林寒正下葉,鈎晚欲收綸。如何相背遠,江漢與城闉。”(《藝文類聚》卷二九)

【送豐城王少府】 愁結亂如麻,長天照落霞。離亭隱喬樹,溝水浸平沙。左尉才何屈,東關望漸賒。行看轉牛斗,持此報張華。(《全唐詩》卷五〇楊炯)

【江亭夜月送别二首】

江送巴南水,山横塞北雲。津亭秋月夜,誰見泣離群。

亂煙籠碧砌,飛月向南端。寂寂離亭掩,江山此夜寒。(《全唐詩》卷五六王勃)

官驛

(辛雄,魏莊帝時以本官兼侍中,關西慰勞大使,將發,請事五條……)仍啓曰:“臣聞王者愛民之道有六……臣既忝將命,宣揚聖澤,前件六事,謂所宜行。若不除煩收疾,惠孤恤寡,便是徒乘官驛,虚號王人,往還有費於郵亭,皇恩無逮於民俗。謹率愚管,敢以陳聞,乞垂覽許。”莊帝從之。(《魏書》卷七七《辛雄傳》)

昆明東九百里,即牂柯國也……元和二年,詔黔南觀察使常以本道將,爲押領牂柯、昆明等使,自是數遣使,或朝正月,訖開成不絶。故事:戎夷朝貢,將至都,中官驛勞於郊。既及館,恩禮尤渥。(《新唐書》卷二二二下《南蠻傳》)

【次韻和同時到院】 各沿臺檄會平番,萍水金溪隔萬山。兩處相期仗官驛,一時交際到江關。如何遠趾符同甚,豈是誠心吻合間。案牘牽仍毋易視,囚情未得莫優閒。(《錢塘集》卷三)

【渡錢塘】 小立晴江上,潮生落照邊。晚花低映水,春草暗迷烟。燕子飛官驛,鷗群引客船。關情南浦别,相對獨依然。(《菊磵集》)

吴僧法具，字圓復，有能詩聲，予乃紀之於《夷堅志》中，殊爲不類。比於福州僧智恢處，見其詩稿一紙，字體效王荆公……《送翁士特》云："朝入羊腸暮鹿頭，十三官驛是荆州。具車秣馬曉將發，寒燭燒殘語未休。"……甚有詩家風旨。(《容齋隨筆》三筆卷一二《具圓復詩》)

公驛

唐渭北節判崔朴……父清，故平陽太守，建中初，任藍田尉。時德宗初即位，用法嚴峻……户部侍郎楊炎貶道州司户參軍……妻亦病稍愈，便與炎偕往。炎執清之手。問第行，清對曰："某第十八。"清又率俸錢數千，具商於已來山程之費。至韓公驛，執清之袂，令妻出見，曰："此崔十八，死生不相忘，無復多言矣。"(《太平廣記》卷一五三引《續定命録》)

【左朝議大夫充敷文閣待制致仕柳公約神道碑】紹興三十二年。　　惟公竭誠，嗟嗟讒言，曾不公釋。可奪者位，莫掩者德。天子是思，起守新疆。玁狁孔熾，毁節相望。公驛而聞。上曰："遄返次對西廂。"始卒尊顯。(《文忠集》卷二九)

傳置

(漢文帝二年十二月，詔)舉賢良方正能直言極諫者……太僕見馬遺財足，餘皆以給傳置。按，《廣雅》云："置，驛也。"《續漢書》云："驛馬三十里一置。"故樂産亦云："傳、置一也。"言乘傳者，以傳次受名，乘置者以馬取匹。(傳，音丁戀反。)如淳云："《律》：四馬高足爲傳置，四馬中足爲馳置，下足爲乘置，一馬二馬爲軺置。如置急者，乘一馬曰乘也。"(《史記索隱》卷四)

(秦二世三年春，)沛公至高陽傳舍，師古曰：傳舍者，人所止息。前人已去，後人復來，轉相傳也。一音張戀反，謂傳置之舍也，其義兩通。它皆類此。使人召食其。食其至，入謁，沛公方踞牀，令兩女子洗，而見食其。食其入，即長揖不拜。(《漢書》卷四三《酈食其傳》)

明年春，有事於汾陰后土，命知樞密院陳堯叟爲祀汾陰經度制置使……發陝西、河東兵五千人，赴汾陰給役。出厩馬，增傳置。（《宋史》卷一〇四《禮志七》）

（北宋）江南、淮南、兩浙、荆湖路租糴，於真、揚、楚、泗州置倉受納，分調舟船，泝流入汴……廣南金銀、香藥、犀象、百貨，陸運至虔州而後水運。川益諸州金帛及租、市之布，自劍門列傳置，分輦負檐至嘉州，水運達荆南，自荆南遣綱吏運送京師。（《宋史》卷一七五《食貨志上三》）

（宋太祖乾德四年六月）丁未詔："西川轉運使沈義倫，於成都寫金銀字《金剛經》，傳置闕下。"（《續資治通鑑長編》卷七）

（宋太宗太平興國七年二月，）兩川上供綱，所過丁男百十輩轉送，罪人錮送闕下，在道病者亦發民舆擔。知河南府何承矩奏，以爲疲民横役，請罷其事。乙亥，詔西川、嶺南、荆湖、陝西每歲上供錢帛，勿復調民負擔，以傳置卒代之。（《續資治通鑑長編》卷二三）

（宋太宗至道元年三月）庚申，詔諸路轉運司告諭部下幕職、州縣官等，應公私利害，並許上言，附傳置以聞，送中書舍人，閲視可否。（《續資治通鑑長編》卷三七）

建隆二年，以前代傳置悉用民夫，至是，詔募軍卒代之。至三年正月，詔不得以逆旅僑民充遞夫。（《演繁露》續集卷一《以兵代民役》）

廣德元年冬，上既東幸，（和政公）主志期扈蹕，迴兵充斥，咫尺不通，因至荆南，慰薦諸將。方隅載謐，職貢以修，主有力焉……初次商於，頓於傳置。群盗蝟起，奄及驛亭，呼而犒之，曉以禍福。一言革面，願比家奴。（《唐語林》卷五）

【顔魯公神道碑】 俄而寇陷京師，駕在靈武。往來傳置，梗扼不通。公以帛書表章，封於蠟丸内，俾健步宵行晝伏，四遠以聞。（《顔魯公集》附録令

狐峘）

【登故宜城賦】　（安禄山反唐，）潼關爲之晝扃，暨而將吏逋竄，烝民駭散，崩騰郡邑，空闃閭閈。荒涼我汝潁，牢落我睢渙。傳置載馳於商、鄧，兵符薦集於淮、漢。彼邦畿之尹守，藩牧之垣翰，莫不光膺俊選，踐履清貫。（《文苑英華》卷一二八蕭穎士）

【唐故邕管招討副使試大理司直兼貴州刺史鄧君墓誌銘并序】　君諱某，字某，南陽人……初以試大常寺奉禮郎，更職於劍南、湖南、江西，前後連帥，咸器其能……於江西則旁緝傳置，下繩支郡，俾無有異政，以一於詔條。財賦之重，待君而理。（《柳宗元集》卷一〇）

【柳州東亭記】　出州南譙門，左行二十六步，有棄地在道南。南值江，西際垂楊，傳置，東曰東館。其内草木猥奥，有崖谷，傾亞缺圮，豕得以爲囿，蛇得以爲藪，人莫能居。至是始命披刜蠲疏，樹以竹箭松檉桂檜柏杉。易爲堂亭，峭爲杠梁。上下徊翔，前出兩翼。憑空拒江，江化爲湖。衆山横環，嶛闊瀴灣。當邑居之劇，而忘乎人間，斯亦奇矣。乃取館之北宇，右闢之以爲夕室；取傳置之東宇，左闢之以爲朝室；又北闢之以爲陰室，作屋於北牖下，以爲陽室；作斯亭於中，以爲中室。朝室以夕居之，夕室以朝居之，中室日中而居之，陰室以違温風焉，陽室以違凄風焉。若無寒暑也，則朝夕復其號。既成，作石於中室，書以告後之人，庶勿壞。元和十二年九月某日，柳宗元記。（《柳宗元集》卷二九）

【與史館韓侍郎書】　侍郎退之足下：積與前襄州文學掾甄逢遊善，逢即故刑部員外郎濟之子……凡十徵不起……代宗復洛，甄生卧匡牀，詣元帥府。至則號摽自治，代宗爲之動色，遂命傳置長安。（《元稹集》卷二九）

【崔倰授尚書户部侍郎制】　敕：朝議大夫、權知尚書户部侍郎、判度支、上柱國、賜紫金魚袋崔倰，惟朕憲考，亟征不庭，熏剔幽妖，擒滅罪戾，用力滋廣，理財是切。而奸臣乘上之急，刻括以充其求。帝用憫然，思克憂（攸）濟。乃詔南服，傳置甚繁，爾倰授以秏登之書，俾陳生聚之術……可守

尚書户部,依前判度支,散官、勳、賜如故。(《元稹集》卷四五)

驛遽

行則備一夕之衛,且使遽告於鄭。遽,傳車。疏:正義曰:《釋言》云:驛,遽傳也。孫炎曰:傳車,驛馬也。(《春秋左傳注疏》卷一六)

孫甫,字之翰,博學强記,尤善言唐事……著《唐史記》七十五卷……其在江東爲轉運使,出行部,亦以自隨,過亭傳休止,輒取修之。會宣州有急變,乘驛遽往,不暇挈以俱。(《宋稗類鈔》卷一八)

【白鷴賦】 白鷴,羽族之幽奇……上聞而徵焉……天寶辛卯(歲),予飄泊江介,流宕逾時。秋八月,自山陰前次東陽……會有命自天,召赴京闕,適與兹鳥偕至於會稽(之)傳舍……因感而賦之。(《文苑英華》卷一三五蕭穎士)

【謝除三司使表】 伏蒙聖恩授臣依前尚書户部侍郎、充三司使者,驛遽奔塗,虔趨於嚴召;芝函錫命,進冒於寵光。俾專筦計之煩,實玷難才之選。勢名參重,靦汗交盈。中謝。(《樂全集》卷二八)

驛邸

歷下亭,府城驛邸,内歷山臺上。面山背湖,實爲勝絶。少陵有《陪李北海宴歷下亭》詩。(《齊乘》卷五)

安定郡王趙德麟,建炎初自京師挈家東下。抵泗州北城,於驛邸憩宿。薄晚,呼索熟水,即有妾,應聲捧杯以進,而用紫蓋頭覆其首。趙曰:"汝輩既在室中,何必如是!"自爲揭之,乃枯骨耳……掩冉而滅。(《夷堅支景》卷八《泗州邸怪》)

邸驛

邸驛,郡國朝宿之舍,在京者謂之邸;郵騎傳遞之館,在四方者謂之驛。

(《玉海》卷一七二)

驛置

(平陽侯曹參,秦末從高祖)擊秦司馬𡰥軍碭東,破之,取碭、狐父、祁善置。《集解》:文穎曰:"善置,置名也。"晉灼曰:"祁音坻。"孫檢曰:"謂驛曰置。善,名也。"《索隱》:按:司馬彪《郡國志》:"穀熟有祁亭。"劉氏音遲,又如字。善置,置名,漢謂驛爲置。《正義》:《括地志》云:"故祁城在宋州下邑縣東北四十九里,漢祁城縣也。"(《史記》卷五四《曹相國世家》)

(天寶十五載六月,安禄山叛軍攻陷潼關,玄宗西幸。)辰時,至咸陽望賢驛置頓。官吏駭散,無復儲供。上憩於宫門之樹下,亭午未進食。(《舊唐書》卷九《玄宗紀下》)

(柳公綽)長慶元年復爲京兆尹。時幽、鎮用兵,補置諸將,使駟係道。公綽奏曰:"比館遞匱乏,驛置多闕,敕使衣緋紫者,所乘至三四十騎,黄緑者不下十數。吏不得視券,隨口輒供。驛馬盡,乃掠奪民馬,怨嗟驚擾,行李殆絶。請著定限,以息其弊。"(《新唐書》卷一六三《柳公綽傳》)

蘇頌,字子容,泉州南安人……英宗即位,召提點開封府界諸縣鎮公事。頌言:"周制六軍出於六鄉,在三畿四郊之地。唐設十二衛,亦散布畿内郡縣……今中牟、長垣都門要衝,二鄙驛置皆由此,而舊不屯兵,閬無防守,請置營益兵,以備非常……"(《宋史》卷三四〇、《東都事略》卷八九《蘇頌傳》)

(宋太宗淳化三年冬十月)戊寅,詔:"諸道知州、通判、釐務京朝官、令録、判司、簿尉等,有治行尤異……委本道轉運使以名聞,並驛置赴闕親問,朕其旌賞之。反此者亦具奏,當行貶斥。"(《續資治通鑑長編》卷三三)

(宋真宗大中祥符三年九月)庚寅,詔:"自今至雄州諸縣鎮令佐、使臣,供契丹國信驛置無闕者,許書歷爲勞課。替還日,與優便官。"(《續資治通鑑長編》卷七四)

（宋仁宗慶曆七年三月）癸未，詔求寬恤民力之事，聽官吏驛置以聞，上其副於轉運司，利害明白者，轉運司耑行之。（《續資治通鑑長編》卷一六〇）

（宋神宗元豐八年六月丁亥，）詔曰："朕紹承燕謀，獲奉宗廟，初攬庶政，鬱於大道……應中外臣僚及民庶，並許實封，直言朝政闕失、民間疾苦。在京，于登聞鼓、檢院投進；在外，於所屬州、軍，驛置以聞。朕將親覽，以考求其中而施行之。"（《續資治通鑑長編》卷三五七；《東都事略》卷九《本紀九》）

長安青龍寺儀光禪師，本唐室之族也。父瑯琊王，與越王起兵，伐天后，不克而死。天后誅其族無遺，惟禪師方在襁褓，乳母抱而逃之，（隱於青龍寺，學佛……）遇唐室中興，求瑯琊王後，師方謂寺僧言之。寺僧大駭，因出詣岐州李使君，師從父也，見之悲喜，因舍之於家……使君奏："禪師是瑯琊王子。"有敕，命驛置至京，引見慰問，賞賜優給，復以爲王。（《太平廣記》卷九四引《紀聞》）

厩置

（漢興，）田横懼誅，而與其徒屬五百餘人入海，居島中。高帝聞之，以爲田横兄弟本定齊，齊人賢者多附焉，今在海中不收，後恐爲亂，乃使使赦田横罪而召之。田横因謝……迺與其客二人，乘傳詣雒陽。《集解》：如淳曰：四馬下足爲乘傳。未至三十里，至尸鄉厩置，《集解》：應劭曰："尸鄉在偃師。"瓚曰："厩置，置馬以傳驛也。"横謝使者曰："人臣見天子，當洗沐。"止留。（《史記》卷九四《田儋列傳》）

秦世舊有厩置、乘傳、副車、食厨。漢初承秦不改，後以費廣稍省。故後漢但設騎置，而無車馬，而律猶著其文，則爲虚設，故除《厩律》，取其可用合科者，以爲《郵驛令》。（《晉書》卷三〇《刑法志》）

歐陽澈，字德明，撫州崇仁人……靖康初，應制條敝政……采朝廷之闕失，政令之乖違，可以爲保邦御俗之方、去蠹國殘民之賊者十事，復爲書，并上聞，已而復論列十事……所上書爲三巨軸，厩置卒辭不能舉，州將爲選力

士荷之以行。(《宋史》卷四五五《歐陽澈傳》)

劉文裕,字以寧……太平興國二年……出爲秦隴巡檢。有李飛雄者,太保致仕鏻之孫……妻父張季英,爲鳳翔盩厔尉。飛雄自京師往省之。因乘季英馬,詐爲使者,夜抵厩置,呼卒索馬。卒秉炬出迎,飛雄以私市馬纓示之,卒不能辨,即授以馬。一卒乘一馬前導,以巡邊爲名。因矯詔率巡驛殿直姚承遂,至隴州,率監軍供奉官王守定,至吴山縣,率縣尉盧贊,皆從行。(《宋史》卷四六三《劉文裕傳》)

諒祚,景宗長子也……治平初,求復榷場,不許。既而遣吴宗等來賀英宗即位。詔令門見,使者不從。至順天門,且欲佩魚及儀物自從,引伴高宜禁之,不可,留止厩置一夕,絶其供饋。宗語不遜,宜折之,使如故事。良久,乃聽入。(《宋史》卷四八五《夏國傳上》)

(宋太宗太平興國三年五月,)秦州節度判官李若愚,有子曰飛雄,凶險無行……自京師往省(妻父張)季英,竊乘其馬,詐爲使者,夜抵厩,呼置卒,索馬。卒秉炬出,飛雄復以私市馬纓示之,卒不能辨纓,即授以馬。飛雄令一卒前導,遂矯稱制以巡邊爲名,掠巡驛殿直姚承遂……謀劫守卒,據城爲亂……擒之……繫秦州獄。劾之,具得其狀,有詔夷其三族……先授飛雄馬厩置卒,亦夷其族。(《續資治通鑑長編》卷一九)

(宋英宗治平元年九月,)先是,夏國賀登極進奉人吴宗等至順天門,欲佩魚,及以儀物自從,引伴高宜禁之,不可,留止厩置一夕,絶供饋。宗出不遜語,宜折之如故事,良久乃聽入。(《續資治通鑑長編》卷二〇二)

吾國家肇自貞觀,至於開元,兼夏商之職貢,掩秦漢之文軌。梯航累乎九譯,厩置通乎萬里。然後分疆以辨之,置吏以康之,任所有而差貢賦,因所宜而制名物,守其要害,險其走集,經理之道,冠乎百王,巍巍乎,無得而稱矣!(《元和郡縣圖志》卷首李吉甫自序)

【撫州南城縣客館新亭記】 古者國野之道,十里有廬,廬有飲食;三十里有宿,宿有路室……是歲也,台司審縣尹之寄,擢王公昕爲南城。公至之日則考於(其)事典,陳其藝極,視年之上下,去民所疾苦,凡三月而南城之人和。於是飭厩置以候賓客,葺旅次以待羈旅。夏六月,築其館,辨其域於道周,作新亭於館之陽。廈屋耽耽,俯瞰澮壑。賓位在左,主位在右。然後剗磽埆,堙坎窞,以爲大逵,屬之於溪。設雙航於清津,以備經度(逕渡)。每將之迎之,則自郊勞,至於致飱,無曠禮,無違物。而兹亭之經始也,取廢徹之材以移用,用乃有節;入鞭朴之贖以庀工,工忘其勞;杜燥溼之虞以憩賓,賓至如歸……登斯臨斯,釃酒以贈之,則溪雲竹風,生於棟牖,而緑野青山,爲吾庭衢,三爵之後,可以送千里之目,道四方之志焉。兹又勝會之佳境也。凡底績以興利革故,以謀始修禮,以備物僝功,以成務政之大者,宜其刊作者之茂實,以示後嗣。不然,他山之石,何以在兹亭乎?是歲廣德二年也。(《毗陵集》卷一七)

【趙公西侯新亭頌】 出自西郭,蒼然古道,道寡列樹,行無清陰……亭候靡設,逢迎缺如……遂鏟崖堙卑,驅石剪棘,削污壤,堦高隅,以門以墉,乃棟乃宇。儉則不陋,麗而不奢。森沉閑閎,燥濕有庇。若鰲之湧,如鵬斯騫。縈流鏡轉,涵映池底。納遠海之餘清,瀉連峰之積翠。信一方雄勝之郊,五馬踟躕之地也。(《李太白全集》卷二八)

紫微撰《西齋話記》,共三十五事……内殿承制鄧雅前後將命四方,自題姓名云:"登邑誰不言,安牙在左邊。"郵亭厩置,往往有之。(《龍學文集》卷一四)

墅處,潞之異人也。金鄉李生將赴試,問得失焉。曰:"兩貫四貫,巡轄馬遞鋪。"皆莫測也。李有田於莘,過之。及門,於厩置壁下有錢二千,以二百爲陌。有榜曰"巡轄馬遞鋪",問之,乃田者所納課也。李始悟其言,而果黜焉。(《後山集》卷一八《談叢》)

【再跋參政龔公陛辭奏藁】 始,予得龔公陛辭奏草,而記其本末,以解聽者之惑……今年復過莆中,公之二子及其孫堪復以此軸見示,塗乙點定,手筆粲然,而其指意審重詳密……既感其事,因復書前説之後,以著吾言

之不妄，庶幾秉南董之筆者猶有考云。紹熙庚戌四月十三日，書於仙遊長嶺厩置。（《晦庵集》卷八二）

傳驛

（魯昭公二年秋，）鄭公孫黑將作亂，欲去游氏而代其位，傷疾作而不果。駟氏與諸大夫欲殺之，子産在鄙，聞之，懼弗及，乘遽而至。遽，傳驛。疏：遽，其據反。《爾雅》云：驛，遽傳也。孫炎注云：傳車，驛馬。注：《正義》曰：《釋言》云：驛，遽傳也。孫炎曰：傳車，驛馬也。（《春秋左傳注疏》卷四二）

初平元年，（袁）紹遂以勃海起兵，與從弟後將軍術、冀州牧韓馥……等同時俱起，衆各數萬，以討（董）卓爲名……韓馥見人情歸紹，忌其得衆，恐將圖已，常遣從事守紹門，不聽發兵。橋瑁乃詐作三公移書，傳驛州郡，説董卓罪惡，天子危逼，企望義兵，以釋國難。馥於是方聽紹舉兵。（《後漢書》卷七四《袁紹傳》）

盧魯元，昌黎徒河人也……（北魏太武帝太平）真君三年冬，車駕幸陰山，魯元以疾不從。侍臣問疾送醫藥，傳驛相屬於路。及薨，世祖甚悼惜之。（《魏書》卷三四《盧魯元傳》）

縣令掌導風化，察冤滯，聽獄訟。凡民田收授，縣令給之。每歲季冬，行鄉飲酒禮。籍帳、傳驛、倉庫、盜賊、堤道，雖有專官，皆通知，縣丞爲之貳。縣尉分判衆曹，收率課調。（《新唐書》卷四九下《百官志四下》）

郵置。《周官》："行夫掌邦國傳遽。"注曰："若今時乘傳騎驛而使者也。"乘傳騎驛而使，必有頓止之次，故傳置驛，因皆爲次舍之名。《田儋傳》："横至尸鄉，厩置。"《張敖傳》："要之置厠。"《魏相傳》："客詐止傳。"文帝二年十一月，詔曰："太僕見馬遺財足，餘皆給傳置"之類是也。顔師古注去（云）："置者，置傳驛之所。"蓋至唐而後，謂頓止之次爲驛也。（《嘉泰會稽志》卷四）

兵部謂之夏官，掌兵伍、厢軍、武舉、投試、武藝、金吾街仗人司兵及大將出征、告廟、破賊、露布、鹵簿、字圖，若番夷屬户、授官封爵等事，及天下地圖、堡塞、烽堠、番夷歸服內附，皆掌之。又稱駕部，掌輦輅、車乘、厩牧、雜畜、乘具、傳驛之政令，辨其出入之數。(《夢梁録》卷九《六部》)

凡天下諸州税錢各有準常，三年一大税，其率一百五十萬貫。每年一小税，其率四十萬貫，以供軍國傳驛及郵遞之用。(《唐六典》卷三)

駕部郎中、員外郎，掌邦國之輿輦、車乘，及天下之傳驛、厩牧、官私馬牛雜畜之簿籍，辨其出入闌逸之政令，司其名數。凡三十里一驛，天下凡一千六百三十有九所，二百六十所水驛，一千二百九十七所陸驛，八十六所水陸相兼。若地勢險阻及須依水草，不必三十里。每驛皆置驛長一人，量驛之閑要以定其馬數。都亭，七十五匹，諸道之第一等，減都亭之十五。第二、第三皆以十五爲差。第四，減十二，第五，減六，第六減四。其馬官給。有山阪險峻之處，及江南、嶺南暑濕不宜大馬處，兼置蜀馬。凡水驛，亦量事閑要以置船。事繁者每驛四隻，閑者三隻，更閑者二隻。凡馬三名，給丁一人，船一，給丁三人。凡驛皆給錢以資之。什物並皆爲市。凡乘驛者，在京於門下給券，在外輿留守及諸軍、州給券。若乘驛經留守及五軍都督府過者，長官押署。若不應給者，隨即停之。(《唐六典》卷五)

兵曹、司兵參軍，掌武官選舉、兵甲器仗、門户管鑰、烽候傳驛之事。凡驛馬，以“驛”字印印左肘，地名印印項左。(《唐六典》卷三〇)

若籍帳、傳驛、倉庫、盜賊、河堤、道路，雖有專當官，皆縣令兼綜焉。縣丞爲之貳。(《唐六典》卷三〇)

(唐中宗景龍二年)十一月，河南巡院監察御史宋務光上疏曰：“臣聞分珪列土，各有方位。通邑大都，不以封錫。前猷未遠，古義亦深。自頃命侯，稍殊舊式，莫居墝瘠，專擇雄奥……徵封使者往來相繼，既勞傳驛，甚擾公私。請附租庸每年送納，望停封使，以静下人。仍編入新格，庶爲永例。”(《唐會要》卷九〇)

唐李嶠則天朝爲鳳閣舍人。時初置右御史臺巡按天下，嶠上疏陳其得失曰：“陛下創置右臺，分巡天下，察吏人善惡，觀風俗得失……今之所察，但準漢之六條,推而廣之,則無不包矣。無爲多張科目,空費簿書。且朝廷萬機,非無事也。機事之動,嘗在四方,是故冠蓋相望,郵驛繼踵。今巡使既出,其外州之事悉當委之,則傳驛大減矣……”(《册府元龜》卷四七四)

唐紹爲太常博士。舊制,每年四季之月,嘗遣使往諸陵起居。景龍二年三月,紹以爲:“准諸事,元無此禮……詳起居之義,非陵寢之法。生事以禮,必勤於定省。死葬以禮,當閟於安厝。豈可以事居之道,行送往之時。敢辭命使勞繁,但恐不安靈域。又降誕之日、穿針之辰,皆以續命爲名,時人多有進奉。今聖靈日遠,仙駕難追。進止起居,恐乖先典。况京畿傳驛,機速極繁。加以諸陵往來,其馬便多死損……”(《册府元龜》卷五八七)

【銀青光禄大夫……汲郡開國公康使君(希銑)神道碑銘】 君諱希銑,字南金……(開元)三年,請歸鄉。敕書褒美,賜衣一襲,並雜綵等,仍給傳驛至本州。(《顔魯公集》卷七)

【故朝奉郎知汝州黄府君(任道)行狀】 府君諱某,字任道,其先江夏人……諸道遣使求民瘼,有曰河朔館驛宜罷須索,以寬其役。君以謂河北中路傳驛,歲有遽使往來,邊防休戚之所繫,百須皆出於民,當令百姓明具所出物數,折除春夫丁役,及於二税合納之物,量數放免。(《無爲集》卷一四)

【兵部長貳題名記】 大小司馬,著於《周官》,歷代沿革可考也。本朝倣《唐六典》,曰兵部,凡民兵、厢軍、蕃兵、剩員、武舉、投藝、武試、金吾街司人兵,及大將出征、告廟、破賊、露布、鹵薄、字圖,若蕃夷屬户授官封之事,皆主之。曰職方,天下地圖、城隍、保寨、烽堠之數,蕃夷歸明内附之事,皆主之。曰駕部,掌凡輦輅、車乘、厩牧雜畜乘,其傳驛之政令,辨其出入之數。(《文忠集》卷二八)

六、符券的發放和管理

驛券

齊湣王二十五年，復卒使孟嘗君入秦，昭王即以孟嘗君爲秦相……孟嘗君得出，即馳去，更封傳，變名姓以出（函谷）關。索隱：更者，改也。改前封傳而易姓名，不言是孟嘗之名。封傳，猶今之驛券。（《史記》卷七五《孟嘗君列傳》）

度支郎中、員外郎，參掌計度軍國之用……凡小事則擬畫，大事諮其長貳。應申請更改舉行勘審者，則先檢詳供具。分案六，置吏五十有一。凡上供有額，封樁有數，科買有期，皆掌之。有所漕運，則計程而給其直。凡内外支供及奉給驛券，賞賜衣物錢帛，先期擬度，時而予之。（《宋史》卷一六三《職官志三》）

給券。文武群臣奉使於外，藩郡入朝，皆往來備饔餼。又有賓幕、軍將、隨身、牙官、馬驢、橐駝之差，節、察俱有賓幕以下，中書、樞密、三司使，有隨身而無牙官，軍將隨。諸司使以上有軍將、橐馱。餘皆有牙官、馬驢，惟節、察有賓幕。諸州及四夷貢奉使、諸司職掌祗事者，亦有給焉。京朝官、三班外任無添給者，止續給之。京府按事畿内，幕職、州縣出境比較錢穀，覆按刑獄，並給券。其赴任川峽者，給驛券。赴福建、廣南者，所過給倉券。入本路，給驛券，皆至任則止。車駕巡幸，群臣扈從者，中書、樞密、三司使給館券，餘官給倉券。（《宋史》卷一七二《職官志十二》）

（宋欽宗靖康元年）八月，河北、河東路宣撫司奏："近據都統制王淵捉獲潰敗使臣，已管押赴宣撫副使劉韐軍前交割，依軍法施行外，訪聞尚有未曾出首將佐使臣。"詔："限今指揮到日更與展限十日，許令於所在州軍出首，仍依元降指揮免罪，特與支破遞馬驛券，疾速發赴軍前自效，候立功日優加推

賞……”(《宋史》卷一九三《兵志七》)

南江諸蠻,自辰州達於長沙、邵陽,各有溪峒,曰敘,曰峽,曰中勝,曰元,則舒氏居之……舒氏則德郛、德言、君疆、光銀……皆受朝命。自治平末,光銀入貢。故事,南江諸蠻亦隸辰州貢進,則給以驛券,光銀援以爲請,詔以券九道給之。(《宋史》卷四九三《蠻夷傳一》)

(宋真宗咸平二年閏三月,)京西轉運副使朱台符上疏曰:“臣聞皇天無親,王者無私。上下合符,有如影響。若王政缺於下,則天譴見於上……簡易者事不瀆,節儉者財有餘。今署置之過也,官吏森羅於郡邑;差命之煩也,使者旁午於道路。廩禄之費耗、驛券之供給,何可勝數!無名之賞賜、不急之造作,亦無限量。土木窮其麗,工巧極其淫,他費百端,動計千萬……”(《續資治通鑑長編》卷四四)

(宋仁宗嘉祐三年三月)丙申,詔三司編《天下驛券則例》,從樞密使韓琦之請也。四年正月,張方平上其書。(《續資治通鑑長編》卷一八七)

(宋仁宗嘉祐四年春正月壬寅),三司使張方平上所編《驛券則例》,賜名曰《嘉祐驛令》。初,内外文武官,下至吏卒,所給券皆未定,又或多少不同。遂下樞密院,取舊例下三司掌券司,會萃多少而纂集之,並取宣敕、令文專爲驛券立文者,附益刪改凡七十四條,上、中、下三卷,以頒行天下。三年三月始編。(《續資治通鑑長編》卷一八九;《宋史》卷一五四《輿服志六》)

(侍中,)天寶元年,改爲左相。按令文,掌侍從、負寶、獻替,贊相禮儀,審署奏抄,駁正違失,監封題,給驛券,監起居注,總判省事……門下侍郎……員二人,掌侍從,署奏抄,駁正違失,通判省事。若侍中闕,則監封題,給驛券……給事中……常侍從,讀署奏抄,駁正違失,分判省事。若侍中、侍郎並闕,則監封題,給驛券。(《通典》卷二一)

(唐德宗貞元二)年六月二十二日敕:“諸道進奉却迴,及準敕發遣官健家口,不合給驛券人等,承前皆給,路次轉達牒,令州縣給熟食、程糧、草料。

自今以後，宜委門下省檢勘，憑據分明，給傳牒發遣，切加勘責，勿容踰濫。仍準給券例，每月一度具狀聞奏。”(《唐會要》卷六一)

鄉人龔國隆應舉時，夢行道上，步步俯拾黑豆一掬，不知其然。是歲鄉薦，乃伯父郎中紀恤其乏路費，以驛券贈之。遂沿路勘請，以抵京師，即步步掬黑豆之應也。然此微薄而國隆已兆於夢，則其人賦分可知。後國隆竟老場屋，不沾一命。(《青箱雜記》卷三)

唐以前，館驛並給傳(符)往來。開元中，務從簡便，方給驛券，驛之給券，自此始也。(《青箱雜記》卷八)

舊制：三班奉職，月俸錢七百、驛券肉半斤。祥符中，有人爲題詩所在驛舍門曰：“三班奉職實堪悲，卑賤孤寒即可知。七百料錢何日富，半斤羊肉幾時肥。”朝廷聞之，曰：“如此何以責廉隅！”遂議增月俸。(《墨客揮犀》卷一)

【嘉祐驛令】　(嘉祐)三年三月丙申，詔三司編天下驛券則例，從樞密韓琦之請也。四年正月十二日壬寅，一云正月七日。三司使張方平上所編《驛券則例》，賜名《嘉祐驛令》。初，内外文武，下至吏卒，所給驛券皆未有定例，又或多少不同，遂降密院舊例，下三司掌券司，會粹名數而纂次之，并取宣敕令文專爲驛券立文者，附益删改爲七十四條，總上、中、下三卷。二月，頒行天下。八年四月十六日，編定禄令，所奏以諸道至在京程數，分爲三卷，頒天下從之。二書與敕令兼行。

漢《厩律》，魏《郵驛令》。唐有《郵驛條式》，見於貞元八年門下省之奏。(《玉海》卷六六)

【言張頡第五狀】二十三日。　安化州夷人，從來三年一度進奉。舊例雖不遣其人入貢，而與之驛券等物，其數稍豐。及(張)頡爲桂州經略使日，轉運司應副錢物差緩，至四年乃足，而宜州及經略使司展其進奉年限，俾之四年乃得入貢。靳惜錢物，所得無幾，而夷人因此作過，破軍殺將，凡費百餘萬貫，竟以招安而定。(《欒城集》卷四〇)

【舍人官箴】　劉器之建中崇寧初知潞州，部使者觀望，治郡中事，無巨細皆詳考，然竟不得毫髮過。雖過往驛券亦無違法予者，部使者亦歎伏之。(《東萊集》别集卷六)

館券

高麗進奉使見辭儀。見日，使捧表函，引入殿庭，副使隨入，西向立……又出班，謝面天顔，沿路館券，都城門外茶酒，歸位，再拜……(《宋史》卷一一九《禮志二十二》)

任圜性剛直，且恃與帝有舊，勇於敢爲，權倖多疾之。舊制，館券出於户部，唐舊制：使臣出四方，皆自户部給券。安重誨請從内出，請從内出，則樞密院得專其事。與圜争於上前，往復數四，聲色俱厲。上退朝，宫人問上："適與重誨論事爲誰?"上曰："宰相。"宫人曰："妾在長安宫中，未嘗見宰相、樞密奏事敢如是者，蓋輕大家耳。"上愈不悦，卒從重誨議。(《資治通鑑》卷二七五)

(宋真宗大中祥符六年四月，)詔："應京朝官、諸司使副、三班使臣等，差遣出外，緣路館券，回日於閤門送納，委三司點檢。如枉道重叠虚給官物者，具名以聞。"(《續資治通鑑長編》卷八〇)

(宋仁宗天聖三年)八月辛亥，知益州薛田言："本州發解舉人，自張詠以來，例給館券至京師。今得三司移文，乃責吏人償所給官物，恐非朝廷之意。"上曰："漢貢士皆郡國續食，今獨不能行之遠方耶? 其令悉蠲之。"(《續資治通鑑長編》卷一〇三)

(宋神宗熙寧八年閏四月乙卯)，詔："西南蕃五姓蠻，聽五年一入貢。不願至京，聽就邕、宜州輸貢物，給恩賞館券，回賜錢物等遣之。"時廣南西路經略司言："西南蕃龍、羅、方、石、張姓五族蕃部，或四年，或五年、七年一入貢，五蕃共遣九百六十人，張蕃七十人出邕州路，龍、羅、方、石等蕃八百九十人，出宜州路。所貢惟氊、馬、朱砂，往來館券供給，并到闕見辭賜錢、絹、衫帶，爲錢二萬四千餘緡，而他費不在此。體訪五蕃往來萬里，頗憚艱苦，若令止

邕、宜州賜以錢物，可免公私勞擾，且便遠人。”故有是詔。（《續資治通鑑長編》卷二六三）

今外官給驛券，其色目有傔人，有衙官，本唐制也。唐制：在官者，給防閤、仗身、白直、親事、守當等人，以供役使，已乃敕身當是役者，出錢代役，數各有差。開元二十四年，令百官防閤、庶僕俸食雜用以月給之，總稱月俸，則始以所入防閤、白直等顧錢，正供百官俸入也。今其事日遠，而給券者猶載其初色目多少之則。（《考古編》卷一〇《官俸有傔錢》）

舊制，館券出於户部。唐明宗天成二年，下圜以宰相判三司，安重誨爲樞密使，請館券從内出，圜與争於上前。宫人問上，知爲宰相，曰：“妾在長安中，未嘗見宰相、樞密奏事敢如此者，蓋輕大家耳。”上不悦，卒從重誨言，圜罷。按，國初每給驛券，皆樞密院出頭子，令（今）三館中有藏太祖御書帝翰，有親與决者，即其來已久矣。（《演繁露》續集卷二《驛券出樞密》）

【奏永興軍衙前理欠陪備】至和二年。　臣見永興軍枷固衙前催里欠折官物者不少，遂一一根問，多是主管倉場館驛清酒務之屬，迹其欠折之由，悉非侵欺盗用，皆因陪備不充，官中又不與體量處置……館驛當東西大路，使命如織，供應館券，多要本色。省估之外，亦是專副陪備。被刑破産，率由於此。凡此數事，惟永興軍方令官自擘畫，粗有條理，稍紓衙前欠折之苦，其餘州軍，亦乞更下陝西轉運司體量施行。（《潞公文集》卷一七）

發驛

（張）騫以郎應募，使月氏……西走數十日，至大宛。大宛聞漢之饒財，欲通不得，見騫，喜，問曰：“若欲何之？”騫曰：“爲漢使月氏，而爲匈奴所閉道，今亡，唯王使人導送我。誠得至，反漢，漢之賂遺王財物不可勝言。”大宛以爲然，遣騫，爲發道繹（驛），抵康居。《索隱》：爲發道驛抵康居，發道，謂發驛，令人導引而至康居也。（《史記》卷一二三《大宛列傳》）

（侍中：）凡制敕慰問外方之臣及徵召者，則監其封題。若發驛遣使，則給其傳符，以通天下之信。

（給事中：）凡發驛遣使，則審其事宜，與黄門侍郎給之。其緩者給傳，即不應給，罷之。（《舊唐書》卷四三《職官志二》；《唐六典》卷八）

（權萬紀爲齊王祐長史，）萬紀性又褊隘，專以嚴急維持之……祐及（昝）君謩以此銜怒，謀殺萬紀。會事泄，萬紀悉收繫獄，而發驛奏聞。十七年，詔刑部尚書劉德威往按之，并追祐及萬紀入京，祐大懼。（《舊唐書》卷七六《太宗諸子傳》）

王君㚟，瓜州常樂人也……微時往來涼府，爲迴紇等所輕。及君㚟爲河西節度使，迴紇等怏怏，耻在其麾下。君㚟以法繩之，會紇等積怨，密使人詣東都，自陳枉狀。君㚟遽發驛，奏："迴紇部落難制，潛有叛謀。"上使中使往按問之。（《舊唐書》卷一〇三《王君㚟傳》；《册府元龜》卷四四六；《資治通鑑》卷二一三）

穆寧，懷州河内人也……初，寧佐採訪使巡按，常過平原，與太守顔真卿密揣禄山必叛，至是，真卿亦唱義，舉郡兵以拒禄山，會間使持書遺真卿曰："夫子爲衛君乎？"更無他詞。真卿得書大喜，因奏署大理評事、河北採訪支使……其後，寧計或不行，真卿迫蹙棄郡，夜渡河而南，見肅宗於鳳翔。帝問拒賊之狀，真卿曰："臣不用穆寧之言，功業不成。"帝奇之，發驛召寧，將以右職待之。會真卿以抗直失旨，事遂止。（《舊唐書》卷一五五《穆寧傳》）

（唐制，官員皆給隨身魚符，以明貴賤，應召命。）三品以上飾以金，五品以上飾以銀，刻姓名者，去官納之，不刻者傳佩相付。有傳符、銅魚符者，給封符印，發驛、封符及封魚函用之。有銅魚而無傳符者，給封函，還符、封函用之。天子巡幸，則京師、東都留守給留守印，諸司從行者，給行從印。（《新唐書》卷二四《車服志》）

符券。唐有銀牌，發驛遣使，則門下省給之。其制，闊一寸半，長五寸，面刻隸字曰"敕走馬銀牌"，凡五字。首爲竅，貫以韋帶。其後罷之。宋初，令樞密院給券，謂之"頭子"。太宗太平興國三年，李飛雄詐乘驛謀亂，伏誅。

詔罷樞密院券，乘驛者復製銀牌，闊二寸半，長六寸。易以八分書，上鈒二飛鳳，下鈒二麒麟，兩邊年月，貫以紅絲絛。端拱中，以使臣護邊兵，多遺失，又罷銀牌，復給樞密院券。(《宋史》卷一五四《輿服志六》)

銀牌。唐制：差發驛遣使，則門下省給傳符，以通天下之信。宋符券皆樞密院主之。舊有銀牌，以給乘驛者。(《文獻通考》卷一一五)

(唐高祖武德九年六月)辛巳，幽州大都督廬江王瑗反，右領軍將軍王君廓殺之，傳首。初，上以瑗懦怯，非將帥才，使君廓佐之。君廓故群盜，勇悍險詐，瑗推心倚仗之，許爲婚姻。太子建成謀害秦王，密與瑗相結。建成死，詔遣通事舍人崔敦禮馳驛召瑗。瑗心不自安，謀於君廓。君廓欲取瑗以爲功，乃説曰："大王若入，必無全理。今擁兵數萬，奈何受單使之召，自投罔罟乎！"因相與泣。瑗曰："我今以命託公，舉事決矣。"乃劫敦禮，問以京師機事，敦禮不屈。瑗囚之。發驛徵兵，且召燕州刺史王詵赴薊，與之計事。(《資治通鑑》卷一九一)

獲囚死首稽留不報

諸縱死罪囚，令其逃亡，後還捕得，及囚已身死若自首，應減死罪者，其獲囚及死首之處，即須遣使速報應減之所，有驛處發驛報之。若稽留使不得減者，以入人罪故、失論減一等。

【疏】議曰：謂囚合死在禁，所司縱令逃亡，依"故縱"之條還合死罪。"捕得及囚已死若自首，應減死罪者"，謂依《捕亡律》及上條"放而還獲，得減一等"者。其獲囚之處及死首之所，即須遣使速報應減死之處，若有驛之處，發驛報之。若使人及官司稽留，令不得減罪，致使囚已決訖者，"以入人罪故、失論減一等"，謂故稽遲從故入上減死一等，流三千里。若失稽遲，從失入罪上減一等……(《唐律疏議》卷三〇)

欒巴者，蜀郡成都人也。少而好道，不修俗事……後徵爲尚書郎。正旦大會，巴後到，有酒容。賜百官酒，又不飲，而西南向噀之。有司奏巴不敬，詔問巴。巴曰："臣鄉里以臣能治鬼護病，生爲臣立廟。今旦有耆老，皆來臣廟中享，臣不能早飲之，是以有酒容。臣適見成都市上火，臣故漱酒，爲爾

(雨)救之……"乃發驛書問成都,已奏言,正旦食後失火。(《太平廣記》卷一一引《神仙傳》)

北齊高昂,字敖曹,膽力過人……敖曹酷好爲詩,雅有情致,時人稱焉……其弟季式爲齊州刺史。敖曹發驛以勸酒,乃贈詩曰:"憐君憶君停欲死,天上人間無可比。走馬海邊射遊鹿,偏坐石上彈鳴雉。昔時方伯願三公,今日司徒羨刺史。"餘篇甚多,此不復載。(《太平廣記》卷二〇〇引《談藪》)

【制誥擬詞·給事中制】 有事殿内之臣,職在於平奏述,詳命令,駁其違者而正之,覆其善者而行之。至於決獄官人,發驛遣使,申冤滯,察苛嬈,莫不總焉。(《曾鞏集》卷二三)

遣驛

(公孫瓚與劉虞仇怨益深,)虞所賚賞典當胡夷,瓚數抄奪之。積不能禁,乃遣驛使奉章,陳其暴掠之罪。瓚亦上虞禀糧不周,二奏交馳,互相非毁,朝廷依違而已。(《後漢書》卷七三《劉虞傳》)

麻襦者,不知何許人也,莫得其姓名。石季龍時,在魏縣市中乞丐,恒著麻襦布裳,故時人謂之麻襦。言語卓越,狀如狂者……其所言人莫能曉,季龍遣驛馬送還本縣。(《晉書》卷九五《麻襦傳》)

(宋文帝元嘉)二十七年春,索虜寇豫州,太祖因此欲開定河洛。其秋,以義恭總統群帥,出鎮彭城,解國子祭酒。虜遂深入,徑至瓜步。義恭與世祖閉彭城自守。二十八年春,虜退走,自彭城北過,義恭震懼,不敢追……經宿,太祖遣驛至,使悉力急追,義恭乃遣鎮軍司馬檀和之向蕭城。(《宋書》卷六一《江夏文獻王義恭傳》)

賊之將至也,(魯)方平遣驛騎告(柳)元景。時軍糧盡,各餘數日食。元景方督義租,並上驢馬,以爲運糧之計。(《宋書》卷七七《柳元景傳》)

廣順元年冬，劉崇與契丹圍晉州，峻請行應援，太祖用爲行營都部署，以徐州節度使王彦超爲副，詔諸軍並取峻節度……劉崇攻晉州甚急，太祖憂其不可支，議親征，取澤州路入，與峻會合，先令諭峻。峻遣驛騎馳奏，請車駕不行幸。時已降御札，行有日矣，會峻奏至，乃止。（《舊五代史》卷一三〇《王峻傳》；《册府元龜》卷四三八）

文書應遣驛不遣

諸文書應遣驛而不遣驛，及不應遣驛而遣驛者，杖一百。若依式應須遣使詣闕而不遣者，罪亦如之。

【疏】議曰：依《公式令》："在京諸司有事須乘驛，及諸州有急速大事，皆合遣驛。"而所司乃不遣驛；非應遣驛而所司乃遣驛，若違者，各杖一百。"又，依《儀制令》："皇帝踐祚及加元服，皇太后加號，皇后、皇太子立及赦元日，刺史若京官五品以上在外者，並奉表疏賀，州遣使，餘附表。"此即應遣使詣闕。而不遣者，亦合杖一百，故云"罪亦如之"。（《唐律疏議》一〇）

周太祖廣順二年八月，樞密使王峻貢第三表，辭解重任，賜詔不允。翊日，峻入朝，進謝恩馬三匹。峻自居密地，常恃舊恩，以國政爲己任，帝頗亦姑息之……至是，連拜三章，求解樞務，帝累遣中使，就第宣諭，每對使者辭氣益厲，又發諸道節將書，祈請保證，旬日之間，諸蕃皆遣驛執奏進納峻書，帝驚駭久之。（《册府元龜》卷一七九）

給券

（唐憲宗元和四年，元稹拜監察御史。）徐州監軍使孟昇卒，節度使王紹（沼）傳送昇喪柩還京，給券乘驛，仍於郵舍安喪柩，稹並劾奏以法。（《舊唐書》卷一六六《元稹傳》）

（宋神宗元豐中，黄河潰决，）東、北兩流，利害極大……是時（元祐八年），東流堤防未及繕固，瀕河多被水患。流民入京師，往往泊御廊及僧舍。詔給券，諭令還本土，以就振濟。（《宋史》卷九三《河渠志三》）

給券。文武群臣奉使於外,藩郡入朝,皆往來備饔餼……諸州及四夷貢奉使,諸司職掌祗事者,亦有給焉。京朝官、三班外任無添給者,止續給之。京府按事畿内,幕職、州縣出境,比較錢穀,覆按刑獄,並給券。其赴任川峽者,給驛券;赴福建、廣南者,所過給倉券;入本路,給驛券。皆至任則止。車駕巡幸,群臣扈從者,中書、樞密、三司使給館券,餘官給倉券。(《宋史》卷一七二《職官志十二》)

互市舶法……宋初,循周制,與江南通市。乾德二年,禁商旅毋得渡江……緣江百姓及煎鹽亭户,恣其樵漁,所造屨席之類,榷署給券,聽渡江販易……崇寧元年,復置杭、明市舶司,官吏如舊額。三年,令蕃商欲往他郡者,從舶司給券,毋雜禁物、奸人。(《宋史》卷一八六《食貨志十八》)

(南丹州蠻酋)有世忍者,亦淮辿之子也……世忍死,子公佞襲。大觀元年,廣西經略使王祖道言公佞就擒。進築平、允、從州,牧文、地、蘭、那、安、外、習、南丹八州之地,併爲鎮庭孚觀州、延德軍,以其弟公晟襲刺史。宣和四年,公晟乞以州事付其侄延豐,願與其子歸朝。詔從之,仍乘驛給券。(《宋史》卷四九四《南丹州蠻傳》)

(宋太祖開寶二年十月)丁亥,詔西川、山南、荆湖等道,自今發遣舉人,往來並給券。(《續資治通鑑長編》一〇)

(宋真宗大中祥符九年七月)庚戌,知廣州陳世卿言:"海外蕃國貢方物至廣州者,自今犀象、珠貝、揀香、異寶,聽賫赴闕。其餘輂載重物,望令悉納州帑,估直聞奏。非貢奉物,悉收其税算。每國使副、判官各一人,其防援官,大食、注輦、三佛齊、闍婆等國,勿過二十人。占城、丹流眉、勃泥、古邏摩逸等國,勿過十人。其防援官,大食、注輦、三佛齊、闍婆等國,勿過二十人,占城、丹流眉、勃泥、古邏摩逸等國,勿過十人,並往來給券料。廣州蕃客有冒代者,罪之。緣賜與所得貿市雜物,則免税算。自餘私物,不在此例。"從之。(《續續資治通鑑長編》卷八七)

(宋仁宗天聖元年正月,)國朝惟川峽、廣南茶聽民自買賣,禁其出境,餘悉榷，犯者有刑……凡民鬻茶者皆售於官，其以給日用者，謂之食茶，出境則給券。商賈之欲貿易者，入錢若金帛京師榷貨務，以射六務、十三場茶，給券，隨所射與之，謂之交引。(《續資治通鑑長編》卷一〇〇)

(宋神宗熙寧七年六月丁丑)詔："在京饑民，令開封府籍大小口數并鄉土以聞。開封府籍上九百三十六人，詔委官審問，給券，遣還本鄉。"(《續資治通鑑長編》卷二五四)

元豐元年夏四月乙巳，詔翰林醫官院選醫學二人，馳驛給券，往修閉决河所，以上批"塞河戰衆，闕醫治疾"故也。(《續資治通鑑長編》卷二八九)

(宋神宗元豐五年春正月戊子，)京西路轉運判官唐義問言："比聞多有陝西軍前亡卒首身，乞降指揮招諭，令隨所在自陳，給券，送歸所屬。"詔："已降指揮，令開封府界、京東、京西路軍前士卒，因寒凍闕食逃歸者，依陝西、河東首限施行。"(《續資治通鑑長編》卷三二二)

(宋高宗紹興六年春正月辛巳，張)浚之初入蜀也，在軍中者，皆依銜官例給券。有職事人支供給月犒，隊下敢效支錢米，其餘兵校則依軍額，支衣糧及料錢。及玠專爲宣撫副使，始别立格例，隊官已上，依銜官支驛料供給。(《建炎以來繫年要録》卷九七)

雍熙初，屢破(李)繼遷之衆。曹彬北伐，繼隆獲敵僞貴臣一人，彬欲上其功，繼隆力止之。師還，諸將兵敗，獨繼隆振旅成列，敵不敢犯，即以繼隆知定州。有敗軍數萬集城下，繼隆給券，俾各持詣所隸。太宗嘉其有謀。(《隆平集》卷九、《東都事略》卷二〇《李繼隆傳》)

(宋太祖開寶二年)冬十月丁亥，詔曰："昔西漢求吏民之明經術者，令與計偕，縣次續食，蓋優賢之道也。國家歲開貢部，敷求俊乂，四方之士，無遠弗届。而經途遐阻，資用或闕，朕甚愍焉。自今西川、山南、荆湖等道舉人，往來給券。"(《東都事略》卷二《本紀二》)

大曆十四年二月二十六日(敕):"郎官請假拜埽(掃),宜準開元、天寶中舊例,給公乘。"其年九月十七日,門下省奏:"准《公式令》:'諸驛給馬,職事三品及爵三品已上,若王,四疋。四品已上及國公,三品(疋)。五品及爵三品已上,二疋。餘官、爵各一匹。'伏望今後,並約前件馬數給券。其從人,每馬一疋,許將一人。"從之。

元和四年正月敕:"準元和三年諸道濫給券道敕文,總一百二十七道已上者,州府長官宜奪一季俸禄。其本州官曹官及録事參軍,付吏部用闕。去任,殿一選。"

(唐文宗大和)八年八月,門下省奏:"常參官私事請假,從來準例,並給券牒。今商量,或緣家事乞假,各申私志,須約公費。自今後,應有此色假官,並任私行,門下省不得給公券。如或事出特恩,不在此限。"敕旨依奏。

開成四年二月,門下奏:"常參官寒食拜埽,今月七日延英面奏進止,令準往例給公券者。臣等謹檢舊案,承常參官應爲私事請假,外州往來給券牒。伏準太和八年八月十日敕:'釐革應緣私事,並不許給公券。'今臣等商量,唯寒食拜埽,著在令式,銜恩乘驛,用表哀榮。虔奉聖旨,重頒新令。其有拜埽不出府界、假内往來者,並不在給券限。"敕旨依奏。(《唐會要》卷六一)

(後唐明宗長興)四年十月敕:"沿邊蕃鎮,或有蕃部賣馬,可擇其良壯者,給券,具數以聞。"先是,上問見管馬數。樞密使范延光奏:"天下常支草粟者,近五萬匹,見今西北諸蕃賣馬者,往來如市。其郵傳之費、市估之直,日四十五貫。以臣計之,國力十耗其七。馬無所使,財賦漸銷。朝廷甚非所利。"上善之,乃降是敕。(《五代會要》卷一二;《册府元龜》卷六二一)

崇寧間,初興學校,州郡建學,聚學糧,日不暇給。士人入辟雍,皆給券,一日不可緩,緩則謂之害學政,議罰不少貸。(《老學庵筆記》卷二)

初,河東發民夫十一萬,(王)中正減糧數,止用六萬餘人,餘皆令待命於保德軍……會天章閣待制趙咼領江東轉運使,奏:"冬氣已深,水凍草枯,饋運難通。"乃罷之。王中正既還延州,分所部兵,屯河東諸州。山東兵往往百十爲群,擅自潰歸,朝命所在招撫,給券遣歸本營,土兵亦有擅去者。(《涑水記聞》卷一四)

【司空康國韓公(絳)墓誌銘】 公諱絳,字子華……英宗即位,遷給事中,又遷禮部侍郎……張乖崖鎮蜀,仲春官糶粟,仲秋糶鹽,以惠貧民,官爲給券。歲久,券轉歸豪右,公一切削除,籍貧民給新券,著令三歲一易,富人遂不得私其利。(《范忠宣集》卷一五)

給傳

(漢文帝二年十一月、十二月,以日食連見,詔)其罷衛將軍軍。太僕見馬遺財足,師古曰:遺,留也。財與纔同。纔,少也。太僕見在之馬今當減,留纔足充事而已。餘皆以給傳置。師古曰:傳,音張戀反。置者,置傳驛之所,因名置也。他皆類此。(《漢書》卷四《文帝紀》)

太康四年,制:"依漢故事,給九卿朝車駕四,及安車各一乘。"八年,詔:"諸尚書軍校加侍中、常侍者,皆給傳事乘軺車,給劍,得入殿省中,與侍臣升降相隨。"(《晉書》卷二五《輿服志》)

丁潭,字世康。會稽山陰人……累遷左光禄大夫,領國子祭酒、本國大中正,加散騎常侍。康帝即位,屢表乞骸骨。詔以光禄大夫還第,門施行馬,禄秩一如舊制,給傳詔二人,賜錢二十萬,牀帳褥席。(《晉書》卷七八《丁譚傳》)

(唐太宗貞觀十一年四月)丙寅詔:"河北、淮南舉孝悌淳篤,兼閑時務,儒術該通,可爲師範,文辭秀美,才堪著述,明識政體,可委字人,并志行修立,爲鄉閭所推者,給傳詣洛陽宫。"(《舊唐書》卷三《太宗紀下》)

(唐高宗開耀元年,薛)仁貴病卒,年七十,贈左驍衛將軍,官造靈輿,并家口給傳還鄉。(《舊唐書》卷八三《薛仁貴傳》;《册府元龜》卷三八四)

田遊巖,京兆三原人也……調露中,高宗幸嵩山,遣中書侍郎薛元超就問其母。遊巖山衣田冠出拜,帝令左右扶止之……帝甚歡,因將遊巖就行宫,并家口給傳乘赴都,授崇文館學士。(《舊唐書》卷一九二《田遊巖傳》)

絳州孝女衛氏,字無忌,夏縣人也。初,其父爲鄉人衛長則所殺……無忌以磚擊殺之……太宗嘉其孝烈,特令免罪,給傳乘徙於雍州,并給田宅,仍令州縣以禮嫁之。(《舊唐書》卷一九三《列女傳》;《册府元龜》卷一三八)

門下侍郎二人,正三品,掌貳侍中之職……侍中闕則莅封符券,給傳驛。(《新唐書》卷四七《百官志二》)

張士衡,瀛州樂壽人……太子承乾慕風迎致,謁太宗洛陽宫,帝賜食,擢朝散大夫、崇賢館學士……時太子以過失聞,士衡因是規之,然不能用也。太子廢,給傳,罷歸鄉里,卒。(《新唐書》卷一九八《朱子奢傳》)

樞密院,掌軍國機務、兵防、邊備、戎馬之政令,出納密命,以佐邦治……凡房十有二……曰教閱房,掌行中外校習,封樁闕額請給,催督驛遞及湖南路邊防。(《宋史》卷一六二《職官志二》)

(元世祖至元十六年五月)丙寅,敕江南僧司文移,毋輒入遞。臨洮、鞏昌、通安等十驛,非有海青符,不聽乘傳……己巳,詔沿路驛店民家,凡往來使臣不當乘傳者,毋給人畜飲食芻料。完都、河南七驛民貧乏,給其馬牛羊價鈔千八百錠。(《元史》卷一〇《世祖紀七》)

符寶郎掌天子之八寶及國之符節……凡國有大事則出納符節,辨其左右之異,藏其左而班其右,以合中外之契焉。一曰銅魚符,所以起軍旅,易守長。兩京留守,若諸州、諸軍、折衝府、諸處捉兵鎮守之所,及宫總監,皆給銅魚符。二曰傳符,所以給郵驛,通制命。兩京留守及諸州、若行軍所,並給傳符。諸應給魚符及傳符者,皆長官執(之)。其長官若被告謀反大逆,其魚符付以次官。無次官,付受告之司。(《唐六典》卷八)

駕部郎中一人。《周禮·夏官》之屬,有輿司馬,又有校人,主馬之官。又有牧師,掌牧放。又有巾車,掌公車之政及王之五輅,此皆駕部之本也。魏晉尚書有駕部郎。宋時駕部屬左民尚書。齊亦有之。後魏與北齊並曰駕部郎中。後周有駕部中大夫,屬夏官。隋初爲駕部侍郎,屬兵部……煬帝除"侍"字。武德三年,加"中"字。龍朔二年,改爲司輿大夫。咸亨初復舊。天寶中,改駕部爲司駕,至德初復舊。掌輿輦、車乘、郵驛、

厩牧，司牛馬驢騾、闌遺雜畜。（《通典》卷二三）

（魏鄭）公拜埽還鄉，太宗遣三衛二十人從，仍借殿中馬三十匹，賜物七百段，拜給傳乘，至是，還奉見焉。（《魏鄭公諫録》卷四）

會昌三年正月，諸軍大破迴鶻於殺湖（胡）山……先是，迴鶻宰相嗢没斯特勒將其家屬及麾下數千人來降，上嘉之。降書撫納（宥），仍賜姓李氏，封懷化郡王……并家屬遣所在給傳赴闕，其軍士分於諸鎮收管，用壯騎兵。（《唐會要》卷九八）

應給傳送剩取

諸應給傳送而限外剩取者，笞四十；計庸重者坐贓論，罪止徒二年。

【疏】議曰："應給傳送"，依《厩牧令》："官爵一品，給馬八疋。嗣王、郡王及二品以上，給馬六疋。"三品以下，各有等差。若過令限數外剩取者，笞四十。"計庸重者坐贓論"，馬庸一日，爲絹三尺，坐贓一尺，笞二十，一疋加一等，三疋一尺笞五十，即是得罪重於笞四十，須從坐贓論計庸，罪止徒二年。

若不應給而取者，加罪二等。强取者，各加一等。主司給與者，各與同罪。

【疏】議曰：上文並據應給而剩取之。"若不應給而取者"，謂本無傳送之理而取之。"加二等"，謂贓輕者杖六十。贓重者，加坐贓之罪二等，罪止徒三年。"强取者，各加一等"，謂應得傳送而剩强取者，笞五十，贓重者，於坐贓上加一等，不應給傳送而强取者，杖七十。贓重者，坐贓上加三等，是"各加一等"。"主司給與者各與同罪"，稱"各"者，强取而主司給與，亦與强者罪同。（《唐律疏議》卷二六）

（唐太宗貞觀）十一年四月，詔曰："朕以寡薄，嗣守鴻基，實資多士，共康庶政。虚己側席，爲日已久。投竿捨築，罕值其人。自親巡東夏，觀省風俗，興言至治，夕惕兢懷。然則齊趙魏魯，禮義自出；江淮吴會，英髦斯在。山川所感，古今寧殊。載佇風猷，實勞夢想。宜令河北、淮南諸州長官，於所部之内精加訪採。其孝悌淳篤，兼閑時務，儒術該通，可爲時師範，文詞秀美，才堪著述，明識治體，可委字民，并志行修立，爲鄉里所推者，舉送雒陽宫，各給傳乘，優禮發遣。當隨其器能，擢以不次。”

龍朔元年八月，帝謂侍臣曰：“往者天下七國，皆有英賢。今四海一統，遂無俊傑，亦繇經營遼海，未暇搜揚。將濟巨川，佇聞舟檝。何其寂寞，一至於斯！”（許）圉師對曰：“百里奚處虞而虞亡，入秦而秦霸，在陛下用之耳。”帝於是欲於李義府門中拔擢有材用者，遂令本州給傳，遣詣東都。及至，無堪應務者，竟罷之。（《册府元龜》卷六七）

（唐玄宗開元）十五年九月，制曰：“故益州長史張守潔、故桂州都督員嘉静等，並授委藩鎮，克著勤勞，奄隨化往，良深震悼。言念旅櫬，猶在遐方，用加優恤，以慰泉壤。宜官造靈轝，給傳還鄉。所緣葬事，並委有司支給。”（《册府元龜》卷一三九）

袁頤爲國子博士，貞元十二年卒。德宗謂宰臣曰：“袁頤深於六經，今之碩儒，良可惜也。”特贈國子司業，令中使賫告身及絹五十疋，就宅宣賜，並給傳，令達故里。（《册府元龜》卷六〇一）

地皇元年正月乙未，大赦天下……置前後左右中大司馬之位……乘傳使者經歷郡國，日且十輩。倉無見穀，以給傳車。馬不能足，賦取道中車馬，於道中行者即執取之，以充事也。取辦於民。（《册府元龜》卷九一二）

（玄奘西行，唐太宗敕）殿中侍郎史歡齎綾帛五百匹、果昧兩車，獻葉護可汗書二十四封，通屈支等二十四國。每一封書，附大綾一匹爲信，給馬三十匹、手力二十五人，送至突厥葉護衙……所部諸國，令供給傳送，輾轉遂達迦濕彌羅國。（《開元釋教録》卷八下）

太平興國樞密院銀牌。《三朝志》：“唐制，差發驛遣使，則門下省給傳符，以通天下之信。皇朝符券皆樞密主之。舊有銀牌，給乘驛者。闊一寸半，長五寸，刻隸字曰‘敕走馬銀牌’，貫以韋帶。後罷之，給券，謂之“頭子”。興國三年，有詐乘驛者，遂罷樞密院券，别製新牌，闊二寸半，長六寸，易以八分書，上鈒二飛鳳，下鈒二麒麟，貫紅絲條。六月戊午，詔乘驛者皆給銀牌，復舊制也。端拱中,多遺失之者。二年三月戊午,又罷篆書銀牌,復給樞密院牒。乾道八年,樞密院置雌黄青字牌。紹熙四年,改黑漆紅字。淳熙三年,尚書省置雌黄青字牌。紹熙五年,改黑漆黄字。周顯德六年三月癸酉,罷銅魚。牧守並特降制書。(《玉海》卷八五)

(宋神宗元豐中,)詔盡廢天下馬監,止留沙苑一監。選其馬可充軍馬用者,悉令送沙苑監,其次給傳置,其次斥賣之,牧田聽民租佃。(《涑水記聞》卷一五)

【泗州臨淮縣普光王寺碑】 普光王寺者,僧伽和尚之所經始焉。和尚之姓何,何國人,得眼入地。龍朔初,忽乎西來,飄然東化……孝和皇帝申弟子之禮,悼大師之情……敕有司造靈輿,給傳遞遞。百官四部,哀送國門,以五日還至本處。(《李北海集》卷三)

【送將作監丞張唐卿通理陝州】 春風秘殿翳華芝,親見枚皋作賦時。秀色並開棠樹萼,雋科先賞桂林枝。漢郵給傳蕃恩告,蜀醑浮觴薦壽祺。幾日陝郊迎郡副,車前懸弩雜軍麾。(《元憲集》卷一〇)

【葉嘉傳】 葉嘉,閩人也……因而游見陸先生,先生奇之,爲著其行録傳於時。方漢帝嗜閱經史,時建安人爲謁者,侍上,上讀其行録而善之,曰:"吾獨不得與此人同時哉!"曰:"臣邑人葉嘉,風味恬淡,清白可愛,頗負其名,有濟世之才,雖羽知猶未詳也。"上驚,敕建安太守召嘉,給傳,遣詣京師。(《東坡全集》卷三九)

隨傳

【送柳録事赴梁州】 英掾柳家郎,離亭酒甕香。折腰思漢北,隨傳過巴陽。江樹連官舍,山雲到卧牀。知君歸夢積,去去劍川長。(《全唐詩》卷二〇〇岑參)

【度廱嶺寄莘老】 區區隨傳换冬春,夜半懸崖託此身。豈慕王尊能許國,直緣毛義欲私親。施爲已壞生平學,夢想猶歸寂寞濱。風月一歌勞者

事,能明吾意可無人。(《臨川先生文集》卷二〇)

【次韻范純夫戲答李方叔饋筍兼簡鄧慎思】 楚山冬筍斸寒空,北客長嗟食不重。秀色可憐刀切玉,清香不斷鼎烹龍。論羹未愧蓴千里,入貢當隨傳一封。薄禄養親甘旨少,滿包時賴故人供。(《淮海集》卷九)

隨驛

(丙吉爲丞相,馭吏邊郡人,)習知邊塞發犇命警備事。嘗出,適見驛騎持赤白囊,邊郡發奔命書馳來至。馭吏因隨驛騎,至公車刺取,知虜入雲中、代郡,遽歸府,見吉白狀。(《漢書》卷七四《丙吉傳》)

【送游員外赴淮西】 多君有奇略,投筆佐元戎。已佩郎官印,兼乘御史驄。使星隨驛騎,歸路有秋風。莫道無書札,他年懷袖空。(《全唐詩》卷二四七獨孤及)

【覽柳惲汀洲採白蘋之什因成一章】 採盡汀蘋恨別離,鴛鴦鸂鶒總雙飛。月明南浦夢初斷,花落洞庭人未歸。天遠有書隨驛使,夜長無燭照寒機。年來泣淚知多少,重疊成痕在繡衣。(《全唐詩》卷七〇八徐夤)

【怨歌行】 借君手中板,爲君歌一辭。辭中宛轉君不曉,爲君説盡長相思。輕霜夜度吴城暖,楓葉蘆花秋意晚。萬里春隨驛使歸,十年夢逐佳人遠。當時笑語似兒劇,象牀玉手無消息。古岸風江千里船,咫尺春愁那得憐。君不見信陵門下客,侯嬴不用今頭白。(《東萊詩集》卷一)

【爲倪正甫尚書題壯懷堂扁以詩來謝次韻】 久矣君宜任弼諧,果隨驛召上天階。幾年不作相逢夢,一日俄傾積别懷。情厚夫君幾鮑叔,愚如老我類高柴。他時户册高懸後,直欲扁舟訪水涯。(《攻媿集》卷一〇)

王文公居鍾山,嘗與薛處士棋,賭梅詩,輸一首,曰:"華髮尋香始見梅,一枝臨路雪培堆。鳳城南陌他年憶,杳杳難隨驛使來。"(《冷齋夜話》卷五)

傳牒

【論轉牒事】 據武寧軍節度使王紹六月二十七日違敕擅牒路次州縣館驛，供給當道故監軍孟昇進喪柩赴上都句當部送軍將官健驢馬等，轉牒白一道，謹具如前。又得東都都亭驛狀報，前件喪柩人馬等，準武寧軍節度轉牒，衹供今月二十三日未時到驛宿者。(《元稹集》卷三八)

轉牒

(唐穆宗長慶元年)十一月，振武節度張惟清奏："准詔發兵三千赴蔚州，數内已發一千人訖，餘二千人，待太和公主出界即發遣。"又奏："天德轉牒云：迴鶻七百六十人，將駝馬及車，相次至黃蘆泉，迎候公主。"(《舊唐書》卷一九五《迴紇傳》)

(唐)烽臺，於高山四顧險絶處置之，無山，亦於孤迥平地置。下築羊馬城，高下任便，常以三五爲準。臺高五丈，下闊二丈，上闊一丈，形圓。上建圓屋覆之……一烽六人，五人爲烽子，遞知更刻，觀視動静，一人烽率，知文書、符牒、轉牒。馬鋪，每鋪相去三十里，於要路山谷間，牧馬兩匹，與游奕計會。有事警急，煙塵入境，即奔馳報探。(《通典》卷一五二)

(唐宣宗)大中六年六月，河東節度使兼太原尹李業奏："當管諸軍州草馬，准貞元三年十二月十三日敕文，不許出界。又准去年五月十五日司門轉牒，諸道應有草馬，准敕並不命出界。今緣近日諸道差人，於當管市馬，不依敕文，并收草馬。伏乞天恩詔下本道，准元敕約勒旨，宜令本道准元敕處分。如有違者，即與區處聞奏。"(《唐會要》卷七二)

(唐憲宗元和七年八月)甲辰，宣歙觀察使房式卒，左散騎常侍博士陸亘請謚曰"傾"。吏部郎中韋乾度駁曰："詳觀貞元之末西蜀之事……"後九月初，乾度被逐攝簡州刺史，名雖守郡，其實囚之。明年四月，追迴，勒攝成都縣令。其時，(劉)闢授西川節度。詔命初下，東川之圍未解，乃召募亡命，兼收管内鎮兵,張皇虚聲,熒惑郡縣,發兵七千,馬畜三萬,號爲十五萬人,轉牒盩厔以來縣道郵次,酒肉畢具,蒭茭無匿。署牒首曰闞,副曰式,參謀曰符(苻)載。(《册府元龜》卷五九六;《唐會要》卷八〇)

(唐穆宗長慶元年)十月,豐州奏:"迴鶻五百騎,至界首以迎公主。"……又奏:"得天德軍轉牒云:'迴鶻七百六十人,將馱馬及車,相次至黄盧泉,迎公主。'"(《册府元龜》卷九七九)

于襄陽(頔)云:今之方面,權勝於列國諸侯遠矣。且頔押一字,轉牒天下,皆供給承禀,列國止於我疆而已,不亦勝乎!(《唐語林》卷六)

食牒

【論轉牒事】 謹檢興元元年閏十月十四日敕:"應緣公事乘驛,一切合給正券。比來或聞諸州諸使,妄出食牒,煩擾館驛。自今已後,除門下省東都留守及諸州府給券外,餘並不得輒入館驛。宜委諸道觀察使及所在州縣,切加促(捉)捕。如違犯,請資官所在勒留,具名聞奏。餘並量事科決,仍具給牒所由牒中書門下者。"(《元稹集》卷三八)

食帖

交、廣間遊客,各求館帖,所至迎接甚厚,贐路(賂)每處十千。廣帥盧鈞深知其弊,凡求館帖者,皆云:"累路館驛,供菜飯而已。"有客賫帖到驛,驛司依帖供訖,客不發。驛吏曰:"恐後更有使客,前驛又遠,此非宿處。"客曰:"食帖如何處分?"吏曰:"供菜飯而已。"客曰:"菜飯供了,還我而已來。"……驛吏問:"每一而已,其價幾何?"客曰:"三五千。"驛吏逐(遂)斂送耳。(《太平廣記》卷二五一引《盧氏雜説》)

傳供

【高昌重光三年(622)條列虎牙氾某等傳供食帳一】

1. 細麪壹斛(斛),禀細米貳兜(斗)。

2. 十人前十五日用。次虎牙汜　　傳細麵叁斛(斛),廩米陸兜(斗),粟米壹兜(斗)半,供襄邑夫人前尼道師。

3. 貳人十五日食。次傳細麵貳斛(斛)伍兜,粟米壹兜(斗)貳升半,供閻典褭下右禪師。

4. 肆人五日食。次傳細麵五斗,市肉一節,供畓兒阿婆三日食。次傳細麵壹斛(斛),肉六節禾細米壹兜(斗),供參軍。(《吐魯番出土文書》第三册)

券料

(宋哲宗元祐六年四月甲午,)尚書省言:"陝府係銅鐵錢交界之處,西人之來,必須換易銅錢,方能東去……陝州並硤石鎮兩驛東去官員合支券料錢,及東去過軍合支券料等錢,如願於陝州並硤石鎮換銅錢者聽……"從之。(《續資治通鑑長編》卷四五七)

紙券

(唐德宗貞元八年閏十二月)癸酉,門下省奏:"郵驛條式,應給紙券。除門下外,諸使、諸州不得給往還券。至所詣州府納之,别給俾還朝。常參官在外除授,及分司假寧往來,並給券。"從之。(《舊唐書》卷一三《德宗紀下》;《唐會要》卷六一;《册府元龜》卷六〇)

開元十八年閏六月敕:"比來給傳使人,爲無傳馬,事頗勞煩。自今以後,應乘傳者,宜給紙券。"二十三年十月敕:"新給都督、刺史並關三官州上佐,並給驛發遣。"二十八年六月敕:"有陸驛處,得置水驛。"自二十年以後,常置館驛使,以他官爲之。(《通典》卷二三)

(唐憲宗元和)二年正月南郊赦書,禁郵驛假託乘券,天下百姓不得冒爲僧尼道士,以避徭役。其創造寺觀、廣興土木者,舉前敕處分之。(《册府元龜》卷六四)

熟食

（唐玄宗開元三年七月）丁酉，以左羽林大將軍郭虔瓘兼安西大都護、四鎮經略大使。虔瓘請自募關中兵萬人詣安西討擊，皆給遞馱及熟食，敕許之。將作大匠韋湊上疏，以爲："今西域服從，雖或時有小盜竊，舊鎮兵足以制之…… 又，一萬征人行六千餘里，咸給遞馱熟食，道次州縣，將何以供……"（《資治通鑑》卷二一一）

陽朔居人蘇太元妻，産三子，徐已疾終。既殯，忽一日還家，但聞語而不見形，云："某年命未終，冥司不録。今且暫歸。"憐撫其子，補綻其衣，一切如在……一日言："舜帝差人討蠻，有人求至近驛，助備熟食，更一兩日，當還。"如期而歸。（《桂林風土記·徐氏還魂》）

自（天寶）十三載以後，安禄山爲范陽節度，多有進奉，駝馬生口，不曠旬月，郡縣供熟食、酒肉、草料。（《通典》卷七）

（唐文宗）太和二年九月，詔曰："見危致命，之死不頌。處其義則白刃可蹈，得其所則鴻毛猶輕，此忠臣烈士所以垂名不朽者也。故棣州刺史充本州鎮遏兵馬使樂濛，禀受正氣，發揮壯猷。屬逆豎亂常，反形潛具。濛於此時密獻成算，朕且欲諭以文告，革其非心。重難興師，因寢其奏。而沉謀中泄，遘兹深冤。眷言此心，傷恨何已！可贈工部尚書，仍許歸葬上都。令所在路次州縣供熟食兼遞夫等……"（《册府元龜》卷一四〇）

文宗太和元年十一月詔："應配流靈、夏等州及天德軍人等，自今後宜許將家口赴流所，除本身外，亦據口數給熟食遞送。"（《册府元龜》卷一四七）

程糧

（唐玄宗開元三年，）突厥默啜爲九姓所殺，其下酋長多款塞投降，置之河曲之内……晙上疏曰："突厥時屬亂離，所以款塞降附……此輩降人，翻成細作。儻收合餘燼，來逼軍州，虜騎憑陵，胡兵應接，表裏有敵，進退無援。雖復韓、彭之勇，孫、吴之策，令其制勝，其可必乎！望至秋冬之際，令朔方軍盛陳兵馬，告其禍福，啗以繒帛之利，示以麋鹿之饒，説其魚米之鄉，陳其畜牧之地，並分配淮南、河南寬鄉安置，仍給程糧，送至配所……”（《舊唐書》卷九三《王晙傳》;《册府元龜》卷三六六）

主客郎中、員外郎，各一人，掌二王後、諸蕃朝見之事……殊俗入朝者，始至之州給牒……路由大海者，給祈羊豕皆一。西南蕃使還者，給入海程糧。西北諸蕃，則給度磧程糧。（《新唐書》卷四六《百官志一》）

（唐制：）流移人在道疾病，婦人免乳，祖父母、父母喪，男女奴婢死，皆給假，授程糧。（《新唐書》卷五六《刑法志》）

西方之戎，古未嘗通中國，至漢始載烏孫諸國，後以名字見者寖多。唐興，以次修貢蓋百餘，皆冒萬里而至，亦已勤矣。然中國有報贈、册弔、程糧、傳驛之費，東至高麗，南至真臘，西至波斯、吐蕃、堅昆，北至突厥、契丹、靺鞨，謂之“八蕃”。其外謂之“絶域”，視地遠近而給費。開元盛時，稅西域商胡以供四鎮，出北道者納賦輪臺。地廣則費倍，此盛王之鑒也。（《新唐書》卷二二一下《西域傳下》“贊曰”）

證聖元年，鳳閣舍人李嶠上表曰：“臣聞黎庶之數、户口之衆，而條貫不失、按比可知者，在於各有管統，明其簿籍而已。今天下之人，流散非一，或違背軍鎮，或因緣逐糧，苟免歲時，偷避徭役。此等浮衣寓食，積歲淹年，王役不供，簿籍不掛……臣以爲宜令御史督察檢校，設禁令以防之，垂恩德以撫之，施權衡以御之，爲制限以一之，然後逃亡得還，浮寓可絶……其應還家而貧乏不能致者，乃給程糧，使達本貫……”（《唐會要》卷八五）

（唐太宗貞觀）二十一年六月，詔曰：“隋末喪亂，邊疆多被抄掠。今鐵勒並歸朝化，如聞中國之人先陷在蕃内者，流涕南望，企踵思歸。朕聞之惕然，深用惻隱。宜遣使往燕然等州，知見在没落人數，與都督相計，將物往贖，遠給程糧，送還桑梓……”（《册府元龜》卷四二）

（唐太宗貞觀十九年十月，大破高麗，）前後斬首四萬餘級，降其大將二人，裨將及官人酋帥子弟三千五百，兵士十萬人，並給程糧，放還本土。（《册府元龜》卷一一七）

（唐玄宗開元）十四年六月，詔曰："朕爲人父母，撫有海内，以百姓爲心，恐一夫失所。至於兵募，尤令存恤，去給行賜，還給程糧，以此優矜，不合辛苦。如聞比來兵募年滿者，皆食不充腹，衣不蔽形，馱募什物，散落略盡，既不能致，便流浪不歸，丁壯減耗，實繇於此。自今已後，諸鎮兵募每准額至交替時，所司預檢勘兩月前奏聞，當差御史，分道簡察。若涉欺隱，委御史彈奏……"（《册府元龜》卷一三五）

草料

貞元二年三月，河南尹充河南水陸運使薛珏奏："當州館驛，準永泰元年三月京兆尹兼御史大夫第五琦奏："使人緣路，無故不得於館驛淹留……歲月滋深，因循久弊。今往來使客，多是武臣。踰越條流，廣求供給。府縣少缺，悔吝坐至。屬當凋殘，實難濟辦。況都城大路，耗費倍深。伏乞重降殊恩，申明前敕，絶其僥濫，俾懼章程。庶郵驛獲全，職司是守。"敕旨："宜付所司，舉元敕處分。"（《唐會要》卷六一）

【郭子儀都統諸道兵馬收范陽制】　（上元元年九月，詔郭子儀都統諸道兵馬，進收范陽及河北，）兵馬既衆，恐路次難爲供應，仍備六十程糧十馱，遣馬畜草料，所在量事支供，不得妄有煩擾百姓。仍委子儀即差人先於諸道計會，分般次進發，仍與迴紇兵馬犄角相應，逐便討除。（《册府元龜》卷一二二；《唐大詔令集》卷五九）

王承元太和中爲鳳翔節度使。奏當軍應管兵三萬人，内軍一千五百騎，今更添置一千五百騎，請度支給衣糧、草料。（《册府元龜》卷四一三）

（後唐莊宗同光三年二月，租庸院奏諸道州縣官並防禦團練副使判官等俸料：）節度副使每月料錢四十貫文，依除實錢厨料米一石，麵二石，肉價錢三貫文,蒿六十束,柴三十束,春服絹一十五匹,冬服絹一十五匹,綿三十兩,私馬二匹草料。節度觀察判官料錢,每月三十貫文,依除實錢厨料米六㪷,麵一石五㪷,肉價錢二貫,蒿四十束,柴二十束,春服絹一十二匹,冬服絹一十二匹,綿二十五兩,私馬一匹草料。節度掌書記料錢每月二十五貫文,依除實錢厨米六㪷,麵一石二㪷,肉價錢一貫五百文,蒿三十束,柴一十五束,春服絹一十匹,冬服絹一十匹,綿二十兩,私馬一匹草料。(《册府元龜》卷五〇八)

傳符

(魏孝文帝延興二年)五月丁巳,詔軍警給璽印、傳符,次給馬印。(《魏書》卷七上《高祖紀上》)

何易于,不詳何所人及所以進……饋給往來,傳符外一無所進,故無異稱。以中上考,遷羅江令。刺史裴休嘗至其邑,導侍不過三人,廉約蓋資性云。(《新唐書》卷一九七《何易于傳》)

梁朱友裕,太祖長子,唐末爲宣武軍衙内馬步都指揮使。景福元年,總大軍伐徐。時朱瑾領兖、鄆之衆,爲徐戎外援,陣於彭門南石佛山下。友裕縱兵擊之,斬獲甚衆,瑾領殘黨宵遁。時都虞侯朱友恭羽書聞於太祖,誣友裕按兵不追賊。太祖大怒,因驛騎傳符,令裨將龐師古代友裕爲帥,仍令按劾其事。會使人誤致書於友裕,友裕懼,遂以數騎遁於山中。尋詣廣王於輝州,以訴其冤。賴元貞皇后聞而召之,令束身歸汴,力爲營救,太祖乃捨之。(《册府元龜》卷二九八;《舊五代史》卷一二《宗室列傳》)

侍中之職,掌出納帝命,緝熙皇極,總典吏職……凡制敕慰問外方之臣及徵召者,則監其封題。若發驛遣使,則給其傳符,以通天下之信。

符寶郎,掌天子之八寶及國之符節……(所掌)一曰銅魚符……二曰傳符,所以給郵驛,通制命。

傳符之制,太子監國曰雙龍之符,左、右各十。京都留守曰麟符,左二十,其右一十有九。東方曰青龍之符,西方曰騶虞之符,南方曰朱雀之符,北方曰玄武之符。左四、右三。左者進内,右者付外應執符人。其兩京留守符並進内。若車駕巡幸,留右符付留守人。(《唐六典》卷八;《舊唐書》卷四三《職官志二》)

驛使稽程

諸驛使稽程者,一日杖八十,二日加一等,罪止徒二年。

【疏】議曰:依令:"給驛者給銅龍傳符,無傳符處爲紙券,量事緩急,注驛數於符契上。"據此驛數以爲行程。稽此程者,一日杖八十,二日加一等,罪止徒二年。(《唐律疏議》卷一〇)

用符節稽留不輸

其傳符通用紙作,乘驛使人所至之處,事雖未訖,且納所司,事了欲還,然後更請,至門下送輸。既无限日,行至即纳。違日者,既非銅魚之符,不可依此科斷,自依紙券,加官文書稽罪一等。(《唐律疏議》卷一〇)

應給發兵符不給

諸應給發兵符而不給,應下發兵符而不下,若下符違式,謂違令、式,不得承用者。

【疏】議曰:依《公式令》:"下魚符,畿内三左一右,畿外五左一右。左者在内,右者付外。行用之日,從第一爲首,後更有事須用,以次發之,周而復始。"又條:"應給魚符及傳符,皆長官執;長官無,次官執。"(《唐律疏議》卷一六)

盜符節門鑰

諸盜宫殿門符、發兵符、傳符者,流二千里。使節及皇城、京城門符,徒三年。餘符,徒一年。門鑰,各減三等。盜州、鎮及倉厨、厩庫、關門等鑰,杖一百。縣、戍等諸門鑰,杖六十。

【疏】議曰:開閉殿門,皆用銅魚合符。用符鑰法式,已於《擅興律》解訖。發兵符以銅爲之。左者進内,右者付州、府、監及提兵鎮守之所,并留守應執符官人。其符雖通餘用,爲發兵事重,故以發兵爲目。傳符,謂給將乘驛者,依《公式令》:"下諸方傳符,兩京及北都留守爲麟符,東方青龍,西方白虎,南方朱雀,北方玄武。兩京留守二十,左十九,右一,餘皆四,左三,右一。左者進内,右者付外州、府、監應執符人。其兩京及北都留守符,並進内。須遣使向四方,皆給所詣處左符,書於骨帖上。内着符,裹用泥封,以門下省印印之。所至之處,以右符勘合,然後承用。"盗者,合流二千里。(《唐律疏議》卷一九)

偽寫符節

諸偽寫宫殿門符、發兵符、發兵,謂銅魚合符應發兵者,雖通餘用,亦同。餘條稱發兵者,皆準此。傳符者絞。

【疏】議曰:宫殿門符,謂非時開宫殿門,皆須勘魚符合,然始得開。偽寫此符及偽寫發兵符,注云:"發兵,謂銅魚合符",依《公式令》,下左符進内,右符付州府等……傳符者,謂給驛用之。偽寫及造此等符者,並合絞。(《唐律疏議》卷二五)

棄毁亡失符節印

諸棄毁符、節、印及門鑰者,各準盗論。亡失及誤毁者,各減二等。

【疏】議曰:棄毁符、節、印及門鑰者,各準盗法論罪。《賊盗律》:"盗宫殿門符、發兵符、傳符,流二千里……"(《唐律疏議》卷二七)

(漢宣帝本始四年)春正月,詔曰:"蓋聞農者興德之本也。今歲不登,已遣使者振貸困乏。其令太官損膳省宰,樂府減樂人,使歸就農業。丞相以下至都官令丞,上書入穀,輸長安倉,助貸貧民。民以車船載穀入關者,得毋用傳。"師古曰:傳,傳符也。欲穀之多,故不問其出入也。傳,音張戀反。(《漢書》卷八《宣帝紀》)

凡内外百司皆給銅印一鈕,其吏部、司勳各置二印,兵部置一印,考功、駕部、金部、尚食、尚乘局,各別置一印。其文曰"某司之印"。東都即云"東都某司之印"。内外諸司有傳符、銅符之處,各給封符印一枚,發驛封符及封魚函則用之。(《唐六典》卷四)

後魏有傳符,歷北齊、隋皆用之。武德初爲銀菟符,後改爲魚符。又有傳符,主符掌之。(《唐六典》卷八)

司寶掌琮寶、符契、圖籍。凡神寶、受命寶、銅魚符及契、四方傳符,皆識其行用之别安置,具立文簿。外司請用,執狀奏聞,同檢出付,仍録案記。符還,朱書記之。(《唐六典》卷一二)

執政持信,所以爲信。非印不明,非印不行。封物爲驗,封物相因。(《北堂書鈔》卷一三一)

牒供

(唐宣宗大中)六年二月,汴州觀察使崔龜從奏:"當管三州水陸官驛,先準敕文條流,水夫具有定制,并不許行轉牒供券外剩(捉)人,歲月滋深,仍被過客格外干求,剩索人夫,别配糧料。臣今欲條流諸道節度、觀察使、刺史及諸道監軍,别敕判官赴任,及歸闕庭,若有家口及參從人,即量事衹供。其本管(官)迎送軍將官健所由、諸色受雇人等,本道既各給程限,兼已受傭直,並請不供。伏恐使客曾得館驛分外衹供,忽此遭減,必巧言謗讟,上聞聖聽。今欲準此釐革,不敢不奏。"敕旨宜依,其諸道亦準此處分。(《唐會要》卷六一)

七、館驛的建築設施

驛舍

元始二年六月庚寅，光禄大夫、太中大夫耆艾二人以老病罷，太皇太后使謁者僕射策詔之……賜帛及行道舍宿。孔武仲曰：龔勝、邴漢乞骸骨，詔謂之耆艾二人而不名。時勝爲光禄大夫，漢爲大中大夫，特詔行道舍傳舍。傳舍，如今驛舍也，漢得入驛如此之嚴也。(《漢書》卷七二《兩龔傳》)

(唐僖宗光啓二年四月)壬子，朱玫、李昌符迫宰相蕭遘等於鳳翔驛舍，請嗣襄王熅權監軍國事。玫自爲大丞相，兼左右神策十軍使。(《舊唐書》卷一九下《僖宗紀》)

百官相見儀制。乾德二年，詔曰："國家職位肇分，軌儀有序，冀等威之斯辨，在品式之惟明……諸司非相統攝，皆稱移牒。分路者不得籠街及占中道，依秩序以分左右。遇於驛舍，非相統攝及名位縣隔，先至者居之。"(《宋史》卷一一八《禮志二十一》)

(宋仁宗皇祐五年，左司諫賈黯)上奏曰："今天下無事，年穀豐熟，民人安樂，父子相保。一遇水旱則流離死亡，捐棄道路……若謂置倉廪，斂材木，恐有煩擾，則今州縣修治郵傳驛舍，皆斂於民，豈於義倉獨畏煩擾……"(《宋史》卷一七六《食貨志上四》)

李重誨，應州金城人……大中祥符六年卒(於益州)，年六十八……真宗悼其没於遠土，命其子乘傳往護柩歸，聽止驛舍之别次。(《宋史》卷二八〇《李重誨傳》)

（宋真宗）東封時，敕所過毋伐木除道，即驛舍或州治爲行宮，裁令加塗塈而已。及幸汾、亳，土木之役，過往時幾百倍。（《宋史》卷三一〇《李迪傳》）

葉夢鼎，字鎮之……改知隆興府。開慶元年，復知建寧府，作橋梁，置驛舍，建大安關，決疑獄。（《宋史》卷四一四《葉夢鼎傳》）

黄震，字東發……撫州饑起，震知其州。單車疾馳，中道約富人耆老集城中，毋過某日。至則大書："閉糶者籍，强糴者斬。"揭於市。坐驛舍署文書，不入州治，不抑米價，價日損。（《宋史》卷四三八《黄震傳》）

（唐武宗）惡僧尼耗蠹天下，欲去之……（會昌五年七月敕）："寺非應留者，立期令所在毁撤，仍遣御史分道督之，財貨田産並没官，寺材以葺公廨、驛舍，銅像、鐘磬（磬）以鑄錢。"（《資治通鑑》卷二四八）

（宋真宗景德元年十一月）丙子，車駕發衛南……是日，次南城，以驛舍爲行宫，將止焉。（《續資治通鑑長編》卷五八）

（宋真宗景德四年閏五月）丙戌，延州部署司言："得趙德明牒，稱保安軍修葺驛舍，邊民疑懼不安，願罷其事。"從之。（《續資治通鑑長編》卷六五）

（宋真宗天禧五年八月）壬子詔："先減省諸州縣官送還公人，令並依舊。"時有州縣官任西蜀，路乏騶從，經涉艱難，題詩驛舍詠其事。承受使臣録以奏，故有是命。（《續資治通鑑長編》卷九七）

（宋神宗熙寧九年十月）甲辰，提點湖南刑獄朱初平言："誠府楊光僭及子日儼，乞請名士教子孫……又言知徽州楊光衜等十七人出降，乞自修道路，及用材木共力起鋪屋驛舍等。已差使臣弩手人員，分地指畫提舉……"（《續資治通鑑長編》卷二七八）

（宋神宗元豐四年三月乙巳，）保州言："覘知北界賀正副使石宗回言於遼主，聞南朝大閲武及藏兵於民，帳前已指揮燕京、西京等處，自今有南界投來軍士，毋擅送中京順化營，並押赴帳前。”上批：“聞賀正北使至恩、冀間，從人於驛舍群聚，合誦教法，聲聞於外，接伴祗應人有聽聞者。此乃緣邊機防不謹，有闌出亡卒漏泄其事，宜重告捕賞典，并緣邊當職官亦等第立賞罰。”（《續資治通鑑長編》卷三一一）

（宋哲宗元祐四年十一月）壬辰詔：“趙卨將夏國送還永樂城陷没人口一百五十五人，各支與盤纏及衣裝，分作三番，差使臣管押發來赴闕，仍沿路許於驛舍安下。”（《續資治通鑑長編》卷四三五）

陳堯佐，字希元，閬州人……大中祥符五年，加平章事、樞密使，兼群牧使……有材略，多智術，久典樞密，軍馬之籍皆能記之。究心群牧馬政，多立條約，公私以爲便。常爲廣西轉運使，其俗有疾不服藥，唯禱神。堯叟以集驗方，刻石桂州驛舍，是後始有服藥者。（《隆平集》卷五《陳堯佐傳》）

杜祁公罷相，居南京，無宅，假驛舍居之數年。訖公薨，卒不遷，亦不營生事，止食其俸而已。（《石林燕語》一〇；《文忠集》卷三一）

蘇子美與歐陽公書。蘇子美奏邸之獄，當時小人借此以傾杜祁公、范文正，同時貶逐者皆名士，奸人至有“一網打盡”之語……予近見子美墨迹一卷，皆自書其所作詩，行草爛然，龍蛇飛動。其中有《獨酌》一詩云……卷尾題云：“慶曆乙酉十月書於姑蘇驛舍。”考其時，蓋是被罪之明年，居滄浪時所書。其詩語閒放曠達如此，或謂流落幽憂以終，非也。（《梁谿漫志》卷八）

孫偓爲兵部侍郎平章事。乾寧二年十月壬子，詔充鳳翔行營招討使。甲寅，偓於驛舍會諸將，以議進軍。戊午，鳳翔李茂貞上章請罪，師遂不行。（《册府元龜》卷三二三）

（唐高宗朝，劉仁軌爲帶方州刺史，）發詔徵之，至則拜大司憲，御史大夫也。初，仁軌被徵，次於萊州驛，舍於西廳。夜已久，有御史至，驛人曰：“西廳稍佳，有使止矣。”御史曰：“誰？”答曰：“帶方州刺史。”命移仁軌於東廳。（《大唐新語》卷一一）

錢思公鎮洛，所辟僚屬盡一時俊彦。時河南以陪都之要，驛舍常闕。公大創一館，榜曰“臨轅”。既成，命謝希深、尹師魯、歐陽公三人者各撰一記。曰：“奉諸君三日期，後日攀請水榭小飲，希示及。”三子相掎角以成其文。文就出之相較，希深之文僅五百字，歐公之文五百餘字，獨師魯止用三百八十餘字而成，語簡事備，復典重有法……然歐公終未伏在師魯之下，獨載酒往之，通夕講摩。師魯曰：“大抵文字所忌者，格弱字冗。諸君文格誠高，然少未至者，格弱字冗爾。”永叔奮然持此説，别作一記，更減師魯文廿字而成之，尤完粹有法。師魯謂人曰：“歐九真一日千里也。”(《湘山野録》卷中)

紹聖中，有人過臨江軍驛舍，題二詩，不書姓名。時貶東坡，毁《上清宫碑》，令蔡京别撰。詩云：“李白當年謫夜郎，中原不復漢文章。納官贖罪何人在，壯士悲歌淚兩行。”又云：“晉公功業冠皇唐，吏部文章日月光。千載斷碑人膾炙，不知世有段文昌。”乃江端友子我作，或云張文潛作。(《侯鯖録》卷二)

東坡於關中驛舍見一詩，録之，不知誰氏子作。後聞乃姚嗣宗詩。云：“欲掛衣冠神武門，先尋水竹渭南村。却將舊斬樓蘭劍，買得黄牛教子孫。”(《侯鯖録》卷三)

華山狂子張元，天聖間坐累終身……韓魏公在鄜延日，元以策干公，不用，後流落，竄西夏，教元昊爲邊患……又嘗題詩於關中驛舍云：“欲掛衣冠神武門，先尋水竹渭南村……”皆豪語也。(《西塘集耆舊續聞》卷六)

大庾嶺上有佛祠，嶺外往來題壁者鱗比。有婦人，題云：“妾幼年侍父任英州司寇。既代歸，父以大庾本有梅嶺之名，今蕩然無一株，遂市三十本，植於嶺之左右。因留詩於寺壁。今隨夫任端溪，復至此寺，詩已爲杇鏝者所覆。即命墨於故處。”詩曰：“英江今日掌刑迴，上得梅山不見梅。輟俸買栽三十樹，清香留與雪中開。”好事者因此夾道植梅多矣。(《墨客揮犀》卷四)

姚大夫安禮嘗暮宿驛舍，僕輩各已休寢。時夏夜盛熱，不得寐，獨起散步屏後，聞庭下薮薮有聲。隙屏窺之，正見一叟，皤然素衣頂冠，長才尺許，策杖緩行，仰首視月，以手加額。姚初意其神物，屏息不敢驚。俄一蜣蜋飛過其前,叟即舉杖一擊墮地,俯拾裂食之。姚乃拔劍逐之。轉過廳側廊廡後,走入欝棲而滅。插劍識之。明旦,命僕發視,得一白蝟甚大,傍有故鐵托、火筯各一,蓋其冠杖也。乃殺之。驛舍舊多怪,自此遂絶。陳襄仲謨説二事。(《睽車志》卷四)

王崧壽茂與弟嵎季夷,紹興十五年入閩,經建陽道中驛舍投宿。四更後,見十數小兒入,從窗隙跳躍,鼓舞於前後,呵叱不退,爲之驚擾,不得寐。一僕寢户下,持帚向前擊之,始相率奔出。拂旦審測所來,蓋驛之東有小廟,睹泥孩子排列於神像前,不成行綴,宛是昨夕爲怪者。不忍毁擲,但歎異而去。(《夷堅支景》卷三《建陽驛小兒》)

【登揚州城北門予昔侍親寓居此城下驛舍十八年矣愴然感動】 昔釣城下水,今來十八年。居人幾能在,里巷獨依然。手種成喬木,躬耕有廢田。悲歌顧千騎,不覺涕淪漣。(《公是集》卷二一)

【都官員外郎曾君(誼)墓誌銘】 君曾氏,諱誼,字子常,建昌軍南城人……熙寧九年四月癸巳,卒於開封府咸平之驛舍,年五十有一。(《曾鞏集》卷四二)

【正陽驛舍夢鄭并州寄書開之即三山圖也】 我來清淮側,夢得鄭公書。開書一把玩,乃是三山圖。山形雄且邃,筆畫簡而疏。紙幅不盈尺,萬仞勢有餘。卷置懷袖中,意獲寤已無。(《宛陵先生集》卷二八)

【古北口楊太尉廟】 將軍百戰死嶔岑,祠廟巖巖古到今。萬里邊人猶破膽,百年壯士獨傷心。遺靈半夜雨如雹,餘恨長時日爲陰。驛舍愴懷心欲碎,不須更聽鼓鼙音。(《鄱陽集》卷四)

【晏望驛釋舟走信州】 病起行山山更險,下窮溪谷上通天。乘高欲作東南望,青壁松杉滿我前。(《臨川先生文集》卷三三)

【驛舍見故屏風畫海棠有感】 厭煩只欲長面壁,此心安得頑如石。杜門復出歎習氣,止酒還開慚定力。成都二月海棠開,錦繡裹城迷巷陌。燕宫最盛號花海,霸國雄豪有遺迹。猩紅鸚緑極天巧,叠萼重跗眩朝日。繁華一夢忽吹散,閉眼細思猶歷歷。憂樂相尋豈易知,故人應記醉中詩。夜闌風雨嘉州驛,愁向屏風見折枝。(《劍南詩藁》卷三)

【夜還驛舍】 樓上鼕鼕初發更,斷雲收雨旋成晴。市橋新漲摇燈影,驛路殘泥壯屐聲。闤闠變遷非曩日,情懷牢落感餘生。高秋病起猶能醉,剩買官醅樂太平。(《劍南詩藁》卷二〇)

【過潼川之飛烏縣見餘干丞相題驛舍詩有感次韻】 道學元無僞,標名徒爾勞。孤忠天不管,一死世尤高。未洗邊庭血,先焚董腹膏。亂離元有自,附壁爲三號。(《章泉稿》卷二)

景祐中羌人叛,西方用兵,朝廷求草澤遺逸,士多獻方略自炫鬻,率皆得官……嘗有人《題關西驛舍》曰:"孤(弧)星熒熒照寒野,漢馬蕭蕭五陵下。廟堂不肯用奇謀,天子徒勞聘賢者。萬里危機入燕薊,八方殺氣衝靈夏。逢時還似不逢時,已矣吾生真苟且。"(《詩話總龜》前集卷一引《東齋録》;《中山詩話》)

靖康之變,中原爲虜竊據,當時文人勝士,陷於彼者不少。紹興庚申、辛酉,河南、關陝之地暫復。有自關中驛舍壁間得詩二絶云:"鼙鼓轟轟聲徹天,中原廬井半蕭然。鶯花不管興亡事,妝點春光似昔年。"又云:"渭平沙淺雁來棲,渭漲沙深雁不移。江海一身多少事,清風明月我需衣。"(《庚溪詩話》卷下)

所至驛舍旅邸,留題壁間,亦多有可取者。見李南仲丙言,臨安旅邸壁間一絶云:"太一峰前是我家,滿牀書籍舊生涯。春城戀酒不歸去,老却碧桃無限花。"又言建州崇安分水驛壁一絶云:"江南三月已聞蟬,麥熟梅黄繭作綿。料得故園煙雨裏,輕寒猶作勒花天。"又吕叔潛大虬言鎮江丹陽玉乳泉壁間一絶云:"騎馬出門三月暮,楊花無奈雪漫天。客情最苦夜難度,宿處先尋無杜鵑。"三詩皆可喜,然皆不著名氏也。(《庚溪詩話》卷下)

苕溪漁隱曰:余嘗於驛舍壁間,見有人題云:"悠悠前途,莫問榮枯。得之本有,失之本無。”此達者之言也。

《高齋詩話》云:國初,有名人作座右銘云:“避色如避讎,避風如避箭。莫喫空心茶,少餐中夜飯。”有驛舍壁間題詩云:“逢橋須下馬,遇夜莫行船。”此語可爲道途之戒。

苕溪漁隱曰:余頃歲過湘中,郵亭壁間有左鄯絶句云:“叠叠山腰繫冷雲,疏疏雨脚弄黄昏。松聲更帶溪聲急,不是行人也斷魂。”又於苕溪道觀中壁間,有鄭子覃絶句云:“紛紛紅雨入蒼苔,密蔭新成鶯友來。擬逐幽人夢蓬島,一聲裂竹故驚回。”皆佳作也。壬午歲過三衢,於驛舍壁間,見題一聯云:“不知何處雨,便覺此間凉。”自在無峭急之態,不知何人詩也。(《苕溪漁隱叢話》前集卷五四)

驛樓

薛志勤,蔚州奉誠人……從武皇救陳許,平黄巢。武皇遇難於上源驛,汴將楊彦洪連車樹栅,遮絶巷陌。時騎從皆醉,宴席既闌,汴軍四面攻傳舍。志勤虓勇冠絶,復酒膽激壯,因獨登驛樓,大呼曰:“朱僕射負恩無行,邀我司空图之,吾三百人足以濟事。”因彎弧發射,矢無虚發……由是恩顧益厚。(《舊五代史》卷五五《薛志勤傳》)

史建瑭,雁門人也。晉王爲雁門節度使,其父敬思爲九府都督,從晉王入關破黄巢,復京師,擊秦宗權於陳州,嘗將騎兵爲先鋒。晉王東追黄巢於冤朐,還過梁,軍其城北。梁王置酒上源驛,獨敬思與薛鐵山、賀回鶻等十餘人侍。晉王醉,留宿梁驛。梁兵夜圍而攻之。敬思登驛樓,射殺梁兵十餘人。(《新五代史》卷二五《史建塘傳》)

番禺鄭僕射嘗游湘中,宿於驛樓。夜遇女子誦詩云:“紅樹送秋色,碧溪彈夜弦。佳期不可再,風雨杳如年。”頃刻不見。(《類説》卷一三《樹萱録》)

(唐代宗永泰中,杜鴻漸出爲西川節度使。)及出蜀,至利州西界,望嘉陵驛,入漢州矣。自蜀南來,始臨嘉陵江,有山水景致。其夜月色又佳,乃與從事楊炎、杜亞輩登驛樓,望江月,行觴燕話。(《説郛》卷一〇二《羯鼓録》)

（梁末帝天祐）十二年三月，梁主朱友貞分魏博六州爲兩道，以賀德倫爲魏博節度使，張筠爲澶相節度使。魏人不從，乃歸於帝。帝命馬步副總管李存審自鎮州帥前軍先進，屯臨清。五月，帝帥親軍會之。德倫遣從事於司空陳密旨，言軍士張彦爲亂軍之首，迫德倫上章，請却復六州，大王鎮撫魏人，宜誅首惡。及帝進軍，次於永濟，張彦選銀槍效節軍五百人，皆勇悍者，持矛仗戟，自衛而來。帝登驛樓，數其罪而斬之。（《册府元龜》卷八）

“平林漠漠煙如織，寒山一帶傷心碧。暝色入高樓，有人樓上愁。玉梯空佇立，宿雁歸飛急。何處是歸程，長亭連短亭。”止此詞不知何人寫在鼎州滄水驛樓，復不知何人所撰。魏道輔泰見而愛之。後至長沙，得古集於子宣内翰家，乃知李白所作。（《湘山野録》卷上）

【候使登石頭驛樓作】 山檻憑南望，川途眇北流。遠林天翠合，前浦日華浮。萬井緣津渚，千艘咽渡頭。漁商多末事，耕稼少良疇。自守陳蕃榻，嘗登王粲樓。徒然騁目處，豈是獲心遊。向迹雖愚谷，求名異盗丘。息陰芳木所，空復越鄉憂。（《全唐詩》卷四九張九齡）

【京口送别王四誼】 江上楓林秋，江中秋水流。清晨惜分袂，秋日尚同舟。落潮洗魚浦，傾荷枕驛樓。明年菊花熟，洛東泛觴遊。（《全唐詩》卷一三八儲光羲）

【登松江驛樓北望故園】 淚盡江樓北望歸，田園已陷百重圍。平蕪萬里無人去，落日千山空鳥飛。孤舟漾漾寒潮小，極浦蒼蒼遠樹微。白鷗漁父徒相待，未掃欃槍懶息機。（《全唐詩》卷一五一劉長卿）

【夜泊宣城界】 西塞沿江島，南陵問驛樓。潮平津濟闊，風止客帆收。去去懷前浦，茫茫泛夕流。石逢羅刹礙，山泊敬亭幽。火識梅根冶，煙迷楊葉洲。離家復水宿，相伴賴沙鷗。（《全唐詩》卷一六〇孟浩然）

【虢州郡齋南池幽興因與閻二侍御道别】 夜眠驛樓月，曉發關城雞。惆悵西郊暮，鄉書對君題。（《全唐詩》卷一九八岑參）

【青門歌送東臺張判官】 青門金鎖平旦開，城頭日出使車回。青門柳枝正堪折，路傍一日幾人别。東出青門路不窮，驛樓官樹灞陵東。花撲征衣看似繡，雲隨去馬色疑驄。（《全唐詩》卷一九九岑參）

【送張獻心充副使歸河西雜句】 雲中昨夜使星動，西門驛樓出相送。玉瓶素蟻臘酒香，金鞭白馬紫遊韁。花門南，燕支北。張掖城頭雲正黑，送君一去天外憶。（《全唐詩》卷一九九岑參）

【解悶十二首】（其二） 商胡離别下揚州，憶上西陵故驛樓。爲問淮南米貴賤，老夫乘興欲東流。（《全唐詩》卷二三〇杜甫）

【舟月對驛近寺】 更深不假燭，月朗自明船。金刹青楓外，朱樓白水邊。城烏啼眇眇，野鷺宿娟娟。皓首江湖客，鈎簾獨未眠。（《全唐詩》卷二三二杜甫）

【舟中】 風餐江柳下，雨卧驛樓邊。結纜排魚網，連檣並米船。今朝雲細薄，昨夜月清圓。飄泊南庭老，祇應學水仙。（《全唐詩》卷二三二杜甫）

【海上寄蕭立】 朔風剪塞草，寒露日夜結。行行到瀛壖，歸思生暮節。驛樓見萬里，延首望遼碣。遠海入大荒，平蕪際窮髪。舊國在夢想，故人胡且越。契闊阻風期，荏苒成雨别。海西望京口，兩地各天末。索居動經秋，再笑知曷月。日南望中盡，唯見飛鳥滅。音塵未易得，何由慰飢渴。（《全唐詩》卷二四六獨孤及）

【西蜀送許中庸歸秦赴舉】 春色華陽國，秦人此别離。驛樓横水影，鄉路入花枝。（《全唐詩》卷三四八陳羽）

【三鄉驛樓伏睹玄宗望女幾山詩小臣斐然有感】 開元天子萬事足，唯惜當時光景促。三鄉陌上望仙山，歸作霓裳羽衣曲。仙心從此在瑶池，三清八景相追隨。天上忽乘白雲去，世間空有秋風詞。（《全唐詩》卷三五六劉禹錫）

【送友人盧處士游吴越】 羡君東去見殘梅,惟有王孫獨未回。吴苑夕陽明古堞,越宫春草上高臺。波生野水雁初下,風滿驛樓潮欲來。試問漁舟看雪浪,幾多江燕荇花開。(《全唐詩》卷三八五張籍)

【江樓月】嘉川驛望月,憶杓直、樂天、知退、拒非、順之數賢,居近曲江,閒夜多同步月。 嘉陵江岸驛樓中,江在樓前月在空。月色滿牀兼滿地,江聲如鼓復如風。誠知遠近皆三五,但恐陰晴有異同。萬一帝鄉還潔白,幾人潛傍杏園東。(《全唐詩》卷四一二元稹)

【嘉陵江二首】

秦人惟識秦中水,長想吴江與蜀江。今日嘉川驛樓下,可憐如練繞明窗。

千里嘉陵江水聲,何年重繞此江行。只應添得清宵夢,時見滿江流月明。(《全唐詩》卷四一二元稹)

【社日關路作】 晚景函關路,涼風社日天。青巖新有燕,紅樹欲無蟬。愁立驛樓上,厭行官堠前。蕭條秋興苦,漸近二毛年。(《全唐詩》卷四三六白居易)

【望亭驛酬别周判官】 何事出長洲,連宵飲不休。醒應難作别,歡漸少於愁。燈火穿村市,笙歌上驛樓。何言五十里,已不屬蘇州。(《全唐詩》卷四四七白居易)

【八月十五日夜】 去年今夜在商州,還爲清光上驛樓。宛是依依舊顔色,自憐人换幾般愁。(《全唐詩》卷五一三裴夷直)

【三川驛伏覽座主舍人留題】 舊迹依然已十秋,雪山當面照銀鈎。懷恩淚盡霜天曉,一片餘霞映驛樓。

【登澧州驛樓寄京兆韋尹】尹曾典此郡。 一話涔陽舊使君,郡人迴首望青雲。政聲長與江聲在,自到津樓暮夜聞。(《全唐詩》卷五二四杜牧)

【九日登樟亭驛樓】 　鱸鱠與蓴羹，西風片席輕。潮回孤島晚，雲斂衆山晴。丹羽下高閣，黄花垂古城。因秋倍多感，鄉樹接咸京。(《全唐詩》卷五二九許渾)

【秋日赴闕題潼關驛樓】 　紅葉晚蕭蕭，長亭酒一瓢。殘雲歸太華，疏雨過中條。樹色隨山回，河聲入海遥。帝鄉明日到，猶自夢漁樵。(《全唐詩》卷五二九許渾)

【夜歸驛樓】 　水晚雲秋山不窮，自疑身在畫屏中。孤舟移棹一江月，高閣捲簾千樹風。窗下覆棋殘局在，橘邊沽酒半壚空。早炊香稻待鱸鱠，南渚未明尋釣翁。(《全唐詩》卷五三四許渾)

【晚登龍門驛樓】 　魚龍多處鑿門開，萬古人知夏禹材。青嶂遠分從地斷，洪流高瀉自天來。風雲有路皆燒尾，波浪無程盡曝腮。心感膺門身過此，晚山秋樹獨徘徊。(《全唐詩》卷五三四許渾)

【登霍山驛樓】寄和水部馬郎中題興德驛，時昭義已平。　廟列前峰迥，樓開四望窮。嶺巉嵐色外，陂雁夕陽中。弱柳千條露，衰荷一面風。壺關有狂孽，速繼老生功。(《全唐詩》卷五四一李商隱)

【競渡詩】一作《及第後江寧觀競渡寄袁州刺史成應元》。　石溪久住思端午，館驛樓前看發機。鼙鼓動時雷隱隱，獸頭凌處雪微微。衝波突出人齊啾，躍浪争先鳥退飛。向道是龍剛不信，果然奪得錦標歸。(《全唐詩》卷五五一盧肇)

【嘉川驛樓晚望】 　樓壓寒江上，開簾對翠微。斜陽諸嶺暮，古渡一僧歸。窗迥雲衝起，汀遥鳥背飛。誰言坐多倦，目極自忘機。(《全唐詩》卷五五三姚鵠)

【邯鄲驛樓作】 　蕪没叢臺久，清漳廢御溝。蟬鳴河外樹，人在驛西樓。雲燒天中赤，山當日落秋。近郊經戰後，處處骨成丘。(《全唐詩》卷五五

五馬戴)

【洞庭驛樓雪夜讌集奉贈前湘州張員外昔與張湘州閒登岳陽樓】 昔與張湘州,閒登岳陽樓。目窮衡巫表,興盡荆吴秋。擲筆落郢曲,巴人不能酬。是時簪裾會,景物窮冥搜。誤忝璹筵秀,得陪文苑遊。幾篇雲楣上,風雨沉銀鈎。(《全唐詩》卷五六八李群玉)

【題端正樹】 路傍佳樹碧雲愁,曾侍金輿幸驛樓。草木榮枯似人事,緑陰寂寞漢陵秋。(《全唐詩》卷五七九温庭筠)

【送元叙上人歸上黨】時節鎮罷兵。 太行關路戰塵收,白日思鄉别沃州。薄暮焚香臨野燒,清晨漱齒涉寒流。溪邊殘壘空雲木,山上孤城對驛樓。此去寂寥尋舊迹,蒼苔滿徑竹齋秋。(《全唐詩》卷五八六劉滄)

【商於驛樓東望有感】 山川去接漢江東,曾伴隋侯醉此中。歌繞夜梁珠宛轉,舞嬌春席雪朦朧。棠遺善政陰猶在,薤送哀聲事已空。惆悵知音竟難得,兩行清淚白楊風。(《全唐詩》卷六五七羅隱)

【山驛】 參差西北數行雁,寥落東方幾片雲。叠石小松張水部,暗山寒雨李將軍。秋花粉黛宜無味,獨鳥笙簧稱静聞。瀟灑襟靈遺世慮,驛樓紅葉自紛紛。(《全唐詩》卷六八二韓偓)

【驛樓】 流雲溶溶水悠悠,故鄉千里空迴頭。三更猶凴闌干月,淚滿關山孤驛樓。(《全唐詩》卷六八二韓偓)

【秋日早行】 上馬蕭蕭襟袖凉,路穿禾黍繞宫牆。半山殘月露華冷,一岸野風蓮萼香。煙外驛樓紅隱隱,渚邊雲樹暗蒼蒼。行人自是心如火,兔走烏飛不覺長。(《全唐詩》卷六九五韋莊)

【題樟亭驛樓】 危檻倚山城,風帆檻外行。日生滄海赤,潮落浙江清。秋晚遥峰出,沙乾細草平。西陵煙樹色,長見伍員情。(《全唐詩》卷七一

三喻坦之)

【長舉驛樓】 爽氣浮空紫翠濃,隔江無限有奇峰。君如要識營丘畫,請看東頭第五重。(《丹淵集》卷一七)

【葉縣】 雙鳧歸去玉京遊,塵滿東風暗驛樓。唯有汝墳東逝水,春來依舊緑波流。(《雲溪居士集》卷一三)

【出遊】 八月石帆秋,聊爲汗漫遊。本因尋友去,却爲看山留。小草題僧壁,長吟上驛樓。(《劍南詩藁》卷六三)

館舍

李仁矩,本明宗在藩鎮時客將也……天成中,因奉使東川,董璋張筵以召之。仁矩貪於館舍,與娼妓酣飲。日既中而不至,大爲璋所詬辱。(《舊五代史》卷七〇《李仁矩傳》)

(唐敬宗寶曆元年正月,中書侍郎牛僧孺出爲武昌節度使。)過襄陽,山南東道節度使柳公綽服櫜鞬,候於館舍。將佐諫曰:"襄陽地高於夏口,此禮太過。"公綽曰:"奇章公甫離台席,方鎮重宰相,所以尊朝廷也。"竟行之。(《資治通鑑》卷二四三)

(宋真宗景德四年冬十月庚申,)張崇貴言:"准詔賜趙德明冬服及《儀天歷》,令延州遣牙校齎往。比聞德明葺道路館舍,以俟使命。若遣牙校,似失所望。"上曰:"向不欲遣使,蓋慮其勞。崇貴今有是奏,從之可也。"(《續資治通鑑長編》卷六七)

(宋真宗天禧五年九月)甲申,命翰林學士李諮爲契丹國主生辰使……先是,宋綬等使還,上《契丹風俗》云:"綬等始至木葉山,山在中京東微北。自中京東過小河,唱叫山道北奚王避暑莊,有亭臺。由古北口至中京北,皆奚境……離中京,皆無館舍,但宿穹帳。欲至木葉三十里許,始有居人瓦屋

及僧舍……”(《續資治通鑑長編》卷九七宋綬《契丹風俗》)

滕倪苦心爲詩,嘉聲早播,遠之吉州,謁宗人邁郎中……至秋深,逝於商於之館舍,聞者莫不傷悼焉。倪詩曰:“秋初江上别旌旗,故國無家淚欲垂。千里未知投足處,前程便是聽猿時。誤攻文字身空老,却返樵漁計已遲。羽翼凋零飛不得,丹霄無路接差池。”(《雲溪友議》卷上《宗兄悼》)

(賈島以事忤宣宗,)大中八年九月七日,制下,島因授此官。永離貢籍。初之任,届東川,府主馮八座三十里出倚儀以迎之。既至館舍,見待甚厚,大具肴饌宴設。故島獻感恩詩曰:“匏革奏終非獨樂,軍城未曉啓重門。何時却入三臺貴,此日空知八座尊……”(《鑒戒録》卷八《賈忤旨》)

(种)世衡,字仲平,放之兄子……嘗知武功縣,用刑嚴峻……後知澠池縣,葺館舍,設什器,乃至砧臼匕筯,無不畢備,客至如歸,由是聲譽大振。(《涑水記聞》卷九)

紹興二年,秦會之罷右僕射製略云:“自詭得權而舉事……”秦大憾之……至乙亥歲,秦復知御札在任伯之子伋景思處……是秋,又令其媚黨曹泳爲擇酷吏劉景者,擢守天台,專欲鞫勘。景思寓居外邑黄巖山間。景視事之次日,遣捕吏追逮景思,直以姓名傳檄縣令,差人防護甚峻。景思自分必死,將抵郡城外,渡舟中望見景備郊迎之儀,一見執禮甚恭。至館舍,則美其帷帳,厚其飲食,景思叵測。是晚置酒延佇,座間笑語,極驩而罷。始聞早已得會之訃音矣。(《揮麈録》後録卷七)

顏真卿,字清臣,瑯琊臨沂人也……李希烈陷汝州,宰相盧杞素忌其剛正,將中害之,奏以:“真卿重德,四方所瞻,使往諭希烈,可不血刃而平大寇矣。”上從之。事行,朝野失色……既見希烈,方宣詔旨,希烈養子千餘人,雪刃争前欲殺之,叢遶詬駡,神色不動。希烈以身蔽之,乃就館舍。希烈因宴其黨,召真卿坐觀之,使倡優讟朝政以爲戲。(《太平廣記》卷三二引《仙傳拾遺》等)

【館舍秋夕】 寒雨蕭蕭燈焰青，燈前孤客難爲情。兵戈鬧日别鄉國，鴻雁過時思弟兄。冷極睡無離枕夢，苦多吟有徹雲聲。出門便作還家計，直至如今計未成。（《全唐詩》卷六九二杜荀鶴）

《唐子西語録》云：蜀道館舍壁間題一聯云："天不生仲尼，萬古長如夜。"不知何人詩也。（《苕溪漁隱叢話》前集卷五四）

驛柱

（唐中宗景龍二年）十一月庚申，突騎施酋長娑葛自立爲可汗，殺唐使者御史中丞馮嘉賓……（郭）元振在疏勒，柵於河口，不敢出。（闕啜）忠節逆嘉賓於計舒河口，娑葛遣兵襲之，生擒忠節，殺嘉賓，擒吕守素於僻城，縛於驛柱，冎而殺之。《考異》曰：《御史臺記》云：嘉賓爲中丞，神龍中，起復，持節甘涼。時郭元振都督涼州，奏中書令宗楚客受娑葛金兩石，請紹封爲可汗。楚客憾之。既用事，時議云：委嘉賓與侍御史吕守素按元振。元振竊知之，乃諷番落，害嘉賓於驛中……（《資治通鑑》卷二〇九；《資治通鑑考異》卷一二）

驛梁

【去歲自刑部侍郎以罪貶潮州刺吏（史）乘驛之官其後家亦譴逐小女道死瘞之層峰驛之山下（蒙恩還朝）今過其墓留題驛梁】 數條藤束木皮棺，草殯荒山白骨寒。驚恐入心身已病，扶舁沿路衆知難。繞墳不暇號三匝，設祭惟聞飯一盤。致汝無辜由我罪，百年慚痛淚闌干。（《文苑英華》卷三〇六）

驛門

（唐玄宗天寶十五載）六月九日，潼關不守。十二日凌晨，上率龍武將軍陳玄禮、左相韋見素、京兆尹魏方進、國忠與貴妃及親屬，擁上出延秋門……翌日，至馬嵬，軍士飢而憤怒，龍武將軍陳玄禮懼亂，先謂軍士曰："今天下崩離，萬乘震蕩，豈不由楊國忠割剥甿庶，朝野怨咨，以至此耶！若不誅之以謝天下，何以塞四海之怨憤！"衆曰："念之久矣！事行，身死固所願也！"會吐蕃和好使在驛門,遮國忠訴事。軍士呼曰:"楊國忠與蕃人謀叛!"諸軍乃圍驛,擒國忠,斬首以徇。(《舊唐書》卷一〇六《楊國忠傳》)

(乾元元年,)肅宗嘗不豫,太卜云:"祟在山川。"璵乃遣女巫分行天下,祈祭名山大川。巫皆盛服,乘傳而行。上令中使監之,因緣爲奸。所至干託長吏,以邀賂遺。一巫盛年而美,以惡少年數十自隨,尤爲蠹弊,與其徒宿於黄州傳舍。刺史左震晨至,驛門扃鐍不可啓。震破鎖而入,曳女巫階下斬之,所從惡少年皆斃。(《舊唐書》卷一三〇《王璵傳》)

(唐憲宗元和三年,元)稹自監察御史謫爲江陵府士曹掾,翰林學士李絳、崔群上前面論稹無罪,(白)居易累疏切諫曰:"臣昨緣元稹左降,頻已奏聞。臣内察事情,外聽衆議,元稹左降,有不可者三。何者?元稹守官正直,人所共知。自授御史已來,舉奏不避權勢……況聞士元蹋破驛門,奪將鞍馬,仍索弓箭,嚇辱朝官。承前已來,未有此事。今中官有罪,未聞處置;御史無過,却先貶官。遠近聞知,實損聖德……"(《舊唐書》卷一六六《白居易傳》;《册府元龜》卷五三三)

(周世宗顯德)七年春,北漢結契丹入寇,命出師禦之。次陳橋驛,軍中知星者苗訓引門吏楚昭輔視,日下復有一日,黑光摩盪者久之。夜五鼓,軍士集驛門,宣言策點檢爲天子,或止之,衆不聽……未及對,有以黄衣加太祖身,衆皆羅拜。(《宋史》卷一《太祖紀一》)

李處耘,潞州上黨人……(顯德中隸)太祖帳下,補都押衙。會太祖出征,駐軍陳橋,處耘見軍中謀欲推戴,遽白太宗,與王彦昇謀,召馬仁瑀、李漢超等定議。始入白太祖,太祖拒之。俄而諸軍大譟,入驛門,太祖不能却。(《宋史》卷二五七《李處耘傳》)

朱弁,字少章,徽州婺源人,少穎悟……紹興二年,金人忽遣宇文虛中來,言和議可成,當遣一人詣元帥府受書還。虛中欲弁與正使王倫探策決去留……金人怒,絶其餼遺以困之。弁固拒驛門,忍飢待盡,誓不爲屈。金人亦感動,致禮如初。(《宋史》卷三七三《朱弁傳》)

(劉)永年,字君錫……(宋仁宗朝)改單州團練使、永興軍路總管。契丹遣使來,請帝繪像,選副張昇報使。契丹以未得志,夜取巨石,塞驛門,衆皆恐。永年素有力,手擲棄之,契丹驚以爲神。(《宋史》卷四六三《劉永年傳》)

(唐玄宗車駕以至德元載六月出京西幸。)丙申,至馬嵬驛,《金人疆域圖》:馬嵬驛,在京兆興平縣。將士飢疲,皆憤怒。陳玄禮以禍由楊國忠,欲誅之,因東宫宦者李輔國,以告太子,太子未决。會吐蕃使者二十餘人遮國忠馬,訴以無食。國忠未及對,軍士呼曰:"國忠與胡虜謀反!"或射之,中鞍。國忠走至西門内,馬嵬驛之西門也。軍士追殺之,屠割支體,以槍揭其首於驛門外。(《資治通鑑》卷二一八)

(唐憲宗元和元年九月,館驛巡官沈)衎與段文昌,(劉)闢逼令判按,禮同上介,亦接諸公候謁。崇文目段公曰:"公必爲將相,未敢奉薦。"揖起。沈衎令梟首,摽於驛門。二人誅賞之異,未曉其意何如也。(《資治通鑑考異》卷一九引林恩《補國史》)

(宋孝宗乾道六年閏五月)十九日黎明,至柯橋館,見送客。巳時至錢清,食亭中,凉爽如秋……二鼓歸,原伯復來,共坐驛門,月如晝,極凉。(《入蜀記》卷一)

(蒲)禹卿,成都人,從(王)衍入洛。及衍被誅,乃慟哭曰:"蜀人自此重不幸也!"乃題詩於驛門而逃,不知所終。(《蜀檮杌》卷上)

熙寧三年,崑山人郟亶自廣東機宜上奏,以謂天下之利,莫大於水田,水田之美無過於蘇州,然自唐末以來經營至今,而終未見其利者,其失有六,今當去六失,行六得……熙寧元年正月一日,有旨:"郟亶修圩,未得興工,官吏所見不同,各具利害奏聞。"人皆驩然。十五日,庭下方張燈,吏民二百餘人,交入驛庭,喧閧斥駡,燈悉蹂踐,驛門亦破。亶幞頭墮地,一小兒在旁,亦爲人所掔。(《吴郡志》卷一九)

開元十六年七月十九日敕:"巡傳驛,宜因御史出使,便令校察。"至二十

五年五月，監察御史鄭審檢校兩京館驛，猶未稱使。今驛門前十二辰堆，即審創焉。(《唐會要》卷六一)

宋紹興辛巳，(金主完顏)亮既授首，葛王篡位，使來修好，洪景盧往報之。入境，與其接伴約用敵國禮，伴許諾。故沿路表章，皆用在京舊式。未幾，乃盡却迴，使依近例易之。景盧不可，於是扃驛門，絶供饋，使人不得食者一日。(《鶴林玉露》丙編卷三《容齋奉使》)

王某云：往年任官同州，見御史出按回，止州驛，經宿不發。忽索雜案，又取印曆，鎖驛甚急，一州大擾。有老吏竊哂，乃因庖人以通憲胥，許百縑爲贈。明日未明，已啓驛門，盡還案牘，御史乘馬而去。(《國史補》卷下)

(唐憲宗元和元年九月，高崇文入成都，)命節級將吏，凡軍府事無巨細，一取韋皋故事。一應爲(劉)闢脅從者，但自首，並不問。韋皋參佐房式、韋乾度、獨孤密、符載、郄士美，皆即論薦。館驛巡官沈衍、段文昌，闢迫令刺按，禮同上介，亦接諸公後謁。崇文謂文昌曰："公必爲將相，未敢奉薦。"叱起沈衍，令梟首於驛門外，舉酒與諸公盡歡。(《唐語林》卷一)

肅宗以王璵爲相。尚鬼神之事，分遣女巫，遍禱山川。有巫者，少年盛服，乘傳而行，中使隨之。所至誅求金帛，積載於後，與惡少十數輩横行州縣。至黄州，左震爲刺史，晨至驛門，扃户不啓。震命壞鎖而入，曳巫，斬階下，惡少皆死。(《唐語林》卷三)

唐大順、景福已後，蜀路劍、利之間，白衛嶺、石筒溪，虎暴尤甚，號"税人場"……先是西川監軍使魚全諲特進自京搬家，憩於漢源驛。其孀嫂方税駕，遂嚴妝，倚驛門而看，爲虎攫去，雖驅奪得之，已傷鈎爪也。(《太平廣記》卷四三二引《北夢瑣言》)

【九江口作】　　漭漭江勢闊，雨開潯陽秋。驛門是高岸，望盡黄蘆洲。水與五溪合，心期萬里遊。(《全唐詩》卷一四一王昌齡)

【人日登南陽驛門亭子懷漢川諸友】 朝來登陟處,不似豔陽時。異縣殊風物,羈懷多所思。剪花驚歲早,看柳訝春遲。未有南飛雁,裁書欲寄誰。(《全唐詩》卷一六〇孟浩然)

【使行望悟真寺】 採玉峰連佛寺幽,高高斜對驛門樓。無端來去騎官馬,寸步教身不得遊。(《全唐詩》卷三八六張籍)

【有小白馬乘馭多時奉使東行至稠桑驛溘然而斃足可驚傷不能忘情題二十韻】 能驟復能馳,翩翩白馬兒。毛寒一團雪,鬃薄萬條絲。……稠桑驛門外,吟罷涕雙垂。(《全唐詩》卷四四八白居易)

【唐質肅(介)神道碑】 公諱介,字子方,姓唐氏……寶元二年,轉運使應詔舉充三路知縣,遷秘書省著作佐郎,知鄭州任邱縣。縣當信使驛,往返誅索繁急,其下因緣爲奸利,異時俛首趣事,莫敢何辨。公爲作區畫,預居其物。每使至,親坐驛門給之,一以法令從事,應復還而毀失者,移文取其償。故過者皆戢,上下便之。(《忠肅集》卷一一)

【陳留柏】 驛門深閉柏參天,月可中庭夜影圓。人静好風喧客枕,坐令歸夢到林泉。(《攻媿集》卷七)

【鄰山縣道上作】 微雨晴時出驛門,亂鶯啼處過江村。挽花醉袖霑餘馥,迎日征鞍借小温。客路一身真弔影,故園萬里欲招魂。鬢毛無色心猶壯,藉草悲歌對酒尊。(《劍南詩藁》卷三)

【衢州道中作】 耿耿孤忠不自勝,南來清夢遶觚稜。驛門上馬千峰雪,寺壁題詩一硯冰。疾病時時須藥物,衰遲處處少交朋。無情最恨寒沙雁,不爲愁人説杜陵。(《劍南詩藁》卷一〇)

【蓬萊館午憩】 驛門繫馬聽蟬吟,翻動平生萬里心。橋畔笛聲催日落,城邊草色帶煙深。關河歷歷功名晚,歲月悠悠老病侵。憶戍梁州如昨日,憑闌西望一霑襟。(《劍南詩藁》卷二四)

驛庭

（唐肅宗至德元載六月，玄宗西幸，行至馬嵬驛，）軍士圍驛。上聞諠譁，問外何事，左右以國忠反對。上杖屨出驛門，慰勞軍士，令收隊，軍士不應。上使高力士問之，玄禮對曰："國忠謀反，貴妃不宜供奉，願陛下割恩正法。"上曰："朕當自處之。"入門，倚杖傾首而立。久之……上乃命力士引貴妃於佛堂，縊殺之，輿尸寘驛庭，召玄禮等入視之。玄禮等乃免冑釋甲，頓首請罪。（《資治通鑑》卷二一八）

（天寶十五載六月，玄宗賜貴妃死，使高）力士縊之於佛堂前之梨樹下。纔絶而南方進荔枝至，上睹之，長號數息。使力士曰："與我祭之。"祭後，六軍尚未解圍，以繡衾覆牀，置驛庭中，敕玄禮等入驛視之。元禮擡其首，知其死，曰："是矣！"而圍解，瘞於西郭之外一里許道北坎下，妃時年三十八。（《説郛》卷一一一下《楊太真外傳》）

先是，朝廷遣陶穀使江南，以假書爲名，實使覘之……館泊半年，（韓）熙載遣歌人秦弱蘭者，詐爲驛卒之女以中之，弊衣竹釵，旦暮擁帚，掃灑驛庭。蘭之容止，宫掖殆無。五柳乘隙，因詢其迹。蘭曰："妾不幸夫亡無歸，託身父母，即守驛翁嫗是也。"情既瀆，失慎獨之戒，將行翌日，又以一闋贈之。（《玉壺清話》卷四）

【耕園驛有序**】**　明道中，予爲漳州軍事判官。晚秋，嘗至州西耕園驛。驛庭有佛桑樹十株，開花繁盛。念其寒月窮山，方自媚好，乃作《耕園驛佛桑花》詩一首……明年夏四月，自汀來漳，復至是驛，花尚仍故，追感昔游，因紀前事，並載舊篇，龕於西壁。

使軺迢遞到天涯，候館還延感歲華。白髮却攀臨砌樹，青條猶放過牆花。悲來唯見金城柳，醉後曾乘海客槎。欲問昔遊無處所，晚煙生水日沈沙。（《端明集》卷五）

【荆林館】　古木森然滿驛庭，繁陰凌亂月分明。千枝萬葉誰拘管，攬

作秋風一片聲。(《青山續集》卷七;《清江三孔集》卷二四)

【金國賀正旦使人赴闕口宣・賜内中酒果】 有敕:卿等來趨日,正兹遇歲除。出御府之甘芳,助驛庭之晏集。益修賓禮,用介春祺。(《攻媿集》卷四七)

【頻夜夢至南鄭小益之間慨然感懷】 身似菴居老病僧,罷參不復繫行縢。夢中忽在三泉驛,庭樹鳴梟鬼弄燈。(《劍南詩藁》卷一八)

驛廳

勝州都督薛直,丞相納(訥)之子也,好殺伐,不知鬼神。直在州,行縣還歸,去州二驛,逢友人自京來謁,直延入驛廳,命食。友人未食先祭,直曰:"出此食謂何?"友人曰:"佛經云,有曠野鬼,食人血肉,佛往化之,令其不殺,故制此戒。又俗所傳,每食先施,得壽長命。"直曰:"公大妄誕,何處有佛?何者是鬼?俗人相誑,愚者雷同,智者不惑,公蓋俗人耳。"(《太平廣記》卷三三一引《記聞》)

元和中,元稹爲監察御史,與中使争驛廳,爲其所辱。始敕節度、觀察使,臺官與中使,先到驛者得處上廳,因爲定制。(《國史補》卷下)

曹貂利用將赴漢東,入内供奉官楊懷敏盡逐其左右。旦將上馬,坐驛廳,無人至,使數輩立屏後,時引首來窺,則揮手令去。曹夙懷憂懼,睹此,疑將就刑,楊又徐進云:"侍中且宜歇息。"遂閉堂自經。(《嘉祐雜誌》)

王鮪者,凝之兄也,多異術,有相知多智。爲使,往宣州推事。謂鮪曰:"有何餞行相贈?"鮪出一小囊,其間如彈丸,不知何物也,謂之曰:"可長結在身邊,無忘也。"既到宣州,推事月餘日,晝寢於驛廳内。睡中轉身,爲彈子所隱,脅下痛極,因躍下牀,就外觀之。屋梁忽折,落於榻上,枕席有聲,震駭驛内,使人免兹難也。(《中朝故事》)

驛壁

（喬堅《題河尾關驛壁二首》其二：）“池上蒼山翠作堆，池邊花竹映樓臺。夜喧燈火庖人語，地覆松花使客來。戰馬不嘶關柝静，哀猿無語瘴雲開。征衣盡拂紅塵去，且向郵亭進酒杯。”（《滇略》卷八）

宣和間，有題於陝府驛壁者云：“幼卿少與表兄同硯席，雅有文字之好。未笄，兄欲締姻。父母以兄未禄（仕），難其請，遂適武弁。明年，兄登甲科，職教洮房，而良人統兵陝右，相與邂逅於此。兄鞭馬，略不相顧，豈前憾未平耶？因作《浪淘沙》以寄情云：‘目送楚雲空。前事無蹤。漫留遺恨鎖眉峰。自是荷花開較晚，孤負東風。　　客館歎飄蓬。聚散匆匆。揚鞭那忍驟花驄。望斷斜陽人不見，滿袖啼紅。’”（《能改齋漫録》卷一六《幼卿〈浪淘沙〉詞》）

予紹興戊辰沿檄至信州鉛山，見驛壁有題《玉樓春》詞，不著姓氏，今載於此云：“東風楊柳門（關）前路，畢竟雕鞍留不住。柔情勝似嶺頭雲，别淚多如花上雨。　　青樓畫幕無重數。聽得樓邊車馬去。若將眉黛染情深，直到丹青難畫處。”（《能改齋漫録》卷一七《驛壁〈玉樓春〉詞》）

宋時，永安驛廊東柱，有女子題一詩云：“無人解妾心，日夜長如醉。妾不是瓊奴，意與瓊奴類。”不書姓名，陳後山有詩二首紀之，然亦未詳瓊奴出處。余偶閲《青瑣高議》，乃得之。瓊奴姓王氏，爲郎中王某幼女。父死，失身於趙奉常家，爲主母凌辱。道出淮上，乃自書其事於驛壁，見者哀之。王平甫有歌紀焉。則永安驛題詩之女子，亦必名家子，嫁爲人妾而失意者也。（《疑耀》卷三）

陳留驛壁有人題《感懷詩》一篇，其一聯云：“一生吏部殘零闕，盡老江鄉遠小州。”其意甚可悲，此必老選人所作。（《楊公筆録》）

重和戊戌冬，予道由潁昌之汝墳。驛壁間，得廖正一明略手題三詩。其一云：“阿憐二十頗有餘，秀眉豐頰冰瓊膚。無端欲作商人婦，更枉方尋海畔夫。”其二云：“阿梅笄歲得同歡，懊惱情深解夢蘭。鶯語輕清花裏活，柳條弱軟掌中看。”其三云：“淮源距襄陽，亭候逾十舍。征鞭背繡幃，雲雨虚四夜。雙艷盡傾城，一姝偏擅價。獨怒蕙心輕，誤許商人嫁。”初不曉其意。是年，至唐州外氏家，因舉是詩。邦人任喻義可云：“頃年，明略與郡之二營妓往來，情好甚篤。其一小字憐憐，其一名梅。時憐憐將爲大賈所納，明略既去，道過汝墳，作詩，蓋有所感也。”憐憐竟隨賈去。“方尋海畔夫”，用海上有逐臭之夫事，譏之也。(《墨莊漫録》卷五)

蜀路泥溪驛，天聖中，有女郎盧氏者，隨父往漢州作縣令。替歸，題於驛舍之壁。其序略云：“登山臨水，不廢於謳吟；易羽移商，聊舒於羈思。因成《鳳棲梧》曲子一闋，聊書於壁，後之君子覽之者，毋以婦人竊弄翰墨爲罪。”詞曰：“蜀道青天煙靄翳。帝里繁華、迢遞何時至。回望錦川揮粉淚。鳳釵斜嚲烏雲膩。　鈿帶雙垂金縷細。玉佩玎璫，露滴寒如水。從此鸞妝添遠意。畫眉學得遥山翠。’”(《墨客揮犀》卷四)

林外，字豈塵，泉南人，詞翰瀟爽，詼譎不羈，飲酒無算……南劍黯淡灘，湍險善覆舟，行人多畏避之。外嘗戲題灘傍驛壁曰：“千古傳名黯淡灘，十船過此九船翻。惟有泉南林上舍，我自岸上走，你怎奈何我？”雖一時戲語，頗亦有味。(《齊東野語》卷一三《林外》)

姚嗣宗，關中詩豪，忽繩檢，坦然自任。杜祁公帥長安，多裁品人物……時天下久撤邊警，一旦，忽元昊以河西叛，朝廷方羈籠關豪之際，嗣宗也因寫二詩於驛壁，有“踏碎賀蘭石，埽清西海塵，布衣能效死，可惜作窮麟”。又一絶“百越干戈未息肩，九原金鼓又轟天。崆峒山叟笑不語，静聽松風春晝眠”之句，韓忠獻公奇之，奏補職官。(《湘山野録·續湘山野録》)

宗弟(希)鵬舉言：見一驛壁上有詩云：“逢橋須下馬，過渡莫争船。”此征途藥石也。余愛之，每示子孫。全詩云：“記得離家日，尊親囑付言。逢橋須下馬，過渡莫争船。雨宿宜防夜，雞鳴更相天。若能依此語，行路免迍邅。”(《侯鯖録》卷六)

【題長樂驛壁】 三十驊騮一烘塵，來時不鎖杏園春。楊花滿地如飛雪，應有偷游曲水人。（《全唐詩》卷七八六無名氏）

【題污池驛壁】 污池密接二殽，昔秦穆公使孟明、西乞術、白乙丙討鄭，蹇叔諫而不聽……昔秦人所由之途，在二殽之間。至魏武西討巴漢，惡其險而更開北山高道，今往來又非魏武所開。南連荆山之麓，地寒多雨，泥埿濘滑，土岡百重，登陟險阻，驛舍相遠，行者過此，無不起滯留之歎焉。（《潏水集》卷六）

【華陰遇雨記】 元豐二年夏五月，予自汴歸雍。時旱久極暑，度崤陵，過稠桑，重坂隘谷，烈日鑠石，塵沙蔽天，晝息夕行凡二十日，方次潼關……信乎神靈尊於群山，巍鎮西極，真天下之偉觀也。矯首竚望，連旬炎暍之困，灑然遽失。清氣習習，使人憑虛欲仙。予久欲訪少皞之别都，尋蓐收之外館。迫于問疾速歸之心，未暇從容，將俟異日來遊，姑識一時之事於驛壁。趙郡李某履中記。（《潏水集》卷六）

【仙翁山下遇王由正用驛壁二詩之韻】（其一） 物外風期迹已陳，須知日月去來頻。我今欲换神仙骨，還向山前逢異人。用邢恕舍人韻。（《道鄉集》卷七）

【感昔・又】 小益晨裝雨作泥，南沮涉水馬長嘶。山腰細棧移新路，驛壁流塵闇舊題。（《劍南詩藁》卷六〇）

【驛壁偶題】 纍纍驛門堠，杳杳寺樓鐘。葉落樹陰薄，雲生山崦重。交親窮未棄，父子老相從。惟待新粳熟，高眠聽夜舂。

【又】 去去投山驛，悠悠解橐裝。斜陽穿破厩，落葉滿空廊。舞簡村巫醉，塗朱野女妝。近行吾亦倦，假寢據胡床。

【又】 過市未十里，入山知幾重。幽林聞格磔，淺瀨見喚喁。小瓮家家酒，衡門世世農。班生定癡絶，辛苦覓侯封。（《劍南詩藁》卷七八）

《遯齋閒覽》云：詩人類以棄官歸隱爲高，而謂軒冕榮貴爲外物，然鮮有能踐其言者。故靈徹答韋丹云:“相逢盡道休官去,林下何曾見一人。”蓋譏之也……予嘗於驛壁見人題兩句云:“謀生待足何時足,未老得閑方是閑。”予深味其言,服其精當,而愧未能行也。此與夫所謂“一日看除目,三年損道心”者異矣。(《苕溪漁隱叢話》前集卷三九)

至正丙子正月十八日,元兵入杭,宋謝、全兩后以下皆赴北。有王昭儀名清惠者,題《滿江紅》於驛壁云:“太液芙蓉,渾不是、舊時顔色。曾記得承恩雨露,玉樓金闕。名播蘭簪妃后裏,暈潮蓮臉君王側。忽一朝、鼙鼓揭天來,繁華歇。　龍虎散,風雲滅。千古恨,憑誰説。對山河百二,淚沾襟血。驛館夜驚塵土夢,宫車曉碾關山月。願嫦娥、相顧肯從容,隨圓缺。”文丞相讀至末句,嘆曰:“惜哉!夫人於此少商量矣!”爲之代作二首云:“試問琵琶,胡沙外、怎生風色。最苦是姚黄一朵,移根僊闕。王母歡闌瑶宴罷,仙人淚滿金盤側。聽行宫、半夜雨霖鈴,聲聲歇……”(《詞苑叢談》卷六)

驛窗

【宿蘭溪水驛前三首】(其一)　繫纜蘭溪岸,開襟柳驛窗。人争趨夜市,月自浴秋江。燈火疏還密,帆檣隻更雙。平生經此縣,今夕駐孤幢。(《誠齋集》卷二六)

【初發建安】　小雨初收雲未歸,吾行迫及晚秋時。寒沙新雁無人問,露井殘桐有客悲。征袂拂霜晨唤馬,驛窗剪燭夜題詩。悠然且作尋山想,夢裏功名莫自期。(《劍南詩藁》卷一一)

【寓蓬萊館】　桐葉吹殘蕉葉黄,驛窗微雨送凄凉。長安許史無平素,莫恨棲棲立路旁。

【又】　古驛蕭蕭獨倚闌,角聲催晚雨催寒。殘年遇合應無日,猶説新豐强自寬。(《劍南詩藁》卷二〇)

【夢遊散關渭水之間】　平生望眼怯天涯,客裏何堪度歲華。但恨征輪無四角,不愁歸路有三叉。驛窗燈闇傳秋柝,關樹煙深宿暮鴉。叱犢老翁

頭似雪，羡渠生死不離家。(《劍南詩藁》卷二四)

驛廪

史圭，常山人也……唐光化中，歷阜城、饒陽尉，改房子、寧晉、元氏、欒壽、博陸五邑令。爲寧晉日，擅給驛廪，以貸飢民，民甚感之。(《舊五代史》卷九二《史圭傳》)

【新開白水路記】 至和二年冬，利州路轉運使、主客郎中李虞卿以蜀道青泥嶺舊路高峻，請開白水路，自鳳州河池驛至長舉驛，五十里有半，以便公私之行。具上未報，即預畫材費，以待其可。明年春，乃與州巡轄馬遞鋪、殿直喬達領橋閣，并郵兵五百餘人，因山伐木，積於路處，遂藉其人，用訖是役。又請知興州軍州事、虞部員外郎劉拱總護督作，一切仰給，悉令爲長命簽署，興州判官廳公事、太子中舍李良祐、權知長舉縣事、順政令商應程度遠近，按事險易，同督斯衆。知鳳州河池縣事、殿中丞王令圖首建路議。路古縣地，且十五餘里，部屬陜西，即移文，令圖通幹其事。至秋七月，始可其奏。然八月，行者已走斯路矣。十二月，諸功告畢，作閣二千三百九間，郵亭營屋綱院三百八十三間，減舊路三十三里，廢青泥一驛，除郵兵驛馬一百五十六人騎，歲省驛廪鋪糧五千石、畜草一萬束。故事：役夫三十餘人。路未成，會李遷東川路，今轉運使、工部郎中、集賢校理田諒至，審其續狀可成，故喜猶已出，事益不懈，於是斯役實肇於李，而遂成於田也。(《陜西通志》卷九一、卷三六)

驛堂

《李淳風墓碑》，墓在白丰鎮驛堂前。明嘉靖間，地塌，出小碑云："吾是唐朝一地仙，五百年前一見天。上覆徐州王大尹，將子葬在白圭南。"因移葬白圭之南。(《山西通志》卷五七)

【修太平驛堂貽鄉人書】 太平驛當吾里中，南走泉、漳、廣、粵，里人之仕宦者還家與之官，莫不説此。然舍館卑陋，牆隤木腐，相因補治數十百年。某初爲漳州從事，慶曆中，以諫官商度鹽利，尋知福州，遷轉運使。及自泉移福，往來數四，唯是鄉邦父師耆德，率相過從，堂房之隘，不可以少留。前無廳事，不可以修集會之禮。今年，知縣事、大理評事許君杭乃新廳事，而堂室仍故，蓋調民而作，有簡書之畏。某謂鄉人之已仕與業文學而未仕者，相與完之，異日往還，使其中可以休息，其外可以延賓親，其庭可以陳旌戟而鳴鼓角，斯亦吾里之佳事，幸留意焉。至和三年六月十八日，樞密直學士、起居舍人、新授知福州軍州事蔡某書。(《端明集》卷二七)

【宿新樂驛】 去秋村北宿僧床，今夕村南寓驛堂。官僕頗諳蹊逕熟，野人應笑往來忙。敝裘不耐春寒甚，老馬猶堪山路長。獨酌獨吟還獨寐，此中清況亦難忘。(《錢塘集》卷三)

驛倉

【先大夫述】 王氏其先出太原，今爲撫州臨川人……知韶州，改太常博士、尚書屯田員外郎……公完營驛倉庫，建坊道，隨所施設有條理。長老言自嶺海服，朝廷爲吾置州守，未有賢公者。(《臨川先生文集》卷七一)

蒼坪山。在徽縣東四十里，古黄沙驛倉在焉。(《大清一統志》卷二一〇秦州)

驛閣

【送陳先生之洪井寄蕭少卿】 聞君仙袂指洪涯，我憶情人别路賒。知有歡娱游楚澤，更無書札到京華。雲開驛閣連江静，春滿西山倚漢斜。此處相逢應見問，爲言搔首望龍沙。(《騎省集》卷四)

鄭谷《樟亭驛閣詩》："故國江天外，登臨返照閒。潮來無别浦，木落見他山。沙鳥晴飛遠，漁人夜唱閒。歲窮歸未得，心逐片帆還。"(《咸淳臨安志》卷五五)

驛厩

【議國馬疏】 臣聞固國之方，在於置衛；置衛之實，在於市馬。使四邊得才幹之吏，有司有責實之政，馬何由而不至……群馬之來，其積如山，固不可由犖确之徑，灘險又終可保乎？又夔路深山，最爲窮薄，錢糧藁草，未易常足。驛厩皂棧，未易創置。兵人牧卒，遇小州縣，未免騷瀆，恐約束未定，慮在歲月之後也。(《九華集》卷七)

驛廊

【女子題驛】 後山見永安驛廊東柱，有女子題五字詩云："無人解妾志，日夜渾如醉。妾不是瓊奴，意與瓊奴類。"讀而哀之，作一絶句云："桃李摧殘風雨新，天孫河鼓隔天津。主恩不與妍華盡，何限人間失意人。"《青鎖高議》載："瓊奴姓王氏，郎中幼女，失身於趙奉常家，爲主母凌辱。道出淮上，書其事於驛壁，見者哀之。"(《古今事文類聚》後集卷一一)

楊琢云：膠東屬郡有隱士，莫詳其姓氏鄉里。布袍單衣，行乞於酒市中，曰："希一大醉而已。"既醺酣，即以手握衫袖，霞舉掉臂而行，曰："吉留馨，吉留馨。"市中群兒，隨繞噪擁，一城之人，咸謂之"吉留馨秀才"。城西有古傳舍，郡非衝要，使命稀到，常寄宿於驛廊土榻之上，葦簟一重，每醉而歸，先以冷水連洗，令濕透，然後就枕。寒暑有變，兹固無改也。雖霜風如割，單枲之服覆身，人往候之，熱氣傍蒸於人，驛之門者皆識其非常人。每酤酒數升，置於牀前，及常爲汲水沃簟，以候其人，見酒即飲，罄而後寢。(如是)經歷累年，忽一旦往道齋大會中，白日上昇矣。(《金華子雜編》卷下)

驛軒

【行次潼關題驛後軒】 飛閣極層臺，終童此路回。山形朝闕去，河勢抱關來。雁過秋風急，蟬鳴宿霧開。平生無限意，驅馬任塵埃。(《丁卯詩集》卷下)

【宣城張氏信譜傳】 公諱孝祥,字安國,學者稱爲于湖先生……尋復待制,徙知荆南荆湖北路安撫使……進顯謨閣直學士,致仕,南軒爲文以餞之。荆南士民哭送登舟,仍給小像,祀於湘中驛南軒,爲之贊。(《于湖居士文集》附録陸世良)

【立春日送客郊外】 短鬢那禁歲月催,勝邊花底又春回。雪消漸暖青鴛日,冰解初横玉鑑梅。江驛軒窗臨古道,市樓絃管賣新醅。自憐病守無歡意,一笑常因送客來。(《劍南詩藁》卷一八)

【過江至蕭山縣驛東軒海棠已謝】 星星兩鬢怯年華,幽館無人江月斜。惆悵過江留一夕,曉風吹盡海棠花。(《放翁逸稿》卷下)

驛楹

【富水驛東楹有人題詩】筆迹柔媚出自纖指。 繡纓霞翼兩鴛鴦,金島銀川是故鄉。袛合雙飛便雙死,豈悲相失與相忘。煙花夜泊紅蕖膩,蘭渚春遊碧草芳。何事遽驚雲雨别,秦山楚水兩乖張。(《才調集》卷二吴融)

驛臺

神龜驛臺,隋開皇初獲龜。(《元豐九域志》卷一汝州)

【望驛臺】三月盡。 可憐三月三旬足,悵望江邊望驛臺。料得孟光今日語,不曾春盡不歸來。(《元稹集》卷一七)

【望驛臺】三月三十日。 靖安宅裏當窗柳,望驛臺前撲地花。兩處春光同日盡,居人思客客思家。(《白居易集》卷一四)

驛牆

唐末,蜀人攻岐還,至於白石鎮,裨將王宗信止普安禪院僧房。時嚴冬,房中有大禪爐，熾炭甚盛。信擁妓女十餘人，各據僧牀寢息。信忽見一姬，飛入爐中，宛轉於熾炭之上。宗信忙遽救之，及離火，衣服並不燋灼。又一姬，飛入如前。又救之。頃之，諸妓或出或入，各迷悶失音。有親吏隔驛牆，告都招討使王宗儔。宗儔至，則徐入，一一提臂而出。視之，衣裾纖毫不燬，但驚悸不寐。訊之，云："被胡僧提入火中。"所見皆同，宗信大怒，悉索諸僧立於前，令妓識之。有周和尚者，身長貌胡，皆曰："是此也。"宗信遂鞭之數百，云有幻術。此僧乃一村夫，新落髮，一無所解，又縛手足，欲取熾炭爇之。宗儔知其屈，遂解之使逸，訖不知何妖怪。(《太平廣記》卷三六六引《王氏見聞》)

【思蜀】 西遊陳迹浩無窮，回首真同一夢中。柳拂驛牆思鳳集，鼓喧市裏憶蠶叢。故人丘壠秋蕪碧，舊隱園林夕照紅。自閔未能忘感慨，浩歌彈劍送飛鴻。(《劍南詩藁》卷八三)

【晚泊維揚驛】二首

驛牆紅樹晚蕭蕭，解勸征人駐畫橈。擬辦青樓狂載酒，月明何處玉人簫。

朱軒翠館鬱岧嶤，幾處笙歌幾處橋。怪得隔江人望見，夜深燈火似元宵。(《燕石集》卷八)

【商山早行】 晨起動征鐸，客行悲故鄉。雞聲茅店月，人迹板橋霜。槲葉落山路，枳花明驛牆。因思杜陵夢，鳬雁滿迴塘。(《全唐詩》卷五八一温庭筠)

驛燈

【送昇道靖恭相公分司】 東風時不遇，果見致君難。海岳影猶動，鵾鵬勢未安。星沈關鎖冷，雞唱驛燈殘。誰似二賓客，門閒嵩洛寒。(《全唐詩》卷六〇六林寬)

【梅花絶句·又】 濯錦江邊憶舊遊，纏頭百萬醉青樓。如今莫索梅花笑，古驛燈前各自愁。(《劍南詩稿》卷一〇)

【懷友】 酒家旗下分攜久，山驛燈前感慨頻。人事已隨雙鬢改，柳條又見一年新。(《劍南詩稿》卷八一)

驛池

【褒城驛池塘翫月】 夜長秋始半，圓景麗銀河。北渚清光溢，西山爽氣多。鶴飛聞墜露，魚戲見增波。千里家林望，凉飆換緑蘿。(《全唐詩》卷三三二羊士諤)

【秋晚題湖城驛池上亭】 秋次池上館，林塘照南榮。塵衣紛未解，幽思浩已盈。風蓮墜故萼，露菊含晚英。恨爲一夕客，愁聽晨雞鳴。(《全唐詩》卷三五四劉禹錫)

【和東川王相公新漲驛池八韻】 今日池塘上，初移造物權。苞藏成别島，沿濁致清漣。變化生言下，蓬瀛落眼前。泛觴驚翠羽，開幕對紅蓮。遠寫風光入，明含氣象全。渚煙籠驛樹，波日漾賓筵。曲岸留緹綺，中流轉綵船。無因接元禮，共載比神仙。(《全唐詩》卷三六三劉禹錫)

【褒城驛】軍大夫嚴秦修。 嚴秦修此驛，兼漲驛前池。已種千竿竹，又栽千樹梨。四年三月半，新筍晚花時。悵望東川去，等閒題作詩。(《全唐詩》卷四〇九元稹)

【亞枝紅】往歲與樂天曾於郭家亭子竹林中，見亞枝紅桃花，半在池水。自後數年，不復記得。忽於褒城驛池岸竹間見之，宛如舊物，深所愴然。 平陽池上亞枝紅，悵望山郵事事同。還向萬竿深竹裏，一枝渾卧碧流中。(《全唐詩》卷四一二元稹)

【題褒城驛池】 池館通秦檻向衢，舊聞佳賞此踟躕。清凉不散亭猶在，事力何銷舫已無。釣客坐風臨島嶼，牧牛當雨食菰蒲。西川吟吏偏思葺，只恐歸尋水亦枯。(《全唐詩》卷五六〇薛能)

驛步

【别夔州官吏(舍)】 三年楚國巴城守,一去揚州揚子津。青帳聯延喧驛步,白頭俯傴到江濱。巫山暮色常含雨,峽水秋來不恐人。惟有九歌詞數首,里中留與賽蠻神。(《全唐詩》卷三六一劉禹錫)

【雜題九首】(其六) 驛步堤縈閣,軍城鼓振橋。鷗和湖雁下,雪隔嶺梅飄。(《全唐詩》卷六三二司空圖)

【驛步】癸酉年在南安縣。 暫息征車病眼開,況穿松竹入樓臺。江流燈影向東去,樹遞雨聲從北來。物近劉輿招垢膩,風經庾亮污塵埃。高情自古多惆悵,賴有南華養不材。(《全唐詩》卷六八一韓偓)

【漢江行次】 村寺雖深已暗知,幡竿殘日迴依依。沙頭有廟青林合,驛步無人白鳥飛。牧笛自由隨草遠,漁歌得意扣舷歸。竹園相接春波暖,痛憶家鄉舊釣磯。(《全唐詩》卷六八一韓偓)

【跋《苦寒竹》】 開封張德淵,號爲有急難之義。予晚識之於長沙,名不虚得也。泊船驛步門,與德淵官廨相近,時時相過……崇寧二年十二月晦,山谷老人書。右真蹟今藏晉陵尤氏。(《山谷集》别集卷一二)

驛橋

(仁和縣)橋梁·都亭驛橋。(《乾道臨安志》卷二)

縣橋,驛橋,程橋……已上在吴江縣管下,詳見《舊經》。(《吴郡志》卷一七)

自和寧門外登平坊内,曰登平橋,次曰六部橋,即都亭驛橋。(《夢粱録》卷七《大河橋道》)

【别楊同州後却寄】 潘驛橋南醉中别，下邽邨北醒時歸。春風怪我君知否，榆葉楊花撲面飛。(《白香山詩集》卷三九；《全唐詩》卷四六二白居易)

【逢歸信偶寄】 無事將心寄柳條，等閒書字滿芭蕉。鄉關若有東流信，遣送揚州近驛橋。(《全唐詩》卷二八三李益)

【菩薩蠻】(其十) 寶函鈿雀金鸂鶒，沈香閣上吴山碧。楊柳又如絲，驛橋春雨時。 畫樓音信斷，芳草江南岸。鸞鏡與花枝，此情誰得知。(《全唐詩》卷八九一温庭筠)

【又絶句寄題毗陵驛】 會持使節駐毗陵，長與州人有舊情。爲向驛橋風月道，舍人髭鬢白千莖。(《騎省集》卷五；《全唐詩》卷七五六徐鉉)

【揚州道中感事兼簡史館丁學士】時與丁同赴京。 淮邊爲郡再相聞，又得同途赴九重。顧我尚騎天厩馬，共君遥想鼎湖龍。賈生比望朝文帝，白傅何期哭憲宗。攜手驛橋殘照裏，斷魂空對隔江峰。(《王黄州小畜集》卷一一)

【檇李亭】 閑抱琴書檇李遊，仙壇古屋一笻留。驛橋通市人沽酒，湖水依城客放舟。葵扇桃笙聊却暑，蘋花楓葉已知秋。坡翁仙去詩聲在，寂寞林塘卧白鷗。(《鄖溪集》卷二七)

【古驛】 古驛橋邊艇子横，每因羈旅愜幽情。窗間月落無花影，枕上潮來有觽聲。舊友凋零歸夢想，新詩邂逅得天成。今朝有喜君知否？秋雨晴時小疾平。(《劍南詩藁》卷八四)

驛屋

(宋孝宗乾道九年閏正月)三十日，宿潭州醴陵縣。數日，行江西道中，林薄逼塞，蹊徑欹側。比登一小嶺，忽出山，豁然彌望，平蕪蒼然，别是一川陸，蓋已是湖南界矣。縣前渌水橋下小江，本名漉水。比年新作橋，改今名。江色黛緑可愛，流而出於瀟湘。驛屋最雄勝，冠江湖間。(《驂鸞録》)

慶豐驛，在廣利橋之北，先是新堰。廣利橋成，又重甃石路於橋之東北。居民王姓者，遽作屋以罔利。反俾官買西南僻隘地以置驛。衆有詞，大使丞相下之本縣，圖上始命以元錢，給王姓者别買地，而以此地建驛。公私便之。驛屋潔壯，爽塏於知津。寶祐五年五月五日建，大使丞相題扁。(《開慶四明續志》卷二)

鋪屋

(宋神宗熙寧四年三月戊戌，)上批："陳留縣見行保甲，每十人一小保……又每一小保，用民力築射垛，又令自辦錢糧，起鋪屋三兩區，每保置鼓，遇賊聲擊……"(《續資治通鑑長編》卷二二一)

(宋神宗熙寧七年十一月丙申，)先是，(蕭)素、(梁)穎頗倔强，未肯見(劉)忱及(蕭)士元。一日，蕃人忽引兵萬衆入代州界，焚鋪屋，與官軍相射。(《續資治通鑑長編》卷二五八)

大使馬光祖創造船寨江津戰艦，多止十年，少僅三數年，已損動矣……又創鋪屋二十五間，以處邏者。寨成，衆船以次藏泊，自是修船之費庶幾少損矣。(《景定建康志》卷三九)

中興駐蹕，河事尤所加意……(至)乾道四年，周安撫淙出公帑錢，大浚治城内外河，凡六千二百五十丈。又置巡河鋪屋三十所、撩河船三十隻，計慮益深遠矣。(《咸淳臨安志》卷三五)

每坊巷三百步許，有軍巡鋪屋一所，鋪兵五人，夜間巡警，收領公事，又於高處磚砌望火樓，樓上有人卓望，下有官屋數間……開封府各領軍級(汲水)撲滅，不勞百姓。(《東京夢華録》卷三《防火》)

八、館驛的供給與經營

驛户

河清三年，尚書令、趙郡王叡等，奏上《齊律》十二篇……盗及殺人而亡者，即懸名注籍，甄其一房，配驛户。(《隋書》卷二五《刑法志》;《通典》卷一六四)

(元世祖中統二年六月)乙巳，賑火少里驛户之乏食者。(《元史》卷四《世祖紀一》)

(元成宗元貞元年夏四月辛巳，)賜章河至苦鹽貧乏驛户，鈔一萬二千九百餘錠。(《元史》卷一八《成宗紀一》)

配驛

(北魏)遷鄴，京畿群盗頗起，有司奏立嚴制。諸强盗殺人者，首、從皆斬，妻、子同籍，配爲樂户。其不殺人，及贓不滿五匹，魁首斬，從者死，妻、子亦爲樂户。小盗贓滿十匹已上，魁首死，妻、子配驛，從者流。(《魏書》卷一一一《刑罰志》)

驛料

(元豐定制)承務郎，料錢七貫，元豐以來，釐務止支驛料。大觀二年定支。以上料錢，一分見錢，二分折支。每貫折錢，在京六百文，在外四百文，到任添給驛料。(《宋史》卷一七二《職官志十二》)

嘉祐初，因樞密使韓琦言，内外吏兵奉禄無著令，乃命類次爲《禄令》。

三司以驛料名數，著爲《驛令》。(《宋史》卷一九九《刑法志一》)

(宋真宗咸平三年五月甲辰，詔：)“應川峽州軍屯駐、巡檢諸兵士及校師，凡請受當請銅錢一文折支鐵錢五文者，並與支鐵錢十文。及川峽州軍諸色職官、使臣料錢並驛料内錢等，亦如之。”(《續資治通鑑長編》卷四七)

(宋仁宗天聖三年十二月甲戌)詔：“自今轉運司及州府差官推勘、磨勘及勾當諸般公事，如已請驛料添支者，不得别給。”(《續資治通鑑長編》卷一〇三)

(宋仁宗天聖八年十二月丁未)詔：“自今御史臺官并三司判官、開封府推判官差出勘鞫公事，或已請驛料外，並依舊支與本職添支。”(《續資治通鑑長編》卷一〇九)

(宋仁宗慶曆元年九月)癸酉，降并代副部署、通州團練使王元爲左衛將軍、陵州團練使，鈐轄、東染院使、台州刺史康德輿爲東染院副使，鈐轄、供備庫使楊懷志爲供備庫副使。先是，有蕃部乜羅爲殿侍，求錦袍、驛料，德輿不與，乜羅頗出怨言……(文)彦博以其事聞，故責及之。(《續資治通鑑長編》卷一三三)

(宋神宗熙寧三年五月，)先是，丙戌赦書令諸路搜訪士有行義，爲鄉里推重者，以名聞，凡得二十九人。於是詔令九月崇遣赴闕，仍給驛料，至則館於太學，送舍人院，試策、論各一道。(《續資治通鑑長編》卷二一一)

(宋神宗熙寧七年五月癸卯，)王安石乞以經義檢討官余中等往江寧府，吏人給食錢外，依例與大將驛料，從之。(《續資治通鑑長編》卷二五三)

(宋神宗元豐元年十一月己丑，)御史何正臣言：“安燾、陳睦使高麗日，以所得布馬易銀，及於高麗界使人索驛料算直，害義辱命，啓侮外夷。望案治其罪，追還所與恩命，仍詔高麗諭以使者失職之狀，以慰遠人。”詔劄與燾、睦令知。(《續資治通鑑長編》卷二九四)

（宋神宗元豐二年八月丙午）詔："無料錢京官差知縣、縣丞者，給令、丞俸，罷添支驛料。"（《續資治通鑑長編》卷二九九）

（宋哲宗元祐元年七月己卯，）右司諫蘇轍言："臣竊聞熙寧以前天下財賦文帳，皆以時上於三司。至熙寧五年，朝廷患其繁冗，始命曾布删定法式……其驛料、作院欠負修造竹木雜物、舟船柴炭、修河物料、施利橋船物料、車驢草料等帳，勘勾訖架閣。蓋謂錢帛等帳，三司總領國計，須知其多少虚實，故帳雖歸轉運司，而又令別造計帳申省。至於驛料等，非三司國計虚贏所繫，故止令磨勘架閣……"（《續資治通鑑長編》卷三八三）

（宋高宗紹興三十一年正月）壬寅詔："諸路總管鈐轄人從並減半，添差官與三分之一。其添給驛料，並減半。"用右諫議大夫何溥請也。（《建炎以來繫年要録》卷一八八）

文臣請俸：開府儀同三司，料錢一百貫。特進九十貫……以上料錢，一分見錢，二分折支，每貫折錢，在京四百文，在外四百文。到任添給驛料。承直郎，料錢二十五貫，茶湯錢十貫，厨料米六斗，麪一石五斗，藁四十束，柴二十束，馬一匹，春冬絹六疋，綿十二兩。儒林郎，料錢二十貫，茶湯錢十貫，厨料米六斗，麪一石五斗，藁二十束，柴十五束，春冬絹各五疋，綿十兩……（《文獻通考》卷六五）

開成二年夏五月，武寧軍節度使薛元賞奏："泗口税場，先是一物貨税，今請停去雜税，唯留税茶一色，以助供軍。"詔曰："惠人須在於必誠，革弊宜圖於去本。又留茶税，惠則未終，宜悉罷之。每年特以度支、户部錢二萬貫，賜供本軍及充驛料。"（《册府元龜》卷五〇四）

《三朝史・孟昶傳》云："其在蜀日，改元廣政。周世宗既取秦、鳳，昶懼，致書世宗，自稱大蜀皇帝。世宗怒其抗禮，不答。"其書真迹，今藏樓大防所，用録於左："七月一日，大蜀皇帝謹致書於大周皇帝閣下：竊念自承先訓……幸蒙皇帝惠其首領，頒以衣裘，偏裨盡補其職員，士伍徧加於糧賜。則在彼無殊於在此，敝都寧比於雄都。方懷全活之恩，非有放還之望。今則指揮使蕭知遠、馮從讜等押領將士子弟共計八百九十三人，已到當國。具審皇帝迴

開仁慜，深念支離，厚給衣裝，兼加巾屨，給沿程之驛料，散逐分之緡錢……”(《揮麈録》後録卷五)

【辛卯滿散天基節即事六首】(其一)　　老作黄冠返舊山，尚支驛料破衙官。孤臣毫髪皆君賜，獨坐風廊不覺寒。(《後村集》卷九)

供擬

張暐，汝州襄城人也……遷太子詹事，判尚書左右丞……天寶初，暐還鄉拜掃，特賜錦袍繒綵，御賜詩以寵異之，乘傳來往，敕郡縣供拟。暐鬢髮華皓，在輿中，子弟車馬連接數里，衣冠榮之。(《舊唐書》卷一〇六《張暐傳》)

(唐德宗建中)三年秋，加(李)希烈檢校司空，兼淄青兖鄆登萊齊等州節度支度營田、新羅渤海兩蕃使，令討襲(淄青節度使李)正己。希烈遂率所部三萬人移居許州，聲言遣使往青州招諭李納，其實潛與交通。又移牒汴州，令備供擬。(《舊唐書》卷一四五《李希烈傳》)

(唐敬宗寶曆二年，幽州節度使朱克融)奏今歲三軍春衣不足，擬於度支，請給一季春衣，約三十萬端匹，又請助丁匠五千脩東都……(裴)度對曰："克融家本凶族……所請丁匠五千人及兵馬赴東都，固是虚語，臣料賊中必出不得。今欲直挫其奸意，即報云：'卿所請丁匠脩宫闕，可速遣來。已敕魏博等道，令所在排比供擬。'料得此詔，必章惶失計……”(《舊唐書》卷一七〇《裴度傳》)

貞觀十八年，遣十七道巡察。諫議大夫褚遂良諫曰："臣以爲自去年九月不雨，經冬無雪，至今年二月下澤，麥苗如是小可。使人今出，正是農時，普天之下，不能無事，東州追掩，西郡呼集，兼復送迎使人，供擬飲食，道路遑遑，廢於田種……”(《唐會要》卷七七)

(唐肅宗乾元)二年冬十月丁酉，詔曰："昔昆夷作患，周宣興薄伐之役；陳豨稱亂，漢祖發親征之師。蓋所以禁暴除凶……(擬)以今月十七日幸東京，率六軍，取北路進發。但巡幸所過，自有行營，應緣祗供，並有司自辦。其路次州縣，一切不得別有徵斂……仍令户部侍郎、同中書門下平章事第五琦充置頓使，應行幸供擬及兵馬糧料，續樽節作，條件奏聞……”（《册府元龜》卷一一四）

供承

（唐懿宗咸通五年五月丁酉制：）“如聞湖南、桂州，是嶺路係口，諸道兵馬綱運，無不經過，頓遞供承，動多差配，凋傷轉甚，宜有恩宥。潭、桂兩道各賜錢三萬貫文，以助軍錢，亦以充館驛息利本錢……”（《舊唐書》卷一九上《懿宗紀》）

（唐德宗興元元年春正月，幽州節度使）朱滔引兵入趙境，王武俊大具犒享。入魏境，田悦供承倍豐，使者迎候，相望於道。（《資治通鑑》卷二二九）

唐軍容使田令孜擅權，有回天之力。嘗致書於許昌，爲其兄陳敬瑄求兵馬使職，節將崔侍中安潛不允。爾後崔公移鎮西川，敬瑄與楊師立、牛勖、羅元杲以打毬争三川，敬瑄獲頭籌，制授右蜀節旄，以代崔公，中外驚駭。報狀云“陳僕射之命”，莫知誰何。青城縣彌勒會妖人，彌勒會，北中金剛禪也。窺此聲勢，乃僞作陳僕射行李，云山東盗起，車駕必謀幸蜀，先以陳公走馬赴任。乃樹一魁妖，共翼佐之。軍府未喻，亦差迎候。至近驛，有指揮，索白馬四匹。察事者覺其非常，乃羈縻之。未供承間，而真陳僕射亦連轡而至，其妖人等悉擒縛，而俟命潁川，俾隱而誅之。識者曰：“陳僕射由閹官之力，無涓塵之效，盗處方鎮，始爲妖物所憑，終以自貽誅滅，非不幸也。”（《北夢瑣言》卷四《妖人僞称陳僕射》）

供頓

（大業元年八月，煬帝御龍舟，幸江都，詔）文武官五品已上給樓船，九品已上給黄篾舫。舳艫相接，二百餘里。所經州縣，並令供頓，獻食豐辦者，加官爵；闕乏者，譴至死。（《隋書》卷二四《食貨志》）

（柳）謇之，字公正……（拜黄門侍郎，事元德太子。煬）帝幸遼東，召謇之檢校燕郡事。及帝班師，至燕郡，坐供頓不給，配戍嶺南，卒於洭口，時年六十。（《隋書》卷四七《柳謇之傳》）

（唐肅宗至德二載）十月，詔曰："緣京城初收，要安百姓，又灑掃宫闕，奉迎上皇，以今月十九日還京，應緣供頓，務從減省。"（《舊唐書》卷一〇《肅宗紀》）

崔日用，滑州靈昌人……大足元年，則天幸長安，路次陝州。宗楚客時爲刺史，日用支供頓事，廣求珍味，稱楚客之命，徧饋從官。楚客知而大加賞歎，盛稱薦之，由是擢爲新豐尉。（《舊唐書》卷九九《崔日用傳》）

王翃，太原晉陽人也……（唐代、德間）歷汾州刺史、京兆尹。屬發涇原兵討李希烈，軍次滻水，翃備供頓，肉敗糧臭，衆怒以叛。（《舊唐書》卷一五七《王翃傳》）

（天福六年七月）甲申，降御札："取八月五日暫幸鄴都，沿路供頓，並委所司以官物排比，州縣不得科率人户。"（《舊五代史》卷八〇《高祖紀六》）

蔡王（劉）信，高祖之從弟也……隱帝即位，加檢校太師……俄蕭牆之變，憂不能食。尋有太后令，言立湘陰公，即令其子往徐州奉迎。數日，陳思讓率馬軍，經過城西，但令供頓，不敢出城。未幾，澶州軍變，王峻遣前申州刺史馬鐸領軍，赴州巡檢，鐸引軍入城，信惶惑自殺。廣順初，追封蔡王。（《舊五代史》卷一〇五《宗室列傳》）

（武后聖曆元年冬十月）癸卯，以狄仁傑爲河北道安撫大使。時（河）北人爲突厥所驅逼者，虜退懼誅，往往亡匿。仁傑上疏，以爲朝廷議者皆罪契丹、突厥所脅從之人，言其迹雖不同，心則無别……伏願曲赦河北諸州，一無所問。"制從之。仁傑於是撫慰百姓，得突厥所驅掠者，悉遞還本貫。散糧運以賑貧乏，修郵驛以濟旋師。恐諸將及使者妄求供頓，乃自食疏糲，禁其下無得侵擾百姓，犯者必斬，河北遂安。（《資治通鑑》卷二〇六）

(梁均王貞明六年十一月),趙王鎔自恃累世鎮成德,得趙人心,生長富貴,雍容自逸……晚年好事佛及求仙,專講佛經,受符籙,廣齋醮,合煉仙丹,盛飾館宇於西山,每往遊之,登山臨水,數月方歸。將佐士卒陪從者常不下萬人,往來供頓,軍民皆苦之。(《資治通鑑》卷二七一)

(宋真宗大中祥符元年四月)丙辰,詔:"太祖、太宗朝諸路所獻祥禽異獸,皆在苑囿,可上其數,俟封禪禮畢縱之。"令緣路諸州釀酒以備供頓,省轉送之煩。(《續資治通鑑長編》卷六八)

(宋真宗大中祥符元年五月)甲戌,上以東封路供頓芻糧數廣,召丁謂,出扈駕兵籍示之,曰:"蓋有司不知此數,廣爲營備爾,曾不慮煩擾於下,其少數未曾轉送者,竢秋成和市。"(《續資治通鑑長編》卷六九)

(宋真宗大中祥符三年八月)庚午,詔:"如聞汾陰路勾當官,除州縣供頓外,别取索準備物,宜令一切禁止。"(《續資治通鑑長編》卷七四)

(宋哲宗元祐五年十二月,劉摯叙高麗國本末云:)"高麗舊通朝貢,真宗初嘗遣使來,自言苦於北寇誅求,願臣屬天朝,絶遼好,請王師援助……已而入朝奉貢,朝廷待遇之禮、賜予之數,皆非常等。恩旨親渥,至於次韻和其詩,在館問勞無虚日,多出禁苑珍異賜之。沿路供頓,極於華盛。兩浙、淮南州郡爲之騷然。每至州縣或鎮砦,皆豫差諸色行户,各以其物齎負,迎於界首,日隨之,以待其所賣買,出境乃已。及鞍馬什物等皆用鮮美者,被科之家旋作繡畫,或求於四方,人多失業,至於逃遁,或有就死者。蓋朝旨嚴切,而引伴皆用中人,是以如此。自元豐八年使者回,到今復至。朝廷用知杭州蘇軾及御史中丞蘇轍之請,痛加裁省,及定其程限,自入界不兩月到闕下,問引伴官向綍、趙希魯言,沿路擾費十去六七矣。"(《續資治通鑑長編》卷四五二)

【開元十三年東封赦書】 (開元中,唐玄宗東封泰山,詔)行人之家及鰥寡惸獨,并疾病不能自存者,委州縣長官,倍加存恤。諸軍行有文武散官者,加一階。白身者,賜散勳爵一轉。負欠官物、逋懸租調,並宜放免。其行過州縣,供頓劬勞,並帖頓百姓,有雜差科,並車馬夫役者,並免一年租稅。

(《唐大詔令集》卷六六)

【后土赦書】　(開元二十年,祀后土,詔:)“自奉先以來,有雜犯流移人并配隸人,各量移近處。左降官未經量移、未復本資者,奏聽進止。天下遭損免州應損户減一分已上者,及供頓州,無出今年地税。如已徵納,聽折來年地税。逋租懸調、貸糧種子、欠負官物,在百姓腹内者,亦宜准此。諸州沿供頓所差帖助夫,亦放其家今年地税。”(《唐大詔令集》卷六六)

【巡幸東都賜賚從官敕】　(開元十九年十一月壬子,玄宗幸東都,敕:)“供頓州百姓,所據緣頓差科及充夫匠雜役供應等人,宜放今年地税,自餘户等,免今年地税之半。應定名供頓縣官,各與一中上考。”開元十九年十一月。(《唐大詔令集》卷七九)

福昌宫,隋置。開元末重修。其中什物畢備,駕幸供頓,以百餘甕貯水。(《南部新書》己卷)

狄梁公仁傑爲度支員外郎,車駕將幸汾陽宫,仁傑奉使修供頓。并州長史李玄沖(冲玄)以道出妬女祠,俗稱有盛衣服車駕過者,必致雷風,欲别開路。仁傑曰:“天子行幸,千乘萬騎,風伯清塵,雨師灑道,何妬女敢害而欲避之!”玄沖遂止,果無他變。上聞之,歎曰:“可謂真丈夫也!”(《唐語林》卷三)

京兆韋安道,起居舍人真之子。舉進士,久不第。唐大定(足)年中,於洛陽早出,至慈惠里西門,晨鼓初發……行十餘里,有朱幕城供帳,女吏列後,乃行宫供頓之所。夫人遂入供帳中,命安道與同處。(《太平廣記》卷二九九引《異聞録》)

齊州歷城縣令杜豐,開元十五年東封泰山,豐供頓,乃造棺器三十枚,寘行宫,諸官以爲不可。豐曰:“車駕今過,六宫偕行,忽暴死者,求棺如何可得?若事不預備,其悔可追乎!”及置頓使入行宫,見棺木陳於幕下,光彩赫然,驚而出,謂刺史曰:“聖主封嶽,祈福祚延長,此棺器者,誰之所造?且將何施?何不祥之甚!”將奏聞,刺史令求豐,豐逃於妻卧牀下,詐稱賜死,其家哭之。賴妻兄張摶爲御史,解之,乃得已。(《太平廣記》卷四九四引《紀聞》)

【彈奏劍南東川節度使狀】 （唐憲宗元和二年，元稹爲御史，出使東川，牒）勘劍州，得報稱："元和元年所供頓遞，侵用百姓腹内兩年夏税錢四千二十三貫三文，使司令於其年軍資錢内尅下訖，其米即用元和元年米充，並不侵用二年軍資米數，使司亦不曾支梓、遂州錢米充填者。"臣伏念綿、劍兩州供頓，自合准敕優矜，梓、遂百姓何辜，擅令倍出租賦，況所徵錢米數内，惟尅下劍州軍資錢四千二十三貫三文，其餘錢米，並是嚴礪加徵，別有支用……（《元稹集》卷三七）

知頓

（唐高宗調露元年，狄仁傑遷度支郎中，）高宗將幸汾陽宫，以仁傑爲知頓使。（《舊唐書》卷八九《狄仁傑傳》；《唐會要》卷二七《行幸》）

宋璟，邢州南和人……開元初，徵拜刑部尚書。四年，遷吏部尚書，兼黄門監。明年，官名改易，爲侍中，累封廣平郡公。其秋，駕幸東都。次永寧之崤谷，馳道隘狹，車騎停擁，河南尹李朝隱、知頓使王怡並失於部伍，上令黜其官爵。（《舊唐書》卷九六《宋璟傳》）

裴耀卿，贈户部尚書守真子也……（唐玄宗開元）十三年，爲濟州刺史。其年，車駕東巡，州當大路，道里綿長，而户口寡弱。耀卿躬自條理，科配得所。時大駕所歷凡十餘州，耀卿稱爲知頓之最。（《舊唐書》卷九八《裴耀卿傳》）

祗供

（唐玄宗天寶）十五年六月，哥舒翰兵敗桃林，潼關不守。是月，玄宗蒼黄出幸，莫知所詣……（帝）曰："朕今須幸蜀，蜀路險狹，人若多往，恐難祗供……"（《舊唐書》卷一〇八《韋見素傳》）

【寶曆元年正月南郊赦】 （唐敬宗寶曆元年正月七日，大赦天下，詔：）"應緣祗供作官、直司長上、諸州行綱考典……各賜勳兩轉。"（《唐大詔令集》卷七〇）

【大赦京畿三輔制】 （唐代宗大曆五年三月丙戌，以昭陵皇堂有光，大赦京畿三輔，制：）“畿内官人手力資諫（課）及府官充職掌，名額稍多，有所祇供，不免煩費。並諸縣郵遞，路次館驛，諸色徵科一物以上，並委中書門下與京兆尹，即計會取責色目，一一商量，條件處置，務令減省，以息勞人。”（《唐大詔令集》卷八四）

（唐武宗會昌二年四月二十三日，群臣上尊號，大赦天下，詔：）“江淮兩浙，每驛供使水夫價錢，舊例約十五千已來。近日相仍，取索無度，蘇常已南無（每）驛使供四十餘千，或界内有四五驛，往來須破四五百千。今後宜依往例，不得數外供破。如有越違，長吏已下書罪。”大中五年七月敕：“如聞江淮之間，多有水陸兩路，近日乘券牒使命等，或使頭陸路，則隨從船行；或使頭乘舟，則隨從登陸，一道券牒，兩處祇供。害物擾人，爲弊頗甚。自今已後，宜委諸道觀察使，及出使郎官御史，並所在巡院，切加覺察，如有此色，即具名奏，當議懲殿。如州縣妄有祇候，官吏所由節級科議，無容貸。”（《唐會要》卷六一）

周廣順二年五月，車駕親征兖州。御札宣示：“沿路側近節度防禦團練使刺史，不得離本州府，來赴朝覲。其隨駕一行供頓，並取繫省錢物，准備差使臣勾當，仍預告報一路州縣，並不得别有排比……”（《五代會要》卷五）

驛田

遷江縣原額官民驛田地塘，共一百九十頃零六十七畝七分四四釐零，内除荒五十四頃七十七畝四分八釐零，實徵一百三十三頃三十六畝八分一釐零。（《廣西通志》卷二四）

【河南少尹李公(素)墓誌銘】 元和七年二月一日，河南少尹李公卒，年五十八……公諱素，字某……改詹事丞，遷殿中侍御史。由度支員外郎選令萬年。公主奪驛田，京兆尹符縣割畀之，公不與，改度支郎中。（《東雅堂昌黎集注》卷二五）

【同州奏均田狀】 當州京官及州縣官職田公廨田并州使官田驛田等……右臣當州百姓田地,每畝只税粟九升五合,草四分,地頭搉酒錢共出二十一文已下。其諸色職田,每畝約税粟三斗、草三束,脚錢一百二十文。若是京官上司職田,又須百姓變米雇車般送。比量正税,近於四倍加徵。既緣差税至重,州縣遂逐年抑配百姓租佃。或有隔越鄉村,被配一畝二畝之者,或有身居市井,亦令虚額出税之者。其公廨田、官田、驛田等,所税輕重,約與職田相似,亦是抑配百姓租佃,疲人患苦,無過於斯。(《元稹集》卷三八)

驛草

【彈奏山南西道兩税外草狀】 山南西道管内州府,每年兩税外,配率供驛禾草共四萬六千四百七十七圍,每圍重二十斤。興元府二萬圍,内五千圍每年折徵價錢充使司雜用,每圍一百二十文,據元和三年使牒減免不徵,餘一萬五千圍見徵率。洋州一萬五千圍,利州一萬一千四百七十七圍。右訪聞前件州府,每年兩税外加配驛草,遂於路次州縣檢勘文案。據諭後使牒,並稱准舊例於兩税外科配。又牒山南西道觀察處置等使裴玢勘得報稱:“自建中元年已後,每年隨税據貫配率前件禾草,將供驛用者。”伏准元和元年已後三度赦文每年旨條,兩税留州、留使錢外,加率一錢一物,州府長吏,並以枉法贓論。又准今年二月三日制節文:“諸道兩税外搉率,比來制敕處分,非不丁寧。如聞或未遵行,尚有欺弊,永言奉法,事理當然,申敕長吏,明加禁斷。如刺史承使牒於界内搉率,明加懲責……”(《元稹集》卷三七)

賃乘

(神龜二年)九月,靈太后幸嵩高,(崔)光上表諫曰:“伏聞明後(后)當親幸嵩高,往還累宿……斯役困於負檐,爪牙窘於賃乘,供頓候迎,公私擾費。厨兵幕士,衣履敗穿,晝暄夜凄,罔所覆藉……”(《魏書》卷六七《崔光傳》)

陳季卿者,家於江南,辭家十年,舉進士,志不能無成歸,羈棲輦下,鬻書判給衣食……乃尋江南路,因長歎曰:“得自渭泛於河,遊於洛,泳於淮,濟於江,達於家,亦不悔無成而歸……一更後,復登葉舟,泛江而逝。兄弟妻屬,慟哭於濵,謂其鬼物矣。一葉漾漾,遵舊途,至於渭濵。乃賃乘,復遊青龍寺,宛然見山翁擁褐而坐。(《太平廣記》卷七四引《慕(纂)異記》)

賃驢

(梁武帝天監元年,)蕭衍既克建業,殺其兄弟,將害寶夤,以兵守之,未至嚴急。其家閹人顔文智與左右麻拱、黄神密計,穿牆夜出寶夤。具小船於江岸,脱本衣服,著烏布襦,腰繫千許錢,潛赴江畔,躡屩徒步,脚無全皮。防守者至明追之,寶夤假爲釣者,隨流上下十餘里,追者不疑,待散,乃度西岸。遂委命投華文榮。文榮與其從子天龍、惠連等三人棄家,將寶夤遁匿山澗,賃驢乘之,晝伏宵行,景明二年至壽春之東城戍。(《魏書》卷五九《蕭寶夤傳》)

(宋仁宗時)京師賃驢,塗之人相逢,無非驢也。熙寧以來,皆乘馬也。按古今之驛亦給驢,物之用舍亦有時。(《麈史》卷下)

扶風馬震,居長安平康坊。正晝,聞扣門。往看,見一賃驢小兒云:"適有一夫人,自東市賃某驢,至此入宅,未還賃價。其家實無人來,且付錢遣之。"經數日,又聞扣門,亦又如此,前後數四,疑其有異。(《太平廣記》卷三四六引《續玄怪録》)

郜澄者,京兆武功人也。嘗因選集,至東都,騎驢,行槐樹下……(入冥府。)中丞令送出外,澄不知所適,徘徊衢路,忽見故妹夫裴氏,將千餘人西山打獵,驚喜問澄,何得至此,澄具言之。裴云:"若不相值,幾成閑鬼,三五百年不得變轉,何其痛哉。"時府門有賃驢者,裴呼小兒驢,令送大郎至舍,自出二十五千錢與之。(《太平廣記》卷三八四引《廣異記》)

【周僞蜀净衆寺僧緘傳】 僞王蜀城都大慈寺僧,亡名。恒諷誦《法華經》……伊僧策杖入青城大面山採藥。沿溪越險,忽然雲霧四起,不知所適……王氏聞之,收金錢,别給錢五百貫。其僧散施之,將知仙民恒在名山。次嘉州羅目縣,有訴孫山人賃驢不償直,乞追攝。問小童云:"是孫思邈也。"縣令驚怪,出錢代償。(《宋高僧傳》卷二二)

賃馬

（北魏）靈太后臨朝，每於後園親執弓矢。光乃表上中古婦人文章，因以致諫曰："孔子云：'士志於道，據於德，依於仁，遊於藝。'藝謂禮、樂、書、數、射、御。明前四業，丈夫婦人所同修者。若射、御，唯主男子，事不及女……非謂順時而遊，奉養有度。縱雲輦崇凉，御筵安暢，左右僕侍，衆過千百，扶衞跋涉，袍甲在身，蒙曝塵日，涣汗流離，致時飢渴，餐飯不贍，賃馬假乘，交費錢帛……"(《魏書》卷六七《崔光傳》)

明肅太后臨朝，襲真宗故事，留心庶獄，日遣中使至軍巡院、御史臺，體問鞫囚情節，又好問外事。每中使出入，必委曲詢究，故百官細微，無不知者。有孫良孺，爲軍巡判官，喜詐僞，能爲樸野之狀。一日，市布數十端，雜染五色，陳於庭下。中使怪而問之，良孺曰："家有一女，出適在近，與之作少衣物也。"中使大駭，回爲太后言之。太后歎其清苦，即命厚賜金帛。京師人多賃馬出入，馭者先許其直，必問曰："一去耶？却來耶？"苟乘以往來，則其價倍於一去也。良孺以貧，不養馬，每出，必賃之。一日，將押大辟囚棄市，而賃馬以往。其馭者問曰："官人將何之？"良孺曰："至法場頭。"馭者曰："一去耶？却來耶？"聞者駭笑。(《東軒筆録》卷九)

九、館驛的使用

使客

汝陰侯夏侯嬰，沛人也，爲沛厩司御。每送使客還，過沛泗上亭，與高祖語，未嘗不移日也。(《史記》卷九五《夏侯嬰列傳》)

(宋神宗元豐七年三月)辛酉，詔永安縣："河南府六陵勾當官，香火内品等，自來承例，遠離陵寢，將迎使客。自今一切禁止，非準朝命輒離陵所者，論如擅去官守法。"(《續資治通鑑長編》卷三四四)

【代王龍圖問候省主韓侍郎書】 自去朝游，遂叨州守。當兵民之綏御，亦既踰年；凡使客之往來，曾無虚日。居有寬條之所布，閒爲多病之相乘。雖勤向德誼之心，不忘朝夕；而仰諮福履之禮，曠叙寒暄。(《祠部集》卷三〇)

驛使

東平憲王蒼，建武十五年封東平公，十七年進爵爲王……朝廷每有疑政，輒驛使諮問。蒼悉心以對，皆見納用。(《後漢書》卷四二《東平憲王蒼傳》)

李南，字孝山，丹陽句容人也。少篤學，明於風角。和帝永元中，太守馬棱坐盜賊事被徵，當詣廷尉，吏民不寧。南特通謁賀，棱意有恨，謂曰："太守不德，今當即罪，而君反相賀邪！"南曰："旦有善風，明日中時應有吉問，故來稱慶。"旦日，棱延望景晏，以爲無徵。至晡，乃有驛使齎詔書，原停棱事。(《後漢書》卷八二上《李南傳》)

元和元年，武威太守孟雲上言："北單于復願與吏人合市。"詔書聽雲遣驛使迎呼慰納之，北單于乃遣大且渠伊莫訾王等，驅牛馬萬餘頭，來與漢賈客交易。(《後漢書》卷八九《南匈奴傳》)

許靖，字文休……孫策東渡江，皆走交州以避其難。靖身坐岸邊，先載附從，疏親悉發，乃從後去，當時見者，莫不歎息。既至交阯，交阯太守士燮厚加敬待……與袁沛及徐元賢復共嚴裝，欲北上荊州……欲附奉朝貢使，自獲濟通，歸死闕庭。而荊州水陸無津，交部驛使斷絶。欲上益州，復有峻防，故官長吏，一不得入。(《三國志》卷三八《許靖傳》)

陳震，字孝起，南陽人……遷尚書令，奉命使吴。(建興)七年，孫權稱尊號，以震爲衛尉，賀權踐阼……震入吴界，移關候曰："東之與西，驛使往來，冠蓋相望，申明初好，日新其事……"(《三國志》卷三九《陳震傳》)

蕭思話，南蘭陵人……元凶弑立，以爲使持節監徐青兖冀四州、豫州之梁郡諸軍事、徐兖二州刺史，將軍如故。思話即率部曲還彭城，起義以應世祖。遣使奉牋曰："下官近在歷下，始奉國諱……此月五日，被驛使追命騎還朝，切齒拊心，輒已鍾疾。雖百口在都，一非所顧……"(《宋書》卷七八《蕭思話傳》)

曹世表，字景昇，東魏郡魏人也……孝昌中……轉尚書右丞，後加征虜將軍，出行豫州刺史。值蕭衍將湛僧珍陷東豫州，州民劉獲、鄭辯反於州界，爲之内應。朝廷以源子恭代世表爲州，以世表爲東南道行臺，率元安平、元顯伯、皇甫鄧林等討之。於時賊衆强斷小殷關，驛使不通。諸將以士馬單少，皆敗散之餘，不敢復戰，咸欲保城自固。(《魏書》卷七二《曹世表傳》)

(唐憲宗元和八年十月，)迴紇部落南過磧，取西城柳谷路討吐蕃……(宰相李吉甫因)請發夏州騎士五百人，營於經略故城，應援驛使，兼護党項。(《舊唐書》卷一四八《李吉甫傳》)

薛季昶，絳州龍門人也。則天初，上封事……累遷御史中丞。萬歲通天元年……有藁城尉吴澤者，貪虐縱横，嘗射殺驛使，截百姓子女髮以爲髢，州將不能制，甚爲人吏所患。季昶又杖殺之，由是威震遠近，州縣望風懾懼。(《舊唐書》卷一八五上《薛季昶傳》)

(宋文帝元嘉二十八年)二月丙辰朔，魏主燒攻具，退走……過彭城，江夏王義恭震懼不敢擊。或告："虜驅南口萬餘，夕應宿安王陂，去城數十里，今追之，可悉得。"諸將皆請行，義恭禁不許。明日，驛使至，上敕義恭悉力急追，魏師已遠，義恭乃遣鎮軍司馬檀和之向蕭城。魏人先已聞之，盡殺所驅者而去。(《資治通鑑》卷一二六)

(齊和帝中興元年七月，)崔慧景之死也，其少子偃爲始安内史，逃潛得免。及西臺建，以偃爲寧朔將軍。偃詣公車門上書曰："臣竊惟高宗之孝子忠臣而昏主之亂臣賊子者，江夏王與陛下，先臣與鎮軍是也，雖成敗異術，而所由同方……先臣股肱江夏，匡濟王室，天命未遂……如以先臣遣使，江夏斬之，則征東之驛使，何爲見戮？"(《資治通鑑》卷一四四)

大甯城西二十里，有小甯城。昔邑人班丘仲居水側，賣藥於甯百餘年，人以爲壽。後地動宅壞，仲與里中數十家皆死。民人取仲尸，棄於延水中，收其藥賣之。仲被裘從而詰之。此人失怖，叩頭求哀。仲曰："不恨汝，故使人知我耳，去矣。"後爲夫餘王驛使來甯，此方人謂之謫仙也。(《水經注》卷一三引《魏土地記》)

(唐制，州鎮關戍城武庫，各有禁門。若擅開閉者，各加越罪二等。)若有警急驛使及制敕事速，非時至州縣者，城主驗實，亦得依法爲開。(《唐律疏議》卷八)

(御史府)禮察廳謂之松廳，南有古松也……吏察主院中入朝人次第名籍，謂之"朝簿廳"。吏察之上則館驛使，館驛使之上則監察使。監察使，同僚之冠也，謂之"院長"。(《因話録》卷五)

國朝館伴契丹，例用尚書學士。元豐初，高麗入貢，以畢仲衍館伴。仲衍時爲中書舍人,後遂爲故事。蓋以陪臣處之,下契丹一等也。契丹館於都亭驛,使命往來,稱“國信使”。高麗館於同文館,不稱“國信”,其恩數、儀制皆殺於契丹。(《石林燕語》卷七)

紹興初,盛傳《蘇武令》詞:“塞上風高,漁陽秋早,惆悵翠華音杳。驛使空馳,征鴻歸盡,不寄雙龍消耗。念白衣金殿,除恩黄閣,未成圖報。誰信我,致主丹衷?傷時多故,未作救民方召。調鼎爲霖,□壇□將,燕然即須平掃。擁精兵十萬,横行沙漠,奉迎天表。”云李丞相綱作,未知是否。(《雲麓漫鈔》卷一四)

國初尚《文選》,當時文人專意此書,故草必稱“王孫”,梅必稱“驛使”,月必稱“望舒”,山水必稱“清暉”。至慶曆後,惡其陳腐,諸作者始一洗之。(《老學庵筆記》卷八)

陸凱與范曄爲友。在江南,寄梅花一枝,來諸(詣)長安與曄,並贈詩云:“折花奉(逢)驛使,寄與隴頭人。江南無所得,聊贈一枝春。”(《太平御覽》卷四〇九引《荆州記》)

陸龜蒙居震澤之南巨積莊,産有鬬鴨一欄,頗極馴養。一旦有驛使過,挾弾斃其尤者。於是龜蒙詣而駭之曰:“此鴨能人語。”復歸家,少頃,手一表本云:“見待附蘇州上進,使者斃之何也?”使人恐,盡與橐中金,以糊其口。龜蒙始焚其章,接以酒食。(《南部新書》丁卷)

寇萊公之貶雷州也,丁晉公遣使齎敕往授之,以錦囊貯劍,揭於馬前。既至,萊公方與郡官宴飲。驛使言狀,萊公遣郡官出逆之。中使避不見,入傳舍中,久之不出。問其所以來之故,不答。上下皆皇恐,不知所爲。萊公神色自若,使人謂之曰:“朝廷若賜準死,願見敕書。”中使不得已,乃以敕授之,萊公乃從録事參軍借緑衫着之,短纔至膝,拜受敕於庭,升階,復宴飲,至暮而罷。(《涑水記聞》卷六)

唐先天中,許州杜生善卜筮,言走失官禄,皆驗如神。有亡奴者,造杜問之。生曰:"汝但尋驛路歸。道逢驛使有好鞭者,叩頭乞之。彼若不與,以情告云'杜生教乞',如是必得。"如其言,果遇驛使。以杜生語告乞鞭,其使異之曰:"鞭吾不惜,然無以撾馬,汝可道左折一枝見代,予與汝鞭。"遂往折之,乃見亡奴,伏於樹下。擒之,問其故,奴曰:"適循道走,遥見郎,故潛於斯。"(《太平廣記》卷七七引《紀聞》)

睢陽有新羅僧,號金師,謂録事參軍房琬云:"太守裴寬當改。"琬問何時,曰:"明日日午,敕書必至,當與公相見於郡西南角。"琬專候之。午前有驛使,而封牒到,不是,琬以爲謬也。至午,又一驛使送牒來,云:"裴公改爲安陸别駕。"房遽命駕迎僧,身又自去。果於郡西南角相遇。(《太平廣記》卷一四七引《定命録》)

【春思賦】 昨夜祁連驛使還,征夫猶住雁門關。君度山川成白首,應知歲序歇紅顔。(《王子安集》卷一)

【疇昔篇】 忽聞驛使發關東,傳道天波萬里通。涸鱗去轍先遊海,幽禽釋網便翔空。(《駱丞集》卷二;《全唐詩》卷七七駱賓王)

【渭城少年行】 洛陽三月梨花飛,秦地行人春憶歸。揚鞭走馬城南陌,朝逢驛使秦川客。驛使前日發章臺,傳道長安春早來。棠梨宫中燕初至,葡萄館裏花正開。(《全唐詩》卷一三〇崔顥)

【子夜吴歌四首】(其四) 明朝驛使發,一夜絮征袍。素手抽針冷,那堪把剪刀。裁縫寄遠道,幾日到臨洮。(《李太白全集》卷六;《全唐詩》卷一六五李白)

【東樓】 萬里流沙道,西行過此門。但添新戰骨,不返舊征魂。樓角凌風迥,城陰帶水昏。傳聲看驛使,送節向河源。(《杜詩詳注》卷七;《全唐詩》卷二二五杜甫)

【黄草】 黄草峽西船不歸,赤甲山下人行稀。秦中驛使無消息,蜀道兵戈有是非。萬里秋風吹錦水,誰家别淚濕羅衣。莫愁劍閣終堪據,聞道松

州已被圍。(《杜詩詳注》卷一五;《全唐詩》卷二二七杜甫)

【江上别流人】 以我越鄉客,逢君謫居者。分飛黄鶴樓,流客(落)蒼梧野。驛使乘雲去,征帆沿溜下。不知從此分,還袂何時把?(《孟浩然集》卷一;《全唐詩》卷一五九孟浩然)

【洛陽行】 洛陽宫闕當中州,城上峨峨十二樓。翠華西去幾時返,梟巢乳鳥藏蟄燕。御門空鏁五十年,税彼農夫修玉殿。六街朝暮鼓鼕鼕,禁兵持戟守空宫。百官日月謝拜表,驛使相續長安道。上陽宫樹黄復緑,野豺入苑食麋鹿。陌上老翁雙淚垂,共説武皇巡幸時。(《張司業詩集》卷二;《全唐詩》卷三八二張籍)

【虢中酬陝西甄判官見贈】 微才棄散地,拙宦慚清時。白髮徒自負,青雲難可期。胡塵暗東洛,亞相方出師。分陝振鼓鼙,二崤滿旌旗。夫子廊廟器,迥然青冥姿。闖外佐戎律,幕中吐兵奇。前者驛使來,忽枉行軍詩。晝吟庭花落,夜諷山月移。(《全唐詩》卷一九八岑參)

【寄杜拾遺】 杜拾遺,名甫第二才甚奇。任生與君别,别來已多時,何嘗一日不相思。……花發千山萬山裹,此時幽曠無人知。火急將書憑驛使,爲報杜拾遺。(《全唐詩》卷二六一任華)

【冬晚送友人使西蕃】 驛使向天西,巡羌復入氐。玉關晴有雪,砂磧雨無泥。落淚軍中笛,驚眠塞上雞。逢春鄉思苦,萬里草萋萋。(《全唐詩》卷三四八陳羽)

【武功縣中作三十首】(其二十六) 漫作容身計,今知拙有餘。青衫迎驛使,白髮憶山居。道友憐蔬食,吏人嫌草書。須爲長久事,歸去自耕鋤。(《全唐詩》卷四九八姚合)

【昔昔鹽二十首】以薛道衡詩每句爲題。

【垂柳覆金堤】 新年垂柳色,嫋嫋對空閨。不畏芳菲好,自緣離别

啼。因風飄玉户,向日映金堤。驛使何時度,還將贈隴西。(《全唐詩》卷五四九趙嘏)

【早發藍關】 關門愁立候雞鳴,搜景馳魂入杳冥。雲外日隨千里雁,山根霜共一潭星。路盤暫見樵人火,棧轉時聞驛使鈴。自問辛勤緣底事,半年(生)驅馬傍長亭。(《全唐詩》卷六八二韓偓)

【寄夫】貞元中,(彭)伉登第,辟江西幕,不歸,張以詩寄之。

久無音信到羅幃,路遠迢迢遣問誰。聞君折得東堂桂,折罷那能不暫歸。

驛使今朝過五湖,殷勤爲我報狂夫。從來誇有龍泉劍,試割相思得斷無。(《全唐詩》卷七九九張氏)

【突厥三臺】 雁門山上雁初飛,馬邑闌中馬正肥。日旰山西逢驛使,殷勤南北送征衣。(《全唐詩》卷二六佚名、卷八〇二盛小叢)

吕夷簡《早春》云:"梅無驛使飄零盡,草怨王孫取次生。"(《詩話總龜》前集卷一二)

【一雨】 一雨初收細細凉,碧雲西畔見殘陽。歸期只覺刀頭遠,别恨偏教帶眼長。梅驛使稀誰託信,蕙盤煙冷不成香。酒泉已是三千里,何況關門未得望。(《景文集》卷一七)

【次韻答史太博】 驛使將詩訪遠山,發函寧暇正衣冠。秦城未割難論價,燕谷纔吹已不寒。佔畢有心忘老至,惰農無罰賀恩寬。一枝數粒唯知分,豈是明時學考槃。(《盱江集》卷三七)

【哀傳馬】 喧呼國西門,驛使通萬里。十亭傳一馬,日夜不得止。枯腸嗛芻豆,瘦骨繫轡箠。力盡求未息,忽已仆泥滓。死者既不補,存者行復爾。聞古至治世,微物均福祉。不壅王澤流,其先在官理。國家富郡邑,一板萬生齒。付與有失宜,得無馬之似。投鞍坐太息,春爲悲風起。(《南陽集》

卷五）

【瑞鷓鴣】詠紅梅。　　越娥紅淚泣朝雲。越梅從此學妖嚬。臘月初頭、庾嶺繁開後，特染妍華贈世人。　　前溪昨夜深深雪，朱顏不掩天真。何時驛使西歸，寄與相思客，一枝新。報導江南别樣春。（《珠玉詞》）

【浪淘沙】　　五嶺麥秋殘，荔子初丹。絳紗囊裏水晶丸。可惜天教生處遠，不近長安。　　往事憶開元，妃子偏憐。一從魂散馬嵬關，只有紅塵迷驛使，滿眼驪山。（《六一詞》）

【水調歌頭】　　五嶺皆炎熱，宜人獨桂林。江南驛使未到，梅蕊破春心。繁會九衢三市，縹緲層樓傑觀，雪片一冬深。自是清凉國，不遣瘴塵侵。　　江山好，青羅帶，碧玉簪。平沙細浪欲盡，陡起忽千尋。家種黄柑丹荔，户拾明珠翠羽，簫鼓夜沈沈。莫問駿鸞事，有酒且頻斟。（《于湖詞》）

遞使

（韋）庾登進士第，累佐使府。入朝，爲御史，累遷兵部郎中、諫議大夫。從僖宗幸蜀，改中書舍人。累拜刑部侍郎、判户部事。車駕還京，充頓遞使，至鳳翔，病卒。（《舊唐書》卷一五八《韋澳傳》）

（後唐明宗天成四年七月）壬辰詔："取來年二月二十一日有事於南郊……（八月甲辰，詔以）兵部侍郎姚顗爲鹵簿使，河南尹（李）從榮爲橋道頓遞使……"（《舊五代史》卷四〇《明宗紀六》）

（後唐長興四年十一月）二十六日，明宗崩……十二月……丁巳，以左僕射、平章事馮道爲山陵使……右僕射、權知河南府盧質爲橋道頓遞使。（《舊五代史》卷四五《閔帝紀》）

（後周太祖廣順三年）冬十月戊申朔，詔以來年正月一日有事於南郊……以中書令馮道爲南郊大禮使，以開封尹、晉王榮爲頓遞使。（《舊五代

史》卷一一三《太祖紀四》）

（後周顯德元年正月）壬辰，太祖崩……二月庚戌，回鶻遣使者來。丁卯，馮道爲大行皇帝山陵使，太常卿田敏爲禮儀使，兵部尚書張昭爲鹵簿使，御史中丞張煦爲儀仗使，開封少尹、權判府事王敏爲橋道頓遞使。（《新五代史》卷一二《周本紀一二》）

（宋太祖乾德元年八月癸未，）後唐以宰相爲大禮使，兵部尚書爲禮儀使，御史中丞爲儀仗使，兵部侍郎爲鹵簿使，開封尹爲頓遞使……今依唐制，大禮、儀仗、頓遞用宰相及臺丞、京尹，餘使則以學士及他尚書爲之，而頓遞使又增橋道之名。（《續資治通鑑長編》卷四）

（宋真宗景德三年十月）丁亥，遣中使馳驛詔園陵頓遞使，令所至以鄆王、安王、周王喪，就東西序設次，仍畫圖示之。先是，所司備頓置靈駕，所次並設三王幄殿，皆位南向。上聞之大駭，以其失尊卑之别，遂有是命。（《續資治通鑑長編》卷六四）

吴居厚，字敦老，豫章人也……（宋哲宗元符三年正月，命宰臣章惇爲山陵使。吴居厚權知開封府。）修奉永泰陵，居厚爲橋道頓遞使，坐積雨滯留，出知和州。（《東都事略》卷九七《吴居厚傳》）

本朝郊祀五使，沿唐及五代之制，大禮使用宰相，儀仗使用御史中丞，頓遞使又增橋道之名，用京尹。禮儀使唐本以太常卿爲之。及鹵簿使，則以學士及他尚書爲之。（《梁谿漫志》卷一《大禮五使》）

乘驛

楚子乘驛，會師於臨品。驛，傳車也。《正義》曰：《釋言》云：驛，傳也。舍人曰：驛，尊者之傳也。郭璞曰：傳車，驛馬之名也。（《春秋左傳注疏》卷二〇）

北海靖王興，建武二年封爲魯王……中元二年，又封興二子爲縣侯。顯

宗器重興,每有異政,輒乘驛問焉。(《後漢書》卷一四《北海靖王興傳》)

(後漢馬援爲伏波將軍,建武二十四年,領衆討武陵五溪蠻夷,失利,耿)弇得書奏之,帝乃使虎賁中郎將梁松乘驛責問援,因代監軍。會援病卒,松宿懷不平,遂因事陷之。帝大怒,追收援新息侯印綬。(《後漢書》卷二四《馬援傳》)

張暢,字少微,吴郡吴人……(宋文帝元嘉二十七年,)太祖遣員外散騎侍郎徐爰乘驛至彭城,取米穀定最。爰既去,城内遣騎送之。(托跋)燾聞知,即遣數百騎急追,爰已過淮,僅得免。(《宋書》卷五九《張暢傳》)

(魯)爽有七弟秀,小字天念,頗有意略,才力過爽。(托跋)燾以充宿衞,甚知待之。僞高梁王阿叔泥爲芮芮所圍,甚急,使秀往救,燾自率大衆繼其後。燾未及至,秀已擊破之,拔阿叔泥而反。燾壯其功,以爲中書郎,封廣陵侯。或告燾,鄴民欲據城反,復遣檢察,并燒石虎殘宫殿。秀常乘驛往反,是時病還遲,爲燾所詰讓,秀復恐懼。燾尋南寇,因從渡河。(《宋書》卷七四《魯爽傳》)

(王)玄謨自以退敗,求戍碻磝。(蕭)斌乃還歷城,申坦、垣護之共據清口。慶之乘驛馳歸,未至,上驛詔止之,使還救玄謨。(《宋書》卷七七《沈慶之傳》)

(北魏孝明帝孝昌元年,徐州刺史元法僧以城叛入梁,梁遣蕭綜來據彭城,魏)遣大都督、安豐王延明督臨淮王彧討之,盤桓不進,乃詔(辛)雄副太常少卿元晦爲使,給齊庫刀,持節、乘驛催軍,有違即令斬決。(《魏書》卷七七《辛雄傳》)

(北齊神武帝)嘗乘驛過建興,雲霧晝晦,雷聲隨之,半日乃絶,若有神應者。每行,道路往來,無風塵之色。(《北齊書》卷一《神武帝紀》)

(北齊武成帝河清四年四月,)大赦,改元爲天統元年……群公上尊號爲太上皇帝，軍國大事咸以奏聞。始將傳政，使内參乘子尚乘驛，送詔書於鄴。子尚出晉陽城，見人騎隨後，忽失之。尚未至鄴而其言已布矣。（《北齊書》卷七《武成帝紀》）

（後周武帝時，于翼爲安州總管。建德）四年，高祖將東伐，朝臣未有知者。遣納言盧韞等前後乘驛，三詣翼問策焉，翼贊成之。（《周書》卷三〇《于翼傳》）

（李）渾，字金才……起家周左侍上士。尉（遲）迥反於鄴，時穆在并州，高祖慮其爲迥所誘，遣渾乘驛，往布腹心。（《隋書》卷三七《李渾傳》）

庶人重福，中宗第二子也……（唐隆元年七月，韋氏伏誅，睿宗即位，）重福乃遣家臣王道先赴東都，潛募勇敢之士。重福遽自均州詐乘驛，與（洛陽人張）靈均繼進。（《舊唐書》卷八六《庶人重福傳》）

（封常清爲安西四鎮節度使，）性勤儉，每出征或乘驛，私馬不過一兩匹，賞罰嚴明。（天寶）十四載，入朝……翌日，以常清爲范陽節度，俾募兵東討。其日，常清乘驛赴東京召募，旬日，得兵六萬。（《舊唐書》卷一〇四《封常清傳》）

初，肅宗重陰陽祠祝之説，用妖人王璵爲宰相，或命巫媪乘驛行郡縣，以爲厭勝，凡有所興造功役，動牽禁忌。（《舊唐書》卷一三〇《李泌傳》）

（唐德宗貞元十六年，韋皋破吐蕃，）吐蕃酋帥兼監統曩貢、臘城等九節度嬰、籠官馬定德，與其大將八十七人舉部落來降。定德有計略，習知兵法及山川地形。吐蕃每用兵，定德常乘驛計事，蕃中諸將禀其成算。至是自以扞邊失律，懼得罪而歸心焉。（《舊唐書》卷一四〇《韋皋傳》）

（張茂昭爲易定觀察使。唐憲宗元和四年，王承宗叛，）詔河東、河中、鎮武三鎮之師，合義武軍，爲恒州北道招討。茂昭創廪廐，開道路，以待西軍……詔班師，加檢校太尉，兼太子太傅。自安史之亂，兩河藩帥多阻命自固，父死子代，唯茂昭表請舉族還朝，鄰藩累遣遊客間説，茂昭志意堅決，拜表求代者數四。上乃命左庶子任簡迪爲其行軍司馬，乘驛赴之，以兩郡之簿書、管鑰、符印付簡迪。(《舊唐書》卷一四一《張孝忠傳》)

李鄘，字建侯，江夏人……(元和)五年，冬出爲揚州大都督府長史、淮南節度使……(十一年，)王師征淮夷……憲宗以兵興，國用不足，命鹽鐵副使程異乘驛諭江淮諸道，俾助軍用。鄘以境内富實，乃大籍府庫，一年所蓄之外，咸貢於朝廷。諸道以鄘爲倡首，悉索以獻，自此王師無匱乏之憂。(《舊唐書》卷一五七《李鄘傳》)

司馬鄴，字表仁……開平元年，拜右武衛上將軍。三年，使於兩浙。時淮路不通，乘馹者迂迴萬里，陸行則出荆、襄、潭、桂入嶺，自番禺泛海至閩中，達於杭、越，復命則備舟檝，出東海，至於登、萊。(《舊五代史》卷二〇《司馬鄴傳》)

(後晉高祖天福四年三月庚申，)靈州戍將王彦忠據懷遠城作叛，帝遣供奉官齊延祚乘驛而往。彦忠率衆出降，延祚矯制殺之。(《舊五代史》卷七八《高祖紀四》)

(張)籛，字慕彭……同光末，(兄)筠隨魏王繼岌伐蜀，奏籛權知西京留守事。蜀平，王衍挈族入朝。至秦川驛，莊宗遣中使向延嗣乘驛騎，盡戮王衍之族，所有奇貨，盡歸於延嗣。(《舊五代史》卷九〇《張籛傳》)

孫晟，本名鳳，性陰賊，好奸謀……顯德三年春……隨駕到闕，舍於都亭驛，禮遇殊優……先是張永德守下蔡，素與李重進不協，每宴將校，多暴其短。一日，永德乘醉，乃大言重進潛蓄奸謀，當時將校無不驚駭，繇是人情大擾。後密遣親信乘驛上言，世宗不聽，亦不介意。(《舊五代史》卷一三一《孫晟傳》)

(永淳元年四月，唐高宗幸東都，)慮道路多草竊，命監察御史魏元忠檢校車駕前後。元忠受詔，即閱視赤縣獄。得盜一人，神采語言異於衆，命釋桎梏，襲冠帶，乘驛以從，與之共食宿，託以詰盜，其人笑許諾。比及東都，士馬萬數，不亡一錢。(《資治通鑑》卷二〇三)

(武后天册萬歲元年正月,)武什方自言能合長年藥,太后遣乘驛於嶺南採藥。(《資治通鑑》卷二〇五)

(唐玄宗開元十二年八月)己亥,以宇文融爲御史中丞。融乘驛周流天下,事無大小,諸州先牒上勸農使,省司亦待融指撝,然後處決。(《資治通鑑》卷二一二)

(唐玄宗天寶十四載十一月甲子,安禄山反於范陽。)禄山先遣將軍何千年、高邈將奚騎二十,聲言獻射生手,乘驛詣太原。乙丑,北京副留守楊光翽出迎,因劫之以去。(《資治通鑑》卷二一七)

(唐德宗建中四年正月)甲午,命(顏)真卿詣許州宣慰希烈。詔下,舉朝失色。真卿乘驛至東都,鄭叔則曰:"往必不免,宜少留,須後命。"(《資治通鑑》卷二二八)

(唐德宗貞元三年正月,詔發淮西兵赴京西防秋。行至鄜州,叛亂潰歸,)上命劉玄佐乘驛歸汴,以詔書緣道誘之,得百三十餘人。至汴州,盡殺之。(《資治通鑑》卷二三二)

(唐穆宗長慶元年八月)乙亥,起復前涇原節度使田布爲魏博節度使,令乘驛之鎮。布固辭不獲,與妻子賓客訣曰:"吾不還矣!"悉屏去旌節導從而行。未至魏州三十里,被髮徒跣,號哭而入,居於堊室。(《資治通鑑》卷二四二)

(唐文宗大和九年十二月,)李訓、鄭注既誅,召六道巡邊使。田全操追忿訓、注之謀,在道揚言:"我入城,凡儒服者無貴賤,當盡殺之。"癸未,全操等乘驛疾驅入金光門,京城訛言有寇至,士民驚譟縱横走,塵埃四起,兩省諸司官聞之,皆奔散,有不及束帶韈而乘馬者。(《資治通鑑》卷二四五)

(唐武宗會昌四年)八月辛卯,鎮、魏奏邢、洺、磁三州降,宰相入賀。李德裕曰:"昭義根本,盡在山東。三州降,則上黨不日有變矣。"……上從之,詔山南東道兼昭義節度使盧鈞乘驛赴鎮。(《資治通鑑》卷二四八)

（唐僖宗乾符四年十二月，）江州刺史劉秉仁乘驛之官，單舟入柳彦璋水寨。賊出不意，即迎拜，秉仁斬彦璋，散其衆。（《資治通鑑》卷二五三）

（後周世宗顯德三年春正月）庚子，帝下詔親征淮南……李穀畏之，召將佐謀曰："我軍不能水戰，若賊斷浮梁，則腹背受敵，皆不歸矣！不如退守浮梁，以待車駕。"上至圉鎮，聞其謀，亟遣中使乘驛止之。（《資治通鑑》卷二九二）

（宋太祖乾德三年正月）乙酉，王全斌等次魏城，伊審徵以蜀主降表至。全斌受之，遣先鋒都監、通事舍人田欽祚乘驛奏入（入奏）。（《續資治通鑑長編》卷六）

（宋太宗太平興國三年）六月戊辰，詔自今乘驛者皆給銀牌。先是，五代以來，庶事草創，凡乘驛奉使於外，但樞密院給牒。至是，以（李）飛雄故，始復舊制焉。（《續資治通鑑長編》卷一九）

（宋太宗淳化五年七月己巳，）以户部員外郎魏廷式自陝西至益州同勾當轉運事。廷式後嘗入朝奏事，上曰："有事當白中書。"廷式曰："臣三千七百里外乘驛而至，以機事上聞，願取宸斷，非爲宰相而來也。"即不時對，召問方略，稱旨，賜錢五十萬，令還任。（《續資治通鑑長編》卷三六）

（宋真宗咸平四年正月癸丑，）遣庫部員外郎程渥等乘驛分詣諸路，疏理繫囚，杖以下皆釋之。（《續資治通鑑長編》卷四八）

（宋哲宗元符二年二月，）詔熙河發遣李公緒乘驛支盤纏上京。公緒乃告王舜臣妄奏首級者（事）。上曰："須與一官。"衆皆曰："公緒爲朝廷惜得濫賞官職不少，兼邊吏因知警懼，當有以獎激。"上曰："與三班奉职。"（《續資治通鑑長編》卷五〇六）

王禹偁，字元之，濟州鉅野人……（咸平初知黄州。）境内有二虎鬭，其一死而食其半，又群雞夜鳴，經月不止。禹偁以其事聞，上遣中貴人乘驛問勞。（《隆平集》卷一三《王禹偁傳》）

李師中，字誠之，應天府楚丘人也……（遷轉運使，）既而攝帥事邕州，果遣軍校乘驛來求救，師中不省，但詰其擅乘驛之罪。（《東都事略》卷九一《李師中傳》）

唐制：乘驛者給銀牌。五代庶事草創，但樞密院給牒。太平興國三年，李飛雄僞作牒，乘驛謀反，禽捕伏誅。六月戊午，詔復舊制，應乘驛者，並給銀牌。中興以後，此制不復講矣。（《燕翼詒謀録》卷四）

（鍾謨）不知元宗建儲之意已決，更以此忤指（旨），乃暴其交結張巒等罪，貶國子司業，又貶著作佐郎，安置饒州，遣中使，領侍衛軍十人，即日督促乘驛而去。謨時方病風眩，在途賦詩十章，語皆悽愴。巒出爲宣州副使。建隆元年正月，元宗聞太祖受周禪，乃遣使如饒州，賜謨死。（《陸氏南唐書》卷四《鍾謨傳》）

大觀三年十二月癸酉，以通議大夫、提舉成都府玉局觀張商英爲龍圖閣學士、知杭州，乘驛赴闕。

大觀四年二月壬辰，以中大夫、提舉亳州明道宫劉逵知杭州……四年六月庚午，除資政殿學士。癸未，詔乘驛赴闕。（《乾道臨安志》卷三）

開成四年二月，中書門下奏："常參官寒食拜埽，奉進止，准往例給公券者。臣等謹案舊制，承前常參官應爲私事請假，外州往來，並給券牒。又奉前年八月敕，釐革應緣私事，並不許給公券，令臣等商量。伏惟寒食拜掃，著在令式，銜恩乘驛，以表哀榮。遽逢聖旨，重頒新命其應緣私事，及拜埽不出府界、假内往來者，並不在給券限，庶存經制，可久遵行。"從之。（《唐會要》卷二三）

（唐玄宗開元）十八年六月十三日敕："如聞比來給傳使人，爲無傳馬，還只乘驛，徒押傳遞，事頗勞煩。自今已後，應乘傳者，宜給紙券。"（《唐會要》卷六一）

（唐憲宗元和四年，）監察御史元稹劾奏徐州節度使王召（沼）傳送故監

軍使孟昇喪柩還京，給券乘驛，仍於郵舍安喪柩，有違典例。(《唐會要》卷六一)

(唐憲宗元和)十一年十一月壬申，門下省奏："(諸道奏事官)事非急切者，不得乘驛馬。"從之。(《册府元龜》卷一六〇)

齊有北郭騷者，結罘罔，捆蒲葦，織葩履，以養其母……因謂其友曰："盛吾頭於笥中，奉以託。"退而自刎也。其友因奉以託。其友謂觀者曰："北郭子爲國故死，吾將爲北郭子死也。"又退而自刎。齊君聞之，大駭，乘馹而自追晏子，及之國郊，請而反之。(《吕氏春秋》卷一二《士節》)

金國每遣使出外，貴者佩金牌，次佩銀牌，俗呼爲金牌、銀牌郎君。北人以爲契丹時如此，牌上若篆字六七，或云阿骨打花押也，殊不知此本中國之制。五代以來，庶事草創，凡乘置奉使於外，但給樞密院牒。國朝太平興國三年，因李飛雄矯乘厩馬，詐稱使者，欲作亂。既捕誅之，乃詔："自今乘驛者，皆給銀牌。"《國史》云'始復舊制'，然則非起於虜也。端拱二年，復詔："先是，馳驛使臣給篆書銀牌，自今宜罷之，復給樞密院牒。"(《容齋隨筆》三筆卷四《銀牌使者》)

珂按：《三朝國史·輿服志》曰："銀牌，唐制，差發驛遣使則門下省給傳符，以通天下之信。"皇朝符券，皆樞密院主之。舊有銀牌，以給乘驛者，闊一寸半，長五寸，面刻隸字曰"敕走馬銀牌"，凡五字，首爲竅，實以韋帶。其後罷之，樞密院給券，謂之頭子。太平興國三年，李飛雄詐乘驛，謀亂伏誅，罷樞密院券，別制新牌，闊二寸半，長六寸，易以分書，上鈒二飛鳳，下鈒二麒麟，兩邊年月，貫以紅絲絛。端拱中，使臣護邊兵，多遺失之者，又罷銀牌，復給樞密院頭子。然則所謂舊制者，唐制也。(《愧郯録》卷一二《金银牌》)

(賈島忤宣宗，敕)守劍南道遂州長江縣主簿，仍便齎敕，乘驛赴官。所管藩侯，放上聞奏。大中八年九月七日，制下，島因授此官，永難貢籍。(《鑒誡録》卷八《賈忤旨》)

李繼隆與轉運使盧之翰有隙，欲陷之罪，乃檄轉運司，期八月出塞，令辦芻粟。轉運司調發方集，繼隆復爲檄，言：“據陰陽人狀，國家八月不利出師，當更取十月。”轉運司遂散芻粟。既而復爲檄云：“得保塞胡偵候狀，言賊且入塞。當以時進軍，芻粟即日取辦。”是時，民輸挽者適散，倉卒不可復集，繼隆遂奏轉運司乏軍興。太宗大怒，立召中使一人，付三函，令乘驛騎取轉運使盧之翰、竇玭及某人首。丞相吕端、樞密使柴禹錫皆不敢言，惟樞密副使錢若水争之，請先推驗，有狀然後行法。上大怒，拂衣起入禁中。（《涑水記聞》卷二）

（宋仁宗慶曆四年八月，）保州雲翼兵士舊有特支口食，通判石待舉以爲安坐冗食，白轉運司減之。軍士怨怒，作亂，殺知州、通判、都監，以監押韋貴爲主，閉城拒命。詔真定府副都部署李昭亮、沿邊都巡檢入内押班楊懷敏、知定州皇城使賀州刺史王果（杲）等討之。丙辰，樞密院奏：“保州城下諸將未有統一，詔富弼乘驛詣城下，授之節制，聽以便宜從事。”（《涑水記聞》卷一一）

唐武宗即位，（罷朝，）獨奮怒曰：“窮吾天下者，佛也。”始去其山臺野邑四萬所，冠其徒幾至十萬人。至會昌五年，始命西京留佛寺四，僧唯十人，東京二寺，節度、觀察同。華、汝三十四治所，得留一寺，僧准西京數。其餘刺史州，不得有寺。出四御史裏行以督之。御史乘馹未出，開天下寺，至於屋基，耕而刓之。（《侯鯖録》卷二）

王觀文韶始爲建昌軍司理參軍……後掌秦州機宜，遂乞復洮河故地。朝廷命韶兼管勾蕃部，自是其謀盡廣，欲寖取蘭州、鄯、廓。知秦州李師中以爲不可，而言事者亦多非沮，朝廷令王克臣乘驛參驗其事，克臣亦依違兩可。（《東軒筆録》卷五）

後唐莊宗世子魏王繼岌伐蜀，迴軍在道，而有鄴都之變。莊宗與劉后命内臣張漢賓齎急詔，所在催魏王歸闕。張漢賓乘驛，倍道急行，至興元西縣，逢魏王，宣傳詔旨。（《太平廣記》卷八〇引《王氏見聞録》）

明達師者，不知其所自，於閿鄉縣住萬迴故寺，往來過客，皆謁明達，以問休咎……又有謁達者，達取寺家馬，令乘之，使南北馳驟而去。其人至京，授採訪判官，乘驛無所不至。（《太平廣記》卷九二引《紀聞録》）

唐監察御史王掄爲朔方節度判官，乘驛，在途暴卒，而顔色不變，猶有暖氣，懼不敢殯。（《太平廣記》卷一二一引《紀聞》）

（郭仲翔没蕃，其友吴保安往贖之，住巂州十年不歸，妻子飢寒，不能自立，）乃率弱子，駕一驢，自往瀘南，求保安所在。於途中糧盡，猶去姚州數百。其妻計無所出，因哭於路左，哀感行人。時姚州都督楊安居乘驛赴郡，見保安妻哭，異而訪之。（《太平廣記》卷一六六引《紀聞》）

（徐偃王爲人仁義，）江淮諸侯皆服從，偃從者三十六國。周王聞之，遣使乘驛，一日至楚，使伐之。（《博物志》卷七）

唐龍朔三年春二月，沁州像現。州北六十餘里，在緜上縣界長谷中半崖上，有古佛龕，中有三鋪石像，中央像常放光明，照燭林谷。村人異之，以事聞州，遂以達上。上乃敕京師大慈恩寺僧玄秀共使人乘驛往審。登到之時，即見光明，如火流飛出没，然續不絶。（《法苑珠林》卷一四）

【唐京兆大興寺不空傳】　（沙門不空，本北天竺婆羅門族，師事金剛智三藏。）天寶八載，許迴本國，乘驛騎五匹。至南海郡，有敕再留。（《宋高僧傳》卷一）

【贈太尉裴公（行儉）神道碑】　（裴行儉爲定襄道大總管，調露中平服叛胡，舉國歸附，）帝嘉厥勳，命尚書崔知悌乘驛勞軍，備禮獻凱。（《張燕公集》卷一八）

【送工部張侍郎入蕃弔祭】時張兼修史。　月窟賓諸夏，雲官降九天。飾終鄰好重，錫命禮容全。水咽猶登隴，沙鳴稍極邊。路因乘驛近，志爲飲冰堅。毳帳差池見，烏旗摇曳前。歸來賜金石，榮耀自編年。（《全唐詩》卷三六二劉禹錫）

【橋山懷古】 軒轅厭代千萬秋，淥波浩蕩東南流。今來古往無不死，獨有天地長悠悠。我乘驛騎到中部，古聞此地爲渠搜。橋山突兀在其左，荒榛交鎖寒風愁。神仙天下亦如此，況我感促同蜉蝣。……崆峒求道失遺迹，荆山鑄鼎餘荒丘。君不見黄龍飛去山下路，斷髯成草風飀飀。（《全唐詩》卷四八九舒元輿）

【送察院李侍御使廬陵因寄孟員外】 繡衣乘驛急如星，山水何妨寄野情。肯向九仙臺下歇，閑聽孟叟醉吟聲。（《全唐詩》卷七五六徐鉉）

【江州廣寧監記】 咸平二年夏五月，詔尚書郎馮某、中貴人白某乘驛而周視南土，自番禺閩越吴會荆蠻，相水土之宜，度舟車之便，設局署吏，大興鼓鑄。於是建陽首，潯陽次焉。（《王黄州小畜集》卷一七）

【益州謝上表】案，祁知益州，在嘉祐元年八月。到任，在次年二月。 臣某言：昨被嘉祐元年八月詔書，授臣吏部侍郎，仍舊職移知益州。臣以九月解定州符印，十月，過闕下，又奉詔旨許朝見，面賜訓敕。自見逮辭凡一月，即乘驛趨官，以今年二月二十日領州事。（《景文集》卷三八）

【韶州新修望京樓記】 廣之旁郡一十五，韶最大。在楚爲邊邑，在越爲交衢。治城居武水東、真水西，古名虎溪。唐諱虎字，曰武。境壓騎田、大庭二嶺……唐漢之西都也，繇湘、衡而得騎田，故武水最要。今天子都大梁，浮江淮而得大庾，故真水最便。騎田雖乘驛舊途，而王官往來、太平水道，是以風亭水館，高臺上舍，徙在真水，不視溪山巧拙而偏診左臂者，勢使之然耳。（《武溪集》卷五）

【東頭供奉官唐中和可内殿崇班制】 敕具官某：蜀險而遠，欲以知風謠情狀者，必擇明曉事機之人，乘驛往來，以通上下之意。奔走三載，厥惟勞止。此其還歸，宜有叙進。殿墀之峻，朝紱之重，爾宜勉力，以報優奬。（《端明集》卷一一）

【東上閤門使康州團練使知順州陶君（弼）墓誌銘】 府君諱弼，字商翁……慶曆中,莫猺諸唐據湖南山溪,鈔掠郡縣。提點刑獄楊畋召君俱行,頗用其策謀……以進士調授桂州陽朔縣主簿。儂智高蹈籍二廣,畋以書召君掌機宜,乘驛至曲江,畋檄君下英州,議救廣府。(《山谷集》卷二二)

乘遞

崔弘禮,字從周,博陵人……會天平軍節度使烏重胤卒,朝廷難其人,復以弘禮爲天平軍節度使,仍詔即日乘遞赴鎮。(《舊唐書》卷一六三《崔弘禮傳》)

(宋神宗熙寧七年四月己卯,)詔應乘遞馬者,於水行州縣,聽乘官舟,以役錢差雇。(《續資治通鑑長編》卷二五二)

(宋神宗元豐七年八月癸未,)詔:"交趾所議疆至,據近日奏報,已稍見涯涘。新除知桂州苗時中,諳熟彼方蠻夷情僞,處畫庶務,宜不在熊本下。兼本已有改命,恐於職事不肯任責。可趣時中不候般家,先次乘遞馬,疾速赴任。"(《續資治通鑑長編》卷三四八)

(宋哲宗元祐五年六月,知熙州范育言:)臣伏思朝廷大計務欲安邊息民,不用兵革……臣雖述此利害,或恐更有未盡事理,朝廷若行詰問,却致往復,已依近降朝旨,選差本司勾當公事种朴乘遞馬赴闕,詣三省樞密院稟議去訖。伏乞朝廷檢會臣累狀及今奏事理,早賜處置指揮。(《續資治通鑑長編》卷四四四)

(宋欽宗靖康元年四月庚午,詔)除吴敏等官職。吴敏除知樞密院事,不許辭避,日下供職。唐恪除吏部尚書,令學士院降詔,乘遞馬發來赴闕。(《三朝北盟會編》卷二七)

河東節度使劉瑑在内署日,上深器異。大中十一年,上手詔追之,令乘遞赴闕。初無知者,瑑奏發太原,人方信之。(《東觀奏記》卷中)

穆宗長慶二年四月詔:"如聞館驛遞馬,死損轉多。欲令提舉所繇,悉又推注中使。郵驛稱不見券，則隨所索盡供。既無憑繇，豈有定數。方將革弊，貴在息詞。自今已後，中使乘遞，如不見券及券外索馬，所繇輒不得供。其常参官出使，及諸道幕府、軍將等所合乘遞，並須依格式。如有違越，或分外科人夫，並宜具名聞奏。”當時中人出使，所在多徵驛馬，大其行李。驛馬繇此死傷，多假如軍期急奏。行人所乘馬，多爲格奪。遠近苦之，因有是命。(《册府元龜》卷六二一；《唐會要》卷六一)

唐西川節度使嚴武，少時仗氣任俠，嘗於京城與一軍使鄰居。軍使有室女，容色艷絶，嚴公因窺見之，乃賂其左右，誘至宅。月餘，遂竊以逃。東出關，將匿於淮泗間。軍使既覺，且窮其迹，亦訊其家人，乃暴於官司，亦以狀上聞。有詔遣萬年縣捕賊官專往捕捉。捕賊乘遞，日行數驛，隨路已得其蹤矣。(《太平廣記》卷一三〇引《逸史》)

河東薛少殷，舉進士……及第。未幾，授秘書省正字，充和蕃判官。及迴，改同官主簿。秩滿，遇趙昌爲安南節度，少殷與之有舊，求爲從事，欲厭極南之官。昌許之，曰："乘遞之鎮，未暇有表，至江陵，當以表請。"(《太平廣記》卷一五二引《前定録》)

【故洛陽尉贈朝散大夫馬府君碑】 君諱某，字某，扶風人……命爲河西營田判官……程務挺之軍靈夏也，咨君運籌乘遞入幕，獲虜數百。(《張燕公集》卷二〇)

【縛戎人】達窮民之情也 縛戎人，縛戎人，耳穿面破驅入秦。天子矜憐不忍殺，詔徙東南吴與越。黄衣小使録姓名，領出長安乘遞行。身被金創面多瘠，扶病徒行日一驛。朝餐飢渴費杯盤，夜卧腥臊污牀席。忽逢江水憶交河，垂手齊聲嗚咽歌。(《全唐詩》卷四二六白居易)

【越王樓送高梓州入朝】 乘遞初登建外州，傾心喜事富人侯。方當游藝依仁日，便到攀轅卧轍秋。容聽巴歌消子夜，許陪仙躅上危樓。欲知恨戀情深處，聽取長江旦暮流。(《全唐詩》卷五四八薛逢)

【天德討回鶻事】　石雄驍勇善戰，當今無敵，望授天德軍都防禦副使……助田牟攻討，仍勒乘遞赴天德軍。（《會昌一品集》卷一三）

【免轉工部侍郎狀】　右臣今月十三日，三班差使殿侍韓某，乘遞馬賫送到中書劄子，并敕誥各一道，蒙恩授臣尚書工部侍郎，仍就賜銀二百兩者。前恩未謝，後寵復加。内揆空疏，第深靦愧。（《武溪集》卷一五）

【乞發兵用銀牌狀】　臣謹按：《周禮》，牙璋以起軍旅。漢世發兵，皆以虎符，所以嚴國命而絶奸端。厥後給銀牌以爲信。五代喪亂，凡奉使調發，但樞密院給牒。國朝太平興國中，以李飛雄之爲詐，有詔復用銀牌焉。自後又復廢罷。臣竊見方今外郡兵馬，只是三班使臣齎宣起發，而無銀符之制。況印之篆刻，尋常官吏亦不能盡通，奸詐或能爲之。當用武之際，必須大爲之防。臣欲乞今後起發兵馬及乘遞馬者，中給銀牌，以復本朝舊制。其規矩，乞詔有司詳定之，伏取進止。（《蘇學士集》卷一一）

乘傳

《傳》：百官總已以聽冢宰，謂武王崩時，群叔流言，乃致辟管叔於商，囚蔡叔於郭鄰，以車七乘傳致辟。（《尚書注疏》卷一六）

（漢惠帝末，滅諸吕，大臣）乃相與共陰使人召代王。代王使人辭謝。再反，然後乘六乘傳。《集解》：張晏曰：備漢朝有變，欲馳還也。或曰傳車六乘。（《史記》卷九《吕太后本紀》）

（高后崩，吕産等欲爲亂，以危劉氏，大臣共誅之，使人迎代王，王）乃命宋昌參乘，張武等六人乘傳詣長安。至高陵休止，而使宋昌先馳之長安觀變。（《史記》卷一〇《孝文帝本紀》）

（漢武帝大興征伐，孔僅爲大農丞，民間私铸鐵器，煮鹽。帝）使孔僅、東郭咸陽乘傳，舉行天下鹽鐵，作官府，除故鹽鐵家富者爲吏。（《史記》卷三〇《平準書》）

(秦二世立爲皇帝,)而趙高親近,日夜毁惡蒙氏,求其罪過,舉劾之。子嬰進諫……胡亥不聽,而遣御史曲宫乘傳之代,令蒙毅(自殺)。(《史記》卷八八《蒙恬列傳》)

(漢初,賈誼上書曰:)"商君遺禮義,棄仁恩,并心於進取,行之二歲,秦俗日敗……信并兼之法,遂進取之業,天下大敗,衆掩寡,智欺愚,勇威怯,壯陵衰,其亂至矣。是以大賢起之,威震海内,德從天下。曩之爲秦者,今轉而爲漢矣。然其遺風餘俗,猶尚未改……矯僞者出幾十萬石粟,賦六百餘萬錢,乘傳而行郡國,如淳曰:此言富者出錢穀,得高爵。或乃爲使者,乘傳車循行郡國,以爲榮也。師古曰:如説亦非也。此又言矯僞之人詐爲詔令,妄作賦歛,其數甚多。又詐乘傳而行郡國也。此其亡行義之尤至者也。"(《漢書》卷四八《賈誼傳》)

鮑宣,字子都,渤海高城人也……哀帝初,大司空何武除宣爲西曹掾,甚敬重焉。薦宣爲諫大夫,遷豫州牧。歲餘,丞相司直郭欽奏:"宣舉錯煩苛,代二千石署吏聽訟,所察過詔條,行部乘傳,去法駕,駕一馬,舍宿鄉亭,爲衆所非。"宣坐免。(《漢書》卷七二《鮑宣傳》)

元帝於是以(京)房爲魏郡太守,秩八百石,居得以考功法治郡。房自請,願無屬刺史,得除用它郡人,自第吏千石以下,歲竟乘傳奏事,天子許焉……房以建昭二年二月朔拜,上封事曰:"辛酉以來,蒙氣衰去,太陽精明……臣出之後,恐必爲用事所蔽,身死而功不成,故願歲盡乘傳奏事,蒙哀見許。乃辛巳,蒙氣復乘卦,太陽侵色,此上大夫覆陽而上意疑也。己卯、庚辰之間,必有欲隔絶臣令不得乘傳奏事者。"房未發,上令陽平侯鳳承制詔房,止無乘傳奏事。房意愈恐,去至新豐,因郵上封事。師古曰:郵,行書者也,若今傳送文書矣。郵,音尤。(《漢書》卷七五《京房傳》)

龔遂,字少卿,山陽南平陽人也……宣帝即位……(龔)遂曰:"臣聞治亂民猶治亂繩,不可急也,唯緩之,然後可治。臣願丞相、御史且無拘臣以文法,得一切便宜從事。"上許焉。加賜黄金,贈遣乘傳。至渤海界,郡聞新太守至,發兵以迎。遂皆遣還,移書敕屬縣,悉罷逐捕盗賊吏。(《漢書》卷八九《龔遂傳》)

劇孟者，洛陽人也。周人以商賈爲資，劇孟以俠顯。吴楚反時，條侯爲太尉，乘傳東。將至河南，得劇孟，喜曰："吴楚舉大事而不求劇孟，吾知其無能爲已。"(《漢書》卷九二《劇孟傳》)

(鄧)訓，字平叔，禹第六子也……元和三年，盧水胡反畔，以訓爲謁者，乘傳到武威，拜張掖太守。(《後漢書》卷一六《鄧訓傳》)

晉令曰："乘傳出使，遭喪以上，即自表聞，聽得白服，乘騾車，到副使攝事。"(《宋書》卷一八《禮志五》)

(魏太武帝太平真君六年)夏四月庚戌，征西大將軍、高涼王那等討吐谷渾慕利延於陰平白蘭。詔秦州刺史、天水公封敕文擊慕利延兄子什歸於枹罕，散騎常侍、成周公萬度歸乘傳發涼州以西兵襲鄯善……冬十月……於是詔發高平敕勒騎赴長安，詔將軍叔孫拔乘傳領攝并、秦、雍兵，屯渭北。(《魏書》卷四下《世祖紀下》)

(段)韶，字孝先……(陳天嘉五年，)突厥屢犯邊，韶軍於塞下。世祖遣黄門徐世榮乘傳，齎周書問韶。韶以周人反覆，本無信義，比晉陽之役，其事可知。(《北齊書》卷一六《段韶傳》)

(周武帝建德元年，以宇文護)世子訓爲蒲州刺史。其夜，遣柱國、越國公盛乘傳往蒲州，徵訓赴京師。至同州，賜死。(《周書》卷一一《晉蕩公護傳》)

任果，字静鸞，南安人也……授使持節、車騎大將軍、儀同三司、大都督、散騎常侍、沙州刺史、南安縣公，邑一千户。及尉遲迥伐蜀，果時在京師，乃遣其弟岱及子悛從軍。太祖以益州未下，復令果乘傳歸南安，率鄉兵二千人，從迥征蜀。(《周書》卷四四《任果傳》)

(李)光顔，字光遠……性忠義，善撫士，其下樂爲用。許師勁悍，常爲諸軍鋒，故數立勳。王仙芝、黄巢反，諸道告急，多請以助守……以功累擢右威衛上將軍。至是，表請討賊，詔乘傳赴軍，解宋州圍。(《新唐書》卷一七一《李光

顔傳》)

田游巖，京兆三原人……高宗幸嵩山，遣中書侍郎薛元超就問其母，賜藥物絮帛。帝親至其門……因敕（田）游巖將家屬，乘傳赴都，拜崇文館學士。（《新唐書》卷一九六《田游巖傳》）

蕭穎士，字茂挺……史官韋述薦穎士自代，召詣史館待制。穎士乘傳詣京師，而（李）林甫方威福自擅，穎士遂不屈，愈見疾。俄免官，往來鄠、杜間。（《新唐書》卷二〇二《蕭穎士傳》）

高駢，字千里……（懿宗末）詔拜交州節度使。僖宗立，即其軍加同中書門下平章事。南詔寇巂州，掠成都，徙駢劍南西川節度，乘傳詣軍。（《新唐書》卷二二四下《高駢傳》）

（唐高祖武德元年十一月，）徐世勣據李密舊境，未有所屬。魏徵隨密至長安，乃自請安集山東。上以爲秘書丞，乘傳至黎陽，遺徐世勣書，勸之早降。（《資治通鑑》卷一八六）

（武后光宅元年九月，盩厔尉魏思温等各自以失職怨望，乃謀作亂。）居數日，（徐）敬業乘傳而至，矯稱揚州司馬，來之官，云："奉密旨，以高州酋長馮子猷謀反，發兵討之。"於是開府庫，令士曹參軍李宗臣就錢坊，驅囚徒、工匠，授以甲，斬敬之於繫所。（《資治通鑑》卷二〇三）

（唐代宗廣德二年二月，僕固懷恩反。）都虞候張維嶽在沁州，聞懷恩去，乘傳至汾州，傳，張戀翻，驛馬也。撫定其衆，殺焦暉、白玉，而竊其功，以告郭子儀。（《資治通鑑》卷二二三）

（宋太祖開寶五年四月）丙午，以水災，遣左司員外郎侯陟等四人，乘傳分視民田。（《續資治通鑑長編》卷一三）

（宋太宗太平興國二年春正月，）五代藩鎮，多遣親吏往諸道回圖販易，所過皆免其算。既多財則務爲奢僭，養馬至千餘匹，童僕亦千餘人。國初，大功臣數十人猶襲舊風，太祖患之，未能止絶。於是詔中外臣僚，自今不得因乘傳出入，齎輕貨，邀厚利，并不得令人於諸處回圖，與民争利。有不如詔者，州縣長吏以名奏聞。(《續資治通鑑長編》卷一八)

周審玉，開封人……常知鳳翔府。有僧乘傳而西，以市木爲名，威動郡邑。審玉按詰，盡得其奸狀，送闕下。(《隆平集》卷一八《周審玉傳》)

上親妹安平公主，下嫁駙馬都尉劉異。上命宰臣與一方面，中書擬平盧節度使。上謂曰："朕只有一妹，時欲相见，淄青去京敻遠，卿别思之。"宰臣乃奏邠寧節制，近於平盧。仍許安平公主歲時乘傳入京。(《東觀奏記》卷上)

戎陣之間，是爲傳乘。軺車，古將軍所乘傳也。(《通典》卷六五)

按春秋之時，諸國錯峙，關梁不通，史官所書，罕能周悉，異乎！炎漢之世，四海一家，(司)馬遷乘傳以來(求)自古遺文，而州郡上計，皆先集太史，若斯之備也。(《史通》卷七《探賾第二十七》)

朱買臣拜會稽太守，長安厩吏乘駟馬車來迎，遂乘傳去。(《玉海》卷七九)

漢承周史官。至武帝，置太史公。子遷，年十三，使乘傳行天下，求古諸侯史記，續孔氏古文，序世事，作傳百三十卷。(《西京雜記》卷六)

楊少師凝式，正史有傳，博總經籍，能文工書，其筆力(雄)健，自成一家體。襟量恢廓，居常自負。既不登大用，多佯狂以自穢……自東京得假往洛陽，夜宿中牟縣。時申未間，飛蝗蔽日，自東京而至。又明日，至鄭州。是晚，飛蝗小至。次日，(至)滎陽，飛蝗亦至滎陽。適有乘傳往洛中者，少師附書並一絶，先次贈洛陽居守張公。(《洛陽搢紳舊聞記》卷一《少師佯狂楊公凝式》)

魏廷式爲益州路轉運使，入奏事，太宗令以事先詣中書。廷式曰："臣乘傳來三千七百里之外，所奏事，固望陛下宸斷決之，非爲宰相來也，奈何詣中

書?”上悦，即非時出見之，賜錢五十萬，遣還官。(《涑水記聞》卷二)

王旦，字子明，大名人……(咸平四)年，遷工部侍郎、參知政事。景德初，契丹入寇，從車駕幸澶淵。時鄆王留守京師，暴得心疾，詔旦權東京留守司事，乘傳而歸，聽以便宜從事。(《涑水記聞》卷七)

乖崖張公詠……布衣時素善陳摶……公常感之。後尹蜀，乘傳過華陰，寄摶詩曰："性愚不肯林泉住，强要清流擬致君。今日星馳劍南去，回頭慚愧華山雲。"(《青箱雜記》卷一〇；《澠水燕談録》卷二，文略異。原詩見《乖崖集》卷五《過華山懷白雲陳先生》)

(唐德宗興元元年，朱泚搆逆，竇)庭芝方廉察陝服，車駕出幸奉天，遂陷於賊庭。及鑾輿返正，德宗首命誅之。鄴侯自南嶽徵迴。至行在，便爲宰相，因第臣僚罪狀，遂請庭芝減死。聖意不解……具以前事上聞，由是特原其罪。鄴侯始奏，上密使中官夜乘傳陝州問之，竇奏其事。(《劇談録》卷上《李鄴侯救竇庭芝》)

(賊帥既擒，)以輕車馳送於貴主，貴主登平朔樓受之。舉國士民，咸來會集，引於樓前，以禮責問，唯稱死罪，竟絶他詞。遂令押赴都市腰斬。臨刑，有一使乘傳，來自王所，持急詔，令促赦之。(《太平廣記》卷四九二《靈應傳》)

(玄)奘師發迹長安，既漸至高昌，得蒙厚禮，從高昌給乘傳，送至瞿薩旦那國東境，即《漢史》所謂于闐國也，彼土自謂于道國也。(《法苑珠林》卷二九引《西域傳》)

【送竇十九判官使江南】 遊客淹星紀，裁詩鍊土風。今看乘傳去，那與問津同。南郡迎徐子，臨川謁謝公。思歸一惆悵，於(干)越古亭中。(《全唐詩》卷二四二張繼)

【山枇杷】 山枇杷，花似牡丹殷潑血。往年乘傳過青山，正值山花好時節。压枝凝艶已全開，映葉香苞纔半裂。(《全唐詩》卷四二一元稹)

【馴犀】感爲政之難終也。　　貞元丙子歲,南海進馴犀,詔納苑中。至十三年冬,大寒,馴犀死矣。　　馴犀馴犀通天犀,軀貌駭人角駭雞。海蠻聞有明天子,驅犀乘傳來萬里。一朝得謁大明宫,歡呼拜舞自論功。五年馴養始堪獻,六譯語言方得通。(《全唐詩》卷四二六白居易)

【送韋瑶校書赴越】　　寄家臨禹穴,乘傳出秦關。霜落橘滿地,潮來帆近山。相門賓益貴,水國事多閒。晨省高堂後,餘歡杯酒間。(《全唐詩》卷四九六姚合)

【夢入關】　　夢中乘傳過關亭,南望蓮峰簇簇青。馬上正吟歸去好,覺來江月滿前庭。(《全唐詩》卷六九七韋莊)

【故商州團練使翟公(守素)墓誌銘】　　公諱守素……詔公爲鄆州生辰國信使,賞勞也。尋加判四方館事,且以全蜀雖下,群盗未息,再命公分屯士卒,經略郡縣,乘傳往復,頗得機宜,由是益親信矣。(《王黄州小畜集》卷二九)

【庚戌歲除】　　薄宦三冬暮,殊方一紀餘。笑歌筋力倦,勳業鬢毛疏。道路紛乘傳,軒墀遝曳裾。無庸看半百,搔首歲云除。(《祠部集》卷五)

【次青陽】　　十載九華邊,歸期尚眇然。秋風一乘傳,更覺負林泉。(《臨川先生文集》卷二六)

馳驛

(何進爲大將軍,以袁紹)爲司隸校尉,假節,專命擊斷……紹使洛陽,方略武吏司察宦者,而促董卓等使馳驛上,欲進兵平樂觀,太后乃恐,悉罷中常侍小黄門。(《後漢書》卷六九《何進傳》)

王基,字伯輿,東萊曲城人也……景元二年,襄陽太守表吴賊鄧由等欲來歸化,基被詔,當因此震盪江表。基疑其詐,馳驛陳狀……後由等竟不降。(《三國志》卷二七《王基傳》)

張忠,字巨和,中山人也……苻堅遣使徵之。及至長安……年衰志謝,不堪展效……堅以安車送之。行達華山,歎曰:"我東嶽道士,没於西嶽,命也奈何。"行五十里,及關而死。使者馳驛白之。堅遣黄門郎韋華持節策弔,祀以太牢。(《晉書》卷九四《張忠傳》)

苻融,字博休,堅之季弟也……雖鎮關東,朝之大事,靡不馳驛與融議之。(《晉書》卷一一四《苻融傳》)

(蕭)穎胄,字雲長,弘厚有父風……(永元二年赴任荆州,)使前汶陽太守劉孝慶、前永平太守劉熙暈、鎧曹參軍蕭文照、前建威將軍陳秀、輔國將軍孫末伏兵城内。山陽入門,即於車中亂斬之。副軍主李元履收餘衆歸附,遣使蔡道猷,馳驛送山陽首於梁王,乃發教纂嚴,分部購募。(《南齊書》卷三八《蕭穎胄傳》)

夏侯亶,字世龍,車騎將軍詳長子也……(普通)六年,大舉北伐,先遣豫州刺史裴邃……自南道伐壽陽,城未克而邃卒,乃加亶使持節,馳驛代邃,與魏將河間王元琛、臨淮王元彧等相拒,頻戰克捷。(《梁書》卷二八《夏侯亶傳》)

河間公齊,烈帝之玄孫也……(北魏太武帝時,)與武都王楊保宗對鎮駱谷。時保宗弟文德説保宗閉險自固,有期矣。秦州主簿邊因(固)知之,密告齊。齊晨詣保宗,呼曰:"古弼至,欲宣詔。"保宗出,齊叱左右扶保宗上馬,馳驛送臺,諸氐遂推文德爲主。(《魏書》卷一四《河間公齊傳》)

帝聰慧夙成,寬厚仁智……文宣初崩之日,太后本欲立之,故(楊)愔等並懷猜忌。常山王憂悵,乃白太后誅其黨,時平秦王歸彦亦預謀焉。皇建二年秋,天文告變,歸彦慮有後害,仍白孝昭,以王當咎,乃遣歸彦馳驛至晉陽宫,殺之。(《北齊書》卷五《廢帝紀》)

(高)昂,字敖曹,乾第三弟……爲西南道大都督……遂攻克上洛……爲流矢所中,創甚,顧謂左右曰:"吾以身許國,死無恨矣!所可歎息者,不見季式作刺史耳。"高祖聞之,即馳驛啓季式爲濟州刺史。(《北齊書》卷二一

《高昂傳》)

高德政,字士貞,渤海蓨人……世宗暴崩,事出倉卒……顯祖行禪代之事,德政又披心固請,帝乃手書與楊愔,具論諸人勸進意。德政恐愔猶豫不決,自請馳驛赴京,託以餘事,唯與楊愔言,愔方相應和。(《北齊書》卷三〇《高德政傳》)

尉遲迥,字薄居羅,代人也……隋文帝於是徵兵討迥,即以韋孝寬爲元帥,(迥子尉遲)惇率衆十萬入武德,軍於沁東。孝寬等諸軍隔水相持不進,隋文帝又遣高熲馳驛督戰。(《周書》卷二一《尉遲迥傳》)

(隋文帝開皇六年,)又命諸州囚有處死,不得馳驛行決。(《隋書》卷二五《刑法志》)

賀若誼,字道機……(平齊之役,)以功進位大將軍。高祖爲丞相,拜亳州總管,馳驛之部,西遏司馬消難,東拒尉迥。(《隋書》卷三九《賀若誼傳》)

宇文忻,字仲業……除豫州總管……尉迥作亂,以忻爲行軍總管,從韋孝寬擊之。時兵屯河陽,諸軍莫敢先進。帝令高熲馳驛監軍,與熲密謀進取者,唯忻而已。(《隋書》卷四〇《宇文忻傳》)

(唐文宗大和四年四月)丁巳,貶前齊德滄景等州節度使李有裕爲永州刺史,馳驛赴任。(《舊唐書》卷一七下《文宗紀下》)

(唐宣宗大中三年八月辛亥,貶李德裕爲)崖州司户參軍,所在馳驛發遣,縱逢恩赦,不在量移之限。(《舊唐書》卷一八下《宣宗紀》)

(唐宣宗大中十一年)六月,以朔方靈武定遠等城節度使、朝散大夫、檢校左散騎常侍、靈州大都督府長史、上柱國、賜紫金魚袋劉潼爲鄭州刺史,馳驛赴任,以給邊兵糧不及時也。(《舊唐書》卷一八下《宣宗紀》)

（唐昭宗大順元年十二月）庚午，新除鄂岳觀察使張濬責授連州刺史，新除荆南節度使孔緯責授均州刺史，並馳驛赴任。（《舊唐書》卷二〇上《昭宗紀》）

李大亮，雍州涇陽人……（貞觀）十八年，太宗幸洛陽，令大亮副司空（房）玄齡居中。尋遇疾，太宗親爲調藥，馳驛賜之。（《舊唐書》卷六二《李大亮傳》）

韋雲起，雍州萬年人……（武德九年）隱太子之死也，敕遣（竇）軌息馳驛，詣益州報軌，軌乃疑雲起弟慶儉、堂弟慶嗣及親族並事東宫，慮其聞狀或將爲變，先設備而後告之……遂執殺之。（《舊唐書》卷七五《韋雲起傳》）

劉德威，徐州彭城人也……數歲，遷刑部尚書，兼檢校雍州别駕。十七年，馳驛往濟州推齊王祐。還至濮州，聞祐殺長史權萬紀，德威入據濟州，遣使以聞。（《舊唐書》卷七七《劉德威傳》）

王毛仲，本高麗人也……（開元十七年，玄宗恐王毛仲黨羽爲亂，乃詔曰：）"開府儀同三司、兼殿中監、霍國公、内外閑厩監牧都使王毛仲……仍荷殊榮，蔑聞悛悔。在公無竭盡之效，居常多怨望之詞。迹其深愆，合從誅殛。恕其庸昧，宜從遠貶。可瀼州别駕員外置長任，差使馳驛領送至任，勿許東西及判事。"（《舊唐書》卷一〇六《王毛仲傳》）

房琯，河南人……（爲肅宗所不喜，乾元元年六月，詔曰：）"房琯素表文學，夙推名器，由是累階清貴，致位台衡。而率情自任，怙氣恃權……宜從貶秩，俾守外藩。琯可邠州刺史，（劉）秩可閬州刺史，（嚴）武可巴州刺史，散官、封如故。並即馳驛赴任，庶各增修。"（《舊唐書》卷一一一《房琯傳》）

蔣鎮，常州義興人……轉諫議大夫。時户部侍郎、判度支韓滉上言河中鹽池生瑞鹽，實土德之上瑞。上以秋霖稍多，水潦爲患，不宜生瑞，命鎮馳驛檢行之。鎮奏與滉同，仍上表賀，請宣付史館。（《舊唐書》卷一二七《蔣鎮傳》）

張濬，字禹川，河間人……（唐昭宗大順元年十二月庚午，）貶連州刺史，

馳驛發遣。行至藍田關,不行,留華州,依韓建。時朝廷微弱,竟不能詰。(《舊唐書》卷一七九《張濬傳》)

(後梁末帝龍德三年十月甲戌,)帝聞中都之敗,唐軍長驅將至,遣張漢倫馳驛召段凝於河上。漢倫墜馬傷足,復限水潦,不能進。(《舊五代史》卷一〇《末帝紀下》)

(後唐明宗長興四年十一月丁酉,敕貶秦王府僚屬,)"六軍判官、殿中監王居敏責授復州司馬,六軍推官郭晙責授坊州司户,並員外置,所在馳驛發遣。"(《舊五代史》卷四四《明宗紀》)

後突厥知帝已還太原,仁恭獨留無援,數侵馬邑,帝遣副留守高君雅將兵與仁恭并力拒之。仁恭等違帝指蹤,遂爲突厥所敗。既而隋主遠聞以帝與仁恭不時捕虜,縱爲邊患,遂遣司直馳驛繫帝,而斬仁恭……後數日,果有詔使馳驛而至,釋帝而免仁恭。(《大唐創業起居注》卷上)

(唐睿宗景雲元年六月壬午,)中宗崩於神龍殿,韋后秘不發喪,自總庶政……命左監門大將軍兼内侍薛思簡等將兵五百人,馳驛戍均州,以備譙王重福。(《資治通鑑》卷二〇九)

(唐玄宗開元四年)十二月,上將幸東都,以(宋)璟爲刑部尚書、西京留守,令馳驛詣闕,遣内侍、將軍楊思勖迎之。璟風度凝遠,人莫測其際,在塗,竟不與思勖交言。思勖素貴幸,歸訴於上,上嗟歎良久,益重璟。(《資治通鑑》卷二一一)

(唐玄宗天寶五載秋七月,)楊貴妃方有寵,每乘馬,則高力士執轡授鞭……妃欲得生荔支,歲命嶺南馳驛致之,比至長安,色味不變。(《資治通鑑》卷二一五)

(宋太祖乾德元年)五月壬子朔,命近臣徧禱在京祠廟,旱故也。又遣中使馳驛,禱於嶽瀆。(《續資治通鑑長編》卷四)

(宋太祖開寶二年三月)辛卯,秘書丞、知河東轉運事劉儀坐饋餉稽期,免所居官。先是,有詔沿邊和市軍儲,既而慮其擾民,亟遣中使李神祐馳驛止之。時詔已下五日,神祐一夕而反。神祐,開封人也。(《續資治通鑑長編》卷一〇)

(宋太祖開寶八年十二月,)李繼隆善馳驛,日四五百里。自江南兵起,數往來。嘗部送僞將赴闕。至項縣,會其疾,斬首以獻,上嘉之。(《續資治通鑑長編》卷一六)

(宋真宗大中祥符二年七月)乙亥,京東徐、濟、淄、青、兖等七州水,詔遣使馳驛按視,仍令本路轉運使、提點刑獄官分道檢校堙塞之,傷田悉蠲其租。(《續資治通鑑長編》卷七二)

歸德七年春正月辛丑朔,鎮、定馳驛上言:"太原劉承鈞結契丹入寇。"乃命太祖統大軍北伐。癸卯出師,遣宣徽使昝居潤餞於郊。時京師多飛語云,策點檢爲天子。次陳橋驛,軍中共議推戴。(《東都事略》卷一《本紀一》)

盛度,字公量,杭州餘杭人也……初,度嘗上言,請復賢良方正科,密詔撰策題,馳驛以聞。(《東都事略》卷五五《盛度傳》)

【張説同三品制】 門下:乾坤以陰陽化成,后王以輔弼興理。所以寅亮天極,緝熙帝圖。匪賴大賢,孰寄斯任。天平軍節度大使、右羽林將軍兼并州長史、攝御史大夫、燕國公兼修國史張説,挺其公才,生我王國……可守兵部尚書同中書門下三品,勳、封、修國史如故,仍即馳驛赴京。開元九年九月。(《唐大詔令集》卷四四)

【停封禪詔】 (唐太宗貞觀二十一年八月詔:)"令以明年二月會泰山者,令並宜停。其朝集使及選舉人等,前令詣洛陽官,可依常年集限,並赴京師……可分道馳驛散頒天下,主者施行。"(《唐大詔令集》卷六六)

【温彦博等檢行諸州苗稼詔】 (河北、山西)或春逢亢旱,秋遇霖淫;或螽賊成災,嚴凝早降,有致饑饉,憮惕無忘,特宜矜恤,救其疾苦。可令中書侍郎温彦博、尚書右丞魏徵、治書侍御史孫伏伽、檢校中書舍人辛諝等，分往諸州，馳驛檢行。其苗稼不熟之處，使知損耗多少，户口乏糧之家，存問若爲支濟。必須詳細勘當，速以奏聞，待使人還京，量加賑濟。貞觀元年九月。（《唐大詔令集》卷一一一）

【遣楊虚受江東道安撫敕】（唐玄宗開元二年四月十一日，以淮海歉收，詔）給事中楊虚受往江東道安撫存問……應須判官及典，準例馳驛，即發遣。（《唐大詔令集》卷一一五蘇頲）

鍾謨，字仲益，會稽人也……信州刺史張巒入爲天威軍都虞候，常詣謨第，相歡或至夜分。（給事中唐）鎬時掌樞要，因搆謨與巒謀爲不軌，元宗疑之。太子冀卒，從嘉以次當立，而謨曰："從嘉輕肆，請立紀國公從善。"元宗大怒，尚以世宗之故，未即加誅，乃罷其職爲國子司業。及世宗崩，遂貶謨著作佐郎、饒州安置，遣中使，領侍衛軍十人，即日監督上道，馳驛發遣，家屬自後而去。謨時病風眩，作絶句十餘章，其辭皆悽愴。至郡月餘，遣人就縊殺之。（《馬氏南唐書》卷一九《鍾謨傳》）

（開皇）十五年制，死罪者三奏而後决。帝無學，以文法繩下，諸州有主典盜倉粟者，差人馳驛斬之。（《通典》卷一六四）

隋文帝性猜忌，素不悦學。既任智而獲大位，因以文法自矜，明察臨下……開皇十六年，有司奏合川倉粟少七千石，命斛律孝卿鞫問其事。以爲主典所竊。復令孝卿馳驛斬之，没其家爲奴婢，鬻粟以填之。（《通典》卷一七〇）

開元十二年四月（二十三日），命太史監南宫説及太史官大相元太等，馳傳往安南、朗、蔡、蔚等州測候日影，迴日奏聞。數年伺候，及還京，（與）一行（師）一時校之。安南景：北極高二十一度六分……（《通典》卷二六；《大唐新語》卷一三；《唐會要》卷四二）

（唐玄宗開元四年）七月敕："如聞黔州管内州縣官員多闕，吏部補人，多不肯去。成官已後,或假解,或從徵,考滿得資,更别參選。自餘管蠻獠州,大率亦皆如此。宜令所司,於諸色選人内即召補,並馳驛發遣。至州,令都府勘到日申所司。如有遲違,牒管内都督决六十,追毁告身,更不須與官。”(《唐會要》卷七五)

【蘭亭記】　(御史蕭翼報奉敕來取《蘭亭》,於辯才處得之,)便馳驛而發。至都奏御,太宗大悦。(《法書要録》卷三何延之)

閔帝,明宗第三子,初封宋王,出鎮鄴宫。長興四年八月,明宗不豫。十一月二十一日,秦王從榮謀逆,伏誅。明宗徵宋王,令宣徽使孟漢瓊馳驛召帝於鄴。二十九日,至自鄴。十二月癸卯,即皇帝位。(《册府元龜》卷一一)

徐謇,字成伯,家本東莞,與兄文伯等皆善醫藥……有疾皆能處治。又中散大夫,轉侍御。孝文幸懸瓠,有疾,大漸,乃馳驛召謇,合水路赴行,一日一夜行數百里。至診省下,治果有驗,孝文體少瘳,内外稱慶。(《册府元龜》卷八五九)

晉王權爲兵部尚書。高祖得契丹,屈節以事之,馳驛乘軺,道路交織。一日,敕權爲使。權以前世累爲將相,未嘗有稱臣於戎虜者,謂人曰:“我雖不才,今耄矣,豈能稽顙於穹廬之長乎?違詔得罪,亦所甘心。”由是停任。(《册府元龜》卷八七七)

張君徹高祖時爲箕州録事參軍。咸亨中,與衆共詣闕,誣告刺史簡王渾及其子汝南郡王煒謀反。詔通事舍人薛思貞馳驛往推究之。渾惶懼,自縊而死。帝知其非命,深痛悼之,特令斬君徹等四人。(《册府元龜》卷九三三)

魏徵常陳古今理體,言太平可致,太宗納其言……徵薨,太宗御製碑文并御書。後爲人所譖,敕令踣之。及征遼不如意,深自悔恨,乃歎曰:“魏徵若在,不使我有此舉也。”既渡水,馳驛以少牢祭之,復立碑焉。(《大唐新語》卷一)

張果老先生者，隱於恒州枝條山，往來汾晉，時人傳其長年秘術……至開元二十三年，刺史韋濟以聞，詔通事舍人裴晤馳驛迎之。果對晤氣絶如死，晤焚香啓請，宣天子求道之意。須臾漸蘇，晤不敢逼，馳還奏之。乃令中書舍人徐嶠、通事舍人盧重玄齎璽書迎之。果隨嶠至東都，於集賢院肩輿入宫，備加禮敬。(《大唐新語》卷一〇)

唐代宗皇帝大曆中，因晝寢，常夢一人，謂曰："西嶽太華山中，有皇(黄)帝壇，何不遣人求訪？封而拜之，當獲大福。"即日詔遣監察御史韋君，馳驛詣山尋訪。至山下，州縣陳設一店，具飯店中，所有行客，悉令移之。(《太平廣記》卷三七引《異聞集》)

唐司刑卿杜景佺，授并州長史，馳驛赴任。其夜，有大星如斗，落於庭前，至地而没。佺至并州祁縣界而卒，群官迎祭，迴所上食爲祭盤。(《太平廣記》卷一四三引《朝野僉載》)

德宗初即位，用法嚴峻。是月，三日之内，大臣出貶者七，中途賜死者三。劉晏、黎幹，皆是其數。户部侍郎楊炎貶道州司户參軍，自朝受責，馳驛出城，不得歸第。(《太平廣記》卷一五三引《續定命録》)

唐趙仁奬，河南人也……睿宗朝，左授上蔡丞。使於京，訪尋臺中舊列，妄事歡洽。御史倪若水謂楊茂直曰："此庸漢，妄爲傝茸。"乃奏之。中書令姚崇曰："此是黄麞漢耶？"授當州悉當尉，馳驛發遣。(《太平廣記》卷二五九引《御史臺記》)

唐天后朝，地官郎中周子恭，忽然暴亡，見大帝，於殿上坐，裴子儀侍立。子恭拜，問爲誰，曰："周子恭追到。"帝曰："我唤許子儒，何爲錯將子恭來？"即放去。子恭蘇，問家中曰："許侍郎好在否？"時子儒爲天官侍郎，已病，其夜卒。則天聞之，馳驛向并州，問裴子儀。(子)儀時爲判官，無恙。(《太平廣記》卷三八四引《朝野僉載》)

李襲譽爲凉州刺史，奏昌松有瑞石，自然成字，凡千一十字……敕禮部

郎中柳逞馳驛檢覆,並同所奏。(《太平廣記》卷三九八引《録異記》)

唐貞觀二十年,有吉州囚人劉紹略,妻王氏有《五岳真仙圖》,及舊道士鮑静所造《三皇經》合一十四紙,上云:凡諸侯有此文者,必爲國王……婦人有此文者,必爲皇后。時吉州司法參軍吉辯因檢囚席,乃於王氏衣籠中得之。時追紹略等勘問,云:向道士所,得之受持,州官將爲圖讖,因封此圖及經,馳驛申省奏聞,敕令省官勘。(《法苑珠林》卷五五)

唐殿中侍御醫孫迴璞,濟陰人也。至貞觀十三年,從王車駕幸九成宫三善谷,與魏太師鄰家。嘗夜二更,聞外有人唤孫侍醫聲……後至十七年,璞奉敕馳驛往齊州療齊王祐疾。(《法苑珠林》卷九四引《冥報記》)

【左武衛將軍成安子崔獻行狀】 祖弘壽,隋獲鹿嘉樂縣開國侯。父萬善,皇朝左監門將軍、持節隆州諸軍事、守隆州刺史、上護軍、成安縣開國男,謚曰信。郡縣崔文(獻),年六十七……(唐高宗朝,)九姓抗表請築安北府城,詔公馳驛,許以便宜行事。則桀奉中旨,計日期還,親降鑾輿,待於故都樓上。(《楊盈川集》卷一〇)

【餞宋八充彭中丞判官之嶺南】 睹君濟時略,使我氣填膺。長策竟不用,高才徒見稱。一朝知己達,累日詔書徵。羽翮忽然就,風飈誰敢凌。舉鞭趨嶺嶠,屈指冒炎蒸。北雁送馳驛,南人思飲冰。(《全唐詩》卷二一四高適)

【寄隱者】 賣藥向都城,行憩青門樹。道逢馳驛者,色有非常懼。親族走相送,欲别不敢住。私怪問道旁,何人復何故。云是右丞相,當國握樞務。禄厚食萬錢,恩深日三顧。昨日延英對,今日崖州去。由來君臣間,寵辱在朝暮。青青東郊草,中有歸山路。歸去卧雲人,謀身計非誤。(《全唐詩》卷四二四白居易)

【吉州道中】 吉州新置掾,馳驛到條山。薏苡殊非謗,羊腸未是艱。自慚多白髮,争敢競朱顔。若有前生債,今朝不懊還。(《全唐詩》卷四九一

鄭還古）

【贈友人罷舉赴交趾辟命】 罷却名場擬入秦，南行無罪似流人。縱經商嶺非馳驛，須過長沙弔逐臣。舶載海奴鐶硾耳，象駝蠻女綵纏身。如何待取丹霄桂，別赴嘉招作上賓。（《全唐詩》卷六九二杜荀鶴）

【上紫微張唐公舍人書二首】（其一） 承馳驛赴召，已止闕下，大慰斯文景止之望。偃薄埃霧，喜玉體爲爽，叶和乃心，慰忭。某久病在告，人事多不聞知，失於迎訊，想至仁亮之矣。幾日入對，上固想見風采。俟病已造朝，得首走清防，謹奉啓陳聞。（《景文集》卷四九）

【東頭供奉官薛讓可内殿崇班制】 敕：具官某向以馳驛邊障，將命往還。既涉歲月，不亦勞止。升聯殿陛，視秩朝閨。兹爲褒渥之隆，用勖官成之效。往欽爾次，無怠厥修。（《端明集》卷一〇）

飛驛

（唐德宗貞元二年正月，渾瑊與吐蕃會盟。）其夜三更，邠寧節度韓遊瓌飛驛叩苑門，奏盟會不成，將校覆没，兵臨近鎮。上驚歎，即遞其表以示渾，詰旦，臨軒慰勉。（《舊唐書》卷一二五《柳渾傳》）

先是，京師晨暮傳呼以警衆，後置鼓代之，俗曰"鼕鼕鼓"……城門入由左，出由右，飛驛以達警急，納居人地租，宿衛大小番直，截驛馬尾，城門衛舍守捉士月散配諸縣，各取一以防其過，皆周建白。（《新唐書》卷九八《馬周傳》；《大唐新語》卷六）

（房）琯孫啓……素贅附王叔文。貞元末，叔文用事，除容管經略使，陰許以荆南帥節。啓至荆湖，宿留不肯進。會叔文與韋執誼内忿争，不果拜。俄而皇太子監國，啓惶駭就鎮。凡九年，改桂管觀察使。州邸以賂，請有司飛驛送詔。（《新唐書》卷一三九《房啓傳》）

（宋真宗咸平五年四月）庚辰，詔邊臣日具契丹事宜，飛驛以聞，三日遣指揮使臣入奏。懲威虜斥堠之不詳故也。（《續資治通鑑長編》卷五一）

趙翰林周臣爲學士……正大初，朝廷以夏國爲北兵所廢，將立新主，以趙公年德俱高，且中朝名士，遂命入使册之。既行，館閣諸公以爲趙公此行必厚獲，蓋趙素清貧也。至界上，朝議罷其事，飛驛卒遣追回。當驛卒之行也，楊公在禮部，召至，授以一卷書，封印甚謹，諭以直至學士面前開拆。卒既至趙所，先授以省符，次白有禮部實封。趙公疑訝，不知爲何事。啓之，乃楊公詩一首也。（《歸潛志》卷九）

（後唐莊宗同光元年九月，）梁將王彦章率衆至汶河，明宗遣騎軍偵視。至遞坊鎮，兵來挑戰，王師以精騎擊之，渡汶水，大敗之，生擒梁將任釗、田章等三百人，俘斬二百級，彦章引衆保中都。明宗飛驛告捷，帝置酒大悦。（《册府元龜》卷五七）

（前蜀咸康元年，後主王衍幸秦州。）至十月三日，發離成都。四日，到漢州。鳳州王承捷飛驛騎到奏云："東朝差興聖令公，統軍十餘萬，取九月到鳳州。"少主猶謂臣下設計，要沮其東行，曰："朕恰要親看相殺，又何患乎！"不顧而進。（《太平廣記》卷二四一引《王氏聞見録》）

【唐故邠寧慶等州節度觀察處置使……史公（孝章）神道碑】 僕射名孝章，字得仁……長慶二年，常山衆叛……先侍中時爲中軍都知兵馬使，兼御史中丞，全師在野，哄然推戴之，請爲假侯以鎮定。中貴人飛馹上聞，穆宗夜召翰林學士草詔書，以真侯命之，實有魏土，從衆而合權也。（《劉賓客文集》卷三）

【賀南郊禮畢表】按《宋仁本紀》：慶曆元年十一月，祀天地於圜丘。是時，祁在壽州。　　臣某言：今月日，馬遞到敕書一道，以南郊禮畢，大赦天下，臣當時集本州官吏軍民宣讀，并下管内諸縣寨施行訖者。帝儀訖饗，朝涣推慈，飛驛疾傳，庶邦叢慶。（《景文集》卷三六）

飛傳

【至陳倉曉晴望京邑】　拂曙驅飛傳，初晴帶曉凉。霧歛長安樹，雲歸仙帝鄉。澗流漂素沫，巖景靄朱光。今朝好風色，延瞰極天莊。（《全唐詩》卷四二盧照鄰）

【八哀詩·贈左僕射鄭國公嚴公武】　鄭公瑚璉器，華岳金天晶……漢儀尚整肅，胡騎忽縱横。飛傳自河隴，逢人問公卿。不知萬乘出，雪涕風悲鳴。受詞劍閣道，謁帝蕭關城。寂寞雲臺仗，飄颻沙塞旌。江山少使者，笳鼓凝皇情。壯士血相視，忠臣氣不平。（《全唐詩》卷二二二杜甫）

【城鹽州】美聖謨而誚邊將也。　貞元壬申歲，特詔城之。　城鹽州，城鹽州，城在五原原上頭。蕃東節度鉢闡布，忽見新城當要路。金烏飛傳贊普聞，建牙傳箭集群臣。君臣赬面有憂色，皆言勿謂唐無人。自築鹽州十餘載，左衽氈裘不犯塞。晝牧牛羊夜捉生，長去新城百里外。諸邊急警勞戍人，唯此一道無煙塵。靈夏潛安誰復辨，秦原闇通何處見。鄜州驛路好馬來，長安藥肆黄蓍賤。（《全唐詩》卷四二六白居易）

【送裴御史赴湖南】　關門鳥道中，飛傳復乘驄。暮雪離秦甸，春雲入楚宫。平蕪天共闊，積水地多空。使府懸帆去，能消幾日風。（《全唐詩》卷五八八李頻）

【汴河曲】　朝漕百舟金，暮漕百舟粟。一歲漕幾舟，京師猶不足。此河百餘年，此舟日往復。自從有河來，宜積萬千屋。如何尚虚乏，僅若填空谷。歲或數未登，飛傳日逼促。嗷嗷衆兵食，已憂不相屬。（《鄖溪集》卷二三）

馳傳

高帝從破（英）布軍還，病創，徐行至長安。燕王盧綰反，上使樊噲以相國將兵攻之。既行,人有短惡噲者。高帝怒曰:“噲見吾病,乃冀我死也。”用陳平謀而召絳侯周勃,受詔牀下,曰:“陳平亟馳傳,載勃代噲將。平至軍中,即斬噲頭。”二人既受詔馳傳……噲受詔,即反接載檻車,傳詣長安,而令絳侯勃代將,將兵定燕反縣。平行,聞高帝崩,平恐吕太后及吕嬃讒怒,乃馳傳先去,逢使者詔平與灌嬰屯於滎陽。(《史記》卷五六《陳丞相世家》)

齊湣王二十五年,復卒使孟嘗君入秦,昭王即以孟嘗君爲秦相……秦昭王後悔出孟嘗君,求之已去,即使人馳傳逐之。孟嘗君至關,關法雞鳴而出客。孟嘗君恐追至,客之居下坐者,有能爲雞鳴。而雞齊鳴,遂發傳出。出如食頃,秦追果至關。已後孟嘗君出,乃還。(《史記》卷七五《孟嘗君列傳》)

(漢高祖既滅項羽,乃遣使赦田横。)横懼,乘傳詣雒陽。如淳曰:《律》:四馬高足爲置傳,四馬中足爲馳傳,四馬下足爲乘傳,一馬二馬爲軺傳,急者乘一乘傳。師古曰:傳者,若今之驛。古者以車,謂之傳車。其後又單置馬,謂之驛騎。傳,音張戀反。未至三十里,自殺。(《漢書》卷一《高祖紀下》)

元鳳四年,大將軍霍光白遣平樂監傅介子往刺其(樓蘭)王。介子輕將勇敢士……遂斬王嘗歸首,師古曰:嘗歸者,其王名也。《昭紀》言安歸,今此作嘗歸,紀、傳不同,當有誤者。馳傳詣闕,縣首北闕下。封介子爲義陽侯。(《漢書》卷九六上《西域傳上》)

(王莽之初,匈奴犯邊,詔六道出師,)募天下囚徒、丁男、甲卒三十萬人,轉衆郡委輸五大夫衣裘、兵器、糧食,長吏送自負海江淮至北邊,使者馳傳督趣,以軍興法從事,天下騷動。(《漢書》卷九九中《王莽傳中》)

泰始中,帝博選良家以充後宫,先下書禁天下嫁娶,使宦者乘使車,給騶騎,馳傳州郡,召充選者,使后揀擇。后性妒,惟取潔白長大,其端正美麗者並不見留。(《晉書》卷三一《武元楊皇后傳》)

(晉孝武帝太元五年,秦幽州刺史苻洛自以功大,欲謀反自立。苻)堅大怒,遣其左將軍竇衝及吕光,率步騎四萬討之。右將軍都貴馳傳詣鄴,率冀

州兵三萬爲前鋒，以苻融爲大都督，授之節度。(《晉書》卷一一三《苻堅載記上》)

源賀，自署河西王秃髮傉檀之子也……在州七年，乃徵拜太尉。蠕蠕寇邊，賀從駕追討，破之。顯祖將傳位于京兆王子推，時賀都督諸軍屯漠南，乃馳傳徵賀。賀既至，乃命公卿議之，賀正色，固執不可。(《魏書》卷四一《源賀傳》)

高德政，字士貞……世宗暴崩，事出倉卒，群情草草……帝已遣馳驛向鄴，書與太尉高岳、尚書令高隆之、領軍婁叡、侍中張亮、黄門趙彦深、楊愔等。岳等馳傳至高陽驛。帝使約曰："知諸貴等意，不須來。"唯楊愔見，高岳等並還。(《北齊書》卷三〇《高德政傳》)

陸騰，字顯聖，代人也……(保定)四年，齊公憲與晉公護東征，請騰爲副。趙公招時在蜀，復留之。晉公護與招書曰："今朝廷令齊公掃蕩河洛，欲與此人同行，汝彼無事，且宜借吾也。"於是命騰馳傳入朝，副憲東討。(《周書》卷二八《陸騰傳》)

(隋煬帝大業九年)六月乙巳，禮部尚書楊玄感反於黎陽……遣左翊衛大將軍宇文述、左候衛將軍屈突通等馳傳發兵，以討玄感。(《隋書》卷四《煬帝紀下》)

(唐儉)貞觀初，使於突厥，説誘之，因以隋蕭后及楊正道以歸。太宗謂儉曰："卿觀頡利可圖否？"對曰："銜國威恩，亦可望獲。"遂令儉馳傳至虜庭，示之威信。頡利部落歡然定歸款之計，因而兵衆弛懈。李靖率輕騎掩襲，破之，頡利北走，儉脱身而還。(《舊唐書》卷五八《唐儉傳》)

(唐太宗貞觀十九年，伐高丽，韋挺督運軍糧不力，)太宗大怒，令將作少監李道裕代之，仍令治書侍御史唐臨馳傳械挺赴洛陽，依議除名，仍令白衣散從。(《舊唐書》卷七七《韋挺傳》)

張嘉貞，蒲州猗氏人也……(開元)十七年，嘉貞以疾，請就醫東都，制從

之。至都，目瞑無所見，上令醫人内直郎田休裕、郎將吕弘泰馳傳往省療之。其秋卒，年六十四。(《舊唐書》卷九九《張嘉貞傳》)

牛仙客，涇州鶉觚人也……初，仙客在河西節度時，省用所積鉅萬，(崔)希逸以其事奏聞。上令刑部員外郎張利貞馳傳往覆視之，仙客所積倉庫盈滿，器械精勁，皆如希逸之狀。上大悦，以仙客爲尚書。(《舊唐書》卷一〇三《牛仙客傳》)

(唐代宗朝元載當國，不喜李泌，)改爲檢校郎中，依前判官。元載誅，乃馳傳入謁，上見悦之。(《舊唐書》卷一三〇《李泌傳》)

韋機，雍州萬年人……有道士朱欽遂，爲天后所使，馳傳至都，所爲横恣，機囚之。(《舊唐書》卷一八五上《韋機傳》)

道士劉道合者，陳州宛丘人……(唐高宗)將封太山，屬久雨，帝令道合於儀鸞殿作止雨之術，俄而霽朗。帝大悦，又令道合馳傳先上太山，以祈福祐。(《舊唐書》卷一九二《劉道合傳》)

(漢冲帝永嘉元年十一月，)永昌太守劉君世鑄黄金爲文蛇，以獻大將軍(梁)冀。益州刺史种暠糾發逮捕，馳傳上言，冀由是恨暠。(《資治通鑑》卷五二)

(宋太宗太平興國七年，益州鑄錢，害民甚衆。八月戊寅，)乃詔使臣吴承勳馳傳至成都府，審度利害。仲甫集諸縣令佐問之，或潛持兩端，莫敢正言。(《續資治通鑑長編》卷二三)

翟守素，北海人，仕周，至刺史。宋興，累擢商州團練使……建隆間，麟府内屬，戎人争地不决，因擾邊民，詔守素馳傳以諭曲直，莫不悦服。(《隆平集》卷一七《翟守素傳》)

開元十二年四月二十三日，命太史監南宫説，及太史官大相元太等，馳

傳往安南、朗、蔡、蔚等州，測候日影，迴日奏聞。(《唐會要》卷四二)

(漢武帝時，)博士褚泰、徐偃等，承明詔，建節馳傳，巡省郡國，舉孝廉，勸元元，而流俗不改。(《鹽鐵論》卷二)

【敕劍南節度使王昱書】 敕劍南節度副大使兼採訪使益州長史攝御史中丞王昱：蠻夷相攻，中國大利，自古如此……柔遠懷來，在卿良算。所請入奏，豈欲固違。屬諸蠻初降，正有邊要，馳傳以入，不日遄歸。來去不遑，殆爲勞力。(《曲江集》卷八)

【乾元元年華州試進士策問五首】(其二) 問："國有軺車，廬有飲食。古之按風俗，遣使臣，在王官之一守，得馳傳而分命。蓋地有要害，郊有遠近，供給之比，省費相懸。今兹華惟襟帶，關逼輦轂，行人受辭於朝夕，使者相望於道路，屬年歲無蓄積之虞，職司有愁痛之歎。况軍書未絶，王命急宣……側佇新語，當聞濟時。"(《杜詩詳注》卷二五)

驛捕

(斛律羡)武平元年，加驃騎大將軍……三年七月，(斛律)光誅，敕使中領軍賀拔伏恩等十餘人驛捕之。遣領軍大將軍鮮于桃枝、洛州行臺僕射獨孤永業，便發定州騎卒續進，仍以永業代羡。(《北齊書》卷一七《斛律羡傳》)

王仲寶，字器之，密州高密人……擢閤門祗候，命乘驛捕登州海賊百餘人，獲之。(《宋史》卷三二五《王仲寶傳》)

(漢武帝元狩四年，)王温舒始爲廣平都尉，擇郡中豪敢往吏十餘人，以爲爪牙……遷河内太守。以九月至，令郡具馬五十疋爲驛，師古曰：以私馬於道上，往往置驛，自河内至長安。捕郡中豪猾，相連坐千餘家。(《資治通鑑》卷一九)

疾置

（漢武帝征和二年）秋，戾太子爲江充所譖，殺充，發兵入丞相府，屈氂挺身逃，亡其印綬。是時，上避暑在甘泉宮，丞相長史乘疾置以聞。師古曰：置，謂所置驛也。（疾置，急傳也）。（《漢書》卷六六《劉屈氂傳》）

（宋制）：凡發兵，樞密院下符一至五，周而復始……樞密院下符，以右符第一爲始，内匣中，緘印之，命使者賫宣同下，云下第一符，發兵與使者，復緘右符以還，仍疾置聞。（《宋史》卷一九六《兵志十》）

（李昭述）以右諫議大夫爲河北都轉運使。河決澶淵，久未塞，會契丹遣劉六符來，乃命昭述城澶州，以治堤爲名，調兵農八萬，逾旬而就。初，六符過之，真以爲堤也，及還而城具，甚駭愕。初置義勇軍，人情詾詾，昭述乘疾置，日行數舍，開諭父老，衆始安。宣撫使表其能，除龍圖閣直學士、知澶州。（《宋史》卷二六五《李昭述傳》）

（趙昌言知天雄軍，）屬澶州河決，流入御河，漲溢浸府城，昌言籍府兵負土增堤……不浹旬城完，太宗手詔褒諭之。召拜給事中、參知政事，俾乘疾置以入，即赴中書。（《宋史》卷二六七《趙昌言傳》）

（田仁朗，開寶九年判四方館事。）李繼遷爲亂……命仁朗與閤門使王侁、副使董愿、宫苑使李繼隆，馳傳發邊兵數千擊之。仁朗次綏州，奏請益兵，留月餘俟報。會三族砦將折遇乜殺監軍使者，與繼遷合。太宗聞之大怒，亟遣軍器庫使劉文裕自三交乘疾置，代仁朗。（《宋史》卷二七五《田仁朗傳》）

（宋太宗淳化四年）三月辛亥，詔："諸道知州、通判，限一月具如何均平税賦、招輯流亡、惠卹孤窮、窒塞奸幸，及民間未便等事，共爲一狀，附疾置以聞。他有所見聽，别上疏論，别委中書舍人詳定可否。若可采取，當議旌酬。苟務因循，必申懲責。"（《續資治通鑑長編》卷三四）

（宋真宗咸平六年十一月，）鎮州程德玄政事曠弛。上以勁兵所聚，思得威名鎮撫，癸卯，徙延州馬知節代焉，復降手札敦諭，令疾置之任。（《續資治通鑑長編》卷五五）

（宋真宗景德四年七月）壬午，詔："廣州幕職、州縣官、軍校及流配人，委曹利用等所過延問，詢求利便，可採者疾置以聞。"先是，被罪失職者多謫嶺外。時宜賊方擾，上慮因緣叛集，議徙近北州軍，故因令察訪之。（《續資治通鑑長編》卷六六）

【宋翰林侍讀學士……李公(昭述)墓誌銘】　初，戎使之過澶也，第且治堤。及還，睹雉堞城守之具頗備，甚駭愕。初詔置義勇，人情詾懼。公乘疾置，日行十舍，所至開諭父老置軍之意，卒置義勇，如詔書焉。（《文恭集》卷三八）

【上范中丞書】　五月九日，鄆州觀察推官、將仕郎、試秘書省校書郎石介，聞新除中執法乘疾置趣歸闕，且過於鄆。走僕夫持書數幅，見長旄大旆至，則以書跪於馬前，而宣其書中言。（《徂徠石先生文集》卷一二）

奔軺

【七夕詩】　白日傾晚照，絃月升初光。炫炫葉露滿，肅肅庭風揚。瞻言媚天漢，幽期濟河梁。服箱從奔軺，紈綺闕成章。解帶遽迴軫，誰云秋夜長。愛聚雙情款，念離兩心傷。（《藝文類聚》卷四引劉宋孝武帝）

【書褒城驛壁】　褒城驛號天下第一。及得寓目，視其沼則淺混而茅，視其舟則離敗而膠，庭除甚蕪，堂廡甚殘，烏睹其所謂宏麗者？訊於驛吏，則曰："忠穆公嘗牧梁州，以褒城控三節度治所，龍節虎旗，馳驛奔軺，以去以來，轂交蹄劘。由是崇侈其驛，以示雄大。蓋當時視他驛爲壯，且一歲賓至者，不下數百輩。苟夕得其庇，飢得其飽，皆莫至朝去，寧有顧惜心耶！"（《孫可之集》卷三）

便驛

馮元常，相州安陽人……高宗時，擢累監察御史、劍南道巡察使……（武后朝）轉廣州都督。詔便驛走（赴）官。（《新唐書》卷一一二《馮元常傳》）

【河北運使李司勳狀】 伏念某叢爾孤生，斷無他術……自違門下，承乏淮南，素號僻州，了疏便驛。怵音縢之不講，第顏汗以無從。竊恃兼容之私，弗誅苛禮之廢。（《祠部集》卷二一）

【回舍人】 右某伏念，迹寄近藩，坐企閨臺之彦；書傳便驛，欣聆金玉之音。荷恩眷之稠重，慰羈懷之勞吝。恭審順綏福履，保固天倪。（《蘇魏公文集》卷五〇）

【送方栻赴銓】 笑提虹管試春闈，大手何妨小出奇。龍種嘶鳴暗萬馬，鹿麑辟易避孤羆。京城紙貴争傳賦，便驛書來賸寄詩。老友生平識英物，要看修竹拂雲枝。（《臞軒集》卷一六）

排馬

王琚，懷州河内人也……（天寶）五載正月，琚果爲（李）林甫構成其罪，貶琚江華郡員外司馬，削階、封。至任未幾，林甫使羅希奭重按之。希奭排馬牒至，琚懼，仰藥，竟不能死。及希奭至，遂自縊而卒。死非其罪，人用憐之。（《舊唐書》卷一〇六《王琚傳》）

（唐玄宗天寶）六載春正月……羅希奭自青州如嶺南，希奭既殺李邕於青州，遂如嶺南也。所過殺遷謫者。郡縣惶駭。排馬牒至宜春，御史所過，沿路郡縣給驛馬，故未至，先有排馬牒。李適之憂懼，仰藥自殺。（《資治通鑑》卷二一五）

文宗以寶曆二年十二月，自江王入討内難。甲申，詔殿前兵馬使王士遷、李忠亮、張士岌各杖一百，流天德軍。飛龍排馬官樊惟良、閻文穎各杖一

百，流靈州。（《册府元龜》卷一五三）

李適之性簡率，不務苛細，人吏便之。雅好賓客，飲酒一斗不亂，延接賓朋，晝決公務，庭無留事。及爲左相，每事不讓李林甫，林甫憾之，密奏其好酒，頗妨政事。玄宗惑焉，（乃）除太子少保。適之遽命親故歡會，賦詩曰："避賢初罷相，樂聖且銜杯。爲問門前客，今朝幾箇來？"舉朝服其度量。適之在門下也，性疏而不忌，林甫嘗賣之……適之由是漸見疏退。林甫陰構陷之，貶於袁州，遣御史羅希奭就州處置。適之聞命，排馬牒到，仰藥而死。子霅，亦見害。（《大唐新語》卷七）

鄭韶者，隋煬帝時左散騎常侍，大業中，授閬中太守。韶養一犬，憐愛過子。韶有從者數十人，内有薛元周者，韶未達之日，已事之。韶遷太守，略無恩恤。元周忿恨，以刀久伺其便，無得焉。時在閬中，隋煬帝有使到，韶排馬遠迎之。其犬乃銜拽衣襟，不令出宅。館吏馳告云："使入郭。"韶將欲出，爲犬拽衣不放。韶怒，令人縛之於柱。韶出使宅大門，其犬乃掣斷繩而走，依前拽韶衣，不令去。韶撫犬曰："汝知吾有不測之事乎？"犬乃嗥吠，跳身於元周隊内，咬殺薛元周。韶差人搜元周衣下，果藏短劍耳。（《太平廣記》卷四三七引《集異記》）

元相公稹爲御史，鞫獄梓潼。時白尚書在京，與名輩遊慈恩，小酌花下，爲詩寄元曰："花時同醉破春愁，醉折花枝當酒籌。忽憶故人天際去，計程今日到梁州。"時元果及褒城，亦寄《夢遊詩》曰："夢君兄弟曲江頭，也向慈恩院裏遊。驛吏唤人排馬去，忽驚身在古梁州。"千里神交，合若符契。友朋之道，不期至歟。（《本事詩·徵異第五》）

赴任

（唐文宗大和四年十月，）御史臺奏："伏準《六典》故事：外官授命，皆便道之官。蓋緣任缺其人，則朝廷切於總理。近日皆顯陳私便，不顧國經，越理勞人，迂行縣道。或路非傳置，創設供承。況每道館驛有數，使料有條則例。苟踰支計失素，使偏州下吏，何以咨陪？又準《假寧令》："守官五考，一給拜掃。"假令皆稱幸從便路,願謁枌榆,則是展墓足以因行,赴官得皆枉道。臣今月五日已于延英面奏,伏奉聖旨,今將狀來。伏乞起今公私行李,勒依紀律。敢有違越,請委所司論劾。"敕旨依奏。(《册府元龜》卷五一六;《唐會要》卷六一)

(韓皋)長慶二年四月,轉左僕射……其年,以本官東都留守。行及戲源驛,暴卒,年七十九。(《舊唐書》卷一二九《韓皋傳》)

公諱復,字景仁……(汴京淪陷,二帝北去,公守節不顧,爲敵敲死,闔門百口俱遇害。)公長子佾,以太僕丞從高宗過維揚。及趙立已亡,徐州有武衛軍,舊隸於公,義不肯他屬。散歸在所,願以從佾。高宗聞之,詔於樞密院創計議官,特命佾爲之,仍領武衛。紹興八年,和好成,奏乞訪先臣遺骸,優詔許之。行至泗州,馬上得疾。抵徐城驛,暴卒。(《蘆浦筆記》卷八《資政壯節王公(復)家傳》)

康節先生少時游京師,與國子監直講邵必不疑初叙宗盟……至康節自衛入洛,不疑爲京西提刑。嘉祐中,河南府薦康節先公以遺逸,不疑自作薦章,其詞有"厚德足以鎮薄俗,清風可以遺來世",相推重如此。熙寧初,不疑以龍圖閣學士知成都府,過洛……中途寄康節先生詩云:"我乘孤傳經崤澠,君擁群書卧洛城。富貴人間亦何有,閑忙趣味甚分明。"不疑次金牛驛,暴卒。喪歸,康節先公哭之慟。(《邵氏聞見録》卷二〇)

唐渭北節判崔朴,故滎陽太守祝之兄也。常會客夜宿,有言及宦途通塞,則曰:"崔琯及第後,五任不離釋褐。令狐相七考河東廷評,六年太常博士。"嘗自賦詩,嗟其蹇滯曰:"何日肩三署,終年尾百寮。"其後出入清要。張宿遭遇,除諫議大夫,宣慰山東,憲宗面許迴日與相。至東洛都亭驛,暴卒。(《太平廣記》卷一五三引《續定命録》)

驛往

劉世讓,字元欽,雍州醴泉人也……召拜廣州總管。將之任,高祖問以備邊之策。世讓答曰："突厥南寇,徒以馬邑爲其中路耳。如臣所計,請於崞城置一智勇之將,多儲金帛,有來降者,厚賞賜之,數出奇兵,略其城下,芟踐禾稼,敗其生業。不出歲餘,彼當無食,馬邑不足圖也。"高祖曰："非公無可任者。"乃使馳驛往經略之。(《舊唐書》卷六九《劉世讓傳》)

(宋真宗大中祥符二年五月,)陝西旱歉,壬申,遣鹽鐵判官、太常博士楊可馳驛往,疏決繫囚,減流罪已下一等,死罪情可憫者上請。(《續資治通鑑長編》卷七一)

(宋真宗大中祥符五年三月己丑,)遣閤門祗候郭盛乘驛往棣州,與轉運使、前遣使臣同規畫修河事。以完葺堤口,奏報稽緩也。(《續資治通鑑長編》卷七七)

(宋真宗大中祥符五年八月,)先是,澧州民四十七家訴蠻侵其地,詔閤門祗候開封史方乘驛往,與轉運使同按視。於是自竹踈驛至申文崖,復地四百里,得所掠五百餘人,及置澧川等寨,即以方知邵州。(《續資治通鑑長編》卷七八)

元鳳元年十月,誅上官桀等。詔曰："左將軍安陽侯桀、票騎將軍桑落侯安、御史大夫桑弘羊,皆數以邪枉干輔政,大將軍不聽而懷怨望,與燕王通謀,置驛往來相約……交通私書共謀,令長公主置酒伏兵,殺大將軍光,徵立燕王爲天子,大逆毋道……皆已伏誅,吏民得以安。封延年、倉宮壽,皆爲列侯。(《册府元龜》卷一二七)

宋璟爲廣府都督。玄宗思之,使内臣楊思勖馳驛往追。璟就路,竟不與思勖交一言。思勖以將軍貴倖殿中,訴於玄宗。上嗟歎良久,拜刑部尚書。(《唐語林》卷三)

【送吴辯叔知鞏縣】 言爲西邑宰,本是洛陽人。送驛往歸魏,迎車來入秦。山川成鞏固,陵廟壯威神。好學河陽政,栽花作縣春。(《宛陵先生集》卷四九)

驛行

建康宫無令,稱僕射。右令日下司徒,令報聽如某所上。某宣攝行如故事。文書如千里驛行。(《宋書》卷一五《禮志二》)

(宋神宗熙寧三年八月)丙子,提舉陝西常平等事蘇涓等言:"鄜延、秦鳳、涇原、環慶等四路,並邊州軍,常闕軍食……"詔前知華陰縣寧麟、前鳳翔府普潤縣令梁仲堪乘驛行視以聞。(《續資治通鑑長編》卷二一四)

(隋文帝開皇)六年,除孥戮相坐之令,又命諸州囚有處死,不得馳驛行决。(《册府元龜》卷六一一)

【送荔浦蔣明府赴任】 路長春欲盡,歌怨酒多酣。白社蓮塘北,青袍桂水南。驛行盤鳥道,船宿避龍潭。真得詩人趣,煙霞處處諳。(《全唐詩》卷五二六杜牧,卷五三二許渾)

【尚書都官員外陳君(樞)墓誌銘】 尚書都官員外郎、權知泉州事陳君諱樞,卒於位……譙縣民輸麥於酇陽倉,以供漕,輸豆於會亭倉,以給驛行者。君復請輸錢,以糴供漕,以直給驛行者,各得其所便。(《曾鞏集》卷四二)

【題金沙驛】 閩越飽溪山,何如蜀道難。驛行仍怯嶺,舟駛復憂灘。行李三秋杪,居民百戰殘。今宵投宿處,茅店倚層巒。(《知稼翁集》卷上)

【北行日録上】 (乾道五年十月)十九日,辛丑,晴。行二十里,飯午頓。驛行二十五里,宿荆山上方。(《攻媿集》卷一一一)

驛途

(淯水)又逕西鄂縣南。水北有張平子墓。墓之東側墳,有《平子碑》,文字悉是古文……墓次有二碑,今惟見一碑,或是余夏景驛途,疲而莫究矣。

(《水經注》卷三一)

【生祭文丞相】 丞相見執,就義未聞……僕於國恩爲已負,於丞相之德則未報,遂作《生祭丞相文》,以速丞相之死。堯舉讀之流涕,相與謄録數十本,自贛至洪,於驛途水鋪山牆店壁貼之,冀丞相經從一見。雖不自揣量,亦求不負此心耳。(《吾汶藁》卷四)

驛迎

(唐憲宗元和)十四年正月,上令中使杜英奇押宫人三十人,持香花,赴臨皋驛迎佛骨。(《舊唐書》卷一六〇《韓愈傳》)

(唐武宗會昌三年二月二十五日,太和)公主自蕃還京,詔左右神策各出軍二百人,及太常儀仗鹵簿,從長樂驛迎公主入城。(《唐會要》卷六)

(至德二載)九月,迴紇遂遣太子葉護領蕃兵四千餘人,來助討賊……十一月,迴紇至東京,敕百官於長樂驛迎。(《唐會要》卷九八)

【清泥驛迎獻王侍御】 候館掃清晝,使車出明光。森森入郭樹,一道引飛霜。仰視驄花白,多慚綬色黄。鷦鷯無羽翼,願假憲烏翔。(《全唐詩》卷二三六錢起)

【送韋繇校書赴浙東幕】 丞相辟書新,秋關獨去人。官離芸閣早,名占甲科頻。水驛迎船火,山城候騎塵。湖邊寄家久,到日喜榮親。(《全唐詩》卷五一四朱慶餘)

【故驛迎弔故桂府常侍有感】 饑烏翻樹晚雞啼,泣過秋原没馬泥。二紀征南恩與舊,此時丹旐玉山西。(《全唐詩》卷五四〇李商隱)

【龍圖母公墓誌銘】 公諱某,字某,其先河東人……嘉祐八年十二月二十八日卒於官舍,享年六十……公既死,朝廷遣其弟沆,乘驛迎其柩歸,權

厝於鄠縣。(《丹淵集》卷三九)

驛塵

【題四皓廟】　桂香松暖廟門開，獨瀉椒漿奠一杯。秦法欲興鴻已去，漢儲將廢鳳還來。紫芝翳翳多青草，白石蒼蒼半緑苔。山下驛塵南竄路，不知冠蓋幾人回。(《全唐詩》卷五三四許渾)

【次韻公定世弼登北都東樓四首】(其一)　日著欄干角，風吹濯澣衣。喜同王季哲，更得謝玄暉。清興俱不淺，長吟無用歸。月明南北道，猶見驛塵飛。(《山谷集》外集卷六)

【乙未元日】除夕得制司檄，催赴官。　五十人間老大身，更堪從此數新春。鼕鼕漏鼓催窗色，急急文書動驛塵。病後光陰常自惜，客中節物爲誰新。壯心只向郵亭盡，自揣頭顱莫問人。(《劍南詩藁》卷六)

驛勞

(宋真宗咸平四年六月丁巳，)初，黄州境二虎鬬，其一死，食之殆半，群鷄夜鳴，經月不止。仲冬，震雷暴作。知州、刑部郎中王禹偁手疏言之，且引《史記·天官書》、《洪範五行傳》爲證。上亟命中使乘驛勞問，醮禳之。又詢於日官，言守土者當其咎。上惜禹偁才名，即命徙知蘄州。至，未逾月卒。戊午，訃聞，上甚嗟悼之，厚賻其家，賜一子出身。(《續資治通鑑長編》卷四九)

【送邵公石先輩歸連州覲省】　及第兼歸覲，宜忘涉驛勞。青雲具慶少，白日一飛高。轉楚聞啼狖，臨湘見疊濤。連陽沉飲徧，何地在旌旄。(《文苑英華》卷二八四曹松)

驛鞍

【早發大庾嶺】　晨躋大庾險，驛鞍馳復息。霧露晝未開，浩途不可

測。嶸起華夷界,信爲造化力。歇鞍問徒旅,鄉關在西北。出門怨别家,登嶺恨辭國。(《全唐詩》卷五一宋之問)

驛信

【回新知郡韓郎中漢州啓】 伏念三泉之别,一紀於兹。抗俗走塵,屬間關於末路;攀鱗附翼,致契闊於高風。屢嬰出處之煩,久廢起居之問。瞻企晤語,悁勞款悰。某官上奉宸衷,遠持使節,鎮臨要部,綏撫遐甿。驛信先馳,輿情甚愜……傾依匪邈,抃蹈殊增。(《丹淵集》卷三一)

【寄陝府鄧給事】 陝城臨大道,館宇屹幾鮮。候謁隨芳語,鏗詞芬蜀牋……病書憑晝日,驛信寄宵鞭。疾訴將何論,肆鱗今倒懸。(《全唐詩》卷三七八孟郊)

十、館驛的非法使用

增乘驛馬

諸增乘驛馬者，一疋徒一年，一疋加一等。應乘驛驢而乘馬者，減一等。主司知情，與同罪。不知情者，勿論。餘條驛司準此。

【疏】議曰：依《公式令》："給驛職事三品以上若王，四疋。四品及國公以上，三疋。五品及爵三品以上，二疋。散官、前官各遞減職事官，一疋。餘官爵及無品人，各一疋。皆數外別給驛子。此外須將典吏者，臨時量給。"此是令文本數。數外剩取，是曰增乘，一疋徒一年，一疋加一等。"應乘驛驢而乘驛馬者"，又準《駕部式》："六品以下前官、散官、衛官，省司差使急速者，給馬。使迴及餘使，並給驢。"即是應乘驢之人而乘馬，各減增乘馬罪一等。主司知情與同罪者，謂驛馬主司知增乘驛馬，及知應乘驢而乘馬等情者，皆與乘者同罪。不知情者，勿論。"餘條驛司準此"者，謂枉道及越過、齎私物之類。(《唐律疏議》卷一〇)

乘驛馬枉道問答一

諸乘驛馬輒枉道者，一里杖一百，五里加一等，罪止徒二年。越至他所者，各加一等。謂越過所詣之處。經驛不換馬者，杖八十。無馬者，不坐。

【疏】議曰：乘驛馬者，皆依驛路而向前驛。若不依驛路別行，是爲"枉道"。"越至他所者"，注云："謂越過所詣之處。"假如從京使向洛州，無故輒過洛州以東，即計里加"枉道"一等。"經驛不換馬"，至所經之驛，若不換馬者，杖八十。因而致死，依《廄牧令》："乘官畜産，非理致死者，備償。""無馬者不坐"，謂在驛無馬，越過者無罪，因而致死者不償。

問曰：假有使人，乘驛馬枉道五里，經過反覆，往來便經十里，如此犯者，從何科斷？

答曰：律云"枉道"，本慮馬勞，又恐行遲，於事稽廢。既有往來之理，亦計十里科論。(《唐律疏議》卷一〇)

乘驛馬齎私物

諸乘驛馬齎私物，謂非隨身衣、仗者。一斤杖六十，十斤加一等，罪止徒一年。驛驢，減二等。餘條驛驢準此。(《唐律疏議》卷一〇)

【疏】　議曰：乘驢馬者，唯得齎隨身所須衣、仗。衣謂衣被之屬，仗謂弓刀之類。除此之外，輒齎行者，一斤杖六十，十斤加一等，罪止徒一年。"驛驢減二等"，謂一斤笞四十，罪止杖九十。"餘條驛驢準此者"，謂稽程、枉道之類，諸條驛驢得罪，皆準馬減二等。(《唐律疏議》卷一〇)

監主私借官奴畜産

諸監臨主守以官奴婢及畜産私自借，若借人及借之者，笞五十。計庸重者，以受所監臨財物論。驛驢，加一等。

【疏】議曰：監臨主守之官，以所監主官奴婢及畜産私自借，謂身自借，用若轉借他人及借之者，或一人一畜，但借即笞五十。或借數少而日多，或借數多而日少，計庸重於借罪者，以受所監臨財物論，累贓爲坐。"騾驢，加一等"，謂借即得杖六十。計庸重，以受所監臨財物論加一等。其車船、碾磑、邸店之類，有私自借若借人及借之者，亦計庸賃，各與借奴婢畜産同。律雖無文，所犯相類。《職制律》，監臨之官借所監臨及牛馬、駞騾驢、車船、邸店、碾磑，各計庸賃，以受所監臨財物論。計借車船、碾磑之類，理與借畜産不殊，故附此條，準例爲坐。(《唐律疏議》卷一五)

即借驛馬及借之者，杖一百。五日，徒一年。計庸重者，從上法。即驛長私借人馬驢者，各減一等，罪止杖一百。

【疏】議曰：即私借驛馬及官司借之者，各杖一百。五日，徒一年。"計庸重者從上法"，謂計驛馬之庸，當上絹八疋，合加一等，徒一年半。"即驛長私借人馬驢者，減一等"，準令："驛馬驢一給以後死，即驛長陪填。"是故驛長借人驢馬,得罪稍輕。"各減一等",謂上文"借驛馬驢,加受所監臨財物一等"。今驛長借人驢馬各減一等,與"受所監臨財物"罪同,罪止杖一百。(《唐律疏議》卷一五)

乘驛驢齎帶私物十斤者。乘驛馬齎私物律。(《大清律例》卷四〇)

詐乘驛馬

諸詐乘驛馬,加役流。驛關等知情,與同罪。不知情,減二等。關謂應檢問之處。有符券者,不坐。謂盜得真符券及僞作,不可覺知者。

【疏】議曰:郵驛本備軍速,其馬所擬尤重。但是詐乘,無問馬數及已行遠近,即合加役流。給馬之驛及所由之關,知其詐乘之情者,亦加役流。"不知情減二等",謂驛與關司全不勘檢,又不知情,合減二等,猶徒二年半。故注云"關謂應檢問之處"。有符券者,不坐。注云"謂盜得真符券及僞作,不可覺知者",謂僞作符券及盜得真紙券等,檢驗不可覺知者,驛及關司並不坐。(《唐律疏議》卷二五)

其未應乘驛馬而輒乘者,徒一年。輒乘,謂有當乘之理,未得符券者。

【疏】議曰"其未應乘驛馬",謂差爲驛使而未得符券,輒即乘者,徒一年。注云"輒乘,謂有當乘之理,未得符券者",謂銜命有實,未得符券而乘者,驛、關等知情聽之。準上文,亦合同罪。不知情者,徒一年上減二等。(《唐律疏議》卷二五)

當乘驛而乘轎

(唐文宗開成)五年六月,御史中丞黎植(埴)奏:"伏以朝官出使,自合驛馬,不合更乘擔子。自此請不限高卑,不得輒乘擔子。如病,即任所在陳牒,仍申中書門下及御史臺,其擔夫自出錢雇。節度使有病,亦許乘擔子,不得便乘卧轝。宰相、三公、師保、尚書令、正省僕射及致仕官疾病者,許乘之,餘官並不在乘限。其擔子,任依漢魏故事,準載步輿。步輿之制,不得更務華飾。其三品已上官及刺史赴任有疾,亦任所在陳牒,許暫乘,病瘥日停,不得

驛中停止，人夫並須自雇……”(《唐會要》卷三一)

乘坐官馬的其他規定

(唐文宗大和六)年七月，度支、户部、鹽鐵三司奏：“準今年六月敕，令三司官典及諸色場庫所由等，其孔目句撿句覆支對句押權遣指引進庫官門官等，請許服細葛布折造及無紋綾充衫……令史並書手，服白，仍並不許乘馬及馬從。通引官許衣前粗紫絁及紫布充衫袍，藍鐵腰帶，乘小馬，鞍用烏漆鐵踏鐙。其行官門子等，請許依前服紫粗布絁充衫襖，藍鐵腰帶，仍不許乘馬。其騾綱、車綱等，緣常押驢騾於諸州府搬運，及送遠軍衣賜，須應程期，請許依前粗紫絁充襖，藍鐵腰帶，乘驢車。出塞即請許乘粗牡馬，餘並不得違元敕。(《唐會要》卷三一)

私行入驛

【甲私行入驛驛官拒之辭云職事五品以上】 出非君命，難入息於野廬；名重官聯，當即安於公館……官已差其品秩，人合辨於尊卑。伯宗之傳弗乘，誠難假道；子産之垣未毁，姑可安身。必體置郵之規，且殊授粲之費。漢朝典故自存，予告之條；周卿職司宜謹，守塗之役。豈謂治其家事，即欲異于王人。不遑寧居，駟牡雖非於驛騎；各有攸處，一宿當就於蘧廬。但可容其寢興，無或給其委積。式符唐令，勿亂周行。(《武溪集》卷一二)

舉子入驛

東平未用兵(時)，有舉人孟不疑，客昭義，夜至一驛……至三更後，孟纔交睫，忽見一人，皂衣，與張角力，久乃相捽入東偏房中，拳聲如杵……道路皆曰：“淄青張評事至某(其)驛，早發。遲明，空鞍失所在。驛吏返至驛尋索，驛西閣中有席角，發之，白骨而已，無泊(復)一蝇(臠)肉也，地上滴血無餘，惟一隻履在旁。相傳此驛舊凶，竟不知何怪。”(《酉陽雜俎》前集卷一五)

前秀才李鵠，覲於潁川。夜至一驛，纔臥，見物如豬者突上廳階。鵠驚走，透後門，投驛廐，潛身草積中，屏息且伺之。怪亦隨至，聲遶草積數匝，瞪目相視鵠所潛處。忽變爲巨星，騰起數道燭天。鵠左右取燭，索鵠於草積中，已卒矣，半日方蘇，因説所見。未旬，無病而死。(《酉陽雜俎》續集卷一)

宋代驛令

(一)《宋會要》所載詔敕

太祖建隆二年五月十七日，詔諸道州府以軍卒代百姓爲遞夫。先是，天下郵傳率役平民，至是，帝知其弊，始盡易之。三年正月二十三日，詔郡縣起今不得差道路居人，充遞軍脚力。太宗太平興國三年六月三日，詔自今乘驛者皆給銀牌，復舊制也。五代已來，凡乘遞馬奉使於外，止樞密院給牒，至是，以李飛(雄)之詐，始復用焉。

八年十二月六日，詔自京至廣州傳置卒，月别給百錢。端拱二年二月七日詔：先是馳驛使臣給篆書銀牌，自今宜罷之，復給樞密院牒。淳化三年四月二十一日，荆湖北路轉運司張詠請罷峽州至歸州界水遞人夫，從之。真宗咸平三年八月十四日，詔應文武臣僚、三班使臣、内臣、御前忠佐、天章待詔、諸伎術官等，今後差出勾當公事，所請走馬頭子，回日晝時於所轄處送納。赴任即到本任送納，並繳納樞密院。訪聞差往四川廣南等處，知州通判都監監押，及勾當事，朝臣有例乘遞馬者，多請走馬頭子，乘騎遞馬，即慢程進發。今後除急程赴任及勾當緊切公事，即得乞乘遞馬，餘不得更乞支借。如違犯，並勘罪嚴斷。五年七月十二日，省自京至廣南驛遞軍士及使臣計六千一百餘人。先是以廣南市舶陸運艱費，議自南安軍路泛舟抵京師，命户部判官凌策與逐路轉運司計度，至是省之，人以爲便。六年七月，樞密院言：馬遞宣敕付外，别無文簿拘轄，縱有失墜，無由盡知。欲别置司，以簿發遣。帝曰："雖别置司，至逐房宣敕，不知到發，恐難照會。可照諸州軍，具逐月承受馬遞宣敕事目及月日，實封於次月五日已前入遞聞奏，候至逐房以文曆對會。"景德元年二月，詔川峽路州軍監縣鎮等吏卒乘馬遞報公事者，自今禁止之。先是，以川峽州郡多馳騎往來，傳送官文書及報公事，人或驚疑，故禁止之。二年三月，詔河北兩路急脚鋪軍士，除遞送鎮定總管司及雄州文書外，他處文書不得承受。帝以急脚軍士晨夜馳走，甚爲勞止，故有是詔。四年閏五月,詔諸道州府逐處使臣,多以細碎不急事驛遞以聞。自今非機密軍馬事,不得輒遣驛騎馳奏。七月十日,增置自京至宜州馬遞鋪。大中祥符元年十月,詔沿路所置急脚遞鋪,蓋令傳送文書,如聞有近上臣僚,並往來中使,多令賫持物色,負重奔馳,咸不堪命。自今非宣敕並不得應副。三年三月,河北沿邊安撫司奏:河北諸州軍馬遞鋪兵士,有父母骨肉散在諸鋪者,乞配在一處。從之。五年十一月十二日,令諸州遞鋪兵士有子孫同在軍籍者,許同營居。時有言鋪兵子孫皆異居者,帝憫之,特有是命。九年三月二十二日,置梓州至綿州遞鋪。先是,命民丁傳送,今革之也。天禧元年十月,令樞密院諸房副承旨邵文昭管勾支散遞鋪,舊例驛馬有闕,令群牧司左右騏驥院配定進呈。又命樞密院承旨張質管勾支散,至是質卒,命文昭代之。三年五月,屯田員外郎上官佖言:諸處巡轄馬遞鋪使臣多權差勾當職外公事,望自今免廢本職。從之。四年七月七日,遣使市小車,給鳳翔府至綿州遞鋪,仍爲增葺鋪屋,以道險且遠故也。五年十月,淮南江浙荆湖制置發運使司周寔言:"自今轄下如有倉場庫務綱運爲弊,及水火損敗,令急速差官點檢,非常程公事,許給遞馬一疋。"從之。乾興元年七月,仁宗即位,未改元。都進奏院言:諸道州府往來遞角内所少諸般文字物色,元降條貫專牒巡轄馬遞鋪使臣驅逐根尋,緣使臣懼遭勘責、牙相推注。欲望自今巡轄使臣地分内,有人偷拆遞角,根究得實,即更不問罪。或乞理爲勞績,如却爲佗處根逐得實,即取勘批上曆子,得替日第降差遣。從之。

仁宗天聖元年五月二十六日,詔内臣諸司使副供奉已下,於諸處投送金龍玉簡及建道場齋醮,不得占使舟舡往來,遞馬不得過三疋。如違,並科違制之罪。八月八日,詔諸道州軍馬遞鋪兵士,如有作過,罪至杖六十已上,情理重及頻犯者,並配隸本城下軍。如無本城兵士,即勒令重役。二年三月二十二日,河北沿邊安撫都監張淡成言:"伏見天雄軍地分馬鋪闕馬,長行皆抽差諸般雜役,有妨本鋪祗應。乞降條約。"詔自今諸路馬鋪兵士不得抽赴他處功役。七年閏二月,詔自今應係乘遞馬文武使臣,請到頭子勾當了日畫時,於合係去處送納,繳連赴樞密院,仰都進奏院指揮在京諸門馬鋪,每起供遞馬。如京朝官使臣三日内非次實有事故,即具緣由,於樞密院納换,仍令置簿拘轄,逐旋勾銷。有不納到者,勘會元給月日計程數催促,及取問住滯,因依聞奏。六月,監察御史王嘉言言:昨承遞馬往信州勘鞫公事,竊見蘄黄州界,多差配到雜犯軍人充馬遞鋪祗應,别無人員鈐轄,多接便爲非,剽竊行旅。欲望自今諸路馬遞鋪兵士，並於本城差無過犯軍人充。其配到雜犯軍人只勒在營，有人員部轄處役使，詔轉運司相度。如無妨礙，即依奏施行。八月，都進奏院言：自來馬遞鋪轉遞文字物色，逐鋪交割，封頭皮紙角，但有損動破污，下鋪便具狀驗認所損去處，令前路據狀照會交割，遞角既稱封印不全，即沿路任便偷拆，至投下處。或點檢文字特色數少，只是勾追元供狀人根勘。並不見得偷拆損動去處歸著，欲請轉遞皮紙角物色等，如封頭裹角破損無憑交割者，即本鋪與元轉送軍人，同賫於所到處，知州縣或都監押及地分巡轄使臣處。晝時重添封印，仍別出引批鑿交割。如曾經偷拆，即官員躬親拆開，將内引數目點對，據見在文字物色，重封交割前來。其所少名件，即就便根勘行遣，牒報逐處。如止是外引破損，不忓封角者，即令逐鋪人員曹司具公狀隨遞照會前來。或到投下處點檢數少，即挨排住滯時辰地分根勘。從之。八月十一日，權三司使公事胡則言：諸州軍馬遞鋪，多差本城指揮使或員僚提舉。訪聞所差軍員盡作優饒，於兵士處乞取錢物，是致轉加貧困。况逐鋪有節級部押及使臣巡轄。欲望自今更不差軍員提舉，詔諸路轉運司勘會有使臣巡轄處，即依奏施行。如無使臣處，仰依舊存留仍鈐轄，不得乞覓錢物，違者當行重斷。十二月，詔廣南福建江淮京浙路巡馬遞鋪使臣，内有兼巡捉私茶鹽勾當去處，自今令三班院選經歷事任人差充。慶曆四年正月十一日，以大雪，賜河北、京西、河東遞鋪軍士特支錢。皇祐元年正月二十一日詔：凡有邊警而敢盜發遞角者，斬。十月二十三日，詔馬鋪每一晝夜行五百里，急脚遞四百里。四年七月九日，詔自京至廣州增置馬遞鋪，仍令内臣一員提舉。至和元年七月九日，詔陝西轉運司自永興軍至益州遞鋪軍士，方冬苦寒，挽運兵器不息，其各賜緡錢有差。嘉祐八年，英宗已即位，未改元。九月二十二日詔，遞鋪住滯文字違一時辰並半時辰，各杖六十。一時半，杖七十，兩時辰並兩時辰半，杖八十，移配重難遞鋪。三時辰半，杖一百，移配重難遞鋪。八時辰半，徒二年。神宗熙寧元年正月十八日，樞密院上《新定到文武官合乘遞馬條貫》，詔可。先是，諸色人給遞馬太濫，所在馬不能充足，以致急遞稽留故也。二年六月九日，詔京朝官差川峽勾當，審官院依舊例出給人馬公憑，大使臣差川峽差遣，即仰開封府出給訖奏，更不申樞密院。四年三月七日，樞密院吏房言，勘會所給遞馬頭子内自京差往外任，住城官員雖於頭子内書填候到日於本處送納繳連樞密院，其間多有不曾繳到者。竊慮因循別生奸弊，乞下進奏院遍牒諸路州府軍監，今後官員到任，仰取索有無遞馬頭子，如有立便勾抽繳連於樞密院送納。如有稽違，令所在申舉，乞行朝典。詔令都進奏院遍牒施行，其應短使，及諸般差遣内臣大小使臣等，所給遞馬頭子，令於閤門並在京所轄處送納，令尚書刑部遍牒在京諸處，應係差出官員所轄人纔候到京朝見，或公参日，並取索曾與不曾乘騎遞馬詣實文狀。如曾請領遞馬頭子，即便具狀繳連於樞密院送納。如違，當行朝典。八月三日，點檢陜西路馬遞鋪趙約之言：乘遞馬者，如到州縣未發間，止許占一匹，候行日方許差撥州府公用等物，不許令遞鋪推般。從之。七年四月十二日，詔乘遞馬者，於水行州縣聽乘舟，官以役錢雇。八年十二月二十一日，詔自京至廣西邕桂州已來沿邊置急遞鋪，仍令入内省差使臣一人點檢。元豐元年五月二十八日，上批：日者廣西凡有邊事五六處交奏，不惟過涉張皇，深恐沿路習爲常事，或真有邊機當速者，反致稽遲。可速下轉運提點刑獄經略邕州安撫都監司，自今非緊切邊事，毋得擅發急遞。及經略司已奏者勿重復。如逐司自有所見，及經略司處置未盡，不拘此令。二年三月十七日，太原府路走馬承受全惟幾言：馬遞鋪兵窮困凍餒，乞加寬恤。上批：久聞鋪兵艱勒之狀，深可傷惻。今因惟幾到闕，面審其實，亟宜拯卹。可委河東都轉運使陳安石速具措置以聞。七月三日，上批：陜西馬遞鋪人馬多闕，方軍興，飛書遣使，此最先務。宜令兩路提點刑獄文臣點檢補填數足，申明條約開封府界委提舉官。八月十二日，詔入内省選差使二人，自京分詣陜西沿邊麟府等路，於遞鋪内選可充急脚遞鋪兵級，對换不堪走傳文字之人，仍相度鋪分地里遥遠去處，置腰鋪。二十九日，詔自京至陜西河東用兵路分遞鋪，各賜特支錢。四年十一月二十三日，西京左藏庫副使鄧繼宣言：差提舉編排環慶府路馬遞急脚鋪等，竊見韋州至清遠軍駐劄將官潘定、劉清，日逐搜山道路通活，别無阻節。其南州至韋州駐劄官將劉僅、樂進，雖差下未至，即令靈州至韋州，向上糧道阻節不通，乞差近上臣僚，多發厢軍，自新界柴稜溝，每十里置一鋪，及創堡塞，以便運糧，轉送文書。詔令胡宗回詳繼宣所奏，展轉移牒指揮劉僅等，速赴所分地巡綽通道。令宗回具析，見權本路帥領兼職在饋運，道路梗澀，並不措置，因依以聞。五年三月二十一日，詔陜西五路自大軍入寨之後，沿路馬遞鋪甚失編排，有妨轉送文字，專委官整葺。陜西差胡宗回、王欽臣，京西差梁燾。五月二十六日，蒲宗閔乞自秦州至熙州量地里遠近險易，置車子鋪二十八，招刺兵士。從之。六年九月二十五日，詔鄜延路令毋輒出兵，令樞密院更不送門下省，止用金字牌發下。牌長尺餘,朱漆,刻以金書"御前文字,不得入鋪",猶速於急遞。

七年八月三日,權河北轉運判官張適言:已遣第十五副將王文景領兵捕殺澶州界群賊,權令選來馬鋪馬七疋,詔張適不當差馬鋪馬給將下,特釋罪。哲宗元祐六年四月七日,刑部大理寺言:赦降入馬遞,日行五百里。事干外界或軍機,及非常盜賊文書,入急脚遞,日行四百里。如無急脚遞及要速并賊盜文書,入馬遞,日行三百里。違不滿時者,笞五十,一時杖八十,一日杖一百,二日加一等,罪止徒三年。致有廢闕事理,重者奏裁。從之。徽宗建中靖國元年正月九日,都省劄子訪聞諸路馬遞鋪人例皆額闕,致見存應辦役使,倍有勞苦,往往不能依鋪分交替,因致鋪兵盤纏闕乏,多饑凍僵殍,或逋逃聚爲盜賊。遞馬芻秣失時,枉有死損。詔令兵部行下逐路監司,疾速經畫措置,申嚴條約,裁損泛溢差役,及責立日限,委當職官,招填投换闕額人兵,并量增價和買遞馬,並早令敷足元額,相兼應副役使,仍每月具招填過人兵,及買到馬數,申尚書省。三月二十七日,中書省、尚書省檢會元符職制敕諸巡轄馬遞鋪使臣,私役所轄兵級鋪夫,罪輕者徒二年,不以赦降原減。看詳元祐以前編敕,並無遇赦降不與原減之法,乞止科徒二年罪。從之。崇寧元年六月十四日敕:鼎州龍陽縣永安鋪與陵名相犯,改爲龍潭鋪。七月十八日,都省批送下成都府路轉運提舉司奏勘會本路諸州軍,每年差衙前管押上供,及别路年額衣賜,並坊場錢買到物帛綱運不少,多是沿路闕少遞鋪,積壓住滯。雖有本條,如遞鋪闕人,許差厢軍,及和雇人夫,沿路州軍往往不爲便行應副,蓋是自來未有立定罪名,不任其責。今欲乞今後川路,諸般綱運至州縣,闕少鋪兵,承受申報,不爲依條差那厢軍,或和雇人夫,點鋪遞送,以致住滯,許押綱人經本州及逐路監司次第陳訴,或至卸納州軍,申陳移牒所屬,根治施行。其干繫官吏並依綱運無故稽留敕條一等科罪。所貴各公共協力應副。黄帖子稱乞縣無厢軍處,如少遞鋪,便行和雇人夫。及逐縣作料次,預先請領封樁闕額遞鋪厢軍請受錢,在縣樁管準備文遣。如無或不足,即於轉運司錢内依此樁撥。伏乞下有司於元條内修立施行。兵部駕部勘當欲依所乞,仍令逐州量度,立定每料錢數應副。及川路諸般綱運所至州縣,闕少鋪兵,依條差那厢軍,或和雇人夫貼補,即難將諸般綱運一例差厢軍或和雇外。欲令外縣承受到上供錢物,及應副别路額衣賜綱運申報闕少鋪兵,具合差人數申州,及差厢軍。如闕,便令本州行下本縣,依舊和雇施行。户部右曹金部度支看詳施本部别無違礙。從之。十二月二十二日,兵部狀:點檢編排自京至荆湖南北路馬遞急脚鋪所狀：今點檢得鼎州敖山鋪，至辰州門鋪，人馬除傳送文字外，其餘人馬多緣應副軍興差出，勾當官員諸色人打過，體訪得上件鋪分，蓋是役多人少。自來鋪兵傳送不逮，多作打過名目，影占身役，見别作擘畫外，檢會元符令，諸急脚鋪兵不得令傳送官物。蓋緣上項法意未盡，致官員諸色人等，無所畏憚。欲乞下有司立法。應官員諸色人，合破遞鋪擔擎，輒役急脚鋪兵士或曹司者，以違制論。詔依兵部所申。二年正月二十日，駕部員外郎陳賜狀：竊見諸路遞馬，近來兵級養飼不切如法，多是死損，以致闕馬。欲乞令州軍記籍死數，至年終將逐鋪馬數，各以三分爲率。無上件致死者，管轄節級優立酬賞；若有及五釐以上，即科重罪，及一分以上，仍移降重難去處。其巡轄使臣至界終。降依條比較，分數殿降外，更與加賞罰節級。自來未有賞罰，兵部勘當，欲依本官所乞事理施行。内馬鋪節級，每至年终如無瞟减致死者，與支賞錢壹貫五伯文。若有及五釐，科笞五十。及一分以上，科杖七十。詔依兵部所申。

四年九月十八日，尚書省奉御筆，舊條事干外界或軍機，并支撥借兑急切備邊錢物，非常盗賊之類文書，方許入急脚遞轉送。擅發急遞，自有立定刑名。近來官司申請許發急遞司局甚多。其間有將私家書簡，並不依條入步遞遣發，却旋尋閑慢關移。或以催促應入急脚遞文書爲名，夾帶書簡，附急脚遞遣發，致往來轉送急脚遞角繁多。鋪兵疲乏，不得休息。可参酌立定斷罪刑名，今立下條諸文書，雖應入急遞而用以爲名，輒附非急文書者，徒一年。附私書之類者，加一等。從之。

大觀二年三月十四日詔：秦鳳路鳳州鳳翔府寶雞諸縣，當川陝之會，郵傳人卒月給錢糧，錢輕物貴，而糧多坐倉收糴，食用不足，以故逃逸者衆。招募不行，遂差雇百姓運致官物，監司恬不措置，而州縣利於差科配擾良民，不給雇直，阻滯綱運。可令提舉常平官體究事實，具弛慢官吏聞奏。三年二月七日，荆湖北路計度轉運副使李偃言：本路日有朝省急速遞角往來。續承朝旨，如有住滯急速文字，其提舉官一例重行黜責。今日近朝省發來急遞，動經三四十日，馬步遞經及五七十日，至三兩月以上方始遞到，全然違滯。蓋爲遞角自都下經由府界，京西湖北路界内，積留稽滯本路文字，無緣點檢根催，深慮闕悮。乞令具弛慢不職，因依一面申聞朝廷。重行黜責。從之。政和三年二月二十九日，尚書省送到劄子，勘會急脚及馬遞鋪，昨措置私拆盗毁亡失留滯約束法令備具，近來所屬官司，並不檢舉覺察。近奉聖旨措置，令欲依下項契勘。昨爲巡轄所管地分内,有千里以上地分廣闊去處,例皆檢察不遍。且如江西路虔州等處,使臣一員,見管地分三千八百餘里,顯是不能依限巡遍,致鋪兵作過。今欲每及千里差置一員,舊額多寡處自依舊。仍仰逐處路提舉官,將所添使臣以州軍遠近,道路順便接連去處,重别均定,具合以某處窠名,申吏部差注。所有不曾添置去處,如見管地里輕重未均,亦仰重行均定。其使臣廨宇,仍於所管地分中路安置。梓州路七千四百餘里,管轄使臣四員,欲添置三員。夔州路六千五百餘里,管巡轄使臣三員。江西路七千三百里,管巡轄使臣三員,欲添置四員。湖南路除潭衡邵州武岡軍各置巡轄使臣一員外,永全道郴州桂陽監三千八十五里,共管巡轄使臣二員,欲添置一員。河北東路四千八百餘里,管巡轄使臣五員。河北西路四千五百餘里,管巡轄使臣五員。河東路九千六百餘里,管巡轄使臣九員。京畿三千八百餘里,管巡轄使臣六員。熙州蘭湟路四千六百餘里,管巡轄使臣八員。廣東路五千一百餘里,管巡轄使臣七員,欲更不添置。廣西海北二十三州,計一萬二千六百餘里,管巡轄使臣六員,欲添置六員。廣西、海南、瓊州、昌化軍、萬安軍、朱崖軍共四州軍,自來只是巡檢兼管巡鋪、未曾專置巡鋪使臣,欲專置巡轄使臣一員。京東路五千九十餘里,管巡轄使臣四員,欲添置一員。利州路四千一百二里,管巡轄使臣六員,欲更不添置。勘會遞角稽遲,在法止是縣尉,巡轄使臣有立定賞罰條格,而縣官皆不任責,亦無勸賞,遂使巡轄使臣巡歷未至去處,坐視違滯,並不檢察。欲馬遞鋪並令知縣縣丞主簿同共管轄檢察,任滿及歲終,以所管界内急脚馬遞鋪承送遞角賞罰。内知縣丞比縣尉各減一等。即無可減,降及主簿,並同縣尉法檢會令文。諸急脚馬遞鋪州縣鋪寨興廢或道路更移,及官移文書隨事多寡,而鋪兵遞馬有餘或不足者,聽巡轄使臣申州量事那移,更不得抽差他役。今諸路並不曾依上條施行,致鋪兵轉送官物文字,勞逸不均。欲令提舉馬遞鋪官,委巡轄使臣逐一參詳。若依上條有合行移鋪分及添減人兵去處,仰重行均定訖,申尚書省勘會。巡轄使臣今已立定,每及千里一員,然所居地分亦不下三五州軍。雖比舊巡轄稍頻,緣終是不得專一契勘急脚馬遞鋪。除依舊每二十人差置節級一名外,並無將校等催促轉送部轄。欲令逐路轉運司除舊人數差置節級外,諸州每及百人置十將一名,每二百人仍置都頭一名,五百人更置將校一名。部轄及往來催趕遞角官物。其合置人數,仰轉運司將逐鋪見管人兵,立定合如何排轉,具狀申兵部類聚措置,合轉階級申尚書省。未轉補間,令先次且於本城内差撥,候有轉補到人,逐旋替换。詔依擬定。四年十一月三日,京西北路提舉常平司奏:欲乞本司應奉西幸事務,往來遞角權入急脚遞轉送,詔應西幸事内急速者,併入急遞。六年十一月十八日,詔訪聞諸路馬遞鋪傳送文字,多有住滯沉失,并偷拆等事。昨降指揮措置差補將校部轄,可檢會申明行下所屬,限十日須管差置了當,申尚書省類聚聞奏。七年六月十五日,宣義郎、殿中丞李佖奏:蒙差自都至陜西點檢急遞,歷陜西六路沿邊州縣,將御前金字牌等處遞角逐一驅磨,盡已了當。并催督綱運津遣,並無遺誤。詔李佖轉一官。重和元年十二月十五日,兵部奏:承權發遣提點淮南西路刑獄公事兼提舉馬遞鋪所俞向狀:准批送下淮南西路兵馬鈐轄司狀,講究得諸軍兵如有逃亡之人不即申發,隱避詭名,請領衣糧等,欲立定刑名告賞等事,送兵部勘當,申尚書省。本部契勘巡轄使臣任内逃亡、鋪兵責罰,已有條令。任滿比較,自合遵依見行條貫。所乞將兵官,歲終以所管鋪兵比較推賞。及乞覺察詭名及冒名承代請受,立定分數推賞事節。乞下本路提舉馬遞鋪官相度。今相度下項,淮西鈐轄司所乞巡轄使臣,比較逃亡及二分,展磨勘二年。今相度欲比附前項敕條,候任滿不及一分,減磨勘二年。從之。諸路依此。

宣和元年四月十一日,朝奉郎、直秘閣、權知洪州徐惕奏:檢會近緣去年五月以後頒朔布政詔書并急遞等文字,遞鋪住滯,過期方到。已奉御筆,令轉運司體究巡轉遞鋪使臣先次衝替與當職官,並勘罪奏。今來正月頒朔布政詔書係十二月二十一日入遞,沿路住滯,經及三十四日方到,雖在本月内,已是下旬,然當月止有五日,兼契勘逐時都進奏院遣來急遞朝廷文字,亦多是經及四五十日。詔書依御筆指揮日行五百里,常程急遞日行四百里。其沿路遞馬鋪尚敢仍前違慢。臣今體問得,多是曹級容令鋪兵售雇與往來人擔擎,或肆爲營趁,積聚公角三百件,方差一二名貧乏者負擔承傳。似此抄轉名件既多,擔夯例皆負重,何緣依應條限,巡鋪使臣略不點檢,雖已移文逐路催促,緣係别路,終是催趁不前。兼慮有朝廷急速報應文字,往來有失期會,欲望特降睿旨,立法措置。仍下逐路提舉馬遞鋪。所督責巡鋪使臣當職官鈐束鋪兵,依條限傳送,免致違滯。奉御筆可措置立法,將上取旨。八月十六日,權發遣京畿提點刑獄公事許偲奏:方今州府縣鎮驛舍亭輔(鋪),相望於道,以待賓客。其法固已具備,然吏習弗虔,不以時察。梁桷撓折,或牆壁圮壞,歲月既久,多致摧榻,使道路無所宿息,爲行役者之患。臣職之所領,近在畿甸,目所親見,有若此者,四方萬里之遠,從可知矣。欲望特降睿旨,俾諸路各行修整,嚴責州縣,常切檢察,使出于塗者有所依,上亦足以裨盛時仁政之萬一。工部供到政和令:諸營繕廨宇館驛馬遞鋪橋道及什物之類,一就檢計。謂如館驛有損,即一驛之凡有損壞處皆是。三十貫以下,轉運提舉常平司分認,從所屬支修訖,申逐司諸營造材料所。支錢及百貫,或創造三十間,每間不及四椽者,以四椽准一間。申轉運司。創造及三十間者,仍申尚書工部。縣創造三間或繕修十間,並應支轉運司錢者,申所屬相度行。應申者檢計,仍委官覆檢。其創造及百間,具奏聽旨。諸營造材料並官給。闕官,差軍工採官山林。又無,以轉運司錢買。若不足,聽於中等以上户稅租内,隨等第,依實直科折。詔坐條申明行下。十月五日,中書省尚書省言:檢會政和敕馬遞承傳文書,違一時杖八十;二時加一等;一日徒一年;二日加一等,配五百里;罪止徒三年,配千里;並重役處急脚遞加二等。其法已嚴。近來急脚遞文書,尚多住滯,蓋是所至不肯即時交割,或行用錢物使令越過,人力不勝,因致違滯。令參酌事,立告賞斷罪,庶可懲革。檢修下條,諸急脚遞承傳文書,所至無故不即時交割,或行用錢物令越過者,徒一年。受財而爲越過者,減二等。並許人告,諸告獲急脚鋪無故不即交割文書,或行用錢物令越過,及受財而受越過者,錢三十貫。詔從之。八日,利州路轉運司提舉馬遞鋪所奏,勘會川陝路之官罷任準條,並破鋪兵,各有立定人數。訪聞近來得替赴任官員,有自前路遞鋪曹級取受情囑,增差鋪兵前來泊至本界。若曹級欲取文書看照,多是輒鞭撻勒,令依數差换,動經五七鋪方令交替。鋪兵緣此逃竄,闕人般發綱運。乞專立法禁,兵部看詳法禁,修潤下項。諸初供遞馬鋪兵處,及所至州界首鋪曹司節級取文書驗實。巡檢使臣在鋪者,並呈驗。諸馬遞鋪應取文書驗實而不出文書,使照驗不得供差人馬,諸因差遞馬鋪兵,輒毆縛曹級鋪兵者,加鬬毆罪一等。詔從之。二年七月十日,河北路轉運使李孝昌奏:近奉聖旨差提舉河北東西路馬遞鋪,契勘本路密接虜境,每年國信往還,應辦上供綱運等,遞角浩瀚,全藉有心力巡轄使臣往來巡察,方免稽滯。近來他司却將不公不職使臣與本路巡轄使臣對移,深恐別致悮事。乞令後巡轄馬遞鋪使臣不許他司對移,充別職任,所有本路見對移巡轄使臣,乞許令依舊歸任。元對不公不職使臣,令別行對移施行。詔依,並諸路依此施行。九月二十六日,詔監司守臣等許發入内侍省遞角,並仰以千字文號記。如有沉匿,庶可根治檢察。三年三月二十八日,勘會近緣捕賊諸處遞鋪傳送文字，顯有勞役，仰巡轄使臣具經由鋪分曹級兵士姓名，申轉運司，特與量行犒設。三月十三日，入内内侍省武節大夫充睿思殿供奉權殿中省尚輦局司圉典梁忻奏：臣奉御筆差自京至淮南，往來催促驅刷遞角。臣竊見本路急脚遞所傳文字名色冗併，角數浩瀚。鋪兵唯知承送，難爲區别。訪聞他路，類皆似此。於馬遞鋪敕條明有法令，諸急脚遞不應發者，徒二年。緣有司奉行滅裂，略無畏忌，雖許巡轄使臣具奏，但人微官卑，莫敢誰何。兼實封文字不能窺測，積習滋久，浸以成弊。究其本源，往往多是因公及私，欲其速達，更不契勘條令，即入急遞前去。當此軍期之際，遂與奏報交錯。是致以一晝夜爲率，動輒數百鋪兵，曉夕承傳，尚或不前，顯屬未便。雖非軍期路分，亦宜禁止。乞詔有司申嚴法令，載在本敕，庶幾冗遞減絶，人力易勝。詔急脚遞所傳文字，有不應發而發者，致角數浩瀚，人力不勝，有誤軍期，可申明條禁，遍行諸路。如有犯者，並不以赦原。廉訪使者常切覺察。四月二十三日，中書省尚書省言：檢會下頃政和格給遞馬人兵數，武功至武翼大夫二匹一十人，武功至武翼郎二匹七人，敦武修武郎二匹五人，内侍官二匹三人。政和令：諸朝廷非次差官出外，應納遞馬及補兵兩應給者聽從多。宣和三年二月十四日，敕修立到入内内侍省傳宣撫問使臣格，遞馬鋪兵官二匹三人，取到駕部狀，稱傳宣撫問内侍官差破遞馬鋪兵，如本官係修武郎以上，合依政和令從多給。若有押賜夏藥等官物，差破鋪兵，每人約擔官物六十斤，合隨所押賜物多寡斤重差破。從之。二十五日，秦鳳路經略安撫使郭思奏：遞角曹級盗拆罪名不輕，却有大小官員使臣，道逢遞角，或安下處門首以借看爲名，或妄託諸監司及州府差來根刷遞角爲名，直於道中轉遞人處取，入安下等處盗取所遞文書，抽看前後，轉到前鋪。或至地頭驗出拆損，封頭去失文字，不少契勘。尚書省樞密院宣撫使司發與本司遞角，及本司發去遞角，莫非御前與朝廷邊防機密文字。今來輒敢拆開觀看，泄漏事節，焉知不是奸細。欲乞於盗拆遞角下，更添入詐欺邀往偷看在道遞角，並遞鋪兵士檀便依從，將遞角文書與上件人者，重立刑賞，許諸色人告捉，庶幾可以止絶。從之。八月十二日德音：應自京至軍前急脚馬遞鋪兵士等，如有因公死於道路者，仰所屬量事優恤其家。又應自京至逐路急脚馬遞鋪，近因轉送軍期文字違滯，避罪逃竄之人，可自今來指揮到，限一季許令首，身並與免罪，依舊收管。勘會捕賊之際，承發文字遞送，訪聞鋪兵人力不勝，間有稽留，仰所屬子細取驗住滯文字，如委非緊速，不失機會者，持免推究。五年五月四日，臣僚上言：契勘遞角文字實封遣發，其不應入急遞而輒發者，雖有斷罪刑名，除許抽摘折驗外，別無關防覺察，欲乞應承受遞角官司，將所受遞角置簿抄上元發遣去處、月日時辰、係是何事目、元發甚遞分明籍記監司廉訪使者，出巡所至，取索點檢。若有違法，按劾施行。契勘馬遞鋪兵，請受微薄，蓋是州縣從來不曾依條豫請口食，借給越過。鋪兵既食用不足，必致逃竄。欲乞應逐路所管馬遞鋪州縣，須管豫支口食草料，付逐鋪節級收管。遇別鋪人馬越過，或雖非越過而地里夐遠，亦斟量即時借給。若州縣不爲應副，即乞立定罪名，及委提舉官常切覺察，按劾施行。詔坐條申明行下。七月十四日，知成都府席貢奏：契勘諸路設置急遞鋪兵，承受往來文書，皆有程限，不容違滯。或私拆盜匿及有損失，官司點檢封印傳發，條法備具。近緣遞角損破，鋪兵經官申陳，多不受理。以次鋪分不肯交承，遂致鋪兵打過，直至本府，往回數千里，沿路並無口食，乞丐前來。本府已一面根究，及別出給鋪兵口食曆，並公文遣回外，欲乞自朝廷立法約束。奉御筆，尚書省勘當立法，本省今參酌增修下條，諸急脚馬遞鋪所遞文書，並驗封印，及外引牌子交受傳送，如有損失，所至鋪分押赴本轄使臣或所屬州縣究治。即時封印具公文遞行亡失文書者，速報元發遞官司，即傳送官物，無人管押，而裹角封記損動，並準此以上因封印之類，有損失而輒遣越過者，因損失而妄詐闕人越過同。聽鋪兵經本轄使臣或隨逐州縣陳告，仍聽所至官司覺察點檢，申本路所屬監司究治犯處。非本路者，具事因申尚書兵部。從之。六年五月六日，入内内侍省奏：勘當本省承受諸路州軍帥司監司守臣廉訪等，轉發到奏狀遞角，欲乞遇有轉到諸處僂下字號奏狀，並不全筒角，依例本省聞奏。牒尚書駕部一面計程，責限下巡轄馬遞鋪使臣逐一驅刷根逐，送所屬依條施行，庶得遞報機速文字不致稽違失墜。詔從之，令申尚書省。七月十九日，詔輒以承受發下遞角爲名，差占鋪兵，依私役禁軍法發遣者，徒一年。七年二月十六日詔：置郵以傳命令，近來鋪兵衣糧不給，逃亡不補，遞馬芻豆蔑有存者，違慢至此。巡轄官並罷，別差能吏，仰提刑司分按支給衣糧草料，修繕營鋪，補足兵馬，廉訪司覈實以聞。三月二日，京西路轉運判官吏徽奏：昨奉旨兼提舉京西北路馬遞鋪，緣本路西京河陽鄭滑州，係當三路之衝，最爲浩繁，鋪兵勞苦，理宜存恤。自來差出使臣，一概號爲走馬奉使，不遵大觀條法，往往毆傷人兵，打過遞馬，乞取錢物。州縣觀望，不敢繩治。及當州縣當職官，公爲占破，私自役使，或以假人，自來未有法令禁止。詔逐路提刑司根勘私役去處聞奏。今後大有差破及作名目占使，抑勒出備錢物之類，並計庸坐贓論，令尚書省立法。四月二日，翊衛大夫安德軍承宣使直睿思殿李彦奏：臣竊見近降處分京東路提舉馬遞鋪所自後遞馬鋪兵，不得更似日前非理勾集拘留，所有人馬請給草料，除合坐倉數外，並按月椿備本色支給倒塌損壞營房支破官錢，疾速修蓋，見逃亡人兵多方招誘，立限兩月，許令首身，見闕遞馬疾速依條施行。臣近被奉處分，前去京東路勾當公事，其沿路一帶鋪分營房，並未曾修蓋。雖有見管鋪兵去處，往往不過兩三人承轉文字，亦有無人交替鋪分，致積遞角留滯程限，誠恐有悞邊防機速事務，欲將諸路應干急脚馬遞鋪事務，别委他司官專一提舉措置。詔依奏。應諸路今後並差廉訪使者兼提舉漕臣，專一應副。

高宗建炎元年五月一日赦：應急脚馬遞鋪兵，因金人所至逃散，可專委本路提刑司疾速招置，仍依時支破請給三日，又詔下諸路提舉茶馬鋪所，多方召誘，又將急脚鋪先次剗刷……

九月二十一日，臣僚言：有司失職，郵傳不通。陛下即位以來，詔令多矣，而浙東州軍所被受者，唯兩赦及四五御札，其他片紙不傳。浙東距行在止貳千餘里，而命令阻絶如此，彼川、廣、福建可知矣。契勘諸道進奏官，遇有被受文書，晝時遣發。或合謄寫播告，各有成法……其文字不到，亦許諸路州軍，徑申門下後省，庶幾四方萬里，皆得傳聞朝廷號令，知陛下憂勤愛民之意。詔進奏院令監官條具申尚書省，餘依。

二年正月十六日，詔江南東路轉運副使李謨兼本路提舉馬遞鋪。

三年二月十八日，知杭州康允之措置本路衝要控扼去處，擺鋪斥堠，每十里置一鋪，專一傳遞日逐探報斥堠文字，每鋪五人。新舊弓手内選有心力、無疾病、能行步少壯人充。每日添支食錢三百文省。每鋪並限三刻承傳。置曆批寫時刻。每互（五）鋪選差有材幹、年五十以下使臣一員，不以有無拘礙……

（四年）十一月七日詔：諸路可依舊，每五里置一鋪，每鋪輪差保甲五人、貼司一名傳送抄轉，專委縣尉巡轄。（《永樂大典》卷一四五七四引《宋會要》）

（二）《金玉新書》所載驛令

諸急脚馬遞鋪，每二十人補節級一名。人數雖不及，亦補一名。不及十人，鄰近兩鋪共補一名。相去二十里以上者各補。並以無疾病、不曾犯盜或徒刑及非配到人,依次排遣。其馬鋪節級毋給。

諸急脚馬遞鋪,各差小分一名充曹司,無即招填。其大分願減充者聽。

諸急脚馬遞鋪兵級,五人爲一保,不滿五人者附保。

諸招急脚馬遞鋪兵,先本處人,無即招鄰鄉村人。又無,本縣鎮若鄰縣人年十六以上無疾病人充。不許揀填別軍。雖奉朝特旨衝改條禁指揮揀填,亦不得發遣。

諸急脚馬遞鋪應用條制,每鋪板榜曉諭,巡轄使臣以時檢舉。

諸急脚馬遞鋪兵級曹司,將所傳制書或諸軍補授文帖賣與人齎發,並買之者各徒二年。餘文書減三等。并許人告。

諸馬遞鋪藏匿人馬罪賞條格,本縣檢舉,出榜縣鎮鄉村道店曉示。

諸急脚馬遞鋪干繫人受乞減剋鋪兵財物者,徒一年。一伯文,徒一年半。一伯文加一等。罪止徒三年,許人告。

諸遞鋪鋪兵告獲馬鋪藏匿不供换人馬者,給所告獲馬,改充馬鋪。

諸馬遞鋪藏匿人馬不供换應備賞,而有知情容留隱避者,其錢均理。

諸急脚馬遞鋪兵承傳文書稽違,或曹司承受遞角積留不遣,節級知而不舉及失覺察同。杖罪應解縣者,限一日推斷。徒以上徑申送州,限五日推斷訖,并押回本鋪。

諸遞馬額闕,巡轄使臣當日申州,限二日給填。無官馬者,委本縣令和買。仍限三日納度合用價直,以轉運司錢樁管。不足,聽於諸色官錢内借樁。

諸急填遞馬,當職官體度正路緊急馬鋪先支,餘以次給,仍並送所屬令佐親臨分探給之。

諸軍及遞馬病,自申報日給草料四分,損日依舊。非臟腑病者全給。謂如失節患眼背瘡疥癬之類。馬鋪節級所管馬,至歲終無膘減致死者,錢三貫。所管不滿十匹者,減半。

諸急脚馬遞鋪因州縣鎮寨興廢,或道路更易,及官物文書隨事多寡,而鋪兵遞馬有餘,或不足者,聽巡轄使臣申州量事那移,即不得抽差它役。差本城代者同。獲馬鋪收得別鋪官馬,隱藏過五日不申官,或雖在限内而殺者,賞錢三十貫。

諸馬鋪收得別鋪官馬,隱藏過五日不申官者,計贓從盗法。即雖在限内而殺者,以盗殺論,配千里。

諸軍及馬鋪走失官馬，三十日尋訪不得者，杖一百。限外未决而得，及佗人得者，除其罪。

諸知情買馬鋪兵級盜賣遞馬，或受贓者，以盜論。各計已分。知而爲藏，若質賣者，减二等，許人告。

諸馬鋪供馬不依曆内次差撥者，曹司、節級、馬主，各杖八十。即乘遞馬而隔越差占、不聽執覆者，加二等，仍許本鋪人告。

諸乘遞馬，經鋪無馬差换，須越過至前路州縣鎮鋪。又無馬，不即報所屬和顧替换，而輒乘元馬越過，及官司不爲顧者，各徒二年。合破遞馬鋪兵詣所至鋪分，應替换而受乞財物，計贓輕者准此。諸馬鋪遇別鋪人馬越過者，應借支日給口食草料，而不即時給，或减剋，罪輕者各杖一百，移重難舖。

諸急脚馬遞鋪，大小曆印給違限。若本鋪輒差赴所屬請領者，各杖一百。

諸馬鋪州給木條印，責付曹司節級專掌，唯因越過而闕報，則用之。每歲一易。舊印送州毁。

諸遞鋪承轉上貢物樣，違一時笞五十，一日加一等，罪止徒一年。曹司節級失覺察而犯人至罪止者，杖八十。巡轄使臣减一等，州縣巡察官司催發人减二等，巡檢縣尉各又减一等。

諸急脚馬遞鋪曹司節級鋪兵不依名次者，徒二年。共犯者，節級雖非造意仍爲首。皆降配重難遞鋪。

諸應差遞鋪鋪兵而過數，及不應差而差，差、受同。若差遞鋪擔擎而輒役急脚鋪兵或曹司節級者，各徒二年。

諸馬遞鋪供差遞馬鋪兵，應取文書驗實而不取驗者，杖八十。

諸乘遞馬而將曹司節級隨行者，杖一百。

諸急脚馬遞鋪兵級曹司差他役者，輒以承受發下遞角爲兵差占鋪兵同。各徒二年。發遣官司减二等。

諸急脚馬遞鋪兵輒受雇，若別作營運妨執役者，各杖一百。知而雇之者及曹司節級容縱，與同罪。

諸急脚馬遞鋪兵級曹司輒令家人，或雇倩人代名及對换承傳，若受之者，各杖八十。所代人有犯依正身。法内枉法，自盗罪至死者减一等，配本州。殺傷人者以凡人論。即盗匿棄毁私拆稽留者，正身雖不知情，减犯人一等。

諸官司差借或占留急脚馬遞鋪兵級承領文書及搬擔官司物，物主亦借之者，各杖一百。搬擔一伯斤，徒一年。每一伯斤加一等，罪止徒二年，官物減一等。其應承傳官物而夾帶者，物主及巡轄使臣兵級曹司知情，罪亦如之。即失檢點者，每五十斤笞四十，五斤加一等，罪止杖一百。仍止坐初承受鋪。

諸急脚馬遞鋪兵及(級)曹司闕額，不依限申州，及本州差撥無故違限者，干繫官吏各徒一年。十日以上加二等。

諸急脚馬遞底本印簿官司輒取索，離鋪若供送者，各杖一百。若巡轄使臣至兩界鋪分不取索鄰界一鋪文曆點檢，及鋪兵曹級避免點檢、妄稱諸處取索前去(者)准此，仍許兩界提舉司覺察。

諸馬遞承傳文書，違一時杖八十，一日杖一百，二日加一等，罪止徒三年，配五百里重役處。致有廢闕，事理重者，奏裁急脚遞各遞加二等，步遞減馬遞五等。諸急脚遞承傳御前不入鋪及金字牌文書，而違不滿時者，杖一百。一時徒一年，配五百里。每一時加一等，至徒三年，止配千里，并重役處。致有廢闕事理，重者奏裁。曹司節級失覺察，杖一百。巡轄使臣減一等。諸急脚馬遞鋪兵級逃亡，及首獲者，本鋪即時申所屬。又巡轄使臣限次日申提舉官。

諸急脚馬遞鋪曹司節級容留衝要鋪逃亡人，冒承名額充役，而受乞財物，計贓輕者，降配重難遞鋪。

諸傳送軍期重害機密遞角而盗拆者斬。請求或教令開拆看者，各准此。以上並奏裁，仍許人告。

諸急脚馬遞鋪遞送文書，封印有損，或失外引牌子，若亡失文書，傳遞官物無人管押，而裹角封印損失同。所至鋪分輒遣越過者，因損失而妄作闕人越過同。曹司、節級各杖一百。本轄使臣或隨處州縣承鋪兵陳告不爲受理者，與曹級同罪。即使臣州縣應究治封印遞行并報元發遞官司，而不即施行者，杖六十。鋪兵被遣越過而能陳告官，雖有損失，非自侵盗者不坐。

諸急脚馬遞鋪曹司兵級盗遞角者，徒二年。重害文書配五百里，從者配鄰州。致軍事廢闕及及機密文書，仍奏裁。請求或教令盗者，各准此。

諸急脚馬遞鋪曹司節級失覺察，鋪兵盗匿棄毀私拆青詞黄素制書及重害機密文書遞角者，杖一百。三犯，降配重難遞鋪。失覺察急脚鋪承傳文書稽遣及五次，各罪至徒。或遞鋪五次，各罪止杖八十。

諸急脚馬遞鋪曹司承受遞角，輒積留而不即遣發者，杖一百。二十角以上加一等。違時重者，論如承傳文書稽違法。節級知而不舉，與同罪。失覺察減三等，罪止杖一百。

諸遞鋪曹司兵級盜承傳官物，論如主守法，徒罪配鄰州。

諸急脚馬遞鋪承傳遞角，每歲稽違，計數通滿五釐者，巡轄使臣、縣尉，各笞五十。使臣展磨勘一季，縣尉降一季名次。滿七釐，各加一等，使臣展磨勘半年，縣尉降半年名次。滿一分，各又加一等，使臣差替，縣尉降一年名次。如曾點檢得稽違遞角及三釐者，各減一等。五釐減二等，滿一分減三等。其展減名次、磨勘差替，自依元違分釐。

諸急脚馬遞鋪兵承傳遞角官物，若遞馬已至前鋪，及所詣交訖回鋪，違限一時，笞五十，一時加一等，罪止杖一百。曹司節級不切檢舉者，杖六十。鋪兵罪輕者，減鋪兵一等。巡轄使臣減三等。每半年曹司節級不檢舉鋪兵違限三次者，杖一百，移重難遞鋪。巡轄使臣每歲失點檢，滿三次以上，提舉官劾罪聞奏。

諸急脚馬遞鋪承傳遞角官物，若遞馬已至前鋪，及所詣交訖，不於隨身小曆批注回鋪日時者，各杖六十。即前鋪及所詣，應批注而不以實者，本鋪批注到鋪日時不實同。杖一百，許人告。

諸急脚馬遞鋪傳送急速文字，若官物權差鋪兵充貼鋪事畢而別差他役者，徒一年。

諸急脚馬遞鋪兵級犯杖以上罪情重者，急脚馬鋪降配遞鋪，遞鋪降配重難遞鋪。權差到軍人者，勒歸本處重役。

諸急脚馬遞鋪事非應當官究治及所轄官應親詣本鋪點檢，而輒勾進兵級曹司者，杖一百。

諸急脚馬遞鋪兵級所請錢糧，並就本州勘給，仍委通判檢察支請日分，每月取領足狀類申轉運司。鋪兵願就縣勘給者聽。仍委縣丞檢察取領足狀，申通判繳申。

諸馬遞鋪量閑要預請口食草料，不得過五十人匹。縣各印曆，付節級收給。別鋪人馬越過者，即時借給。其兵給口食日給二升，仍批小曆，限次月五日前，具鋪分姓名、數目開報。剋納草料限三十日。若請到經一年，據數申所屬，於本鋪兑换，巡轄使臣及本屬州縣官點檢。

諸急脚馬遞鋪兵級衣賜造成，赴官印驗。

諸急脚馬遞鋪曹司節級，遇傳送文書官物擁併而逃亡者，徒一年。首身減三等，移重難鋪。曹司仍充大分鋪兵。

諸急脚馬遞鋪兵逃亡事故闕，本鋪限一日申州。不滿二十人，限三日。二十人以上，限五日。五十人以上，限十日。權差廂軍，配軍非。不足者申轉運司，於閑慢不當路州差。並三年一替。搬擔並瘴煙處，一年一替。候有鋪兵，依元差名次先替。其不願替者聽。

諸質買急脚馬遞鋪兵級曹司月糧，並放債條約，本縣每季檢舉，逐鋪曉示。

諸緣河堤鋪頭，輒令傳送非河埽文書者，以違制論。巡河官吏不點檢，減三等。

諸遞鋪廂軍及和顧人同。承傳三路出軍衣，違一日杖六十，一日加一等，罪止杖一百。曹司節級失覺察，而犯人至罪止者，杖六十。巡轄使臣減一等。即稽留致給散失時，事理重者並所屬官吏取勘聞奏。

諸招急脚馬遞鋪兵，例物轉運司約度，計置印曆，給付所委官，於所在州縣收付。住招日繳曆，付本司驅磨。

諸急脚馬遞鋪營房馬屋同。損闕，曹司節級當日申縣，令、尉依一日檢計申州，併功修葺。遇替移交割有未修者，舊官修畢聽離任。每季具申到損闕及興修畢功月日，申提舉官點檢。

諸急脚馬遞鋪營舍，有家屬，許占一間。

諸遞鋪傳送人者，日行不得過六十里，仍宿於鋪。

諸急脚遞承傳御前不入鋪及金字牌文書，並日行五伯里。不以晝夜，鳴鈴走遞。前鋪聞鈴，预備人出鋪，就道交受。

諸急脚遞承傳御前不入鋪及金字牌文書，月終，通判驅磨，無稽違者，每季具承待鋪兵姓名、傳過角數，保明申州驗實，給特支錢。其巡轄使臣任滿，通所管鋪催傳及二十角以上廨宇所在州申會本路提舉官，委無稽違，類聚保奏，仍於奏狀稱説會到因依。

諸應入急脚馬遞鋪文書，並當官實封，不題事目，止排字號及題寫官司遣發限日時。用印以蠟固護入筒。逐鋪驗封印及外引牌子，交受傳遞。如有損失，所至鋪分押赴本轄使臣或所屬州縣究治，即時封印。其公文遞行亡失文書者，速報元發遞官司，即傳遞官物無人管押，而裹角封記損動者，並准此。以上因封印之類者損失而輒遣越過者。因損失而妄作闕人越過同。聽鋪兵經本轄使臣或隨處州縣陳告,仍聽所至官司覺察點檢,申本路所屬監司究治。犯處非本路者,具事因申尚書兵部。

諸急脚馬遞鋪兵級曹司藏匿棄毁遞角者,以盜論。私拆者徒一年,許人告。已拆而自首,减二等。致軍事廢闕及機密文書,仍奏裁請求教令藏匿棄毁私拆者,各准此。

諸發急脚馬遞遞所屬每色置籍抄上州用印,半年一易。即文書應入急脚馬遞者,以皮角,步遞以紙揖角,各題某遞字。

諸急脚馬遞鋪曹司承受遞角,並據數即將遣發,不得積併傳送,節級常切檢察,巡轄使臣所至取曆點檢。

諸遞角不得附帶他物,命官因步遞許附書,仍於内引批鑿注曆發放,不得開拆。本家以書寄命官者,亦許附遞。

諸發急脚遞馬遞文書,赴樞密院入内内侍省,御藥院並應申提點刑獄司詳覆。若本司報决公案,各以前後發數,次第具書爲引,仍以二本具發遞處及年月日時事目件數印書同入遞,承受處限當日以到發月日時批注一本,依元遞發回。計程過期,未見批回者究治。

諸急脚馬遞鋪傳送急速文書,若綱運般傳畸零官物同。而闕人者,申本州,於轄下鄰近不係本路鋪分,權差鋪兵貼鋪舉官。事畢,依舊不得充他役。

諸急脚馬遞鋪兵承傳遞角官物及遞馬,已至所詣而回者,並依步遞計里。

諸急脚馬遞鋪兵承傳遞角官物及遞馬,以至前鋪交訖,曹司節級即時於隨身小曆批注回鋪日時。至所詣元鋪者,官司或乘遞馬入批,通判路分都監以上隨行人批。本路曹司節級驗曆批到鋪日時。如違時限,送本縣究治。巡轄使臣及縣尉常切提轄,取曆點檢。

諸遞鋪運送官物,所屬縣給印曆,令管押人親書職次、姓名、到鋪日時、官物名色,送納去訖。合使人車數目,即應越過或值,亦併合候資次者,方各注事因,巡轄使臣及季點官點檢。其曆季易。

諸州通判歲終,以巡轄使臣、縣尉所管界内急脚馬遞鋪承傳遞角總數,驅磨稽違名件,率計分釐,限三十日保明申州,州限五日審實,申提舉官。巡轄使臣管兩州以上者,通判磨訖,報廨宇所在州,率計分釐申。若稽違五釐者,究治如法。即任滿謂成資以上。不及三釐,提舉官保奏。

諸遞送青詞黄素制書,於外引及封角書所遞名件,逐依所書録大小曆,差節級監送。闕者差二人共送。

諸遞鋪傳送青詞黄素祝板,並擇潔净處安置。

諸急脚馬遞鋪鋪兵,不得令運送官物。其遞鋪承傳文書,亦不得令附帶佗物。即應運送官物,均量輕重,日不過兩次。十里以下及軍期急速者非。錢不在運送之限。

諸盗匿棄毁私拆亡失經由進奏院遞角者,巡轄使臣即時申門下後省,獲犯人准此。諸擅發急脚馬遞者,巡轄使臣奏。

諸緣公事不應發遞而文書須遞者,聽申牒所在官司入遞。

諸急脚馬遞鋪傳送文書綱運及供差人馬,所屬隨曆,别給印簿作底本,每日隨事與曆對行一轉。遇官司取曆點檢,即分明具注於簿,俟給曆還鋪,排日謄上。

諸赦降入馬遞者,行五伯里。其文書事干外界,蕃夷入貢要速文書不可入馬遞者同。或軍機,若朝旨支撥借兑急切備邊錢物,或非常盗賊,收捕强盗十人以上,或雖不及十人而凶惡者同。奏按往還,朝旨專差官置司鞫獄申奏及取會文書,若催會奏按及批回奏按内引,並殁於王事及諸軍出,或因戰鬭陷殁,或收身不到,未見存亡,應取會公文。若逃亡軍人首獲會同,計程二千里以上及案獄,應申提點刑獄詳覆報次。會問往回同。入急脚遞,日行人伯里。要速謄報赦降照會及報賊盗文書,或朝廷封樁錢物應取會回報,或兑使錢物、事干急速,並糴買糧草所展價報,所屬或命官陞政官盗若舉辟應行文書申發軍帳,並緣急脚馬遞鋪,事亦同。入馬遞,日行三伯里。常程入步遞,日行二伯里。

諸急脚馬遞鋪事非應當官究治者,止令就鋪供報,不得輒勾兵級曹司。即所轄官應點檢,並親詣鋪,亦不得追擾。

諸官物應傳送而遇無遞鋪處,聽計置人車,致就遞鋪。

諸急脚馬遞鋪承傳文書官物,或由水路而遇風濤,若泛漲之類不可行渡者,據阻滯及離彼日時,批上小曆,監渡或所屬官書押,或到鋪謄入大曆,巡轄使臣點檢。

諸急脚馬遞鋪給大曆人給小曆。急脚鋪别給御前急遞及尚書省樞密院入内内侍省,御葯院往還小曆。本州預於前一月中旬,以官紙用印,遞付逐鋪節級分授,遇有傳送,以入時名數抄上大曆,謄入小曆。其御前急遞並尚書省樞密院入内内侍省御藥院經略安撫都總管司急遞文書,及夜過險惡道路,謂山坂險峻、河澗泛漲,或有猛獸之類。並差二人,共送前鋪。交訖,具時辰批回。闕人應越過者,逐鋪批録事因及發遣日時,巡轄使臣並本縣尉到鋪點檢稽違,次月一日納本州。當日委通判磨勘,限十日畢,具有無稽違,並巡轄使臣縣尉曾無檢察,書曆報州,仍封曆,同送本州架閣,及申提舉官,季一點檢。其逐州縣並巡轄使臣界首鋪,每季互相取曆磨勘。

諸遞送官物,不得於鄉村道店宿止,仍委巡轄使臣常切點檢。

諸急脚馬遞鋪,巡轄使臣或縣尉到鋪,並於曆内書所到月日及點檢違滯事因。

諸急脚馬遞鋪兵級,遇揀並分番勾抽,應減充剩員者,於本城下收管。願放停者聽。

諸急脚馬遞鋪曹司逃亡事故闕,本鋪限一日申州,日下差撥。又闕,聽權差厢軍。並差識字人充。配軍非。候招到人,替回。

諸州縣鎮寨季點官,因點檢而經由急脚馬遞鋪者,並檢察私收冒名人,送所屬推治。不檢察者,提舉官謂所差監司。餘條急脚馬遞鋪移提舉官,准此。按劾。

諸巡轄馬遞鋪使臣傳送印記者,預報前路使臣,赴界首交受。闕官或出巡者,即報所屬州,差使臣逐州傳至有處。候至長官受給,仍先附帳,限三日具審磨,附帳狀二本,連申尚書禮部。

諸巡轄馬遞鋪使臣出巡,於廨宇所在州,差小分一名充曹司。無,即差大分。

諸急脚馬遞鋪兵級曹司藏匿棄毁遞角者,以盗論。

諸急脚馬遞鋪兵闕,而巡轄使臣招到者,限當日押赴所屬州縣,即時刺項,當官支給例物,仍申轉運司,及報招兵官。

諸急脚馬遞鋪大小文曆,次月應納本州及通判磨勘。違限者,一日各杖八十,十日加一等,罪止徒二年。

諸急脚遞不應發而發者,徒二年。馬遞減二等。步遞又減一等。應步遞而擅發者,各減不應發罪三等。以上官司及本鋪兵級曹司知情承受而遞行,若承受遞到不應入急脚遞文書,不點檢,闕所屬根治者,各減犯人罪三等。

諸承受遞到御前文字,過三日不具收領日時,同金字牌子封報入内内侍省者,杖一百。

諸急脚鋪承領文書外引,不指定入急脚遞而輒承受遞行者,杖一百。

諸自川峽路之官、罷任及服闋，應差遞鋪鋪兵而於令有違者，杖一百。若過數及不應差而差者，自依本法。

諸急脚馬遞鋪兵級犯盜及殺人强奸略人放火發冢，或棄尸水中，若博賭財物，藏匿盜或盜匿棄毁私拆遞角，同保及本轄節級知而不糾者，各減犯人罪一等。不知情，減二等，罪止杖一百。

諸急脚馬遞鋪兵級曹司犯罪，州縣推斷無故違限，若犯人該移降或配，不先權差厢軍填闕者，各杖一百。十日以上，徒一年。

諸遞角輒計囑盜拆藏匿棄毁，其鋪兵如能告首，雖已開拆藏匿而告者同。將所受錢物並與充賞外，仍依告獲格給賞。

告獲急脚鋪無故不即時交割文書或行用錢物，令越過及受財而爲越過者，錢三十貫。

告獲急脚馬遞鋪承傳遞角官物，若遞馬已至前鋪，及所詣交訖批注回鋪日時不以實者，本鋪批注到鋪日時不實同。錢一十貫。

告獲急脚馬遞鋪曹司兵級，將所傳制書或諸軍補受文帖賣與人賫發及買之者，錢三十貫。餘文書減半。

諸急脚鋪兵傳過御前不入鋪金字牌文書無稽違者，特支錢每人五角以上五百文，十角以上一貫，二十貫以上一貫五百文，三十貫以上二貫。

告獲傳送軍期重害機密遞角盜拆，又請求或教令開拆窺看者，轉一官。

告獲急脚馬遞鋪曹司兵級盜匿棄毁私拆遞角，非制書重害及機密文書，錢一百貫。制書或重害及機密文書，轉兩資。無資可轉，人支錢二百貫。告獲傳送軍期重害機密遞角，盜拆及請求或教令開拆窺看者，錢三百貫。有名目資級人，轉兩資。(《永樂大典》卷一四五七五《金玉新書》)

十一、行客在館驛的住宿和活動

宿驛

【祈請使行程記】日記官嚴光大録。　德祐丙子二月初九日，宣奉大夫、左相吴堅自天慶觀方丈出北關門，送通議大夫、右丞相兼樞密使賈餘慶……（閏三月）初四日，早抵楊村，歇於館驛。焦僉省差楊村巡檢下鄉，科民户辦車三十輛。夜宿驛内。（《錢塘遺事》卷九）

歐公嘗過河朔高唐縣，宿驛舍，夜聞鬼神自空中過，人畜之聲一一可辨。（《説郛》卷二五上范正敏《遯齋閑覽·諸異》）

乾道中，王宣子爲副都統制，自襄陽往鄂渚。途次荆郢間，從馬直（且）以百數。日猶銜山，衆樂競奏，候吏報："一篳篥部（頭）爲虎於衆中馬上忽銜去。"正驚怖未已，又報笛部頭一人亦然。其處距宿驛幸不遠，争策馬赴之。解鞍良久，篳篥者奔喘而至，顔無人色，少定，始能言："初爲虎所搏，置之穴中，復往取笛工，至則啖食。度已飽，故未見傷害，但與二雛繞弄作戲。忽憶得腰間有所執器，急取出，大聲噴吹之，巨虎駭震，不暇挾其子，踉蹌遽走，不反顧。望之極目，乃敢歸，幾不免虎口也。"時吕彦升守襄。（《夷堅支景》卷一《王宣樂工》）

承宣使孫瑺之子禹功，紹熙四年冬，自臨安挈家赴襄陽都統司幹官，過鄂州，捨舟趨陸。夜宿驛舍，覺有賊往來門外。從吏呵罵之曰："是都統官員，不得作過。"久之，稍定，乃啓户出視，見兩虎相與盤拏也。（《夷堅支丁》卷四《武昌客舍虎》）

【宿神龜招李二十八馮十七】"龜"下或有"驛"字。　荒山野水照斜暉，啄雪寒鴉趁始飛。夜宿驛亭愁不睡，幸來相就蓋征衣。（《全唐詩》卷三四四韓愈）

【暮宿驛舍】 别袂風輕動,離裝雨薄沾。斷霞孤鶩落,新月一眉纖。鳥羽棲幽徑,蛩聲滿畫簾。稍嬴詩思健,還覺旅魂添。(《鄱陽集》卷九)

【送石昌言使北引】 昌言舉進士時,吾始數歲,未學也……往年彭任從富公使還,爲我言(曰):"既出境,宿驛亭,聞介馬數萬騎馳過,劍槊相摩,終夜有聲,從者怛然失色。及明,視道上馬迹,尚心掉不自禁。凡虜所以夸耀中國者,多此類,中國之人不測也,故或至於震懼而失辭,以爲夷狄笑。(《嘉祐集》卷一五)

【宿驛奥】 未是他鄉客,思家已斷魂。明朝春色好,宿處近花村。大芙蓉、小芙蓉。(《梅溪集》前集卷三》)

【客懷】 客懷病思兩悽悽,瘦馬長鞾濺雪泥。道左忽逢曾宿驛,壁間閑看舊留題。村醅酸薄陳山果,旅飯蕭條嚼凍齏。何處人間非夢境,悦然重到劍關西。(《劍南詩藁》卷六〇)

【朱先生叙述】 先生氣質剛毅,進道勇决,涵泳克養,純熟深固……嘗以江西憲趨朝,道經上饒。文蔚侍行,止宿驛舍。有士人懷書贄,抵暮求見,已而自悟非進謁之時,逡巡退去。先生適自外至,望見其人,即車中呼典謁者,令與上謁,其人遂得見投書。洎其辭去,室中已燭矣。(《克齋集》卷七)

【宿驛亭和前韻末句屬可道】 千里因人作遠遊,一番風景釀清秋。眼明鷩羽新碕岸,心折狼煙舊戍樓。山驛解鞍才晚霽,夜牀驚雨滚溪流。壁間唐律須揚搉,却恨宗風隔果州。(《滄洲塵缶編》一〇)

【千户高君(忠義)行述】 君諱忠義,族世出肅慎氏……尤不信神怪。嘗督糧經汴梁西鈞州,暮當宿驛。驛吏告有妖,不許宿。君徑入,篝燈至丙夜,據牀瞪坐。須臾,有扣門者。問何人,不答……明日,爲白州將,理其事,掘所指地,得白骨一具,改瘗之,驛遂無事。(《剡源文集》卷二〇)

【元故奉元路總管致仕工部尚書韓公(冲)神道碑銘並序】 公諱冲,

字進道……有中使代祀秦蜀山川，道出延安驛。以馬不善馳，命從者以革帶繫館人耳，懸於柱端，撻之流血。館人憾之。俟中使還，宿驛，中夜入扼其肮以死，從者弗覺也。(《滋溪文稿》卷一二)

錢起寓宿驛舍，聞窗外有人曰："曲終人不見，江上數峰青。"起怪之。十年後就試，座主李時試《湘靈鼓瑟詩》，落句意久不屬，遂以此一聯續之，乃中魁選。(《詩話總龜》前集卷五〇引《古今詩話》)

住驛

(宋孝宗乾道五年十二月)二十日辛丑，晴，歇泊住驛。二十一日壬寅，晴賜宴東館，口宣。(《北行日録》卷上)

呼驛

納言婁師德，鄭州人。爲兵部尚書，使并州，接境諸縣令隨之。日高至驛，恐人煩擾驛家，令就廳同食。尚書飯白而細，諸人飯黑而粗。呼驛長，責之曰："汝何爲兩種待客?"驛將恐，對曰："邂逅浙米不得，死罪!"尚書曰："卒客無卒主人，亦復何損!"遂换取粗飯食之。(《太平廣記》卷一七六引《朝野僉載》;《朝野僉載》卷五)

往驛

《茅齋自叙》曰："二十七日，同王介儒來，起宿涿州……軍既入雄州，皆上城。介儒望見，問之。僕紿曰："此陜西六路軍馬方到耳。"宣司委劉韐、賈評、王麟、李子奇、于景、李宗振等，攜金玉茶具，往驛中説話，賓主皆談舊好，云已奏禀朝廷，且欲仍舊，但未得報。(《三朝北盟會編》卷八)

樟亭驛，即浙江亭也。在跨浦橋南江岸。凡宰執辭免，名(各)出居此驛待報矣。向有白樂天先生，往驛訪楊舊曾賦詩曰："往恨今愁應不殊，題詩梁下又踟躕。羡兄獨夢見兄弟，我到天明睡亦無。""夜半樟亭驛，愁人起望鄉。

月明何處見，潮水白茫茫。”(《夢粱録》卷一〇《館驛》)

故中書令晉國公裴度，自進士及第、博學宏詞、制策三科，官途二十餘載，從事浙右，爲河南掾。至憲宗朝，聲聞隆赫，歷官三署，拜御史中丞，上意推重，人情翕然。明年夏六月，東平帥李師道包藏不軌，畏朝廷忠臣，有賊殺宰輔意，密遣人由京師靖安東門禁街，候相國武元衡，仍闇中傳聲大呼云："往驛坊，取中丞裴某頭。"(《太平廣記》卷一五三引《續定命録》)

開元中，凉州節度郭知運出巡。去州百里，於驛中暴卒。其魂遂出，令驛長鎖房勿開，因而却迴府，徒從不知也。至舍四十餘日，處置公私事畢，遂使人往驛，迎己喪。既至，自看其殮。殮訖，因與家人辭訣，投身入棺，遂不復見。(《太平廣記》卷三三〇引《廣異記》)

就驛

(宋高宗紹興)八年，金國遣使副來就驛議和，詔王倫就驛賜宴。

(宋徽宗宣和)二十九年，以皇太后崩，其賀正使、副止就驛賜宴。見辭日，賜茶酒，並不舉樂。(《宋史》卷一一九《禮志二十二》)

(唐玄宗開元)十五年四月十日，敕："兩京都亭驛，應出使人三品已上及清要官，驛馬到日，不得淹留，過時不發。餘並令就驛進發，左右巡御史專知訪察。"(《唐會要》卷六一)

陶晟，虢州人，少讀書業文，尤長於詩。五十餘，耻無成，遂求隸虢之右職，相次爲步使。虢，陝之屬郡，使府藉其才幹，召置陝城。久之，會晉末戎虜犯中夏，侯章、趙暉俱爲(匡)國指揮使，在陝王晏爲都頭。戎將令(適)至陝驛，侯章等隨虜帥，就驛候之。虜命蕃將鎮陝，一旦有蕃使見，侯章衣新褐毛衫，繫金度銅束帶，虜人使再三視侯與虜胡語往來甚久。(《洛陽搢紳舊聞記》卷一《陶副車求薦見忌》)

此驛

戲源驛。京兆昭應縣東,有戲源驛。案,其地在戲水之傍。《漢書》:"陳涉將周章西入關。至戲。"蘇林云:"在新豐東南三十里。"小顏又云:今有戲源驛,音平聲,人所知也。何爲舉世皆以去聲呼此驛號?彼從徒爾,我輩其可終誤哉!(《資暇集》卷上)

某舅氏李君武者,少才勇,以武舉中第。常押兵之夔州。行峽路,暮投一山驛。驛吏曰:"從前此驛不宿客,相傳堂中夜有怪物。"君武少年,氣豪健,不顧,遂宿堂中。至半夜,忽有物,自天窗中下,類大飛鳥,左右擊搏。君武捫常所弄鐵鞭揮擊,俄中之,遂墮地,乃盆覆之。至天明,發盆視之,乃一大水鳥,如雛鶴。細視之,乃有四目,因斃之,自後驛無怪。(《説郛》卷四三下張耒《續明道雜誌》)

孟必先子開爲建昌教授。淳熙十年,將受代,暫假南城驛寓居。侍妾張燈於卧室,課其子讀書。孟之房才隔一窗,子忽見一物,(狀)如貓而有毛,潔白如雪,自室突走出外。報其母,共持燈,迹探所向。孟聞(其)紛紜,亦疾趨往視之。甫下廊廡,兩室皆摧壓,器皿椅桌,當其下者已悉糜碎。非白貓示變,孟氏一家且併命。嘻,其危哉!(《夷堅支甲》卷四《南城驛》)

從吐蕃國向雪山南界,至屈露多、悉立等國。云從此驛北行,可以九日有一寶山,山中土石,並是黄金。有人取者,即獲殃咎。出王玄策《西國行傳》。(《法苑珠林》卷六三)

【又呈竇使君】 向晚波微緑,連空岸却青。日兼春有暮,愁與醉無醒。漂泊猶杯酒,躊躕此驛亭。相看萬里外,同是一浮萍。(《杜詩詳注》卷一二)

【陽城驛】 商有陽城驛,名同陽道州。陽公没已久,感我淚交流……今來過此驛,若弔汨羅洲。祠曹諱羊祜,此驛何不侔。我愿避公諱,名爲避賢郵。此名有深意,蔽賢天所尤。吾聞玄元教,日月冥九幽。幽陰蔽翳者,

永爲幽翳囚。(《全唐詩》卷三九七元稹)

【題平望驛】 一派吴興水,西來此驛分。路遥經幾日,身去是孤雲。雨氣朝忙蟻,雷聲夜聚蚊。何堪秋草色,到處重離群。(《全唐詩》卷五一〇張祜)

責驛

玄宗時,有金梁鳳者,頗言人貴賤夭壽……肅宗即位,而(裴)冕遂相,薦于帝,拜都水使者。梁鳳謂吕諲曰:"君且輔政,須大怖乃得。"諲責驛史(吏),搒之。史(吏)突入,射諲兩矢,幾中,走而免。明年,知政事。(《新唐書》卷二〇四《金梁鳳傳》)

高尚書少逸爲陝州觀察使。有中使,于硤石驛怒餅餌黑,鞭驛吏見血。少逸封餅以進,中使亦自言。上怒曰:"高少逸已奏來。深山中如此食,豈易得也!"遂謫配恭陵。(《唐語林》卷二)

到驛

(宋高宗紹興二十九年二月)甲辰,國信所言:"自來大金人使到驛,告覓物色,打造銀器,止是排辦御龍直,一面於本府呼索及付鋪所造作,欲乞並令當管通事置歷抄轉出豁,庶絶奸弊。"從之。(《建炎以來繫年要録》卷一八一)

靖康元年正月七日,(鄭)望之任尚書駕部員外郎,往太僕司選馬……(燕人吴)孝民更不説話,便要入城。至都亭驛,時約四更多時纔到驛,上賜到御筆適至,知鄭望之已回,不知有何語,一一先奏來。(《三朝北盟會編》卷二八引鄭望之《靖康城下奉使録》)

【藍橋驛見元九詩】詩中云:"江陵歸時逢春雪。" 藍橋春雪君歸日,秦嶺秋風我去時。每到驛亭先下馬,循牆遶柱覓君詩。(《白居易集》卷一五)

【請朝廷先圖議待契丹人使事】 臣受敕館伴北朝人使,自雄州奏到,至今已多日，猶未聞過界……近楊守素之來，如聞和約漸合……守素入延州，其來意具見。及其到驛且留二十日，屢請還國而後遣之，外議以是窺朝廷處置大事爲慮。（《欒全集》卷二二）

【依韻和許安石】 風和鵲喜就中靈，忽報軒車到驛亭。解得禮經歸指掌，弄成詩筆勝丹青。早年花蕚光原隰，今日芝蘭滿户庭。聞説龍州佳闕近，蜀人先已望流星。（《陶山集》卷三）

至驛

韓縝，字玉汝……出爲兩浙、淮南轉運使。移河北。夏諒祚死，子秉常嗣，遣使求封册。朝廷方責夏人不修職貢，欲擇人詰其使。縝適陛辭，神宗命之往。縝至驛問罪，使者引服，迨夜奏上。帝喜，改使陝西。（《宋史》卷三一五《韓縝傳》）

（宋真宗大中祥符九年六月）己丑詔："自今遣官奉青詞、祝版、御封香往諸處祭告，並令緘封護持。每至驛舍，安置静處，務極嚴肅，違者重科其罪。合遣使臣者，即選奉職已上賫送。"（《續資治通鑑長編》卷八七）

（宋高宗紹興九年十月乙亥，）金主亶復遣翰林待制耶律紹文至驛，諭奉使王倫，言鄉留雲中無還期，及貸之還，曾無以報，反間貳我君臣，反間貳我君臣。乃遣副使盤公佐先歸論歲貢正朔誓表册命等事，而拘倫以俟報。已而遷之河間，遂不復遣。（《建炎以來繫年要録》卷一三二）

（宋徽宗宣和四年）五月十八日晚，過白溝食……有漢兒劉宗吉者，自後竊出，相謂云："使人今夕當宿涿州。宗吉，涿州人也，見隸白溝軍中，願得敕榜副本，攜示諸人。他日南師入境，願先開門以獻。今夕復當密至驛中。"遂攜二副本往。晚抵涿州，入小使驛，祗接如國信禮。（《三朝北盟會編》卷六引《茆齊自叙》）

先是，斡離不退師回燕山，遣蕭慶來，催前所許金帛詔，三省同議所以待慶者。衆議以番賊要盟城下,請割河北而并寇河東,自敗元約,夷狄貪而無信,不可復與金帛,請收其使者。於是送蕭慶輿都亭驛一小屋中,封其户,傳食以過。凡數日,徐處仁、吴敏當國,建議謂:"蕭慶本契丹人,爲金賊所滅,不能無怨,不如善遇之,使歸與余睹謀,共興兵以破賊。"上遣吴敏至驛慰勞蕭慶,始令開户。慶見敏,即痛哭投地。敏令左右扶起,以上意存問之。(《三朝北盟會編》卷五八引《靖康遺録》)

德宗建中末,陸贄爲翰林學士。艱難中,贄爲内職,行止輒隨從,精潔小心,未嘗有過誤,帝特所親信,待之不以嚴侍見,從容言笑,至或脱御衣以衣之,或以姓第,呼爲"陸九",同職莫敢望之。初,帝自奉天適梁州,山路危險,往往與從官相失。夜至驛,求贄不得,驚悲涕泣,募於衆曰:"有能得贄者,吾與千金。"久之,贄乃至。帝喜,皇太子以下皆賀。(《册府元龜》卷九九)

章八元嘗於郵亭偶題數言,蓋激楚之謂也。會嚴維至驛,問元曰:"汝能從我學詩乎?"曰:"能。"少頃遂發,元已辭家。維大異之,乃親指喻。數年間,元擢第。(《南部新書》辛卷)

韋丹大夫及第後,歷任西臺御史。每常好道,未曾有遇。京國有道者,與丹交遊。歲久,忽一日,謂丹曰:"子好道心堅,大抵骨格不成,某不能盡知其事,可自往徐州問黑老耳。"丹乃求假,出往徐州。經數日,問之,皆云無黑老。召一衙吏問之,曰:"此州城有黑老,家在何處?"其吏曰:"此城郭内並無。去此五里瓜園中,有一人,姓陳,黑瘦,貧寒,爲人傭作,賃半間茅屋而住,此州人見其黑瘦,衆皆呼爲'黑老'。"韋公曰:"可爲某邀取來。"吏人至瓜園中唤之,黑老終不肯來。乃驅迫之至驛,韋公已具公服,在門首祗候。韋公一見,便再拜。黑老曰:"某傭作求食,不知有何罪,今被捉來?願得生迴。"(《太平廣記》卷三五引《會昌解頤録》)

(吴保安住嶲州十年,以贖友人郭仲翔,妻子飢寒,不能自立,)乃率弱子,駕一驢,自往瀘南,求保安所在。於途中糧盡,猶去姚州數百,其妻計無所出,因哭於路左,哀感行人。時姚州都督楊安居乘驛赴郡,見保安妻哭,異而訪之……安居大奇之,謂曰:"吾前至驛,當候夫人,濟其所乏。"既至驛,安

居賜保安妻錢數千，給乘令進。(《太平廣記》卷一六六引《紀聞》)

陽朔人蘇太玄，農夫也。其妻徐氏，生三子而卒。既葬，忽一日還家，但聞語而不見形。云："命未合終，冥司未録。"……忽一旦言，帝舜發兵討蠻，有人求至驛，助擎熟食，更一兩日當還，如期而歸。將一分細食，致夫前，曰："此飯曷若人間過軍者？"夫嘗之，倍珍於他食。(《太平廣記》卷三五一引《桂林風土記》)

有頃，藁城尉崔安石報："高邈自禄山所至，已宿上谷郡界。"又使馮虔、縣吏翟萬德，并命安石共方略。詰朝，邈騎數人先至驛，虔盡阬之。邈繼至，虔紿之曰："太守將音樂迎候。"邈無疑，至廳下馬。馮虔、安石等指揮人吏，以棒亂擊，邈仆，生縛之。無何，南界又報："何千年自東京宿趙郡。"安石、萬德先於郡南醴泉驛候之。(《資治通鑑考異》卷一四引《肅宗實録》)

(唐僖宗中和四年五月)甲戌，并帥自曹南旋師，上出封丘門迎勞之……克用酒酣使氣，廣須樂妓，頗恣無厭之欲。又以醜言陵侮於上。時蕃將皆被甲胄，以衛克用。上既甚不懽，遽起圖之。遂令都將楊彦洪，潛率甲士入驛戮之。時夜將半，克用沉醉。忽大雷雨暴至，克用不覺。近侍人乃滅燭，推於牀下藏之。蕃戎與我師鬬戰，移時方敗，楊彦洪中流矢而斃。是時陰黑，克用遇二卒，背負登尉氏門，因得懸縋而出，乘牛行數里，以投其衆。(《資治通鑑考異》卷二五引《梁太祖編遺録》)

《實録》：(唐僖宗中和四年五月)甲戌，李克用次汴州，駐軍近郊。朱全忠請館於上源驛，乃以腹心三百餘自衛。全忠以克用兵從簡少，大軍在遠，謀害之。是夜置酒。宴罷，以兵圍驛，縱火焚之。

《後唐武皇紀》曰：(李克用)班師過汴，汴帥迎勞於封禪寺，請武皇休於府第，乃館於上源驛。是夜，張樂陳宴席。武皇酒酣，戲諸侍妓，與汴帥握手，叙破賊事以爲樂。汴帥素忌武皇，乃與其將楊彦洪密謀竊發，攻傳舍。(《資治通鑑考異》卷二五)

【離觴不醉至驛却寄相送諸公】 無限居人送獨醒，可憐寂寞到長亭。

荆州不遇高陽侶，一夜春寒滿下廳。(《全唐詩》卷三五一柳宗元)

【渡西陵十六韻】 七年冬，十有三日，早渡浙江。寒雨方霖，軍吏悉在江次。越人年穀未成，霪雨不止，田畝浸溢，水不及穗者數寸。余至驛，命押衙裴行宗先齋祝辭，東望拜大禹廟，且以百姓請命，雨收雲息，日朗者三旬有五日。刈穫皆畢，有以見神之不欺也。(《全唐詩》卷四八一)

在驛

大曆十年，田承嗣因薛嵩死，兼有相、衛、磁、邢、洺五州，承嗣遣將盧子期寇磁州，詔令寶臣與李正己、李勉、李承昭、田神玉、朱滔、李抱真，各出兵討之……寶臣曰："今與承嗣有釁矣，可推腹心哉?"武俊曰："勢同患均，轉寇讎爲父子，欬唾間。若傳虚言，無益也。今中貴人劉清譚在驛，斬首送承嗣，立質妻孥矣。"(《舊唐書》卷一四二《王武俊傳》)

(宋真宗大中祥符五年十二月)丙子，詔劾管勾國信内臣閻承翰、張繼能等，坐契丹使在驛輒歸第，供億有闕。案奏，特原其罪，自餘第懲罰之。(《續資治通鑑長編》卷七九)

(宋仁宗皇祐三年三月乙卯，)管勾國信所言："自今通事殿侍與契丹私相貿易及漏泄機密事者，請以軍法論。在驛諸色人犯者，配流海島。若博飲鬭争，欺陵及損壞官物、書門壁者，亦行配隸。"從之。(《續資治通鑑長編》卷一七〇)

(宋欽宗靖康元年正月)四日庚午，越王上表諫親征："臣奏聖慈：都城内是自家社稷之地，兼倉場在内，萬不可捨去。况有城壁堅固，堅心守之，天地祖宗必降祐護。若人主一出，都城人亂，宗廟亦不可保。况西北兩番，皆有人使在驛。若主人出外，内外相應，如何保宗廟社稷……"(《三朝北盟會編》卷二七)

舊制：三班奉職，月俸錢七百，驛券肉半斤。祥符中，有人爲詩題所在驛舍間曰："三班奉職實堪悲，卑賤孤寒即可知。七百料錢何日富？半斤羊肉幾時肥。"朝廷聞之曰："如此何以責廉隅?"遂增今俸。(《夢溪筆談》卷二三；《墨

客揮犀》卷一）

唐河東郡東南百餘里，有積水，謂之百丈泓，清澈，纖毫必鑒。在驛路之左，槐柳環擁，煙影如暮，途出於此者，乃爲憩駕之所。（《太平廣記》卷三九五引《宣室志》）

【王迪貶永州司馬制】 敕：王迪爲吏不廉，受賄六十餘萬……可守永州司馬、員外置同正員，仍所在驛發遣。（《元稹集》卷四九）

【假寐靈川報恩寺】 故人猶在驛亭邊，暫向雲房借榻眠。漏泄祖師多少意，松聲都到小牕前。（《道鄉集》卷一四）

【祭謝參政文】 維紹興四年歲次甲寅，九月丁未朔八日甲寅，具官張某，謹以清酌庶羞之奠，致祭於故衢州使君、資政殿學士謝公之靈：惟公學有淵源，文有典則……去國背面，星霜再易。我來於閩，相望咫尺。寒暄之間，每見情赤。趨召經從，一笑暫適。歲律僅周，訃音在驛。聲容何許，俯仰塵迹……矢詞莫寫，悽惻尚饗。（《毗陵集》卷一〇）

【賜大金人使賀天申節在驛賜牲餼口宣】 有敕：抗旌將命，就館即安。眷惟經涉之勤，用錫餼牽之禮。肆昭至意，式厚殊私。

【賜大金人使賀正旦在驛賜牲餼口宣】 有敕：馳軺至止，授館云初。欲昭禮意之隆，爰致餼牽之錫。是爲邦數，式表恩私。（《樵溪居士集》卷七）

【金國弔祭使人赴闕口宣·在驛特賜射弓酒果】 有敕：卿等既肅哀儀，難修賓射。雖輟主皮之藝，仍加設醴之勤。殽核俱頒，情文尤厚。（《攻媿集》卷四七）

【乾道壬辰南歸録】 （宋孝宗乾道八年二月）甲子，平江向守均及二司遣人致問，從王季海提刑别借舟，就驛中治疊行李。蓋去國忽忽，殊無倫理也。浴院在驛傍，有建隆初吴江兩城鎮遏使徐某《乞置無礙浴院狀》。（《文忠集》卷一七一）

歸驛

（宋真宗大中祥符）三年正月，契丹賀正使爲本國皇太后成服，所司設幕次、香、酒及衰服、絰、杖等，禮直官引使、副已下詣位，北向再拜……再拜畢，各還次，服吉服，歸驛。（《宋史》卷一二四《禮志二七》）

劉禹錫赴任姑蘇，道過揚州，州師（帥）杜鴻漸飲之酒，大醉而歸驛。稍醒，見二女子在旁，驚非己有也，乃曰："郎中席上與司空詩，特令二樂妓侍寢，且醉中之作，都不記憶。"明旦，修啓致謝，杜亦優容之。夫禹錫以郎吏州牧而輕忤三司，豈不過哉！詩曰："高髻雲鬟宫様妝，春風一曲杜韋娘。司空見慣尋常事，斷盡蘇州刺史腸。"（《太平廣記》卷二七三引《雲谿友議》）

【正月一日北使入賀畢歸驛賜御筵口宣】 卿等受言君所，講好王正。方從里館之寧，且示詔筵之賜，用伸勞飲，式表需恩。（《文恭集》卷二七）

【賜大遼賀興龍節人使回朝辭訖歸驛御筵口宣】 有敕：卿等誕辰展慶，已導於鄰歡；使傳言歸，載頒於燕會。少延行館，冀肅多儀。（《蘇魏公文集》卷二六）

【寄書】 區脱逢歸驛，作書憑寄聲。那知夢識路，先入大梁城。（《公是集》卷二七）

圍驛

（唐玄宗天寶十五載六月，玄宗西幸。）丙辰，次馬嵬驛，諸衛頓軍不進。龍武大將軍陳玄禮奏曰："逆胡指闕，以誅（楊）國忠爲名，然中外群情，不無嫌怨。今國步艱阻，乘輿震蕩，陛下宜徇群情，爲社稷大計，國忠之徒，可置之於法。"會吐蕃使二十一人遮國忠告訴於驛門，衆呼曰："楊國忠連蕃人謀逆！"兵士圍驛四合，及（乃）誅楊國忠、魏方進一族。（《舊唐書》卷九《玄宗紀下》）

（唐僖宗中和四年五月）庚午，李克用急躡黄巢，一日夜行二百里，馬疲乏死者殆半……甲戌，次汴州。節度使朱全忠館克用於上源驛。全忠以克用兵力寡弱，大軍在遠，乃圖之。是夜，置酒郵舍。克用既醉，全忠以兵圍驛，縱火燒之。雷雨驟作，平地水深尺餘。克用踰垣，僅免，其部下三百餘人及監軍使史敬思、書記任珪皆被害。（《舊唐書》卷一九下《僖宗紀》）

（唐玄宗天寶十五載六月己丑，哥舒）翰戰敗，垂淚入關。至（潼關）西驛，署榜，招其散卒，欲收其餘燼，却守潼關。爲帳下士蕃將火拔歸仁，領部落百騎圍驛，執翰，將降禄山。（《册府元龜》卷四四三；《資治通鑑》卷二一八）

出驛

唐楊妃夢與明皇遊驪山。至興元驛，方對食，後宫忽告火發。倉卒出驛，回望，驛木俱爲烈焰。俄有二龍，帝跨白龍，其去如飛。妃跨黑龍，其行甚緩。左右無人，惟一蓬頭黑面物，貌不類人，望帝去甚遠，觸一危峰，沉烟靄中。開目，則獨在一室。（《類説》卷五二《翰府名談》）

【攬轡録】　乾道六年閏五月戊子，成大被命，以資政殿大學士，與崇信軍節度使康諝爲奉使大金國信使、副，六月甲子，出國門。八月戊午，度淮……庚午，出驛，循東御廊百七十餘間，有面西欞星門。大街直東，出舊景靈，東宫也。（《説郛》卷六五上）

（宋太祖）顯德初，從世宗南征……北征之夕，次陳橋驛。羅彦環等獻中央之服，立上爲天子，請登馬南歸。才出驛門，上勒馬不前，謂諸將校曰："我有號令，能禀之乎？"諸將皆伏地聽命。（《邵氏聞見録》卷七）

【論轉牒事】　武寧軍節度使王紹，六月二十七日違敕擅牒路次州縣館驛，供給當道故監軍孟昇進喪柩赴上都句當部送軍將官健驢馬等……今月二十四日已牒河南府，並不令供給人、牛及熟食、草料等，仍牒都亭驛，晝時發遣出驛，並追得本道牒到，在臺收納訖。（《元稹集》卷三八）

【乞裁損待高麗事件劄子·西使條約】

一、西人詣闕賀正旦聖節,到,許住二十日,非泛一十五日。如係商量事,候朝旨進發。

一、西人到闕,隨行蕃落將不許出驛。或有買賣,於本驛承受使臣處出頭,官爲收買。後條,不許收買物,亦細開名件。(《欒城集》卷四六)

【入越録】 淳熙元年八月二十八日,自金華,與潘叔度爲會稽之遊……七里唐口,自是復出驛路,老梧離立道旁,濯濯如青玉幹。又二里,宿逆旅。(《東萊集》卷一五)

【北行日録上】 (宋孝宗乾道五年十二月)十二日癸巳,晴。五更出驛,穿御街,循東御廊,過宣德樓側。(《攻媿集》卷一一一)

入驛

(唐德宗興元元年二月丙寅,)上將幸梁州,山南節度使鹽亭嚴震聞之,遣使詣奉天奉迎,又遣大將張用誠將兵五千,至盩厔以來迎衛。用誠爲(李)懷光所誘,陰與之通謀,上聞而患之。會震繼遣牙將馬勛奉表,上語之故,勛請:"亟詣梁州取嚴震符,召用誠還府。若不受召,臣請殺之。"上喜曰:"卿何時復至此?"勛刻日時而去。既得震符,請壯士五人,與之俱出駱谷。用誠不知事泄,以數百騎迎之。勛與之俱入驛。時天寒,勛多然藁火於驛外,軍士皆往附火,勛乃從容出懷中符,以示用誠,曰:"大夫召君。"用誠錯愕起走,壯士自後執其手,擒之。(《資治通鑑》卷二三〇)

(後唐明宗天成四年五月乙酉,)帝將祀南郊,遣客省使李仁矩以詔諭兩川,令西川獻錢一百萬緡,東川五十萬緡。皆辭以軍用不足……仁矩,帝在藩鎮時客將也,爲安重誨所厚,恃恩驕慢。至梓州,董璋置宴召之,日中不往,方擁妓酣飲。璋怒,從卒徒執兵入驛,立仁矩於階下,而詬之曰:"公但聞西川斬李客省,謂我獨不能邪?"仁矩流涕拜請,僅而得免。(《資治通鑑》卷二七六)

林希《野史》云:癸丑(宋神宗熙寧六年)正月一日,中旨:"鄭亶修圩未得興工，官吏所見不同，各具利害聞奏。”乃赴司農禀覆。亶奉使浙西六郡三十四縣，比户調夫，同日舉役，古未嘗有。轉運、提刑皆受約束，民愁苦無訴，逃移已多。聞此旨，如獲更生。亶到郡方二日，怙勢作威，郡縣苦之，慚沮無以自容。十五日，士民二百餘人詣亶。方與李瑜同坐，衆突入驛庭，亶大駭。識楊季孺及一姓王者，乃以温辭勞之曰：“可上廳説話。”二人云：“以公事來，不敢上廳。”（《續資治通鑑長編》卷二四〇）

元豐六年三月八日，入内黄門韓詵奏：“臣管押胙城縣保甲軍器，在縣下。有劫賊三十四人，入縣衙打劫。臣閉驛門，其劫賊放火燒甲仗庫，入驛殺巡檢下軍員并長行共三人，防護兵士三人。”（《續資治通鑑長編》卷三三四引《（宋神宗）御集》）

不應入驛而入

諸不應入驛而入者，笞四十。輒受供給者，杖一百。計贓重者，準盜論。雖應入驛，不合受供給而受者，罪亦如之。

【疏】議曰：“不應入驛而入者，笞四十。”《雜令》：“私行人，職事五品以上，散官二品以上，爵國公以上，欲投驛止宿者，聽之。邊遠及無村店之處，九品以上、勳官五品以上及爵，遇屯驛止宿，亦聽。並不得輒受供給，”謂私行人不應入驛而入者，笞四十。輒受供給，準贓雖少，皆杖一百。計贓得罪重於杖一百者，準盜論。雖應入驛，準令不合受供給而受，亦與不應入驛人同罪。强者，各加二等。（《唐律疏議》卷二六）

（天寶十五載六月，潼關失守，玄宗幸巴蜀，楊貴妃從駕。行至馬嵬，右龍武將軍陳玄禮率禁軍）圍驛四合，殺（楊）國忠并男暄等。上乃出驛門，勞六軍，六軍不解圍。上顧左右，責其故，高力士對曰：“國忠負罪，諸將討之。貴妃即國忠之妹，猶在陛下左右，群臣能無憂怖？伏乞聖慮裁斷。”上迴入驛。驛門内傍有小巷，上不忍歸行宫，於巷中倚杖，欹首而立。聖情昏嘿，久而不進。（《説郛》卷一一一下《楊太真外傳》卷上）

（唐玄宗開元）十四年四月，太原尹張嵩奏：“有客李子嶠，詐稱皇子，入驛居止。子嶠云：‘生於潞州，母曰趙妃。生一歲，舅常奴攜至雒陽。以患目疾，不得入聞。後數歲，遇楊駙馬舅，再挾出，北遊靈、夏，因至太原，今十七歲矣。'"帝聞之，以爲矯妄，敕嵩杖殺。因下制曰："如聞在外州，多有矯稱敕使，詐乘傳驛。或托採藥物，言將貢獻；或妄云追人，肆行威福。如此等(色)，猶須禁斷。若緣别使，皆發中使，以此參察，固易區分。宜令州縣，嚴加捉搦，勿容漏網。"(《册府元龜》卷六三、卷九二四)

(唐憲宗元和四年，元稹爲監察御史，)奏王紹違法給券，令監軍押柩及家口入驛。(《册府元龜》卷五三三、五五二)

胡順之爲浮梁縣令……府常遣教練使詣縣，順之聞之，曰："是固欲來煩擾我也。"乃微使人隨之，陰記其入驛舍及受驛吏供給之物。既至，入謁，色甚倨。順之延與坐，徐謂曰："教練何官耶?"曰："本州職員耳。"曰："應入驛乎?"教練使踧踖曰："道中無邸店，暫止驛中耳。"又曰："應受驛吏供給乎?"曰："道中無芻糧，故受之。"又曰："應與命官坐乎?"教練使乃趣下謝罪，順之乃收械繫獄，置闇室中，以糞十甕環其側，教練使不勝其苦。(《涑水記聞》卷六)

唐天寶中，章仇兼瓊爲劍南節度。數載入朝，蜀川有張夜叉者，狀如狂人，而言事多中。兼瓊將行，呼而問之。夜叉云："大使若住蜀，有無涯之壽。若必入朝，不見其吉。"兼瓊初甚惶懼，久之曰："安有是耶!"遂行。至漢州，入驛，墮馬，身死，獨心上微暖。彭州刺史李先，令洛(濛)陽尉馬某送藥酒罨藥，兼起居。洛(濛)陽去漢州五十里，奉命便行。至漢州，入驛，到兼瓊所，忽然顛倒而卒。(《太平廣記》卷三三五引《廣異記》)

【方城驛逢孟侍御】 走馬温湯直隼飛，相逢矍鑠理征衣。軍中得力兒男事，入驛從容見落暉。(《全唐詩》卷三三三楊巨源)

【賜大遼賀同天節人賜入驛御筵口宣】 有敕：卿等肅將鄰聘，來慶誕辰。已祗見於王庭，宜宣慈於賓席。庶臻樂衎，庸示睠懷。(《鄖溪集》卷一〇)

【(周必大)年譜】 (淳熙六年十月)壬子，金國賀會慶節人使，朝辭，

被旨入驛押宴……淳熙七年庚子,正月己未,金國賀正人使朝辭,被旨入驛,押宴。(《文忠集》卷首)

【北行日録上】 (宋孝宗乾道五年十二月)二日癸未,晴,風。車行八十里,虹縣早頓。城門不容車,乘馬入驛,市井多在城外。驛之西有古寺,大屋二層,瓦以琉璃,柱以石,聞其上多米元章諸公遺刻……遞鋪皆築小塢,四角插皂旗,遇賀正人使,先排兩馬南去。金法:金牌走八騎,銀牌三,木牌二,皆鋪馬也。木牌最急,日行七百里,軍期則用之。

二十二日,癸卯,晴。四更,車行七十里,飯新樂縣,尤繁庶……子城門亦雄偉,曰中山。門兩傍亦有挾樓。入門東行,百餘步入驛。(《攻媿集》卷一一一)

次驛

節度使掌總軍旅,顓誅殺。初授,具帑抹兵仗,詣兵部辭見。觀察使,亦如之。辭日,賜雙旌雙節,行則建節,樹六纛,中官祖送,一次驛,輒上聞。(《職官分紀》卷三九)

僕射相國王公至道,丙申歲爲譙幕。因按逃田饑而流亡者數千户,力謀安集,疏奏乞貸種、粒、牛、糧,懇訴其苦,朝廷悉可之。一夕,次蒙城驛舍,夢中有人召公出拜,空中紫綬象簡者,貌度凝重,如牧守赴上之儀。遣一緑衣丱童遺公曰:"以汝有憂民深心,上帝嘉之,賜此童爲宰相子。"受訖即寤。迨曉,憩食於楚靈王廟,作詩誌於壁。是夕,夫人亦有祥兆,而因娠焉。後果生一子,即慶之是也。(《湘山野録》卷中)

【榆次驛】 古道明草花,峭壁竄蒼鼠。山迴榆次口,堠指并州路。野人習阻險,高下藝禾黍。(《伊濱集》卷二)

投驛

【送客偶作】 石路荒凉接野蒿,西風吹馬利如刀。小橋連驛楊柳晚,一作"暮程投驛蕙蘭静"。廢寺入門禾黍高。雞犬夕陽喧縣市,鳬鷖秋水曝城壕。故山有夢不歸去,官樹陌塵何太勞。(《全唐詩》卷五八二温庭筠)

【黔江】 黔江遠從思播來,黔中五溪此其一。東出涪陵與涪會,日抱嵐光照城壁。去年黔安方解纜,久倦崎嶇喜飛疾。驚湍駭浪或當道,萬馬奔馳兩鋒鏑。偶然劃過脱重險,千悔中流無路出。瞿塘乘漲秋下峽,猿嘯穿流夜投驛。魚腹未葬身尚在,虎牙屢磨魂已失。巫陽一歲却歸來,還向江前酒重瀝。(《安岳集》卷六)

【自順陽至均房道五首用陳符寶去非韻】(其四) 行客日暮時,愁聞蕭條風。雲山當我前,適與清興同。夕澗生白烟,蒸空自溟濛。林壑豈不佳,陟降煩奴僮。徑側有黄花,凄疏隱珍叢。我欲採落英,恨無聖賢中。徘徊戀幽意,欲住興來窮。山深月正黑,投驛尚匆匆。(《紫微集》卷三)

【晚行】 客子念家意,遠行投驛心。亂鴉争噪晚,宿鳥已歸林。漸覺殘陽盡,更憂前港深。雲師頗知足,久久困狂霖。(《清江三孔集》卷七孔武仲)

投館

【發藤州】 朝夕苦遄征,孤魂長自驚。泛舟依雁渚,投館聽猿鳴。石髮緣溪蔓,林衣掃地輕。雲峰刻不似,苔蘚畫難成。露裛千花氣,泉和萬籟聲。攀幽紅處歇,躋險緑中行。戀切芝蘭砌,悲纏松柏塋。丹心江北死,白髮嶺南生。魑魅天邊國,窮愁海上城。勞歌意無限,今日爲誰明。(《全唐詩》卷五三宋之問)

【和劉涇巨濟教授】 捲地嚴風動馬蹄,忽聞投館到雞棲。路隨黄鶴翱翔遠,詩壓青山氣象低。我已衰年思故國,君方高步陟丹梯。遲留且伴臨江醉,剩聽清猿峽口啼。(《安岳集》卷一一)

【離彭婆值雨投臨汝驛回寄張九屯田司録】 投館野花邊,羸驂晚不前。山橋斷行路,溪雨漲春田。樹冷無棲鳥,村深起暮煙。洛陽山已盡,休

更望伊川。(《文忠集》卷一〇)

停驛

【勞停驛】 孤舟轉山曲,豁爾見平川。樹杪帆初落,峰頭月正圓。荒煙幾家聚,瘦野一刀田。行客愁明發,驚灘鳥道前。(《文忠集》卷一〇)

【宋故朝奉大夫……方公(信孺)行狀】 公諱信孺,字孚若,系出河南……單馬行部内,訪民疾苦,荒鎮惡縣,無停驛處,張幞野宿以爲常,足迹未及者,海外四郡耳。(《後村集》卷四八)

陸驛

(宋哲宗元祐五年十二月甲寅,)刑部言:"應天下郡縣水陸驛路所經,並行禁謁知州、通判、縣令。劍門關都監非假日不得出謁。即謁本州見任官及職事相干若親屬,并泛遣使命或知州鈐轄以上者聽,發運、監司在本州縣者準此。"從之。(《續資治通鑑長編》卷四五三)

【《荆南府圖》序】 江陵府於《禹貢》爲荆州,於分野爲鶉首……乾符以來,遂爲戰巢。高氏於兵火瘡痍之餘,招徠撫集,數十年間,逮爲王民。歷太平者又逾百年,教化涵養,安佚而富庶。凡浮江下於黔蜀,與夫陸驛自二廣、湖湘以往來京師者,此爲咽喉。又兩蜀之人出而宦游者,多家於此,是以今最盛,爲西南一都會。(《忠肅集》卷一〇)

【自枝江山行至平陸驛五言二十四韻】 岐江望平陸,百里千餘嶺。蕭條斷烟火,莽蒼無人境。峰巒互前後,南北失壬丙。天秋雲愈高,木落歲方冷。水涉愁蜮射,林行憂虎猛。萬仞懸巖崖,一彴履枯梗。……(《文忠集》卷五二)

邁驛

【澄邁驛通潮閣二首】 倦客愁聞歸路遥,眼明飛閣俯長橋。貪看白鷺横秋浦,不覺青林没晚潮。

餘生欲老海南村,帝遣巫陽招我魂。杳杳天低鶻没處,青山一髮是中原。(《東坡全集》卷二五)

長驛

【天仙子·舟行阻風】 百舌搬春春已透。長驛短亭芳草晝。家山腸斷欲歸人,風宿留。船津候。 一夜朱顔煩惱瘦。不用尋思閒宇宙。倦鳥入林雲返岫。小園自有四時花,鋪錦繡。鍾醇酎。儘勝纍纍懸印綬。宿,去聲,留,去聲。(《履齋遺稿》卷二)

【久長驛書事】 空堂深深閃燈燭,群奴鼾眠聲動屋。豆肥草軟馬亦便,嚼美只如蠶上簇。天事由來不可量,初更月出星煌煌。須臾變作霏霏雨,客枕不眠知夜長。(《清江三孔集》卷四)

過驛

(唐哀帝天祐三年八月,)朱全忠以幽、滄相首尾,爲魏患,欲先取滄州。甲辰,引兵發大梁……九月辛亥朔,朱全忠自白馬渡河。丁卯,至滄州,軍於長蘆,滄人不出。羅紹威饋運,自魏至長蘆五百里,不絶於路。又建元帥府舍於魏,所過驛亭,供酒饌、幄幕、什器,上下數十萬人,無一不備。(《資治通鑑》卷二六五)

(宋神宗元豐元年八月己未)詔:"諸官員管押並附搭綱運,所過州軍,無故不得住過五日。如違,三司劾罪以聞,仍理納請過驛券。若押綱運擅離去者,杖一百。"(《續資治通鑑長編》卷二九一)

李汶爲商州刺史。渭南尉張弘毅過商州,汶意謂必來干我,以請饋食。須臾,吏報:"弘毅發去矣!"汶曰:"未嘗有也。"及拜御史中丞,首請爲監察御史,於是弘毅有時望。(《國史補》卷上)

【晚歲登武陵城顧望水陸悵然有作】 星象承烏翼,蠻陬想犬牙。俚人祠竹節,仙洞閉桃花。城基歷漢魏,江源自賨巴……清風稍改葉,盧橘始含葩。野橋過驛騎,叢祠發迥笳。(《全唐詩》卷三六二劉禹錫)

【曉發】 貪路貪名須早發,枕前無計暫裴回。纔聞雞唱呼童起,已有鈴聲過驛來。衣濕乍驚霑霧露,馬行仍未見塵埃。朝朝陌上侵星去,待得酬身了便回。(《全唐詩》卷六九四褚載)

【送應之道人歸江西】 曾騎竹馬傍洪厓,二十餘年變物華。客夢等閒過驛閣,歸帆遥羨指龍沙。名垂小篆矜垂露,詩作吴吟對綺霞。歲暮定知迴未得,信來憑爲寄梅花。(《全唐詩》卷七五二徐鉉)

無驛

拱極亭,門對幕府山,踰山絶江,瑯琊諸峰,隱約在目,極目則中原可氣挹也。舊無驛亭,今創置三間,深各二丈,闊倍之。敞爲前楹,邃爲後序,安神有祠,休吏宿兵有舍,共爲屋十五間。(《景定建康志》卷二二)

儀鳳二年五月,河南、河北旱,遣御史中丞崔謐等,分道存問賑給。侍御史劉思立上疏曰:"今麥序方秋,蠶功未畢……又無驛之處,取馬稍難,簡擇公私,須先追集。雨後農要特切,常情暫廢須臾,即虧歲計。每爲一馬,遂勞數家,從此相承,恐更滋甚。望且委州縣賑給,待秋後閒時,出使褒貶。"(《唐會要》卷七七;《舊唐書》卷一九〇中《劉憲傳》)

【寄陸渾縣尉李景先】 微俸還同請,唯君獨自閒。地偏無驛路,藥賤管仙山。月色生松裏,泉聲在石間。吟詩復飲酒,何事更相關。(《姚少監詩集》卷三;《全唐詩》卷四九七姚合)

【安福驛】 作邑多離邑,去家如去鄉。三年三過驛,一别一迴腸。治績安能勝,征途乃備嘗。何時腰解印,長嘯入餘杭。(《錢塘集》卷三)

有驛

（唐京城四面）凡關二十有六，爲上、中、下之差。京城四面關有驛道者，爲上關。餘關有驛道及四面無驛道者，爲中關，他皆爲下關。（《舊唐書》卷四三《職官志二》；《唐六典》卷六）

（宋仁宗慶曆四年五月，韓琦陳所見利害十三條，其四言：）"自來涇原、秦鳳兩路通進援兵，只爲未知得儀州黄石河路，所以議者多欲修水洛城一帶城寨。自近歲修成黄石河路，秦鳳兵往涇原，並從腹内經過，逐程有驛舍、糧草。若救近静邊寨，比水洛遠一程。若救鎮戎、德順軍，比水洛却近一程。今水洛勞費如此，又多疏虞，比於黄石河腹内之路，遠近所較不多。"（《續資治通鑑長編》卷一四九）

鐵橋城，在劍川北，三日程。川中平路，有驛。貞元十年，南詔蒙異牟尋用軍破東西兩城，斬斷鐵橋，大籠官已下投水死者以萬計。（《蠻書》卷六）

致爽亭，出門數里爲龍灣。長江駕順而東，蜀漢、荆廣所畢湊，古石頭城在焉。舊宜有驛亭，扣父老無知者，蓋廢久矣。咸淳元年三月一日，並門鼎創三間，深各二丈，闊半之。前爲泊水三間，視亭之深減六尺，而闊與之稱，左爲關吏舍，右爲二神祠。（《景定建康志》卷二二）

曹世表孝明時爲征虜將軍，出行豫州刺史。值梁將湛僧珍陷東豫州，州民劉獲、鄭辨反於州界，爲之内應，朝廷以源子恭代世表爲州，以世表爲東南道行臺，率元安平、元顯伯、皇涼（甫）鄧林等討之。於時，賊衆彊斷小殷關，驛使不通。諸將以士馬單少，皆敗散之餘，不敢復戰，咸欲保城自固。世表時患背腫，乃轝病出外呼，統軍是玄寶，謂之曰："湛僧珍所以敢深入爲寇者，以獲、辨皆州民之望，爲之内應。向有驛至，知劉獲移軍，欲迎僧珍，去此八十里。今出其不意，一戰可破獲，破則湛僧珍自走，東南請服，卿之功也。"（《册府元龜》卷三六四）

故西川節帥段文昌……少好蜀（屬）文，長自渚宫，困於塵土，客遊成都，謁韋南康皋……遂去南康之府。金吾將軍裴邠之鎮梁川，辟爲從事，轉假廷評。裴公府罷，因抵興元之西四十里，有驛曰鵠鳴，濱漢江，前倚巴山。有清僧依其隈，不知何許人也。常嘿其詞，忽復一言，未嘗不中。(《太平廣記》卷一五五引《定命録》)

唐崔晤、李仁鈞二人，中外弟兄，崔年長於李，在建中末，偕來京師調集……後李補南昌令。到官，有能稱，罷攝本府糾曹。有驛遞流人至州，坐泄宫内密事者。遲明，宣詔書，宜付府笞死。流人解衣就刑次，熟視監刑官，果李糾也，流人即神秀也。(《太平廣記》卷一六〇引《異聞録》)

相傳江淮間有驛，俗呼"露筋"。嘗有人醉止其處。一夕，白鳥蛄嘬血滴，筋露而死。據江德藻《聘北道記》云："自邵伯棣(埭)三十六里，至鹿筋。梁先有邏。此處足白鳥，故老云：有鹿過此，一夕，爲蚊所食。至曉見筋，因以爲名。"(《酉陽雜俎》續集卷四)

馬嵬故城，在興平縣西北二十三里、雍都西九十里。城本是馬嵬築以避難。馬嵬者，姓名也。有驛，楊妃死於驛。白居易詩曰："西出都城百里餘。"(《雍録》卷六)

【奏爲乞改陵州州名狀】 唐陽城號卓行，商山道中，有驛曰陽城，元稹過其處，易之爲避賢。孟浩然獨能詩，襄陽有浩然亭，鄭諴爲刺史，更其題曰孟亭，此意皆謂賢者之名當與隱避，不欲使其下常斥之也。(《丹淵集》卷三四)

【萍鄉境上有驛傍有老杉餘百本余過而愛之驛無名余名之曰愛直而爲之詩又以告邑大夫趙君公廩曰使繼自今爲令者幸如君之賢也則此杉長存不然將斧斤斯民以自封植於杉何有】 此杉已百年，林立官道側。鬼神所訶護，斤斧不敢迫。愛此遺直姿，凛凛有正色。未云支大厦，聊以蔭行客。作詩調令尹，爲我驛壁刻。但使杉長存，懸知令清白。(《于湖居士文集》卷五)

【憩思軒記】 縣有驛，久不治，仰視之，惴惴然，惟懼其壓也。某到官數月，始因其舊，稍緝之。附堂之北，視上庠爐亭之制，創爲一軒。既成，以

"憩思"名之，蓋勞而願息，倦而知還，物之情也。安仁今爲楚粤舟車之衝，使客之過，幾無虚日。持節擁幡，擔簦躡屩，貴賤勞逸之不同，至於念行役之艱，從事之塵，過是軒而少憩焉，必有悵然而長想，慨然而興歎者。《詩》不云乎："蔽芾甘棠，勿翦勿敗，召伯所憩。"夫以一憩之頃而能使人愛之，深思之至，至於千百年而不忘，顔何人哉！顔何人哉！（《竹洲集》卷一〇）

十二、交通規則

（宋太宗太平興國八年正月癸未，大理寺丞孔承恭上）言："《儀制令》有云：'賤避貴，少避長，輕避重，去避來。望令兩京、諸道，各於要害處設木，刻其字。違者論如律，庶可興禮讓而厚風俗。'"甲申，詔行其言。王稱《東都事略》："詔曰：'傳云：能以禮讓爲國乎何有？宜令開封府及諸州，於衝要（處）榜刻《儀制令》，論如律。"（《續資治通鑑長編》卷二四）

凡致敬之式，若非連屬應敬之官相見，或自有親戚者，各從其私禮。諸官人在路相遇者，四品已下遇正一品，東宫官四品以下遇三師，諸司郎中遇丞相，皆下馬。凡行路之間，賤避貴，少避老，輕避重，去避來。（《唐六典》卷四）

凡行路巷街，賤避貴，少避老，輕避重，去避來。（《大唐開元禮》卷三）

違令式

諸違令者，笞五十。謂令有禁制而律無罪名者。别式，減一等。

【疏】議曰：令有禁制，謂《儀制令》"行路，賤避貴，去避來"之類。此是"令有禁制，律無罪名"，違者得笞五十。"别式減一等"，謂《禮部式》"五品以上服紫，六品以下服朱"之類，違式文而著服色者，笞四十，是名"别式減一等"，物仍没官。（《唐律疏議》卷二七）

長興二年八月壬申敕："朕聞教化之本，禮讓爲先。欲設規程，在循典故。蓋以中興之始，兆庶初安，將使知方，所以漸誘。準《儀制令》："道路街巷，賤避貴，少避長，重避輕，去避來。"有此四事，承前每於道途立碑刻字，令路人皆得聞見。宜令三京、諸道州府，各遍下管内縣鎮，准舊例，於道路明置碑，雕刻四件事文字，兼於要會坊門及諸橋柱刻碑，曉諭路人。委本縣所繇官司共切巡察，有敢犯者，科違敕之罪。貴在所爲簡易，所化弘多。既禮教

興行則風俗淳厚,庶皆順序,益致和平。(《册府元龜》卷五九;《五代會要》卷二五)

太平興國中,孔承恭爲大理正,上言:"《儀制令》:'賤避貴,少避長,輕避重,去避來。'望令於兩京、諸州要害處,刻榜以揭之,所以興禮遜,厚風俗。"從之。今京師諸門關亭皆有之,而所在道途雙堠處皆刻之,蓋自本朝孔承恭始也。(《事物紀原》卷七引《談苑》)

孔承恭上言,舉令文"賤避貴"之類四條,乞置木牌,立於郵堠,以爲民告訴。行之。一日,太宗問承恭曰:"令文中貴賤、長少、輕重各有相避並訖,何必又云'去避來',此義安在?"承恭曰:"此必戒於去來者,互相回避爾。"上曰:"不然,借使去來相避,止相憧憧,於通衢之人密如交蟻,烏能一一相避哉?但恐設律者别有他意。"其精悉若是。(《玉壺清話》卷八)

占宿驛舍上房

凡公差人員出外幹辦公事,占宿驛舍正廳上房者,笞五十。正廳上房,待品官上客。(《大清律例》卷二二)

急遞鋪舍損壞不修,什物不完,鋪兵數少,及令老弱之人當役之提調官吏。鋪舍損壞律。(《大清律例》卷四〇)

出使馳驛軍情重事,違限一日者。各驛官故將好馬藏匿,及推故不即應付以致違限者。驛使承受官司文書誤,不依題寫去處,錯去他所,而違限事干軍務者。原行公文題寫錯者。驛使稽程律。(《大清律例》卷四〇)

公差人員占宿驛舍正廳上房者。占宿驛舍上房律。(《大清律例》卷四〇)

宿客争廳

薛向,字師正……入爲開封度支判官,權陝西轉運副使……嘗夜至靈寶縣,先驅入驛,與客崔令孫争舍(争廳)。令孫正病卧,驚而死,罷知汝州。甫數月,復以爲陝西轉運副使。(《宋史》卷三二八《薛向傳》)

（唐憲宗元和）五年四月，御史臺奏："御史出使及却迴，所在館驛逢中使等，舊例，御史到館驛，已於上廳下了，有中使後到，即就别廳。如有中使先到上廳，御史亦就别廳。因循歲年，積爲故實。訪聞近日多不遵守，中使若未諳往例，責欲逾越；御史若不守故事，懼失憲章。喧競道途，深乖事體。伏請各令遵奉舊例，冀其守分。"敕旨："其三品官及中書、門下、尚書省官，或出銜制命，或入赴闕庭。諸道節度使、觀察使赴本道或朝覲，并前節度使、觀察使追赴闕庭者，亦準此例。"先，監察御史元稹自東臺赴闕，至敷水驛，與中使劉士元争廳事。因士元以鞭擊元稹之面，稹跣而走，故有是命。（《唐會要》卷六一）

（唐憲宗元和）五年四月庚寅，御史中丞王播奏："准故事：御史到館驛，已處上廳，中使後至，即就别廳。如中使先至，御史亦就别廳。近日多不遵守，中使或不諳往例，貴欲逾越；御史若不守故事，俱失憲章。喧競道途，深乖事體。伏請各令遵奉故事，冀其守分。"制可。其諸司三品官及中書、門下、尚書省官，或出銜制命，或入赴闕庭，諸道節度、觀察使赴本道及朝覲，並前節度、觀察使敕追赴朝廷者，亦準此（例）。"先是，監察御史元稹自東臺赴闕，至敷水驛，宿上廳。中官仇士良後至，争廳。門閉，斫入，詬詈稹，稹襪而走廳後，士良隨，以鞭擊稹面傷，遂兼以他事，坐貶官。臺司因請定制焉。（《册府元龜》卷六〇）

麟德二年十月，徵劉仁軌。次於萊，舍於驛西廳。夜已久，有御史至驛。人白曰："西廳少佳，有使止矣。"曰："誰？"曰："帶方州刺史。"御史令移却，仁軌遽就東廳。既至，拜憲大夫，其御史愧不自安。他日謂侍御曰："諸公出使，當須振舉冤滯，發明耳目，興行禮義，無爲煩擾州縣而自重其權。"指行中曰："只如某侍御，夜到驛中，（東廳）西廳，所校幾何？苦死遣移，乃就東廳，豈忠恕之事耶？願諸公勿爲也。"諸御史莫不翕然自誡。（《唐會要》卷六二；《大唐新語》卷一一）

（唐憲宗元和五年正月，元稹）召還西京。至敷水驛，華州華陰縣西二十四里，有敷水渠。《九域志》：華陰縣有敷水鎮。有内侍後至，破驛門，呼罵而入，以馬鞭擊稹，傷面。《考異》曰：《實録》云：中使仇士良與元稹争廳。按稹及《白居易傳》皆云劉士元，而《實録》云仇士良，恐誤，今止云内侍。（《資治通鑑》卷二三八；《資治通鑑考異》卷一九）

京兆府參軍盧甚昇進士第，入官，甚孤貧，有文學，京兆尹遣巡館驛。左補闕崔瑄婚姻迴，與甚長亭相遇，争廳。甚以官雖卑，乃公行，略不讓瑄。瑄憤其不遜，遂相詆訶。甚來，下御史臺按問……言涉大不敬，除籍爲民，投之嶺表。行至洛源驛，賜死，瑄左遷河南府陽翟縣令。(《東觀奏記》卷中)

十三、交通工具

驛馬

駟氏與諸大夫欲殺之。子産在鄙，聞之，懼弗及，乘遽而至。遽，傳驛。音義：《爾雅》云：驛，遽傳也。孫炎注云：傳車，驛馬。傳，中戀反。驛音亦注。正義曰：《釋言》云：驛，遽傳也。孫炎曰：傳車，驛馬也。（《春秋左傳注疏》卷四二）

傳，張戀反。以車曰傳。遽，其據反，以馬曰遽。鄭注：《玉藻》云："以車馬給使。"（《經典釋文》卷七）

（漢文帝二年十二月，詔：）"今縱不能罷邊屯戍，而又飭兵厚衛，其罷衛將軍軍。太僕見馬遺財足，餘皆以給傳置。"《索隱》：按：《廣雅》云："置，驛也。"《續漢書》云："驛馬三十里一置。"故樂産亦云，傳、置一也。言乘傳者，以傳次受名。乘置者，以馬取匹。傳，音丁戀反。如淳云："律：四馬高足爲傳置，四馬中足爲馳置，下足爲乘置，一馬二馬爲軺置。如置急者乘一馬曰乘也。"（《史記》卷一〇《孝文帝本紀》）

（哀帝時，廷尉梁祖等治東平王雲獄。後數月，丞相王嘉薦祖等明習治獄，上發怒召嘉，詣尚書責問。）嘉遂裝出，見使者，再拜受詔，乘吏小車……上聞嘉生自詣吏，大怒，使將軍以下與五二千石雜治。吏詰問嘉，嘉對曰："案事者思得實。竊見（梁）相等前治東平王獄，不以雲爲不當死，欲關公卿示重慎，置驛馬傳囚，勢不得踰冬月，誠不見其外内顧望，阿附爲雲驗。復幸得蒙大赦，相等皆良善吏，臣竊爲國惜賢，不私此三人。"（《漢書》卷八六《王嘉傳》）

（漢武帝）征和中，貳師將軍李廣利以軍降匈奴。上既悔遠征伐，而搜粟都尉桑弘羊與丞相御史奏言："故輪臺東捷枝、渠犂皆故國，地廣饒水草，有溉田五千頃以上……臣愚以爲可遣屯田卒詣故輪臺以東，置校尉三人分護，各舉圖地形，通利溝渠，務使以時益種五穀。張掖、酒泉遣騎假司馬爲斥候，屬校尉。事有便宜，因騎置以聞。師古曰：騎置，即今之驛馬也……"（《漢書》卷九六下《西域傳》）

舊南海獻龍眼、荔支，十里一置，五里一候，南海郡，秦置，今廣州縣也。《廣雅》曰：益智，龍眼也。"《交州記》曰："龍眼樹高五六丈，似荔支而小。"《廣州記》曰："子似荔支而員（圓），七月熟。荔支樹高五六丈，大如桂樹，實如雞子，甘而多汁，似安石榴，有甜醋者，至日禺中，翕然俱赤，即可食。"置謂驛也。奔騰阻險，死者繼路。時臨武長汝南唐羌，縣接南海，臨武縣屬桂陽郡。今郴州縣也。乃上書陳狀。帝下詔曰："遠國珍羞，本以薦奉宗廟，苟有傷害，豈愛民之本？其敕太官勿復受獻。"由是遂省焉。《謝承書》曰："唐羌，字伯游，辟公府，補臨武長。縣接交州，舊獻龍眼、荔支及生鮮，獻之，驛馬晝夜傳送之，至有遭虎狼毒害，頓仆死亡不絶。道經臨武，羌乃上書諫曰：'臣聞上不以滋味爲德，下不以貢膳爲功，故天子食太牢爲尊，不以果實爲珍。伏見交阯七郡獻生龍眼等，鳥驚風發。南州土地，惡蟲猛獸不絶於路，至於觸犯死亡之害。死者不可復生，來者猶可救也。此二物升殿，未必延年益壽。'帝從之。"（《後漢書》卷四《和帝紀》）

（天子登遐，）部刺史、二千石、列侯在國者，及關内侯、宗室長吏及因郵奉奏，諸侯王遣大夫一人奉奏，弔臣請驛馬露布，奏可。（《後漢書·禮儀志下》）

（漢光武帝建武三十年，）虎賁中郎將梁松等議："《記》曰：'齊將有事泰山，先有事配林。'蓋諸侯之禮也。河嶽視公侯，王者祭焉，宜無即事之漸，不祭配林。"《風俗通》曰："博縣十月祀岱宗，名曰合凍。十二月涸凍，正月解凍。太守絜（潔）齋，親自執事，作脯廣一尺，長五寸。既祀訖，取泰山君夫人坐前脯三十朐，太守拜章，縣次驛馬，傳送雒陽。"（《後漢書·祭祀志上》）

（東漢）外十二州，每州刺史一人，六百石……諸州常以八月巡行所部郡國。胡廣注曰："巡謂驛馬也，縣次傳駕之，以走疾，猶古言附遂。"録囚徒，考殿最。（《後漢書·百官志五》）

（東漢之制，）驛馬三十里一置。臣昭案：東晉猶有郵驛共置，承受傍郡縣文書。有郵有驛，行傳以相付。縣置屋二區，有承驛吏，皆條所受書，每月言（吉）上州郡。

《風俗通》曰:"今吏郵書掾、府督郵,職掌此。"卒皆赤幘絳韝云。(《後漢書·輿服志上》)

北海靖王興,建武二年封爲魯王……立三十九年,薨,子敬王睦嗣……睦能屬文,作《春秋旨義終始論》及賦、頌數十篇,又善史書,當世以爲楷則。及寢病,帝驛馬令作草書尺牘十首。(《後漢書》卷一四《北海靖王興傳》)

(漢章帝建初七年十二月,東平王劉)蒼還國,疾病,帝馳遣名醫、小黄門侍疾,使者冠蓋不絶於道,又置驛馬,千里傳問起居。(《後漢書》卷四二《東平憲王蒼傳》)

(漢和帝永元十五年十月,太尉張禹留守,聞車駕)當進幸江陵,以爲不宜冒險遠,驛馬上諫。(《後漢書》卷四四《張禹傳》)

(漢靈帝)時,天下日危,寇賊方熾,陶憂致崩亂,復上疏曰:"臣聞事之急者不能安言,心之痛者不能緩聲……臣前驛馬上便宜,急絶諸郡賦調,冀尚可安。事付主者,留連至今,莫肯求問……"(《後漢書》卷五七《劉陶傳》)

(漢順帝時,)詔遣八使巡行風俗,皆選素有威名者,乃拜舉爲侍中,與侍中杜喬……分行天下。其刺史、二千石有臧罪顯明者,驛馬上之,墨綬以下,便輒收舉。(《後漢書》卷六一《周舉傳》)

謝夷吾,字堯卿,會稽山陰人也。少爲郡吏,學風角占候。太守第五倫擢爲督郵。時烏程長有臧釁,倫使收案其罪。夷吾到縣,無所驗,但望閤伏哭而還,一縣驚怪,不知所爲。及還,白倫曰:"竊以占候,知長當死,近三十日,遠不過六十日。遊魂假息,非刑所加,故不收之。"倫聽其言。至月餘,果有驛馬齎長印綬,上言暴卒,倫以此益禮信之。(《後漢書》卷八二上《謝夷吾傳》)

(魏明帝景初三年春正月)丁亥,太尉宣王還至河内,帝驛馬召到,引入卧内,執其手,謂曰:"吾疾甚,以後事屬君,君其與爽輔少子。吾得見君,無所恨!"宣王頓首流涕。(《三國志》卷三《明帝紀》)

(魏文帝初,)司馬宣王治水軍於荆州,欲順沔入江伐吴,詔(張)郃督關中諸軍,往受節度。至荆州,會冬水淺,大船不得行,乃還屯方城。諸葛亮復出,急攻陳倉,帝驛馬召郃到京都。(《三國志》卷一七《張郃傳》)

(孫惠好學有才識,東海王司馬)越遷太傅,以惠爲軍諮祭酒,數諮訪得失。每造書檄,越或驛馬催之,應命立成,皆有文采。(《晉書》卷七一《孫惠傳》)

羅結,代人也,其先世領部落,爲國附臣……世祖以其忠慤,甚見信待,監典後宫,出入卧内,因除長信卿。年一百一十,詔聽歸老。賜大寧東川以爲居業,并爲築城,即號曰羅侯城,至今猶存。朝廷每有大事,驛馬詢訪焉。(《魏書》卷四四《羅結傳》)

(成淹爲謁者僕射,以遷都,與家累至雒陽。行次靈丘,屬南齊)蕭鸞遣使,敕驛馬徵淹。車駕濟淮,淹於路左請見,高祖竚駕而進之。(《魏書》卷七九《成淹傳》)

高阿那肱,善無人也……武平四年,令其録尚書事,又總知外兵及内省機密……周師逼平陽,後主於天池校獵,晉州頻遣馳奏,從旦至午,驛馬三至。肱云:"大家正作樂,何急奏聞。"(《北齊書》卷五〇《高阿那肱傳》)

(周宣帝大象元年十二月)乙丑,行幸洛陽。帝親御驛馬,日行三百里。四皇后及文武侍衛數百人,並乘驛以從,仍令四后方駕齊驅,或有先後,便加譴責,人馬頓仆相屬。(《周書》卷七《宣帝紀》)

(北魏明帝正光)四年,阿那瓌衆大饑,入塞寇抄。明帝詔尚書左丞元孚兼行臺尚書,持節喻之。孚見阿那瓌,爲其所執,以孚自隨,驅掠良口二千,并公私驛馬、牛羊數十萬北遁。(《北史》卷九八《蠕蠕傳》)

(韋堅天寶元年擢陝郡太守、水陸轉運使,運江淮錢穀至京。陝縣尉崔)成甫又作歌詞十首,白衣缺胯緑衫,錦半臂,偏袒膊,紅羅抹額,於第一船作號頭唱之。和者婦人一百人,皆鮮服靚妝,齊聲接影,鼓笛胡部以應之。餘

船洽進，至樓下，連檣彌亘數里，觀者山積。京城百姓多不識驛馬船檣竿，人人駭視。(《舊唐書》卷一〇五《宇文融傳》)

駕部郎中、員外郎各一人，掌輿輦、車乘、傳驛、廐牧、馬牛、雜畜之籍。凡給馬者，一品八匹，二品六匹，三品五匹，四品、五品四匹，六品三匹，七品以下二匹。給傳乘者，一品十馬，二品九馬，三品八馬，四品、五品四馬，六品、七品二馬，八品、九品一馬。三品以上敕召者，給四馬，五品三馬，六品以下有差。凡驛馬，給地四頃，蒔以苜蓿。凡三十里有驛，驛有長。舉天下四方之所達，爲驛千六百三十九。阻險無水草鎮戍者，視路要隙，置官馬。水驛有舟。凡傳驛馬驢，每歲上其死損、肥瘠之數。(《新唐書》卷四六《百官志一》)

貞觀中，初税草以給諸閑，而驛馬有牧田。(《新唐書》卷五一《食貨志》)

高元裕，字景圭，其先蓋渤海人。第進士，累辟節度府。以右補闕召，道商州，會方士趙歸真擅乘驛馬，元裕詆曰："天子置驛，爾敢疾驅邪！"命左右奪之，還，具以聞。(《新唐書》卷一七七《高元裕傳》)

(唐文宗開成元年，盧鈞)拜華州刺史。關輔驛馬疲耗，鈞爲市健馬，率三歲一易，自是無乏事。(《新唐書》卷一八二《盧鈞傳》)

柳公綽元和十四年爲京兆尹。時河朔復叛，朝廷用兵補授行營諸將，朝令夕改，驛騎相望。公綽奏曰："幽鎮用兵，使命繁併，館遞匱乏，鞍馬多闕。又敕使行李人數都無限約，其衣緋紫，乘馬者二三十匹，衣黄衣者，不下十四五匹。驛吏不得視券牒，隨口即供。驛馬既盡，遂奪路人鞍乘。衣冠士庶，驚擾怨嗟，遠近宣傳，行李將絶。伏望聖慈，聊爲定限。"乃下中書條疏人數，繇是不告勞。以言直，爲北司所惡。(《册府元龜》卷六七四；《舊唐書》卷一六五《柳公綽傳》)

後唐劉知章爲醴泉縣令。長興元年七月，明宗命迴鶻侯三走馬入迴鶻部，給程有日，沿路乘驛而行。醴泉既非衝要，素無驛馬，長吏供億無准。洎侯三至縣，索驛馬館穀，所司未辦。適遇知章不在縣。或謂侯三云："知章出從禽之矣。"鎮將以馬給之。俄而知章至,哀訴引過,侯三不之顧,因奏其狀。明宗大怒,促命械送至京,事幾不測。安重誨從容奏覆,方得減死,配流沁州。(《册府元龜》卷七○七)

(官馬)支配。舊制,自御馬而下,次給賜臣僚,次諸軍,而驛馬爲下。熙寧初,樞密院言:"祖宗時,臣僚任邊職者,或賜帶甲馬,示不忘疆埸之事。承平日久,僥倖滋長,請應使臣閤門祇候以上,充三路路分州軍總管、鈐轄之類,賜馬價如故,餘皆罷給。"奏可。(《宋史》卷一九八《兵志十二》)

(漢章帝建初)八年春正月壬辰,東平王蒼薨。初,蒼疾病,上憂念蒼,使道上置驛馬,以知疾之增損。薨問至,上悲不自勝。(《後漢紀》卷一二《孝皇帝紀下》)

(漢順帝漢安元年秋八月)丁卯,遣侍中河内杜喬、周舉……分行州郡,表賢良,顯忠勤。其貪污有罪者,刺史、二千石驛馬上之,墨綬以下,便輒收舉。刺史、二千石,大吏,驛馬上奏其罪,取旨黜免。驛馬,欲速達京闕也。墨綬,縣令、長也。令、長以下,便收案舉劾其罪。(《資治通鑑》卷五二)

(唐高祖武德九年九月丁未,)上引諸衛將卒,習射於顯德殿……群臣多諫……韓州刺史封同人詐乘驛馬,入朝切諫,《唐舊志》:"武德三年,分同州之河西、韓城、郃陽,置西韓州,又於陝州界置南韓州。"封同人當是自韓城乘驛入朝也。上皆不聽。(《資治通鑑》卷一九二)

(垂拱二年三月,)太后自徐敬業之反,疑天下人多圖己,又自以久專國事,且内行不正,知宗室大臣怨望,心不服,欲大誅殺以威之。乃盛開告密之門,有告密者,臣下不得問,皆給驛馬,供五品食,使詣行在,雖農夫樵人皆得召見,廩於客館。(《資治通鑑》卷二○三)

(唐玄宗天寶六載春正月,李)林甫又奏分遣御史,即貶所賜皇甫惟明、韋堅兄弟等死。羅希奭自青州如嶺南,所過殺遷謫者,郡縣惶駭。排馬牒至宜春,御史所過,沿路郡縣給驛馬,故未至先有排馬牒。李適之憂懼,仰藥自殺。至江華，王琚仰藥不死。聞希奭已至，即自縊。希奭又迂路過安陸，欲怖殺裴寬，寬向希奭叩頭祈生，希奭不宿而過，乃得免。(《資治通鑑》卷二一五)

(唐穆宗長慶二年春二月，)上之初即位也，兩河略定，蕭俛、段文昌以爲："天下已太平，漸宜消兵，請密詔天下軍鎮有兵處，每歲百人之中，限八人逃、死。"上方荒宴，不以國事爲意，遂可其奏。軍士落籍者衆，皆聚山澤爲盜。及朱克融、王庭湊作亂，一呼而亡卒皆集，詔徵諸道兵討之。諸道兵既少，皆臨時召募，烏合之衆。又，諸節度既有監軍，其領偏軍者亦置中使監陳，主將不得專號令，戰小勝則飛驛奏捷，自以爲功；不勝則迫脅主將，以罪歸之……凡用兵舉動，皆自禁中授以方略，朝令夕改，不知所從。不度可否，惟督令速戰。中使道路如織，驛馬不足，掠行人馬以繼之，人不敢由驛路行。取間道而行。由驛路，則馬爲所掠故也。(《資治通鑑》卷二四二)

(宋真宗大中祥符六年九月)癸卯，知荆南府朱巽罰銅二十斤。荆湖北路轉運使梅詢削一任，通判襄州，坐擅發驛馬與廣州邵曄子，令省親疾而馬死故也。(《續資治通鑑長編》卷八一)

(宋仁宗天聖元年五月辛巳，)上封事者言："中人奉使江淮，多乘官船載私物營利，州縣不敢檢察。"戊子，詔自今内臣出外，止給驛馬，仍無得過三匹。(《續資治通鑑長編》卷一〇〇)

(宋仁宗康定元年正月乙酉，詔：)"增自京至陝府馬遞四十四鋪驛馬。募京城内外捕索元昊刺事人，獲一名者賞錢三十萬……"(《續資治通鑑長編》卷一二六)

(宋高宗建炎二年五月)己丑詔："自今應給驛馬遞卒者，並權住。"(《建炎以來繫年要録》卷一五)

(北海靖王興遷弘農太守，)每朝廷有異政、京師雨澤、秋稼好醜，輒驛馬下問興，其見親重如此。

(東平憲王蒼少好經書，孝友仁慧，章帝屢賜以秘書道術秘方。)後病水

氣喘逆，上遣太醫丞相視之，小黄門侍疾。置驛馬，傳起居，以千里爲程。(《東觀漢記》卷七)

開元十五年二月二十四日敕："每年春秋二時，公卿巡陵。初發准式，其儀仗出城，欲至陵所十里内，還具儀仗，所須馬，以當界府驛馬充。其路次供遞車兩，來載儀仗，推輅三十人。餘差遣並停，所司别供，須依常式。"(《唐會要》卷二〇)

官驛・馬驛：計馬九十匹，馬户八百三十户。嘉禾驛，馬五十匹，馬户四百四十八户。録事司馬二匹，馬户一十九户。松江府，馬三十二匹，馬户二百八十户。嘉興縣(府)，馬一十六匹，馬户一百四十九户。崇德縣，馬四十匹，馬户三百八十二户。嘉興縣，馬四匹，馬户四十户。海鹽縣，馬二十四匹，馬户二百二十八户。崇德縣，馬一十二匹，馬户一百一十四户。(《至元嘉禾志》卷七)

百官得於寓京乘轎。自揚州始後，遂不復乘馬，惟從駕則乘之。祖宗時，臣僚雖在外，亦不許乘轎也。《唐會要》三十黎曰：開成五年，黎植奏："朝官出使，自合乘驛馬，不合更乘檐子。自此請不限高卑，不得輒乘檐子。如疾病，即任所在陳牒，申中書門下及御史臺。其檐夫自出錢雇，其宰相至僕射致仕官疾病者，許乘之。"(《演繁露》卷七《肩輿》)

諸葛誕爲鎮南將軍。時毌丘儉、文欽反，遣使詣誕，招呼豫州士民。誕斬其使，露布天下……表曰："臣受國重任，統兵在東揚州。刺史樂綝專詐説臣與吴交通，又言被詔當代臣位，無狀日久，臣……忿綝不忠，輒將步騎七百人，以今月六日討綝，即日斬首函頭，驛馬傳送……"(《册府元龜》卷三七〇)

武宗會昌元年二月，御史大夫陳夷行奏："奉中書門下牒，伏准今年正月二十八日宣：'應館驛近日因循，多致敗闕，郵遞馬畜，每事闕供。蕃客往來，皆有論奏。委中書門下與夷行同商量，條流聞奏。所置館驛鞍馬什物，並作人多少，及功價資課，每年破用，取何色錢物添脩支遣，其驛馬數，勘每驛見欠多少，速具分析奏來者。'臣今商量，請準敕先牒諸州府，勘鞍馬什物，作人功價糧課，並勘每年緣館驛占留錢數，諸色破用及使料粟麥、遞馬草料。待諸州府報到，續具聞奏。今具簡前後敕文行用相當者，參立新格，逐意條流，除館驛弊事。”(《册府元龜》卷五一六)

張綱爲御史。漢安元年，與侍中杜喬等八人，同日受詔，持節分出，案行天下。貪廉墨綬，有罪便收，刺史二千石以驛馬聞。威惠清忠，名振郡國，號曰“八儁”。(《册府元龜》卷六五八)

北齊高季式爲濟州刺史，豪率好酒，又恃舉家勳功，不拘簡節。與光州刺史李元忠生平遊款。在濟州夜飲，憶元忠，開城門，令左右乘驛馬，持一壺酒，往光州勸元中(忠飲)。朝廷知而容之。(《册府元龜》卷六九七)

永淳之後，天下皆唱“楊柳，楊柳，漫頭馳”。後徐敬業犯事，出(爲)柳州司馬，遂作僞敕，自授揚州司馬，殺長史陳敬之，據江淮反。使李孝逸討之，斬業首，驛馬馳入洛(陽)。“楊柳，楊柳，漫頭馳”，此其應也。(《朝野僉載》卷一;《太平廣記》卷一六三引《朝野僉載》)

王僩者，少應通事舍人舉。開元末入京，至闕西，息槐樹下，聞傳詔聲，忽見數騎，狀如中使，謂僩曰:“爲所宣傳，真通事舍人矣。”因以後騎載僩，僩亦不知何人，倉卒隨去。久之，至華嶽神廟。中使置僩别院，誡云:“慎無私視。”便爾入内。僩獨坐，聞棒杖楚痛之聲，因前行竊窺，見其婦爲所由繫頸於樹，以棒拷擊。僩悲愁佇立。中使出，見慘怛而問其故。僩涕泗，具言其事。使云:“本欲留君，妻既死，理不可住，若更遲延，待歸之後，即不能救。君宜速還開棺，此即放妻活。”乃命左右取驛馬，送王舍人。(《太平廣記》卷三〇二引《廣異記》)

貞觀中，長安城西漕店人葬父母，凶具甚華。一二年後，忽見亡弟來，容貌憔悴，言:“爲兄厚葬父母之故，被差爲林皋驛馬，祇承困苦不堪，故來請兄代。”兄大驚懼，更多與紙錢，遣努力且作。其後數月，又見弟來，云:“祇承不濟，兄遂不免去。”其兄應時而卒。(《太平廣記》卷三二八引《異聞録》)

平原郡貢糖(螗)蟹,採於河間界。每年生貢,斫冰火照,懸老犬肉,蟹覺老犬肉,即浮。因取之,一枚直百金。以氈蜜束於驛馬,馳至於京。(《酉陽雜俎》前集卷一七)

【荆州謝上表】 臣九齡言:伏奉四月十四日制,授臣荆州大都督府長史。聞命皇怖,魂膽飛越。即日戒路,星夜奔馳。屬小道所使多,驛馬先少,以今月八日至州禮上。(《曲江集》卷一三)

【銀青光禄大夫……崔公(郾)行狀】 公諱郾,字廣略……初鎮於陝。或東巡經月,不鞭一人,至於驛馬,令五歲幸全,則爲代之。著爲定制。(《樊川文集》卷一一)

【送岳州李十從軍桂州】 送客之江上,其人美且才。風波萬里闊,故舊十年來。劍拔蛟隨斷,弓張鳥自摧。陽橋書落落,驛馬定先回。(《全唐詩》卷八七張説)

【北庭西郊候封大夫受降回軍獻上】 胡地苜蓿美,輪臺征馬肥。大夫討匈奴,前月西出師。甲兵未得戰,降虜來如歸。橐駝何連連,穹帳亦纍纍。陰山烽火滅,劍水羽書稀。却笑霍嫖姚,區區徒爾爲。西郊候中軍,平沙懸落暉。驛馬從西來,雙節夾路馳。喜鵲捧金印,蛟龍盤畫旗。如公未四十,富貴能及時。(《全唐詩》卷一九八岑參)

【憶昨行和張十一】 憶昨夾鍾之吕初吹灰,上公禮罷元侯迴。車載牲牢甕舁酒,並召賓客延鄒枚。……念昔從君渡湘水,大帆夜劃窮高桅。陽山鳥路出臨武,驛馬拒地驅頻隤。踐蛇茹蠱不擇死,忽有飛詔從天來。……(《全唐詩》卷三三八韓愈)

【奉使常山早次太原呈副使吴郎中】愈使鎮州,吴丹以駕部郎中副行。

朗朗聞街鼓,晨起似朝時。翻翻走驛馬,春盡是歸期。地失嘉禾處,風存蟋蟀辭。暮齒良多感,無事涕垂頤。(《全唐詩》卷三四四韓愈)

【崔元受少府自貶所還遺山薑花以詩答之】 故人博羅尉，遺我山薑花。採從碧海上，來自謫仙家。雲濤潤孤根，陰火照晨葩。静摇扶桑日，艷對瀛洲霞。世人愛芳辛，搴擷忘幽遐。傳名入帝里，飛驛辭天涯。王濟本尚味，石崇方鬬奢。雕盤多不識，綺席乃增華。驛馬損筋骨，貴人滋齒牙。顧予藜藿士，持此重咨嗟。(《全唐詩》卷三五五劉禹錫)

【移家入新宅】 移家入新宅，罷郡有餘貲。……外累信已遣，中懷時有思。有思一何遠，默坐低雙眉。十載囚竄客，萬里征戍兒。春朝鎖籠鳥，冬夜支牀龜。驛馬走四蹄，痛酸無歇期。磑牛封兩目，昏閉何人知。誰能脱放去，四散任所之。各得適其性，如吾今日時。(《全唐詩》卷四三一白居易)

【塞下】 北風號薊門，殺氣日夜興。咸陽三千里，驛馬如飢鷹。行子久去鄉，逢山不敢登。寒日慘大野，虜雲若飛鵬。西北防秋軍，麾幢宿層層。匈奴天未喪，戰鼓長登登。漢卒馬上老，繁纓空絲繩。誠知天所驕，欲罷又不能。(《全唐詩》卷四八五鮑溶)

【南康軍建昌縣義居洪氏雷塘書院記】 (揚越之區，)南康洪氏，傑出其間……子弟之秀者，咸肄業於兹田……韋賢之一經相傳，劉氏之七葉俱盛。豈止游談之矜式，羈旅之疇依。設驛馬於四郊，來遠客於千里而已。至道中，天子遣美俗使者按行郡國，且以御書百軸下賜其家。(《武夷新集》卷六)

【翰林侍讀學士給事中梅公(詢)墓誌銘】 公諱詢，字昌言，世家宣城……(宋真宗朝)以刑部員外郎爲荆州湖北路轉運使。坐擅給驛馬與人奔喪，而馬死，奪一官，通判襄州，徙知鄂州。(《文忠集》卷二七)

【上蔡學士書】 太宗時，李飛雄詐取驛馬騎之，稱奉詔，縛清水諸將入秦州，將斬之以叛。賴宗社之靈，使自露泄耳。(《李覯集》卷二八)

【翰林侍讀學士知許州軍州事梅公(詢)神道碑】 公先梅伯，後氏其國。彌周涉秦，不見史策……使於湖北，遷自濠梁。又奪一官，往裨於襄。坐發驛馬，給奔喪者，於鄂於蘇，剖將之符。握節關中，使總其輸。(《臨川先

生文集》卷八八)

【次韻外舅謝師厚喜王正仲三文奉詔禱南岳回至襄陽捨驛馬就舟見過三首】(其一) 漢上思見龐德公,别來悲歎事無窮。聲名籍甚漫前日,鬢鬢索然成老翁。家釀已隨刻漏下,園花更開三四紅。相逢不飲未爲得,聽取百鳥啼忽忽。(《山谷集》外集卷六)

傳馬

(漢昭帝元鳳二年)六月,赦天下。詔曰:"朕閔百姓未贍,前年減漕三百萬石,頗省乘輿馬及苑馬,以補邊郡三輔傳馬。張晏曰:驛馬也。師古曰:傳,音張戀反。其令郡國毋斂今年馬口錢,三輔、太常郡得以叔粟當賦。"(《漢書》卷七《昭帝紀》)

(唐肅宗乾元二年)三月丁亥,詔曰:"古之哲王臨御區夏,莫不好生慎罰,以理人命……天下州縣,應欠租庸課税、傳馬粟貸糧種子糴糶變税,及營田少作,諸色勾徵納未足者,一切放免……"(《册府元龜》卷八七)

唐傅巖,魏州人,本名佛慶。嘗在左臺,監察中霤,而中霤小祠,無犧牲之禮。比迴,悵望曰:"初一(以)爲大祠,乃全疏薄。"殿中梁載言詠之曰:"聞道監中霤,初言是大祠。狼傍索傳馬,傯動出安徽。衛司無帟幕,供膳乏鮮肥。形容消瘦盡,空往復空歸。"(《太平廣記》卷二五五引《御史臺記》)

【重答李清河書】 穎士白:臨清傳馬子遠至昌樂,奉問及,亦既披緘,慰慘交集,幸甚幸甚……因還騎不宣名,再拜。(《蕭茂挺集》)

【答張徹】 辱贈不知報,我歌爾其聆。首叙始識面,次言後分形。道途緜萬里,日月垂十齡。浚郊避兵亂,睢岸連門停。……及去事戎轡,相逢宴軍伶。觥秋縱兀兀,獵旦馳駉駉。從賦始分手,朝京忽同舲。急時促暗櫂,戀月留虚亭。畢事驅傳馬,安居守窗螢。梅花灞水别,宫燭驪山醒。(《全唐詩》卷三三七韓愈)

【送謝師厚知唐州】先是知唐州，以興水田受賞。師厚家在鄧州。　腰虎憑熊近越鄉，方城南望色蒼蒼。社人隨處祠桐柏，傳馬來時認肅爽。兩國風煙通置吏，百年荆棘勸鋤荒。王成勞徠先蒙賞，史起猶應問濁漳。(《彭城集》卷一四)

【武牢道中】　春寒驅傳馬，西度虎牢關。草樹高低雪，烟雲左右山。英豪攻戰地，風物笑談間。俯仰看今古，翛然百慮閒。(《南陽集》卷八)

【送程公闢守洪州】　畫船插幟摇秋光，鳴鐃傳鼓水洋洋。豫章太守吴郡郎，行指斗牛先過鄉。鄉人出郭航酒漿，炰鱉鱠魚炊稻粱。芡頭肥大菱腰長，醽醁喧呼坐滿牀。怪君三年寓瞿塘，又驅傳馬登大(太)行。纓旄脱盡歸大梁，飄然出走天南疆。九江左投貢與章，揚瀾吹漂浩無旁。(《臨川先生文集》卷六)

遞馬

(宋仁宗寶元二年二月)壬午詔："新除近邊知州軍臣僚，並令乘遞馬赴任，限三月十日已前到。"時西邊有警故也。(《續資治通鑑長編》卷一二三)

(宋神宗熙寧四年十一月，)買馬司請權買四尺二寸或一寸牝馬，及一十一歲以上，與牝馬補遞馬之闕，毋以充額。(《續資治通鑑長編》卷二二八)

(宋神宗熙寧七年八月丁卯)詔："自今進奉鑾舊借役人馬者，給遞馬。如不足，以免役錢差雇。"(《續資治通鑑長編》卷二五五)

(宋神宗熙寧八年十月己酉)詔："在京遞馬頭子，並樞密院給之。"以都水、將作監遣屬官出外，或擅給之故也。(《續資治通鑑長編》卷二六九)

(宋神宗元豐四年十二月乙丑)詔："李憲以見領職事權交割與苗授，量帶官吏，速乘遞馬，由便道往環慶路，博謀將吏，具官軍昨攻取靈州得失所以，及今改圖詳悉方略，籌策條畫，并經過涇原，恐有利害，亦可詢講，親齎赴

闕論奏。”(《續資治通鑑長編》卷三二一)

(宋神宗元豐五年六月)壬申詔:“遞馬券隸駕部,令兵部尚書以下書押券頭。”(《續資治通鑑長編》卷三二七)

(宋神宗元豐五年十一月乙巳,)提舉陝西買馬司言:“本司管認支填遞馬,闕數至多,少有及四尺一寸赴官中賣。欲乞依定價,權買四尺二寸、一寸牡馬,及十一歲以上,與牡馬相兼支遣。”從之,仍不充額。(《續資治通鑑長編》卷三三一)

(宋神宗元豐七年六月庚寅)詔:“將、副遇調發,如無親屬,許奏帶親隨二人,亦給遞馬。帶親屬、親隨,通不得過二人,毋得以命官有差遣人修入將敕。”(《續資治通鑑長編》卷三四六)

(宋哲宗元祐七年正月壬子,環慶路經略使章楶奏:)“合用大小使臣,欲乞於本路、他路得替待闕不拘(有)無過犯之人,權差充陣敵使唤。如尚闕少,乞於吏部尚書侍郎右選擇少壯敢勇曾經戰陣立功該賞之人共二十人,乘遞馬,給驛券前來……”(《續資治通鑑長編》卷四六九)

(宋哲宗元符二年二月丁酉,)曾旼奏:泛使蕭德崇等到白溝,不肯乘遞馬,欲帶北界人馬至雄州,如蕭禧例。禧當日凡駞畜車乘皆至雄州,德崇已交割畜乘,獨欲留人馬至雄州,而旼與張赴堅執不從。(《續資治通鑑長編》卷五〇六)

(唐武宗會昌元年)三月,門下省奏:“準今月六日敕,中使乘券人馬數,訪聞近日皆守敕文,不敢逾越,施之久遠,須令通濟。其遠近送諸道春衣使,須有大將衣任,量加馬一疋。”敕旨:“令貴必行,理須通濟。供奉官緣官傔人多,宜加遞馬一疋,春衣端午使例外更加一疋,冬衣使例外更加兩疋,餘並準三月六日敕。”(《唐會要》卷六一)

金國每年賀正旦生辰遣使,所過州縣,日有頓。盱眙、鎮江、平江、赤岸有宴，平江排辦司數：捧舡、當直、防護、鎗旗、梯手、火臺、火把、岸梯、燈籠，共用五千三百一十四人。防護禁軍一百三十二人，鄰州替。捧舡人二千六人。使副當直一百六十人。準備阻風添捧船一百五十人。旗鎗隊一百二十人。運使捧舡二百九十六人。盱眙、鎮江、平江三押宴，防護、當直、捧舡一百五十人，(人)使船梯手六十人。押進馬至鄰州十三人。沿流五巡尉，火臺、火把、岸梯三千一百七十六人。火臺一千八百六十二座。燈籠四百七十一碗。火把舡九十八隻。接伴使副當直五十人。捧舡二百四十人。遞馬舡十隻。每程用帶毛角羊二千斤，四程計八千斤。(《雲麓漫鈔》卷六)

予爲績溪令，適有朝旨：江南諸縣，市廣西戰馬。江東素乏馬，每縣雖不過十餘匹，而諸縣括民馬，吏緣爲奸，有馬之家，爲之騷然。予謂縣尉惇愿曰："廣西取馬使臣未至，事忌大遽，徐爲之備可也。吾邑孰爲有馬者？"惇愿曰："邑有遞馬簿，歲月遠矣，然有無之實，尚得其半也。"即取簿封之，又曰："何從得馬牙人乎？"曰："召猪牙詰之，則馬牙出矣。"果得曾爲人賣馬者。(《龍川略志》卷四《江東諸縣括民馬》)

(宋哲宗朝，)御史中丞傅堯俞、諫議大夫梁燾、范祖禹、右正言劉安世、殿中侍御史朱光庭，交章論(蔡)確怨謗不道，人臣所不忍聞……遂責確英州別駕、新州安置，仍給遞馬發遣，(章)惇、(黄)履、(邢)恕亦皆得罪。(《邵氏聞見後録》卷二《哲廟實録》)

【賜新除龍圖閣直學士知成德軍府事田况詔】 敕：田况省所奏乞罷龍圖閣直學士，只以舊職知成德軍府事，及有河北經度機密事件，欲乞暫乘遞馬赴闕，入見敷奏。事具悉。(《景文集》卷三二)

【桂州謝上表】 臣某言：昨於六月二十日准樞密院遞到敕誥，蒙恩免持服，特授守秘書監，就差知潭州兼本路安撫使。并准中書劄子，奉旨令臣次日起離，乘遞馬赴發本任，仍令韶州催促進發，不得收接辭免文狀。及在路，再奉敕改差知桂州。(《武溪集》卷一四)

【除樞密副使召赴闕陳讓第一狀】 右，臣等各准中書札子，奉聖旨，令臣等交割本職公事，與鄭戩管勾訖，乘遞馬疾速發來赴闕者。臣等未立邊功，忽承召命，必慮別有進擢，實不遑寧。(《范仲淹全集》卷一九)

【賜樞密使富弼赴闕詔】 敕：卿材德之粹，名世而生，昔在先朝，實登上宰，銜憂去位，日月既除，未予冲人，嗣膺大曆。聿懷元老，共濟厥圖。還冠樞臣，左右同體。已降制命，除卿樞密使、特進、檢校太師、行禮部尚書、同中書門下平章事，令乘遞馬，疾速發來赴闕。(《華陽集》卷二一)

【奏洺州盜賊事】 右臣昨自到任，累據北京、邢、洺、磁等州節次申報："軍賊或十人十五人，至二十人，在西路數州之内驚劫人户，掠奪遞馬，并鄉村生馬騎乘，倏忽往來，不辨頭首姓名及每火人數。"(《文忠集》卷一一七)

遞馱

(唐玄宗開元初，郭虔瓘轉安西副大都護、攝御史大夫、四鎮經略安撫使，奏請募關中兵一萬人往安西討擊，皆給公乘，兼供熟食，敕許之。將作大匠韋湊上疏曰：)"臣聞兵者凶器，不獲已而用之。今西域諸蕃，莫不順軌……又一萬行人，詣六千餘里，咸給遞馱，並供熟食，道次州縣，將何以供?"(《舊唐書》卷一〇三《郭虔瓘傳》)

(廣明元年冬十二月，黄巢逼潼關，僖宗)幸興元，道中無供頓，漢陰令李康以騾負糗糧數百馱獻之，馱，徒何翻。以驢馬負物爲馱，唐遞馱每馱一百斤。從行軍士始得食。(《資治通鑑》卷二五四)

周顯德五年閏七月，度支奏當司漕運水陸行程制："陸行，馬日七十里，步及驢五十里，車三十里。水行，泝流舟之重者，汴河日三十里，江四十里，餘水五十里；空舟，汴河日四十里，江五十里，餘水六十里。沿流之舟，輕重同制。河日一百五十里，江一百里，餘水七十里。其三峡砥柱之類不拘此限。若遇風水淺不得行者，聽折半功。河南、河北、河東、關内等四道諸州，運租庸雜物等，脚每馱一百斤，一百里一百文。山阪處一百二十文，車載一千斤九百文，從黄河及潞河，自幽州運至平州，每十斤泝流十六文，沿流六

文，餘水泝流十五文，沿流五文……”（《五代會要》卷一五）

（唐制：）凡天下舟車水陸載運，皆具爲脚直，輕重貴賤、平易險澀，而爲之制。河南、河北、河東、關内等四道諸州，運租庸雜物等脚，每馱一百斤，一百里一百文，山阪處一百二十文，車載一千斤九百文，黄河及洛水河，並從幽州運至平州，上水，十六文，下（水），六文。餘水，上，十五文，下，五文。從澧、荆等州至楊州，四文。其山阪險難、驢少處，不得過一百五十文。平易處，不得下八十文。其有人負處，兩人分一馱。其用小舡處，並運向播、黔等州及涉海，各任本州量定。（《唐六典》卷三）

遞乘

李峘，太宗第三子吴王恪之孫……乾元初，兼御史大夫，持節都統淮南、江南、江西節度，宣慰觀察處置等使。二年，以宋州刺史劉展握兵河南，有異志，乃陽拜展淮南節度使，而密詔揚州長史鄧景山與峘圖之。時展徒黨方强。既受詔，即以兵渡淮。景山、峘拒之壽春，爲展所敗。峘走渡江，保丹陽，坐貶袁州司馬。寶應二年，病卒於貶所，追贈揚州大都督，官給遞乘，護柩還京。（《舊唐書》卷一一二《李峘傳》）

會昌元年正月制：“安土重遷，黎民之性。苟非艱窘，豈至逃亡……其逃户錢草斛㪷等，計留使錢物，合十分中三分已上者，並仰於當州當使雜給用錢内，方圓權落下，不得剋正員官吏料錢，及館驛使料、遞乘作民課等錢，仍任本户歸還日，漸復元額。”（《唐會要》卷八五）

大中三年十一月，山南西道節度使鄭渥、鳳翔節度使李玭等奏：“當道先准敕，新開文川谷路……（創驛）共一十所，并每驛側近，置私客館一所。其應緣什物糧料遞乘，並作大（夫）專知官及橋道等，開修制置畢……”（《唐會要》卷八六）

憲宗元和元年正月，福建道送到吐蕃生口七十人，詔給遞乘，放歸其國。（《册府元龜》卷四二）

（唐穆宗元和十五年）九月，江南西道奏配到吐蕃一百六人，准赦條流。

七十四人願歸本縣,餘並請住。詔給衣遞乘發遣,其諸道願歸者准此處分。(《册府元龜》卷四二)

文宗太和七年春正月己亥,銀青光禄大夫、檢校秘書監、忽汗都督、國王大彝震奏:"遣學士解楚卿、趙孝明、劉寶俊三人,附謝恩使同中書右平章事高賞英,赴上都學間(問)。先遣學生李居正、朱承朝、高壽海等三人,事業稍成,請準例遞乘歸本國。"許之。(《册府元龜》卷九九九)

【論轉牒事】 武寧軍節度使王紹六月二十七日違敕擅牒路次州縣館驛,供給當道故監軍孟昇進喪柩赴上都……今月二十三日未時到驛宿者。伏准前後制敕,入驛須給正券,並無轉牒供擬之例。况喪柩私行,不合擅入館驛停止,及給遞乘人夫等。(《元稹集》卷三八)

遞驢

(後周太祖廣順三年)六月,詔諸州府沿路縣鎮使臣經過,不得差借遞驢。(《册府元龜》卷六六)

(唐德宗貞元四年)八月,吏部奏:"伏以艱難以來,年月積久,兩都士庶,散在遠方,三庫敕甲,又經伏墜,因此人多罔冒,吏或詐欺……伏望委諸州府縣,於界内應有出身以上,便令依樣通狀,限敕牒到一月内畢,務令盡出,不得遺漏。其敕請令度支急遞,送付州府。州司待納狀畢,以州印印狀尾,末縫相連,星夜送觀察使司,定判官一人,專使勾當,都封印差,官給驛遞驢,送至省。上都五百里内十二月上旬到,千里外中旬到,每遠較一千里外,即加一旬,雖五千里外,一切正月下旬到盡……"(《册府元龜》卷六三〇)

驛驢

天寶三載……是時海内富實,米斗之價錢十三。青、齊間斗纔三錢,絹一匹錢二百。道路列肆,具酒食以待行人。店有驛驢,行千里不持尺兵。(《新唐書》卷五一《食貨志》)

至(開元)十三年封泰山,米斗至十三文,青齊穀斗至五文。自後天下無貴物,兩京米斗不至二十文,麵三十二文,絹一疋二百一十文。東至宋汴,西至岐州,夾路列店肆待客,酒饌豐溢。每店皆有驢賃客乘,倏忽數十里,謂之驛驢。南詣荆襄,北至太原范陽,西至蜀川涼府,皆有店肆以供商旅,遠適數千里,不持寸刃。(《通典》卷七)

(唐玄宗開元二十九年,)京兆府奏:"兩京之間,多有百姓僦驢,俗謂之驛驢,往來甚速,有同驛騎。犯罪之人,因兹奔竄,臣請禁絶。"從之。尋又不行。(《册府元龜》卷一五九)

軺車

(漢武帝)使孔僅、東郭咸陽乘傳,舉行天下鹽鐵……公卿言:"郡國頗被菑害,貧民無産業者,募徙廣饒之地……異時算軺車賈人緡錢皆有差,《説文》云:"軺,小車也。"《傅子》云:"漢代賤乘軺,今則貴之。"言算軺車者,有軺車使出,税一算二算也。請算如故。(《史記》卷三〇《平準書》)

凡編户之民,富相什則卑下之,伯則畏憚之……通邑大都,酤一歲千釀……其軺車百乘,《集解》:徐廣曰:"馬車也。"《正義》:"軺,音遥。"《説文》云:"軺,小車也。"牛車千兩,《正義》:"車一乘爲一兩。牛車千兩。"《風俗通》云:"箱轅及輪,兩兩而偶之,稱兩也。"(《史記》卷一二九《貨殖列傳》)

軺車,古之時軍車也。一馬曰軺車,二馬曰軺傳。漢世貴輜軿而賤軺車,魏晉重軺車而賤輜軿。三品將軍以上、尚書令軺車,黑耳,有後户。僕射但有後户,無耳,並皂輪。尚書及四品將軍則無後户,漆轂輪。其中書監、令,如僕射、侍中、黄門、散騎,初拜及謁陵廟,亦得乘之。(《晉書》卷二五《輿服志》)

軺車,案《六韜》,一名遥車,蓋言遥遠四顧之車也。漢武帝迎申公,弟子二人乘軺傳從,此又是馳傳車也。《晉氏鹵簿》:"御史軺車,行中道。"《晉公卿禮秩》云:"尚書令軺,黑耳後户。"今軺車,青通幰,駕二馬,王侯入學、五品

朝婚,通給之。司隸刺史及縣令、詔使品第六、七,則並駕一馬。(《隋書》卷一〇《禮儀志五》)

《釋名》曰:"軺,遥遠也,四向遠望之車也。"

《説文》曰:"軺車,小車也。"

許慶,字子伯,家貧。爲督郵,乘牛車,鄉里號曰"軺車督郵"。(《太平御覽》卷七七五引謝承《漢書》)

【中牟縣旅舍喜同年高紳著作見訪】是時,紳將命集津平糴,不期而會,至陝郊方分首。　古縣日初沉,軺車忽見尋。不將遷客累,方認故人心。無酒銷寒漏,挑燈聽遠砧。陝郊千里路,並轡未妨吟。(《王黄州小畜集》卷八)

【被詔假軺傳詣闕】　輕郵千里給臺符,曉月征驂上道初。自比漢儒恩太渥,一生龔勝恨私車。(《元憲集》卷一四)

【次韻答運使楊畋舍人】　軺車勤按問,并部此先行。糴重傷農業,年豐報力耕。幾時蘇俗困,異日復民兵。公策方經遠,提封可坐清。(《安陽集》卷七)

驛車

(王莽始建國二年十二月,)流(劉)棻於幽州,放(甄)尋於三危,殛(丁)隆於羽山,皆驛車載其尸,傳致云。(《漢書》卷九九中《王莽傳中》)

建武初運,獯雄南逼,豫、徐强鎮,嬰高城,蓄士卒,不敢與之校武。胡馬蹈藉淮、肥,而常自戰其地。梯衝之害,鼓掠所亡,建元以來,未之前有。兼以穹廬華徙,即禮舊都,雍、司北部,親近許、洛。平塗數百,通驛車軌。漢世馳道,直抵章陵,鑣案所騖,晨往暮返。虜懷兼弱之威,挾廣地之計,彊兵大衆,親自凌殄。(《南齊書》卷五七《魏虜傳》"史臣曰")

傳車

（元封元年春正月，漢武帝東巡海上。公孫卿至東萊，言夜見大人，長數丈，就之則不見其迹。）上既見大迹，未信。及群臣有言老父，則大以爲仙人也。宿留海上，與方士傳車及間使，求仙人以千數。（《史記》卷一二《孝武帝本紀》）

（漢武帝元封五年夏四月，）初置刺史部十三州。師古曰：《漢舊儀》云："初分十三州，假刺史印綬，有常治所。常以秋分行部，御史爲駕四封乘傳。到所部，郡國各遣一吏，迎之界上，所察六條。"（《漢書》卷六《武帝紀》）

（漢高祖五年五月，帝遣使召田横，）横乃與其客二人乘傳詣洛陽。如淳曰：四馬，高足爲置傳，中足爲馳傳，下足爲乘傳，一馬、二馬爲軺傳。急者乘一乘傳。師古曰：蓋今之驛，古者以車，謂之傳車。其後單置馬，謂之驛騎。漢律：諸當乘傳及發駕置傳者，皆持尺五寸木傳信，封以御史大夫印章。其乘傳，參封之。參，三也。有期會，累封兩端，端各兩封，凡四封。乘置、馳傳，五封之，兩端各二，中央一。軺傳，兩馬再封之，一馬一封，以馬駕軺車而乘傳，曰一封軺傳。史炤所謂依乘符傳而行者，本此。但擇焉而不精，語焉而不詳耳，終不若顔説簡而明。傳，張戀翻。未至三十里，至尸鄉，廄置。應劭曰：尸鄉，在偃師城西。臣瓚曰：按廄置，謂置馬以傳驛者。（《資治通鑑》卷一一）

百里嵩爲徐州刺史，州境遭旱，嵩行部，傳車所經，甘雨輒注。東海金鄉、祝其兩縣，僻在山間，嵩傳駟不往，二縣獨不雨。老父干請，嵩曲路到二縣，入界即雨。（《藝文類聚》卷五〇引謝承《後漢書》）

陳茂爲豫州别駕，與刺史周敞行部。到潁川陽翟，傳車有美酒一榑，敞敕載酒以行。茂取榑，擊柱破之，曰："使君傳車，榼載酒非宜。"（《太平御覽》卷七六一引謝承《後漢書》）

【送靳十五侍御使蜀】　天使出霜臺，行人擇吏才。傳車春色送，離興夕陽催。驛遶巴江轉，關迎劍道開。西南一何幸，前後二龍來。（《全唐詩》卷

一一八孫逖）

【受詔修書述懷感事三十韻】 太極垂裳日，中原偃革初。樓船秋發詠，衡石夜程書。好問虛前席，徵賢走傳車。蓬萊侔漢制，煨燼訪秦餘。紬繹資金匱，規模出玉除。（《武夷新集》卷五）

【城外】 次舍梁陳外，風烟周鄭間。徐驅四郊路，徧識屬城山。野雪融殘素，岑霞就暝殷。幾宵星影動，知伴傳車還。（《景文集》卷八）

【送向館使赴陝郊】 陝服由來二伯居，使君新詔擁犀渠。門連象魏施行馬，地控崤函佩左魚。世德高華河裹舊，土風淳厚召南餘。政成期月須嚴召，行見追鋒走傳車。（《文恭集》卷四）

【送何濟川爲龐公使慶陽席上探得冬字陟】 幕府遥三舍，傳車乘一封。忠深輕遠道，醉後失嚴冬。圁水猶飛檄，蘆閡（關）未滅烽。賢侯雖喜士，難得久從容。（《傳家集》卷六）

驛船

（宋太祖乾德三年二月庚申，）詔自嘉、眉、忠、萬至荆南沿江，分置驛船，以濟行李。（《續資治通鑑長編》卷六）

官驛・水驛：船八十隻，船户七百六十户。西水驛，船三十隻，船户三百户。松江府驛，船一十隻，船户八十户。風涇驛，船五隻，船户四十户。上海驛，船五隻，船户四十户。皂林驛，船三十隻，船户三百户。（《至元嘉禾志》卷七）

驛馬

凡出使人員，應乘驛船、驛馬，數外多乘一船一馬者，杖八十。每一船一馬，加一等。若應乘驢而乘馬，及應乘中等、下等馬而勒要上等馬者，杖七十。因而毆傷驛官者,各加一等。若驛官容情應付者,各減犯人罪一等。其應乘上等馬,而驛官却與中等、下等馬者,罪坐驛官。本驛如無上等馬者,勿論。若枉道馳驛及經驛不换船馬者,杖六十。因而走死驛馬者,加一等。追償馬匹,還官。其事非警急、不曾枉道而走死驛馬者,償而不坐。若軍情警急,及前驛,無船馬倒换者,不坐不償。至折齒以上,依鬭毆論。出使人員,亦究不倒换緣由。(《大清律例》卷二二)

【水夫謡】 苦哉生長當驛邊,官家使我牽驛船。辛苦日多樂日少,水宿沙行如海鳥。逆風上水萬斛重,前驛迢迢後森森。半夜緣堤雪和雨,受他驅遣還復去。衣(夜)寒衣濕披短莎,臆穿足裂忍痛何。到明辛苦無處説,齊聲騰踏牽船出。一間茆屋何所直,父母之鄉去不得。我願此水作平田,長使水夫不怨天。(《王司馬集》卷二;《全唐詩》卷二九八王建)

【江州赴忠州至江陵已來舟中示舍弟五十韻】 昔作咸秦客,常思江海行。今來仍盡室,此去又專城。典午猶爲幸,分憂固是榮。箄篁州乘送,艛艓驛船迎。共載皆妻子,同遊即弟兄。(《白居易集》卷一七;《全唐詩》卷四四〇白居易)

【發潭州寄李寧常侍】 君今侍紫垣,我已墮青天。委廢從兹日,旋歸在幾年。心爲西靡樹,眼是北流泉。更過長沙去,江風滿驛船。(《全唐詩》卷三三四令狐楚)

驛舫

【送樊侍御使丹陽便覲】 卧病窮巷晚,忽驚驄馬來。知君京口去,借問幾時回。驛舫江風引,鄉書海雁催。慈親應倍喜,愛子在霜臺。(《全唐詩》卷二〇〇岑参)

【送盧(盧)郎中除杭州赴任】 罷起郎官草,初分刺史符。海雲迎過楚,江月引歸吴。城底濤聲震,樓端蜃氣孤。千家窺驛舫,五馬飲春湖。柳色供詩用,鶯聲送酒須。知君望鄉處,枉道上姑蘇。(《全唐詩》卷二〇一岑参)

【送侯判官赴廣州從軍】 年少才高求自展,將身萬里赴軍門。辟書遠到開呈客,公服新成著謝恩。驛舫過江分白堠,戍亭當嶺見紅旛。海花蠻草連冬有,行處無家不滿園。(《全唐詩》卷三八五張籍)

【想東遊五十韻】 ……勞君頻問訊,勸我少淹留。雲雨多分散,關山苦阻脩。一吟江月别,七見日星周。珠玉傳新什,鵷鸞念故儔。懸旌心宛轉,束楚意綢繆。驛舫妝青雀,官槽秣紫騮。鏡湖期遠泛,禹穴約冥搜。預掃題詩壁,先開望海樓。……(《白居易集》卷二七;《全唐詩》卷四五〇白居易)

【送韓校書赴江西幕從軍】 從軍五湖外,終是稱詩人。酒後愁將别,塗中過却春。山橋槲葉暗,水館燕巢新。驛舫迎應遠,京書寄自頻。野情隨到處,公務日關身。久共趨名利,龍鍾獨滯秦。(《全唐詩》卷五一四朱慶餘)

驛舟

凡赴任程限:大德八年,定赴任官在家裝束假限,二千里内三十日,三千里内四十日,遠不過五十日。馬日行七十里,車日行四十里。乘驛者日兩驛,百里以上止一驛。舟行,上水日八十里,下水百二十里。職當急赴者,不拘此例。違限百日外,依例作闕。(《元史》卷八三《選舉志》)

十四、行驛與驛程

程期

唐休璟，京兆始平人也……尤諳練邊事，自碣石西踰四鎮，綿亘萬里，山川要害，皆能記之。長安中，西突厥烏質勒與諸蕃不和，舉兵相持，安西道絶，表奏相繼。則天令休璟與宰相商度事勢，俄頃間草奏，便遣施行。後十餘日，安西諸州表請兵馬應接，程期一如休璟所畫。則天謂休璟曰："恨用卿晚。"因遷夏官尚書、同鳳閣鸞臺三品。(《舊唐書》卷九三《唐休璟傳》)

【開元二十三年籍田赦】 州逃兵健兒承前訪捉不獲，合取籍田充替，自資(裝)送軍，程期逼迫，頗亦辛苦，並放(至)蠶麥已後登(發)遣。(《唐大詔令集》卷七四)

(尚書省)凡内外百司所受之事，皆印其發日，爲之程限。一日受，二日報。其事速及送囚徒，隨至即付。小事五日，謂不須檢覆者。中事十日，謂須檢覆前案及有所勘問者。大事二十日，謂計算大簿帳及須諮詢者。獄案三十日，謂徒已上辨定須斷結者。其急務者不與焉。(《唐六典》卷一)

(少府監)主簿掌勾檢稽失。凡財物之出納，工人之繕造，簿帳之除附，各有程期，不如期者，舉而按之。(《唐六典》卷二二)

貞元五年正月，左司郎中嚴涚奏："按《公式令》："應受事，據文案大小，道路遠近，皆有程期。如或稽違，日短少差，加罪。"今請程式，常務計違一月(日)以上，要務違十五日以上不報，按典請決二十，判官請奪見給一季料錢，便牒户部收管。符牒再下猶不報，常務通計違五十日以上，要務通計違二十五日已上，按典請決四十。判官奪料外，仍牒考功，與下考。如符牒至三度，固違不報，常務通計違八十日以上，要務通計違四十日已上，按典請決六十，判官請吏部用闕。長官及勾（管）官，既三度不存勾當，五品以上，請牒上中書門下殿罰，六品以下，亦請牒吏部用闕。其急要文牒，請付當道進奏院，付送本使，委觀察使判官一人，發遣送州，取領具月日先報。常務請依常式。以前御史臺奏，伏奉去年二月三日敕，宜付御史臺商量，作條件聞奏者。除京兆府州縣及城内百官，伏讀並以符到京兆府日爲程。如往來累路停滯、日月懸遠者，請兼勘責舍緣路所由，准令式處分。"從之。（《唐會要》卷五八）

（唐玄宗開元）二十八年六月一日，敕曰："先置陸驛，以通使命。苟無闕事，雅適其宜。如聞江淮、河南，兼有水驛，損人費馬，甚覺勞煩。且使臣受命，貴赴程期，豈有求安，故爲勞擾。其應置水驛，宜並停。"（《唐會要》卷六一）

貞元四年十月，大理卿于頎奏："諸處推事不盡，須重勘覆，或有誣告等，每失程期。稽滯既多，冤濫難息。諸司及諸館驛，多以大理爲閑司，文牒遞報，頗至稽滯失望。今後各令别置文例（歷），切約所由，稍涉稽遲，許本寺差官，累路勘覆。如所稽違處分，州縣本判官，請書下考。諸司使本推官，奪一季俸料。"敕旨依奏。（《唐會要》卷六六）

開耀元年四月十一日敕："吏部兵部，選人漸多，及其銓量，十放六七。既疲於來往，又虚費資糧。宜付尚書省，集京官九品以上詳議。"崇文館直學士崔融議曰："今皇家兩曹妙選，三官備設……選人每年長名，常至正月半後。伏望速加銓簡，促以程期，因其物情，亦何疲於來往；順其人欲，亦何費於資糧……"（《唐會要》卷七四）

後唐天成元年十月三日，尚書考功條奏格例如後。一準《考課令》……准式校京官考限。來年正月，内外官考限二月内者，所司至三月内申奏了畢。伏以書校内外官考課，逐年申送考簿，各有程期。近年已來，諸道州府及在京諸司，所送考解，多是稽違。自今後所申考簿，如違格限二十日不到，其本判官并録事參軍，伏請各罰一百直，本典勾官，請委本道科責。如違一月日已上，不申到本判官，伏請罰二百直……應申校内外六品已下官員考第，以去京地里遠近，逐年書校，申送考解，各有程期，今後應内外赴選官員

考第，既準格依限，逐年比校，即不合更將州府及本司考牒爲據……（《五代會要》卷一五）

（後唐明宗天成）三年二月一十三日，中書奏："應天下縣令，逐年夏秋兩税徵科公事，伏以縣令之職，徵賦爲先。若違限逋懸，自有罰責。如及期了畢，不謂功勞。況今無彊名之科徭，絶虚係之税額。百姓據見苗輸納官中，有指限程期。蓋緣每及徵科，事歸煩擾。未容輸納，已切催驅……"（《五代會要》卷一九）

即有程期者，計赦後日爲坐。

【疏】議曰：程者，依令："公案，小事五日程，中事十日程，大事二十日程。"及公使，各有行程，如此之類，是爲有程期者。律有"大集校閲，違期不到"之條，亦有計帳等，在令各有期限。此等赦前有違，經恩不待百日，但赦出後日仍違程期者，即計赦後違日爲坐。赦後並須準事給程，以爲期限。（《唐律疏議》卷四）

（唐敬宗寶曆）二年正月，鹽鐵轉運使上言："楊州城内管河，通江淮漕運，或時遇旱淺，即行李艱難，舳艫接連，擁積成弊，動經旬朔，不及程期。非唯供輸是憂，兼亦商旅難濟。今請從羅城南閶門古七里港，開河渠向東屈曲，取禪智寺橋東通舊管河，長一十九里。其所役工價，並於當使方圓羨餘支遣。"從之。（《册府元龜》卷四九七）

（唐哀帝天祐三年）十一月詔："應合赴吏部常調選人等，三銓公事，素有條流。近年多不公平，遂致授任重叠。既聞争競，須暫停留。今者元帥梁王動静推公，周旋陳理。或慮選人羈旅，特請准式施行。兼緣已及深冬，所司未有起請。若或稽滯，必緩程期，功在考詳，務令精當。今年冬常調選人，宜委三銓並准舊例處分。如或踰濫，輒違格文，罪在官曹，非止猾吏。其四鎮管内官員須候本道申闕到省，方可注擬。"（《册府元龜》卷六三二）

唐休璟爲靈武大總管，諳練邊事，自碣石西逾四鎮，綿亘萬里，山川要害，皆記在目前。先是，突厥與諸蕃相攻，安西道絶。表奏押至，則天令宰臣商度事宜。休璟俄頃草奏,便施行。居十餘日,安西道果奏請兵馬應接,程期一如所畫。則天謂休璟曰:“恨用卿晚。”乃委以政事。(《大唐新語》卷八)

唐居士李信者,并州文水縣之太平里人也,身爲隆政府衛士。至顯慶年冬,隨例往朔州赴審(番),乘赤草馬一匹,并將草駒。是時歲晚凝陰,風雪嚴厚,行十數里,馬遂不進。信以程期逼促,撾之數十下。馬遂作人語,語信曰:“我是汝母,爲生平避汝父,將石餘米與女,故獲此報。此駒即是汝妹也。以力償債向了,汝復何苦敦逼如是!”信聞之,驚愕流涕,不能自勝,乃拜謝之。(《太平廣記》卷一三四引《冥報拾遺》)

西突厥諸蕃不和,舉兵相攻,安西道絶,表奏相繼。天后命唐休璟與宰相商度事勢。俄頃間,草奏使施行。後十餘日,安西諸州表奏兵馬應接程期,一如休璟所畫。天后謂休璟曰:“恨用卿晚。”因任之爲相。(《太平廣記》卷一八九引《譚賓録》)

進士崔生自關東赴舉。早行潼關外十餘里,夜方五鼓,路無人行,惟一僕一擔一驢而已。忽遇列炬呵殿,旗幟戈甲,二百許人,若方鎮者,生映樹自匿。既過,行不三二里,前之導從復迴,乃徐行隨之。有健步押茶器,行甚遲,生因問爲誰,曰:“嶽神迎天官崔侍御也,秀才方應舉,何不一謁,以卜身事?”……(侍御)謂曰:“後年方及第,今年不就試亦可。余少頃公事亦畢,即當歸去,程期甚迫,不可久留。”(《太平廣記》卷三一一引《録異記》)

于襄陽頔在鎮時,選人劉某入京,逢一舉人,年二十許,言語明悟。同行數里,意甚相得,因藉草。劉有酒,傾數杯。日暮,舉人指支徑曰:“某弊止從此數里,能左顧乎?”劉辭以程期。舉人因賦詩:“流水涓涓芹努(吐)牙,織烏雙飛客還家。荒村無人作寒食,殯宫空對棠梨花。”至明年,劉歸襄州,尋訪舉人,殯宫存焉。(《酉陽雜俎》前集卷一三)

【前出塞九首】(其一)　戚戚去故里,悠悠赴交河。公家有程期,亡命嬰禍羅。君已富土境,開邊一何多。棄絶父母恩,吞聲行負戈。(《全唐詩》卷二一八杜甫)

【潮州刺史謝上表】 臣某言：臣以狂妄戇愚，不識禮度，上表陳佛骨事，言涉不敬，正名定罪，萬死猶輕……臣以今年正月十四日蒙恩除潮州刺史，即日奔馳上道，經涉嶺海，水陸萬里，以今月二十五日到州上訖……臣所領州，在廣府極東界，上去廣府雖云纔二千里，然來往動皆經月，過海口，下惡水，濤瀧壯猛，難計程期。（《五百家注昌黎文集》卷三九）

【送滕舜敷】 七閩雖遠地，王事有程期。已試文無害，定知才不羈。仙山觀日處，雲海落潮時。會府多休暇，新詩儻見貽。（《華陽集》卷一）

【雨中陪子瞻同顏復長官送梁燾學士舟行歸汶上】 客從南方來，信宿北方去。手棹木蘭舟，不顧長江雨。江昏氣陰黑，雨落無朝暮。肅肅赴波濤，濛濛暗洲渚。微凉入窗闔，斜吹濕蕉苧。漂灑正紛紜，談笑方容與。不知江路長，但覺青山騖。客去浩難追，落日平西浦。東遊本無事，愛此山河古。周旋樽俎歡，邂逅英豪聚。兹遊有遺趣，此樂恐宜屢。賤仕迫程期，遷延防譴怒。秋風日已至，輕舸行當具。陰森古城曲，蒼莽交流處。懸知别時念，將行重回顧。非緣一寸禄，應作三年住。（《欒城集》卷七）

程限

（尚書都省）凡内外百司所受之事，皆印其發日，爲之程限。凡尚書省施行制敕，案成則給程以鈔之。若急速者，不出其日。若諸州計奏達於京師，量事之大小與多少，以爲之節。凡京師諸司，有符、移、關、牒下諸州者，必由於都省以遣之。凡文案既成，勾司行朱訖，皆書其上端，記年月日，納諸庫。凡施行公文應印者，監印之官考其事目無差，然後印之，必書於曆，每月終納諸庫。（《舊唐書》卷四三《職官志二》）

（宋太祖開寶五年七月，右知客押衙永城陳從信自言）嘗遊楚、泗間，見糧運停阻之由，良以舟人日食，旋於所歷州縣勘給，故多凝滯。若自起發即計日併支，往復皆然，可以責其程限。又楚、泗間運米入船，至京師輦米入倉，宜各宿備運卒，皆令即時出納，如此，每運可減數十日。楚、泗至京千里，舊定八十日一運，一歲三運。今若去淹留之虚日，則歲可增一運矣。（《續資

治通鑑長編》卷一三)

(宋真宗大中祥符七年三月丁未)詔:"在京授差遣及外州移任文武官,除驛程外,在道屬疾者,所至遣官驗視,給公據,俟達本任,委長吏驗問。如設詐妄,滿百日者不得放上,具名以聞,並用違制論。當任遠官託故不赴者,從本法。監軍、巡檢、監當使臣,自今除程限一月辦裝,其事緣急速馳驛者,不在此限。代還者準上條罪,減二等。"從編敕所之請也。(《續資治通鑑長編》卷八二)

(宋仁宗天聖五年四月丙申)詔:"選人注川峽、廣南、福建路幕職州縣官,除給程限外,違一年以上不到任者,無問有無事故,並許格式司收使員闕。"(《續資治通鑑長編》卷一〇五)

(宋哲宗元符元年三月壬子,)户部言:"請押綱人押荆湖南路鹽糧綱,已受省部赴身除,程限三十日到轉運司公參。如無故違限,論如之官限滿不赴律,違限月日,仍不理磨勘。"從之。(《續資治通鑑長編》卷四九五)

【改元天復赦】 (光化三年四月甲戌,大赦天下,改元天復,詔:)修集之人,辛勤可閔。訪聞旅食,動必逾年。皆是吏曹及門下省因循,致兹留滯。始於磨勘,逮至進黄。自冬涉春,不得了絶。自今委中書門下,切加提舉。吏部一事已上,並須準舊例程限,不得致有淹延……"(《唐大詔令集》卷五)

考功郎中、員外郎之職,掌内外文武官吏之考課。凡應考之官,皆具録當年功過、行能,本司及本州長官對衆讀,議其優劣,定爲九等考第。各於其所由司準額校定,然後送省。内外文武官,量遠近,以程限之有差。京師百僚,九月三十日已前校定,十月一日送省。外官去京一千五百里内,八月三十日;三千里内,七月三十日;五千里内,五月三十日;七千里内,三月三十日;萬里内,正月三十日已前校定。(《唐六典》卷二)

(唐律:)流移之人,皆不得棄放妻妾及私遁還鄉,若妻子在遠,預爲追唤,待至同發。配西州、伊州者,送涼府。江北人配嶺南者,送桂、廣府。非劍南人配姚、嶲州者,送付益府,取領即還。其涼府等各差專使領送。所領送人皆有程限,不得稽留遲緩。

至六載,然後聽仕。(《唐六典》卷六)

(太子詹事府)主簿,掌付所受諸司之移、判及彈頭之事,而勾會之。凡三寺、十率府文符之隱漏、程限稽失,大事啓文,小事下率更以繩之,及掌印,勾檢稽失。(《唐六典》卷二六)

故事:内外百司所受之事,尚書省皆印其發日,爲立程限,京府諸司,有符、移、關、牒下諸州府,必由都省以遣之。(《唐會要》卷五七)

太和元年六月,御史大夫李固言奏:"監太倉殿中侍御史一人,監左藏庫殿中侍御史一人。臺中舊例,取殿中侍御史從上第一人,充監太倉使,第二人充監左藏庫使。又各領制獄。伏緣推事,皆有程限。所監遂不專精,往往空行文牒,不到倉庫,動經累月,莫審盈虚。遂使錢穀之司,狡吏得計。至於出入,多有隱欺……"(《唐會要》卷六〇)

大和五年十二月,國子祭酒裴通奏:"當司所授丞、簿及諸館博士、助教、直講等,謹按《六典》云:"丞掌判監事,凡六學生每歲月業成、上於監者,以其業與司業、祭酒試之……其頻三年下第、九年在學無成者,亦如之。"注云:"假如違程限,及作樂雜戲者,亦同……"(《唐會要》卷六六)

元和二年正月敕:"江淮大縣,每歲據闕,委三省御史臺諸司長官、節度、觀察使,各舉堪任縣令,不限選數,並許赴集臺司……"三年三月,吏部奏:"應授三千里外縣,替年終缺人等,準元和二年五月十九日敕:'量抽三千里外縣令。'至元和三年終,計日成四考闕,其新授三千里外縣令等,合用待舊人成四考後,至十二月二十五日赴。請準元和三年三月二十四日敕,其新授三千里外官人,請從申下後,不計程限,但至十二月内赴上。如出十二月内,即違程例處分……"敕旨依奏。(《唐會要》卷六九)

(唐文宗開成)四年十月,中書門下奏:"準開成元年三月十日敕,宜令兩稅州府,各於見任官中,揀擇清强長定綱,往來送。五萬至十萬爲一綱,綱官考滿,本州便與依資奏改……臣又準開成元年已前旨條,州縣官充綱,送輕貨四萬已上，無欠少，不逾程限者，書上考；十萬減選一（一選）。其餘（於）優獎，猶似稍輕。送二萬至五萬，依舊，書上考。五萬至七萬，與減一選。七萬至十萬，減兩選。十萬至十五萬，減三選……”敕旨宜依。（《唐會要》卷八四）

（後唐明宗天成四年十一月）敕：“應諸道州府令、録等官告敕牒，元是中書進納入内，令閤門宣賜，其判官、主簿官告，舊是所司發遣，受恩今後（後令）赴本任。地理遠近，各有程限，比候進納，恐有停滯。況綾紙褾軸價錢，近已官破。今後所除州縣官告身敕牒，宜令中書門下指揮，不要進納，並委宰臣當面給付。”（《五代會要》卷一四）

周廣順元年二月敕：“今後應諸道州府録事參軍、判司、縣令、主簿等，宜令本州府以到任月日，旋具申奏，及報吏部。此後中書及銓司，以到任月日用闕，永爲定制。其見在州縣官，限敕到，仰便具先到月日，一齊分申，及報吏部。其有諸色事故及丁憂，并請假十旬滿闕，亦仰旋具申奏，兼報吏部。其新授官，準令式，給程限外，如不到任參上，致本處無憑申奏到任月日，便仰吏部同違程不上，收闕使用……”（《五代會要》卷二〇）

晉天福二年四月敕：“今後諸州前資官、州縣等官等，若是資考已出選門，及一任除官，未入選門，并一考前丁憂，及活得冤獄，準元敕年限滿日，許經中書陳狀，當與檢看事理施行。此外須令並依前後敕格程限，赴吏部參選，或有公材異績，臨時賞擢，不在此限。”（《五代會要》卷二一）

之官限滿不赴

諸之官限滿不赴者，一日笞十，十日加一等，罪止徒一年。即代到不還，減二等。

【疏】議曰：依令，之官各有裝束程限。限滿不赴，一日笞十，十日加一等，罪止徒一年。其替人已到，淹留不還，準不赴任之程，減罪二等。其有田苗者，依令“聽待收田訖發遣”。無田苗者，依限須還。

稽緩制書官文書

諸稽緩制書者，一日笞五十，謄制、敕、符、移之類皆是。一日加一等，十日徒一年。

【疏】議曰：制書在令，無有程限，成案皆云“即日行下”。稱即日者，謂百刻内也。寫程：“通計符、移、關、牒，滿二百紙以下，給二日程。過此以外，每二百紙以下加一日程。所加多者，總不得過五日。其赦書計紙雖多，不得過三日。軍務急速，皆當日並了。”成案及計紙程外仍停者，是爲“稽緩”，一日笞五十。注云：“謄制、敕、符、移之類”，謂奉正制、敕，更謄已出，符、移、關、解、刺、牒皆是，故言“之類”。一日加一等，計六日杖一百，十日徒一年，即是罪止。(《唐律疏議》卷九)

丁防稽留

諸被差充丁夫、雜匠而稽留不赴者，一日笞三十，三日加一等，罪止杖一百。將領主司，加一等。防人稽留者，各加三等。即由將領者，將領者獨坐。餘條將領稽留者，準此。

【疏】議曰：丁夫、雜匠被官差遣，不依程限而稽留不赴者，一日笞三十，三日加一等，罪止杖一百。“將領主司加一等”，主司謂親領監當者，一日笞四十，三日加一等，罪止徒一年。其“防人稽留者，各加三等”，一日杖六十，三日加一等，罪止徒二年。其將領主司，亦加一等。(《唐律疏議》卷一六)

亡失符印求訪

諸亡失器物、符、印之類應坐者，皆聽三十日求訪，不得然後決罪。若限内能自訪得及他人得者，免其罪。限後得者，追減三等。

官文書、制書程限内求訪得者，亦如之。

【疏】議曰：官文書及制書，“程限内求訪得者”，謂曹司執行案，各有程限。《公式令》：“小事五日程，中事十日程，大事二十日程。徒罪以上獄案，辯定後三十日程。”其制、敕皆當日行下。若行下處多，事須抄寫，依《公式令》：“滿二百紙以下，限二日程。每二百紙以下，加一日程。所加多者，不得過五日。赦書，不得過三日。”若有亡失，各於此限内訪得者，亦得免罪。限外得者，坐如法。然制、敕事重，程限一日，如有稽廢，得罪不輕。若許以三旬追訪，稽者皆須注失，所以不與亡失器物同例。若官文書、制書事已行訖，無程者，亦依三十日爲限。(《唐律疏議》卷二七)

(唐憲宗元和)六年二月，制曰：“編户之徵，既有藝極。字甿之要，當恤有無。苟徵斂不時，則困弊無日。近緣諸州送使錢物回充上供，合送使者，使司又立程限，所以每至歲首，給用無資，不免量抽夏税，新陳未接，營辦尤艱……”（《册府元龜》卷四八八）

（周太祖廣順三年）三月，澶州言：“天福十一年，黄河自觀城縣界楚里村堤决，東北經臨黄、觀城兩縣，隔絶村鄉人户。今觀城在河北，隔三村在河南。今臨黄在河南，隔八村在河北。官吏節級徵督賦租，取路於州橋，迂曲僅數百里，每事多違程限。其兩縣所隔村鄉，擬迴换管係，所冀便於徵督修堙，補堤岸。河流復故，兩縣仍舊收管。”從之。（《册府元龜》卷四九七）

貞元二年正月詔：“浙江東西至今年，入運送上都米七十五萬石，更於本道兩税折納米一百萬石……天下兩税錢物，並委本道觀察使、本州刺史揀擇官典，送上都。其應定色目、程限、脚價、錢物，委度支商量，條件聞奏。諸道水陸運使及度支巡院、江淮轉運等使，宜並停其巡院職掌……”（《册府元龜》卷四九八）

（周太祖廣順元年二月）敕：“自前朝廷除官，銓司選授，當其用闕，皆棄舊規。近聞所得官人，或他事所留，或染疾淹駐。始赴任者既過月限，後之官者遂失期程。以至相沿，漸成非次……今後應諸道州府録事參軍、判司、縣令、主簿等，宜令本州府以到任月日，旋具申奏，及報吏部……其新受官，準令式給程限外，如不到本任參上，致本處無憑，申奏到任月日，便仰吏部，同違程不上收闕使用。”（《册府元龜》卷六三四）

（後唐莊宗同光二年）十月，中書門下奏：“獻可效忠，前經之令典；因時建議，有國之明規……日月光華鼓舞，而乾坤交泰英明。取士睿哲崇儒，誠宜便廣於搜羅，豈可尚令於淹抑。但以今春貢士就試，不多即目，選人磨勘未畢，宗伯莫臻於俊乂，天官難辨於妍媸。况已過秋期，將行公事，例間道路，悉是家貧。比及到京，多踰程限，文闈選部，皆礙條流。伏請權停貢選一年，俟遷鶯者更勵進脩，希干禄者益加循省，然後精求良幹，博採異能，免有遺賢，庶同樂聖。”（《册府元龜》卷六四一）

鄭郎選授江陰尉。將赴任，至此身亡。女子孤弱，更無所依。郎即未宦，若能就此親，便赴官任，即亦姑之幸也。鄭私喜，又思卜者之神，遂謝諾之。姑曰：“赴官須及程限，五日内須成親。郎君行李，一切我備。”果不出七日，婚宦兩全，鄭厚謝蘆生，攜妻赴任。(《太平廣記》卷七七引《原化記》)

【使過襄陽登鳳林寺閣】 香閣臨清漢，丹梯隱翠微。林篁天際密，人世谷中違。苔石銜仙洞，蓮舟泊釣磯。山雲浮棟起，江雨入庭飛。信美雖南國，嚴程限北歸。幽尋不可再，留步惜芳菲。(《全唐詩》卷五三宋之問)

【上太宗應詔論火災】 又如前年敕下，應征科官吏限前得了，即與超陞。限外未了，即當降黜。即不以縣有大小之分，税有難易之徵，土田沃瘠之不同，歲時豐稔之不等，風俗勤惰之各異，官吏能否之各殊，而一概以程限所拘，一例以陞降爲定，自後未聞限外欠者降一官，限前了者陞一人。此無乃垂之空言，示之寡信。乞今後凡有所奏，或有所陳，幸陛下察而審之，令大臣議而行之。蓋臣下言之則謂封章，陛下行之則出爲法令。法令可簡而不可使繁，制度可承而不可屢變。(《咸平集》卷一)

【答金山寶覺禪師】 去歲赴官，迫於程限，不能枉舟一别。中流縱望，雲山杳然，有不可及之歎。既渡江，遂蒙輕舟見餞，復得笑語一餉之樂，暫荷之懷，殆不可勝言。(《東坡全集》卷七九)

【左朝請大夫致仕李公(宏)墓誌銘】 (公)諱宏，政和五年進士，授深州教授……(紹興)十九年，漕京西，治官吏之舍，易苫以瓦，定郵置程限。爲擺鋪，曰：“襄陽距行都遠，驛書不可滯也。”既而朝廷遣使按行諸路遞，獨公所部以先辦聞，剌舉務大體，不察察。(《南澗甲乙稿》卷二〇)

違程

(宋制：三館學生)凡入學授業，月旦即親書到曆。如遇私故或疾告、歸寧，皆給假。違程及期月不來參者，去其籍。(《宋史》卷一五七《選舉志三》)

（唐昭宗乾寧元年十二月，）義勝節度使董昌苛虐，於常賦之外，加斂數倍，以充貢獻及中外餽遺。每旬發一綱，金萬兩，銀五千鋌，越綾萬五千匹，他物稱是。用卒五百人，或遇雨雪風水違程，則皆死。唐制：陸行之程，馬日七十里，步及驢五十里，車三十里。水行之程，舟之重者，泝河日三十里，江四十里，餘水四十五里。空舟，泝河四十里，江五十里，餘水六十里。沿流之舟，則輕重同制，河日一百五十里，江一百里，餘水七十里。轉運徵斂送納，皆準程節其遲速。其三峽、砥柱之類，不拘此限。若遇風水淺不得行者，即於隨近官司申牒驗記，聽折半。功不及是，則爲違程。董昌蓋計日限程以至長安，又不許以雨雪風水準折也。（《資治通鑑》卷二五九）

（宋太祖乾德二年七月）庚寅，中書門下上重詳定翰林學士承旨陶穀所議《少尹幕職官參選條件》："應拔萃判超及進士、九經判中者，並入初等職事，判下者依常選……其自以事故不得資，停罷及違程不請告身，一任者二周年赴集，併兩任加一周年，併三任者不在赴集限……"（《續資治通鑑長編》卷五）

（宋高宗紹興二十八年七月）丙寅，詔："諸州申到上供綱解，並令太府寺籍定，每半歲擇其稽違之甚者，申户部所屬曹分根治。"以户部員外郎莫蒙言起綱官司虚申綱解，致有稽違程限十數倍者，故條約之。（《建炎以來繫年要録》卷一八〇）

建中元年五月十七日，度支奏："諸色錢物及鹽井利等，伏緣財賦，新有釐革，支計闕供，在臣職司，夙夜憂負。今後望指揮諸州，若不承度支文牒，輒有借使及擅租賃迴换，本州府録事參軍、本縣令專知官，並請同入已枉法贓科罪。庶物無乾隱，事有條流。其應合徵收諸色錢物，所由官有違程限，致闕軍須，請停給禄料。"敕旨依奏。（《唐會要》卷五九）

（唐德宗貞元二年）五月，吏部奏："伏準貞元元年七月二十五日敕，諸州府及京五品已上官停，使下郎官、御史等，宜付所司作條件聞奏者。緣諸色功優，非時授官，闕員稍多，請作節限許集。上州刺史、兩府少尹、四赤令停替後，請許一月内於都省陳牒納文狀畢，檢勘同具由歷，每至月終，送名中書門下，仍請不試……貞元元年十二月已前離任者，一切聽集……其違程不上人，經免殿者聽集，仍却還本道本色官……"（《唐會要》卷七四）

（周太祖廣順三年）十月十二日敕："今後起，更有受官不赴衙謝人，宜令門下省、御史臺檢舉追勘聞奏。其授官後違程不赴任，並準元敕殿選。如選未滿便來乞官者，除□□（本選）外，别行降黜施行。"（《五代會要》卷六；《册府元龜》卷六六）

廣德元年二月敕："諸州府及縣令，今後每有闕官，宜委本州府當日牒報本道觀察節度及租庸使使司，具闕繇附便使，牒中書門下，送吏部，依闕準式處分……敕出後三日内下本州，準令式計程，水一月不到任，本州報中書門下吏部用闕。如灼然事故，準敕勒留，不在此限。其違程人六品以下各於本色内殿一兩選，許同會闕不成人例（處分）。五品以上停一二年。其殿選人諸州諸使不得奏用。"（《册府元龜》卷六三〇）

（唐哀帝天祐）三年四月，吏部奏："比者格式申送員闕選人，多有重叠，皆是兩人同到本道，致使磨勘之際，各有争論，蓋是選人指闕之時，妄稱事故，銓司無因得知具狀，須與注擬。如到任替闕，參差請准舊條殿選。除此外，如是格式申送員闕，仰且穩便去處，請官不得更妄指射諸道。假滿拋官不到任，不放上，停官不赴任、員闕及違程不及限等員闕，冀其畫一，免悮銓司公事者。"（《册府元龜》卷六三二）

（周世宗顯德）五年正月，詔曰："職官攸設，數易則弊生。政理所施，久行則民信……諸道幕職州縣官，依舊制，以三十個月爲滿。起今年正月一日後，所授官並以三周年爲月限，閏月不在其内。每年常調選人及諸色求任人，取十月一日已前到京，下納文解及陳乞文狀，委所司依舊例，磨勘注授。至十二月上旬終，並須了畢，便令赴官，限二月終以前到任。若違程，仰本處不得放上，且令舊官在任。如是無故違程，依格殿選。其有故違程者，須分明出給得所在憑由，許至前冬赴集……"（《册府元龜》卷六三四；《五代會要》卷二一）

【和僕射牛相公春日閒坐見懷】 官曹崇重難頻入，第宅清閒且獨行。階蟻相逢如偶語，園蜂速去恐違程。人於紅藥惟看色，鶯到垂楊不惜聲。東洛池臺怨拋擲，移文非久會應成。（《全唐詩》卷三六一劉禹錫）

【山枇杷花二首】(其二)　葉如裙色碧綃淺,花似芙蓉紅粉輕。若使此花兼解語,推囚御史定違程。(《全唐詩》卷四三七白居易)

【王漢臣米綱折欠違程降官制】　汝護貢輸,乃敢不虔,宿留道涂,折閲什二。其鐫一秩,姑示薄懲。(《于湖居士文集》卷一九)

【保義郎郝謐管押温州錢綱違程兩月降一官敕】壬午。　具官等:水陸之運,可以日計。儻愆期會,宜小懲之,可歸明人。忠武校尉、雲騎尉趙吉同,女婿車全、劉福,去年十二月汝州陣亡,趙吉與换從義郎,上贈三官,與恩澤三資,車全、劉福並白身。(《文忠集》卷九七)

稽程

熙寧九年冬十月甲申朔,上批:"高麗使至明州已久,慮引伴使臣縱其國人所過遊觀,以致留滯,將來阻閉汴口,宜密指揮依前來所在住留日數,毋得稽程。"(《續資治通鑑長編》卷二七八)

(宋神宗熙寧十年二月丙午,)曲赦廣南西路諸州軍官吏起發及部押般運官物丁夫稽程,有所規避誤師期者,具案奏裁,餘罪咸赦除之。(《續資治通鑑長編》卷二八〇)

(宋哲宗元祐元年三月癸酉,)給事中王震等言:"準詔看詳六曹寺監文字,稽違法令,請在京官司吏人稽緩制書,及文書稽程,並合依律斷罪。及六曹寺監,各置杖直、醫人、獄子一名。本司并本轄事非追究者,杖已下並本處勘斷。"從之。(《續資治通鑑長編》卷三七二)

(宋哲宗元祐六年三月,)江淮、荆浙等路發運使晁端彦奏請:"應汴河糧綱,每歲如搬運八千石已上,或不滿八千石,抛欠滿四百石,押綱人差替,綱官勒充重役。滿六百石,軍大將殿侍差替,使臣衝替外,各展二年磨勘……其初運但有抛欠,仍無故稽程至罪止者,亦行差替、重役。"從之。(《續資治通鑑長編》卷四五六)

（宋哲宗紹聖四年十一月）辛未，大理寺言："制書應給借者，具狀經郎官簽押注籍，即日給付，限五日還納。限滿應留照用者，聽量判展。若還納違限，準官文書稽程律，加二等。"從之。（《續資治通鑑長編》卷四九三）

（宋哲宗元符元年四月庚子，）户部言："發運司奏額解帳狀，乞限次年九月終，撥發輦運司，限六月終。如違，依稽程官文書律，罪止杖一百，本司官減一等。"從之。（《續資治通鑑長編》卷四九七）

公事失錯自覺舉

諸公事失錯，自覺舉者，原其罪……其官文書稽程，應連坐者，一人自覺舉，餘人亦原之，主典不免。若主典自舉，並減二等。

【疏】議曰：文書謂公案，小事五日程，中事十日程，大事二十日程，徒罪以上，辯定後三十日程。此外不了，是名"稽程"。官人自覺舉者，並得全原，唯主典不免。若主典自舉，並減二等者，以官司不舉，故長官以下並減二等。如官人、主典連署舉者，官人並得免罪，主典仍減二等科之。其製敕，案成以後頒下，各給抄寫程："二百紙以下，限二日程。過此以外，每二百紙以下，加一日程。所加多者，不得過五日。"注云："其赦書，計紙雖多，不得過三日。"此等抄寫程，既云案成以後，據令："成製敕案，不別給程。"即是當日成了。違令限日，皆是有稽。稽而自舉者，同官文書法。仍爲公坐，亦作四等科斷，各以所由爲首。若涉私曲故稽，亦同私坐之法。（《唐律疏議》卷五）

稽緩制書官文書

其官文書稽程者，一日笞十，三日加一等，罪止杖八十。

【疏】議曰：官文書，謂在曹常行，非制、敕、奏抄者，依令："小事五日程，中事十日程，大事二十日程，徒以上獄案辯定須斷者三十日程。其通判及勾經三人以下者，給一日程。經四人以上，給二日程。大事，各加一日程。若有機速，不在此例。"機速，謂軍機急速，不必要準案程。應了不了，亦準稽程法，除此之外皆準事。稽程者，一日笞十，三日加一等，罪止杖八十。（《唐律疏議》卷九）

驛使稽程

諸驛使稽程者，一日杖八十，二日加一等。罪止徒二年。

若軍務要速，加三等。有所廢闕者，違一日，加役流。以故陷敗户口、軍人、城戍者，絞。

【疏】議曰："軍務要速"，謂是征討、掩襲、報告外境消息及告賊之類，稽一日徒一年，十一日流二千里，是爲"加三等"。"有所廢闕者"，謂稽遲廢闕、經略、掩襲、告報之類。"違一日加役流"，稱日者，須滿百刻。爲由驛使稽遲，遂陷敗户口、軍人、衛士、募人、防人一人以上，及諸城戍者，絞。若臨軍對寇、告報稽期者，自從"乏軍興"之法。

驛使以書寄人

諸驛使無故以書寄人，行之及受寄者，徒一年。若致稽程，以行者爲首，驛使爲從。即爲軍事警急而稽留者，以驛使爲首，行者爲從。有所廢闕者，從前條。其非專使之書而便寄者，勿論。

【疏】議曰：有軍務要速，或追徵報告，如此之類，遣專使乘驛，齎送文書。"無故"，謂非身患及父母喪者，以所齎文書，別寄他人，送之及受寄文書者，各徒一年。"若致稽程"，謂行不充驛數，計程重於徒一年者，即以受書行者爲首，驛使爲從。此謂常行驛使而立罪名，即爲軍事警急、報告征討、掩襲、救援及境外消息之類而稽留，罪在驛使，故以驛使爲首，行者爲從。注云："有所廢闕者，從前條"，謂違一日，加役流，以故陷敗户口、軍人、城戍者，絞。"其非專使之書"，謂非故遣專使所齎之書，因而附之，其使人及受寄人並勿論。（《唐律疏議》卷一〇）

驛使不依題署

諸驛使受書，不依題署，誤詣他所者，隨所稽留，以行書稽程論減二等。若由題署者誤，坐其題署者。

【疏】議曰：文書行下，各有所詣，應封題署者，具注所詣州府。使人乃不依題署，誤詣他所，因此稽程者，隨所稽留，準上條行書稽留之程，減二等，謂違一日杖六十，二日加一等，罪止徒一年。若有軍務要速者，加三等。有所廢闕者，從加役流上減二等，徒二年半。以故有所陷敗，亦從絞上減二等，徒三年。"若由題署者誤"，謂元題署者錯誤，即罪其題署之人，驛使不坐。（《唐律疏議》卷一〇）

劉清潭爲内侍監。大曆十年九月，代宗命齎金帛萬計，宣慰河北諸軍。清潭所至耽嗜宴會，頗稽程期，甚沮人望。(《册府元龜》卷六六九)

【寧鄉有感與仁仲彦達同行】 太和薫宇宙，王旅不親征。雁北同兄弟，鶯遷得友生。正便春入望，莫厭雨稽程。何限山花發，遥看爲擬名。(《斐然集》卷四)

嚴程

郭祖深，襄陽人也。梁武帝初起……詣闕上封事，其略曰："大梁應運，功高百王……梁興以來，發人征役，號爲三五。及投募將客，主將無恩，存卹失理，多有物故，輒刺叛亡。或有身殞戰場，而名在叛目。監符下討，稱爲逋叛，録質家丁。合家又叛，則取同籍。同籍又叛，則取比伍。比伍又叛，則望村而取。一人有犯，則合村皆空。雖肆眚時降，蕩滌惟始，而監符猶下舊日，限以嚴程，上不任信下，轉相督促……"(《南史》卷七〇《郭祖深傳》)

【自洪府舟行直書其事】 仲春辭國門，畏途横萬里。越淮乘楚嶂，造江泛吴汜。嚴程無休隙，日夜涉風水。(《全唐詩》卷五一宋之問)

【餞湖州薛司馬】 別駕促嚴程，離筵多故情。交深季作友，義重伯爲兄。鎮静移吴俗，風流在漢京。會看陳仲舉，從此拜公卿。(《全唐詩》卷五二宋之問)

【送友人之新豐】 日暮秋風起，關山斷別情。淚隨黄葉下，愁向緑樽生。野路歸驂轉，河洲宿鳥驚。賓遊寬旅宴，王事促嚴程。(《全唐詩》卷八二劉希夷)

【送長孫九侍御赴武威判官】 驄馬新鑿蹄，銀鞍被來好。繡衣黄白郎，騎向交河道。問君適萬里，取別何草草。天子憂涼州，嚴程到須早。去秋群胡反，不得無電掃。此行收遺甿，風俗方再造。(《杜詩詳注》卷五)

【從軍行二首】(其一)　弭節結徒侶,速征赴龍城。單于近突圍,烽燧屢夜驚。長弓挽滿月,劍華霜雪明。遠道百草殞,峭覺寒風生。風寒欲砭肌,争奈裘襖輕。回首家不見,候雁空中鳴。笳奏遝以哀,肅肅趣嚴程。寄語塞外胡,擁騎休横行。(《全唐詩》卷二六四顧况)

【岳陽樓别竇司直】　洞庭九州間,厥大誰與讓。南匯群崖水,北注何奔放……于嗟苦駑緩,但懼失宜當。追思南渡時,魚腹甘所葬。嚴程迫風帆,劈箭入高浪。(《全唐詩》卷三三七韓愈)

【李五席送李主簿歸西臺】　請告嚴程盡,西歸道路寒。欲陪鷹隼集,猶戀鶺鴒單。洛邑人全少,嵩高雪尚殘。滿臺誰不故,報我在微官。(《韋刺史詩集》卷四)

【代張侍郎起居表】　臣某言:"孟秋尚熱,伏惟聖躬萬福。臣以去月二十一日到薄寒山,見蕃胡尚綺里徐等,固令(薛)盈珍等却迴奏事,今臣取今月發赴衙帳者……臣恭備單車,不勝慶忭。嚴程方始,絶域未窮。白日在天,瞻仰如近……"(《吕衡州集》卷五)

【書田將軍邊事】　背臨卭南馳,越二百里,得嚴道郡,實與沈黎、越嶲俱爲邊城,迫於群蠻。田在賓將軍刺嚴道三年,能條悉南蠻事,爲樵言曰:"巴蜀西迫於戎,南迫於蠻,宜有以制之者……且每歲發卒以戍南者,皆成都頑民,飽稻飫豕,十九如瓠。雖知鉦鼓之數,不習山川之險。吾嘗伺其來,朔風正嚴,緩步坦途,日次一舍,固已呀然汗矣。而况歷重阻,即嚴程,束甲而趨,扶戟而鬬耶……"(《孫可之集》卷三)

【十九哥赴舒州太湖簿仍得假歸鄉】　初官佐邑少嗟咨,且喜鄉關得告歸。松菊門前三徑在,煙波江上片帆飛。枌榆舊社雖堪戀,星火嚴程不可違。莫爲棲鸞尚卑屑,悔將錦襖换蓑衣。唐蔡京自進士應學究科,當時有此語。(《武夷新集》卷二)

【别林仁祖御史】　論交鄉里各兒童,三紀相看雨鬢蓬。孤宦無資元

附驥,故人得意近乘驄。秦儀面激殊今日,管鮑心知有古風。歸興嚴程何太急,片時車馬復西東。(《祠部集》卷七)

【早行新館道中】 經旬霜雪倦晨征,重過邊疆百感生。日上東扶千嶂影,風來空谷萬號聲。人心自覺悲殊土,物色偏能動旅情。况是天恩懷僄俗,不妨遊覽趁嚴程。(《蘇魏公文集》卷一三)

失期

(秦)二世元年七月,發閭左適戍漁陽,九百人屯大澤鄉。陳勝、吴廣皆次當行,爲屯長。會天大雨,道不通,度已失期。失期,法皆斬。陳勝、吴廣乃謀曰:“今亡亦死,舉大計亦死,等死,死國可乎?”(《史記》卷四八《陳涉世家》)

楚考烈王無子,春申君患之,求婦人宜子者進之。甚衆,卒無子。趙人李園持其女弟,欲進之楚王,聞其不宜子,恐久毋寵。李園求事春申君爲舍人,已而謁歸,故失期。還謁春申君,問之狀,對曰:“齊王使使求臣之女弟,與其使者飲,故失期。”(《史記》卷七八《春申君列傳》)

將軍張騫,以使通大夏。還,爲校尉。從大將軍有功,封爲博望侯。後三歲,爲將軍,出右北平,失期,當斬,贖爲庶人。(《史記》卷一一一《衛將軍驃騎列傳》)

龐參,字仲達,河南緱氏人也……元初元年,遷護羌校尉,畔羌懷其恩信。明年,燒當羌種號多等皆降,始復得還都令居,通河西路。時先零羌豪僭號北地,詔參將降羌及湟中義從胡七千人,與行征西將軍司馬鈞期會北地擊之,參於道爲羌所敗。既已失期,乃稱病引兵還,坐以詐疾徵下獄。(《後漢書》卷五一《龐參傳》)

(范汪,簡文帝作相時除都督、安北將軍、徐兖二州刺史,假節。)既而桓温北伐,令汪率文武出梁國,以失期,免爲庶人。朝廷憚温,不敢執,談者爲之歎恨。汪屏居吴郡,從容講肆,不言枉直。(《晋書》卷七五《范汪傳》)

永平元年,(高昌王麴)嘉遣兄子私署左衛將軍、田地太守孝亮朝京師,仍求内徙,乞軍迎援。於是遣龍驤將軍孟威發涼州兵三千人迎之,至伊吾,失期而反。(《魏書》卷一〇一《高昌傳》)

(隋煬帝大業)十年,又發天下兵(征高麗)。會盗賊蜂起,人多流亡,所在阻絶,軍多失期,至遼水,高麗亦困弊,遣使乞降,囚送斛斯政以贖罪,帝許之。(《隋書》卷八一《高麗傳》)

元萬頃,洛陽人……善屬文,起家拜通事舍人。乾封中,從英國公李勣征高麗,爲遼東道總管記室。别帥馮本以水軍援裨將郭待封,船破失期。待封欲作書與績,恐高麗知其救兵不至,乘危迫之,乃作離合詩贈勣,勣不達其意。(《舊唐書》卷一九〇中《元萬頃傳》)

(唐武宗會昌三年)十二月丁巳,(王)宰引兵攻天井關……(薛)茂卿入澤州,密使諜召宰進攻澤州,當爲内應。宰疑不敢進,失期不至,茂卿拊膺頓足而已。(《資治通鑑》卷二四七)

(宋真宗景德二年正月丁卯,)步軍都虞候、天平節度使王超爲三路統帥,無功,引兵赴行在,又違詔失期,上章待罪。上憫其勞舊,弗責。(《續資治通鑑長編》卷五九)

【長洲縣令廳記】 長州之名,見《吴都賦》……皇上嗣位之二載,漢南王歸於我,國家始設官以理焉……其俗輕浮,地無柔桑……學校之風久廢,詩書之教未行。兼併者僭而驕,貧窶者欺而墮。田賦且重,民力甚虚,租調失期,流亡繼踵。(《王黄州小畜集》卷一六)

【朝奉郎……蒲君(叔榮)墓誌銘】 尚書屯田郎中蒲君慎密者,字叔榮,世爲果州人……其在保定,會元昊叛,西方用兵,而州縣部送芻糧,多失期坐斥。君乃言去邊近積粟多,凡若干處,請盡以輸邊,徐自内地轉,以補軍乏。轉運使用其言,邊計大給。(《華陽集》卷五九)

計程

（北魏）自徐、揚内附之後，仍世經略江淮，於是轉運中州，以實邊鎮。百姓疲於道路，乃令番戍之兵，營起屯田，又收内郡兵資，與民和糴，積爲邊備……汾州有租調之處，去汾不過百里，華州去河不滿六十，並令計程，依舊酬價，車送船所。(《魏書》卷一一〇《食貨志》)

魏元忠，宋州宋城人也……文明年，遷殿中侍御史。其年，徐敬業據揚州作亂，左玉鈐衛大將軍李孝逸督軍討之，則天詔元忠監其軍事……時敬業屯於下阿谿，敬業弟敬猷率偏師以逼淮陰。元忠請先擊敬猷，諸將咸曰："不如先攻敬業……"元忠曰："不然，賊之勁兵精卒，盡在下阿。蟻聚而來，利在一決。萬一失捷，則大事去矣。敬猷本出博徒，不習戰鬬，其衆寡弱，人情易搖，大軍臨之，其勢必克。既克敬猷，我軍乘勝而進，彼若引救淮陰，計程則不及，又恐我之進掩江都，必邀我於中路，彼則勞倦，我則以逸待之，破之必矣……"孝逸從之，乃引兵擊敬猷，一戰而破之，敬猷脱身而遁。(《舊唐書》卷九二《魏元忠傳》)

（後唐明宗天成元年二月）壬辰晚，有自貝州來告軍亂將犯鄴都者，都巡檢使孫鐸等亟詣史彦瓊，請授甲乘城爲備。彦瓊疑鐸等有異志，曰："告者云今日賊至臨清，計程須六日晚方至，《九域志》：臨清縣南至魏州城一百五十里。皇甫暉等以壬辰至臨清，史彦瓊以爲六日晚方至魏州者，以師行日五十里，故計其涉三日方至也。壬辰，二月四日。六日，謂二月六日也。是日甲午。爲備未晚。"孫鐸曰："賊既作亂，必乘吾未備，晝夜倍道，安肯計程而行，請僕射帥衆乘城……"(《資治通鑑》卷二七四)

（宋太祖開寶六年正月）壬午，詔諸州流民所在計程，給以糧，遣各還本貫，至日，更加賑給。(《續資治通鑑長編》卷一四)

（宋真宗大中祥符二年八月甲申，）以文思副使、知慶州孫正辭爲黎、雅等州水陸都巡檢使……仍發陝西兵嘗經戰陣者付之，緣邊給兵器，又録曹利用討宜州賊賞罰格示正辭等，遣陝西轉運使李士龍乘傳與正辭等偕行，供給軍需。其將士計程，俾冬初到彼，以春夏瘴毒故也。(《續資治通鑑長編》卷七二)

(宋神宗元豐五年十一月丙申)詔："州縣官得替，計程支庸錢，而中道物故、丁憂者，程雖未滿，其錢勿追。"(《續資治通鑑長編》卷三三一)

(宋哲宗紹聖四年十一月丙寅，)前知泗州王英言："官員在任，或赴任移替在路未到而身亡者，問其家口數，並所歸處，計程給倉券。"從之。(《續資治通鑑長編》卷四九三)

(宋高宗紹興五年正月戊辰，詔：)"權立諸路水陸綱運綱官酬賞格，凡金綱八萬緡或銀五萬緡，他物直二萬緡以上，計程三千里無違欠者，遷一官。以下九分至一分，其酬賞每分皆爲九等。"後詔自行在部軍需至外路者，其酬賞皆比附而差損焉。(《建炎以來繫年要録》卷八四)

(宋高宗紹興十七年三月辛巳)詔："自今使回，並計程赴行在。"時權户部侍郎邊知白賀金國正旦還，已渡淮，久之未至，上慮其擾人，乃有是命。(《建炎以來繫年要録》卷一五六)

(宋欽宗靖康元年十二月四日，)大元帥府傳檄諸邦起兵勤王……本府已選十二月十四日提兵，起發相州，前去過大河，入大名府駐劄。仰逐州守臣隨里路遠近，計程限於十二月二十日以後、正月三十日以前，節次到大名府會合，聽指揮審度前進。(《三朝北盟會編》卷七一)

宣宗大中四年五月，御史臺奏："准今年正月一日節文，今欲條流京百司見任官，但請假往處，計程限一月已上者，便請從發日准節文，逐貫尅二百文充給承後判察官。如在一月内参假者，不在此限。"從之。(《册府元龜》卷六一)

後唐史彦瓊，本伶人也。莊宗同光末，以彦瓊爲武德使。在魏州時，有自貝州來者，言亂兵將犯都城，巡檢使孫鐸等急趨彦瓊之第，告曰："賊將至矣，請給鎧仗，登城拒守。"彦瓊曰："今日賊至臨潼，計程六日晚至，爲備未晚。"孫鐸曰："賊來寇我，必倍道兼行，一朝失機，悔將何及！請僕射率衆登陣，鐸請以勁兵千人，伏於王莽河，逆擊之。賊既挫勢，須至離潰，然後可以剪除。如俟其凶徒傅於城下，必慮奸人内應，則事未可測也。"彦瓊曰："但訓士守城，何須即戰。"時彦瓊疑孫鐸等有他志，故拒之。是夜三更，賊果攻北門。彦瓊時以部衆在北門樓，聞賊呼譟，即時驚潰，彦瓊單騎奔京師。(《册府元龜》卷四五二)

鄭滑盧弘正尚書題柳泉驛云："余自歙州刺史除度支郎中，八月十七日午時過永濟渡。却(後)自度支郎中除鄭州刺史，亦以八月十七日午時過永濟渡。從吏部郎中除楚州刺史，以六月十四日宿湖城縣。今年從楚州刺史除給事中，計程亦合是六月十四日湖城縣宿。事雖偶然，亦冥數也。"(《南部新書》乙卷)

長安城北有古冢，高十數丈，傳云周穆王陵也。唐會昌六年正月十五日，有人夜行至陵下，聞人語於林間，意其盜也，因匿於草莽中伺焉。俄有人自空而來，朱衣執版，宣曰："冢尉何在?"二吏出曰："在位。"因曰："録西海君使者，何時當至?"吏曰："計程十八日方來。"朱衣曰："何稽?"對曰："李某武宗名。坐毁聖教，減一紀算，當與西海君同日録其魂。"忽有賈客鈴聲自東來，朱衣與二吏俱不復見。(《太平廣記》卷一一六引《傳神録》)

元相稹爲御史，鞫獄梓潼。時白尚書在京，與名輩遊慈恩寺，小酌花下，爲詩寄元曰："花時同辭(醉)破春愁，醉折花枝當酒籌。忽憶故人天際去，計程今日到梁州。"時元果及褒城。(《太平廣記》卷二八二引《本事詩》;《本事詩・徵異》;《全唐詩》卷四三七白居易《同李十一醉憶元九》)

(滎陽生)將馳赴宣陽，以詰其姨，日已晚矣，計程不能達，乃弛其裝服，質饌而食，賃榻而寢。(《太平廣記》卷四八四《李娃傳》)

(元和八年十一月八日，彭城秀才成自虚自京)東還，翼日，到渭南縣，(道遇四怪)……倚馬因朗吟其詩曰："長安城東洛陽道，車輪不息塵浩浩。

争利貪前競着鞭，相逢盡是塵中老。”其一。“日晚長川不計程，離群獨步不能鳴。賴有青青河畔草，春來猶得慰羈情。”(《太平廣記》卷四九〇《東陽夜怪録》)

【贈别江頭】 東南飛鳥處，言是故鄉天。江上風花晚，君行定幾千。計程頻破月，數别屢開年。明歲潯陽水，相思寄采蓮。(《全唐詩》卷一一七萬齊融)

【江上寄隱者】 歸舟不計程，江月屢虧盈。靄靄滄波路，悠悠離别情。蒹葭連水國，鼙鼓近梁城。却憶沿江叟，汀洲春草生。(《全唐詩》卷三一六武元衡)

【送上虞丞】 越郡佳山水，菁江接上虞。計程航一葦，試吏佐雙鳧。雲壑窺仙籍，風謡驗地圖。因尋黄絹字，爲我弔曹盱。(《全唐詩》卷三二四權德輿)

【罷和州遊建康】 秋水清無力，寒山暮多思。官閑不計程，徧上南朝寺。(《全唐詩》卷三六四劉禹錫)

【送文暢上人東遊】 隨緣聊振錫，高步出東城。水止無恒地，雲行不計程。到時爲彼岸，過處即前生。今日臨岐别，吾徒自有情。(《全唐詩》卷三七一吕温)

【送安西將】 萬里海西路，茫茫邊草秋。計程沙塞口，望伴驛峰頭。雪暗非時宿，沙深獨去愁。塞鄉人易老，莫住近蕃州。(《全唐詩》卷三八四張籍)

【華州西】 每逢人静慵多歇，不計程行困即眠。上得籃輿未能去，春風敷水店門前。(《全唐詩》卷四四八白居易)

【嘗黄醅新酎憶微之】 世間好物黄醅酒，天下閒人白侍郎。愛向卯時謀洽樂，亦曾酉日放粗狂。醉來枕麴貧如富，詩云“一醉日富”。身後堆金有若亡。元九計程殊未到，甕頭一醆共誰嘗。(《全唐詩》卷四五一白居易)

【送劉禹錫郎中赴蘇州】(其二)　州城全是故吴宫,香徑難尋古蘚中。雲水計程千里遠,軒居送别九衢空。鶴聲高下聽無盡,潮色朝昏望不同。太守吟詩人自理,小齋閒卧白蘋風。(《全唐詩》卷四九六姚合)

【寄湘中友人】　莫戀醉鄉迷酒杯,流年長怕少年催。西陵水闊魚難到,南國路遥書未回。匹馬計程愁日盡,一蟬何事引秋來。相如已定題橋志,江上無由夢釣臺。(《全唐詩》卷五二六杜牧、卷五三六許渾)

【上元至南劍州大雨寄泉州許通判】　路遶溪回不計程,行郵今復宿延平。陰雲藏月不知處,急雨落天無數聲。病起尚疑群蟻鬭,夢餘初聽一雞鳴。泉山去歲同遊賞,惟有神君識此情。(《端明集》卷八)

【館宿有懷平甫】　銅壺上水掖門扃,岑寂回廊起獨行。日下屋山三面赤,月臨天井四方明。校經燈火初無禁,汗簡文書不計程。坐憶故人清夜語,淡雲飛去隔層城。(《彭城集》卷一三)

【乞别給致仕狀】　右臣任受上件差遣,於建中靖國元年正月十七日到任。爲年及七十五歲,齒髮衰暮,竊慮職事曠廢,尋於建中靖國元年二月十二日,據梓州進奏官鄭永通狀申稱,正月二十六日遞到臣《陳乞致仕奏狀》,於當日投進訖,二十七日計會收取到,許本官依前集賢殿修撰致仕。敕於二十七日申時發達字號,入馬遞前去。臣契勘上件致仕敕命馬遞,條限日行三百里。梓州至京三千六百里,計程合在二月初十日遞到梓州。今來已經五十日,尚未見到。(《浮德集》卷五)

【早行】　寒漏參差斷,晨雞次第鳴。忽忽半枕夢,草草一杯羹。澤國多逢雨,閑人不計程。雲間出寸塔,迎我有餘情。(《劍南詩藁》卷三〇)

倍程

王晙,滄州景城人……開元二年,吐蕃精甲十萬寇臨洮軍,晙率所部二千人卷甲倍程,與臨洮兩軍合勢以拒之。(《舊唐書》卷九三《王晙傳》)

王紹，本家於太原，今爲京兆萬年人……包佶領租庸鹽鐵，亦以紹爲判官。時李希烈阻兵，江淮租輸，所在艱阻，特移運路自潁入汴。紹奉佶表詣闕。屬德宗西幸，紹乃督緣路輕貨，趣金商路，倍程出洋州以赴行在，德宗親勞之。（《舊唐書》卷一二三《王紹傳》）

（唐敬宗寶曆二年）九月，昭義節度使劉悟卒，遺表請以子從諫嗣襲，將吏詣闕論請。（李）絳密奏請，速除近澤潞四面將帥一人，以充節度，令倍程赴鎮，使從諫未及拒命，新使已到，所謂疾雷不及掩耳。（《舊唐書》卷一六四《李絳傳》）

（唐玄宗天寶）十一載八月，（安）禄山併率河東等軍五六萬，號十五萬，以討契丹。去平盧千餘里，至土護真河，即北黄河也，又倍程三百里，奄至契丹牙帳。屬久雨，弓箭皆漲濕，將士困極，奚又夾攻之，殺傷略盡。（《舊唐書》卷二〇〇上《安禄山傳》）

（後唐明宗天成二年十月）乙酉，駕發西京……戊子，次京水。知朱守殷反，帝親統禁軍，倍程前進。翌日，至汴州，攻其城，拔之，守殷伏誅。（《舊五代史》卷三八《明宗紀四》）

大駕廣明二年春孟到蜀……去年黄巢凌犯，聖上蒼忙就路，諸王多是徒行……爾後經今八年，僖宗皇帝在寶雞行宫，寢疾月餘。彌留，臣下皆知不起于疾，内外屬望，在於壽王。壽王仁孝大度，弘寬有斷，衆所歸心。軍容聞大恐，就御寢，問："識臣否？"帝目瞪不語。軍容大驚，尋時矯制，除西川監軍使，仍馳驛赴任。遂將拱宸、奉鑾兩都自衛，星夜倍程。軍容才到西川，僖宗已崩，國朝果册壽王登極皇帝位。（《資治通鑑考異》卷二五引張彭《耆舊傳》；《資治通鑑》卷二五六）

王逵奉詔伐吴，有蜜蜂無萬數，集逵傘蓋。周行逢内喜，潛與潘叔嗣、張文表等謀……共保馬氏舊基，同取富貴……軍次醴陵，縣吏請具牛酒犒軍，立不許。叔嗣、文表因士卒之怒，縛立，送於行逢，以兵叛告逵。逵大懼，乘輕舟奔朗州，叔嗣追至朗州，殺之。（《資治通鑑考異》卷三〇引《湖湘故事》；《資治

通鑑》卷二九二)

後唐李嗣恩,天祐十二年爲天雄軍馬步軍都指揮使。梁將劉鄩之北趣樂平也,嗣恩襲之,倍程先入北京。時城中無備,得嗣恩兵至,人百其勇。鄩聞其先過,雨中宵遁。(《册府元龜》卷四二〇)

後魏孝文帝定四姓。隴西李氏,大姓,恐不入,星夜乘鳴駞,倍程至洛。時四姓已定訖,故至今謂之"駞李"焉。(《朝野僉載》卷一)

興元元年,朱泚亂長安,有閻敬立,爲段秀實告密使,潛途出鳳翔山,夜欲抵太平館……須臾,皂衫人通曰:"知館官前鳳州河池縣尉劉俶。"……敬立問俶曰:"緣倍程行,馬瘦甚,可別假一馬耶?"答曰:"小事耳。"(《太平廣記》卷三三九引《博異記》)

【檢校尚書左僕射……韓公(滉)行狀】 公京兆府萬年縣洪固鄉胄貴里韓滉,年六十五……改檢禮部尚書、兼御史大夫,潤州刺史、鎮海軍節度使……李希烈衆軍東下,志吞淮濟,公即日遣兵馬使王栖曜、李長榮、柏良器,以勁卒萬人,泝流千里,倍程救援。纔及睢陽,賊已陷襄邑。(《華陽集》卷下)

【論裴均進奉銀器狀】 臣聞衆議,皆云裴均性本貪殘,動多邪巧,每假進奉,廣有誅求。料其深心,不願停罷,必恐即日修表,倍程進來,欲試朝廷,嘗其可否。(《白居易集》卷五八)

倍道

岑彭,字君然,南陽棘陽人也……(公孫述)遣將侯丹,率二萬餘人拒黄石。彭乃多張疑兵,使護軍楊翕與臧宫拒延岑等,自分兵浮江,下還江州,泝都江而上,襲擊侯丹,大破之。因晨夜倍道兼行二千餘里,徑拔武陽。(《後漢書》卷一七《岑彭傳》)

(魏太和元年六月,司馬懿潛軍進討孟達。)諸將言:"達與二賊交構,宜觀望而後動。”帝曰：“達無信義，此其相疑之時也，當及其未定促决之。”乃倍道兼行，八日到其城下。(《晉書》卷一《宣帝紀》)

江夏王道宗，道玄從父弟也……(貞觀三年)召拜刑部尚書。吐谷渾寇邊，詔右僕射李靖爲崑丘道行軍大總管，道宗與吏部尚書侯君集爲之副。賊聞兵至，走入嶂山。已行數千里，諸將議欲息兵。道宗固請追討，李靖然之，而君集不從。道宗遂率偏師，并行倍道，去大軍十日，追及之。(《舊唐書》卷六〇《江夏王道宗傳》)

(李禕開元十五年，拜朔方軍節度使。)先是，石堡城爲吐蕃所據，侵擾河右，敕禕與河西、隴右議取之。禕到軍，總率士伍，剋期攻之……督率諸將，倍道兼進，併力攻之，遂拔石堡城。(《舊唐書》卷七六《吴王恪傳》)

(唐高祖武德元年十二月，李密叛，)執驛使者，斬之，曉入桃林……時右翊衛將軍、上柱國、太平公史萬寶在熊州，既聞密叛，遣將劉善武領兵追躡。善武兄善績往在洛口，爲密所屠，善武因此發憤，志在取密。十日十夜，倍道兼行，百方羅捕，無暫休息。追至陸渾縣南七十里，與密相及，連戰轉鬬，一步一前，驅密於邢公山，與王伯當死之。(《資治通鑑考異》卷九引《河洛記》;《資治通鑑》卷一八六)

(宋真宗大中祥符七年十二月癸丑)詔：“自今諸州部送罪人赴闕及往他州者，並所在爲券給以糧，仍令依程而行，不得非理縶扑，倍道進發。病者牒所至州縣，遣醫療治，死者檢視無他故，即以公驗，付部送吏，違者所在官司劾罪以聞。”先是，淄州部送繫囚赴闕，道多死者，上憫之，特命條約。(《續資治通鑑長編》卷八三)

天授三年，清河張鎰因官家於衡州……外甥太原王宙，幼聰悟，美容範，鎰常器重，美曰：“他時當以倩娘妻之……”後有賓寮之選者求之，鎰許焉。女聞而鬱抑，宙亦深恚恨，託以當調，請赴京。止之不可，遂厚遣之。宙陰恨悲慟，决别上船。日暮，至山郭數里。夜方半，宙不寐。忽聞岸上有一人行聲甚速，須臾至船。問之，乃倩娘，徒行跣足而至。宙驚喜發狂……非意所

望，欣躍特甚，遂匿倩娘於船，連夜遁去，倍道兼行，數月至蜀。(《太平廣記》卷三五八引《離魂記》)

驛數

驛使稽程

諸驛使稽程者，一日杖八十，二日加一等，罪止徒二年。

【疏】 議曰：依令："給驛者給銅龍傳符，無傳符處爲紙券。量事緩急，注驛數於符契上。"據此驛數，以爲行程。稽此程者，一日杖八十，二日加一等，罪止徒二年。

驛使以書寄人

諸驛使無故以書寄人，行之及受寄者，徒一年。若致稽程，以行者爲首，驛使爲從。有所廢闕者，從前條。即爲軍事警急而稽留者，以驛使爲首，行者爲。從其非專使之書而便寄者，勿論。

【疏】 議曰：有軍務要速，或追徵報告，如此之類，遣專使乘驛，齎送文書。"無故"，謂非身患及父母喪者，以所齎文書別寄他人，送之及受寄文書者，各徒一年。"若致稽程"，謂行不充驛數，計程重於徒一年者，即以受書行者爲首，驛使爲從。此謂常行驛使而立罪名，即爲軍事警急、報告征討、掩襲、救援及境外消息之類而稽留，罪在驛使，故以驛使爲首，行者爲從。(《唐律疏議》卷一〇)

【漁家傲】次丹陽憶故人。　楊子津頭風色暮。孤舟渺渺江南去。憶得佳人臨別處。愁返顧。青山幾點斜陽樹。　可忍歸期無定據。天涯已聽邊鴻度。昨夜鄉心留不住。無驛數。夢中行了來時路。(《樵隱詞》)

驛程

(汪應辰宋高宗朝)爲四川制置使，知成都府……有謂蜀中綱馬驛程，由梁、洋、金、房，山路峻險，宜浮江而下，詔吴璘措置。執政、大將皆主其説，應辰與夔帥王十朋力言其不便，遂得中止。(《宋史》卷三八七《汪應辰傳》)

始，遼使至，率迂其驛程，燕犒不示以華侈。及（王）黼務於欲速，令女真使以七日自燕至都。每張宴其居，輒陳尚方錦繡、金玉瑰寶，以誇富盛，由是女真益生心。（《宋史》卷四七〇《王黼傳》）

新定夏使儀注：夏國使、副及參議各一，謂之使。都管三。上節、中節各五，下節二十四，謂之三節人從。報至行省，差接伴使與書表人迓於境。入界，則先具驛程腰宿之次。始至京兆行省，翌日賜宴。至河南行省亦然，謂之來宴。（《金史》卷三八《禮志十一》）

（晉海西公太和四年十一月，）燕、秦既結好，使者數往來。燕散騎侍郎郝晷、給事黄門侍郎梁琛，相繼如秦……秦留梁琛月餘，乃遣歸。琛兼程而進，程，驛程也。謂行者以二驛爲程，若一程而行四驛，是兼程也。比至鄴，吴王（慕容）垂已奔秦。（《資治通鑑》卷一〇二）

（唐昭宗天復三年二月戊戌，朱）全忠辭歸鎮……百官班辭於長樂驛，崔胤獨送至霸橋。以唐制驛程考之，霸橋驛當在長樂驛東三十里。自置餞席，夜二鼓，胤始還入城。（《資治通鑑》卷二六四）

（宋真宗大中祥符七年三月丁未）詔："在京授差遣及外州移任文武官，除驛程外，在道屬疾者，所至遣官驗視，給公據，俟達本任，委長吏驗問。如設詐妄滿百日者，不得放上，具名以聞，並用違制論。當任遠官託故不赴者，從本法。監軍、巡檢、監當使臣，自今除程限一月辦裝，其事緣急速馳驛者，不在此限。代還者，準上條罪減二等。"從編敕所之請也。（《續資治通鑑長編》卷八二）

（宋神宗熙寧八年二月癸酉，）上遣勾當御藥院劉有方齎詔往江寧，召安石，安石不辭，倍道赴闕。按《嘉祐驛程》，江寧府至京二十二程，此云泝流七日而至，恐未必然。（《續資治通鑑長編》卷二六〇）

（宋神宗熙寧八年七月己卯，）又詔："官員合破諸軍迎接者，計合到任日，除往還驛程前一月發遣送還者，除逐程占滯，毋過一月。"（《續資治通鑑長編》卷二六六）

（宋神宗元豐七年二月）丙戌，詔："高麗王子僧統從其徒三十人來遊學，非入貢也，其令禮部別定儐勞之儀。"明州奏："高麗國發禮部侍郎崔思賢前去告哀，及有國王子僧統大師，領僧約三十來人，欲同告哀使來本朝作功德。本州未有高麗告哀使及王子僧統到州迎送館設等儀式，安泊差人引伴、沿路驛程供給，并未有定式。"御批："宜令本州通判引伴赴闕，其待遇禮數，專下馬琉依倣王子赴闕已定式，令從僧俗權宜裁定，一面施行訖奏。即不得稍有削薄，虧損朝廷待遇恩意。"（《續資治通鑑長編》卷三四三）

（宋哲宗元符二年七月戊辰，）户、兵部言："涇原路新建城寨西安州，未限定驛程。經略司相度，自鎮戎軍至平夏城爲一程，自平夏城至臨羌寨爲一程，自臨羌寨至西安州爲一程。仍乞平夏城驛以石門爲名，臨羌寨驛以秋葦爲名，西安州驛以南牟爲名。"從之。（《續資治通鑑長編》卷五一三）

（宋欽宗靖康二年，張叔夜奏上）《乞都關中權暫駐蹕襄陽府劄》……如聖慈有意行幸，即別具圖進呈。次開具自京至襄陽府驛程。契勘自京至襄陽府驛程下項：京至延嘉鎮四十五里，延嘉鎮至尉氏縣四十五里，尉氏縣至許田鎮七十五里，許田鎮至潁昌府四十五里，潁昌府至潁橋鎮四十五里，潁橋鎮至襄城縣三十六里，襄城縣至汝墳鎮四十五里，汝墳鎮至葉縣四十五里，葉縣至新寨鎮三十六里，新寨鎮至方城縣四十五里，方城縣至許村九十里，許村至青臺五十里，青臺至唐州五十里，唐州至朝陽縣六十里，朝陽縣至崔村闕里，崔村至八疊七十里，八疊至襄陽五十里。（《三朝北盟會編》卷八八引《張叔夜家傳》）

（宋高宗紹興三十一年十月）十九日戊午，詔遣知樞密院事葉義問督視江淮荆襄軍馬……保義郎、新提點廣南西路綱馬驛程徐格、幹辦公事義問再奏，今照得前後宰執出使，郎官已上多充參議。（《三朝北盟會編》卷二三六）

地里驛程：泗州至臨淮縣六十里，臨清至青陽驛八十里，青陽驛至虹縣八十里，虹縣至靈璧縣六十里，靈璧縣至静安鎮六十里，静安鎮至宿州六十里，宿州至蕲澤鎮六十里，蕲澤至柳子鎮五十里，柳子至永城縣六十里，永城至贊陽三十七里，贊陽至會寧鎮三十七里，會寧至穀熟縣八十里，穀熟至南京四十里，南京至寧陵縣七十里，寧陵至拱州六十里……上京至燕二千七百

五十里，燕至東京一千三百十七里，自東京至泗州一千三十四里。(《三朝北盟會編》卷二四四)

本州在東京之東南。以《九域志》考之，至東京二千六百八十里。今自本州迎恩驛挨排，沿路經過州縣驛程，至東京都亭驛，實計二千五百二十八里，二百四十有五步。(《寶慶四明志》卷一)

《雜記金國事》、《北都驛程圖》、《松漠記聞》、鄭汝諧《聘燕録》、《燕北全疆地里記》、《雞林類事》。(《遂初堂書目》地理類)

國家買馬，南邊於邕管，西邊於岷、黎，皆置使提督，歲所綱發者蓋踰萬匹。使臣、將校得遷秩轉資，沿道數十州，驛程券食、廄圉薪芻之費，其數不貲。(《容齋隨筆》續筆卷五《買馬牧馬》)

【過喜(嘉)祥山館】 夜過深山算驛程，三回黑地聽泉聲。自離軍馬身輕健，得向溪邊盡足行。(《全唐詩》卷三〇一王建)

【題漢州西湖】 西湖天下名，可以濯吾纓。況是攜家賞，從妨半驛程。嘗茶春味渴，斷酒晚懷清。盡得幽人趣，猶嫌守吏迎。重餐逢角暮，百事喜詩成。坐阻湘江謫，誰爲話政聲。前安撫副使曾此賦詩，尋自南宮有湘潭之命，因以吟歎。(《全唐詩》卷五六〇薛能)

【奏狀乞發遣荆南舉留王逵諸色人歸本貫】閏三月八日。 臣竊聞有荆南府進士、僧道、公人、百姓劉宗正等百餘人，詣闕進狀，稱王逵政美，舉留滿任三年。竊緣王逵爲性苛虐，所至害民，豈於彼州獨有異政？若非恐懼威暴，敦諭使然，安肯越二十驛程，跋履艱阻而至是也？(《清獻集》卷八)

【送王廣淵郎中知潁州】 二月潁河春水生，檣烏相望使君行。東風不起驚濤勢，遲日何妨短驛程。坐有圖書歡傲吏，静看魚鳥忘專城。漢庭良守誰先賞，會見膠東舉相成。(《彭城集》卷一四)

【乞復昭化縣驛程】慶曆六年。　　去年，臣僚上年減廢利州昭化縣驛程，臣聞行路之言，皆爲不便。臣昨親自經由相度，誠爲不便。昭化驛去利州雖近，又因東有桔柏津大江之阻，西有木瓜原重山之險，夏秋二時雨潦留滯，行役之人進退無據，古來置驛，良因於此。今既廢驛，即經過使命，不免裹糧留宿。其如過軍稍多，即宿食有所闕乏。臣欲乞依舊驛，支給券料，所費甚少，所濟則多。取進止。(《路公文集》卷一四)

數程

段凝，開封人也……(開平四年)五月授懷州刺史。乾化元年十二月，梁祖北征迴，過郡，凝貢獻加等，梁祖大悦。梁祖復北，凝迎奉進貢，有加於前。梁祖次相州，刺史李思安迎奉疏怠，梁祖怒，貶思安。制云："懷州刺史段明遠，少年治郡，庶事惟公，兩度祗奉行鑾，數程宿食本界，動無遺闕，舉必周豐，蓋能罄竭於家財，務在顯酬夫明獎……"(《舊五代史》卷七三《段凝傳》)

劉珙，字共父，子羽長子也……(宋孝宗乾道元年)，湖南旱，郴州宜章縣李金爲亂，朝廷憂之。以珙知潭州、湖南安撫使。入境，聲言發郡縣兵討擊，而移書制使沈介，請以便宜出師，曰："擅興之罪，吾自當之。"介即遣田寶、楊欽以兵至。珙知其暑行疲怠，發夫數程外迎之，代其負任。(《宋史》卷三八六《劉珙傳》)

(宋仁宗慶曆元年六月)己亥，陝西體量安撫使王堯臣言："四路緣邊所守地界，約二千餘里，屯兵二十萬……如前年賊寇延州，環州趙振引援兵却由慶州，取直羅、赤城路入鄜州，方至延州城下，約近十程，比至則賊馬出境已數日矣。初若自環州取徑道，由華池、鳳川、德靖寨抵保安軍，出賊之後，可速數程。乃云緣邊徑路，俯接賊界，經歷屬户，慮致不虞。豈有被甲執兵，擁數千之衆，不敢過屬户界中！顯是逗撓，爲自全之計。請嚴敕部署司，令逐處蕃落將及公人、百姓内，選熟知山川道路者，檢踏州軍往來徑路修治，令通軍馬。每賊至，令鄰路即時領兵策應。違者軍律論。"(《續資治通鑑長編》卷一三二)

王内史《借船帖》，書之尤工者也。故山北盧尚書匡寶惜有年，公致書借之，不得，云："只可就看，未嘗借人也。"公除潞州，旗節在途，纔數程，忽有人將書帖就公求售,閱之,乃《借船帖》也。公驚異,問之,云:"盧家郎君要錢遣賣耳。"公歎異移時,不問其價,還之。後不知落於何人。(《尚書故實》)

(宋太宗朝,王顯帥定州。)契丹引數萬騎獵於威虜軍境,即梁門也。會積雨,虜弓皆皮弦,緩弱不可用,顯引兵剿襲,大破之,梟名王貴將十五輩,獲僞羽林印二紐,斬二萬級,築京觀於境上,露布至闕。朝廷以樞相召歸,赴道數程而卒。(《玉壺清話》卷五)

(尚書左丞盧渥)赴任陝郊,洛城自保釐尹正已下,更設祖筵……兩邑縣官卑秩麻衣,傾都出郭,洛陽爲之一空,食器酒具,羅列道路,盛於清明簪潔松檟之日,填咽臨都驛,前後十五里,車馬不絶……乃大合樂於舊相之座,而諸朝容(客)已攜酒饌出城者,散於田野,選勝聚飲,歌樂四起,飄飄然若澧州上巳、會稽禊事也,無貴無賤。及暮醉歸,有白髯驛吏聲指曰:"某自擁篲清郵五十載,未嘗睹祖送之盛有如此者。"左轄有詩題在嘉祥驛云:"交親榮餞洛城空,善戲戎裝上將同。星使自天丹詔下,雕鞍照地數程中。馬嘶静谷聲偏響,旆映晴山色更紅。到後定知人易化,滿街棠樹有遺風。"此詩爲牌子,後爲易定帥王處存碎之。(《唐闕史》卷下《盧左丞赴陝郊詩》)

唐天寶中,有清河崔氏,家居於滎陽,母盧氏,幹於治生,家頗富。有子,策名京都,受吉州大(太)和縣尉。其母戀故産,不之官,爲子娶太原王氏女,與財數十萬,奴婢數人。赴任,乃謀賃舟而去。僕人曰:"今有吉州人姓孫,云空舟欲返,傭價極廉,儻與商量,亦恐穩便。"遂擇發日。崔與王氏及婢僕列拜堂下,泣别而登舟。不數程,晚臨野岸,舟人素窺其囊橐,伺崔尉不意,遽推落於深潭,佯爲拯溺之勢,退而言曰:"恨力救不及矣!"其家大慟。(《太平廣記》卷一二一引《原化記》)

張相濬富於權略,素不知兵。昭宗朝,親統扈駕六師,往討太原,遂至失律,陷其副帥侍郎孫揆。尋謀班師,路由平陽。平陽,即蒲之屬郡也,牧守姓張,即蒲帥王珂之大校。珂變詐難測,復慮軍旅經過,落其詭計,濬乃先數程而行,泊於平陽之傳舍。(《太平廣記》卷一九〇引《玉堂閒話》)

皇甫弘應進士舉，華州取解，酒忤於刺史錢徽，被逐出。至陝州，求解訖，將越城關，聞錢自華知舉，自知必不中第，遂東歸。行數程，因寢，夢其亡妻乳母曰："皇甫郎方應舉，今欲何去?"具言主司有隙，乳母曰："皇甫郎須求石婆神。"乃相與去店北，草間行數里，入一小屋中，見破石人，生拜之……(後果及第)，奠拜石婦而歸。(《太平廣記》卷二七八引《逸史》)

【之任武陵寒食日途次松滋渡先寄劉員外禹錫】 杏花榆莢曉風前，雲際離離上峽船。江轉數程淹驛騎，楚曾三户少人煙。看春又過清明節，算老重經癸巳年。憲宗元和八年。幸得柱山當郡舍，在朝長詠卜居篇。湘州柱山，在郡東十七里，即今德山。(《全唐詩》卷二七一竇常)

【東遊留别李叢秀才】 煩君沽酒强登樓，罷唱離歌説遠遊。文字豈勞諸子重，風塵多幸故人憂。數程山路長侵夜，一作"驛"。千里家書動隔秋。起憑欄干各垂淚，又驅羸馬向東州。(《全唐詩》卷五三六許渾)

【將入關安陸遇兵寇】 家貧無計早離家，離得家來蹇滯多。已是數程行雨雪，更堪中路阻兵戈。幾州户口看成血，一旦天心却許和。四面煙塵少無處，不知吾土自如何。(《全唐詩》卷六九二杜荀鶴)

【御筵送鄧王】 禁裏秋光似水清，林烟池影共離情。暫移黄閣只三載，却望紫垣都數程。滿座清風天子送，隨車甘雨郡人迎。綺霞閣上詩題在，從此還應有頌聲。(《騎省集》卷五)

【發牛山】朝發牛山，道路回遠，終日南行。至暮，又北趨宿館。 山坂縈紆道阻長，數程行處尚相望。晨裝方指南高外，館南一峰最高，彼人謂之南高山。宿館還趨北斗方。既乏遠謀慚肉食，空將衰鬢冒寒霜。却尋十載曾行地，風物依然土境荒。

【奚山路】出奚山路，入中京界，道旁店舍頗多，人物亦衆。 行盡奚山路更賒，路旁時見百餘家。風煙不改盧龍俗，唐盧龍節度兼押契丹使。塵土猶兼瀚海沙。朱版刻旗村肆食，食邸門掛木刻朱旗。青氈通幰貴人車。貴族之家，車屋通以青氈覆之。皇恩百歲如荒憬，物俗依稀欲慕華。(《蘇魏公文集》卷一三)

十五、交通設施和計程方法

堠子

堠子鎮在縣西，南與藍田縣接境。以南山多虎，故立斥堠於此。（《長安志》卷一七渭南縣）

唐僧詩曰："到江吴地盡，對岸越山多。"陳後山曰："聲言隨地改，吴越到江分。"善謔者曰：此杭越堠子詩也，其謔亦有理。然以後山之博，而於杭、越二州分境，亦隨世傳言之，似未諦審也。（《演繁露》續集卷四《吴越分境》）

吴安中少年時，爲《堠子詩》云："行客往來渾望我，我於行客本無心。"喜爲人書之。（《墨莊漫録》卷一）

（閻）敬立却迴，驗之，廢館更無物，唯牆後有古殯宫，東廠前有搭鞍木馬，西側中有高脚木馬，門前廢堠子二。（《太平廣記》卷三三九引《博異記》）

【堠子】 終日路岐旁，前程亦可量。未能慚面黑，只是恨頭方。雅旨逾千里，高文近兩行。君知不識字，第一莫形相。（《全唐詩》卷六五九羅隱）

【醴陵驛】 緑水橋通縣，縣前浮橋名。門前柳已黄。人稀山木壽，土瘦水泉香。乍脱泥中滑，還嗟堠子長。楮州何日到，鼓枻上滄浪。（《范石湖集》卷一三）

【四月四日午出浙東界入信州永豐界】 外面千峰合，中間一逕通。日光自摇水，天静本無風。村酒渟春緑，林花倦午紅。莫欺山堠子，知我入江東。（《誠齋集》卷一三）

【入溧水界閲堠子】 纔入溧水界，休教勤吏民。是誰差堠子，久立待車塵。苔蘚今仍古，風霜秋復春。不知雙與隻，迎送幾行人。(《誠齋集》卷三二)

雙堠

【涇州塞】 行到涇州塞，唯聞羌戍鼙。道邊古雙堠，猶記向安西。(《全唐詩》卷三八六張籍)

【西歸絶句十二首】其一 雙堠頻頻減去程，漸知身得近京城。春來愛有歸鄉夢，一半猶疑夢裏行。(《全唐詩》卷四一四元稹)

【欲出京寄稚子】 去時短袖怯風寒，春以爲期秋未還。苦語經年渾不記，窮愁到處漫相關。路從驛底一雙堠，家在江南第一山。人事不應頻錯迕，速尋樽酒爲開顔。(《東窗集》卷四)

【明發金陵晨炊義井】 薄薄雲收日，霏霏雨散池。平波光去遠，疏點暈來遲。所部餘千里，初程第一詩。先驅問行李，雙堠且晨炊。(《誠齋集》卷三二)

【午熱憩忠義渡】 秋陽嗔我緊追程，忽泊臨流一短亭。摘索風巾些子倦，蒼茫水枕霎時醒。單牌雙堠頭都白，萬壑千巖眼强青。不及溪邊老亭父，一生卧護竹窗櫺。(《誠齋集》卷三二)

【自江源過雙流不宿徑行之成都】 斷筰飄飄掛渡頭，臨江立馬唤漁舟。少城已破繁華夢，老境聊尋汗漫遊。斜日驛門雙堠立，早霜風葉一林秋。詩材滿路無人取，準擬歸驂到處留。(《劍南詩藁》卷五)

【固陵道中】 九天雲下垂，一雨作秋色。塵埃化泥塗，原野轉蕭瑟。十里一雙堠，狐兔卧荊棘。見説數年來，中州乍蘇息。(《文山集》卷一九)

【好事近】 别夢記春前，春盡苦無歸日。想見鵲聲庭院，誤幾回消

息。　萬重離恨萬重山，無處説思憶。只有路傍雙堠也，隨人孤只。(《花草粹編》卷六程正伯)

古堠

【詔追赴都迴寄零陵親故】自此篇下至《覇亭上詩》，皆元和十年北還道中作。　每憶纖鱗遊尺澤，翻愁弱羽上丹霄。岸傍古堠應無數，次第行看別路遥。(《柳宗元集》卷四二；《全唐詩》卷三五一柳宗元)

【雨中過臨溪古堠】　道邊相送驛邊迎，水隔山遮似有情。歲晚無聊莫相笑，君方雨立我泥行。(《劍南詩藁》卷三陸游)

【古意五首】(其一)　迢迢長安道，古堠雙復隻。游子辭家去，去去何所適。素商昔轉玄，朱羲今由白。悠悠世路囏，江湖虎豹宅。楊朱泣途窮，魯叟悲麟獲。願言弛負擔，歸與慰岑寂。(《佩韋齋集》卷一)

傍堠

【路傍堠】以下四篇並元和十四年出爲潮州作。　堆堆路傍堠，一雙復一隻。迎我出秦關，送我入楚澤。千以高山遮，萬以遠水隔。吾君勤聽治，照與日月敵。臣愚幸可哀，臣罪庶可釋。何當迎送歸，緣路高歷歷。(《全唐詩》卷三四一韓愈)

【西歸舟中懷通泰諸君】　一雙一隻路傍堠，乍有乍無天際星。亂葉入船侵破衲，疾風吹水擁枯萍。山林何謝難方駕，詩語曹劉可乞靈。酒盌茶甌俱不厭，爲公醉倒爲公醒。(《東萊詩集》卷九)

【楓橋】　朱門白壁枕彎流，桃李無言滿屋頭。牆上浮圖路傍堠，送人南北管離愁。(《范石湖集》卷三)

【中夜睡覺兩目每有光如初日歷歷照物晁文元公自謂養生之驗予則偶

然耳感而有作】 人情所願欲，莫若貴與富。是皆有命焉，非力可成就。予昔未有聞，無與發其覆。趦趄强干禄，時命適大謬。方行蛇當道，未至獒已嗾。適燕乃南轅，之楚顧北首。風波起平地，兩耳厭嘲詬。隴蜀萬里餘，數遍道傍堠。六十歸爲郎，數月草章奏。夫豈或使之，擊去惟恐後。(《劍南詩藁》卷四七)

【即事·又】 放翁老去未忘情，鏡裏森然白髮生。一片常愁見花落，三聲最怕聽猿鳴。年年雙隻路傍堠，夜夜短長城上更。晚悟一條差似可，孤舟漁火看潮平。(《劍南詩藁》卷七七)

驛堠

【送周感之秘書南還敘】 杭去交廣陸出江南，驛堠五六千里，轉大海，得飄風舟，日行千里。否則留他島動彌年月，故南人來吴，常以此爲艱。(《鐔津集》卷一三)

【樓上會友述懷】 煙城疏雨隔斜陽，一上危樓睇大荒。原憲自貧非苦病，次公未飲已多狂。江帆來往年光度，驛堠東西客意長。最愛南朝風物好，醉魂常夢水雲鄉。(《華陽集》卷三)

【羅君生祠堂記】 羅君之爲江都，以誠心爲主，耻言鉤距惠文之事……居數月，政化大行……徙其治於東南爽塏之地。爲屋數百楹，以其羸材，新驛堠亭館之在境者。(《淮海集》卷三八)

【發虹縣】 驅馬汴河西，從此游帝鄉。瞻言驛堠短，喜及春日長。碧瓦映茅茨，人烟密相望。芻茭足供馬，亦有酒可嘗。旁觀波瀾起，萬柁攢舟航。一跌性命已，豈惟肌骨傷。(《青山續集》卷四；《清江三孔集》卷二二)

【過衡州值雨偶賦】 行盡瀟湘第幾山，短輿軋軋費躋攀。柳邊官驛堠十里，竹裏人家屋數間。宿靄弄陰風料峭，春泥障路雨斕斑。韶華衮衮成虚擲，强托清吟解病顔。

【入祁陽縣界即事】 境入祁陽驛堠迢,道旁烟火頓蕭蕭。茅岡叢篠路磊砢,蓬舍扃柴人寂寥。市粒頗艱緣歲儉,野芳交發自春饒。扶藜勇過黄羆嶺,知竭精忠答聖朝。(《可齋續藁》後卷一〇)

【館頭】 雨雪瀟瀟驛堠長,不堪流潦入車箱。撫州城外黄泥路,即是人間小太行。(《後村集》卷五)

辰堠

鄭公審,開元中爲殿中侍御史,充館驛使,令每傳舍立辰堠,自公始也。(《大唐傳載》)

兩京置辰堠。開元二十九年,命觀風使鄭審檢校兩京驛,門即今門,置十二辰堠,自審始也。《事始》。(《古今合璧事類備要》别集卷六)

立堠

嘉定五年,臣僚言江北以銅錢一折鐵錢四,禁之。時銅錢之在江北者,自乾道以來,悉以鐵錢易之,或以會子一貫易銅錢一貫。其銅錢輸送行在及建康、鎮江府。凡沿江私渡及邊徑嚴禁漏泄,及於邊界三里内立堠,如出界法。(《宋史》卷一八〇《食貨志下二》)

(宋真宗大中祥符七年三月)己酉,馬軍司奏雍邱等縣牧馬地多被侵盗。詔遣常參官、閤門祗候各一員,與本縣官吏按籍參定,立堠以表之。(《續資治通鑑長編》卷八二)

(宋神宗熙寧五年二月)辛酉,詔趙卨詳夏國主秉常所奏移綏州側近本國自來寨栅置於近裏,去綏州二十里爲界。仍令知綏德城折克雋以此事理與夏人折難商量。先是,秉常有此奏,而近羌議地界首領楊巴凌等與克雋議,乃抵以爲初未嘗約二十里,中間立堠開壕而已。(《續資治通鑑長編》卷二三〇)

（宋神宗熙寧八年七月丙子，）韓縝等圖上河東緣邊山川地形堡鋪分書利害，詔雙井水峪、瓦窑塢分書地開壕立堠，增置鋪屋，控扼處，並依奏。（《續資治通鑑長編》卷二六六）

【西涼伎】 吾聞昔日西涼州，人煙撲地桑柘稠。蒲萄酒熟恣行樂，紅艶青旗朱粉樓……一朝燕賊亂中國，河湟没盡空遺丘。開遠門前萬里堠，今來蹙到行原州。平時，開遠門外立堠云：去安西九千九百里，以示戎人不爲萬里行，其就盈故(數)矣。去京五百而近何其逼，天子縣内半没爲荒陬，西凉之道爾阻修。連城邊將但高會，每聽此曲能不羞。（《全唐詩》卷四一九元稹）

【西凉伎】刺封疆之臣也　西凉伎，假面胡人假獅子，刻木爲頭絲作尾，金鍍眼睛銀帖齒……自從天寶兵戈起，犬戎日夜吞西鄙。凉州陷來四十年，河隴侵將七千里。平時安西萬里疆，今日邊防在鳳翔。平時，開遠門外立堠云，去安西九千九百里，以示戍人不爲萬里行，其實就盈數也。今蕃漢使往來，悉在隴州交易也。緣邊空屯十萬卒，飽食温衣閒過日。遺民腸斷在凉州，將卒相看無意收。天子每思長痛惜，將軍欲説合慚羞。奈何仍看西凉伎，取笑資歡無所愧。縱無智力未能收，忍取西凉弄爲戲。（《全唐詩》卷四二七白居易）

《談苑》云："錢、劉首變詩格。錢詠漢武云：'立堠東溟邀鶴駕，窮兵西極待龍媒。'劉詠明皇云：'梨園法部兼番部，玉輦長亭復短亭。'工則工矣，予按首變詩格者，文公也。（《全閩詩話》卷二）

里堠

（後晉時，同州郃陽縣令胡嶠被俘入契丹，記其入蕃道路云：）又二日，至儀坤州，渡麝香河。自幽州至此，無里堠，其所向不知爲南北。（《新五代史》卷七三《四夷附録第二》）

宋王曾《上契丹事》曰：出燕京北門，至望京館。五十里至順州。七十里至檀州，漸入山。五十里至金溝館。將至館，川原平曠，謂之金溝淀。自此入山，詰曲登陟，無復里堠，但以馬行記日，約其里數。（《遼史》卷三九《地理志

二》;《續資治通鑑長編》卷七九)

(宋神宗熙寧七年正月)甲子,梓州路察訪常平等事、兼經制夷事熊本言:"自十一月己卯,親將蜀兵東兵,募土丁凡五千人,入夷界,捕殺水路大小四十六村,蕩平其地,納銅鼓、槍牌乞降者,因即撫定之。即於所得地内小溪口、寧遠寨西置二寨、三壕面、荔枝激等處,置卓望四堡,平治險隘,開修道路,建置橋閣、里堠,悉已周備。"(《續資治通鑑長編》卷二四九)

初,祖宗時,遼使至,待遇之禮有限,不示以華侈。且以河朔逼近都邑,故迂其途,多其里堠,次第爲之。(《九朝編年備要》卷二九)

黄帝有記里之車。按黄帝遊幸天下,而車以記里,疑道路之紀以里堠,起軒轅時也。(《事物紀原》卷七《里路》)

【沙陀路】二十三日,入沙陀路,行馬頗艱。　　上得陂陀路轉艱,陷輪推馬苦難前。風寒白日少飛鳥,地迥黄沙似漲川。結草枝梢知里堠,放牛墟落見人煙。從來天地絶中外,今作通逵近百年。(《蘇魏公文集》卷一三)

【途中】　　小人故懷土,游子更思鄉。里堠經雙隻,郵亭宿短長。暮棲烏反哺,春去雁隨陽。亦有一廛宅,能無十畝桑。(《鄱陽集》卷一〇)

【華陰寄子由】　　三年無日不思歸,夢裏還家旋覺非。臘酒送寒催去國,東風吹雪滿征衣。三峰已過天浮翠,四扇行看日照扉。里堠消磨不禁盡,速攜家餉勞驂騑。(《東坡全集》卷二)

【早行】　　朝來由氣鋭,前程入馬蹄。天形隨月見,斗柄傍人低。路轉纔縈白,沙平豈辨泥。露零欺鬢髮,犬吠隔蒿藜。恍惚南柯夢,參差逢氏迷。比經十里堠,始報一聲雞。似脱關中日,如趨圯下蹊。脩真空有術,習懶信無梯。行李幾時北,武當猶在西。誰知貴公子,角枕正清閨。(《道鄉集》卷七)

亭堠

（武后長安三年，崔融上疏云，方今）神化廣洽，至德潛通。東夷暫驚，應時平殄。南蠻纔動，計日歸降。西域五十餘國，廣輪一萬餘里，城堡清夷，亭堠静謐。比爲患者，唯苦二蕃。（《舊唐書》卷九四《崔融傳》）

（梁）太祖復攻滄州，宿兵長蘆，（羅）紹威饋給梁兵，自滄至魏五百里，起亭堠，供帳什物自具，梁兵數十萬皆取足，紹威以此重困。（《新五代史》卷三九《羅紹威傳》）

（宋高宗紹興二年閏四月壬子，）陝西都統制吴玠戍河池縣，同都統制王彦戍金州，二鎮皆饑，而利夔路制置使兼知興元府王庶過爲守備，閉石門、仙人關，塞褒斜路，商販不通。玠、彦病之，因訴於宣撫處置使張浚。浚初欲調護庶，令與玠、彦結好。玠、彦言，庶遇己無善狀。始，庶治榷酤與關市之徵，得其贏以市軍儲，有三年之積。又爲亭堠數百，達於秦川，至歲終，有三萬人仗，於是有言庶難制馭者。（《建炎以來繫年要録》卷五三）

（唐高祖武德）四年五月，詔曰："稽胡部類，居近北邊……寇抄居民，侵擾亭候（堠）。可令太子建成總統諸軍，以時致討……"（《册府元龜》卷二五九）

源懷爲左僕射，宋世景爲尚書祠部郎。懷引世景爲行臺郎，巡察州鎮十有餘所，黜陟賞罰，莫不咸允。還徙七鎮，别置諸戍，明設亭堠，以備北虜。（《册府元龜》卷四六八）

咸通中，南蠻圍西川，朝廷命太尉渤海高公駢自天平軍移鎮成都……渤海規畫地勢，圖版築焉。慮畚鍤將施，亭堠有警，乃命山僧景山此僧多爲掌武決策，人謂是龐勛漏網而變名也。奉使入南詔，宣言躬自巡邊，自下手築城日舉烽，直至大渡河，凡九十三日，樓櫓矗然，旌旆竟不行，而驃信讋慄不暇。兵以詐勝，斯之謂也。（《北夢瑣言》卷五《高太尉機詐》）

【久戍邊城有懷京邑】　擾擾風塵地，遑遑名利途。盈虛一易舛，心迹兩難俱……隴阪肝腸絶，陽關亭堠迂。迷魂驚落雁，離恨斷飛梟。春去榮華盡，年來歲月蕪。邊愁傷郢調，鄉思繞吴歈。河氣通中國，山途限外區。相思若可寄，冰泮有銜蘆。(《全唐詩》卷七九駱賓王)

【感遇三十八首】(其三)　蒼蒼丁零塞，今古緬荒途。亭堠何摧兀，暴骨無全軀。黄沙漠南起，白日隱西隅。漢甲三十萬，曾以事匈奴。但見沙場死，誰憐塞上孤。

【其三十七】　朝入雲中郡，北望單于臺。胡秦何密邇，沙朔氣雄哉。藉藉天驕子，猖狂已復來。塞垣無名將，亭堠空崔嵬。咄嗟吾何歎，邊人塗草萊。(《全唐詩》卷八三陳子昂)

【渭水西别李崙】　隴右長亭堠，山陰古塞秋。不知嗚咽水，何事向西流。(《全唐詩》卷一一九崔國輔)

【塞上】　東出盧龍塞，浩然客思孤。亭堠列萬里，漢兵猶備胡。邊塵漲北溟，虜騎正南驅。(《全唐詩》卷二一一高適)

【李雲南征蠻詩】　聖人赫斯怒，詔伐西南戎。肅穆廟堂上，深沈節制雄……收兵列亭堠，拓地彌西東。(《全唐詩》卷二一二高適)

【吴興秋晚郡齋長句】　霽色初休雨，寒梅稍欲霜。……漢始城張掖，秦初地朔方。限戎深得策，遮寇大爲防。小雅亡於晉，中興屬在唐。太宗神且武，貞觀粹而王。都雍三才直，安西萬里長。聲明冒葱雪，亭堠徹甘凉。聖術初無敵，孫謀本克臧。(《文恭集》卷六)

【塞上四首】(其二)　鴻雁秋先到，牛羊夕未還。旌旗遥背水，亭堠遠依山。落日銜西塞，陰煙濇北關。何時獻戎捷，鞍甲一朝閒。(《傳家集》卷七)

【衡永之間山路艱澀薄晚吏卒閧云漸近祁陽路已平夷皆有津津之色】

朝登赤土嶺，暮入黄泥谷。春江弄花月，歸夢恍在目。覺來行路難，杜宇叫高木。凹中泥没踝，凸處石齧足。坐輿我尚病，想見肩輿僕。衡陽復祁陽，可暫不可宿。晚來出前岡，路坦亭堠促。將士走相賀，喜色如膏沐。人生本無悶，逆境要先熟。不從憂患來，安識平爲福。夷塗不常遇，歷險始知足。(《范石湖集》卷一三)

每驛

(黄河河)源，西去蕃之列館約四驛，每驛約二百餘里，東北去莫賀延磧尾，闊五十里。(《舊唐書》卷一九六下《吐蕃傳下》;《册府元龜》卷六六二)

(元世祖至元十六年六月)乙酉，榆林、洪贊、刁窩，每驛益馬百五十，車二百，牛如車數給之。(《元史》卷一〇《世祖紀七》)

大中三年十一月，山南西道節度使鄭渥、鳳翔節度使李玭等奏："當道先準敕，新開文川谷路，從靈泉驛至白雲驛，共一十(十一)所，并每驛側近，置私客館一所。其應緣什物糧料遞乘，並作大(夫)專知官及橋道等，開修制置畢。"(《唐會要》卷八六)

裴潾爲左補闕。兩河用兵，憲宗寵任内官，有至專兵柄者。又以内官充館驛使。有曹進玉者，恃恩暴戾，遇四方使多倨，有至捽辱者。宰相李吉甫奏罷之。及淮西用兵，(使)復以内官爲使。潾上疏曰："館驛之務，每驛皆有專(知)官，畿内有京兆尹，外道有觀察使、刺史，迭相監臨，臺中又有御史充館驛使，專察過闕。伏知近有敗事，上聞聖聰，但明示科條，督責官吏，據其所犯，重加貶黜，敢不惕懼，日夜勵精。若令宫闕之臣，出參館驛之務，則内臣外事，職分各殊。切在塞侵官之源，絶出位之漸，事有不便，必誡於初。令或有防，不必在大。儻掃静妖氛之日，開太平至理之風，澄本正名，實在今日。"言雖不用，帝意嘉之。(《册府元龜》卷五四六;《舊唐書》卷一七一《裴潾傳》;《唐會要》卷六一)

安禄山垂肚過膝，自稱得三百五十斤……禄山所乘驛，每驛中間築换馬臺，不然馬輒死。驛家簡禄山所乘馬，以土載五石，能馱勝致，即以高價市之，□飼以待之。鞍前更連置小鞍，以乘其肚。(《册府元龜》卷八八三)

吐蕃國本漢西羌之地……其驛以鐵箭爲契,其箭長七寸。若急驛,膊前加著一銀鶻。更急,其鶻至十二三。每驛百餘里,隨水草而居,不常厥所有。(《册府元龜》卷九六一)

(唐制:)凡三十里一驛……每驛皆置驛長一人,量驛之閑要以定其馬數。都亭,七十五疋,諸道之第一等,減都亭之十五。第二、第三,皆以十五爲差。第四,減十二。第五,減六。第六,減四。其馬官給。有山阪險峻之處,及江南、嶺南暑濕不宜大馬處,兼置蜀馬。凡水驛,亦量事閑要以置船。事繁者每驛四隻,閑者三隻,更閑者二隻。凡馬三名,給丁一人。船一,給丁三人,凡驛,皆給錢以資之,什物並皆爲市。凡乘驛者,在京,於門下給券;在外,於留守及諸軍、州給券。若乘驛,經留守及五軍都督府過者,長官牌署。若不應給者,隨即停之。(《唐六典》卷五)

【河南府奏論驛馬表】 臣某言:今月一日,中使魏光勝至,伏奉手詔,當管每驛,更加添鞍馬,不得停留往來使命者。伏以所到郵傳,以備急宣。由臣政術無方,致令馬畜有闕。忽奉恩詔,憂惶失圖,臣某中謝。臣伏以當府重務,無過驛馬。臣到官之日,惟此是圖。雖收市百端,死損相繼。蓋緣府界闊遠,山谷重深,自春多雨,馬蹄又軟,驅馳石路,斃踣實多。比於陜、虢已西及汝、鄭等處,道路稍異,日夜倍憂。又西自永寧,東自汜水,南到臨汝,北達河陽,正驛都管一十六所,常加填備,動以久闕。此皆以臣無政術,上軫聖心,跼地蹐天,不足所處。臣今分遣官吏,稍加價錢,兼令外求,冀免有闕。臣某中謝。又盧會昌到日,臣謹依詔旨,差人領送上都。無任懇迫惶懼之至。(《文苑英華》卷六二四劉彤)

一驛

(武后垂拱二年春,)盛開告密之門。有告密者,臣下不得問,皆給驛馬,唐制:乘傳日四驛,乘驛日六驛。凡給馬者,一品八匹,二品六匹,三品五匹,四品、五品四匹,六品三匹,七品以下二匹。給傳乘者,一品十馬,二品九馬,三品八馬,四品、五品四馬,六品、七品二馬,八品、九品一馬。三品已上敕召者,給四馬,五品三馬,六品已下有差。一驛三十里。供五品食,《唐六典》:四品、五品,常食料七盤,每日細米二升,麵二升三合,酒一升半,羊肉三分,瓜兩顆,鹽、豉、葱、薑、葵、韭之屬各有差。《新唐志》:五品食料,雜用錢月六百。使詣行在。(《資治通鑑》卷二〇三)

(後晉天福二年三月,)范延光聚卒繕兵,悉召巡内刺史集魏州,天雄軍巡内有貝、博、衛、澶、相五州刺史。將作亂。會帝謀徙都大梁,桑維翰曰:"大梁北控燕、趙,南通江、淮,水陸都會,資用富饒。今延光反形已露。大梁距魏,不過十驛,唐制:三十里一驛。十驛,三百里。彼若有變,大軍尋至,所謂疾雷不及掩耳也。"(《資治通鑑》卷二八一)

(苻堅重用王猛,)整齊風俗,政理稱舉,學校漸興。關隴清晏,百姓豐樂。自長安至於諸州,皆夾路樹槐柳。二十里一亭,四十里一驛,旅行者取給於途,工商貿販於道。百姓歌之曰:"長安大街,夾樹楊槐。下走朱輪,上有鸞栖。英彦雲集,誨我萌黎。"(《晉書》卷一一三《苻堅載記上》)

太清元年,(侯景)乃遣其行臺郎中丁和來上表請降曰:"臣聞股肱體合,則四海和平,上下猜貳,則封疆幅裂……函谷以東瑕丘以西,咸願歸誠聖朝,息肩有道,戮力同心,死無二志。惟有青、徐數州,僅須折簡,一驛走來,不勞經略……"(《梁書》卷五六《侯景傳》)

潘徽,字伯彦,吴郡人也……秦孝王俊聞其名,召爲學士。嘗從俊朝京師,在塗,令徽於馬上爲賦。行一驛而成,名曰《述恩賦》,俊覽而善之。(《隋書》卷七六、《北史》卷八三《潘徽傳》)

(唐宣宗大中三年)十一月,東川節度使鄭涯、鳳翔節度使李玭奏修文川谷路,自靈泉至白雲,置十一驛,下詔褒美。經年爲雨所壞,又令封敖修斜谷舊路。(《舊唐書》卷一八下《宣宗紀》)

(駕部)郎中、員外郎之職,掌邦國輿輦、車乘、傳驛、厩牧、官私馬牛、雜畜簿籍,辨其出入,司其名數。凡三十里一驛,天下驛凡一千六百三十九,而監牧六十有五,皆分使統之。(《舊唐書》卷四三《職官志二》)

節度使掌總軍旅,顓誅殺。初授,具帑抹兵仗,詣兵部辭見,觀察使亦如之。辭日,賜雙旌雙節。行則建節、樹六纛,中官祖送,次一驛輒上聞。(《新唐書》卷四九下《百官志四下》)

(唐文宗開成中,)判度支王彦威置縣遞群畜萬三千三百乘,使路傍民養以取傭,日役一驛,省費甚博。而宰相亦以長定綱命官不以材,江淮大州歲授官者十餘人。乃罷長定綱,送五萬者書上考,七萬者減一選,五十萬減三選而已。及户部侍郎裴休爲使,以河瀕縣令董漕事。自江達渭,運米四十萬石。居三歲,米至渭橋百二十萬石。(《新唐書》卷五三《食貨志》)

(唐武宗會昌五年八月,昭義兵亂,奉都將李文矩爲帥。)文矩不從,亂兵亦不敢害。文矩稍以禍福諭之,亂兵漸聽命。乃遣人謝盧鈞於潞城。鈞還入上黨,復遣之戍振武。行一驛,乃潛選兵追之。明日,及於太平驛,唐制:三十里一驛。太平驛在潞州北六十里。宋白曰:太平驛東南距潞州八十里。盡殺之。(《資治通鑑》卷二四八)

(宋哲宗元祐四年五月辛未,)安州言:"蔡確所作詩,初題於牌。及移鄧州,行一驛,復使人取牌去,盡洗其詩,以牌還付公使庫。"(《續資治通鑑長編》卷四二六)

高黎共山在永昌,西下臨怒江……途經此山,一驛在山之半,一驛在山之巔,朝濟怒江,登山,暮方到山頂。(《蠻書》卷二)

(唐制:)三十里置一驛,其非通途大路則曰館。驛各有將,以州里富强之家主之,以待行李。其非通途大路則曰館。自至德之後,民貧不堪命,遂以官司掌焉。凡天下水陸驛一千五百八十七。(《通典》卷三三)

暢師文,字純父,雒陽人,好奇尚怪。盧處道摯任陝西廉訪副使日,純父僉司事,同按部鞏昌。一日,總帥汪公言於盧公曰:"吾意欲邀兩公至家小飲,而僉司性頗不常,不敢造次,公試覘之。"……翼日,聯騎而往。茶罷命酒,賓主歡然,無不引滿。至所謂正飯者,主人親置之案,且持筯侑食。純父忽顧使其童,瀉羹於地,羅籠餅其側,主人命再供。既至,又復如前,逕推案上馬而去,舉坐不樂而罷。盧後問之故,乃作色曰:"獨不見其犬乎?或寢或訛,列于庭下,是不以犬見待,且必以犬見噬也。吾故飼之而出耳。"及歸郡,官例送至第一驛。行次,見水清澈,乃駐馬曰:"此水可濯吾足,諸公請先往。”汪不獲已，留知事者以俟之。洗畢，呼知事者取韡來。其人固已不堪矣，勉爲之前，手奉韡以進。乃取韡，反向以扣其面曰：“汝聞吾韡。”知事乃即奪韡投流中，躍馬疾馳至驛，泣訴之，皆爲絶倒，使人別持韡與之。後處道赴湖南憲。舟次郢州驛，夜與劉致時中坐白雲樓上，更闌燭盡，無可晤語。盧曰：“純父分司，去此未久，必有佳話。”因呼驛丞姬生者，沃之酒，問之。姬迺曰：其未至也，聞爲性不可測，供頓百需，莫不極其嚴潔。既至，首視厨室，怒曰：“誰爲此者？”館人曰：“典史。”攝之前，跽而嫚駡之，衆莫曉所謂。良久，其童從旁言曰：“相公不與吏輩同饔爨，當別甓小竈，且示以釜之大小、薪之長短，各有其度，俾別爲之。”(《研北雜志》卷上)

楊孜學士來京師應舉，與一娼往來甚密，娼盡所有資之。既登第，無以爲謝，遂召爲妻，同歸襄陽。去郡一驛，謂曰：“我有室家久矣！性悍戾，計當相困，欲相咀藥爲死，如何？”娼曰：“君能爲我死，我亦何惜！”即共痛飲，取毒藥和酒，一舉而盡。孜執爵曰：“今偕死，家人須來藏我之尸，汝之遺骸立投溝壑，曷若我葬汝而後死，亦未晚。”娼曰：“爾誑誘我，至此又詭藥殺我。”乃大慟而死。孜後終於祠曹外郎。(《類説》卷一六《倦游雜録》)

(唐文宗開成元年)七月，度支奏：“天下兩稅榷酒諸色等錢，自江淮諸道送至河陰，自河陰轉輸官綱及私脚，計費每歲一十七萬七千二百有餘貫，而官綱欠折、私費破用、杖死縶死，皆傍及保人，遺患妻子。”至是，置畜郡縣遞，歲減七萬七千四百餘貫，計一萬三千三百乘，任緣路百姓隨力畜之，取其傭，日役一驛，運其貨賄，輸於泉府，通歲無停晷焉，而能永去損貨溺人之患。(《册府元龜》卷四九八)

《六典》：駕部郎中掌天下傳驛。凡三十里一驛，驛有長。天下凡一千六百三十九所，三百六十所水驛，一千二百九十七所陸驛，八十六所水陸相兼。驛有長。《理道要訣》云：“驛千三百八十八。”(《玉海》卷一七二)

熙寧十年，公(邵雍)年六十七矣。夏六月，屬微疾，一日晝睡，覺且言曰：“吾夢旌旗鶴雁自空而下，下導吾行亂山中，與司馬君實、吕晦叔諸公相分別於一驛亭。回視其壁間，有大書四字曰：‘千秋萬歲’。吾神往矣，無以

醫藥相逼也。"嗚呼,異哉!(《邵氏聞見録》卷一八)

唐逆韋之變,吏部尚書張嘉福河北道存撫。使至懷州武陟驛,有敕:"所至處斬之。"尋有敕(矜)放。使人馬上昏睡,遲行一驛。比至,已斬訖。命非天乎!天非命乎!(《太平廣記》卷一四八引《朝野僉載》;《朝野僉載》卷一)

勝州都督薛直,丞相納之子也。好殺伐,不知鬼神。直在州,行縣還歸,去州二驛,逢友人自京來謁。直延入驛廳命食,友人未食先祭。直曰:"出此食謂何?"友人曰:"佛經云:'有曠野鬼,食人血肉,佛往化之,令其不殺,故制此戒。'又俗所傳,每食先施,得壽長命。"直曰:"公大妄誕,何處有佛?何者是鬼?俗人相誑,愚者雷同,智者不惑。公蓋俗人耳。"言未久,空中有聲云:"薛直,汝大狂愚,寧知無佛?寧知無鬼?來禍於君,命終必不見妻子,當死於此,何言妄耶?"直聞之大驚,趨下再拜,謝曰:"鄙人蒙固,不知有神,神其誨之。"空中又言曰:"汝命盡午時,當急返,得與妻孥相見。不爾,殯越於此矣。"直大恐,與友人馳赴郡。行一驛,直入廳休偃。從者皆休,忽見直去,從者百餘人,皆左右從人。驛吏入户,已死矣。(《太平廣記》卷三三一引《記聞》)

肅宗將至靈武一驛,黄昏,有婦人長大,攜雙鯉,吒於營門曰:"皇帝何在?"衆謂風狂,遽白。上潛視舉止,婦人言已,止大樹下。軍人有逼視,見其臂上有鱗。俄天黑,失所在。(《酉陽雜俎》前集卷一)

近有選人李主簿者,新婚,東出關,過華嶽廟,將妻入謁金天王。妻拜未終,氣絶而倒,唯心上微暖。舁歸客邸,馳馬詣華陰縣求醫術之人。縣宰曰:"葉仙師善術,奉詔投龍迴,去此一驛,公可疾往迎之。"李公單騎馳去,約十五餘里遇之。李公下馬伏地流涕,敬拜具言其事。仙師……乃以朱書一符,噴水叱咤之,聲如霹靂。須臾,口鼻有氣,眼開,良久能言。(《雲笈七籤》卷一一三上引《神仙感遇傳》)

【與夫人帖】 真卿頓首:奉承十四日遷厝承問,悲慕不能自勝……真卿離官已久,事須十間。前至鄭州、汴州已來,專奉侍,一日只擬一驛。計過大事,後發猶恐遲,必望知此緩急,勿遲滯。足下不來,義無獨去。(《顔魯公

集》卷一一）

【初過隴山途中呈宇文判官】 一驛過一驛，驛騎如星流。平明發咸陽，暮及隴山頭。隴水不可聽，嗚咽令人愁。沙塵撲馬汗，霧露凝貂裘。西來誰家子，自道新封侯。前月發安西，路上無停留。都護猶未到，來時在西州。十日過沙磧，終朝風不休。馬走碎石中，四蹄皆血流。萬里奉王事，一身無所求。也知塞垣苦，豈爲妻子謀。山口月欲出，先照關城樓。谿流與松風，静夜相颼飀。別家賴歸夢，山塞多離憂。與子且攜手，不愁前路脩。（《全唐詩》卷一九八岑參）

【歸昭應留別城中】 喜得近京城，官卑意亦榮。並牀歡未定，離室思還生。計拙偷閒住，經過買日行。如無自來分，一驛是遥程。（《全唐詩》卷二九九王建）

【奉使途中戲贈張常侍】 早風吹土滿長衢，驛騎星軺盡疾驅。共笑籃舁亦稱使，日馳一驛向東都。（《全唐詩》卷四四八白居易）

【與夏秘丞倚書】字中立。 光再拜：光初離并州一驛，曾於遞中領所賜書，以道塗無便可以報謝，暨至都下，則朝論紛紛，以忽里之敗爲皆因築堡，引惹生事。（《傳家集》卷五九）

【武岡路中】 朝行黄茅岡，暮宿黄茅驛。一岡復一岡，岡岡如絡繹。一驛復一驛，思親頭易白。何時自此還，行李歎晨夕。（《鄱陽集》卷二）

【大小沙陀・又】 大小沙陀深没膝，車不留蹤馬無迹。沙陀沙深處，車馬過亦無迹。曲折多途人盡惑，自上高岡認南北。大風吹沙成瓦礫，頭面瘡痍手皴折。下帶長烟蔽深驛，層冰峨峨霜雪白。狼顧鳥行愁覆溺，沿河踏冰上，每日爲常。一日不能行一驛，吾聞治生莫如嗇。（《鄱陽集》卷一〇）

【答裴煜道中見寄】 君遊苦數歸苦晚，一驛險有千里遠。知君陟降旦暮閒，馬力不勁厭長坂。雨脚墜地花枝低，風頭入溪蒲葉偃。此處登臨不

奈愁，瓊樹森森遮疊巘。(《臨川先生文集》卷一一)

兩驛

(路嗣恭肅宗朝)轉渭南令，主杜化、東陽二驛。時關畿用兵，使人係道，嗣恭儲具有素，而民不擾。(《新唐書》卷一三八《路嗣恭傳》)

(范)育，字巽之，舉進士，爲涇陽令……使河東，諭韓絳築囉兀二砦："始調外郡稍遠邊城前後三十萬夫，遼州最爲窮僻，然猶上户，配夫四百三十四，僦直計三千緡，下者十六人，其直十萬。輦運所經二十二驛，宣撫司不先告期，轉運使臨時督辦，致民皆破産，上下莫敢言……"(《宋史》卷三〇三《范育傳》)

(宋仁宗天聖五年六月)庚寅，同提點開封府界公事張君平言："自畿至泗州，往來舟船，多爲盜邀劫。請凡兩驛增置捉賊使臣一員，而罷自京至楚州夾河巡檢。"從之。(《續資治通鑑長編》卷一〇五)

(宋仁宗慶曆三年十二月辛丑，)陝西宣撫使韓琦言："今朝廷未能討伐元昊，則爲守禦之計，修完城寨，遇賊至，清野以待之，當不戰而自困矣。臣自至涇原路相視諸城寨，類當營葺，然鎮戎軍及山外弓箭手，今年差役修城……須正兵三四千人，更歲積糧草，始能屯守之。其費若此，止求一日以通秦、原之援。兼去儀州黄石河路，才較近兩驛。况劉滬昨已降水洛城一帶生户……"(《續資治通鑑長編》卷一四五)

(宋神宗熙寧九年十二月癸卯，)郭逵等次富良江。初，逵遣燕達先破廣源，復還永平，與大兵會。趙卨以爲廣源間道距交州十二驛，趣利掩擊，出其不意，川途並進，三路致討，勢必分潰。逵不從。(《續資治通鑑長編》卷二七九；《東都事略》卷九一《趙卨傳》)

(宋神宗元豐五年九月庚寅，)謝麟言："奉詔置誠州，未畫地里四至。慮邵州蒔竹縣争占誠州新城管分，聞邵州已撥潼村屬新城。潼村距誠州四十里，蒔竹縣八十里，道路峻險，經九叠坡脚、大小盤攔，深山長林，正係湖南至誠州行旅之路。今屬蒔竹，比之誠州，地里已遠。又遥隸邵州二十二驛，或有冤訟，縣堡不能决。去州既遠，則民無所訴，乞自昌蒲嶺脊分水，西屬誠州，東屬邵州蒔竹。”從之。(《續資治通鑑長編》卷三二九)

(中國通高麗，舊有登州、明州兩路。)天聖以前，使由登州入。熙寧以來，皆由明州。言登州路有沙磧，不可行。其自明州還，遇便風，四日兼夜，抵黑山，已望其國境。自黑山入島嶼，安行便風，七日至京口，陸行兩馹，至開州。(《續資治通鑑長編》卷三三九)

(宋哲宗元祐七年二月)庚申，權陝西轉運使李南公言：“銅錢、鐵錢，界首輕重不同，欲乞以興州銅，商、虢州黑錫，運至陝州鑄錢監，每年鑄錢且以二萬貫爲額，應副陝州及陝右兩驛支遣，及换易鐵錢使用，兼銷減得商、虢州積下黑錫。”從之。(《續資治通鑑長編》卷四七〇)

(宋高宗紹興五年十月，)右朝奉大夫、新知普州喻汝礪上言，言：“蜀，罷國也，左無秦、隴以爲隱蔽，右無襄、鄧以爲垣墉。昨者金人驅兵約齎，深入和尚原險要之地，已屬之於秦矣。金引兵下清泥嶺，薄仙人關，前眺鐵山，我無東北，蜀之飛鳥不踰河池，則惴惴之蜀，豈不甚病也哉。鐵山属興州，河池属鳳州，正當川、陝兩界。尚賴陛下英武之威，吴玠等極力拒守，敵遂引去。夫所謂和尚原者，鳳之東境，距寶雞縣纔兩驛，抵鳳翔不能百里。我若屯兵其間，則可以下窺秦、雍，而於函洛之路未絶也……”(《建炎以來繫年要録》卷九四)

(隋煬帝大業中，)自東都至江都二千餘里，樹蔭相交，每兩驛置一宫，爲停頓之所。自京師至江都，離宫四十餘所。(《説郛》卷一一〇上《大業雜記》)

(唐代宗永泰元年四月，)詔曰：“如聞自東都至淮、泗，緣汴河州縣，自經寇難，百姓彫残，地闊人稀，多有盗賊。漕運商旅，不免艱虞。宜委王縉，各與本道節度計會商量，夾河兩岸，每兩驛置防援三百人，給側近良沃田，令其營種，分界捉搦。”(《册府元龜》卷六四)

(梁太祖開平元年)九月敕:“以近年文武官諸道奉使,皆於所在分外停住,踰年涉歲,未聞歸闕。非唯勞費州郡,抑且侮慢國經。臣節既虧,憲章安在。自今後,兩浙、福建、廣州、南安、邕、容等道使到發,許任一月。湖南、洪、鄂、黔、桂,許任二十日。荆、襄、同、雍、鎮、定、青、滄,許任十日。其餘側近,不過三五日。凡來往道路,據遠近里數,日行兩驛。如遇疾患及江河阻隔,委所在長吏具事由奏聞。如或有違,當行朝典,命御史點檢糾察,以儆慢官。”(《册府元龜》卷一九一;《舊五代史》卷三《太祖紀三》;《五代會要》卷二四)

陳澍爲潁陰太守。屬安禄山反,遣縣尉姓孫向東京。孫不肯行,陳怒撻之。至東京,遇禄山,請往潁陰取陳澍頭。禄山補孫爲潁陰太守,賜緋,并領二十餘人取澍。澍聞,便欲至薄晚出城走,録事參軍扣馬令迴。澍憂悶,服痢藥託疾……後五日,孫到。陳於是潛以庫物遺諸衙内人,至夜後僞作敕書,追入京,令向西兩驛上,差人逆來。夜半,敕書至。明早,召集諸官宣敕,便令手刃。就館中誅殺孫,並手刃二十餘人,殺録事參軍。(《太平廣記》卷二一七引《定命録》)

(勝州都督薛直)好殺伐,不知鬼神。直在州,行縣還歸。去州二驛,逢友人自京來謁,直延入驛廳,命食。(《太平廣記》卷三三一引《記聞》)

【權攝昭應早秋書事寄元拾遺兼呈李司録】 夏閏秋候早,七月風騷騷。渭川煙景晚,驪山宫殿高。丹殿子司諫,赤縣我徒勞。相去半日程,不得同遊遨。到官來十日,覽鏡生二毛。可憐趨走吏,塵土滿青袍。郵傳擁兩驛,簿書堆六曹。爲問綱紀掾,何必使鉛刀。(《白居易集》卷九;《全唐詩》卷四三二白居易)

【福州擬貢荔枝狀】 荔枝尤殊絶者,固不可多致。若每種歲貢數百,或至千數,每州不過用三五步卒,使之日行兩驛,固不爲勤且煩,非有勞人費財之患。而修貢者不知及此,此臣之所未諭也。(《曾鞏集》卷三五)

【太皇太后表】 臣某言同前:數月乘軺,始温坐席。一朝易地,亟奉俞音……自幸郎潛,敢意晚年連刺劇部,按兩驛故鄉之便道,得千里長江之

上游……(《龍雲集》卷一一)

【和劉與權韻三首】(其三)　異縣相望兩驛間，何時復此共看山。向來同社今無幾，莫惜籃輿數往還。(《湖山集》卷一〇)

【初入西州境述懷】　我無飛仙術，御氣周八極。寸步常依人，驀哉萬里役。自行劍關南，大道平如席。日高徐駕車，薄莫亦兩驛。及兹山愈遠，原野若加闢。茂樹冬不凋，寒花晚猶拆。(《劍南詩藁》卷三)

三驛

(宋神宗元豐元年十一月乙酉，)衛尉寺丞、知三泉縣莊黄裳言："本縣當益、梓、利、夔四路之衝，昨議者請廢北路，復褒斜故道，以減程驛，且寬漢中輸納之勞。今日較之，爲害乃甚於前日……久之，鳳州以爲往來迂險，官私受弊，乞裁河池、兩當二里三驛，復河池舊路……後(劉)忱等言：'新路視舊路，雖名减兩程，其鋪兵遞馬皆增於舊。又卒亡馬死相尋，官吏驛券，給請亦倍。舊路雖號十程，比新路纔遠八里，且多平易。新路雖減科發洋州税米四千餘石，乃移撥興元府、鳳州税米二萬餘石，今若行河池舊路，還復馬遞鋪，官舍亭驛，略加完整，即自如故，兼可減河池、兩當二里三驛。"詔三驛不減，餘並從之。(《續資治通鑑長編》卷二九四)

(州縣役人：宋英宗治平)七年，州定長名，衙前一百一十七人，情願投名，不請雇錢。雇募衙前三十七人，内主押綱運、搬請官物三十三人，主持館驛四人，減罷方山、太平、小箬三驛專知三人，存留漁溪一驛，每歲增支傭錢。(《淳熙三山志》卷一三)

淳熙十五年，侍衛步軍都虞候梁師雄言："三衙每年取押綱馬，全藉馬驛辦其草料，以時養飼。竊聞沿路驛舍，例皆損弊，及將合支草料離驛安頓，每遇綱馬到程，旋令官兵般擔，以此失時，多致羸瘦。蓋因提點驛程官吏失於檢察。乞行下所隸州縣，相視驛舍，量加修葺，及時合用草料常切應辦，各就馬驛附近樁頓。綱馬到日，隨即支給。更乞令沿路都統司分定驛程，各差素有心力將官一員,從各司量給盤費,責令與諸州軍所委官同共提點。自宕昌至興州十五驛,屬興州都統司。自大桃至漢陰十五驛,屬興元府都統司。自衡口至干平十三驛,屬金州都統司。自梅溪至石牆十四驛,屬鄂州都統司。自邊城至梅溪十一驛,屬江州都統司。自紫宕至廣德軍十二驛,屬池州都統司。自段村至臨安府餘杭門六驛,屬殿前步軍司。各令所差將官往來用心巡視,務要館舍草料應辦齊整……"從之。(《文獻通考》卷一六〇)

《吴岳碑》,自首至座七段,明皇八分書,爲黄巢所焚摧剥,僅可辨當時日書三字"發三驛",刻工亦然。(《畫墁録》)

唐定州何明遠,大富,主官中三驛。每於驛邊起店停商,專以襲胡爲業,資財巨萬,家有綾機五百張。(《太平廣記》卷二四三引《朝野僉載》;《朝野僉載》卷三)

【東南行一百韻寄通州元九侍御……竇七校書】 南去經三楚,東來過五湖。山頭看候館,水面問征途。地遠窮江界,天低極海隅……日近恩雖重,雲高勢却孤。翻身落霄漢,失脚到泥塗。博望移門籍,潯陽佐郡符。予自太子贊善大夫出爲江州司馬。時情變寒暑,世利算錙銖。即日辭雙闕,明朝别九衢。播遷分郡國,次第出京都。十年春,微之移佐通州。其年秋,予出佐潯陽。明年冬,杓直出牧澧州,崔二十二出牧果州,韋大(出)牧開州。秦嶺馳三驛,商山上二邘。商山險道中,有東西二邘。崑陽亭寂寞,夏口路崎嶇。大道全生棘,中丁盡執殳。江關未徹警,淮寇尚稽誅。時淮西未平,路經襄、鄂二州界,所見如此。(《白居易集》卷一六;《全唐詩》卷四三九白居易)

【早春西湖閑遊悵然興懷憶與微之同賞因思在越官重事殷鏡湖之遊或恐未暇偶成十八韻寄微之】 上馬復呼賓,湖邊景氣新。管絃三數事,騎從十餘人。立換登山屐,行攜漉酒巾。逢花看當妓,遇草坐爲茵。西日籠黄柳,東風蕩白蘋。小橋裝雁齒,輕浪甃魚鱗。畫舫牽徐轉,銀船酌慢巡。野情遺世累,醉態任天真。彼此年將老,平生分最親。高天從所願,遠地得爲鄰。雲樹分三驛,煙波限一津。翻嗟寸步隔,却厭尺書頻。浙右稱雄鎮,山陰委重臣。貴垂長紫綬,榮駕大朱輪。出動刀槍隊,歸生道路塵。雁驚弓易

散，鷗怕鼓難馴。百吏瞻相面，千夫捧擁身。自然閑興少，應負鏡湖春。（《白居易集》卷二三；《全唐詩》卷四四六白居易）

【别邵武長史朱照鄰】　竊比君侯病駃騠，時看雲路忽長嘶。十年還此同杯酒，三驛剛來踏雨泥。士行滿鄉元自好，官名當世不勝低。未霑釜粟榮新禄，應上亨衢别有梯。相送三日。（《端明集》卷六）

【晚發關山】　燭前行客捲征衣，路轉平林入翠微。家在白雲鄉裏住，人從明月嶺邊歸。來時未見梨花破，别後方驚燕子飛。緑樹連陰十三驛，從今歸夢到家稀。（《鄖溪集》卷二七）

【竹枝詞二首並跋**】**　撑崖拄谷蝮蛇愁，入箐攀天猿掉頭。鬼門關外莫言遠，五十三驛是皇州。

古樂府有"巴東三峽巫峽長，猿鳴三聲淚霑裳"，但以抑怨之音，和爲數疊，惜其聲今不傳。予自荆州上峽，入黔中，備嘗山川險阻，因作二疊，傳與巴娘，令以《竹枝》歌之。前一疊可和云："鬼門關外莫言遠，五十三驛是皇州。"後一疊可和云："鬼門關外莫言遠，四海一家皆弟兄"。或各用四句，入《陽關》、《小秦王》，亦可歌也。（《山谷集》卷五）

【安仁道中·又】　三驛未爲遠，衰翁愁出門。貪程多卒卒，失睡每昏昏。天大圍平野，江回隔近村。何時有餘俸，小築占雲根。（《劍南詩藁》卷八）

四驛

（河源）西去蕃之列館約四驛，每驛約二百餘里。（《舊唐書》卷一九六下《吐蕃傳下》；《册府元龜》卷六六二）

主客郎中、員外郎各一人，掌二王後、諸蕃朝見之事……殊俗入朝者，始至之州給牒，覆其人數，謂之邊牒。蕃州都督、刺史朝集日，視品給以衣冠、袴褶。乘傳者日四驛，乘驛者六驛。供客食料。以四時輸鴻臚，季終句會之。（《新唐書》卷四六《百官志一》）

（唐懿宗咸通九年）冬十月甲子，（龐勛）使者至彭城，（崔）彦曾執而訊之，具得其情，乃囚之。丁卯，勛復於遞中申狀，稱："將士自負罪戾，各懷憂疑。今已及苻離，尚未釋甲。蓋以軍將尹戡、杜璋、徐行儉等狡詐多疑，必生釁隙。乞且停此三人職任，以安衆心，仍乞戍還將士别置二營，共爲一將。"時戍卒拒彭城，止四驛，闔城恟懼。（《資治通鑑》卷二五一）

（宋神宗熙寧六年十月）丁亥，熙河路經略司言："邈川蕃部都巡檢使温訥支郢成乞授官、給俸。"詔授莊宅副使，依漢官請給。時温訥支郢成居河州之北，所管二十八部族，有兵六萬餘人。西接董氊，南距黄河勺家族，東界拶家族，北鄰夏國，所居至河州四驛，今與夏國通和。聞河州既下，遣次首領華兒河篤四十三人請命，故寵之。（《續資治通鑑長編》卷二四七）

（宋神宗元豐六年五月戊子，）西上閤門使、果州刺史謝麟言："先準朝旨，撥托口、小由、貫保、豐山四寨，并若水倉隸屬誠州。緣沅州與誠州，元自梅口爲界，今因割移四堡，遂以洪江口爲界。自洪江口至梅口江，約三驛，又從托口寨盧陽縣界至梅口江，約四驛。削取沅州封守附益誠州太廣，不惟沅州户賦、人兵不足以成郡，兼誠州見招約上和、潭溪等峒，自可以開拓疆封……"從之。（《續資治通鑑長編》卷三三五）

（張叔夜《叙戰功勤王及勸都關中以病乞致仕宫觀劄子》：）"正月中，金人寇京師，詔發兵入援。臣等奏乞兵與諸將追擊胡騎。及席益到青，臣代還至都。時虜騎已渡河，被差知鄧州。四道建帥，去冬准御札，令不候兵集，領見兵勤王。臣自鄧至京凡四十（十四）驛，道路轉戰，十一月朝京師……"（《三朝北盟會編》卷八八）

長安四年五月二日（敕）："乘傳人使事閑緩，每日不得過四驛。"

景雲二年八月四日敕："諸使至京都，經一日已上，即停乘傳驛及供給。"（《唐會要》卷六一）

【書簡（第三十八）】熙寧三年。　　某頓首啓：近昨過鄆，瞻望留都，纔三四驛。因假急足拜問，粗布區區。不謂遠煩專介，直走淮濆，誨諭勤勤……

以慰其膽。(《文忠集》卷一四四)

【送陳氏女弟至石塘河】 富貴常多覆族憂,賤貧骨肉不相收。獨乘舟去值花雨,寄得書來應麥秋。行李淮山三四驛,風波春水一雙鷗。漫言離別愁難遣,今日真成始欲愁。(《山谷集》外集卷一三)

【寄陳器之】 昨者見君纔頃刻,滿馬塵埃面黧黑。自言別家春欲闌,歸意如飛留不得。玉鞭揮折手成胝,一日到家馳四驛。(《張耒集》卷一四)

五驛

(宋仁宗慶曆元年七月己酉,)鄜延都鈐轄、知鄜州張亢言:"太平日久,人不知兵。自元昊叛逆以來,民力彫敝,而邊機軍政,措置未得其宜……去春賊至延州,諸路發援兵,而河東、秦鳳,各踰千里;涇原、環慶,不下十程。去秋出鎮戎,又遠自鄜延發兵。且千里遠鬬,豈能施勇……環州至延州十四五驛,直路亦不下十驛,涇原至秦鳳,又遠於此。若一處有事,宜皆發兵赴援。而山路險惡,人馬已困,欲責其功,何由可得……"(《續資治通鑑長編》卷一三二)

《里(理)道要訣》:唐郡府三百二十八,縣千五百七十三,折衝府五百九十三,鎮二百四,戍三百九十三,寺五千一百八十五,驛千三百八十八,觀千八百五,關二十七。《通典》同。(《玉海》卷一八)

【投梅聖俞】 聖俞精爲詩,堅重比白玉。至寶識之希,未必諧衆目……長安十五驛,重複問川陸。置詩懷袖間,倦懣輒披讀。高吟桑野闊,目瞑即投宿。自可忘羈愁,行瞻灞陵曲。(《傳家集》卷二)

【與康平仲書】 頃在維揚,同班列之次,備見注措,無不中理……温、台相去四五驛,偶公與台守有嫌,衰晚又不敢輕動,遂阻良集,某來春欲游雁蕩,不知車從可來山間僧寺,爲數日之欵否?他惟順序保嗇,以副區區之祝。(《忠穆集》卷六)

【會昌二年四月二十三日上尊號赦文】 使命經行，供備夫役。既隳額例，事頗奸欺。須議舉明，以全物力。江淮、兩浙，每驛供使水夫價錢，舊例約十五千已來。使過元額，須別供舡夫。近日相承，取索無度。從蘇常已南，每驛便供四十餘千，或界内或四五驛，往來須破四五百千。宜依往例，不得數外妄供。如更有違，長吏已下節級書罪。(《文苑英華》卷四二三)

六驛

(曾鞏知齊州，)弛無名渡錢，爲橋以濟往來，徙傳舍，自長清抵博州，以達于魏，凡省六驛，人皆以爲利。(《宋史》卷三一九《曾鞏傳》)

洛陽至京六驛，舊未嘗進花。李文定公留守，始以花進。歲差府校一人，乘驛馬，晝夜馳至京師。所進止姚黄、魏紫三四朵，用菜葉實籠中，藉覆上下，使馬不動摇，亦以禦日氣，又以蠟封花蒂，可數日不落。至今歲貢不絶。(《澠水燕談録》卷八)

【唐故金紫光禄大夫……徐公(申)行狀】 公諱申，字維降，東海剡(郯)人，永泰元年，寄籍京兆府，舉進士，(得)秘書省正字……遷韶州刺史……創六驛，新大市，二道四館，器用皆具。曲江縣五百人，以狀詣觀察使，請作碑，立生祠。(《李文公集》卷一一)

【隨表劄子・又】 臣以年過耄耋，已具表并劄子，懇祈休退。兹者必望聖慈矜從。臣以羸瘠，自京至洛六驛，難以乘坐檐子遠行，切欲及此洛汴未凍間，乘舟至洛，稍得安穩。伏望俞旨，便可促裝。臣無任懇切，祈天俟命之至。(《潞公文集》卷三四)

七驛

穆衍，字昌叔，河内人……後知淳化，耀之屬縣。從韓絳宣撫陝西，遇慶卒潰亂，衍念母在耀，亟謁歸，信宿走七驛。比至，慶卒嘗戍華池，知衍名，不敢近。(《宋史》卷三三二《穆衍傳》)

(宋高宗紹興五年十月,)右朝奉大夫、新知普州喻汝礪上言:“言蜀,罷國也,左無秦、隴以爲隱蔽,右無襄、鄧以爲垣墉……所謂仙人關者,興之東境,距利州纔七驛。自利抵劍門關,百里而贏。今我退守仙人關,則蜀之險要所失過半……”(《建炎以來繫年要録》卷九四)

龍尾城西第七驛,有橋,即永昌也。兩崖高險,水迅激,横亘大竹索爲梁,上布簀,簀上實板,仍通以竹屋。(《蠻書》卷二)

【之文】十月十四日離益昌,十九日印提館作。　薄晚出城闉,江橋渡清澈……就途諏所歷,七驛皆岑絶。自兹五昏曉,寢食乃其歇。肩舁及攬轡,必步由險輟。側身經崎嶇,仰首睨嵽嵲。縈棧遠如綫,危處甚髻髮。(《錢塘集》卷一)

【祖氏先塋芝草記】　汝南在漢爲佳郡……迨唐之世,始建彰義節度,屯宿重兵,而李希烈、吴元濟、秦宗權之屬,盗有其地,王澤不流,民甿無知,父以弄兵詔子,兄以殺人誨弟。故天下號淮西爲盗之藪。皇朝受命,定都大梁。蔡去京師七驛,遂爲輔郡。百餘年間,良二千石接武而至,興學校,修貢舉,以宣布教化,而盛德尊行、魁奇俊偉之才相繼出焉,蓋唐之舊俗寖微,而漢之遺風復起。(《龍學文集》卷一六;《淮海集》卷三八)

八驛

(唐憲宗元和八年十一月)丙寅,以鹽州隸夏州,自夏州至豐州,初置八驛。(《舊唐書》卷一五《憲宗紀下》)

(齊和帝中興元年六月,)吴子陽等進軍武口,武口,武湖水出江之口。水上通安陸之延頭,今謂之沙武口。張舜民曰:武口在陽羅洑西北十餘里,距汴京纔十八驛。二廣、湖、湘,皆由此而濟。(蕭)衍命軍主梁天惠等屯漁湖城,唐修期等屯白陽壘,夾岸待之。(《資治通鑑》卷一四四)

(宋神宗元豐六年八月)乙亥,知貴州熊本言:“提點刑獄彭次雲所乞禁馬戰之術……竊詳馬戰之法,所從來遠。交趾界有馬可用,未禁以前,應用馬戰。桂州至邕州十八驛,不惟道途往復勞費,南方夏秋毒暑煙瘴,使之涉歷山川,人馬俱敝,恐不可施行。乞自今本路招刺馬軍,依近降五路招軍法。"從之。(《續資治通鑑長編》卷三三八)

【夷陵縣至喜堂記】 峽州治夷陵,地濱大江,雖有椒、漆、紙以通商賈,而民俗儉陋,常自足,無所仰於四方……夷陵之僻,陸走荆門、襄陽至京師,二十有八驛。水道大江絶淮抵汴東水門,五千五百有九十里,故爲吏者多不欲遠來,而居者往往不得代,至歲滿,或自罷去。(《文忠集》卷三九)

九驛

雲南蠻界:從嶲州俄淮嶺七十里至菁口驛,三十里至芘驛……從龍尾城至陽苴哶城五十里。以上一十九驛,計一千五十四里。案:十九驛共計一千六十九里,與此數亦不符。(《蠻書》卷一)

長城嶺路自軍北歸娘族六十里,過長城嶺,北至秦王井驛,入平夏,經柳泊嶺,並鐵巾、白池、人頭堡、苦井、三分、山谷口、河北九驛,至故靈州懷遠鎮七百里。(《武經總要》前集卷一八上)

(周世宗顯德五年)二月,帝在淮南。甲寅,僞天長軍使易贇令男延壽齎表,以其城來降。天長縣當九驛之路,城小而固,南人以其地爲雄州。帝之破楚州也,獲其僞守將張彦卿、男光祐,捨而不誅,因令光祐齎璽書以諭贇。贇知楚州既下,故降。(《册府元龜》卷四五)

鬼門關、昆侖關、桂嶺,九驛至象南,左右分兩岐,皆適二百里,而阻山南北十餘堠,攢峰迭嶂,萬仞蔽天……遷客流人,遠投海表,生還者稀。《郴江集》。(《錦繡萬花谷》前集卷六)

(唐僖宗廣明元年十一月,)宰臣豆盧瑑奏:"緣淮南九驛,便至泗州。恐高駢固守城壘,不遮截大寇,黄巢必若過淮,落寇之計。又徵兵不及,須且誘

之。請降節旄，授鄆州節度，候其至止，討亦不難。”(《資治通鑑考異》卷二四引《驚聽録》;《資治通鑑》卷二五四)

【吴元中答書】 敏叩首上狀：敏罪釁深祟，天畀酷罰。先君即世，泣血鑾徼。歲律已更，尚以乏使，不獲奔訃以爲公憂…… 自桂至象九驛，取道龍城，却減一驛。但陸出麻藺之側頗險，故來者皆泛潯江，而一日兼兩驛有半。(《梁谿集》卷一一一)

十驛

(開元中，裴耀卿爲濟州刺史。)天子東巡，耀卿置三梁十驛，科斂均省，爲東州知頓最。(《新唐書》卷一二七《裴耀卿傳》)

(唐玄宗天寶五載)秋七月丙辰，敕：“流貶人多在道逗留，自今左降官，日馳十驛以上。”是後流貶者多不全矣。(《資治通鑑》卷二一五)

天寶五載七月六日敕：“應流貶之人，皆負譴罪，如聞在路多作逗遛，郡縣阿容，許其停滯。自今以後，左降官量情狀稍重者，日馳十驛以上赴任。流人押領，綱典畫時，遞相分付。如更因循，所由官當别有處分。”(《唐會要》卷四一;《册府元龜》卷六三)

(宋仁宗慶曆二年正月壬戌，知慶州范仲淹奏攻守二議，云：)“朝那之西、秦亭城之東，有水洛城，亦爲之限。今策應之兵，由儀、隴二州十驛始至。如進修水洛，斷賊入秦亭之路，其利甚大，非徒通四路之勢，因以張三軍之威也……”(《續資治通鑑長編》卷一三五)

(宋神宗熙寧三年四月甲申，)詔諸路州軍，遇正、至、寒食、端午、重陽節序，無得以酒相饋。初，知渭州蔡挺言：“陝西有公使錢，許造酒處，每五節以酒交遺，以(有)行經二十驛者。挈負去來，道路煩苦，請禁止。”許之。至是，都官郎中沈衡復言知莫州柴貽範送别州酒至九百餘瓶，所差兵夫至二百餘人，其違法勞人可知，故并諸路禁止焉。(《續資治通鑑長編》卷二一〇)

(西夏)自(李)仁福至繼筠,世居夏州。及保吉變詐跋扈,外侵西羌種族,内竊靈、綏、銀、夏。至德明,攻陷甘州,拔西涼府,其地東西二十五驛,南北十驛,自河以東北十有二驛,而達契丹之境。(《隆平集》卷二〇《外國傳》)

(宋孝宗乾道六年十月)五日,過白羊市,蓋峽州宜都縣境上。宜都,唐縣也。謁張文忠公天覺墓……墳前碑樓壁間有詩一篇云:"秋風十驛望台星,想見冰壺照坐清……"蓋魏道輔贈天覺詩。(《入蜀記》卷五)

開成二年十二月,武寧軍節度使薛元賞奏:"泗口税場,應是經過衣冠商客,金銀羊馬斛㪷見錢茶鹽綾絹等,一物已上並税……其泗口税額,淮徐泗觀察使今年前後,兩度奏狀,内暨(監收)共得錢一萬八千五十五貫文,内十驛一萬一千三百貫文,委户部每年以實錢逐近支付泗、宿二州,以度支上供錢賜充本州軍用。其他未贍,委任才臣,共息怨咨,以安行旅。"(《唐會要》卷八四)

徽宗政和六年,臣僚言:"知縣、縣令凡百七十餘闕,無願注者。"命吏部措置。已而吏部取在選應人者,隨其資序,自上而下,不以願否,徑有(自)差注。如硬差法,遂有貫户福建而强注四川者。明年,上知其遠難赴,特許便鄉差注,路雖遠,毋過三十驛。已注者聽改注。(《文獻通考》卷三八)

蘭州金城,漢昭帝置,以其地並狄種,故曰狄道……《後漢書》曰:"西戎在漢金城郡之西南。"即古之西羌地也。東北會州二百里,鄯州四百九十里,南故渭州四百里,北涼州五百五十里。城北渡金城關,二十驛至涼州。(《武經總要》前集卷一八下)

交趾路,自州西南陸行,取馬援路至瀼州二百七十里。又二百四里,至禄州。又二百里,至交州。天寶以陸行,凡二十驛。(《武經總要》前集卷二〇)

南人選南,北人選北,此昔年舊例。宋政和六年,詔知縣注選,雖甚遠無過三十驛。三十驛者,九百里也。今之選人,動涉數千里,風土不諳,語音不曉,而赴任寧家之費,復不可量,是率天下而路也。(《日知録》卷八《選補》)

【入蜀至左綿路次水軒暫憩】 水軒聊得恣吟哦，拂拭衣裳塵土多。蜀道三千里巇險，宦途五十驛風波。暫休又作故山夢，閒唱還成勞者歌。幾斗米牽歸未得，空憐滿眼是烟蘿。(《徂徠石先生文集》卷四)

【太子中舍王君(紳)墓誌銘】 治平二年三月二十日，有以笈攜書而進立於庭下者，問之，曰："長安王氏之僕來。"時主戒云："汝亟往廣漢問，所題官居納之。自去彼凡十二日，走四十驛而至此矣。"余曰："事必有不可緩者。"命受其書，視其所以遠來見諭之意。(《丹淵集》卷三九)

【途中】 馬足疲長路，林端霽色開。客程經十驛，村酒只三杯。病葉迎秋落，疏雲送雨回。何當旋故里，趁日坐牆隈。(《忠愍集》卷三)

【西征道里記并序**】** 紹興乙未，上以陝西初復，命簽書樞密樓公諭以朝廷安輯混貸之意，某以秘書少監被旨參謀……以其年四月二十二日舟出北關，六月二十四日至永興，七月十三日進至鳳翔。越三十七日，府告無事，公率官吏以歸。水陸凡六十驛，往來七千二百里。本計七千一百九十里，汜水以未至縣十里，河水南侵，自嬰子坡移路旁山，回程衍十里。(《北山集》卷一三)

【寄子都兄兼呈上饒使君趙有翼】 十驛征塗雪塞川，玉溪乍到意醒然。家聲盍繼舍人様，臺治遥分刺史天。感慨壯遊詞絢錦，笑談登最地流錢。邦侯儻記論交舊，應有新詩寄日邊。(《芸庵類藁》卷四)

十六、道路的等級與類别

御路

晉海西公太和中，民歌曰："青青御路楊，白馬紫游韁。汝非皇太子，那得甘露漿。"白者金行，馬者國族。紫爲奪正之色，明以紫間朱也。海西公尋廢，三子非海西子，並死，縊以馬韁。死之明日，南方獻甘露。（《宋書》卷三一《五行志二》）

太和末，童謡云："犁牛耕御路，白門種小麥。"及海西被廢，處吴，民犁耕其門前，以種小麥，如謡言。（《宋書》卷三一《五行志二》）

宋昇明二年，飆風起建康縣南塘里，吹帛一匹入雲，風止，下御路。紀僧真啓太祖，當宋氏禪者，其有匹夫居之。（《南齊書》卷一九《五行志》）

（宋仁宗寶元二年五月）甲辰，詔非出節臣僚及正觀察使已上，毋得自宣德門至天漢橋御路行馬。若從駕及宗室内庭諸宫院車馬勿拘。時著作佐郎王師旦行馬御路上，既被劾，而刑部因言："舊條止許近上臣僚行馬，而無指定官品。"故下御史臺、太常禮院詳定，而降是詔。（《續資治通鑑長編》卷一二三）

【酬賞鳳泉湯知頓官及百姓敕】　（唐玄宗開元三年十月癸亥，幸郿縣之鳳泉湯。甲戌），敕曰："清人賦田，以備蒐狩之儀；王者順時，式崇豫遊之禮…… 其緣御路及頓場麥苗有損者，亦令勘責，量事酬補。"開元三年十月二十六日。（《唐大詔令集》卷八〇）

陰盤城，在縣東北一十四里，漢縣……往來大路，必由此城。行人憧憧，無所留礙。近古帝王，未嘗經度，必迂迴城西，别開御路。（《長安志》卷一五引

《兩京地里記》)

玄宗封泰山迴,車駕次上黨,潞(州)之父老,負擔壺漿,遠近迎謁。上皆親加存問,受其獻饋,錫賚有差……及卓駕過金橋,橋在潞州。御路縈轉。上見數千(十)里間,旗纛鮮潔,羽衛齊整,顧謂左右曰:"張説言我'勒兵三十萬,旌旂千里間。陝右、上黨,至於太原',《見后土碑》。真才子也。"(《太平廣記》卷二一二引《開天傳信記》)

【奉和聖製早發三鄉山行】 羽衛森森西向秦,山川歷歷在清晨。晴雲稍卷寒巖樹,宿雨能銷御路塵。聖德由來合天道,靈符即此應時巡。遺賢一一皆羈致,猶欲高深訪隱淪。(《全唐詩》卷四八張九齡)

【奉和登驪山高頂寓目應制】 名山何壯哉,玄覽一徘徊。御路穿林轉,旌門倚石開。煙霞肘後發,河塞掌中來。不學蓬壺遠,經年猶未迴。(《全唐詩》卷五四崔湜)

【汴堤柳】 隋家天子憶揚州,厭坐深宫傍海游。穿地鑿山開御路,鳴笳疊鼓泛清流。流從鞏北分河口,直到淮南種官柳。功成力盡人旋亡,代謝年移樹空有。(《全唐詩》卷一一五王泠然)

【上陽宫望幸】 玉輦西巡久未還,春光猶入上陽間。萬木長承新雨露,千門空對舊河山。深花寂寂宫城閉,細草青青御路閒。獨見彩雲飛不盡,只應來去候龍顔。(《全唐詩》卷一五一劉長卿)

【温泉宫行】 十月一日天子來,青繩御路無塵埃。宫前内裏湯各别,每箇白玉芙蓉開。朝元閣向山上起,城繞青山龍暖水。夜開金殿看星河,宫女知更月明裏。(《全唐詩》卷二九八王建)

【連昌宫詞】 ……平明大駕發行宫,萬人歌舞塗路中。百官隊仗避岐薛,岐王範、薛王業,明皇之弟。楊氏諸姨貴妃三姊,帝呼爲姨,封韓、虢、秦國三夫人。車鬬風。明年十月東都破,天寶十三(五)年,禄山破洛陽。御路猶存禄山

過。驅令供頓不敢藏，萬姓無聲淚潛墮。……（《全唐詩》卷四一九元稹）

【馳道議】　臣伏見宣德門前御道，南至天漢橋，久來設梐枑，禁止行人，頒立條制，許近上臣僚於道上行馬。近睹御史臺、禮院重更定奪，應出節者，爲近上臣僚。竊謂宣德門比周之外朝，朱雀門是唐之皇城。中有御路，號天子馳道，凡在臣庶，不合得行。漢制：皇太子尚不敢擅絶馳道，蓋尊君卑臣，上下有體故也。今朝廷制度簡於漢唐，京都御路止此一處，臣欲今自宣德門至朱雀門外朝之地、皇城之内，表其中街，以爲馳道，應臣庶車馬，竝禁往來，惟隨從乘輿，不在禁限……取進止。（《景文集》卷四三）

【張仲欽朝陽亭】亭在建康。　便合朝陽作鳳鳴，江亭聊此駐脩程。南瞻御路臨雙闕，東望仙家接五城。日上白門兵氣静，春歸淮浦暗潮平。遥憐莫（幕）府文書省，時下滄浪自濯纓。（《于湖居士文集》卷七）

貢道

（劉）巨容部將馮行襲者，均州武當人，以謀勇稱里中……帝在蜀，均之右有長山，當襄、漢貢道，有劇賊據險劫獻物，行襲平之。（《新唐書》卷一八六《劉巨容傳》）

（開元初，回紇）伏帝匐死，子承宗立……當此時，回紇稍不循，族子瀚海府司馬護輸乘衆怨，共殺（王）君㚟，梗絶安西諸國朝貢道。久之，奔突厥，死。（《新唐書》卷二一七上《回鶻傳上》）

龍原東南瀕海，日本道也。南海，新羅道也。鴨渌，朝貢道也。長嶺，營州道也。扶餘，契丹道也。（《新唐書》卷二一九《渤海傳》）

百濟，扶餘别種也……武德四年，（百濟）王扶餘璋始遣使獻果下馬，自是數朝貢，高祖册爲帶方郡王、百濟王。後五年，獻明光鎧，且訟高麗梗貢道……又謀取棠項城，絶貢道，新羅告急。（《新唐書》卷二二〇《百濟傳》）

貢路

杜洪,鄂州人……光啓二年,安陸賊周通率兵攻(杭州刺史路)審中,審中亡去。洪乘虚入鄂,自爲節度留後。僖宗即拜本軍節度使……洪雖得節制而附朱全忠,絶東南貢路。(《新唐書》卷一九〇《杜洪傳》)

(梁太祖乾化元年二月,)武安軍節度使馬殷進呈虔州刺史盧延昌牋表。虔州,本支郡也,兵甚鋭,自得韶州,益强大,升爲百勝軍使。始洪州之陷,盧光稠願收復使府,立功自效,上因兼授江西觀察留後。光稠卒,復命延昌領州事,方伯亦頗慰薦。楊渭遣人爲署爵秩,延昌佯受官牒,禮遣其使,因湖南自表其事曰:"郡小寇迫,欲緩其奸謀,且開導貢路,非敢貳也。"(《舊五代史》卷六《太祖紀六》;《册府元龜》卷二一五)

王檀,字衆美……光啓二年,從胡真擊淮西之衆,解河陽之圍。蔡賊張存敢乘亂據洛陽,檀與勇士數十人潛入賊栅,邀其輜重,存敢遁走。胡真至陜州,開通貢路,遣檀攻玉山寨,降賊帥石令殷。(《舊五代史》卷二二《王檀傳》)

(後梁太祖乾化二年十二月,)高季昌出兵,聲言助梁伐晉,進攻襄州。山南東道節度使孔勍擊敗之,自是朝貢路絶。高季昌既與孔勍交惡,入梁之路遂絶,不復朝貢。(《資治通鑑》卷二六八)

(宋仁宗天聖八年十一月,)大食國每入貢,路由沙州西界,以抵秦亭……慮爲西人所掠,乞令取海路,由廣州至京師,詔可。(《續資治通鑑長編》卷一〇一)

(周世宗顯德)六年五月壬子,(留)從效遣别駕黄禹錫奉表來上。表云:"臣聞日月貞明,萬方咸炤,帝王英睿,無所不通。竊以閩嶺五州,古來一鎮。僻陋雖居於遐服,梯航長奉於上京。尋因王氏末年建城失守,干戈擾攘,民庶蒼黄。臣此際收聚餘兵,保全兩郡,北連甌越,南接番禺。况屬貢路未通,所以親鄰是附……"(《册府元龜》卷二三二)

輦路

大和九年，誅王涯、鄭注後，仇士良專權恣意，上頗惡之。或登臨遊幸，雖百戲駢羅，未嘗(以)爲樂，往往瞠目獨語，左右莫敢進問。因題詩曰："輦路生春草，上林花滿枝。憑高何限意，無復侍臣知。"(《杜陽雜編》卷中；《唐語林》卷四)

【奉和聖製答二相出雀鼠谷】 兩臣初入夢，二月扈巡邊。澗北寒猶在，山南春半傳。頌聲先奉御，辰象復回天。雲日明千里，旌旗照一川。柳陰低輦路，草色變新田。還望汾陽近，宸遊自窅然。(《全唐詩》卷一二四徐安貞)

【銅雀臺】 嬌愛更何日，高臺空數層。含啼映雙袖，不忍看西陵。漳河東流無復來，百花輦路爲蒼苔。青樓月夜長寂寞，碧雲日暮空徘徊。君不見鄴中萬事非昔時，古人不在今人悲。春風不逐君王去，草色年年舊宮路。宮中歌舞已浮雲，空指行人往來處。(《全唐詩》卷一五一劉長卿、卷二九八王建)

【早秋望華清宮樹因以成詠】一作盧綸詩。 可憐雲木叢，滿禁碧濛濛。色潤靈泉近，陰清輦路通。玉壇標八柱，金井識雙桐。交映凝寒露，相和起夜風……惆悵繚垣暮，兹山聞暗蟲。(《全唐詩》卷二五四常衮、卷二七九盧綸)

【金陵懷古】 輦路江楓暗，宮庭野草春。傷心庾開府，老作北朝臣。(《全唐詩》卷二九二司空曙)

【蔡州路中作五首寄都下】(其二) 雨濕城南輦路沙，歸牽蹀躞喜還家。病軀復作南州守，空使離憂兩鬢華。(《彭城集》卷一八)

【又和館西迎駕】 宮樹烟開敞禁扉，儒冠羅立望天威。霜清廣殿鳴鞘肅，日上觚稜翠蓋飛。玉勒杷鞍龍在御，錦衣腰劍士成圍。暫來直舍支頤

坐，却聽簫韶輦路歸。(《南陽集》卷八)

【次韻東坡上元扈從三絶】(其二)　端門魏闕鬱峥嶸，燈火成山輦路平。不待上林鶯百囀，教坊先已進新聲。(《淮海集》卷一〇)

【自壽安之長水】　夜宿錦屏下，曉行伊水長。露寒荷葉紫，秋晚稻花香。女几仙風斷，連昌輦路荒。二年渾作客，山驛過重陽。(《滴水集》卷一三)

馳道

(隋煬帝大業三年五月)戊午，發河北十餘郡丁男鑿太行山，達於并州，以通馳道。(《隋書》卷三《煬帝紀上》)

(宋真宗大中祥符元年八月庚子，)殿中侍御史趙湘言："含芳園迎天書日，街中布土爲馳道，欄以横木，恐人踐履。而群臣往來，前驅者輒去其横木，於馳道上行馬。又每逢輅馬，不止傳呼，分路而過，皆非人臣之禮。今若全依古制，不絶馳道，恐京師浩穰，阻滯車馬。欲請自今遇大禮，布土馳道，群臣不得於其上行馬，導駕者不在此限。及群臣每逢閱習，輅馬不得衝過，許兩面行馬，違者御史臺糾舉。"詔從之。(《續資治通鑑長編》卷六九)

(秦始皇二十七年，)作信宫，渭南已更命信宫爲極廟，象天極。自極廟道通酈山，作甘泉前殿，築甬道，築垣牆如街巷。自咸陽屬之。是歲，賜爵一級，治馳道，馳道，天子道也，若今之中道。然《漢書·賈山傳》曰："秦爲馳道於天下，東窮燕、齊，南極吴、楚。江湖之上，濱海之觀畢至。道廣五十步，三丈而樹，厚築其外，隱以金椎，樹以青松。"(《册府元龜》卷一九六)

【題壽安王主簿池館】　洛邑通馳道，韓郊在屬城。館將花雨映，潭與竹聲清。賢俊鸞棲棘，賓遊馬佩衡。願言隨狎鳥，從此濯吾纓。(《全唐詩》卷七三蘇頲)

【奉和聖製登太行山中言志應制】　北山東入海，馳道上連天。順動

三光注,登臨萬象懸。俛觀河内邑,平指洛陽川。(《全唐詩》卷七四蘇頲)

【奉和聖製初入秦川路寒食應制】 上陽柳色喚春歸,臨渭桃花拂水飛。總爲朝廷巡幸去,頓教京洛少光輝。昨從分陝山南口,馳道依依漸花柳。入關正投寒食前,還京遂落清明後。路上天心重豫遊,御前恩賜特風流。便幕那能鏤雞子,行宫善巧帖毛毬。渭橋南渡花如撲,麥隴青青斷人目。漢家行樹直新豐,秦地驪山抱温谷。香池春溜水初平,預歡浴日照京城。今歲隨宜過寒食,明年陪宴作清明。(《全唐詩》卷八六張説)

【奉真觀】 真門迴向北,馳道直向西。爲與天光近,雲色成虹霓。(《全唐詩》卷一三九儲光羲)

【宿灞上寄侍御璵弟】 獨飲灞上亭,寒山青門外……半夜馳道喧,五侯擁軒蓋。是時燕齊客,獻術蓬瀛内。甚悦我皇心,得與王母對。(《全唐詩》卷一四〇王昌齡)

【月夜金陵懷古】 蒼蒼金陵月,空懸帝王州。天文列宿在,霸業大江流。緑水絶馳道,青松摧古丘。臺傾鳷鵲觀,宫没鳳凰樓。別殿悲清暑,芳園罷樂遊。一聞歌玉樹,蕭瑟後庭秋。(《全唐詩》卷一八五李白)

【與高適薛據登慈恩寺浮圖】 塔勢如湧出,孤高聳天宫。登臨出世界,磴道盤虚空。突兀壓神州,峥嶸如鬼工。四角礙白日,七層摩蒼穹。下窺指高鳥,俯聽聞驚風。連山若波濤,奔湊似朝東。青槐夾馳道,宫館何玲瓏。秋色從西來,蒼然滿關中。五陵北原上,萬古青濛濛。净理了可悟,勝因夙所宗。誓將挂冠去,覺道資無窮。(《全唐詩》卷一九八岑參)

【奉使巡檢兩京路種果樹事畢入秦因詠】 聖德周天壤,韶華滿帝畿。九重承涣汗,千里樹芳菲。陝塞餘陰薄,關河舊色微。發生和氣動,封植衆心歸。春露條應弱,秋霜果定肥。影移行子蓋,香撲使臣衣。入徑迷馳道,分行接禁闈。何當扈仙蹕,攀折奉恩輝。(《全唐詩》卷三一一鄭審)

【題潼關蘭若】 潼津罷警有招提，近百年無戰馬嘶。壯士不言三尺劍，謀臣休道一丸泥。昔時馳道洪波上，今日宸居紫氣西。關吏不勞重借問，棄繻生擬入耶溪。(《全唐詩》卷六一三皮日休)

【晚歸馳道遇雨馬上作】 朝雨雜輕霾，濃陰暮未開。天低五里霧，日晦九成臺。宮溜輕淙玉，坊車小隱雷。不愁馳道遠，寶色夾干槐。(《元憲集》卷三)

【過太康縣此路入亳州云是先帝昔東幸時馳道也馬上口占行二十里成三十韻】 維昔東巡狩，天王景宅朝。金椎隱馳道，象載下招摇。吕應青雲近，關迎紫氣遥。……(《彭城集》卷一六)

【秦始皇馳道】在崑山南四里，有大□(闕)通吴成。 秦帝觀滄海，勞人何得脩。石橋虹霓斷，馳道鹿麋遊。車轍久已没，馬迹亦無留。驪山寶衣盡，萬古空冢丘。(《宛陵先生集》卷四四)

驛道

至元鼎五年，南越反……是時，樓船將軍楊僕使使上書，願便引兵擊東越。上曰士卒勞倦，不許，罷兵，令諸校屯豫章梅領(嶺)待命。《集解》：徐廣曰："在會稽界。"《索隱》：案：徐廣云"在會稽"，非也。今案：豫章三十里有梅嶺，在洪崖山足，當古驛道。(《史記》卷一一四《東越列傳》)

劉昆，字桓公，陳留東昏人……(光武帝時遷弘農太守。)先是，崤、黽驛道多虎災，行旅不通。昆爲政三年，仁化大行，虎皆負子度河。帝聞而異之。(《後漢書》卷七九上《劉昆傳》)

(張駿太興二年拜)鎮西大將軍，校尉、刺史、公如故，選西方人隴西賈陵等十二人配之。(耿)訪停梁州七年，以驛道不通，召還。訪以詔書付賈陵，託爲賈客。到長安，不敢進。(《晉書》卷八六《張駿傳》)

（申恬爲通直常侍。元嘉二十七年，後魏寇青州，遣恬援東陽，城内出車，環塹爲營，魏兵不敢逼。）停五日，東過抄略清河郡及驛道南數千家，從東安、東莞出下邳，下邳太守垣閬閉城距守，保全二千餘家。（《宋書》卷六五《申恬傳》）

（柳元景拜）隨郡太守。既至，而蠻斷驛道，欲來攻郡。郡内少糧，器杖又乏。元景設方略，得六七百人，分五百人屯驛道。或曰："蠻將逼城，不宜分衆。"元景曰："蠻聞郡遣重戍，豈悟城内兵少。且表裏合攻，於計爲長。"會蠻垂至，乃使驛道爲備，潛出其後。（《宋書》卷七七《柳元景傳》）

（齊高帝蕭道成，）皇考諱承之，字嗣伯，少有大志，才力過人……（元嘉十年，爲漢中太守。）氐帥楊難當寇漢川，梁州刺史甄法護棄城走，（蕭）思話至襄陽，不進。皇考輕軍前行，攻氐僞魏興太守薛健於黄金山，剋之。黄金山，張魯舊戍，南接漢川，北枕驛道，險固之極。健既潰散，皇考即據之。（《南齊書》卷一《高帝紀上》）

（王）翊，曾孫凝……歷臺省，寖知名，擢累禮部侍郎。不阿權近，出爲商州刺史。驛道所出，吏破産不能給，而州有冶賦羨銀，常摧直以優吏奉。凝不取，則以市馬，故無横擾，人皆尉（慰）悦。（《新唐書》卷一四三《王凝傳》）

熙寧三年，詔諸郡遇節序，毋得以酒相饋。初，知渭州蔡挺言："陝西有醖公使酒交遺，至踰二十驛，道路煩苦。"詔禁之。至是，都官郎中沈衡復言："知莫州柴貽範饋他州酒至九百餘瓶，用兵夫踰二百人。"故并諸路禁焉。（《宋史》卷一八五《食貨志》）

（宋神宗元豐六年二月）丁巳，詔復降授奉議郎、提點開封府界諸縣鎮公事楊景略爲承議郎，以上批"景略應副塞原武决河及救護被水民户，治遼使驛道，勤勞居多"故也。（《續資治通鑑長編》卷三三三）

（宋哲宗元祐元年四月辛卯，）工部言："京西轉運司奏，北使經由道路，近爲浮橋，須合解拆，改入京西路，由河陽至京。昨準朝旨，務要不見山陵，須合創置道路。今來再相度，得河陽南至偃師，東由鳳臺、孝義，次入鞏縣，最爲順便，皆有亭驛道路，止是望見山陵林木，恐不須回避，乞就上項驛路。”從之。（《續資治通鑑長編》卷三七四）

劍閣道，自利州益昌縣界西南十里，至大劍鎮，合今驛道。秦惠王使張儀、司馬錯從石牛道伐蜀，即此也。後諸葛亮相蜀，又鑿石駕空，爲飛梁閣道，以通行路。（《元和郡縣圖志》卷三三劍州普安縣）

司門郎中、員外郎掌天下諸門及關出入往來之籍賦，而審其政。凡關二十有六，而爲上、中、下之差。京城四面關有驛道者爲上關。上關六：京兆府藍田關、華州潼關、同州蒲津關、岐州散關、隴州大震關、原州隴山關。餘關有驛道及四面關無驛道者爲中關。中關一十三：京兆府子午、駱谷、庫谷，同州龍門，會州會寧，原州木峽，石州孟門，嵐州合河，雅州邛萊，彭州蠶崖，安西鐵門，興州興城、華州渭津也。他皆爲下關焉。下關七：梁州甘亭、百牢，河州鳳林、利州石門、延州永和、綿州松嶺、龍州涪水。（《唐六典》卷六；《舊唐書》卷四三《職官志二》）

【揚子江樓】 揚子何年邑，雄圖作楚關。江連二妃渚，雲近八公山。驛道青楓外，人煙綠嶼間。晚來潮正滿，數處落帆還。（《全唐詩》卷一一八孫逖）

【寄淮南友人】 紅顏悲舊國，青歲歇芳洲。不待金門詔，空持寶劍遊。海雲迷驛道，江月隱鄉樓。復作淮南客，因逢桂樹留。（《全唐詩》卷一七二李白）

【登金城臨河驛樓】 古戍依重險，高樓見五梁。山根盤驛道，河水浸城牆。庭樹巢鸚鵡，園花隱麝香。忽如江浦上，憶作捕魚郎。（《全唐詩》卷二〇〇岑參、卷一九七張謂）

【秦州雜詩二十首】（其三） 州圖領同谷，驛道出流沙。降虜兼千帳，居人有萬家。馬驕珠汗落，胡舞白蹄斜。年少臨洮子，西來亦自誇。（《全唐詩》卷二二五杜甫）

【遣悶】　地闊平沙岸，舟虛小洞房。使塵來驛道，城日避烏檣。(《全唐詩》卷二三二杜甫)

【送李九貶南陽】　玉柱金罍醉不歡，雲山驛道向東看。鴻聲斷續暮天遠，柳影蕭疏秋日寒。霜降幽林霑蕙若，弦驚翰苑失鴛鸞。秋來回首君門阻，馬上應歌行路難。(《全唐詩》卷二三九錢起)

【送李協律還東京】　芳草忽無色，王孫復入關。長河侵驛道，匹馬傍雲山。愁見離居久，螢飛秋月閒。(《全唐詩》卷二三九錢起)

【剡中贈張卿侍御】　辟疆年正少，公子貴初還。早列月卿位，新參柱史班。千夫馳驛道，駟馬入家山。深巷烏衣盛，高門晝戟閒。逶迤天樂下，照耀剡溪間。自賤遊章句，空爲衰草顔。(《全唐詩》卷二六三嚴維)

【同趙校書題普救寺】　東門高處天，一望幾悠然。白浪過城下，青山滿寺前。塵光分驛道，嵐色到人煙。氣象須文字，逢君大雅篇。(《全唐詩》卷三三三楊巨源)

【天台道中】　驅馬天台路，悠悠漸向晨。雲開忽見寺，山盡偶逢人。細雨疏篁長，微烟古木春。行行遥驛道，落吹起輕塵。(《文莊集》卷三二)

【曉過二里山】　黎明走蒼山，千仞勢如削。北斗掛西巔，徘徊久未落。驛道轉巖肩，人烟聚岑脚。太虚交昏旦，顥氣自噴薄。陽光排暗升，陰氛值明卻。翔禽散喬枿，啼狖思空壑。逢隈霧尚屯，投險泉争躍。生平好山意，每遭事嬰縛。安得乘泠風，窮躋叩寥廓。(《景文集》卷六)

【黄化道】　驛道雲山裏，悠悠千騎行。猿禽互啼嘯，崖嶺各陰晴。樹合天疑窄，川回地忽平。錦官何日到，菖葉已催耕。(《景文集》卷一二)

【入陳留界】　青青麥隴鳥相呼，淡淡長空尺靄無。驛道寬平人語好，共知明日到皇都。(《青山續集》卷五；《清江三孔集》卷二五)

【蔡州三首·又】 行路難，歸去來，三日汝南城不開。天角隱隱聞輕雷，掣電更劃劃，猛雨還灌灌。稍添汪汪陂，漸淹高高臺。我欲晨興出南郭，極目唯有白水漫蒿萊，驛道安在哉。連山洑流相喧豗，父母不復顧嬰孩，棄之如塵埃。戢戢生魚頭，人世永隔良可哀。清都咫尺可以訴，誰挽北斗魁。嗚呼！行路之難，邦人之災。(《清江三孔集》卷四孔武仲)

【入鄢陵界】 馬蹄騰踏去如流，雨止車塵凝不浮。驛道夷平桑柘美，人言從此屬皇州。(《清江三孔集》卷七孔武仲)

驛路

(劉宋明帝泰始四年，)淮西人賈元友上書太宗，勸北攻懸瓠，可收陳郡、南頓、汝南、新蔡四郡之地。上以其所陳示勔，使具條答。勔對曰："元友稱'虜主幼弱，奸僞競起，内外規亂，天亡有期。'…… 臣又以爲開立驛道，據守堅城，觀其形候，不似蹙弱……鄢城是賊驛路要戍，且經巒接嶮，數百里中，裹糧潛進，方出平地……"(《宋書》卷八六《劉勔傳》)

(叱羅協)爲大將軍尉遲迥長史，率兵伐蜀。既入劍閣，迥令協行潼州事。時有五城郡氐酋趙雄傑等，扇動新、潼、始三州民反叛，聚結二萬餘人，在州南三里，隔涪水，據槐林山，置栅拒守……復與鄧朏等更率萬餘人，於郡東南隔水置栅，斷絶驛路。(《周書》卷一一《叱羅協傳》)

楊尚希，弘農人也……宣帝時，令尚希撫慰山東、河北，至相州而帝崩。與相州總管尉迥發喪於館。尚希出謂左右曰："蜀公哭不哀而視不安，將有他計。吾不去，將及於難。"遂夜中從捷徑而遁。遲明，迥方覺，分數十騎自驛路追之，不及，遂歸京師。(《隋書》卷四六《楊尚希傳》)

梁文貞，虢州閿鄉人。少從征役，比回而父母皆卒。文貞恨不獲終養，乃穿壙爲門，磴道出入，晨夕灑掃其中，結廬墓側，未嘗暫離……其後山水衝斷驛路，更於原上開道，經文貞墓前。由是行旅見之，遠近莫不欽歎。(《舊唐書》卷一八八《梁文貞傳》)

蔡挺，字子政，宋城人……越數歲，稍起知南安軍，提點江西刑獄，提舉虔州監。自大庾嶺下南至廣，驛路荒遠，室廬稀疏，往來無所芘。挺兄抗時爲廣東轉運使，乃相與謀，課民植松夾道，以休行者。（《宋史》卷三二八《蔡挺傳》）

李顯忠，綏德軍青澗人也……年十七，投效用，隨父永奇出入行陣。金人犯鄜延……永奇教顯忠曰："同州入南山，乃金人往來驛路，汝可於此擒其酋，渡洛、渭，由商、虢歸朝。"（《宋史》卷三六七《李顯忠傳》）

張綸，字公信，潁州汝陰人……徙荆湖提點刑獄，遷東頭供奉官、提點開封府界縣鎮公事。奉使靈夏還。會辰州溪峒彭氏蠻内寇，以知辰州。綸至，築蓬山驛路，賊不得通，乃遁去。（《宋史》卷四二六、《隆平集》卷一九、《東都事略》卷一一二《張綸傳》）

（唐懿宗咸通九年）十二月甲子，李湘等引兵出戰，大敗，賊遂陷都梁城，執湘及郭厚本，送徐州。據淮口，泗水入淮之口。漕驛路絶。謂東南漕驛入上都之路絶也。（《資治通鑑》卷二五一）

（後梁末帝貞明元年）秋七月，晉人夜襲澶州，陷之。宋白曰：澶州本漢頓丘縣地，在魏州南，當兩河之驛路。（《資治通鑑》卷二六九）

（宋真宗天禧五年五月）丁酉，劍州言："梓潼等縣，俱當驛路，請各增置主簿一員。"從之。（《續資治通鑑長編》卷九七）

（宋仁宗慶曆元年二月辛巳，）鄜延走馬承受安儀言："故綏州去延州東路長寧寨四十里，皆舊日驛路，寬平，乞初春先令延州諸將併力趨綏州，盪除賊界，撫寧和市場、義合鎮、茶山一帶人户……"（《續資治通鑑長編》卷一三一）

（宋神宗熙寧九年十月）乙酉，詔："安南軍興，文字與常日不同，委逐路轉運使、開封府界提點司，當行驛路地分闊遠，選差得替待闕使臣一兩員，分巡轄催趣，仍賜自崇明門至邕州當軍行驛路馬遞急脚鋪兵士特支錢。"（《續資

治通鑑長編》卷二七八)

(宋神宗熙寧十年八月)戊子,樞密院委張茂則、劉璯,選便道口岸繫橋,以河水壞澶州橋故也。茂則等言:"北使驛路可以出澶州之西黎陽,由白馬縣北,可相度繫橋。"從之。(《續資治通鑑長編》卷二八四)

(宋神宗元豐五年十一月丙申)詔:"新移遼使驛路,所過諸州,權許不限米石數造酒。"(《續資治通鑑長編》卷三三一)

(宋哲宗元祐五年十二月甲寅,)刑部言:"應天下郡縣水陸驛路所經,並行禁謁知州、通判、縣令,劍門關都監,非假日不得出謁……"從之。(《續資治通鑑長編》卷四五三)

(宋哲宗元符二年正月庚午,)鄜延奏,夏人欲遣使來驛路説話。詔帥臣面諭邊吏,如有文字,密録奏,未得收接,但云見申取保安軍指揮,仍奏聽朝旨。(《續資治通鑑長編》卷五〇五)

(宋高宗紹興三十一年十月辛亥,)金人陷滁州。初,金主亮既渡淮,令萬户蕭琦以十萬騎自花靨鎮由定遠縣取滁陽路至揚州……淮南轉運副使楊抗令州縣鄉村臨驛路,十里置一烽火臺,其下積草數千束,又令鄉民各置長槍,催督嚴切,人甚苦之。(《建炎以來繫年要録》卷一九三)

(唐德宗貞元)十一年正月,西川又拔羅山,置兵固守。邛南驛路,由此遂通。(《蠻書》卷一)

元和八年冬,回鶻南過磧,取西城、柳谷路討吐蕃。西城防禦使周懷義表至,朝廷大恐……(中書侍郎平章事李吉甫上言曰:)"國家舊置六胡州,在靈州界内。開元中廢六州,置宥州,以領諸降户。天寶末,宥州寄理於經略軍,蓋謂居中可以總統蕃部,北接天德,南據夏州……頃年每有回鶻消息,常須經太原取驛路至闕下,及奏報到,已失事宜。今自新宥州北至天德,置新館十一所,從天德取夏州乘傳奏事,四日餘便至京師。"(《元和郡縣圖志》卷四新

宥州）

偃師縣，本漢舊縣……天寶七年四月，河南尹韋濟奏，於偃師縣東山下開驛路通孝義橋，廢北坡義堂路焉。（《元和郡縣圖志》卷五河南道；《唐會要》卷八六）

湞昌縣，下。西南至州陸路二百三十里。光宅元年，析始興北界，置湞昌縣。北當驛路，南臨湞水。大庾嶺，在縣北五十六里。（《元和郡縣圖志》卷三四韶州）

柳中縣，中下。西至州三十里。貞觀十四年置，當驛路，城極險固。（《元和郡縣圖志》卷四〇西州）

沈陽故城，在州東北十五里驛路南、石橋東，有沈陽城。（《太平寰宇記》卷二九華州鄭縣）

臨清關，在縣東北四十八里，自河内入汲郡大驛路。（《太平寰宇記》卷五六衛州新鄉縣）

澶州，今理頓丘縣。本漢頓丘縣地，在魏州之南，當兩河之驛路，今縣北古陰安城是也。（《太平寰宇記》卷五七澶州）

郭嶸山，在縣北一十五里，下有郎溪，而驛路在焉。（《太平寰宇記》卷一〇四歙州績溪縣）

（興元府）東北至西京，取駱谷路一千五百八十里，取斜谷路一千七百八十九里，驛路二千七十八里。東北至長安，取駱谷路六百五十二里，取斜谷路九百三十三里，驛路一千二百一十三里。（《太平寰宇記》卷一三三興元府）

（開州，）東至夔州雲安縣龍目驛一百九十里，從驛路至夔州二百二十里。

（達州，）東北至東京三千二百九十里，東北至西京，取開州下水，經三峽出江陵，至襄、鄧、汝等州，陸路共二千八百九十里。東北取洋州駱谷路至長

安，一千五百七十里。取利州驛路二千五百里。(《太平寰宇記》卷一三七)

(集州，)東北至東京約二千八百里，東北至西京一千九百里。取地平縣至利州，驛路二千六百里。東北取巴嶺路至長安，一千四百里。(《太平寰宇記》卷一四〇集州)

新州接西南道九州，當海中五州之咽喉。雖驛路傍海西去，人皆憚海波，多不由傳舍。雖公行，亦自便陸路去，直達於海濱，不復通舟檝。(《太平寰宇記》卷一五九端州高要縣)

(英州，)東北至韶州翁源縣一百四十五里，東南八十里大驛路，下至廣州，上至韶州。其路有風門嶺，險不通鞍馬。(《太平寰宇記》卷一六〇英州)

鋪驛。驛路五十一鋪，每鋪相去十里。(《景定建康志》卷一六)

江水東逕上虞縣南……縣南有蘭風山，山少木多石，驛路帶山傍江，路邊皆作欄干。(《水經注》卷四〇)

【唐山南西道驛路記】開成四年。　　(柳)公權書，往往以模刻失其真，雖然，其體骨終在也。右見綿本《拾遺》。(《集古録》卷九)

韓子蒼紹興初寄居臨川。周表卿時爲宜黄丞。歲滿，公以詩送之云："往時束帶侍明光，曾看揮毫對御牀。只道驊騮已騰踏，不知鵰鶚尚摧藏。官居四合峰巒緑，驛路千林橘柚黄，莫戀鄉關留不去，漢廷今重甲科郎。"其後改"峰巒緑"爲"峰巒雨"，"橘柚黄"爲"橘柚霜"，改"莫戀鄉關留不去"作"莫爲艱難歸故里"，益見其工。(《能改齋漫録》卷一一《詩不厭改》)

王荆公嘗題一絶句於夏畋扇云："白馬津頭驛路邊，陰森喬木帶漪漣。夕陽一馬匆匆過，夢寐如今十五年。"本集不載，見《湟川集》。(《能改齋漫録》卷一一《荆公題夏畋扇》)

鳳州之東、興元之西，褒斜谷在焉。谷口三山，翼然對峙，南曰褒，北曰斜。在唐爲驛路，所以通巴漢，旁連武休關。又極東爲鐃風關，地斗入，糧運難致。異時獨倚鐃風以控商虢，由武休以達長安，故當關爲蜀之咽喉。(《雲麓漫鈔》卷一)

《述異記》曰：陸機少時，頗好獵。在吴，豪客獻快犬，名曰“黄耳”。機後仕洛，常將自隨。此犬黠慧，能解人語……機羈旅京師，久無家問，因戲語犬曰：“我家絶無書信，汝能賫書馳取消息不?”犬喜，摇尾作聲應之。機試爲書，盛以竹筒，繫之犬頸。犬出驛路，走向吴，飢則入草，噬肉取飽……既得答，仍馳還洛。計人行程五旬，犬往還裁半月。後犬死，殯之，遣送還葬機村，去機家二百步，聚土爲墳，村人呼爲“黄耳冢”。(《藝文類聚》卷九四；《太平廣記》卷四三七引《述異記》)

百丈山在郡城東北七十五里，一名把杖山。叠障深重，連延西南數百里，四接郡界，莫窮遠近。自府北驛路徑穿其中。俗以崎嶇險阻，故以百丈名之。(《太平御覽》卷四九引《桂林風土記》)

大定(足)年中，太州赤水店有鄭家莊，有一兒郎，年二十餘。日晏，於驛路上見一青衣女子獨行，姿容姝麗。問之，云欲到鄭縣，待三婢，未來，躊躕伺候。此兒屈就莊宿，安置廳中，借給酒食，將衣被同寢。至曉，門久不開，呼之不應。於窗中窺之，唯有腦骨頭顱在，餘並食訖。家人破户入，於梁上暗處見一大鳥，冲門飛出，或云是羅刹魅也。(《朝野僉載》卷六；《太平廣記》卷三六一引《朝野僉載》)

鄭州去京師兩程，當川陜驛路，有紀事詩十餘韻。其切當者：“南北更無三座寺，東西只有一條街。四時八節無筵席，半夜三更有界牌。”延州亦有詩云：“沙堆套裹三條路，石炭煙中兩座城。”又云：“土洞裹頭行十日，山棚上面住三年。”謂中倚高山，自過蒲中，行土谷中，十程始到也。(《鷄肋編》卷上)

許宣平，新安歙人也。唐睿宗景雲中，隱於城陽山南塢，結菴以居，不知其服餌，但見不食，顔色若四十許人，行如奔馬……庵壁題詩云：“隱居三十載，石室南山巔。静夜翫明月，明(聞)朝飲碧泉。樵人歌壠上，谷鳥戲巖前。樂矣不知老，都忘甲子年。"好事者多詠其詩。有時行長安，於驛路洛陽同華間傳舍，是處題之。(《太平廣記》卷二四引《續仙傳》)

代宗朝，宰相杜鴻漸亦能羯鼓。永泰中爲三(州)副元帥、西川節度使。至成都，李琬有削杖者在蜀，一杖獻鴻漸。鴻(漸)得之，示於衆曰："此尤物也，當衣衾中收貯積時矣。"匠曰："某於脊溝中養者十年。及出蜀，至利州西界，望嘉驛路入漢川矣……"(《太平廣記》卷二〇五引《羯鼓録》)

金、洋之間，驛路蕭條，但每十里一置。饒風驛鋪卒送文書，已逼暮。值虎從旁來，有攫噬意。卒窘甚，駐立，語之曰："我聞汝亦是靈物，我今所傳文書，係朝廷機密下制置司者。汝吃我無可辭，此一筒制敕符命，如何分付?"虎弭耳低頭，爲聳聽之狀，徑捨去。卒到他鋪，交(還)遞畢，因留宿，與彼中人言，自喜再生。明日，回至昨虎處，復相遇虎，竟爲所食。乃知命分當死於虎，疇昔之免，端爲文書故云。(《夷堅支丁》卷五《饒風鋪兵》)

【枝江縣南亭記】 京兆韋庇爲殿中侍御史、河南府司録，以直裁聽群。細人增構之，責掾南康，移治枝江，百爲得宜，一月遂清。乃新南亭，以適曠懷。俯湖水，枕大驛路，地形高低，四望空平。青莎白砂，控作緣崖。立芰圓葭，誕漫朱華。接翠栽緑，繁華(葩)春燭。决湖穿竹，渠鳴郁郁。(《皇甫持正文集》卷五)

【條疏邊上事宜狀】 回鶻猶在雲州，頗擾邊境……所慮邊上奸人，走投回鶻，爲其設計，令在雲、朔等州，斷天德、振武驛路。切須有備，防患未萌。(《會昌一品集》卷一四)

元和八年，回鶻邊磧南，取柳谷路，打吐蕃。天德防禦使周懷義奏到，朝廷未測其故，人情無不憂恐。臣德裕先(臣)陳奏請，自夏州至天德復置廢館十一所，以通急驛。又請發夏州兵士五百人，於故經略軍應接驛路。(《會昌一品集》卷一四)

【遊大林寺序】 余與河南元集虚……凡十七人，自遺愛草堂，歷東、西二林，抵化城，憩峰頂，登香爐峰，宿大林寺……山高地深，時節絶晚……周覽屋壁，見蕭郎中存、魏郎中弘簡、李補闕渤三人姓名文（詩）句，因與集虚輩歎，且曰："此地實匡廬間第一境，由驛路至山門，曾無半日程，自蕭、魏、李遊，迨今垂二十年，寂寥無繼來者，嗟乎！名利之誘人也如此！"（《白居易集》卷四三）

【送李太守赴上洛】 商山包楚鄧，積翠藹沈沈。驛路飛泉灑，關門落照深。野花開古戍，行客響空林。板屋春多雨，山城晝欲陰。丹泉通虢略，白羽抵荆岑。若見西山爽，應知黄綺心。（《全唐詩》卷一二七王維）

【長樂驛留别盧象裴總】 朝來已握手，宿别更傷心。灞水行人渡，商山驛路深。故情君且足，謫宦我難任。直道皆如此，誰能淚滿襟。前四句，洪邁取爲絶句。（《全唐詩》卷一三一祖詠）

【送錢子入京】 夜夢還京北，鄉心恨擣衣。朝逢入秦使，走馬唤君歸。驛路清霜下，關門黄葉稀。還家應信宿，看子速如飛。（《全唐詩》卷一三四李頎）

【送吴十九往沅陵】 沅江流水到辰陽，谿口逢君驛路長。遠謫誰（唯）知望雷雨，明年春水共還鄉。（《全唐詩》卷一四三王昌齡）

【送康判官往新安】 不向新安去，那知江路長。猿聲近廬霍，水色勝瀟湘。驛路收殘雨，漁家帶夕陽。何須愁旅泊，使者有輝光。（《全唐詩》卷一四八劉長卿、卷二五〇皇甫冉）

【送薛據宰涉縣】自永樂主簿陟狀，尋復選受此官。 故人河山秀，獨立風神異。人許白眉長，天資青雲器。雄詞變文名，高價喧時議。下筆盈萬言，皆合古人意。……驛路疏柳長，春城百花媚。裴回白日隱，暝色含天地。一鳥向灞陵，孤雲送行騎。（《全唐詩》卷一五〇劉長卿）

【送李判官之潤州行營】 萬里辭家事鼓鼙,金陵驛路楚雲西。江春不肯留歸客,草色青青送馬蹄。(《全唐詩》卷一五〇劉長卿)

【送侯中丞流康州】 長江極目帶楓林,匹馬孤雲不可尋。遷播共知臣道枉,猜讒却爲主恩深。轅門畫角三軍思,驛路青山萬里心。北闕九重誰許屈,獨看湘水淚霑襟。(《全唐詩》卷一五一劉長卿)

【江樓送太康郭主簿赴嶺南】 對酒憐君安可論,當官愛士如平原。料錢用盡却爲謗,食客空多誰報恩。萬里孤舟向南越,蒼梧雲中暮帆滅。樹色應無江北秋,天涯尚見淮陽月。驛路南隨桂水流,猿聲不絶到炎州。青山落日那堪望,誰見思君江上樓。(《全唐詩》卷一五一劉長卿)

【送懷州吴别駕】 灞上柳枝黄,壚頭酒正香。春流飲去馬,暮雨溼行裝。驛路通函谷,州城接太行。覃懷人總喜,别駕得王祥。(《全唐詩》卷二〇〇岑参)

【登楚州城望驛路十餘里山村竹林相次交映】 十里山村道,千峰櫟樹林。霜濃竹枝亞,歲晚荻花深。草市多樵客,漁家足水禽。幽居雖可羡,無那子牟心。(《全唐詩》卷二〇六李嘉祐)

【送蘇州姚長史】 江城驛路長,煙樹過雲陽。舟領青絲纜,人歌白玉郎。葛衣行柳翠,花簟宿荷香。别有心期處,湖光滿訟堂。(《全唐詩》卷二四四韓翃)

【奉使至邢州贈李八使君】 獨占龍岡部,深持虎節居。盡心敷吏術,含笑掩兵書。禮飾華纓重,才牽雅製餘。茂陰延驛路,温液逗官渠。南畝行春罷,西樓待客初。甕頭開緑蟻,砧下落紅魚。牧伯風流足,輶軒若濯虚。今宵鈴閣内,醉舞復何如。(《全唐詩》卷二七一竇牟)

【送唐次】 都門去馬嘶,灞水春流淺。青槐驛路長,白日離尊晚。望望煙景微,草色行人遠。(《全唐詩》卷三一六武元衡)

【送許著作分司東都】　瑶瑟激悽響,征鴻翻夕陽。署分刊竹簡,書蠹護芸香。馬色關城曉,蟬聲驛路長。石渠榮正禮,蘭室重元方。不作經年别,離魂亦暫傷。(《全唐詩》卷三一七武元衡)

【詔追赴都二月赴灞亭上】　十一年前南渡客,四千里外北歸人。詔書許逐陽和至,驛路開花處處新。(《全唐詩》卷三五一柳宗元)

【馬嵬行】　緑野扶風道,黄塵馬嵬驛。路邊楊貴人,墳高三四尺。乃問里中兒,皆言幸蜀時。軍家誅佞倖,天子捨妖姬。群吏伏門屏,貴人牽帝衣。低回轉美目,風日爲無暉。貴人飲金屑,倏忽蕣英莫。平生服杏丹,顔色真如故。屬車塵已遠,里巷來窺覷。共愛宿妝妍,君王畫眉處。履綦無復有,履組光未滅。不見巖畔人,空見凌波襪。郵童愛蹤迹,私手解鞶(鞶)結。傳看千萬眼,縷絶香不歇。指環照骨明,首飾敵連城。將入咸陽市,猶得賈胡驚。(《劉賓客文集》卷二六;《全唐詩》卷三五四劉禹錫)

【朗州竇員外見示與澧州元郎中郡齋贈答長句二篇因以繼和】　鴛鷺差池出建章,綵旗朱户蔚相望。新恩共理犬牙地,昨日同含雞舌香。白芷江邊分驛路,山桃蹊外接甘棠。應憐一罷金閨籍,枉渚逢春十度傷。(《全唐詩》卷三五九劉禹錫)

【六年春遣懷八首】其二　檢得舊書三四紙,高低闊狹粗成行。自言併食尋高事,唯念山深驛路長。(《全唐詩》卷四〇四元稹)

【和思歸樂】　獲戾自東洛,貶官向南荆。再拜辭闕下,長揖别公卿。荆州又非遠,驛路半月程。(《全唐詩》卷四二五白居易)

【望江樓上作】　江畔百尺樓,樓前千里道。憑高望平遠,亦足舒懷抱。驛路使憧憧,關防兵草草。及兹多事日,尤覺閑人好。我年過不惑,休退誠非早。從此拂塵衣,歸山未爲老。(《全唐詩》卷四三〇白居易)

【代書詩一百韻寄微之】　……憂來吟貝錦,謫去詠江蘺。邂逅塵中遇,殷勤馬上辭。賈生離魏闕,王粲向荆夷。水過清源寺,山經綺季祠。心摇漢皋佩,淚墮峴亭碑。並途中所經歷者也。驛路緣雲際,城樓枕水湄。思鄉多繞澤,望闕獨登陴。……(《全唐詩》卷四三六白居易)

【初到忠州贈李六】 好在天涯李使君,江頭相見日黄昏。吏人生梗都如鹿,市井疏蕪只抵村。一隻蘭船當驛路,百層石磴上州門。更無平地堪行處,虚受朱輪五馬恩。(《全唐詩》卷四四一白居易)

【出使在途所騎馬死改乘肩輿將歸長安偶詠旅懷寄太原李相公】 驛路崎嶇泥雪寒,欲登籃輿一長嘆。風光不見桃花騎,塵土空留杏葉鞍。喪乘獨歸殊不易,脱驂相贈豈爲難。并州好馬應無數,不怕旌旄試覓看。(《全唐詩》卷四四八白居易)

【早熱二首】(其一) 彤雲散不雨,赫日吁可畏。端坐猶揮汗,出門豈容易。忽思公府内,青衫折腰吏。復想驛路中,紅塵走馬使。征夫更辛苦,逐客彌顦顇。日入尚趨程,宵分不遑寐。安知北窗叟,偃卧風颯至。簟拂碧龍鱗,扇摇白鶴翅。豈唯身所得,兼示心無事。誰言苦熱天,元有清凉地。(《全唐詩》卷四五三白居易)

【南陽小將張彦硤口鎮税人場射虎歌】 海内昔年狎太平,横目穰穰何峥嶸。天生天殺豈天怒,忍使朝朝餵猛虎。關東驛路多丘荒,行人最忌税人場。張彦雄特制殘暴,見之叱起如叱羊。(《全唐詩》卷四六二白居易、卷七〇〇韋莊)

【送宋慎言】 童稺便知聞,如今祗有君。百篇詩盡和,一盞酒須分。驛路多連水,州城半在雲。離情同落葉,向晚更紛紛。(《全唐詩》卷四九六姚合)

【送殷堯藩侍御游山南】 詩境西南好,秋深晝夜蛩。人家連水影,驛路在山峰。谷静雲生石,天寒雪覆松。我爲公府繫,不得此相從。

【送林使君赴邵州】 詔書飛下五雲間,才子分符不等閑。驛路算程

多是水，州圖管地少於山。江頭斑竹尋應遍，洞裏丹砂自採還。清净化人人自理，終朝無事更相關。（《全唐詩》卷四九六姚合）

【送魏校書赴夏口從事】 西風吹遠蟬，驛路在雲邊。獨夢諸山外，高談大旆前。夜燈分楚塞，秋角滿湘船。郡邑多巖竇，何方便學仙。（《全唐詩》卷五〇四鄭巢）

【穆護砂】 玉管朝朝弄，清歌日日新。折花當驛路，寄與隴頭人。（《全唐詩》卷五一一張祜）

【送薛耽先輩歸謁漢南】 雲繞千峰驛路長，謝家聯句待檀郎。手持碧落新攀桂，月在東軒舊選牀。幾日旌幢延駿馬，到時冰玉動華堂。孔門多少風流處，不遣顏回識醉鄉。（《全唐詩》卷五四八薛逢、卷五四九趙嘏）

【發青山】 鳧鷖聲暖野塘春，鞍馬嘶風驛路塵。一宿青山又前去，古來難得是閑人。（《全唐詩》卷五五〇趙嘏）

【寄武功姚主簿】 居枕江沱北，情懸渭曲西。數宵曾夢見，幾處得書披。驛路穿荒坂，公田帶淤泥。静棋功奥妙，閒作韻清凄。鋤草留叢藥，尋山上石梯。客迴河水漲，風起夕陽低。空地苔連井，孤村火隔溪。卷簾黄葉落，鎖印子規啼。隴色澄秋月，邊聲入戰鼙。會須過縣去，况是屢招攜。（《全唐詩》卷五七二賈島；《長江集》卷八）

【喜李餘自蜀至】 迢遞岷峨外，西南驛路高。幾程尋嶮棧，獨宿聽寒濤。白鳥飛還立，青猿斷更號。往來從此過，詞體近風騷。（《全唐詩》卷五七三賈島）

【奉命齊州推事畢寄本府尚書】 越鳥棲不定，孤飛入齊鄉。日暮天欲雨，那兼羽翎傷。州民言刺史，蠹物甚於蝗。受命大執法，草草是行裝。僕隸皆分散，單車驛路長。四顧無相識，奔馳若投荒。重門下長鎖，樹影空過牆。（《全唐詩》卷五九二曹鄴）

【同蕭山陳長官縣樓登望】 坐看南北與西東,遠近無非禮義中。一縣繁花香送雨,五株垂柳緑牽風。寒濤背海喧還静,驛路穿林斷復通。仲叔受恩多感戀,裴回却怕酒壺空。(《全唐詩》卷六五一方干)

【自蜀入關】 文戰連輸未息機,束書攜劍定前非。近來從聽事難得,休去且無山可歸。匹馬出門還悵望,孤雲何處是因依。斜陽驛路西風緊,遥指人煙宿翠微。(《全唐詩》卷六五四羅鄴)

【秋宿臨江驛】 南來北去二三年,年去年來兩鬢斑。舉世盡從愁裏老,誰人肯向死前閒。漁舟火影寒歸浦,驛路鈴聲夜過山。身事未成歸未得,聽猿鞭馬入長關。(《全唐詩》卷六九二杜荀鶴)

【夏初與侯補闕江南有約同泛淮汴西赴行朝莊自九驛路先至甬橋……因成長句四韻弔之】已後自淛西遊汴宋,路至陳倉迎駕,却過昭義、相州路,歸金陵作。

本約同來謁帝閽,忽隨川浪去東奔。九重聖主方虚席,千里高堂尚倚門。世德只應榮伯仲,詩名終自付兒孫。遥憐月落清淮上,寂寞何人弔旅魂。(《全唐詩》卷六九七韋莊)

【奉使封閩王歸京洛】 泥緘紫誥御恩光,信馬嘶風出洛陽。此去願言歸梓里,預憑魂夢展維桑。客程回首瞻文陛,驛路乘軺憶故鄉。指日還家堪自重,恩榮晝錦賀封王。(《全唐詩》卷七〇三翁承贊)

【夕陽】 影未沈山水面紅,遥天雨過促征鴻。魂銷舉子不回首,閒照槐花驛路中。(《全唐詩》卷七四七李中)

【贈維揚故人】 東京少長認維桑,書劍誰教入帝鄉。一事無成空放逐,故人相見重凄涼。樓臺寂寞官河晚,人物稀疏驛路長。莫怪臨風惆悵久,十年春色憶維揚。(《全唐詩》卷七五三徐鉉)

【李廷評昭迪使淝上】 畫舸西風五兩斜,淮淝將命去程賒。衣纓黄閣相君後,門巷青春學士家。驛路新袍欺草色,公筵大白醉榴花。謝庭蘭玉

多才思，休澣裁詩對客誇。(《武夷新集》卷五)

【寄臨川司理趙時校書】 遠宦風波隔，歸期歲月頻。天形孤鳥晚，烟色大江春。驛路向江郭，船檣留估人。高臺望不極，空使鬢華新。(《林和靖先生詩集》卷一)

【犍爲江樓】 河邊堵立看歸篷，三老開頭暮欲東。漲水稠灘連峽内，淺山浮石似湘中。無人驛路榛榛草，有客江樓浩浩風。種落塵消少公事，賸裁新語寄詩筒。縣令師永錫，同年能詩。(《范石湖集》卷一九)

【聞武均州報已復西京】 白髮將軍亦壯哉，西京昨夜捷書來。胡兒敢作千年計，天意寧知一日回。列聖仁恩深雨露，中興赦令疾風雷。懸知寒食朝陵使，驛路梨花處處開。(《劍南詩藁》卷一)

官路

(後唐明宗天成三年四月丙戌，)洋州上言：重開入蜀舊路三百餘里，比今官路，較二十五程而近。(《舊五代史》卷三九《明宗紀五》)

(周太祖廣順元年正月即位制，漢晉以來，兵革屢動，賦役煩併，)澶州已來官路兩邊，共二十里内，並乾祐三年殘税欠税，並與除放。(《舊五代史》卷一一〇《太祖紀一》)

(宋仁宗慶曆二年三月)乙卯，詔河北比歲積雨壞道塗，其塹官路兩旁闊五尺，深七尺，民田各於封界闊三尺，深五尺，以泄水潦，限半年畢工。(《續資治通鑑長編》卷一三五)

昆池在柘東城西南百餘里，四十五里，水源從金馬山東北來。柘東城北十數餘里官路，有橋渡。(《蠻書》卷二)

按，今縣即秦之杜郵也。大業二年省。唐武德二年，權寄理鮑橋。三

年，移就白起堡。六年，又移於便橋西北百步官路北，即今縣。（《太平寰宇記》卷二六雍州咸陽縣）

鄭縣……《郡國縣道記》云："古城連接今州城，齊天保中，官路經其中，東西相連，有三小城。至宇文朝，縣移於西南九里……"（《太平寰宇記》卷二九華州）

（渠州）西北至蓬州官路二百二十里，私路一百九十里，西北至合州水路約四百里，東北至蓬州水路二百五十里。（《太平寰宇記》卷一三八渠州）

（蓬州）西北至渠州官路二百一十里，東北至壁州三百六十里。（《太平寰宇記》卷一三九蓬州）

（復州）西至江陵府四百八十里，北至郢州私路二百五十里，官路三百里。（《太平寰宇記》卷一四四復州）

【九日從駕詩】　黄山獵地廣，青門官路長。律改三秋節，氣應九鍾霜。曙影初分地，暗色始成光。交旆長秋坂，緹幕杏間堂。射馬垂雙帶，豐貂佩兩璜。苑寒梨樹紫，山秋菊葉黄。終慚屬車對，空假侍中郎。（《藝文類聚》卷四引周王褒）

北海王詳，獻文之子，領司徒、侍郎、録尚書事。嘗别住華林之西隅，與都亭官路密邇相接，亦通後門。帝每潛幸其所，肆飲終日，其寵如此。（《册府元龜》卷三九）

（唐玄宗開元）四年正月，詔曰："如聞江淮南諸州大蟲殺人，村野百姓，頗廢生業，行路之人，嘗遭死失。州縣不以爲事，遂令猛獸滋多。泗州連水縣令李全確，前任宣州秋蒲縣令，界内先多此獸。全確作法遮捕，掃除略盡，迄今人得夜行，百姓實賴其力。宜令全確馳驛往淮南大蟲爲害州指授，其教與州縣長官，同除其害。緣官路兩邊，去道各十步，草木常令芟伐，使行人往來，得以防備。"（《册府元龜》卷一四七）

鄴城最當官路，使命往來，賓客縱横，馬少憩鞍，人當倒屣。俸禄供幣，蓋不足云。筋力漸衰，故難堪也。(《唐摭言》卷一一)

羅使君向，本廬州人，不事巨(田)産，而慕大名，以至困窮，竟無退倦。常投福泉寺僧房寄足，每旦隨僧一食，學業而已。歷二十年間，持節歸郡。洎入境，專遊福泉寺，駐旌戟。信宿，書其壁曰："二十年前此布衣，鹿鳴西上虎符歸。行時賓從過前事，到處杉松長舊圍。野老共遮官路拜，沙鷗遥避隼旟飛。春風一宿琉璃殿，唯有泉聲愜素機。"(《鑒誡録》卷八《衣錦歸》)

贈大監張公諱燦，本農家，年三十餘，未知書……張公所居直南一二里，臨官路，有店數十户。一日，有儒士過之，暫憩於店中……儒士曰："觀子志性，苟能勤苦讀書十年，必有成。"(《洛陽搢紳舊聞記》卷五《張大監正直》)

杜子美墳在耒陽，有碑其上……蓋子美自言晉南陽杜元凱之後，故世葬偃師首陽山……偃師首陽山在官路。其下古冢累累，而杜元凱墓猶載《圖經》，可考。其旁元凱子孫附葬者數十，但不知孰爲子美墓耳。(《侯鯖録》卷六)

薛肇，不知何許人也。與進士崔宇於廬山讀書……及明，與崔送别，遺金三十斤，送至官路，慘别而去。(《太平廣記》卷一七引《仙傳拾遺》)

昭宗爲梁主劫遷之後，岐、鳳諸州，各蓄甲兵甚衆，恣其劫掠以自給。成州有僻遠村墅，巨有積貨，主將遣二十餘騎夜掠之。既倉卒至，罔敢支吾。其丈夫並囚縛之，罄搜其貨，囊而貯之，然後烹豕犬，遣其婦女羞饌，恣其飲噉。其家嘗收莨菪子，其婦女多取之熬擣，一如辣末，置於食味中，然後飲以濁醪。於時藥作，竟於腰下拔劍掘地曰："馬入地下去也。"或欲入火投淵，顛而後仆。於是婦女解去良人執縛，徐取騎士劍，一一斷其頸而瘞之。其馬使人逐官路，箠而遣之，罔有知者。後地土改易，方泄其事。(《太平廣記》卷一九〇引《玉堂閒話》)

近世有一人，寓居南陽山，忽患熱疾，旬日不瘳……常近小路，伺接行人。日暮,有一荷柴人過,即欲捕之。忽聞後有人云:"莫取莫取。"驚顧,見一老人鬚眉皓白,知是神人。此人雖變,然心猶思家,遂哀告。老人曰:"汝曹爲天神所使,作此身,今欲向畢,却得復人身,若殺負薪者,永不變矣。汝明日合食一王評事,後當却爲人。"言訖,不見此老人。此虎遂又尋草潛行。至明日日晚,近官路伺候。忽聞鈴聲,於草間匿。(《太平廣記》卷四三二引《原化記》)

【梁吴興太守柳惲西亭記】 湖洲(州)烏程縣南水亭,即梁吴興太守柳惲之西亭也,繚以遠峰,浮於清流,包括氣象之妙,實資遊宴之美……日月滋深,室宇將壞,而文人嘉客,不得極情於兹,憤憤悱悱者久矣。邑宰李清請而脩之,以攄衆君子之意。役不煩費,財有羨餘……浮客臻輳,迨乎二千。種桑畜養,盈於數萬,官路有刻石之堠,吏厨有餐錢之資。敦本經久,率皆如是。(《顔魯公集》卷一三)

【驄馬】 驄馬鐵連錢,長安俠少年。帝畿平若水,官路直如弦。夜玉妝車軸,秋金鑄馬鞭。風霜但自保,窮達任皇天。(《全唐詩》卷五〇楊炯)

【送潘三入京】 故人嗟此别,相送出煙坰。柳色分官路,荷香入水亭。離歌未盡曲,酌酒共忘形。把手河橋上,孤山日暮青。(《全唐詩》卷一一四周瑀)

【早春過七嶺寄題硤石裴丞廳壁】 出硤寄趣少,晚行偏憶君。依然向來處,官路谿邊雲。兹路豈不劇,能無俗累紛。槐陰永未合,泉聲細猶聞。彌歎春罷酒,牽卑從此分。登高望城入,斜影半風薰。(《全唐詩》卷一五四蕭穎士)

【滻水東店送唐子歸嵩陽】 野店臨官路,重城壓御堤。山開灞水北,雨過杜陵西。歸夢秋能作,鄉書醉懶題。橋回忽不見,征馬尚聞嘶。(《全唐詩》卷二〇〇岑參)

【清明日自西午橋至瓜巖村有懷】 晚霽龍門雨,春生汝穴風。鳥啼

官路静,花發毀垣空。鳴玉慚時輩,垂絲學老翁。舊遊人不見,惆悵洛城東。(《全唐詩》卷二四二張繼)

【寄徐州鄭使君】 江城五馬楚雲邊,不羨雍容畫省年。才子舊稱何水部,使君還繼謝臨川。射堂草遍收殘雨,官路人稀對夕天。雖卧郡齋千里隔,與君同見月初圓。(《全唐詩》卷二四五韓翃)

【與從弟瑾同下第後出關言别】(其二) 雜花飛盡柳陰陰,官路逶迤緑草深。對酒已成千里客,望山空寄兩鄉心。(《全唐詩》卷二七六盧綸)

【原上新居十三首】其五 春來梨棗盡,啼哭小兒飢。鄰富雞常去,莊貧客漸稀。借牛耕地晚,賣樹納錢遲。牆下當官路,依山補竹籬。(《全唐詩》卷二九九王建)

【題廣昌館】在隨州棗陽縣南。 白水龍飛已幾春,偶逢遺迹問耕人。丘墳發掘當官路,何處南陽有近親。(《全唐詩》卷三四四韓愈)

【玉泉道中作】 楚俗物候晚,孟冬纔有霜。早農半華實,夕水含風凉。遐想雲外寺,峰巒渺相望。松門接官路,泉脈連僧房。微露上弦月,暗焚初夜香。谷深煙埃净,山虚鐘磬長。念此清境遠,復憂塵事妨。行行即前路,勿滯分寸光。(《全唐詩》卷四〇二元稹)

【春日題乾元寺上方最高峰亭】 危亭絶頂四無鄰,見盡三千世界春。但覺虚空無障礙,不知高下幾由旬。回看官路三條綫,却望都城一片塵。賓客暫遊無半日,王侯不到便終身。始知天造空閑境,不爲忙人富貴人。(《全唐詩》卷四五七白居易)

【薊北門行】 長河凍如石,征人夜中戍。但恐筋力盡,敢憚將軍遇。古來死未歇,白骨礙官路。豈無一有功,可以高其墓。親戚牽衣泣,悲號自相顧。死者雖無言,那堪生者悟。不如無手足,得見齒髮暮。乃知七尺軀,却是速死具。(《全唐詩》卷五九三曹鄴)

【重歸宜春經過萍川題梵林寺】 梵林遺址在松蘿,四十年來兩度過。瀘水東奔彭蠡浪,萍川西注洞庭波。村煙不改居人换,官路無窮行客多。拖紫腰金成底事,憑闌惆悵欲如何。(《全唐詩》卷六〇〇袁皓)

【移桃栽】 獨臨官路易傷摧,從遣春風恣意開。禪客笑移山上看,流鶯直到檻前來。(《全唐詩》卷六三三司空圖)

官路好禽聲,軒車駐晚程。南樓山最秀,北路邑偏清。虞鄉縣樓。(《全唐詩》卷六三四司空圖殘句)

【秋夕書懷】 官路時風漸識情,一悲前計遠愁生。深秋寒氣侵燈影,半夜疏林起雨聲。縣印終年拘吏役,烟蓑何日避浮名。窮通休問巢蓮骨,大抵無徒是至清。(《忠愍公詩集》卷中)

【和曼叔】子華慶州會上。 官路飄蓬奈别何,塞垣相見此情多。酒樽重喜爲親壽,華髮猶能繼子歌。行樹坐思新種色,斷冰應泛晚來波。紫荆山下游從少,獨把雕章醉後哦。(《南陽集》卷七)

【長相思·恨别】 雨濛濛。日曨曨。洗出遠山三四重。分明眉黛濃。
野橋西,官路東。小驛夜凉風入松。夢魂誰與同。(《相山集》卷一六)

【午憩道傍人家】 一崦人家竹樹凉,午陰深處着胡床。石泉政似煮茗沸,稻花已作炊秔香。夢到家園歸自好,起尋官路去何長。塵埃滿面迎西日,底處青山是故鄉。(《于湖居士文集》卷七)

【喜次漳浦】 江灘已過瘴烟收,野象逢人自縮頭。官路十程如砥去,舉杯先賀到漳州。(《樂軒集》卷二)

【甲申上元前聞家君不快西歸見梅有感二首】(其一) 官路桐江西復西,野梅千樹壓疏籬。昨來都下筠籃底,三百青錢買一枝。(《誠齋集》卷二)

【羅溪道中】 每歲秋猶熱，今年閏故凉。松稀青有數，山遠碧無常。陳陳金風細，家家玉粒香。祇言官路短，堠子暗添長。(《誠齋集》卷二五)

官道

(宋真宗大中祥符五年十一月)庚申，令河北緣邊官道左右及時植榆柳。(《續資治通鑑長編》卷七九)

(宋仁宗嘉祐四年十二月，)初，右諫議大夫周湛知襄州。襄人不善陶瓦，率爲竹屋。歲久，侵據官道，簷廡相逼，故火數爲害。湛至，度其所侵，悉毁撤之，自是無火患。(《續資治通鑑長編》卷一九〇)

(宋孝宗乾道九年二月)二十六日，入桂林界，有大華表，跨官道，榜曰"廣南西路"，家人子舉頭驚咤，以爲何爲至此也。然自湖南盡處，赤土小山，綿延無已。(《驂鸞録》)

(宋孝宗乾道六年六月)十六日早，發雲陽……寺前又有練光亭，下闞練湖，亦佳境，距官道甚近，然過客罕至。(入蜀記》卷一)

渴牛井，在縣東北上七里官道側，井旁有還道縈繞，及於水次。(《長安志》卷一五臨潼縣)

【跋漢太尉劉文饒碑】 《後漢太尉劉文饒碑》二，故吏李謙等立。一門生商苞等立，一在今西都上東門外官道之北洛陽尉射圃中，近世好事者亭以覆之。(《東觀餘論》卷下)

先君入蜀時，至華之鄭縣，過西溪，唐昭宗避兵嘗幸之。其地在官道旁七八十步，澄深可愛，亭曰西溪亭，蓋杜工部詩所謂"鄭縣亭子澗之濱"者。亭旁古松間，支徑入小寺，外弗見也。(《老學庵筆記》卷六)

唐盧延讓業詩，二十五舉，方登一第。卷中有句云："狐衝官道過，狗觸

店門開。”租庸張濬親見此事，每稱賞之。(《北夢瑣言》卷七《盧詩三遇》)

唐中和中，有士人蘇昌遠，居蘇臺屬邑。有小莊，去官道十里。吴中水鄉，率多荷芰。一日，忽見一女郎，素衣紅臉，容質絶麗。閲其明悟，若神仙中人，自是與之相狎……因折之，其妖遂絶。(《北夢瑣言》卷九《白蓮女惑蘇昌遠》)

鼎州甘泉寺介官道之側，嘉泉也，便於漱酌，行客未有不舍車而留者。始，寇萊公南遷日，題於東檻曰："平仲酌泉經此，回望北闕，黯然而行。"未幾，丁晉公又過之，題於西檻曰："謂之酌泉禮佛而去。"後范補之諷安撫湖南，留詩於寺曰："平仲酌泉回北望，謂之禮佛向南行。煙嵐翠鎖門前路，轉使高僧厭寵榮。"詩牌猶存。(《湘山野録》卷上)

湖湘官道，窮日之力，僅能盡兩驛。父老相傳，以爲寇萊公爲丁、曹所誣巇，謫爲道州司馬，欲以憂困殺之，陰令於衡湘間，十里則去一堠，以爲五里，故道里之長如是。(《獨醒雜志》卷二)

鄧光祖知嚴州某縣時，當紹興中，國家方創都錢塘，所需林木甚大，期且急，所在鼎沸。而光祖殊不經意，乃徐集諸里正，各置之，即以朝廷所降木色丈尺，人一紙，令各具其界中凡寺凡廟凡驛凡官道，有木與所降式樣合者，供不得脱一根。既供，乃令匠往視之，皆合，遂令里正伐之，官特與糧。不須臾，木乃大集，所得倍其數。(《北窗炙輠録》卷下)

陽翁伯者，盧龍人也，事親以孝。葬父母於無終山。山高八十里，其上無水。翁伯廬於墓側，晝夜號慟。神明感之，出泉於其墓側。因引水就官道，以濟行人。嘗有飲馬者，以白玉一升與之，令翁伯種之，當生美玉。果生白璧，長二尺者數雙。(《太平廣記》卷四引《仙傳拾遺》)

羅公遠，本鄂州人也……其後數歲，中使輔仙玉奉使入蜀，見公遠於黑水道中，披雲霞衲帔，策杖徐行。仙玉策馬追之，常去十餘步，竟莫能及。仙玉呼曰："天師雲水適意，豈不念内殿相識耶?"公遠方佇立顧之。仙玉下馬

拜謁訖,從行數里。官道側俯臨長溪,旁有巨石,相與渡溪,據石而坐。(《太平廣記》卷二二引《神仙感遇傳》等)

田先生者,九華洞中大仙也。元和中,隱於饒州鄱亭村,作小學以教村童十數人,人不知其神仙矣。饒州牧齊推,嫁女與進士李生,數月而孕。李生赴舉長安,其孕婦將產於州之後堂,夢鬼神責其腥穢,斥逐之。推常不信鬼神,不敢言,未暇移居。既產,爲鬼所惡害,耳鼻流血而卒。殯於官道側,以俟罷郡,遷之北歸。(《太平廣記》卷四四引《仙傳拾遺》)

唐開元中,漳、泉二州,分疆界不均,互訟於臺者,制使不能斷,迨數年,辭理分亂,終莫之決。於是州官焚香,告於天地山川,以祈神應。俄而雷雨大至,霹靂一聲,崖壁中裂。所競之地,拓爲一逕,高千尺,深僅五里,因爲官道。壁中有古篆六行,二十四字,皆廣數尺,雖約此爲界,人莫能識。(《太平廣記》卷三九三引《録異記》)

開成中,有江叟者,多讀道書,廣尋方術,善吹笛。往來多在永樂縣靈仙閣。時沈飲酒,適閿鄉,至盤豆館東官道大槐樹下醉寢。及夜艾稍醒,聞一巨物,行聲舉步甚重。叟闇窺之,見一人,崔嵬高數丈,至槐側坐,而以毛手捫叟曰:"我意是樹畔鋤兒,乃瓮邊畢卓耳。"(《太平廣記》卷四一六引《傳奇》)

【觀華嶽】 西入秦關口,南瞻驛路連。彩雲生闕下,松樹到祠邊。作鎮當官道,雄都俯大川。蓮峰徑上處,彷彿有神仙。(《全唐詩》卷一三一祖詠)

【洛陽作】 洛陽天子縣,金谷石崇鄉。草色侵官道,花枝出苑牆。書成休逐客,賦罷遂爲郎。貧賤非吾事,西遊思自强。(《全唐詩》卷二四二張繼)

【題越王臺】 越井崗頭松柏老,越王臺上生秋草。古木多年無子孫,牛羊踐踏成官道。(《全唐詩》卷三一四崔子向)

【題淳于髡墓】 生爲齊贅婿,死作楚先賢。應以客卿葬,故臨官道邊。寓言本多興,放意能合權。我有一石酒,置君墳樹前。(《全唐詩》卷三五

八劉禹錫）

【得微之到官後書備知通州之事悵然有感因成四章】（其一）　來書子細説通州，州在山根峽岸頭。四面千重火雲合，中心一道瘴江流。蟲蛇白晝攔官道，蚊蚋黄昏撲郡樓。何罪遣君居此地，天高無處問來由。（《全唐詩》卷四三八白居易）

【西行】　衣裘不單薄，車馬不羸弱。藹藹三月天，閒行亦不惡。壽安流水館，硤石青山郭。官道柳陰陰，行宫花漠漠。常聞俗間語，有錢在處樂。我雖非富人，亦不苦寂寞。家僮解弦管，騎從攜杯杓。時向春風前，歇鞍開一酌。（《全唐詩》卷四五三白居易）

【種花】　憶昔兩京官道上，可憐桃李晝陰垂。不知誰作巡花使，空記玄宗遺種時。（《全唐詩》卷五一四朱慶餘）

【昭州】　桂水春猶早，昭川日正西。虎當官道鬭，猿上驛樓啼。繩爛金沙井，松乾乳洞梯。鄉音殊可駭，仍有醉如泥。（《全唐詩》卷五四〇李商隱）

【柳】　江南江北雪初消，漠漠輕黄惹嫩條。灞岸已攀行客手，楚宫先騁舞姬腰。清明帶雨臨官道，晚日含風拂野橋。如綫如絲正牽恨，王孫歸路一何遥。（《全唐詩》卷五四一李商隱）

【送僧清演歸山】　毛褐斜肩背負經，曉思吟入寶山青。峰前野水横官道，踏着秋天三四星。（《全唐詩》卷七二三李洞）

【寒食宿陳公塘上】　垂楊界官道，茅屋倚高坡。月下春塘水，風中牧豎歌。折花閒立久，對酒遠情多。今夜孤亭夢，悠揚奈爾何。（《全唐詩》卷七五一徐鉉）

【過蕪湖縣】　詩中長愛杜池州，説著蕪湖是勝遊。山掩縣城當北起，渡衝官道向西流。風稍檣碇網初下，雨擺魚薪市未收。更好兩三僧院舍，松

衣石髮鬬山幽。(《林和靖先生詩集》卷二)

【澠池道中】 渡澗登坡直幾重,嶺頭初日上曈曨。野花紅紫連官道,露裛清香散曉風。(《安陽集》卷一二)

【之石橋】是日風陰異常。 聞説西橋水樹間,不辭驅馬涉風烟。疏籬老屋臨官道,瘦棘荒茅蔽石田。欲下鳴鴉盤木末,遠來驚雉落山前。瓢中幸有村醪美,不怕春寒雨滿川。(《南陽集》卷七)

【發長平】 歸牛川上渡,去翼望中迷。野水侵官道,春蕪没斷堤。川平雙槳上,天闊一帆西。無酒消羈恨,詩成獨自題。(《張耒集》卷一八)

【官道古松】 翠旌緑纛夾車輪,龍作長身鐵作鱗。莫笑道傍數松樹,古來老却幾官人。(《誠齋集》卷一六)

【入榮州境】 一起一伏黄茅岡,崔嵬破丘狐兔藏。炯炯寒日清無光,單單終日行羊腸。村落聚看如驚麞,亦有銀釵伏短牆。黄旗翻翻鼓其鏜,畫角嗚咽吹斜陽。長筒汲井熬雪霜,轆轤咿啞官道傍。渺然孤城天一方,傳者或云古夜郎。其民簡樸士甚良,千里鬱爲詩書鄉。閉閤掃地焚清香,老人處處是道場。(《劍南詩稿》卷六)

【行武擔西南村落有感】 騎馬悠然欲斷魂,春愁滿眼與誰論。市朝遷變歸蕪没,磵谷谺谺互吐吞。一徑松楠遥見寺,數家雞犬自成村。最憐高冢臨官道,細細煙莎徧燒痕。有大冢,高數丈。旁又一冢,差小,莫知何代人也,俗號太子墓。(《劍南詩稿》卷七)